Yaşar Kemal
Das Reich der Vierzig Augen

Yaşar Kemal

Das Reich der Vierzig Augen

Aus dem Türkischen von
Cornelius Bischoff

Unionsverlag
Zürich

Die türkische Originalausgabe erschien 1984
unter dem Titel *Ince Memed III*
im Toros Verlag, Istanbul

Rieterstrasse 18, CH-8059 Zürich, Telefon 01-281 14 00

Umschlaggestaltung: Heinz Unternährer, Zürich
Foto: Eduard Widmer
Belichtung: Johannes Schimann, Ingolstadt
Druck und Bindung: Franz Spiegel Buch, Ulm
ISBN 3-293-00191-2

1

Manche Jahre senkt sich der Frühling jäh auf die Çukurova. Plötzlich überschwemmen Blumen, Knospen, Vögel, Bienen, Käfer und Gräser die Ebene. Die warme Sonne durchflutet strahlend hell das Land. Wolf und Vogel, Ameise und Schlange, alle Geschöpfe kommen aufgeregt aus ihren Nestern und Bauen, staunen über die taufrische, neue Welt und strolchen im Freudentaumel auf der samtweichen Erde umher. Verstreut steigen weiße Wolken über dem Mittelmeer auf, werfen hier und da Tupfen dunkler Schatten auf die Niederungen, wandern weiter zu den Taurusbergen. Und völlig unvermittelt, aus heiterem Himmel prasseln Regenfälle nieder, schwemmen Wildwasser alles fort. Die Flüsse schwellen an, wälzen ihren schwefelgelben Schlamm weit über die Ufer, strömen in reißender Eile zum Mittelmeer, wo sie das blaue Wasser rötlich färben. Zwischen kantigen violetten Felsen blüht leuchtend gelb der Krokus auf, verwandeln sich die Matten in riesige Gärten, wiegen sich die Hänge im Duft von tausendundeiner Blüte. Unentwegt ertönt aus Senken und Gestrüpp der girrende Schrei der Frankoline.

Und jedesmal, wenn über Nacht der Frühling hereinbricht, warten die Menschen der Ebene grimmig auf die hennafarbenen Gazellen. Früher kamen sie zu Tausenden vom Ödland herauf, ergossen sich wie ein rotes Flammenmeer über die Ebene, zogen in Herden von Anavarza bis unterhalb Kozan, von dort durch die Tarsus-Niederung weiter nach Yüreğir und Payasa, vorbei an Osmaniye bis Dumlu. Und die Menschen der Çukurova maßen bei der Hetzjagd auf diese Gazellen ihre Pferde. Als edelstes galt jenes, dessen Reiter als erster ein Tier zur Strecke brachte. Seit den Zeiten der Assyrer bis auf den heutigen Tag haben so die grauen Pferde der Çukurova Rasse und Ruf bewahrt.

Wenn der Frühling hereinbricht, senkt sich auch ein frisches, leuchtendes Blau auf das Mittelmeer. Dieses Blau, das nur mit dem Frühling kommt, spiegelt sich im Himmel, in der Ebene, in den weißen Wolken wider, wandert sachte über die von Licht, Blumen und Grün berstende fruchtbare Erde, bis es den Taurus erreicht. Im Nu sind die Berge und violett überschatteten Täler, die gleich einer Mondsichel die Ebene umringen, in reines Blau getaucht; Bäume, Vögel, Felsen, Wasser und Wälder verschwimmen in einem funkelnd-blauen Sternenwirbel …

Die wärmende Sonne und milde Brisen bringen den Duft des Meeres und der in den Gärten wolkenweiß blühenden Orangen, Zitronen und Pomeranzen, und alle Geschöpfe der Ebene fallen trunken vor Freude in einen heiligen Rausch.

In Jahren, in denen der Frühling so plötzlich kommt, ist auch der Sommer auf einen Schlag da, senkt sich die gelbe Hitze wie Blei auf die Menschen, und der Jubel über den unerwarteten Frühling erstickt in ihren Kehlen. Ein riesiger, funkensprühender Gluthaufen, verbrennt die Sonne Erde, Gräser und Blumen, verwandelt sie Gewässer in dampfende Gräben, löst sie auf in nichts. Kreuz und quer spalten sich die krustigen Betten der kleinen Flüsse, und schon bald sieht die rissige Erde aus wie ein endloses Spinnennetz. »Die Çukurova brennt und brennt, zum reißenden Wolf wird jede Mücke« – so beginnen die Lieder, die über die einbrechende Hitze gesungen werden.

Die Menschen der Ebene, berauscht von der Pracht des Frühlings, dann erschlagen von der gelben Hitze, die wie ein scharfes Schwert auf sie niederstößt, wissen nicht, wie ihnen geschieht. Fast blind von den grellen Sonnenstrahlen tappen sie wie im Dunkeln einher, taumeln bei der Arbeit, bis sie sich an die gleißende Hitze gewöhnt haben. Keine Wohlgerüche mehr bringt der Wind, sondern Staubwolken so dicht, daß Dörfer, Marktflecken, Häuser, Gräser, Bäume und Menschen unter einer weißen Schicht fast verschwinden. Mit dem Staub kommen Schwärme von Mücken, breitet sich wie eine Seuche das Sumpffieber aus. In Ortschaften und Dörfern, auf Landstraßen, Feldern und hügeligem Gelände schüttelt es die befallenen Menschen, rafft Kinder dahin, und frische, kleine Erdhügel füllen die Friedhöfe am Rande der Dörfer. Aus Sümpfen, Röhricht und Reisfeldern steigen Moskitowolken, stürzen auf Mensch und Tier, saugen sie aus, zerstechen sie so, daß ihre Haut sich blutig färbt.

Früher, wenn der Sommer kam, schon wenn das Frühlingsende nahte, packten die Bewohner der Çukurova, bevor Hitze,

Staub und Mücken sie heimsuchten, ihre Siebensachen auf Lasttier und Wagen, zogen in die Hochebene zu jenen blauen Bergen und schlugen dort an kühlen Wassern ihre Zelte und Laubhütten auf. Heute sind die Berge das verlorene Paradies, eine wehmütige Erinnerung – nach Minze duftende kühle Quellen, immergrüner Silberwurz, Damhirsche, Beizvögel auf der Krücke vor jedem Zelt, großäugige Araberpferde mit langgestreckten Lenden und Mähnen wie Frauenhaar, schlanke, langbeinige Windhunde – all das ist nur noch unerfüllbarer Traum. Die härenen Zelte, vererbt von den Vätern, verrotten in einer Ecke unter den Rieddächern der Hütten, gammeln in Ställen und auf Heuböden. Und doch: Bei den ersten Frühlingsboten, wenn die vorzeitigen Krokusse zwischen Felsen goldgelb leuchten und die Spitzen der Nomadenzüge auftauchen, werden die verwitterten Zelte hervorgeholt, gesäubert, gewaschen und am angestammten Platz aufgestellt. Und im Herzen eines jeden entflammt der Wunsch, eines Tages wieder das Leben vergangener Zeiten zu führen. Sie beneiden die Nomaden, die in die Berge ziehen, beobachten sie mit aufkeimendem Groll, ein bißchen auch mit Wohlgefallen, und trösten sich bei qualvoller Arbeit in der gelben Hitze auf den von Kletten starrenden Feldern der fieberverseuchten Çukurova und bei blutwarmem Wasser mit der Vorstellung, daß eines Tages die alten Zeiten zurückkehren werden.

So heftig, wie die Sehnsucht nach den violettschattigen Bergen in den Menschen der Çukurova brennt, verzehren sich – vielleicht noch mehr – die Bergbewohner nach der Ebene, den tausendfach fruchtgebenden Äckern: Gibt es denn keinen Ausweg aus der unglaublichen Armut in den Wäldern und den steinigen Hängen, der in die samtweichen, sonnenwarmen Felder führt?

Wo die üppigen Niederungen enden, erheben sich die dürren felsigen Hänge des Taurus. Und hier liegen die armseligsten Böden der Çukurova. Die Bauern dieser versteppten Landschaft müssen außer der Hitze auch noch die Mücken und Krankheiten der Ebene ertragen, dazu auf Äckern, die nichts hergeben. Anavarza, Yüreğir, die Tarsusniederung, die Ebene von Osmaniye, das Unterland von Kozan, das sind die fruchtbaren Gegenden, wohin es sie zieht.

Jahre schon, bis auf den heutigen Tag, verwünschen sie ihre Väter, die an diesen Hängen ihre Dörfer gegründet hatten. Sie schmähen sie und fragen sich, warum die Vorfahren in den Zeiten der Landnahme sich ausgerechnet hier niederließen, während die jungfräuliche Erde der Çukurova auf Pflug und Egge tatkräftiger Landwirte wartete. Kaum war der fette Boden der Ebene aufgeteilt, hatte es in den Menschen, die am Berghang siedelten, zu gären begonnen …

Gleich über den Hängen beginnen dichte Wälder, dazwischen kleine, wuchernde Wiesen, sprudeln von Minze umwachsene Quellen. An schmalen Feldern stehen ein, zwei Häuser, denn die Äcker zwischen Wald und schroffem Fels können nur eine oder zwei, höchstens drei Familien ernähren. Allein aus diesem Grund liegen die Bauernhäuser in den Bergen, die das Mittelmeer von Maraş bis Antalya umrahmen, so verstreut. Drei, fünf, ja sechs Stunden zu Pferd benötigt man in den meisten Flecken vom ersten bis zum letzten Haus. Die winzigen, weit auseinander liegenden Anbauflächen, über Jahre aufgebrochen und dicht besät, sind inzwischen so ausgelaugt, daß sie die Menschen nicht mehr ernähren. Wildwasser schwemmen die Krume zu Tal, zurück bleiben auf dem steinigen Boden zwischen den Felsen baufällige Hütten und einige Ziegen.

Je höher man die Berge hinaufsteigt, desto lichter werden die Wälder, desto niedriger die nur noch krüppeligen Eichen, bis auch sie nach und nach wurzelhohem Gestrüpp weichen. Darüber sind die Berge kahl bis zum Kamm; nur hier und da wächst noch der Stechdorn. In Herbstmonaten, wenn seine harten Blüten verdorren und ihren Glanz verlieren, lassen sich Hunderte, ja Tausende Marienkäfer auf ihm nieder, so daß es an manchen Stunden des Tages scheint, als stünde der Busch in Flammen.

In Jahren, in denen sich der Frühling so plötzlich auf die Çukurova senkt, kommt er in den Bergen mit ebenso unerwarteten Regenfällen, Sturzbächen und Stürmen. Wildwasser lassen die Bäche anschwellen, überschwemmen die Flußbetten und Senken, spülen mit Ungestüm und unglaublicher Schnelle das Erdreich der kleinen Fluren zu Tal und weiter ins Mittelmeer. Und die Menschen der Berge sind berauscht von den Düften und Farben

Tausender Blumen, die mit dem einbrechenden Frühling überall gesprossen sind, von den Sternen, die wie reingewaschen vom großen Regen glänzen, von den Berghängen, die sich wie im Gleichmaß eines Schlummerliedes wiegen, sie werden hilflos und ratlos. Sie wissen von der Hitze, die jetzt über der Çukurova brütet, von den mörderischen Mücken dort, dem Wasser, warm wie Blut und Gift für den Durstigen. Dennoch träumen sie von der Ebene wie von einem fernen, unerreichbaren Paradies. Und fürchten sich gleichzeitig vor ihr. So, wie die Menschen der Çukurova inzwischen die Berge fürchten.

2

Der Stechdorn ist eine Pflanze der hohen, steinigen Hänge, aber auch der Steppen Anatoliens. Er wächst zu Büschen von drei bis sieben Handbreit Durchmesser in baumlosen, kahlen Bergen, in tiefen Steppen und auf Hochebenen. Manchmal stehen zehn, fünfzig oder hundert Sträucher verstreut, manchmal bedeckt er wie ein Teppich weite Strecken der öden, steinigen Erde. Teilweise stehen die Büsche eng beieinander, dann wieder verteilt mit einem bis zehn oder fünfzehn Schritt Abstand. An jedem Strauch Tausende Blattstiele, die zu spitzen Stacheln ausgewachsen sind, mindestens dreißig bis vierzig an jedem Stengel, aneinandergereiht wie Sterne. Aus dem Stamm sprießen Hunderte weitere Triebe, bedecken zu großen Kugeln ineinandergewachsen die Erde. Die Blüten entspringen langen Stengeln, die über die Dornen hinausragen.

Kaum zeigt sich der Frühling, überzieht auch das weiche, warme, zarte Grün des Stechdorns die hohen Hänge und die Steppe, als hätten sich schemenhaft pastellfarbene, helle Wolken darübergelegt. Noch sind die Blätter weich. Doch mit dem dunkelnden Grün verhärten sich die Spitzen, verholzen zu nadelfeinen Dornen. Werden die Disteln dunkelgrün, schießen die Blüten aus den Büschen empor. Und jetzt scheint es, als überzögen kaum sichtbar rosafarbene Wolkenschleier mit stahlblauen Funken Steppe, baumlose Hänge und Kämme. Die Blütenstengel, die zwischen sternförmigen Dornenblättern hervorragen, sind fünf bis fünfundzwanzig Zentimeter lang. Und an jedem wachsen zehn, zwanzig, dreißig Blüten. Sie sind sehr dunkel, sind blau gestreift und rosa und ihre Kelche so klein, daß sie kaum einer Ameise oder winzigen Biene Raum bieten. Und sie stehen so dicht, diese rosa Blumen mit den blauen Blitzen, daß die endlosen Steppen, die Hochebenen und steilen Hänge in ihren Farben funkeln. Unter den Sträuchern und zwischen den Büschen finden Insekten, kleine Vögel und andere Tiere Schutz.

Der Reiter, der mit verhängten Zügeln aus Değirmenoluk hervorpreschte, trieb sein Pferd geradewegs über das weite Flachland den sich violett färbenden Bergen zu. Als er in das dunkle Gehölz hineinritt, wuchsen schon die Schatten der Dämmerung. Er zügelte sein Pferd und verhielt eine Weile. Es raschelte überall, aus der Tiefe des Waldes drang dumpfes Grollen. Von weit her lockte in Abständen der Ruf eines Nachtvogels. Der Reiter kannte diesen Wald seit langem, dennoch zögerte er. Ob die Gendarmen da drinnen schon im Hinterhalt lagen? Erst wenn er dieses Gelände hinter sich hatte, würde alles leichter werden. Bog er jetzt nach links ab, war die Gefahr nicht geringer. In diese Richtung kannte er kein Dorf und keine Menschenseele. Nicht anders war es zu seiner Rechten, gegen Osten. Und ins Ungewisse konnte er sein Pferd nicht treiben. Ritte er aber quer durch den Wald zur Hochebene, könnte er das Lager der turkmenischen Nomaden erreichen, vielleicht sogar das Zelt der Sippe Kerimoğlu. Dann wäre er gerettet. Auch Ali der Hinkende könnte ihn dort finden. Ganz kurz nur spielte er mit dem Gedanken, in das Dorf Koca Süleyman zurückzukehren. Doch das Gebiet war von Gendarmen längst abgeriegelt, da hatte er keinen Zweifel. Hauptmann Faruk und der Gefreite Asim konnten sich ja denken, daß er sich zu den Nomaden aufmachen würde, aber vielleicht hatten sie den Wald noch nicht erreicht. Das Pferd unter ihm war schaumbedeckt. Sein Brustkorb hob und senkte sich, es keuchte mit geblähten Nüstern. Um den Wald im Galopp zu durchqueren, gab es keinen anderen Weg als den der Vierzig Quellen. Im dichten Unterholz, auf felsigem Boden und im Gestrüpp konnte das Pferd nicht ausgreifen. Und ließe er das

Tier zurück, würde er, obwohl er den Wald gut kannte, die Strecke auch in mehreren Tagen schwerlich schaffen. Er stieg vom Pferd, zurrte die Zügel um einen Strauch und setzte sich, den Rücken an eine Platane gelehnt. Das dumpfe Grollen des Waldes wurde lauter, der eintönige Ruf des fernen Vogels vermischte sich mit Rascheln und Knistern. Der Mann preßte sein Ohr an die Erde und horchte nach weiteren Geräuschen. Dann, von weit her, vernahm er ein Glöckchen. Es schlug dreimal und erstarb. Der Mann, das Ohr wieder am Boden, lauschte eine Weile, konnte aber nichts mehr hören. War das die Glocke eines Kamels, eines Maultiers, eines Rindes oder eines Ziegenbocks? Er konnte es nicht ausmachen, so weit entfernt war das Geläut gewesen. Ein bißchen näher, und er hätte es mit Leichtigkeit unterscheiden können. Ihm war, als tönte die Glocke noch einmal, doch schon war es wieder vorbei. Er richtete sich auf und schaute in das weitgefächerte Geäst der Platane. Kein Hauch bewegte die Blätter. Vom dicksten und längsten Ast bewegte sich ein Zug roter Ameisen den Stamm hinunter, bahnte sich einen Weg zum nächsten Baum, unter dem sich Tannennadeln häuften. Auf den winzigen gewölbten roten Tierrücken schimmerte der schwindende Schein des Tages. Als der Mann sich wieder an die Platane lehnte, überfiel ihn der Schlaf. Durch seine zu Schlitzen verengten schweren Augenlider sah er das erschöpfte Pferd. Es hatte die rechte Hinterhand zur Hüfte hin eingeknickt, sein rostbraunes Fell kräuselte sich jetzt in schwarzen, schweißigen Zotten. Ergeben und müde ließ es den Kopf hängen, fast berührte die Mähne den Boden. Vor den Augen des Mannes erschien immer wieder das safrangelb verfärbte Gesicht Hamza des Glatzkopfs – verzerrt, zu einem Todesschrei erstarrt; riesengroß der weit aufgerissene Mund, flehte es mit hervorquellenden Augen um Gnade, erhoffte sich Hilfe von Freund und Feind, vom fliegenden Vogel, von der Ameise am Boden. Schon im Halbschlaf, dachte der Mann, wie süß doch das Leben, wie unverzichtbar es war und wie weit Menschen, vielleicht die meisten von ihnen, sich erniedrigen konnten, um es zu bewahren. War die Menschenseele es wert, sich so zu demütigen? Soll ein Mensch um jeden Preis weiterleben wollen? Fieber und Seuchen,

Mißhandlung, Unterdrückung, Hunger und Elend hat den Lebenswillen der Menschheit nicht brechen können, Totschlag, Mord und Gemetzel hat sie überstanden. Woher kommt diese schreckliche Kraft, dieses beharrliche Aufbäumen, diese Bereitschaft, beschämendste Demütigung zu ertragen, nur um zu überleben? Überleben wofür? Als er Hamza den Glatzkopf vor seinem Pferd durch das Dorf scheuchte, hatte dieser so hündisch flehend zu ihm heraufgeschaut, daß er es fast nicht ertragen konnte. Und er mußte lange Zeit mit sich kämpfen, bis er schließlich zu der Überzeugung gekommen war, daß es Sünde sei, solch einen Unmenschen am Leben zu lassen.

Auch als er vor Safa Bey auftauchte und sagte: »Mein Name ist Ince Memed, erkennst du mich wieder?«, da verzerrte sich dessen Gesicht, weiteten und schlossen sich immer wieder seine Augen vor Entsetzen, und er starrte, wenn auch nur einen Lidschlag lang, verzweifelt um Erbarmen flehend, in die Gewehrmündung. In diesem kurzen, flehentlichen Blick lag vielleicht die tiefste Erniedrigung, die einem Menschenkind widerfahren konnte. War das Leben eine solche Demütigung wert? War es kostbarer als alles andere? Würde zum Beispiel Mutter Hürü sich im Angesicht des Todes so erniedrigen, auch wenn sie mit Sicherheit wüßte, daß man ihr daraufhin das Leben schenkte? Oder Ali der Hinkende? Er stutzte, und plötzlich schämte er sich, daß er so von ihm gedacht hatte. Was auch immer kommen mochte, der Hinkende wird sich nie und nimmer erniedrigen. Und wenn es um mein Leben ginge, überlegte er, wird Ali den Mann, der mich töten will, etwa nicht anflehen? Diesmal zögerte er, darauf fand er keine klare Antwort. Ach, wäre jetzt Ferhat Hodscha da, ihn könnte er all das fragen … Als er an den Hodscha im Gefängnis dachte, krampfte sich sein Herz zusammen. Der kleine Hodscha, dieser Mann, weich wie Seide, wie mag es ihm wohl dort ergehen? Ob sie ihn erniedrigen? Konnte Yobazoğlu sich genügend um ihn kümmern, Seyran ihm Kleidung, Geld und Essen bringen? Gleich nach seiner Einlieferung hatte sich der Hodscha das Rauchen abgewöhnt; dabei liebte er den Tabak, vergingen ihm fast die Sinne, wenn er sich eine Zigarette drehte, die Augen schloß und den Rauch in sich hineinsog … Warum hatte er wohl das Rauchen aufgegeben? Bestimmt las er da drinnen mit seiner schönen Stimme fließend und fehlerlos aus dem Koran, erklärte er den lauschenden Strafgefangenen jeden Satz der Sure. Dieser Hodscha machte keinen Unterschied zwischen Weisen und Irren, zwischen alt und jung. Er sprach herzlich mit jedermann, und jeder, ob weise oder irr, ob alt oder jung, empfing seinen Fähigkeiten gemäß das Seine mit demselben Maß an Zuwendung. Was würde Ferhat Hodscha wohl sagen, wenn er von ihm erführe? Wieder hatte er zwei Menschen getötet, mußte er sich in die Berge schlagen, stand er dem Tod von Angesicht zu Angesicht gegenüber. Denn jetzt waren die Getöteten ihm auf den Fersen, lechzten ihre Rächer nach seinem Blut. Und was hatte er erreicht? War das Dorf Vayvay denn befreit? Würde an Stelle Ali Safas nicht ein anderer kommen und ein anderer den Platz von Hamza dem Glatzkopf einnehmen? Wozu also dieser Kampf? Und wie sollte es nun weitergehen? In diesem Augenblick wußte er ja nicht einmal, wohin. Und die Gendarmen hatten ihn vielleicht schon eingekreist. Würden die Dörfler nicht die Regierungsstellen benachrichtigen, kaum daß sie die Kuppen seiner Finger gewahrten? In weiter Ferne auf grasgrünem, schmalem Pfad zwischen stahlblau blitzendem Stechdorn, dessen Blüten wie rosafarbene Wolken schimmern, ziehen die Dörfler, unzählige, wie der Zug von Ameisen zu Tal. Einer hinter dem anderen kommen sie herunter und sammeln sich in der Ebene am Fuß des Alidağ. Ferhat Hodscha hat eine Anhöhe erklommen, trägt aus dem Koran vor und deutet das Gelesene. Dann reckt er den Hals und spricht mit seinen eigenen Worten aus vollem Herzen weiter, während sein Adamsapfel hüpft.

Und er sagt zu den Menschen vor ihm: »Die Hoffnungslosigkeit darf niemals unsere Hände und Arme lähmen. Kämpfen ist ein Recht.« Und da macht sich die Menschenmenge auf, strömt wie die Springflut vom Taurus, von den Wäldern hinunter in die Çukurova. Sie strömt und füllt die Anavarza-Ebene, dann das Gebiet zwischen Yilankale und Dumlu, springt weiter in das Unterland von Kozan, überschwemmt Misisi und Incirlik und alle Ebenen bis hin zum Mittelmeer. Und wie ein stilles Meer wogt die Menge über der Çukurova, so schweigsam ist sie. Und von der Anavarza-Burg spricht Ferhat Hodscha mit Donnerstimme, sagt er schöne, kluge, überzeugende Worte. Überwältigt von seinem Zauber, marschiert die Menge den Städten zu, Ferhat Hodscha predigt ununterbrochen, feuert sie an, und die Scharen strömen, als risse sie die Sturmflut mit. Eine dichte Staubwolke bedeckt den Himmel über der Çukurova, die Menschen überrennen Städte und Dörfer, die unter den Massen verschwinden. In glühender Hitze steht Memed am Hang eines hohen Berges, als ein Wildbach herunterstürzt, ihn mit entwurzelten Bäumen, mit Felsen und Erdreich in die Tiefe reißt und die Fluten ihn zu verschlingen drohen. Und Ferhat Hodscha brüllt: »Rettet den Mann, den die Wasser mitnehmen, es ist Ince Memed, um Gottes willen, rettet ihn!« Doch niemand hört auf sein Rufen. Wie erstarrt bleiben die Menschen stehen, mit weit aufgerissenen Augen starren sie ihn an, rührt sich keiner vom Fleck. Pferdegetrappel kommt von weit her immer näher. Ferhat Hodscha hat ein Ohr auf die Erde gepreßt und horcht auf die Geräusche hinter den Bergen. Der Hufschlag kommt immer näher, vermehrt sich rasch. Die Reiter, in hellen Haufen, setzen in gestrecktem Galopp über Memed hinweg. Immer mehr kommen, springen und preschen weiter. Er kann seinen Kopf nicht heben. Dann senkt sich die Dunkelheit herab, so dicht, daß keine Kugel sie durchdringen könnte. Sie nimmt ihm jede Sicht, nimmt ihm den Atem. Hielten die Reiter doch nur einmal an, daß Memed sich aufrichten könnte ... Über dem Dunkel sprudelt rotes Blut, verbreitet moderigen Geruch. Es quillt aus Ali Safas und des Glatzkopf Hamzas Wunden und rinnt in einem fort. Gendarmen tauchen daraus auf, und der Hauptmann Faruk, der Hauptmann mit den zornigen Augen, trägt rote Stiefel, und seine Peitsche knallt wie prasselnde Flammen ... Plötzlich verstummt das Pferdegetrappel über Memed, verschwinden die Menschenmassen, hört der Blutregen auf, erstarren Ali Safa Bey und Hamza der Glatzkopf mit weit aufgerissenen Augen und Mündern. Stille breitet sich aus, furchtbare, dröhnende Stille, Memed steht in einer endlosen Ebene, die flach ist, so weit sein Auge reicht. Über ihm tiefblauer Himmel, der sich mit seiner ganzen Schwere auf ihn herniedersenkt. Memed flüchtet in die eine Richtung, er kann diesem undurchdringlichen Himmel, der wie ein wuchtiger blauer Marmorblock auf ihm lastet, nicht entrinnen, kehrt um, rennt in die andere Richtung, nach links, nach rechts, doch kein Entkommen … Er hetzt im Kreis, doch dieser Himmel, der in die Ebene kippt, läßt ihn nicht zu Atem kommen, der Himmel senkt sich mit einer Seite aufs Meer, drückt mit seiner ganzen Schwere die Fluten zusammen, zermalmt mit der anderen Hügel, Berge, Felsen und Bäume, der Wald erzittert, schwankt, riesige Stämme neigen sich, richten sich mit lautem Ächzen wieder auf, die Welt springt knirschend aus den Fugen. Und genau in diesem Augenblick sprang Memed auf die Beine. Das Pferd dicht vor ihm hatte die Ohren gespitzt; den Kopf hoch erhoben, schien es in die Tiefe des Waldes zu äugen. Plötzlich scharrt es und bäumt sich jäh auf. Schnaubend stößt es die Luft durch die Nüstern, scharrt erneut, schlägt aus und versucht, sich loszureißen. Memed, schlaftrunken, halb wach, halb träumt er noch, horcht in die Finsternis hinein. Es war schon sehr dunkel, dumpfes Rauschen überall und aus der Ferne wieder dieser rauhe Ruf des Vogels. Sonst nichts, wovor das Pferd jetzt scheuen könnte, doch diese edlen Tiere haben ein so feines Gespür, daß sich die Nüstern bebend weiten, wenn nur ein Blatt sich regt, und sei es vierzig Tagesmärsche weit entfernt. Vorsicht war geboten! Das Pferd wurde immer ungestümer, konnte nicht stillstehen, schien nach alter Gewohnheit um seine Mitte sich zu drehen, dort auf der Lichtung wie ein Kreisel wirbeln zu wollen, wenn es sich vom Halfter nur befreien könnte. Bald würde das wilde Tier ihn nicht mehr an sich heranlassen. Memeds Schenkel schmerzten im Schritt, als risse man ihm die Beine vom Leib. Nicht einmal während seines tagelangen Ritts hatten sich seine Muskeln so verkrampft, waren seine Glieder so bleiern gewesen. Das Pferd wurde immer ungebärdiger, tänzelte zerrend ums festgezurrte Zaumzeug, stellte sich auf die Hinterhand, keilte und schnaubte, daß es weithin zu hören war. Memed blieb keine Zeit, zu überlegen, er löste die Zügel vom Gestrüpp, schwang sich aufs Pferd und trieb es in die Richtung, aus der er gekommen war, dem Alidağ zu. Das rasende Pferd scheute vor einem Wasserlauf, stockte wie angewurzelt, beinahe wäre Memed gestürzt, er konnte sich gerade noch halten, riß den Kopf des Pferdes herum und jagte in den Wald hinein. Links und rechts glitten die Bäume wie strömendes Wasser an ihm vorbei, das Pferd wurde so schnell, daß ihn im erfrischenden Luftzug wohlig fröstelte. Dicht an seinem Ohr vernahm er Pfeifgeräusche, djiv, djiv, wie von Geschossen, Blätter flogen auf ihn herab, Zweige streiften ihn, aber auch Geäst, das ihn fast aus dem Gleichgewicht peitschte. Während das Heulen an seinen Ohren immer lauter wurde, kam der Ruf des Vogels immer näher. Mit zusammengekniffenen Augen vermeinte Memed seitlich Licht zu sehen, schon war er daran vorbei. Wieder ein Lichtschein, noch einer und noch einer ... Hintereinander zogen die Lichter an ihm vorbei, gingen ineinander über, vermischten sich. Unter sich nimmt er einen schmalen Pfad wahr, weiß, daß er über mehrere Bäche setzt, ahnt, wo er sich befindet. Der plötzliche Schmerz, unter dem er sich eben noch krümmte, läßt nach, darüber freut er sich. Überflüssig, dem Pferd die Fersen in die Weichen zu stoßen, es hatte den Hals weit gestreckt und stob mit schnaubenden Nüstern dahin, schweißnaß wie er selbst auch. Allmählich werden seine Glieder taub, spürt er seine Schenkel nicht mehr, die er in die Flanken des Pferdes preßt. So gelähmt, weiß er nicht mehr, wie lange er schon reitet, nimmt er das Pferd nur wahr, wenn es über Gräben und Bäche setzt, Hürden aus Stämmen und Felsbrocken nimmt, wenn im Sprung die Zweige Kopf und Rücken geißeln. Als das Pferd langsamer wurde und er kühles Wasser an seinen Füßen spürte, wußte er, daß sie am Waldrand waren. Im selben Augenblick schlug tausendfaches Vogelgezwitscher an sein Ohr. Es mußte demnach kurz vor der Morgendämmerung sein. Als er durch das Wasser ritt, wendete er den Kopf in die Richtung, in der er Osten vermutete. Dort wurde der Himmel fahl, verblaßten die Sterne. Das Vogelgezwitscher schwoll ohrenbetäubend an. Diese Stare, dachte er und mußte dabei lächeln. Vor einem großen Felsen hielt das Pferd einen Augenblick inne, als warte es auf etwas, dann griff es wieder aus. Rings um den Felsen ragten Bäume in den Himmel, mit Stämmen so alt und mächtig, daß drei ausgewachsene Männer sie nicht umfassen konnten. Memed kannte hier jeden Strauch. Vor seinen Augen wurden die Tage lebendig, die er hier verbracht hatte, und seine Muskeln entkrampften sich. Ganz kurz nur glimmte tief in seinem Innern ein Schimmer von Hoffnung, von Freude auf. In Kürze würde er den Wald hinter sich haben und das Lager der Nomaden an den Quellen der weiten, baumlosen Berghänge erreichen. Gewöhnlich schlug der Stamm der Kerimoğlus in dieser Gegend seine Zelte auf, meistens bei der sprudelnden Quelle am Fuße des rötlichvioletten Felshangs, dessen Spitze schroff und scharf wie ein Schwert emporragte. Was aber, wenn die Jurten der Kerimoğlus nicht dort waren, wenn die anderen Nomaden ihn überwältigten und den Gendarmen auslieferten? Ja, was dann ... Doch dann dachte er nicht mehr an sich, das Bild Ferhat Hodschas in Handschellen will nicht weichen, Ferhat Hodscha mit den schönen, traurigen Augen, dem feinen, gelockten schwarzen Bart. Das Pferd ist langsamer geworden, im gleichmäßigen Takt der Hufe werden Memeds Gedanken klarer. Wäre jetzt Ferhat Hodscha bei ihm oder der Große Süleyman, sie würden ihm einen Weg zeigen, würden ihm schon sagen, ob er den Nomaden trauen könne.

Eine schreckliche Angst beschlich ihn, mit einem Ruck reißt er den Kopf des Pferdes herum und treibt das schweißbedeckte Tier in die Richtung, aus der sie gekommen waren. Als er das kühle Wasser an seinen Füßen spürte, beruhigte er sich. Kurz darauf waren sie wieder am Felsen. Noch mehr Vögel lärmten, Tausende bevölkerten den Wald, schilpten aneinandergedrängt auf Abertausenden Zweigen. Mit hartem Griff zügelte er das Pferd; der Morgen dämmerte, ein fahles Blau zog dort am Himmel auf, erschöpft hielt das Tier inne. Und wieder stieg diese Angst in Memed hoch, wurde größer und größer, traf ihn wie ein Schwerthieb, bis ins Innerste. Das Pferd hatte eigenmächtig gewendet und war zum Bach getrabt. Diesmal gewahrte Memed, wenn auch verschwommen, das Wasser, bevor es seine Füße benetzte. Ein schwarzes Etwas strömte dahin und verlor sich im Dunkel des Waldes. Von dort drang das Gurgeln einer Stromschnelle an sein Ohr. Das Pferd machte wieder kehrt, lief noch einigemal hin und her und blieb schließlich am Ende des Felsens unter dem rauschenden Geäst eines mächtigen Baumes stehen.

Memed rührte sich nicht. Er war ausgepumpt wie das Tier unter ihm, das kurz darauf die Ohren hängen ließ, die rechte Hinterhand nach vorne zog und das Fesselgelenk einknickte. Memed hatte sich über den Kamm gebeugt, als wolle er den Schweiß riechen, der in schaumigen Flocken den Hals des Tieres bedeckte. So verharrten beide eine Weile.

Plötzlich schreckte ein dumpfes Geräusch das Pferd, es spitzte die Ohren und stürmte los. Während sie in ein trockenes Bachbett hineinjagten, an dessen Flachhängen links und rechts hellrosa der Lorbeer blühte, schwoll das Gezwitscher zu irrsinnigem Gekreische an, und kaum hatten sie die Mulde hinter sich, empfing sie ein Kugelhagel, der von den Bäumen zu ihrer Linken kam. Das Pferd knickte ein, fing sich und hetzte über rutschige Kiesel in die entgegengesetzte Richtung. Sie waren schon in der Biegung vor ihnen, in die ein niedriger Schwemmkegel hineinragte, als Memed einen leicht schmerzenden Schlag unter dem rechten Schulterblatt verspürte, dann, etwas tiefer, einen zweiten ... und noch einen, heftigeren, über der Hüfte ... Memed hing über dem Nacken des Pferdes, das ihn flußaufwärts trug, und die Schmerzen in seinem Rücken wurden stärker. Hinter ihm rief eine Stimme in einem fort: »Ince Memed, Ince Memed, diesmal entkommst du mir nicht, diesmal nicht, diesmal nicht! Der ganze Wald ist umzingelt, ist umzingelt!« Das Pferd raste durch niedriges Gestrüpp, durch dichtes Unterholz und immer wieder über die steinige Bachrinne hinweg, der Duft trockener Minze, von Kiefernharz und vom Qualm nassen Holzes stieg Memed in die Nase. Und die da hinter ihm, verdeckt von den Felsen, stellten das Feuer nicht ein, schossen weiter wie wild. Im Osten dämmerte es, Bäume, Gräser und Blumen schälten sich aus dem Dunkel. Das Pferd erreichte flaches Land, stockte, als es Menschenstimmen und das Geläut von Glöckchen hörte. Von seinen Hufen bis hin zum Gipfel des Berges dampften im Frühnebel überall auf den kahlen Hängen die rosa Blüten des Stechdorns, aus dem winzige blaue Funken schlugen. Memed horchte – das Gewehrfeuer war verstummt. Er hatte nicht mehr die Kraft, das Pferd zurück in den Wald zu treiben. Ihm war, als habe er hinter dem rotvioletten schroffen Felsen, dessen Spitze wie eine geschliffene Schwertklinge blitzte, dünne blaue Rauchfahnen aufsteigen sehen. Über ihm zwitscherten alle Vögel dieser Welt, und er spürte warmes Blut von seiner Schulter über seine Brust auf seinen Bauch rinnen. »Oh, oh, Ferhat Hodscha!« murmelte er. »Das also ist mein Los.« Stimmen drangen an sein Ohr, und er sah, wie Frauen, Männer und Kinder auf Zehenspitzen den Hang herunterkamen. Angeführt von Ferhat Hodscha ... Memeds Körper zitterte vor Freude. Er versuchte, die Augen aufzureißen, um hinter Wolken von rosa Blüten den bedächtigen, ernsten Hodscha, der da kam, noch einmal anzuschauen, doch ein schwarzer Schleier legte sich über sie. Er glitt vom Pferd und streckte sich lang auf dem Stechdorn aus, den man auch Ruhekissen des Hirten nennt.

Eine Flamme züngelte bis zu den Augen des Pferdes, das dicht bei ihm ausharrte. Die Flamme dehnte sich, fiel zusammen, wuchs, vervielfachte sich, die Stimmen und Geräusche wurden lauter. Das lauschende Pferd schnellte plötzlich vorwärts, jagte in weiten Bögen und zog dabei seine Spur immer enger, bis es sich schließlich wie ein Kreisel um seine eigene Mitte drehte. Nach einer Weile hob es stolz seinen prächtigen Kopf, spitzte die Ohren, schaute mit seinen schönen, großen Augen zum Gipfel des Berges und preschte kurz darauf in gestrecktem Galopp auf ihn los.

3

Seit gestern nacht, die ersten Schüsse waren kaum verhallt, füllte sich Ali Safa Beys Hof mit Menschen. Die Schreckensbotschaft war bis in die entferntesten Dörfer gedrungen, und längst schon hatten sich viele der Klageweiber aus der näheren Umgebung eingefunden und ihre Tätigkeit aufgenommen. Mit wiegendem Körper sangen die Frauen an Safa Beys blutigem Leichnam die Totenklage, hoben den Verstorbenen in den Himmel, rühmten sein glanzvolles Leben, zählten seine Tugenden auf, lobten seine Menschlichkeit und verfluchten Ince Memed mit den blutbefleckten Händen und dem finsteren Herzen. Doch bald schon würden die Gendarmen ihn gefangennehmen und in die Kreisstadt bringen, würden Arif Saim Bey und Halil Bey ihn an die Platane im Innenhof der Moschee fesseln und vor den Augen von Ali Safa Beys Witwe, seiner Brüder, Verwandten und der ganzen Stadt bei lebendigem Leibe die Haut abziehen. Ja, ließen denn die den Adlern gleichen Herren diesen Blutrünstigen, diesen Feind des Glaubens am Leben? Schlachteten sie ihn etwa nicht, rissen sie ihn denn nicht in Stücke? Wäre er ein Recke, wie Safa Bey einer war, wäre dieser Kerl, der einen Großgrundbesitzer, einen Augapfel der Regierung, tötete, wenigstens ein Mensch. Aber der, den sie Ince Memed nennen, sei ein elender, barfüßiger Waisenknabe, ein Dörfler, dessen Bauch vom Kürbisfraß gedunsen, der, eine Handbreit groß und mit spindeldürrem Hals und quellenden Augen, vor einer Ameise erschrecke. Ja, wenn jener, der den Recken, dies Mannsbild von einem Aga, tötete, ein ganzer Kerl wäre und nicht ein rotznäsiger Ausgestoßener ... Wenn er, der Ali Safa tötete, ein Kerl von Mann wäre, dann brennte dieser Tod im Herzen der Menschen nicht so schmerzlich.

Die Menschenmenge im Hof war schnell angewachsen, quoll auf die Dorfstraße, wälzte sich bergab bis in den Vorraum der Moschee.

Gegen Mittag bevölkerte sie das gesamte Ladenviertel, das freie Gelände davor und schob sich weiter zum Flußufer hinunter. Pferde, Wagen und Karren drängten sich dort auf dem Marktplatz.

Einige Verwandte des Toten und ein Teil der Ortsgrößen drangen auf eine sofortige Beerdigung, aber Karadağlioğlu Murtaza, Çaymakzade Bekir, Halil Bey, Lehrer Rüstem Bey und Safa Beys Witwe weigerten sich. Schade um ihn, bei dieser Hitze, er blähe schon auf und stinke, sagten die einen; soll er sich blähen und stinken, erst müsse alle Welt den blutigen Leichnam sehen, müsse jedermann am Begräbnis eines geheiligten Toten teilnehmen können, hielten die anderen dagegen.

Wie es die Witwe wollte, so wurde verfahren und der Tote auch am nächsten Tag noch nicht begraben. Was an Kölnisch Wasser im Ladenviertel und in den Häusern aufzutreiben war, hatte man herbeigeschafft und damit Ali Safa Beys geheiligten Leichnam ordentlich begossen. Gleichwohl war der Tote prall wie eine Pauke aufgedunsen, und der Gestank hatte sich vom Haus über den Vorhof bis hinunter zum Marktplatz am Flußufer ausgebreitet und im Wasser, in den Bäumen, den Kleidern der Menschen eingenistet.

Inzwischen hatten sich neben vielen anderen Trauergästen der Abgeordnete Arif Saim Bey und der stellvertretende Präfekt der Provinz Adana mit weiteren hochgestellten Amtsinhabern, ferner Ali Safa Beys Freunde, allesamt Grundbesitzer in Adana, sowie die großen Beys der Turkmenen aus Kozan, Osmaniye und Ceghan zum Leichenbegängnis eingefunden. Karadağlioğlu Murtaza Aga raufte sich öffentlich die Haare, jammerte, schlug sich gegen Brust und Kopf und sagte jedem, der ihm über den Weg lief: »Er hat ihn getötet, diese Handbreit Waisenknabe mit dem Hals einer Dörrbirne hat einen Löwen wie Ali Safa Bey getötet. Er tötete ihn, Freunde, Verwandte und Verschwägerte. Tötete den großen Helden des Freiheitskrieges, den Freund Tufan Paschas und Dogan Paschas. Wie soll ein Herz das ertragen? Tötet ihn, bringt seinen Leichnam in der gelben Hitze zum Stinken. Das erträgt ein Herz schon gar nicht. Davor hatte er bereits unseren Abdi Aga getötet, den Aga von fünf Dörfern, eine Säule unseres Glaubens. Nachdem er wie jetzt unsere Stadt überfallen hatte und dann dem Armen zwischen die hellbraunen Augen schoß ... Wen alles hat dieser Ince Memed nicht schon getötet? Mit seiner Handschar soll er den Frauen der Agas die Bäuche aufschlitzen, ihre Leibesfrucht herausreißen und als Zielscheibe benutzen. Mit den Reichen geht er so um, nun gut, was aber sollen wir dazu sagen, wie er es mit den Armen treibt! Nachdem er ihre Mädchen und Frauen tüchtig vergewaltigt hat, schneidet er ihnen die Köpfe ab, spießt sie auf und säumt damit die Straßen. Jetzt soll er sich in die Berge geschlagen haben, zum Bach der Blumen, um dort unseren Helden des Freiheitskrieges, Mahmut Aga, zu töten. Das habe er sich geschworen, sagt uns dieser berühmte Mann hier, Ali der Hinkende, der die Spuren fliegender Vögel sogar auf der Erde lesen kann, Ali der Hinkende, der Abdi Agas treuer Gefährte war, Ali der Hinkende, der das Fleisch jenes Ungläubigen zu Kebab rösten wird, wenn er ihm in die Hände fällt. Und nicht einmal dieser Ali konnte Ince Memed das Handwerk legen.«

Ali der Hinkende, den Murtaza Aga jedem, der ihm über den Weg lief, anpries und mit Lob überschüttete, hielt sich einen Schritt rechts hinter ihm. In Trauer versunken, den Kopf gesenkt, hörte er mit feuchten Augen seinem Aga zu, ohne die geringste Regung im Gesicht, als gelte das Loblied nicht ihm.

»Sollten unsere Gendarmen den Bach der Blumen nicht rechtzeitig erreichen, wird auch Mahmut Aga, der Held, der im Freiheitskrieg seine Brust wie einen bronzenen Schild unseren Feinden entgegenstreckte, sterben. Und auch die anderen Agas mit eherner Brust … Wehe unseren Frauen und Töchtern! Dann wird Ince Memed mit seinen Ungeheuern, die Galgen und Pfahl entgangen sind, die Strick und Pfählung verdient haben, von den Bergen herabsteigen, zuerst unsere Stadt überfallen, dann Adana, Mersin und die ganze Çukurova einnehmen … wird uns allen die Haut abziehen und die Köpfe abschlagen. Wehe unseren Frauen, wehe unseren Töchtern, wehe unseren Äckern! Wehe, wehe, wehe, was uns erwartet … Dennoch, ich weiß, auch wenn er die ganze Çukurova erobert, daß wir wie damals im Freiheitskrieg die Franzosen, die wir in diesen Bergen des Taurus, auf dieser heiligen Erde erstickt haben, auch Memed den Falken erwürgen werden.«

Während er so sprach, stockte Ali der Hinkende, hob die Brauen, sah ihn mit seinen Fuchsaugen seltsam von der Seite an und ging weiter.

Karadağlioğlu Murtaza Agas Lage war in der Tat verzweifelt, denn alles, was er daherredete, glaubte er selbst aus vollem Herzen. Ince Memed, dieses blutrünstige Ungeheuer, raubte ihm den Schlaf, versetzte ihn in Angst und Schrecken. Als Murtaza nun auch noch vom Ende Ali Safa Beys hörte, drehte er völlig durch, ergriff ihn Todesangst. Seine einzige Zuflucht und Hoffnung, der einzige Zweig, an den er sich klammerte, war Ali der Hinkende. Gäbe es den nicht, Karadağlioğlu Murtaza Aga wäre schon längst kopflos vor Angst in die Berge geflüchtet. Deswegen bemühte er sich um ihn, wollte er auch nicht einen Augenblick seine Gegenwart missen. War dieser Mann nicht in seiner Nähe, stürzte er in eine dunkle, bodenlose Leere des Schreckens. Er glaubte an Ali. Denn wären die Gendarmen stehenden Fußes aufgebrochen, als Ali in die Wache kam und »Helft, helft! Ince Memed ist unterwegs, um Ali Safa Bey zu töten« brüllte, lebte dieser noch, ach, würde Ali Safa Bey noch leben … Denn Ali der Hinkende hatte geschrien, hatte sich zerrissen und getobt, doch die Gendarmen in Bewegung setzen, nein, das hatte er nicht vermocht. Und Ince Memed, die Flinte unverhüllt in der Hand, auf nacktem Pferderücken, war hingeritten und hatte Ali Safa Bey getötet … Ja, Ali der Hinkende ist schon ein tapferer, selbstloser Kerl. Der wußte alles, kannte die Berge, die Ebene, die Wolfshöhlen, die Vogelnester und die Herzen der Menschen.

»Ich habe immer gesagt, der Kopf der Schlange muß zertreten werden, solange er noch klein ist. Da habt ihr's, er wurde nicht zerschmettert, und jetzt spielt Memed mit der gewaltigen Türkischen Republik, die gegen sieben Welten, gegen fünfzehn Großmächte kämpfte, ja, sie in Schutt und Asche legte, als hinge diese Republik an seinen Fingern, mehr noch, an seinen Fingerspitzen … Wenn wir nicht auf der Stelle mit einer Armee die Berge einkesseln und uns jenes Ince Memed samt seinen Spießgesellen bemächtigen, wird diese Bewegung Kreise ziehen, sich über alle Berge und von dort über ganz Anatolien ausdehnen, dann aber wird man dieser Nacktbeinigen nicht mehr Herr werden, wird unsere wohlgeordnete, einer Rose gleichen Heimat, die wir aus dem Nichts geschaffen, stinkenden Händen entrissen haben, untergehen. Und wenn dieser Spurensucher und Recke, Ali der Hinkende, nicht gewesen wäre, hätten wir diese Heimat schon längst verloren, trüge man sogar unsere Köpfe aufgespießt im Umzug von Dorf zu Dorf.«

Murtaza Aga, in Schweiß gebadet, mit geschürzten, zitternden Lippen, redete, tobte und brüllte. Vom Gesucheschreiber, den sie Politiker nannten, zum Unterpräfekten, vom Unterpräfekten zu Halil Bey machte er die Runde durch die Stadt, wirbelte er durchs Gedränge.

Politiker hockte vor seiner Schreibmaschine, um ihn herum die Agas, und tippte ununterbrochen Telegramme für Adana, für

Ankara, und eins nach dem andern, ohne die übliche Wartezeit, gab sie der Postamtleiter nach Adana und Ankara durch.

Während Politiker die Texte aufsetzte, redete er gleichzeitig in einem fort, wobei er sich immer wieder verhaspelte.

»Nur ein Regiment kann es mit diesem Mann aufnehmen, besser noch: eine Division! Hinter jedem Busch im Taurus steckt doch jetzt ein Ince Memed. Ich sage euch, unser hochgeschätzter Herr Murtaza Aga hat recht, und wie recht er hat!«

Jedesmal, wenn er so sprach, schob Murtaza Aga ihm heimlich einen Zehnliraschein in die Tasche, und jedesmal, wenn Murtaza Aga wieder vor Politikers Schreibstube auftauchte, egal, worüber er sich gerade unterhielt, unterbrach dieser sein Gespräch und brüllte: »Der hochwohlgeborene Murtaza Aga hat vollkommen recht, jetzt schon steckt hinter jedem Busch im Taurus ein Ince Memed. Aber wir werden nicht zulassen, daß diese Opankenträger unser Land mit Füßen treten. Diese Nacktbeine kehlen unsere Männer ab, von denen ein jeder tausend Goldstücke wert ist, aber sie werden was erleben, wenn erst ein Regiment aus Ankara hier eintrifft ...«

Währenddessen schrieb er schwitzend eine Bittschrift nach der anderen, gab sie den Männern, die darauf warteten, stellte Quittungen aus, warf sie in seine Schublade, und während er im Innersten für Ince Memed betete, machte er sich schon an das nächste Gesuch.

Gesucheschreiber Fahri den Verrückten suchte keiner der Agas auf. Und Fahri der Verrückte, der aus den Augenwinkeln die einem Fließband gleichende Schreibstube Politikers beäugte, beschimpfte die Agas samt seinem Nachbarn, was das Zeug hielt.

»Zu mir kommen sie natürlich nicht. Sind mir feind geworden. Weil ich es war, der mit einem Gesuch Ince Memeds Hatçe vor dem Gefängnis bewahrte. Weil ich es bin, der die Eingaben des Gottesmannes hinter Gittern, Ferhat Hodscha mit dem schönen Gesicht einer Rose, verfaßt. Weil meine Gesuche, die sogar einen Marmorstein erweichen, ihn befreien werden. Lüge ist, daß Ferhat Hodscha getötet hat ... Sie verleumden den Heiligen Gottes ... Lüge auch, daß Ince Memed getötet hat ...«

Als die Menschenmenge vor seinem Laden unruhig wurde, sah

Fahri der Verrückte ein, daß er zu weit gegangen war. Er versuchte, seiner Rede eine andere Wendung zu geben, doch dann verlor er wieder die Beherrschung und zog erneut vom Leder.

»Vielleicht, aber nur vielleicht«, lenkte er ein, »ist es Ince Memed gewesen, der Ali Safa Bey getötet hat – vielleicht. Es könnte ebensogut ein Landarbeiter gewesen sein, dem Ali Safa nicht gab, was rechtens war, vielleicht ein Bauer, dem er den Acker nahm. Wozu also dieser Aufstand, dieses schändliche Treiben … Gegen einen einzigen Mann wollen sie in Ankara eine Armee in Marsch setzen, eine ganze Armee für einen Mann, grenzt dieser Aufwand nicht an Sünde? Und wo soll ein großes Heer einen einzigen Ince Memed aufstöbern? Vielen Menschen, vielen armen Bauern wird es übel mitspielen, vielen …«

In diesem Augenblick steckte Murtaza Aga seinen Kopf durch die Tür.

»Verdammter Hund, verrückter Hund, wenn ich diesen Finger in deine Augen stoße, drücke ich sie heraus!« brüllte er und schnellte seine Hand wie einen Pfeil gegen Fahris Gesicht. Wäre dieser nicht auf der Hut gewesen, der Aga hätte ihm das Auge ausgestochen, so schnell war der Finger hervorgeschossen. »Willst du wohl schweigen, du Hund!«

Fahri der Verrückte lief quittengelb an: »Um Gottes willen, mein Aga, ich schweige«, entsetzte er sich, senkte den Kopf und fügte hinzu: »Was habe ich denn schon gesagt?«

»Was du gesagt hast, Hund, habe ich gehört«, donnerte Murtaza Aga, und seine Halsschlagader schwoll an. »Kerl, wenn ein Mann der Regierung hört, was du sagst, baumeln sie dich auf, und zwar auf der Stelle, an diesem Baum, auf diesem Platz … auf der Stelle! Mensch, hören deine besoffenen Ohren denn nicht, was du da sagst?«

Fahri der Verrückte war aufgestanden, hatte die Hände über die Brust gekreuzt und buckelte: »Um Gottes willen, mein Aga, ich rutsche vor dir auf den Knien, Gnade, mein Aga … Nie wieder, nie wieder … Aber Ihr gebt mir nie ein Gesuch in Auftrag … Immer der Politiker, immer der Politiker … Der ist schon reich geworden … Seit heute morgen schreibt immer nur er, immer nur er …«

»Schweig! Er redet noch immer, der räudige Hund, schweig!«

»Ich bin ja schon still, mein Aga … Ich habe ja nur gesagt, daß dieser Heide Ince Memed mit seinen hundertundelf Kumpanen, wenn nicht heute, dann morgen abend von den Bergen herabkommen und unser wunderschönes Städtchen brandschatzen wird. Frag alle hier, sie haben es gehört!« Er beschwor die Dörfler vor seinem Laden mit flehentlichen Blicken: »Sagt, Brüder, habe ich nicht so gesprochen?«

»Waaas?« erregte sich Murtaza Aga. »Woher hast du diese Nachricht?«

Fahri der Verrückte war beruhigt.

»Ich höre viel«, antwortete er, »und aus sicheren Quellen.«

»Wenn es so ist, einen Augenblick!« sagte Murtaza Aga, musterte die Runde, bis sein abschätzender Blick auf einen alten Bauern fiel. »Du da, komm her!« befahl er, und der Dörfler bahnte sich einen Weg durch die Menschenmenge.

»Zu Befehl, Murtaza Aga!«

»Du wirst jetzt ein Telegramm, das Fahri Efendi aufsetzen wird, nach Ankara schicken. Falls du nicht schreiben kannst, wirst du es mit deinem Fingerabdruck besiegeln!«

In Windeseile hatte sich Fahri vor seine Schreibmaschine gesetzt und einen Bogen eingelegt.

»Mach dir keine Sorgen, mein Aga«, sagte er, »ich setze ein Telegramm auf, daß Mustafa Kemal, seine Armee und Gendarmerie, ja, Ankaras Steine und Berge davon sprechen werden …«

»Was wirst du schreiben?« fragte, schon milder gestimmt, Murtaza Aga.

»Ich bitte dich, Murtaza Aga Efendi, mein hoher Bey, Fahri der Verrückte wird doch wissen, was er schreiben muß.«

»Was wirst du schreiben?« beharrte, jetzt strenger, Murtaza Aga. »Was wirst du schreiben?«

Fahri sprang auf, faltete ehrerbietig die Hände und verdrehte die angstgequälten, blutunterlaufenen Augen.

»Was wirst du schreiben?«

»Daß Ince Memed mit seinen Kampfgefährten alle Berge besetzt hält … alle Wege und Pässe … Daß sie Mädchen, schwangere Frauen … und siebzigjährige Greisinnen …«

»Nein, so nicht. Das alles ist schon geschrieben worden. Was noch, was noch, los, streng deinen Kopf an!«

»Daß Ince Memed heute nacht mit dreihundert Reitern kommen wird ... und unsere Kreisstadt ...«

»Gut so«, lachte Murtaza Aga, »so ist es gut. Du wirst jetzt noch zehn Personen auswählen, jedem ein Telegramm aufsetzen und mit ihnen zum Postamt gehen. Wir haben dort ein Guthaben. Gib die Papiere dem Leiter des Telegrafenamtes, und vergiß nicht, sie von den Leuten mit Daumendruck bestätigen zu lassen. Nimm auch noch dieses Geld!« Und sagte, während er ihm ein Bündel Scheine in die Hand drückte: »Verrückter Kerl, beinah ... wäre ich nicht zur rechten Zeit gekommen, hättest du dich um Kopf und Kragen geredet.«

»Immer zu Diensten, mein Aga, lang sollst du leben, möge Allah jeden Schaden von dir wenden!«

Fahris Hand, mit der er das Geld hielt, zitterte.

Eilig entfernte sich Murtaza Aga, und der Gesucheschreiber brüllte in die Menschenmenge: »Kommt herein! Du, du und du! Keine Ausflüchte! Wer seinen Daumen nicht auf diese Telegramme drückt, wird schwer bestraft. Wir kommen sonst alle in Teufels Küche. Ihr habt es eben gehört, fast wäre ich am Strick gelandet.«

An die fünfzehn Bauern traten schweigend vor und drängten sich in die Schreibstube, Fahri der Verrückte spannte einen Bogen ein und begann holterdiepolter zu schreiben.

»Sie haben es bereut«, stieß er hervor, »haben es bereut und kommen letztendlich zu mir. Was versteht dieser Politiker schon von Telegrammen, geschweige denn davon, wie Ankara zu ködern ist. Wenn nicht jedermanns Augen zwei Brünnlein werden beim Lesen meiner Telegramme«, er stemmte die alte, klapprige Schreibmaschine in die Höhe, »dann hebe ich dieses Ding so hoch und knalle es auf die Steine, daß es in tausend Stücke zerspringt. Was weiß dieser Politiker denn schon von Bittschriften ... Der weiß nicht einmal, wo das Loch in seinem Arsch sitzt. Wenn Ankara auf Politikers Gesuch auch nur einen einzigen Gendarmen schickt, werde ich diese Stadt nie wieder wunderschönes Ankara nennen. Jetzt werdet ihr ja sehen, wie schon morgen, wenn nicht noch früher als morgen, unsere Armee heranrückt und sich auf den Taurus stürzt …«

Er schrieb und lächelte dabei, ließ seiner Phantasie freien Lauf. Schon seit langem wußte er von der Wirkung seiner Gesuche auf höchste Stellen und war stolz darauf. Jetzt würde er von jedem, den er auftrieb, einen Fingerabdruck nehmen. Gott sei Dank gab es in dieser Stadt genügend Menschen mit willigem Daumen. Und während er sorgfältig seine Telegramme verfaßte, war er eifrig bemüht, für jeden, der die Schreibstube verließ, einen Nachfolger zu bestimmen, der dessen Stuhl einnehmen mußte. So hatte Fahri Efendi bis in den Abend ununterbrochen zu tun, und wäre Murtaza nicht gekommen und hätte gesagt: »Nun aber genug, Fahri Efendi, Bruder, jetzt reicht's, du treibst uns in den Ruin, mit den Gebühren deiner Telegramme könnte ich weiß Gott ein Gut kaufen, hör auf, Fahri Efendi, Bruder, hast du denn nicht einen Funken von dem im Leib, was man Religion, Barmherzigkeit und Rücksicht nennt?«, hätte er, einmal in Schwung, bis in den Morgen weitergemacht.

Murtazas Worte empörten Fahri Efendi aufs äußerste. Das sind doch undankbare Menschen, dachte er im stillen, Wohltaten wissen sie nicht zu würdigen … Er hob den Kopf, sah mit seinen blutunterlaufenen und traurigen Augen eines geschlagenen Hundes den Aga an und sagte mit müder, sanfter Stimme: »Könnten sämtliche Advokaten Adanas, Ankaras und Istanbuls, kämen sie zusammen, solche Telegramme wie die meinen aufsetzen? Ich habe sie mit meinem Herzblut geschrieben, mein Aga.« Dann ließ er gekränkt den Kopf sinken.

Murtaza Aga bereute seine Worte.

»Schon gut«, lachte er, »schon gut, Fahri Efendi, mein Freund. Mann, bist du empfindlich.« Dabei schlug er ihm zärtlich auf die Schulter und streichelte sie. »Sei mir nicht böse, Bruder!«

»Ich kränke mich, Freund«, antwortete Fahri und fügte dann hinzu: »Alldieweil ich ein Meister meines Faches bin, alldieweil niemandes Feder besser ist … diese Trunksucht ist es, die uns kaputtmacht, die Trunkenheit.« Er kniff die Lippen zusammen, seine Gesichtshaut spannte sich, und seine Augen füllten sich mit Tränen. »Ach, die Trunkenheit …«

»Hör zu, mein Freund, du verstehst ja überhaupt keinen Spaß! Hör zu, mein Freund, ganz Ankara wird jetzt von deinen Telegrammen überschwemmt, Himmel und Erde Ankaras hallen jetzt wider vom Wehgeschrei der Menschen, denen deine Worte, die Steine erweichen können, das Herz zerreißt. Gesegnet seien deine Hände! Und morgen, noch bevor der Tag graut, mußt du deine Arbeit mit aufrechtem Herzen weiterführen. Schreib mit ganzer Kraft, Fahri Efendi, erster Gesucheschreiber unserer Stadt, sogar ihr oberster erster, dessen Bittschriften Eisen erweichen. Setz alle deine Fähigkeiten ein, schreib so lange, bis sie die Leiche dieses Ince Memed über den Rücken eines Esels werfen und in die Stadt bringen. Schreib, soviel du kannst! Und reg dich doch nicht über meine Späße auf. Kann ein Mensch denn seinem Murtaza Aga böse sein?«

»Ich bin ihm nicht böse«, antwortete Fahri der Verrückte und lachte. »Wie soll ich dir deine Worte verargen! Ich nehme überhaupt nichts übel, verehrter Karadağlioğlu Murtaza Aga Efendi, ich werde doch meinem Herrn Wohltäter, dem Sultan der Agas, nicht grollen? Würde nicht andernfalls der liebe Gott meine, des Undankbaren, Augen auslaufen lassen? Gut sind sie geworden, meine Gesuche, hervorragend gelungen, dank dir so beispielhaft, daß jedem, der sie liest, vor Staunen die Zunge in die Kehle rutschen wird. Und du hast mich dazu angespornt. Kann ein Mensch dir denn böse sein, Sultan der Agas?«

Er stand auf, hob den rechten Arm in die Höhe, als hielte er eine Rede. »In dieser Nacht noch werde ich dich mit Gesuchen überraschen, mit Gesuchen!« rief er. »Denn es sind die Nächte, die mit dem Gold des Morgens schwanger gehen, sogar mit goldenen Gesuchen! Jetzt, noch in dieser Nacht, werde ich das Gesuch meines Lebens schreiben, das schönste, eindrucksvollste, meisterlichste. Die großen Vorbilder des geschriebenen Wortes vor Augen, werde ich Zeilen verfassen, die den Magen eines jeden Lesers erzittern, ja, zerspringen lassen. Und dann mögen sie das Ungeheuer Ince Memed gefangennehmen, den Leichnam dieses Blutrünstigen, in dessen hellen Augen lila Schmeißfliegen nisten werden, über den Rücken eines räudigen Esels, obendrein den nackten Rücken eines räudigen Esels werfen und in die

Stadt bringen. Und dann mögen sie ihn inmitten eines jeden unserer siebenundsechzig Dörfer ausstellen, ihn in allen Marktflecken von Kozan, Kadirli und Adana herumzeigen, mit ihm durch Ankara und Istanbul ziehen und ihm schließlich vor dem Haus der Großen Nationalversammlung mit scharfen Metzgermessern die Haut vom Körper trennen!«

Während Fahri Efendi all diese prachtvollen geflügelten Worte gestaltete, heftete er seine glühenden Augen beifallheischend auf Murtaza Aga. Und dieser hörte ihm mit leicht spöttischer, aber auch etwas bedauernder Miene zu und schüttelte hin und wieder fast unmerklich den Kopf. Doch als Fahri Efendi ganz außer Atem wieder Platz nahm, spürte der Aga, daß er nicht umhinkam, auf ihn einzugehen: »So ist es, du hast recht, vollkommen recht! Gott gebe, daß sich erfülle, was du eben beschworen hast, und sie, allen zur Lehre, diesem Ince Memed die Haut abziehen, inschallah!«

»Allen zur Lehre«, schrie Fahri der Verrückte und sprang auf die Beine, doch gleich darauf setzte er sich, erschöpft nach Luft ringend, wieder hin. »Ach!« seufzte er. »Ach, aaach, habe ich nicht mehr verdient, als nur ein Gesucheschreiber zu sein? Ach, Vorsehung, dein Auge soll erblinden, dein Haus in Trümmer fallen! Und verdammt seien Trunkenheit und Armut! Verdammte Armut, Ursprung alles Bösen.«

»So ist es nun einmal mit der Vorsehung, Fahri Efendi, was können wir dagegen tun. Der Mensch ist zu allem Bösen fähig, mein Freund. Da siehst du's, ein barfüßiger Dorfjunge, dessen Blut und Lunge keine zehn Para wert sind, tötet, ohne mit der Wimper zu zucken, einen Helden unseres Freiheitskrieges und geht anschließend mit schlenkernden Armen in den Bergen spazieren.« Während Murtaza ihm mitleidig zuredete, streichelte er behutsam seinen Rücken. »Diese Stadt wird nicht in deiner Schuld bleiben, sie wird dir deine guten Taten lohnen. Wenn du nur weiterhin Ankara mit Gesuchen bombardierst.«

»Auch weiterhin!« brüllte Fahri Efendi. »Auch weiterhin Feuer frei! Über die Berge hinweg mit dem Sperrfeuer einer Flugabwehrkanone werde ich Ankara in Brand schießen!«

»Ja, mein Freund, schieß die ganze Welt in Brand! Dein Leben und meines, das unseres Vaterlandes und Volkes und aller Geschöpfe unserer Erde ist in großer Gefahr.«

Nachdem Karadağlioğlu ihm wieder ein bißchen Geld zugesteckt hatte, schritt er mit durchgedrücktem Kreuz Richtung Brücke davon. Die Dörfler, denen er begegnete, wichen in Habachtstellung beiseite, bis er an ihnen vorüber war. Und er, die Brust geschwellt, den Kopf gereckt, bedankte sich herablassend mit knappem Gruß. Ali der Hinkende ging schweigend drei Schritte hinter ihm.

Auf der Brücke angekommen, schaute Murtaza eine Weile auf den Bach, der tief unter ihm dahinfloß. Als er im Wasser die geschmeidigen, scheuen Fische in gestaffelter Reihe ausmachte, freute er sich. »Noch sehen meine Augen so scharf wie in meiner Jugendzeit, und das ist gut so«, frohlockte er, zwirbelte seinen Schnurrbart und ließ aufgeräumt seine Augen eine Weile auf dem Wasser ruhen. Er dachte über Ince Memed nach. Warum nur war er diesem Jungen so feindlich gesinnt, warum fürchtete er ihn so sehr? Was konnte ihm dieser einsame Außenseiter, dieser Waisenknabe obendrein, von winzigem Wuchs, wie man sagt, der weder lesen noch schreiben konnte, schon anhaben ... So weit, so gut, doch hielten alle Dörfler in den Bergen zu ihm. Und ist nicht auch Ali Safa Bey deswegen draufgegangen? Wer anders, wenn nicht die Bauern in Vayvay, hatte Memed den Falken versteckt, hatte ihn angestiftet, Ali Safa Bey zu töten? Wer sonst noch hätte ihn veranlassen können, den armen Mann, mit dem er nichts zu schaffen hatte, aus heiterem Himmel umzubringen? Das hieße doch, daß er aller Agas Feind war. Das hieße, daß ihm nach dem Blut jedes rechtschaffenen Menschen in der Çukurova dürstete. Vielleicht auch nach meinem, dachte Murtaza und erschauerte vom Scheitel bis zur Sohle. Ince Memed dürstet auch nach meinem Blut, diese barfüßigen Dörfler dürsten nach unser aller Blut. Es darf nicht sein, daß dieser Ince Memed sich noch ein Jahr in den Bergen herumtreibt, auf keinen Fall. Er würde die Dörfler aufhetzen. Und wenn ihnen uns gegenüber die Feindschaft zur Gewohnheit wird, werden wir ein Donnerwetter erleben. Kein Haus in der Çukurova, das sie dann nicht in Trümmer legen, keinen Herd, den sie nicht ersticken werden.

Diesen Dörflern, diesen doppelzüngigsten Menschen der Welt, nur keine Gelegenheit geben, sonst ziehen sie uns im Freien die Haut vom Leib. Darum ist es gut und angemessen, Ankara so in Aufregung zu versetzen. Den Kopf der Schlange zermalmen, solange er noch klein ist! Den Mund hab ich mir fusselig geredet. »Um Gottes willen, Ince Memed wird zum Bauernführer, eilt zu Hilfe«, habe ich gesagt, doch keiner glaubte mir. »Um Gottes willen, die Heimat ist in Gefahr«, habe ich gesagt, doch keiner scherte sich. »Ein Jüngelchen!« sagten sie und gingen zum Tagwerk über. Da habt ihr euer Jüngelchen, da habt ihr's, es hat auch Ali Safa Bey getötet, und es wird wen sonst noch alles töten … Murtaza stellte sich seinen eigenen gewaltsamen Tod vor. Dieser gemeine Kerl, dieses entmenschte Ungeheuer soll seinen Opfern die Kugel genau in die Pupille jagen. Auch den armen Abdi Aga hatte er so umgebracht, nachdem er ihn drei Stunden lang um Gnade betteln und sich von ihm die Füße küssen, ja lecken ließ. Wie eine Schlange habe der Aga am Boden kriechen müssen und soll ihn dabei angefleht, soll ihn beschworen, soll ihm sein gesamtes Hab und Gut geboten haben, wenn Ince Memed ihm dafür einzig und allein das Leben schenke … Er soll geweint, gejammert, mit Engelszungen geredet, ihm zu Füßen gelegen und die Sohlen seiner Opanken abgeleckt haben, seiner dreckigen Opanken! Und nachdem er ihn bis zum Morgen hat winseln lassen und es im Osten graute, habe er gesagt: »Schau dir den Sonnenaufgang an, Aga, noch einmal wirst du ihn nicht sehen.« Dann habe er den Lauf an dessen Auge gehalten und den Abzug durchgedrückt, und Ali Safas Kopf zersprang in tausend Stücke. Fleisch und Knochen sollen überall an den Wänden geklebt haben. Wenn Ankara das erfährt, wird es »Zetermordio, das Vaterland geht zugrunde!« schreien. Aber das ist mit Telegrammen von irgendwelchen Dörflern nicht zu erreichen. Hier wird schließlich an den Grundfesten der Nation gerüttelt, heute ein Ince Memed, morgen deren zwei, übermorgen drei … dann, ja dann hundert, zweihundert, dreihundert, eintausend … zweitausend, zehntausend, hunderttausend… Und dann sieh zu, wie du damit fertig wirst! Jeder Bauer wird zu einem Ince Memed …

Das alles wirbelte ihm durch den Kopf, als er von der Brücke hinunterging. Die Gruppen der Dörfler um ihn herum betrachtete er mit Furcht, mit Wut, ja, mit einem Anflug von Abscheu. »Allah gebe ihnen die Krätze und nehme ihnen die Fingernägel!« murmelte er. Im Laufschritt eilte er auf kürzestem Weg zum Konak Halil Beys. Im Vorhof standen Autos, darüber freute er sich. Die hohen Herren waren also noch nicht fort. Er hatte ihnen vieles zu sagen, viele herzzerreißende Worte. Auch wenn Halil ihn gebeten hatte: Murtaza, rede nicht zuviel! Soll er doch! Was hatte es denn genützt, daß er so schweigsam und zurückhaltend gewesen war? Na bitte, Ali Safa Bey wurde getötet. Und noch viele andere mehr werden durch gezielte Schüsse in die Augen diesem Ungeheuer zum Opfer fallen.

»Warte dort!« sagte er zu Ali und zeigte auf den Olivenbaum neben dem Hoftor. Zögernd, mit klopfendem Herzen, stieg er die Treppe empor, die zur offenstehenden Tür des Konaks führte. Auf dem obersten Absatz fing Halil Bey ihn ab.

»Um Gottes willen, Murtaza«, beschwor er ihn, »denk daran, kein Wort über Ince Memed, solange Arif Saim Bey, der stellvertretende Bürgermeister oder der Regimentskommandeur ihn nicht erwähnen! Halt dich bitte zurück, denn seit gestern abend tobt Arif Saim Bey wie ein Wahnsinniger. Wenn Ankara davon erfährt, sagt er immer wieder, steckt es die ganze Çukurova in Brand. Um Gottes willen, Murtaza, sei vorsichtig!«

»Gemach!« antwortete Murtaza mit finsterer Miene. »Aber wie soll es mit Memed dem Falken denn weitergehen?«

»Nun, Arif Saim Bey hat diese Angelegenheit zu seiner eigenen gemacht, somit ist Memed erledigt. Wenn nicht heute, dann morgen. Da mach dir keine Sorgen, die Berge wimmeln von Gendarmen.«

»Ich habe Angst, Halil«, sagte Murtaza Aga, »große Angst! Auch beim letzten Mal, als Abdi Aga getötet wurde, hieß es, daß der Junge jetzt erledigt sei.«

»Diesmal wird ein Ende gemacht«, beteuerte Halil Bey. Dann gingen sie ins Haus. Murtaza Aga knöpfte seine Jacke zu, eilte tief gebeugt als erstes zu Arif Saim Bey und umklammerte dessen Hand. Hätte der Bey sie nicht hastig weggezogen, Murtaza hätte sie geküßt. Daraufhin ging er zum stellvertretenden Bürgermeister und anschließend zum Obersten. Im Zimmer befanden sich noch einige Männer, die er aber nicht kannte, und drei Hauptleute der Gendarmerie. Nachdem er jedem die Hand gegeben hatte, zog er sich zurück und setzte sich unter dem großen Fenster auf das Sofa, dessen weißer, leinener Überzug mit roten Rosenmustern bestickt war. Es standen noch einige Sessel aus geschnitztem Nußbaum im Zimmer, aber Murtaza Aga konnte sich schließlich nicht auf einen Platz setzen, der einem großen Volksvertreter zukam. Derartiges Benehmen zeugte von einem Mangel an Ehrerbietung.

Arif Saim Beys Miene war finster. Er starrte stumm vor sich hin, und solange er nicht sprach, durften es auch die andern nicht. Währenddessen kam Molla Duran Efendi, nach ihm Untersuchungsrichter Rüstü Bey, danach Kozanoğlu Fahri Bey, gefolgt von Zülfü dem Grundbuchführer. Arif schaute keinen an, berührte die Hände, die sie ihm reichten, nur kurz mit Daumen und Zeigefinger. Erst als der Grundbuchführer Zülfü erschien, stand er auf, umarmte ihn und fragte lächelnd: »Wo steckst du, Bruder Zülfü, wie geht es dir? Lange schon habe ich nichts von dir gehört. Auch meine Gemahlin bedauert dies sehr. Vor kurzem noch fragte sie, was wohl mit unserem Zülfü sei. In der Tat, was ist mit dir, Mann, Zülfü?«

»Mir geht's gut, Bey, ich kann nicht klagen«, antwortete dieser, setzte sich in den ihm angebotenen Sessel aus geschnitztem Nußbaum und schlug die Beine übereinander. »Eh, und wie geht es dir, Bey, mein Freund? Unser Leben hier läßt nichts zu wünschen übrig, außer um dein Wohl machen wir uns keine Gedanken. Wie schön, wenn das unsere einzige Sorge ist, mein Bey. Grüße deine Gemahlin, ich küsse ihre gesegneten Hände. Die Granatapfelbäumchen, die wir mit ihr setzten, sind gewachsen. Sie geben Früchte so groß wie Menschenköpfe, so schwer, daß die Zweige sie nicht tragen konnten und ich sie abstützen mußte. Schon bald werde ich ihr einen großen Korb davon schicken. Die Teure wird es nicht übers Herz bringen, die Früchte aufzuschneiden, und wird sie tagelang betrachten. Jeder Granatapfel hat so einen rosigen Glanz, ein Rosa, wie es nicht einmal bei

Sonnenaufgang und beim Abendrot leuchtet. Hat die gnädige Frau meine Feigen bekommen, die ich ihr schickte, lieber Freund?«

»Die haben wir bekommen«, freute sich Arif Saim Bey. »Bei Allah, in meinem ganzen Leben habe ich solche Feigen nicht gesehen. Der Abgeordnete für den Distrikt Aydin besuchte uns, und auch ihm verschlug es die Sprache. Weder in Aydin noch in Izmir seien ihm jemals solche Früchte vorgekommen. Unvorstellbar, fabelhaft, lieber Freund, ich habe mich sehr darüber gefreut. Auch meine Frau war höchst entzückt. Meine Gemahlin, müssen Sie wissen, liebt diesen Zülfü wie ihren Bruder – was heißt Bruder? Liebt ihn wie ihr Kind, wie ihre Mutter, wie ihren Vater. Aber zurück zu den Feigen: Jede so groß«, dabei ballte er die Faust und zeigte sie der Runde, »so groß! Und – verzeihen Sie mir den Ausdruck – aus dem Hintern einer jeden – ich bitte um Entschuldigung! –, aus dem Hintern einer jeden troff – tropf! tropf! – der honigsüße, seimige Saft. Honigtropfen, glänzend gelb wie Bernstein, quollen aus ihren – mit Verlaub – Hintern, ja, gelb wie Bernstein. Und solche Feigen züchtet unser Zülfü, dieser Strolch. Und wir werden seine Granatäpfel erleben, Granatäpfel, die weder in Frankreich noch in Deutschland, noch in England je gezüchtet wurden, noch jemals dort gezüchtet werden können.«

»Noch in Italien«, ergänzte Grundbuchführer Zülfü.

»Noch in Italien«, bestätigte strahlend Arif Saim Bey.

Die Beziehung zwischen Saim Bey und Zülfü währte schon sehr lange. Letzterer, wenn auch nur Grundbuchverwalter einer kleinen Provinzstadt, war ein abgefeimter Bursche. Wenn es darauf ankam, konnte er so einflußreich sein wie ein Bürgermeister, ein Präfekt, ja, ein Abgeordneter. Als einer der ersten war er für die Partei der Einheit tätig gewesen, was ihn aber nicht hinderte, mit den französischen Besatzungstruppen, als sie die Çukurova eroberten, nach Adana zu ziehen, wo er ihnen wie ein Adjutant zu Diensten war. Dort lernte er Arif Saim Bey kennen, der in einem kleinen Ort das Amt des Kommandanten der Gendarmerie innehatte, und freundete sich mit ihm an. Daß die Franzosen die Çukurova räumen wollten, hatte Zülfü wieder als erster vorausgesehen, und er setzte seinen Freund Arif Saim Bey sofort davon in Kenntnis, als es soweit war. In Kozan saßen dann die beiden drei Tage und Nächte beisammen und faßten nach reiflicher Überlegung und Berücksichtigung aller Möglichkeiten den Entschluß, sich den Einheiten der nationalen Streitkräfte anzuschließen. Nachdem sie so lange den Franzosen gedient hatten, war es für beide nicht leicht gewesen, ihr Vorhaben zu verwirklichen. Aber Zülfüs füchsischer Schläue war es zu verdanken, daß sie alle Schwierigkeiten überwinden und auf seiten der nationalen Streitkräfte an den Kämpfen teilnehmen konnten. Danach stand Arif Saim Beys Aufstieg nichts mehr im Wege, und bald war er einer der drei Vertrauten des kommandierenden Paschas. Was Zülfü betraf, so stellte er keine Forderungen, er bat nur um die Rückgabe seines Amtes in der Grundbuchverwaltung der Provinz. Dort wieder eingesetzt, war es ihm ein leichtes, das Land fachmännisch an jene zu verteilen – zuvörderst an Arif Saim Bey, versteht sich –, die dafür ihr Blut vergossen hatten, Land, wovon jede Handbreit so teuer war wie jeder hierfür geopferte Blutstropfen. Und so fielen die größten Happen dieser kostbaren Erde an Arif Saim Bey und dessen Busenfreund Zülfü. Als dann die Franzosen abzogen, der Freiheitskrieg zu Ende war und eine neue Regierung ans Ruder kam, schossen so viele Helden aus dem Boden, daß ihre Anzahl die der Kriegsteilnehmer wohl zehnfach überstieg. Und auch da eilten Zülfü und Arif Saim Bey den neuen Machthabern zu Hilfe und trennten mit unfehlbarem Gespür die Kämpfer von den Drückebergern. Dabei war Zülfü so begabt, daß er auf Anhieb erkannte, wer sich wirklich an den Kämpfen beteiligt hatte oder es nur vorgab. Wenn Zülfü nur gewollt hätte, wäre er schon längst Abgeordneter oder gar Minister. Aber Zülfü begehrte nichts von alledem und zog dieses klitzekleine Amt eines Grundbuchführers in diesem klitzekleinen Ort von dreitausendfünfhundert Einwohnern allem Ruhm und allen Ehren vor. Ja, er war ein Mann, der nicht einmal dem Bitten und Drängen Arif Saim Beys nachgab, den Orden des Freiheitskriegers zu beantragen, so daß Arif Saim Bey für ihn höchstpersönlich beim Oberkommandierenden vorstellig werden mußte und dieser dann die Verleihung vornahm. Zülfü hatte nur ein Anliegen: Grund und Boden. Auf dieser fruchtbaren Erde würde er die schönsten Blumen und Früchte der Welt züchten. Und den Anbau der Baumwolle revolutionieren! Das hatte er sich geschworen. Und mit diesem Arif Saim war nicht so viel los, wie man gemeinhin annahm. Obwohl Augapfel des Paschas, hatte er es nicht einmal fertiggebracht, diesem von den Feigen zu überbringen, aus deren – mit Verlaub – Hintern bernsteinfarbener Saft wie Honig troff, in dessen Tropfen, die – mit Verlaub – aus den Hintern der Feigen quollen, man sich spiegeln konnte. Zülfü hatte diese Feigen, Gott sei sein Zeuge, dem Pascha beileibe nicht geschickt, um sich lieb Kind zu machen und daraus Nutzen zu ziehen, sondern nur, um diesen größten Sohn der Nation von Herzen zu erfreuen und ihm zu zeigen, welch himmlische Früchte hier im Lande gedeihen.

»Ich habe Weinstöcke angebaut, meine Herren, und jede einzelne Rebe veredelt. Dann führte ich aus Spanien Pomeranzen ein und kreuzte sie mit Zitronen. Doch braucht's für Zitrusfrüchte viel Erfahrung, die ich nicht hatte, also ließ ich mir von der Insel Rhodos Fachleute schicken. Und außerdem, meine Herren, veredle ich die Granatäpfel höchstpersönlich. In Kürze werde ich das ganze Mittelmeergebiet bereisen ... Ach, Arif Saim Bey, aaach, mein Bruder, hättest du doch von jenen Feigen dem Pascha angedient, hätte der Pascha doch einmal die honigsüßen Feigen gekostet, oder hätte nur der Anblick dieser Früchte, aus deren – mit Verlaub – Dingsda ein Saft so gelb wie Bernstein fließt, ihn erfreut, vielleicht wäre er glücklich gewesen, Oberhaupt dieses Landes zu sein.«

Arif Saim Bey schlug mit dem Handstock, dessen Knauf aus purem Gold war, dreimal auf den Fußboden und beteuerte: »Der Pascha wird deine Feigen bei nächster Gelegenheit zu sehen bekommen.« Seine Worte klangen entschieden, und Zülfü war selig. »Vielleicht führe ich den Pascha auch durch deine Gärten. Wenn er tatkräftige Männer wie dich kennenlernt, werden vor Freude seine Augen feucht, und wenn diese Männer auch noch zu seinen Kriegskameraden zählen, ist er vor Freude ganz aus dem Häuschen. Er kennt dich, Zülfü.« Dabei lachte er, daß sein Bauch wackelte, und mit dem Bauch hüpfte auch sein Stock mit dem goldenen Knauf. »Dich, ja, dich kennt er.« Danach wurde Arif Saim Bey ernst, runzelte die Brauen und starrte gedankenverloren auf den Gipfel des Sülemis.

Karadağlioğlu Murtaza war froh über diesen veränderten Gesichtsausdruck. Jetzt würde das Gespräch auf Ali Safa Beys Tod und auf Ince Memed kommen, dachte er, und während er darauf wartete, begann sein Herz zu klopfen. Kam diese Sache zur Sprache, hatte er endlich Gelegenheit, sich zu äußern. Denn dieser verdammte Zülfü, diese Geißel Gottes, machte überhaupt keine Anstalten, das Wort auf Ince Memed zu lenken. Mensch, Hahnrei, was wäre schon dabei, wenn du nur einmal Ince Memed sagtest und daß sie Ali Safa Bey mitten ins Auge geschossen und blutüberströmt liegengelassen haben. Murtaza kochte vor Wut und knirschte mit den Zähnen. Verdammter Zülfü mit den zweitausend Gesichtern, woher sollte ich denn wissen, daß du mit dem Bey ein Herz und eine Seele bist? Ich hätte dich doch sonst wie der Drache des Erciyes-Berges in die Mangel genommen und dir Wort für Wort eingetrichtert, was Ince Memed diesem armen Volk alles angetan hat, und wie eine Nachtigall hättest du's dem hohen Haus hier vorgezwitschert. Ach, wenn doch nur einer hier den Mut hätte, von Ali Safa Bey zu sprechen … Dann würden sie ja hören, welche Worte der Karadağlioğlu Murtaza Aga einem engen Freund des Oberbefehlshabers zu sagen hat, Worte, sage ich dir …

Arif Saim Bey löste den Blick vom Gipfel des Berges und ließ ihn, immer noch gedankenverloren, durchs Zimmer schweifen. Doch plötzlich fing er sich, und als hätte er sich an etwas erinnert, hob er den Stock eine Handbreit vom Boden in die Höhe: »Halt dich bereit, Zülfü«, sagte er, »halte dich für den kommenden Frühling bereit: Dann werde ich dich an der Spitze einer Delegation für Landwirtschaft nach Europa schicken. Würdest du reisen?«

»Was heißt, ob ich reisen würde«, lachte Zülfü, »was heißt, ob ich reisen würde: Ich würde mich darum reißen.«

»Dann halte dich bereit, Zülfü!«

»Ich bin bereit.«

»Um so besser. Alle, jeden Helden des Freiheitskrieges hat

dieses Volk belohnt. Ein einziger, nur ein einziger bescheidener Held hat seinen Anteil nicht bekommen, und das ist mein lieber, tapferer Bruder Zülfü. Und wie sie wissen, ist er hier der Grundbuchführer. Wollten wir ihn zum obersten Leiter des Grundbuchamtes, ja zum Minister für Landwirtschaft ernennen, er würde nichts davon annehmen. So ein Mann ist er, so einer ist mein Busenfreund und Bruder Zülfü. Jedesmal, wenn mich der Pascha sieht, fragt er: ›Hast du Zülfü gesehen? Wo ist Zülfü, was macht Zülfü...‹ Wenn Seine Exzellenz der Pascha, der große Retter des Vaterlandes, die Feigen, aus deren – mit Verlaub! – bernsteinfarbenen Hintern der Honig fließt, erst einmal gesehen hat, wird er außer sich sein. Er wird alles stehen- und liegenlassen und geradewegs in die Çukurova eilen.«

»Er soll nur kommen und die Tiefe Ebene erleben«, murmelte Karadağlioğlu in sich hinein, »soll herkommen und in Hahnrei Zülfüs Gestrüpp von Orangenhain mitten zwischen die Augen eine von Ince Memeds Bleikugeln einfangen, damit ihr alle endlich aufwacht. Mensch, Arif Saim Bey, verdammter Schuft, noch scheinheiliger als der unglückselige Zülfü, warte nur ab: Wenn in sechs Monaten Ince Memed nicht in Ankara einfällt, will ich diesen barfüßigen Burschen, diesen Nacktarsch, nicht mehr Memed den Falken nennen; und wenn er dir nicht mitten zwischen deine Augenbrauen schießt ... Nicht in den Augapfel, sondern zwischen die Augenbrauen, damit du auch sehen kannst, wer dich tötet ...«

»Ja, unser Pascha ist um derlei Dinge sehr bemüht. Er hat in Dörtyol höchstpersönlich einen Orangenhain angelegt. Die Landwirtschaft ist sein Steckenpferd. Bisher haben Seine Hoheit Tausende Morgen Ackerland erstanden. Und was soll Seine Hoheit schon damit anfangen? Er tat es allein des guten Beispiels wegen. Auch wir kaufen Land einzig und allein aus diesem Grund.« Er wendete sich Zülfü zu und sah ihn freundlich an: »Kaufst du noch mehr Grund und Boden?«

»Und ob ich noch mehr kaufe, Bey. Selbstverständlich: Auch ich will vor ihren Augen den Bauern der Çukurova ein lebendes Vorbild sein, werde ihnen mit meinen Pflanzungen von Orangen, Granatäpfeln und Feigen ein Beispiel geben ... Und werde

Baumwollfelder anlegen, die sogar Europäer in Entzücken versetzen. Dir ein langes Leben, Bey: Allah möge uns deine schützende Hand erhalten.«

»Ich danke dir, Zülfü. Aber laß uns dich erst einmal nach Europa schicken, und wenn du mit noch mehr Fachwissen zurückgekehrt bist, sehen wir weiter.«

»Dank deiner hohen Fürsprache, mein Bey, werde ich viel lernen ... sehr viel ... Weißt du, was ich jetzt unternehmen werde, Bey?«

»Nun, Zülfü, was unternimmst du?«

»Hör mir gut zu, Bey, sag nachher aber nicht, ich sei verrückt!«

»Ich sag's nicht.«

»Der ganze Ort nennt mich einen Verrückten.«

»Sollen sie, ich aber nicht.«

»Nun, ich gebe jetzt mein ganzes Geld für Olivenbäume aus. Ich lasse Bauern in den Bergen Jungbäume ausgraben und hier einpflanzen. Dank dir wird die Çukurova auch zu einem großen Olivengarten. Wenn du wüßtest, wieviel Bäume ich schon gesetzt habe, und die meisten von ihnen haben Wurzeln getrieben.«

»Wie viele?«

»Dreißigtausend.«

»Das sind Umwälzungen, die unsere Republik von uns erwartet. Verlange vom Pascha, was du willst, ein Nein wird es für dich nicht geben!«

»Ich weiß, mein Bey, aber die Leute hier munkeln, ich täte all das nicht zum Wohle des Vaterlandes, sondern um mich zu bereichern.«

Nachdem Arif Saim Bey lange gelacht und dabei mit dem Bauch auf und ab gewippt hatte, rief er: »Bei Gott, bist du denn auf deren Meinung angewiesen, wenn dir die ganze Çukurova gehört? Du kannst doch landwirtschaftliche Betriebe gründen, wo und wie groß auch immer du willst. Wissen denn diese Herren das nicht? Dieses Vaterland haben wir befreit. Wissen die denn nicht, daß wir für Ackerbau und Viehzucht ein Recht auf dieses bißchen Erde haben? Scher dich nicht um ihr Gerede, kümmere dich um deine Arbeit! Wieviel Land du auch haben willst, nimm es, wo's dir beliebt. Das wissen auch diese Kleinbürger, und niemand hat dir dreinzureden. Und wer es doch tut, den erkläre ich zum Vaterlandsverräter und lasse ihn hängen. Wissen die denn nicht, wer du bist? Weißt du es denn selbst nicht?«

»Ich weiß es, Bey.«

Gegenüber auf der Polsterbank platzte Murtaza Aga fast vor Wut. Pausenlos gab er mit Augen und Brauen, Händen und Füßen Halil dem Überschwenglichen, Molla Duran Efendi und den anderen Zeichen, damit sie das Gespräch auf Ince Memed brächten. Doch die waren zu Götzen erstarrt, lauschten mit unterwürfigem Staunen Zülfüs Worten und wagten auch nicht einen Augenblick ihre bewundernden Blicke von Arif Saim Bey zu lösen. Und Murtaza Aga fluchte in sich hinein, verwünschte jeden in der Runde, geriet ganz außer sich und gab sich immer wieder plötzlich der Hoffnung hin, daß wenigstens einer von ihnen über Ali Safa Bey und Ince Memed sprechen würde. Doch keiner machte irgendwelche Anstalten; sie schauten hin und wieder nur kurz zu Murtaza Aga hinüber und wanden sich vor Angst, daß dieser Mann sie vor dem Bey beschämen könnte.

Kurz nach Mittag wurden in der Mitte des Zimmers einige Tische zusammengestellt, darüber weißes, mit großen orangefarbenen Rosen besticktes Leinen gelegt. Dann brachte man in Eimern schneegekühlte Flaschen Raki und Wein, trug geschmortes Hammelfleisch auf, ferner Joghurtgetränk, verschiedene Arten Pilaw und Kebab. Sogar Räuberspieße hatte man im Garten gegrillt, die jetzt neben vielen anderen Gerichten aus der Küche heraufgetragen wurden. Arif Saim Bey trank seinen Raki, kostete von den verschiedenen Speisen, kaute bedächtig, überlegte, und wenn er dann das Gesicht auch nur ein bißchen verzog, wurde das Gericht sofort abgeräumt und durch ein anderes ersetzt.

Das Mittagessen dauerte bis zum Abend. Besonders die Räuberspieße hatten es Arif Saim Bey angetan.

»Mensch, Halil Aga!« rief er. »Warum hast du uns damals, als wir im Taurus gegen unsere Feinde kämpften, nie Räuberkebab gebraten?«

Geschmeichelt lachte Halil Aga: »Hatten wir vor lauter Kämpfen denn Zeit, zu essen, Bey?«

»Stimmt, stimmt«, lachte jetzt auch Arif Saim Bey, »du hast ja wieder über alle Maßen recht.«

Murtaza zog insgeheim noch immer vom Leder: Sieh dir diese Halunken an! Haben so hart gegen den Feind gekämpft, daß sie auf den Kämmen des Taurus, ja selbst in seinen Höhlen keine Zeit, zu essen, fanden. Da soll doch jeder die schöne Frau dieses Lügners vögeln! So dachte und lästerte er und schaute dabei den andern verständnisvoll in die Augen. Doch die verspürten gerade deswegen ziemliches Unbehagen. Schließlich stand Murtaza auf und ging, die Hände unterwürfig verschränkt, zu Zülfü hinüber.

»Mann, Zülfü«, flüsterte er ihm ins Ohr, »das Feuer in deinem Herd soll verlöschen, verdammt! Ist jetzt der Zeitpunkt, um von Oliven zu reden? Die öffentliche Ordnung des Landes ist aus den Fugen, Ince Memed schießt jedem, der ihm über den Weg läuft, zwischen die Augen, und Berge und Täler stecken voller Räuber, die es ihm gleichtun. Um Gottes willen, Zülfü, du bist meine letzte Hoffnung, sag dem Bey, er soll ein Regiment schicken, eine Division, ein Armeekorps! Die Berge sind in Aufruhr, und alle Dörfer ringsherum ...«

»Schweig und verschwinde!« zischte Zülfü und runzelte die Brauen. »Inschallah hat der Bey nicht gehört, was du da redest!«

Doch der Bey schaute zum Fenster hinaus, und nachdem er einen Bissen Räuberkebab hinuntergeschluckt hatte, hob er sein Glas Raki und spülte mit genüßlich geschlossenen Augen in einem Zug nach.

»Ich gehe, Zülfü«, wimmerte Murtaza, »ich gehe, aber du denk immer daran!«

Murtaza ging hinaus und stellte sich so an die Tür, daß Arif Saim Bey ihn nicht sehen konnte. Von dort aus gab er Zülfü verzweifelt Zeichen, winkte ihm, versuchte ihm anzudeuten, daß er ihm Wichtiges zu berichten habe. Zülfü dagegen verweigerte sich, legte die Stirn in Falten und scheuchte ihn mit heimlichen Handbewegungen.

Die stumme Auseinandersetzung zwischen den beiden dauerte lange. Am Ende ruderte Murtaza so beschwörend mit den Händen, daß Zülfü nicht mehr an sich halten konnte und zur Tür eilte. »Was willst du hirnlose Plage Gottes eigentlich, sind wir vor dir denn nie und nirgends sicher?« fluchte er mit zusammengebissenen Zähnen. »Sag, was willst du von mir!«

»Ja, merkst du denn nicht, Zülfü, Bruder, daß wir alle schon tot sind?« entsetzte sich Murtaza mit großen Augen. »Heute Ali Safa, morgen du und übermorgen ich? Der Wolf hat Blut geleckt. Ince Memed hat sich in die Berge geschlagen, und dort tobt der Aufruhr. Wenn wir den Kopf der Schlange nicht zermalmen, solange er noch klein ist, werden aus einem Ince Memed bald zwei, aus zwei Ince Memeds vier und aus vier Ince Memeds ... Denn es leben viele hinter diesen Bergen, in diesem riesigen Anatolien, viele Menschen, viele ... Um Gottes willen, Zülfü, wir dürfen die Tage nicht einfach so verstreichen lassen, dürfen der Zeit keine Gelegenheit geben, um Gottes willen ... Sag es jetzt dem Bey, sag es ihm sofort! Unsere Lage ist verzweifelt ... Jetzt sind wir dran, in sechs Monaten sie ... Wenn sich Ince Memed in sechs Monaten nicht gegen Ankaras Tore stemmt, will ich ...«

»Pssst!« Zülfü verschloß ihm den Mund. »Wenn der Bey dich so reden hört, läßt er dich aufknüpfen. Wer ist er schon, dieser Ince Memed, daß er es wagt, an Ankaras Tore zu pochen? Schweig, laß das niemanden hören, pssst!«

»Aber wir sind so gut wie tot!«

»Keinem wird etwas geschehen, sei still, und mach dich nicht verrückt!«

Murtaza jammerte und flehte, küßte fast Zülfüs Fußsohlen, doch der sorgte sich nicht, lachte nur, während der andere bitter klagte.

»Wer von selbst fällt, soll nicht weinen!« rief schließlich Murtaza, sprang die Stufen hinunter und rannte hinaus, wo Ali der Hinkende ihn unterm Olivenbaum erwartete. Sie schlugen den Weg zum Haus Ali Safas ein. Dort drängten sich schon die Trauergäste im Hof, im Salon, in den Zimmern und auf dem Balkon.

»Was für eine Menge Menschen, was für eine Menge!« wunderte sich Murtaza Aga.

»Und wie viele Menschen ihn doch gern hatten, hohooo!« staunte Ali der Hinkende.

Murtaza Aga verharrte eine Weile, dachte nach.

»Kämen auch so viele Trauernde, wenn Ali Safa eines natürlichen Todes gestorben wäre?«

»Nein, mein Aga, sie kämen nicht.«

»Sie kämen nicht, Ali, sie wären nicht gekommen. Nun, Ali, du bist der klügste Mann der Welt und kannst von mir haben, was du willst ... Ich werde dir eine Frage stellen, und du mußt sie mir ohne irgendwelche Rücksichten beantworten!«

»Das werde ich, mein Aga.«

»Wären zu dieser Beerdigung auch so viele gekommen, wenn nicht Ince Memed, sondern irgendein anderer Ali Safa Bey getötet hätte?«

»Sie wären nicht gekommen.«

»Jaaa, sie wären nicht gekommen ... Nicht einmal ein Hundertstel von ihnen wäre gekommen. Dank Ince Memed bekommt Ali Safa Bey ein Begräbnis wie der Schah von Persien.«

Am Hoftor machten die beiden kehrt.

»Ali riecht sehr.«

»Er riecht.«

»Der Gestank bricht mir noch das Nasenbein.«

»Mir auch.«

»Ali!«

»Ja, mein Aga?«

»Jetzt liegt es allein an uns. Was fragte man den Wolf?« Murtaza sah Ali mit strengem Blick in die Augen.

»Sie fragten ihn, warum er so einen kräftigen Hals habe – meinst du das, mein Aga?«

»Ja. Und der Wolf antwortete: Weil ich meine Angelegenheiten selbst erledige ... Und deswegen, Ali, müssen wir unsere Sache in die eigene Hand nehmen. Wir können uns weder auf die Gendarmen noch auf Ankara, noch auf irgendwen sonst verlassen.«

»Auf niemanden sonst«, sagte Ali.

»Wen wird Ince Memed als nächsten töten?«

»Wen wohl, mein Aga, dich natürlich.«

»Hätte ich mich doch nie so weit in diese Sache verstrickt!«

»Hättest du doch nie!« seufzte Ali.

»Jetzt bin ich an der Reihe.«

»So ist es«, bekräftigte Ali.

»Deswegen müssen wir alles daransetzen und Memed töten lassen.«

»Wir müssen ihn töten lassen.«

»Ab heute nacht dürfen wir auch nicht im Haus bleiben. Jede Nacht woanders ... Ob Ince Memed auch dich tötet?«

»Nach dir wird er mich töten.«

»Woher weißt du das?«

»Weiß ich eben. Dieser Ince Memed ist ein unerbittlicher Mann.«

»Ich weiß, er ist unerbittlich.«

»Er sieht und weiß alles. Auch was wir hier besprechen, weiß und hört er. Er hat seine Augen und Ohren überall, nichts bleibt ihm verborgen. Der Vogel, der am Himmel fliegt, und die Ameise, die am Boden krabbelt, berichten ihm, was in der Welt geschieht. Will er hinter den Berg dort schauen, durchbohrt er ihn mit seinen Augen und sieht, was da vor sich geht.«

»Hat er wirklich gehört, was wir jetzt gesagt haben?«

»Was soll die Frage; selbstverständlich hat er's gehört. Es gibt nichts, was er nicht hört. Die Blätter dort am Baum sind seine Augen, die fließenden Wasser dort, das wachsende Gras, der fallende Regen, der wehende Wind seine Ohren.«

»Gerede! – Doch wenn es stimmt, sind wir verloren.«

»Wir sind verloren, Aga. Wir sind schon tot, und niemand singt die Totenklage.«

»Gerede! Noch nie ist so ein Mann auf die Welt gekommen.«

»Nein, noch nie.«

»Wenn er alles hören und sehen soll, verständigen wir uns doch hinter geschlossener Tür mit Handzeichen. Hört er uns dann auch?«

»Das, mein Aga, kann ich nicht wissen.«

»Gerede!«

»Gerede, Aga.«

Sie waren aus dem Ort heraus und auf dem Weg nach Kabasakiza. Eine Weile gingen sie schweigend weiter. Murtaza Aga, die Stirn in Falten, war tief in Gedanken versunken. Ab und zu blieb er stehen und musterte Ali den Hinkenden, der sich drei Schritte hinter ihm hielt, von oben bis unten. Mal betrachtete er ihn voller Bewunderung, dann wieder verächtlich. Ali konnte sich keinen Reim darauf machen, er selbst war mit seinen Gedanken bei Memed dem Falken. Ob der geflüchtet und in Sicherheit war oder ob die Gendarmen ihn gestellt und erschossen hatten; oder steckte er vielleicht hungrig und durstig, einsam und hilflos in einer Höhle? Ali machte sich wirklich Sorgen. Die Berge wimmelten schließlich von Gendarmen, und Memed hatte keine Bleibe, wohin er sich zurückziehen konnte. Und ein unerfahrener Junge war er auch. Zuweilen bereute Ali der Hinkende es sehr, daß er sich ihm nicht angeschlossen hatte, und war dann doch wieder heilfroh darüber. In Zukunft könnte er hier im Ort, in Karadağlioğlu Murtaza Agas Umfeld, dem Falken von Nutzen sein und viel Unbill von ihm abwenden. Denn gerade in diesen Tagen stand es schlecht um ihn. Hatte er die Gendarmen erst einmal hinter sich, war der Rest ein leichtes. Gebe Gott, daß er auf die Nomaden gestoßen ist. Wegen seiner Freundschaft zu Kerimoğlu mögen sie ihn und würden ihn wohl nicht den Gendarmen ausliefern. Wer weiß, die Menschenkinder sind unberechenbar; vielleicht werden die Bergbauern ihn wie ihren Augapfel hüten. Sie könnten ihn aber auch gleich festnehmen und den Gendarmen übergeben. Plötzlich überkam Ali den Hinkenden tiefe Trauer und Reue. Was war nur in ihn gefahren, daß er sich nicht mit ihm in die Berge geschlagen hatte! Wer hätte sie schon in diesem Gebirge fangen können, wenn sie zu zweit gewesen wären. Kannte er in diesen violetten Hängen nicht jede Höhle, jeden Schlupfwinkel und jeden Menschen?

Beinahe wäre er gegen Murtaza Aga gerannt, der stehengeblieben war und ihn von oben bis unten musterte. Murtaza Aga durchbohrte ihn mit seinen Blicken: »Sag, Ali der Hinkende«, brüllte er, »sag mir jetzt Wort für Wort die Wahrheit!«

Alis Herz begann zu flimmern. Wußte dieser Murtaza Aga etwa alles, und hatte er sich nur lustig über ihn gemacht? Wollte er ihn töten, nachdem er mit ihm seine Späßchen getrieben hatte? Vielleicht würde er Ince Memed nie wiedersehen? Ali trug keine Waffe, hatte nicht einmal einen kleinen Dolch, ja nicht einmal ein Taschenmesser bei sich. Er mußte auf der Hut sein.

Sollte Murtaza seine Pistole ziehen, könnte er sie ihm vielleicht aus der Hand reißen und ihn erschießen. So gesehen, hätte Ince Memed noch einen Aga getötet.

»Bitte, wie du willst«, antwortete Ali der Hinkende, gestrafft wie ein Bogen und mit drohender Stimme, »frag, und ich werde antworten.«

»Dann sag mir, warum du Ince Memed so feind bist?«

Diese Frage hatte der Hinkende nicht erwartet. Erleichtert spürte er, wie sich sein Körper entspannte. Er schwankte, hatte sich aber sofort wieder in der Gewalt.

»Sieh an, sieh meinen schwarzäugigen, tapferen, großzügigen Aga an! Du weißt nicht, warum ich Ince Memeds Feind bin?«

»Ich weiß es nicht.«

»Dann will ich's dir sagen: Abdi Aga, mit dem Gesicht einer Rose, der im Licht des Himmels in seinem Grab ruhen möge, der Vater der Armen, Wohltäter der Menschen, der mit dem großen Herzen, der Einmalige, dem Heiligen Ali gleich, war wessen, mein Aga, war wessen Augapfel, wessen Herzensbruder? – Meiner! Und welcher nach allen vier heiligen Büchern abtrünnige und vogelfreie Mann ist sein Mörder? – Ince Memed. Reicht dir das?«

»Es reicht nicht«, antwortete Murtaza, streckte seinen Kopf und sah Ali fest in die Augen.

»Daß er meinen Aga getötet hat, meinen Brotgeber, daß er meinen guten Stern und den meiner Frau und meiner Kinder vernichtet hat, reicht dir nicht?«

»Es reicht!« lachte Murtaza.

»Daß er mir jetzt auch nach dem Leben trachtet, reicht dir nicht?«

»Es reicht!« wiederholte Murtaza Aga und freute sich, einen Leidensgenossen gefunden zu haben.

»Seit Jahren sterbe ich vor einer Todesangst, vor der Allah sogar meine Feinde bewahren möge! Es gibt etwas auf der Welt, schlimmer als alles andere, grausamer als der Tod, und das ist die Angst vor ihm. Ich bin vor Todesangst gestorben, und auch mein verehrter Abdi Aga war vor Todesangst schon tot, lange bevor er getötet wurde.«

»Also müssen wir Ince Memed das Handwerk legen, damit es uns nicht ergeht wie Abdi Aga und Ali Safa Bey. Ab jetzt bist du mein Bruder, mein Sohn, mein Augapfel. Du hast also jahrelang so viel Angst ausgestanden?«

»Ich bin vor Angst gestorben und sterbe immer noch.«

»Ich auch.«

»Bevor dieser Mann nicht verschwindet ...«

»... ist unser Leben eine Qual.«

»Eine Qual«, wiederholte Ali der Hinkende.

Sie kehrten um und gingen langsam zurück in die Stadt.

Die Sonne stand schon tief, und die Schatten waren lang. In den Fenstern der Häuser spiegelte sich das Licht, ergoß sich wie ein leuchtender Strom, in dessen Helle die Häuser und Hügel kreisten.

»Ali!« Murtazas Stimme klang sanft und liebevoll.

»Zu Diensten, mein Aga!«

»Von wem hast du das Spurenlesen gelernt?«

»Von niemandem, mein Aga.«

»Bist du denn als Spurensucher auf die Welt gekommen?«

»Geboren gerade nicht, aber so ähnlich.«

»Was heißt das? Entweder bist du so geboren oder nicht.«

»Sowohl als auch.«

»Schon gut, und wie hast du's zu dieser Meisterschaft gebracht?«

»Durch dauerndes Hinsehen.«

»Was hast du dir denn am meisten angesehen?«

»Spuren.«

»Und was sahst du?«

»Spuren sind wie ihre Verursacher. Wenn ich mir die Hufspur eines Pferdes anschaue, weiß ich ungefähr, wie das Tier ausgesehen hat. Seine Größe, sein Gewicht, sogar Mähne und Schweif könnte ich dir beschreiben. Vor allem Fußspuren von Menschen! Bei ihrem Anblick lese ich in den Herzen derer, die sie hinterlassen haben. In welche Richtung sie gingen, was sie dabei dachten, ob sie fröhlich waren oder traurig, wütend oder friedlich oder bedrückt; ich weiß es. Ob Freund oder Feind, ich erkenne es an den Spuren.«

»Gerede!«

»Kein Gerede, mein Aga.«

»Na, dann schau dir meine Spur an! Schau sie an, und sage mir, was ich denke!«

Gebückt, den Blick auf die Fußstapfen geheftet, ging Ali den Weg zurück bis zu einer Senke.

»Also, hör mir zu, Aga!« sagte er. »Zuerst warst du mißtrauisch. Du hast mich mehr gefürchtet als Ince Memed, stimmt's?«

»Stimmt.«

»Deine Furcht verfliegt zusehends, dann hast du weder vor mir Angst noch vor ihm. Dein Herz faßt frischen Mut, will es mit der ganzen Welt aufnehmen. Und gleich darauf verfällst du wieder in schreckliche Angst. Jemand erniedrigt dich, aber du schluckst es schweigend. Dann flehst du ihn an. Gleich darauf packt dich blinde Wut. Doch plötzlich empfindest du Zuneigung für einen Menschen zu deiner Rechten, das muß ich sein, dein Mißtrauen verfliegt, du bist ihm wie ein Bruder verbunden.«

Plötzlich stockte Ali des Hinkenden Schritt, blieb sein Blick auf den Fußabdrücken neben einer Distel mit gelben Blüten haften, wurde sein Gesicht aschfahl. Sein Mund war ganz trocken geworden, er sprach mit schwerer Zunge, die Worte waren kaum verständlich: »Diese Abdrücke sagen, daß du mich töten willst.« Er richtete sich auf und sah Murtaza flehentlich an. »Aga, warum hast du beschlossen, mich zu töten? Was habe ich dir getan?«

Murtaza Aga war ganz aufgeregt und sprach schnell: »Bei Gott, es ist wahr! Ich habe Angst vor dir. Sogar jetzt fürchte ich mich nicht vor Ince Memed, sondern vor dem, was tief in deinen Augen vor sich geht. Es ist wahr, ich muß dich töten.«

»Dann sollte ich gehen, mein Aga«, entgegnete Ali und senkte den Kopf. »Ich verstehe schon, daß man jemanden fürchtet, aber kann einer denn vor mir Angst haben?«

»Und ob einer das kann, und ob! Aber verfolge die Spur weiter, und du wirst sehen, daß ich meinen Vorsatz aufgegeben habe.«

Ali betrachtete die Fußstapfen und freute sich.

»So ist es«, sagte er und ergriff liebevoll des Agas Arm, »genau hier wurden wir zu Brüdern.« Dabei wanderte sein Blick zwischen der Spur und Murtaza Aga hin und her.

»Gib's auf, Ali!« befahl Murtaza Aga. »Ab jetzt bist du mein brüderlicher Freund.«

»Dein brüderlicher Freund.«

»Bist mir wie Mutter und Vater.«

»Und du mußt Ince Memed nicht mehr fürchten, denn ab jetzt hast du mich an deiner Seite.«

Der Aga freute sich und lachte: »Und du kannst des Vogels Spur in der Luft ...«

»Mit Gottes Hilfe.«

»Die Spuren der Fische im Wasser?«

»Mit Gottes Hilfe.«

»Und die Spur des Schurken Arif Saim?«

»Mit Gottes Hilfe.«

»Mann, Ali, mein Bruder, ist es nicht unmenschlich? Da wird ein großer Mann wie Ali Safa Bey, ein Held des Freiheitskrieges, umgebracht«, er ergriff Alis Arm, »und jetzt sind sie alle, sogar Zülfü und Arif Saim, die sich vor Ameisen fürchten, zu Helden geworden. Wenn die aber Helden sind, warum sollte es Ali Safa Bey nicht auch gewesen sein ... Und wer weiß, wie sehr er sich beim Anblick Ince Memeds gefürchtet hat ... schon als er in dessen Gewehrmündung blickte, noch bevor dieser den Hahn spannte, muß dem Armen vor Schreck die Seele aus dem Leib gefahren sein, und der Räuber hat auf einen Toten geschossen. Ich bin hingegangen und habe mir die Leiche angesehen, da war kein Blut geflossen. Und daß sein Schädel in blutigen Stücken an den Wänden klebte, wie ich schon sagte: Gerede! Wenn du auf einen Toten schießt, fließt kein Blut.«

»Ich weiß, kein Tropfen«, bekräftigte Ali der Hinkende.

»Eben! Also hatte Ince Memed diesen bedauernswerten Armen, der schon vor einer Ameise zurückschreckte, bereits getötet, bevor er abdrückte; und die setzen sich zu seinem Begräbnis hin und schlucken genüßlich Raki, und keiner sagt, es sei schade gewesen um den Ali Safa, der sich schon vor einer Ameise fürchtete. Mann, was sind das für Menschen!«

»Was sind das für Menschen!«

»Aber die Ince Memeds werden über sie kommen und ihnen erst einmal ihre Frauen aus den Armen reißen und in die Berge verschleppen. Darüber werden sie sich sicher freuen!«

»Darüber werden sie sich gewiß freuen!« bekräftigte Ali der Hinkende.

»Danach werden sie wiederkommen und ihre Güter plündern.«

»Und hinterher«, sagte Ali der Hinkende, »hinterher werden sie ihnen die Köpfe abschlagen.«

»Wenn es so ist, sollen sie an Safas Grab ruhig lachen, sollen sie über sein Hirn, das an den Wänden klebte, ruhig ihre Witze reißen, während die armen Dörfler trauern, als sei ihr aller Bruder getötet worden, während sie wehklagen und weinen, als würde aus jeder ihrer Hütten ein Toter herausgetragen. Sag mir, Ali, werden diese Armen uns nicht bei erstbester Gelegenheit in Stücke reißen?«

»Das werden sie nicht, mein Aga.«

»Was sagst du da? Sie werden nicht?«

»Sie werden uns nicht in Stücke reißen. Die können sich nicht an Menschen vergreifen. Wenn sie es könnten, sähe diese Welt anders aus, wäre eine andere. Doch dazu sind sie zu weich. So weich wie Seide.«

»Wie Seide«, wiederholte Murtaza Aga und atmete auf. »Sie werden uns also nicht in Stücke hauen, wenn ihre Zeit gekommen ist?«

»Sie werden es nicht tun«, antwortete Ali mit stolzgeschwellter Brust.

Murtaza Agas Miene hellte sich auf. Er verhielt den Schritt, bis Ali neben ihm war.

»Ich weiß es auch, Ali«, sagte er, »daß sie uns nicht umbringen können. Und daß die Welt heute anders aussähe, wenn sie es je gekonnt hätten.«

Plötzlich hüllte er sich in Schweigen, starrte zu Boden und versank in Gedanken. Als er nach geraumer Weile wieder aufblickte, war sein Gesicht traurig.

»Hast du schon einmal von einem namens Murat Pascha gehört? Dem Pascha der Brunnen?«

»Nein«, antwortete der Hinkende.

»Vor langer Zeit, vielleicht vor zweihundert Jahren, war der Taurus in Aufruhr; wie heute wurde überall gemeutert, und jene Barfüßigen, die nach deiner und meiner Meinung niemanden töten können, zerstörten Konaks, verbrannten Wohnhäuser, schnitten Köpfe ab, gebärdeten sich wild. An ihrer Spitze waren auch solche handbreitgroßen Ince Memeds und solch undurchsichtige Sonderlinge wie Ferhat Hodscha, der vielleicht ein Spion ist, den Arif Saim Bey an den Galgen bringen wird. Denn der muß hängen, damit wir unsere Ruhe haben, stimmt's?«

»Stimmt«, antwortete Ali.

»Er soll Ince Memed gegen die Agas aufhetzen.«

»Stimmt. Ich weiß.«

»Würdest du Ince Memed erkennen, wenn du ihn triffst?«

»Ich kannte ihn damals.«

»Könntest du ihn wiedererkennen?«

»Ich weiß nicht. Als ich ihn kannte, war er ein klitzekleines Etwas, ein rotznäsiges Kind. Heute sei er riesengroß, sagen sie, sei lang wie eine Pappel gewachsen. Vor Angst könne man ihm nicht ins Gesicht sehen.«

»So sagt man. Mir kam's auch zu Ohren. Du hast also von Murat Pascha dem Brunnenbauer nie gehört?«

»Noch nie«, antwortete verlegen Ali der Hinkende.

»Also, die Barfüßigen hatten mal wieder die Kandare zwischen die Backenzähne geklemmt und waren durchgegangen. An ihrer Spitze wieder ein Ince Memed und ein Ferhad Hodscha, und der ganze Taurus samt der Urumer Gegend in hellem Aufruhr. Wütend wie wilde Stiere war das aufgebrachte Volk in die Ebene eingefallen, ließ keinen Stein auf dem andern und keinen Kopf auf seinem Hals. Und niemand wagte dem Padischah die Lage zu schildern, weil jeder seinen Zorn fürchtete. Am Ende wurden die Aufständischen so vermessen, daß sie sich mit dem Schwur, Istanbul zu erobern und den Padischah zu köpfen, auf den Weg machten. Als unser Sultan davon hörte – all das, Ali Aga, mein Bruder, hab ich in dicken Geschichtsbüchern gelesen ...«

»Ich weiß, mein Aga, daß du sehr belesen bist und dein Verstand auch die letzten Dinge erfaßt. Nicht nur ich, die ganze Welt weiß, wie klug du bist und wie gebildet ...«

»Ich danke dir, mein Bruder Ali, und leben sollst du, Bruder! Nun, als unser Padischah das hörte, bekam er große Angst. Denn es waren ja nicht ein oder zwei, die auf Istanbul losgingen, sondern hunderttausend, ja hundert Millionen. Und da rief unser Padischah seinen Kriegsminister Murat Pascha zu sich und sagte: ›O Murat, was sind das für Zustände! Der ganze Taurus, die Ebenen von Konya und Sivas, der See Van, die Küsten der Ägäis und des schwarzen Meeres sind in Bewegung geraten. Die Menschen dort, so zahlreich, daß die Erde unter ihren Füßen verschwindet, marschieren gegen uns. Mach dich sofort bereit, und reite mit verhängten Zügeln zum Taurus. Dort soll der Kopf der Schlange sein. Reite hin und zerschmettere ihn! Ohne Rücksicht, ohne Erbarmen! Laß im Taurus alle, jeden von sieben bis siebzig, über die Klinge springen!‹«

»Gerede«, sagte Ali.

»Murat Pascha der Brunnenbauer setzte sein Heer in Bewegung, zog mit ihm zum Taurus und führte es in die Berge. Dort biwakierte er einige Tage im Schatten der Tannen an schäumenden, nach Poleiminze duftenden Quellen. Er ließ ein Milchlamm schlachten und sich das Gebratene munden. Schließlich war er ein Pascha, schon achtzig oder neunzig Jahre alt, ein erfahrener Mann, der ja das Osmanische Reich vor dem Untergang bewahrte. Nachdem er seine Armee drei Tage hatte ausruhen lassen, scheuchte er sie auf, ließ Hacken und Schaufeln austeilen und überall, wo das Gelände eben war, Brunnen ausheben. Jeder, der davon hörte, wunderte sich, der Padischah inbegriffen … O Gott, sollte der alte Murat Pascha seinen Verstand verloren haben? Der aber ließ ununterbrochen Brunnen graben. Im ganzen Taurus ließ er keine Stelle aus, an der nicht gebohrt wurde; vierzehn Tage lang. Dann zog er mit seinem Heer gegen die Aufrührer, jagte sie hinauf bis auf die Kämme der Berge und nahm alle gefangen. Und er ließ sie, alt und jung, Kind und Kegel, niedermetzeln und füllte mit ihnen die Brunnen. Es waren ihrer so viele, daß die Schächte nicht reichten. Daraufhin ließ er frische ausheben, aber auch die genügten nicht. ›Ehrenwerter Heerführer‹, sagten seine Generäle, ›wie sollen wir jemals so viele Menschen in den Brunnen unterbringen?‹ Doch sie standen vor keinem Geringeren als Murat Pascha, einem Muslim ohne Tadel, der sehr erbost derart brüllte, daß unter seinem Zorn die Steine bebten und sich die Erde spaltete. ›Ich‹, so dröhnte er, ›kann keines Muslims Leichnam wider das Gebot unbegraben den Wölfen und Vögeln zum Fraße liegen lassen.‹ Dann teilte er das Heer in zwei Hälften, und während die eine weitergrub, ließ er die andere noch mehr Muslime metzeln, ob alt oder jung, ob Frauen, Mädchen oder Kinder. Murat Pascha, ein Mann des Glaubens und tadelloser Muslim, Gott sei Dank, hat sogar während jener Schlacht, in der er von Kopf bis Fuß in Blut tauchte, die Zeiten des rituellen Gebetes nie dem Zufall überlassen. Er soll in Fragen des rechten Glaubens so vortrefflich gewesen sein, daß er niemals Frau und Mann in denselben Brunnen werfen ließ. Geht es im Islam denn an, daß Frau und Mann gemeinsam übereinander gebettet werden?«

Murtaza Aga sah Ali gerade in die Augen.

»Nein«, antwortete Ali.

»Eben! Und deswegen ließ Murat Pascha, der Muslim ohne Tadel, alt und jung, Kinder und Kleinkinder der abgeschlachteten Muslime streng nach Geschlecht voneinander getrennt in die Brunnen werfen. Und dann holte er den gefangenen Anführer der Rebellen zum Verhör. ›Warum hast du das getan?‹ fragte er ihn, und der antwortete: ›Wir mußten Grausames erdulden. Sie trieben Dinge mit uns, die nicht islamisch sind. Die Spahis und die Männer des Padischah verstießen gegen unsere Religion, nahmen uns die letzte Kupfermünze, den letzten Hammel, die letzte Frau, und sie vergewaltigten unsere Mädchen.‹ – ›Da soll doch das Feuer deines Herdes verlöschen‹, erstaunte sich der Pascha, ›deswegen habt ihr euch erhoben?‹ – ›Deswegen!‹ antwortete der Anführer der Rebellen. ›Und‹, fragte der Pascha, ›du hast dich nicht aufgelehnt, um Padischah zu werden?‹ Der Anführer war ein stattlicher Mann, jung, mit großen bernsteinfarbenen Augen. Und er war sehr schüchtern. ›Wie kann ich denn Padischah werden‹, sagte er ganz verstört, ›ich, ein geringer Diener unseres Herrschers. Nicht im hintersten Winkel meines Kopfes kann ich so etwas denken; ich habe nicht einmal daran gedacht, Pascha zu werden. Sie haben uns mißhandelt, und wir haben ihnen die Stirn geboten.‹ Als unser Pascha Brunnenbauer das hörte, seufzte er ein ›O weh‹, daß es von den Bergen ächzend widerhallte.

›Wehe!‹ jammerte er. ›Weh mir, ich Unglücksmensch! Und deswegen habe ich so viele Menschen in die Brunnen geworfen, wehe, wehe! Mein Herd möge verlöschen, daß ich so viele Menschen vergraben ließ!‹ Es tat ihm leid, und er wehklagte sehr, unser rechtgläubiger Pascha, doch was geschehen ist, ist vorbei! Er nahm also den Anführer der Aufständischen mit, begab sich zum Padischah und sagte: ›Ich habe im Taurus weder Mensch noch Wolf, weder Vogel noch Käfer am Leben gelassen und alle in die Brunnen geworfen. Doch es war anders, als ich gedacht hatte.‹ Und dann erzählte er dem Padischah, was sich zugetragen hatte. Nun, es war schließlich ein Padischah, also weinte er blutige Tränen und jammerte: ›Oje, meine Untertanen, die ihr jetzt in den Brunnen liegt!‹ Und er hatte so viel Mitleid, unserer Padischah, der jetzt im Paradies thront, daß er den Anführer der Aufständischen zu sich rief und ihm beide Augen, hast du gehört, Bruder Ali, beide Augen küßte.«

»Ich habe gehört«, sagte Ali der Hinkende, »beide Augen küßte.«

»Und nachdem er ihn geküßt hatte, sagte er: ›Mein Sohn, ich habe dir den Titel eines Wesirs mit drei, nein sieben, nein neun Federbüschen verliehen und dich zum Bey der Beys, zum Statthalter der oströmischen Provinzen ernannt.‹ So ist das Leben, mein Bruder Ali. Und was er oströmische Provinzen nannte, waren die Gegenden von Kayseri und Sivas.«

»Ja, so ist das Leben«, sagte Ali der Hinkende und senkte den Kopf, »genau so.«

»Und was geschah dann?«

»Ja, was geschah dann«, wiederholte Ali des Agas Frage.

»Dann, mein lieber Ali, wurde jener Anführer der Aufständischen ein Befehlshaber und zog mit seinem Heer gegen die Rebellen, doch diesmal in die Berge von Van. Und als er dort angekommen war, was meinst du wohl, was er tat?«

»Was tat er?«

»Na, was wohl; er ließ erst einmal Brunnen ausheben … Und

jetzt wird Ankara diese Sache mit Ince Memed erfahren, denn wenn sich der ganze Taurus erhebt, hören sie natürlich davon. Auch Ismet Pascha. Und unter dem Befehl von Sinan Pascha dem Wahnwitzigen … Denn Sinan Pascha kennt die Gegend hier … Und er trägt einen armlangen Bart. Hast du je von ihm gehört?«

»Ich habe von ihm gehört«, antwortete Ali.

»Und weißt du auch, was der für eine irrwitzige Geißel ist?«

»Ich weiß es«, antwortete Ali, ohne im geringsten die Miene zu verziehen.

»Und unter dem Befehl ebendieses Wahnwitzigen wird Ismet Pascha ein Heer in den Taurus schicken, so groß, daß die Erde es kaum tragen kann. Und was wird Sinan Pascha der Wahnwitzige tun? Er wird als erstes Brunnen graben lassen.«

»Gott bewahre uns!« sagte Ali.

»Gott wird uns nicht bewahren«, warf sich Murtaza Aga in die Brust, »wenn es so weitergeht, wenn Ince Memed Padischah der Berge wird und weiterhin die Grundfesten dieses Vaterlandes untergräbt, wird Sinan Pascha der Wahnwitzige kommen und zuallererst tausend Brunnen graben lassen.«

»Gott bewahre!«

»Wenn der Kopf der Schlange nicht zerschmettert wird, solange er klein ist, wird Gott uns nicht davor bewahren.«

»Wann werden sie den Toten begraben, mein Aga?«

»Nicht so bald«, antwortete Murtaza, drehte sich um und ging weiter. Und jedesmal, wenn seine Lackschuhe im heißen Staub der Landstraße versanken, wirbelten sie ihn nach allen Seiten auf. »So bald nicht, Ali, mein Bruder. Der Tote muß warten. Als warnendes Beispiel für die Öffentlichkeit. Alle Bürger der Türkischen Republik sollen den Toten sehen, sollen von ihm hören!«

»Der Tote stinkt, bei dieser Hitze.«

»Soll er doch stinken! Der Tote muß warten, und er wird warten. Drei Tage, eine Woche …«

»Vor Gestank hält es niemand mehr in der Stadt aus. Wird der Tote heute nicht beerdigt, werden wir vor dem Leichengeruch in die Berge flüchten müssen. Dieser Gestank ist schlimm. Und bleibt der Leichnam bis morgen liegen, hält es nicht einmal die

Hunde, Vögel, Käfer und Ameisen in der Stadt. Es ist viel zu heiß.«

Murtaza Aga blieb stehen, schaute in den Himmel, sah sich um, betrachtete die staubbedeckten, verdorrten Gräser und Pflanzen am Wegrand, zog kurz entschlossen seine Jacke aus und legte sie über den Arm. »Ich schwitze vielleicht. Es ist wirklich zu heiß«, stöhnte er. Und als sähe er ihn zum ersten Mal, musterte er Ali vom Scheitel bis zu den Fußspitzen mit scheuen, mißtrauischen Blicken, ja, mit Augen voller Angst. Dann drückte er seinen Zeigefinger auf Alis Stirn und sagte: »So geht das nicht, Ali, mein Bruder. Willigst du ein, mein Bruder zu sein?«

Ali war plötzlich hellwach und nahm Haltung an: »Wie könnte ich nicht, wenn ein Herr, der so weit über mir steht wie du, mich als seinen Bruder anerkennt?«

»Und aus diesem Grund, Ali Efendi, mein Lieber, geht es nicht an, daß der Bruder eines Karadağlioğlu, eines Mannes, der im Unabhängigkeitskrieg unerschrocken jeder Gefahr ins Auge sah, eines Helden mit eherner Brust, auf dem Kopf so ein zerrissenes Käppchen trägt.«

»Was kann ich dafür, ich bin arm.«

»Jetzt, auf der Stelle, werden wir dir einen Filzhut kaufen, einen Filzhut, den nicht einmal dieser niederträchtige Arif Saim getragen hat.« Dann zupfte er am halblangen Ärmel von Alis gestreiftem Maraş-Überwurf, dessen Goldstickerei verschlissen war: »Was ist denn das?«

»Das ist ein Überwurf, mein Aga.«

»Auch unmöglich, Bruder. Auf zum Bazar, schnurstracks zum Schneider!« Und als er jetzt einen Blick auf Alis Pluderhose warf, wurde er richtig böse. Dann lächelte er bitter: »Und das geht schon gar nicht! Wie kann mein Herzensbruder einen handgewebten Schalwar tragen, der in tausend Flicken zerfällt, wenn du an einem Faden ziehst?«

»So ist es nun einmal mit der Armut, die der Teufel holen möge!«

»Jetzt wirst du nie wieder arm sein, wiederhole, nie wieder!«

Ali wurde blaß. »Nie wieder«, stotterte er, »dank deiner bin ich's nicht, werde ich es nie wieder sein!«

»Auf zum Schneider! Diese Hemden aus Maraş-Tuch trägt nicht einmal mein Gesinde. Wie kannst du nur, Ali!«

Ali schwieg.

»Und was ist mit diesen rotbraunen Schnürstiefeln, Ali? Heb den Fuß, los, mach schon, die haben bestimmt auch unten Löcher. Zeig mir die Sohlen, hab keine Hemmungen, zeig sie mir!«

Verschämt hob Ali zuerst seinen verkrüppelten Fuß. Durch die offene Sohle quoll eine faustdicke Schwiele. Karadağlıoğlu Murtaza Agas Augen wurden feucht.

»Oh, mein Bruder, oh«, sagte er, »was sind wir doch für gedankenlose Menschen! Während ich in eigens aus Europa hergebrachten Anzügen spazierengehe, stehst du nackend da ... Und während ich maßgefertigte Schuhe aus Istanbul trage, läufst du in solchen Halbstiefeln herum; ist das Brüderlichkeit? Geradewegs zum Marktplatz!«

»Nur, mein Aga ...«

»Nur was?«

»Ich kann keine anderen Schuhe als diese tragen. Für diesen Fuß brauchte ich einen besonderen.«

»Auf der Stelle gehen wir zum besten Schuhmacher, und bis zum Abend hat er dir ein paar Schuhe genäht und genagelt, die ganz Maraş noch nicht gesehen hat.«

Mit eiligen Schritten kamen sie ins Ladenviertel, wo sie den Stoffhändler aufsuchten, einen sehr alten Mann nur aus Haut und Knochen, der um seine Hüfte die rote Leibbinde der eingewanderten Umsiedler trug.

»Husch, husch, einen Anzugstoff für meinen Bruder! Schau und wähle, Ali, und nimm den, der dir gefällt. Sieh mal, wieviel Tuch da liegt!«

Während Murtaza die Ballen mustert, weicht er nicht von Alis Seite, zeigt ihm verschiedene Stoffe, fragt ihn: »Willst du den da oder diesen?«.

Ali ist stumm, seine Zunge klebt ihm am Gaumen, hingerissen starrt er auf die Stoffbahnen.

»Diesen da?«

Ali antwortet nicht.

»Ist es der da, Ali, Bruder, schau, lila Streifen, reine Wolle!«

Ali schweigt, und der andere läßt nicht locker.

Als der Ladeninhaber sieht, daß die beiden keine Wahl treffen können, holt er den obersten Ballen, einen dunkelblauen mit weißen Punkten, herunter.

»Wenn ihr einen Stoff sucht«, sagte er, »dann den hier. Ich sehe keinen anderen in diesem Laden, der eines wohlgeborenen Herren wie Murtaza Aga würdig ist.«

Murtaza Aga war über diese Haltung des Verkäufers hoch erfreut.

»Gefällt er dir, Ali, mein Bruder, magst du ihn?« fragte er und ging einigemal um den Ballen herum.

Ali wurde rot wie ein Kind: »Er gefällt mir, aber was soll's, ist es nicht schade um so viel Geld für ein Stück Tuch?«

»Kümmere dich nicht ums Geld, Murtaza Aga hat Tonnen davon.«

Und mit einem Kopfschütteln bestätigte Murtaza Aga: »Es spielt überhaupt keine Rolle.«

Sie nahmen den Stoff und verließen den Laden.

Murtaza Aga hatte nicht bezahlt, sondern zum Verkäufer nur »Trag's ein ins Heft« gesagt.

Die Schneiderwerkstatt lag zwei Läden weiter. Der Meister war ein kleinwüchsiger Mann mit buschigem grauem Schnurrbart und flinken kleinen Augen im runden Gesicht.

»Sofort, sofort, gleich morgen, Meister, will ich den Anzug haben! Ohne Rücksicht, was er kostet, gleich morgen. Dieser da ist mein Herzensbruder, Ali Aga. So einen Mann hat es in der Çukurova noch nicht gegeben, und seinesgleichen wird nie wiederkommen.«

»O Gott, mein Aga, dein Wunsch ist mir Befehl, aber bis morgen abend wird er nicht fertig.«

»Er wird fertig!«

»Wird er nicht!«

»Er wird!«

Plötzlich gab der Schneider seinen Widerstand auf, und nachdem er Ali den Hinkenden eine Weile gemustert hatte, sagte er: »In Ordnung, Aga, was bleibt mir anderes übrig, wegen eines Anzugs können wir dich ja nicht enttäuschen. Die ganze Nacht bis in den Morgen werden wir uns Mühe geben und ihn dir nähen.«

»Gesundheit und langes Leben!« begeisterte sich Karadağlioğlu Murtaza Aga und schlug dem Schneider kräftig auf die Schulter. Von dort ging's zum Schuhmacher, danach zum Hemdennäher. Die Handwerksmeister sagten zu, am nächsten Abend auszuliefern. Murtaza Aga vorweg, Ali hinterher, so durchmaßen sie die Ladenstraße mehrmals von einem Ende zum anderen. Eine Weile verhielten die beiden unter der riesigen Platane beim Hufschmied, und dann stellte Murtaza Aga Ali den Hinkenden noch dem Sattler vor als einen Mann, den es bisher in diesem Land Çukurova noch nicht gegeben hat und, auch wenn die Welt untergeht, nicht mehr geben wird. »Allmächtiger!« entfuhr es dem Sattler, der seine Bewunderung darüber nicht verheimlichen konnte.

Anschließend gingen die beiden in die Moschee, und nachdem sie lang und gründlich die Waschungen vorgenommen hatten, stellten sie sich nebeneinander zum Gebet auf. So geläutert, begaben sie sich zum Totenhaus. Dort war es still, weder Totenklage noch irgendein Laut waren zu hören.

Auch die vielen Dörfler im Städtchen hatten sich in ihre Häuser zurückgezogen, die Straßen waren menschenleer.

»Hab ich's nicht gesagt«, meinte Ali und sah Murtaza Aga in die Augen.

»Was denn?«

»Der Gestank. Riech doch, mein Aga! Er hat sich über die ganze Stadt ausgebreitet, und bis morgen früh ... O Gott, o Gott!«

»Hoffentlich steigt der Gestank auch Arif Saim Bey in die Nase, inschallah, und sie unterhalten sich endlich über Ali Safa Bey und Ince Memed! Und dann wird Sinan Pascha der Wahnwitzige ...« Er stockte, sah Ali grübelnd an und schloß: »Was können wir von denen schon erwarten, Ali, was?«

»Gar nichts«, antwortete Ali.

»Und Sinan Pascha ist sehr alt geworden, vielleicht schon im Ruhestand. Man hört nichts von ihm. Ob sie ihn gehängt haben? Er war schließlich ein Wahnwitziger.«

»Wie ich hörte, habe er mit Bäumen exerzieren wollen, und nahmen sie keine Haltung an, habe er sie auspeitschen lassen.«

Murtaza lachte: »Vielleicht hat man ihn nicht aufgehängt, und vielleicht schickt Ismet Pascha ihn her. Doch wenn er kommt, wird eines Tages der ganze Taurus noch Murat Pascha des Brunnenbauers mit Wehmut gedenken. Kennst du Hauptmann Faruk?«

»Vom Sehen.«

»Kann er Ince Memed einfangen?«

»Warum nicht?«

»Weil er die Dörfler quält.«

»Ja, das stimmt ... In solchen Zeiten darfst du den Bauern nicht unterdrücken, stimmt's?«

»Der Bauer mag Erniedrigung und Grausamkeit überhaupt nicht.«

Sie gingen wieder ein Stück, und immer wieder blieb Murtaza Aga stehen, betrachtete Ali eine Weile, dann gingen sie weiter. Eine Zeitlang war es still zwischen ihnen, und bis zur Brücke hielten sie die Blicke gesenkt. An der Brüstung blieben sie stehen, schauten nebeneinander eine Zeitlang auf den Fluß. »Trägst du jetzt eine Waffe?« fragte Murtaza unvermittelt.

»Nein.«

»Was tätest du, wenn jetzt Ince Memed käme und zuerst dich und dann mich zu töten versuchte?«

»Ich könnte gar nichts tun.«

»Aber wenn ein Mann einen Feind hat, geht er dann ohne Waffe?«

»Auf keinen Fall.«

»Und du?«

»Verflucht sei die Armut!«

»Bist du ein guter Schütze?«

»So sagt man, mein Aga«, antwortete Ali bescheiden und senkte den Kopf.

»Pistole oder Gewehr?«

»Beides ...«

»Sehr gut. Und wer schießt besser, du oder Ince Memed?«

Ali der Hinkende wand sich vor Verlegenheit, starrte auf das

Wasser da unten, lächelte verschämt, sah den Aga an, und der Aga wartete ab.

»Nun sag schon, sag die Wahrheit, ich, dein Bruder, muß es genau wissen!«

»Also, Memed der Falke ...«

»Nun, was ist mit ihm?«

»Ich wollte sagen ...«

Wieder schwieg Ali verschämt, sah zur Seite, ließ den Blick über das Wasser schweifen bis hinüber zu den Hängebirken im Garten am anderen Ufer, wo er haftenblieb.

»Nun sag schon, was meinst du?«

»Ince Memed ist noch ein Kind ... Was mich betrifft, ich bin schließlich der erfahrene Spurensucher Ali der Hinkende ...«

»Los, gehen wir nach Haus. Ab jetzt wirst du bei mir wohnen! Ich werde dir die Pistole oder die Flinte geben, die dir gefällt. Die Pistolen sind Nagants. Du solltest nur eine Nagant tragen. Alle anderen haben Ladehemmungen.«

»Das stimmt.«

»Ich habe vierzehn davon; mit elfenbeinernen Griffen. Such dir eine aus, die dir gut in der Hand liegt.«

»Gott segne dich, mein Aga!«

»Und mit meinen deutschen Flinten, fabrikneu und die Schäfte ziseliert, könnte ich eine Armee ausrüsten. Du brauchst nur zu wählen.«

»Ich werde mir schon eine aussuchen, mein Aga.«

»Munition kistenweise!«

»Leben sollst du, mein Aga!«

»Wie lange hast du nicht mehr geschossen?«

»So zwanzig Jahre.«

»Dann ist deine Hand aus der Übung.«

»Sie ist es, mein Aga.«

»Morgen oder übermorgen werden wir uns auf die Pferde schwingen und hinauf nach Akarca reiten; dort werden wir so lange schießen, bis unsere Hand wieder sicher trifft.«

»Ein guter Gedanke, mein Aga.«

»Und jetzt nach Haus!«

»Ja, mein Aga.«

»In unser Haus ...«

»Ja, mein Aga.«

»Hast du Familie?«

»Elf Kinder sind deine Diener.«

»Gott erhalte sie! Sollen sie dort in den Bergen bleiben, oder willst du sie auf unseren Hof bringen?«

»Sie sollen dort bleiben. Wenn sie in die Ebene herunterkommen, wird Ince Memed mir mißtrauen.«

»Stimmt. Fürchtet dich dieser Ince Memed?«

»Er geht mir aus dem Weg.«

»Kann er mir etwas antun, wenn du dabei bist?«

»Nicht, bevor er mich getötet hat.«

Murtaza Aga drehte sich Ali wieder zu, sah ihm lange, sehr lange in die Augen, griff sich dann hastig an die Hüfte, zog seine Pistole aus dem Gürtel und reichte sie ihm.

»Nimm!« sagte er. »Auf alle Fälle trag du sie, bis wir im Haus sind. Ich küsse deine Augen, Ali Aga, mein Bruder, und gebe mein Leben, das zerbrechlich ist wie ein Vogel, in deine Obhut.«

»Mach dir keine Sorgen, mein teurer Aga mit den klaren Augen. In Zukunft stehe ich für dein Leben gerade.«

»Ist das wahr? Sagst du dies aus vollem Herzen, Ali Aga der Hinkende?«

»Aus vollem Herzen, aus übervollem Herzen.«

»Und dennoch fürchte ich mich vor dir. Irgend etwas verbirgt sich hinter deinen Blicken.«

Murtaza ging an den Wegrand und hockte sich auf eine Gartenmauer aus getrocknetem Lehm. Ali der Hinkende folgte ihm und kauerte sich daneben.

»Wenn du mich fürchtest, warum gibst du mir dann deine Pistole?« Alis Stimme klang weich und liebevoll.

»Weil du mich so oder so töten wirst, denn du bist ein Gefolgsmann Memeds des Falken.«

Eine Weile herrschte wieder Stille zwischen den beiden. Sie hatten die Köpfe gesenkt und starrten auf ihre Fußspitzen.

Dann erhob sich Ali gelassen, als wären zwischen ihnen diese Worte nicht gefallen, stellte sich vor Murtaza hin und sah ihm in die Augen. Wie gebannt sahen sie sich eine Weile wortlos an.

»Ja, du bist Ince Memeds Mann, ich weiß es und außer mir niemand auf der Welt. Du würdest für Ince Memed dein Leben hingeben, denn du bist der gescheiteste unter den Dörflern. Und außerdem: Warst du es nicht, der Ince Memed in diese Lage gebracht hat?«

»So ist es«, lachte Ali, und sein warmes Lachen kam aus vollem Herzen.

»Und deswegen gäbest du für ihn dein Leben hin.«

Ali schwieg.

»Warum sagst du nichts dazu, Ali? Würdest du mich nicht töten, wenn Ince Memed es dir befehlte? Nun sag schon, Ali!«

Ali gab keine Antwort. Sein Gesicht bekam einen traurigen Ausdruck, die Spitzen seines Schnurrbarts hingen herab.

»Ich würde es nicht tun, Murtaza Aga. Ich mag nicht töten. Nur Gott selbst steht es zu, Leben, das er gab, zu nehmen. Menschen töten ist eine böse Sache.«

»Ja, böse«, frohlockte Murtaza Aga, »aber Ince Memed tötet.«

»Das ist etwas anderes«, sagte Ali überzeugt mit fester Stimme.

»Das ist etwas anderes? Soll das heißen, er hat recht?«

Plötzlich befiel Murtaza lähmende Angst, weiteten sich seine Augen vor Entsetzen: »Das heißt, wenn du mich tötest, ist es das eine, tötet mich aber Ince Memed, ist es ein anderes?«

Seine Furcht wurde immer größer, und Ali der Hinkende fühlte diese sichtbare, ja greifbare Todesangst mit ihm. Er griff an seinen Gürtel und sagte: »Aga, nimm deine Pistole wieder hin! Bei deiner Furcht und meinem Freimut kommen wir nie zueinander. Du wirst mir niemals trauen und immer in Angst leben. Nimm also deine Waffe, laß mich gehen und selbst einen Ausweg finden!«

Doch Murtaza Aga konnte sich nicht entschließen, die ausgestreckte Pistole an sich zu nehmen. Er sah Ali in die Augen und wartete ab.

»Nimm deine Pistole, Aga!«

Mit bleichem Gesicht und neugierigen Augen, in denen seine ganze Kraft, sein ganzes Gefühl und Gespür zu liegen schien, schaute dieser Ali an, als suche er in weiter Ferne nach einem Hoffnungsschimmer, und sei er nadeldünn.

»Aga, nimm die Pistole!«

Alis Stimme klang jetzt entschlossen und trotzig. Aber Murtaza streckte seine Hand noch immer nicht aus. Da legte Ali die Pistole neben ihn hin, drehte sich um und ging die Brücke hinunter.

»Warte, Ali, bleib stehen!« schrie Murtaza zu Tode erschrokken. »Halt doch an, Bruder! Ich sagte Bruder! Ich weiß, daß du mich töten wirst. Aber wenn ich schon umgebracht werde, dann soll es wenigstens mein Bruder tun. Komm sofort zurück!« Er lief einige Schritte, packte ihn am Arm, zog ihn an sich heran und sagte mit strenger, befehlender Stimme: »Heb die Pistole auf! Sie ist mein Geschenk an dich. Und hör mir jetzt gut zu, Ali: Mein Leben ist in deiner Hand. Nimm die Waffe, und tu damit, was du willst! Töte mich, oder bring sie meinetwegen Ince Memed, aber laß mich nicht allein!«

Ali drehte sich um, nahm zögernd die Pistole und schob sie in seinen Gürtel.

»Nimm's mir nicht übel, Murtaza Aga!«

»Was heißt übelnehmen, Ali, die Schuld liegt bei mir. Also los, gehen wir heim.«

Als sie zu Hause ankamen, ging die Sonne gerade unter. Mit all ihrer Pracht spiegelten sich die Strahlen in den Fenstern der Häuser und verwandelten die kleine Stadt, die sich an die mit Ölbäumen bewachsenen Hänge schmiegte, in ein Elfenschloß. Aus der Ferne, vor allem vom Anavarza aus betrachtet, verwandelte sich der Ort in einen farbensprühenden Feuerball, der weithin seinen Umkreis in unbeschreiblicher Helle ertränkte.

Murtaza Aga war der Sohn des türkischen Beys Adem Aga der Stammler, ein Mann von hohem Ansehen in dieser Gegend, ein Herr, großzügig, dessen Tafel für jeden gedeckt war. Weitsichtig hatte dieser seine Winterlager und Weiden aus früheren Zeiten absichern und als landwirtschaftliche Betriebe ins Grundbuch eintragen lassen. Vielleicht der erste in diesem Ort, dessen Eigentum an Grund und Boden durch eine amtliche Urkunde bestätigt wurde. Die Grundbuchauszüge wiesen siebentausend Morgen aus, in Wahrheit belief sich sein Besitz an Äckern innerhalb dieser Abgrenzungen auf vierzigtausend Morgen. Murtaza Aga hatte sich demnach nicht wie all die anderen auf landesherrlichem Besitz oder gar dem Eigentum von Armeniern breitgemacht. Und damit brüstete er sich. Nur diesen Landsitz, auf dem er jetzt wohnte, hatte ihm sein armenischer Freund Karabet Keklikyan vermacht, als dieser fliehen mußte.

Es hieß, man habe diesen Sitz dem Karabet mit Gewalt genommen, und diese Verleumdung versetzte Murtaza Aga in rasende Wut. Nein, diesen prächtigen Besitz hatte er sich nicht erpreßt, sondern von seinem armenischen Freund Keklikyan mit klingender Goldmünze gekauft. Zülfü und Halil Bey der Überschwengliche, Molla Duran Efendi und Untersuchungsrichter Rüstü Bey waren es, die sich mit Gewalt die Häuser angeeignet hatten. Es waren die anderen … Und ohne einen Kuruş für die Landsitze zu bezahlen, weder dem Staat noch den Eigentümern. Nachdem letztere geflüchtet waren, setzten sie sich in die Häuser, als wären sie die Erben ihrer Väter.

Murtaza Aga pochte mit dem Anklopfer schnell und heftig dreimal an die Haustür. Sofort wurde geöffnet. Das Gebäude hatte zwei Stockwerke und vierzehn Zimmer. Ein Raum befand sich im Dachgeschoß, erreichbar nur über eine schmale Stiege. Für den Notfall gab es eine Geheimtreppe, die zur Straße führte. Das weißgetünchte, große Gebäude war eines der schönsten der Kleinstadt. Karabet Keklikyan hatte den Baumeister eigens aus dem fernen Sivas kommen lassen. Schon während der Arbeiten war das Haus, ob bei Armeniern oder Türken, in aller Munde. Die Zimmer wurden mit geschnitztem Eschenholz getäfelt, und kein Raum glich dem anderen. Die Decken im Erdgeschoß waren mit verschiedenfarbigen Kieseln verziert, und in der Mitte prangten byzantinische Mosaiken, Abbildungen von Gazellen, Fasanen und lila Blumen, die unbeschädigt aus der Gegend von Anavarza herbeigeschafft worden waren.

Sie gingen eine blitzblanke hölzerne Treppe hinauf. Die Wand, auf die sie trafen, war mit einem weiteren Mosaik, einem Vogelparadies, verziert. Störche, die über Feuchtwiesen staksten, fliegende Kraniche, hennafarbene Rebhühner und eine rote Schlange … Ali blieb mitten im Raum stehen und starrte voll Verwunderung auf diese Bilder.

»Was guckst du so, Ali?«

»Unglaublich, Aga! Wer hat das gemacht?«

»Das stammt noch von den Heiden. Karabet hat es ausgraben lassen. Es soll sehr wertvoll sein, wird gesagt. In den anderen Zimmern habe ich noch drei davon.«

»Unglaublich! Grad so, als lebten sie … Und die Schlange windet sich.«

Sie betraten den geräumigen Erker gegenüber der Treppe und hockten sich auf die breite, rundum mit bestickten Kissen bedeckte Polsterbank entlang der Wand. Überall duftete es nach Yahni, mit Zwiebeln, Knoblauch und Gemüse geschmortem Fleisch.

»Haben wir einen Hunger!« stöhnte Murtaza Aga.

»Haben wir einen Hunger!« bestätigte Ali.

»Magst du geschmortes Zwiebelfleisch?«

»Ich habe es einmal gegessen, und sein Geschmack kitzelt noch meinen Gaumen.«

»Und Pilaw mit gerösteten Nudeln, in frischer Butter?«

»Wer mag das nicht«, lachte Ali.

»Und hinterher Heidehonig.«

»Bei uns auf der Hochebene gibt es viel davon. Ich brachte meinem Aga immer den reinsten. Wie Milch so weiß. Aber wir Dörfler bekommen ihn selten zu kosten.«

»Leben sollst du, Ali, mein Bruder!«

Noch war im Haus niemand zu sehen gewesen, doch jetzt kam eine Frau aus einem der Nebenzimmer. Sie war groß und kräftig, mit breitem Becken und quellenden Brüsten, hatte einen langen Hals, große schwarze Augen und rote Lippen. Ihre leicht schlaffe Gesichtshaut war fahl, doch ihr Gang straff und aufrecht. Sie trug ein gestreiftes, bis zu den Lackschuhen fallendes Kleid, dazu ein grünes seidenes Kopftuch und hatte um ihre Hüften einen breiten, mit grünen und roten Troddeln verzierten Gürtel geschlungen.

»Willkommen, Ali Aga, Bruder!« sagte sie.

»Ich kam gern«, antwortete Ali und starrte dabei zu Boden.

»Ist es nicht schrecklich!« empörte sie sich. »Wie eine Pauke soll Ali Safa Beys Leichnam aufgedunsen sein, soll in kein Laken, auf keine Bahre passen. Sehe aus wie der Berg Hüt. Und stinken soll er. Heute nacht wird sich der Gestank über die ganze Stadt ausbreiten, sagen sie, diese Nacht verlassen wir die Stadt, sagen sie.«

Hüsne Hanum war sechsunddreißig Jahre alt und Murtaza Agas erste Frau. Sie war die einzige Tochter eines turkmenischen Beys aus der Gegend von Iskenderun. Um sie zu bekommen, hatte Murtaza Aga alles Erdenkliche getan, hatte für sie ein Vermögen ausgegeben. Und auch als er später jüngere Frauen heiratete, war sie seine Lieblingsfrau geblieben. Sie hatte ihm fünf Kinder geboren, drei davon waren Knaben. Auch seine jungen Frauen hatten Kinder, sechs eine jede, und sie waren immer gesegneten Leibes. Sie hießen Ali nicht willkommen, denn nach alter Sitte ließen sie sich niemals blicken, sofern der Gast kein enger Verwandter, kein vertrauter Freund oder Bekannter war.

»Soll er doch stinken«, meinte Murtaza Aga, »eines Tages wird man ihn begraben. Die Erde verdeckt auch alle Gerüche.«

»Ja, verdeckt sie«, sagte Hüsne Hanum. »Und was ist mit diesem Ince Memed, hat man nichts von ihm gehört, Aga?«

»Nichts«, antwortete Murtaza.

»Wer ist dieser Mann, was ist er? Ein Geist? Ein Kobold? Gibt es ihn denn, der wie ein Adler die Agas und Beys tötet und dem niemand etwas anhaben kann?«

»Weil wir unfähig sind«, empörte sich Murtaza. »Wären wir Männer, hätte er nicht einmal Abdi Aga töten können. Arif Saim Bey ist hier im Hause Halils, und vor Angst wagt ihm niemand etwas zu sagen. Und mir haben sie den Mund verboten, tun so, als wäre dieser Arif Saim Gottes persönlicher Abgesandter … Weil jedem die Knie schlottern, weil sie vor Angst in die Hose scheißen. Darum ist Ali Safa hinüber. Und jetzt ist die Reihe an uns. Anschließend ist Arif Saim dran. Und nach Arif Saim …«

»Wie der Berg Hüt ist der Leichnam des Armen aufgedunsen«, begann Hüsne Hanum von neuem, »aber eßt erst einmal …«

»Macht Feuer im Bad, Hanum, Feuer für einen großen Kessel heißes Wasser. Mein Bruder Ali kommt von weit her, er soll sich gründlich waschen. Gebt ihm auch von der duftenden Seife, dazu eins von meinen Hemden und eine Unterhose. Dann schlagt sein Lager bei mir auf, wir werden im selben Zimmer schlafen. Dieser Ince Memed ist so wild geworden, man weiß ja nie …«

»Man weiß ja nie«, seufzte Hüsne Hanum, »man weiß ja nie, was diese wildgewordenen Menschen alles anstellen werden. Was haben sie mit dem Kücükalioğlu gemacht, diesem Adler der Berge! Sie sind in sein Haus eingedrungen und haben ihn in Stücke gerissen. Ich hab's mit eigenen Augen gesehen. Und es waren nicht einmal Fremde, sondern Angehörige seiner Sippe. Die Menschen sind wild, ja, wild … Von Bruder Ali habe ich viel gehört. Soll das Essen aufgetragen werden?«

Nachdem Murtaza einen Blick auf Ali den Hinkenden geworfen hatte, sagte er: »Laß es kommen!«

Während Frau Hüsne sich erhob, musterte sie Ali den Hinkenden vom Scheitel bis zu den Zehen; dann ging sie mit langsamen, wiegenden Schritten in die Küche.

Bald darauf kam ein junges Mädchen mit einem riesigen Tablett aus verziertem Kupfer herein, breitete eine Tischdecke auf dem Kelim aus und setzte das Tablett auf die Unterlage. Anschließend wurde hauchdünn gerolltes Fladenbrot gebracht, dazu in kupfernen Schüsseln Schmorfleisch und Gemüse, Pilaw, Joghurt und gebratene Nudeln.

Die beiden ließen sich im Schneidersitz an der Tafel nieder und begannen die dampfenden Speisen zu löffeln. Das Mahl dauerte lange. Nach dem Essen kam das Mädchen mit einer Kanne, einer Schüssel und einem schneeweißen Handtuch, das sie über die Schulter geworfen hatte, und goß Ali Wasser über die Hände.

»Ist das Badewasser heiß?« rief Murtaza Aga nach drinnen.

»Es ist heiß«, kam von nebenan Hüsne Hanums Stimme.

Das junge Mädchen ging voraus und zeigte Ali das Badezimmer. Er zog sich eilig aus und begann sich zu waschen.

Im Schlafzimmer brannte eine große Petroleumlampe. Der blitzblanke Glaszylinder funkelte, er hatte nicht den Hauch eines Rußfleckens. Die riesige, rosafarbene Kugel war mit blauen Blumenmustern verziert.

Murtaza lag in seinem Bett, das auf dem Fußboden hergerichtet war, und hatte ein weißes seidenes Laken bis an sein Kinn gezogen. Es dauerte eine Weile, bis Ali endlich in Hemd und langer Unterhose des Agas verschämt das Zimmer betrat. Sein Körper duftete, er fühlte sich wie neugeboren. Hastig schlüpfte er in sein Bett, das neben dem des Agas aufgeschlagen war, und deckte sich bis zum Hals mit einem gleichfalls seidenen Laken zu. So ein Nachtlager hatte er in seinem ganzen Leben nicht gesehen. Plötzlich kam ihm der Gedanke, ob wohl Ali Safa Bey, dessen Körper jetzt wie der Berg Hüt aufgedunsen war, sein Leben lang in so einem Bett geschlafen hatte; in einem Bett so schneeweiß, so weich, daß einem Schauer überliefen, wenn die Haut das seidene Laken spürte.

»Du erkennst also die Spuren aller Geschöpfe, Ali. Auch die der Bienen?«

»Mehr oder minder, mein Aga.«

»Wo hast du das alles gelernt?«

»Von selbst, aus Neugier, bei der Jagd ...«

»Hattest du nie einen Meister oder ähnliches, einen Lehrherrn, der dein Vorbild war?«

»Ich hatte einen, man nannte ihn Kahlkopf Hadschi. Der las sogar die Spuren des Kranichs am Himmel, der Fliege in der Luft, der Schlange auf der Erde. Das ist eine Gabe Gottes ... Kahlkopf Hadschi konnte jede Fährte, aber auch jede lesen. Er war der erste Jäger, den ich kennenlernte, denn er war ein enger Freund meines Vaters. Außerdem war ich ganz vernarrt in Rebhühner und fing an, ihre Jungen aufzuspüren. So wurde ich mit ihren Gewohnheiten vertraut. Ich folgte ihren Spuren und fand ihre Nester. Im Jahr fing ich vielleicht fünfhundert Küken und zog sie auf. Ja, so fing es an. Was Kahlkopf Hadschi betrifft, der brachte seine Kunst niemandem bei, nicht einmal seinem Sohn. Er nahm auch keinen Gehilfen auf. Ihn habe ich bei weitem nicht erreicht, einen Spurensucher wie ihn hat es vor ihm auf der ganzen Welt nicht gegeben und wird es auch in Zukunft nicht geben. Neben ihm sind wir kleine Kinder. Sogar Musa der Wind kann ihm nicht das Wasser reichen.«

»Unglaublich!«

»Unglaublich«, bestätigte Ali.

Später weckten auch andere Vögel Alis Neugier, und als er einen steilen, drei Pappeln hohen Felsen erklimmt, stürzt er und bricht sich den Fuß. Seitdem humpelt er so, aber den Vögeln stellt er auch weiterhin nach. Einmal auf ihrer Spur, hält ihn keine Steilwand auf, kennt er weder Stock noch Stein. Erblickt er irgendwo nur einen Abdruck, stirbt er fast vor Neugier, rakkert er sich ab, läßt er nicht locker, bis er findet und weiß, wonach er gesucht hat. Nach den Vögeln gilt seine Wißbegier wilden Tieren, und weder Schlucht noch Fels, weder Hang noch Gipfel können ihn daran hindern, diesen riesigen Taurus zu durchstreifen. Danach lernt er die Spuren der Käfer, der Ameisen, Schmetterlinge und Schnecken kennen. Und anschließend die der Menschen … Das ist Alis Handwerk auf dieser Welt, ist seine Kunst, und nur wenigen auf Erden wurde solch Geschick mitgegeben. Durch seine Neugier auf Spuren wurden ihm die Eigenarten der Gewässer, der Bäume, der Fische in den Bächen und alles sonstigen vertraut. Einmal stand Ali Auge in Auge einer Schlange gegenüber. Weder er noch sie konnten die Blicke voneinander wenden. Wie gebannt verharrten sie einen Tag lang bis zum Abend, ohne sich aus den Augen zu lassen, als wären ihre Augen verklammert. Und während sie sich anstarrten, erriet Ali, was in der Schlange vorging, was sie dachte, geradeso wie die Schlange in seinem Inneren las. Dann, als es Abend wurde, ließ die Schlange den Kopf auf die Erde sinken, machte kehrt und glitt, ohne zu rasseln, lautlos davon. Erst viel später hörte er, wie sie in weiter Ferne ihre Hornringe voller Freude aneinandertrommelte.

»Ali, du sollst auch Nachrichten von denen aus dem Jenseits bringen.«

Entsetzt schnellte Ali hoch: »Um Gottes willen! Wer bin ich denn, daß ich Nachrichten aus dem Jenseits bringen kann. Um Gottes willen!«

»Na ja, ich hab's so gehört.«

Wenn Ali durch den Taurus streifte, ging er auch den Spuren von Füchsen, Wölfen, Leoparden, Luchsen, Wildkatzen und Bären nach, bis er ihre Baue und Höhlen fand. In einer dieser Höhlen hatte er einmal nächtelang eng umschlungen mit den

Bären gelegen, die dort ihren Winterschlaf hielten. Er schoß viele Damhirsche, viele Rehe, viele Fischotter, viele Marder; er folgte den Spuren der Bussarde, Adler und Falken und entdeckte ihre Nester, und er unterhielt sich auch mit den Blumen. Aber das edelste aller Geschöpfe war für ihn Ince Memed. Der Falke war ihm so teuer wie sein Augapfel.

»Du solltest auch Frau und Kinder herbringen, Ali.«

»Ich hab's dir früher schon gesagt, Aga, wenn ich meinen Haushalt in den Bergen auflöse, würde Ince Memed Verdacht schöpfen, verstehst du?«

»Verstehe«, antwortete Murtaza Aga und seufzte ohne ersichtlichen Grund. »Ach, Ali, ach«, fügte er hinzu und atmete so tief, als wolle er seine Lunge zum Platzen bringen, »wenn der dreckige Körper dieses Ungläubigen erst einmal verschwunden ist, wirst du schon sehen, was ich für dich tun werde, wieviel Gutes ...«

Ali drehte den Kopf zu ihm, sah ihn an und wartete. »Ja, Aga?«

»Du wirst schon sehen. Ich werde dich in dein Dorf schicken, und du wirst Hausrat, Kind und Kegel herbringen. Ich werde dir auf meinem Land, oder besser in der Kreisstadt, ein Haus bauen und dich ein Leben lang bei mir behalten. Von meinem Grund und Boden werd ich dir Felder geben und dich auf einen Araber setzen, ein Pferd, von dem es in der Çukurova kein zweites gibt.«

Er war ganz hingerissen.

»Ali!«

»Mein Aga!«

»Das Pferd werde ich dir morgen geben. Einen Araber mit einem Tscherkessensattel. Einen vierjährigen Grauschimmel. Ince Memed soll vor Neid platzen, wenn er's hört. Soll platzen, ja?«

»Er soll platzen!« antwortete Ali.

»Dann laß uns jetzt schlafen. Vergiß nicht, wir werden dich morgen einkleiden. Morgen abend. Und wir dürfen den Hut nicht vergessen. Morgen wirst du ein ganz anderer Mensch werden. Ach, könnten wir dir doch anstelle deiner Stiefel Halbschuhe kaufen, glänzende Halbschuhe. Bist du nicht mein Bruder? Also hast du dich auch wie Mustafa Kemal Pascha anzuziehen, du hast doch noch nie in deinem Leben Jacke und gebügelte Hosen getragen und dir einen Hut auf den Kopf gesetzt, nicht wahr?«

»Noch nie.«

»Los, schlafen wir! Es riecht so ...«

»Es riecht nach Tod.«

Ali schlief sofort ein. Murtaza Aga dagegen blieb wach bis zum Morgen. Einigemal prüfte er Alis Schlaf. Doch der war so leicht wie der Schlaf eines Vogels. Beim geringsten Knistern schreckte Ali hoch, griff zu seiner Pistole unter dem Kopfkissen und blickte zu Murtaza hinüber; dann lächelte er verschmitzt, ließ den Kopf sinken und schlief gleich wieder ein. Als sie morgens aufwachten, waren beide gut gelaunt. Ali fing an, Murtaza Aga immer mehr zu mögen, und das erschreckte ihn.

Hüsne Hanum hatte an diesem Morgen dem hochgeschätzten Gast ein besonders reichhaltiges Frühstück vorbereitet: eine Kugel Butter, an der noch die Sauermilchbläschen hingen, eine schneeweiße Wabe Honig, frischen Rahm, Milch, Tee, selbstgebackenes Brot aus eigenhändig geknetetem Teig ... Und gäbe es Vogelmilch, sie hätte nicht gefehlt.

Sie frühstückten wieder so wortkarg, wie sie zu Abend gegessen hatten. An diesem Morgen fühlte sich Hüsne Hanum erleichtert. Aus welchem Grund immer, ihr Inneres war helle Freude.

»Los, Ali, gehen wir! Vielleicht treffe ich ihn allein an, diesen Hahnrei und Fahnenflüchtigen, diesen Spion der Franzosen, den sie Arif Saim nennen, und kann mit ihm über die Geißel Ince Memed reden. Vielleicht kann ich ihm erklären, was diese Schlange in Wirklichkeit für ein Drache ist, und ihn zur Vernunft bringen, indem ich ihm mit allen Einzelheiten klarmache, daß niemand im Taurus es mit diesem Räuber mehr aufnehmen kann, wenn noch ein Monat verstreichen sollte. Und kehrte auch seine Seligkeit Murat Pascha Efendi der Brunnenbauer höchstpersönlich aus dem Jenseits zurück. Fragt sich allerdings, ob dieser blutbefleckte Mörder in der Lage ist, Ankara von unseren Sorgen zu überzeugen.«

»Das kann er«, sagte die Hanum zuversichtlich, »vorausgesetzt, du kannst ihn dir nur einmal vorknöpfen, mein lieber Aga.«

Seinen schwarzen Hut in der Hand, eilte Murtaza Aga zur Treppe. Heute trug er einen dunkelblauen Anzug und hatte zum weißen Hemd eine rotgestreifte violette Krawatte umgebunden. Seine Lackschuhe glänzten. Und in seiner Brusttasche steckte ein rotes Ziertuch. Wie immer rollten seine großen Augen vor Aufregung und Angst. Tiefe Furchen kerbten seine Stirn, und das lange Gesicht und die Haut an den Augenwinkeln war voller Falten. Nur wenn er lachte, verwandelte ihn sein zerfurchtes Gesicht mit den vorspringenden Backenknochen in einen vertrauensvollen, warmherzigen Menschen.

Murtaza vorweg, Ali hinterher, so stiegen sie die Treppe hinunter und schlugen den Weg zum Hause Halil des Überschwenglichen ein. Als sie dort ankamen, frohlockte der plötzlich gutgelaunte Murtaza Aga, denn im Hof stand frisch gewaschen und poliert das Auto des Beys.

»Bleib schön dort stehen«, sagte er und sah den Wagen an, »rühr dich nicht von der Stelle, und Murtaza Aga küßt dir deine schwarzen Augen!« Dann drehte er sich Ali zu: »Und du warte hier unter diesem Baum! Warte hier, vielleicht blickt Gott der Allmächtige heute wohlgesinnt auf uns herab ... Offf, welch ein Gestank! Er bricht mir ja das Nasenbein. Ich falle gleich in Ohnmacht. Hast du deine Pistole dabei?«

»Ich hab sie dabei.«

»So ist es gut. Und wie kommst du mit dem Gestank zurecht?«

»Ich sterbe.«

»Gut, dann warte hier! Es ist der Tote, der so stinkt. Bei dieser Hitze! Es ist der Tote, wir müssen ihn ertragen.«

Die Tür stand offen. Ohne zu zögern, ging er hinein und stieg die Stufen hoch. Halil Bey empfing ihn am Ende der Treppe: »Du hast uns auf glühende Kohlen gesetzt, hast uns vernichtet, Murtaza. Du hast uns vor der ganzen Welt lächerlich gemacht. Was sollen diese Telegramme, mit denen du Ankara bombardierst! Bist du verrückt geworden, oder was ist mit dir los? Ein klitzekleiner Räuber hat einen Mann getötet und ist in die Berge geflohen. Noch bevor wir wissen, ob sie ihn nicht schon gefangen haben, sollst du an jedermann in der Hauptstadt Telegramme verschickt haben, als wäre hier die ganze Welt in Aufruhr. Bist du wahnsinnig? Wenn jetzt der Bey aufwacht und davon hört, daß in seinem Wahlbezirk Willkür herrscht. Wenn der Bey das hört, und er wird es hören, und ich halte mich da raus, dann hängt er dich an einen Haken oder hinter seinen Wagen, und bis Adana bleibt kein Stück mehr von dir übrig.«

Auch die andern, die Murtaza Aga verdattert ansah, umringten ihn, und sie redeten noch viel härter als Halil Bey. Zum Glück schlief der Bey, so daß sie nicht laut schimpfen konnten. Aber jedes ihrer Worte bohrte sich wie ein vergifteter Dolch in Murtaza Agas Herz. Blinzelnd stand er ratlos da und wußte sich nicht zu rechtfertigen.

»Es stinkt«, brüllte er schließlich, »mein Gott, wie es stinkt. Zur Hölle mit ihm, tot oder lebendig, zur Hölle mit den Telegrammen und allem ... Der Gestank bricht mir das Nasenbein. Um Gottes willen, daß nur der Bey nicht aufwacht! Wenn er das riecht, sind wir verloren. Was sollen wir tun?«

»Was können wir schon tun? Das Haus des Toten steht ja vor unseren Nasen. Der Gestank ist wirklich grauenhaft ... was könnten wir denn dagegen tun?«

»Den Toten sofort in die Moschee schaffen, bevor der Bey erwacht.«

»Ja, fortschaffen«, sagte der Unterpräfekt Rüstü Bey.

»Und zwar sofort!« rief der Landrat, der auch gekommen war.

»Auf der Stelle!« bekräftigte der Staatsanwalt. »Wenn der Bey aufwacht, und ...«

»Kölnisch Wasser, Kölnisch Wasser!« erregte sich der Richter im Ruhestand Hüdai.

»Sie haben ja schon alles Kölnisch Wasser, das im Ort aufzutreiben war, ins Haus des Toten gebracht.«

Plötzlich war von drinnen wie Gebrüll eine Stimme zu hören.

»Er ist aufgewacht. Unmöglich, daß die Nase des Beys diesen Gestank nicht wahrnimmt«, sagte Halil Bey und lief sofort ins Zimmer des Gastes.

Der Bey war aufgestanden. Er wirbelt in Unterhosen umher, zieht seinen Pyjama an und aus, findet Hemd und Hose nicht, ist völlig durcheinander und entsetzt ... Als er halbwegs zu sich kommt, brüllt er wieder los: »Es stinkt, es stinkt, nicht auszuhalten, wie es stinkt! Was ist es, was da so stinkt? Wonach stinkt dieser Gestank? Wo ist meine Hose?«

»Hier, hier liegt sie, Bey.«

»Es stinkt!«

»Und hier Ihr Jackett, bitte sehr!«

»Es stinkt!«

Mit zitternden Händen zog Arif Saim Bey sich hastig an und stürzte mit ungekämmtem, strähnigem Haar zur Tür hinaus.

»O Gott, meine Herren! In meinem ganzen Leben ist mir so ein Geruch nicht vorgekommen. Die ganze Welt stinkt. Das bringt mich um. Kölnisch Wasser. Kölnisch Wasser! Was ist das für ein Geruch?«

»Leichengeruch.«

»Leichengeruch? Wessen Leiche?«

»Der Räuber Ince Memed«, ergriff Murtaza Aga erleichtert das Wort, »hat vor einigen Tagen Safa Bey getötet und ist in die Berge geflüchtet. Jetzt will er dort alle Bauern umbringen, will unsere Dörfler allesamt pfählen. Der Kopf der Schlange! Um Gottes willen, Bey ... Bei Murat Pascha, dem Brunnenbauer! Bald wird diese Schlange zum Drachen!«

»Kölnisch Wasser! Es stinkt!«

»Ince Memed, diese Schlange! Sie hat ihn getötet ... Und er stinkt.«

»Er stinkt, Fahrer! Auf der Stelle!« Noch während er seinen Gürtel festschnallte, rannte Arif Saim Bey die Treppe hinunter. »Wirf sofort den Motor an, mein Sohn! Herr Kommandant, Herr Präfekt, liebe Freunde, beeilt euch, jetzt ist nicht der Zeitpunkt, sich lang zu verabschieden! Ich sterbe, falle gleich in Ohnmacht.«

Die andern eilten herbei und drängten sich ins Auto.

»Schnell, fahr los!« Und das Auto schoß durch den Hof und raste in einer Wolke von Staub zur Stadt hinaus.

»Gerettet«, freute sich Arif Saim Bey, »wir sind gerettet!«

»Ich hab's ihm gesagt«, brüstete sich Murtaza Aga vor den Dörflern, die dem Auto hinterherstarrten, »ich hab's ihm gesagt. Bald werden sie mit einer großen Armee zurückkommen, wie damals Murat Pascha der Brunnenbauer.«

Er hatte noch nicht ausgeredet, als er sich umdrehte und feststellte, daß ihm niemand zuhörte. Sie hatten sich in alle Richtungen davongemacht. »Ali!« brüllte er. »Ali, los, wir gehen auch! Ich hab dem Bey alles gesagt. Wie gut, daß Tote stinken, denn diese Hunde hatten mir ja den Mund verboten. Lauf zu, verschwinden wir aus der Stadt!«

Sie liefen zur Brücke hinunter und hielten erst an, als sie bei den Keuschlammbäumen am anderen Ufer waren. Bis hierher hatte sich der üble Geruch noch nicht ausgebreitet, er war drüben am Flußufer hängengeblieben.

»Hast du gesehen, Ali, wie menschenleer der Ort gewesen ist? Die Bauern sind davongelaufen. Und wer wird den Toten begraben?«

»Das findet sich, Aga.«

»Was meinst du, könnten wir nicht auch fortgehen?«

»Wir könnten schon, aber wir sollten nicht, Aga.«

»Hat dir die Pistole gefallen?«

»Sehr, mein Aga.«

»Es ist meine eigene.«

»Ich danke dir, mein Aga.«

»Und morgen kommt das Pferd vom Gestüt. Mir schwant, daß diese lausige Regierung mit Ince Memed nicht zu Rande kommen wird; die Hauptlast werden wir tragen müssen, Bruder Ali.«

»Wer weiß, vielleicht auch nicht.«

»Und wenn doch?«

»Das überlegen wir, wenn es soweit ist, Aga.«

»Fällt uns dann etwas ein?«

»Uns fällt etwas ein, mein Aga.«

Murtaza Aga ließ seinen prüfenden Blick nicht von Ali des Hinkenden Augen, als suche er etwas dahinter, irgend etwas tief da drinnen. Ali wußte, wonach er suchte, und mußte heimlich lachen.

»Im Innersten lachst du über mich, Ali.«

»Gib's auf, mein Aga!«

»Was soll ich aufgeben?«

»Zu suchen. Bei den Menschenkindern weiß man nie, mein Aga. Sie ändern sich von heute auf morgen. Der Mensch kann

Tag für Tag neu geboren werden, wenn er will. Jeden Morgen kann er zu neuem Leben erwachen, kann er zu einem anderen Menschen werden, zu einem guten oder schlechten … Den du jetzt vor dir siehst, bin ich, Ali, und morgen schon könnte ich etwas anstellen, worauf in diesem Augenblick weder du noch ich im letzten Winkel unseres Gehirns kommen könnten. Gib's also auf, such nicht weiter, laß von mir ab! Es ist nicht so leicht, die Menschenkinder zu begreifen. Auch die Vögel und die Käfer sind nicht so, wie sie uns erscheinen. Jedes Geschöpf auf Erden hat seine Eigenheit, doch der Mensch hat ihrer hunderttausend. Hör zu, mein Aga, wenn ich dir sagte, ich kenne auf dieser Erde einen Menschen, und sei es meine Frau, mein Bruder, meine Tochter, mein Sohn, meine Mutter oder mein Vater, so wäre es gelogen.«

»Es wäre gelogen, ich weiß.«

»Indem ein Mensch sich dem anderen Menschen angleicht, meint er ihn zu kennen.«

»Das ist wahr, er gleicht sich ihm an.«

»Aber wie sehr er ihm dann auch ähnelt, so sehr ist er doch ein anderer. Es gibt keinen Menschen, der einem anderen gleicht.«

»Keinen«, murmelte Murtaza Aga, »und wird es auch nicht geben.«

»Wenn es aber so ist, gib's auf, mich zu ergründen!«

Murtaza Aga lachte. »Bitte sehr, ich geb's auf.« Dabei machte er mit seiner Rechten eine wegwerfende Bewegung. »Ich geb's auf, möchte aber zu gern wissen, wer und was du bist. Denn einer wie du ist mir noch nie vorgekommen. Auf dieser Welt gibt es keinen Mann wie dich.«

»Doch, doch«, entgegnete Ali der Hinkende, »und zwar viele. Hat jemand eine Fähigkeit, so haben sie auch die anderen. Der andere muß nur wißbegierig, muß mit dem ganzen Herzen bei der Sache sein, dann ist nichts vor ihm sicher.«

»Könnte ich demnach ein Spurensucher wie du werden, wenn ich es aus ganzem Herzen wollte?«

»Du könntest. Wenn du dich mit ganzem Herzen hartnäckig darum bemühtest, könntest du es werden.«

»Was hat dich daran so gefesselt, daß du dein ganzes Leben der Spurensuche und nichts anderem gewidmet hast? Das Lesen von Fährten war dein Talent, aber was sollte es dir nützen? Hast du jemals daran gedacht? Hast du dir, als du anfingst, Spurenlesen zu lernen, überhaupt Gedanken darüber gemacht, was dir diese Fähigkeit jemals einbringen könnte?«

»Damals hatte ich mir keine Gedanken darüber gemacht. Erst jetzt, im reiferen Alter, beginne ich darüber nachzudenken.«

»Und wie denkst du jetzt darüber? Was nützt dir deine meisterliche Gabe, die nicht ihresgleichen hat?«

»Ich habe viel darüber nachgedacht und lange Zeit keine Antwort darauf gefunden.«

»Und dann?«

»Dann ist es mir plötzlich eingefallen.«

»Was ist dir eingefallen?«

»Was hat das Leben für einen Zweck, habe ich mich gefragt. Wozu soll das Leben gut sein, Murtaza Aga, sag es mir!«

Murtaza Aga schwieg eine Weile. Und abermals sah er Ali in die Augen. Dann, nach geraumer Zeit, lachte er herzhaft und hakte sich bei dem Hinkenden ein: »Du hast ja recht, Ali, was bringt uns, die wir den Tod so fürchten, dieses Leben, wofür wir sündigen und töten, denn ein. Am Ende füllen wir mit unserem Gestank so eine Kreisstadt oder ein klitzekleines Grab. Bei meinem Vater, wie eine menschliche Leiche doch stinkt! Schlimmer als ein Hundekadaver – werde ich auch so stinken?«

»Gott bewahre!«

»Doch, doch, ich werde so stinken. Ali, vielleicht noch schlimmer.«

»Bitte, mein Aga!«

»An dich mein letzter Wille: Wenn Memed der Falke mich tötet, soll man mich gleich anschließend, auf der Stelle, beerdigen!«

»Ince Memed wird dich nicht töten.«

»Er wird mich töten«, versteifte sich Murtaza Aga und stampfte dabei dreimal so fest auf den Boden, daß Sand aufwirbelte. »Er wird mich töten.«

»Dazu, mein Aga, kann ich nichts sagen.«

»Sicher, das kannst du nicht, aber du wirst es erfahren. In dieser Stadt ist jetzt die Reihe an mir. Hätte ich mich doch bloß nicht in seine Angelegenheiten eingemischt.«

Ali schwieg.

Lange Zeit gingen sie am Bach entlang, wanderten durch den Orangenhain. Dann stiegen sie ins Dorf hinunter, sahen sich dort Murtazas Orangenbäume an, betrachteten die Zitronen und Granatäpfel in seinem Garten. Die Zitrusfrüchte waren noch klein und grün, nicht größer als Taubeneier. Wohlweislich verschwieg Murtaza Aga, daß ihm sein armenischer Freund auch diesen Garten hinterlassen hatte.

Als sie aus der Ferne den Ruf zum Mittagsgebet vernahmen, hielten sie inne. Die Sonne spiegelte sich in den Fensterscheiben der Häuser, tauchte alles in gleißende Helle. Nicht nur die Stadt, die ganze Gegend bis weit hinauf zu den Wäldern funkelte in diesem Licht.

»Der Gebetsruf für den Toten.«

»Bald danach werden sie Ali Safa Bey begraben.«

Seine Bauern und Verwandten hatten Ali Safa Beys Leichnam mühsam bis zur Moschee getragen, manche waren unter dem Sarg ohnmächtig zusammengebrochen. Mit letzter Kraft hatten sie schließlich den Toten auf die Steinbank gelegt, doch der Imam weigerte sich, die Waschung vorzunehmen. Erst als aus Ali Safa Beys Gefolge der alte Hürrük Aga seinen Revolver zog und damit dem Imam dreimal vor die Füße schoß, ging dieser zitternd zu dem Toten und schüttete hastig einige Kellen Wasser über ihn. Das Gebet für den Toten zelebrierten nur sechs Mann, zum Friedhof begleiteten ihn noch drei.

Als Murtaza Aga und Ali der Hinkende in die Stadt zurückkehrten, war sie wie ausgestorben, waren Fenster und Türen fest verschlossen und auf den Straßen weder Hund noch Katze. Es herrschte so tiefe Stille, als hätten wegen dieses nicht enden wollenden Gestanks alle Geschöpfe diese Stadt schon vor tausend Jahren verlassen.

»Der Gestank hält sich noch immer.«

»Er hält sich, Aga.«

»Er ist aber schwächer geworden.«

»Etwas schwächer.«

»Deine Kleider kaufen wir morgen.«

»Morgen, mein Aga.«

»Und das Pferd bringen sie auch morgen her. Ich schicke gleich einen Mann zu den Weiden.«

»Leben sollst du, mein Aga!«

4

Der vierzehnjährige Hirtenknabe Müslüm hockte schon seit gestern nacht am Hang, war hin und wieder eingenickt, aber die meiste Zeit wach gewesen. Seinen Stecken, geschnitzt aus dem Holz der Kornelkirsche, hatte er sich vor die Füße gelegt und den Hirtenmantel mit der gestickten Sonne auf der Brust über einen blühenden Tragantbusch ausgebreitet. Der riesige, falbe Schäferhund am Fuße des nahen Felsens hatte den Kopf zwischen die Pfoten gelegt und döste. Wie Dolche streckten sich die schützenden Dornen seines metallenen Halsbands. Weiter unten dämmerten zwischen spärlich verstreuten Bäumen die Schafe auf der saftgrünen Wiese vor sich hin. Von hier bis zum Gipfel bedeckte rosafarbener Tragant die Hänge. Das Licht der aufgehenden Sonne strömte in seiner ganzen Fülle übers Land, tauchte Wald, Felsen und Himmel in rosige Helle.

Der Hirtenknabe Müslüm fühlte sich nicht wohl in seiner Haut. Immer wieder stand er auf, kletterte auf den Felsen, der sich nach Westen erstreckte, blickte die Windungen des schmalen Flusses im Osten entlang, ließ seine Augen über den in tausendundeinem Grün brodelnden, wellenden Wald schweifen, musterte den Pfad, der sich den kargen Berghang gegenüber hinaufschlängelte, kam wieder zurück und streckte sich neben seinem Hirtenmantel aus. Und während dieser ganzen Zeit veränderte sich seine Gesichtsfarbe in einem fort. Denn gestern nacht hatten Salven hinter den Felsen dort im Wald gekracht. Und gegen Morgen hatte er da unten, wo sich jetzt die Schafe verteilten, Schreie gehört, und danach wurde wieder geschossen, dreimal.

Der Hirtenknabe Müslüm gehörte zum Stamm der Nomaden

Gelbe Ziege. Wie immer hatten diese ihre Zelte auf den Weiden im Hochtal der Roten Adler an der Ostflanke des Berges aufgeschlagen. Ein Bach entsprang am Fuß des großen Felsens gleich unter dem Gipfel und schäumte mit einer Gewalt, die ein Mühlrad drehen könnte, mitten durchs Tal.

Im Zeltlager war es seit gestern ungewöhnlich still. Alle unterhielten sich nur noch flüsternd, von Zeit zu Zeit war ein reges Kommen und Gehen, überall herrschte Aufregung, hier und da sogar ein bißchen Angst; doch die Freude überwog. Bewußt hatte der Hirtenjunge Müslüm die Herde hierhergetrieben und sich seit gestern abend auf die Lauer gelegt. Wie die anderen spürte er diese Angst und diese Freude in seinem Inneren. Niemand hatte ihn angewiesen, hatte ihm gesagt: »Los Müslüm, mein Junge, mach dies oder das ...« Nein, er war selbst darauf gekommen, und seine wiesengrünen Augen leuchteten erwartungsvoll. Und wenn ihn auch hin und wieder dieses Gefühl der Angst und dann dieser Anflug von Trauer beschlich – er wußte, was er zu tun hatte. Wer auch immer aus der Çukurova kam, mußte den Weg dort durch den Wald nehmen, entlang den Windungen des Flüßchens am Fuße der über und über mit Moos bedeckten Felsen, vorbei an den weidenden Schafen hinunter ins Hochtal der Roten Adler oder weiter in die fernen Berge. Und Müslüm der Hirtenjunge hatte genau hier, wo sich der Weg gabelte, Posten bezogen. Seine Brust hob und senkte sich, und sein Herz pochte ununterbrochen.

Lange blieb er so zwischen den Tragantblüten liegen. Unter den Büschen wimmelte es von Marienkäfern. Wie sonst nirgendwo leuchtete an diesem Hang der blühende Tragant in kräftigem Rosa, funkelten und sprühten die Dornen im Sonnenlicht wie Kristall, glänzten die Marienkäfer in tiefem, flammendem Rot.

Der Schäfer Müslüm wurde ungeduldig. Seine Augen hefteten sich auch auf den entferntesten Schatten, seine Ohren horchten auf das leiseste Knacken. Die Schafe dort unten auf der Wiese weideten gemächlich, und der Hund in ihrer Nähe schlief. Müslüm bekam Hunger, aber vor Aufregung kam ihm nicht in den Sinn, etwas zu essen. Schließlich zog er seinen Holzbecher aus dem Gürtel, ging hinunter zur Herde, packte ein großes Schaf mit fast violett schimmerndem Fell und begann es zu melken. Als die warme Milch über den Rand des Bechers schäumte, ging er zurück, hockte sich neben seinen Umhang, holte ein Stück Brot aus seinem Beutel und trank von der duftenden Milch. Eine weiße Wolke glitt über den Wald heran, stieg höher und höher, der Hauch einer Brise kam auf und legte sich so schnell, wie er gekommen war. Das tiefe Grün des Waldes und das leuchtende Rosa der Tragantblüten vermischten sich im dunstigen Glast der heller werdenden Herbstsonne. Der Wald erstreckte sich von hier bis hinunter in die Çukurova, und der rosa, violett bis rot blühende Tragant bedeckte wie ein lichtgewirkter funkelnder Teppich die karge Bergflanke vom Waldrand bis zum Gipfel. Aus der Ferne hallten Stimmen, klangen dumpf wie Geheul, und hoch oben hatten riesige Adler ihre Flügel ausgestreckt, schwebten auf der Stelle, als klebten sie am Himmel. Eine langstielige rote Dolde reckte sich aus einem Busch der Sonne entgegen. Zwischen dem Stechdorn wuchsen kleine blaue, violette und gelbe Blumen, dicke dunkle Bienen flogen mit lautem Gesumm von Blüte zu Blüte, winzige bunte Vögel, nicht größer als ein Daumen, schwirrten von einem Strauch zum nächsten.

Müslüm war bedrückt und langweilte sich, was er sonst nie tat. Schon in den Anblick eines kleinen Vogels, einer Ameise, einer Biene, eines Käfers oder Adlers konnte er sich voller Anteilnahme so vertiefen, daß er die Umwelt völlig vergaß. Und auch der Himmel war für ihn eine seltsame, riesige blaue Blume, war ein riesengroßer Vogel mit ausgebreiteten Schwingen.

Wenn Müslüm sich satt gegessen hatte, ging er Krokuszwiebeln ausgraben. Er wußte, wo die besten lagen, erkannte es an den Blüten. Die welken hatten die größten und saftigsten Zwiebeln. Müslüm trieb seinen angespitzten Stock in den Boden und drückte mit einem einzigen Ruck die Zwiebel aus dem Erdreich. Das machte ihm so leicht keiner nach. Die größten Krokusse wachsen zwischen Geröll und Büschen oder unter den Tragantsträuchern. Das dunkle Gelb ihrer Blüten sticht in die Augen, so leuchtend ist es, so gelb. Jedesmal, wenn Müslüm die Stengel samt den Zwiebeln ausgräbt, steigt ihm der feuchtfrische Duft der Erde so zu Kopf, daß ihm schwindlig wird.

Eine ganze Weile war vergangen, und die Sonne stand schon tief. Doch Müslüm war beschäftigt; im Eifer hatte er seine Umgebung völlig vergessen. Als er endlich seinen Beutel randvoll mit Zwiebeln gefüllt hatte, streckte er seine schmerzenden Hüften, sah hinunter zum Wald und dann hinauf zu den Adlern, die jetzt über dem Gipfel des Berges kreisten. Schließlich hockte er sich hin und begann mit mürrischer Miene die Zwiebeln zu schälen. Er zog die netzartige, hellbraune Außenhaut von der weißen Zwiebel, die, ob roh gegessen oder in Milch gekocht, noch lange nachschmeckte und außerdem vielerlei Gebrechen linderte.

Müslüm schälte und kaute mit Bedacht. Sein Gesicht war schweißbedeckt, es glühte rosig wie die Blüten des Tragant, und mit Adlerblicken suchten seine grasgrünen Augen ununterbrochen die Umgebung ab. Plötzlich gewahrte er, daß der Hund die Ohren spitzte, stand auf, und während er sich die kleinen Zwiebeln weiterhin in den Mund schnippte, ließ er seine Blicke über den Wald schweifen. Kurz darauf sprang der Hund auf, bellte zum Wald hinüber und rannte knurrend zu den Schafen.

Im selben Augenblick blitzte am Waldrand der metallene Halbmond an der Mütze eines Gendarmen auf, erschien auf einem Grauschimmel Hauptmann Faruk. Seine Augen blickten finster. Gendarmen mit geschulterten Gewehren folgten ihm. Bei der Quelle am Rande der Hochweide stieg der Hauptmann vom Pferd. Der Feldstecher auf seiner Brust war jetzt gut zu sehen. Auch seine Pistole am Koppel, die er nach vorn geschoben hatte, eine große, schwere Pistole. Die Stiefel des Hauptmanns glänzten, und die Enden seines Schnurrbarts hatte er sorgfältig gezwirbelt. Sie gaben ihm ein gewichtiges Aussehen. Die Uniform war frisch gebügelt, so als habe er sie gerade angezogen.

Dicht bei der Quelle stellten die Gendarmen Gewehrpyramiden auf, füllten nacheinander ihre Feldflaschen an der aus Tannenholz gefügten Tränke und löschten ihren Durst. Wie der Blitz war Müslüm hinter dem bellenden Hund hergelaufen, hatte ihn unten am Rand der Wiese erwischt und festgehalten. So stand er da und betrachtete mit großen Augen die Gendarmen.

Der Gefreite Ali die Echse zeigte auf Müslüm: »Ein Hirte,

mein Hauptmann, zum ersten Mal begegnen wir in dieser Gegend einem Menschen.«

Der Hauptmann sah auf, musterte den Jungen, und nachdem er eine Weile seine Reitpeitsche mit nielliertem Silberknauf spielen gelassen hatte, senkte er wieder den Kopf und sagte leise: »Ist ja noch ein Kind.«

Ali die Echse stammte aus einem der armseligen Bergdörfer in den kargen Hochtälern jenseits der Ebene, wo die Erde nichts hergab und man sich die Seele aus dem Leib hungerte. Nach seiner Dienstzeit beim Militär wurde er auf Wunsch zur Gendarmerie abkommandiert, leitete dort verschiedene Wachen, bis er schließlich in die Provinzstadt seines Heimatdorfes versetzt wurde. Darauf war er stolz. Wenn er hier auch nicht so viel Schmiergelder einheimsen konnte wie auf seinen bisherigen Gendarmerieposten – die bisher kassierten reichten ihm vollauf. Schon jetzt hatte er sich in der Kreisstadt auf einem Gartengrundstück, das früher einem Armenier gehört haben soll, ein Haus bauen lassen. Nun wollte er durch Taten glänzen, wollte über die Grenzen seines Dorfes hinaus in der ganzen Çukurova berühmt werden. Für ihn zähle weder Geld noch Gut, meinte er mit aufgesetzter Bescheidenheit, Ruhm sei es, was der Mensch brauche. Und für diesen Ruhm sei erforderlich, daß er Ince Memed gefangennehme oder erschieße. Ob gefangengenommen oder erschossen, den meisten Ruhm werde ja der Hauptmann ernten, aber ein bißchen davon bliebe auch bei ihm hängen. Und was den Unteroffizier Asim betraf – der wollte weder Ruhm noch Ehre, der hatte sowieso alles satt. Obendrein bewunderte er Ince Memed, jenen Blutsäufer, der unserem Abdi Aga, unserem Hamza Efendi, unserem Ali Safa Bey und noch vielen wertvollen Menschen unserer frisch erblühten Republik, ohne Rücksicht auf deren Alter mitten zwischen die Augäpfel geschossen, Säuglinge in der Wiege mit dem Bajonett aufgespießt und jedem, der behauptete, Aga oder Bey zu sein, die Zunge herausgeschnitten hatte, bevor er sie pfählte.

In diesen Bergen wimmelte es von Räubern. Der Gefreite Ali die Echse wußte nur zu gut, daß manche Banden ungeschoren bleiben mußten. Weder Hauptmann Faruk Bey, ein Kerl wie

Mustafa Kemal Pascha, noch irgendwer, ja nicht einmal Ismet Pascha könnte ihnen etwas anhaben, denn viele von ihnen waren Gefolgsmänner der Beys und Agas dort unten in der Çukurova. Doch es gab auch welche, die zu niemandes Gefolge gehörten. Wie Ince Memed, der Mann der Armen. Er war berühmt, die Dörfler hielten zu ihm, beschützten ihn wie ihren Augapfel. Und die anderen, die keines Menschen Zuneigung genossen, weder der Beys noch der Agas? Ebendie wurden niedergemacht. Doch sie waren so zahlreich, daß man ihrer nicht Herr wurde, auch wenn die Gendarmen jeden Monat fünf bis zehn von ihnen töteten. Echse hatte sich als ihr Jäger, der sie zwischen die Augen traf, einen Namen gemacht. Man nannte ihn schon jetzt Echsen-Ali, den gottlosen Schlächter der Räuber. Und keiner unter den Gendarmen konnte ihm beim Verprügeln der Dörfler, zumal der Bergbauern, das Wasser reichen. Während seiner Dienstzeit in verschiedenen Gendarmerieposten wurde er darin zu einem so hervorragenden Fachmann, daß er denen in Ankara zehn Jahre lang hätte Vorträge darüber halten können. Vor ihm würden sogar Wölfe und Vögel, Schlangen und Tausendfüßler, ja selbst Steine reden, geschweige denn diese Kreaturen von Bauern. Gott der Allmächtige hat diese Dörfler geschaffen, damit sie geschlagen, ja, damit sie so lange verprügelt werden, bis sie in ihre Unterhose pissen und scheißen, pflegte er zu sagen. In einigen Jahren würde er als Gendarm auf Zeit seinen Abschied einreichen und in der Ebene von Anavarza Eigentümer eines großen Bauernhofes werden. Bereits jetzt hatte er sich den Weg dafür geebnet. Und schon deswegen war es ratsam, Zülfü Efendi und Arif Saim Bey dienlich zu sein.

»Kinder eignen sich dafür besonders gut, mein Hauptmann«, sagte Ali die Echse, den Kopf im Nacken, mit herausgedrückter Brust und eingezogenem Bauch kerzengerade wie zu Stein erstarrt, »von Kindern hol dir Neuigkeiten!«

»Dann ruf ihn her!«

Ali die Echse lief zu Müslüm. Der stand noch immer da, hielt seinen Hund am Halsband fest und starrte zu den Gendarmen hinüber. Als Echse so zu ihm rannte, fühlte er sich geschmeichelt, ließ es sich aber nicht anmerken.

»Laß den Hund los und komm mit, der Hauptmann will dich sehen!« Alis Stirn legte sich in Falten, und seine Schlagader pulste: »Los, jag den Hund fort und beeil dich!«

Müslüm ließ den Hund aus und scheuchte ihn zu den Schafen. Das Tier gehorchte.

Echse vorweg, Müslüm hinterher, kamen sie zum Hauptmann.

Der Hauptmann blickte auf und musterte Müslüm vom Scheitel bis zum Fußnagel.

»Was treibst du hier?« fragte er beiläufig.

»Ich bin Schäfer«, antwortete Müslüm mit hochrotem Kopf und zitternden Knien.

»Wo wohnst du? Zu welchem Stamm gehörst du?«

»Ich gehöre zur Sippe Gelbe Ziege.«

»Wessen Sippe ist es?«

»Unsere Sippe.«

Der Hauptmann lächelte.

»Seit wann bist du in dieser Gegend?«

»Eine Nacht und zwei Tage werden es.«

»Hast du hier einen Reiter vorbeikommen sehen, einen Mann, einen bewaffneten, einen verwundeten?«

»Ich habe niemanden gesehen. Hierher kommt doch keiner. Seit zehn Jahren hüte ich hier die Schafe und habe hier noch nie einen Menschen gesehen. Wenn ihr jemanden sucht, der ist da unten in den Tälern.«

»Ich merke schon, mein Hauptmann, der Hund lügt.«

Der Hauptmann winkte mit seiner Peitsche ab: »Hast du heute nacht Schüsse gehört?«

»Ich habe nichts gehört.«

»Wie ist es möglich, daß du nichts gehört hast. Im Wald wurde wie verrückt geschossen, wurde gekämpft, und du willst nichts gehört haben?«

»Ich schlief. Und ich habe einen festen Schlaf.«

»Was ist das für ein Schäfer, der schläft? Schnappen dir die Wölfe nicht die Schafe weg?«

»Das können sie nicht«, spreizte sich der kleine Hirte, »siehst du den Gelben dort? Der putzt zehn Wölfe weg. So einen Hund gibt es nicht noch einmal.«

Ja, sein Hund, der Gelbe, war wie ein Mensch. Der wußte alles, verstand alles und konnte denken. Nur sprechen konnte er nicht. Und wer weiß, wenn er sich Mühe gäbe, könnte er vielleicht auch das.

»Weißt du, dieser mein Gelber da, der kann in diesen Bergen eine Herde ohne Schäfer hüten. Eine Woche lang oder zehn Tage, ja, sogar einen Monat lang. Dieser mein Gelber da kommt schon bei der kleinsten Gefahr, wenn ich schlafe, ob Schlange, Skorpion oder Mensch, und zupft mich sachte am Ärmel, bis ich aufwache.«

»Hat er dich denn heute nacht nicht geweckt, als er Schüsse hörte?«

»Hätte er Schüsse gehört, hätte er mich geweckt.«

»Er hat ihn geweckt«, brüllte Ali die Echse los, »der Junge lügt; er will nichts gehört haben.«

»Er hätte mich geweckt«, beharrte Müslüm, »also hat er nichts gehört. Er weiß, was Schüsse sind. Er kann Räuber von Gendarmen, gute Menschen von schlechten unterscheiden. Vor kurzem ging er da unten im Wald einem Mann an die Gurgel; beinahe hätte er ihn erwürgt. Und der Mann war einer, der hatte ein Mädchen überfallen und sie dann zerstückelt. Ja, so ein Gelber ist mein Gelber. Er ist der Aga aller Hunde, ist ihr Schutzpatron.«

»Du liebst deinen Hund wohl sehr.«

»Mehr als jeden ... Er ist mein Freund.«

»Er ist seine Mutter«, höhnte Echsen-Ali, »sein Vater.«

Müslüm sah ihn eisig an. Er kannte ihn gut. Der war nach seiner Beförderung mit fünfzehn Gendarmen in sein eigenes Heimatdorf gezogen und hatte dort drei Tage und drei Nächte lang alle Einwohner durchgeprügelt.

»Natürlich. Was hast du denn gedacht.«

»Er lügt, mein Hauptmann. Der Bursche weiß, in welche Richtung sich Ince Memed davongemacht hat. Laßt mich ihn verhören!«

»Verhör ihn!« befahl der Hauptmann kalt.

»Hier oder im Wald?«

»Hier«, antwortete der Hauptmann, »da unten! Mal sehen, wie du diesen Schurken zum Reden bringst.«

Mit samtweicher Freundlichkeit ging Echse zu Müslüm: »Hör zu, mein Kleiner, hast du gestern Morgen, als der Tag graute, nicht einen Mann mit einem Gewehr auf einem Brandfuchs hier vorbeireiten sehen, auf einem ungesattelten Brandfuchs, in vollem Galopp? Einen Mann, nur etwas größer als du? Sag's mein Kleiner, er kam doch aus dem Wald geradewegs auf dich zu, und vom Hufschlag wachtest du auf, oder aber der Hund weckte dich. Und dann sahst du den galoppierenden Reiter. In welche Richtung ist er denn geritten?«

»Ich habe ihn nicht gesehen.«

»Du hast ihn nicht gesehen?«

»Ich hab ihn überhaupt nicht gesehen.«

»Wie heißt du denn, mein Kleiner?«

»Müslüm.«

»Müslüm, Kindchen, wenn du es mir nicht sagst, sieht es für dich nicht sehr gut aus.«

»Ich habe überhaupt keinen Reiter gesehen.«

Vier Gendarmen standen schon längst auf der Lauer. Der stämmigste von ihnen trug einen dicken Knüppel.

»Legt ihn flach!«

Im Nu hatten sie Müslüm zu Boden geworfen, und einer von ihnen schob dem Jungen den Gewehrriemen über die Füße.

»Runter mit den Opanken!«

In Windeseile zogen sie ihm die Mokassins und Strümpfe aus und warfen sie auf einen Tragantbusch.

»Fang an!«

Der stämmige Gendarm ließ mit aller Kraft den dicken Knüppel auf Müslüms Fußsohlen niedersausen.

»Weiter!«

Der stämmige Gendarm drosch auf Müslüms Fußsohlen ein, und vom Jungen kam nicht der kleinste Laut. Mit großen, ungläubigen Augen betrachtete der Hauptmann dieses Wunder.

»Macht weiter! Kräftiger!«

Müslüm biß die Zähne zusammen. Sein Gesicht war schweißnaß, und bei jedem Schlag spannte sich sein Körper, bäumte sich ruckartig auf und erschlaffte.

So ging es eine Zeitlang fort, doch Müslüm blieb stumm. Der

Hauptmann schaute mit kreisrunden Augen zu und wurde um so wütender, je länger Müslüm schwieg.

»Ali, nimm du den Knüppel!« befahl er barsch. »Wie kann so etwas angehen?«

Ali, den Prügel in der Faust, nahm all seine Kraft zusammen, legte seine ganze Erfahrung, sein ganzes Geschick in die Schläge, doch von Müslüm kam wiederum kein Mucks.

Der Hund war zurückgekommen, stand etwas abseits bei der Quelle, wo ringsum blaue Poleiminze blühte, und sah mit gerecktem Kopf, als stünde er besorgt auf dem Sprung, zu dem ausgestreckten Müslüm hinüber, auf den die Schläge niederfuhren. Aber von Müslüm kam kein Ruf und kein Zeichen.

Den Hauptmann hielt es nicht länger, er kam herbei und blieb dicht bei dem Hirtenjungen stehen. Das Gesicht Alis der Echse war dunkel angelaufen; er hatte die Zähne zusammengebissen; jetzt hob er den Knüppel, legte sein ganzes Körpergewicht in den Schlag, doch der Junge federte nur hoch und sackte wieder zurück, mehr nicht.

Die Füße des Jungen begannen zu bluten.

»Das kann nicht angehen, Gefreiter Ali, unglaublich! Ist dir je so ein Geschöpf unter die Hände gekommen?«

»Nein«, keuchte Ali schweißgebadet, hob den Knüppel und schlug stöhnend zu, »nein, mein Hauptmann, so eine Plage in meinem ganzen Leben nicht.«

»Sag, mein Sohn, du hast Ince Memed gesehen, nicht wahr?«

Müslüms Zähne waren wie verklammert.

»Nun sag's schon, mein Junge, sonst bringt dich der Gefreite Ali um. So hat er schon viele totgeprügelt.«

»Sehr viele, sehr viele!« bekräftigte Ali die Echse. Sein ganzer Körper hatte sich gestrafft, die Schlagadern waren angeschwollen, der Knüppel schien sich zu biegen.

Das Blut schoß jetzt aus Müslüms Fußsohlen, und das Holz färbte sich augenblicklich rot. Da streifte des Hauptmanns Blick den Hund, der regungslos dort stand.

»Hör auf!« befahl der Hauptmann erleichtert. »Hör auf, Gefreiter Ali!«

Ali holte tief Luft.

»Heb ihn auf!«

Ali die Echse zog Müslüm mühsam an den Händen hoch, doch Müslüm konnte sich nicht auf den Beinen halten und fiel der Länge nach hin.

»Heb den Hund wieder auf!«

Ali die Echse hob den Jungen hoch, hakte sich bei ihm ein, und einer der Gendarmen hielt Müslüm, der wie leblos zwischen den beiden hing, am anderen Arm fest.

Mit ausdruckslosen Augen hatte Unteroffizier Asim zugeschaut, jetzt stand er auf und kam herüber: »Der Junge stirbt, mein Hauptmann, sehen Sie, er quält sich zu Tode!«

»Das macht denen nichts aus, die haben sieben Leben«, wies ihn der Hauptmann barsch zurecht. »Hast du's denn nicht gesehen? Er hat so viel Prügel eingesteckt und nicht einmal ›Off‹ gesagt.«

»Die haben sieben Seelen«, sagte Echse.

»Ich weiß, wie man ihn zum Reden bringt«, meinte der Hauptmann, zog seine Pistole und richtete sie auf den regungslos dastehenden Hund. Dann wandte er sich Müslüm zu: »Mach die Augen auf, du Bey der Hammel, mach sie auf und schau, was da in Kürze vor sich geht!« Seine Stimme klang messerscharf, sie war voller Wut und auch triumphierender Freude.

Der Junge öffnete langsam die Augen, schaute den Hauptmann an, starrte auf die Pistole und sah dann zu seinem Hund hinüber.

»Rede jetzt!« brüllte der Hauptmann. »Und wenn du im nächsten Augenblick nicht die Wahrheit sagst, werde ich deinen Hund töten.«

Der Junge kniff die Augen zusammen, warf einen schnellen Blick auf seinen Hund, dann auf die im Sonnenlicht glänzende Pistole und die zitternden Schnurrbartspitzen des Hauptmanns und antwortete: »Ich werde es sagen. Erschieß nur den Gelben nicht, und ich rede sofort! Ich habe Ince Memed gesehen.«

»Warum nicht gleich so?« lachte der Hauptmann. »Bringt ihn her!«

Dann ging er an seinen Platz zurück und hockte sich auf einen Erdhaufen. Die beiden brachten den Jungen, setzten ihn vor den Hauptmann hin.

»Woher wußtest du, daß es Ince Memed war?«

»Er trug ein Gewehr.«

»Was noch?«

»Er ritt einen Brandfuchs.«

»Was noch?«

»Das Pferd war ungesattelt.«

»Was noch?«

»Er war nicht viel größer als ich.«

»Weiter! Wohin ist er geritten?«

»In die Richtung.« Der Junge zeigte nach Westen. »Ich weiß auch, wohin er geritten ist.«

»Wohin?«

»Da ist doch der Kupferpaß, und in der Höhle am Paß ist der Kahle Räuber mit seinen neun Männern. Ince Memed will sich ihnen anschließen.«

»Woher weißt du das alles?«

»Sie sprachen darüber.«

»Wer?«

»Gestern war der Kahle hier bei der Quelle und sagte: ›Ince Memed kommt, er hat mir eine Nachricht geschickt, wir sollen in der Höhle am Kupferpaß auf ihn warten.‹ Gleich danach machten sie sich auf den Weg. Jeder von ihnen trug einen roten Fez.«

»Warum hast du uns das nicht gleich gesagt?«

»Ich hatte Angst.«

Der Hauptmann stand auf, reckte sich, federte einigemal auf seinen Ballen, dann, nachdem man ihm sein Pferd gebracht hatte, schwang er sich in den Sattel, gab den Befehl zum Aufbruch und lenkte in einem Atemzug das Pferd zum hochgerichtet lauernden Hund, zog die Pistole, zielte und schoß. Der Hund krümmte sich und fing an, sich im Kreis zu drehen. Da jagte ihm der Hauptmann das ganze Magazin in den Kopf. Blitzartig brach der Hund blutüberströmt zusammen und blieb leblos im grünen Gras liegen. Die Schüsse hören, aufspringen und zu seinem Hund stürmen war eins, doch als Müslüm neben seinem Gelben kniete, war dieser schon längst tot, lag da zwischen den Tragantblüten, ausgestreckt wie ein Mensch.

Als die Gendarmen davonzogen, hatte Müslüm den blutigen Kopf seines Hundes an sich gedrückt und wiegte wimmernd das Tier in seinen Armen, als singe er einem toten Kind leise ein Schlaflied.

5

Der Brandfuchs stand weitab auf einem Felsen aus braunem, scharfem Feuerstein und bewegte leicht den Schweif.

»Hauptmann!« schrie Gefreiter Ali die Echse. »Dort, das Pferd, Ince Memeds Pferd. Es gehörte Ali Safa Bey. Ince Memed ist also hier. Der Hirtenjunge hat die Wahrheit gesagt. Wir könnten Ince Memed in der Höhle am Kupferpaß in die Enge treiben.«

»Erschieß dieses Pferd!« rief der Hauptmann.

»Es ist zu weit«, entgegnete Gefreiter Ali die Echse, »aber abschießen müssen wir es«, und er rannte auf die Felsen zu.

»Bleib stehen!« brüllte der Hauptmann. Gefreiter Ali die Echse stand auf der Stelle. Der Hauptmann gab dem Pferd die Sporen und ritt zu ihm. »Gib mir dein Gewehr! Bis du da oben angekommen bist, ist das Pferd nicht mehr da«, sagte er. Dann preschte er in scharfem Galopp zum Hang. Der Boden wurde steinig, und das Pferd kam nur noch mit Mühe voran, stolperte immer wieder. Einigemal fürchtete der Hauptmann, sich nicht halten zu können, doch er blieb im Sattel. Als er endlich den Hang erreichte, war sein Pferd schweißbedeckt, es keuchte laut wie ein Blasebalg. Der Brandfuchs stand dort oben auf dem honigfarbenen, funkelnden Felsrücken und bewegte noch immer leicht den Schweif. Der Hauptmann legte an, zielte sorgfältig und schoß. Doch im Augenblick, als er abdrückte, war das Pferd verschwunden. Verwundert schaute er suchend in die Runde ... Vom Brandfuchs keine Spur.

Als der Hauptmann zu seinen Leuten zurückkam, war er wütend. »Ich habe nicht getroffen«, sagte er, »wie kann das angehen?«

»Mein Hauptmann«, meinte Gefreiter Ali die Echse, ich hab es genau beobachtet, schon als Sie anlegten, verschwand das

Pferd. Doch wie und wohin, konnte ich nicht ausmachen. Wie die Dörfler sagen: Dieses Pferd ist verhext.«

Des Hauptmanns Stirn legte sich in Falten, die Enden seines Schnurrbarts zitterten. »Nicht verhext und nichts dergleichen«, entgegnete er und spuckte auf den Boden, »ich habe nicht getroffen, das ist alles. Seit langem hab ich keine Mauser in der Hand gehabt. Hätte doch bloß Unteroffizier Asim geschossen!«

Unteroffizier Asim lächelte: »Gott bewahre, Hauptmann, Gott bewahre! Was Sie verfehlen, treffe ich schon gar nicht. Aber wie Gefreiter Ali eben sagte, kaum hatten Sie den Lauf auf das Pferd gerichtet, glitt es davon, wurde zu einem langen Strich und verschwand ins Nichts. Der Brandfuchs ist schlau und verrückt dazu. Seinetwegen wurde dieser Adem von Yobazoğlu und Ferhat Hodscha getötet.«

»Armer Adem! Wegen dieses Pferdes mußte er sterben. Der selige Ali Safa Bey meinte sogar, Adem sei der beste Jäger und Schütze der Welt gewesen. Und so ein Mann ist jahrelang hinter diesem Pferd her und kann es nicht zur Strecke bringen! Und am Ende haben ihn Ferhat Hodscha und Yobazoğlu ...«

»Ferhat Hodscha und Yobazoğlu werden gehenkt, nicht wahr?«

»Ja, sie werden gehenkt; der Vorsitzende des Schwurgerichts ist ein harter Mann.«

»Der spaltet ein Haar vierzigmal.«

»Wenn's hochkommt, heißt es, bekommen sie achtzehn Jahre.«

»Die werden gehenkt!«

»Hoffentlich bald, sonst werden sie uns viel Ärger machen.«

»Wieso Ärger?«

»Ince Memed!«

»Ince Memed?« Der Hauptmann lachte. »Den fangen wir in Kürze.«

»Diesmal macht Ince Memed mir angst. Er hat viele Feuerproben hinter sich. Wenn er uns jetzt entkommt, wird er uns noch böse mitspielen.«

»Wie sein Pferd, nicht wahr, Unteroffizier?«

»Wie sein Pferd, mein Hauptmann«, lächelte dieser verlegen.

Der Hauptmann ritt los, Unteroffizier Asim marschierte zu

seiner Rechten, Gefreiter Ali zu seiner Linken, mit Abstand folgten die gemeinen Gendarmen.

»Meinst du, daß der Hirtenknabe die Wahrheit gesagt hat, Unteroffizier Asim?«

»Ich weiß nicht so recht. Bei diesen Leuten kann man nie sicher sein. Vielleicht wollte er nur Zeit für Ince Memed herausschlagen.«

»Zugegeben. Aber wieso schluckte er all diese Prügel?«

»Um uns zu überzeugen, mein Hauptmann.«

»Er wäre beinahe draufgegangen.«

»Und er wäre auch gestorben ... Wie ich schon sagte, mein Hauptmann, sollte Ince Memed diesmal entwischen, wird es schwierig für uns.«

»Wir dürfen ihn eben nicht entwischen lassen«, sagte der Hauptmann, »und wir müssen den Schwarzen Ibrahim ausfindig machen.«

»Nehmen wir den Weg durch sein Dorf?«

»Lieber sollten wir einen Mann zu ihm schicken und uns außerhalb des Dorfes mit ihm treffen. Er kennt des Falken Schlupfwinkel.«

»Er kennt ihn«, bestätigte Unteroffizier Asim.

»Seht nur, mein Hauptmann!« unterbrach Gefreiter Ali die beiden.

Der Hauptmann drehte den Kopf in die gezeigte Richtung. Oben auf dem honigfarbenen Felsen aus funkelndem Feuerstein stand der Brandfuchs und bewegte leicht seinen Schweif.

»Schnell, Ali, deine Mauser!« rief der Hauptmann, kaum daß er den Brandfuchs sah, schnappte sich das Gewehr, spornte sein Pferd und trieb es die Geröllhalde hinauf. Als es den Fuß des Felsens erreicht hatte, legte er blitzschnell an und drückte ab. Im selben Augenblick war der Brandfuchs verschwunden.

Nachdem der Hauptmann beim honigfarbenen Felsen eine Weile gewartet hatte, lenkte er sein Pferd langsam wieder zu den Gendarmen hinunter.

»Was ist, hab ich ihn diesmal getroffen?«

Ali die Echse senkte den Kopf und schwieg.

»Da, nimm dein Gewehr. Dieses Pferd narrt uns!«

Als der Tag sich neigte, erreichten sie Drei Rinnen. Drei Rinnen entsprang einem steilen Hang in den lila Felsen, der über und über mit Tragantbüschen bedeckt war, an denen wie Trauben die vollen Blüten hingen. Aus drei Quellen quoll am Fuß des Gesteins schäumendes Wasser, ergoß sich über lila Erde, floß eine rotgeäderte weiße Felsplatte entlang und weiter durch drei Traufen, die in drei riesige Föhrenstämme gehauen waren. Unter diesen drei Rinnen schimmerte ein Teich, flach umrandet von Tragantbüschen und saftigen Wiesen, die ihr leuchtendes Grün auch in harten Wintern bewahrten. An diesem Teich, der von rotgefleckten Forellen wimmelte, stellten sie ihre Gewehre zusammen und hockten sich zur Rast nieder.

Die Männer hatten noch nicht lange geruht, als den Hauptmann, der sich gerade mit dem Rücken an einen Felsblock lehnte, die Stimme des Gefreiten aufschreckte: »Hauptmann, Hauptmann, da ist er!«

Als der Hauptmann den Kopf hob, erblickte er auf dem kahlen Felsen gegenüber das Pferd, das wie ein pechschwarzer Diamant im Licht der untergehenden Sonne schimmerte.

»Ich muß es erschießen, Unteroffizier Asim«, sagte der Hauptmann, während er sich aufrichtete, »dieses Pferd ...« Er hatte den Satz noch nicht beendet, als Ali die Echse ihm schon die Mauser hinhielt. Der Hauptmann nahm das Gewehr und ging zum Bach hinunter, der sich um den Felsen schlängelte, auf dem das Pferd stand. Diesmal zielte der Hauptmann sorgfältig: Augenmaß, Kimme, gestrichen Korn und Schuß. Und wieder verschwand das Pferd wie weggewischt. Doch als der Hauptmann abgespannt und niedergeschlagen wieder bei den Drei Rinnen war, ertönte hinter dem Felsen Gewieher, brach sich lange Zeit an den Steilwänden; und als es endlich verhallt war, wurde es vom Pferd des Hauptmanns erwidert.

Wolken von Staub wirbelnd, kam aus der Ebene ein Reiter mit verhängten Zügeln den Pfad neben dem Wildbach heraufgeritten.

»Mein Hauptmann, es ist der Schwarze Ibrahim«, sagte Ali die Echse.

»Woher willst du das wissen?«

»Die Gangart erkenne ich auch aus dieser Entfernung. Außerdem wollte er uns eine wichtige Nachricht überbringen.«

»Eine sehr wichtige«, bestätigte Unteroffizier Asim. »Und er wußte, daß er uns hier antreffen würde.«

»Ein erstaunlicher Mann!«

»Ein sehr erstaunlicher, mein Hauptmann. Dieser Ibrahim hat seine Augen und Ohren überall. Hinter jedem Felsen, jedem Strauch, jedem Baum.«

Der Hauptmann schwieg. Auch die übrigen waren still und warteten ab.

Am Teichufer sprang Ibrahim der Schwarze vom Pferd, eilte zum Hauptmann, salutierte und sagte: »Ich habe eine Nachricht für dich, mein Hauptmann. Es sind genau neun Mann. Ich selbst habe sie gezählt.«

»Hast du auch Ince Memed gesehen? Ist er unter ihnen?«

»Kann ich dir nicht sagen, mein Hauptmann, ich kenne ihn nicht. Vielleicht ist er dabei. Einen Mann habe ich gesehen, der könnte es sein.«

»Wie sah er aus?«

»So, wie Ince Memed beschrieben wird: breitschultrig, klein, mit dichten Augenbrauen. Er trug einen Überwurf aus Maraş und wollene Kniestrümpfe. Den Fez mit Troddeln hatte er schräg aufgesetzt und vier Patronengurte über Kreuz geschnallt. Sein Gewehr ist ein deutscher Stutzen. Der Mann ging eigenartig vornübergebeugt, als sei er verletzt, und sein linker Arm baumelte von der Schulter.«

»Was meinst du dazu, Unteroffizier Asim?«

»Ich weiß nicht so recht, habe ihn ja nicht gesehen. Aber die Beschreibung paßt.«

»Sie paßt, er ist es«, sagte Ali die Echse, »ich habe ihn getroffen, da bin ich ganz sicher.«

»Und was meinst du, Ibrahim?«

»Wenn wir ihn fassen, werden wir's wissen. Drei Mann sind ihnen auf der Spur. Wo immer sie heute nacht auch unterschlüpfen, sind sie in unserer Hand.«

»Die Männer sollten essen und ausruhen. Gegen Morgen kreisen wir die Bande in ihrem Versteck ein, mein Hauptmann.«

»In Ordnung, Unteroffizier«, antwortete Hauptmann Faruk, »im Morgengrauen, wenn sie schlafen.«

»Lassen Sie mich das machen, mein Hauptmann!« bat Ibrahim der Schwarze. »Ich werde ihr Lager so leicht finden, als hätte ich es heute nacht eigenhändig aufgeschlagen. Sie sind nicht weit und rechnen nicht damit, daß Gendarmen kommen.«

»Schwarzer Ibrahim«, der Hauptmann legte ihm die Hand streichelnd auf die Schulter, »wenn Ince Memed unter diesen neun Banditen ist, verlange von mir, was du begehrst! Die Agas der Çukurova werden dich reich machen, reich wie einen Harun. Und Gnade ihnen, wenn nicht!«

Noch hatte sich der Horizont im Osten nicht aufgehellt, lag ringsum alles im Dunkel. Aber daß der ungeschlachte Mann, den die Räuber zur Wache abgestellt hatten, einen Fez trug, war auch in diesem Dämmer zu erkennen. Er kauerte auf einem Baumstumpf und schien zu dösen.

»Den Mann dort kenne ich, mein Hauptmann«, flüsterte Ibrahim der Schwarze. »Es ist der Sohn meines leiblichen Onkels. War ein braver Bursche, bevor er Bandit wurde. So sollte er also enden, was kann man da machen. Das Schicksal hat es so gewollt. Der Krug bricht auf dem Weg zum Brunnen! Ich liebte ihn wie meine eigene Seele!«

»Seid ihr bereit, Unteroffizier Asim?«

»Wir sind bereit, mein Hauptmann.«

»Bei meinem Zeichen Feuer frei! Und ihr hört nicht auf zu schießen, bevor ich's befehle! Sollen die Banditen doch draufgehen, wenn's sein muß.«

»Zu Befehl, mein Hauptmann!«

»Gefreiter Ali!«

»Mein Hauptmann?«

»Den ersten Schuß!«

»Zu Befehl, mein Hauptmann!«

»Den auf dem Baumstumpf beim ersten Schuß!«

»Beim ersten Schuß, mein Hauptmann!«

Ibrahim der Schwarze seufzte: »Ach, mein armer Vetter, ach, meine unglückliche Waise, ach! Noch keine guten Tage hast du gesehen, und in wenigen Augenblicken schon … Verlöre ich doch beide Augen, um das nicht zu erleben!« So murmelte er eine Weile vor sich hin.

Und mit der ersten Patrone, die der Gefreite Ali die Echse abfeuerte, schnellte der schwere Mann, der dort kauerte, in die Höhe und kippte dann leblos neben dem Baumstumpf zu Boden. Als gleich darauf die Schüsse krachten, wieherte des Hauptmanns Pferd, und mit hallendem Gewieher hinter dem Felsen gab ein anderes Antwort.

6

Der Knecht, den sie zum Gestüt geschickt hatten, kam mit einem rotbraunen englischen Halbblut zurück. Das fünfjährige Tier war robust, friedlich und leicht zu reiten. Gleich nach seinem Lieblingspferd schätzte Murtaza Aga diesen Rotfuchs besonders, denn er war schnell. Immer wieder gingen der Aga und Ali mit verzückten Blicken um ihn herum, als er jetzt mitten im Hof stand. Diesen Fuchs sollte er also reiten … Ali traute seinen Augen nicht. Das Fell glänzte in der Herbstsonne, und das Pferd, mit langer Blesse und halbgestiefelter rechter Vorhand, schwang behaglich den Schweif, während die beiden es umkreisten.

»Tscherkessensattel oder Turkmenensattel, welchen ziehst du vor, Ali?«

Ali senkte verlegen den Kopf, rieb die Hände aneinander, seine Gesichtshaut spannte sich.

»Hab keine Hemmungen, Mann, Ali, du bist mein Bruder!«

»Mein Aga wird's schon wissen.«

»Geh ins Haus, da ist eine Kammer voller Sättel, nimm dir den, der dir gefällt!«

»Mein Aga wird's schon wissen, ich nehme den deiner Wahl.«

Murtaza nahm dem Knecht den Halfter aus der Hand: »Geh und bring den mit Tulasilber beschlagenen Tscherkessensattel her!«

»Zu Befehl, mein Aga!«

Ali traute seinen Augen nicht, als der Sattel gebracht wurde. Ein kostbares Stück, wertvoller als das Reittier.

»Ali, deinem Pferd legst du den Sattel auf!«

Mit zitternden Händen nahm Ali den Sattel, warf ihn mit dem Geschick des geübten Reiters über den Pferderücken und zog den Gurt fest.

»Steig auf und reite in die Gegend hinter der Brücke, wo wir gestern waren!«

Ali stand da mit hochrotem Gesicht, seine Hände zitterten noch immer, er schwitzte und konnte weder sprechen noch sich rühren.

»Steig auf, Bruder!«

Schließlich gab Ali sich einen Stoß und sagte: »Ich kann nicht, mein Aga.«

»Und warum könntest du's nicht?«

»Weil … Wer bin ich denn, mein Aga, daß ich so ein prächtiges Pferd reite! Für wen halte ich mich denn …«

»Schweig!« herrschte Murtaza Aga ihn an. »Schweig! Bist du mir nicht wie ein leiblicher Bruder, und gehört dieses Pferd nicht dir? Auf der Stelle steigst du auf!«

Wie er dann in den Sattel gekommen war, wußte Ali selbst nicht mehr.

Murtaza Aga ging einige Schritte zurück, streckte sich und blickte abwechselnd auf das Pferd und den Reiter.

»Gepriesen sei Allah, und Er bewahre dich vor dem bösen Blick der Neider. Kein Zweifel: Ein Pferd ist's, was dem Recken zu Gesichte steht! … Ali!«

»Zu Befehl, mein Aga!« antwortete mit leiser Stimme Ali, über den Hals des Pferdes gebeugt.

»Deine Kleider kaufen wir später. Dazu eine Nagant-Pistole im Gurt, eine deutsche Flinte in der Hand und auf dem Kopf einen Filzhut!« Murtaza schrie vor Freude: »Und jetzt reite los, hinaus aus der Stadt und zurück wie der Wind, wir haben noch zu tun!«

Ali drückte dem Pferd die Steigbügel in die Weichen, der Rotfuchs schoß wie eine langgestreckte Flamme zum Tor hinaus und verschwand.

»Bravo meinem Ali, meinem Bruder!« brüllte Murtaza hinter ihm her. Hüsne Hanum und die anderen Frauen, die Kinder und die Gäste standen auf dem Balkon, von wo sie den beiden zugeschaut hatten.

Murtaza Aga war auf dem Hof geblieben. Er wanderte auf und ab, ging von einer Mauer zur anderen und dachte nach. Von Zeit zu Zeit blickte er ungeduldig zum Hoftor, verhielt eine Weile und schritt dann wieder aus. So in Gedanken vertieft, bemerkte er nicht einmal Alis Rückkehr, der jetzt am Tor darauf wartete, daß sein Aga ihn absitzen heiße, darauf wartete und zuschaute, wie dieser hin und her marschierte und mit sich redete. Schließlich rief Hüsne Hanum vom Balkon herunter: »Aga, Aga, Ali ist gekommen, hast du's nicht gehört?«

Murtaza Aga hob den Kopf, schaute überrascht zu Ali hinüber, und während sein harter Gesichtsausdruck sich entspannte, rief er: »Ali, Bruder, du bist ja schon da. Nun? Ist es ein gutes Pferd?«

Dann ging er auf Ali zu, der immer noch zögerte abzusteigen. Nach einigen Schritten blieb Murtaza stehen, heftete seine Augen lange auf das Pferd, dann auf Ali, der seinerseits ihn nicht aus den Augen ließ, weil er auf einen Wink von ihm wartete.

»Sehr schön und passend«, sagte schließlich Murtaza Aga lächelnd. »Und auch angemessen! Ein anderes Pferd hätte es nicht sein dürfen. Wenn, dann geziemt dem weltbesten Spurensucher und meinem so gut wie leiblichen Bruder ein edles Roß wie dieses.«

Voller Bewunderung und Zuneigung betrachtete er Ali, und es kam ihm nicht in den Sinn, ihn aufzufordern, vom Pferd zu steigen.

Von oben rief wieder die Hanum: »Aga, erlaube, daß unser Bruder Efendi absitzt. Er wartet auf deine Anweisung.«

»Was? Was sagst du da?« schrie Murtaza und drehte sich um sich selbst. »Aber ich bitte dich, um Gottes willen, Ali, mein Bruder, steig doch ab!« Dann rief er nach seinen Knechten: »Kinder, wo bleibt ihr, kommt und haltet Alis Pferd!«

Zwei seiner Leute kamen herbeigelaufen und nahmen die Zügel aus Alis Händen, der bereits abgesessen war.

»Laß uns auf den Markt gehen, Ali Efendi, Bruder, erst einmal zu Hadschi Ismail, wo wir dir einen Hut kaufen werden, und zwar einen, den Abgeordnete tragen.«

Bedrückt senkte Ali den Kopf. »Ich kann doch keinen Hut aufsetzen«, erwiderte er zaghaft. »... Ich habe noch nie einen Hut getragen ... Nimm's mir nicht übel, Aga!«

»Ausgeschlossen!« brüllte der Aga. »Den Anzug, den ich für dich in Arbeit gegeben habe, trägt man nicht ohne Hut. Willst du mich vor aller Welt blamieren, Ali? Was werden die Leute dazu sagen, Ali, was werden sie sagen? Murtazas Bruder hat nicht einmal einen Hut, werden sie sagen. Los, gehen wir!«

Murtaza Aga vorweg, Ali kurz hinter ihm, so gingen sie zum Hoftor hinaus. Der Aga mit weit ausholenden Schritten redete dabei ununterbrochen: »So geht es nicht, Bruder, so nicht! Du, Ali der Hinkende, Karadağlioğlu Murtaza Agas vortrefflicher Bruder, weltbester Spurensucher, Meister und Schah der Pfadfinder, Held in aller Munde, Augapfel und Hoffnung der ganzen Çukurova, wirst einen Maßanzug anziehen, auf einem englischen Vollblut reiten, an der Hüfte eine Nagant-Pistole mit Griff aus Gold und Elfenbein tragen und keinen Hut aufsetzen? Nein, Bruder das geht nicht!« Er blieb stehen, drehte sich um und sah Ali wiederum mit bohrenden Blicken in die Augen, als wolle er irgend etwas ergründen. »Nein, Bruder, das geht nicht«, fuhr er fort. »Solch ein Mann ohne Vollbart, ohne Hut, ohne Nagant-Pistole und ohne deutsche Flinte, wenn er dazu noch mein Bruder Ali Efendi ist, das geht nicht! Und du wirst einen Hut aufsetzen, den außer dir einzig und allein die Herren Abgeordneten tragen und die großen Paschas im Ruhestand, recht so?«

»Zu Diensten, mein Aga, wie du befiehlst, so soll es sein.«

»Dann ist es gut.«

Und Murtaza schritt wieder aus. Mal ging er forsch und schnell, dann verharrte er und redete auf Ali ein: »Spätestens morgen, Bruder Ali, werden wir zum jenseitigen Hang des Sülemis-Berges gehen und schießen üben. Das muß uns in Fleisch und Blut übergehen. Wenn wir Memed dem Falken gegenüberstehen, werden wir von zwei Seiten abdrücken, noch bevor er den Finger am Abzug hat.«

Er holte aus und blieb stehen: »Ali!«

»Mein Aga?«

»Kannst du den Augapfel eines Menschen treffen?«

»Früher konnte ich's, mein Aga.«

»Mit einer Mauser, von weitem?«

»Von weitem, mein Aga.«

»Wenn wir auf Ince Memed treffen …«

Auch Ali war stehengeblieben und sah Murtaza fest in die Augen. Dieser senkte den Kopf, schaute ausweichend nach rechts, nach links, doch wohin seine Blicke auch abschweiften, Alis Augen ließen sie nicht los. Schließlich hielt der Aga es nicht länger aus und schrie: »Sag's schon, Ali, spuck's aus, Bruder, was willst du von mir?

Jetzt hob auch Ali seine Stimme: »Aga, Aga, sieh mich genau an! Man nennt mich Ali den Hinkenden. Ob sie nun Ince Memed heißen oder Mince Memed: Um mich machen sie einen großen Bogen! Nachdem du mich Bruder genannt, mir Achtung gezeigt und mich wie den Schah von Persien bewirtet hast, kannst du getrost alles Weitere mir überlassen. Dir wird niemand zu nahe rücken, nicht einmal Mustafa Kemal Pascha, von Ince Memed ganz zu schweigen. Wenn ich, Ali der Hinkende, der Mann bin, für den man mich hält, kannst du in Zukunft, ohne jemanden zu fürchten, unbesorgt und ruhig schlafen.« Seine Stimme wurde noch lauter, als er abschließend hinzufügte: »Und schicke dich nie wieder an, mir auf den Zahn zu fühlen! Wir sagten Bruder zueinander, gibt es mehr als das?«

»Nein!« strahlte Murtaza Aga, hakte sich bei Ali ein, und sie gingen weiter. »Nochmals nein, und ich sollte mich schämen! So ist es mit der Todesangst. Dieses Leben bedeutet uns alles. Müssen wir nicht irgendwann sterben? Und trotzdem fürchtet sich der Mensch, verliert er vor Angst den Verstand. Nimm's mir nicht übel, Freund! Seitdem ich dich zum ersten Mal Bruder nannte, hätte ich dir vertrauen müssen.«

Die Freude beflügelte Murtaza Agas Schritte, am Arm gepackt, zog er Ali den Hinkenden mit sich fort.

»Er stinkt, stinkt sehr.«

»Natürlich stinkt er«, antwortete Ali.

»Und er ist aufgebläht.«

»Natürlich bläht einer auf«, sagte Ali, »obwohl schon Herbst, ist es in der Çukurova noch heiß.«

»Ali!«

»Ja, mein Aga?«

»Kannst du die Uhr ablesen?«

»Kann ich.«

»Du mußt noch eine goldene Uhr haben, und zwar eine Longines mit einer goldenen, ein Okka schweren Kette.«

Ali schwieg.

»Ja, tausendmal ja, so eine Uhr würde dir gut stehen. Du wirst sie in die eine Westentasche stecken, die Kette in die andere klemmen und das okkaschwere Gold über deinen Bauch baumeln lassen!« Er zeigte auf seine Uhrkette. »Schau her, so wie ich, und so funkelt sie Tag und Nacht.«

»Leben sollst du, Aga, mein Bruder!«

Weder Anzug noch Pferd, noch Pistole, noch Karabiner hatten Ali den Hinkenden so beeindruckt wie das Wort Uhr. Vor Aufregung wurde er ganz blaß, seine Lippen zitterten, und seine Knie gaben nach.

Alis Verwandlung war den Augen Murtazas nicht entgangen: »Ja, und tausendmal ja, eine goldene Uhr wird dir die Stunden anzeigen, und ihr goldener Schimmer wird sich in deinem Gesicht widerspiegeln.«

Sie waren längst beim Laden von Hadschi Ismail angelangt, ja, schon ein ganzes Stück weitergegangen, denn als Murtaza Aga Alis Schwäche für Uhren erkannt hatte, kannte sein Redefluß darüber keine Grenzen. Wieder hatte er sich bei Ali eingehakt, stützte sich auf ihn mit seinem ganzen Gewicht und erzählte, außer sich vor Begeisterung, welche Uhr er kaufen wolle, daß er sie aus erster Hand vom Hersteller in der Schweiz beziehen werde; und dann beschrieb er in allen Einzelheiten ihr Aussehen, die Anzahl der Edelsteine, die Verzierungen, das Zifferblatt und nicht zu vergessen: das Gewicht der goldenen Kette. »Vier Dinge braucht ein Recke. Ohne diese vier ist er keiner. Besonders ein Recke wie du. Das erste ist eine Uhr, das zweite eine Frau mit kräftiger Kruppe, das dritte eine Waffe und das vierte ein unerschrockenes Roß mit spitzen Ohren und schimmerndem Fell.«

Sie hatten jetzt auch das Ladenviertel hinter sich gelassen. Murtaza, hochgestimmt, redete noch immer. Fast wären sie zur

Stadt hinausmarschiert. Erst als Murtaza wieder einmal verharrte und »Ali!« rief, entdeckte er, wie weit sie schon gegangen waren. »Wir sind ja schon zur Stadt hinaus, Ali, laß uns umkehren!«

Sie gingen zurück zu Hadschi Ismails Laden. Hadschi Ismail begrüßte sie mit einer tiefen Verbeugung: »Willkommen, willkommen, willkommen, mein edler, schwarzäugiger Aga! Lange habe ich dich nicht gesehen, vor lauter Ausschau nach dir bekam ich schon vier Augen. Und diese Sache mit Memed ... Hast du schon gehört, der Bauch des Verstorbenen soll prall sein wie der Berg Hüt. Und dieser Geruch zieht noch immer durch die Stadt, hat sich in Bäumen, in Erde und Mauer festgesetzt und will nicht weichen.« Eilfertig holte er eine Flasche Kölnisch Wasser aus der Schublade, besprengte zuerst Murtaza Aga, anschließend Ali den Hinkenden, den Laden und sich selbst. »Es stinkt, und dieser Ince Memed traf den armen Ali Safa mitten ins Auge.«

»Mitten ins Auge«, wiederholte Murtaza. »Es ist Ince Memeds Marotte, seine Opfer mitten ins Auge zu treffen, in den Augenstern, nicht wahr, Ali?«

»Das ist seine Art«, antwortete Ali.

»Eben, seine Art. Und in Zukunft, heißt es, wird er allen Agas dieser Stadt in die Pupillen schießen. Er hat es angekündigt, soll's geschworen haben im Namen Allahs und des Propheten. ›Ich werde‹, so soll er gesagt haben, ›in der Çukurova keinen verschonen, werde jedem in die Pupille schießen, und zwar mit einem Dumdumgeschoß.‹ Mag er Hadschi oder Hodscha sein, macht für Ince Memed keinen Unterschied.«

»Gott bewahre uns«, jammerte Hadschi Ismail, »Gott der Allmächtige bewahre uns, aman Allaaah! Unglück, Plage, Schicksalsschlag! Eine Geißel Gottes! Kommt, setzt euch!«

Er schob den beiden zwei Stühle hin und nahm zitternd wieder Platz. Die Wangen über seinem Rundbart waren hochrot angelaufen. »Ein Unglück«, wiederholte er, lüpfte die Rockschöße seines schwarzen Überwurfs der Hadschis und rückte seinen Stuhl in die Nähe seiner Gäste: »Er hat also geschworen ... geschworen im Namen Allahs? Keinen einzigen ... Ist es so? In die Pupille also ...« Er murmelte einige Gebete und sagte dann: »Verdammt! Verdammter Satan, also alle Agas?«

Lächelnd flüsterte Murtaza Ali ins Ohr: »Ich werde der einzige sein, der keine Kugel in die Pupille bekommt, und das dank deiner edlen Bruderschaft.«

Auch Ali lachte: »Ja, Hadschi Bey, niemand schert sich darum, aber diese Geißel, dieser ruchlose Satan wird noch Schlimmes anrichten.«

»Er wird«, antwortete Hadschi, blies beschwörend um sich, die bösen Geister zu verscheuchen. »Womit kann ich dienen?«

Murtaza hub an, Hadschi Ismail von Ali zu erzählen.

»Ich kenne Ali Aga, unseren Bruder«, sagte Hadschi Ismail, »wer kennt ihn nicht, einen so berühmten Mann.«

»Niemand kennt ihn richtig«, begann Murtaza Aga von neuem und beschrieb Ali mit all seinen Fähigkeiten als Fährtengänger, der sogar die Spuren der Vögel am Himmel und der Fische im Wasser verfolgen könne. Je länger er erzählte, desto mehr begeisterte er sich und berichtete von Kunststücken, die nicht einmal Ali selbst eingefallen wären, bis er endlich mit den Worten schloß: »Und dieser Mann ist mir wie ein leiblicher Bruder, ist mir das Kostbarste auf dieser Welt. Für diesen meinen Bruder will ich einen Hut haben, einen Hut, wie ihn die Volksvertreter tragen und der dem Hut Arif Saim Beys ähnlich sein muß!«

»Zu Diensten, Aga, ich habe so einen Hut«, freute sich Hadschi Ismail und sprang auf die Beine. »Ich habe ihn weggelegt, ich wollte nicht, daß er von solchen gekauft wird, die dieses schöne Stück nicht zu schätzen wissen. Inschallah paßt er Ali Aga!«

Nach hinten laufen und mit einer großen Tragetasche wiederkommen war eins. Er legte die Tasche auf den Ladentisch und öffnete sie mit seinen Fingerspitzen so behutsam, als könne sie zerbröckeln. Ein pechschwarzer Hut mit einer roten Feder an der linken Seite kam zum Vorschein. Er war in der Tat sehr eindrucksvoll.

Murtaza war aufgesprungen. »Wie schön«, rief er aus, »inschallah paßt er meinem Bruder Ali Efendi!«

»Er paßt«, sagte Hadschi Ismail, nahm den Hut mit beiden Händen vom Tisch, ging langsam zu Ali und sagte: »Bitte, lieber Bey, würden Sie wohl Ihre Kopfbedeckung abnehmen?«

Ali riß seine Kappe herunter, legte sie auf seine Knie, reckte sich und streckte den Kopf vor. Bedächtig setzte Hadschi Ismail ihm den Hut auf, beugte sich zurück und musterte ihn. »Sitzt wie angegossen«, rief er und schlug in die Hände.

Murtaza Aga setzte eine sehr ernste Miene auf, näherte sich Ali, ging zurück, betrachtete ihn, ging in die Knie, richtete sich wieder auf, nahm ihn von oben bis unten in Augenschein. »So ist es gut«, sagte er dann, »bravo! Mit wieviel muß ich geradestehen?«

»Nicht so wichtig«, antwortete Hadschi, »nehmt den Hut erst einmal mit, ich schreib's ins Buch.«

Der Tee wurde gebracht, sie setzten sich noch für eine Weile; Ali kerzengerade, wie erstarrt, schaute weder rechts noch links.

»Möchten Sie sich nicht auch einmal im Spiegel betrachten, mein Herr?« Hadschi Ismail hatte Alis Hand ergriffen und zog ihn hoch. Ali kam, immer noch kerzengerade, auf die Beine und stand da wie in Blei gegossen. Sie gingen vor den Spiegel. Ali stand stramm und rührte sich nicht. Und hätte Murtaza Aga nicht gesagt: ›Bruder Ali, laß uns gehen, wir haben zu tun‹, er wäre wohl bis ans Ende seiner Tage in Habachtstellung vor dem Spiegel stehengeblieben.

Von dort aus gingen sie zum Schuhmacher. Der hatte aus rotem Leder ein Paar schöne Stiefel mit halblangen Schäften angefertigt. Ali zog sie an und machte im Laden einige Schritte.

»Gut so? Passen sie dir, Bruder Ali?«

»Sie passen«, antwortete Ali, »ich danke dir, mein Aga!«

»Auch der andere? An dem Fuß, na, du weißt schon, als du am Falkennest das Gleichgewicht verloren hast …«

»Auch der paßt sehr gut.«

Murtaza bezahlte den Schuster.

»Gott segne dich, mein Aga, und vermehre deinen Reichtum!« antwortete dieser. »Ich habe dem Efendi, unserem Bruder, ein Paar Stiefel geschustert, die er auch in drei Jahren nicht abtragen kann.«

»Bleib gesund! Los, Ali, gehen wir!«

Doch Ali rührte sich nicht.

»Nun, Ali, worauf wartest du noch?«

»Aga«, begann Ali stockend.

»Sag schon!«

»Wo sind wohl meine alten Stiefel?«

»Wozu brauchst du denn deine alten Stiefel? Sie sind zerrissen und haben Löcher in den Sohlen.«

»Ich könnte sie mal nötig haben, mein Aga.«

»Ich bitte dich, warum solltest du, solange ich gesund bin!«

Den Hut auf dem Kopf, die rotbraunen Stiefel an den Füßen, so blieb Ali mitten im Laden stehen. Schließlich brachte der Schuhmacher die alten Stiefel und drückte sie ihm in die Hand.

»Nein!« schrie da Murtaza Aga. »Mit diesen alten Stiefeln können wir unmöglich durch das Ladenviertel gehen. Um Himmels willen, Bruder Ali, die Leute werden uns auslachen!« Er griff sich die Stiefel, schleuderte sie in eine Ecke, hakte sich bei Ali ein, und die beiden verließen den Laden.

Sie gingen geradewegs zum Schneider, der sie schon von weitem gesehen hatte und ihnen vor der Tür entgegenkam. Mit überschwenglicher Freude begrüßte er sie und bat sie herein.

»Ein wunderschöner Stoff«, lobte der Schneider, »ein Vergnügen, aus einem so schönen Stoff einen schönen Anzug zu nähen ... Dieser unser Bruder ist also der berühmte Spurensucher Ali Aga! Eine Ehre für uns, so einem Mann einen Anzug zu nähen, mein Aga.«

»Woher kennst du Ali den Hinkenden, den König der Pfadfinder?«

»Wer kennt ihn nicht, mein Aga? Er ist bekannt in aller Herren Länder. Er soll ein Spurensucher sein, der in schwarzer Nacht die Spur einer schwarzen Ameise auf schwarzem Stein erkennt.«

Der Aga lachte schallend, er war bei bester Laune. »Unglaublich!« prustete er in einem fort. »Unglaublich! Aber du irrst dich, Meister«, sagte er schließlich, »was du da sagst, stimmt nicht.«

»Was soll da nicht stimmen?« fragte der Schneider enttäuscht. »Habe ich etwas Falsches gesagt?«

»Gott bewahre, Meister, es stimmt schon alles, nur die Sache mit der Ameise ist nicht ganz richtig. Nicht Bruder Ali, sondern Gott der Allmächtige, wie es heißt, wache auch in schwarzer

Nacht sogar über eine schwarze Ameise auf schwarzem Stein. Aber unser Bruder besitzt die Gabe, den Spuren fliegender Vögel zu folgen.«

»Auch die der Ameisen«, versteifte sich der Schneider, »die ganze Çukurova, ja die ganze Türkei weiß davon. Sogar die Zeitungen in Europa berichten über ihn. Ihn kennt die ganze Welt.«

Murtaza Aga wurde ernst. »Davon hatte ich noch nichts gehört. Soll das heißen, daß die Zeitungen Europas sein Foto drucken?«

»Sie drucken es«, antwortete der Schneider, »mit diesen meinen Ohren habe ich es von Zeki Bey, dem Lehrer, gehört. Liest Zeki Bey die Zeitungen aller Herren Länder oder nicht?«

Murtaza Aga runzelte die Stirn: »Lesen schon, aber er ist ein Ketzer.«

»Kennt er die ganze Welt oder nicht?«

»Er kennt sie, aber er ist ein Ketzer.«

»Soll er meinetwegen«, entgegnete der Schneider, »jedenfalls sagt er, wenn es in Europa einen Mann wie Ali gäbe, krönten sie ihn, würde er reich werden wie Harun. So eine Begabung habe sonst niemand auf der ganzen Welt. Aber, sagt Zeki Bey ...«

»Was sagt er, was?« fragte Murtaza Aga.

»Er sagt, es sei sehr schade um ihn, sagt er. Ince Memed würde ihn nicht am Leben lassen, sagt er. Denn an all dem Üblen, das Ince Memed erleiden muß, sei Meister Ali schuld.«

»Ince Memed kann ihm gar nichts anhaben«, brüllte Murtaza Aga, »und wenn dieser Ince Memed über uns kommen will, wird er auch etwas erleben! Und was den Reichtum in Europa betrifft: Bruder Ali wird auch hier demnächst zum Krösus werden. Kennst du den Grundbuchverwalter Zülfü? Und hast du gesehen, wie frei dieser mit Arif Saim Bey sprechen kann? Richte also Zeki Bey meine Grüße aus, sag ihm, daß Bruder Ali auch hier zum Krösus werden wird! Auch hier wird er den Ehrenplatz bekommen, der ihm gebührt!« Krachend schlug er dem Schneider auf die Schulter: »Sieh dir den Hut, den dein Bruder Ali auf dem Kopf trägt, genau an! Hast du je einen ähnlichen Hut bei Arif Saim Bey, ja, bei Mustafa Kemal Pascha gesehen?«

Der Schneider ging einigemal um Ali den Hinkenden herum und sagte dann achtungsvoll: »Meister, darf ich mir den Hut auf deinem Kopf näher ansehen?« Bewunderung schwang in seiner Stimme.

Stocksteif stand Ali der Hinkende da; wie erstarrt die Augen auf einen Punkt gerichtet, hatte er sich nicht gerührt. Doch jetzt machte er mit der Rechten eine zustimmende Geste. Behutsam nahm ihm der Schneider den Hut vom Kopf, begutachtete diesen von allen Seiten, besah sich die Innenseite und schnippte dabei mehrmals sachte mit den Fingern. »Donnerwetter, Aga! Das ist ein italienischer Hut. Donnerwetter! Der kostet einen Armvoll Geld. Den kann sich nicht einmal Memed der Verrückte aus Adana leisten.«

»Nein, kann er nicht«, spreizte sich Murtaza Aga.

»Wird unser Meister Ali sich hier umziehen oder zu Hause? Soll ich den Anzug einpacken?«

»Zu Hause«, antwortete Murtaza. »Er ist der einzige Ort, der so einem Anzug angemessen ist.«

Eilfertig packte der Schneider die Kleidungsstücke ein und gab Ali die Tragetasche mit den Worten: »Bitte, Meister, dir zum Wohle, zieh ihn an, und trag ihn mit Freude!«

»Schreib's an!« sagte Murtaza.

»Zu Befehl, mein Aga, zu Befehl!«

Murtaza Aga vorweg, Ali der Hinkende hinterher, verließen sie die Schneiderei.

»Von wegen Europa! Europa erkenne den Wert eines Menschen, du ketzerischer Hahnrei Zeki Bey! Als wüßten wir ihn hier nicht auch zu schätzen. Stimmt's, Bruder Ali?«

»Stimmt, mein Aga.«

»Soll sich doch der ketzerische Schulmeister Zeki diesen Hut und diesen Anzug mal ansehen und mir sagen, ob sie in Europa so etwas anzuziehen haben; das würd ich gern hören! Europa und immer wieder Europa, als wäre dieses Wort Balsam für ihre Zungen. Ach, wenn du bloß diese roten Stiefel nicht an den Füßen hättest, würde die ganze Welt noch deutlicher sehen, wer den Wert eines Menschen zu schätzen weiß und wer nicht.«

Sie überquerten den Innenhof. Vom Balkon aus beobachtete

Hüsne Hanum die beiden und lächelte ihnen zu. Sie hatte Ali ins Herz geschlossen, war von seinem Feingefühl, seinem Benehmen, seiner menschlichen Wärme entzückt.

Schon auf dem Treppenabsatz empfing sie die beiden: »Ihr habt die Sachen also schon gekauft. Wie schön der Hut doch ist.«

»Ist das Zimmer mit dem großen Spiegel offen?« fragte Murtaza.

»Ich habe aufgeschlossen«, antwortete Hüsne Hanum, »aber wartet einen Augenblick an der Tür.« Sie verschwand und kam gleich darauf mit einem Beutel zurück. »Und das ist mein Geschenk an Bruder Ali: zwei Garnituren Unterwäsche, drei Paar Strümpfe, Taschentücher … Bitte, Bruder Ali!«

»Komm!« Murtaza Aga stieß die Tür auf und schob Ali hinein.

»Zieh dich an, ich komme gleich! Wechsle auch Hemd und Unterhose. Und zieh Strümpfe an! Anschließend gehen wir zum Barbier.«

Er schloß die Tür und ging zu seiner Frau, die auf dem Balkon wartete. »Gut gemacht, danke«, sagte er, »diesen Mann müssen wir auf Händen tragen. Jeder kennt ihn, Schulmeister Zeki Bey soll gesagt haben, die Zeitungen der ganzen Welt schrieben über ihn. Der Ketzer will es gelesen haben. Wenn uns also einer vor Ince Memed schützen kann, dann dieser Ali. Denn das Volk wird immer brutaler. Da wird ein hochstehender Bey getötet, und niemandem sträubt sich auch nur ein Nackenhaar. Sie haben ihn in seinem Gestank allein gelassen.«

»Und mit dem Tod«, erregte sich Hüsne Hanum. »Ließen die Leiche stinken wie einen Hundekadaver. Allah bewahre jedermann vor ähnlichem. Dieser Ali macht einen braven Eindruck.«

»Er ist auch Ince Memeds Mann …«

»Woher weißt du?«

»Ich merke so etwas. Aber nach und nach schwenkt er zu uns über. Ein Lump und Schlitzohr ist er, hat aber auch eine sehr menschliche Seite. Er ist keiner von denen, die ihr Messer in die Tafel stoßen, von der sie Brot gegessen haben, sondern einer, der sich an einen gereichten Kaffee nach vierzig Jahren noch dankbar erinnert.«

»Er ist geschickt und klug. Männern wie ihm muß ein Mensch vertrauen.«

»Wie gut, Hanum, daß du ihn beschenkt hast. Übrigens hatte ich damit gerechnet. Mal sehen, ob sich unser Ali Aga schon angezogen hat.«

Als er ins Zimmer trat, stand Ali angekleidet vorm Spiegel und betrachtete sich starr vor Staunen.

»Komm, Hanum, komm!« rief Murtaza Aga nach hinten. »Komm und sieh dir Ali, unseren Bruder, an. Komm und sieh, welch ein Recke, welch stattlicher Mann aus ihm geworden ist!«

Die Hanum kam ins Zimmer geeilt, betrachtete Alis Spiegelbild eine Zeitlang und sagte dann mit ernster Miene: »Was habt ihr doch für einen schönen Anzug machen lassen, und wie gut er Bruder Ali steht. Er sieht aus wie ein Abgeordneter. Trag ihn mit viel Freude, Bruder Ali!«

Alis »Danke dir!« war kaum zu hören.

Und Murtaza Aga ging immer wieder um ihn herum, besah sich den Hut, den Anzug und das Hemd, musterte Ali vom Scheitel bis zum Zeh und sagte dann mit heiserer Stimme: »Gut, angemessen, schön, aber noch fehlt ein Gürtel, den haben wir vergessen. Hanum, würdest du wohl einen von meinen holen!« Sofort ging die Hanum hinaus und kam gleich darauf wieder: »Da, nimm, den hast du noch vor kurzem aus Adana mitgebracht.«

Eigenhändig legte Murtaza Aga Ali den Gürtel an und zog die Schnalle fest. »Soll ich ihn etwas lockern?«

Ali antwortete mit einem Kopfnicken.

Dann trat Murtaza etwas zurück, betrachtete Ali von der Seite, von vorne, zog ihn vor das Fenster ins Licht und musterte ihn dort auch noch eine Weile.

»So ist es gut«, sagte er. »Bring Bruder Ali so, wie er ist, zur großen Nationalversammlung, setz ihn mitten zwischen die Abgeordneten, und jeder wird meinen, der Präsident sei gekommen. Wenn nur diese Stiefel nicht wären! Das paßt nicht: oben ein Hut aus Italien und unten rotbraune Bergstiefel, nein, das paßt nicht.«

»Es paßt«, entgegnete die Hanum, »und wie es zusammenpaßt.

Gehören Stiefel nicht zu unserer Tradition, zum Erbe unserer Ahnen, und verlangt nicht sogar Mustafa Kemal Pascha, daß wir dieses Erbe bewahren?«

Murtaza Agas Augen leuchteten. »Du hast recht, Hanum«, sagte er. »Stiefel sind Brauch und Tradition, seit den Zeiten in Mittelasien, vererbt von unseren Großvätern. Wenn Mustafa Kemal Pascha dich so hörte, er spazierte selbst knarrenden Schrittes durch den Saal der großen Nationalversammlung ... Gottes Segen, Hanum, ich danke dir, du hast dich meinem Gast und auch mir gegenüber so gut verhalten. Adel bleibt in der Pflicht, und er verirrt sich nicht, heißt es. Und du bist die edle Tochter des mächtigsten turkmenischen Beys dieser Welt. Ich gehe jetzt mit unserem Bruder Ali zum Barbier.«

»Viel Vergnügen!« wünschte die Hanum, als die beiden das Zimmer verließen.

Ali hielt sich kerzengerade. Er ging so steif, daß er nicht sehen konnte, wohin er trat. Beinahe wäre er auf der Treppe gestürzt, doch Murtaza Aga packte ihn mit festem Griff, sonst wäre Ali kopfüber hinuntergefallen und hätte sich bestimmt die Knochen gebrochen.

»Seid ihr zum Abendessen zurück?« rief Hüsne ihnen nach.

»Hanum, ich hätte es fast vergessen«, ereiferte sich Murtaza Aga, »wirf Alis Lumpen ins Feuer, ich will ihn in diesen Fetzen nicht mehr sehen! Vergiß es bitte nicht, Hanum, verbrenne sie sofort!«

»Wird gemacht, Aga, auf der Stelle!« rief die Hanum.

Wie jemand, der zur Schlachtbank geführt wird, stöhnte Ali: »Ich will dir Hände und Füße küssen. Aga, laß mein abgetragenes Zeug nicht verbrennen. Die Pluderhose hat meine Frau vor sieben Jahren eigenhändig gewebt. Sie hat die Wolle selbst gesponnen und gefärbt. Ich will deine Füße küssen, mein Aga, laß das Zeug nicht verbrennen!«

»Unmöglich«, brüllte Murtaza Aga, »unmöööglich! Sollen denn meine Augen dich, meinen Bruder, in diesen Lumpen sehen, die an deine früheren Zeiten erinnern? Ich mag es nicht, könnt's nicht ertragen. Verbrennt sie, verbrennt sie!« Seine Stimme gellte durch das große Haus.

»Sofort!« antwortete die Hanum bestimmt. »Auf der Stelle, der Ofen brennt sowieso.«

Ali schwieg, blickte hilfesuchend um sich, doch der Aga hatte sich bei ihm eingehakt und zog ihn nach draußen.

So kamen sie zum Markt und betraten den Friseurladen unter dem großen Maulbeerbaum. Außer dem Barbier war niemand da. Murtaza nahm den Hut von Alis Kopf und hängte ihn an den Nagel in der Wand.

»Ali Agas Haare und Bart! Du wirst ihn so schön rasieren, daß ...«

»Zu Befehl, mein Aga!«

Murtaza schob Ali, der mitten im Laden stehengeblieben war, zum Sessel und setzte ihn hinein.

»Die Ehre, Ali Aga, den Spurensucher, zu rasieren, sollte also mir zuteil werden«, sagte der Barbier. »Gott fügte es, daß ich diesen schönen Tag noch erlebe.«

Mit Bedacht band er sich seine weiße Schürze um und begann mit der Schere zu schnippen.

Rundum zufrieden hatte Murtaza Aga es sich in einem schmuddeligen Sessel bequem gemacht und wartete selbstgefällig darauf, daß sein berühmter Bruder und Spurensucher, Ali der Hinkende, rasiert wurde.

7

Die Gipfel der Berge lagen im Licht der Morgensonne. Seit geraumer Zeit schon war das Gewehrfeuer verstummt, es herrschte lautlose Stille. Nur aus einem Gebüsch weiter unten kam leises Stöhnen. Gefreiter Ali die Echse zielte und schoß. Das Stöhnen brach ab, begann aber bald darauf von neuem. Wütend richtete Gefreiter Ali die Echse seine Waffe auf das Gestrüpp und schoß noch einmal.

Unter den Gendarmen hatte es keine Toten gegeben. Nur Muhsin aus Dörtyol war am Arm getroffen worden. Eine Kugel hatte sein linkes Gelenk zertrümmert. Der Hauptmann hatte ihn daraufhin nach Çiçeklidere hinuntergeschickt, wo die Dörfler ihn fürs erste vom Barbier des Dorfes verbinden ließen. Dann gaben sie ihm für den langen Weg in die Stadt ein Pferd.

Allmählich dehnte sich das Tageslicht immer tiefer zu Tal, und wie ein feiner Wolkenschleier legte sich das leuchtende Rosa der Tragantblüten über die Hänge. Der Hauptmann saß auf einem Felsblock, rauchte, dachte nach, und jedesmal, wenn er die Zigarette aus dem Mund nahm, kaute er auf den Spitzen seines Schnurrbarts. Nach und nach begann sich in der Morgendämmerung die Umgebung abzuzeichnen. Und immer wieder ließ sich aus dem Gestrüpp dieses Stöhnen vernehmen, das der Gefreite Echse sofort mit einem Schuß beantwortete.

Bald darauf war es taghell. Im flachen Gelände da unten, zusammengekrümmt zwischen Felsblöcken und Tragantbüschen oder hinter Baumstämmen, lagen Gestalten.

»Unteroffizier Asim!«

Wie aus tiefem Schlaf erwacht erhob sich müde der Unteroffizier Asim, ging zum Hauptmann, stand stramm und salutierte.

»Unteroffizier, zu wem gehörte diese Bande da unten?«

»Keine Ahnung, mein Hauptmann. Meines Wissens sind in dieser Gegend keine Banden. Sie finden hier keine Schlupfwinkel. Und welcher Bandit kommt schon her und klemmt sich in so eine Falle. Es müssen Anfänger sein.«

»Könnte Ince Memed unter denen sein, die wir da zusammengeschossen haben?«

»Möglich wäre es schon, mein Hauptmann. Schließlich ist er auch ein unerfahrener Räuber.«

»Bist du so vergrämt, weil wir Ince Memed getötet haben? Vielleicht lebt er ja noch, was meinst du?«

»Ich denke, wir haben ihn getötet, Hauptmann.«

»Gefreiter Ali!«

»Zu Befehl, mein Hauptmann!«

»Ist Ince Memed unter denen da unten?«

»Er ist unter ihnen!«

»Wieso bist du so sicher?«

»Weil, mein Hauptmann, ein Hirtenjunge nur für Ince Memed so viel Prügel einsteckt. Für irgendeinen Banditen sieht kein Nomade dem Tod ins Auge.«

»Das heißt aber doch, daß er seinen Hund noch mehr liebte.«

»Sie lieben ihre Hunde auch mehr als ihre Mütter, ihre Väter, ihre Frauen und jeden anderen auf dieser Erde«, antwortete der Unteroffizier Asim.

»Dann haben wir ab jetzt leichtes Spiel, Unteroffizier.«

»Ja, leichtes Spiel.«

»Du wußtest also, was denen hier ein Hund bedeutet!«

»Ich wußte es, mein Hauptmann. Aber nicht jeder ist so wie dieser Hirtenjunge. Der war seinem Hund verfallen ... Sieh dorthin, mein Hauptmann!« rief der Unteroffizier plötzlich und zeigte auf den Felsenkamm.

Der Hauptmann sah empor und traute seinen Augen nicht. »Ist es ...«, stotterte er, »ist es jenes Pferd? Wie eigenartig«, murmelte er dann in sich hinein, »es ist zu Ince Memed zurückgekehrt, um nach seinem Leichnam zu sehen.«

»Ja, eigenartig«, bekräftigte Unteroffizier Asim. »Die Dörfler erzählen sich viele Geschichten über dieses Pferd. Angeblich soll es keine Kugel treffen, und wenn, pralle sie von ihm ab.«

Der Hauptmann lachte: »Dann wollen wir's doch noch mal versuchen!«

»Zu weit«, meinte Unteroffizier Asim, »da reicht die Kugel nicht hin.«

»Gefreiter Ali, das Pferd da oben, was meinst du?«

»Wir sollten es versuchen, mein Hauptmann.«

»Laß gut sein«, winkte der Hauptmann ab, »ich bin neugierig, wen wir dort getötet haben. Ob Ince Memed unter ihnen ist?«

»Er ist, mein Hauptmann.«

»Hast du Ince Memed denn jemals gesehen, Gefreiter Ali?«

»Noch nie, mein Hauptmann.«

»Und du, Unteroffizier Asim?«

»Ich habe ihn einmal gesehen, würde ihn aber nicht wiedererkennen.«

»Und die Dörfler?«

»Die kennen ihn, mein Hauptmann.«

Nach und nach versammelten sich die Dörfler im flachen Gelände der Schlucht, doch keiner von ihnen kam herauf zu den Gendarmen.

»Los, laß uns die Leute sammeln und hinuntergehen! Mal sehen, ob noch welche leben.«

»Den Wimmernden hab ich noch zum Schweigen gebracht, mein Hauptmann.«

Sie gingen hinunter. Der Mann, der gestöhnt hatte, lag rücklings im Gestrüpp, sein lebloser Körper war noch warm. Ein junger Bursche, dessen Schweiß noch nicht lange einen Schnurrbart näßte. In seinem Gurt steckte nur eine Pistole, die er offensichtlich nicht gezogen hatte. Er trug noch nicht einmal einen Fez.

»Der da kann es nicht sein«, meinte der Hauptmann, »Ince Memed ist älter.«

»Ja, älter«, bestätigte Unteroffizier Asim, »könnte dieser Junge nicht Ibrahim des Schwarzen Neffe sein?«

»Wo steckt der eigentlich?« fragte der Hauptmann.

»Er ist fort. Um den Leichnam seines Neffen nicht zu sehen. Als das Wimmern abbrach, stieg er auf sein Pferd und ritt davon.«

Sie gingen von einem Toten zum andern. Neun waren es insgesamt. Und bis auf den Jüngling, dessen Leib noch nicht erkaltet war, trugen alle den Fez. Sie waren gut gekleidet, und jeder hatte sich kreuzweise Patronengurte über die Brust geschnallt. Die Mauser in ihren Händen waren nagelneu. Im Morgenrot glänzten die Gewehrläufe, als seien sie gerade erst vom Büchsenmacher gekommen.

Bis in den Vormittag hinein mühten sie sich mit den Toten ab. Sie untersuchten Haare und Augen, schätzten Größe und Breite, wurden sich aber nicht schlüssig, ob einer von ihnen Ince Memed war. Nur jener, der in einer Mulde lag, den Finger noch am Abzug, die Augen weit aufgerissen, mit einem neuen, goldbestickten Umhang über den Schultern, könnte Ince Memed sein.

»Sieht er Ince Memed denn ähnlich, Unteroffizier?«

»Er könnte es sein, mein Hauptmann, die Beschreibung paßt auf ihn. Er hat breite Schultern, ist klein, mit hohlen Wangen, unansehnlichem Schnurrbart, großen Augen, dazu die Kniestrümpfe, der Tscherkessendolch ...«

»Das alles paßt auf ihn, nicht wahr?«

»Paßt genau!«

»Also kann er es sein.« Der Hauptmann lachte lauthals. »Es steht noch immer da oben …«

Hoch aufgerichtet auf dem in prallem Morgenlicht funkelnden Gipfel stand das Pferd und schwang nur hin und wieder den Schweif. Ohne diese sanfte Bewegung hätte man meinen können, es sei ein Stück vom Fels.

Die Dörfler waren langsam näher gekommen und hatten sich am Hang der Schlucht aufgereiht. Wortlos, ja so still, als atmeten sie nicht, standen sie da.

»Hat einer von euch Ince Memed gekannt oder schon einmal gesehen?« rief der Hauptmann. Er wartete eine Weile auf Antwort, doch in der Menschenmenge rührte sich nichts.

»Hat keiner von euch Ince Memed gesehen?« Und wieder kam keine Antwort.

»Verdammt!« brüllte diesmal Gefreiter Ali die Echse. »Was seid ihr nur für Menschen! Will niemand von euch Ince Memed jemals gesehen haben? Das gibt es doch nicht! Und du, Hadschi Musa, hast du Ince Memed noch nie gesehen? Komm her!«

»Ja, Alter, komm her!« brüllte jetzt wütend der Hauptmann. »Was sind das nur für Heimtücker! Kennen alle Ince Memed, zugeben wollen sie's nicht. Doch ich werde es ihnen schon zeigen!«

Hadschi Musa, ein alter Mann mit wehendem, langem Bart, stieg den Hang hinunter und ging zu den Toten. »Zu Diensten, mein Hauptmann!« Nur Haut und Knochen, mit spindeldürrem Hals und einem Bart bis zum Nabel, begann er eine Leiche nach der anderen zu mustern.

»Diesen hier«, sagte er plötzlich, »diesen hier kenne ich. Es ist der kahle Sohn Bekir des Maulwurfs. Man nennt ihn den Kahlen Räuber. An das Jahr kann ich mich nicht erinnern, aber er ist schon seit langem in den Bergen. Da liegt er nun.«

Der Hauptmann nahm ihn bei der Hand und zog ihn zu dem Räuber mit den tellergroßen, starren Augen: »Ist der da nicht Ince Memed?«

Der alte Mann beugte sich über den gekrümmt daliegenden

Toten und sah ihm lange ins Gesicht. Eine Kugel hatte den Mann in den Bauch getroffen, andere hatten seinen Unterleib zerfetzt, die Beine lagen in einer Lache von Blut. »Ganz sicher weiß ich's nicht, aber er sieht Ince Memed ähnlich.«

Ein junger Bursche kam den Hang heruntergerannt: »Ich kenne ihn, ich brachte ihm Proviant nach Çiçeklidere.«

»Ist es der da?« Der Hauptmann zeigte auf den Mann mit den tellergroßen starren Augen.

Der Jüngling bückte sich und musterte eine Weile den Mann und dessen zerfetzten Bauch.

»Er ist es nicht«, sagte er schließlich und richtete sich wieder auf.

»Dann sieh dir die anderen an, wer von ihnen ist nun Ince Memed?«

Ohne zu zögern, zeigte der junge Mann auf den Stämmigen, der auf Wache eingenickt war und von der ersten Kugel getroffen wurde: »Das ist der, dem ich zu essen brachte; der Mann dort, stark wie eine Pappel, ist Ince Memed.«

»Weißt du es genau? Andernfalls kommst du mir nicht davon. Ich breche dir die Knochen!«

»Er ist es, mein Hauptmann. Ich werde doch Ince Memed, dem ich drei Tage Essen gebracht habe, wiedererkennen. Dieser Mann ist Ince Memed.«

»Allah, Allah! Dann haben seine eigenen Dörfler uns eine falsche Beschreibung von ihm gegeben«, wunderte sich Unteroffizier Asim.

»Vay, diese Schurken!« schimpfte Gefreiter Ali die Echse.

»Wenn das Ince Memed ist, dann weiß ich auch, wie ich's den Bauern von Değirmenoluk heimzahlen werde. Die haben sich bestimmt zusammengetan und Hamza Bey gelyncht. Dann haben sie es Ince Memed in die Schuhe geschoben. Dafür werden sie mir Rede und Antwort stehen!«

Im Schein der Morgensonne stand der Brandfuchs noch immer wie ein schimmerndes Standbild oben auf dem Fels.

»Ist unter euch noch jemand, der Ince Memed gekannt oder schon einmal gesehen hat?«

»Hauptmann Efendi, Hauptmann Efendi!« rief eine junge Frau.

»Da unten kommen die Bauern von Çiçeklidere. Die kennen ihn alle.«

»Unteroffizier, ist Mahmut Aga nicht der Aga von Çiçeklidere? Wenn der dabei ist ...«

»Der ist nicht dabei, mein Hauptmann, er ist hinunter in die Ebene, zu seinem Hof.«

»Hatte der nicht das Maul aufgerissen und gehöhnt, wer denn Ince Memed sei und daß er ruhig kommen solle?«

»Brüllen kann er ja, mein Hauptmann.«

»Wir warten noch, bis die Dörfler aus Çiçeklidere Ince Memed wiedererkannt haben. Dann schicken wir eine Nachricht in die Stadt. Daß uns nur kein Irrtum unterläuft. Wir würden uns vor der ganzen Welt lächerlich machen.«

Während er redete, hob er den Blick und beobachtete das regungslose Pferd dort oben.

Mittlerweile waren die Dörfler aus Çiçeklidere angekommen, und die anderen, die noch am Hang standen, gesellten sich zu ihnen. Es herrschte tiefe Stille.

Ein uralter Mann mit schütterem Haar und gekrümmtem Rücken löste sich von den übrigen, betrachtete bedächtig die Leichen der Banditen, schnalzte mißbilligend mit der Zunge und sagte: »Ince Memed ist nicht unter ihnen.« Dann hob er die geöffneten Hände gegen den Himmel, rief: »Dem Allmächtigen sei Dank«, betete kurz und mischte sich wieder unter die Dörfler.

»Komm mal her, Alter!« brüllte der Hauptmann in harschem Befehlston und: »Hol ihn, Gefreiter Ali!«

Der Gefreite Ali griff sich den Alten aus der Menge und zog ihn vor den Hauptmann.

»Was hast du da eben gesagt?« schrie ihn der Hauptmann an. »Sagtest du, Ince Memed sei nicht dabei? Und hast auch noch gebetet, ja?«

»Ince Memed ist nicht dabei«, entgegnete der alte Mann mit unerwartet fester Stimme, »ich liebe meinen Sohn Ince Memed.«

»Du liebst diesen Schurken, diesen blutrünstigen Mörder?« brüllte der Hauptmann wieder, so laut er konnte; er hatte die Fäuste geballt und stampfte mit dem Fuß.

»Warum brüllst du?« fragte der Alte. Er hielt den Kopf hoch

erhoben und sah den Hauptmann an. »Warum zerreißt du dich so, mein Kind? Als du noch in den Windeln lagst, trafen mich in den Dardanellen, in Sarikamis und Griechenland die Kugeln der Feinde. Schrei mich doch nicht so an! Weißt du überhaupt, wer ich bin? Mich nennt man den Blonden Sergeanten. Hast du meinen Namen nie gehört?«

»Wenn ich dich jetzt dem Gefreiten Ali übergebe ...«

»Tu's doch, los! Liefere mich doch diesem erbarmungslosen Ungläubigen Echse aus, und ich telegrafiere Mustafa Kemal Pascha, mal sehen, was der mit euch machen wird ... Er wird Echse und dich schön ordentlich ... Frag ihn dann auch, Hauptmann Faruk Efendi, mit welchem Rang ich ihm in den Dardanellen gedient habe!« Der Alte lüpfte seinen langen Bart. »Gott sei Dank! Dank ihm ist Ince Memed nicht unter denen da. Ausgerechnet du und Echse wollen Ince Memed getötet haben!« Dann wandte er sich dem Gefreiten Asim zu. »Gegen den da kein böses Wort! Ist das nicht Unteroffizier Asim? Nein, gegen ihn habe ich nichts, ein braver Mann, echt bis in die mächtigen Hoden. Los, Hauptmann, übergib mich doch deinem hergelaufenen Henker Echse, und Mustafa Kemal soll auch das erfahren, damit ...«

»Dieser Mann ist wirr im Kopf«, lachte der Hauptmann. »Läppischer Greis! Los, bringt ihn weg!«

»Schau, Hauptmann, schau!« schrie da der Blonde Sergeant. »Ince Memed! Dort ist er, sieh hin!« Der Alte zeigte auf das Pferd da oben auf dem Felsen. »Wenn du ein Recke sein willst, fang ihn!«

»Nimm's ihm nicht übel, unser Hauptmann«, baten die Dörfler, »er ist sehr verwirrt, seine Augen sehen nichts, und fast taub ist er auch.«

»Hätte er sich denn früher jemals so benommen, der Blonde Sergeant?«

»Sah er auch nur von weitem einen Offizier, sprang er schon auf und stand stramm.«

»Hätte er denn früher vor einem Kommandanten so gesprochen?«

»Oder Gott gepriesen, weil Ince Memed noch nicht tot ist?«

»Er hätte ihn gefangen, an Händen und Füßen gefesselt und seinem Hauptmann übergeben.«

»War er vielleicht früher so ein gekrümmter Mann?«

»Er kniete sich nieder, richtete seine Mauser in den Himmel, und schwuppdiwupp fiel ein Adler auf die Erde.«

»Nimm's dem Blonden Sergeanten nicht übel, mein Hauptmann!«

»Er hat Ince Memed nie gesehen, und wenn, so könnte er ihn jetzt nicht mehr erkennen.«

Aus der Menschenmenge war noch immer die Stimme des Alten zu hören, doch was er sagte, war nicht zu verstehen.

»Bringt diesen Wirrkopf zum Schweigen!« brüllte der Hauptmann.

Doch da wurde der Blonde Sergeant noch einmal laut. Er streckte seinen Arm aus, zeigte auf das Pferd und rief: »Dort ist Ince Memed, du Pfeife. Wenn du ein Recke bist, dann schieß ihn tot! Schau, wie ein Löwe steht er da, funkelnd wie ein Stück von der Sonne. Kannst du ihn treffen, dann schieß doch!«

Danach verschlossen sie ihm den Mund.

Der Hauptmann, aus der Fassung gebracht, versuchte kopfschüttelnd zu lächeln: »Und nun sagt mir: Welcher von denen ist Ince Memed?«

Zwischen den Dörflern erhob sich ein erregter Wortwechsel, der bald in Streit ausartete. Das Hin und Her dauerte eine ganze Weile. Schließlich löste sich, groß wie ein Hoftor, eine stattliche ältere Frau in blauem Umhang aus der Menge. »Warum geht ihr aufeinander los, ihr verdammten Dörfler!« schimpfte sie und ging zu einem der toten Räuber. »Ihr Bauern! Kann dieser Mann hier denn Ince Memed sein? So zusammengekrümmt, wie der da liegt, mit einem Hals so dünn wie Reisig und einem Auge, das schielt?«

»Das kann er nicht sein«, riefen die Dörfler.

Dann ging sie zum nächsten. Dieser hatte ein ovales Gesicht und einen blonden Bart. Eine Kugel hatte ihm die Schädeldecke weggerissen, und das Gehirn war zu sehen. »Oder dieser da, dieser giftgelbe Blondschopf, habt ihr je so einen Ince Memed gesehen?«

»Haben wir nie gesehen«, riefen fünfzehn bis zwanzig Dörfler im Chor, »so einen Ince Memed kann es nicht geben.«

»Und seht euch den da an, den Finger noch am Abzug. Vor Angst hat er keinen einzigen Schuß abgefeuert. Und sieh da, ein Fuß ist verkrüppelt!«

Dieser Mann war breitschultrig, klein von Wuchs, hatte einen leichten Buckel und ein gekrümmtes Bein. Er lag in einer Mulde, trug Landserhosen und war blutverschmiert.

»Um Gottes willen, Dörfler, nun sagt schon, habt ihr je einen Ince Memed gesehen, der aussah wie dieser Hinkefuß?« Sie rümpfte die Nase. »Und dieser Kahlkopf hier? Gibt es in dieser Gegend auch nur einen einzigen, der ihn nicht kennt, den Kahlen Räuber?«

»Nicht einen!« riefen die Dörfler – Frauen, Männer und Kinder – wie aus einem Mund.

»Er kam in unsere Dörfer, sang uns schöne Lieder, erzählte Geschichten von Köroğlu, trug uns die Spiele vom Schwarzen Wesir und Weißen Kizir vor, und alle lachten sich halb tot. In einer Hand seine Saz, in der anderen sein Gewehr; in unsern Augen war er kein Bandit … Ach, Kahler Räuber, Bruder, ach!«

»Hör endlich auf!« sagte der Hauptmann gereizt.

»Augenblick, Hauptmann!« widersetzte sich die Frau. »Warte ab, Bruder, mein Hauptmann, damit ich dir erzählen kann, wie schade es um diesen Kahlen ist. Jedesmal, wenn sich die Zeit des Auftriebs in die Hochebene näherte, hielten aller Augen ungeduldig Ausschau nach dem Kahlen Räuber. Und kaum war er da, kam Freude auf in Dörfern und Nomadenzelten.«

»Geschenkt!«

»Warte ab, Aga Hauptmann, warte, mein blonder Sohn, warte! Kein Mensch hat jemals gehört oder gesehen, daß dieser Kahle Räuber jemandem, und sei es einer Ameise, ein Leid zufügte. Er war ein Heiliger der Zeiten vor dem Untergang. Ist es nicht so, ihr Dörfler, Hand aufs Herz, war er kein Heiliger? Gebt es zu!«

»Er war ein Heiliger, ein Heiliger!« ertönten Rufe aus der Menge.

Daraufhin ging Unteroffizier Asim zu der Frau und sagte mit freundlicher Stimme: »Einen Augenblick, Emis Hanum, einen

Augenblick, und ich werde dir einmal zeigen, wozu dein Heiliger noch fähig war!«

»So zeig's mir doch, Unteroffizier Asim Aga!« entgegnete Emis Hanum mit scharfer Stimme.

Unteroffizier Asim bückte sich und zeigte auf den Haufen Patronenhülsen vor dem Kahlen Räuber: »Die hat er alle auf uns abgeschossen, auf uns Gendarmen. Schau gut hin, bei keinem anderen liegen so viele!«

Doch Emis Hanum ließ sich davon nicht beeindrucken und wandte sich wieder an die Dörfler: »Kann dieser Heilige, der zu der Saz in seiner Hand schöne Lieder sang, kann dieser freundliche Mann Ince Memed sein?«

»Er kann es nicht sein«, antworteten sie.

»Und dieser Knabe, dessen Schweiß seit kurzem erst einen Schnurrbart näßte? Nicht eine Kugel hat er abgeschossen. Vor ihm liegt keine einzige Patronenhülse!«

»Und welcher von ihnen ist Ince Memed? Ist er dabei oder nicht, das allein wollen wir von dir wissen, Emis Hanum!«

»Ince Memed ist hier«, antwortete Emis Hanum und seufzte tief. »Verloren sind wir, erloschen unsere Herdfeuer, mein Unteroffizier, denn Ince Memed ist hier, ist unter diesen Toten. Und nie wieder wird einer wie Ince Memed auf diese Erde kommen ...«

Dann ging sie hin und kniete sich neben den großen, schwergewichtigen Banditen nieder, der in einer Mulde zusammengekrümmt auf seiner rechten Seite lag. Derselbe, der, vom ersten Schuß getroffen, brüllend vom Baumstumpf hochgeschnellt war, sich dann ins Erdreich gekrallt hatte und erst nach der sechsten Kugel starb. Sich im Takt wiegend, stimmte die Frau verhalten eine Totenklage an. Auch die anderen Dörflerinnen gesellten sich zu ihr, bildeten einen Kreis um den Toten, fingen leise an zu weinen und fielen in die Totenklage ein.

»Wer von euch ist der Dorfvorsteher?« brüllte jetzt der Hauptmann, der wutentbrannt am ganzen Körper zitterte.

»Ich bin es, mein Hauptmann!«

Der Hauptmann zeigte auf die trauernden Frauen: »Was soll das heißen, einen Räuber, einen Mörder so zu beweinen!«

»Es ist bei uns der Brauch. Wer immer er auch gewesen sein mag, sie weinen und beklagen ihn.«

»Zum Teufel mit so einem Brauch! Komm näher!«

Der Dorfvorsteher gehorchte, stellte sich vor dem Hauptmann hin und nahm Haltung an.

»Zu Befehl, mein Kommandant!«

In diesem Moment fiel der Blick des Hauptmanns auf das Pferd im Fels.

»Innerhalb von drei Tagen will ich von dir den Kopf des Pferdes haben!«

»Wie du befiehlst, mein Hauptmann, zu Diensten! In drei Tagen!«

»Und nun hör mir zu, Vorsteher, du wirst für mich neun Gäule auftreiben! Kannst du das?«

»In unserem Dorf gibt es nur drei, mein Hauptmann, aber die Nachbardörfer haben reichlich. Ich werde welche anfordern.«

»Wir besorgen die Pferde auf der Stelle, mein Hauptmann«, ereiferte sich Ali die Echse.

»In ein paar Stunden will ich sie haben. Ungesattelt!«

»Verstanden, mein Hauptmann, zu Befehl, mein Hauptmann!«

»Und wie können wir auf schnellstem Wege die Stadt davon in Kenntnis setzen, daß Ince Memed getötet worden ist? Mach du einen Vorschlag, Unteroffizier Asim!«

Niedergeschlagen, als könnte er beim geringsten Anlaß in Tränen ausbrechen, stand der Unteroffizier wie versteinert schon seit geraumer Zeit vor dem Hauptmann.

»Nun, Unteroffizier, gibt es hier ein schnelles Pferd?«

»Nicht in dieser Gegend, mein Hauptmann. Und wenn, so schaffen die Pferde die steilen Felsen nicht.«

»Was sollten wir also tun?«

»Am schnellsten könnte ein guter Läufer diese frohe Botschaft in die Stadt bringen.«

»Kennst du einen?«

»Ja, mein Hauptmann.«

»Wer ist es?«

»Tahsin der Windhund.«

»Ist er hier?«

»Ich habe ihn in der Menge gesehen.«

Nachdem der Hauptmann mit der Hand am Kinn eine Weile dagestanden hatte, ging er zu den Platanen am Eingang der Höhle. Unteroffizier Asim folgte ihm. Hinter dem größten Baum blieb der Hauptmann stehen.

»Ist dieser Tote wirklich Ince Memed?« fragte er leise. »Er entspricht gar nicht unserer Beschreibung. Danach soll er ein kleiner Mann sein, dieser hier dagegen ist ein Riese.«

»Ich verstehe es nicht«, antwortete Unteroffizier Asim. »Im Lauf der Zeit hab ich viel erlebt, und seit dreißig Jahren durchstreife ich diese Berge, aber so etwas will mir nicht in den Kopf. Nach meiner Meinung ist dieser Mann nicht Ince Memed, doch sie halten ihm die Totenklage.«

Der Hauptmann blickte in die Richtung des Toten, um den sich noch mehr Dörflerinnen geschart hatten. Wohl Frauen aus Nachbardörfern, die jetzt mit den anderen gemeinsam jammerten und die Totenklage anstimmten. Sie sangen von Ince Memeds Heldentaten, von seiner Schönheit und seiner Liebe zu Hatçe und wie er Abdi Aga getötet und die Dörfler befreit habe und daß die himmlischen Engel ihn fortgetragen und die Pforten des Paradieses sich ihm schon von weitem geöffnet hätten und daß er schon jetzt in den Kreis der Vierzig Auserwählten mit den grünen Gewändern aufgenommen sei.

»Schließen sie die anderen Bandenmitglieder in ihren Klagegesang denn nicht mit ein?«

»Sehen sie selbst, mein Hauptmann, da liegen noch acht Räuber; kümmern sie sich vielleicht um einen einzigen von ihnen? Sogar der Kahle Räuber, den sie einen Heiligen nannten, bleibt wie ein Hundekadaver abseits liegen. Sie heben ja nicht einmal die Füße, wenn sie über die anderen Leichen hinwegsteigen.«

»Ince Memed hielt sich im Dorf Çiçeklidere auf, nicht wahr?«

»Dort hatten wir ihn eingekreist und um ein Haar verfehlt, mein Hauptmann. Da war doch noch einer im Dorf, der spielte die Saz, ein Sänger, den sie den Armen Barden nannten; der war am Ende doch auch verschwunden, erinnern Sie sich?«

»Ich erinnere mich«, lachte der Hauptmann, und seine Augen leuchteten vor Freude. »Ich verstehe! Einerlei, ob unsere Beschreibung paßt oder nicht, der da ist Ince Memed!« Er schlug mit der Peitsche an seinen Stiefelschaft. »Und jetzt ruf mir Tahsin den Windhund!«

Sie gingen zurück zu den andern. Als Unteroffizier Asim merkte, daß der Hauptmann, der eben noch voller Freude war, wütend wurde, konnte er sich keinen Reim darauf machen und wartete ab. Er kannte seinen Hauptmann nur zu gut. Wenn der gestiefelt bei jedem Schritt so federte, war er ziemlich wütend. Und wenn er so wütend ist, dann mach dich auf ein Donnerwetter gefaßt! Und zack, blieb der Hauptmann vor der Menschenmenge stehen. Mittlerweile waren es immer mehr Frauen geworden, die bei Ince Memeds Leiche wehklagten. Alle Dörfler, zu denen die Nachricht gedrungen war, hatten sich über Stock und Stein auf den Weg gemacht, jung und alt, Frau und Mann, Kind und Kegel waren herbeigeströmt. Dazu der Brandfuchs, der nach wie vor dort oben auf dem Felsen stand; das alles ging dem Hauptmann jetzt ganz schön auf die Nerven.

»Soldaten, habt acht!«

Der Befehl hallte von den Steilwänden wider, doch die Frauen sangen unbeirrt die Totenklage weiter, und das Pferd auf dem Felsen schwang gemächlich seinen Schwanz.

»Auf die Frauen, marsch! Treibt sie auseinander!«

Die Gendarmen stürzten sich auf die Frauen, doch diese wichen nicht. Also stießen die Männer zuerst auf eine Mauer von Menschenleibern, und dann gingen sie zwischen den vielen Frauen verloren. Schimpfen und Schreien hallte von den Felswänden wider. »Habt ihr keine Mutter, keine Schwestern, keine Frauen und Bräute?« tönten die Rufe.

»Bajonett aufgepflanzt!« befahl der Hauptmann, als er sah, daß seine Kompanie von dem Frauenheer verschluckt worden war.

»Um Gottes willen, Hauptmann!« entsetzte sich da der Dorfälteste und rannte herbei. »Daß nur kein Unglück geschieht! Zieh deine Gendarmen zurück, wir Männer werden unsere Frauen schon auseinandertreiben!«

Der Hauptmann gab den Befehl, die Gendarmen kamen zurück und stellten sich in Reih und Glied wieder vor ihm auf. Auch sie kochten vor Wut.

Der Dorfälteste rannte zu den Männern, versammelte sie um sich und sprach mit ihnen. Jetzt gingen die Männer auf die Frauen los. Der eine griff sich seine Frau, der andere seine Schwester oder Mutter und zerrte sie weg von Ince Memeds Leiche. Doch die sich losreißen konnten, rannten zurück und knieten sich wieder neben dem Toten nieder. Und die Männer stürzten sich erneut auf die knienden Frauen.

»Was treiben die denn da, Unteroffizier?« fragte der Hauptmann entgeistert.

»So sind sie nun mal, mein Hauptmann.«

»Aufrührerische Menschen sind's. Brauchen wieder mal eine Tracht Prügel!«

»Sie haben schon so viel Prügel bekommen, mein Hauptmann, seit Jahrhunderten schon, doch einsichtig geworden sind sie bis heute nicht.«

»Und werden es auch in Zukunft nicht … Wo ist dieser Windhund oder wie er sonst heißt?«

»Tahsin der Windhund, mein Hauptmann. Hier ist er.«

Tahsin der Windhund stand dort schon eine ganze Weile stramm.

»Bist du derjenige?«

»Ich bin es, mein Hauptmann.«

»Du wirst schnell, sehr schnell in die Stadt laufen und dem Herrn Präfekten von mir einen Zettel bringen. Je früher du die Nachricht von Ince Memeds Tod überbringst, desto reicher werden dich die Agas dort belohnen, werden sie dich mit Geld überschütten. Wieviel Zeit brauchst du?«

»Ich weiß es nicht, aber es geht schnell …«

»Er rennt schneller als ein Pferd«, sagte der Ortsvorsteher.

Der Hauptmann hockte sich auf einen Felsbrocken, zog Bleistift und Notizblock aus der Tasche, schrieb hastig etwas auf, riß das Blatt heraus und gab es Tahsin dem Windhund.

»Und nun zeig, was du kannst, Tahsin! Bis zum Abend!«

»Zu Befehl, mein Hauptmann!«

Tahsin der Windhund fegte wie eine Bö durch die Menschenmenge und war im nächsten Augenblick nicht mehr zu sehen.

Die Männer rangelten noch immer mit den Frauen, das Gejammer und Gefluche dauerte an, doch nach und nach erlahmte der Widerstand der Dörflerinnen. Und plötzlich beruhigten sich die Gemüter, verebbten Krach und Klagen. Ein wogendes Meer weißer Kopftücher im hellen Licht, strömten die Frauen mit gesenkten Köpfen zum rosarot leuchtenden Berghang gegenüber.

»Was ist geschehen, Dorfvorsteher?« fragte der Hauptmann. »Was ist denn mit diesen Frauen geschehen, daß sie jetzt so kleinlaut den Hang hinaufschleichen?«

Der Dorfvorsteher zeigte auf den fast nackten Leichnam Ince Memeds. Bis auf das Hemd, die Unterhose und das Gewehr hatten die Frauen alles mitgenommen.

»Was soll das heißen?«

»Efendi, wenn der Verstorbene nicht zugegen ist, singen die Frauen die Totenklage über seinen Kleidern, als läge der Leichnam vor ihnen. Sie haben ihn ausgezogen und werden jetzt die Totenklage im nächsten Tal halten.«

»Eine Plage!« sagte der Hauptmann.

»Eine Plage!« wiederholte Unteroffizier Asim.

»Eine Plage!« bestätigten Gefreiter Ali die Echse und der Dorfvorsteher.

Tahsin der Windhund rannte. Er war voller Freude. Schließlich brachte er eine Botschaft in die Stadt, und wenn es auch die schwarze Nachricht vom Tode Ince Memeds war. Wer weiß, was sie ihm als Belohnung nicht alles schenken werden. Vielleicht bekam er sogar eine Arbeit in einem Gehöft der Çukurova. Und wenn man bedenkt, daß er so schnell wie ein Pferd rennen konnte, sogar eine ganz besondere Arbeit. Ja, vielleicht würden sie ihn seinen Militärdienst bei den Gendarmen machen lassen, mit Verlängerung wie beim Gefreiten Ali die Echse. Und brächte er es bis zum Unteroffizier, dann, ja dann könnte er in diesen Bergen sein Sultanat bekanntgeben. Doch vorerst lagen noch mehrere Berge vor ihm, und wären einige nicht so hoch, würde er weiß Gott die Stadt gegen Mitternacht erreichen.

Tahsin der Windhund lief, ohne zu essen, ohne zu trinken, ohne auch nur einen Augenblick zu rasten, den ganzen Tag lang, die ganze Nacht. Und konnte er sich bei seiner Ankunft in der Stadt auch nur noch mit Mühe fortschleppen, war er doch voller

Stolz. Daß er eine Nachricht so schnell in die Stadt gebracht, sich so angestrengt hatte, von der Höhle am Kupferpaß bis hierher in einem Tag und einer Nacht gelaufen war, das würde ihm niemand glauben. Zum Glück kannte er die Präfektur und brauchte nicht lange zu suchen. Als er die Treppe emporwankte, bekam er fast keine Luft mehr. Oben angekommen, verließen ihn die Kräfte. Den Zettel in der Hand, stammelte er etwas, doch der Amtsdiener verstand ihn nicht. Tahsin streckte ihm die Hand entgegen und kippte im selben Augenblick der Länge nach auf die Dielen. Vom Lärm gestört, rief der Landrat nach dem Amtsdiener: »Was geht da vor?«

»Ein Mann ist vor die Tür gekommen und umgefallen. Er schwitzt aus allen Poren und hat einen Zettel in der Hand. Den hält er ganz fest.«

Der Landrat war ein rundlicher, kahlköpfiger, kuhäugiger Mann mit Doppelkinn, dessen wachen rollenden Telleraugen die Lebenserfahrung anzusehen war. Schon vor der Republikzeit war er Landrat gewesen und führte dieses Amt jetzt seit dreißig Jahren. Neugierig kam er aus seinem Dienstzimmer geeilt. Tahsin der Windhund lag langgestreckt vor der Tür, sein Brustkorb hob und senkte sich wie ein Blasebalg, und Bäche von Schweiß rannen an ihm herunter.

»Stirbt er?«

»Er stirbt nicht«, antwortete der Amtsdiener, »er muß lange gelaufen sein, scheint von weit her zu kommen.«

»Nimm ihm den Zettel ab, mal sehen, was draufsteht!«

Der Amtsdiener versuchte, Tahsins Faust zu öffnen, doch es gelang ihm nicht.

»Ich bekomme sie nicht auseinander.«

»Allmächtiger, wieso denn nicht? Streng dich an!«

Der Amtsdiener kniete sich nieder, nahm Tahsin des Windhunds Faust in beide Hände, mühte sich ab, doch sie zu öffnen gelang ihm nicht.

»Das ist doch nicht möglich!« Der Landrat bückte sich, versuchte es selbst, doch die Finger blieben verklammert.

»Unglaublich! Jetzt bin ich aber neugierig«, staunte der Landrat.

»Wenn er so mörderisch gelaufen ist, muß es sich ja um Wichtiges handeln«, meinte der Amtsdiener.

»Hol sofort den Doktor!« befahl der Landrat. »Erzähl ihm, was geschehen ist. Er soll kommen, dem Mann eine Spritze geben und seine Faust öffnen! Stirbt er?«

»Er stirbt nicht, Efendi«, rief, zur Treppe hastend, der Amtsdiener.

Währenddessen hatten sich der Sekretär und die übrigen Beamten, denen etwas zu Ohren gekommen war, am unteren Treppenabsatz versammelt. Vor Angst wagten sie sich nicht ins Stockwerk des Landrats. Daß dort Außerordentliches vor sich ging, hatten sie mitbekommen, aber Näheres erfuhren sie jetzt auch nicht. Und der Amtsdiener, der, drei Stufen auf einmal nehmend, an ihnen vorbeigesprungen war, hatte sich nicht die Zeit genommen, sie zu unterrichten.

Kurz darauf kam der Doktor mit seiner Tasche in der Hand im Laufschritt herbeigeeilt. Ohne ein Wort zu verlieren, kniete er sich zu dem Mann auf dem Boden nieder, machte dessen Brust frei und horchte ihn ab.

»Ihm fehlt nichts«, sagte er dann, »er kommt gleich wieder zu sich.«

»Aber seine Faust läßt sich nicht öffnen«, erwiderte der Landrat.

»Wieso denn nicht?« wunderte sich der Arzt. Er war ein kräftiger Mann, doch auch er versuchte vergebens, Tahsins Finger auseinanderzubiegen. »Warten wir's ab«, sagte er, »es dauert nicht mehr lange.«

»Gib ihm doch eine Spritze!«

»Nicht nötig, Herr Landrat, in Kürze … Laß uns warten.«

»Darf ich bitten!« sagte der Landrat und lud den Arzt in sein Amtszimmer ein. »Was darf's sein, ein Kaffee?«

»Ich nehme an …«

»Wie bitte?«

»Ich nehme an, daß er einen Schock erlitten hat.«

»Keiner weiß, woher er kommt … Dann dieser Zettel … Und er schwitzt noch immer, sehen Sie doch!«

»Er ist gleich bei Besinnung.«

»Er öffnet die Augen«, rief draußen der Amtsdiener.

Der Landrat und der Arzt gingen vor die offenstehende Tür. Tahsin der Windhund hatte seine Augen geöffnet und schaute verwundert um sich. Sein fragender Blick wanderte zwischen dem Landrat, dem Doktor und dem Amtsdiener hin und her. Dann richtete er sich mühsam auf. Unvermittelt schaute er auf seine Hand und bemerkte den Zettel. Da fiel ihm alles wieder ein, und er sprang auf die Beine.

»Herr Landrat, Herr Landrat, ich hab's geschafft«, rief er, »ich habe es geschafft: In einem Tag und einer Nacht.«

»Was hast du da in der Hand?«

»Hauptmann Faruk Bey hat Ince Memed getötet.«

»Waaas?« schrie der Landrat auf. »Wer? Memed den Falken? Hauptmann Faruk? Gib den Zettel her!«

Tahsin der Windhund streckte dem Landrat die Hand entgegen, doch sie öffnete sich nicht.

»Gib mir den Zettel!«

»Sie geht nicht auf«, keuchte Tahsin der Windhund und senkte beschämt den Kopf. »Geduld, Herr, ich krieg sie gleich auseinander.« Und während er sich abmühte, die verkrampfte Faust zu öffnen, redete er ununterbrochen. »Bei der Höhle am Kupferpaß hat der Hauptmann ihn im Morgengrauen eingekreist. Bis Sonnenaufgang haben sie gekämpft. Dann hat der Hauptmann ihn eigenhändig getötet. Und der Ince Memed ist nicht so, wie er beschrieben wird, sondern ein Tannenklotz von Kerl, viermal größer als du und ich. Mein Hauptmann schoß ihm mitten in die Stirn.«

Endlich gelang es Tahsin dem Windhund, die Hand zu öffnen.

»Ich hab's!« frohlockte er und reichte dem Landrat den Zettel.

Landrat, Doktor und Amtsdiener strahlten übers ganze Gesicht.

Der Landrat überflog den Zettel immer wieder: »Und ich dachte, daß uns dieser Ince Memed noch viel Verdruß bereiten würde. Nun, die Sache ist ausgestanden. Wir können beruhigt sein. Die anderen Banditen sind unwichtig. Er war das eigentliche Ungeheuer. Das Volk stand auf seiner Seite und schützte ihn, und Ankara und Adana setzten uns unter Druck. Nun, diese Sache ist erledigt. Die angesehenen Bürger unserer Stadt hatten ja ziemliche Angst vor diesem Jungen. Und nachdem er Ali Safa Bey getötet hatte, fanden sie erst recht keinen Schlaf mehr; als wenn der Falke jetzt kommen und jedem einzelnen zwischen die Augen schießen würde. Und Murtaza Aga erst! Der hatte Tag und Nacht keine Ruhe, dachte nur noch, daß jeden Augenblick Ince Memed auftauchen könnte, um ihn zu erschießen. Nun, das ist jetzt vorbei.«

Tahsin der Windhund stand da auf schwankenden Beinen. Gedankenverloren blieb des Landrats Blick auf ihm haften: »Das heißt also, Hauptmann Faruk hat, Ince Memed eingeschlossen, neun Banditen erschossen, richtig?«

»Genau neun Mann. Und alle tot. Und der Hauptmann sagte zu mir: ›Mann, Windhund, ein fliegender Vogel könnte dem Landrat die Nachricht nicht schneller überbringen als du. Ich erwarte von dir, daß du sie bis morgen früh unserem Landrat gebracht hast!‹ Und da habe ich mich auf den Weg gemacht. Kein Pferd, nicht einmal die arabischen Vollblüter der Beys laufen schneller als ich. Vom Kupferpaß in die Stadt sind es vier Tagesreisen. Ich bin diese Strecke durchgerannt. Ja, man nennt mich Tahsin den Windhund! Und ich bitte, Hoheit, mich zu den Gendarmen abzustellen, wenn ich eingezogen werde! Als Gefreiter auf Zeit, ja als Unteroffizier, wenn du willst. Und dann wirst du schon sehen, wie man die Räuber mit Stumpf und Stiel ausrottet. Denn dieser Ali die Echse ist ein Blindgänger! Der kann doch nichts anderes als Bauern prügeln und von jedem, der auf der Wache etwas zu tun hat, Schmiergelder einstecken. Und feige ist er außerdem. Ich nehme keine Schmiergelder, wenn du mich zum Gefreiten auf Zeit machst. Und wenn du willst, verprügle ich alle Dörfler, und wenn's sein muß, auch meinen Vater und meine Mutter, so daß Gefreiter Ali die Echse und mein Hauptmann, ja sogar Murat Pascha neben mir Waisenknaben sind.«

»Wie war dein Name? Wie hast du dich genannt?«

»Windhund.«

Der Landrat schrieb den Namen auf ein Blatt Papier.

»Windhund, und weiter?«

»Tahsin den Windhund nennt man mich. Ich laufe in diesen

Bergen schneller als ein Pferd. Einmal, in meiner Kindheit, fing ich im Lauf einen Hasen. Deswegen gaben sie mir den Namen Windhund. Windhund Tahsin. Und meinen Vornamen gab mir der Imam. Sein Hauptmann soll so geheißen haben.«

»Du kannst gehen!«

»Wie bitte?«

»Du kannst gehen.«

»Ich kann gehen?«

»Du kannst gehen.«

»Wie befohlen. Und die Belohnung für frohe Kunde?«

»Du kannst gehen!«

Tahsin stand da mit offenem Mund. Er wollte noch etwas erwidern, da packte ihn der Amtsdiener schon am Arm und zog ihn nach draußen.

»Mein Hauptmann sagte … Deine Belohnung … sie werden dir Land geben, dich mit Gold und Silber überschütten, die Agas und Beys, hat er gesagt …« Dann ließ er den Kopf hängen. »Ich bin fast krepiert, hätte beinah meine Seele ausgehaucht. Hast du's nicht mit eigenen Augen gesehen, Bruder? Bin ich nicht gestorben? Laß doch meinen Arm los, Bruder!«

Der Amtsdiener lockerte seinen Griff erst, als sie unten im Hof des Amtsgebäudes waren.

»Zieh ab«, sagte er, »verdammter Ochse! Spricht man so mit einem mächtigen Landrat unserer Regierung?«

»Wie bitte?«

»Ich sagte, daß man so mit einem mächtigen Landrat unserer Regierung nicht spricht.«

»Wie bitte?«

»Weißt du denn nicht, daß ein Landrat mehr ist als ein Gefreiter, mehr noch als ein Hauptmann?«

»Wie bitte? Und meine Belohnung?«

»Mann, Trottel, Schwachkopf! Die Belohnung für frohe Kunde verlangt man doch nicht vom Landrat!«

»Wie bitte?«

»Jetzt hör auf mich, und verschwinde von hier, sonst kriegst du noch großen Ärger.«

»Wie bitte?«

Der Amtsdiener ließ ihn stehen und ging wieder nach oben. Und Tahsin der Windhund setzte sich im Hof auf einen kunstvoll gemeißelten antiken Marmorblock.

Kaum daß Tahsin der Windhund die Hand geöffnet und der Amtsrat den Zettel des Hauptmanns vorgelesen hatte, war der Amtsdiener nach unten zu den wartenden Beamten geeilt, die diese frohe Botschaft sofort in Umlauf brachten. Im Nu war durch die unglaubliche Neuigkeit die ganze Stadt in heller Aufregung, und wer seinen Laden schließen konnte, eilte auf den Marktplatz und dort in Tevfiks Kaffeehaus.

Murtaza Aga saß zu Hause vor Ali dem Hinkenden, erzählte ihm von seinen Plänen und daß er ihn zum reichen Mann und Landeigentümer machen werde, als ihm die Nachricht zu Ohren kam. Am selben Morgen noch hatte er dem Hinkenden sage und schreibe hundert Lira geschenkt. Mit diesen hundert Lira konnte man sich fünf oder sechs rotbraune Ochsen mit sichelförmigen Hörnern kaufen, vielleicht sogar ein kleines Feld. Und Ali war drauf und dran, Murtaza Aga aus ganzem Herzen liebzugewinnen. Er hatte in den letzten Tagen wohl gemerkt, daß der Aga nicht so treuherzig, tadellos und ehrlich war, wie er schien, sondern ein abgefeimter Bursche, schlau, beflissen, blutrünstig, verlogen und nur auf seinen Vorteil bedacht; und dennoch begann er ihn zu mögen. Er wollte diesen nichtsnutzigen, niederträchtigen Mann nicht ins Herz schließen, konnte sich aber aus einem tief drinnen aufkeimenden Gefühl heraus nicht dagegen wehren und schämte sich dafür, schämte sich seiner unzulänglichen Menschlichkeit.

Die Nachricht überbrachte Kebabgriller Nusret.

»Stimmt es, was du mir da berichtest?« rief Murtaza Aga und sprang auf die Beine. Sein Hals war knallrot angelaufen, die Schlagader angeschwollen. »Ist es wahr?« Er umarmte den Kebabgriller, küßte ihn und fragte wieder ganz außer Atem: »Ist die Nachricht wahr? Wenn es stimmt, wird dich Murtaza Aga … wird dich Murtaza Aga … werde ich dir einen neuen Laden aufmachen, gebe ich dir, was du willst. Deine Belohnung für frohe Kunde sollst Du haben …« Wie von Sinnen fragte er immer wieder, ob es auch stimme, und dann, verzückt: »Murtaza

Aga wird für deine schwarzen Augen alles tun, ist zu jedem Opfer bereit, Kebabgriller Nusret Efendi, Murtaza wird dir für deine gesegnete Zunge ...«

Währenddessen hatten sich die Frauen des Hauses und das Gefolge im Salon eingefunden.

Hüsne Hanum hatte sich niedergekniet. »Dank, tausend Dank, mein Gott!«, lobpreiste sie, »daß du uns diesen Tag der Wohltat und Ordnung beschert hast. Du hast uns das leblose Gesicht dieses Mannes gezeigt und uns von seiner Gegenwart befreit. Dafür Dank, vielen Dank, du Mächtigster der Mächtigen!« Dann flossen ununterbrochen Gebete über ihre Lippen, und sie gelobte: »Wenn ich seinen Leichnam mit eigenen Augen gesehen habe, werde ich zwei Opfertiere schlachten lassen, Allmächtiger, denn du hast uns sein totes Gesicht gezeigt ...«

»Wer hat die Nachricht gebracht, wie hat es sich zugetragen, mein Nusretin?« wollte Murtaza Aga vom Kebabgriller wissen. »Von dir hab ich es erfahren, und dafür wirst du den gebührenden Lohn von mir bekommen. Ich werde dir den Laden kaufen, der Preis ist nicht der Rede wert. Aber wer brachte die Nachricht in die Stadt?«

»Ein Bauer. Gestern morgen hat er sich bei der Höhle am Kupferpaß auf den Weg gemacht, und heute im Morgengrauen kam er im Vorzimmer des Landrats an. Dort fiel er halbtot um. In seiner Faust hielt er einen Zettel. Sie haben seine Finger auseinandergebogen, und auf dem Zettel soll die Nachricht gestanden haben. Vom Hauptmann. Wir haben neun Banditen eingekreist, unter ihnen auch Ince Memed, soll er geschrieben haben, und einem nach dem anderen den Garaus gemacht. Nur Ince Memed machte mir zwei Stunden zu schaffen. Dreißig Kugeln hat er eingefangen und nicht einmal ›Schießt ihr etwa auf mich?‹ gesagt. Schließlich, soll der Hauptmann geschrieben haben, überwältigte ich ihn, verwundet, wie er war, und schoß ihm eigenhändig mitten ins Auge.«

Murtaza hob die geöffneten Hände gegen den Himmel und sagte: »Vielen Dank, großer Gott, daß du mich diesen Tag erleben ließest!«

Er lief sofort in sein Zimmer und zog seinen schönsten Anzug aus blauem englischen Stoff an, den er auf Hochzeiten und anderen Festlichkeiten oder auf seinen Reisen nach Ankara und Adana zu tragen pflegte. Anschließend band er sich eine rote Krawatte um und steckte sich ein ebenfalls rotes Tüchlein in die Brusttasche. Und zum erstenmal setzte er, zu Ehren des Todes von Ince Memed, seinen neuen italienischen Filzhut auf. Da durften auch die neuen Schuhe, die er sich aus Istanbul hatte bringen lassen, nicht fehlen. Als Murtaza aus seinem Zimmer kam, war er tipptopp vom Scheitel bis zur Sohle.

Als erstes zückte er seine Brieftasche und gab dem Kebabgriller Nusret mehrere Scheine. »Das hier für den Anfang«, sagte er, »später, später werde ich dir den Laden überschreiben lassen. Nachdem du mir so eine segensreiche Nachricht brachtest!« Dann stürzte er zur Treppe und eilte, zwei Stufen auf einmal nehmend, hinunter. Als beflügelte die Freude seine Schritte, marschierte er durch das Tor seines Hofes, aufrecht wie ein Heerführer, der eine große Feldschlacht geschlagen hat.

Seitdem er von der Nachricht wußte, hatte er sich auch nicht einmal nach Ali umgesehen, der sich bemühte, mit ihm Schritt zu halten. Hin und wieder mußte Ali laufen, um ihn einzuholen. Eilig durchmaßen sie die Ladenstraße und erreichten die Präfektur. Erst als sie den Vorhof betraten, drehte Murtaza sich um, und nachdem er Ali mit einem abschätzigen Blick gestreift hatte, sagte er: »Mensch, warte hier, Hinkender!«

Seit Ali von der Neuigkeit gehört hatte, war ihm, als stecke eine Faust in seiner Kehle, und er mußte gegen seine Tränen ankämpfen. Nicht weil er Hemmungen vor Murtaza Aga hatte, die hatte er vor niemandem, nein, er wollte nicht weinen, weder vor Freunden noch vor Feinden. Wozu brauchte Murtaza Aga ihn denn noch, nachdem Ince Memed gestorben war? Und sieh dir diesen niederträchtigen Hund an, wie er sich freut … wie alle sich freuen! Kaum hatte sich die Nachricht herumgesprochen, ähnelte die Stadt einem riesigen Baum, der plötzlich in Blüte stand. Jeder lachte, war froh und glücklich. Er fühlte sich im Hof der Präfektur ganz allein, mutterseelenallein inmitten der Welt. Und ohne daß er es merkte, rannen große Tropfen aus seinen Augen. Ali, der weder Feinden noch Freunden zeigen wollte, daß er weinte, hockte sich in eine Ecke der Hofmauer und ließ den Kopf sinken.

Tahsin der Windhund, der beobachtete, daß Ali weinte, ging zu dem feingemachten, traurigen Mann hinüber und stellte sich vor ihm hin. Dieser Fremde mit dem gediegenen Hut weinte, genau wie die Bergbauern, mit zuckenden Schultern. Da empfand Tahsin tiefes Mitleid, beugte sich leicht zu ihm hinunter und sagte: »Weine nicht, Onkel! Warum bist du so traurig? Hast du so Schlimmes erlebt?«

Ali stand auf und wischte sich mit dem Ärmel seiner blauen Stoffjacke die Augen. Genau wie ein Dörfler! Doch es gelang ihm nicht, die Tränen zurückzuhalten. Da dämmerte es Tahsin dem Windhund. »Oder weinst du um Ince Memed, Onkel?« fragte er. »Den haben sie getötet.« Und plötzlich kamen auch ihm die Tränen. »Wer beweint ihn denn nicht«, klagte er, »so einen Recken. Arme hatte er, so stark wie mein Rumpf. Und die Weiber von sieben Dörfern versammelten sich an seiner Leiche und sangen die Totenklage. Als das der Hauptmann sah, ließ er die Gendarmen mit aufgepflanztem Bajonett auf sie los. Zwischen Weibern und Gendarmen gab es einen heißen Kampf. Und die Männer aus den Dörfern schlugen sich auf die Seite der Gendarmen, und gemeinsam vertrieben sie die Weiber von Ince Memeds Leiche. Und was taten die Weiber, was taten sie? Sie zogen Ince Memed aus, nahmen seine Kleider und Waffen und zogen in die Hennaschlucht, um über diesen Sachen die Totenklage weiterzusingen. Als ich mich auf den Weg machte, hatten sich die Weiber schon in der Hennaschlucht versammelt, und bei ihrer Totenklage wimmerten Berge und Felsen. Weine, Onkel, weine! Wer weint denn nicht um Ince Memed, diesen Löwen …« Und dann vergoß er selbst Bäche von Tränen.

Nach einer Weile hatte sich Ali der Hinkende endlich gefangen und musterte den jungen Burschen vom Scheitel bis zur Sohle. »Woher stammst du, Bruder?« fragte er ihn.

»Ich bin von Çiçeklidere.«

»Und warum bist du hierher zur Präfektur gekommen, wenn ich fragen und um deinen schönen Namen bitten darf?«

»Mich nennen sie Tahsin den Windhund«, antwortete der

Jüngling und wischte sich über die Augen. »Ich bin der, dem der Hauptmann einen Zettel gab und sagte: ›Ich bitte dich, bring diese Nachricht von Ince Memeds Tod schnellstens in die Stadt, los, zeig, was du kannst! Der Präfekt, die Agas, die Beys werden dich dafür reich belohnen, werden dich zum Gefreiten auf Zeit bei den Gendarmen machen, und wenn du willst, auch zum Unteroffizier.‹ Und so warte ich hier auf meine Belohnung für frohe Kunde.«

»Es hieß, du seist gestorben.«

»Ich wäre fast gestorben. Vor dem Zimmer des Präfekten fiel ich tot um. Dann kam der Doktor mit seiner Tasche und machte mich wieder lebendig.«

»Was trieb dich denn, daß du so gelaufen bist?«

»Gestern, im Morgengrauen, sagte mir der Hauptmann: ›Wenn du morgen noch vor Sonnenaufgang die Nachricht in die Stadt bringst, kannst du dir von mir wünschen, was du willst‹, und da bin ich vom Kupferpaß gleich losgelaufen.«

»Von wo? Vom Kupferpaß? Von wooo?«

»Von der Höhle am Kupferpaß. Und wie ein Adler stand Ince Memeds Pferd auf dem Felsen über der Höhle, ohne sich zu rühren … Ein dunkelbraunes Pferd.«

»Hast du Ince Memeds Leiche mit eigenen Augen gesehen?« In Alis Augen war jetzt keine Träne mehr.

»Ich habe ihn gesehen.«

»Wie, sagtest du, sah er aus?«

»Gewaltig. Mit großen Augen und gezwirbeltem, schwarzem Schnurrbart. Sehr groß und« – Tahsin breitete die Arme aus – »mit so einer mächtigen Brust. Und Goldzähne …«

»Hattest du Ince Memed schon früher einmal gesehen?«

»Nein, noch nie.«

»Und behauptete der Hauptmann auch, daß dieser schnurrbärtige Räuber mit den Goldzähnen Ince Memed sei?«

»So sagte er, und vor Freude wurde er fast verrückt. Und dann ärgerte er sich noch über das Pferd auf dem Felsen und über die Frauen. Und alle Dörfler von Çiçeklidere sahen Ince Memed ins Gesicht, riefen: ›O weh, schade um ihn!‹ und jammerten.«

»Hast du dir auch die übrigen Räuber angesehen?«

»Jeden einzelnen. Und da war noch einer, dem der Schnurrbart gerade erst gewachsen war, nicht älter als sechzehn ...«

Ali der Hinkende packte Tahsin am Arm und zog ihn zum gemeißelten antiken Marmorblock. Dort setzten sie sich nebeneinander auf einen Stein. Und nachdem sich der Hinkende die getöteten Banditen von Tahsin dem Windhund bis in alle Einzelheiten hatte beschreiben lassen, rief er: »Mensch, Windhund, mein Junge, du bist ja toller als Musa der Wind! Wie hast du diesen langen Weg nur geschafft?«

»Geschafft hab ich ihn, aber ich bin dabei gestorben und von den Toten auferstanden. Jener Doktor mit der Tasche hat mich wieder lebendig gemacht.«

Ali lachte. Ein Gefühl der Freude hatte seinen ganzen Körper durchdrungen. Aus seinem Schnurrbart und seinen Augen, aus seinen Händen und Kleidern, ja, aus seinem verkrüppelten Fuß sprühte Freude. Und sie sprang auch auf Tahsin den Windhund über; der junge Mann stand da und lachte lauthals.

»Warte hier!« sagte Ali der Hinkende. »Warte hier auf deine Belohnung. Gleich wird Murtaza Aga herauskommen, ich werde ihn dir zeigen. Sage ihm, du habest die gute Nachricht überbracht! Sag's auch den anderen Agas! Sie werden dir viel Geld geben. Wenn nicht, rühr dich nicht von der Stelle! Du wärst ja beinah gestorben.«

»Nicht beinahe, Onkel, ich bin gestorben! Bin gestorben, ins Jenseits gegangen und zurückgekommen.«

Einzeln oder zu zweien, in festlicher Kleidung, kamen die hochgestellten Bürger der Kleinstadt, stiegen lachend und scherzend zum Amtssitz des Präfekten hinauf, und ihr freudiges Geschrei hallte bis in den Hof hinunter.

War Ali auch so fröhlich wie sie, nagte doch der Wurm des Zweifels in seinem Innern. Das Wehklagen der Frauen wollte ihm einfach nicht aus dem Kopf und verursachte ihm ein leichtes Unbehagen in der Magengegend. Gäbe es diese Totenklage nicht, würde er vor Freude fliegen wie ein Vogel. So aber stand er da, dachte und dachte nach, heftete seine scharfen Augen auf Tahsin, musterte ihn mißtrauisch und fragte noch einmal: »Du hattest also Ince Memed vorher noch nie gesehen?« Und dann ließ er sich die getöteten Banditen wieder in allen Einzelheiten beschreiben.

»Ich habe Ince Memed noch nie gesehen«, begann Tahsin der Windhund von neuem. »Wir alle haben ihn nie gesehen, aber wir kennen ihn. Und mit uns kennt ihn der ganze Taurus.« Dann ging er wieder dazu über, die anderen toten Banditen zu beschreiben.

»Was war er für ein Mann, beschreibe ihn mir noch einmal!«

»So genau habe ich ihn nicht gesehen. Als der Hauptmann mir den Zettel gab, habe ich mich ja gleich auf den Weg gemacht und bin eine Strecke von drei Tagen in einem Tag und einer Nacht gelaufen. Beinah wäre ich gestorben. Ich bin's ja auch. Der Doktor machte mich wieder lebendig. Und das hat auch nichts genützt. Ob sie mir die Belohnung für frohe Kunde wohl geben?«

»Wer weiß? Vielleicht geben sie dir eine.«

»Dieser Ince Memed soll ein Mann wie ein Berg gewesen sein. Mit gezwirbeltem Schnurrbart. Mitten auf der Stirn soll er ein Mal gehabt haben, das Siegel des Propheten, wie du weißt. Deswegen sollen Kugeln von ihm abgeprallt sein.«

»Und wie kommt es, daß sie ihn jetzt durchbohrt haben?«

»Das weiß ich nicht, das weiß allein unser Herrgott, der Allmächtige. Vielleicht ist Ince Memed ja gar nicht gestorben. Die Leute aus unserem Dorf und auch die anderen Dörfler sagen, jenes Pferd, das auf dem Felsgipfel wartet, sei Ince Memeds Pferd. Es sei wie Köroğlus Pferd auch unsterblich. Es soll nur ein einziges Pferd gegeben haben, das zu den Vierzig Heiligen, den Vierzig Unsterblichen, eingegangen ist: das Pferd des Köroğlu. Es hatte nämlich vom Wasser des Lebens getrunken, Köroğlu aber nicht, und deshalb sei es zu den Vierzig Unsterblichen eingegangen. Erst später soll auch Köroğlu aufgenommen worden sein. Aber nur, weil er den Armen viel Gutes getan hat. Und Ince Memeds Pferd soll dort auf dem Felsgipfel jetzt auf den Leichnam seines Herrn warten, um ihn zu den Vierzig Unsterblichen zu tragen. Was weiß ich, jedenfalls sagen das alle Dörfler.«

Vorweg der Landrat, neben ihm der Erste Bürgermeister, der Richter, der Staatsanwalt und der Untersuchungsrichter, dahinter

Zülfü, Halil der Überschwengliche, Molla Duran Efendi, Rechtsanwalt Kozanoğlu und die übrigen hochgestellten Bürger der Kleinstadt, so traten sie durch die Tür des Verwaltungsgebäudes ins Freie. Und alle benahmen sich, als hätten sie sich Schellen umgehängt: Sie lachten, redeten lautstark und trieben ihre Späßchen. Womöglich hatte noch keiner von ihnen einen so fröhlichen, glorreichen Tag erlebt.

»Dort ist Murtaza Aga«, sagte Ali, als er sich auch aufmachte, »der mit dem roten Stecktuch. Hab keine Angst, geh hin und verlange, was dir zusteht: eine Belohnung für frohe Kunde!«

Die hohen Herren waren schon durchs Tor, als Tahsin der Windhund ihnen in den Weg trat und sich vor Murtaza Aga hinstellte. »Mein Name ist Tahsin der Windhund«, begann er, stand stramm und grüßte. »Die Todesnachricht von Ince Memed habe ich gebracht. Frag ihn, wenn du willst!« Dabei zeigte er auf den Landrat, der lächelnd stehengeblieben war. »Eine Strecke von drei Tagen habe ich in einem Tag geschafft, so gelaufen bin ich. So schnell wie ich rennt kein arabisches Vollblut. Ich bin so schnell gelaufen, daß ich vor der Tür dieses Mannes gestorben bin. Und dieser gute Mann hat einen Doktor kommen lassen und mich wieder lebendig gemacht.« Er ging zum Landrat, nahm wieder Haltung an und fragte: »Stimmt es nicht, Aga Landrat?«

»Es stimmt«, lachte der Landrat.

Daraufhin wandte sich Tahsin der Windhund erneut an Murtaza Aga: »Jetzt wißt ihr auch, daß ich gestorben und wieder lebendig geworden bin, und deswegen gebt mir die Belohnung für frohe Kunde. Und das meiste will ich von dir, Murtaza Aga!«

Die anderen standen da und betrachteten diesen feingliedrigen, gertenschlanken Burschen der Berge mit Wohlwollen.

»Und dieser Mann da«, Tahsin zeigte mit seiner Rechten auf Ali den Hinkenden, dessen Augen vor Freude leuchteten, »und dieser Mann da sagte mir, daß ihr Herren seid, groß wie Kamelzähne, mächtig wie Räuber Gizik Duran, und daß ihr auf den obersten Stufen der Treppe zu Mustafa Kemal steht.« Danach die Rechte wieder auf Murtaza Aga ausstreckend: »Und dieser Aga soll besonders mächtig sein. Wenn es aber so ist, was hält euch davon ab, mir meine Belohnung zu geben?«

Sie lachten alle schallend. Murtaza Aga zuerst, dann die anderen und sogar der Landrat griffen in die Taschen und holten ihre Geldbörsen hervor. Murtaza Aga, wiederum als erster, zog einen Hunderter heraus und reichte ihn Tahsin dem Windhund, der mit tellergroßen Augen das Geld in Empfang nahm.

»Gibst du mir das alles, mein schöner Aga?« fragte er.

»Ich gebe dir alles, wieso wunderst du dich?«

»Wer sonst sollte sich wundern, wenn nicht ich, mein Aga! Drei Jahre habe ich als Knecht auf den Äckern Yüreğirs gearbeitet, und sie gaben mir nicht halb soviel.«

»Tahsin, mein Junge«, mischte sich der Landrat ein, »dachtest du denn, es gäbe in der Gegend von Yüreğir oder im riesigen Anatolien, ja auf der ganzen Erde noch einen Aga wie Murtaza Aga?«

»Zugegeben, nein«, antwortete Windhund.

Auch die anderen drückten Tahsin dem Windhund einen Fünfer oder Zehner in die Hand. Halil Bey der Überschwengliche und Zülfü Bey der Grundbuchverwalter gaben jeder hundert Lira. Darüber entrüstete sich Murtaza Aga sehr. Wer waren die denn, daß sie als Belohnung für die gute Nachricht von Memeds Tod genausoviel spendeten wie er! Er war äußerst aufgebracht, fühlte sich durch ihr Handeln in seinem Stolz verletzt.

Schließlich war der eine nichts als ein hergelaufener Grundbuchverwalter, und der andere, eines Dorfagas Sohn angeblich, war einer, der sich im Freiheitskrieg in den Bergen verkrochen, dort wie ein Maulwurf unterm Gestrüpp den Kopf nicht hervorzustrecken gewagt, aber dafür den Freiheitsorden eingeheimst hatte und vor lauter Kürbisessen fast verhungert wäre. Nein, das war ungehörig von ihnen, dachte sich Murtaza Aga, mir gegenüber höchstgradig ungehörig!

Tahsin der Windhund, wie angewurzelt, das Geld fest in der Hand, ratlos, blickte mit weitaufgerissenen Augen hilfesuchend zum einsam dastehenden Ali hinüber, dem er das alles zu verdanken hatte und der, die kreisrunde Krempe seines Hutes tief über den Augen, ihn angrinste.

Murtaza Aga rief Tahsin den Windhund in barschem Ton zu sich: »Komm hierher, mein Junge!«

Tahsin erschrak, blickte verstört einigemal Ali den Hinkenden an und dachte, der so schroffe Aga verlange sein Geld zurück. Angsterfüllt wanderten seine Augen zwischen dem Landrat, dem Hinkenden und dem Präfekten hin und her. Wenn er jetzt davonpreschte, holte ihn nicht einmal eine Kugel ein, und hatte er erst die Berge erreicht, fände ihn auch der Teufel nicht. Als Tahsin der Windhund sich gerade aufmachen wollte, vernahm er Murtazas Stimme und gewahrte die Geldbörse in dessen Hand. Murtaza Aga hielt zwei weitere Hunderter bereit und lächelte ihn freundlich an: »Komm, mein Junge, komm her, so kargen Lohn hast du nicht verdient, nachdem du die Todesnachricht von diesem Ungeheuer, diesem Mädchenschänder, diesem Volksfeind und Mörder unseres geliebten Herzensbruders Ali Safa Bey als erster überbracht hast, dazu noch mit Todesverachtung!«

Und hochgereckt, als wolle er es Halil Bey dem Überschwenglichen und dem Bürgermeister einmal zeigen, streckte er Tahsin dem Windhund die Scheine entgegen. Dieser erstarrte, sein Gesicht wurde aschfahl, und das Geld fiel aus seinen zitternden Händen zu Boden. Genau in diesem Augenblick sah Murtaza Aga Ali von oben herab hart und feindselig an. Und Ali lief herbei, klaubte das Geld auf und reichte es Tahsin dem Windhund. »Tahsin, mein Junge«, sagte Murtaza Aga und tätschelte ihm dabei die Schulter, »wenn du in Zukunft etwas brauchst, kommst du geradewegs zu mir. Frag nach Murtaza Aga, und jeder wird dir meinen Konak zeigen. Komm, als wär's dein eigenes Haus! Und wenn du Soldat wirst ...«

Tahsin des Windhunds Zunge war wie gelähmt, er konnte nicht sprechen, nur seine Brust hob und senkte sich vor Aufregung.

»Hauptmann Faruk hat also Ince Memed gestellt, hat ihm mitten ins Auge geschossen. Es lebe diese Säule des Vaterlandes, dieser Sohn der Republik, dieser Held, und zwar Nationalheld! Sag, mein Junge, mitten ins Auge?«

Tahsin der Windhund schluckte nur.

»Steck das Geld doch in die Tasche!«

Und wieder musterte er Ali feindselig vom Scheitel bis zur Sohle. Und der eilte sogleich zu Tahsin dem Windhund, nahm ihm die Scheine aus der Hand, glättete sie und steckte sie ihm in die Tasche seiner Pluderhose. Und kriecherisch bat er ihn: »Sag unserem Aga, erzähl ihm, wie der Hauptmann den Ince Memed tötete, damit sich unser Aga freut!«

»Er traf genau das Siegel des Propheten, der Hauptmann schoß Memed dem Falken mitten zwischen die Augen.«

Murtaza Aga hatte den Spott in Alis Stimme wohl wahrgenommen, ging jedoch nicht darauf ein.

»Mitten hinein«, brüllte er, »los, gehen wir!«

Und noch einmal warf er Ali dem Hinkenden einen tödlichen Blick zu, kalt und gehässig. Mit diesem Blick wollte er vieles sagen.

Der Landrat vorweg, die andern hinterher, so gingen sie zur Präfektur, um dort die Vorbereitungen für den Empfang des Hauptmanns zu besprechen. Außerdem mußte die bedeutende Nachricht nach Ankara und Adana und an Arif Saim Bey weitergeleitet werden. Und schließlich wollten sie die frohe Botschaft – von der ja schon alle wußten – im Marktviertel ausrufen lassen, damit sie ja jedermann vernehme.

Als erstes bestellten sie den Ausrufer Ahmet den Buckligen ins Rathaus und ließen ihn die Nachricht Wort für Wort auswendig lernen. Das wäre gar nicht nötig gewesen, denn Ahmet der Bucklige war ein Ausrufer, mit dem sich kein Balladensänger der Çukurova, ja nicht einmal der berühmte Barde Torun Pascha messen könnte.

Ali der Hinkende war auf der Außentreppe der Präfektur zurückgeblieben, wartete da draußen auf seinen Aga und dachte an die Widrigkeiten, die auf ihn zukamen. Tahsin der Windhund stand an einer Ecke der Ladenstraße und beobachtete ihn.

Schließlich faßte er sich ein Herz und lief zu ihm.

»Ich mache mich auf, mein Aga«, sagte er, »Gott segne dich, denn dir habe ich alles zu verdanken. Darf ich deinen Namen erfahren?«

»Ich heiße Ali der Hinkende.«

Tahsin der Windhund musterte Ali von allen Seiten. »Soll das heißen, daß du der berühmte Spurenleser bist, der sogar die Fährte fliegender Vögel am Himmel lesen kann?«

»Der bin ich.«

»O Mann!« wunderte sich Tahsin der Windhund. »Und wie du angezogen bist, oha, bei meinem Vater, oha! Doch ich sollte mich auf die Beine machen, bevor sie sich's überlegen und mir das Geld wieder abnehmen. Damit kann ich doch zehn Ochsengespanne kaufen, wenn ich will, nicht wahr?«

»Kannst du. Und fünf Pferde dazu. Und eine Braut kannst du dir auch noch ins Haus holen. Und vier Kühe und einen Haufen Schafe …«

»Aber erst einmal muß ich mich auf den Weg machen: Reisende gehören auf die Straße! Mannomann, Ali Aga, wie du dich herausgemacht hast! Oder warst du schon immer so?«

»Nein, früher nicht!« entgegnete Ali und verzog das Gesicht.

»Lebe wohl! Ich werde nicht vergessen, was du für mich getan hast.«

»Alles Gute!«

Schon vor dem Rathaus begann der Ausrufer zu brüllen. Ahmet der Bucklige hatte eine so kräftige Stimme, daß Alis Trommelfell zu platzen drohte.

»Eeey, Bürger! Und keiner sage später, er habe es nicht vernommen! Gemäß einer am heutigen Tage gerade eben eingetroffenen Nachricht des Hauptmanns Faruk Bey wurde der blutsaufende Räuber mit Namen Ince Memed getötet. Eeey, Bürger! Dieses wird hiermit verkündet!«

Die große Handglocke schwingend, wiederholte er immer wieder denselben Spruch und wanderte so bis zu den Ladenstraßen. Am Rand dieses Viertels verweilte er etwas länger. Und nachdem er seine Kleider glattgestrichen hatte, räusperte er sich einigemal und legte sich dann noch stimmgewaltiger ins Zeug: »Eeeey, Bürger! Und keiner sage später, er habe es nicht vernommen: Gestern morgen, als der Himmel sich im Osten aufhellte, wurde Ince Memed mitsamt seiner achtköpfigen Bande von unseren Gendarmen unter dem Befehl des Hauptmanns Faruk Bey vernichtet. Deswegen wird für Hauptmann Faruk Bey und seine Einheit ein großer Empfang stattfinden. Jeder Laden soll eine Fahne hissen, das ganze Marktviertel wird geschmückt, genau so wie am Festtag der Republik! Eeeey, Bürger! Und keiner sage später, er habe es nicht gehört! Jener Blutsäufer, jener Sittenstrolch, der sich an Mädchen von sieben und Frauen bis siebzig verging, der die Leibesfrucht im Schoße der Frauen erschoß, der alten Menschen mit glühenden Eisen die Augen ausstach, der jungen Mädchen, die er geschändet hatte, die Haut abzog, jener Ince Memed ist mit einem Schuß in die Pupillen getötet worden. Sein und auch seiner Männer Kadaver werden, wenn nicht schon morgen, dann übermorgen in unsere Stadt gebracht. Und jeder Mitbürger wird die Kadaver dieser Mörder anspucken, und wer sich scheut, diese Blutsäufer, insbesondere Ince Memed, zu bespucken, wird bestraft … und zwar schwer! Eeeey, Bürger! Unser Hauptmann Faruk Bey wird an der Spitze seiner Einheit von unserer Stadt und von unseren Dörflern wie ein großer, siegreicher Feldherr, wie ein Feldherr, der den Freiheitskrieg gewonnen hat, empfangen werden. Eeeey, Bürger! Und keiner sage später, er habe es nicht vernommen!«

Ausrufer Ahmet der Bucklige war, nachdem er die Ladenstraße verlassen hatte, im Wohnviertel verschwunden, wo er gleichfalls mit schwingender Handglocke aus Leibeskräften brüllte. Und was er nicht alles über die Grausamkeit und den Blutdurst Ince Memeds zum besten gab! So daß jedem, der zuhörte, sich die Nakkenhaare sträubten.

Ali der Hinkende saß auf der breiten Treppe der Präfektur und wartete darauf, daß sein Aga Murtaza herauskomme. Zudem war er neugierig darauf, wie dieser sich jetzt zu ihm verhalten würde. Und außerdem dachte er über Tahsin den Windhund nach. Den hatte der Staat unter seine Fittiche genommen. Jetzt – das wußte der Hinkende nur zu gut – rannte dieser, obwohl hungrig und müde, schneller zurück, als er hergekommen war, warf dabei immer wieder einen Blick hinter sich, ob ihn nicht doch jemand verfolgte, ihn einholen wollte, um ihm das Geld abzunehmen.

Und genau wie Ali der Hinkende es sich vorstellte, hatte Tahsin der Windhund sich im Laufschritt auf den Weg gemacht, war im Nu durch die Stadt gerannt und hatte die Straße zu den Bergen eingeschlagen. Er versuchte, koste es, was es wolle, mit letzter Kraft die Stadt weit hinter sich zu lassen und den Wald zu erreichen. Im Unterholz der riesigen Bäume würde ihn keine Regierung finden, ja, würde nicht einmal Spurensucher Ali der Hinkende ihn aufspüren, und suchte er auch zehn Jahre lang!

Vorweg der Landrat, hinter ihm der Präfekt und die anderen, so verließen sie lachend und scherzend das Rathaus, als im selben Augenblick vom Marktplatz herüber die Trommeln dröhnten. Ali der Hinkende folgte den Herren in zwanzig Schritten Entfernung. Sie marschierten geradewegs zu Nazifoğlus Eßlokal, dem einzigen der Stadt, in dem Alkoholika ausgeschenkt wurden. Nazifoğlu hatte bereits alle Vorbereitungen getroffen und wartete schon seit geraumer Weile auf sie. Als sie das Lokal betraten, entschuldigte sich Murtaza Aga beim Landrat: »Bey, es dauert keine Stunde, und ich bin wieder zurück. Ich habe zu Hause noch etwas zu erledigen.«

Unterm Maulbeerbaum gegenüber dem Lokal wartete Ali auf ihn, doch Murtaza Aga würdigte ihn keines Blickes. Aber was sollte Ali denn anderes tun als ihm folgen.

Am Marktplatz schaute Murtaza Aga zuerst bei Fahri dem Verrückten herein, und nachdem er ihm auf die Schulter geklopft hatte, sagte er: »Bravo, ja, tausendmal bravo! Du hast Gesuche geschrieben, Fahri Efendi, mein Bruder, die ich mit Fug Gesuche nennen kann: Ich bedanke mich sehr dafür und entbiete deiner Persönlichkeit meine Hochachtung!«

Fahri der Verrückte war aufgestanden und hatte beflissen sein Jackett zugeknöpft.

»Ich bitte Sie, Efendi!« antwortete er, die Hand auf der Brust. »Das ist doch selbstverständlich. Für Sie, für Euer Ehren überschwemmen wir mit Bittschriften nicht nur Ankara, sondern aller Herren Länder und scheuchen sie hoch. Euer Hoheit brauchen nur zu befehlen.«

»Du hast es doch jetzt eingestellt, nicht wahr?«

»Selbstverständlich, Efendi«, antwortete Fahri diensteifrig, während er sich wie ein Stehaufmännchen bückte und streckte.

»Gut! Und jetzt habe ich an deine vortreffliche, glückbringende, Stein und Stahl erweichende Schreibfeder noch eine Bitte!«

»Umgehend zu Diensten, Efendi! Sie brauchen nur zu befehlen, Efendi, und Ihr Befehl wird auf der Stelle ausgeführt.«

»Dann hör mir gut zu! Erstens an das Innenministerium, zweitens an die Präfektur von Adana, drittens an das Präsidialamt der Großen Volksversammlung und viertens an die Person unseres hochverehrten Abgeordneten Arif Saim Bey werden Glückwunschtelegramme geschickt mit dem Inhalt, daß der berüchtigte Anführer einer Räuberbande, Ince Memed, mit acht seiner Spießgesellen ausgerottet und somit der Kopf der Schlange, bevor er heranwachsen konnte, vom Hauptmann Faruk Bey und seiner Einheit zerschmettert wurde ... So oder ähnlich, und dabei wirst du Faruk Bey in den Himmel heben, so hoch, daß seine Füße nirgends den Boden berühren ... Damit er sich zum Rang eines Majors, eines Obersten, ja eines Generals aufschwingt, als habe er Flügel.«

»Mit Verlaub und Respekt, mein Aga, ich weiß, worum es geht.« Und Fahri der Verrückte verbeugte sich noch einigemal.

»Aber ja, du weißt alles, kennst sogar Satans Nachtlager. Aus diesem Grunde haben wir uns auch nicht an den Politiker gewandt, sondern kommen in so einer wichtigen Angelegenheit zu dir.«

»Zuviel der Ehre, Efendi!«

Und das Stehaufmännchen beugte und streckte sich abermals.

»Ja, werter Freund Fahri Efendi, und du wirst deinen Telegrammen noch folgendes hinzufügen: Wegen der Tötung des Bandenführers Ince Memed feiert die gesamte Çukurova, ja, das Volk des ganzen Taurus. Und diese Festlichkeiten scheinen noch vierzig Tage und Nächte anzudauern. Schreib also nicht, daß sie andauern werden, es muß heißen: Sie scheinen noch anzudauern! Und daß Hauptmann Faruk und seine Männer diesen Bandenhäuptling, diesen Kopf der Schlange, zerschmettert haben, versetze das ganze Volk in Freudentaumel, und es lohnte sich, die Begeisterung der Menschen mitzuerleben.«

»Zu Diensten, Hochverehrtester! Ich habe noch Muster von Telegrammen aus der Zeit des Freiheitskrieges. Wer sie liest, bricht in Tränen aus. Mach dir also darüber keine Gedanken!«

»Die ersten Telegramme werde ich unterschreiben, das heißt, sie werden meinen Namen tragen. Und sie müssen in einer sehr gehobenen Sprache abgefaßt sein!«

»Ich weiß.«

»Natürlich weißt du … Aber jetzt hör mir zu!«

»Zu Befehl, mein Aga, ich höre!« Fahri der Verrückte stand stramm wie ein Götze.

»In Kürze werden sie aus allen Dörfern herbeiströmen. Der Landrat hat die Ortsvorsteher aufgefordert, daß jedermann von sieben bis siebzig zum Fest des Todes von Ince Memed erscheinen müsse. Und du wirst die Telegramme von jedem Dörfler, den du zu fassen bekommst, durch Fingerabdruck unterzeichnen lassen. Ob Kind oder blind oder lahm, soll dich nicht kümmern, wenn du nur ihre Namen nennst und sie ihre Daumen draufdrücken.«

»Es werden viele kommen. Auch wenn der Landrat es nicht befohlen hätte, wären die Dörfler gekommen, um Memeds Leiche zu sehen. Schon heute und morgen wird es hier von Menschen wimmeln. Es werden so viele sein, daß die Stadt sie nicht aufnehmen kann; sie wird überquellen.«

»Um so besser. Und du, an die Arbeit! Und steck dieses Geld ein! Dem Postbeamten aber gibst du nichts! Diesmal werden Halil Bey und Molla Duran Efendi alles bezahlen. Schon deswegen: nicht lockerlassen! Eine Woche, ob Tag, ob Nacht, wirst du wie ein Fließband Telegramme an den Mann bringen!«

»Zu Diensten, mein Bey! Und den Politiker nehme ich mir zum Gehilfen.«

»Tu, was du willst, wenn nur auf Ankara Telegramme hageln!«

»Müßte nicht auch an den Premierminister, den vortrefflichen Ismet Pascha, telegrafiert werden?«

»Mein Gott! Den vortrefflichen Ismet Pascha hätte ich beinah vergessen. Ihn darfst du um Gottes willen nicht auslassen!«

Als Murtaza sich umdrehte, erblickte er Ali, der wie ein siegreicher Held kerzengerade unter einer nahen Akazie stand. Aus seinen Augen, seinem ganzen Gesicht, ja, seinen Kleidern und Fingernägeln sprühte eitel Freude. Mit herabgezogenen Mundwinkeln musterte Murtaza Aga ihn abschätzig vom Scheitel bis zur Sohle. Und mit einem Kopfnicken, als wolle er ausspucken, forderte er ihn auf mitzukommen. Diese Bewegung war vieldeutig, doch Ali kümmerte es nicht. Ihn beschäftigte die Frage, ob

Ince Memed wirklich getötet worden war. Nach Tahsin des Windhunds Angaben war er es nicht, denn keine davon paßte auf Ince Memed. Was aber hatte es mit den Totenklagen der Frauen auf sich und mit den Aussagen der alten Männer, die ihn erkannt haben wollen? Schließlich war Ince Memed den Dörflern von Çiçeklidere kein Fremder. Ali wand sich in Zweifeln und verfluchte sich.

Im Laufschritt kamen sie nach Hause. Als sie den Hof betraten, sagte Murtaza Aga mit wütendem, verächtlichem Gesichtsausdruck: »Du wartest hier einen Augenblick, Hinkender!«

Ali hockte sich an die Hofmauer, zog eine Zigarette aus der Tasche und zündete sie an. Es wäre ihm sonst nicht in den Sinn gekommen, aber jedesmal, wenn ihn die Ungewißheit plagte, mußte er rauchen, um nicht durchzudrehen. War eine Zigarette zu Ende, steckte er die nächste an.

Kurz darauf erschien ein Diener auf dem Balkon und rief nach ihm. Bedächtig stieg Ali die Treppe hoch. Oben warteten fünf kräftige Männer. Und Murtaza Aga wanderte auf und ab, wanderte so eine ganze Weile, während seine Miene immer wütender wurde. Hüsne Hanum stand an der Zimmertür, verfolgte mit besorgten Blicken ihren hin und her gehenden Mann und fingerte nervös an ihrem weißen Kopftuch.

Murtaza Aga kam zurück und hielt vor Ali dem Hinkenden, der etwas abseits der fünf Männer stehengeblieben war.

»Heee, hinkender Aga, nun sag schon, hast dich sehr darüber gefreut, daß Ince Memed krepiert ist, nicht wahr?«

»Wie du meinst, mein Aga«, antwortete Ali verhalten.

»Und ob dein Aga es meint! Ich hab dich von da oben beobachtet, deine Mundwinkel dehnten sich bis zu den Ohren, so sehr gefreut hast du dich. Hast deine Haut gerettet, nicht wahr?«

»So ist es.«

»Du und ich sind außer Gefahr, nicht wahr?«

»Wir sind es, mein Aga.«

»Und Hauptmann Faruk Bey ...«

»... ist ein tapferer Mann! Bravo!«

»Bravo, und wie! Er hat die Schlange erledigt. Nun, Ali der Hinkende, was machen wir jetzt mit dir? Ince Memed ist ja tot.«

»Gott sei ihm gnädig, er ist tot.«

»Waaas? Du bittest Gott, diesem Hund gnädig zu sein?«

Murtaza stampfte auf den Boden, daß die Wände bebten, und er brüllte so laut, daß sich jedem die Haare sträubten.

»Ich meine, ich meine ...«

»Du hinkender Hund, was heißt: Ich meine, ich meine?«

»Ich meine, weil man bei jedem Moslem, bei jedem toten Moslem ›Gott sei ihm gnädig‹ sagt, darum sei Gott ihm gnädig.«

»Schweig, schweig, hinkender Hund, schweig! Wenn sogar ein Knecht, den ich in meinem Haus ernährte ... Wenn jemand, den ich Bruder nannte, mit dem ich mein Schlafzimmer teilte, diesem Kerl die ewige Ruhe wünscht ...«

»Ich sagte doch, ein Moslem ... Ich meine ... Es steht doch im Koran ... Wer auch immer ... Zudem noch ein Moslem ...«

»Mensch, hinkender Hund, hast du jemals eine moslemische Schlange gesehen? Oder ein Schwein, ein Ungeheuer, eine Hyäne, einen Drachen, eine blutsaugende Zecke, die Moslem ist?«

Ali der Hinkende hatte den Kopf gesenkt und antwortete nicht mehr. Doch der andere brüllte immer wieder: »Einen Drachen, eine Hyäne, einen Anavarza-Drachen ...«, daß es nur so hallte. Seine Halsader war angeschwollen, sein Gesicht blau angelaufen, und er troff vor Schweiß.

Hüsne Hanum hatte seinen Arm gepackt und versuchte ihn zu besänftigen: »Um Gottes willen, Aga, beruhige dich! Ali dem Hinkenden sind die Worte nur so herausgerutscht. Halt an, reg dich nicht auf, dir wird noch etwas zustoßen!«

Nachdem Murtaza Aga noch eine Zeitlang geschimpft hatte, beruhigte er sich von selbst, kam wieder herbei und blieb vor dem geknickten Ali stehen.

»Mensch, hinkender Hund«, fauchte er, »wer bist du denn, Kerl, daß du dir anmaßtest, das Erbe meines Vaters, seine Pistole, an deiner Hüfte zu tragen? Kerl von einem Hund, ist diese Pistole nicht mehr wert als das Blut von tausend Nichtsnutzen wie du? Sag mal, Mensch, für wen hieltest du dich denn, daß du des Karadağlioğlus Pistole um deine Hüfte gebunden hast, antworte, du Pfeife!« Er lachte mit tödlichem Spott in der Stimme. »Hinkender Ali Aga, weg mit der Pistole aus deinem Gürtel, los!«

Als Ali mit gesenktem Kopf an seine Hüfte griff, gingen sofort drei der Herumstehenden zwischen die beiden und schirmten den Aga ab. Und kaum hatte Ali die Pistole gezogen, schnappte sich der vorderste, ein großer, kräftiger Bursche, die Waffe. Dann reichte er sie dem Aga.

Der Aga nahm die Pistole, hob sie nur so ein bißchen an und wog sie einigemal in der Hand.

»Mensch, Ali Aga«, sagte er dann, »wie schön du doch auf dem Rücken von Karadağlioğlus Vollblut durch das Ladenviertel stolziert bist, wie ein Abgeordneter einen Hut mit breiter Krempe auf dem Kopf. Kerl, ist der Hut nicht soviel wert wie tausend Köter deiner Güte?«

Und wieder musterte er Ali spöttisch von oben bis unten. »Seht ihn euch an«, lachte er lauthals, »seht ihn euch an! Er trägt den Hut noch immer und schämt sich nicht einmal. Kerl, hast du gar kein Schamgefühl? Mensch, darf ein Kerl wie du, und ginge die Welt auch unter, so einen Hut denn aufsetzen?«

Er trat einige Schritte zurück.

»Ts, ts ...«, schnalzte er, »und wie der vornehme Abgeordnetenhut dem Bergler Ali dem Hinkenden steht! Paßt wie die Rose, wie der Schmetterling auf den Piepel des Esels!«

Er lachte gellend und rief immer wieder: »Wie die Rose auf den Piepel des Esels.«

Auch die Umstehenden lachten. Nur die Dame Hüsne stand mit hohlem Kreuz regungslos in der Mitte des Salons, hielt den Kopf gesenkt und kaute am Zipfel ihres Kopftuches.

Plötzlich, wieder voller Wut, brüllte Murtaza Aga, daß die Scheiben klirrten: »Runter damit! Steht noch immer da, vor meinen Augen, mit dem Hut auf dem Kopf, noch immer, noch immer!«

Mühsam, wie ausgepumpt, hob Ali die Rechte, und als er endlich den Hut gegriffen hatte, ließ er ihn fallen. Sofort bückte er sich, nahm ihn auf und sah die Männer mit blinzelnden Augen flehentlich an, als erwarte er von dort Hilfe. Der Mann, der ihm schon die Pistole abgenommen hatte, streckte sich vor, nahm den Hut und legte ihn aufs Wandsofa.

»Seht den da an, um Gottes willen, steht noch da und starrt

uns an wie ein Fuchs! Was gibt es doch für schamlose Menschen auf der Welt.« Dann brüllte Murtaza wieder: »Zieh aus, was du da trägst!« Und seine Stimme bekam wieder diesen erniedrigenden spöttischen Klang: »Schau ihn an! Sieh nur, wie gut dem Hinkenden der Anzug aus englischem Tuch steht! Und er glotzt noch immer. Zieh ihn aus, hinkender Hund! Gott möge Ince Memed seinen Frieden geben, ja? Ausziehen!«

Hastig zog Ali die Jacke aus und legte sie auf den Fußboden.

»Ist das Geld, das ich dir gab, noch in der Tasche?«

Behutsam hob Ali die Jacke wieder auf, zog sein Feuerzeug, seine Tabakdose, sein Schnupftuch und sein Klappmesser aus der Tasche, behielt alles in der Linken, holte die Geldscheine hervor, legte die Jacke auf den Fußboden und das Geld obendrauf.

»Ausziehen!«

Ali setzte sich auf den Boden und löste die Schnürsenkel. Die anderen standen da, sahen ihm mit verlegenen Blicken, aber auch leicht belustigt, zu. Nur Hüsne Hanum hielt noch immer den Kopf gesenkt. In ihrem bleichen Gesicht war nicht die kleinste Regung.

Ali zog die Stiefel aus und stellte sie neben die Jacke.

»Ausziehen!«

Ali sah die Umstehenden noch einmal hilfesuchend an. Dann blickte er zu Hüsne Hanum hinüber. Sie stand da, als höre und sehe sie nichts. Ali blieb nichts anderes übrig, er zog die Hose aus, dann noch das Hemd und schleuderte es von sich.

»Ausziehen!«

»Genug, es reicht!« schrie plötzlich Hüsne Hanum. »Mehr kann man einem Menschen nicht antun.« Sie drehte sich Ali zu und sagte: »Steh auf, Bruder, und geh!«

In Hemd und Unterhose, barfuß und mit bloßem Kopf ging Ali zur Treppe. Dort drehte er sich noch einmal um und sah Murtaza Aga an. Ihre Augen trafen sich, Murtaza Aga erschauerte vor Alis kurzem Blick und zitterte plötzlich am ganzen Körper.

Ali war am Absatz der Treppe stehengeblieben, wollte noch etwas sagen, gab es auf, öffnete einigemal den Mund, schloß ihn wieder; dann stieg er schweren Schritts die Stufen hinab, öffnete die Tür und ging hinaus.

8

Ali der Hinkende, so in Unterwäsche, barfuß und ohne Kopfbedeckung, nahm, um die Ladenstraße zu vermeiden, zum Wellblechviertel den Weg oberhalb des Konaks von Murtaza Aga. Dort angekommen, tauchte er in den engen Gassen unter, drückte sich in die Mauernischen, hastete weiter, rannte nach Luft ringend zur Stadt hinaus. Naßgeschwitzt verkroch er sich in einer Mulde und wartete, bis der Schweiß getrocknet war. Im nahen Dorf hatte er Bekannte, doch in diesem Aufzug mochte er sich dort nicht sehen lassen. Er hatte seit dem frühen Morgen noch keinen Bissen gegessen, sein Magen knurrte. Und nach wie vor plagte ihn die Ungewißheit, dachte er immerfort an Ince Memed, fragte er sich immer wieder, ob dieser wohl unter den getöteten Männern war. Er mußte auf die Toten warten, die man in die Stadt brachte, mußte sie sehen, wenn die Gendarmen mit ihnen vorbeikamen. Doch wann sie kommen würden, war ungewiß. Es konnte heute sein oder erst in zwei Tagen. Deswegen hatte man alle Vorbereitungen getroffen, Aufrufe an jedes Dorf erlassen. Und weil auch Hauptmann Faruk das wußte, fieberte er danach, möglichst schnell in die Stadt einzuziehen, um den Erfolg seiner großen Tat zu genießen.

Von der Höhle am Kupferpaß führen zwei Wege hinunter in die Çukurova: einer über den Berg, der andere am Bach entlang. Letzterer war länger, aber bequemer als die Paßstraße mit ihren Höhen und Senken. Die Gendarmen sind erschöpft, dachte sich Ali der Hinkende, also werden sie den unteren Weg nehmen wollen. Dagegen sprach, daß der Hauptmann, verrückt vor Freude, trotz der Höhenunterschiede die Abkürzung vorziehen könnte. Ali der Hinkende überlegte hin und her und kam zu dem Schluß, daß Erschöpfung, möge der Mensch noch so ehrgeizig sein, letztlich die Oberhand behielte, und entschied sich für den unteren Weg. Dennoch war ihm nicht recht wohl dabei. Ach, hätte er doch jemanden zur Seite, der Ince Memed auch kannte! Wenn zum Beispiel Ümmet der Blonde in diesem Augenblick des Weges käme …

Als sein Schweiß verdunstet war, machte er sich wieder auf. Er schritt mächtig aus, legte aber immer wieder die Hand über seine Augen und schaute lange um sich, ob nicht doch ein Bekannter aufkreuzte. Wenn er jetzt zu Ümmet dem Blonden ginge, mit ihm gleich zurückkehrte und jeder von ihnen einen der Wege beobachtete? Kommt nicht in Frage, sagte er sich und spuckte wütend aus. Inzwischen könnten die Gendarmen längst vorbeigekommen sein. Mensch, Ali der Hinkende, verdammter Hund, der all die Erniedrigungen jenes Hundes geschluckt hat, beschimpfte er sich, leg dich doch am Stadtrand auf die Lauer, Schwachkopf! Könntest du denn diese Angelegenheit mit Murtaza Aga auf sich beruhen lassen? Wärst du zu so einer Ehrlosigkeit fähig? Murtaza Aga fürchtet sich ja vor seinem eigenen Schatten! Bei diesem Gedanken mußte Ali lachen. Und er stellte sich vor, wie sie sich begegnen; in seiner Hand eine Pistole mit Elfenbeingriff! So eine Waffe mußte er haben, koste es, was es wolle! Dazu einen Hut mit breiter Krempe, einen blauen Anzug und die gleichen rotbraunen Stiefel. Im selben Zimmer, wo sie geschlafen hatten. Wie man geräuschlos da hineinkam, wußte er Gott sei Dank! Kaum daß er ihn erblickte, würde Murtaza Aga aschfahl anlaufen, und als hätte er seine Zunge verschluckt, das Maul aufreißen und vor Angst nicht sprechen können, nicht ein Wort. Vielleicht würde er sterben, noch bevor ihn die Kugel ereilte. Um Gottes willen, nur das nicht! Aga, Aga, Murtaza Aga, da bin ich, nicht Ince Memed, nein, ich bin gekommen. Auf einem rotbraunen Araber kam ich geritten mit tausend Goldstücken in der Tasche. Reiß die Augen auf, denn mitten in deine Pupillen … Und die Schüsse würden krachen, einer nach dem andern, noch bevor ein einziges Wort über Murtazas Lippen käme. Dann würde Ali gelassen hinausgehen, auf Hüsne Hanum und die anderen treffen. Verlegen würde er die Dame des Hauses ansehen und sagen: »Hüsne Hanum, er hat es doch verdient, nicht wahr? Wenn es in meiner Hand läge, hätte ich dir zuliebe, deiner schönen Seele zuliebe Murtaza Aga verschont, aber dazu reichte meine Kraft nicht. Hättest du an meiner Stelle anders handeln können?« Danach würde er langsam die Stufen hinuntersteigen, sich auf den Rotfuchs schwingen, ihm die Sporen geben und im Kugelhagel der Gendarmen, die mittlerweile den Konak umzingelt hatten, davonreiten.

Und niemand kommt diese verdammte Landstraße entlang! Einer Landstraße wie dir sollte ich … Und wenn er sich an der Ortseinfahrt auf die Lauer legte? In diesem Aufzug? Nun, wer würde ihn in dem Gewimmel schon erkennen! Aber die Gendarmen werden bestimmt diesen Weg einschlagen. Schließlich nehmen sie wie ein Blinder mit dem Stock immer die Straße, die sie kennen. Hat man jemals erlebt, daß ein Gendarm die Straße da oben nahm, nur weil's eine Abkürzung ist?

»Ich mach mich gleich auf und leg mich unter die Oleanderbäume da hinten«, sagte er zu sich selbst. »Früher gab es in dieser Gegend Melonenfelder. Vielleicht treffe ich auch einen Feldhüter. Außerdem könnte ich mich dort richtig satt essen. Sollte ich Murtaza Aga ein bißchen jammern, ihn meine Füße küssen lassen, bevor ich ihn töte? Verdient hätte er noch viel mehr. Geduld, Geduld! Erst einmal diese Sache mit Ince Memed erledigen …« Er machte einige Schritte zum Bach hinunter. Wie strömendes Licht funkelte in der Ferne das Wasser, schlängelte sich durch die Ebene, kam hinter der Stadt wieder zum Vorschein, ergoß sich in immer gestreckteren, unter flirrendem Dunst schmaler werdenden Windungen weiter ins flache Land.

Gegen Abend erreichte Ali den Weg am Bachufer. Wie ein Wald dehnte sich dort der Oleander, hatte seine rosa, weißen und dunkelroten Blüten im Licht der sinkenden Sonne ausgebreitet, und sie dufteten in der lauen Brise. Den Weg entlang wanderte Ali zwischen den Oleanderbäumen hügelan. Als sich die Dunkelheit herabsenkte, blieb er unter einer großen Platane am Wegrand stehen. Höher zu steigen, fehlte ihm die Kraft. Eine halbe Stunde noch, und er hätte den Wald erreicht. Doch wozu sollte es gut sein, dachte er, hockte sich nieder, lehnte seinen Rücken an den Baumstamm und schlief ein. Mehr noch als der beschwerliche Fußmarsch hatten ihn die Ereignisse des heutigen Tages ausgelaugt. Als kurz darauf sein Kopf auf die Brust fiel, war Spurensucher Ali der Hinkende schon in tiefstem Schlaf.

Mit dem nahen Geheul eines Schakals sprang Ali im Morgengrauen auf die Beine, blickte sich schlaftrunken um, suchte neben sich Murtaza Aga und kam im selben Augenblick zur Besinnung. Er schaute nach Osten, es dämmerte; langsam erhellten sich die Berggipfel, und ganz unmerklich überzogen ein zartes Violett und Rosa den Morgenhimmel.

»Und wenn sie schon vorbeigekommen sind?« fragte er sich. Dann mußte er lachen. »Mensch, Hinkender Ali, du schreckst doch schon hoch, wenn eine Spinne im Netz einen Fuß vor den anderen setzt.«

Er ging zum Wildbach hinunter und schüttete sich mit den Händen das Wasser klatschend ins Gesicht. Hungrig war er, sehr hungrig! Die Sonne ging auf, es wurde heiß. Niemand kam des Weges. Es wurde Mittag, und noch immer ließ sich kein Diener Gottes blicken. In der Hoffnung, auf ein Melonenfeld zu stoßen oder einem Hirten zu begegnen, ging er bis in den Nachmittag hinein den Bach entlang. Doch er traf keine Seele. Ratlos blieb er bei einem Dornenbusch stehen, und da sah er ganz in der Nähe die hellgrünen, mannshohen Brombeerhecken, die sich bis ins Schilf erstreckten. Allah gibt es auch dem blinden Wolf, dachte er und rannte los. Wie Dolden hingen die dornigen Zweige, ein jeder bedeckt mit pechschwarzen, daumendicken Brombeeren.

»Gott reiße mir diesen hirnlosen Kopf ab!« grollte er. »Warum habe ich nicht früher an diese Büsche gedacht?« Die Beeren waren voll gereift, teilweise schon verdorrt. Ali streifte sie von den Zweigen, stopfte sie sich Handvoll für Handvoll in den Mund, scherte sich nicht um Blätter und Dornen. Eine unglaubliche Süße und ein Duft, von dem er ganz benommen wurde, füllten seinen Gaumen. Die Beeren in einem fort verschlingend, drang er immer tiefer ins Gestrüpp, bis sein Bauch prallvoll war. Er bekam Durst und ging zum Bach hinunter. Doch das Wasser floß warm wie Blut, und er verzichtete. Etwas abseits hockte er sich am Ufer nieder und grub mit den Händen ein Loch zwischen den Kieseln. Als nach einer Weile eiskaltes Wasser hervorquoll, legte er sich bäuchlings hin und trank mit vollen Zügen. Plötzlich sprang er auf: »Um Gottes willen, Ali, daß dein Herd verlösche, kümmerst dich nur um deinen Bauch! Und wenn die Gendarmen schon vorbeigekommen sind?«

Er eilte zurück zur großen Platane am Wegrand. Dort wartete er bis zum Abend. Keine Menschenseele kam vorbei. Als die Dunkelheit hereinbrach, lehnte er sich wieder mit dem Rücken an den Stamm der Platane, und bald darauf sank ihm der Kopf auf die Brust.

Als er aufwachte, wurde es schon hell. Er wartete, bis die Sonne aufging, und wiederum ließ sich niemand blicken. Die werden den anderen Weg nehmen, sagte er sich, doch ich sollte mich erst einmal satt essen. Er rannte zu den Brombeerbüschen, stopfte sich wieder beidhändig die Beeren in den Mund, bis er gesättigt war. Sein Brünnlein vom Vortag war verstopft, er grub es flinkhändig frei und trank genüßlich das frische Wasser.

Ali stand mitten auf dem Weg und kam zu keinem Entschluß. Erst als er sich selbst glauben machte, die Gendarmen hätten den oberen Weg genommen, rannte er los. Dort angekommen, kletterte er auf einen hohen Felsen und hockte sich hin. Unter ihm lag ausgebreitet die Çukurova in ihrer ganzen Weite, mit ihren Dörfern, den gelben Feldern, den Sümpfen und Hügeln, dem Berg Anavarza, der Burg Yilankale, der Festung Dumlu. In weit gefächerten Windungen eilten wie im Flug in hellem Licht glitzernde Flußläufe durchs flache Land, das sich bläulich verfärbend zum Mittelmeer absenkte, sich in Dunst aufzulösen schien und schließlich hinter den an der Küste gemächlich aufquellenden weißen Wolken verschwand. Und immer wieder stieg Staub über den Landstraßen auf, türmte sich zu Tromben, die heranwirbelten und kurz darauf wieder in sich zusammenfielen.

Bis Mittag kam niemand des Weges. Doch bald darauf vernahmen Spurensucher Ali des Hinkenden Ohren in weiter Ferne einen leisen Pfiff. Er wartete gespannt. Denn das war weder der Pfiff eines Hirten noch eines frevelnden Holzfällers, noch der eines Gendarmen. Auch die Jäger pfiffen nicht so. Ob Nomade, Bergbauer, Dörfler der Çukurova oder Städter, sie alle pfiffen unterschiedlich. Auch jeder Stamm, jede Sippe, jedes Volk. Ali des Hinkenden Ohren hatten schon viele Pfiffe gehört. Auch wenn er einen noch nie vernommen hatte, konnte er raten, von wessen Lippen er kam. Und während er überlegte, ertönte der Pfiff noch zweimal. Diese Pfiffe schienen nicht von einem Menschen zu stammen, sie ähnelten denen eines Vogels, den er nicht kannte. Verrückt werden vor Neugier könnte Ali der Hinkende, vergessen waren Ince Memed und Murtaza Aga, er dachte nur noch an die Pfiffe, die näher kamen.

An der Wegbiegung erschien zuerst der Kopf eines Esels mit seinen langen Ohren. Dann kam gemächlich das ganze Tier zum Vorschein, groß, pechschwarz, gut genährt, mit glänzendem Fell. Der muß einem Nomaden gehören, dachte Ali der Hinkende, nur sie pflegen ihre Esel so liebevoll. Das Tier war beladen, und an der Gangart war zu erkennen, daß es schwer zu tragen hatte. Hinter dem Esel erschien ein zweiter, dann ein dritter. Ihre Rücken bogen sich unter der Last der prall gefüllten Beutel aus gewobenem Kelim. In weitem Abstand folgten drei junge Frauen, unverheiratet, wie an Haartracht und Kopftuch zu erkennen war.

Ali ging zum Weg hinunter. Als die Mädchen vor sich einen Fremden in Hemd und Unterhose erblickten, mußten sie lächeln.

»Wartet, schöne Schwestern!« bat Ali.

Eines der Mädchen stieß einen Pfiff aus, und wie angewurzelt blieb der vorderste Esel stehen.

»Was hast du nur für einen klugen Esel, Schwester!« lachte Ali.

»Er hat eben Stammbaum«, antwortete das Mädchen neckisch, »seine Sippe stammt aus Arabien, und daher ist dieser Esel ein arabisches Vollblut.«

»Und von welchem Nomadenstamm seid ihr?«

»Von der Sippe Gelbe Ziege.«

»Und wohin wollt ihr?«

»In die Stadt. Wir bringen Käse zum Markt.«

»Und ich muß hier warten. Meinen Zustand seht ihr ja. Und Hunger hab ich auch. Und warten muß ich noch lange. Gebt ihr mir ein bißchen Käse und Brot?«

Eines der Mädchen lief zu den Eseln und brachte gleich darauf Brotfladen und eine Kugel Käse.

»Da, nimm, Bruder!«

»Dank dir, Schwester, Gott bewahre euch vor schlimmen Tagen!«

»Worauf wartest du hier, Bruder? Hast wohl Böses erlebt.«

Ali kannte die Nomaden, besonders die Sippe Gelbe Ziege. Ihnen konnte er unbesorgt anvertrauen, daß er auf Ince Memeds Leichnam wartete. Sie würden es niemandem weitererzählen.

»Sie haben Ince Memed erschossen, mein Inneres brennt vor Schmerz. Die Gendarmen bringen seine Leiche und auch die Leichen seiner Männer in die Stadt. Nach ihnen halte ich Ausschau, denn ich will mir Ince Memeds Leichnam ansehen.«

Die drei Mädchen strahlten und begannen zu lachen.

»Wieso freut ihr euch, Mädchen? Was seid ihr für Menschen, daß ihr über Ince Memeds Tod lachen könnt?«

»Was war Ince Memed dir denn, daß du auf seinen Leichnam wartest?«

»Nichts, Mädchen, gar nichts«, seufzte Ali, »und dennoch brennt mein Herz da drinnen.«

Ohne ihm zu antworten, stieß das erste Mädchen einen Pfiff aus, und sofort setzte sich vorne der schwarze Esel in Bewegung. Auch die Mädchen gingen weiter. Ali machte kehrt und setzte sich grollend auf seinen Felsen, das fröhliche Lachen der sich entfernenden Mädchen in den Ohren. »Huren, Huren aus Aydin, was kann man von denen anderes erwarten!« schimpfte er, während das Gelächter in der Ferne verebbte. Doch dann faßte er sich wieder und wurde nachdenklich. Irgend etwas steckt dahinter, überlegte er, warum sollten sonst diese blutjungen Mädchen über Ince Memeds Tod lachen?

Nachdem er von dem Käse und dem Fladenbrot gegessen hatte und mit einem »Gott sei Dank!« aufgestanden war, reckte er sich, kletterte den Felsen hinunter, lief zum unteren Weg und weiter zur Platane. Dort wickelte er Brot und Käse in große Blätter, legte alles in die Aushöhlung des Baumstammes und rückte einen großen Stein davor. Dann ging er zum Bach, grub ein Wasserloch und trank.

Unter der Platane nickte er ein, schreckte hoch, beobachtete den Weg, wurde unruhig, rannte hinauf zum oberen Weg und wieder zurück. Kurz darauf lief er wieder den Hang hinauf. Die Gendarmen schienen weder den oberen noch den unteren Weg entlangzukommen.

Er holte den Rest Brot und Käse aus der Baumhöhlung, verzehrte alles, und nachdem er noch einmal aus seinem Brunnen am Bachufer getrunken hatte, nahm er den Weg in die Stadt. Wie auch immer, dorthin würden sie Ince Memeds Leichnam jedenfalls bringen.

Er war noch ziemlich weit von der Kreisstadt entfernt, als er aus jener Richtung dumpfe Paukenschläge vernahm. Seine Knie begannen zu zittern, und er setzte sich auf einen Felsbrocken. Ringsum standen die Herbstzeitlosen in voller Blüte, und während er sie betrachtete, spürte er, wie ihm die Tränen rannen.

»O weh, armer Ali!« seufzte er. »O weh, armer Kerl! Wirst jetzt in die Stadt gehen und mitfeiern, o weh, Hinkender Ali! Da soll doch das Feuer deines Herdes für immer verlöschen, Ali der Hinkende, daß du jetzt in die Stadt gehst, Ince Memeds Leichnam anzuschauen!«

Die dumpfen Paukenschläge aus der Kreisstadt, die durch der Abendsonne Widerschein von den Fenstern in seltsamem Glanz da unten am Hang klebte, machten ihm das Herz schwer. Doch er konnte nicht anders, Ince Memed mußte er sehen, koste es, was es wolle! Mit dem Ärmel wischte er sich die Tränen aus den Augen und machte sich auf den Weg. Wirst du es ertragen können, Ali der Hinkende, Ince Memeds Leichnam anzuschauen? Wirst du nicht vor Kummer sterben, wenn du den Toten siehst? Und wenn er's nicht ist, wirst du dann nicht närrisch vor Freude werden?

Vor den Toren der Stadt traf er auf eine Gruppe Dörfler. Er ging zu ihnen und fragte: »Woher kommt ihr? Habt ihr Ince Memeds Leiche gesehen?«

Einer der Bauern, die ihn wegen seines Aufzugs befremdet betrachteten, antwortete: »Warum fragst du, Aga, gehst du auch hin, um den Toten zu sehen? Wir konnten sein Gesicht nicht erkennen. Neun Männer waren es, und sie hatten jeden von ihnen nackt über den Rücken eines Pferdes gelegt. Der erste, wenn dieser denn Ince Memed sein sollte, war ein riesiger Mann, seine herunterhängenden Hände berührten fast die Erde, wie auch die Füße auf der anderen Seite. Von seinem Gewicht brach das Pferd fast zusammen. Sein Gesicht konnten wir nicht sehen. Man sagt, Ince Memed trage das Siegel des Propheten mitten auf der Stirn. Das ganze Volk war auf den Beinen, um es zu sehen, aber es war nicht zu erkennen, weil der Tote bäuchlings über dem Pferderücken hing. Sie brachten ihn zur Gendarmerie. Jammerschade, daß wir sein gesegnetes Gesicht nicht sehen konnten! Warum bist du so nackt, Bruder, haben dich Räuber ausgeplündert?«

»Nein, Bruder, nein«, entgegnete Ali und entfernte sich schnell.

In Gruppen verließen die Dörfler die kleine Stadt. Wen Ali auch fragte, er bekam dieselbe Antwort. So kreiste er weiter vor den Toren, und obwohl er darauf brannte, die Stadt zu betreten, brachte er es nicht fertig. Nachdem er bis Sonnenuntergang herumgelaufen war, schleppte er sich erschöpft zu einer Mühle, die in einem großen Garten stand. Wie jeder in der Stadt wußte auch der Müller schon, was Ali widerfahren war, daß Murtaza Aga, als er von Ince Memeds Tod erfuhr, den Mann, den er mit Geld überschüttete und Bruder nannte, davongejagt hatte.

Er war ein Mann von hohem Wuchs, hatte helle Augen und trug einen langen weißen Bart. Die Backenknochen im dunkelhäutigen Gesicht traten stark hervor. Kopfschüttelnd und voller Abscheu über das Geschehene schnalzte er: »Djuk, djuk, djuk« und empfing Ali mit den Worten: »Ich hörte von deinem Mißgeschick. Mach dir nichts draus, gräme dich nicht! Der Mensch erlebt im Guten wie im Bösen Dinge, die ihm im Traum nicht einfallen, und er erfährt auch jede Niedertracht, doch auch so manche gute Tat. Kurzum, er hat vom Menschen alles zu erwarten, Ali Aga! Ince Memed wollte dich wohl genauso töten, wie er's mit Ali Safa Bey tat, da bist du von den Bergen heruntergekommen und hast bei Murtaza Unterschlupf gefunden, der aber spielte dir übel mit, ist es so?« Er nahm Ali beim Arm und zog ihn mit sich auf eine von Mehlstaub bedeckte Truhe an der Wand. »Augenblick, ich will das Mühlrad anhalten, dann reden wir weiter.«

Der Alte ging hinaus, und als er zurückkam, war nur noch das Wasser zu hören, wie es gegen das Mühlrad plätscherte. »Mann, Ali Aga, was bist du doch für ein einfältiger Mensch! Kann man denn diesen niederträchtigen Leuten trauen? Da siehst du, wie sie einen bloßstellen. Die ganze Stadt zerreißt sich das Maul über dich, und Murtaza brüstet sich vor jedem, der ihm über den Weg läuft, wie er mit Spurensucher Ali dem Hinkenden umgesprungen sei.«

»Soll er sich brüsten«, sagte Ali stöhnend, »soll er sich doch brüsten. Mal sehen, wie lange noch!«

Müller Hasan Aga setzte sich zu ihm: »Hör zu, morgen früh bringe ich dir eine Jacke, eine Pluderhose, Hemd und Stiefel. Der Schuster kennt bestimmt die Maße. Der Schurke Murtaza hat deine Stiefel ja bei ihm machen lassen. Heute abend noch gebe ich ihm Bescheid, und bis morgen mittag hast du ein neues Paar. Er arbeitet schließlich mit vier Söhnen in seinem Laden, und mir schlägt er keine Bitte ab.«

»Leben sollst du!« sagte Ali und ergriff die Hände des Alten. »Wie kann ich dir deine gute Tat vergelten und wie meine Schulden zurückzahlen?«

»Du bist Ali der Hinkende«, antwortete Hasan Aga, »du bleibst keinem etwas schuldig. Zahle zurück, wann du kannst, oder laß es meinetwegen sein. Du bist schließlich Ali der Hinkende, der Spurensucher!«

Wie eine Faust setzte sich etwas in Alis Kehle fest. Krampfhaft versuchte er es immer wieder, doch er brachte kein Wort über seine Lippen. Dem Müller war es nicht entgangen. »Daß mich doch nicht der Teufel hole!« rief er. »Ich hab das Essen ganz vergessen, du stirbst bestimmt vor Hunger.« Er ging hastig zum Herd und kam mit einem verrußten kupfernen Schmortopf zurück, den er neben sich auf eine längliche Kiste stellte. Dann brachte er zwei grobe Holzlöffel, drückte einen davon Ali in die Hand und hob den Deckel vom Topf. Der Duft von gesottenem Wild und guter Butter breitete sich aus.

Nach diesem schmackhaften Essen löste sich auch Alis Zunge: »Hasan Aga, sag mir: Hast du Ince Memeds Leichnam gesehen?«

»Ich sah ihn. Gestern morgen brachten sie ihn über diesen Weg hier vorbei. Aber sein Gesicht konnte ich nicht erkennen, sie hatten die Leichen über die ungesattelten Pferde geworfen. Ince Memed soll mitten auf der Stirn das Siegel des Propheten getragen haben. Genau dort wurde er von Hauptmann Faruk getroffen. Denn, worauf ich meinen Bruder Ali hinweisen möchte, nur dort und nirgendwo anders soll Ince Memed verwundbar gewesen sein.«

»Hattest du Ince Memed schon vorher mal gesehen, Hasan Aga?«

»Er kam einmal in diese Mühle und übernachtete hier. Genau wie du soll er hier gesessen und meine in heißer Asche gebackenen Pasteten gegessen haben. Ich habe ihn leider aus irgendeinem Grund verpaßt.«

»Meinst du, sie haben ihn getötet?«

»Und ob sie ihn getötet haben. Die Agas veranstalten ein riesiges Fest, und es herrscht überall fröhliches Treiben. Wenn sie aber so ausgelassen sind, müssen sie schon einen Ince Memed getötet haben. Nimm's mir nicht übel, Bruder, ich weiß, er war dein Feind, aber mein Herz brennt vor Schmerz, als sei er mein eigener Sohn gewesen.«

»Meins brennt auch ...«, brachte Ali der Hinkende noch hervor, dann brach er in Tränen aus.

»Weine nicht«, sagte Hasan der Müller, »weine nicht, mein Aga mit den hellen Augen! Ach, Ince Memed, Recke der Rekken, sogar seine Feinde weinen um ihn. Und als Mustafa Kemal von seinem Tod hörte, beweinte er ihn auch. Wer könnte denn nicht um diesen Helden trauern? Das ganze Land bis zu den mächtigen Bergen des Taurus weint um den Tapferen, weint um das Lamm seiner Mutter. Weine nicht, Bruder, weine nicht, das Schicksal hat es so gewollt. Lebte er noch, würde er dich töten. Seinetwegen mußtest du dein Dorf, mußtest du Haus und Hof und deine elf Kinder verlassen und fielst in die Hände dieser niederträchtigen Agas. Bist in ihre Hände gefallen und wurdest so erniedrigt. Und nun weinst du und vergießt Bäche von Tränen um deinen Feind. Allein weil du einer der Edelsten aus dem Geschlecht der Menschenkinder bist. Du weinst, weil's ein Recke war, dem nach deinem Blut dürstete. Weine, Bruder, weine! Tränen, die um Ince Memed vergossen werden, fließen nicht umsonst. Wie glücklich jener, der um Ince Memed weint, der um einen Recken weint, der sein Todfeind war!«

Müller Hasan der Schwarze stieß die letzten Worte nur noch

aus würgender Kehle hervor, dann fing auch er an zu weinen. Nachdem die beiden eine ganze Weile geweint hatten, stand der Müller auf, setzte das Räderwerk wieder in Gang und schüttete einen Sack Weizen in die Gosse. Mühlrad und Mahlsteingehäuse polterten so laut, daß sich die beiden Männer nicht mehr recht verstehen konnten, wenn sie miteinander sprachen.

In Yanik Ceviz hielten die Reiter nach Hauptmann Faruk und seiner heldenhaften Einheit Ausschau. Sie wußten, daß die Gendarmen, wie schon Ali der Hinkende vermutete, den unteren Weg am Bach entlang nehmen würden. Und kaum hatten sie in der Ferne Hauptmann Faruk hoch zu Roß mit seinem Gefolge samt den Leichen auf den Pferderücken ausgemacht, saßen sie auf und preschten in die Stadt. Um ihren Agas die Nachricht auf schnellstem Wege zu überbringen, holten sie aus ihren Pferden das Letzte heraus.

In der Kreisstadt hatte jedes Haus und jeder Laden geflaggt. Und im Geschäftsviertel hatte man drei Triumphbogen errichtet, ihre Pfeiler mit dunkelgrünen Myrtenzweigen geschmückt und die Zwischenräume mit roten, gelben und weißen Chrysanthemen besteckt. Von ihren Attiken hingen große Fahnen bis zur Erde. Dazu stand auf dem Marktplatz, wiederum mit Fahnen geschmückt, ein Rednerpult. Hier sollten zuerst der Landrat, dann der Präfekt und schließlich der Lehrer Sami Turgut sprechen. Letzterer bestieg es bei jedem Nationalfeiertag und redete so markig, daß die Augen der Zuhörer wie Brünnlein rannen. Träte er nicht auf, wäre jedes Fest der Republik wie eine Suppe ohne Salz und Pfeffer.

Die Mädchen waren in ihren schönsten Kleidern auf die Straßen geeilt, und seit gestern strömten von Hang und Tal die Dörfler in Festtagstracht in die Stadt. Auf dem Marktplatz spielten pausenlos vier, fünf Trommler und Oboenbläser, tanzten im Takt dazu Dorfburschen den Reigen. Jedermann war voller Freude, alle warteten auf die Ankunft des toten Memed. Und kaum hatten die Boten ihre Nachricht überbracht, sagte der Landrat zu den Agas: »Auf denn, meine Herren, endlich kommen sie! Wir werden sie weit draußen vor der Stadt empfangen.« Er trug einen nagelneuen Smoking, den er bisher nur einmal, und zwar am letzten Fest der Republik, angezogen hatte, dazu hielt er die weißen Handschuhe in der rechten, den Hut in der linken Hand.

»Das Auto von Onkel Hamza steht vor der Tür, Efendi«, meldete der Amtsdiener.

Der Landrat, heute von ausgesucht feinem Benehmen, bedankte sich sogar bei ihm. Dann verließ er, gefolgt von Molla Duran Efendi und Amtmann Zülfü vom Kataster, das Rathaus, und in derselben Reihenfolge bestiegen sie Onkel Hamzas Wagen.

Auf einem hochwüchsigen englischen Vollblut erwartete sie am Marktplatz Murtaza Aga. Heute war er anders gekleidet als gewöhnlich. Er trug blankpolierte gelbe Langschäfter mit, wie man munkelte, vergoldeten Sporen, eine dunkelblaue Reithose mit einer sehr teuren grünen Bauchbinde, eine blaugestreifte helle Jacke, dazu ein grasgrünes Stecktuch und eine Krawatte gleicher Farbe. Auf seinem Kopf glänzte ein eigens aus Rußland eingeführter Kalpak aus schwarzem Persianer, den er schräg in die Stirn gedrückt hatte. Mit der Linken hielt er die Zügel, die andere Hand mit der goldverzierten Reitpeitsche ruhte auf seinem rechten Oberschenkel. So saß er da, hoch zu Roß, regungslos, zuckte mit keiner Faser seines Gesichts, bewegte wahrscheinlich nicht einmal die Augen. Wie ein Adler, bereit, sich auf die Beute zu stürzen.

Vorweg das Auto des Landrats, dahinter in ihren Milizuniformen, die sie zu jedem Republikfest anlegten, berittene Bürger der Stadt mit Fähnlein in den Händen, dann Paukenschläger und Reigen tanzende Dorfburschen, gefolgt von einer Volksmenge aus alt und jung, Mann und Frau, Kind und Kegel, die sich gemächlich zur Stadt hinausbewegte. Dazu brauchte dieser riesige Zug von Menschen, dessen Ende nicht abzusehen war, über eine Stunde. Gegen Mittag hatten die ersten die Höhe der Mühle erreicht und begannen zu warten. Bald darauf erschien am oberen Paß der Hauptmann. Er saß kerzengerade im Sattel, und sein Koppelschloß blitzte im Sonnenlicht. Bauern in Opanken folgten ihm, führten die ungesattelten Pferde mit den Toten. Dahinter kamen die Gendarmen.

Als der Hauptmann näher kam, donnerte ihm der Ruf »Er lebe hoch!« entgegen und »Es lebe hoch der Hauptmann Faruk, es leben hoch die heldenmütigen Gendarmen, es lebe hoch die Türkische Republik! Nieder mit Ince Memed!«

Der Lehrer Sami Turgut führte die Menge an. Er hatte ihr während der letzten Stunde eingepaukt, was sie zu rufen hatte. Hob er brüllend die Hand, brüllten alle mit, senkte er sie stumm, wurden alle still. Sami Turgut schwitzte schon Blut und Wasser, doch er gab sein Letztes und brüllte mit dem Volk, daß ihm die Adern schwollen.

Als der Hauptmann, die Gendarmen und die Toten auf den ungesattelten Pferden vor dem Landrat angelangt waren, machte die Kolonne halt. Und kaum hatte sich der Hauptmann vom Pferd geschwungen, verstummten Pauken und Oboen mit einem Schlag, erstarben die Rufe der jubelnden Menge. Der Hauptmann trat vor den Landrat und salutierte, der Bürgermeister umarmte ihn, küßte ihm dreimal die Stirn, hakte sich bei ihm ein und brachte ihn zum Auto. Nebeneinander nahmen sie Platz. Onkel Hamza trat aufs Gaspedal, und umbrandet von Applaus und Hochrufen, setzte sich der Wagen samt Gefolge langsam in Bewegung, hielt Einzug in die Stadt und fuhr geradewegs zum Rathaus. Schon auf der Landstraße und später in der Stadt wurden Opfertiere geschlachtet: drei Stiere, elf Schafe und sechs Ziegen! Die drei Stiere stammten von Murtaza Aga, einen Teil der Schafe hatte Halil Bey der Überschwengliche schlachten lassen, die restlichen Molla Duran Efendi.

Die über den ungesattelten Pferden hängenden Toten, an ihrer Spitze Ince Memeds Leichnam, wurden auf den Marktplatz gebracht, nachdem sie durch alle Straßen der Stadt geführt worden waren. Die Gendarmen bildeten einen Kordon um die Leichen und ließen keinen an sie heran.

Als erster ging der Landrat ans Rednerpult. »Dies ist ein großer Sieg«, hub er an, »der Anführer einer Räuberbande, Ince Memed, wurde mit acht seiner Gefolgsleute von unserem Hauptmann Faruk Bey vernichtet. Und somit wurde unser Land von einer großen Plage befreit. Seht hin! So enden jene, die sich gegen unseren Staat, gegen unser eigenes Volk auflehnen.«

Mit weit ausgestreckter Hand zeigte er auf die Toten, deren Hände und Köpfe vom Rücken der ausgemergelten Pferde herunterbaumelten.

»So sieht es aus, so und nicht anders!«

Der Landrat sprach noch lange. Er sagte, daß alle Bergräuber dasselbe Schicksal ereilen werde, nachdem es sich für Ince Memed so entschieden hatte. Mit geschwellter Brust und dem Hut in der Hand verließ er winkend das Rednerpult, während sich der Präfekt hinaufschwang und mit dem gellenden Ruf »Eeeey, hochverehrte türkische Nation!« das Wort ergriff. Er streckte den Hals, zog ihn wieder ein, seine Stimme überschlug sich, und keiner verstand so recht, was er sagen wollte. Daraufhin zupften ihn einige an der Hose, er besann sich, zügelte seine Begeisterung und sprach von nun an jedes Wort einzeln aus. »Dieses Vaterland«, rief er, »hat bisher noch keiner niedergerungen. Und wird es auch fürderhin nicht niederringen. Und so enden berüchtigte Räuber wie Ince Memed, die unseres Volkes unantastbare Ehre bedrohen. Seit den Seldschuken hat dieses Volk viele Banditen erlebt. Und all jenen Aufständischen blühte dasselbe Schicksal. Diese vaterlandslosen Gesellen, diese Ketzer, diese Volksfeinde werden immer wieder auf die eherne Brust heldenhafter Söhne unserer Nation wie Hauptmann Faruk stoßen. Ja, der heldenhafte Hauptmann Faruk Bey hat seine stählerne Brust als ehernen Schild diesen Ungeheuern entgegengestreckt und sie in diese Lage gebracht, hat ihre Leichen wie schlaffe Säcke über den Rücken räudiger Mähren geworfen. Hauptmann Faruk wird bestimmt zum Major … Was sage ich da, solchen Helden gebührt weit mehr als der Titel Kommandeur, Oberst oder General, denn Männer wie er haben unser Land immer wieder von mancher Plage befreit und werden es immer wieder tun.«

Der Präfekt verharrte, hustete, leerte glucksend das Glas Wasser, das auf dem Pult stand, bis auf den letzten Tropfen, breitete einigemal seine Arme aus, ließ seine Adleraugen über die riesige Menschenmenge auf dem Marktplatz schweifen, runzelte Stirn und Brauen und rief: »Ja, und tausendmal ja! Es leben die Mütter, die einen Helden wie Hauptmann Faruk gebären und diesem Vaterland zum Geschenk machen! Sie leben tausendmal!«

Er schwieg erneut und ließ wieder seine Augen über die Menge schweifen. Hauptmann Faruk hatte verschämt den Kopf gesenkt und schlug mit der Reitpeitsche behutsam gegen seine Langschäfter.

»Auf denn!« rief der Präfekt. »Alle zusammen, wenn ich es sage, alle zusammen … Alle Mütter, die Helden wie Hauptmann Faruk Bey, die opferbereite, stählerne Recken wie ihn gebären, sollen tausendmal leben! Los, alle zusammen: Sie sollen tausendmal leben!«

Wie aus einem Munde rief die Menschenmenge: »Tausendmal leben!«

»Und Ince Memeds, die in der Gnade dieser Nation heranwachsen und dann verdiente Söhne dieser Nation erdolchen, ihnen die Augen ausstechen, sie seien verflucht!«

»Sie seien verflucht! Sie seien verdammt! Sie seien verdammt!«

Nachdem der Präfekt die Menge noch dreimal »Sie seien verdammt« rufen ließ, stieg er schwer atmend vom Rednerpult herab. Und kaum war er unten, sprang voller Ungeduld Sami aufs Podest, verharrte eine Weile gefaßt, schaute nach rechts, nach links und hinter sich. Dann musterte er die Zuhörer. Niemand sprach ein Wort. Nur die Pferde der Toten schlugen ununterbrochen mit den Schwänzen, um die lästigen Fliegen zu verjagen.

Als eine Stimme »Unsere Rasse!« in die Stille donnerte, erschauerten die Anwesenden zutiefst. »Unsere heldenhafte, mächtige Rasse von allerhöchstem Rang, unsere Recken, unser Land, Hort der Helden … Unser Blut in unsern Adern, so rein wie klares Quellwasser! Unsere Rasse, die mit härenen Zelten aus Mittelasien hergekommen ist! Unsere Rasse, die in der ganzen Welt Blut vergoß, die jedes härene Zelt in einen Palast verwandelte! Eine Rasse, die der Menschheit Fahne höher hißte! So eine Rasse sind wir. Wenn wir nicht wären, wir nicht wären, wir nicht wären …«

Sami Efendi ruderte hektisch mit den Armen, krümmte und reckte sich, drehte sich nach links, nach rechts, zerriß sich fast. Seine Stimme klang immer bedrohlicher, als redete er nicht zu den Menschen da unten, sondern zum Alidağ dort in der Ferne, dessen Hänge sich violett färbten und immer dunkler wurden. »… Wenn wir nicht wären, Licht und Heldentum bliebe der Welt versagt. Unser ruhmreiches Geschlecht, das die Menschheit erst zu Menschen machte … Wenn wir nicht wären, es stünde schlecht um sie … Unser Geschlecht, das in Mittelasien aufbrach und bis nach Kleinasien kam … Wir schrieben unseren Namen mit goldenen Lettern in das Buch der Geschichte, wir meißelten Halbmond und Stern in die Felsen und den Himmel. Der Pfeil, den wir in den Bergen der Götter von der Sehne schnellen ließen, durchbohrte die Alpen. Ringkämpfer mit stählernen Gelenken schickten wir über den Erdkreis. Wie brüllende Löwen mit wehender Mähne durchstreiften wir das Erdenrund, zerschmetternd, wer sich uns in den Weg stellte, doch krümmten wir kein Härchen dem, der um Gnade flehte. Vom Orient bis zum Okzident eroberten wir sie, auf unseren Stirnen Halbmond und Stern. Und ihr, meine Freunde, seid aus selbigem Geschlecht. Und wenn aus diesem Geschlecht Ungläubige wie Ince Memed erwachsen, dann ergeht es diesen Bastarden von Kötern so wie dem da … Seht hin! Da hängt er, ohne Seele, ohne Leben, auf dem Rücken eines räudigen Kleppers, baumelt mit dem Kopf nach unten, den Hals langgezogen, die Hände fast auf der Erde. Verdammt sei sein Kadaver! Wer sie auch immer sein mögen, wie verdorben auch ihr Blut, ihre Macht wird nie reichen, dieses Vaterland herauszufordern. Und töten sie auch Söhne unseres Vaterlandes, die ihr reines Blut von Mittelasien unbesudelt hierherbrachten, alle können sie nicht vernichten. Töten sie einen Ali Safa Bey, erwachsen unserem edlen Blut tausend, zehntausend, hundert Millionen Ali Safa Beys. Wir, wir, ja, wir haben den Mörtel für die Grundfesten dieser damals in Trümmer liegenden Heimat mit unserem Blut geknetet, haben gestern noch unsere Feinde, die wie Ince Memed unsere heilige Heimaterde betraten, im ewigen Feuer unseres Blutes erstickt und werden sie bis in alle Ewigkeit immer wieder erwürgen. Heute sind wir eine Volksgemeinschaft ohne Privilegien, ohne Klassenunterschiede. Und Heiden wie Ince Memed, die unsere gesellschaftliche Gleichheit stören, ertränken wir in unserem Blut, ertränken wir im Schweiß, der uns von der Stirne rinnt.«

Plötzlich unterbrach er seine Rede, kniff die Augen zusammen und musterte die Menschenmenge eine Weile. Er sah aus wie ein Löwe im Käfig, der sich mit gesträubter Mähne anschickte zu brüllen. Langsam breitete er seine Arme aus, hob sie in die Höhe und schrie: »Dies Vaterland wird niemals sterben! Niemals, niemals stirbt dies Vaterland. Und wenn, und wenn, und wenn es jemals sterben sollte, des Erdballs Schultern werden nicht imstande sein, die Riesenlast seines Katafalks zu tragen! Die Riesenlast zu tragen!«

Dabei sah er nacheinander den Landrat, den Aga Murtaza und den Hauptmann an. Dann schnellte er mit weit geöffneten Armen wie ein schwebender Vogel zwei, ja drei Meter weit bis vor den Landrat, nahm Haltung an und verbeugte sich.

»Ich gratuliere dir von Herzen, Sami Turgut Bey!« sagte der Landrat. »Nicht einmal in Ankara habe ich einen Redner wie dich erlebt. Weder der berühmte Hamdullah Suphi Bey noch Ömer Naci Pascha können dir das Wasser reichen.«

Mit ähnlichen Worten feierten auch die anderen den Lehrer Sami Turgut. Und als sich Murtaza Aga auch noch zu ihm neigte und ihm etwas ins Ohr flüsterte, lachte der Redegewaltige übers ganze Gesicht.

Kurz nachdem die Ortsgrößen gegangen waren, nahmen die Gendarmen die Gäule mit den Leichen in ihre Mitte, führten sie zur Kommandantur und luden die toten Banditen einen neben den anderen am Fuß der Hofmauer ab. Als ersten hatten sie Ince Memeds Leichnam, der nur noch Hemd und Unterhose trug, sorgfältig mit dem Rücken an die Wand gelehnt. Und wie bei ihm hing der Kopf eines jeden in der Reihe schräg über der Schulter.

Die Gendarmen hatten den Räubern auch die Gewehre in die Armbeuge geklemmt und ihnen die Patronengurte gelassen. Einige trugen sie über die Brust gekreuzt, andere um die Hüfte geschnallt. Manche von ihnen hatten einen Dolch, einen Revolver oder ein Fernglas. Und vor den Kahlen hatte man eine große Handgranate hingelegt, genau neben seinen Gewehrkolben. Die Gendarmerie, ein altes Gebäude, war von einer knapp einen Meter hohen Mauer aus Hausteinen umgeben. Innerhalb dieser

Umfriedung befand sich auch das einstöckige Gefängnis des Ortes. Den Innenhof der Kommandantur schmückten drei kunstvoll behauene antike Marmorblöcke. Vor langer Zeit hatte ein geschichtsbewußter osmanischer Hauptmann sie mit Ochsengespannen von einem Hügelgrab nahe der Burg Anavarza hergekarrt. Auf dem einen war der Kopf einer schönen Frau mit einer geraden Nase eingemeißelt, auf den anderen wurden Weinstöcke, Widderköpfe und fünfblättrige Blumen dargestellt.

Plötzlich bevölkerte eine große Menschenmenge die Straße und betrachtete über die Mauer hinweg die aufgereihten Leichen mit den zur Seite geneigten Köpfen. Der einzige Fotograf der Kreisstadt, Rahmi, hatte eiligst seine Kamera geholt, war mit Erlaubnis des Hauptmanns in den Hof gegangen und knipste die Toten. Vergeblich versuchte er, die Köpfe der Räuber aufzurichten. Als es ihm trotz aller Mühe nicht gelang, bat er den Hauptmann, einer der Gendarmen möge ihm an die Hand gehen, worauf der Hauptmann den Gefreiten Ali die Echse dafür abstellte.

Muslu der Sergeant aus dem Dorf Vayvay hatte von Anfang an die Vorgänge aufmerksam verfolgt. Und nachdem er im Gedränge noch einen Blick auf die Leichen geworfen hatte, machte er sich auf den Heimweg. Schon auf dem Marktplatz hatte er sich den Toten, den sie Ince Memed nannten, aus der Nähe angesehen und nicht die geringste Ähnlichkeit mit dem Falken feststellen können. Allenfalls der dritte in der Reihe ähnelte ihm. Demnach hatten die Gendarmen jenen Klotz von Kerl mit Ince Memed verwechselt, oder er selbst hatte fälschlich angenommen, daß sie den Riesen für den Falken hielten.

Vor Morgengrauen erreichte er das Dorf. Lautlose Stille überall. Es miaute keine Katze, bellte kein Hund, zwitscherte kein Vogel. Muslu ging geradewegs zum Haus des langhalsigen Dorfvorstehers Seyfeli.

»Hast du schon von unserm Unglück gehört, Onkel Seyfeli? Sie haben heute Ince Memeds Leichnam ins Tal gebracht.«

Der lange Hals des Dorfvorstehers Seyfeli wurde noch länger. »Sei still!« sagte er. »Sei still, und mach's nicht noch schlimmer! Sei still, denn Osman der Mächtige weiß es noch nicht! Er stirbt, wenn er es erfährt. Auch Seyran weiß es nicht, sonst weiß es jedermann. Eine Trauer ist übers Dorf gekommen ... Sei still, mein Sohn, sei still, daß Osman der Mächtige nicht stirbt! Was können wir tun, daß ihm diese pechschwarze Nachricht nicht zu Ohren kommt? Auch Seyran wird verzweifeln, doch sie ist jung, ist stark.«

»Das ist unmöglich«, meinte Muslu der Sergeant, »eines Tages wird Onkel Osman es erfahren.«

»Er wird es erfahren, und im selben Augenblick wird seine Seele aus seinem Körper fahren. O weh, Osman der Mächtige, o weh, Osman, groß wie die Berge, mußte dir denn dieses Schicksal widerfahren? Sogar die Feinde möge Gott vor solchem Unglück bewahren!«

Der langhalsige Dorfvorsteher und Muslu der Sergeant konnten in jener Nacht nicht schlafen. Sie redeten bis zum Morgen.

Im Dorf blieb es totenstill. Der Morgen graute, es wurde Tag, und nirgendwo auch nur der kleinste Laut. Diese Stille hatte sich über die Ebene ausgebreitet, eine dröhnende Stille, als habe sich über alle Lebewesen der Todesschlaf gesenkt. Wäre in der Erde ein Samenkorn aufgebrochen, es wäre zu hören gewesen.

Mit den ersten Sonnenstrahlen trat Muslu der Sergeant vor Seyfelis Haus, doch er hatte kaum zwei Schritte getan, da machte er eiligst wieder kehrt. In der Dorfstraße hatte sich kein Lebewesen gezeigt, und diese Stille schreckte ihn. Die beiden setzten sich wieder einander gegenüber. Es war nun alles besprochen, sie waren müde und stocherten mit Kienspänen in der Asche der Feuerstelle, als ein langer, durchdringender Schrei die Stille zerriß. Sie sprangen auf die Beine. Der Schrei war endlos, messerscharf, als habe er, bevor er schließlich verstummte, den Himmel in zwei Teile zerschnitten.

»O Gott, Muslu, Sergeant«, stöhnte Seyfeli, »das war Seyrans Schrei. Jetzt wird es auch Osman der Mächtige erfahren, und wir können in den nächsten Tagen noch jemanden zu Grabe tragen. Los, gehen wir zu Seyran!«

Seyran kauerte am Fuße der Hauswand, hielt die Augen geschlossen, rührte sich nicht, wie zu Stein erstarrt.

Jeder, der kam und Seyran in diesem Zustand sah, hockte sich schweigend in ihre Nähe und ließ sie nicht aus den Augen. Es kamen immer mehr. Und die lautlose Stille hielt an, eine schwere, tödliche Stille. Bald hockte das ganze Dorf vor dem Haus. Nur Osman der Mächtige und Mutter Kamer fehlten. Und jeder wartete auf die beiden. Lange war diese bleierne Stille nicht mehr zu ertragen; sie war schlimmer als Folter, schlimmer als der Tod.

Der Schatten einer weißen Wolke, die über das Dorf segelte, zog über die Kauernden hinweg, und von der Krone des Maulbeerbaumes über ihnen schwirrten einige Vögel zur Trauerweide hinüber. Im selben Augenblick durchbrach fröhliches Gelächter die Stille. Als die Dörfler die Köpfe wendeten, erblickten sie Osman den Mächtigen in seinen schönsten Kleidern. Er trug seine schwere Uhrkette, hatte seinen mit Silber verzierten Gürtel umgeschnallt und die bestickten Strümpfe bis zu den Knien hochgezogen. Seine rotbraunen Stiefel glänzten. Und neben ihm Mutter Kamer, auch in Festtagskleidern, am Nasenflügel ihr goldenes Ringlein.

Osman des Mächtigen Stimme dröhnte: »Seht euch die an! Was kauert ihr da wie umgekippte Grabsteine? Dorfvorsteher mit dem langen Hals, ich hielt dich für einen klugen Mann! Wenn das alles ist, schade um dich!«

Er ging zu Seyran und blieb vor ihr stehen. Nachdem er eine Weile gewartet hatte, sagte er mit fester, befehlender Stimme: »Steh auf, Mädchen! Einfältiges Weib, was hockst du denn da wie in einem Haus der Trauer? Bist auch diesen vertrottelten Dörflern, diesem hirnlosen Seyfeli auf den Leim gegangen. Steh auf, sonst nehme ich dich unter meine Füße! Wer meint denn, meinen Falken, meinen Ince Memed, meinen Sohn töten zu können? Wie oft in einem Jahr haben diese Kleinstädter meinen Löwen nicht schon umgebracht! Hört ihr denn zum erstenmal die Nachricht von seinem Tod?«

Er lachte lauthals, wanderte aufgeräumt zwischen den hockenden Dörflern hin und her und machte seine Späßchen: »Hahaaah, ich sollte diesen Hauptmann Faruk einsalzen, damit er nicht stinkt! Der soll meinen Falken getötet haben? Hahahaaah! Wer weiß, welchen armen Räuber dieser Trottel Faruk Efendi erschossen hat. Und brüstet sich, es sei Ince Memed gewesen.«

Dann blieb er stehen und stampfte unwillig mit dem Fuß auf: »He, ihr Trottel, ihr verrückten Menschen. Anstatt hier so herumzuhocken, daß euch das Blut gerinnt und ihr zu Grabmalen erstarrt, hätte einer von euch mal die Toten vor der Gendarmerie anschauen sollen, ob unter ihnen meines Falken Leichnam, meine Zunge möge verdorren und mein Mund vertrocknen, ob unter ihnen auch mein Falke ist. Denn wer außer uns hier im Dorf kennt schon meinen Falken, wer, frage ich, wer? Man trauert nicht um einen lebenden Menschen, los, steht auf!«

Seine Stimme klang so entschlossen, daß alle aufstanden. Und Seyran rannte schon über die Landstraße.

»Laßt sie laufen!« Osman der Mächtige schaute lächelnd hinter ihr her. »Die Metze ist wieder bei Verstand, und bald wird sie mit eigenen Augen sehen.« Dann faßte er Mutter Kamer am Arm, sagte: »Laß uns schnell nach Hause gehen, damit ich mir den Bauch vollschlagen kann« und zog sie mit sich fort.

Erst jetzt kam Bewegung in die Dörfler, und sie begannen miteinander zu reden.

Seyran schlug sich durch Stechdorn und Röhricht, rutschte in sumpfige Tümpel, stolperte über goldgelbe Stoppelfelder. Sie nahm den kürzesten Weg in die Stadt, scherte sich weder um Schluchten noch Hügel, noch Gräben, hatte nur ein Ziel im Auge.

Wann sie den Bach vor der Stadt erreichte, wurde ihr gar nicht bewußt, auch daß Beine, Hände und Gesicht zerschrammt waren und bluteten, nahm sie nicht wahr. Am Bachufer verweilte sie einen Augenblick, setzte sich hin und zog ihre Schuhe aus. Nachdem sie wieder auf den Beinen war, überlegte sie einen Augenblick, stieg dann kurz entschlossen ins Wasser und watete ans gegenüberliegende Ufer. Was mache ich nur, wenn ich in wenigen Augenblicken wirklich vor Ince Memeds Leichnam stehe, überlegte sie, während sie ihre Schuhe anzog. Sie machte kehrt, ging einige Schritte zurück und gewahrte im Sand ihre Fußabdrücke. Eine kugelrunde schwarze Hummel flitzte wie irrsinnig von einer lila Keuschlammblüte zur anderen, wirbelte hin und her, zog brummend wie ein Flugzeug Schleifen, ein orangefarbener Schmetterling mit blauen Punkten und groß wie ein Vogel kauerte bebend auf einer Königskerze, an einem Schilfrohr mit vergilbten Blättern krochen in langer Reihe gelblich glänzende Ameisen zum Rohrkolben hoch. Eine riesige gelbe Spinne lauerte in einer Ecke ihres armlangen und ebenso breiten Netzes, das sie von einem Bocksdornbusch zum nächsten gespannt hatte. Keine Fliege hing in den klebrigen Fäden. Entweder fraß die Spinne ihre Opfer sofort, oder sie hatte die Falle gerade gewoben. Seyran verschnaufte eine Weile. Jetzt hatte sich eine Fliege im Netz verfangen, eine klitzekleine, weiße Fliege. Wie der Blitz kam die große gelbe Spinne aus ihrer Ecke geschossen, stürzte sich auf die Beute und war im nächsten Augenblick schon wieder in ihrem Hinterhalt verschwunden. Die klitzekleine Fliege war nicht mehr da. Langsam setzte Seyran ihren Weg fort. Pillendreher rollten ihre Dungkugeln über die staubige Erde, ein kleiner gelber Vogel mit blauem Kopf flog vor ihr auf, umkreiste sie dreimal und schwirrte davon. Das Sirren seiner Flügel blieb in ihrem Ohr haften. Der Vogel ließ sich vor ihr auf einem Busch nieder, und als sie näher kam, strich er ab und landete auf dem nächsten. Eine Windhose wirbelte heran. Seyran sah, wie der Vogel in die Staubsäule hineinflog und wieder auftauchte, dann verlor sie ihn aus den Augen. Bald darauf hüllte die Windhose auch sie ein, glitt auf die Stadt zu und fiel dann in sich zusammen. Als Seyran eine Weile vergeblich nach dem Vogel Ausschau hielt, wurde ihr das Herz schwer, eine schmerzende, gallenbittere Schwermut. Doch plötzlich war der Kleine wieder da und flatterte dicht vor ihr her.

Seyran machte wieder kehrt. Wenn sie Ince Memed getötet haben sollten, mußte sie dann nicht früher oder später seinen Leichnam anschauen? Wenn nicht heute, dann morgen oder übermorgen? Kurz darauf war sie wieder am Bach, zog ihre Schuhe aus und watete hinüber. Der kleine Vogel flog hinter ihr her. Am anderen Ufer blieb sie stehen, verharrte eine Weile und kehrte plötzlich um. Und der Vogel folgte ihr. Drüben angekommen, machte sie wieder kehrt.

Und wer an jenem Tag dort vorbeikam, wunderte sich über eine hochgewachsene, schlanke Frau mit hellen Augen und bronzener Haut, die in Begleitung eines klitzekleinen blauköpfigen

Vogels den Bach bis Sonnenuntergang hin und her überquerte, und konnte sich bei bestem Willen keinen Reim darauf machen.

Als das Abendlicht den Bach rötlich färbte, erblickte Seyran plötzlich ihr Spiegelbild im Wasser, und eine Handbreit neben ihrem Gesicht flatterte der klitzekleine Vogel.

»Wenn sie ihn getötet haben, werden wir früher oder später seinen Leichnam anschauen müssen, nicht wahr, kleiner Vogel?« fragte Seyran, und der gelbe Vogel schlug heftig mit den Flügeln.

Sie eilten zur Stadt. Seyran wußte, wo sich die Kommandantur der Gendarmen befand, und brauchte in den Gassen nicht herumzuirren. Als sie dort ankam, war die Menschenmenge vor der Mauer nicht mehr so groß. Ein Haufen Kinder, an die dreißig Frauen mit weißen Kopftüchern und sieben oder acht Männer standen noch dort und sahen mit Augen voller Trauer auf die mit dem Rücken an die Mauer gelehnten toten Räuber hinunter. Keiner der Umstehenden sagte ein Wort. Sie waren in Gedanken versunken und konnten ihre Augen nicht von den Toten wenden. Seyran blieb am Hoftor stehen, der Vogel flog auf einen der antiken Marmorblöcke und begann zu zwitschern. Ein unerträglicher Leichengeruch hatte sich überall ausgebreitet. Die ganze Kreisstadt stank, mit ihrer Erde, ihren Steinen und Menschen. Seyran konnte und konnte sich nicht von der Stelle rühren. Sie hatte die Augen weit aufgerissen und versuchte aus dieser Entfernung Ince Memed zu erkennen. Weiterzugehen und die Toten aus der Nähe zu betrachten, traute sie sich nicht. Die Zeit verging, der gelbe Vogel auf dem Marmorblock flatterte auf und nieder und schilpte. Seyran dagegen bewegte sich nicht vom Fleck. Der Vogel kam wieder angeflogen und begann, über ihrem Kopf zu kreisen. Er schwirrte so dicht um sie herum, daß seine Flügel fast an ihre Ohren, an ihre Nase stießen.

Der kleine Vogel ließ sich wieder auf dem Marmorblock nieder. Er zwitscherte nicht, schlug nicht mit den Flügeln, saß auf dem Relief des Frauenkopfes nur so da und wartete. Endlich bewegte sich Seyran durch das Hoftor auf die Leichen zu, kerzengerade, mit verkrampftem Gesicht. Sie ging an dem Marmorblock vorbei, wo der Vogel saß, und sah den herausgemeißelten Frauenkopf. Das steinerne Gesicht mit der geraden Nase und dem Kinn mit dem Grübchen sah genau so aus wie ihres. Als sie nah bei den Toten war, stand sie still. Der wachhabende Gendarm wollte ihr etwas wie »Das ist verboten« oder »Was hast du hier zu suchen« sagen, doch als er ihr Gesicht sah, blieben ihm diese Worte im Hals stecken, verharrte er wie angewurzelt.

Seyran machte noch einige Schritte. Nachdem sie die Toten einen nach dem anderen schnell gemustert hatte, leuchtete plötzlich ihr Gesicht in heller Freude auf, und sie lächelte. Ihre Freude sprang auch auf den Gendarmen über, der da immer noch stand, und er lächelte mit ihr.

Als Seyran sich von den Toten trennte, schämte sie sich zu lächeln und konnte es dennoch nicht lassen. Auch die Kinder, die nebeneinander auf der Hofmauer hockten, lächelten ihr zu, als sie sahen, wie verschämt sie war. So auch die Frauen und die alten Männer.

»Schwester, Schwester!« rief eine der Frauen. »Ist der Deine nicht unter ihnen? Sie riechen so, die Armen.«

Seyran sah sie mit ihren großen, vor Freude leuchtenden Augen liebevoll an und antwortete: »Mein Leben für dich, Tante, meiner ist nicht dabei. Gott sei Dank, er nicht … Ja, sie riechen sehr!«

Dann konnte sie sich nicht mehr auf ihren zitternden Knien halten, sie setzte sich hin und begann vor Freude zu weinen. Die Frauen umringten sie. »Weine, Mädchen, weine!« sagten einige. »Besser Tränen der Freude für die Lebenden als Tränen der Trauer für die Toten. Es ist den Frauen bestimmt zu weinen. Sie riechen, die Toten.«

Der gelbe Vogel flog über ihnen, zog da oben weite goldgelbe Kreise. Seyran erhob sich, wischte sich die Tränen mit dem Ärmel ab.

»Bleibt gesund, Mütter, Schwestern, Brüder!« rief sie fröhlich und machte sich auf ins Dorf. Der Tag neigte sich, der kleine Vogel flog mal vorweg, setzte sich dann auf einen Strauch, wartete, bis sie kam, und flog wieder auf, mal schwirrte er auch um ihren Kopf. Und in Seyrans Ohren klang das Sirren seiner klitzekleinen Flügel.

»Kleiner Vogel, kleiner Vogel, Seyrans Leben auch für dich!«

9

Zunächst kamen die Eltern jenes Räubers, dessen Schweiß seit kurzem erst den Flaum eines Schnurrbarts netzte. Als die Mutter den toten Sohn erblickte, warf sie sich schreiend über ihn. Der Vater schwieg, stand so da, aschfahl, die leeren Augen auf seine Frau gerichtet. Mit Mühe trennten die Gendarmen die Mutter von ihrem toten Sohn und setzten sie nicht weit von Ince Memeds Leiche an die Mauer. Als sei ihr Blut geronnen, gab auch die Frau jetzt keinen Laut mehr von sich.

Die Gendarmen führten den Vater zum Hauptmann. Unteroffizier Asim verhörte ihn im Nebenzimmer, und ein Gendarm tippte die Aussage in die Schreibmaschine.

Weil der Nachbar Pehlivan seine Rinder in den bestellten Feldern des blutjungen Burschen ausschwärmen ließ, hatte dieser ihn erschossen. Pehlivan war die größte Plage des Dorfes gewesen. Es gab keinen, den er nicht beschimpfte, verprügelte oder sonst erniedrigte. Alle lehrte er das Fürchten, und auch als er einige Monate vor ihrem Tod die Mutter des jungen Mannes mitten auf dem Dorfplatz vor aller Augen verprügelte, bis sie aus Mund und Nase blutete, wagte ihm niemand Einhalt zu gebieten. Nach diesem Vorfall konnte der junge Mann, dessen Schweiß seit kurzem erst den Flaum eines Schnurrbarts netzte, keinen Frieden finden; er wagte sich nicht unter die Menschen, schämte sich für alles und vor jedem, aß und trank nicht mehr. Und seit jenem Tag konnte er auch den Kopf nicht heben und seiner Mutter in die Augen schauen.

Im Elternhaus befand sich ein Revolver aus alten Zeiten. Diese Waffe hatte er an sich genommen und sie weit draußen ausprobiert. Das Blei bohrte sich in einen Baum und kam auf dessen Rückseite wieder heraus. Es war einer dieser riesigen Trommelrevolver, die Montegriner genannt wurden. Seitdem hatte sich der junge Mann nicht mehr von der Waffe getrennt.

Pehlivans Rinder liefen wohl jeden Tag in die Getreidefelder, und jeden Tag rannte der junge Mann hinter ihnen her und jagte sie davon. Eines Tages traf er auf Pehlivan, und der schrie: »Mit welchem Recht jagst du meine Rinder aus dem Feld? Weißt du denn nicht, daß meine Tiere freie Geschöpfe sind? Demnächst werde ich auch meine Pferde und Esel in eure Felder treiben!« Der junge Mann wollte etwas entgegnen, doch da packte ihn Pehlivan, schleuderte ihn zu Boden und trat auf ihm herum. Den Revolver unter seiner Achselhöhle hatte der junge Mann nicht mehr ziehen können.

Am nächsten Tag tummelten sich Pferde, Esel und Rinder im Getreide. Ginge es so weiter, bliebe von den Früchten der Felder nichts übrig, würde die Familie kein Körnchen Weizen ernten. Sie gingen zum Ortsvorsteher und zu den Dorfältesten, doch niemand wagte Pehlivans Tiere zu vertreiben. Jeden Tag wurden diese von neuem auf die Äcker losgelassen, und jeden Tag versuchte der junge Bursche sie zu verjagen und kam zurück, nachdem er wieder windelweich geprügelt worden war.

Es war am Morgen eines Feiertages, und jedermann hatte sich festlich gekleidet auf dem Dorfplatz eingefunden. Auch der junge Mann. Er sah nicht gerade wie ein Erwachsener, eher wie ein Halbwüchsiger aus.

Der junge Mann stellte sich vor die versammelten Dörfler hin, musterte sie kurz und sagte dann: »Sieh mich mal an, Pehlivan mit einer Hure als Frau, du feiger Hund!«

Er lachte.

Wutentbrannt stürzte sich Pehlivan aus der Menge heraus auf ihn. Und behutsam zog der Jüngling den Revolver hervor, legte, ohne daß seine Hand zitterte, kaltblütig an und drückte ab. Pehlivan schoß einen Purzelbaum und schlug in seiner ganzen Länge vor den Füßen des jungen Burschen hin, der wiederum kaltblütig die Trommel auf Pehlivan leer schoß. Und bei jedem Einschuß bäumte sich Pehlivans Rücken.

Anschließend wandte sich der Knabe an die Menge: »Nehmt es mir nicht übel, daß ich euer gesegnetes Fest besudelt habe. Vergebt mir meine Verfehlungen, ich verlasse euch!« Sprach's und zog davon. Niemand lief hinter ihm her, noch mißbilligte jemand sein Tun auch nur mit einem einzigen Wort.

Später hörten sie, daß er sich in die Berge und danach zur Bande Osman des Schwarzen durchgeschlagen hatte.

Noch immer wie ein Schlafwandler, starr und totenbleich, kam der Vater die Treppe der Gendarmerie herunter. Er hob den Leichnam seines Sohnes auf seine Schultern und trug ihn zum Gespann, das vor dem Tor wartete. Dann kam er zurück, nahm die Mutter, die sich nicht gerührt hatte, bei der Hand und setzte sie neben ihren Jungen auf den Wagen. Sie waren aus einem in der Tiefebene gelegenen Dorf gekommen, und er gab dem Pferd die Peitsche.

Noch vor der Abfahrt der beiden war eine Gruppe Dörfler und Dörflerinnen in den Hof der Kommandantur gekommen. Ihnen ging es um den dritten Toten von links mit dem braungebrannten Gesicht. Sein Name war Ökkes, und der Mann hatte genau dreißig Jahre in den Bergen verbracht. Wegelagerer seit seinem fünfzehnten Lebensjahr, hatte er immer einen Teil der Beute seinen Dörflern geschenkt. Sein einziges Vergehen war, die Schuld seines Agas auf sich zu nehmen, der einen anderen Aga getötet hatte. Der Mörder und sein Opfer waren wie Brüder gewesen, und der Getötete hatte viele Verwandte. Da hätte Ökkes wohl keinen Monat im Gefängnis überlebt. Vielleicht konnte er auch mit Hilfe seines Agas, dessen Schuld er auf sich genommen hatte, aus dem Gefängnis fliehen. Außer in den Bergen wäre er nirgends seines Lebens sicher gewesen. Seine Feinde waren so mächtig, daß sie ihn wo auch immer aufgestöbert hätten. Dreißig Jahre war er von einer Bande zur anderen gewechselt, von einem Berg zum anderen geflohen, und nur so war er seinen Häschern immer wieder entwischt. Kaum dort oben, hatte er auch seinen Namen geändert, und als er sich noch den roten Fez der Wegelagerer aufsetzte, wurde er auch äußerlich ein anderer. Und jedesmal, wenn er seinen Standort und die Bande wechselte, nahm er einen anderen Namen an.

Einer der Dörfler stieg hinauf zu Unteroffizier Asim und meldete ihm, daß sie gekommen seien, ihren Toten abzuholen. Die Gendarmen nahmen dessen Waffen und gaben ihn frei.

Anschließend kam eine schöne junge Frau, nicht älter als achtzehn Jahre, mit langen Wimpern und den Augen einer Gazelle. Sie war gut gekleidet, und ihre mit Goldstücken behangene Halskette reichte bis zum Nabel. Ihr Gesichtsausdruck war traurig und leicht spöttisch zugleich. Sie blieb vor dem Toten, der neben Memeds Leiche lag, stehen, betrachtete ihn und hielt dabei den Kopf so eigenartig gesenkt, als sei sie eingeschlafen. Ihr Gesichtsausdruck veränderte sich nicht, und hätten die Gendarmen sie nach einer Weile nicht zu Unteroffizier Asim geführt, wäre sie dort wohl bis zum Abend so gedankenverloren stehengeblieben.

Als die Frau mit den schönen Augen vom Kommandanten zurückkam, blieb sie wieder vor dem Toten stehen, ohne den Blick von ihm zu wenden. Der Name dieses Banditen war Kerim. Er hatte in der fruchtbaren Anavarza-Ebene einen großen Hof besessen. Der Sohn eines benachbarten Grundbesitzers hatte Kerims Frau ins Dickicht von Akçasaz geschleppt und dort langsam zu Tode gefoltert. Drei Tage und drei Nächte lang.

Vor dem Tor wartete Onkel Hamza in seinem Auto. Zwei Männer brachten Kerims Leichnam und legten ihn auf den Rücksitz. Die Frau mit den schönen Augen setzte sich neben Onkel Hamza. Der Tote war aufgedunsen und stank.

Es war schon Nachmittag, als noch sechs Männer kamen. Und alle sechs steckten in nagelneuen, dunkelblauen Anzügen, trugen schwarze, langschäftige Stiefel und genau die gleichen Hüte. Auch ihre Schnurrbärte glichen sich aufs Haar. Sie waren pechschwarz, sehr lang, mit sorgfältig gezwirbelten Enden. Die Männer blieben vor Ince Memed stehen, beugten sich einer nach dem anderen nieder und musterten sein Gesicht.

Draußen vor dem Hof war niemand mehr zu sehen. Nur die Kinder hockten wie Vögel in einer Reihe auf der Mauer und betrachteten mit neugierigen Blicken die Angehörigen, die gekommen waren, ihre Toten zu holen.

»Sie stehen vor Ince Memed«, sagte eines der Kinder, »das sind seine Verwandten.«

»Nein, nein«, ereiferte sich Mustafa der Sänger. Er war der Größte unter den Kindern und schielte. »Ince Memed hatte niemanden, nur eine Mutter, und die hat Abdi Aga getötet.«

»Lügner!«

»Von wegen lügen! Wir waren voriges Jahr in seinem Dorf da oben in der Hochebene.«

»Seid still und schaut hin! Sie stehen vor Ince Memed, bücken sich und glotzen ihn an. Wenn Ince Memed niemanden hat, wer sind dann die da?«

»Freunde von ihm«, antwortete Mustafa der Sänger.

Die sechs Männer in den dunklen Anzügen gingen zusammen hinauf zum Hauptmann.

»Hier sind wir, Herr Hauptmann«, sagten sie.

»Seid willkommen! Und was wollt ihr?«

»Die Leiche unseres Bruders holen.«

»In Ordnung, geht hin und nehmt ihn mit. Aber meldet euch vorher bei Unteroffizier Asim«, sagte der Hauptmann und rief: »Unteroffizier, da kommen die Brüder von einem der Räuber. Wir werden von diesem Gestank erlöst.«

»Schaun wir sie uns an, mein Hauptmann!«

Und der Hauptmann schickte die sechs in den dunkelblauen Anzügen zum Unteroffizier.

»Wer ist euer Bruder?«

»Osman der Schwarze.«

»Welcher ist es?«

»Der erste von ihnen, der in Hemd und Unterhose.«

»Alle andern sind angezogen, warum denn unser Bruder nicht?«

»War er schon so, als ihr ihn erschossen habt?«

»Hatte er nicht mal eine Waffe?«

»So barfuß und nichts auf dem Kopf?«

»Wenn ihr den großen, breiten Mann da unten meint, das ist nicht Osman der Schwarze.«

»Nicht? Wer denn sonst?«

»Ince Memed.«

Die Brüder des Toten wurden zornig.

»Wie kann unser Bruder Osman der Schwarze denn Ince Memed sein?«

»Wieso denn nicht? Das Volk von fünf Dörfern hat ihn sich angesehen, und alle sagten, der da sei Ince Memed.«

»Wie kann unser Bruder Osman der Schwarze denn Ince Memed sein, mein Unteroffizier?«

Unteroffizier Asim sprang hinter seinem Tisch hervor, war mit drei Sätzen beim Hauptmann, nahm Haltung an und rang vergeblich nach Worten, um Meldung zu machen, währenddessen auf seiner Stirn der Schweiß perlte.

»Was ist denn los, Unteroffizier Asim?«

»Die wollen Ince Memed haben.«

»Um wen handelt es sich?«

»Um seine Brüder.«

»Na hör mal, Unteroffizier, Ince Memed hatte doch keine Angehörigen, daß diese da seine Brüder sein können ...«

»Ince Memed soll gar nicht Ince Memed sein, mein Hauptmann.«

»Wer soll er denn sonst sein?« Der Hauptmann war aufgesprungen.

Unteroffizier Asim rief die Brüder, die in seiner Amtsstube geblieben waren: »Kommt her!« Und seine Stimme klang sehr hart. »Wessen Leiche wollt ihr haben?«

»Die unseres Bruders Osman des Schwarzen ... Da unten, der in Hemd und Unterhose.«

»Das kann nicht sein«, brüllte der Hauptmann.

»Kann doch sein«, entgegnete der älteste von ihnen, »denn er ist unser Bruder Osman der Schwarze.«

»Unmöglich! Woher wollt ihr wissen, daß er Osman der Schwarze ist? Der da ist Ince Memed.«

»Wieso unmöglich, mein Hauptmann? Der Mensch wird doch wohl seinen Bruder kennen. Was sollten wir denn mit der Leiche Ince Memeds? Wir kennen ihn nicht, haben ihn noch nie gesehen.«

»Da bin ich nicht so sicher«, brüllte der Hauptmann erneut, »aus welchem Dorf kommt ihr?«

»Von weit her«, antwortete der Älteste, »vom Fuße des Berges Düldül, vom Tal Meryemcil.«

»Irgend etwas steckt dahinter, Unteroffizier Asim! Sie wollen Ince Memed unter dem Namen Osman der Schwarze holen kommen und in den Bergen irgendein Ding drehen. Hat nicht jedes Dorf und jeder in der Stadt, haben nicht alle, die ihn kannten oder schon einmal gesehen hatten, behauptet: Der da ist Ince Memed?«

»So sagten sie, Hauptmann.«

»Und sangen nicht Frauen sogar die Totenklage: ›O weh, Ince Memed, o jemine, Ince Memed‹?«

»Irgendeine Finte ist das!« Der Hauptmann drehte sich zu den sechs Brüdern um, stampfte auf den Boden und drohte: »Ich stecke euch alle ins Gefängnis, wegen falscher Aussage und arglistiger Täuschung!«

»Sag nicht so etwas, Hauptmann, stoße nicht auch du noch einen Dolch in unsere Wunden, und streue nicht noch Salz darauf! Es reicht wohl, daß wir unseren Bruder, diesen Riesen, verloren haben, daß er so in der Scheiße endete.«

»Diese Person kann gewiß nicht euer Bruder sein. Es ist Ince Memed.«

»Wie kann das angehen, Herr Hauptmann? Wir sind sieben Brüder. Im ganzen Taurus, in Mara, Göksün und Andirin kennt uns jeder. Und wir sind uns ähnlich, alle sieben. Betrachte uns doch einmal mit Käuferaugen! Im ganzen Taurus nennen sie uns ›Die Sieben Brüder‹. Wir können ja hinuntergehen, wenn du willst, und uns neben ihn in Reihe hinstellen, und dann werden wir ja sehen, ob du ihn, auch wenn er tot ist, von uns unterscheiden kannst.«

»Das geht nicht. Sie stinken.«

»Es geht, Hauptmann, es geht! Er ist unser leiblicher Bruder, unser Bruder Osman, von demselben Vater, derselben Mutter. Wenn du willst, schau in unsere Personalausweise. Hier ist meiner, der da gehörte Osman, und das sind die der anderen Brüder. Sieh dir doch Osmans Foto darauf an. Und geh dann hinunter, vergleiche es mit dem Toten. Dann wirst du schon sehen, ob der da Osman ist oder nicht. Soll er stinken, er ist unser Bruder.«

Wütend ging der Hauptmann hinunter, betrachtete mehrmals das Bild und den Toten. Die Gesichter glichen sich aufs Haar, zumal das Foto erst vor kurzem aufgenommen worden war.

»Unmöglich, unmöglich, das ist unmöglich«, murmelte der Hauptmann, als er die Treppe wieder hinaufstieg.

»Hast du's dir angesehen, mein Hauptmann?«

»Ich hab's mir angesehen. Mit dieser List wollt ihr von uns die Herausgabe Ince Memeds erschwindeln.«

»Was sollten wir denn mit der Leiche von Ince Memed anfangen? Er ist doch keiner von uns, weder verwandt noch verschwägert.«

»Das schert mich nicht. Ich kann euch den toten Ince Memed nicht als Osman den Schwarzen herausgeben.«

»Gib du uns nur unseren Toten, und nenne ihn, wenn es denn sein muß, Ince Memed.«

»Da müßt ihr erst eure Verwandtschaft mit ihm nachweisen.«

»Wie denn? Wir sind ja nicht mit ihm verwandt, wissen nicht einmal, wo sein Dorf liegt. Nur seinen Namen haben wir gehört.«

»Ich kann ihn euch nicht geben.«

»Soll denn dieser Tote vor der Mauer der Kommandantur so weiterstinken? Er ist ja jetzt schon aufgedunsen wie eine Pauke! Was wollt ihr denn mit dem Toten anfangen?«

»Das geht dich nichts an.«

»Morgen oder spätestens übermorgen wird vor Gestank kein Lebewesen in der Stadt bleiben. Schon jetzt …«

»Auch das geht dich nichts an.«

»Aber wir werden unser Recht suchen, mein Hauptmann. Und werden, wenn es sein muß, alles für die Leiche unseres Bruders tun. Ohne Begräbnis lassen wir ihn hier nicht so liegen. Sieben Brüder waren wir, jetzt sind wir nur noch sechs. Wir werden die Leiche unseres Bruder holen, und müßten wir dabei draufgehen! Wenn wir ohne Osman heimkommen, sterben Mutter und Vater vor Gram.«

Der Hauptmann war eigentlich nicht der Mann, der Leuten wie denen da geduldig zuhörte. Menschen, die ihm derart widerborstig kamen, ließ er stehenden Fußes eine solche Tracht Prügel verabreichen, daß sie bereuten, jemals Muttermilch gesogen, ja, das Licht der Welt erblickt zu haben. Doch diesmal stutzte er. Die Kleider der Männer wie auch ihre Ausdrucksweise deuteten darauf hin, daß sie keine einfachen Bauern waren. Und das Gold an ihren Uhrketten, die quer über die ganze Breite ihrer Westen hingen, kam bestimmt auf zwei Handvoll. Die Männer mußten also zu einer reichen Sippe gehören. Dann war da noch etwas, das den Zweifel in seinem Inneren glimmen ließ. Der Tote war ein Klotz von Kerl. Doch wie es hieß, soll Ince Memed von kleinem Wuchs sein, fast wie ein Kind. Aber was war denn in die Dörfler von Çiçeklidere, die ihn doch kannten, gefahren, daß sie ihn Ince Memed nannten und für ihn die Totenklage anstimmten, wenn dieser da nicht der Falke war? Und ist sein Tod nicht in der ganzen Türkei bekanntgegeben worden, sind in den Zeitungen nicht große Fotos und seitenlange Berichte erschienen? Nein, dieser Mann dort kann niemand anders sein als Ince Memed! Er rief den Unteroffizier Asim und den Gefreiten Ali die Echse zu sich, und sie zogen sich ins Nebenzimmer zurück. Sie berieten sich lange, doch als sie herauskamen, stand das endgültige Ergebnis fest: »Ich kann euch Memeds Leiche nicht als Osman den Schwarzen aushändigen. Ihr könnt Beschwerde einlegen, wo immer ihr wollt!«

Der Hauptmann hatte mit barscher Stimme gesprochen, und die Brüder konnten gar nicht anders als sich fügen. Verstört beratschlagten sie auf dem Weg ins Ladenviertel, was zu tun sei. Bei einem Krämer erkundigten sie sich nach einem Gesucheschreiber. Der Angesprochene hob die Hand, zeigte auf Fahri den Verrückten und sagte: »Aus seiner Feder tropft Herzblut, seine Gesuche erweichen Stein und Eisen. Nicht zehn Rechtsanwälte können ihm das Wasser reichen. Und so waren es auch seine unzähligen Eingaben, die den mächtigen Ince Memed schließlich zur Strecke brachten!«

Fahri der Verrückte hatte schon von weitem erkannt, daß die Brüder zu den Leuten gehören, die Gesuche aufsetzen wollen, und er war schon vor die Ladentür geeilt, um sie zu begrüßen: »Bitte, meine Herren, kommen Sie herein!« Er faßte den ältesten der Brüder, der als erster ankam, unterm Arm, sagte: »Nehmen Sie hier Platz, Exzellenz!« und rückte ihm den alten Sessel hin.

Die Männer berichteten, was ihnen widerfahren war, und baten ihn, je ein Gesuch an den Staatsanwalt und den Landrat aufzusetzen. Außerdem wollten sie ein Telegramm an den Präfekten und ein weiteres nach Ankara schicken. Den Wortlaut solle er bestimmen.

Nachdem Fahri Efendi den Männern aufmerksam zugehört hatte, sagte er: »Trinkt erst einmal einen Tee! Die Gesuche und

Eingaben sind überflüssig. Ihr seid wohl fremd hier. An eurem Auftreten ist ersichtlich, daß ihr Männer von Rang und Namen seid. Euer Anliegen muß selbstverständlich ohne Eingaben erledigt werden. Ich bestelle jetzt den Tee, und bis ihr ihn getrunken habt, bin ich wieder zurück. Macht euch keine Sorgen, ich entreiße ihnen euren Toten. Wie schrecklich, wie schrecklich!« Er rief durch die Tür nach Tee und entfernte sich im Laufschritt.

Als er durchs Ladenviertel eilte, konnte er nicht umhin, die Neuigkeit in einigen Geschäften zum besten zu geben. Sonst wäre er geplatzt. Somit hatte, noch bevor er bei Murtaza Aga angekommen war, die Nachricht auf dem Markt die Runde gemacht, und schon bald würde die ganze Stadt bis ins kleinste über den Fall Bescheid wissen.

»Was ist geschehen, worum geht es schon wieder, Fahri Efendi?« Murtaza Agas Stimme klang besorgt.

Fahri Efendi setzte sich aufs Wandsofa. Er brachte kein Wort über die Lippen. Wie ein Jungvogel den Schnabel hatte er den Mund weit aufgerissen, und sein Brustkorb hob und senkte sich. Es dauerte eine ganze Weile, bis er sich gefaßt hatte und wieder zu Atem kam.

»Ein Schicksalsschlag, Aga, ein schwerer Schicksalsschlag! Wir sind erledigt. Welch eine Schmach.«

»Du machst mir angst, Fahri.«

»Angst solltest du auch haben, mein Aga. Du hast allen Grund dazu. Fürchte dich, mein Aga, fürchte dich! Welch ein Unglück!«

»Erzähle! Schnell!« Murtaza packte ihn am Arm und schüttelte ihn.

»Sechs Brüder von Ince Memed sind zu mir ins Geschäft gekommen. Die Uhrkette, die jedem von ihnen am Bauch baumelt, wiegt bestimmt eine Okka.«

»Seit wann soll Ince Memed denn sechs Brüder haben?« fragte lächelnd Murtaza Aga.

»Der, den sie Ince Memed nennen, soll gar nicht Ince Memed sein.«

»Ja, wer denn sonst?«

Und Fahri der Verrückte erzählte Murtaza Aga Wort für

Wort, was er vernommen hatte. Diesem wurde dabei siedend heiß. Ratlos ging er im Salon auf und ab. »Ein Unheil, ein großes Unheil«, murmelte er vor sich hin, »ich bin erledigt, bin verloren. Ach, mein Bruder Ali, ach! Ob ich das wohl überlebe, ach, ach, ach, Bruderherz Ali, dessen Wert und Würde ich verkannt. Nimm's mir nicht übel, Ali Efendi, mein Bruder! Der Mensch wird doch mit seinem jüngeren Bruder solch kleine, solche klitzekleine Späßchen machen können? Ich wollte dich doch nur prüfen. Stellt der Mensch jemanden, den er Bruderherz nennt, dem er ein Leben lang seine Seele, seine Ehre, sein Hab und Gut anvertraut, nicht auf die Probe?«

In Gedanken versunken, kreiste er im Salon und sprach verbissen in sich hinein. Fahri der Verrückte konnte aus dem Redeschwall nur die Worte »Ali der Hinkende, mein Bruder Ali« heraushören. Er stand auf und sagte: »Aga, wir müssen sofort etwas unternehmen! Wenn die Brüder nach Ankara und Adana telegrafieren, sind wir alle, du, ich, der Hauptmann, ja, die ganze Stadt, verraten und verkauft.«

Hüsne Hanum stand im Türrahmen zum Nebenzimmer und betrachtete besorgt Murtaza Aga. Ihr Gesicht war leichenblaß, aber sie wagte nicht, ihrem Mann Fragen zu stellen. Schließlich bemerkte Murtaza Aga sie, lief zu ihr und rief: »Wir sind erledigt, ja, erledigt. Eine Katastrophe, eine große Katastrophe. Ich bin schon ein toter Mann. O Gott, Ali der Hinkende!« Und in kurzen Worten schilderte er ihr, was vorgefallen war. »Ali den Hinkenden«, sagte er dann, »Frau, laß Ali den Hinkenden suchen, meinen Bruder! Ich gehe ins Rathaus. Schick du Männer in die Stadt, er muß noch hier in der Gegend sein. Sie sollen Himmel und Erde in Bewegung setzen. Schick alle Leute, die du auftreibst, in die Stadt, in die Berge, in die Dörfer! Sie sollen meinen Bruder Ali finden, mag er ins Erdloch einer Schlange gekrochen oder sich unterm Flügel eines Vogels verborgen haben. Ich wollte ihn doch nur prüfen. Stellt ein Mann seinen Bruder denn nicht auf die Probe?«

Hüsne Hanum seufzte tief. »Ach, Aga, ach«, erwiderte sie, »ein voreiliger Aga! Hättest du es doch nur nicht immer so eilig!«

»Ich wollte ihn prüfen. Ich wollte meinen Bruder prüfen!«

»Du wirst, so meine ich, Ali des Hinkenden Gesicht nicht wiedersehen.«

»Und ob ich es wiedersehe«, entgegnete Murtaza Aga, während er sich die Jacke anzog und zur Treppe eilte, »ich werde ihm die fruchtbarsten Felder schenken und einen Hof dazu. Ist er nicht mein Bruder? Also kann er mir nicht böse sein. Schick du sofort die Leute los!«

Im Rathaus angekommen, traf er auf den gesamten Generalstab der Würdenträger, als da waren der Landrat, der Staatsanwalt, der Untersuchungsrichter, der Amtsrichter, der Hauptmann, der Lehrer Sami Turgut, ferner Molla Duran Efendi und Halil Bey der Überschwengliche. Der Hauptmann hatte Gendarmen losgeschickt und alle eingeladen. Jetzt besprachen sie die Lage und überlegten, wie sie sich aus der Sache winden konnten.

Dann schickten sie nach den sechs Brüdern. Molla Duran Efendi erkannte sie sofort wieder. Er war mit ihrem Vater eng befreundet und als junger Mann oft zu Gast in ihrem Dorf gewesen. Das Elternhaus der Sieben Brüder war eine Heimstatt der Pferdediebe von jeher, angefangen vom Vater und Großvater bis hin zu dessen Urahn. Sie stahlen Vollblüter in Syrien, im Irak und südlicher, sogar im Jemen, und verkauften sie nach Bulgarien und Griechenland, nach Rußland und in den Iran. Auch Molla Duran Efendi hatte in jungen Jahren für sie gearbeitet. Osman der Schwarze hätte es also gar nicht nötig gehabt, sich einer Räuberbande anzuschließen. Auch wenn er ein blutrünstiger Mörder gewesen wäre und hundert Menschen in Stücke gehauen hätte. Denn sein Vater, den man den Tiger nannte, war Manns genug, ihn nicht nur aus den Fängen der Justiz, sondern sogar aus dem Gewahrsam eines Ismet Pascha zu befreien. Molla Duran Efendi beschrieb den Anwesenden Aga den Tiger samt dessen Sippe mit allen Einzelheiten. Schon ihre Vorfahren hatten jedes Jahr dem Präfekten in Aleppo, dem Sultan in Istanbul und den Scheichs in Arabien eine Menge Vollblüter zum Geschenk gemacht. Kurzum, eine Sippe, von der man meinen könnte, sie sei der Schah des Taurus.

So war das also. Daß der Tote nicht Ince Memed sein konnte, stand nun fest, und daß er den sechs Brüdern übergeben werden mußte, war nicht zu umgehen. Aber wie die Übergabe stattfinden sollte, das war die große Frage.

»Das könnt ihr mir überlassen«, meinte Molla Duran Efendi, »diese Angelegenheit erledige ich. Übrigens mußte ich auf dem Weg hierher feststellen, daß Kind und Kegel bereits von der Sache wußten. Haufenweise strömten die Leute zur Kommandantur. Dort muß es hergehen wie auf dem Wochenmarkt. Daher, meine Herren, habe ich einen Vorschlag.«

»Nur zu, Duran Bey, wir hören!« sagte der Landrat.

»Diese jungen Männer sollen ihren Toten nachts, kurz vor Morgengrauen, wenn die ganze Gegend menschenleer ist, abholen. Sie wickeln ihn in eine Bastmatte, und um den Rest braucht ihr euch nicht zu kümmern, das erledige ich!«

»Und all die Feiern für einen, der gar nicht Ince Memed gewesen ist?« Halil der Überschwengliche sprang auf die Beine. »Wenn ihr mich fragt, da werden wir uns wohl schwerlich herauswinden.«

»Schwerlich«, bestätigte Zülfü der Grundbuchführer.

»Keine Angst, ich werde das schon regeln. Der Getötete wird noch immer Ince Memed heißen, und die Leiche wird verschwinden, glaubt mir! Und vor allem, habt Vertrauen!«

»Und was machen wir mit Ankara und Adana?«

»Auch das überlaßt nur mir! Daß ein anderer anstatt Ince Memed getötet wurde, werden sie nie erfahren. Gleichfalls meine Sache.«

Jetzt stand auch der Hauptmann auf. »Ich danke ihnen allen, meine Herren«, sagte er peinlich berührt, »mir ist in der Tat ein großer Fehler unterlaufen. Sollte Ince Memed noch leben, werden sie in Kürze seinen Leichnam auf dem Marktplatz besichtigen können … Oder den meinigen, so wahr ich Hauptmann Faruk heiße!«

Duran Efendi verließ das Zimmer und ging nach nebenan, wo die Brüder geduldig warteten.

»Freut euch, meine Söhne, und grüßt euren Vater!« rief er. »Doch heute abend seid ihr erst einmal zum Essen bei mir. Und gegen Morgen werdet ihr auf leisen Sohlen euren Toten forttragen. Aber sagt mir, warum der Sohn eines wahren Tigers wie euer Vater, den man Aga den Tiger nennt, zum Räuber wurde und durch die Kugel eines Gendarmen sterben mußte?« konnte Molla Duran nicht umhin zu fragen.

Die Brüder sahen sich an, dann antwortete der älteste: »Wir wissen's nicht, Onkel. Niemand kennt den Grund. Irgendwann hörten wir, daß er unter die Räuber gegangen sei. Wir suchten ihn überall, fanden aber nicht eine Spur von ihm. Erst vor zwei Tagen brachte ein alter Getreuer unseres Vaters die Hiobsbotschaft aus Çiçeklidere. Zwei Pferde hatte der Mann zuschanden geritten. Denn Osman war in seiner Obhut aufgewachsen, und er liebte ihn wie seinen eigenen Sohn.«

Molla Duran Efendi ging zu den anderen und erstattete den Bericht. Der Hauptmann konnte noch immer nicht fassen, wie Osman der Schwarze als Ince Memed durchgehen konnte. Er war wütend auf die Dörfler von Çiçeklidere. Sie hatten ihn in diese mißliche Lage gebracht, hatten mit seiner Ehre Schindluder getrieben! Besonders diese Weiber mit ihrer Totenklage. Doch sie werden ihm nicht entkommen, die Dörfler von Çiçeklidere, und die Münzen, mit denen er es ihnen heimzahlen wird, dürfen sie sich aussuchen, da will er nicht kleinlich sein.

Bedrückt verließen sie das Rathaus. Besonders der Hauptmann war niedergeschlagen. Er hielt den Kopf gesenkt, konnte niemandem in die Augen schauen. Aber auch Murtaza Aga war übel dran. Er war aschfahl, und seine Beine zitterten. Angstvoll sah er mit wirrem Blick immer wieder um sich. Rollten seine Augen nicht unentwegt in ihren Höhlen, man würde sagen, er sei eine wandelnde Leiche.

Als sie mit schweren Schritten die Gendarmerie erreichten, war dort die Menschenmenge schon angewachsen wie nie zuvor. Wer auch immer von der Verwechslung Osman des Schwarzen mit Ince Memed gehört hatte, war gekommen. In Windeseile hatte sich die Nachricht bis in die Dörfer verbreitet. Die Kleinstadt brodelte.

In jener Nacht, noch vor Morgengrauen, legten die sechs Brüder ihren Toten auf einen prächtigen, langbeinigen Grauschimmel und ritten mit ihm davon, auch sie auf prächtigen, langbeinigen Grauschimmeln.

Am nächsten Morgen lag vor der Gendarmerie außer dem Kahlen Räuber kein Toter mehr am Fuße der Mauer. Die Menschenmenge jenseits der Mauer war gleichfalls verschwunden, nur die Kinder waren noch da. Und die warteten aus reiner Neugier darauf, wer wohl den Leichnam des Kahlen abholen würde.

So lehnte die Leiche des Kahlen einsam an der Mauer, den Kopf wie betrübt, ja, traurig zur Seite geneigt – und hatte auch noch angefangen, fürchterlich zu stinken. Gendarmen, die an ihr vorbeimußten, hielten sich die Nasen zu und suchten das Weite, so schnell sie konnten. Auch der Posten stand weit weg Wache, die gerümpfte Nase zwischen seinen Fingern. Schließlich, eines Morgens, stellten die Kinder verblüfft fest, daß auch die Leiche des Kahlen Räubers vom Fuße der Mauer verschwunden war.

10

In der Kleinstadt wollten sich die Wellen der Erregung nicht legen, fast überall war nur noch von Ince Memed die Rede. Mittelpunkt dieser Gesprächsrunden war der Friseurladen Salih des Schielers, gefolgt von Tevfiks Kaffeehaus und dem Büro des Gesucheschreibers Fahri der Verrückte. Aber auch auf dem Marktplatz und vor der Flußbrücke wurde von nichts anderem gesprochen.

Es ging hauptsächlich um das geheimnisvolle Verschwinden von Ince Memeds Leichnam aus dem Vorhof der Gendarmerie. In jener Nacht, so hieß es, sind zwölf in Grün gekleidete Männer in die Kleinstadt gekommen. Sie sahen einer wie der andere aus, alle zwölf! Ihre Gewänder, ihre Münder, Nasen und großen Augen, ihre Haare, Hände und Füße, ihre Größe und ihre Haltung glichen sich bis ins kleinste. Und alle ritten auf Grauschimmeln, die sich auch in nichts voneinander unterschieden. Sogar Zaumzeug, Sättel und Steigbügel waren gleich. Und genau so einen Grauschimmel hatten sie noch zusätzlich mitgebracht, nur war der nicht gesattelt. Diese grün gewandeten Männer kamen also in die Provinzstadt, hoben vor den Augen der Gendarmen die Leiche Ince Memeds auf den sattellosen Grauschimmel. Und die Gendarmen haben nichts sehen können. Die zwölf brachten den Toten auf den Berg der Vierzig und übergaben ihn den Vierzig Heiligen.

»Und jetzt sind sie in Druck, diese Hunde, diese Lügner! Und in alle Welt haben sie hinausposaunt, sie hätten Ince Memed getötet.«

»Und was kam dabei heraus?«

»Der Sohn des Sultans der Pferdediebe, Osman der Schwarze, kam dabei heraus.«

»Seine Brüder kamen und holten seine Leiche.«

»Und dann kamen die Vierzig Heiligen …«

»Die Vierzig Unsterblichen in ihren grünen Hemden …«

»Und sie trugen Ince Memed auf ihren Händen fort, flogen mit ihm zum Gipfel des Berges Düldül …«

»Auf die Spitze des Gipfels!«

»Und dort, in einem paradiesischen Garten, inmitten der Vierzig mit den blaugrünen Augen und den grünen Hemden, kam er wieder zu sich und fragte: ›Wo bin ich, ihr Heiligen, was ist mit mir geschehen?‹«

»Und die Heiligen sagten …«

»Was haben sie gesagt, was wohl? ›Du bist gestorben und wieder auferstanden‹, haben sie gesagt.«

»›Du warst schon im Jenseits, und dort haben wir dich unter unsere Flügel genommen und hergebracht.‹«

»Und was hat Ince Memed gesagt?«

»›Ich wünsche euch das Beste, denn gäbe es euch nicht und nicht den Grauschimmel, auf den ihr mich setztet, wäre ich in schwarzer Erde schon längst ein Fraß der Schlangen und Tausendfüßler. Ich wünsche euch das Beste, ihr Vierzig Heiligen‹, hat er gesagt.«

»›Und was soll jetzt werden?‹ frage ich die Gauner und Lügner.«

»Wie wollt ihr jetzt die Wahrheit vertuschen?«

»Und was werdet ihr sagen, wenn morgen schon Ince Memed von den Bergen herunterkommt und wieder einen von euch mitten ins Auge trifft?«

»Denn Ince Memed hat das Schloß der Vierzig Glückseligen

verlassen und ist vom Gipfel des Berges Düldül bereits herabgestiegen …«

»Was sagt ihr dazu, ja, was?«

»Denn all diese Lügen strömen aus dem Hirn des Molla Duran Efendi, in dessen Eingeweiden sich vierzig Füchse tummeln …«

»Ince Memed jagt ihm Angst und Schrecken ein.«

»Wenn nur Ince Memed vor ihm stürbe …«

»Nichts anderes kümmert ihn …«

»Da reicht es ihm schon, wenn der Falke nur so zum Schein stirbt!«

»Hahhah, hahhaaah …«

»Auch Zülfü hat Angst.«

»Er läßt sich ja nichts anmerken, aber er hat Angst.«

»Und Murtaza erst!«

»Wie von Sinnen sucht er überall nach Ali dem Hinkenden und kann ihn nicht finden.«

»Vor lauter Angst und Suchen ist er schon wahnsinnig.«

»Und die Bande von Ağacoğlu soll sich Ince Memed angeschlossen haben.«

»Auch Temir aus Aydin …«

»Dazu die Bande von Veli dem Hahn.«

»Bald werden sie sich alle zusammentun …«

»Und zur Stadt marschieren …«

»Da sollen die Ärmsten wohl Angst bekommen …«

»Schließlich geht es um Leib und Leben …«

»Und Leib und Leben wachsen nicht auf dem Melonenfeld.«

»Vielleicht geben sie auf und verlassen die Stadt.«

»Vielleicht flüchten sie in eine Großstadt …«

»Ince Memed wird sie auch dort aufstöbern.«

»Ja, auch dort findet er sie.«

»Auch dort!«

Sabri, der Lehrling Hasan des Schwarzen, überbrachte diese Gespräche, kaum daß sie in der Stadt die Runde machten, dem Müller und Ali dem Hinkenden, der seit seiner Ankunft keinen Schritt vor die Mühle gemacht hatte. Und jede Neuigkeit stimmte diesen fröhlicher, zumal Hasan der Schwarze ihn von Kopf bis Fuß neu eingekleidet hatte: rotbraune Stiefel, schwarze Pluderhose, gestreiftes Oberhemd und eine sehr schöne gestreifte Schirmmütze. Schon bald würde Ali der Hinkende hinausgehen und die Ladenstraße von einem Ende zum anderen kerzengerade entlangschreiten. Er hatte sich voll und ganz erholt. Doch er konnte nicht umhin, immer wieder an Murtaza Aga zu denken und den Müller zu fragen: »Was treibt dieser Niederträchtige? Wird der Lump nicht bald völlig durchdrehen und sich in die Berge verkriechen?«

Hasan der Schwarze lächelte dann und gab keine Antwort.

Sabri, der Lehrling, brachte noch eine Nachricht in die Mühle. »Ich hörte erst spät davon«, klagte er, »was ist nur mit meinen Ohren los, Ali Aga? In diesen Tagen fangen sie alles sehr spät auf.«

»Das kommt vor«, antwortete Ali, »sag du mir nur, was es Neues gibt!«

»Meine Neuigkeit ist toll«, meinte Sabri.

»Dann sag's schon, Bruder, los! Rede, mein Augapfel, wie lautet deine verspätete Neuigkeit?«

Bei Nachrichten, die er wichtig fand, zierte Sabri sich immer, ließ er Ali den Hinkenden zappeln.

»Wer ist Seyran?«

»Ince Memeds Frau.«

»Und wo wohnt sie?«

»Da unten in der Ebene von Anavarza, im Dorf Vayvay.«

»Und genau die ist gekommen, um Ince Memeds Leiche zu sehen. Die Frau soll sehr schön sein.«

»Sie ist sehr schön, meine Schwester Seyran«, sagte Ali.

»Sie soll unglaublich schön sein.«

»So ist es. Es gibt keine zweite Seyran, weder unter den Frauen dort in den Bergen noch in der ganzen Welt. Und sie ist beherzt ... Sie ist wie Ince Memed.«

»Ebendie soll zur Kommandantur der Gendarmerie gekommen sein. Dort sei sie mit zögerlichen Schritten und voller Angst zu den Leichen gegangen, und nachdem sie sich jede einzelne angeschaut hatte ...«

»Nun, was dann?«

»Soll sie sich aufgerichtet, die Hände in die Hüften gestemmt und gelacht haben. Stand vor den Toten und hat immerzu gelacht. So gelacht, daß auch die Menschen dort nicht an sich halten konnten. Und als die Gendarmen sahen, wie ringsherum alles lachte, fingen sie auch noch an. Dann wurden die Menschen in der Ladenstraße davon angesteckt, bis alle sich den Bauch hielten vor Lachen, ohne zu wissen, warum. Und von der Straße sprang das Gelächter über in die Häuser. Zum Glück konnte Seyran schließlich vor Erschöpfung nicht mehr, so daß endlich auch die anderen nicht länger über die Toten lachen mußten.«

Daß Seyran gekommen war, um nach Ince Memeds Leiche zu sehen, erfüllte Ali mit ungeheurem Stolz.

»Mensch, Sabri!« rief er. »Nach so einer Nachricht … Mensch, mein Wort darauf, wenn ich dir das nicht versilbern werde … Sie hat also laut gelacht, he, vor Freude?«

»Vor Freude«, sagte Hasan der Schwarze.

»Und hat Stadt und Land zum Lachen gebracht!«

»So ist es«, antwortete der Müller. »Da läßt jemand die ganze Welt an seiner Freude teilhaben und bringt sie zum Lachen oder an seiner Trauer, und alles weint. So ist es. Die Menschenkinder sind schon sonderbare Geschöpfe.«

»Ja, sonderbar«, fand auch Ali.

»Ich gehe.« Sabri erhob sich.

»Ja, geh nur«, ermunterte ihn Ali, »und spitz deine Ohren! Laß hören, was es sonst Neues über Ince Memed gibt.«

Sabri ging hinaus, kam aber nach kurzer Zeit schon wieder mit einem Berg von Neuigkeiten zurück. Ince Memeds Pferd soll von den nahen Felsen aus den Hauptmann und seine Männer verfolgt und beobachtet haben. Woher auch immer, der Hauptmann habe gewußt, daß es Ince Memeds Pferd gewesen sei. Er habe es töten wollen, habe geschossen und geschossen, aber das Pferd sei nur so dagestanden und habe mit dem Schwanz gewedelt. »Woher wußte denn der Hauptmann, daß es Ince Memeds Brandfuchs war, wenn er ihn vorher nie gesehen hatte?«

»Das Pferd ist berühmt«, antwortete Ali der Hinkende. »Es ist Ali Safa Beys verhexter Brandfuchs. Also gefeit. Auf den bringt keiner einen Treffer an. Nicht einmal ich, nicht einmal Ince Memed.«

»Und danach wurde der Hauptmann krank.«

Nach jenem Tag hatte es den Hauptmann wirklich aufs Krankenlager geworfen. Er konnte nicht schlafen, mochte nicht essen und wollte außer Unteroffizier Asim niemanden sehen. Seine Frau war zu ihrem Vater, einem Obersten, nach Ankara gefahren. Sie ertrug diese Provinzstadt nicht, fand ihre Einwohner ungehobelt, verlogen, ja wahnwitzig, und nahm daher bei jeder Gelegenheit ihre Kinder an die Hand, um sich mit ihnen im Elternhaus davon zu erholen. Daß ihr Mann Ince Memeds Frau getötet hatte, verursachte ihr noch immer Ekel, und seitdem hatte sie angefangen, ihn zu demütigen. Der Hauptmann wußte darum und haßte Ince Memed, der ihm sogar die Frau entfremdet hatte, um so mehr.

»Unteroffizier Asim!« Seine Stimme klang matt, war fast nicht zu hören.

»Zu Befehl, mein Hauptmann!«

»Es war doch Ince Memeds Pferd, nicht wahr?«

»Ja, mein Hauptmann, das Pferd kenne ich gut. So wie ich deines kenne, wie ich mich, meine Frau und meine Tochter kenne.«

»Das Pferd kenne ich jetzt auch, kann es nicht vergessen.«

»Ein Pferd, das man nicht vergißt.«

»Warum läßt man es dann so frei herumlaufen? Sollte der, den wir im Wald angeschossen haben, nicht doch Ince Memed gewesen sein?«

»Ich war auch der Meinung, wir hätten ihn getroffen.«

»Wohin ist der dann?«

»Da oben zelten noch Nomaden. Vielleicht ist er schwer verletzt.«

»Und keine Dörfer?«

»Nur unten in der Ebene.«

»Würden die Dörfler oder die Nomaden Ince Memeds Leiche vor uns verstecken?«

»Das würden sie.«

»Könnte Ince Memed gar, um uns zu foppen, die Dörfler überredet und am Kupferpaß sein Spielchen mit uns getrieben haben?«

»Zu solchen Tricks greift Ince Memed nicht.«

»Die Kleinstädter haben ihn aber auch zu sehr verherrlicht. Sie haben uns ja bejubelt, als hätten wir Wien erobert. Dazu noch die vielen Telegramme über Ince Memeds Tod nach Ankara. Und jetzt sollen sogar die Vierzig Heiligen ihn davongetragen haben.«

»Ich hab's auch gehört, mit meinen eigenen Ohren.«

Murtaza Aga, Zülfü Bey, Molla Duran Efendi, Halil Bey der Überschwengliche und die anderen waren gekommen, um dem Hauptmann ihr Bedauern auszudrücken, doch dieser wollte keinen von ihnen empfangen. Murtaza Aga, vor Wut schon ganz außer sich, bebte wie ein straff gespannter Bogen.

»Mensch, Hauptmann!« zischte er wie eine Schlange, »Mensch, Hauptmann, du hast uns lächerlich gemacht, hast uns vernichtet. Mensch, Hauptmann, wie einen Helden haben wir dich empfangen. Mensch, Hauptmann, nicht einmal Mustafa Kemal Pascha wurde in Ankara und Izmir nach seinem Sieg im Freiheitskrieg so begrüßt. Mensch, Hauptmann, wie Napoleon kamst du in diese Provinzstadt gezogen. Mensch, warum tischtest du uns diese Lüge auf und machst uns in Ankara, in Istanbul und in der ganzen Welt lächerlich? Mensch, alle Zeitungen haben von Ince Memeds Tod berichtet; wie willst du denn jetzt deinen Hals aus der Schlinge ziehen?«

»Der schafft das schon«, sagte Halil Bey der Überschwengliche, »Hunde beißen einander nicht.«

»Und ob sie sich beißen«, widersprach Molla Duran Efendi, »aber was wird jetzt aus uns? Ob der Hauptmann verschwindet oder stirbt, geht uns nichts an, aber wie sollen wir Ince Memed, dieser Plage, entkommen?«

»Wir entkommen ihm nicht«, antwortete Halil Bey.

»Und wie er immer dasteht, unser hochverehrter Hauptmann, den rechten Fuß vorgestreckt, den Daumen unterm Kinn, leicht vornübergebeugt, wie Mustafa Kemal Pascha vor der Schlacht bei Kocatepe ... Möge dein Herd doch verlöschen, Hauptmann, wie du unseren zum Verlöschen bringst. Die ganze Stadt hast du lächerlich gemacht, wie sollen wir uns jemals davon erholen?«

»Davon erholen wir uns nicht«, sagte Zülfü bestimmt, »aber du bist daran auch ziemlich Schuld, Murtaza Aga, ließest dich mitreißen.«

»Und ob ich mich mitreißen ließ, warum auch nicht? Ich lasse meinen Gefühlen freien Lauf. Auch vor Freude. Ihr wißt doch selbst, wie es gewesen ist. Wir haben die Nachricht bekommen, daß ein Feind des Volkes, des Vaterlandes, der Familie, des großen Mustafa Pascha, daß ein Verräter mit einem Fez auf dem Kopf getötet wurde. Wärest du nicht auch verrückt vor Freude bei der Todesnachricht desjenigen, der deinen besten Freund mitten ins Auge getroffen und sein Gehirn an die Mauer gepustet hat? Was hättest du denn an meiner Stelle getan, Zülfü Bey?«

»Ich hätte mich gelassener benommen, Murtaza Aga.«

»Das kann ich nicht, Zülfü, kann ich nicht. Du siehst doch, was der sich jetzt uns, den Notabeln der Stadt, gegenüber herausnimmt: Er empfängt uns nicht. Und so etwas kann ich nicht ertragen. Wofür hält sich denn dieser Hosenscheißer?«

»Ja, wofür hält er sich?« entrüstete sich auch Molla Duran Efendi.

»Blähte sich, daß man an ihm nicht vorbeikam, und jetzt liegt er flach, unser Held der Nation!«

»An seiner Stelle legtest du dich auch ins Bett.«

»Darf er denn nach dieser Lüge in dieser Stadt bleiben, nachdem er ihren herrlichen Ruf so mit Dreck beworfen hat? Soll er bleiben, Zülfü Bey? Werden Eure Exzellenz Herrn Arif Saim Bey in dieser Angelegenheit keinen reinen Wein einschenken? Oder wäre dieser kleine Dienst an unserer Stadt zuviel des Guten?«

»Dieser Hauptmann Faruk wird in Kürze schon Ince Memed den Garaus machen!« Zülfü Beys Stimme zitterte vor Wut. »Ich, ich, ich traue diesem Hauptmann Faruk Bey sehr viel zu.«

»Traue ihm nur weiter! Ich wünsche dir alles Gute mit diesem Lügner.«

»Er ist ein junger Mann mit Stolz. Sein verletztes Ehrgefühl machte ihn so krank, wie du siehst. Er kann niemandem ins Gesicht sehen. Wenn er das erst einmal überwunden hat ...«

»Dann wird er's den Bauern von Çiçeklidere aber zeigen! Er wird ihnen sämtliche Knochen zermalmen. Da kommt was auf die Dörfler des riesigen Taurus zu, auweh!«

»Prügel sind die einzige Sprache, die der Dörfler versteht«, antwortete Zülfü mit barscher Stimme.

»Das denkst du!« sagte Murtaza Aga und ging wütend davon. Zu Hause angekommen, fragte er schon in der Tür: »Irgendeine Nachricht von Ali dem Hinkenden?«

»Nicht eine einzige«, antwortete Hüsne Hanum.

»Ich muß ihn finden. Mir bleibt keine andere Wahl. Niemand will wahrhaben, was jetzt auf uns zukommt. Ince Memed wird die Dächer über ihren Köpfen einreißen, und die haben keine Ahnung. Einzig und allein Molla Duran Efendi begreift, worum es geht. Und das nur, weil er diese Räuber auch am Hals hat. Die Ağacli- Bande, die seinen Sohn getötet hat, wetzt an den Felsen des Taurus schon ihre Schwerter, um auch ihn zu schlachten. Jetzt steht fest, daß wir von der Regierung nichts zu erwarten haben. Und ich wundere mich nicht, Hanum, wenn uns morgen der Hauptmann als Ince Memed ein totes Wildschwein unterschiebt und uns weismacht, er habe, ach, ach, Ince Memed erschossen, aber die Vierzig Auserwählten hätten die Leiche auf dem ungesattelten Pferd in ein Wildschwein verwandelt.«

»Kommt der Kommandant der Gendarmerie aus Adana?«

»Morgen vormittag ist er hier.«

»Sprich mit ihm, erzähle ihm alles!«

»Das werde ich. Er ist ein Mann alter Schule, großherzig wie ein Vater. Vielleicht hat er Verständnis für unsere Lage. Denn dieser Zülfü treibt mich noch in den Wahnsinn.«

»Was hat er wieder angestellt?«

»Daß er Arif Saim Bey, den anderen Agas und Beys diese riesigen Ländereien zugeschanzt und für sich selbst Höfe und Gärten in Hülle und Fülle eingeheimst hat, scheint ihm nicht zu genügen; jetzt legt er mir auch noch Bremsklötze unter die Räder.«

»Was sagt er denn, dieser erbärmliche Hund?«

»Er meint, ich hätte den Fall Ince Memed erst aufgebauscht! Tut so, als wär's eine Läpperei! Ach, Hinkender Ali, ach!«

»Kannst du keinen Mann wie Ali finden?«

»Finde ich nicht, nein, finde ich nicht! Würde ich sonst vor diesem Hund, vor diesem hinkenden Köter, so buckeln? Er ist Ince Memeds Feind und außerdem beherzter noch als der. Ince

Memed fürchtet sich vor ihm. Ich habe meinen Herd eigenhändig zerstört, habe mir mein eigenes Todesurteil eigenhändig um den Hals gehängt.«

»Vielleicht findet man ihn noch.«

»Ach, wenn ich ihn nur einmal wiedersähe! Ich würde ihn schon so weit bringen, daß er mir verzeiht! Ich wollte ihn doch nur prüfen, Hanum! Woher sollte ich denn wissen, daß er um seine Ehre so besorgt ist, aaach, woher sollte ich das wissen? Hätte ich ihm doch nie auf den Zahn gefühlt!«

»Wir werden ihn finden. Die ganze Stadt sucht in allen Himmelsrichtungen nach ihm.«

»Ob ich dem, der Bruder Ali findet, etwas schenke oder eine Belohnung von, sagen wir, tausend Lira aussetze?«

»Nur nichts übereilen, mein Aga, heute oder morgen werden sie ihn aufstöbern. Finde du eine Möglichkeit, und erzähle alles dem Distriktkommandanten der Gendarmerie!«

Murtaza Aga konnte in jener Nacht fast kein Auge zutun. Und wenn er dennoch hin und wieder einnickte, hatte er die unmöglichsten Träume. Eine große Anzahl aneinandergereihter Menschen wurde am Ufer eines Stromes entlanggetrieben. Und aus ihren Augen flossen Bäche von Blut, vermischten sich mit dem strömenden Wasser und färbten es blutrot. Und an der Spitze dieser Menschen Murtaza Aga, mitten in die Augen getroffen von Kugeln, die aus seinem Nacken wieder herausgeschossen waren.

Am nächsten Morgen gingen sie gleich zum Landratsamt und warteten dort gemeinsam mit dem Landrat auf den Distriktkommandanten der Gendarmerie, einen Obersten. Es dauerte nicht lange, und als der Wagen des Kommandanten vor dem Amtsgebäude hielt, hatten sie ihn schon längst durchs Fenster ausgemacht, eilten Murtaza und der Landrat im Laufschritt hinunter und begrüßten den Obersten.

Murtaza Aga redete sich's von der Seele, erzählte mit allen Einzelheiten, was die Bevölkerung unter den Räubern alles erleiden mußte. Der Oberst, ein väterlich wohlwollender Mann, war tief gerührt. Beinahe hätte er geweint.

»Mir tut dieser junge Hauptmann auch leid. Bestimmt quält er sich jetzt sehr. In dem Alter kann man so etwas nicht verkraften. Deswegen ist er krank geworden. So, so, die Räuber und dieser Ince Memed quälen und foltern unser Volk schlimm!«

»Schlimmer noch als schlimm.«

»In meiner Jugendzeit«, sagte der Oberst lachend, »brachte man jeden Tag einen Toten zur Gendarmerie und behauptete, es sei der berüchtigte Räuber Çakircali der Recke. Das Volk belog uns. Damals war ich noch sehr jung. Eines guten Tages hatte unser Hauptmann an Stelle des vermeintlichen Çakircali einen Schmuggler erschossen und die Leiche den Dörflern gezeigt. Und die behaupteten steif und fest, es sei der berüchtigte Çakircali. Als der Hauptmann dann nach Izmir kam und erfuhr, daß der Tote keineswegs der gesuchte Räuber war, wollte er sich das Leben nehmen. Das waren noch Zeiten! Und wie geht es unserem Hauptmann Faruk Bey? Als ich hörte, daß er krank geworden sei, war ich sofort im Bild und bin hergeeilt.«

»Er empfängt niemanden«, antwortete der Landrat.

»Gestern wollten wir, etwa zwanzig Honoratioren der Stadt, ihn besuchen und eine gute Besserung wünschen, doch er hat uns nicht empfangen.«

»Kann er nicht, kann er nicht«, der Oberst lachte wieder, »er wird noch eine ganze Weile niemandem ins Gesicht sehen können. Na, da will ich mich mal aufmachen und zu ihm gehen.« Er stand auf. »Wir sehen uns nachher.«

»Zu Diensten, mein Oberst!«

Der Hauptmann, geschniegelt, gebügelt und frisch rasiert, erwartete den Obersten schon vor der Haustür, wo er ihn in strammer Haltung empfing.

»Ich hoffe, es geht dir besser, Hauptmann!« begrüßte ihn der Oberst.

Vorweg der Oberst, hinter ihm der Hauptmann, gefolgt von Unteroffizier Asim, gingen sie nach oben. Im Salon ließ sich der Oberst in einen Sessel fallen. Er war ein ziemlich dicker Mann und beim Treppensteigen außer Atem geraten. Dann sagte er zu den beiden, die stehengeblieben waren: »Bitte, setzt euch!«

Der Hauptmann und der Unteroffizier setzten sich.

Der Oberst lachte. »Ich hoffe, es geht dir besser«, sagte er noch einmal. »Diese Dinge macht jeder Gendarm einmal durch, Hauptmann.«

»Die Dörfler haben mich beschwindelt.«

»Ja, sie schwindeln, Hauptmann. Und Sie werden noch viele Ince Memeds töten, viele Ince Memeds gefangennehmen und einsperren. Das ist ehernes Gesetz in unserem Beruf. Einen Räuber zu erwischen, zu töten, den das Volk liebt und beschützt, ist schwer.«

»Ich weiß, mein Kommandant.«

»Das Volk hat diesen Mann schon jetzt in den Rang eines Heiligen erhoben. Bei uns in Izmir ist Çakircali Memet der Recke immer noch ein Heiliger. Pilger, die von der in Wasser aufgelösten Erde seines heiligen Grabes trinken, sollen von allen Krankheiten gereinigt werden. Und auch euer Ince Memed ...«

»Ja, ja, mein Kommandant.«

»Wenn es stimmt, was man so sagt ... Ein Heiliger ...«

»Es stimmt schon, mein Kommandant, dennoch werde ich Ihnen, Ihnen höchstpersönlich, seinen Kopf bringen.«

»Inschallah, mein Hauptmann! Aber wenn Sie sich schon diese kleinen Dinge so zu Herzen nehmen ... Da habe ich ganz andere Sachen erlebt, Hauptmann. Ich werde Ihnen eine Kompanie Gendarmen und drei Offiziere schicken. Auch Unteroffiziere können Sie haben. Sie sind mir für diese Region verantwortlich, und die Kompanie untersteht ausschließlich Ihrem Befehl.« Er stand auf. »Ich hoffe, es geht Ihnen besser, nehmen Sie es sich nicht so zu Herzen, Hauptmann!«

»Ich danke Ihnen, Kommandant!«

Mit schweren Schritten ging der Oberst die Treppe hinunter, sagte »Gott befohlen!« und stieg in seinen Wagen.

Kaum war er verschwunden, erwachte der Hauptmann zu neuem Leben. Er eilte in den Dienstraum, und während er sich an seinen Schreibtisch setzte, zischte er zwischen zusammengebissenen Zähnen: »Blut werde ich diese Dörfler von Çiçeklidere kotzen lassen!«

Als man mit dem Obersten im Hause des Landrats zu Mittag aß, wurde an die Tür geklopft. Einer von Murtaza Agas Leuten kam herein und blieb wortlos stehen. Murtaza Aga wußte sofort, worum es ging, stand auf und ging mit schlotternden Knien zu dem Wartenden: »Habt ihr ihn gefunden?«

»Wir haben ihn gefunden.«

»Wo soll er sein?«

»In der Mühle Hasan des Schwarzen.«

»Holt ihn sofort, und bringt ihn zu mir! Sowie der Oberst fort ist, komme ich nach Haus. Sag der Hanum mit meinen Grüßen, bis ich komme, soll sie sich aufmerksam um meinen Bruder Ali kümmern!«

Als Murtaza Aga an den Tisch zurückkehrte, betrachteten die anderen neugierig sein vor Freude so plötzlich erhelltes Gesicht.

»Ich hab ihn gefunden«, frohlockte Murtaza Aga. »Ich habe Ali den Hinkenden gefunden! Einen Todfeind Ince Memeds. Er wird unseren Brüdern, den Gendarmen, eine große Hilfe sein. Ich hatte mir einen kleinen Scherz erlaubt. Ich stellte ihn auf die Probe, er hat es mißverstanden und auf der Stelle mein Haus verlassen. Was für ein Ehrenmann!«

Aufgeregt erzählte er dem Obersten, um wen es sich bei Ali dem Hinkenden handelte. Dabei vergaß er sogar zu essen und beschrieb, ohne einen Bissen zu sich zu nehmen, wie hervorragend Ali Spuren verfolge, daß weder die Ameise auf der Erde, nicht einmal der Vogel in der Luft vor ihm sicher seien, daß er am Fußabdruck des Menschen dessen Gedanken lesen, ja, erraten könne, wie dieser sich verhalten werde und welche Eigenschaften er habe. Er lobte des Hinkenden Wissen, pries seine Schießkunst, mit der er den fliegenden Kranich ins Auge, den flüchtenden Hasen in die Hinterläufe träfe, und zählte auch sonst seine Fähigkeiten eine nach der anderen auf.

»Legende, werden Sie sagen, aber das ist es nicht. Nicht nur diese Stadt, nein, der ganze Taurus kann es bezeugen.«

»Ja, es stimmt«, bestätigte der Landrat.

»Es gibt sie«, der Oberst lachte vor Freude, »es gibt sie, diese Männer mit zehn Talenten an zehn Fingern, und es wäre gut, wenn solche Männer mit uns zusammenarbeiteten.«

Der Oberst erhob sich. Heute hatte er Murtaza Aga näher kennen- und schätzengelernt. Und dafür dankte er dem Landrat. Noch bevor der Wagen des Obersten gestartet war, hatte sich

Murtaza Aga schon im Laufschritt auf den Heimweg gemacht. Ganz außer Atem eilte er die Treppe hoch: »Wo ist er, wo ist mein Bruder, wo? Ich bitte um Entschuldigung, Mensch! Was bist du aber auch für ein empfindlicher Ehrenmann, Bruder! Explodierst gleich wie weißes Schießpulver! Noch bevor wir dich auf die Probe gestellt haben ...« Er rannte von einem Zimmer ins andere und schrie: »Hüsne, Hüsne, wo steckst du denn, Hüsneee!«

Hüsne Hanum und all die anderen waren in den Salon geeilt. Gefolgsmänner, Pferdeknechte, Sekretäre, sogar die Kinder. Sie standen alle da, unterwürfig und stumm.

»Warum seid ihr so still? Wo ist Ali Aga, unser Bruder?«

»Er ist nicht gekommen«, antwortete Hüsne Hanum. »Wen ich auch seit heute morgen nach ihm geschickt habe, es war umsonst. Und mit keinem der Leute redete er ein einziges Wort.«

»Allah, Allah, was soll das heißen, warum das denn, Allah, Allah! Und was soll nun werden?« Er setzte sich auf das Wandsofa, senkte den Kopf und überlegte. »Ihr könnt gehen«, forderte er das dastehende Gefolge auf. »Du, Hüsne, bleib!« Hüsne Hanum setzte sich neben ihn. Nebeneinander blieben sie eine Weile sitzen, ohne zu reden.

»Was meinst du, Hüsne, soll ich zu dem Hinkenden gehen, ihm zu Füßen liegen, auf die ich geschissen habe? Die ganze Stadt weiß, daß ich ihn gekleidet und gegürtet und wie ich ihn davongejagt habe. Gibt es noch einen, der es nicht erfahren hat? Wird uns die Stadt nicht auslachen, wenn ich jetzt zu ihm gehe?«

»Sollen sie doch lachen«, antwortete lächelnd Hüsne Hanum, »sollen sie doch lachen. Wer sind sie denn? Ein Haufen Pack! Hier steht unser Leben auf dem Spiel, und wir sind auf der Gratwanderung zwischen Diesseits und Jenseits wie auf des Schwertes Schneide. Wofür hält sich dieses Pack? Hast du schon gehört, was mit Ince Memed geschah, hast du's schon gehört?«

»Gottes Fluch über ihn!«

»Zwölf in grünem Gewand auf zwölf Grauschimmeln kamen geritten, hüllten ihn in grüne Seide, legten ihn auf einen grünschimmernden Grauschimmel und zogen von dannen. Und während das alles geschah, standen die Gendarmen mit offenen Augen wie angewurzelt da und konnten kein Wort über die Lippen bringen.«

»Lauter Lügen, es war ganz anders.«

»Gelogen, das kenne ich schon, gelogen ... Ince Memed wurde zu den Vierzig Unsterblichen auf den Berg Düldül gebracht. Und es dauert nicht mehr lange, dann erscheint er an der Spitze von tausend grüngewandeten Männern mit blanken Schwertern. Er wird erscheinen und hinunter in die Çukurova ziehen und sie bis in den letzten Winkel erobern. Er wird von denen, die viel haben, nehmen und es denen, die nichts haben, geben. Und nachdem er erschienen ist, werden in der Çukurova, ja, im ganzen Taurus Wolf und Lamm einträchtig miteinander leben. Jeder wird arbeiten, jeder gleich viel verdienen, jeder das gleiche essen. Niemand wird auf den anderen neidisch sein. Wenn Ince Memed erscheint, wird nicht nur keiner seinen Nächsten verletzen, nein, er wird ihn auch nicht im geringsten kränken. Wenn Ince Memed erscheint, wird der Mensch keinem Menschen, nicht einmal einer Ameise Böses tun ... Wenn er erscheint ...«

»Genug, um Gottes willen, schweig, Hüsne Hanum! Lügen, lauter Lügen! Sie stammen alle aus dem Hirn des Molla Duran. Wir hatten ihm gesagt, er solle ein bißchen spinnen, aber doch nicht gleich so übertreiben. Wenn er jetzt schon aus Ince Memed einen Heiligen macht, sind wir erledigt. Als reichte uns der Räuber nicht. Sollen wir uns denn auch noch mit einem Heiligen herumschlagen? Gottes Fluch über dich, Molla Duran! Um unsere Lage etwas zu erleichtern, laß dir was einfallen, und leg es dem Volk ins Maul, haben wir gesagt. Und sieh, was er daraus gemacht hat!«

»Es stimmt«, entgegnete Hüsne Hanum. »Alles, was ich eben gesagt habe, stimmt. Zwölf Grüngewandete auf Grauschimmeln, einer das Ebenbild des andern, und alle sahen aus wie Ince Memed. Du kannst ja unsere Leute fragen, sie haben es mit eigenen Augen gesehen, warum sollten sie lügen? Kurz vor Tagesanbruch, als der Morgen graute, haben sie es ganz genau gesehen.«

»Gelogen!«

»Es kann keine Lüge sein, liebster Murtaza, unmöglich! Stekken wir doch nicht wie der Vogel Strauß in der Wüste den Kopf in den Sand. Molla Duran Efendi hat es weit hinten in Ägypten gelesen, und er sagt, daß Ince Memed auferstehen und in unserer Mitte wiedererscheinen wird.«

»Gott verfluche diesen Molla Duran tausendundeinmal … Doch was machen wir jetzt mit Ali dem Hinkenden, kannst du mir das sagen?«

»Schicken wir noch jemanden zu ihm. Wenn es dir recht ist, auch mehrere, denen er sich verpflichtet fühlt. Wenn du willst, auch den Imam unserer Moschee.«

»Da kenne ich Ali nur zu gut. Der kommt nicht, wen immer wir auch nach ihm schicken.«

»Dann geh selbst hin, und stimme ihn versöhnlich!«

»Na hör mal, in meinem Alter soll ich mich diesem hinkenden Köter zu Füßen werfen, nachdem ich an sein lahmes Bein geschissen habe? Ach, ach, ach!« Murtaza knirschte mit den Zähnen. »Schade, wie schade, daß wir außer Ali dem Hinkenden keine andere Wahl haben. Was sollen wir tun?«

»Ist er nicht dein Bruder, und hast du deinen Bruder nicht geprellt? Also mußt du zu ihm gehen, auch wenn du der Ältere bist.«

»Es fällt mir schwer, Frau, es fällt mir sehr schwer, diesen hinkenden Scheißkerl aufzusuchen. Lieber sterben als das.«

»Gott bewahre!«

»Was werden denn die Leute sagen? Die ganze Stadt wird über mich herziehen. Sollten wir uns nicht lieber davonmachen, um endlich Ruhe zu haben? Vielleicht einige Jahre in Adana wohnen, bis diese Plage Ince Memed von der Bildfläche verschwunden ist, was meinst du, Hanum?«

»Das mußt du wissen.«

»Aber die Geschäfte, die Pferde und Bauernhöfe? Was wird aus mir, gerade jetzt, wo jeder sich riesige Felder aneignet, jeder einen Teil der Ebene an sich reißt? Nein, mir bleibt nichts anderes übrig, als Ali zurückzuholen. Er beschützte mein Leben. War es denn nötig, ihn so zu prüfen, mit ihm solch Schabernack zu treiben? Manche Menschen vertragen nun einmal nicht jeden Spaß.«

Er schwieg, ließ den Kopf hängen und verharrte so eine ganze

Weile. Auch die Hanum neben ihm schwieg, auch sie dachte nach, glaubte, daß Ince Memed eines Tages auferstehen, wieder erscheinen und ihr Herdfeuer auslöschen werde. Als junges Mädchen hatte sie im Elternhaus von dem grüngewandeten heiligen Mann gehört, der eines Tages erscheinen und von der Wahrheit, Güte, Gleichheit und Brüderlichkeit predigen und sie verwirklichen werde. Dann würde niemandem mehr Unrecht geschehen, der Geringste auch von dem Mächtigsten sein Recht bekommen, jeder, ja jedes Geschöpf auf Erden glücklich sein; es gäbe dann überall nur lachende Gesichter und Blumen über Blumen auf Bergen, in Tälern, in Dörfern und Städten. Die ganze Welt würde sich in einen blühenden Garten verwandeln, und es gäbe außer dem Tod nichts, was den Menschen bedrücken könnte. Und warum sollte Ince Memed nicht dieser Mann sein?

Doch dann fragte sie sich, ob aus jemandem, der Blut vergossen hat, ein grüngewandeter Heiliger werden kann. Aber wenn es das Blut eines Abdi Aga war, eines Mannes, der sich zum Gott über fünf Dörfer erhoben und die Menschen dieser fünf Dörfer gequält hatte, dann könnte derjenige, der es vergoß, doch ein Heiliger werden … Oder wenn jemand, der einen wie Ali Safa Bey tötet … »Der könnte ein Heiliger sein.«

»Was sagst du da?« fragte Murtaza Aga mit verstörtem Gesicht.

»Geh du jetzt zu Ali dem Hinkenden, und denk nicht so lange darüber nach. Früher oder später gehst du ja doch.«

»Stimmt, ich werde gehen.« Er stand auf. »Wo sind Alis Kleider, seine Stiefel und sein Hut?«

»Nur die Stiefel sind noch da. Hast du nicht das andere dem Stallmeister Saban geschenkt?«

»Ja, und was machen wir nun? Oh, oh, was man vor lauter Freude so alles anstellt!«

»Hauptsache, man bleibt gesund, das andere findet sich.«

»Ja, es findet sich«, sagte Murtaza Aga, »aber was machen wir jetzt ohne die Kleider?«

»Meister Saban ist noch da, er arbeitet unten im Haus. Ich schicke jemanden und lasse die Kleider holen, und du kaufst ihm das gleiche noch einmal und ein Paar Stiefel dazu.«

»Auf der Stelle«, antwortete Murtaza Aga und freute sich. Hüsne Hanum rief einen Diener und sagte ihm Wort für Wort vor, wie er beim Meister Saban um die Kleider zu bitten hatte. Kurz darauf lag alles in einem seidenen Beutel verpackt neben Murtaza Aga bereit.

»Nun, ich habe keine andere Wahl und werde zu diesem hinkenden Hund gehen. Mehr tot als lebendig, aber was kann ich anderes tun? Sag ihnen, sie sollen mir mein Pferd bringen!«

»Das Pferd steht gesattelt vor der Tür und wartet auf dich.«

»Bleib mir erhalten, Hanum!«

»Gott schärfe dir Zunge und Klinge!«

Am Eingang zur Mühle empfing ihn achtungsvoll Hasan Aga der Schwarze, hielt ihm die Zügel und führte, nachdem er abgesessen war, das Reitpferd in den Schatten der Platane und band es dort fest.

»Willkommen in unserer Mühle, Murtaza Aga!«

»Ich danke dir«, begann Murtaza, doch er ging keinen Schritt weiter. Die Wassermassen, die auf das Mühlrad stürzten, und die mahlenden Mühlsteine machten einen unglaublichen Lärm, so daß Hasan Aga kein Wort verstand, während sein Gegenüber aus Leibeskräften brüllte.

Schließlich wurde es Hasan Aga zuviel: »Warte, mein Aga, ich halte das Mahlwerk erst einmal an und komme zurück.«

Er verschwand in der Mühle, und der schreckliche Krach brach plötzlich ab. Diese Stille erschreckte Murtaza Aga noch mehr. »Ich sagte gerade …«, stotterte er. »Also, ich sagte, daß unser verrückter Junge, mein Bruder Ali, hier sein soll …« Während er sprach, versuchte er zu lächeln, doch es gelang ihm nicht.

»Da drinnen, mein Guter«, antwortete Hasan Aga der Schwarze, »er ist da drinnen. Und es geht ihm gut, doch seit er hier ist, hat er das Haus kein einziges Mal verlassen.«

»Wie sollte er auch, der Arme! Ich habe so eine Scheiße gebaut, und er hat diesen Spaß nicht verstanden. Nun ja, es war der Spaß eines Esels … ja, eine Eselei.«

Er stand noch immer an derselben Stelle, konnte keinen Schritt weitergehen, und Hasan der Schwarze hielt die von Mehl geweißte Tür der Mühle weit offen, sagte immer wieder »Bitte sehr, Aga!« und wartete.

»Bitte sehr, Murtaza Aga!«

Und Murtaza Aga stand da, als habe er ihn nicht gehört.

So blieb er über eine halbe Stunde vor der Tür stehen. Er wollte lachen, es gelang ihm nicht, er wollte etwas sagen, es blieb bei einigen sinnlosen Fragen, und die Antworten gingen ihm zum einen Ohr hinein und zum anderen wieder hinaus.

Es dauerte lange, bis er sich gefaßt hatte und lächeln konnte. Er versuchte es noch einigemal, und als es ihm richtig gut gelang, ging er sofort lachend hinein und rief mit freudiger Stimme: »Ich bin gekommen, Ali, Bruder! Kommt der Berg nicht zu Moses, geht Moses zum Berg. Und da bin ich. Wie geht es dir, mein Bruder Ali mit dem Gesicht so schön wie die Rose? Mann, entbietet der Mensch seinem Aga nicht den Willkommensgruß? Sieh dir den an, Hasan Aga, sieh ihn dir an! Du hast recht, er hat mir nicht verziehen. Ich bin gekommen, dich um Vergebung zu bitten, dich aus ganzem Herzen um Nachsicht für meine Verfehlungen zu bitten, verehrter und großherziger Bruder. Ich wollte dich auf die Probe stellen, hätte ich's doch nur nicht getan, es wäre besser gewesen, wenn mir die Zunge im Mund verfaulte. Ich hatte mir gedacht, wollen doch mal unseren furchtlosen Bruder prüfen, wenn wir uns schon entschlossen haben, unseren Lebensweg gemeinsam zu gehen. O nein, hätt ich mir doch lieber das Genick gebrochen. Hoho, Bruder, was bist du doch für ein stolzer Mensch, daß du die Kleider auszogst, weil du meinen Spaß ernst nahmst. Und als du sie mir vor die Füße warfst, da war ich, da war ich … Na ja, weil ich das von dir überhaupt nicht erwartet hatte, da war ich vor den Kindern und meinen Frauen wie erstarrt. Hättest du mir in dem Augenblick einen Dolch ins Herz gestoßen, wäre kein Tropfen Blut geflossen, so erstarrt war ich. Und ich war so unglücklich, so unglücklich. Das ganze Marktviertel, ja die ganze Stadt hatte gehört, was du mir angetan hattest, und alle hatten Mitleid mit mir, sagten: ›Da hat doch der Murtaza Aga endlich einen Bruder gefunden und ist ihn wegen so einer Scheiße wieder losgeworden, so daß er auf dieser Erde niemanden mehr hat und wieder mutterseelenallein dasteht.‹«

Als sein Blick den Kleiderbeutel aus blauer Seide streifte, fiel es ihm wieder ein. »Steh auf!« befahl er barsch. »Steh auf und zieh die Sachen aus, die du da trägst! Nimm diese, und wenn du sie angezogen hast, gehen wir nach Haus. Dein Pferd wartet vor der Tür auf dich.«

Er drehte sich zu Hasan dem Schwarzen um, der an der Tür stehengeblieben war: »Hast du meinem Bruder diese Kleider gekauft?«

»Was blieb mir anderes übrig, mein Aga. Als er zur Mühle kam, war er splitternackt.«

»Du hast recht getan, und ich danke dir aus vollem Herzen und ganzer Seele für die Gastfreundschaft, die du meinem Bruder erwiesen hast. Und ich entbiete dir dafür meine Hochachtung.«

»Ich danke dir, mein Aga. Auch ich entbiete dir tausendmal meine Hochachtung und küsse deine gesegneten Hände ...«

»Wieviel Geld hast du für die Kleider ausgegeben?«

»Das ist überhaupt nicht wichtig, Aga.«

»Was heißt nicht wichtig? Du bist ein armer Mann, von wegen nicht wichtig ...« Er zog eilig seine Geldbörse hervor. »Was heißt denn nicht wichtig, was heißt denn das ... Du hast meinen Bruder, der mir heiliger ist als meine Augen, so gastlich bewirtet, da nimm, nimm schon, nimm!«

Er hielt ihm einen Fünfzigliraschein hin.

»Um Gottes willen, Aga, das ist zuviel ... viel zuviel! Das Geld verdiene ich nicht in einem Jahr, um Gottes willen, mein Aga, ich bitte dich, was soll ich mit so viel Geld anfangen?«

»Du hast Kinder. Nimm das Geld, und steck es in die Tasche!« Seine Stimme klang hart und befehlshaberisch, Hasan durfte ihm jetzt nichts abschlagen. Mit zitternden Händen zog er einen gehäkelten Geldbeutel hervor, faltete den Geldschein mehrmals und steckte ihn hinein.

»So, und nun steh auf, Bruder Ali, zieh den Trödel aus, und leg deine eigenen Kleider an!«

Ali hielt den Kopf gesenkt. Er war wie versteinert. Und was der andere auch sagte, es berührte ihn nicht.

Murtaza Aga sah Hasan den Schwarzen an, ließ ihn nicht aus den Augen, als erwarte er Hilfe von ihm. Doch dann besann er sich und sagte: »Laß uns allein, einfältiger und gutherziger Hasan

Aga! Ich werde auch mit Molla Duran Beyefendi über dich sprechen, er soll dir die Pacht für dieses Jahr erlassen, einverstanden?«

»Leben und Gesundheit meinem Aga!«

»Diese Mühle gehört doch Molla Duran Efendi, nicht wahr?«

»So ist es, mein Aga.«

Murtaza Aga bedeutete ihm, daß er hinausgehen und die Tür hinter sich schließen solle. »Und nicht so weit, bleib in Rufweite!« rief er hinter ihm her, als dieser sich aufmachte.

»Wird gemacht, mein Aga!«

»Hör mir zu, Bruder Ali, ich weiß, daß ich dich sehr verärgert habe. Ich habe dein schönes Herz verletzt, das empfindlicher ist als eine Rose, feiner als Seide und weicher als Licht. Ich weiß, das Herz ist eine kristallene Blume, und ist es einmal gebrochen, wird es nie mehr, wie es war. Aber die heißen Herzen zweier Brüder sind sich so zugetan, daß sie sogar Kristall, und sei es in noch so viele Stücke zerbrochen, wieder zusammmenschweißen. Und jeden Morgen erblüht von neuem eine rankende blaue Blume. Ja, so ist es, Bruder ...«

Er stellte sich vor Ali hin, beugte sich nieder und sah ihm ins Gesicht: »Was ist mit dir, Bruder, warum tust du das? Ich bitte dich um ein Wort! Ich bitte dich inständig, ja, ich flehe dich an! Auch einem Mörder seines Sohnes verzeiht man, wenn er so in sich geht. Ich will deine Füße küssen, Ali, sag mir irgend etwas. Ich bin wie ein kleiner Vogel, der Schutz sucht unter einem Busch, und dieser Busch bist du. Tu mir das nicht an, und komm mit mir in dein Haus ... Kann der Mensch einen anderen mehr anflehen als ich, Ali?«

In seinen letzten Worten klang Wut. Ja, Murtaza wurde wütend, und auch seine Hände begannen zu zittern.

»Nun sag schon, Ali!« seine Stimme überschlug sich. »Sag schon, wirst du mit mir reden, wenigstens ein Wort? Du verdammter, gottloser Humpler, nicht einmal für sein Leben läßt man einen Menschen so betteln.«

Er durchmaß die Mühle von einem Ende zum andern, schlug mit den Füßen auf den Boden, breitete die Arme aus, schlug die Hände zusammen, schüttelte den Kopf.

»Mensch, Hinkender«, brüllte er plötzlich, so laut er konnte,

»Mensch, hinkender Hahnrei, an dessen Bein ich geschissen habe, denkst du eine besondere Scheiße zu sein, nur weil du ein paar Spuren lesen kannst? Du verdammtes Wildschwein, du räudiger hinkender Schweinehoden, hältst du dich etwa für einen Menschen?«

Alle Schimpfworte, die er kannte, reihte er aneinander, und ihm fielen immer mehr ein; der Hinkende dagegen rührte sich nicht von der Stelle, starr wie ein Stein, schien er nicht einmal zu atmen, zuckte er nicht einmal mit den Augenlidern.

Schließlich sah Murtaza ein, daß er zu weit gegangen war, und dämpfte seine Stimme: »Hör zu, Ali, mein Bruder«, begann er von neuem, doch mit samtweichem Ton. »Hör zu, Ali, mein Bruder, sag diesem deinem Bruder Murtaza ein, zwei Worte, und töte mich nicht. Wenn du willst, komm nicht in dein eigenes Haus. Aber sei mir nicht böse, ich bitte dich. Du zerreißt dieses empfindliche, kindliche, tapfere Herz, dieses Herz des Bruders von Ali dem Hinkenden, zerreißt es in Stücke, daß es blutige Tränen weint. Sag deinem Bruder ein einziges Wort, Ali! Aliii, Aliii, Aliii ... Ein einziges Wort nur, mehr nicht!«

Er machte vor Ali halt, beugte sich wieder zu ihm nieder, sah ihm ins Gesicht und richtete sich freudestrahlend wieder auf: »Dein Gesicht ist weicher geworden, dein schönes, rosiges Gesicht ist weicher geworden! Mein Leben für dieses Gesicht! Demnach wirst du doch mit mir sprechen, ja? Ich warte darauf, werde darauf ein bißchen warten ... O lieber Gott, auch diesen schönen Tag soll ich noch erleben, mein Bruder Ali wird reden. Dank, Gott sei Dank, Dank dem, der Ali zum Sprechen bringt!«

Er begann wieder zwischen Tür und Mühlsteinen hin und her zu wandern. »Ich warte, warte auf ein einziges Wort. Nenne nur meinen Namen, mehr will ich nicht!« Schließlich setzte er sich in einer Ecke auf einen alten, abgewetzten Mühlstein, den man dorthin gerollt hatte. In Schweiß gebadet, starrte er zu Ali hinüber. Und wieder wird er wütend; ihm ist, als stecke eine Faust in seiner Kehle, er möchte sich auf Ali stürzen und ihm den Hals zudrücken, doch dann, mit großer Anstrengung, beherrscht er sich.

Mit einem Seufzer stand er wieder auf. »Du wirst nicht mit

mir sprechen, ja? Was soll ich also tun? Ali, sieh mich an ...« Er hielt seine Stimme gedämpft und achtete mit Bedacht auf ihren Klang. Sie kam weich, eindringlich, freundlich und wie von Herzen. »Hör zu, mein Ali, mein Sohn, mein Bruder, mein Augapfel, hör zu, ich spreche mit dir! Du hast elf Kinder, aber nur eine einzige Frau. Ist doch schade, denn du bist jung und kannst dir noch zwei junge, rosige Frauen nehmen. Einen Hof mit hundert Morgen Land kannst du jetzt schon als Geschenk betrachten. Und wenn ich ihn nicht morgen schon ins Grundbuch eintragen lasse, soll meine Mutter mein Weib sein! Gibt es einen größeren Schwur als diesen, Ali? Sieh, Ali, mein Sohn, mein Augapfel, wenn du willst, werde ich dir noch ein Wohnhaus kaufen. Was heißt werde, ich hab's schon gekauft. Den zweistöckigen Konak von Murat dem Einwanderer. Er soll ihn für hundertunddreißig Lira verkaufen, ich kaufe ihn, dir zum Segen wie die Milch deiner Mutter! Morgen schon hast du einen Auszug aus dem Grundbuch in Händen. Und damit, mein Sohn, kann dir niemand weder Haus noch Hof wegnehmen. Und vor der Tür wartet dein Rotschimmel auf dich. Und zu Hause eine fabrikneue deutsche Flinte, unberührt wie eine Jungfrau. Nun, was sagst du dazu, Ali? Ich werde dich auch in Lohn und Brot nehmen, werde dir meine mit Gold eingelegte Pistole geben, und meine Uhr samt goldner Kette, ein Geschenk Ismet Paschas, bekommst du auch.«

Er tupfte Ali auf die Schulter und tätschelte seinen Rücken: »Also los, Bruder, laß uns nach Hause gehen«, fuhr er fort, »es ist schon spät. Du weißt, wie sehr dich die Hanum mag, mehr noch als einen Bruder. Vor lauter Ausschauhalten hat sie bestimmt vier Augen bekommen. Was ist nun, Ali, kommst du nicht mit?«

Erschöpft ging er wieder zu dem Mühlstein an der Wand, setzte sich und keuchte wie ein Blasebalg. Unter der staubigen Decke voller Spinnweben hatten Schwalben ihr Nest gebaut, aus dem die Jungvögel laut schilpend die weit geöffneten, übergroßen gelben Schnäbel streckten. Murtaza, wieder zu Atem gekommen, stand auf und zeigte auf das Nest: »Sieh sie dir an, Bruder Ali!« sagte er und lachte. »Sieh sie dir an, die jungen Vögel, wie sie ihre Schnäbel aufreißen und darauf warten, daß sie von den

Alten gefüttert werden. Und auch deine elf Kinder in den Bergen, deine elf Lieblinge, arm, nackt und hungrig, halten Ausschau; Ausschau nach dir. Warum willst du sie nicht retten?« Seine Stimme wurde laut: »Und ich, wie ein leiblicher Bruder, reiche dir meine helfende Hand, stoße diese Hand nicht zurück!«

Ausgestreckt hielt er Ali die Hand unter die Nase. Und so ausgestreckt blieb sie eine ganze Weile in der Schwebe, bis sie schließlich leicht zu zittern begann. »Du lehnst diese Hand also ab. Schon gut, mein Bruder!« Er hatte seine Stimme wieder gedämpft, sie klang warm und herzlich. »In Ordnung, Bruder, wie du meinst, Bruder.« Er ließ die Hand sinken und ging hinaus.

Ali war innerlich hin und her gerissen. Dieser Mann würde ja halten, was er versprochen hatte, dennoch mochte er nicht mit ihm reden, ihm nicht einmal mehr ins Gesicht sehen. Besonders als er ihn an das Elend seiner Kinder in den Bergen erinnerte, ging Ali ein Stich durchs Herz. Es hatte an ihm gelegen, sie aus dieser schrecklichen Armut zu befreien. Auch sie könnten in der Çukurova zur Schule gehen, brauchten sich nicht mehr als Knechte und Mägde, Hirten und Tagelöhner zu verdingen … Beinahe wäre er aufgestanden und Murtaza Aga um den Hals gefallen, hätte er ihm zugerufen: Du bist mein leiblicher Bruder, Murtaza Aga, ich hatte längst gemerkt, daß du mich nur prüfen wolltest! Doch wie sehr er auch mit sich kämpfte, er konnte es nicht, konnte es nicht übers Herz bringen, konnte sich selbst nicht besiegen. Und nun war Murtaza Aga gegangen, und er hatte die günstigste Gelegenheit seines Lebens vertan. Während Ali der Hinkende so mit sich haderte, kam Murtaza Aga, Hasan den Schwarzen hinter sich herziehend, freudestrahlend wieder herein und rief mit donnernder Stimme: »Gib dem da einen guten Rat, schwarzer Hasan! Ich habe dich als Zeugen hergebracht, weil ich im Angesicht Gottes schwören will. Was ich jetzt auch aufsage, werde ich, beim Namen Gottes und mit der Hand auf dem Koran, meinem Bruder Ali dem Hinkenden geben.« Und nachdem er alle Geschenke aufgezählt hatte, fragte er Hasan den Schwarzen: »Kannst du alles, was ich aufgezählt habe, im Gedächtnis behalten?«

»Ich kann es behalten, mein Aga.«

Murtaza drehte sich Ali zu, legte seine Hand auf dessen Schulter und bat mit weinerlicher Stimme: »Sprich doch, Ali! Komm, laß uns nach Hause gehen!« Er spürte, daß unter seiner Hand Alis Schulter bebte, und dann merkte er, daß Ali zitterte. »Los, Ali, Gemahlin Hüsne Hanum erwartet uns voller Ungeduld!«

Er redete in einem fort, flehte, wurde wütend, schimpfte, brüllte, jammerte, schmeichelte mit sanfter Stimme; doch Ali, zu Stein erstarrt, schwieg.

Als Murtaza die Schwalbe gewahrte, die pfeilschnell durch die offene Tür hereingeflogen war, verstummte er plötzlich. Der Vogel kreiste nah am Nest, und die Jungen fiepten mit gierig geweiteten Schnäbeln nach Futter.

Im Nu war Murtaza bei Ali, nahm dessen Kopf in seine riesigen Hände und drehte ihn zum Schwalbennest: »Sieh dir diesen Vogel an!« rief er. »Schau hin, sieh ihn dir an! Sieh, mit welcher Freude er Futter gebracht hat und damit seine Jungen versorgt, schau hin! Das ist ein Tier, und du bist ein Mensch. Schau gut hin!« Das finstere Gesicht Alis war schweißbedeckt, seine Augen tränenfeucht. »Los, Hasan Aga, wir gehen hinaus, und er soll diese Vögel betrachten und sich seiner Menschlichkeit schämen, sich schämen und vernünftig werden. Ich komme gleich wieder.«

Ali versuchte hinter ihm herzulaufen, er konnte nicht aufstehen, er wollte sprechen, seine Zunge bewegte sich nicht, sie war wie angeschwollen. Und er konnte seine Augen nicht von der Schwalbe lösen, die hin und her flog und ununterbrochen etwas in die Schnäbel ihrer Jungen stopfte.

Als Murtaza Aga zurückkam, fand er Ali noch so vor, wie er ihn verlassen hatte: den Kopf im Nacken, die Augen auf den Vogel gerichtet, der seine Jungen fütterte.

»Wirst du nicht sprechen, Ali?«

Alis Kopf fiel wieder auf die Brust.

»Du wirst also nicht sprechen, Ali, lahmster der Hinkenden! Dafür werde ich dir einige Überraschungen bereiten, über die mich sogar die Vorsehung beneiden kann. Ist nicht der Oberst der Gendarmerie in Adana mein höchstpersönlicher Freund, mein Herzensbruder? Nun, da werde ich dir in Kürze etwas anhängen, etwas anhängen, sag ich dir! Hör mir gut zu, Hinkender Ali:

Haben Ferhat Hodscha und Yobazoğlu etwas verbrochen? Warum sitzen sie denn im Gefängnis? Ein heiliger Mann Gottes wie Ferhat Hodscha tötet doch nie einen Menschen. Und warum sollte er den armen Adem töten? Er hatte doch gar keinen Grund, auch keinen tieferen. Und dennoch ist er eingekerkert, und vielleicht werden sie ihn hängen. Und wie kam er in diese Lage? Weil wir einen Hinweis bekommen haben, daß er Ince Memed deckt. Und außerdem ist er einer, von dem man nicht weiß, woher er kommt, was er ist, ob Spion oder Bolschewik. Also muß man seinen dreckigen Körper sofort und schnellstens aus dem Weg räumen. Und Yobazoğlu? Warum sitzt der Arme in der Scheiße? Nur wegen Ali Safa Beys Pferd, das Ince Memed jetzt reitet. Und er trägt Schuld an Ali Safa Beys Tod. Schuld an unser aller Tod und auch daran, daß unsere Stadt in dieser großen Türkei in Verruf gekommen ist. Ihn werden sie mitten auf dem Marktplatz hängen, weil er Ince Memed das Pferd gegeben hat. Hör zu, Ali, mein Bruder Oberst bietet dir einen Posten an, das heißt, daß du ein angesehener Beamter wirst. Und wir, die Agas und Beys, werden uns dir mit dem Hut in der Hand nähern. Mein Oberst sagte mir: ›Wenn dein Bruder Ali Efendi der Hinkende ein so geschickter Mann ist, ein unvergleichlicher Spurensucher, der die Spuren der Ameisen auf der Erde, der Spinnen im Netz und der Vögel in der Luft lesen kann, dann werden wir ihn zum Staatsbeamten machen und ihm bis an sein Lebensende ein Gehalt zahlen. Und zwar das Gehalt eines Hauptmanns, nicht eines kahlen Gefreiten auf Zeit.‹ Und wenn du gestorben bist, werden deine Kinder dieses Gehalt bekommen. Und daß ich dich zum staatlichen Spurensucher machen werde, schwöre ich mit der Hand auf dem heiligen Koran. Der Oberst hat auch noch gesagt: ›Dank deinem Freund werden in den Bergen keine Räuber und Diebe mehr übrigbleiben. Er wird ihre Spuren verfolgen und uns sofort benachrichtigen, und dann werden wir ...‹«

Er ging zu Ali und legte ihm die Hand auf die Schulter: »Steh auf!« sagte er. »Steh auf, und laß uns gehen, mein Bruder mit den hellen Augen. Steh auf, kein Diener Gottes ist ohne Fehl, sagten schon unsere Ahnen. Richte mich und dich und deine

Kinder nicht zugrunde, nur weil ich einen Fehler gemacht habe! Schau, du siehst doch die Schwalbe dort, ein klitzekleines Tier, kaum größer als dein Finger, nehmen wir uns an ihr ein Beispiel, und schämen wir uns unserer Menschlichkeit. Sieh doch, wie diese Schwalbe, auch wenn sie noch so klein ist, sich um ihre Jungen kümmert.« Er lächelte entzückt. »Hast du die Schwalben jemals beobachtet, wenn sie fliegen? Natürlich hast du. Sie stürzen vom Himmel herab, schwirren in die Höhe, schießen wie ein Pfeil dahin, tauchen plötzlich wieder am Himmel auf; und was tun sie? Sag schon, du weißt es besser als alle anderen, sag, was tun sie?«

Er ging etwas zurück und wartete darauf, daß Ali auf seine Frage antwortete. Vielleicht, dachte er, würde aus dem Mund dieses dickköpfigen, niederträchtigen Mannes unwillkürlich ein Wort herausrutschen.

»Sag schon, sag schon, sag, was tun sie?«

Als er sah, daß Ali der Hinkende auf dieses Spiel nicht hereinfiel, fing er an zu schreien: »Sag schon, du hinkender Nichtsnutz, an dessen Hinkebein ich scheiße, was tun sie, bringen sie ihren Jungen nicht Fliegen, die sie gefangen haben, sag schon, an dessen hinkendes Bein ich scheiße, du hinkende Fliege … Wer bist du schon, bist du nicht ein Geschöpf, wertloser als eine Fliege?«

Er rannte zur Tür, wollte sie öffnen, besann sich und kam zurück: »Hör zu, dies ist mein letztes Wort, hör gut zu, danach lehne ich jede Verantwortung ab. In Kürze wird vor der Tür dieser Mühle ein Mann getötet werden. Gefoltert, in den Augapfel geschossen, die Haut abgezogen, in einen Sack geschnürt, wird er in den Mühlgraben dort geworfen. Die Strafe dafür ist Hinrichtung. Und fünf Männer werden sagen: ›Bei Gott, wir haben es mit eigenen Augen gesehen, den Mann da hat Ali der Hinkende getötet.‹ Und einer dieser Zeugen wird der Mann sein, der dir Gutes tut, dich seit Tagen hier satt macht: der Müller Hasan der Schwarze. Er soll es nur versuchen, kein Zeugnis abzulegen! Weißt du, wem diese Mühle gehört? Molla Duran Efendi. Hast du nun begriffen? Such dir jetzt eins von beiden aus, entweder gehängt werden oder Staatsbeamter mit Bauernhof, such dir eins davon aus!« Murtaza steigerte seine Stimme bis zum äußersten: »Ich gehe jetzt. Rede, rede, Aliii ...« Er schrie den Namen Ali so gedehnt, als müsse er sich Kilometer entfernt Gehör verschaffen. »So, ich gehe. Alles Weitere liegt jetzt an dir. Und denk ja nicht, daß du mir entkommen kannst.« Er lachte. »In die Berge kannst du nicht, da ist Ince Memed, und hier in der Ebene bin ich ... Und ich gehe jetzt. Du kommst also nicht mit nach Hause? Du wirst schon sehen.« Es klang, als pfiff er zwischen den Zähnen: »Du wirst schon sehen!«

Murtaza schlug die Tür mit solcher Wucht zu, daß die ganze Mühle bebte und Ali aufschreckte. Doch kurz darauf öffnete er sie sachte und kam wieder zurück.

»Hör mal, Ali, mein Bruder, was mir da eingefallen ist, hör mir gut zu! In Zukunft werden sie dich nicht mehr den Hinkenden nennen. Vielleicht nur noch aus Gewohnheit. Aber hinken wirst du nicht mehr. Und wenn du mich fragst, warum, nun, in der deutschen Hauptstadt Berlin machen sie richtige Füße aus Fleisch und Knochen. Also werde ich von unseren deutschen Brüdern, sie sind ja unsere Brüder, einen Fuß kommen lassen, und sollte er eine Million kosten. Und wenn sie nein sagen, den können wir nur in Deutschland einsetzen, dann fahren wir beide in die deutsche Hauptstadt und lassen dir dort deinen neuen Fuß anbringen.«

Von diesem Einfall versprach er sich viel. Ein Mensch, der auch dazu nein sagen würde – einen niederträchtigeren konnte es nicht geben.

»Und danach hüpfst du wie ein Rebhuhn über Stein und Fels, über Wipfel und Gipfel. Und welch tollen Spuren du dann folgen kannst, nicht wahr, Bruder?« Er stockte und stieß plötzlich einen Freudenschrei aus: »Schau, schau, Bruder Ali, schau! Die Schwalbe ist wieder da, schau, mein Bruder, wie die Jungen ihre Schnäbel aufreißen, da paßt ja mein Kopf hinein, und ganz gelb sind sie, und wie die Kleinen ihre Hälse strecken, eine Handbreit mindestens, diese Schlingel, ihre Hälse werden reißen ...«

Als Murtaza »Schau, schau« rief, hatte Ali seinen Kopf zum Schwalbennest gewendet, und jetzt beobachtete er lächelnd, wie die Jungen einen Höllenlärm veranstalteten und die Schwalbe in Nestnähe hin und her schwirrte.

»Ali, sprich!«

Sofort ließ Ali den Kopf wieder auf die Brust sinken. Diesmal fuhr Murtaza völlig aus der Haut und fing an, sich zu schlagen: »Mann, ich werde dir die Haut abziehen lassen«, schrie er, »Mann, ich werde dich pfählen lassen! Und du denkst, ich könnte es nicht, stimmt's, Hinkender, an dessen Bein ich scheiße? Mensch, wir gehören zu denen, die den Freiheitskrieg gewonnen haben. Ein Hinkender Ali, ein so niedriges Geschöpf, an dessen Bein ich scheiße, ist Luft für mich.«

Er schäumte jetzt, hatte die Beherrschung verloren und schrie heraus, was ihm gerade einfiel. Wie lange er so in der Mühle vor Ali tobte und ihn beschimpfte, wurde weder ihm noch Ali, noch Hasan dem Schwarzen bewußt. Und die auf dem Weg zur Mühle waren und das Gebrüll da drinnen vernahmen, hockten sich in eine Ecke des Hofes und hörten zu.

»Hinkender Hahnrei, in dessen Maul ich scheiße, dir ziemt nicht Menschlichkeit, sondern Tod und Qual«, schrie Murtaza schließlich und schnellte wie ein Pfeil durch die Tür hinaus zu seinem Pferd. Der Müller Hasan eilte sofort hinterher, hielt ihm die Zügel und den Steigbügel. Mit finsterer Miene schwang sich Murtaza in den Sattel, doch dann beugte er sich ein wenig vor und sagte leise: »Sag ihm, daß ich mich über seinen Trotz sehr geärgert habe, auch über seine Torheit. Bin ich nicht sein Bruder? Also kann ich auch auf ihn wütend sein. Sag ihm noch, daß der Präfekt ihn zum bezahlten Spurensucher der Regierung machen wird. Ich werde ihm einen neuen Fuß ansetzen lassen, dann wird er nicht mehr wie früher hinken. Und wenn du, Hasan, meinen Bruder umstimmen kannst und er zu mir ins Haus kommt, kaufe ich dir diese Mühle. Und du zahlst sie mir in Raten ab. Du weißt, ich bin ein Mann, der sein Wort hält. Also, ich warte heute nacht zu Hause auf ihn.«

Er zeigte auf die Schwalbe, die wie ein Pfeil in die Mühle schoß: »Schau, Hasan, schau dir diesen Vogel an, er bringt seinen Jungen Futter.« Dann gab er seinem Pferd die Sporen.

11

Zwischen Myrtenbüschen am Hang über der Stadt spielten die Kinder vor einem römischen Sarkophag Knöchelwürfeln. Die verdorrten Blüten des Affodill waren noch nicht abgefallen, winzige weiße Schnecken, nicht größer als ein Knopf, hatten Büsche, Dornen und Gräser wie eine helle Schicht überzogen. Die verschiedensten Wespen, rote, blaue, grüne, gelbe, kleine und große, flitzten mit lautem Gesumm und funkelten in der Sonne. Knöchelwürfeln wurde mit den Fußknöcheln von Schafen, Ziegen oder Kälbern gespielt. Wenn es bei den Erwachsenen dabei auch um Geld ging – für die Kinder war es nur ein Geschicklichkeitsspiel.

Vor seinem Wurf fragte Mustafa der Sänger: »Worum spielen wir?«

Darüber hatten die anderen Kinder noch nicht nachgedacht. Meistens würfelten sie um Krokuszwiebeln.

»Um Krokusse«, antwortete der kleine Veysi. Er war schon acht, ging aber noch nicht zur Schule. Er hatte sich in den Kopf gesetzt, niemals jenen Ort zu betreten, den sie Schule nannten; in den Schraubstock wollte er sich nicht klemmen lassen.

»Wir haben doch noch keine Krokuszwiebeln ausgegraben«, antwortete Mustafa der Sänger.

»Um Feigen.«

»Feigen? Wo denn?« sagte Mustafa. »Seht euch die Zweige an, hängt da noch eine einzige Feige? Die Ringeltauben haben sie alle gefressen.«

»Um Wespen.«

Die gefangenen Wespen, an Zwirnfäden hängend, kreisten über ihnen.

»Auch wenn ich verliere«, sagte Mustafa der Sänger, »meine Wespen gebe ich nicht her und will auch von niemandem welche haben. Schaut, schaut!« Er zeigte auf seine Wespen ganz in ihrer Nähe, eine jede fingerlang, die wie goldene Kugeln glitzerten, wenn sie im Sonnenlicht flogen. »Habt ihr je solche Wespen gefangen? Habt ihr in dieser Gegend solche Wespen überhaupt schon gesehen? Die gebe ich niemandem. Wenn die einen stechen, töten sie ihn auf der Stelle, bevor er noch Luft geholt hat.«

Das Hin und Her dauerte. Schließlich einigten sie sich: Der Verlierer muß die Sieger auf seinem Rücken bis zum Feigenbaum und wieder zurück tragen. Das aber wollte Veysi schon gar nicht. Denn bisher hatte er beim Knöchelwürfeln nicht ein einziges Mal gewonnen, doch unzählige Male die anderen Kinder wie ein Esel auf seinem Rücken getragen. Dabei war der kleine Veysi beim Fangen von Wespen, Fliegen und Vögeln der Größte. Ja, in dieser Stadt gab es keinen besseren Jäger als ihn. Einmal hatte er in der Hochebene sogar einen jungen Falken gefangen, hatte ihn aufgezogen, und der Vogel hatte sich so an ihn gewöhnt, daß er zwei Armlängen über ihm flog, wohin er auch gehen mochte. Und hatte Veysi etwas zu tun, setzte sich der Falke auf einen Busch, einen Ast, eine Mauer und wartete auf ihn. Doch eines Nachts verschwand der Vogel. Niemand wußte, warum und wohin. Der kleine Veysi suchte tagelang die ganze Stadt und ihre Umgebung nach ihm ab, konnte ihn aber nirgends entdecken. Am Ende war er ganz sicher: Entweder hatte jemand den Vogel gestohlen, oder aber sein Vater hatte ihn nachts jemandem verkauft. Er konnte diesen Mann, seinen Vater, sowieso nicht leiden. Nach dieser Sache wurde er erst recht sein Feind und wartete darauf, groß zu werden.

Wie immer wurde Veysi auch diesmal geschlagen, und einer nach dem andern kletterten die Kinder auf seinen Rücken und ließen sich bis zum Feigenbaum und wieder zurück tragen. Auch wenn Veysi ein kräftiger, gesunder Junge war, so viele Kinder auf seinem Rücken zu schleppen machte ihm doch schwer zu schaffen, und er war in Schweiß gebadet.

Danach lösten die Kinder die Fäden von den dornigen Zweigen und gingen mit ihren fliegenden Wespen zu den Büschen am Hang. In ihren Händen trugen sie spitze Eichenstecken, mit denen sie mühelos die Zwiebeln der Krokusse aus dem Erdboden stachen und damit die riesigen Taschen ihrer Pluderhosen füllten.

Krokuszwiebeln sammelnd, entfernten sie sich immer weiter von den Büschen, an die sie ihre Wespen gebunden hatten. Sie überquerten ein Flußbett, ließen auch die versiegte Quelle hinter sich, durch deren Rinne aus Tannenholz nur im Frühjahr Wasser plätscherte, und erreichten schließlich den Hain, in dem sich Azarolobäume und krüppelige Eichen mischten. Dahinter wuchsen, auch sie krüppelig, Olivenbäume. Und nur wenig weiter, an der Böschung des trockenen Flußbetts, das sich durch den Olivenhain schlängelte, entdeckten sie Feigenbäume, ein jeder behangen mit faustgroßen, reifen Früchten. Aus allen Richtungen stürmten die Kinder auf die Feigen los.

»Eßt nicht zuviel, sonst kriegt ihr Bauchschmerzen!« rief Mustafa der Sänger. »Und erzählt es niemandem. Wir kommen ab und zu her und essen sie auf. Schaut doch, nicht einmal die Vögel kennen diese Bäume. An keiner einzigen Feige haben sie gepickt.«

»An keiner einzigen«, sagte die kleine Gülbahar. Sie trennte sich nie von den Jungen, mit Mädchen spielte sie nicht. »Und sie sind sehr süß, die Feigen, ihr Saft fließt wie Honig.« Nachdem sie sich satt gegessen hatten, setzten sie sich in Reihe an den Rand der Böschung und ließen die Beine baumeln. Alle waren barfuß, alle wohnten im unteren Viertel, und alle, die in diesem Viertel wohnten, Frau und Mann, Kind und Kegel, arbeiteten als Tagelöhner auf den Feldern. Meistens pflückten sie Baumwolle. In Kürze würde das ganze Viertel auf die Baumwollfelder dort unten in der Ebene ziehen. Die Kinder mochten diese Arbeit am liebsten, denn in jedem Baumwollfeld wuchsen stellenweise noch Wassermelonen und Tomaten. An jedem der dicken, rauhen Stengel fünf bis zehn honigsüße Melonen, an jeder Staude hundert und mehr blutrote Tomaten ... Die Kinder machten sich über die Früchte her und balgten sich darum. Und dann waren am Fuße der Baumwollpflanzen auch noch Vogelnester mit klitzekleinen jungen Vögeln ...

Wenn die Tagelöhner sich abends von der Arbeit auf den Baumwollfeldern ausruhten, nahm Mustafa der Sänger seine Saz und trug ihnen seine Lieder vor. Zum Teil waren es alte Volksweisen, die alle kannten, zum Teil aber auch eigene Lieder, die ihm so eingefallen waren. Eine Gottesgabe. Wenn er groß ist, will er Volkssänger werden, genau wie Dadaloğlu. Schon jetzt mißt er sich mit graubärtigen Barden, mal singt er, dann der andere, und Mustafa bleibt in diesem Sängerstreit seinen erfahrenen Gegnern keine Strophe schuldig. Jedesmal, wenn ihn diese Leidenschaft packte, überkam ihn auch dies Zittern, und dann sprudelten die Worte aus seinem Mund wie plätscherndes Wasser aus einem Quell. Besonders die Räuber hatten es ihm angetan, über sie hatte er viele Lieder gemacht. Auch über Ince Memed. Und für diese neun gestorbenen Räuber sogar drei Totenklagen, doch die sang er noch niemandem vor. Abwarten, abwarten, in diesem Jahr werden viele zur Baumwollernte kommen, besonders Bergbauern, die ja Lieder über alles lieben. Und genau denen wird Mustafa der Sänger zum erstenmal die Totenklage auf neun Räuber vorsingen.

»Zwölf Männer in grünen Gewändern«, sagte Veysi. »Und von diesen zwölfen war der eine genau wie der andere, sie kamen um Mitternacht …«

»Gelogen«, sagte Gülbahar.

»Gelogen«, sagte Ismet.

Mustafa schwieg.

»Sie haben Ince Memed ja gar nicht getötet … Das hat mein Vater gesagt. Und ihr wißt genau, daß mein Vater Wächter ist. Und ihr habt auch gesehen, daß er einen so großen Revolver hat; der hängt über seinem Bauch. Ja, und mein Vater hat gesagt, jener Mann sei gar nicht Ince Memed, sondern ein anderer. Mein Vater hat gesagt, eine Kugel könne Ince Memed nichts anhaben, er trage das Siegel des Propheten auf der Stirn.«

Fevzi war stolz auf sein Wissen. »Mein Vater ist sogar Oberwächter, und er ist so groß wie die Pappel da unten.«

Alle Kinder blickten, damit er etwas dazu sage, auf Mustafa den Sänger. Und Mustafa, ernst, selbstbewußt, mit einer Haltung, als wolle er singen, spitzte seine Lippen: »Es stimmt«, sagte er, »es stimmt, daß der, den sie Ince Memed nannten, gar nicht Ince Memed gewesen ist, sondern ein anderer. Jetzt werde ich euch etwas erzählen, aber ihr dürft es niemandem weitersagen!« Er ließ seine schweifenden Augen auf jedem einzelnen ruhen und dämpfte dann seine Stimme: »Ince Memed ist nicht gestorben, sondern nur verwundet. Er trägt das Siegel des Propheten auf der Stirn, das ist richtig, und nur dort kann ihn eine Kugel treffen …

Vielleicht ist er auch dort verwundet … Aber daß er verwundet wurde, ist auch richtig, sogar so offenbar wie das Tageslicht. Vergangene Nacht ist ein Nomade aus Aydin von den Bergen zu uns gekommen. Das erzählt ihr keinem weiter! Als mein Onkel und er, pst, pst, heimlich flüsterten, habe ich mich schlafend gestellt und zugehört. Und das werde ich euch jetzt alles erzählen. Aber wenn euch auch nur ein Wort rausrutscht und der Hauptmann davon erfährt, dann werden sie den verwundeten Ince Memed einkreisen, gefangennehmen, herbringen, auf dem Marktplatz aufhängen, seinen Kopf abschneiden und nach Ankara zu Mustafa Kemal Pascha schicken. Also, als Ince Memed den Ali Safa getötet hat, ist er in die Berge geflohen. Ali Safa war ein grausamer Mann. Seine Dörfler sollen durch ihn Blut geweint haben. Also schoß Ince Memed ihm mitten ins Auge. Doch in den Bergen hatten die Gendarmen ihm eine Falle gestellt und ihn vom Pferd geschossen. Sein Pferd aber schnappte ihn mit den Zähnen und trug ihn mitten durch die Kette der Gendarmen davon. Die Gendarmen schossen wie wild, konnten das Tier aber nicht treffen. Das Pferd ist ja gefeit, und keine Kugel kann ihm etwas anhaben. Es brachte Ince Memed in eine Höhle oben am Berg, kletterte dann auf den felsigen Gipfel und wieherte und wieherte. Da kam aus einer weißen Wolke ein geflügelter Drache geflogen. Das Pferd freute sich sehr und führte ihn zur Höhle. Als Ince Memed den Drachen erblickte, fürchtete er sich. Doch der Drache leckte ihm mit seinen roten Zungen die Wunden. Neun Stück, neun flammende Zungen soll er gehabt haben. Und sofort, noch in derselben Stunde, heilten Ince Memeds Wunden. Das ist es, was ich von dem alten Nomaden gehört habe. Ist's gelogen?«

»Wie kann es denn gelogen sein«, sagte Fevzi, »mein Vater hat davon auch gehört. Wie kann es denn gelogen sein, der alte Nomade soll ja einen riesigen, schaut her, einen so langen Bart gehabt haben.«

»Sein Bart war armlang«, bestätigte Mustafa. »Ein Mensch, der einen so langen Bart hat, lügt nicht.«

Sie machten sich wieder auf, überquerten den Bach und schlugen den Weg zu den Kalköfen ein. Dort tummelten sich immer viele junge Hasen. Vielleicht gelang es ihnen, wie vor zwei Jahren Mustafa, einen zu fangen. Mustafa hatte ihn großgezogen. Doch als der Hase herangewachsen war, wurde er von Mustafas Onkel geschlachtet und kam auf den Mittagstisch. Mustafa hatte damals so geweint, daß seinem Onkel hundeelend wurde vor Reue. Sollte Mustafa jetzt noch einmal einen jungen Hasen fangen, würde sein Onkel den nie und nimmer schlachten.

Sie wanderten bergauf bis zu den Kalköfen. Das waren nebeneinander tief in die Erde getriebene Brunnen, um die herum Haufen ausgeglühter weißer Steine lagen. Als sie sich den Kalkbrennern näherten, stieg ihnen schon von weitem ein scharfer Geruch in die Nasen. Sie blieben stehen und warteten ab. Eine leichte Brise, die vom Hang herabwehte, brachte in Wellen den Geruch mit sich.

»Wir haben ihn gefunden«, sagte Mustafa der Sänger.

»Wen?« fragte Fevzi.

»Wen wohl«, antwortete Ismet, »den Kahlen Räuber. Sie haben also seine Leiche in eine Kalkgrube geworfen.«

»Ich habe Angst, ich fürchte mich vor Toten, laßt uns umkehren und abhauen!« entsetzte sich Veysi.

»Kommt nicht in Frage!« bestimmte Mustafa der Sänger. »Wir alle werden zusammen dahin gehen!«

»Hab keine Angst, Veysi«, sagte Fevzi. »Du weißt ja, mein Vater hat einen Revolver, der ist riesengroß und hängt über seinem Bauch. Hast du ihn nicht mit eigenen Augen gesehen?«

»Was gibt es da zu fürchten«, grollte Mustafa, »bist du denn kein Mann?«

»Los, gehen wir!« sagte Gülbahar und ging weiter.

»Bleib stehen, Mädchen!« herrschte Mustafa sie an. »In solchen Fällen gehen die Männer vorweg.«

Sie hielten sich die Nasen zu und rannten los. Mustafa an der Spitze, die andern dicht hinter ihm. An einem der Brunnen blieben sie stehen und schauten hinein.

»Hier ist er nicht«, sagte Mustafa. »Weitersuchen!«

Auf dem flachen Felsvorsprung über den Brunnen hockten Hunde und Geier einander gegenüber. Riesige Hirtenhunde. Und die Geier waren alt und hatten lange Flügel. Die Hunde rührten sich nicht von der Stelle; wie auf dem Sprung, ließen sie die Geier nicht aus den Augen.

Ohne die Flügel zu schlagen, schwebten hin und wieder einige Geier herab, ließen sich auf dem Felsvorsprung nieder und mischten sich schwerfällig hüpfend unter die anderen.

»Hier ist es«, brüllte Veysi. »In diesem Kalkofen. Hier stinkt es am meisten. Der Tote ist nicht zu sehen, aber es stinkt ungeheuer. Hier muß es sein.«

Die Kinder umringten den Brunnen. Und obwohl es hier so stank, war der Schacht bis an den Rand voller blauer Schmetterlinge. »Ja, hier liegt die Leiche des Kahlen Räubers«, sagte Mustafa der Sänger schulmeisterlich. »Schmetterlinge hocken sich auf schöne Blumen und auf Leichen von guten Menschen.«

Von Tausenden übereinander fliegenden Schmetterlingen erhob sich wie ein schimmernder Schleier das Tageslicht und tauchte die Umgebung in ein tiefes Blau.

Plötzlich wirbelten die Schmetterlinge wie eine kreiselnde Säule über den Brunnenrand hinaus, und da konnten die Kinder den Toten sehen. Er war nackt. In der Mitte seines kahlgeschorenen Schädels war verkrustetes Blut zu erkennen. Ein Bein fehlte, vom andern war nur noch ein langer, weißer, fleischloser Knochen übriggeblieben. Mit einem Auge, das offen war, schien der Kahle Räuber fast spöttisch auf die Kinder zu starren, so, wie er wohl vorher auf die davonflatternden Schmetterlinge und die am Himmel kreisenden Geier gestarrt hatte.

»Gehen wir, es stinkt zu sehr!« sagte Mustafa, als die Schmetterlinge wieder im Kalkofen verschwanden.

Abgekämpft und müde gingen sie den Hang hinunter zu den Büschen, wo ihre Wespen angebunden waren. Mustafa hatte zu nichts mehr Lust, sein Gesicht wurde immer mürrischer. Er nestelte die Knoten auf und ließ seine Wespen eine nach der anderen davonfliegen. Und die anderen Kinder taten wie er. Nachdem Mustafas Wespen davongeflogen waren, hockte er sich neben dem Gebüsch nieder. Er war blaß geworden, konnte kein Wort mehr sprechen. Die übrigen Kinder, ebenso blaß, kamen und hockten sich in Reihe neben ihn. Auch sie schwiegen. So verging die Zeit bis in den späten Nachmittag.

Schließlich hob Mustafa den Kopf. Der kleine Sänger hatte Tränen in den Augen und mußte an sich halten, um nicht zu schluchzen. »Es stimmt also, was sie sagen«, stieß er mit erstickter Stimme hervor, »der Kahle Räuber hatte niemanden, und da haben ihn die Gendarmen hergebracht und dort hineingeworfen.« Er stockte, weil er sonst losgeheult hätte. »Und was machen wir jetzt, Freunde?« fragte er in die Runde, nachdem er sich wieder gefangen hatte. »Heute nacht fressen ihn doch die Hunde. Sie warten nur darauf, daß es dämmert und die Geier wegfliegen. Dann gehört der Tote ihnen.«

»Warten wir bis zum Morgen«, meinte Fevzi. »Mein Vater hat noch einen Revolver ...«

»Warten können wir nicht«, sagte Mustafa, »aber unternehmen müssen wir was.«

»Ich habe keine Angst mehr vor Toten«, sagte Veysi wie im Selbstgespräch. »Der da ist ja auch tot wie ein Toter.«

»Wir können ihn nicht den Hunden überlassen.«

»Nein, das geht nicht«, bestätigte Cemal.

Sie schwiegen, in Gedanken vertieft.

Mustafa: »Es wird Abend.«

Ismet: »Was machen wir?«

Mustafa stand auf, und die andern erhoben sich mit ihm. »Wißt ihr, was wir machen?« Mustafas Stimme klang nicht überzeugt. Und dann begann er wieder zu grübeln.

»Was machen wir denn?« fragte Cemal ungeduldig.

»Seht ihr den Schafstall dort?«

Aller Augen richteten sich auf den Stall unterhalb der Kalköfen.

»Wenn wir den Toten dorthin bringen könnten ...«

»Hohooo!« riefen alle auf einmal und rannten zu den Brunnen. Mustafa vorneweg, dicht hinter ihm Veysi, gefolgt von den andern, so stiegen sie in den Kalkofen. Nur mit Mühe konnten sie den Toten unter den Schmetterlingen ausmachen.

»Ob wir ihn herausheben können?«

»Ich trage um meine Hüfte einen Strick aus Ziegenhaar«, sagte Cemal. »Vielleicht zehn Klafter lang. Meine Mutter ...« Er verscheuchte die Schmetterlinge, die sich auf Mund und Nase setzten: »Meine Mutter läßt mich ohne Strick nicht in die Berge. Jetzt weiß ich, warum.« Er wickelte den Strick von seiner Hüfte und gab ihn Mustafa. »Binde du ihn an den Toten«, sagte er, »und wir klettern ins Freie und ziehen ihn heraus.«

Sie waren so aufgeregt, daß ihre Nasen den grauenhaften Gestank gar nicht mehr wahrnahmen.

Als sie den Toten in den Schafstall geschleift hatten, war die Sonne schon untergegangen; jeden Augenblick mußte es dunkel werden. Mit einem Draht, den sie dort fanden, banden sie die Tür sorgfältig fest. Die gierigen, riesigen Hunde hatten die Geier verlassen, hockten auf ihren Hintern und starrten jetzt auf die verschlossene Stalltür. Doch die Kinder scherten sich nicht. Sollten die doch hocken, solange sie wollten! Sie nahmen ihre Beine in die Hand und waren zu Haus, noch bevor die Nacht hereinbrach. An dem Abend konnte keines von ihnen weder einen Bissen essen noch ein Auge zutun.

Schon vor Sonnenaufgang versammelten sie sich unter dem Pfefferbaum vor dem Schafstall. Als erster war Veysi gekommen, zwei schneeweiße, nach Seife duftende Leintücher unterm Arm. Es war gar nicht so leicht gewesen, sie von Frau Kadriye, der Witwe des Telegrafenbeamten, zu stehlen. Aber Veysi wußte, wo sie lagen, wußte auch, in welchem Zimmer die Witwe und wo die Adoptivtochter schlief. Auch ins Haus kam er ohne Mühe, lautlos wie eine Katze. Aber wie einem das launische Schicksal so mitspielt: Kadriye Hanum schlief nicht. Denn ob ein Mensch schläft oder nicht, erkennt Veysi an dessen Atem. Weil er nachts ein bißchen stahl, sich so etwas zu essen besorgte, war er zum Meister des Faches Atemabhorchen geworden. Und zwar so ein Meister im Atemabhorchen, daß er erkennen konnte, ob jemand träumte, ja, sogar wovon er träumte … Kadriye Hanum schlief jedenfalls nicht, sie dachte an etwas. Veysi erkannte an ihrem Atem auch, woran sie dachte, aber jemandem davon zu erzählen gehörte sich nicht. Er hockte sich also erst einmal auf den winzigen Balkon und wartete ab. Und was soll jetzt werden, wenn diese Plage von Weib nicht einschläft? Soll der Kahle Räuber auch noch ohne Leichentuch bleiben, nachdem der Arme schon so viel Unheil erdulden mußte … Aber zu guter Letzt haben ihn die blauen Schmetterlinge zugedeckt, haben nicht zugelassen, daß Hunde, Geier, Schlangen und Schakale ihn auffressen. Klitzeklitzekleine blaue Schmetterlinge, jeder einzelne wie die Blüte eines Vergißmeinnichts, so winzig ... Und warum? Weil der Kahle Räuber, wie sagte doch seine Mutter, ein Jünger der Gerechtigkeit gewesen ist. In der einen Hand die Saz, in der anderen die Mauser, und die Mauser soll er nie benutzt haben ... Er spielte in den Bergen die Saz und sang dazu seine Lieder. Und nicht einmal einer Ameise tat er etwas zuleide. Und er hatte so eine schöne Stimme, daß Berge und Felsen, Wölfe und Vögel seufzten, wenn er sang, und alle Mädchen trotz seines kahlen Kopfes sich unsterblich in ihn verliebten. Wenn der Kahle Räuber nicht so ein Heiliger, sondern irgendeiner gewesen wäre, was hätten dann so viele Schmetterlinge dort in dem Brunnenschacht zu suchen, so viele glitzernde, leuchtend-blaue Schmetterlinge ... Hat man denn jemals auf dieser Welt solche Schmetterlinge gesehen? Eben, und so ein Mann wie der Kahle Räuber durfte nicht ohne Leichentuch begraben werden. O mein Gott! flehte Veysi in seiner Ecke mit zum Himmel erhobenen Händen, schläfre sie ein, diese Schlampe, die von Männern nie genug bekommen kann! Sowie Tante Kadriye morgen entdeckt, daß ihre Leintücher gestohlen worden sind, wird es ein Donnerwetter geben. Und ohne rot zu werden, wird man Veysi den Diebstahl anhängen. Vielleicht wird ihn ja jemand aus seinem Viertel verteidigen: Nun sagt schon, los, sagt schon, was soll Veysi mit einem Leintuch anfangen? Es ist doch kein Bonbon zum Lutschen, und Geld ist es auch nicht ...

Als Veysi kurz vor Morgengrauen, er hatte gerade ein bißchen gedöst, auf Tante Kadriye Hanums Atemzüge horchte, wäre er vor Freude beinahe in die Luft gesprungen. Ohne zu zögern, eilte er zur Wäschetruhe. Und kaum hatte er den Deckel hochgeklappt, schlug ihm der warme Duft von wilden Äpfeln und frischer Seife entgegen. Mein Gott, sagte er vor sich hin, wenn dieser Kahle Räuber dein guter, heiliger Diener ist, dann mach, daß ich ein Leintuch mit gestickten orangefarbenen Rosen oder blauen oder violetten Veilchen erwische; ja, jeder dieser Schmetterlinge sah doch aus wie ein blaues, ein violettes Veilchen! Und als er seine Hand ausstreckte, da glitten seine Finger über eine große gestickte Rose. Er griff zu und zog ein Leintuch heraus. Nun rutschte er lautlos wie eine Katze das Treppengeländer hinunter, kroch wie schon so oft durch die Mulde unter dem Hoftor ins Freie, doch ohne das Leintuch zu beschmutzen, und rannte zum Pfefferbaum. Im Dunkel betastete er die anderen Stickereien: Ja, es waren Veilchen, vielleicht sogar violette! So weit, so gut, doch so ganz allein wurde ihm angst und bange, und in die Richtung des Schafstalls zu schauen, wagte er schon gar nicht. Wenn wenigstens eins der andern Kinder käme, wäre vieles leichter. Zu zweit hätten sie weniger Angst, vielleicht überhaupt keine. Ihm wurde schließlich so unheimlich, daß er mit geölten Fußsohlen abhauen würde, wenn es irgendwo auch nur rascheln sollte.

Als er hinter sich ein Geräusch vernahm, spitzte er sofort die Ohren. Schon auf dem Sprung, erkannte er Gülbahars Schatten, der sich näherte, und ging ihr entgegen. Das Mädchen trug eine Literflasche Kölnisch Wasser in der Hand und war ganz außer Atem.

Gemeinsam stellten sie sich unter den Baum. Jeden Augenblick mußte es hell werden, ihre nächste Umgebung konnten die Kinder schon erkennen.

»Was ist das da in deiner Hand, Gülbahar?«

»Nichts«, antwortete Gülbahar, »Kölnisch Wasser.«

»Wo hast du's mitgehen lassen?«

»Aus Schwester Nazlis Mitgift. Sie hat davon noch fünfzehn Flaschen. Er stinkt so, damit bespritzen wir ihn.«

»Und ich hab ein Leichentuch für ihn gefunden, als ich unterwegs war …«

»Ist es schön?«

»Sehr schön«, sagte Veysi. »Es ist bestickt. Wie gut, daß es jemand verloren hat. Und als ich auf dem Weg hierher war …«

»Ich hab's nicht gefunden, ich hab's gestohlen«, gestand Gülbahar mit trauriger Stimme.

»Das macht nichts. So etwas zählt nicht als Diebstahl, das ist nicht schlimm«, sagte Veysi. »Auf alle Toten schütten sie Kölnisch Wasser, warum soll unser Räuber dann ohne bleiben.« In diesem Augenblick versuchte jemand schnaufend und japsend den Hang heraufzuklettern.

»Wer ist da?« rief der Kommende mit ängstlicher Stimme.

»Ich bin hier«, antwortete Veysi, »und mit mir Gülbahar.«

»Kommt her, ich kann's nicht mehr schleppen, bin fertig.«

»Cemal, bist du's?« fragte Veysi. »Bleib hier!« sagte er dann zu Gülbahar und ging den Hang hinunter.

Cemal zerrte mit der einen Hand an einer großen Strohmatte, in der anderen trug er eine Hacke.

Bald darauf ließ sich Fevzis Stimme vernehmen. Und sie hatten die Matte gerade unter den Baum geschleift, als auch Ismet und Mustafa kamen. Erst dann erschien Fevzi. Er hatte einen Riegel Seife in der Hand. Ismet hatte einen Spaten aufgetrieben und Mustafa eine Sichel und einen Spaten noch dazu.

Als es im Osten hell wurde, gingen die Kinder zu den Kalköfen. Bis an den Rand waren die Brunnen voller veilchenblauer, leuchtender, taufeuchter Schmetterlinge. Von dort liefen die Kinder weiter zum Schafstall. Auf dessen Dach hockten Adler und Geier getrennt einander gegenüber, ließen die Flügel hängen und belauerten sich. Und die Hunde hatten den Stall umzingelt, saßen nebeneinander auf ihren Hintern und starrten auf die Stallwände.

»Wir sind umsonst hergekommen, zuerst hätten wir das Grab schaufeln müssen«, sagte Mustafa.

»Bringen wir ihn doch erst einmal auf den Friedhof, graben können wir hinterher«, meinte Fevzi. »Außerdem gibt es dort Wasser, und wir können den Toten noch waschen. Ich habe Seife mitgebracht.«

»Und wenn uns jemand sieht ...«

»Na und?« entgegnete Ismet. »Ein Toter auf dem Friedhof! Was sollen die Leute da schon sagen, wenn sie uns sehen?«

So ging es hin und her, bis Mustafa schließlich nachgab. Als sie danach die Stalltür öffneten, schlug ihnen so ein Gestank entgegen, daß sie alle plötzlich ganz benebelt waren. Gülbahar lief sofort zu dem Toten und schüttete die halbe Flasche Kölnisch Wasser über ihn aus. Dann zogen sie ihn schnell ins Freie. In der frischen Luft und dank dem Kölnisch Wasser wurde der

Geruch erträglicher. Die Geier, Adler und Hunde rührten sich auch beim Anblick der Leiche nicht von der Stelle. Dennoch, Stöcke und Steine in den Händen, blieben die Kinder vor ihnen auf der Hut.

Sie legten den Toten auf die Matte und schleiften ihn mühelos bis zum Friedhof, während Gülbahar nach und nach den Rest Kölnisch Wasser über ihn ausschüttete. Dort angekommen, zogen sie den Kahlen Räuber in einen mit Büschen bewachsenen Graben. Mit den Kindern hatten sich auch die Adler, Geier und Hunde eingefunden. Wie beim Schafstall saßen die Hunde auch hier wieder in einem weiten Kreis um den Toten herum. Die Adler und Geier waren mit weit gespannten Flügeln schwerfällig zwischen die Gräber gehüpft, wo sie sich getrennt voneinander lauernd hinhockten.

»Ich gehe Myrtenzweige schneiden«, sagte Mustafa, »wer kommt mit mir, und wer bleibt hier bei dem Toten?«

Außer Gülbahar wollten alle mit Mustafa gehen.

»Veysi, du bleibst mit Gülbahar hier!« befahl Mustafa. »Und paßt gut auf den Toten auf, laßt die Hunde und die Vögel nicht in seine Nähe!«

Die Myrtensträucher wuchsen gleich oberhalb der Kalköfen und erstreckten sich bis zu den Tannenwäldern von Akarca. Mustafa kannte sich aus, und in kurzer Zeit hatte er so viel Grabschmuck aus Myrtenzweigen zurechtgeschnitten, daß jedes Kind einen Armvoll davon zum Friedhof tragen konnte. Dort hatten sich die Adler, Geier und Hunde nicht von der Stelle gerührt, sie hockten da und lauerten. Die Kinder legten die Myrtenzweige übereinander, und es entstand ein dunkelgrüner Haufen zwischen den Gräbern. Der scharfe Geruch der Pflanzen überdeckte fast den Gestank des Toten. Daß sie Myrtenzweige hergebracht hatten, darauf waren sie stolz. Ohne Myrte wurde in dieser Gegend niemand beerdigt.

»Das haben wir gut gemacht«, sagte Fevzi. »Ohne Myrte ist ein Toter kein richtiger Toter. Aber jetzt ist der tote Kahle Räuber ein Toter, wie es sich für einen Toten gehört. Wir müssen ihn nur noch waschen.«

»Das geht nicht«, widersprach Mustafa. »Wo sollen wir denn

einen Kessel finden. Das Wasser muß doch warm gemacht werden ... Und das können wir hier nicht. Außerdem müßten wir ihn in der Moschee waschen.«

»Er darf auch auf dem Friedhof gewaschen werden«, entgegnete Fevzi. »Sogar in den Häusern werden Tote gewaschen.«

Alle redeten plötzlich durcheinander, jeder hatte eine andere Meinung. Den Toten waschen oder nicht waschen – darüber konnten sie sich nicht einigen. Schließlich war es wieder Mustafa der Sänger, der das letzte Wort behielt.

»Ich frage euch«, sagte er, »und wenn ihr wollt, könnt ihr euch beim weisesten Hodscha erkundigen: Es ist überhaupt nicht nötig, Soldaten, die den Heldentod gestorben sind, zu waschen. Denn die Engel des Allmächtigen haben ihn schon gewaschen und damit von allen Sünden gereinigt. Und nun antwortet mir: Ist der Kahle Räuber kein gefallener Held? Wenn er es nicht ist, was haben dann die Schmetterlinge, die ihn im Kalkofen zudeckten, dazu noch blau, dazu noch so winzig, so funkelnd ... was haben sie dann zu bedeuten?«

Als Mustafa der Sänger so sprach, hielt die Welt den Atem an! Wer konnte denn dagegen noch Worte finden, die ihn widerlegten ... Fevzi, ganz verstört, stand mit seinem großen Riegel Seife etwas abseits da und blickte finster drein.

»Nun gut, und ohne Gebet? Darf man einen Toten begraben, ohne zu beten?«

»Ich spreche das Gebet«, antwortete Mustafa lässig. »Wer außer mir kennt schon so viele Gebete. Ich werde gleich für die Seele des Kahlen Räubers beten. Also los, laßt uns jetzt eine Grabstelle finden und graben!«

Auch das wurde ein Anlaß für lange Streitgespräche. Endlich einigten sie sich über einen Platz unter dem Maulbeerbaum inmitten des Friedhofs, aber dort war der Boden ausgetrocknet und hart wie Stein. Das Graben fiel ihnen schwer, und als sie tief genug ausgehoben hatten, waren sie in Schweiß gebadet und so abgekämpft, daß sie sich nicht mehr rühren mochten.

Sie brachten den Toten zum Maulbeerbaum, wickelten ihn in das mit gestickten orangefarbenen Rosen und violetten, schmetterlingsähnlichen Veilchen verzierte Leintuch Kadriye Hanums, legten ihn vorsichtig in die Grube und bedeckten ihn sanft mit Myrtenzweigen. Anschließend schaufelten sie das Grab zu. Unter dem Baum erhob sich ein taufrischer, langer Erdhügel.

»Wartet auf mich!« rief Fevzi plötzlich und rannte weg. Als ihnen die Zeit zu lang wurde, setzten sich die Kinder auf die Grabsteine. Schließlich kam Fevzi mit dem Strauch einer Trauerweide zurück, der fast so groß war wie er selbst.

»Ich hab ihn mit der Wurzel ausgegraben«, keuchte er. »Der verdorrt nicht. Und wenn wir ihn tief einpflanzen, verdorrt er schon gar nicht.«

Darüber freuten sich alle. Gemeinsam gruben sie ein tiefes Loch am Kopfende des Grabes.

»Und ich werde jeden Tag herkommen und diese Trauerweide begießen, bis sie groß ist«, sagte Gülbahar.

»Und ich werde Gülbahar jeden Tag begleiten«, versprach Veysi.

»Und wenn der Strauch gewachsen ist, werden Schmetterlinge kommen und sich auf ihn niederlassen«, ergänzte Mustafa der Sänger.

Die Kinder blieben schweigend noch eine Weile am Grab stehen. Nur Mustafas Lippen bewegten sich, und es schien, als betete er. Kein Laut war zu hören, nicht einmal das Summen einer Biene. Im grellen Sonnenlicht hatte sich ein dunkelblauer Schmetterling, so groß wie zwei Kinderhände, am gegenüberliegenden Grabstein auf eine verdorrte Blume gesetzt und schlug ununterbrochen mit seinen goldgeränderten Flügeln. Die Kinder betrachteten noch einmal das Grab, dann sahen sie sich an, und nachdem sie plötzlich alle auf einmal einen Freudenschrei ausgestoßen hatten, rannten sie los in Richtung Stadt.

»Hohooo, hohooo!«

Aufgeschreckt von den gellenden Freudenschreien, ergriffen die Hunde die Flucht, öffneten die Adler und Geier schwerfällig ihre mächtigen Flügel und flogen davon.

12

In den Dörfern der Çukurova bestehen die meisten Behausungen aus Schilfrohr oder auch aus »Cilpirti« genannten Dornsträuchern. Die rechteckigen Hütten messen in der Länge höchstens fünfundzwanzig bis dreißig Schritt und in der Breite zwischen zehn und fünfzehn. Beim Bau der Seitenwände aus Röhricht werden ringsum Schilfrohre auf liegende Balken gesteckt, bei Verwendung von Dornsträuchern wird das Buschwerk zwischen senkrecht aufgestellte Holzstangen geflochten. Die Oberkanten sind jeweils nie höher als zweieinhalb Meter. Schilfrohr und Dschilpirti werden dick mit Lehm verschmiert und das Ganze anschließend mit blauer, gelber, grüner und roter Erde aus der Gegend des Hemite-Berges verputzt und verziert. Die Dächer der Hütten sind meistens mit Ried gedeckt. Nur die Häuser der Reichen sind aus Stein, abgedeckt mit Zinkblech oder Dachpfannen, wie in dieser Gegend einzig Talip Beys Haus, ein zweistöckiger Konak mit Ziegeldach und Glasfenstern. Als er neu errichtet war, leuchtend hell inmitten einer Ebene, war er lange Zeit in aller Munde, und nur um ihn zu sehen, kamen auch aus entlegenen Dörfern, sogar von den Bergen, neugierige Besucher herbei.

Das Schilfrohr für die Dörfer dieser Gegend, die sich von Anavarza bis Kozan, von Kadirli bis Osmaniye und weiter bis zum Ceyhan erstreckt, wuchs ausschließlich im Akçasaz-Sumpf. Und über Akçasaz herrschte der turkmenische Bey Talip, der rings um Akçasaz Wächter mit Gewehren und Ochsenziemern aufgestellt hatte. Dörflern, die Bedarf hatten, verkaufte er die Binsen und füllte, wie es hieß, Beutel über Beutel voll Gold in seine Truhen. Wie in Akçasaz machte er sich auch in der Anavarza-Ebene breit, ließ er überall seine Pferderudel, seine Schafe, seine Jungochsen und seine Rinderherden grasen. Jedes Jahr verkaufte Talip Bey einen Teil der Ebene an die Nomaden; doch nach einem Jahr, manchmal auch einige Jahre später, schaffte er es immer wieder, ihnen das verkaufte Gelände abzujagen.

Auch wenn es in dieser Ebene keinen gab, der noch nicht unter Talip Bey gelitten hatte, so war es doch der Nomadenstamm Homanli, dem es am schlimmsten ergangen war. Dieser Stamm, der schon seit langem seßhaft werden wollte, war sehr reich, hatte Schafe, Ziegen, Rinder, Pferde und Kamele in Mengen. Es hieß, der Mittelpfosten im Zelt des Beys der Homanli sei aus purem Gold, und man sagte auch, es gäbe Leute in der Ebene, die dies mit eigenen Augen gesehen hätten.

Und an diesen Stamm hatte Talip Bey einen Teil der von ihm besetzten Ebene verkauft. Wie der Verkauf vonstatten ging und welche Rolle der Grundbuchverwalter Zülfü dabei spielte, das wußte niemand, doch bei dem Prozeß, der einige Jahre danach geführt wurde, verlor der Stamm Homanli seinen gesamten Grund und Boden. Aber es blieb den Angehörigen des Stammes auch sonst nichts, denn sie mußten alles verkaufen und den Erlös Talip Bey aushändigen. Ihre schnellsten Pferde, ihre Kamele, ihre Herden, ihre Kelims und härenen Teppiche, sogar ihre geschnitzten, mit Perlmutt, Gold und Silber verzierten Wiegen, die sie von ihren Vorfahren geerbt hatten, mußten sie verkaufen. Auch was sie sonst noch in den Häusern hatten, gaben sie Gerichten und Rechtsanwälten als Zahlung, bis sie schließlich kein ganzes Hemd mehr auf dem Leibe trugen.

Aufgelöst hatte sich der Stamm nicht, aber er war völlig verarmt. Und hätten die andern Nomadensippen, sofern sie Sitte und Brauch noch treu waren, ihnen nicht geholfen, wäre der Stamm Homanli schon längst in alle Winde zerstreut oder vor Hunger umgekommen. In der Ebene waren die Dörfler, die von Talip Beys Leuten noch keine Prügel bezogen hatten, so rar, daß man sie mit der Kerze suchen mußte. Du hast Akçasaz betreten? Hingelegt zur Bastonade mit dem Ochsenziemer! Du warst auf Talip Beys Grund und Boden? Rein in sein hauseigenes Gefängnis, drei Tage und Nächte bei Hunger und gesalzenem Wasser, daß du Sterne siehst und daraus deine Lehren ziehst! Ja, dieser Talip Bey war, was Prügel anbelangt, tausendmal schlimmer als Polizei und Gendarmerie.

Als sich schon früh an jenem Morgen die Nachricht in der Stadt verbreitete, daß Talip Bey getötet worden sei, wollte niemand so recht daran glauben. Wer konnte ihn, einen Mann wie ein Adler, denn schon töten. Er hatte doch Hunderte bewaffnete

Beschützer, hatte neun Söhne und soundso viele Verwandte. Er war ein Staat im Staate, war eine Regierung in der Regierung, ja, sogar noch mächtiger.

Gegen Mittag stand es fest, Talip Bey war offensichtlich ermordet worden. Und wer anders als Ince Memed konnte diesen Tiger von Anavarza schon getötet haben. Und wenn Talip Bey von Ince Memeds Hand gestorben war, war das Rückgrat der Kreisstadt endgültig gebrochen. Und einer Räuberbande unter Ince Memed, die einen Tiger wie diesen Bey umgebracht hatte, würde keiner mehr Herr werden. Weder die Regierung noch sonstwer ... Und käme auch die Armee, die schon Großmächte besiegt hatte, sie würde mit Ince Memed nicht fertig werden.

Letzte Nacht, als im Osten schon der Himmel graute, ist Ince Memed mit elf weißgekleideten Männern in Talip Beys Dorf gekommen, unter jedem von ihnen ein Grauschimmel so prächtig wie das Ebenbild von Köroğlus Pferd; in ihren Händen funkelnagelneue deutsche Flinten, die im Mondlicht schimmerten. Ihre Tragetaschen voller Munition und Handgranaten. Zwölf Mann in grünen Gewändern überfielen das Dorf, entrissen Talip Beys Männern die Waffen und fesselten sie an Händen und Füßen. Dann stellten sie sich vor das Herrenhaus und riefen: »Talip Bey, ergib dich!« Und der antwortete: »Ich ergebe mich nicht.« Ein tapferer Mann, ein echter Osmane! Und als auf ihn geschossen wurde, schoß er zurück. Seinen neun Söhnen aber fielen vor Schreck die Schwänzchen ab, als sie den Namen Ince Memed hörten, und sie ergaben sich vor dem Konak mit erhobenen Händen. Doch wie von einem Ince Memed nicht anders zu erwarten, sagte dieser: »Hört zu, Freunde, gegen euch habe ich nichts, mein Streit ist einzig mit dem Blutsäufer, den sie Talip Bey nennen. Zwei von euch werden jetzt hingehen, ihn festnehmen und herbringen, und wenn er sich ergibt, werde ich den edlen Bey Talip nicht töten, mag er noch so grausam, noch so schändlich sein, und mag er in dieser Ebene noch so viele schöne Frauen vergewaltigt haben. Wenn er sich aber sträubt, bin ich gezwungen, ihn zu töten. Denn ich bin unverwundbar, ihn aber werde ich in ein Sieb verwandeln. Solltet ihr euch jedoch von ihm überreden lassen und nicht zurückkommen, werde ich eure gefesselten Brüder samt Gefolge und Verwandten töten, indem ich ihnen die Augen herausschieße.« Daraufhin gingen die Söhne hin und berichteten dem Vater Wort für Wort. Aber Talip Bey wollte sich nicht ergeben. »Ich werde Petroleum auf deinen Konak schütten und ihn anzünden!« brüllte da der Falke, und Talip Bey antwortete: »Steck ihn doch an, Kerl! Lieber verbrenne ich ehrenvoll in meinem Konak, als daß ich von der Hand eines Luden, wie du einer bist, getötet werde. Los, komm her, Ince Memed, komm her, damit ich dich sehen kann!« brüllte er dann. »Komm heraus, mal sehen, wie unverwundbar du bist!« Daraufhin ist Memed in weißen Gewändern in den Hof gegangen und hat sich mittendrin wie eine Marmorsäule hingestellt, und das Licht, das aus ihm herausströmte, erleuchtete die Gegend taghell. »Zu Diensten, Bey, hier stehe ich vor Eurer Hoheit«, sagte Memed, »fang an, auf mich zu schießen!« Und Talip Bey, wer denn sonst, schoß auf ihn ein ganzes Magazin leer. Doch Ince Memed rief nur: »Fang auf, Talip!« und warf ihm die fünf Patronen zu, die er sich aus dem Körper wieder herausgezogen hatte. Talip war, wie sollte es auch anders sein, fassungslos, schoß aber trotzdem weiter. Schließlich riß Ince Memed die Geduld, und er rief: »Ich zünde den Konak an!« Doch die Söhne, es ging schließlich um ihren Vater, schlichen sich unbemerkt zu Talip Bey, fesselten ihn und übergaben ihn Ince Memed. Der aber ließ ein großes Feuer anzünden, ließ einen Pfahl in den Boden rammen, der oben spitz war wie ein Schwert, und Talip Bey vor den Augen seiner gesamten Sippe aufspießen. Talip Bey jammerte und weinte blutige Tränen. »Tötet mich, tötet mich auf der Stelle«, flehte er, »tötet mich, aber tut mir das vor den Augen von alt und jung und Kind und Kegel nicht an!« Aber sie haben ihn nicht getötet, und so winselte er am Pfahl drei Tage lang in glühender Sonne. Wollte er trinken, gab man ihm salziges Wasser, und salziges Wasser bekam er auch, wenn er um Essen bettelte. Dann, kurz bevor Talip Bey starb, kam Ince Memed, zog seine Pistole und schoß ihm in beide Augen. Und so ging der mächtige Bey der Turkmenen, Talip, in die Gnade Gottes ein.

Stimmte die Nachricht über die Art, wie Ince Memed Talip

Bey getötet hatte, auch nicht in allen Einzelheiten, so steckte in ihr, wie in allen Nachrichten, doch ein Körnchen Wahrheit. Und sie erschreckte diesmal nicht nur Murtaza Aga zu Tode, sondern ließ auch die andern Agas und Beys um ihr Leben bangen. Am meisten aber beunruhigte es den so kaltblütig erscheinenden und sich über alles lustig machenden Grundbuchverwalter Zülfü. Und war es nicht Ince Memed, ahnte er, der ja am besten um die Zusammenhänge wußte, so würde ihm über kurz oder lang von anderer Seite Gefahr drohen. Also mußte auf schnellstem Wege die Ordnung wiederhergestellt, mußten diese Mörder aus der Welt geschafft werden. Und so krempelte er als erster in der Stadt die Ärmel hoch und machte sich mit Murtaza Aga an die Arbeit. Er schickte Telegramme, schrieb Briefe, besprach sich mit Landrat und Hauptmann, fragte jeden, der ihm über den Weg lief, nach seiner Meinung. Dieser Ince Memed hatte den Bogen überspannt, er mußte verschwinden.

Gleich am nächsten Morgen, noch bevor die Schreckensnachricht sich mit allen Einzelheiten überall verbreitet hatte, wurde eine Delegation aus fünf Mitgliedern gegründet, die noch am selben Tag den Zug nach Ankara nehmen sollte, um dem Innenminister mit allen Einzelheiten zu berichten, was für ein Furunkel für den Staat doch dieser Ince Memed sei. Murtaza Aga war über diesen Stand der Dinge überglücklich.

»Na, wie findet ihr das?« feixte er. »Jedem ist die eigene Haut wichtig. Als der Lude Zülfü nichts zu befürchten hatte, war ihm die unsrige keinen Pfifferling wert und Ince Memed nichts als ein harmloser Dorfjunge. Jetzt, wo es um sein Leben geht und sein Bruderherz Talip, mit dem er gemeinsame Sache machte, erschossen wurde, geht's gleich mit einer Delegation nach Ankara, und er selbst an ihrer Spitze … Soll er doch!«

Die anderen Mitglieder der Delegation waren Halil Bey der Überschwengliche, der Rechtsanwalt Kozanoğlu, der pensionierte Richter Hüdai Bey und Halis Kaplanoğlu, ein Bey der Turkmenen. An ihrer Spitze Zülfü, waren sie alle geschickte und beredte Männer, die, koste es, was es wolle, bestimmt nicht mit leeren Händen heimkehrten, sondern zumindest mit einem Regiment Soldaten wie der leibhaftige Zorn auf den Taurus losgehen würden. Und die Beys und Agas, die sich Räuber hielten, täten also gut daran, diese, jedenfalls für eine Weile, aus jenem Gebiet abzuziehen.

In der Zwischenzeit hatte Murtaza Aga mehrmals die Mühle aufgesucht. Ali der Hinkende war nicht dort. Wohin er gegangen war, hatte er dem Müller nicht gesagt. Jetzt saß Murtaza Aga aber in der Tinte. Wenn nur die Hälfte der Gerüchte stimmte und sogar Zülfü um sein Leben bangte, war die Lage wirklich schrecklich und die Reihe mit Sicherheit an ihm. Wenn er doch bis zur Ankunft des Regiments einen Schlupfwinkel fände! Ach, Ali der Hinkende, wäre er doch hier! Der kannte Ince Memeds Eigenarten und jeden seiner Gedanken …

Im Ladenviertel gewahrte er Molla Duran Efendi. Der alte Fuchs versuchte sich vor ihm zu verstecken. Aber so etwas entging doch nicht Murtazas Augen! Im Nu hatte er ihn aus dem Laden, in dem er verschwunden war, herausgeholt. Sogar Molla Duran Efendi, der Schlauberger der Welt, der Studierte der Universität zu Kairo, den auch ein Weltenbrand nicht aus der Ruhe brächte, war quittengelb im Gesicht. Und seine Stimme zitterte. Murtaza hakte sich bei ihm ein, und die beiden gingen plaudernd durch das Ladenviertel hinunter zur Brücke. »Was sollen wir tun?«

»Eine verzweifelte Lage. Die Sache mit Talip Bey ist mir sehr nahe gegangen. Erst haben sie ihn in seinem eigenen Konak gepfählt, und dann haben sie sich drei Tage und Nächte lang an seinen blutjungen Mädchen und Schwiegertöchtern vergangen; und das alles vor den Augen der Allgemeinheit.«

»Sie rächen sich an uns. Die Barfüßigen nehmen Rache, Rache, Rache.«

»Wenn wir alle nichts Besseres zu tun haben, als uns gegenseitig Gruben zu graben, werden sie ihre Rache auch bekommen. Wenn wir nicht zusammenhalten … Hätten wir uns schon damals, als Ali Safa Bey ermordet wurde, soviel Mühe gegeben wie du, Karadağlioğlu Murtaza, wäre Talip Bey vielleicht diesen schrecklichen Tod nicht gestorben und weilte noch unter uns.«

»Mitten in die Augen geschossen. Das ist Ince Memeds Werk, daran besteht kein Zweifel.«

»Ja, ja, ja«, Molla Duran Efendi runzelte die Brauen. »Ja, Menschen in die Augäpfel schießen, ist dieses Ketzers Merkmal. Hatte er den armen Abdi Aga nicht auch so getötet?«

»Genau so.«

Beide hingen ihren Gedanken nach, jeder überlegte für sich, wie er sich aus der Sache herauswinden konnte. Ankara nahm die Angelegenheit nicht ernst genug, stellte sich taub. Warum auch. Schließlich waren nicht die Herren dort in Gefahr. Molla Duran Efendi hob den Kopf, sah Murtaza Aga ins Gesicht, wollte etwas fragen, gab es dann wieder auf. Als sich dieses einigemal wiederholte, sagte Murtaza Aga: »Nun frag schon, Molla Duran Efendi, was hast du auf dem Herzen?«

»Nun, ich wollte mich erkundigen …«

»Wonach?«

»Na, diese Sache mit Ali dem Hinkenden … Sie war Stadtgespräch, bis heute die Nachricht von Talip Beys Tod kam. Du sollst Ali den Hinkenden aufgesucht, ihm die Füße geküßt, ihn angefleht und Haus und Hof versprochen haben …«

»Es stimmt«, antwortete Murtaza Aga. »Was würdest du jemandem, der dein Leben rettet, denn nicht geben, lieber Meister?« Und er beschrieb überschwenglich Ali des Hinkenden Kunst des Spurenlesens, erzählte von dessen Feindschaft zu Ince Memed, von seiner Treffsicherheit, seinem Mut und daß er auch sonst Ince Memed in allem überlegen sei. »Ich habe einen großen Fehler gemacht, Meister, und er hat mir nicht verziehen. Er ist eine sehr stolze Persönlichkeit. Ein Mann eben. Sollte ich ihn eines Tages dazu bringen, daß er mir mein Unrecht verzeiht, werde ich mich glücklich schätzen.« Wohin Murtaza Aga seit dem Vorfall in der Mühle auch immer ging, wen er auch immer traf, er ließ keine Gelegenheit aus, das Gespräch auf Ali zu lenken, und in der Hoffnung, daß es diesem zu Ohren käme und er sich erweichen ließe, hob er ihn geradezu in den Himmel.

»So ein bemerkenswerter Mann ist Ali der Hinkende? Ich hatte leider noch nicht die Ehre, ihm vorgestellt zu werden. Wie schade …«

»Wie schade, wie schade«, bestätigte Murtaza Aga.

Da kam ein junger Mann auf sie zugelaufen. Er schien sehr

erregt: »Der Herr Staatsanwalt schickt mich. ›Suche und finde unbedingt Murtaza Aga‹, hat er gesagt. Die Lage ist sehr heikel, und er soll um Gottes willen gleich kommen, auch wenn er über beide Ohren in Arbeit steckt!«

»Eine heikle Lage also …«

»Ja, sehr heikel«, antwortete der Jüngling.

»Wenn die Lage so heikel ist, laß uns doch zusammen gehen, Molla Duran Efendi! Da können wir doch von den reichen Erfahrungen deiner Persönlichkeit profitieren.«

Gemeinsam begaben sie sich auf den Weg zur Staatsanwaltschaft. Der Staatsanwalt war ein schlanker Mann mittlerer Größe mit weißem Schnurrbart, weißen Haaren, eingefallenen Wangen und einem hervorspringenden Adamsapfel. Sah man ihn an, fiel einem als erstes der Adamsapfel auf, sodann sein langer Hals und die zerfurchte Stirn. Er schien immer nervös und aufgeregt, und weil er sehr schnell sprach, war ein Teil seiner Rede schwer, der Rest überhaupt nicht zu verstehen.

»Gut, daß Sie gleich gekommen sind, meine Herren«, sagte der Staatsanwalt und zeigte auf die neun Personen, die auf den Sofas in seinem Zimmer hockten. Sie schienen in Reihenfolge ihres Alters dazusitzen, hatten, die Hände auf den Knien, ihre Augen auf das Atatürkbild an der Wand geheftet und bewegten sich nicht. Sie alle waren von gelber Hautfarbe, hatten hervorstechende Backenknochen, auffallend große Ohren und sahen sich auch sonst ähnlich.

»Gut, ja, gut, daß Sie so schnell gekommen sind. Denn die Lage ist heikel und schwierig. Sehr schwierig. Diese Herren haben eine Beschwerde eingereicht, die ich nicht akzeptieren kann. In meiner ganzen Amtszeit ist mir so etwas nicht vorgekommen. Diese Provinzstadt ist schon ein eigenartiger Ort … Angeblich soll ihren Vater Talip Bey nicht Ince Memed, sondern jemand anders umgebracht haben. Und ich habe ihnen gesagt, so etwas kann nicht sein, euren Vater hat der Mörder und Räuber namens Ince Memed ermordet, und wir können außer ihm keinem anderen den Prozeß machen. Diese Provinzstadt ist doch der eigenartigste Ort, den ich in meiner Amtszeit erlebt habe. Ich versuche den verehrten Herren zu erklären, daß juristisch gesehen niemand anders als Ince Memed ihren Vater getötet haben kann, aber sie wollen meinen Worten nicht glauben ... Eigenartig, eigenartig, eigenartig.« Seine Rede wurde danach so schnell, daß ihn niemand verstehen konnte. Völlig außer Atem schloß er mit den Worten: »Das ist die Sachlage, meine Beys und Agas.« Dabei blickte er mit seinen Fuchsaugen ein wenig spöttisch, auch mit etwas Selbstironie Murtaza Aga an, väterlich, wie jemand, den nichts mehr auf dieser Welt erschüttern konnte, ja, der ihrer geradezu überdrüssig war.

Murtaza hatte verstanden. »Mein Beileid, Brüder«, sagte er.

»Mögest du lange leben!« antworteten sie wie aus einem Mund.

Dann setzte Murtaza eine weinerliche Miene auf und begann: »Der Tod Talip Beys, des Tigers von Anavarza, zerbrach mir das Herz. Also hat dieses blutsaufende Ungeheuer auch ihn umgebracht. O dieser Ketzer! Also hat er auch ihn in die Augäpfel geschossen. O dieser Niederträchtige! Weinet nicht, meine Kinder, meine Brüder, meine verbitterten Söhne! Ihr wißt ja, daß ich Talip Bey eng verbunden war. Nie kam er in die Stadt, ohne mich zu besuchen. Weinet nicht, ab jetzt seid ihr meine Söhne. Wenn er auf seinem edlen Grauschimmel in die Stadt einritt, sah er aus wie ein Tiger, der den Wüsten Arabiens entsprungen war. Kerzengerade, die Hand mit der Peitsche auf dem rechten Knie, die Augen geradeaus, die Brust gereckt ... Und ihr seht genau so aus wie euer Vater. Mein herzliches Beileid! Hoffentlich wird ein jeder von euch die Lücke füllen, die dieser Recke hinterlassen hat. Doch das werdet ihr, geradeso wie Wasser immer wieder den See füllt. Und da ist noch die Rechnung mit Ince Memed ... dem Mörder des Tigers von Anavarza ...«

Der älteste der Söhne schluckte immer wieder, wollte etwas sagen, aber Murtazas Redefluß fand kein Ende. Schließlich nahm er all seinen Mut zusammen und fiel ihm ins Wort: »Unseren Vater hat Ince Memed ja gar nicht getötet ...«

»Wie bitte? Was sagst du da?«

»Es war nicht Ince Memed, der unseren Vater getötet hat. Wir kennen den Mörder unseres Vaters. Alle Dörfler der Anavarza-Ebene kennen ihn.«

»Das kann nicht sein, niemals, das kann niemand anders sein als Ince Memed. Juristisch unmöglich. Wir haben ja schon eine Delegation nach Ankara geschickt, um Ince Memeds Bestrafung zu erwirken. Wegen dieses Vorfalls, wegen des Mordes am Tiger von Anavarza Talip Bey ...«

»Unseren Vater haben die Dörfler von Aslan und die Nomaden gemeinsam umgebracht. Die Mörder spazieren ganz offen herum, laufen nicht weg, verstecken sich nicht einmal.«

»Natürlich laufen sie nicht weg. Warum sollten sie auch? Sie haben den Tiger von Anavarza ja nicht getötet. Denn das hat der Blutsäufer Ince Memed getan. Ein anderer kann es nicht sein, das ist gesetzlich verboten. Und wenn ihr darauf besteht zu behaupten, irgendein gewöhnlicher Bauer habe euren Vater, den Tiger von Anavarza, getötet, werdet ihr es noch bereuen. Schüttet ja kein kaltes Wasser in die köchelnde Suppe, während unsere Delegation sich auf dem Weg nach Ankara befindet! Und wenn die Sache mit Ince Memed erledigt ist, werden wir uns um jene Dörfler und Nomaden schon kümmern, nicht wahr, Herr Staatsanwalt?«

»So ist es, meine Herren. Sie sollten diese Bittschrift nicht zu den Akten reichen. Es stimmt, was Ihnen Murtaza Aga Beyefendi vorträgt. Hatte ich Ihnen nicht bereits dargelegt, daß, solange Ince Memed nicht unschädlich gemacht worden ist, niemand außer ihm in diesen Tagen, in dieser Ebene, in diesen Bergen, also in der Çukurova einen Menschen töten kann. Auch Ihren sehr verehrten Herrn Vater hat Ince Memed getötet. Die Ausführung der Tat, die Art der Entführung Ihres verehrten Vaters, wie er gepfählt und in die Augen geschossen wurde, also der Mord insgesamt an Ihrem verehrten und wertvollen Vater zeigt, daß Ince Memed ihn ermordet hat. Der Tiger von Anavarza und hochverehrte ...«

»Unserem Vater wurde ja gar nicht ins Auge geschossen ...«

»Das kann nicht sein«, sagte Murtaza Aga und erhob sich. »Denn nach unseren Informationen wurde Ihr Vater, der Tiger von Anavarza Talip Bey, durch Schüsse in die Augen getötet. Und das kann nur das Werk des Mörders namens Ince Memed sein.«

»Nein, nein«, widersprach erregt der älteste der Brüder, »der Tod unseres Vaters verlief anders, auch die Sachlage war eine andere, gestatten Sie mir, daß ich erzähle, denn ohne Klärung dieser Angelegenheit könnten sich schlimme Dinge ereignen. Ich habe schon Schwierigkeiten, diese Jungen und die Verwandten und übrigen Dörfler unseres Stammes zu zügeln. Ohne mich hätte es schon längst ein Blutbad gegeben. Wenn wir auch sehr mächtig sind, die Einwohner des Dorfes Aslan sind es nicht minder, und auch die Aydinli-Nomaden sind beherzte und unerbittliche Menschen.«

Ob es ihm nun behagte oder nicht, Murtaza Aga mußte der Schilderung des Mannes zuhören. Demnach hatten, mit Kerem von den Aydinli an ihrer Spitze, Zaro der Kurde, Hadschi der Kurze, Kenan der Verrückte und noch drei Männer aus dem Dorf Aslan tagelang im Hinterhalt gelegen, bis sie schließlich Talip Bey auf der Straße nach Kozan überwältigten. Sie töteten ihn nicht, sondern schleppten ihn an einen abgelegenen Ort im Akçasaz-Sumpf, den noch keines Menschen Fuß, ja keines Tigers Tatze betreten hatte und wo man vor Dornen, Bäumen und Röhricht den Himmel nicht sah. Sie ließen ihn erst einmal jammern. Dann schnitten sie ihm ein Ohr ab, danach seine Nase und schließlich seine Arme. Auch die Haut seiner Brust zogen sie ab. Die Lippen und Augen verschonten sie, damit er zusehen und flehen konnte … Am Ende pfählten sie ihn und hängten ihn splitternackt mit den Füßen an den stärksten Ast einer Weide. Seinen Körper rieben sie noch von oben bis unten mit Honig ein, damit die Wespen und Fliegen ihn fressen konnten, bevor er starb.«

»Warum sollte Ince Memed denn unseren Vater so grausam töten, wenn zwischen uns gar keine Feindschaft bestand?«

»Was hatte ihm denn Ali Safa Bey getan, daß Ince Memed ihm in die Augen schoß?« Murtaza Aga seufzte tief. »Armer Talip Bey, die Menschen wurden zu Ungeheuern, und wir hatten keine Ahnung …«

»Und darum muß unsere Bittschrift zu den Akten genommen werden. Sollte uns dies in dieser Stadt nicht gelingen, werden wir nach Ankara fahren und die Angelegenheit beim Justizministerium an höchster Stelle vortragen. Wenn nicht, wenn die Regierung die Mörder nicht verhaftet und hängt, wird sehr viel Blut fließen, wird in der Anavarza-Ebene ein endloser Krieg beginnen …«

»Der Mörder eures Vaters ist Ince Memed.«

»Ist er nicht!« entgegnete der älteste der Brüder bestimmt.

Murtaza Aga war in Druck geraten. Diese blöden neun Brüder waren drauf und dran, die Suppe zu versalzen. Hilfesuchend sah er den stumm dastehenden Molla Duran Efendi an und zwickte ihn heimlich, damit er endlich etwas dazu sage.

»Warte ab, mein Aga, warte«, flüsterte dieser.

»Warten, worauf denn, Bruder?« wimmerte Murtaza. »Erst die Lüge von Ince Memeds Gefangennahme und jetzt das da. In Ankara sind wir drauf und dran, unser Gesicht gänzlich zu verlieren. Wie ziehe ich mich denn jetzt aus dieser Scheiße?«

»Still!« zischte Molla Duran Efendi. »Unser wendiger Staatsanwalt meistert alles, windet sich aus jeder mißlichen Lage.«

Unterdessen waren die Richter hereingekommen, gefolgt vom Hauptmann und von Unteroffizier Asim. Das Dienstzimmer des Staatsanwalts füllte sich zusehends, die zuletzt kamen, fanden kaum noch einen Stehplatz.

»Sehr geehrter Herr Staatsanwalt«, sagte der Hauptmann, nachdem er stramm salutiert hatte, »unser Präfekt erwartet Sie in seinen Räumen, genauer gesagt: uns alle. Auch der Herr Landrat und andere Persönlichkeiten werden erscheinen.«

Murtaza Aga freute sich, sprang sofort auf die Beine und zog auch Molla Duran Efendi hoch. Doch dieser kraulte nachdenklich seinen Rundbart und sagte: »Geht ihr schon vor, ich komme später nach!« Dann neigte er sich dicht an Murtaza Agas Ohr und flüsterte: »Ihr werdet euch dort sowieso länger aufhalten, und ich denke, daß sich schon einiges erledigt haben wird, wenn ich zurückkomme.«

»Beeile dich, Molla Duran Efendi!«

»Soweit möglich …«

Lärmend machten sich die andern auf den Weg zur Stadtverwaltung.

Im Salon der Stadtverwaltung gab es genügend Sitzgelegenheiten. Der Landrat wartete schon seit geraumer Zeit. Als er die Brüder erblickte, wurde seine Miene streng, und nachdem er sie alle vom Scheitel bis zur Sohle gemustert hatte, sagte er: »Mein Beileid, meine Herren! Ince Memed, der Ihren Vater so grausam getötet hat, ist auch unser Feind, das heißt der Feind unserer Republik. Seien Sie unbesorgt, in Kürze wird die Leiche jenes Bandenführers Ince Memed in dieser Stadt öffentlich zur Schau gestellt werden. Seit neun Jahrhunderten ist es keinem Rädelsführer gelungen, sein Haupt gegen unseren erhabenen Staat zu erheben. Wie schon die Seldschuken und Osmanen wird auch unsere edelblütige Republik diesen Räubern das Handwerk legen, wird Ihr edler Vater, Bey der Turkmenen und Tiger von Anavarza, Talip Bey, gerächt werden.«

»Unseren Vater hat nicht Ince Memed getötet. Kerem der Nomade, Zaro der Kurde, Hadschi der Kurze, Kenan der Verrückte und noch einige mehr haben ihn entführt und zu Tode gefoltert.«

»Ach, und wer schoß ihm in die Augen?«

»Der Doktor und der Herr Staatsanwalt werden es ja bei der Autopsie feststellen, unser Vater hat keine einzige Schußwunde. Wie kann jemandem ohne Schußwunde in die Augen geschossen werden? Wir können sofort hingehen und ihn uns anschauen. Er hängt noch da, und zwar mit weit aufgerissenen Augen …«

Die Auseinandersetzung dauerte, denn die Brüder bestanden darauf, daß Ince Memed ihren Vater nicht getötet habe. Die Mörder ihres Vaters seien die Aydinli-Nomaden und die Dörfler von Aslan gewesen. Im übrigen seien die Entführung und der Mord von den namentlich Genannten vor den Augen von Hunderten ausgeführt worden.

»Das kann nicht sein«, sagte der Landrat.

»Das kann nicht sein«, sagte der Richter.

»Ich habe alles genauestens untersucht, das kann nicht sein«, sagte der Staatsanwalt. »Sie haben Ince Memed mit Kerem dem Nomaden verwechselt. Dieser Ince Memed ist ein Satan, ein Dschinn … Der nimmt jeden Augenblick eine andere Gestalt an. Hat er nicht auch uns getäuscht?«

»Er hat«, bestätigte der Hauptmann. »Und wir haben, in der

Annahme, es sei Ince Memed, die Räuberbande von Osman dem Schwarzen vernichtet.«

Schließlich wurde der älteste der Brüder wütend. »Haltet ihr mich denn für verrückt?« brüllte er. »Dann fahre ich morgen schon nach Ankara. Und bis ich zurückkomme, wird die Leiche meines Vaters mit weit aufgerissenen Augen in den Sümpfen hängenbleiben. Und macht euch keine falschen Hoffnungen, außer uns kann ihn dort niemand finden.«

»Wir werden es von Ince Memed erfahren, mein Sohn«, sagte lachend Murtaza Aga, und alle lachten mit.

Doch als jetzt abgespannt und mit mürrischem Gesicht Molla Duran Efendi eintrat, verstummten alle und richteten ihre Blicke auf ihn. »Meine Herren«, begann Molla mit salbungsvoller Stimme und kraulte dabei seinen Bart, »ich nehme an, daß Sie in der Sache Ince Memed zu keinem Ergebnis gekommen sind.«

»Die verehrten Söhne Talip Beys behaupten nachdrücklich, daß Ince Memed nicht der Mörder ihres Vaters sei. Damit geraten all unsere Pläne durcheinander«, antwortete Murtaza Aga mit Bedauern.

»Kein Grund zur Sorge, Herr Landrat«, sagte Molla Duran Efendi, während er seine Ärmel hochschob, als wolle er die rituelle Waschung beim Gebet vornehmen. »Da wird ein Irrtum vorliegen. Die jungen Herren irren sich. Alle Geschöpfe irren sich, nur der Herrgott nicht. Schon unser Prophet meinte ...« Doch dann entschied er sich, die Meinung des Propheten für sich zu behalten, und fragte: »Kann ich die Brüder hier irgendwo allein sprechen?«

Der Landrat sprang auf, öffnete die Tür zum Nebenzimmer und sagte: »Bitte sehr!«

Molla Duran Efendi vorweg, gefolgt von Talip Beys Söhnen, verschwanden die Männer im Zimmer nebenan. Und nachdem Duran Efendi die Tür sorgfältig geschlossen hatte, sagte er: »Bitte, setzt euch!«

Die Brüder setzten sich sofort. Ihre Mienen waren verstört. Molla Duran Efendi stand vornübergebeugt und hielt auch noch seinen Hals wie ein Storch vorgestreckt. Hastig schnippte er die Perlen der Gebetskette durch die Finger seiner Rechten.

»Mensch, seid ihr wahnsinnig?« schimpfte er. »Warum seid ihr bloß so widerspenstig? Habt ihr denn gar keinen Verstand? Mensch, ihr werdet den Herd des Tigers von Anavarza, Talip Bey, endgültig auslöschen.« Er schob seine Ärmel wie vor der rituellen Waschung noch einigemal hoch: »Ich habe einige kleine Fragen, und es kann euch nur nützen, wenn ihr mir die Wahrheit sagt.«

»Nur zu!« antwortete der Älteste.

»Erstens: Hat euer Vater von seinen Männern sechs heiratsfähige Mädchen des Dorfes Aslan entführen lassen und sich an ihnen vergangen?«

»Er hat.«

»Hat er diese Mädchen anschließend mit seinen Gefolgsmännern verheiratet?«

»Er hat.«

»Und hat er Hursit Aga aus demselben Dorf, der sich darüber empörte, nach Akçasaz gebracht und zu Tode gefoltert, indem er ihm die Ohren, die Nase und die Hoden abschneiden ließ?«

»Er hat.«

»Eben. Und hat dieser Staatsanwalt die Angelegenheit im Sinne eures Vaters erledigt oder nicht?«

»In seinem Sinne erledigt.«

»Das heißt, dieser Staatsanwalt ist euer Freund.«

»Auch wenn er viel Geld nimmt, er ist unser Freund.«

»Sehr gut. Hat euer Vater die Nomaden nicht bis aufs Hemd ausgeplündert, indem er ihnen die verkauften Felder arglistig wieder abgenommen hat?«

»Zugegeben, er hat«, riefen alle neun Brüder zugleich.

Molla Duran Efendi hatte die Augen kreisrund aufgerissen, die Rechte mit der Gebetskette in die Hüfte gestemmt und eine bedrohliche Haltung angenommen: »Und jetzt komme ich auf die eigentlich wichtige Frage.« Er zeigte auf den jüngsten der Brüder. »Steh du mal auf! Steh auf, komm her, und stell dich vor mich hin.«

Der junge Mann stand auf und stellte sich vor ihm hin. Er schien ziemlich schüchtern, sein Gesicht war puterrot angelaufen, und er schwitzte.

»Erzähl mal: Als du damals geheiratet hast, eine Weltschönheit von Mädchen – für wieviel Tage hatte dein Vater dir die Hochzeit ausgerichtet?«

»Für sieben Tage«, antwortete der schüchterne Jüngling, den Blick gesenkt.

»Hatte er alle Agas und Beys der Çukurova zur Hochzeit geladen?«

»Er hat.«

»Hatte einige Monate später dein Vater dir deine schöne Braut weggenommen und zu seiner siebten Frau gemacht?«

»Er hat's getan«, flüsterte der Jüngling mit hochrotem, jetzt schweißtriefendem Gesicht, das er zu verbergen suchte.

»Und wolltest du dich nicht von den Felsen des Anavarza stürzen? Und hast du nicht auf den da« – er zeigte auf den Ältesten – »geschossen, nachdem er dich im letzten Augenblick am Arm gepackt und vom Felsrand weggerissen hatte?« Endlich, ganz außer Atem, nickte er dem Jüngling zu und sagte: »Geh, setz dich wieder hin!«

Der junge Mann schwankte zurück und sackte schwer wie Blei auf seinen Platz.

»Soll ich noch weiter fragen? Über das, was euer Vater euch noch angetan hat? Es bleibt unter uns. Doch ihr wißt ja mehr darüber als jeder sonst in dieser großen Ebene samt ihren Bergen. Nun, soll ich fragen?«

»Frag nicht!« antworteten sie.

»Ihr habt ja gesehen, daß ich vorhin vom Markt gekommen bin. Und wißt ihr, worüber das ganze Ladenviertel redet? Über euch. Daß ihr am Ende die unglaublichen Greueltaten eures Vaters nicht mehr ertragen konntet und ihn in das Unterholz von Akçasaz geschleppt und dort zu Tode gefoltert habt. In diesem Augenblick laufen mindestens zwanzig Personen im Ladenviertel herum, die gesehen haben wollen, wie ihr euren schreienden Vater nach Akçasaz verschleppt habt. Ich habe mit allen zwanzig gesprochen. Und nun sagt mir, wer ist der Mörder eures Vaters: Ince Memed oder Kerem Aydinli?«

Die Brüder schwiegen, starrten auf den Boden.

»Nun antwortet schon! Nebenan warten sie auf uns.«

Die Brüder verharrten in Schweigen, die Köpfe gesenkt.

»Ich werde jetzt hinausgehen und ihnen erzählen, daß ein Irrtum vorliegt und daß auch ihr zwölf Männer in weißen Gewändern, angeführt von Ince Memed, gesehen habt.« Er ging hinaus und erzählte dasselbe noch einmal den Anwesenden. Nach ihm kamen auch die Brüder, und jedermann gratulierte ihnen lauthals, fröhlich und aus vollem Herzen.

»Heute nacht seid ihr meine Gäste«, sagte Duran Efendi.

»Gott gebe ihm ewigen Frieden, und unser Prophet verweigere ihm nicht die Barmherzigkeit. Ihm, der zu den Guten gehörte, der wie ein Heiliger war, der den Märtyrertod sterben mußte. Er war einer der letzten Pfeiler des türkischen Staates, Gott hab ihn selig! Und er war in Freud und Leid mein brüderlicher Freund. Deswegen werdet ihr als Gäste im Hause seines Freundes die Nacht verbringen und morgen mit dem Staatsanwalt und dem Doktor in Akçasaz ein Protokoll aufnehmen. Vielleicht wird euch sogar der hochverehrte Karadağlioğlu Murtaza Aga Beyefendi begleiten.«

Und um die Angelegenheit zu einem glücklichen Ende zu bringen, ging die leutselige Gesellschaft vom Rathaus geradewegs in Nazifoğlus Eßlokal. Heute nacht hielt Murtaza Aga sie alle frei. Schließlich waren sie Hand in Hand wieder einmal über einen Abgrund hinweggekommen. Und die Delegation in Sachen Ince Memed war auch auf dem Weg nach Ankara. Könnte Murtaza Aga sich jetzt noch mit Ali dem Hinkenden gütlich einigen, wäre er glücklich, ja, sogar überglücklich. Und bald schon wäre er auch von niemandem mehr abhängig, dann nämlich, wenn sich in Ankara ein Regiment Soldaten zum Taurus in Marsch setzte …

Am nächsten Morgen machten sich der Staatsanwalt, der Doktor, der Kommandant der Gendarmerie und Murtaza Aga in Onkel Hamzas Auto auf den Weg. Der Kommandant der Gendarmerie brauchte eigentlich nicht mitzufahren, doch dieser Fall hatte seine Neugier geweckt. Außerdem wollte er die Mordtaten dieses Mörders Ince Memed, die Art der Ausführung jedes Mordes in allen Einzelheiten untersuchen.

Durch das trockene Wetter der letzten Tage war die unbefestigte Landstraße zwischen der Stadt und dem Hof von Talip Bey in ziemlich gutem Zustand. Und weil der Wagen entgegen seiner Gewohnheit diesmal keine Panne hatte, waren sie schnell am Ziel. Die Brüder waren schon früh von Molla Duran Efendis Haus aufgebrochen und warteten bereits vor dem Tor des Konaks. Für jeden von ihnen wurde ein Pferd gesattelt, und nach einem kurzen Frühstück ritten sie los. In der größten Mittagshitze erreichten sie Akçasaz. Im dichten Gestrüpp hatten Spinnen von unglaublicher Größe ihre weitgefächerten Netze gespannt und lauerten in versteckten Ecken auf Beute. Riesige gelbliche Honigwaben hingen an den Zweigen, so schwer, daß diese sich unter dem Gewicht bogen. Bei jedem Schritt trafen die Reiter auf hin und her gleitende schwarze, grüne, violette und rötlichbraune Schlangen. Von überall drang Vogelgezwitscher an ihre Ohren und immer wieder der surrende Flügelschlag aufgescheuchter Vogelschwärme. Zwischen Zweigen und Sträuchern verbargen sich mannigfach geformte Nester, und in der Luft schwirrte es in allen Farben. Wenn dem Staatsanwalt auch vor diesem Sumpf schauderte, war er doch richtig stolz. »Wie wunderbar und fürchterlich zugleich«, sagte er alle Augenblicke zu dem neben ihm reitenden Hauptmann.

Nach einer Weile gerieten sie in so hohes Röhricht, daß der Staatsanwalt entsetzt meinte, sie würden hier niemals wieder herausfinden. Aber die Brüder kannten sich gut aus; schon bald hatten sie das Dickicht hinter sich und kamen an eine Lichtung. Der kleine Platz war mit frischem grünem Rasen bedeckt und das Gras noch so zart, als sei es gerade aus der Erde gesprossen. In der Mitte der Lichtung erhob sich eine stattliche, weit ausladende Weide, und an einem gegen Osten gestreckten dicken Ast hing ein splitternackter Mann, der sich von weitem pechschwarz ausnahm. Sein Kopf berührte fast den Boden. Als die Männer sich der Weide näherten, empfing sie ein ohrenbetäubendes Gesumm. Wespen und Fliegen hockten dicht an dicht auf dem Toten, so daß auch nicht das kleinste Stückchen Haut zu sehen war. Nur die hellen Augen, weit aufgerissen, starrten überrascht und verwundert herüber. Auf sie hatte sich nicht eine Fliege gesetzt.

»Nehmt euren seligen Vater von dort herunter«, sagte der Staatsanwalt.

Eine Weile wagte keiner der Söhne, sich seinem von Wespen und Fliegen übersäten Vater zu nähern. Zu allem Überfluß schwärmte auch ein junges Bienenvolk mit dröhnendem Summen um die Leiche herum. Honigbienen, Hummeln und Hornissen, gelblich, schwarz, rot und bunt, krochen und schwirrten durcheinander um die Weide, grimmig brummend wie kleine Tiger. Doch die Bediensteten, die mitgekommen waren, um den Toten heimzubringen, hatten vorsorglich ihre Bienenschleier mitgebracht. Nachdem sie diese übergestülpt hatten, schoben sie sich durch die schwärmenden Insekten an den Toten heran, nahmen ihn von der Weide ab und warfen ihn über ein ungesatteltes Pferd.

Gemeinsam mit dem schwärmenden Bienenvolk kehrten sie zurück. Wie schon in Reihen am Rande der Landstraße hatten sich auch auf dem Hof neugierige Dörfler aus der Nachbarschaft mit Alten und Jungen und Kind und Kegel eingefunden.

Das Protokoll wurde in Talip Beys Konak aufgenommen. Wie es hieß, sei Talip Bey durch Schüsse in beide Augen getötet worden. Anschließend habe man ihm Nase und Ohren abgeschnitten, ihn mit Honig eingeschmiert und in einem Akçasaz genannten Ort an einer Weide aufgehängt. Auch der Doktor hatte viel in wissenschaftlichen Begriffen aufgeschrieben. Und man vergaß auch nicht hinzuzufügen, daß die Form des Tötens durch Schüsse in die Augen in dieser Ebene, ja im ganzen Taurus die Besonderheit eines einzigen Mannes sei: des Räubers mit Namen Ince Memed.

Nachdem sie im Konak noch ein einmalig köstliches Mahl aus verschiedenem Wildbret verzehrt hatten, machten sie sich auf und erreichten noch vor Sonnenuntergang die Stadt. Dort erwarteten sie bereits der Landrat, der Präfekt und die übrigen Honoratioren an der reich gedeckten Raki-Tafel. Man setzte sich sofort und begann Talip Bey zu Ehren mit dem Umtrunk.

»Schrecklich, ein schrecklicher Anblick«, sagte der Hauptmann jedesmal, wenn die Finger das Glas umklammerten. »Und ich werde diesem Blutsäufer ... Genau so ... Gleiches mit ...«

Murtaza Aga war außer sich vor Freude. War das heute ein Erfolg! Sowohl der Staatsanwalt und der Doktor als auch die Dörfler hatten gesehen, daß Talip Bey genau wie Abdi Aga und Ali Safa Bey durch Schüsse in die Augen getötet worden war. Hätte ihm eine Bemerkung des Präfekten nicht auf den Magen geschlagen, hätte er noch eine Woche jubeln können.

»Ich bitte dich, mein Präfekt, sag das noch mal!«

»Nun ja, Molla Duran Efendi hat deinen Hinkenden Ali zu sich kommen lassen und ihn gegen eine hohe Geldsumme zu seinem Leibwächter gemacht.«

Murtaza Agas Freude verpuffte wie ein praller Luftballon, in den eine Nadel gestochen worden war. Auf der Stelle wollte er Molla Duran Efendi aufsuchen, doch das konnte er nicht wagen. Daraufhin verlegte er sich aufs Trinken und redete in jener Nacht von der Heimtücke und Doppelzüngigkeit des Menschen, besonders des Menschen Molla Duran, bis niemand mehr zuhörte, worauf er noch geharnischter vom Leder zog. Gegen Mitternacht schließlich schlurfte Murtaza Aga mit Hilfe zweier Gefolgsmänner, die ihn untergehakt hatten, volltrunken nach Hause.

Schon als die Herren das Auto bestiegen, das sie zu Talip Beys Besitz bringen sollte, war Molla Duran Efendi nach Hause geeilt. »Macht euch sofort auf die Suche nach Ali dem Hinkenden!« hatte er seinen Leuten befohlen. »Ob er auf Erden oder über den Wolken ist, ihr bringt ihn mir, den Führer der Spurensucher. Er soll sich in der Mühle Hasan des Schwarzen aufhalten. Wenn er nicht dort sein sollte, Hasan weiß, wo er ist. Sagt ihm, er solle Ali den Hinkenden bei den Ohren packen und herbringen, sofort!«

Seitdem war keine Stunde vergangen, da hatte Hasan der Schwarze Ali den Hinkenden schon gebracht. »Bitte sehr, Efendi«, sagte er, »dieser hier ist Ali der Hinkende, Anführer der Spurensucher!«

Molla Duran Efendi saß auf dem Wandsofa, hielt die Augenlider geschlossen und ruckte die Gebetskette durch seine Finger. Bedächtig öffnete er die Augen. »Sagtest du Ali der Hinkende?«

»Du hast nach Ali dem Hinkenden gerufen, und ich habe ihn Euer Wohlgeboren gebracht.«

»Gut so, laß ihn herkommen!« Er winkte mit seiner neunundneunzigperligen Gebetskette Ali den Hinkenden herbei, sagte: »Setz dich dorthin, Ali!« und zeigte dabei auf den Stuhl aus Nußbaum vor ihm. Dann, zu Hasan dem Müller gewandt: »Ich danke dir, Hasan, du kannst gehen!«

Während Hasan sich sofort umdrehte und fortging, setzte Ali sich auf den Stuhl, preßte die Oberschenkel aneinander und legte die Hände ehrerbietig auf seine Knie.

»Sitz bequem!« sagte Molla Duran Efendi.

Ali rutschte nur ein bißchen.

»Wirklich, Ali, was sie alles so über dein Spurenlesen erzählen, nimmt kein Ende. Besonders Murtaza Aga lobt dich in den Himmel. Redet nur von seinem Bruder Ali dem Hinkenden. Und Ince Memed soll dein Todfeind sein. Wie kommt es, daß du ihn nicht töten konntest? Ein Mann mit deinen Finten zerreißt doch so einen Jungen in der Luft, nicht wahr?«

»Ich hab's nicht können, Efendi ...«

»Warum, wieso?«

»Er ist sehr verwegen, Efendi.«

»Und du?«

»Wer bin ich schon neben ihm, Efendi ...«

»Er soll gegen Kugeln gefeit sein, sagt man. Glaubst du auch daran?«

»Ich glaube daran, Efendi. Das Sultanmütterlein vom Hort der Vierzig Augen hat ihn mit einem Zauber belegt, Efendi. Und ich hab's mit eigenen Augen gesehen: Er hat einen Stein, der aus Blitzen entstanden ist, der wie Feuer brennt und blendet.«

»Und wozu soll der Stein gut sein?«

»Wer diesen Stein trägt, den trifft keine Kugel, und wenn sie ihn trifft, verletzt sie ihn nicht. Die diesen Stein des Blitzes bei sich haben, heißt es, durchbohre kein Schwert, verbrenne kein Feuer, reiße kein Wildwasser fort.«

»Gerede«, erwiderte Molla Duran Efendi. »Glaubst du daran?«

»Jeder glaubt daran.«

»Was hältst du davon, wenn ich sage, daß ich an dieses Gesülze nicht glaube?«

»Das mußt du wissen, du bist ja auch ein großer Hodscha aus

dem Kreis unserer Erhabenen, deren Atem Steine zum Schmelzen bringt.«

»Gott vergib die Anmaßung. Wer ist der bessere Schütze, Ince Memed oder du?«

»Wir standen uns noch nicht gegenüber. Wenn es dazu kommt, wird Gott entscheiden, ob er oder ich ...«

»Wieso hat er dich noch nicht töten können, obwohl er so darauf brennt?«

Ali lachte: »Er war ja gestern noch ein Kind, da kann er heute gegen mich noch nicht würfeln, auch mit dem Stein des Blitzes in der Tasche nicht ...«

»Ich verstehe. Wie auch immer, er ist bald erledigt. Aber die Dörfler halten viel von ihm. Sie haben aus ihm einen Heiligen, einen Wundertäter gemacht, haben ihn in den Rang eines Weisen erhoben. Ist er ein so guter Mensch?«

»Er ist es.«

»Und warum sollte ein guter Mensch dich töten und gleichzeitig deine elf Kinder zu Waisen machen?«

»Weil ich den Tod verdient habe ...«

Jetzt schnippte Molla Duran Efendi die Perlen seiner Gebetskette schnell durch die Finger. Verwundert hatte er das Kinn vorgestreckt, kraulte sich den Bart und bat seinen Herrgott um Geduld. »Du hast also den Tod verdient. Und warum das?«

»Das ganze Unheil habe ich ihm doch eingebrockt. Abdi Aga konnte ihn nur gefangennehmen, weil ich den Spuren gefolgt bin.«

»Ha, ha, ich kenne die Geschichte.«

»So war es nun einmal, Efendi.«

»Du liebst Ince Memed wohl sehr.«

»Mehr als mein Leben.«

»Ali!«

»Bitte, Efendi.«

»Ich hab dich richtig liebgewonnen.«

»Du sollst leben, Efendi.«

»Du wirst ab jetzt in meinen Diensten stehen.«

»Für dich arbeite ich, Efendi.«

»Das Schändliche, was dir dieser Murtaza angetan hat, ist unmenschlich. Erst hat er dich gegürtet und gekleidet, dann hat er dir alles wieder genommen und dich barfuß und barhäuptig hinausgejagt, stimmt's?«

Ali der Hinkende senkte den Kopf und schwieg.

»Und dann kam er drei Tage lang zur Mühle, flehte dich an und küßte deine Fußsohlen. Aber du hast ihn keiner Antwort gewürdigt.«

Ali, bedrückt, hob den Kopf und schaute Molla Duran, der noch immer die Gebetskette hastig durch die Finger gleiten ließ, gerade in die Augen: »Ich habe nicht gesprochen, konnte nicht sprechen, meine Zunge war wie gelähmt.«

»Was verlangst du dafür, daß du bei mir arbeitest, Ali?«

»Zuallererst einen Filzhut. Und einen Anzug. Und ein Paar Stiefel. Und dann kaufe mir einen Rotfuchs. Und eine deutsche Flinte und einen nagelneuen schimmernden Trommelrevolver mit einem Griff aus Elfenbein. Das Geld zum Einkleiden will ich sofort. Mein Monatsgehalt kannst du bestimmen. Ich habe elf Kinder in den Bergen, die ich nicht zu mir holen kann. Ich arbeite für das, was du mir gibst, überlasse es deinem Gewissen.«

»Das vereinfacht die Sache, wenn du es mir überläßt«, antwortete Molla Duran Efendi lächelnd, griff in seinen breiten Gürtel und zog eine alte, abgegriffene, riesige Brieftasche hervor. »Nimm dieses Geld, Ali«, fuhr er fort, »geh auf den Markt, und kaufe dir, deinen Kindern, deiner Frau, was du willst. Ich schreib's auf und ziehe es dir nach und nach vom Gehalt ab.«

»Du sollst leben, Efendi!«

Ali der Hinkende ging mit dem Geld zuerst zum Hutmacher und kaufte genau so einen Hut wie den vorigen. Dann ging er zum Stoffhändler und von dort weiter zum Schneider. Die Hose, die er zum Anzug beim Schneider bestellte, sollte so geschnitten sein wie die Reithosen der Offiziere bei der Kavallerie. Anschließend suchte er Meister Cafer, den Schuster, auf.

»Wie soll ich bloß einen Stiefel für diesen Fuß machen?« murmelte Meister Cafer immer wieder vor sich hin, während er auf Alis Füße starrte.

»So wie der Schuhmacher Halbstiefel macht, wirst du mir Reitstiefel anfertigen.«

»Aber er ist schließlich ein Schuhmacher.«

»Und du bist ein in der ganzen Çukurova berühmter Schuster. Wer denken kann, findet immer eine Lösung.«

Nachdem Meister Cafer ihn vom Scheitel bis zur Sohle gemustert hatte, lachte er übers ganze Gesicht. »Und du bist der berühmte Anführer der Spurensucher, Ali der Hinkende, nicht wahr?«

»Ich bin Ali der Hinkende«, antwortete Ali.

»Wenn es so ist, werde ich dir mit großer Freude ein Paar Stiefel anfertigen.« Der Meister kramte Papier hervor, nahm Maß, kritzelte Zahlen, überlegte und sagte: »Das war's. Komm in drei Tagen wieder. Ich weiß, deine Sache eilt.«

Eine Woche später ging Ali in Tuch und Stiefeln durch das Ladenviertel, bemühte sich, nicht zu humpeln, und versuchte mit verstohlenen Blicken aus den Augenwinkeln mitzubekommen, ob man ihn auch gebührend beachte.

Nach einigen Tagen waren auch der Rotfuchs, die Flinte und der Revolver da. Zu alledem hatte Molla Duran Efendi noch einen deutschen Feldstecher besorgt, der sogar das Dunkel der Nacht erhellte. Auch den hatte er wie alles andere Ali in Rechnung gestellt.

Als Murtaza Aga Ali hoch zu Roß und mit dem Fernglas auf der Brust an seinem Konak vorbeistolzieren sah, fuhr er aus der Haut. Hatte er sich bisher, wenn auch mit Mühe, beherrschen können, fühlte er sich jetzt zutiefst erniedrigt und eilte geradewegs zum Hause des Molla Duran Efendi.

»Hodscha, Hodscha«, schrie er, »du hast mich erledigt, hast meinen Herd ausgelöscht. Wie konntest du mir das antun, mir Ali den Hinkenden abspenstig machen.«

Der Hodscha kam ihm mit sanfter Anbiederung, schmeichelte und beschwichtigte ihn, versuchte ihn glauben zu machen, daß er, Molla, Alis Hilfe viel nötiger habe als jeder andere.

Während Murtaza Aga scheinbar überzeugt das Haus verließ, schwor er sich, es Molla irgendwann heimzuzahlen.

13

Das Dorf Değirmenoluk erwachte schon vor Tagesanbruch zu regem Treiben. Von Haus zu Haus lautloses Kommen und Gehen, Geflüster, bedeutungsvolle Blicke ... Doch schon bald, kaum daß die Sonne die Hänge erhellte, versank das Dorf wieder in tiefe Stille. Als vor kurzem die Dorfbewohner von Ince Memeds Tod hörten, war es auch so gewesen, sogar die weinenden Säuglinge schienen damals den Atem anzuhalten. Doch als man erfuhr, daß es sich bei dem Erschossenen nicht um Ince Memed handelte, brach ein Sturm der Begeisterung los.

Bis dahin hatten die Dörfler alles darangesetzt, damit Mutter Hürü vom Tod Ince Memeds nichts erfuhr. Denn Mutter Hürü hatte viel im Leben durchgemacht und witterte ein Unwetter schon beim ersten Windhauch. Doch die Stille im Dorf schien sie überhaupt nicht zu beunruhigen, und als ginge es sie gar nichts an, stellte sie keine Fragen. Auch als bei der Nachricht, Ince Memed sei am Leben, die Dörfler in Freudentaumel gerieten, ließ sich Mutter Hürü nicht hinreißen, sagte nur: »Ich wußte es« und freute sich mit den anderen. Nur einmal gab die Erinnerung an ihren Mann Dursun Ali ihrem Herzen einen Stich. Wenn er jetzt noch lebte, dachte sie, wie hoch würde er bei diesen Tänzen aus früheren Zeiten, ohne sich um seine Krankheit zu kümmern, doch die Beine werfen.

Auch jetzt schien diese Stille sie nicht zu bekümmern. Und wenn sich in ihrem Inneren auch nur der leiseste Zweifel regte, sagte sie sich: »Meinem Sohn kann nichts geschehen, er ist das Brot der Armen, ihre Zuflucht, ihre einzige Hoffnung. Ihn begleiten die Gebete so vieler. Warum sollte der mächtige, schöne Schöpfer des Himmels und der Erde mit den grünbraunen Augen, dessen weißer Bart die Erde mit Licht überflutet, ihn nicht beschützen. Memed trifft keine Kugel, verbrennt kein Feuer, ertränkt kein Gewässer. Unser Herrgott weiß schon, wem er von Herzen zugetan ist, wen er schützt.«

Sie saß vor ihrem Lehmhaus in der Sonne und strickte ein Paar Kniestrümpfe für ihren Memed. Nur noch wenige Reihen, und es würden so schöne Strümpfe werden, wie sie noch niemand gestrickt hatte. Weder eine Mutter, die sich schon zehn Jahre lang nach ihrem eingezogenen Sohn sehnt, noch eine unglückliche Braut, die sich nach ihrem Geliebten verzehrt, noch eine Jungvermählte, die mit brennendem Herzen auf ihres Mannes Rückkehr aus der Fremde wartet. Himmelblaue Blumenmuster hatte sie in die Strümpfe hineingearbeitet. Wer sie von weitem an Ince Memed sähe, würde meinen, dort bewege sich ein Feld blühender Blumen. Solche Strümpfe hatten nicht Schah, nicht Sultan, ja nicht einmal der Recke Köroğlu gesehen, geschweige denn getragen.

Die Herbstsonne brannte, und eine rotbraune Wespe kreiste funkelnd um eine langstielige violette Blume, ließ sich auf die Blüten nieder und schoß gleich darauf wieder davon. Mutter Hürü sah immer wieder von ihrer Arbeit auf, schaute mit zusammengekniffenen Augen hin zum Dorf, ließ den Blick schweifen, bis er ganz versonnen bei den nahen violetten Blumen haftenblieb. Trüge Ince Memed erst einmal diese Strümpfe, würde Gott der Allmächtige ihn noch mehr als bisher vor Unfall und Unglück bewahren. Warum auch nicht, denn wem hatte Mutter Hürü jemals etwas getan? Keinem Geschöpf Gottes ist durch sie Böses widerfahren, keinem Schmetterling und keiner Ameise. Und außer jenen ungläubigen Hinkenden Ali hatte sie auch niemanden gekränkt. Und der hatte es verdient, dieser Ketzer. Daß Ince Memed diesen Hinkenden, dessen anderes Bein auch brechen möge, wie seinesgleichen achtete, das machte Mutter Hürü fuchsteufelswild. Sie verzieh keinem, der sich mit Ali dem Hinkenden abgab, mit ihm verkehrte. Aber wenn's um Ince Memed ging, auf den ließ sie nichts kommen. Der wußte schon, was er tat. Schon als er klein war, ein klitzekleiner Junge, hatte er das Herz auf dem rechten Fleck! Auch er hatte keiner Ameise unseres allmächtigen Schöpfers mit dem lichten Bart etwas zuleid getan.

Daß die Dörfler so in sich verschlossen tagelang schwiegen, ärgerte sie auch, aber sie behielt es für sich. Was soll's, sagte sie sich, es sind nun mal tumbe Dörfler. Tumb und undankbar dazu. Aber daß sie über Ince Memed das Maul aufgerissen und ihn aus dem Dorf gejagt hatten, weil er Abdi Aga nicht töten konnte, ärgert sie noch heute, vergißt sie ihnen nie. Jetzt, da auch Hamza der Glatzkopf von der Bildfläche verschwunden ist, können sie endlich aufatmen. Sie hatten Land in Fülle, bald würden die Dreschplätze überquellen, Kühe, Stuten und Ziegen nur noch doppelt werfen. Aber die Dummköpfe merkten gar nicht, daß sie diese Himmelsgaben allein Ince Memed verdankten. Seht sie euch doch an, lassen sie sich etwa bei Hürüce, der einzigen Mutter ihres Wohltäters Ince Memed, auch nur einmal blicken?

Während sie strickte, mußte sie an Hatçe denken und wurde ganz traurig. Was war Hatçe doch für ein gutes Mädchen gewesen, strickte für Ince Memed auch solche Strümpfe, schon um zu zeigen, wie sehr sie sich nach ihm sehnte. Sollte Ince Memed denn jetzt ohne Strümpfe bleiben, nur weil sie tot war? Gott sei Dank lebte seine Mutter Hürüce ja noch, gesund wie der Fisch im Wasser. Es war Mittag, sie rollte Nadeln und Knäuel ins Gestrickte, ging ins Haus und legte alles behutsam auf den Stuhl neben der Feuerstelle. Dann reckte sie sich, daß ihre Wirbel knackten, und machte sich auf den Weg ins Dorf.

In den Gassen traf sie auf niemanden. Und die sie sahen, benahmen sich, als wollten sie sich verstecken oder die Flucht ergreifen. Sollen sie doch vor mir weglaufen, sollen sie doch weiter schweigen! Ob mein Falke wohl wieder Schwierigkeiten hat? Für diese Wildschweine von Dörflern ist mein Kleiner ja schon tot, bevor er stirbt, Gott bewahre! Vor Hösüks Haus blieb sie stehen. Die Tür war verschlossen; darüber erbost, schrie sie: »Was habt ihr denn, deren Augen herausfallen mögen, was ist denn jetzt schon wieder? Als habe jedes Haus im Dorf einen Toten auf der Bahre ...« Ihre Stimme wurde härter: »Hört ihr da im Reich der Toten mich denn nicht? Macht die Tür auf!«

Die Tür öffnete sich, Hösük die Runkelrübe erschien, ihre Augen waren gerötet.

»Was soll das, was ist los?« donnerte Mutter Hürü.

»Nichts ist los«, antwortete mit seitlich ausgestreckten Armen Hösük, »komm erst einmal herein, Schwester Hürüce!«

»Irgend etwas ist los«, beharrte Mutter Hürü mit wutverzerrtem Gesicht.

»Nun komm schon, komm erst einmal herein«, antwortete Hösük die Runkelrübe jetzt noch weicher und zog sie behutsam am Arm.

»Habt ihr Ince Memed schon wieder getötet?« zürnte Hürü herausfordernd. »Sollen sie ihn doch erschießen! Meinen sie denn, die Welt steht still, wenn Ince Memed stirbt? Da werden die Mütter noch viele Ince Memeds gebären. Ein Ince Memed stirbt nicht. Ein Ince Memed stirbt und stirbt und ersteht wieder auf. Uns ein langes Leben, wenn Ince Memed gestorben ist! Wenn er tot sein sollte, feiere ich ein Fest vor seinen Feinden, schwinge beim Bauchtanz sogar die Hüften, verstanden?«

»Komm schon herein, Schwester Hürüce, komm erst einmal herein!«

»Bauchtanzen, ja, bauchtanzen werde ich, sollte Ince Memed getötet worden sein«, schrie Hürü, jetzt zum Dorf gewandt, in die Gassen hinein. »Ince Memed stirbt einmal und wird tausendmal wiedergeboren. Die Mütter sollen leben, die Müüütter, habt ihr dummen Dörfler gehört, die Müüütter! War Ince Memed nicht einer aus unserem Dorf? War seine Mutter nicht die arme Döne, die einem das Brot sogar mit der Hand gab, auf die man schlug? Warum also habt ihr euch in eure Häuser eingeschlossen und in Grabsteine verwandelt?«

Hösük dämpfte ihre Stimme noch mehr: »Komm, Schwester, komm auf einen Sprung herein, und ruh dich ein bißchen aus.«

Hürü entwand sich Hösüks Händen und lief schreiend mitten ins Dorf, wo sie auf dem winzigen Platz stehenblieb. Dort zog sie gegen die Dörfler, die Gendarmen, den Hauptmann und wer ihr, Ince Memed ausgenommen, sonst noch in den Sinn kam, vom Leder. Sie tobte und schrie so, daß die Dörfler einzeln oder zu mehreren neugierig aus ihren Häusern kamen und sich auf dem kleinen Platz um sie versammelten. Und je mehr es wurden, desto ungebärdiger setzte Hürü ihnen zu: »Seid ihr denn keine Männer? Ince Memed hat nur zwei Augen, zwei Hände und zwei Ohren, und die habt ihr auch. Wenn Ince Memed erschossen wird, soll er! Köroğlu, der Recke der Recken, kehrte auch nicht zurück, ging ein in den Kreis der Vierzig Glückseligen. Blieb deshalb die Welt stehen? Den Sohn des Schmieds tötete das

Feuerrohr, sind deswegen die Söhne der Schmiede ausgestorben? Gizik Duran wurde erschossen, na und? Gehört dem Sultan etwa jetzt die Welt? Auch er ist tot. Sollen sie Ince Memed ruhig töten ...« Jedesmal, wenn sie vom Tod Ince Memeds sprach, schwang in ihrer Stimme unsägliche Trauer, starb sie selbst tausend Tode.

Dann schwieg sie erschöpft, und die Dörfler mit Kind und Kegel, die sich um sie geschart hatten, betrachteten still diesen vor Schmerz und Zorn zu Stein erstarrten alten Menschen.

Hürüs Schweigen dauerte lang. Die Hände in den Hüften, die Augen auf den Alidağ geheftet, stand sie gedankenverloren da. Von einem Augenblick zum nächsten war ihr anzusehen, daß sie schrumpfte, ungemein alterte, verfiel. Ließe sie sich gehen, würden die Knie unter dem Gewicht ihres Körpers nachgeben. Als sie sich dessen bewußt wurde, riß sie sich zusammen, verdrängte ihren Schmerz und ihre Besorgnis, richtete sich auf und ließ den Blick über die Menge schweifen. »Was war denn wieder mit Ince Memed?« fragte sie spöttisch lächelnd von oben herab. »Hat der Aga Hauptmann ihm wieder einmal in die Augen geschossen? Was ist geschehen? Hat Ali der Hinkende, dessen Sippe aussterben möge, wie eine Hündin ihn wieder hintergangen? Er soll Molla Durans Knecht geworden sein. Gott sei Dank verhallt mein Seufzen also nicht, und der Allmächtige mit den schönen Augen wird ihn noch tiefer fallen lassen.« Sie streckte die Handflächen gegen den Himmel, bewegte murmelnd die Lippen, sagte: »Meinem Gott sei Dank!« und stemmte die Hände wieder in die Hüften. »Und ihr wollt mir Ince Memeds Tod verheimlichen, nicht wahr, weil Mutter Hürüce alt geworden ist, es nicht ertragen, nicht überleben würde, wie ihr meint, ja?« Sie schwieg, ließ die Augen wieder über die Menge schweifen, klatschte zwei-, dreimal in die Hände, wiegte sich, als wolle sie tanzen. »Ich halte es aus, meine Kinder, halte es aus«, sagte sie dann. »Ich kenne mich doch, meine lieben Kleinen ...« Ihre Lippen bebten vor Leid. »Meint ihr, ich wüßte nicht, daß der Räuber niemals der Welt Herrscher wird? Wenn schon Sultan Süleyman, der sogar die Sprache der Vögel verstand und die Erde von einem Ende zum andern unterworfen hatte, nicht ihr Herrscher blieb, dann niemand. Ich weiß, auch Ince Memed wird eines Tages sterben, wie Köroğlu, wie Köroğlu Ürüsan Ali wird auch er eingehen …« Beinahe hätte sie »in den Kreis der Vierzig« gesagt, woran sie, falls Ince Memed sterben sollte, so fest glaubte wie an ihren allmächtigen Gott. Aber jetzt galt es, die Dörfler erst einmal zum Reden zu bringen, und sie wußte, wie sie es bei ihnen anstellen mußte. »Ich halte es aus, meine Kleinen, ich halte es aus. Mit Räubern nimmt's ein schlimmes Ende, ich weiß es. Und trotzdem brennt in mir der Schmerz wie das Feuer unter der Esse.« Dann befahl sie wieder mit donnernder Stimme: »Nun redet endlich! Ich bin Ince Memeds Mutter Hürü und werde es ertragen.« Und gleich darauf gedämpft, freundlich, voller Wärme: »Wäre der Mensch aus Eisen, rostete er. Aber er ist aus Lehm geschaffen. Auch ich bin aus Erde, kann also viel ertragen …« Plötzlich verhärtete sich ihr Ausdruck, als stünde da nicht mehr die Frau mit der seidenweichen, schmeichelnden Stimme. »Heraus mit der Sprache, was ist denn jetzt schon wieder Schlimmes mit Ince Memed geschehen?«

Die Menschenmenge stand mit gesenktem Blick wie versteinert da und schwieg.

»Warum schweigt ihr Pestfetzen?« brüllte Hürü wutschnaubend und spie übelste Flüche gegen die Dörfler aus.

Irgend etwas war geschehen, irgend etwas, aber diese Pestbeulen schwiegen. Der nagende Wurm der Ungewißheit in ihr trieb sie zur Weißglut. Wenn Ince Memed wirklich Böses widerfahren war – diesmal würde sie es nicht ertragen, auch wenn sie sich eben damit gebrüstet hatte. Vierzehn Kinder hatte sie von Durmuş Ali empfangen, und sie hatte alle vierzehn in schwarzer Erde begraben, dennoch, Geschöpf, aus Lehm geschaffen, konnte sie das Leid ertragen. Den Verlust von Ince Memed aber ertrüge sie nicht, auch wenn sie überlebte; sie würde bei lebendigem Leib verwesen.

Als sie unmittelbar vor sich Mahmut den Winzigen entdeckte, der völlig geknickt die Hände über seinem Bauch verkrampft hatte, schöpfte sie wieder Hoffnung. Seine Mutter war gestorben, als er gerade ein Jahr alt geworden war, und Hürü hatte ihn zu sich genommen, großgezogen und verheiratet. Ihn wußte sie zu nehmen, kannte ihn in- und auswendig. »Komm her zu mir, Mahmut!« befand sie.

Mahmut gehorchte, blieb vor ihr stehen.

»Erzähl mir, was mit Ince Memed geschehen ist, und laß mich nicht noch einmal fragen!« Ihre Stimme klang so bestimmt und gebieterisch, daß nicht nur Mahmut, sondern wer auch immer die Antwort nicht schuldig geblieben wäre.

»Das Pferd ...«, stotterte Mahmut und schwieg.

»Welches Pferd?« fragte Hürü und runzelte die Brauen.

»Ince Memeds Pferd, das Pferd, das er geritten hat ... Na, an jenem Tag ...«

»Ich verstehe, der dunkle Brandfuchs. Was ist mit ihm?«

»Er ist da ... Steht da ...«, antwortete Mahmut.

»Und der Reiter?«

»Das Pferd trägt nicht einmal einen Sattel.«

Hürü wurde aschfahl, wankte, hatte sich aber sofort wieder gefaßt. »Wo?«

»Dort, bei den Felsen.«

Hürü marschierte los, der Winzige hinter ihr her; wortlos öffnete sich die Menge vor ihr, bildete eine schmale Gasse. Hürü wurde immer schneller, Mahmut der Winzige konnte kaum Schritt halten. Am Fuß der Felsen blieb sie stehen. Pfeifend wie ein Blasebalg, sog sie die Atemluft in sich hinein. Dann hob sie den Kopf: Der Brandfuchs stand dort auf dem höchsten Gipfel der steilen Felsen. Er hatte sich der Sonne zugewandt, seinen Kopf gereckt, wiegte den Schweif sanft hin und her, und sein Fell glänzte in gleißendem Licht.

Hürü kauerte sich auf einen Felsbrocken und verschnaufte, ohne das Pferd aus den Augen zu lassen. »Warte hier, mein Mahmut!« sagte sie nach einer Weile, während sie sich erhob und den Felsen hinaufkletterte. »Ich hab einige Fragen an dieses dunkle Pferd, mal sehen, was es mir zu berichten hat ...«

Sie entdeckte einen schmalen Pfad, der bis zum Gipfel führte. Bestimmt ist das Tier hier entlang, dachte sie sich. Und während sie, immer wieder Rast einlegend, aufstieg, sprach sie ununterbrochen mit dem Pferd: Mein schöner Brandfuchs mit den apfelgrünen Augen, dem Gesicht eines Mädchens, sanft wie eine

Gazelle und leichtfüßig wie ein Rebhuhn. Mit deinem goldglänzenden Fell und dem seidigen Schweif gleichst du dem Grauschimmel Köroğlus, schwingst dich bis in den Himmel und bewältigst sieben Tagesmärsche in einem Augenblick. Hürüces Leben für deinen Reiter, was hast du mit ihm gemacht, sag es mir, ich bitte dich! Haben ihn dir die Greife, die reißenden Tiger, die siebenzüngigen Schlangen entrissen, sag's mir, und ich will dein Diener sein! Sag, was deinem Reiter geschah, und Mutter Hürüces Leben für deines! Ließest du ihn in einen Abgrund stürzen, in tiefes Wasser fallen, oder hast du ihn den Kugeln der grausamen Gendarmen mit den Wolfszähnen ausgeliefert, sag es mir, rotbraunes Pferd mit den apfelgrünen Augen und dem Mädchengesicht ... Du bist wie Düldül, das weiße Muli des Heiligen Ali, entwischtest auch tausend Schwertern; sag mir also, was mit deinem Reiter geschah! Raffte Feuer oder Seuche ihn dahin? Du mit dem schönen Namen bist wie Burak, das geflügelte Reittier des schönen Mohammed, mit dem er in den Himmel flog, bist Benliboz ähnlich, dem Pferd des Propheten Elias, das über sieben Weltmeere schritt. Sag mir, übergabst du deinen Reiter den mächtigen Bergen dort, die sich in der Dämmerung lila färben, oder den grünäugigen Nomaden in ihren schwarzen Zelten, oder holten ihn die gutherzigen, ungestümen Dörfler von deinem Rücken, sag's mir, und Mutter Hürüces Leben für dich! Sag, was tatest du mit deinem Reiter, rotbraunes Pferd mit dem schimmernden Fell in der Abendsonne?

So auf das Pferd einredend, stieg sie bis zu ihm hoch und blieb wenige Schritte von ihm entfernt stehen. Der Brandfuchs rührte sich nicht von der Stelle, schwang nur seinen Schweif. Daraufhin faßte sich Hürü ein Herz, ging dicht an das Tier heran, streckte die Hand aus, berührte die Mähne und streichelte sie verhalten. »Gott segne deine goldene Mähne, sag mir, wohin brachtest du deinen Reiter? Lebt er? Ist er krank? Leidet er? Ist er in guten Händen? Oder in Gefahr?«

Plötzlich bäumte sich der Brandfuchs auf, stellte sich auf die Hinterhand und schlug mit den Vorderhufen aus. Hürü sah noch, wie er den Felshang hinunterglitt, und wäre sie nicht ausgewichen, hätte er sie in die Tiefe gerissen.

»Daß du dir doch den Hals brichst und die Apfelaugen ausschlägst, du Ausgeburt des Teufels und schwarzes Schwein! Was verstehst du schon von Menschlichkeit und Pferdsein, du unbarmherziger Gottloser, der den Verstand verloren hat. Wie kann er einem Dreck wie dir nur trauen … Aber wenn mein Memed auch nur ein bißchen Verstand hätte, ließe er dann seinen Todfeind, nicht nur seinen, sondern aller Geschöpfe, ob Wolf oder Vogel, und Molla Durans Sklaven Ali den Hinkenden leben? Und ich vergleiche dich auch noch mit dem Grauschimmel des Recken Köroğlu! Du bist nicht den Huf jenes Pferdes wert, das vom Quell des ewigen Lebens getrunken hat. Und ich nenne dich auch noch beim schönen Namen Burak, den das Reittier unseres schönen Propheten trägt, und du …«

Wütend beschimpfte sie das Pferd. Erst als der erste Zorn verraucht war, stieg sie die Felsen hinunter.

»Wohin ist dieser mißgelaunte, bösartige Brandfuchs?« fragte sie Mahmut den Winzigen.

»Ins Dorf«, antwortete dieser.

Bedächtig nahmen sie nebeneinander den Weg zum Dorf. Mutter Hürü hielt den Kopf gesenkt und sagte nichts mehr. Und so kamen sie bis an ihre Tür.

»Winziger«, sagte Hürü, »geh noch nicht, ich koche dir etwas Schönes. Wenn du willst, Zwiebelfleisch vom Hähnchen. Weißt du noch, wie gern du es als Kind mochtest?«

Mahmut der Winzige lachte: »Seitdem, Mutter, habe ich es nie mehr gegessen.«

»Dann bekommst du es heute«, bestimmte Hürü. Sie hatten sich gerade mit den Rücken zur Wand vors Haus gesetzt, als wie ein Windstoß das Pferd in gestrecktem Galopp an ihnen vorbeifegte. Hürü sah kurz auf und wandte den Blick sofort wieder ab. »Der kann machen, was er will, mit diesem schwarzen Schwein rede ich nie wieder«, sagte sie. »Und anschauen werde ich ihn auch nicht; soll er sich doch das Genick brechen!«

Es dauerte nicht lange, und der Brandfuchs glitt an ihnen vorbei auf die Felsen zu. Hürü, die sich eben noch geschworen hatte, ihn keines Blickes mehr zu würdigen, sah ihm sehnsüchtig hinterher, bis er ihren Augen entschwunden war.

Der Tag neigte sich, Mutter Hürü stand auf, nach ihr erhob sich auch Mahmut.

»Mein Mahmut«, sagte sie und zeigte auf einen nahebei scharrenden großen, schneeweiß schimmernden Hahn mit weit gebogenen gelben Schwanzfedern, »fang und schlachte den da, damit ich dir …«

Losrennen, zugreifen und den Hahn schlachten waren eins. Doch der kopflose Hahn sprang und flatterte hin und her.

»Winziger, dein Herd verlösche, Winziger! Schlachtet man so Hähne? Los, schnapp ihn, damit er sich nicht quält, und leg das Messer auf ihn, dann rührt er sich nicht.«

Mahmut lief los, fing den Hahn, drückte ihn auf die Erde und legte das Messer auf ihn; und der Hahn rührte sich nicht.

Mutter Hürü krempelte die Ärmel hoch und schmorte bis Sonnenuntergang Mahmut dem Winzigen ein Zwiebelfleisch, dessen Duft das ganze Dorf durchzog. Dann setzten sie sich einander gegenüber und aßen alles genüßlich auf. Anschließend kochte Mutter Hürü noch einen köstlichen Tee.

Als Mutter Hürü Hufgetrappel hörte, stürzte sie hinaus, blieb eine Weile in der Tür stehen und schaute zu, wie das Pferd gleich einem fliegenden Vogel weich und geschmeidig in der Dämmerung vorüberglitt.

»Weißt du, mein Mahmut, Ince Memed ist nicht tot. Er lebt, aber er ist offensichtlich in Schwierigkeiten. Andernfalls würde dieses Pferd hier nicht so frei herumlaufen. Und schon gar nicht, wenn sie ihn erschossen hätten.«

»Du hast recht, Mutter.«

»Ich weiß jetzt, wo er ist. Das Pferd ist als Bote zu uns gekommen. Hätte ich es nur nicht so beschimpft und verflucht. Ince Memed ruft nach mir. Gehst du mit?«

»Ich gehe mit, Mutter, wenn es sein muß, auch in die Hölle. Sag mir nur, ob es bis zu Memed weit ist oder nah.«

»Es ist ziemlich weit«, antwortete Mutter Hürü.

»Wie willst du denn so einen weiten Weg schaffen?«

»Ich schaffe ihn«, entgegnete Mutter Hürü schroff, »wenn du nur nicht schlappmachst.«

»Ich nehme unseren Esel mit. Sein Tragsattel ist ganz neu. Ich lege noch ein Kissen drüber, dann können wir uns draufsetzen, wenn wir müde werden. Mein Esel ist wie ein Reitpferd. Nicht einmal Ince Memeds Brandfuchs trabt so weit wie er.«

»Schon gut!« Mutter Hürü lachte. »Morgen um Mitternacht machen wir uns auf den Weg, niemand darf wissen, wohin und in welche Richtung. Und du sagst deiner Frau, daß wir in die Stadt wollen!«

Punkt Mitternacht stand Mahmut der Winzige vor Mutter Hürüs Haustür. Mutter Hürü hatte bis dahin kein Auge zugetan und auf ihn gewartet. Mit einem großen Bündel und einem Korb in den Händen kam sie heraus.

»Ich habe für meinen Ince Memed Feigen getrocknet und Granatäpfel aus dem Närrischen Tal zurückgelegt. Seit seiner Kindheit liebt er die Früchte aus diesem Tal. Jeder dieser Granatäpfel wird groß wie der Kopf eines Menschen und lacht dich mit seiner rosaroten Farbe nur so an … Und in diesem Bündel bringe ich ihm Unterwäsche, ein Hemd und ein paar Kniestrümpfe. Bis eben hab ich gesessen und die mit den blauen Blumen fertiggestrickt. Wenn wir zurückkommen, stricke ich dir auch welche, mein Kleiner, mit aufgestickten Gazellen.«

»Gottes Segen, Mutter! Steig doch auf den Esel!«

»Nicht so eilig, Mahmut, laß uns erst aus dem Dorf herauskommen.«

Mutter Hürü vorweg, Mahmut der Winzige mit dem Esel am Halfter hinterher, verließen sie heimlich das Dorf und schlugen den Weg zum Alidağ ein. Der Berg lag im Mondlicht, und von seinen Hängen dehnten sich blaue Dunstschleier, durch die der Himmel schimmerte, hinunter zur Dornigen Ebene. Manchmal verwischten sich im Mondschein seine Umrisse, dann tauchte er in strahlendem Weiß, das nach und nach in ein sanftes Lila überging, wieder auf.

Mutter Hürüs Hände waren kalt geworden, sie hatte sie unter die Achselhöhlen gepreßt und den Kopf eingezogen.

»Steig doch auf den Esel, Mutter!«

»Später. Es ist kalt, und ich friere. Da will ich lieber bis Tagesanbruch laufen.«

Sie hatten gerade den Fuß des Alidağ erreicht, als die Sonne aufging. Mutter Hürü blieb stehen und betrachtete eine Weile die baumlosen Hänge, die über und über mit kleinen himmelblauen Blumen bedeckt waren. Auch die dampfenden roten und lila Felsen des Alidağ leuchteten immer wieder in diesem klaren Blau.

Dicht über dem Pfad entdeckte Mutter Hürü eine langstielige, orangefarben leuchtende Blume, die aus einer Felsspalte emporgewachsen war. »Sieh dir das an, Winziger«, rief sie. »Sieh dir Gottes Werk, sieh dir diese schöne Blume an, wie sie, ganz in Licht getaucht, funkelt!«

»Ja, sie funkelt«, antwortete Mahmut der Winzige.

»Pflücke sie mir ganz behutsam, damit ich sie meinem Memed bringen kann. Wenn sie auch bis dahin verwelkt, macht es nichts. Ich bin sicher, daß unser Memed die Blumen des Alidağ seit langem vermißt.«

Mahmut lief hin und zog die Blume mit der Wurzel aus der Felsspalte.

»Und jetzt leg sie in das Bündel! Duftet sie?«

Mahmut der Winzige hielt sie an seine längliche Nase.

»Sie duftet, Mutter, sie duftet so gut wie die Narzissen in der Çukurova.«

Er brachte Hürü die Blume und gab sie ihr. Und Hürü hielt sie schonend in der Hand und roch lange daran.

»Sie duftet«, sagte sie, »duftet sehr gut. Wenn sie längst verwelkt ist, wird meines Memeds Wäsche noch nach ihr duften.«

Mahmut setzte das Bündel auf einen Stein, öffnete es, und Mutter Hürü schob die orangefarbene, wohlriechende Blume in das rotgestreifte Hemd aus Maraşer Baumwolle, das sie eigenhändig ihrem Memed genäht hatte, legte es dann vorsichtig wieder zusammen, schnürte sorgfältig das Bündel und packte es auf den Tragsattel.

»Nun setz dich aber auf meinen Esel, Mutter, es ist schon Tag. Das Tier ist baumstark, ist ein echter zyprischer Esel!«

Er pries seinen Esel über alles, und Mutter Hürü hörte ihm wohlwollend zu. Außer seinem Esel hat der arme Kleine ja nichts, sagte sie sich im stillen, soll er ihn doch bejubeln. Mahmut der Winzige sang das Lob seines Esels, bis er an einen großen, abgeplatteten Stein kam, wo er anhielt und auf Hürü wartete. Und Hürü sagte kein Wort, stieg auf den Stein und schwang sich von dort auf den Esel.

»Ahhh, tut das gut, wenn man müde ist«, sagte Hürü, ergriff den Halfter und spornte das Tier an: »Deeeh!« Der Esel erfüllte ohne weiteres, was Mahmut vorausgesagt hatte. Er war flink wie ein Pferd, und Mahmut hatte Mühe, mit ihm Schritt zu halten.

Gegen Mittag erreichten sie die ersten, noch kleinwüchsigen Bäume, die verstreut den Wald säumten. Bei einer Quelle hielten sie an, und Mutter Hürü glitt mit einem Sprung vom Esel. Mahmut kannte ihren Eigensinn und hütete sich ebenso wie vorhin beim Aufsitzen, sie zu stützen.

Die Quelle sprudelte unter weißen Kieseln hervor, und im sonnendurchfluteten Wasser flitzten winzige Fische glitzernd hin und her. In einer breiten hölzernen Rinne strömte das Quellwasser zwischen niedrigen Tannen zum Bach hinunter. Noch betäubender in der milden Sonne, breitete sich überall der scharfe Duft tief lila blühender kniehoher Poleiminze aus.

Mutter Hürü band ihren Brotbeutel los, den sie auf den Rücken geschnallt hatte, und die beiden hockten sich an der Quelle nieder. Dann holte Hürü einige dicke Scheiben in glühender Asche knusprig-braun gebackenes Zwiebelbrot hervor.

Mahmut wurde der Mund wäßrig, er schluckte und sog den Duft des Brotes, das noch nicht ganz abgekühlt war, in sich hinein. »Wie gut, Mutter«, sagte er, »wie gut das Zwiebelbrot duftet.«

Er nahm sich ein Stück davon und biß hinein. Mutter Hürü schaute ihm zu; sie selbst aß nicht. Mahmut hatte sich über das Brot gebeugt, war der Welt entrückt und blickte erst wieder zu Hürü auf, nachdem er sich so richtig satt gegessen hatte. Hürü hatte noch immer keinen Bissen zu sich genommen.

»Mutter, warum ißt du nicht?« fragte er.

Aus Hürüs Augen kugelten dicke Tränen. »Zugrunde will ich gehen«, sagte sie. »Zugrunde gehen und in schwarzer Erde begraben sein will deine Mutter Hürü, wenn sie einen Bissen herunterkriegt. Weißt du denn nicht, mein Sohn, mein Mahmutlein, mein Recke mit dem schönen Esel, daß auch Ince Memed dieses Zwiebelbrot so sehr mochte? Ich buk es ihm schon, als er noch ein ganz kleiner Junge war.«

»Du wirst es ihm wieder backen, Mutter, gräme dich nicht!«

»Bestimmt«, antwortete Hürü. »Ich gräme mich nicht …« Sie beugte sich über die Quelle, tauchte die Lippen ein und trank in tiefen Zügen. »Laß uns weitergehen!« sagte sie dann. »Vielleicht zeigt uns Gott eine Spur von meinem Falken.«

Mahmut vorweg, der Esel im Schlepp und als letzte Mutter Hürü, so machten sie sich wieder auf den Weg. Als Mahmut am Wegrand einen Baumstamm liegen sah, zog er den Esel dorthin. Sie hielten an, Mutter Hürü stieg auf den Stamm und schwang sich auf den Esel.

Auf dem frisch gefüllten Kissen saß Hürü sehr bequem. Immer wieder drehte sie sich dankbar zu Mahmut um und sagte: »Sowie wir ins Dorf zurückkommen, stricke ich dir ein Paar Kniestrümpfe, die gleichen wie für Ince Memed.«

Im Wald trafen sie auf elf Nomadenfrauen, und alle elf hatten mit bestickten roten Gurten ein Kleinkind auf ihren Rücken gebunden.

»Frauen, bleibt mal stehen!« bat Hürü.

Die Frauen verhielten. Ihre Rocktaschen waren voll frischer, ungeschälter Walnüsse.

»Gott gebe es euch im Überfluß, Nomadenfrauen!«

»Und dir ein langes Leben, Mutter!«

»Ich habe eine Frage an euch, denkt gut darüber nach, bevor ihr antwortet. Habt ihr gestern oder vorgestern, vor einer Woche oder vor zehn Tagen ein Pferd gesehen? Einen Brandfuchs ohne Sattel, ohne Zaumzeug, splitternackt?«

Die Frauen sagten nichts, und nachdem sie Hürü und Mahmut den Winzigen eine Weile betrachtet hatten, verschwanden, ja flüchteten sie in den Wald. Hürü schaute hinter ihnen her. Dann stieß sie dem Esel die Fersen in die Weichen: »Deeeh!« Ihre Stimme war freudig erregt. »Hast du das gesehen! Irgend etwas steckt dahinter. Ince Memed lebt … Warum sollten sie sonst fliehen, wenn wir nach dem Pferd fragen …«

Wer ihnen danach im Wald auch begegnete, wen sie auch nach dem Pferd fragten, alle benahmen sich wie jene Frauen:

Nachdem sie die beiden vom Scheitel bis zur Sohle gemustert hatten, machten sie sich davon, bis sie im Wald verschwunden waren.

Mutter Hürü wurde langsam wütend: »Was soll das? Können diese Nomaden denn nicht sprechen, oder haben sie den Verstand verloren?«

»Gut, daß Mutter Hürü nur nach dem Brandfuchs fragte. Was täten die Nomaden wohl, wenn sie sich nach Ince Memed erkundigte?«

»Wohin rennt ihr denn, wohin, ich bin doch kein Menschenfresser ...«

Hätte Hürü nicht diesen Kummer, würde sie darüber lachen, würde wie in alten Zeiten die Hände in die Seiten stemmen und alle auslachen, bis ihr die Sinne vergingen.

Die Nacht verbrachten sie neben einer Quelle unter einer riesigen Zeder. Mahmut der Winzige war noch losgegangen und gegen Mitternacht mit ein paar großen, fetten Vögeln zurückgekommen. Sie zündeten im Gras am Ausgang der Rinne ein Feuer an, rupften und wuschen die Vögel, salzten sie und brieten sie in der Glut. Hürü hatte in ihrem Leben noch kein so fettes, wohlriechendes, schmackhaftes Fleisch gegessen.

»Daß dein Herd nicht verlösche, Winziger, wie hast du diese Vögel bloß gefangen?«

»Ich weiß eben, wie's gemacht wird, Mutter.«

»Alle Achtung, Kleiner! Gibt es diese Vögel auch bei uns in der Dornigen Ebene?«

»In Mengen, Mutter, überall.«

»Sowie wir wieder im Dorf sind, will ich welche von dir haben. Und zwar fünf Stück!«

»Ohooo, Mutter!« rief der Winzige. »Wenn du willst, fange ich dir jeden Tag zehn.«

»Und wenn Ince Memed heimgekehrt ist ...«

»Dann verlange fünfzig Stück von mir, Mutter!«

Nachdem sie sich die Finger abgeleckt hatten, lehnten sie sich an den Baumstamm und hielten ein Nickerchen. Den Esel hatten sie an einen Busch gebunden, wo er sich am fetten Gras gütlich tat.

Als Mutter Hürü erwachte, stand der Mond im Zenit. »Steh auf, Winziger«, rief sie, »wach auf, Wanderer gehören auf den Weg!«

Der Winzige sprang auf die Beine.

»Wanderer gehören auf den Weg, Mutter, Wanderer auf den Weg!« murmelte er, während er hinging und den Esel losband. »Steig auf, Mutter!«

»Dann los«, sagte Hürü lachend, »hilf mir, damit ich aufsitzen kann. Wo sollen wir denn jetzt mitten in der Nacht einen Steigklotz finden.«

Bei Tagesanbruch hatten sie den Wald hinter sich. Der Stechdorn glänzte im Sonnenlicht, überzog die Hänge mit einem rosa schimmernden Schleier. Stellenweise stiegen grüne und gelbe Schwaden über dem Wald in die Höhe.

»Sieh dorthin, Winziger, hinter dem Berg da drüben stehen Rauchsäulen. Stammen sie aus einem Kamin, oder sind es Wolken? Ich kann es nicht ausmachen.«

Der Winzige hielt die Hand schützend über seine Augen. »So steil, wie er aufsteigt, ist es Rauch, Mutter.«

»Sehr gut«, sagte sie und trieb den Esel an.

Der Weg führte in ein sattgrünes Tal hinunter, durch das ein schmaler Wildbach über rollende Kiesel strömte. Als die beiden hinunterstiegen, gewahrten sie unter einem einzelnen Baum die Umrisse von Frauen, die dort zu hocken schienen.

»Ich will zu ihnen«, sagte Hürü.

»Gemacht, Mutter«, antwortete Mahmut der Winzige und lief vor dem Esel her.

Als sie sich den Frauen näherten, erhoben sich alle auf einmal.

»Selamünaleyküm, Frauen!«

»Aleykümselam«, antwortete eine von ihnen, die Hürüs Alter hatte.

»Es gehe euch leicht von der Hand, wart ihr beim Wäschewaschen?«

»Beim Wäschewaschen«, antwortete die alte Frau.

Daß die Frauen Nomaden waren, erkannte man schon von weitem. Sie trugen Kronen, wie sie den getriebenen silbernen Kopfputz nennen, den sie mit Glasschmuck oder, je nach Wohlstand, mit Gold und Perlen verzieren. Auch ihre Schürzen waren von denen der Dörflerinnen verschieden. Sie waren sehr bunt und reich bestickt.

»Von welcher Sippe seid ihr?«

»Von der Gelben Ziege«, antwortete die alte Frau.

»Und ich bin Hürü, und er da ist Mahmut der Winzige. Ich habe ihn großgezogen, ein Sohn also, den ich nicht geboren habe.«

Die Frauen lachten sich an.

»Wir beide sind aus dem Dorf Değirmenoluk. Ich werde euch etwas fragen, aber ihr werdet hinterher nicht weglaufen. Denn jeder, den ich dasselbe gefragt habe, ist auf und davon ...«

Die Frauen lachten wieder.

»Vielleicht laufen wir auch davon«, meinte die kräftige alte Frau. »Vielleicht solltest du gar nicht fragen.«

»Das kann ich nicht.«

»Wenn es so ist, Schwester, frage! Vielleicht laufen wir ja nicht weg.«

»Habt ihr in dieser Gegend ein braunes Pferd gesehen? Gestern oder vorgestern oder in den vergangenen zehn Tagen? Einen Brandfuchs, ein prächtiges Pferd, ein bißchen wild. Niemand kann es einfangen, niemand abschießen. Und außer einem einzigen kann es niemand reiten. Es irrt irgendwo herum.«

»Ich mache mich auch davon, Schwester«, antwortete die alte Nomadenfrau, »nimm es mir nicht übel. Du hast uns weder danach gefragt, noch haben wir dir etwas darüber erzählt. Bleib gesund!«

Und sie ging in den Wald und verschwand.

Hürü stieg vom Esel ab und hockte sich auf eine Bodenwelle. Und als sie zu reden begann, erstarrten die andern Frauen am Wasser, senkten stumm die Köpfe immer tiefer, je länger Hürü sprach. Und Hürü redete wie ein Wasserfall, der eine Talsperre durchbrochen hatte.

»Oh, oh, oh, Mütter!« schloß sie schließlich erschöpft. »Was seid ihr bloß für Frauen. Es handelt sich doch nur um ein Pferd ... Wenn ihr nicht wollt, redet nicht darüber. Aber ihr könnt doch wenigstens sagen, daß ihr es nicht gesehen habt!«

Sie stand auf und sah die Frauen von oben herab mißbilligend an. Mahmut hatte den Esel zu ihr geführt, wütend stieg sie auf.

»Irgend etwas steckt dahinter, Mahmut«, sagte sie.

»Ja, irgend etwas, Mutter.«

Sie verließen das Tal. In der Ferne glänzte ein spitzer Felsen wie Feuerstein, von seinem Fuß stiegen Rauchsäulen auf. Hinter einem Buschwald, der sich schon gelblich färbte, entdeckten sie in einer Niederung eine kleine Schafherde. Ein Mädchen von etwa elf Jahren weidete sie.

»Mahmut«, sagte Hürü, »das Mädchen dort, laß uns zu ihr gehen!« Als sie sich der Herde näherten, empfing sie der junge Hirtenhund mit wütendem Bellen. Das kleine Mädchen ging sofort dazwischen.

»Mein kleines Mädchen mit goldenem Haar und grasgrünen Augen«, sagte Hürü, während sie vom Esel stieg, »du Schöne mit vierzig Zöpfchen und Apfelbäckchen kannst nur von der Sippe der Gelben Ziege sein, stimmt's?«

»Wir sind vom Stamm der Gelben Ziege«, antwortete das schüchterne Mädchen, und ihre rosafarbenen Wangen wurden rot.

»Und wie schön sie spricht, meine rosige Kleine. Wessen Tochter bist du, mein Mädchen mit den schattigen Augenlidern?«

»Ich bin die Tochter von Aslanoğlan.«

»Aslanoğlan kenne ich.«

»Du hast meinen Vater schon gesehen?«

»Wie sollte ich nicht. Er kam oft in unser Haus, nennt mich Mutter, ist ein großer Mann mit grasgrünen Augen.«

»Du machst Spaß, nicht wahr, Tante? Mein Vater ist ganz klein.« Das Mädchen zeigte auf Mahmut den Winzigen: »So klein wie er.«

Hürü fing sich sofort: »Ja, ja, ich sagte das nur zum Spaß.«

Das schüchterne Mädchen wurde noch verlegener, sein Gesicht schweißnaß.

»Und was ich meinem Mädchen, der Tochter Aslanoğlan, alles mitgebracht habe. Wie war noch dein Name?«

»Fatmali.«

»Jaaa, und ich habe meiner schönen Fatmali Granatäpfel mitgebracht, aus denen Honig fließt ... Habe ihr Feigen mitgebracht, die ich eigenhändig getrocknet habe ... Mahmut!«

Mahmut hatte schon einen prallen Granatapfel und eine Handvoll Feigen aus dem Proviantbeutel hervorgeholt und eilte herbei.

»Nimm, mein Mädchen, nimm!«

Das Mädchen schämte sich, schwitzte am ganzen Leib. Plötzlich fing es an zu lachen: »Ich kenne dich auch, Tante.«

»Diese schönen goldenen Haare«, sagte Hürü und streichelte behutsam den Kopf des Mädchens. »Nun iß schon die Feigen!«

Des Mädchens Augen wanderten zwischen Hürü und Mahmut hin und her, dann kehrte es ihnen den Rücken zu und stopfte sich hastig eine Feige in den Mund. Als es sich wieder umdrehte, leuchteten seine Augen.

Sie setzten sich ganz in der Nähe nebeneinander an den Hang. Das Mädchen schob sich die Feigen eine nach der anderen in den Mund und schaute dabei Hürü jedesmal mit leuchtenden Augen liebevoll an, bis auch die letzte Frucht verschlungen war.

»Kann ich diesen Granatapfel Müslüm ins Zelt bringen, Tante? Damit er ihn essen kann? Weil er doch krank ist ...«

»Mahmut, bring noch einen Granatapfel!«

Mahmut brachte noch einen Granatapfel und gab ihn dem Mädchen. Es war außer sich vor Freude: »Und den schneiden wir zu Hause auf, wenn die Eltern dabei sind, nicht?«

»Aber ja«, antwortete Hürü und strich der Kleinen übers Haar. »Aber ja, mein schönes Mädchen, meine Fatmali.«

Die Kleine sah sie dankbar an, nahm den Rucksack ab, legte beide Granatäpfel sorgfältig hinein und schnallte ihn wieder auf den Rücken.

»Müslüm ist krank«, wiederholte sie.

»Wer ist denn dieser Müslüm?«

»Mein großer Bruder. Sie haben ihn krank gemacht. Und was suchst du hier, Tante?«

»Ich suche ein Pferd. Einen dunklen Braunen ... Ich suche ein schönes Pferd. Hast du es hier in der Gegend schon einmal gesehen?«

»Ich hab's gesehen«, ereiferte sich Fatmali, und ihr Gesicht rötete sich wieder. »So etwas entgeht mir doch nicht. Das Pferd also … Es kommt jeden Tag hergeflogen, landet dort oben auf dem Felsen und bleibt dort stehen, ohne sich zu rühren. Jaaa, und es bewegt seinen Schwanz. Wenn dann die Adler kommen und immer wieder über ihm im Kreis fliegen, dann vermischt es sich mit dem Licht und verschwindet.« Plötzlich wurde sie mißtrauisch und sah Hürü, ohne den Blick zu wenden, gerade in die Augen: »Warum suchst du das Pferd, Tante?«

»Es ist das Pferd meines Sohnes, und mein Sohn …«

»Das sagst du nur so aus Spaß, nicht wahr, Tante?« Fatmali lachte mit einem Anflug von Argwohn und behielt Hürü auch weiterhin im Auge. »Denn das Pferd soll gar keinen Herrn haben. Es soll ein verhextes Pferd sein. Sie sagen, es sei der Grauschimmel von Köroğlu. Und mein Vater sagt, Köroğlus Pferd sterbe überhaupt nicht. Und als es älter wurde, sei es immer dunkler geworden. Mein Vater sagt, daß dieses unsterbliche Pferd von Köroğlu, jaaa … Mein Vater sagt, daß es auch von einer Farbe in eine andere schlüpfe.«

»Das Pferd soll jemand reiten«, warf Mutter Hürü ein.

»Nein, nein«, Fatmali wurde ganz aufgeregt, »das geht doch gar nicht! Also das Pferd da, es soll schon vor vielen Jahren, bevor ich geboren wurde, und noch früher, als auch mein Vater noch nicht geboren war, und mein Großvater – kennst du ihn? Er hat einen weißen Bart, na, sooo lang« – sie öffnete die Arme –, »so einen Armvoll Bart … Bevor auch er geboren wurde, soll das Pferd schon dagewesen sein und auf dem Felsen so gestanden haben. Und die Adler sollen seine Todfeinde sein, denn wenn sie kommen, macht es sich davon. Jaaa …« Sie betrachtete Hürü immer noch mit Mißtrauen. Schließlich sagte sie lachend: »Geflunker! Du suchst dieses Pferd gar nicht. Meinen großen Bruder Müslüm haben sie verprügelt, und darum ist er jetzt krank. Und ich hüte für ihn die Schafe.«

»Wer hat ihn verprügelt?«

»Wer schon! Gefreiter Ali die Echse … Weißt du, Tante, Ali die Echse bricht jedem, den er verprügelt, die Knochen. Und Müslüm hat er verprügelt, hat ihn so verprügelt …«

»Warum hat er ihn denn verprügelt?«

Fatmali ließ den Kopf sinken, stützte das Kinn in die Hand, dachte eine Weile nach, schaute zu Hürü auf und senkte dann wieder den Blick.

»Warum hat er ihn denn verprügelt?«

Als habe sie die Frage nicht gehört, antwortete Fatmali noch immer nicht. Doch plötzlich hob sie entschlossen den Kopf, und ihre Augen strahlten.

»Er hat nach Ince Memed gefragt«, sagte sie. »Kennst du Ince Memed?«

»Hmmm!« Hürü faßte sich an die Stirn. »Ich habe diesen Namen schon gehört«, antwortete sie.

»Das sagst du wieder nur so«, meinte Fatmali, »aber ich werde dir trotzdem von ihm erzählen.«

»Mutter Hürüs Leben für deine goldenen Haare!«

»Dein Name ist Hürü, nicht?«

»Ja, ich heiße Hürü ...«

Das Kinn in die Hand gestützt, dachte Fatmali eine Weile nach.

»Und was tat Müslüm?«

»Müslüm sagte, er habe Ince Memed nicht gesehen. Da verprügelten sie ihn wieder, aber er verriet noch immer nichts, log absichtlich. Sie haben ihn ganz schlimm verprügelt, haben ihm die Knochen gebrochen. Aber Müslüm sagte trotzdem nichts. Da wollten sie seinen Hund töten, und da hat Müslüm ihnen vorgelogen, wo Ince Memed sein soll. Müslüm hat Ince Memeds Versteck ...« Fatmali biß sich auf die Lippen und schwieg.

»Und was geschah dann, meine Fatmali?«

»Da ist doch dieser Mann mit der Peitsche, der Ince Memeds Hatçe getötet hat ... Dafür wird Ince Memed ihn töten ...«

»Der mit der Peitsche?«

»Ja, der. Nachdem Müslüm ihm gesagt hatte, wo Ince Memed ist, hat der Mann den Hund doch getötet. Müslüm weint nicht über seine Wunden und über seine Krankheit, er weint Tag und Nacht nur über seinen Hund. Jaaa, Müslüm hat sie in die Irre geführt. Als Müslüm ihnen nach so viel Prügel das Versteck von Ince Memed verriet, haben sie ihm geglaubt.« Dann wurde Fatmali plötzlich wütend. »Ich weiß gar nichts«, schrie sie. »Was bist du nur für eine Hürüce!« Sie sprang auf, griff nach ihrem Rucksack. »Da, nimm auch deine Granatäpfel, wenn du willst!« rief sie. »Jenes Pferd ist verrückt ... Ince Memed gibt es nicht. Ihn haben sie am Kupferpaß erschossen, wußtest du das nicht?«

»Nein, mein schönes Mädchen, nein.« Auch Mutter Hürü erhob sich, stieg ohne Umschweife auf den Esel und trieb ihn an. Doch nachdem sie eine kurze Strecke geritten war, drehte sie sich im Tragsattel um, rief: »Bleib mir gesund, mein Rosengesicht!« und drückte dem Esel die Fersen in die Weichen. »Was meinst du wohl, was ich dir wegen dieser guten Nachricht alles kaufen werde, warte nur ein wenig ab!« sagte sie noch, ohne sich darum zu kümmern, ob Fatmali diese letzten Worte auch gehört hatte. Die stand mit ihrem kleinen Hund immer noch da und schaute ihnen nach.

Am späten Nachmittag erreichten sie die Felsen, und als sie um die Biegung am Fuße des Hügels kamen, erblickten sie die Nomadenzelte. Unterwegs hatten sie kein Wort gewechselt. Das Mädchen Fatmali hatte ihnen ja viel erzählt, aber auch vieles für sich behalten.

»Nun sag schon, Winziger, werden wir Ince Memed finden?«

»Bei Gott, ich weiß es nicht«, antwortete Mahmut. »Schon dieses kleine Mädchen machte uns zu schaffen. Daß diese Menschen wortkarg sind, wußte ich, aber so verschwiegen hätte ich sie mir nie und nimmer vorgestellt.«

»Immerhin sind wir Ince Memed wieder auf der Spur. Zu wem gehen wir jetzt, zum Aga der Sippe oder zu Aslanoğlans Zelt?«

»Suchen wir lieber Battal Aga auf.«

»Er soll ein guter Mann sein. Und er ist auch das Oberhaupt derer, die zur Gelben Ziege gehören. Ich kenne ihn schon sehr lange.«

Sie stiegen ins Tal. Die härenen schwarzen Zelte standen aufgereiht an beiden Ufern des Baches, der mitten durch die Niederung strömte.

»Schau, Mahmut, das Zelt dort wird das Herrenzelt sein, das mit den fünf Pfosten! Und die Jurte nebenan ist das Beratungszelt. Es steht nicht in jedem Lager. Dort können wir wohnen.«

»Als sie sich dem von fünf Pfosten gestützten Zelt näherten, schrie Mahmut schon von weitem: »Battal Aga, Battal Aga, bändigt die Hunde, hier sind gottgesandte Gäste!«

Ein hochgewachsener Mann trat vors Zelt.

»Seid willkommen!« rief er. »Die Hunde sind an der Leine.«

Mutter Hürü stieg vor dem Eingang des großen Zelts vom Esel. Mittlerweile waren noch einige Bewohner erschienen, um die Gäste zu begrüßen. Einer der jüngeren nahm den Esel am Halfter und band ihn an den Pflock neben dem Zelt. Mahmut ging hin und holte das Bündel, die Satteltaschen und was sonst noch am Tragsattel befestigt war.

»Kommt bitte erst einmal herein!«

»Bist du Battal Aga, der edle Bey des Stammes Gelbe Ziege?«

»Ich bin Battal.«

»Das ist gut«, sagte Mutter Hürü und ging ins Zelt hinein.

Das Zelt war prachtvoll eingerichtet. Mit offenem Mund schaute Mutter Hürü sich verwundert um. Solche Kelims, geknüpften Tragsäcke, Filzteppiche, Pfosten und Zeltböden hatte sie bisher nirgendwo gesehen. Nicht einmal im Zelt vom Bey der Sippe Horzumlu.

Erst als Battal Aga ihr ein seidenes Sitzkissen anbot, kam sie wieder zu sich. Sie ging in die Nische und setzte sich mit gekreuzten Beinen hin. Ihre Schuhe hatte sie schon am Zelteingang abgelegt. »Oh, oh«, lachte Mutter Hürü, »es gibt also noch solche Nomadenzelte, ha! Man sagte mir, mit den Nomaden wär's aus und vorbei, sie seien verarmt. Wenn ich aber dieses Zelt betrachte, Battal Aga, freue ich mich.«

»Leben sollst du, Schwester!«

»Ich heiße Hürü. Hast du meinen Namen schon einmal gehört, Battal Aga?«

Peinlich berührt rieb der Mann seine Hände aneinander, während sein langer Bart zitterte. »Deinen Namen habe ich noch nicht gehört, Schwester«, sagte er schließlich.

»Man nennt mich Mutter Hürü aus dem Dorf Değirmenoluk. Ince Memeds Mutter Hürü also, das bin ich.«

Battal Aga schien ziemlich alt zu sein; er war sehr gut gekleidet: braune wollene Pluderhose, Kniestrümpfe, rotbraune Stiefel, ein gestreiftes, kragenloses Maraş-Hemd aus bester Baumwolle und um die Hüften ein breiter Tripolis-Gürtel. Am Finger prangte ein gravierter und mit grünen Steinen eingefaßter goldener Ring …

Der Duft des Kaffees, den ein Mädchen auf einem silbernen Tablett hereinbrachte, füllte das ganze Zelt. Nachdem es zuerst Mutter Hürü, dann Mahmut und anschließend Battal Aga die Täßchen gereicht hatte, ging es reihum zu den andern, die noch im Zelt Platz genommen hatten.

»Hör mal, Battal Aga«, sagte Mutter Hürü, während sie ihren Kaffee trank, »ich kenne die von der Gelben Ziege und weiß viel von ihnen. Immer wieder habe ich von ihrem Ruhm gehört.«

Dann schwieg sie und ließ ihre Blicke durchs Zelt schweifen. In der Mitte des Raumes hockte ein großer Jagdfalke auf der Krücke und beäugte Mutter Hürü mit wild funkelnden Augen. Verdammter Vogel, dachte sie, was hat er denn mit mir zu schaffen … Überall lagen erlesene Kelims, jeder im Wert eines Kamels oder arabischen Vollbluts. Sogar Mutter Hürü war hingerissen, und sie verstand etwas davon; es hieß, daß nicht in den Binboga-Bergen, nicht im Kurdenland, nicht in Kurdistan und nicht in der riesigen Wüste Arabien jemand schönere Kelims webte als sie. Die roten, gelben und braunen Farbtöne, ineinander verwoben, schienen flammend durch das Zelt zu schweben. Mutter Hürüs Augen wanderten zwischen den geschnitzten Stützpfosten, den Kelims und Battal Aga hin und her.

Battal Aga war nicht entgangen, daß Mutter Hürü, nachdem sie schweigsam alles genauestens in Augenschein genommen hatte, etwas fragen wollte. Ein Augenwink genügte, um es den andern verständlich zu machen. Auch Mutter Hürü beherrschte dieses stille Einvernehmen. Wäre die Sprache nicht erfunden worden, überlegte sie, hätten sich diese Nomaden vielleicht noch besser mit den Augen verständigt.

Die Männer standen auf, grüßten Mutter Hürü und gingen hinaus. Als sie allein waren, wandte Mutter Hürü sich Battal Aga zu und ließ ihre Augen eine Weile auf ihm ruhen.

»Diese Zelte spannen sich über sieben Stützpfosten, Battal Aga, wo sind die restlichen zwei?«

Sie lachte, und Battal Aga mit ihr. Er war ein stattlicher, schöner Mann, der aus vollem Herzen und mit viel Wärme lachte. Seine grasgrünen, großen Augen sahen mit Liebe in die Welt, verströmten diese Liebe und Wärme, und die Menschen in seiner Nähe fühlten sich von diesen Blicken wie reingewaschen von Haß, Neid und sonstigem Laster. Solche Menschen gibt es auf dieser Welt, dachte Mutter Hürü, während sie die Grübchen seiner Wangen, die tiefen Furchen seines länglichen Gesichts, die hervorspringenden Backenknochen und seinen langen, roten Bart betrachtete. Wer in dieses Gesicht sah, konnte keinen Menschen töten, kein Geschöpf quälen, keines Armen Not hinnehmen.

»Schwester Hürü«, antwortete Battal Aga, »für ein Sieben-Pfosten-Zelt reicht unsere Stärke nicht mehr. Für sieben Stützen benötigen wir vier Kamele. Uns sind weder Kamele noch Araber geblieben ... Sie haben uns ausgelaugt, Schwester Hürü, unsere Kräfte sind erschöpft. Und so hat sich das Zelt auf fünf Pfosten verkleinert. Im nächsten Jahr werden es nur noch drei sein und im Jahr darauf nur einer ...«

Sein Gesicht wurde traurig, sein Bart zitterte, seine schönen grasgrünen Augen verschleierten sich. Und er schwieg, würde eine Weile nicht mehr sprechen können. Battal Aga war verbittert und mußte an sich halten, um nicht vor dieser alten Frau in Tränen auszubrechen.

Als er nicht weitersprach, überbrückte Hürü die Stille. Ihr Herz brannte vor Mitleid. Sie wußte von den Nöten, die von den neureichen Agas der Çukurova über die Nomaden gekommen waren.

»Ja, Battal Aga, Bruder, ich kenne eure Sorgen. Früher lagerten die Nomaden nach dem Abtrieb aus dem Hochland in der Dornigen Ebene. Damals gab es diesen gottlosen Abdi Aga noch nicht, es war zu Zeiten seines Vaters. Aber als dann dieser Ungläubige kam, verlangte er von den Nomaden so viel Geld, daß sie in der Dornigen Ebene nicht mehr lagern konnten.«

Wenn damals die Nomaden lagerten, verwandelte sich die Dornige Ebene in eine Festwiese. Blattgold im Haar, schlenderten mit wiegenden Hüften Nomadenmädchen in grünem Atlas und seidiger Baumwolle umher. Zu Hunderten drehten sich

Mädchen und Burschen im Reigen Semah, und zum Mengi stellten sich wohl tausend auf. Die Berge hallten wider von den schönen Stimmen der Frauen und Männer. Hochzeitliche Gelage für alle wurden veranstaltet, gefeiert wurde tagelang. Auf ausdauernden Pferden fanden Kampfspiele mit Wurfspießen statt, und Rennen bis zum Alidağ, um den Berg herum und zurück in einem Tag. So manches Pferd wurde dabei zuschanden geritten. Hunderte Derwische mit ihren perlmuttverzierten Saz kamen von den Dersim-Bergen, aus Mittelanatolien, vom Berg Kaz, vom Hügelgrab des Hadschi Bektaschi Veli in Suluca. Bis in den Morgen hinein wurde Saz gespielt, wurden gewaltige Sagen erzählt.

Ja, Battal Aga, ich habe jene Tage noch erlebt. Was soll's, auch diese Tage müssen gelebt werden. Die Zeiten haben sich geändert, die Menschen sind verroht, haben ihre Menschlichkeit abgeworfen. Meinst du, daß sie sich wieder bessern? In Zukunft wird jeder nur noch an sich denken. Früher brauchte ein Stein nur den Fingernagel eines Menschen zu streifen, und eine ganze Sippe, ein ganzer Stamm, ja die ganze Menschheit fühlte sich schmerzlich getroffen. Und heute? Heute steigt jeder über die Leiche seines Nächsten hinweg, steigt einfach über sie hinweg.«

Mutter Hürü ließ ihrer Wut freien Lauf, schäumte wie ungestümes Wildwasser. Sie redete viel, fluchte viel und kam schließlich auf ihr eigentliches Anliegen.

»Ach, Nomaden, Nomaden«, begann sie, »ach, Aydiner, Aydiner, ach, ihr von der Sippe der Gelben Ziege, das Leben eurer Dienerin für euch! Früher hattet ihr von sieben Pfosten gestützte Zelte, ausgestattet wie das Serail des Sultans. Ihr hattet arabische Vollblüter, die Gazellen hetzten, und Falken, die von euren Handrücken aus den Kranich in den Lüften jagten. Eure Tafelfreuden fanden kein Ende, dauerten einen Monat, zwei Monate … Ach, ihr von der Gelben Ziege, suchten Blutschuldige und Mörder Zuflucht bei euch, genossen sie euren Schutz, und hätte sich der Sultan mit seinem riesigen Heer auf euch gestürzt, ihr alle wäret eher umgekommen, als einen Schutzsuchenden auszuliefern. So eine Sippe, so ein Stamm wart ihr. Und wo ein See ist, fehlt auch das Wasser nicht, Battal Aga. Sag mir …«

Battal Agas helle, grasgrüne Augen strahlten: »Du wirst etwas auf dem Herzen haben, Schwester Hürü, sag freiheraus, was du von uns verlangst, wir werden deinen Wunsch erfüllen.«

Mutter Hürü richtete sich in ihrem Sitzkissen auf: »Ich bin Ince Memeds Mutter Hürü. Hör mir gut zu, Battal Aga im Gewand des Hadschi Bektaschi Veli! Sieh den da«, sie zeigte auf den in seiner Ecke zusammengekauerten Mahmut, »ihn habe ich nach dem Tod seiner Mutter, er war gerade ein Jahr alt, zu mir genommen und großgezogen. Wenn Ince Memeds Mutter nicht so jung gestorben ist, habe ich doch auch für ihren Sohn gesorgt. Aus diesem Grunde bin ich ihm eine echte Mutter. Mein Leben für dich, Battal Aga mit den schönen Augen und dem rosigen Gesicht, gib mir ein Lebenszeichen von meinem Memed!«

»Wie soll ich dir ein Lebenszeichen von ihm geben, Schwester Hürü, er ist ein Räuber, der in den Bergen lebt.«

»Beschwindle mich nicht, mein Aga, ich bin seiner Spur bis hierher gefolgt. Dort unten ist er von seinem Pferd gestiegen. Sag mir, Battal Aga, ich bin seine leibliche Mutter, verdammt sei das brennende Herz einer Mutter, sag mir nur: Ist er tot von seinem Pferd heruntergekommen oder lebend?«

Schweiß begann auf ihrer Stirn zu perlen, während sie Battal Aga fest in die Augen sah und wartete. »Tot oder lebend?«

Mißtrauen überschattete Battal Agas Gesicht immer wieder, er zögerte.

»Sag, mein helläugiger Battal Aga, ich bin seine Mutter, sag mir: lebend oder tot?«

»Lebend«, antwortete Battal Aga nachdenklich und voller Mißtrauen, »Hürü Hanum, Ince Memed lebt.«

»Ist er verwundet?«

Battal Agas Blick umflorte sich, die Erleichterung in seinem Gesichtsausdruck war wie weggewischt.

»Er ist verwundet, Schwester, schwer verwundet«, antwortete er. Seine Stimme klang weich und traurig wie bei einer Totenklage.

Hürü reckte sich wieder. »Mach dir keine Sorgen, großer Battal«, sagte sie, »die Mütter werden noch viele Ince Memeds gebären, noch viele … Sei unbesorgt, schließlich ist er Memed der Falke. Er stirbt und erwacht wieder zum Leben. Er ist wie der Heilige Ali, ist wie der Mahdi. Habt ihr einen Heilkundigen geholt?«

»Haben wir«, antwortete Battal Aga.

»Ich muß zu ihm. Wenn er seine Mutter Hürü sieht, wird er wieder gesund.«

»Das wird heute nicht möglich sein. Nicht einmal mir sagen sie, wo er sich befindet. Seinen Aufenthaltsort kennt nur einer, und das ist unser Temir.«

»Temir der Räuber?«

»Temir der Räuber«, sagte Battal Aga.

»Der kennt mich, großer Battal, laß ihn sofort rufen!«

»Er ist nicht hier. Bis morgen früh mußt du dich gedulden.«

Sie hatte keine Wahl, Mutter Hürü mußte sich gedulden. Battal Aga erhob sich und ging hinüber in die anderen Räume. Kaum war er verschwunden, kamen Frauen, Mädchen und Kinder herein, hießen Hürü willkommen und küßten ihr die Hand.

Zu Abend aßen sie geschnetzeltes Röstfleisch, Reispilaw, Wabenhonig und Rahm.

Im hintersten Raum des Zeltes bereiteten sie ihr ein Nachtlager. Noch nie in ihrem Leben hatte Mutter Hürü so weich gelegen. Kaum daß ihr Kopf auf dem Kissen ruhte, schlief sie ein. Es hatte sie doch alles sehr mitgenommen.

Als morgens Glockengebimmel und Stimmengewirr sie weckten, fühlte Hürü sich taufrisch. Sie zog sich eilig an und begab sich in den Mittelraum. Battal Aga hatte den Kaffee schon aufgesetzt und erwartete sie.

»Hast du gut geschlafen, Schwester? Trink erst einmal einen Kaffee. Sie warten schon seit heute nacht auf dich. Mahmut Efendi wird hier bleiben.«

Sie setzten sich, der Tisch war schon gedeckt, und der Duft frischen Brotes und heißer Milch, die in einem Napf dampfte, erfüllte das ganze Zelt. In einer Schüssel lag, noch mit Rahmbläschen überzogen, ein Klumpen Butter. Das runde Fladenbrot war handwarm.

»Trinken wir erst einmal von Angesicht zu Angesicht einen Kaffee!«

Battal Aga goß den Kaffee eigenhändig in Hürüs Täßchen.

Schweigend nahmen sie ihr Frühstück ein.

Hürü erhob sich zuerst: »Reisende gehören auf die Straße, nicht wahr, Aga?«

Battal Aga lachte.

Sie verließen das Zelt. Draußen wartete ein kleinwüchsiger Mann mit gezwirbeltem blonden Schnauzbart. Er war bis an die Zähne bewaffnet, trug einen roten Fez mit violetten Troddeln und hielt ein prächtiges, auf Tscherkessenart gesatteltes Pferd am Halfter.

»Das ist Temir«, sagte Battal Aga seufzend, »der Sohn meines Onkels väterlicherseits. Ein zuverlässiger Mann.«

Temir ging auf Mutter Hürü zu und küßte ihr die Hand.

»Mögen es viele werden, die dir achtungsvoll die Hand küssen, mein Sohn Temir!«

»Temir wird dir die Augen verbinden, nimm's bitte nicht übel!« entschuldigte sich Battal Aga.

»Sie gingen bis zu dem Trittstein, Mutter Hürü erklomm ihn mit einem Sprung, und während Temir ihr die Steigbügel hielt, schwang sie sich wie ein geübter Reiter in den Sattel. »Bleib gesund!« rief sie Battal Aga zu, und dann bahnten sich die beiden einen Weg zwischen Kamelen, Schafen und Ziegen, bewacht von riesigen Hunden, deren Halsbänder mit schützenden Stahldornen versehen waren; sie kamen vorbei an gutgekleideten, rotwangigen Frauen und Mädchen, von denen manche molken, andere butterten, während ungerührt von dem Tohuwabohu und Kindergeplärr rechts und links von ihnen vor jedem Zelt ein Falke auf der Krücke hockte.

Sie hatten kaum den Zeltplatz verlassen, da rannte Temir wie der Wind vor Hürü her. Die beiden rasteten nicht, gönnten sich keine Atempause, bis sie an einen Bach kamen. Nach kurzem Halt überquerten sie ihn und eilten weiter in den dahinterliegenden goldfarbenen Wald. Temir schaute weder zurück, noch sprach er ein Wort; er rannte nur vor dem Pferd her, wurde sogar immer schneller. Bald ließen sie den Wald hinter sich. Vor ihnen dehnten sich Wiesen, so weit das Auge reichte. Ihr sattes Grün schien sich sogar im Himmel widerzuspiegeln. Der Ritt durch die Wiesen dauerte eine ganze Weile. Die Troddeln an Temirs Fez flatterten im Wind. Dann stiegen sie in eine tiefe Senke, und als sie wieder herauskamen, türmte sich vor ihnen ein steiler Felsen aus Kieselschiefer. Am Fuß der Felswand knarrte ein riesiger goldgelb belaubter Baum. In seinem Schatten machten sie halt.

»Mutter Hürü, nimm es mir nicht übel, ich muß dir die Augen verbinden!« sagte Temir verlegen, kam dicht an das Pferd heran und zog ein mit blauen Veilchen besticktes Seidentuch aus seiner Tasche. »Nimm, Mutter, und binde es über deine Augen. Binde es sehr fest, damit du auch nichts sehen kannst. Das ist bei uns so üblich. Bei uns Räubern ...«

Mutter Hürü lächelte, und während sie sich das Tuch über die Augen legte, fluchte sie im stillen auf alle Räuber und besonders auf diesen Temir aus Aydin, der meinte, weiß wer zu sein.

»So, Mutter, und jetzt halte dich am Sattelknopf fest!« sagte Temir und griff nach den Zügeln. Hürü tat wie ihr geheißen, und Temir zog das Pferd hinter sich her.

Ich muß es ertragen, dachte Mutter Hürü, werde es ertragen, auch wenn ich diesem kleinen Temir, an dessen gelben Schnurrbart die Hunde pissen, wie eine Blinde folgen muß. Ist es nicht für meinen Sohn, für meinen Falken, meinen Memed mit dem Gesicht so schön wie eine Rose? Also werde ich tun, was man von mir verlangt. Die Abrechnung mit denen, die Mutter Hürü die Augen verbinden, weil sie ihr nicht trauen, kommt später. Und ich werde es euch heimzahlen, so wahr ich das Weib Hürüce bin, mein rotznäsiger Temir! Wer bin ich denn, daß du Rotznase Temir, du Grünschnabel Temir mir die Augen verbindest? Und auch diesem Ince Memed werde ich aufs Maul klopfen, wenn ich diesen Sauhund sehe ... Was denkt er denn, wer er ist? Gestern noch ein Kind, dieser mißratene Sohn des armen Ibrahim, läßt er heute meine Augen verbinden, traut mir wohl nicht ... Tumber Klotz, wer bist du denn, daß du mir das antust, daß du mir den Blick auf diese Berge verwehrst? Weil die Gendarmen mich festnehmen, mich so lange verprügeln könnten, bis ich ihnen sagte, wo sich Ince Memed befindet? Ist es so, mein kleiner Löwe, mein Falke, meine kleine Maus, Reiter dieses wildgewordenen Pferdes, der meint, er sei ein Kerl, nur weil er diesen bösen Abdi Aga getötet hat, der meint, er sei ein Köroğlu, nur weil er diesen Ali Safa mit dem Herzen eines Spatzen nachts, während er schlief, erschossen hat? Kerl, bin ich nicht Durmuş Alis Weib Hürüce, die in allen Dörfern der Umgebung geehrte Mutter Hürü? Und wenn die Gendarmen, unsere Feinde, mir die Haut abzögen, gäbe ich nicht einmal das Versteck dieses Temir, dem die Hunde an den Schnurrbart scheißen, geschweige denn deines preis. Es wäre besser gewesen, sie hätten mich zerstückelt, die Augen ausgestochen und meinen Kopf auf einer Stange durch die Dörfer getragen ... Denn wie kannst du mir jetzt noch ins Gesicht sehen, wie ich dir in die Augen schaue, ach, Ince Memed, nach allen vier Büchern gottloser Ince Memed, abtrünniger Ince Memed! Ich finde keine Worte, meine Zunge möge verdorren, inschallah, denn du, du, du bist ein noch schlimmeres Geschöpf als Ali der Hinkende, bist ein noch hinterhältigeres Wildschwein.

Am liebsten hätte sie jetzt die Binde von ihren Augen gerissen, wäre sie ins Dorf zurückgekehrt, um bis ans Ende ihrer Tage Ince Memeds Namen nicht mehr auszusprechen; doch sie konnte es nicht.

Daß es sehr steil wurde, merkte sie an der stolpernden Gangart des Pferdes und an den Steinen, die von seinen Hufen in die Tiefe rollten. Sie krallte sich an den Sattelknopf, hörte, wie Temir und das Tier keuchten, während sie »Verrecke« murmelte, »verrecke, dreckiger Nomade, der mir die Augen verbunden hat! Wenn jetzt zu meiner Rechten ein Abgrund gähnte und das Pferd ausrutschte und mit Hürü in der Tiefe zerschmetterte und du, Ince Memed, den blutigen Leichnam auf dem Grund der Schlucht entdecktest und wegen der steilen Felswand nicht bergen könntest und dann die Adler kämen und ihn zerfleischten, wie stündest du, Ince Memed, wie stündest du dann da? Nun sag schon, antworte mir, wärst du nicht ganz aus dem Häuschen? Vor Trauer natürlich, weil deine Mutter gestorben ist? Nein, keine Träne würdest du weinen, denn damals, als ich dir sagte, deine Mutter Döne, die dich besser nicht hätte gebären sollen, sei gestorben, hast du da etwa geweint?«

Daß sie hierhergekommen war, bereute sie zutiefst. Was konnte man auch von diesem Sohn Ibrahims des Armen schon erwarten … Am Ende war sie vor Wut so weit, daß sie sich hier hinhocken und heulen wollte, wenn sie sich nicht vor diesem dreckigen, rotznäsigen Nomaden geschämt hätte. Temir hörte das Grummeln der alten Frau auf dem Pferd, und wenn er sich hin und wieder umdrehte, sah er auch ihr wutverzerrtes Gesicht, doch er konnte sich ihren Grimm nicht erklären.

Vor Wut hatte sich Mutter Hürü so in den Sattel gekrallt, daß sie ganz steif geworden war. Als das Pferd innehielt, schreckte sie hoch, als sei sie aus tiefem Schlaf gerissen.

»Wir sind da, Mutter, nimm die Augenbinde ab!«

Und während Hürü ihre Augen frei machte, brüllte sie: »Wären wir doch nicht hergekommen … Na, der kann was erleben!«

Temir wollte ihr vom Pferd helfen.

»Bleib mir vom Leibe, faß mich nicht an! Ich kann allein absteigen!«

Sie sprang vom Pferd und schoß wie der leibhaftige Zorn durch den Eingang einer Höhle, die ein bewaffneter Bursche bewachte. In die Mitte der Höhle laufen, wie vom Donner gerührt stehenbleiben und vom Posten gepackt werden war eins.

»Mein Memed, mein Recke, mein Löwe, mein Kind, wie geht es dir?«

Memed öffnete die Augen, richtete sie liebevoll auf Hürü, betrachtete sie, lächelte: »Gott sei Dank, daß ich dich noch mit den Augen des Erdbewohners sehen kann, Mutter«, antwortete er, »sollte ich jetzt sterben, bekümmert's mich nicht. Das war alles, was ich noch wollte. Immer wieder hab ich meinen Gott angefleht: Töte mich nicht, bevor du mir nicht das Gesicht meiner Mutter gezeigt hast. Und sieh, Gott hat …« Seine Augen wurden feucht, und zwei Tränen rannen über seine Wangen.

»Schweig, elender Hundsfott!« fuhr Hürü ihn an. »Deine Mutter sterbe an deiner Statt, wenn du so redest, halt den Muuund! Wenn du nicht schweigst, wenn du wie ein Weib, wie ein Kleinkind plärrst, mache ich mich auf der Stelle auf und davon. Zeig mir deine Wunden, zeig sie mir, mein Sohn mit dem rosenschönen Gesicht.«

Lächelnd zeigte Ince Memed ihr die sorgfältig angelegten Wundverbände. Hürü nahm zuerst das Bett in Augenschein, es war genauso bezogen wie ihres von der letzten Nacht.

»Ziehen die Wunden?«

»Ein bißchen.«

»Sie schmerzen also sehr.« Hürü stand auf, ging vor die Höhle und sah sich suchend um. Dann fragte sie den Posten: »Wo ist dieser Temir, na, der mir die Augen verbunden hat?«

»Er ist da drinnen, Mutter«, antwortete der Hüne mit verschmitztem Lächeln.

Hürü kehrte um und sah Temir nachdenklich am Kopfende des Krankenlagers stehen.

»Habt ihr einen Heilkundigen zu meinem Sohn gebracht?«

»Sogar drei«, antwortete Temir und ging hinaus. Hürü hatte verstanden und folgte ihm. Im Schutz einer Felswand hockten sie sich nieder.

»Sag schon, Temir, geht es meinem Sohn nicht gut?«

»Es geht ihm nicht gut, Mutter.« Temirs Stimme klang bedrückt.

»Was haben die Heilkundigen gesagt?«

»Sie bekamen die Kugeln nicht heraus. Zwei von ihnen waren Nomaden, der dritte kam aus dem Dorf da unten.«

»Mein Junge wird also sterben?«

»Das, Mutter, weiß nur Gott.«

»Mein Junge wird nicht sterben. Wenn das auch nur der Allmächtige weiß, Hürüces Sohn kann gar nicht durch Feindes Kugel sterben.«

»Inschallah, Mutter, dein Wort in Gottes Ohr, Mutter …«

Hürü ging wieder hinein und setzte sich ans Kopfende des Bettes; sie strich Memed übers Haar, streichelte seine Stirn und küßte ihn. Mit weicher Stimme sprach sie ihm tröstend zu, und wer sie neben Memed so voller Liebe sitzen sah, konnte nicht glauben, daß es sich um dieselbe Frau von vorhin handelte.

Memed hatte Fieber, wenn auch nicht sehr hohes. Schon bald öffnete er wieder die Augen, sah Hürü an und lächelte: »Du bist da, ich habe dich in diesem Leben wiedergesehen, jetzt werde ich gesund.«

»Du wirst gesund«, sagte Hürü streng, »nicht gesund werden gibt es nicht! Ich werde dir jetzt eine Suppe kochen, eine Suppe ...« Sie ging hinaus und wandte sich an Temir: »Habt ihr etwas da, um Suppe zu kochen?«

»Wir haben alles da, Mutter, was du willst ... Aber er nimmt ja seit Tagen keinen Bissen zu sich.«

»Wenn ich koche, wird er. Mach du hier erst einmal ein Feuer. Und bring mir auch einen Topf. Und sammle mir reichlich Minze.«

»Hier können wir doch kein Feuer machen.«

»Und warum nicht?« grollte Hürü.

»Sie sehen den Rauch.«

»In der Höhle geht es auch nicht. Der Rauch erstickt meinen Sohn.«

Temir überlegte.

»Denk nicht lange nach, find lieber einen Platz, von wo aus der Rauch nicht zu sehen ist!«

»Da hinten ist noch eine kleine Höhle, würde es dort gehen, Mutter?«

»Aber ja«, antwortete Hürü. Zum erstenmal hellte sich ihr Gesicht auf, leuchtete vor Freude. »Eine Suppe mit Minze bringt ihn wieder auf die Beine.«

Sie krempelte die Ärmel hoch und kochte mit Sorgfalt und Liebe in der kleinen Höhle ihrem Sohn mit Minze gewürzte Suppe, bei der jeder am liebsten auch den Löffel mitgeschluckt hätte. Und wie auch immer sie es angestellt hatte, war dabei nicht ein Kringel von Rauch aus der kleinen Höhle nach draußen gedrungen.

Und Memed, der seit Tagen keinen Bissen zu sich genommen hatte, aß eine große Schüssel Suppe.

»Hab ich dir nicht gesagt, Mutter, daß ich gesund werde, wenn du kommst ...«

»Du wirst wieder gesund.«

In jener Nacht stöhnte Memed bis zum Morgen. Hürü schlief nicht, horchte auf seinen Atem, auf sein Wimmern. Einigemal fiel er auch in tiefen Schlaf. Das war ein gutes Zeichen, aber das Fieber und sein Stöhnen beunruhigten sie sehr. Gegen Morgen kochte sie ihm noch eine Suppe mit geschlagenem Joghurt, die sie wieder mit reichlich Minze würzte. Auch diesmal aß Memed, bis nichts mehr übrig war.

Nach dem Essen legte Hürü ihre Hand auf Memeds Stirn; das Fieber war unverändert. Dieses verdammte Fieber ... Ein Heilkundiger mußte her, aber nicht irgendeiner. Sie ging hinaus, setzte sich vor der Höhle auf einen Stein und dachte nach. Der Tag war noch jung, die Sonnenstrahlen fielen auf den Berghang und hatten die Gegend in ein Meer von Licht getaucht. Aus dem Wald da unten, der sich bis weit in die Çukurova ausdehnte, stieg der Morgennebel. Der Grund der Quelle, die neben der Höhle floß, war von greller Helle, Wolken huschten mit glitzernden Fischen über die weißen Kiesel.

Als Hürü da unten im Wasser ihr eigenes Gesicht entdeckte, wunderte sie sich: »Verdammte Hürü«, murmelte sie, »du bist ganz schön alt geworden.«

Sie stand auf und setzte sich woandershin. Anschließend rief sie Temir. »Dem Jungen geht es fürs erste ganz gut, er hält noch durch, aber wenn es noch lange so weitergeht, stirbt er.«

»Was sollen wir tun, Mutter?«

»Ich habe da einen Gedanken. Ist der Hort der Vierzig Augen weit von hier?«

»Ziemlich weit, Mutter.«

»Hast du je vom Hort der Vierzig Augen gehört?«

»Wer hat davon nicht gehört, Mutter.«

»Den Vorsitz des Horts der Vierzig Augen führt jetzt Mütterchen Sultan, nicht wahr?«

»Sie ist das Oberhaupt.«

»Weißt du, daß dieses Mütterchen Sultan auch den rettet, dem eine geölte Kugel das Herz zerfetzte?«

»Das weiß jeder, Mutter.«

»Sie rettet sogar jemanden, den eine Kugel getötet hat. Eine Blutbank! Wieviel Blut auch immer geflossen ist, noch nie hat jemand gehört, daß der Verletzte im Hort der Vierzig Augen nicht geheilt worden wäre.«

»Wir haben auch an den Hort der Vierzig Augen gedacht, auch Battal Aga ... Aber in diesem Zustand können wir doch

Ince Memed nicht dahin bringen … Und Mütterchen Sultan, das ist in dem Hort so üblich, bewegt sich nicht von der Stelle.«

»Ich bewege sie.«

»Sie soll sehr alt sein, vielleicht hundert Jahre alt. Wie soll sie denn hier heraufkommen?«

»Du wirst Ince Memed hinunterbringen, ja? Diesen Berg hinunter in ein Nomadenlager. Die Gendarmen sind noch mit sich selbst beschäftigt … Und ich mache mich auf zu Mütterchen Sultan. Bring du mich zum Stamm der Gelben Ziege, jetzt gleich. Battal weiß, wo Memed ist, nicht wahr?«

»Er weiß es.«

»Bring du Memed hinunter. Wenn, dann soll er unten sterben und nicht für nichts und wieder nichts in dieser Wildnis. Und vergeßt meine Suppe nicht. Kocht sie ihm morgens, mittags und abends. Wenn er noch etwas anderes essen will, gebt es ihm.«

Dann ging sie hinein, nahm Ince Memed lange in die Arme, beroch ihn in tiefen Zügen und küßte ihn. »Sohn, ich gehe«, sagte sie dann, »ich gehe zu Mütterchen Sultan von den Vierzig Augen. Halte aus, bis ich zurückkomme! Beiß die Zähne zusammen und stirb nicht! Wenn ich Mütterchen Sultan hergebracht habe, genügt ein Wort von ihr, und du bist gesund. Dann laß ich dich von ihr noch besprechen, und keine Kugel wird dich mehr treffen, und wenn sie dich doch trifft, nicht verletzen. Nicht einmal Kanonen können dir etwas anhaben, wenn Mütterchen Sultan erst hiergewesen ist … Also, beiß die Zähne zusammen, halte aus, mein Recke! Schon wegen dieser armen, einsamen, lahmen Hürüce mußt du aushalten, bis sie zurückkommt. Stirb mir ja nicht!«

Am Höhleneingang blieb sie stehen, schaute ihn zärtlich an, konnte sich nicht entschließen, auch nur einen Schritt weiterzugehen. Dann hob sie beide Hände gegen den Himmel und murmelte: »Großer Gott, allmächtiger Gott, dem schönen Mohammed zuliebe, Ali mit dem langen Schwert zuliebe, allen Schutzheiligen des Horts der Vierzig Augen zuliebe, erhalte meinen Sohn zum Segen der Armen und Elenden am Leben …«

Als sie endlich hinausging, schaute sie immer wieder zurück, als sähe sie ihn zum letztenmal, prägte sie sich seinen Anblick ein, seine Gesichtszüge, die ihr so mild schienen wie die der Propheten, um sie nie mehr zu vergessen.

Temir wartete mit dem Pferd vor der Höhle.

»Mein Sohn«, bat Hürü, »verbinde mir bitte nicht die Augen. Ich bin doch Ince Memeds Mutter, und wenn sie mir die Haut abzögen …«

»Natürlich, Mutter«, sagte Temir, umarmte sie und hob sie in den Sattel.

Hürü beugte sich über den Widerrist des Pferdes zu ihm herunter und sagte: »Mein Leben für deines, mein Sohn mit dem goldglänzenden Schnurrbart. Du hast recht getan, mir die Augen nicht zu verbinden. Dein Freund und Gefährte Ince Memed wird nicht sterben …«

Laut und fröhlich lenkte sie das Pferd zwischen die Felsblöcke. Doch als sie zur linken Seite schaute, – oooh nein! –, gähnte ein endloser Abgrund.

»Wie habt ihr ihn denn hier heraufgebracht, mein Kind?«

»Frag nicht, Mutter«, antwortete Temir und seufzte.

Es ging steil bergab, fast hätte sich das Pferd überschlagen, und Hürü wäre die Steilwand hinuntergestürzt.

»Hättest du mir bloß die Augen verbunden!«

Sie lachten.

14

Seit jenen Jahren, als die Turkmenen aus Chorasan kamen, steht der Hort der Vierzig Augen dort zwischen uralten Bäumen und weißen Felsen aus Feuerstein. Drei Pforten mit Rundbögen führen in das alte, aus Felsblöcken gemauerte Gebäude. Sie sind aus schwerem Eichenholz, in welches Blumen, Vögel, Käfer und Koransprüche geschnitzt sind. Seit den Zeiten von Chorasan ist dieser Hort Zuflucht und Heilstätte zugleich. Verarmte, Verkommene und Verfolgte suchen hier Hilfe und Trost. Zwischen den mächtigen Bäumen entspringt auch ein klarer Quell. Sein Wasser rauscht schäumend um die Felsen und stürzt dann mit unglaublicher Wucht durch Rinnen, die es sich mit der Zeit ins Gestein gegraben hat, den Hang hinunter. So manch einer will gesehen haben, wie dieser Wildbach seinen rasenden Lauf plötzlich gebremst habe und, nicht genug damit, mit derselben Kraft zu seiner Quelle zurückgeschnellt sei. Ob es stimmt, darüber setzt man sich im Taurus nicht auseinander; nein, eine derart vermessene Gotteslästerung hat bisher noch niemand schon nur in Erwägung gezogen. Wenn der Frühling sich über die Berge beim Hort der Vierzig Augen senkt, knistert es in den rauhen, weißen Felsen aus Feuerstein eine ganze Nacht bis in den frühen Morgen. In dieser Nacht sind alle Geschöpfe, ob Vogel, Käfer, Wolf und Panther, auf den Beinen. Und wenn es Morgen wird, ist nicht der Zipfel einer Wolke am Himmel, erfüllt ein blendendes Licht das weite Rund, leuchten überall gelbe Blumen von den weißen Felsen, wird einem klar, daß sie es waren, die das Knistern im Gestein verursachten, als sie nachts aus dem Erdinnern an die Oberfläche drängten. Himmel und Erde, das rauschend dahineilende Wasser, ja die ganze Welt färbt sich gelb und dreht sich wie ein leuchtender Kristall im All. Kommt dann der Herbst, sind die gelben Blumen über Nacht verschwunden, und die Welt wird wieder weiß wie Milch. Die ersten Tage und Nächte des Herbstes vergehen in einem makellosen Weiß. Himmel und Erde, Bäume, Gräser und alle Blumen, sogar die fliegenden Vögel sind weiß. Und dann, in einer Nacht, beginnt die Welt wieder zu knistern, schwanken die Berge, und wenn der Morgen graut und die Sonne aufgeht, entdeckt der Mensch verwundert, daß diesmal blaue Blumen die weißen Felsen gespaltet haben und alles von einem zarten Blau überzogen ist, so weich und warm, daß man meint, die geringste Berührung könnte es verderben. Wer sich in dieses Blau fallen läßt, ist von allen Sorgen und finstern Gedanken befreit, fühlt sich in diesem hellen Blau wie neugeboren. Und bis zu seinem Tod spürt er im Innern diesen jauchzenden Überschwang, wird er, wie niemals ein anderer, das Glück dieser kindlichen Erregung erleben, mag kommen, was will. Schon bevor er stirbt, lebt er jede Sekunde im Licht himmlischen Hochgefühls. Doch diesen Zustand zu erreichen, in dieses Blau einzudringen, den Kult der blauen Freude zu leben, ist nicht so leicht. Wer quält, wer die Menschen erniedrigt, Blutschuld auf sich lädt, Recht verletzt, die Früchte der Arbeit anderer verzehrt, sie ausbeutet, der kann in dieses Blau nicht eindringen, und wenn er eindringt, fühlt er diese Freude nicht, diesen Rausch des Glücks, bei dem das Herz wie von Sinnen zu schlagen beginnt.

Mutter Hürü war seit eineinhalb Tagen unterwegs. Das Pferd unter ihr war robust, und auch die Burschen neben ihr, der eine zur Linken, der andere zur Rechten, hielten geschmeidig Schritt, ohne zu ermüden. Hürü war freudig erregt und besorgt zugleich. Freudig erregt, weil sie zum Hort der Vierzig Augen pilgern durfte, besorgt, ob Mütterchen Sultan, die den Vorsitz des Horts führte, es nicht ablehnte, Ince Memed zu heilen. Ja, was dann, Hürüce, so hilflos und verlassen! Und dieser Tiger von einem Sohn würde vor ihren Augen qualvoll sterben. Aber dann würde sie mit Verlaub diesem Hort der Vierzig Augen … Um Gottes willen, Hürüce, deine Zunge verdorre, wie kannst du dir so etwas auch nur durch den Kopf gehen lassen? Der Allmächtige und auch alle seine Diener wissen, daß der Hort der Vierzig Augen ein Gesundbrunnen ist. Auch der von Kugeln zerfetzte Tote wird hier wieder lebendig. Und wenn einer nur verletzt ist, sowieso! Daß so einer tot durch diese Tore wieder hinausgetragen wurde, hat man weder erlebt noch jemals gehört. Hürüce wird dieses Blau auch sehen, wird in dieses Blau auch eindringen; und wäre Mütterchen Sultan tausend Jahre alt, Hürü würde sie überreden und an Ince Memeds Lager bringen. Soll sie doch betagt sein! Werden Heilige und die im Kreis der Vierzig weilenden etwa alt und gebrechlich? Mütterchen Sultan von den Vierzig Augen ist jetzt wie eine Achtzehnjährige, ist wie ein frisch gesprossener Schößling, ist eine Monatsrose, die jeden Morgen, jeden Tag aufs neue erblüht.

Hirsche kommen bei Tagesanbruch herbei, das Fell sonnenüberflutet, den Schimmer der Morgenröte noch im Geweih. Und die Schwestern von den Vierzig Augen melken die Rottiere des Rudels. Und einmal im Monat kniet sich ein kapitaler Hirsch vor das Tor, senkt seinen Kopf und läßt das Tor nicht aus den Augen. Am dritten Tag wird er geschlachtet, die abgezogene Decke getrocknet und Mütterchen Sultan übergeben. Und Mütterchen Sultan schickt sie irgend jemandem auf unserem Erdenrund, ob Frau oder Mann, der rein ist von Schmutz und Grausamkeit.

Und dort, genau über dem Hort der Vierzig Augen, steht wie von Licht aufgebläht eine Wolke, die sich nicht von der Stelle rührt. Und unter der Wolke weiße Tauben ... Von allen Geschöpfen sind diese weißen Tauben ja die unschuldigsten.

Den Hort der Vierzig Augen erreichen, seine Schwelle in Ehrfurcht überschreiten und bis zum Stuhl der Oberin vordringen ist nicht leicht. Früher köchelte es hier in vierzig Kesseln, Kranke und Gebrechliche, Verwundete und Schutzsuchende aßen sich satt, löschten ihren Durst mit frischer Rottiermilch. Und die Beys der Awaren, der Kurden und Turkmenen, die Schahs der Perser und die Padischahs der Osmanen ließen sich außer von Derwisch Hünkar Dede in Konya nur noch hier im Hort der Vierzig Augen mit dem Schwert gürten. Und so mancher Bey, Schah und Padischah, der an diesem Tor Monate, ja Jahre gewartet hatte, um mit seinem Schwert gegürtet zu werden, mußte umkehren, ohne den Ordensvorsteher auch nur gesehen zu haben. Denn diese Tore, die sich den Armen und Gebrechlichen jederzeit öffneten, blieben vielen grausamen Beys und Padischahs verschlossen.

Die Ordensvorsteher haben vierzig innere Augen. Mit einem überschauen sie den Maghreb, mit einem anderen den Orient. Eines sieht in den Himmel, ein anderes in die Hölle, eines ruht auf guten Menschen, eines auf grausamen, eines schaut in die Vergangenheit, eines in die Zukunft, eines beobachtet die Ameise, eines den fliegenden Vogel, andere den Regen, die Wolken, das Wasser, die Sterne ... Und eines ist bei den Herzen der Menschen. Seit es dieses Tor gibt, hat das Böse, haben Sünde und Grausamkeit nicht in den Hort eindringen können. Und jetzt, da der Mensch sich nicht mehr mäßigt, da die Welt verschmutzt, wird es immer schwerer, in den Hort zu gelangen. Mütterchen Sultan soll es in ihrer frühesten Jugend einmal nicht übers Herz gebracht haben, einen hartnäckigen jungen, schönen, grausamen Bey abzuweisen, und ließ ihn über die Schwelle. Sieben Jahre lang haben sich die Hirsche daraufhin nicht mehr sehen lassen, blieb die Wolke verschwunden, flatterten die Tauben nicht mehr über den Ort, floß der Wildbach nicht mehr bergauf, konnten die gelben und blauen Blumen nicht mehr durch die knisternden Felsen aus Feuerstein brechen.

Mutter Hürü hatte Angst; vielleicht würde Mütterchen Sultan von den Vierzig Augen, die mit vierzig Augen die ganze Welt erschaute und in jedem Menschen las, ob er gut war oder schlecht, sie im Hort nicht aufnehmen. Besorgt ließ sie ihr ganzes Leben vor ihren Augen abrollen, ob sie wohl Böses getan, ob sie gesündigt hatte, und war abwechselnd hoffnungsfroh und angstgequält. Überwogen Sünden oder gute Taten? Und je länger sie nachdachte, desto mehr Gutes fiel ihr ein. Doch als sie noch blutjung und neuvermählt war, als Durmuş Ali fern von ihr bei den Soldaten weilte und sie mit einem anderen in der Mühle … Ob Mütterchen Sultan sich an eine so weit zurückliegende Geschichte wohl erinnern konnte und ihr den Zutritt in den Hort verwehrte? Es liegt so weit zurück, sagte sie sich, so weit zurück, und Mütterchen Sultan ist sehr alt.

Sie wandte sich an den jungen Burschen zu ihrer Rechten: »Hast du Mütterchen Sultan schon mal gesehen, mein Kleiner?«

»Ich habe sie gesehen«, antwortete dieser.

»Ist sie sehr alt?«

Nachdem der junge Mann sie vom Scheitel bis zur Sohle betrachtet hatte, sagte er: »Sie ist jünger als du.«

Seine Antwort wurmte Hürü. »Wie kann das sein, mein Kleiner«, entgegnete sie spöttisch mit bebenden Lippen. »Als sie damals Mustafa Kemal Pascha gegürtet hat, von Griechen und dergleichen noch keine Spur, da war ich ein ganz kleines Mädchen und sie schon ein ausgewachsenes Frauenzimmer.«

»Mutter, sie ist jünger als du. Demnach altern Geweihte eben nicht.«

»Nein, sie altern nicht, mein Kleiner, ach ja, sie altern nicht.«

Wenn bei ihrer Ankunft sich die Felsen spalteten und die blauen Blumen ins Freie drängten, würde sie wissen, woran sie war. Sollten aber die Felsen unverändert weiß bleiben, dann war es auch um Mutter Hürü geschehen und um ihren glücklosen Ince Memed auch …

»Sag, mein Kleiner, als du hier warst, hast du da jemals erlebt, daß die Felsen knisternd Sprünge bekamen und blaue Blumen hervorsprossen?«

»Daß die Felsen rissig wurden, gerade nicht, aber die Blumen habe ich gesehen. Sie waren aus den Rissen hervorgeschossen und bedeckten wie ein blauer Kelim Berg und Tal.«

»Ob ich das auch sehen werde?«

»Warum solltest du es nicht sehen, Mutter?«

»Hast du schon einmal in Sünde bei einem Weib gelegen, mein Kleiner?«

»Ich lag noch bei keinem Weib, wie sollte ich da in Sünde bei einem gelegen haben.«

»Hast du jemals einen Menschen getötet?«

»Nein, noch nie.«

»Hast du noch nie jemanden verprügelt?«

Der junge Bursche schwieg.

»Ich habe dich gefragt«, beharrte Mutter Hürü hartnäckig, »hast du noch nie jemanden verprügelt?«

»Doch, ich habe.«

»Auch Hunde?«

»Auch Hunde.«

»Hast du schon Tiere getötet?«

»Ja.«

»Auch Vögel?«

»Auch Vögel.«

»Wie konntest du dann Mütterchen Sultan von den Vierzig Augen sehen?«

»Ich habe wohl keine Sünde begangen, Mutter Hürü.«

»Hm, hm.«

Mutter Hürü war froh. Sogar die Geschichte in der Mühle verschwamm in ihrer Erinnerung zu einem Traumbild. Sie hatten sich in der alten Mühle drei Tage und Nächte eingeschlossen und sich, ohne zu schlafen oder auszuruhen, geliebt. Aber es war so lange her, und immer wieder will sie diese Tage zurückrufen, diese Lust durchleben, doch es gelingt ihr nicht, sie in ihrem Körper wie damals zu verspüren. Ach was, auch wenn Mütterchen Sultan nicht vierzig, sondern tausend Augen hätte, könnte sie nicht so weit ins Vergangene zurückblicken. Sogar die Mühle ist lange verfallen; wo sie einmal stand, pfeifen jetzt die Winde. Aber da waren die anderen Sünden von Mutter Hürü ... Und wennschon, war Mütterchen Sultan denn rein von allen Sünden, geht es denn an, daß jemand Mensch, jemand Frau ist ohne Sünde? Wurde sie denn mit Feuer gewaschen? Wer weiß, mit bloßem Verstand ist diesem Geheimnis jedenfalls nicht beizukommen. Nun, sie war auf dem Weg dorthin und würde vielleicht auch die blauen Blumen sehen. Mütterchen Sultan könnte sie aber auch zurückweisen, noch bevor sie das Tor erreicht hatte. Geduld, Geduld und noch ein bißchen die Zähne zusammengebissen. Erst in der Furt erweist sich, welche Ärsche weiß sind, welche schwarz.

Sultan Murad, ein streitbarer Mann, der weder Tod noch Teufel fürchtete, hatte einmal beschlossen, einen Feldzug gegen Bagdad zu führen. Als sein Entschluß endgültig feststand, bat seine Mutter ihn zu sich. »Murad, mein Sohn«, sagte sie, »du ziehst gegen Bagdad ins Feld, das Kriegsglück möge dich begleiten. Das Osmanische Reich ist mächtig, fast trägt die Erde die Zahl deiner Soldaten nicht. Aber Bagdad ist auch kein leichter Bissen, dein Gegner dort ist ziemlich stark. Darum solltest du nicht weiterziehen, bevor du nicht unterwegs beim Hort der Vierzig Augen haltgemacht und den Segen der Ordensleute für diesen Feldzug bekommen hast. Denn wen auch immer der Segen des Horts der Vierzig Augen begleitete, dem blieb die Klinge scharf, das Glück gewogen. Befolge also meinen Rat! Und denk immer daran: Du bist ein großer Padischah, drum könnte Stolz dich übermannen, doch der Schwelle zum Hort der Vierzig Augen nähere dich so, als trätest du vor das Angesicht des Allmächtigen. Wenn du den Hort betrittst, küsse die Erde siebenmal. Drei Tore führen in den Hort, verneige dich vor jeder ihrer Schwellen.«

Und wie es einem Sultan Murad ansteht, nahm er den Segen seiner Mutter entgegen, küßte ihr ehrfurchtsvoll die Hand; dann rüstete er sein Heer und rückte bald darauf ins Feld. Doch wie es ein Aufbruch mit Mann und Troß mit sich bringt, vergaß er darüber alles andere und zog mit seiner Streitmacht bis weit nach

Diyarbakir. Erst dort ließ er lagern. Die Zeit verging, und er konnte sich nicht entschließen weiterzuziehen. Im Heerlager wurde allerlei gemunkelt, man fragte sich: Ziehen wir nun gegen Bagdad, oder lassen wir uns in Diyarbakir nieder? Das alles kam auch dem Padischah zu Ohren, aber aufbrechen mochte er nicht. Als habe er irgend etwas vergessen, zermarterte er sich das Gehirn, redete mit niemandem. Doch eines guten Tages rief er plötzlich: Gott sei Dank, ich hab's, ließ Kriegsminister und Wesire kommen und befahl ihnen, den Oberen des Horts der Vierzig Augen aufzusuchen und herzubringen. Minister und Wesire entgegneten: »Unmöglich, Padischah, der Obere der Vierzig Augen verläßt niemals den Hort, hat sich noch nie zu jemandem begeben. Auch der verstorbene Sultan, Euer Vater, und dessen Ahnen, sie alle haben sich im Hort von den Oberen gürten lassen. Was Derwisch Molla Hünkar in Konya ist, sind sie im Hort der Vierzig Augen, ja, tausendmal gewichtiger sogar.« Aber Murad war schließlich Padischah, und er befahl: »Ob vierzig Augen oder tausend, schert mich nicht, geht hin und bringt ihn her!« Minister und Wesire beratschlagten das Für und Wider, versuchten mehrmals flehentlich den Sultan umzustimmen, doch der, ganz Padischah, blieb hart. Als nichts mehr fruchtete, machten sie sich notgedrungen auf den Weg zum Hort der Vierzig Augen und ließen sich zum Oberen führen. »Ich weiß, warum ihr gekommen seid«, sagte dieser, »geht hin und fragt den Sultan, für wen er sich denn halte, daß er dem Hort, den sein Vater und dessen Ahnen ehrerbietig betreten haben, den Rücken kehre!« Die Wesire, sprachlos über diese prophetische Allwissenheit, machten kehrt und berichteten dem Sultan: »So und nicht anders, o Padischah, ist der Stand der Dinge.« Und dieser, ganz Sultan Murat, schäumte vor Wut und sagte: »Wenn es so ist, marschiere ich mit dem ganzen Heer gegen ihn, geht hin und sagt es diesem Ordensoberen oder was er sonst sein mag.«

Als die Wesire sich noch vor dem letzten Tor in Ehrfurcht verneigten, lachte der Obere schon, übrigens ein junger Mann, und rief: »Sagt Sultan Murad, er soll ruhig mit allem, was er hat, gegen unseren Hort marschieren. Das haben vor ihm schon viele versucht, doch nicht einem hat's genützt.«

Der Padischah, ganz Padischah, ließ in seiner Wut Erde und Himmel erbeben und schwenkte das Heer gegen den Hort der Vierzig Augen. Da ging am selben Tag noch ein Wolkenbruch nieder, gegen den war die Wasserflut, die auf Noah fiel, ein Sommerregen. Um Gottes willen, Padischah, halt ein, großartiger Padischah! Doch der, ganz Padischah, wurde um so wütender, je länger das Unwetter anhielt. Schließlich legte es sich, und das Heer machte sich auf zum Hort der Vierzig Augen. Eine weite Ebene war schon durchmessen, als sich ein prächtiger Berg auftürmte, schneebedeckt, mit schroffem Gipfel, schön wie eine gereckte Gazelle.

Die Wesire hatten noch nicht einmal angedeutet, daß dahinter der Hort liege, da begann der Berg schon unheimlich zu grollen; er spie Feuer in die Ebene und setzte sich in Bewegung. Als der Padischah das gewahrte, warf er sich zu Boden und rief: »Vorsteher des Horts der Vierzig Augen, ich hab's getan, vergelte mir's nicht!« Im selben Augenblick kam eine weiße Taube geflogen und setzte sich vor ihm nieder. Als der Berg daraufhin verstummte, flog die Taube auf und davon.

»Das Heer soll nach Diyarbakir abrücken!« befahl der Sultan. »Ich werde allein zum Hort der Vierzig Augen gehen.« Dann verkleidete er sich, bestimmte den Kriegsminister und seine bevorzugten Wesire, ihn zu begleiten, und machte sich mit dem Gefolge auf den Weg.

Als sie am Fuß des Horts angelangt waren, begann es überall immer lauter zu knirschen, und wie sie sich umsehen, sind Berg und Tal, Stock und Stein mit blauen Blumen bedeckt. Ganz Padischah, stieg Murad vom Pferd, nahm im bergauf fließenden Wasser die rituelle Waschung vor, dann beugte er sich nieder, küßte dreimal den Boden und wiederholte dieses siebenmal, bevor er am Außentor war, das sich von selbst öffnete. Murad verbeugte sich sogleich am nächsten und auch am übernächsten Tor, die sich wiederum öffneten.

»Steh auf, Sultan Murad, und setz dich an meine Seite«, empfing ihn der Obere von den Vierzig Augen, »deine Wesire mögen da draußen bleiben, wo sie sind.«

Sultan Murad wagte nicht, den Oberen zu fragen, wie er ihn,

den Verkleideten, denn als Sultan erkennen konnte, mochte ihm, obwohl er darauf brannte, auch nicht sagen, wie jung er sei, der Obere, und daß wohl erst seit kurzem sein Schweiß den Flaum eines Schnurrbarts netze.

»Bagdad zu erobern ist dir bestimmt, Sultan Murad, welch ein Glück für dich!«

»Gott segne dich Geweihten!« antwortete der Sultan und küßte den Boden noch einmal.

»Aber ich habe dir etwas zu sagen, und du mußt dich daran halten. Diese Nacht wirst du hier verbringen und dich morgen früh auf den Weg zum Dorf Karaburclu da unten in der Çukurova machen. Dort lebt eine Witwe mit ihrem Sohn Osman, dessen Schweiß noch keinen Schnurrbart netzt. Und diesen Osman wirst du in dein Heer aufnehmen. Osman ist ein Aufständischer, er streift durch die Berge, beraubt die Reichen und beschenkt die Armen, ist ein Helfer der Unglücklichen und Verzweifelten. Bagdad ist in grausamer Hand, die Geschundenen weinen blutige Tränen. Wenn du Osman nicht in dein Heer aufnimmst, kannst du Bagdad nicht vom Tyrannen befreien.«

»Wie soll ich denn einen Rebellen Osman finden, wenn der sich in den Bergen herumtreibt? Wie wäre es, wenn nicht ich nach ihm suchte?« fragte der Padischah bittend.

»Nun gut, du brauchst nicht zu gehen, ich werde ihn dir zuführen«, antwortete der Obere und sah ihm dabei so durchdringend in die Augen, daß der Padischah erblindet wäre, hätte er den Blick nicht gewendet.

Auch die Wesire wurden vom Oberen empfangen. Im selben Augenblick erschien ein Rothirsch mit verzweigtem Geweih, der von den Bergen heruntergekommen war.

»Und diesen Hirsch hat euch die Vorsehung für heute abend beschert«, sagte der Obere der Vierzig Augen, »und er möge das Opfer sein für den Feldzug gegen Bagdad. Ein gutes Opfertier, denn es kommt freiwillig, und Murad wird es mit eigener Hand schlachten.«

Der Hirsch legte sich nieder, Murad setzte ihm das Messer an die Kehle, und obwohl er den Kopf abtrennte, floß kein Tropfen Blut.

Sie brieten den Hirsch über der Glut eines Feuers mitten im Hof und verspeisten ihn daselbst, und der Padischah konnte sich nicht erinnern, in seinem Leben, auch als Sultan, jemals ein so schmackhaftes, nach allen Kräutern der Berge duftendes Wilbret gegessen zu haben.

Um die Glut des Lagerfeuers geschart, legten die Männer sich zur Ruhe, und keiner von ihnen, die sonst auf weichen Daunen schliefen, hatte jemals so süß geschlummert.

Schon früh am Morgen kam wie immer im Dämmerlicht das Hirschrudel, melkten die Frauen die Rottiere und kredenzten dem Padischah die warme Milch. Noch niemand soll in seinem Leben ein so berauschendes Getränk gekostet haben, das den Menschen so freudig stimmte, daß er meinte, ihm wüchsen Flügel. Und der Padischah fragte sich: Großer Gott, wäre es nicht besser, Diener in diesem Hort zu sein anstatt Sultan eines riesigen Reiches, ja der ganzen Welt? Aber dies Schicksal ist uns nun einmal auf der Stirn vorgezeichnet, bedauerte er und machte sich mit blutigen Tränen wieder auf den Weg. Sie erreichten schließlich Diyarbakir, doch schon drei Tage vor ihnen war Osman dort eingetroffen.

Als die Wesire Osman erblickten, rümpften sie die Nasen: »Der ist doch noch ein Knabe, mein Sultan«, meinten sie. »Wie können wir jemanden ins Heer aufnehmen und nach Bagdad führen, dessen Schnurrbart noch keinen Kamm halten kann?«

»Gebt mir einen Kamm«, sagte daraufhin Osman, und als man ihm einen Kamm reichte, stieß er ihn sich über der Oberlippe ins Fleisch. »Seht ihr, er hält!« rief er und lachte. Der Padischah zog ihn an sich und küßte ihm beide Augen.

Also kamen sie nach Bagdad, und die Schlacht begann vor den Toren der Stadt. Osman wurde im Heer nur noch Jung Osman genannt, und er kämpfte in vorderster Reihe wie ein von der Sehne geschnellter Pfeil. Er war der erste, der über den Festungsgraben setzte, der erste, der das Tor eindrückte. Unermüdlich schwang er auf seinem Grauschimmel das Schwert. Es war an einem Mittag, die Sonne brannte auf den Marktplatz von Bagdad nieder, da trennte in der Hitze des Gefechts ein Säbel den Kopf Jung Osmans vom Rumpf. Doch Jung Osman, ganz Osman, beugte sich herab, ergriff seinen Kopf und kämpfte mit dem Schädel unterm Arm drei Tage lang weiter. Wer ihn so sah, ob Freund oder Feind, suchte mit Grausen das Weite. Endlich fiel Bagdad. Drei Tage lang hatte der Padischah von den Zinnen beobachtet, wie Jung Osman mit dem Kopf unterm Arm kämpfte, und als jetzt die Schlacht zu Ende war, befahl er: »Bringt mir Jung Osman her!« Sie suchten überall, durchkämmten das ganze Gebiet, doch sie fanden weder Osman noch sein Roß. Nur dort, wo sein Kopf zu Boden gerollt war, sproß jeden Tag eine andere Rose, und zwar ausschließlich von Arten, die weltberühmt sind. Bis heute blühen sie jeden Morgen, wenn die Sonne aufgeht, an der Stelle, wo Jung Osmans Haupt zu Boden fiel. Und sie werden bis zum Weltuntergang dort blühen, mitten in Bagdad.

Kaum daß Bagdad gefallen war, hatte sich Osman, den Kopf unterm Arm, auf den Weg zum Hort der Vierzig Augen gemacht. Dort angelangt, hielt er vor dem Tor, hoch zu Roß und kerzengerade. Er hatte ja keinen Kopf, daß er sich verbeugen konnte. Der Obere ahnte, wer da draußen wartete, und kam heraus: »Gesegnet sei deine Teilnahme am heiligen Krieg, Jung Osman«, sagte er, »geh du deinen Weg. Dir zu Ehren wird dieser Hort ab jetzt ein Lebensquell sein; sogar tödlich Verletzte und Sterbende, die kommen, werden ihn gesund verlassen.«

Als er diese Worte vernahm, gab Jung Osman seinem Pferd die Sporen und schoß davon, bis er dort oben im violetten Dunst der mächtigen Berghänge verschwunden war. Und seit jenen Tagen, heißt es, soll Jung Osmans Grauschimmel diese Berge durchstreifen.

»Ist es hier?« fragte Mutter Hürü den jungen Burschen, der neben ihr ging. »Wir sind am Hort der Vierzig Augen angekommen, nicht wahr?«

»Das schimmernde Haus dort oben ist es«, antwortete der Jüngling.

Sie stiegen zwischen scharfkantigen weißen Felsen aus Feuerstein in die Höhe. Der Hang war sehr steil, und obwohl das Pferd sehr kräftig war, mußte es sich anstrengen. Mutter Hürüs Augen schweiften wie die eines Greifvogels umher und suchten in den Felsen die blauen Herbstzeitlosen. In dieser Gegend sprossen sonst so viele aus dem rissigen Gestein, daß es unter der dichten Schicht von Blumen nicht zu sehen war.

»Wo sind denn die Blumen, die aus den Felsen wachsen und sie dabei spalten?« fragte Mutter Hürü enttäuscht den jungen Nomaden.

»Ich habe sie nie gesehen, Mutter.«

»Wie lange kommst du denn schon hierher?«

»Solange ich denken kann, so lange.«

»Und du hast nicht eine einzige blaue Blume gesehen, die durch diese Felsen gewachsen ist?«

Der Junge senkte den Kopf: »Nicht eine einzige, Mutter ...«

»Nicht zu glauben«, meinte Mutter Hürü niedergeschlagen, »demnach haben unsere Alten uns belogen.«

»Aber nein, Mutter, nein, nein«, erregte sich der Jüngling, »die Alten haben nicht gelogen. Diese Blumen, na, du weißt ja, können nur von guten Menschen gesehen werden. Auch jetzt sind die weißen Felsen voller Blumen. Dazu noch tiefblaue. Nur, wir sehen sie nicht.«

»Hmmm ...«

Neben ihnen schäumte das Wildwasser zwischen den scharfen Felsen dahin. Weiße Schaumflocken schleudernd, schoß es in die Tiefe. Das wenigstens stimmt, freute sich Hürü und hielt nach der weißen Wolke Ausschau, die sich über dem Hort wiegen müßte. Sie konnte keine entdecken, aber links neben dem schroffen Gipfel gewahrte sie eine kleine weiße Wolke, reglos, wie festgeklebt am klaren, lichtblauen Himmel. Auch darüber freute sich Mutter Hürü, sagte sich, die arme kleine Wolke war wohl vom dauernden Stehen da oben müde geworden und hat sich dorthin verzogen, um ein bißchen zu verschnaufen.

Mutter Hürü beugte sich zu dem jungen Mann, der neben ihr den Hang hinaufkeuchte: »Ist das nicht die Wolke vom Hort? Warum hat sie sich denn dorthin verzogen, ist sie müde oder vergrätzt?«

»Wie kann eine Wolke vergrätzt sein, Mutter?« lachte der Jüngling und japste nach Luft.

»Sie kann«, versteifte sich Mutter Hürü. »Warum auch nicht!

Wenn sie fliegen kann, wenn sie wie angepflockt dort oben stehen kann, warum kann sie dann nicht auch vergrätzt sein?«

Der junge Mann hatte nicht damit gerechnet, daß Mutter Hürü sich so ereifern würde, und er bereute schon, gelacht zu haben. »Was weiß ich, Mutter Hürü«, lenkte er ein, »vielleicht ist sie wirklich vergrätzt.«

»Sie ist vergrätzt«, bestimmte Hürü kurzerhand. Dieser Hort der Vierzig Augen wollte ihr gar nicht gefallen. Das soll der Hort sein, grollte sie, die Wolke hat sich vergrätzt davongemacht und hängt da oben am Berg, keine gelben und keine blauen Herbstzeitlosen spalten die Felsen ... Und wo ist die Kuppel? Sieh dir das Haus an, da ist die Hütte von unserem armen Ali dem Kahlen ja schöner ...

Doch als sie etwas höher zwischen den Felsen die dicht an dicht aus der Erde gesprossenen tiefblauen Herbstzeitlosen erblickte, flog sie fast vor Freude. »Kinder, ich hab sie gesehen«, schrie sie. »Schaut nur, wie die blauen Herbstzeitlosen die Erde gleich einem Rasen bedecken.«

»Ich sehe sie auch«, antwortete der junge Mann, mit dem sie sich unterhalten hatte. Der andere sagte überhaupt nichts, hielt den Kopf gesenkt und schien nachzudenken.

»Also sind auch welche auf den Felsen.«

»Und ob da welche sind«, sagte der Nomade überzeugt.

Als Mutter Hürü dann weiter oben zwischen den mächtigen Bäumen die Kuppel erblickte, freute sie sich noch mehr, machte sich aber auch Vorwürfe, so kleingläubig und mißtrauisch gewesen zu sein.

»Diese Kuppel soll sich jede Nacht mit Tausenden Sternen, die hier herunterkommen, bis in den frühen Morgen im Kreise drehen, nicht wahr...?«

Schweigend, mit seltsamer Scheu, sah der Jüngling Mutter Hürü an.

»... Gemeinsam mit Tausenden Sternen, jede Nacht ... Die vom Himmel herabkommen ... Hierher ...« Hürü zeigte mit ausgestrecktem Arm rund um die Kuppel. »Gegen Morgen drehen und drehen sie sich, und bei Tagesanbruch tauchen die Sterne in dieses Wasser, das aufleuchtet, und die Felsen, den

Himmel, ja die ganze Umgebung bis hinunter in die Çukurova mitsamt den Bergen und Wäldern, an denen es vorbeifließt, mit hellem Licht überflutet.« Mutter Hürü wurde wieder wütend und fragte argwöhnisch: »Hast du denn von alledem nie etwas gehört?«

»Doch, doch«, beeilte sich der Jüngling, ihr zuzustimmen, »es überflutet die Blumen, die Wälder, die ganze Welt mit Licht.«

Bis zum Tor verlief alles zu ihrer Zufriedenheit. Die Kuppel, die Bäume, die vergrätzte Wolke, die blauen Blumen, alles war da, wenn auch nicht so prächtig, wie sie es sich vorgestellt hatte. Aber als sie vor dem Lehmbau stand, blieb ihr der Freudenruf in der Kehle stecken. Sie war mehr als enttäuscht, sie sah schwarz. Vor dem Haus lag ein räudiger Hund, und wie bei Kleinbauern scharrten Hühner im Vorhof des Horts. Da waren weder drei Tore noch ein einziges, nur ein halb verfallener Torbogen. Das wird eines der Tore gewesen sein, dachte Hürü. Links vom Hort, wiederum in einer stellenweise verfallenen Ruine, wölbten sich kleine Haufen von Mist, Asche und Schutt. Ein vogelgroßer blauer Schmetterling umkreiste eine langstielige lila Blume, die aus der Asche emporgewachsen war, und öffnete dabei immer wieder seine breiten Flügel. Mutter Hürü war so verstört, daß sie nicht einmal den Schmetterling beachtete. Am meisten entsetzte sie der räudige Hund vor diesem heiligen Ort und die scharrenden Hühner. Soll ich absitzen oder umkehren, fragte sie sich und blieb unschlüssig auf dem Pferd sitzen. Die Tür zum Hort und das Fenster, durch das allenfalls ein Kind gepaßt hätte, waren verschlossen; und weit und breit kein Mensch.

»Ist das hier der Hort der Vierzig Augen?« fragte verbittert Mutter Hürü mit ersterbender Stimme.

»Hier ist es …«

Müde, ausgepumpt, mit blutleerem Gesicht über den Hals des Pferdes hängend, hatte Mutter Hürü die Zügel fahrenlassen und verhielt regungslos vor dem verfallenen Torbogen. Auch die beiden jungen Männer waren mit gesenkten Köpfen weiter unten neben einem riesigen Brocken aus dem Mauerwerk stehengeblieben. Keiner, weder die alte Frau noch die jungen Burschen, sagte etwas. Die Stille zwischen ihnen hielt an.

Eine ganze Weile war schon verstrichen, als die Männer von Hürüs Stimme hochgeschreckt wurden: »Sie kommt, sie kommt, die Wolke dort oben am Berg kommt herüber.«

Die beiden reckten die Köpfe: Die kleine Wolke über dem Gipfel kam näher.

Mutter Hürü stieg sofort vom Pferd, schätzte die Mitte des Torbogens ab, wo sie die Schwelle vermutete, sank dort nieder und küßte die Erde. Die Burschen, nachdem sie das Pferd an einen Baum gebunden hatten, taten es ihr gleich. Mutter Hürü war indessen mit gesetzten Schritten weitergegangen. In der Mitte des Hofes beugte sie sich erneut nieder und küßte dort eine weiße Steinplatte. Sie schaute durch die offene Tür. Da drinnen war es dunkel. Während die jungen Männer am Eingang stehenblieben, machte sie einen großen Schritt über die breite, steinerne Türschwelle und stand vor einem hochgewachsenen jungen Mann mit langem, blondem Schnurrbart. Er trug handgewebte wollene Pluderhosen, und seine Beine steckten in gemusterten Kniestrümpfen.

»Tritt ein, Hanum«, sagte er ehrerbietig und ging voraus. Sie durchquerten einen großen Raum. Hier war es etwas heller, bestickte Filzteppiche bedeckten die Dielen. In einem weiteren Raum fiel Mutter Hürüs Blick auf den großen, von geschnitztem Holz umrahmten Kamin, in dem klobige Scheite lagen. Der dritte Raum war taghell. Die breiten Polsterbänke entlang den Wänden waren mit schneeweißen, orangefarben bestickten Linnen bezogen. In dem langgestreckten Raum saß rechts neben dem wiederum großen, von geschnitztem Nußbaum eingefaßten Kamin eine Frau im Schneidersitz auf einem mit Fellen bedeckten Gestell, der man auf den ersten Blick ansah, daß es sich um Mütterchen Sultan handelte. Mutter Hürü blieb vor ihr stehen, beugte sofort das rechte Knie, ergriff Mütterchen Sultans Hand und führte sie an ihre Lippen. Mütterchen Sultan nahm Hürü bei der Hand, zog sie hoch und setzte sie an ihre rechte Seite. Dann richtete sie ihre schönen, großen, grasgrünen Augen, in denen blaue Funken glitzerten, voller Zuneigung auf Mutter Hürü und sagte mit warmer, streichelnder Stimme: »Du bist willkommen, Hürü Hanum, bringst Freude in den gesegneten Hort der Vierzig

Augen. Gräme dich nicht, dein Sohn Ince Memed wird an den Wunden nicht sterben, er wird gesund.«

Mutter Hürüs Augen leuchteten, sie war ganz durcheinander, wußte nicht, was sie tun sollte, versuchte vergeblich, etwas zu sagen, ergriff Mütterchen Sultans Hände, weil ihr nichts anderes einfiel, küßte die eine, dann die andere, immer wieder … Endlich löste sich ihre Zunge: »Hürüs Leben für deine wunderbaren Worte, Hürü lobpreise die Erde, auf die du trittst!«

»Morgen in aller Frühe mache ich mich mit dir auf den Weg. Ich werde Battal Aga vom Stamm der Gelben Ziege eine Nachricht schicken, sie werden dann Ince Memed hinunter ins Tal der Roten Adler bringen. Und ich werde mich dort um seine Wunden kümmern.«

»Hürü küsse deine gesegneten Fußsohlen!«

Mütterchen Sultan lächelte still und strich ihr mit der Rechten beschwichtigend über die Schulter. Auch Mutter Hürü war verstummt, konnte nicht mehr reden, betrachtete nur noch voller Bewunderung und mit tränenfeuchten Augen Mütterchen Sultans schneeweiße Haare, ihren langen, schlanken Hals, das runde, klare Gesicht mit den vorspringenden Backenknochen, dem weichen Kinn und den vor Liebe sprühenden Augen. Wäre der junge Mann von vorhin nicht mit einem silbernen Tablett dampfenden Kaffees, dessen Duft im Nu den ganzen Raum durchzog, hereingekommen, Mutter Hürü hätte sich stumm vor Ergriffenheit auch weiterhin nicht gerührt.

Mit zitternder Hand führte Hürü das Täßchen an ihre Lippen, betrachtete dabei immer wieder den Raum. An der Wand gegenüber hing eine wohl drei Klafter lange Fahne aus weißer Seide. Das eine Ende der oberen Hälfte zierte eine zwei Hand breite Krone, darunter grüne Schriftzeichen durchgehend bis ans andere Ende. Arabisch. Rechts neben der Fahne stand ein golden schimmernder Koran. Die Wände entlang waren schwarz gerahmte, seltsame, goldglänzende Schriftbilder, mit Perlmutt eingelegte Saiteninstrumente, Almosenschalen wandernder Derwische, mit Elfenbein, Silber und Gold beschlagene Tamburine und vergoldete Streitäxte aufgereiht. In der Mitte der einen Wand lehnte nur ein mit Edelsteinen verziertes Schwert. Waren die Kelims auf dem Boden auch sehr alt, leuchteten sie doch in Farben von schwindelerregender Schönheit.

»Hast du Ince Memed gesehen, Hürü Hanum?«

»Ich habe ihn gesehen, Mütterchen Sultan. Er hatte hohes Fieber und war nicht ganz bei Bewußtsein. Erblinden sollte ich, Mütterchen Sultan, denn ich hatte ihm drei Paar Socken gestrickt und nicht mehr daran gedacht, sie ihm zu geben, hatte für ihn Feigen getrocknet, hatte im Delice-Tal Granatäpfel gepflückt, aber ich konnte ihn nicht dazu bringen, sie zu essen.«

»Du wirst sie ihm bald zu essen geben.«

Nach und nach faßte Hürü sich, ihre Miene hellte sich auf, das Zittern ihrer Hände legte sich. Mütterchen Sultan hat mich bis jetzt weder gesehen noch gehört, woher wußte sie also, daß ich es war, die hereinkam? Und da es niemand wußte, konnte sie auch von niemandem erfahren haben, daß ich wegen Ince Memed gekommen bin ... Und wie konnte sich die Tür von selbst öffnen, kaum daß ich davorstand ...

Verhalten lächelte Mütterchen Sultan milde und voller Güte. Sie legte ihre Gebetskette mit neunundneunzig in Gold gefaßten länglichen schwarzen Perlen beiseite und erhob sich. Trotz ihrer majestätischen Würde war sie eine kleine Frau, was Mutter Hürü sehr erstaunte.

Mütterchen Sultan vorweg, verließen sie den Raum. Draußen, in einiger Entfernung, lagen Gräber auf einem bepflanzten Gelände. Die Grabsteine waren von seltsam violetter Farbe, waren auch gepflegt, aber kein einziger trug eine Inschrift oder sonst irgendein Zeichen. Im Osten des Gartens stand langgestreckt und von mächtigen Nußbäumen halb verdeckt ein weiteres Gebäude. Noch bevor sie es erreicht hatten, wurde die Tür geöffnet, traten zahlreiche Frauen und Männer ins Freie und hießen Mutter Hürü willkommen. Es handelte sich um die Großfamilie des Wächters vom Hort der Vierzig Augen.

Als Vater der Sanftmütige neunundachtzig Jahre alt geworden war, hatte er Mütterchen Sultan aufgesucht. »Mit Verlaub, Mutter des Horts der Vierzig Augen«, soll er gesagt haben, »die Zeit, mich zu verabschieden, ist gekommen, ich gehe.« – »Dann gehe in Frieden, Baba«, habe Mütterchen Sultan geantwortet. Gestützt auf seinen Derwischstab, sei Vater der Sanftmütige dann die Hänge zu den Bergkämmen hinaufgestiegen. Im vorigen Jahr habe man ihn oben in den Bergen gesehen, wie er mit bis zu den Knien reichendem weißem Bart auf seinen Stab gelehnt ein Rudel Hirsche hütete. Nun, er hatte dem Hort genau fünfundsiebzig Jahre gedient, wie sollte denn sonst so etwas möglich sein. Ein Mann wie Yunus Emre, hatte auch er kein krummes Brennholz in den Hort hereingelassen. Und wenn man ihn fragte, warum alles Brennholz im Hort so pfeilgerade sei, habe er lachend geantwortet, daß in diesem Hort nicht einmal krummes Brennholz Zutritt habe.

Von Vater dem Sanftmütigen stammten sechs Kinder, zahllose Enkel und diese Walnußbäume, die er eigenhändig gepflanzt hatte.

Weiter oben am Berghang blieben beide auf einem großen, flachen Felsen stehen. Unter ihnen gähnte schwindelerregend endlose Tiefe. Und wie in einen tiefen Brunnen hinein dehnten sich die Wälder bis in die Tiefebene, wirbelten über den dunkelgrün, gelb und rot verfärbten schwankenden Wipfeln Windhosen wie Säulen aus rötlich- gelbem Goldstaub empor, wanderten weiter über die gegenüberliegenden Hänge. Der Herbstwald heulte dumpf, und es war, als bebten die Berge.

Sie setzten sich einander gegenüber auf den weißen Stein. Plötzlich fragte Mütterchen Sultan: »Du wartest heute abend auf die Hirsche, nicht wahr?«

»Ja, ich warte auf sie«, antwortete Mutter Hürü, gar nicht überrascht.

»Die Hirsche werden ans Tor kommen und dort warten. Und wir werden die Hirschkühe melken. Wenn im Osten der Morgen graut, werden sich die Tiere wieder in die Berge davonmachen. Eines wird am Tor stehenbleiben, damit wir es schlachten, um es zu essen, ist es so?«

»So ist es«, antwortete Mutter Hürü und überlegte, warum Mütterchen Sultan denn fragte, daran war doch nichts Außergewöhnliches.

»Die Hirsche kommen schon seit hundert Jahren nicht mehr an dieses Tor.«

»Sollen sie doch wegbleiben«, erboste sich Mutter Hürü. »Sollen sie doch wegbleiben! Hürüce gäbe ihr Leben für jeden gesegneten Stein deines Horts.«

»Jedes Jahr, an einem Frühlingstag, kam der junge Grauschimmel Köroğlus, dieses unsterbliche Pferd, das jetzt bei den Vierzig Seligen weilt, und stand mit schimmerndem Fell vor diesem Tor. Auch er kam nicht mehr, als die Hirsche ausblieben. Man sagt, daß der Grauschimmel noch immer irgendwo auf der Erde in einem Krieg ist für das Gute, für Brüderlichkeit, für Gleichheit und Freiheit. Und auch Düldül, die weiße Mauleselin unseres heiligen Ali, soll irgendwo hinter dem Berg Kaf auf einem Feldzug sein. Auch sie kennt seit hundert Jahren dieses Tor nicht mehr. Nur Jung Osmans arabisches Vollblut soll sich dort unten in den Wäldern von einem Berghang zum andern herumtreiben, samt seinem Reiter mit dem Kopf unterm Arm. Im vorigen Jahr hat ein Hirte den jungen Mann mit dem abgeschnittenen Kopf vor dem Eingang einer Höhle gesichtet; er soll sein blutiges Schwert noch in der Faust gehabt haben. Auch er hat seit langer Zeit den Hort der Vierzig Augen nicht mehr aufgesucht ...«

»Hürüces Ehrerbietung deinen Wundertaten und schönen Worten! Um so schlimmer für alle, die wegbleiben. Irgendwann werden sie abgekämpft wieder in ihren Hort zurückkehren.«

Die Sonne versank, wie ein Stein legte sich das Dunkel auf die Waldhänge am Fuß der Berge, verschluckte den Goldstaub, der über den Baumkronen wirbelte. Nur der Gipfel gegenüber ragte aus dieser Finsternis empor, funkelte weiter, als sei er vergoldet. Während Mütterchen Sultan aufstand, zeigte sie auf diesen mächtigen Berg, dessen schimmernde Spitze sich gegen den Abendhimmel klar abhob.

»Sieh hin, von damals ist nur der da geblieben, alles andere ist verschwunden«, klagte sie. »Wenn die Welt im Dunkel versinkt, funkelt der Berggipfel da drüben immer noch. Doch weder spalten sich die Felsen, noch sprießen die blauen Blumen, noch fließen die Wasser bergauf. Und ich kann niemanden überzeugen, daß dieser Hort keine Wunderkräfte mehr besitzt.«

Mutter Hürü wurde zusehends wütender auf sie. Ruckartig hob sie die Hand gegen den flammenden Gipfel: »Mein Leben für deine hellbraunen Augen, Mütterchen Sultan, und was ist denn das da?«

»Alles, was uns geblieben ist, Hürüce Hanum, nur das blieb uns aus alten Tagen. Reicht da die Kraft des armen Horts gegen eine Welt voller List und Tücke denn noch aus?«

»Der Tag wird kommen, da wird sie reichen«, antwortete Mutter Hürü voller Zuversicht.

Sie gingen hinein. Mütterchen Sultan führte Hürü in ein großes Zimmer, das eine alte Petroleumlampe mit blauer Glasglocke erhellte. Auf Regalen standen dicht gereiht kleine Gefäße, dickbäuchige Gläser, Tonkrüge und eigenartige, verschiedenfarbige Fläschchen. Bestimmt waren sie darunter, die Heilmittel, die Ince Memed morgen wieder gesund machen würden. Und in diesem Hort wurden seit tausend Jahren diese Heilmittel hergestellt. Die Heilkräuter von den Binboga-Bergen, vom Alidağ, vom Berg Düldül, vom Berg Erciyes, vom Berg Hasan, von der Çukurova und den Hochebenen, sie alle werden seit tausend Jahren in diesen Hort gebracht, werden in diesem Hort zu heilendem Sud gebraut.

»Hürüces Leben für deine Wundertaten!«

»Hürü Hanum«, Mütterchen Sultan legte ihre Hand auf Hürüs Schulter, »weder ich noch dieser Hort verbringen Wunder. Die Wunderkraft liegt in der Erde, in den Bäumen, im Wasser, im Menschen und in allem, was da kriecht und fliegt ... Schau genau hin!« Sie nahm eine dunkelrote Flasche vom Wandbrett, öffnete sie und roch daran. Ein Duft breitete sich aus, so milde und schmeichelnd, wie ihn Hürü noch nie gerochen hatte. »Da hast du das ganze Wunder. Und in vierzig Jahren bin ich zu der Erkenntnis gekommen, daß nicht du und nicht ich es vollbringen. Die Wunderkraft ist in der Erde, ist in uns Menschen.«

Nachdem sie die Flasche wieder ins Regal gestellt hatten, gingen sie hinaus zum Quellbach und nahmen andächtig die Waschung vor. Das Wasser schäumte, und der Schimmer der weißen Felsen, die sich darin spiegelten, erhellte die Nacht. Ein betäubender Duft durchzog die Abendfrische. Das anschließende Abendgebet verrichteten sie in Mütterchen Sultans großem Zimmer auf Gebetsteppichen aus Hirschfell.

In der geräumigen Küche standen nebeneinander auf mehreren verrußten Feuerstellen große, abgedeckte Kessel. Nur in einem Kamin brannte Feuer.

»Ich werde dir einen Milchbrei kochen, Hürü Hanum«, sagte Mütterchen Sultan.

Hürü hockte sich auf eine Sitzbank und sah Mütterchen Sultan bei der Arbeit zu. Sie hantierte sehr geschickt. Ob sie einmal verheiratet gewesen war? Bestimmt war sie in jungen Jahren eine schöne Frau gewesen, deren weiches, klares Gesicht mit dem reizenden Lächeln noch heute jedermanns Herz erfreute. Seit Jahren schon, seit die Ordensbrüder des Horts in den Krieg gezogen waren und nicht mehr zurückkehrten, braut nun dieses Mütterchen Sultan mit eigenen Händen den Sud aus allen Kräutern dieser Berge. Und sie hatte nur einen Helfer, dem sie erlaubte, ihr zur Hand zu gehen: Vater der Sanftmütige. Weder seine Kinder noch Enkel, nicht einmal Frau und Schwiegertöchter haben diese Küche jemals von innen gesehen. Und auch Vater der Sanftmütige zog davon, wurde Hüter der Hirsche.

Mütterchen Sultan hat bis auf den heutigen Tag für ihre Heilmittel, für ihre Behandlung der Kranken und Verletzten mit den blitzblanken, aus alter Zeit stammenden Bestecken und für ihre Mühe, Sterbenskranke zu heilen, von niemandem irgendeine Bezahlung angenommen. Und erweckte sie auch jemanden von den Toten, der Brauch dieses Horts war, dafür keine Gegenleistung zu fordern. Und Mütterchen Sultan, die sich ihr Leben lang nur von Milchbrei nährte, hatte sich in all den Jahren daran gehalten und nicht einen Kuruş genommen. Doch jeder, der ihre Lage kannte, legte einen kleinen Geldbetrag in die Höhlung des Nußbaumes – unbemerkt, versteht sich –, damit sie sich wenigstens Milchbrei beschaffen konnte und Vater des Sanftmütigen Kinder in diesen Bergen nicht hungerten. Dafür reichte das Geld, war sogar mehr als genug. Denn dadurch, daß seit hundert Jahren kein Hirsch mehr dieses Tor aufgesucht hatte, waren sie so verarmt, daß sie sogar für diesen Teller Milchbrei auf andere angewiesen waren.

Mütterchen Sultan, weit und breit die schönste Frau, hatte sich, bevor eines Mannes Hand auch nur die ihre berührte, in diesen einsamen Bergen niedergelassen, um den Hort zu erhalten. Zu ihr waren die Hirsche nicht gekommen, und weder Köroğlus Grauschimmel noch Alis Eselin, noch Jung Osmans Vollblut hatten sie besucht, noch waren Blumen aus spaltendem Fels geströmt. Doch allem zum Trotz hatte sie ihren Hort nicht verlassen.

Sie füllten ihre Schüsseln und gingen in das große Zimmer. Die Eßmatte war schon ausgebreitet, in ihrer Mitte lag gerolltes Fladenbrot. Schweigend aßen die beiden. Und so still blieben sie nebeneinander sitzen, bis die Zeit des Nachtgebets gekommen war.

Seit Jahren schon ließ sich jeden Abend bei Sonnenuntergang, wenn der Gipfel des Berges gegenüber aufleuchtete, ein kristallischer Vogel, groß wie ein Adler, das Gefieder grasgrün, der Schnabel gebogen wie beim Falken, die Augen feuerrot, auf die Spitze des weißen Felsens vor dem Tor nieder, flog wieder auf, wenn der Morgen graute, kreiste mit mächtigen, weit geöffneten Schwingen dreimal über dem Hort und glitt dann hinauf zu den sich violett färbenden Bergen.

Sie verrichteten das Abendgebet. Im Nebenzimmer war das Nachtlager schon ausgebreitet, Mütterchen Sultan brachte Hürü bis an die Tür, wünschte ihr Gottes Segen und zog sich zurück. Mutter Hürü legte sich schlafen. Das Bett duftete nach allen Blumen der Berge.

Als sie am nächsten Morgen erwachte, fühlte sie sich leicht wie eine Feder, pulste es in ihr, als sei sie neu geboren. Sie stand sofort auf, zog sich an, wickelte die breite Bauchbinde um ihre Hüften und ging geradewegs in Mütterchen Sultans Zimmer. Dort wartete ein Mädchen mit Kanne, Handtuch, Becken und Seife. Mit seiner Hilfe wusch sich Hürü Gesicht und Hände. Mütterchen Sultan saß derweil auf dem Fell neben der Feuerstelle, hielt die Augen geschlossen, und während sie behutsam die Gebetskette durch ihre Finger gleiten ließ, bewegten sich ihre Lippen unentwegt.

Nachdem Mutter Hürü sich abgetrocknet hatte, öffnete Mütterchen Sultan die Augen, legte die Gebetskette beiseite und sagte: »Heute morgen habe ich dir aus geschlagener Milch eine

Suppe gekocht.« Auf der runden Holzplatte in der Mitte des Zimmers dampfte die Suppe in den Schüsseln.

Nach dem Frühstück sprang Mütterchen Sultan auf die Beine. »Reisende gehören auf ihren Weg!« rief sie und ging in das Zimmer vom Vorabend, wo die Flaschen standen. Hürü folgte ihr. Mütterchen Sultan öffnete eine mit geschnitzten Rosen verzierte Truhe aus Nußbaum. Ein helles Klingeln ertönte, als sie den Deckel hob. Sie zog einen grünen, stellenweise abgewetzten samtenen Pompadour aus der Truhe, zog ihn auf, entnahm ihm fein gearbeitete, blitzende Scheren, Skalpelle und ähnliche Instrumente, dazu durch langen Gebrauch blankgescheuerte Stäbchen aus Buchsbaum und eine große Lupe. Nachdem sie sich jedes Teil genau angesehen hatte, legte sie alles wieder in den Beutel und zog ihn fest zu. Dann holte sie eine kleine Kiste vom Regal, in der sich große und kleine Flaschen in allen Farben, dazu Dosen und handgroße Rundkrüge befanden. In diesem Raum duftete es so stark nach tausenderlei Blumen und Kräutern, daß Mutter Hürü schon eine Art Höhenrausch befallen hatte, als sie hereingekommen war.

Mütterchen Sultan brach auf, Ince Memed zu heilen. Und sie würde ihn gesund machen, koste es, was es wolle.

Doch Mutter Hürü wollte noch etwas von ihr, hatte sich aber noch nicht getraut zu fragen. Aber diese Gerüche hier machten sie mutig.

»Mütterchen Sultan«, begann sie wachsbleich mit zitternder Stimme, »ich habe noch eine Bitte, schlag sie mir nicht ab, damit ich, wenn es soweit ist, in Ruhe meine Augen schließen kann. Ich dachte mir, solange wir noch in diesem heiligen Hort sind, dich zu bitten ...«

»Bitte sprich, Hanum!«

»Belege diesen Ince Memed mit einem Zauber, der ihn unverwundbar macht. Erfülle mir diesen Wunsch!«

Mütterchen Sultan gab ihr darauf keine Antwort, sagte nur: »Los, machen wir uns auf!« und ging hinaus auf den Hof. Verstört folgte ihr Mutter Hürü. Überdies verspürte sie so einen Druck, schon seit gestern nacht, doch sie mochte diesem Bedürfnis noch immer nicht nachgehen, obwohl ihr war, als müsse sie platzen. Aber sie meinte, daß so etwas sich an einem heiligen Ort einfach nicht schickte.

Draußen warteten schon die Burschen, mit denen sie hergekommen war, und der hochgewachsene Mann, der sie empfangen hatte, mit den Pferden. Die Jungen liefen sofort herbei und beugten vor Mütterchen Sultan ehrfurchtsvoll das rechte Knie. Mütterchen Sultan zog sie bei den Händen wieder hoch. Schon am Tor hatte der hochgewachsene Mann ihr die Sachen abgenommen und in eine große Doppeltasche aus Teppichstoff verstaut.

Sie saßen auf und trieben die Pferde zu Tal. Im Morgenrot erreichten sie die Weggabelung. Schon seit Urzeiten waren die Karawanen hier vorübergezogen. Eine Landstraße führte von Süden nach Norden, die andere von Osten nach Westen. Und hier kreuzten sie sich. Und kein Karawanenführer zog weiter, ohne den Hort der Vierzig Augen aufgesucht zu haben, um sich über der Schwelle zu verneigen. Wer es versäumte, wurde vom Unglück verfolgt.

»Haltet an!« rief jetzt Mutter Hürü, rutschte vom Sattel und verschwand im Wald, kaum daß der junge Nomade, der ihr Pferd führte, stehengeblieben war. Im Schutz eines Baumes streifte sie die Unterhose ab und entleerte sich im Gras.

Mütterchen Sultan hielt mitten auf dem Weg und wartete. Mit gesenktem Kopf an ihrer Unterhose nestelnd, kam Hürü nach einer Weile aus den Büschen zurück. Mütterchen Sultan fiel ein, daß viele nicht wagten, am heiligen Hort der Vierzig Augen ihre Notdurft zu verrichten. Sie hätte daran denken müssen. Verschmitzt lächelte sie Mutter Hürü zu. Dieses Lächeln ermutigte Mutter Hürü noch einmal, und außerdem war sie wütend.

»Mütterchen Sultan«, begann sie mit schroffer Stimme, »schlag mir das nicht ab, mach meinem Falken einen Zauber, damit er gegen Kugeln gefeit ist. Der Stein des Blitzes hat ihm ja nicht viel genützt, beinahe wäre er gestorben.«

»Ich kann nicht zaubern«, antwortete Mütterchen Sultan, »wenn ich's doch nur könnte!«

»Wie kann es sein, daß du nicht zaubern kannst, ei, Mütterchen Sultan! Mir machst du nichts vor! Du als Oberin des Horts der Vierzig Augen … Die bald meinen Sohn heilen wird.« Sie zeigte auf die Doppeltasche. »Und was ist das da drin?«

»Die sammle ich seit tausend Jahren in den Bergen, trockne oder siede sie seit tausend Jahren und gebe sie seit tausend Jahren an die Menschen weiter«, antwortete Mütterchen Sultan ruhig und selbstbewußt. »Sieh dorthin!« fuhr sie fort und zeigte auf die Berge. »Dort oben ist alles, in jeder Blume, in jedem Kraut. Der Zauber ist in dem Licht, das von dort herunterströmt. Nimm's mir nicht übel, Schwester, ich kann keine Wunder vollbringen, das Wunder ist in dieser Erde, die immerfort gebiert.«

15

Tahsin der Windhund hatte im Schutz der Berge und Wälder Çiçeklidere erreicht und war vor der Höhle oberhalb des Dorfes stehengeblieben. Angst quälte ihn. Bestimmt waren Murtaza Agas Reiter hinter ihm her, das viele Geld zurückzuholen, das dieser ihm in seiner ersten Begeisterung geschenkt hatte. Nur gut, daß er nicht über die Landstraße gekommen war. Da hätte er noch so schnell laufen können, er wäre gegen die Pferde nicht angekommen. Wer gab schon einzig und allein für die Nachricht von Ince Memeds Tod so viel Geld aus …

Nun saß Tahsin der Windhund vor der Höhle und wagte sich nicht ins Dorf. Dabei starb er fast vor Hunger, rumorte es in Magen und Därmen wie wild. Um nichts in der Welt liefe er ins Dorf hinunter, wo Murtaza Agas Reiter bestimmt schon mit fünfzehn Gendarmen im Haus dieses ungläubigen, blutsaufenden Ortsvorstehers auf ihn lauerten. Wer schenkte wem für eine einzige Nachricht denn so viel Geld, daß er sich einen Bauernhof dafür kaufen konnte? Und die Gendarmen würden ihn unter dem Vorwand, er habe Murtaza Agas Geld gestohlen, im Hause des Vorstehers unter ihren Knüppeln langlegen und verprügeln, bis er Blut pißte. Gott lasse seinen Diener niemals in die Hände Ali Paschas die Echse fallen! Ja, Echse ließ Dörfler, die er in den Bergen aufspürte, »Gefreiter Ali Pascha! Gefreiter Ali Pascha!« brüllen. Und sollte Tahsin der Windhund Hungers sterben, und sollten sie vor dieser Höhle seine gebleichten Knochen finden, ins Dorf hinunter konnte er nicht. Ach, daß seine Mutter doch nie das Haus verließ. Käme sie nur einmal entgegen ihrer Gewohnheit hierher auf den Hügel und brächte ihm von den warmen, süßen Fladen ... Nein, er durfte sich bei niemandem sehen lassen. Bestimmt wußte jeder schon, daß er mit so viel Geld weggerannt war. Das ganze Dorf regte sich jetzt darüber auf, daß Windhund so viel Geld hatte, und, allen voran der Vorsteher, beobachtete mit Stielaugen die Landstraße.

In jener Nacht legte er sich in der Höhle hin, obwohl er sich fürchtete. Es wimmelte von Fledermäusen, eine jede riesengroß und blutrünstig. Diese Fledermäuse schlagen ihre Zähne in die Kehlen der Menschen und lassen sie nicht mehr los, bis sie auch den letzten Tropfen Blut aus ihren Adern gesaugt haben ... Tahsin hatte sich auf das Geld gelegt. Und wenn die Fledermäuse auch sein ganzes Blut aussaugten, Hauptsache, sie rührten seine Scheinchen nicht an.

Was würde er sich für das Geld nicht alles kaufen: zwei Gespanne rotbraune Ochsen mit Mondsichelhörnern, einen Mehrscharpflug, vier Milchkühe, Schafe, Ziegen und einen Rotfuchs, denn er liebte rotbraune Pferde, und dieser Rotfuchs mußte eine lange Blesse haben. Außerdem wünschte er sich einen Hut wie den von Ali dem Hinkenden, mit Feder und breiter Krempe, Hose und Jacke, genau wie Ali der Hinkende sie trug, dazu feuerrote Stiefel, gelb abgenäht ... Hoch zu Roß würde er von morgens bis abends die Dorfstraße entlangtraben, den Hut schräg aufgesetzt ... Ach ja, das vergaß er immer – weil er sich fürchtete, alles fürchtete, was blutige Wunden riß, ob Gewehr, Revolver oder Dolch –, eine deutsche Flinte würde er sich noch über die Schulter hängen, leer natürlich, er war ja nicht so verrückt, seine Flinte zu laden, denn sie jagte einem ja schon ohne Patronen Angst ein, wenn auch nicht so große.

Gegen Morgen fiel er in leichten Schlaf, wachte plötzlich auf, erblickte vor sich ein Ungeheuer. Schreiend lief er ins Freie und stand Aug in Aug Veli, dem Schäfer, gegenüber. Er erkannte ihn nicht, stürzte zurück in die Höhle, sah das Ungeheuer dort immer noch stehen und rannte wieder hinaus. Dieses Hin und Her wiederholte sich einigemal, bis er Veli an dessen Hirtenmantel erkannte.

»Veli …«

»Was ist«, antwortete Veli, »was hast du denn?«

»Da drinnen …«

»Da drinnen ist mein Hund. Der hat dich erkannt und ist deswegen so ruhig. Ich kam hier vorbei und hörte ein Stöhnen in der Höhle, mir wurde angst, ich mochte nicht hineingehen, da hab ich den Hund geschickt.«

Tahsin dem Windhund wurden die Knie weich, er kauerte sich auf den Boden, blieb eine Weile hocken, atmete schwer.

»Was ist geschehen, Tahsin, was hast du, sag's mir!«

»Die Gendarmen«, ächzte Tahsin, »Murtaza Agas Männer … Und auch Mahmut Aga haben sie eine Nachricht geschickt. Und der wird meine Knochen zu Mehl zermalmen, wenn er mich in die Hände kriegt.« Dann erzählte er Veli, was sich zugetragen hatte, und schloß mit den Worten: »Wenn du das, was ich dir anvertraut habe, einem einzigen weitersagst, und sei es deine Mutter oder dein Vater, erwürge ich dich. Merk dir das gut!«

Veli war erst sechzehn, und sein pausbäckiges Gesicht glühte vor Aufregung über das große Abenteuer.

»Wie komme ich dazu, es jemandem zu erzählen, Tahsin Aga! Ich kenne doch Mahmut Aga. Wenn der in jemandes Hand Geld sieht, nimmt er's gleich weg, und damit nicht genug, bricht er demjenigen auch noch die Knochen, zermalmt sie zu Mehl. Mahmut Aga soll auf dem Weg zum Dorf sein. Deswegen also.«

»Schwöre, daß du nichts sagst!«

»Schwören auf was?«

»Beim Kopf deiner Mutter.«

»Ich hab noch nie beim Kopf meiner Mutter geschworen. Sie könnte doch dann sterben …«

»Ebendrum, dann sagst du auch niemandem etwas.«

»Beim Kopf meiner Mutter kann ich nicht schwören.«

»Wirst du aber. Und wenn du es nicht tust, werde ich dich hier eben töten. Werde dich töten und weglaufen. Wer sollte es schon erfahren …«

»Töte mich, aber laß mich nicht beim Kopf meiner Mutter

schwören. Nachher stirbt die Arme. Auf alles andere sonst schwöre ich.«

Tahsin der Windhund ließ nicht locker, und sein Gegenüber war auf den Tod nicht bereit, beim Leben seiner Mutter zu schwören. Sie redeten aufeinander ein, bis sie sich erschöpft hinhocken mußten und keinen Ton mehr herausbekamen.

»Gib mir Brot«, flüsterte Tahsin, »und melk mir ein bißchen Milch!«

Veli gab ihm das Brot, mischte sich unter die Ziegen und rannte gleich weiter ins Dorf hinunter. Tahsin der Windhund war so hungrig, daß es ihm nicht einmal in den Sinn kam, ihm nachzujagen. Er wußte, in welchen Aufruhr Veli das Dorf versetzen würde, und versuchte daher, das Brot möglichst rasch hinunterzuschlingen. Doch bald trieb ihn die Angst, und er stieg mit dem Brot in der Hand, so schnell er konnte, zum Wald hinauf bis zur Quelle. Gierig trank er in vollen Zügen vom schäumenden Wasser, das nach Poleiminze duftete.

Als er auch den letzten Rest Brot mit dem Quellwasser hinuntergespült hatte, stand er auf, um zur Felsplatte zu klettern, die versteckt in einer Lichtung lag. Doch kaum auf den Beinen, schwankte er, wurde ihm schwarz vor Augen, klammerte er sich im Fallen an einen Ast. Der Ast brach, Tahsin stürzte zu Boden, bleierne Müdigkeit übermannte ihn, und kurz darauf war er fest eingeschlafen.

In Çiçeklidere herrschte große Aufregung. Das ganze Dorf hatte erfahren, daß Windhund Tahsin die Nachricht vom Tode Memeds in die Stadt getragen hatte, daß er dadurch reich geworden war und daß die Agas und Beys Mahmut Aga mit elf seiner Reiter losgeschickt hatten, um Tahsin das geschenkte Geld wieder abzujagen.

»Mahmut Aga nimmt ihm das Geld wieder ab.«

»Mit dem Geld soll man elf Ochsen, neun Pferde, hundert Ziegen und fünfunddreißig Schafe kaufen können ...«

»Der ist richtig reich geworden.«

»Da muß er wohl Angst haben. Wenn erst die Räuber hören, daß er so viel Geld bei sich hat ...«

»Und erst Gefreiter Ali Pascha die Echse ...«

»Die werden das Geld doch nicht in Windhündchen Tahsins Taschen stecken lassen!«

»Das ist kein Geld, das ist ein Sack voll Sorgen.«

»Damit hat er sich Mahmut Aga aufgehalst, den mit dem Adlerblick.«

»Und unser Ortsvorsteher? Schaut der dem etwa zu?«

»Der macht doch mit Ali der Echse gemeinsame Sache ...«

»Von wegen! Mahmut Aga ließe die beiden nicht einmal an einem Para des Geldes schnuppern ...«

»Soll Windhund Tahsin doch mal versuchen, das Geld nicht herauszurücken.«

»Der Ortsvorsteher und Ali Pascha die Echse waren es schließlich, die Ince Memed getötet haben ...«

»Und das Geld bekommt diese Rotznase Tahsin das Windhündchen.«

»Gibt man einem Menschen denn so viel Geld in die Hand, nur weil er ein bißchen gerannt ist?«

»Mahmut Aga wird ihm die Haut abziehen.«

»Und Gefreiter Ali Pascha die Echse wird ihm die Augen ausstechen.«

»Wenn er ein Kerl ist, soll er doch ins Dorf kommen ...«

»Mahmut Aga soll sich auf seinen Schimmel geschwungen haben und mit geschulterter Flinte schnell wie ein Vogel hierherfliegen.«

Tahsin der Windhund aber schlief im Wald und hatte seltsame Träume. Erst als der Tag sich neigte, wachte er auf. In der Ferne heulte ein Wolf, und Wolfsgeheul brachte Unglück! Tahsins Haare sträubten sich, er griff nach dem Geld an seiner Brust. Angst packte ihn. Bestimmt hatte Veli jetzt schon alles im Dorf erzählt. Und die Dörfler ... Wer weiß ... Und wie die Mädchen ihn wohl anschauen werden ... Na ja, wie sie einen reichen Mann eben anschauten. Und genau wie Gefreiter Ali die Echse wird er im Dorf die Runde machen, Brust und Hintern gereckt wie ein Widder. Dann werden ihn alle anstarren, um herauszufinden, was für ein reicher Mann das wohl sein mag, dieser Tahsin der Windhund.

Die Angst vor Wölfen und der Gedanke, im Dorf das Ansehen

eines Reichen auszukosten, machten ihm Beine, und schon bald erreichte er den Felsen über dem Dorf. Bis zum Anbruch der Dunkelheit wollte er hier warten, sich dann wie ein Marder hinunterschleichen und von der Mutter erfahren, was sich im Dorf zugetragen hatte. Und er … Ja, er würde dort das Geld so verstecken, daß niemand es fände, und suchte er tausend Jahre.

Er starb fast vor Ungeduld, das Dorf zu betreten. Sollen die Bauern doch mal sehen, was aus Windhündchen Tahsin geworden ist, dessen Bauch vor lauter Grassuppe immer aufgedunsen war, sollen sie doch mal sehen …

Schließlich hielt er es nicht länger aus, kam aus seiner Mulde hervor und stolzierte auf dem Felsen einher, unter dem er sich versteckt hatte. Jetzt müßte ein Dörfler ihn hier sehen, dahinschreitend mit geschwellter Brust, wie alle Reichen, die sich ja auch so aufplusterten. Was aber, wenn Mahmut Aga und seine Leute bereits im Dorf waren oder Murtaza Aga? Nun, dann würde Tahsin der Windhund die Beine in die Hand nehmen und sich über die Berge davonmachen. Sollen sie ihn doch fangen, wenn sie können. Keine ihrer Kugeln könnte es, wenn er über diese Felsen rennt. Ins Dorf wird er gehen, und käme jemand, ihm das Geld abzunehmen, ab in die Berge! Und reichlich Proviant wird er mitnehmen … Auch Salz und auch ein scharfes Messer … Und wenn er hungrig ist, wird er ein Zicklein aus der Herde eines Hirten … Zwischen hohen Tannen wird er an Quellen, die nach Minze duften, das zarte, auf Glut geröstete Fleisch so genüßlich essen, daß ihm das Fett vom Munde trieft. Ja, er wird alle Ziegen Velis, dieses Hundesohnes Veli, nach und nach aufessen. Ja, wofür haben sie denn Windhündchen Tahsin gehalten! Windhündchen Tahsin ist ein so geschickter Dieb, daß er ihnen sogar die Wimpern klaut, während sie ruhig weiterschlafen. Warum gibt es denn keine Hähne im Dorf Çiçeklidere? Wer war es wohl, der alle Hähne gestohlen und aufgegessen hatte, und zwar an Quellen, die nach Minze rochen? Wer ist es denn, der in der Höhle unter der Festung die Köpfe aller Hähne, die er im Dorf gestohlen hat, aufbewahrt? Es ist Tahsin das Windhündchen. Nun, sind etwa in den vergangenen zehn Jahren die Dörfler je dahintergekommen, wer ihnen so viele Hähne gestohlen, ja das Geschlecht der Hähne überhaupt ausgerottet hat? Hat etwa, obwohl schon jedes Kind im Dorf als Hühnerdieb verdächtigt worden war, auch nur ein einziger Diener Gottes aufstehen und rufen können: »Hört her, Leute, Windhündchen Tahsin ist es, der die Hähne mit Stumpf und Stiel ausrottet!« Ist ein einziger auch nur auf den Gedanken gekommen? Und wenn es sein mußte, würde Windhündchen Tahsin – er liebte es, sich Windhündchen zu nennen – noch zehn Jahre in den Bergen bleiben; und müßte er noch sämtliche Zicklein und Lämmer aus den umliegenden Dörfern verzehren, dieses Geld, das er sich im Schweiße seines Angesichts verdient hatte, ließe er sich von niemandem nehmen.

Sachte senkte sich der Abend hernieder, während Tahsin der Windhund wie ein Wilder auf dem Felsen hin und her wirbelte.

Als es dunkel war, freute er sich so, daß er Luftsprünge machte und wie von Sinnen brüllte. Doch darüber erschrak er wiederum so, daß er zu seiner Höhlung unterm Felsen rannte und sich versteckte. Mit scharfen Ohren horchte er eine Weile die Gegend ab. Nichts regte sich. Daraufhin stieg er vorsichtig vom Felsen und glitt geduckt und lautlos wie ein Marder hinunter ins Dorf. Als er die ersten Häuser erreichte, hämmerte sein Herz bis zum Hals.

»Mutter, Mutter, mach die Tür auf!«

Seine Mutter öffnete die Tür, im Kamin flackerte noch das Feuer. Als die Mutter im Schein der Flammen Tahsins Gesicht erkannte, schrie sie überrascht auf: »Mein Gott, Junge, was ist dir denn zugestoßen?«

»Nichts, Mutter, was sollte schon mit mir sein«, antwortete Tahsin der Windhund, schlüpfte durch die Tür und verriegelte sie gleich wieder. »Nun hör mir erst einmal zu! Sind heute Männer aus der Stadt hierhergekommen, haben sie nach mir gesucht, hast du im Dorf einen hinkenden Mann gesehen, den sie Ali den Hinkenden nennen? Und wo ist Mahmut Aga?«

»Nein, nein, mein Kind, niemand ist ins Dorf gekommen, weder Lahme noch Blinde, noch Gesunde … Auch Mahmut Aga nicht, aber er soll unterwegs sein.«

»Also niemand, kein einziger, richtig?«

»Kein einziger, mein Sohn, und du weißt doch, wenn hier im Dorf eine Fliege summt, kommt es mir zu Ohren.«

»Mutter, ich bin jetzt reich.«

»Ich hab's gehört, mein Kleiner, hab's gehört«, antwortete die Mutter und blickte ihm verwundert ins Gesicht. »Klein Veli, der Hirte, hat damit viel Staub aufgewirbelt. Das Dorf redet nur von dir und nichts anderem sonst.«

»Reich, sehr reich bin ich geworden, Mutter, komm!« Er zog seine Mutter am Arm zur Feuerstelle, griff unter sein Hemd und zog sein Schnupftuch mit dem eingewickelten Geld hervor.

»Schau her, dieser Schein allein reicht schon für zwei Ochsengespanne. Und ins Dorf ist kein Fremder, kein einziger gekommen, nicht wahr?«

»Keiner, kein einziger.«

»Und für das da kann man sich ein Pferd, eine Mauser und einen Mehrscharpflug kaufen. Und dafür ... Ich werde dir dafür zwei Kühe kaufen. Dann können wir nach Herzenslust Milch trinken, Joghurt, Butter und Sahne essen. Und elf trächtige Ziegen werden wir uns auch zulegen ... Und du machst uns dann Käse. Und niemand ist ins Dorf gekommen, Mutter? Auch nicht Mahmut Aga mit so einem langen Kerl?«

»Nein, nein, da ist niemand gekommen.«

»Mutter, ich bin reich.«

Die Mutter starrte mit weit aufgerissenen Augen auf das Geld, das Tahsin der Windhund auf dem Fußboden säuberlich getrennt aneinanderreihte, und konnte es nicht glauben. Währenddessen erzählte Tahsin der Windhund von Murtaza Aga, von Ali dem Hinkenden und was sich zugetragen hatte.

»Wird der Mann es nicht bereuen, daß er mir nur für die Nachricht von Ince Memeds Tod so viel Geld gegeben hat?«

Das Gesicht der Mutter wurde aschfahl.

»Wie soll ich das wissen, mein Kind.«

»Er wird's nicht bereuen, nein, er wird es nicht.« Tahsin der Windhund lachte. Es war ein gezwungenes Lachen. »Ich habe ihm schließlich die Nachricht vom Tode keines Geringeren als Ince Memed gebracht. Dafür ist dieses Geld doch immer noch zuwenig.«

»Jaaa, mein Kleiner, dafür ist es noch zuwenig«, sagte die Mutter und stand auf. »Du bist bestimmt vor Hunger gestorben.«

»Ja, gestorben«, antwortete Tahsin der Windhund. »Mehr als gestorben. Drei Tage und drei Nächte habe ich keinen Bissen in den Hals bekommen ... Dieses Geld ist dafür noch zuwenig, nicht wahr, Mutter?«

»Noch zuwenig.«

»Wohin wollen wir es legen, damit es niemand ...«

»Laß mich nur machen, ich weiß schon, wo ich es hinpacke. Und käme Mustafa Kemal Pascha, er fände es nicht.«

»Ich kann es dir nicht geben, Mutter, verstecken werde ich's.«

Die Mutter wurde böse: »Es ist dein Geld, also verstecke du es! Aber wirst du ihm das Versteck nicht verraten, wenn Gefreiter Ali Pascha die Echse dir die Haut abzieht?«

»Ich würde es ihm sagen ...«

»Dann mußt du ja wissen, was du tust, mein Kind.«

»Versteck du es, Mutter«, erregte sich Tahsin der Windhund, »und wenn sie mich totprügeln, sag ihnen nicht, wo das Geld ist. Und wenn sie aus mir Hackfleisch machen ... Schließ du die Augen, stopf deine Ohren zu, und sag kein Wort. Und sollte Mahmut Aga dich von seinem Pferd zertrampeln lassen!«

»Ich sage nichts.«

»Schwöre!«

»Wie?«

»Beim Leben deines Sohnes.«

»Schon geschehen.«

Sollte jetzt die Mutter Tahsin des Windhunds Schmerzensschreie nicht ertragen und das Versteck des Geldes verraten, müßte er im selben Augenblick sein Leben aushauchen. Also würde sie eher sterben, als es darauf ankommen zu lassen. Daß Ali die Echse ihn dann aber totprügelte, stand auf einem anderen Blatt.

Nachdem Tahsin der Windhund seiner Mutter das Geld ausgehändigt hatte, bat er: »Tisch die Suppe auf, Mutter, ich sterbe!«

Die Mutter stellte ihm den Suppentopf hin, und er begann mit einem großen Holzlöffel hastig zu essen. Schon bald war er schweißnaß.

»So, mein Junge, ich mach mich auf den Weg.«

»Geh nur, Mutter, geh … Daß nur die Mäuse das Geld nicht fressen.«

Die Mutter ging hinaus. Als sie zurückkam, fand sie ihren schlafenden Sohn zusammengerollt vor dem Kamin.

Am nächsten Morgen erwachten Mutter und Sohn in bester Laune und begannen sofort ihren unglaublichen Traum auszukosten, indem sie bis Mittag von schwarzlila schimmernden Kühen und rassigen Pferden, von Schafen, Ziegen und Mehrscharpflügen redeten und von fruchtbaren Äckern, durch deren schützende Dornenhecken kein Panther eindringen konnte. Sie fanden und fanden kein Ende, und wenn Tahsin der Windhund es nicht so eilig gehabt hätte, ins Dorf zu kommen, hätten Mutter und Sohn, ohne auszuruhen, drei Tage und drei Nächte lang darüber erzählen mögen. Einerseits genoß Tahsin der Windhund im Gespräch mit der Mutter den Traum vom Glück zukünftigen Reichtums bis ins Knochenmark, andererseits fieberte er danach, sich den Dörflern zu zeigen. Sein Geld hatte er sicher untergebracht, keine Macht der Welt könnte es ihm jetzt noch nehmen.

Er hielt es nicht aus und ging schließlich die Dorfstraße hinunter bis zur Quelle, die unter einer mächtigen Platane sprudelte. Kaum hatten die Kinder ihn erblickt, liefen sie nach Haus, und im nächsten Augenblick wimmelte es unter der Platane von Frauen und Männern mit Kind und Kegel. Alle wollten wissen, wie er es angestellt habe, so reich zu werden, und Tahsin der Windhund erzählte unermüdlich immer wieder, wie er von hier in die Stadt gelaufen sei, wie man ihn dort mit Pauken und Oboen empfangen und zum Amtszimmer des Landrats geführt habe, wie er dort ohnmächtig geworden sei, daß der Doktor und die ersten Bürger der Stadt bei ihm waren, als er zu sich gekommen sei, daß ein hochgewachsener, sehr reicher Mann und ein Hinkender mit breitrandigem Hut ihm immer wieder Geld gegeben hätten und sehr böse geworden seien, als er es nicht habe annehmen wollen. Dann habe der reiche Geldgeber ihn in sein Haus eingeladen, zu seinen Ehren ein Lamm schlachten und aus den Waben Honig schleudern lassen, habe ihm nach Rosen duftenden Saft angeboten und ihn auf ein nach Rosen duftendes

Lager gebettet. »Und dann sagte mir der hochgewachsene Mann, Ince Memed hätte sich geschworen, ihn zu töten. Und als Gefreiter Ali Pascha die Echse Ince Memed getötet hatte und ich dem hochgewachsenen Mann diese frohe Botschaft überbrachte, sagte er zu mir: ›Wünsche dir von mir, was du willst, ich werde es erfüllen. Wenn du willst, verheirate ich dich mit den nach Rosen duftenden Mädchen dieser Stadt‹, sagte er. Und ich sagte: ›Nein, ich will nicht.‹ Und als er mich verabschiedete, sagte er: ›Du bist mein Sohn, Tahsin, dies Haus ist dein Haus. Wenn du in Schwierigkeiten bist, komm zu mir, such dir von den Pferden ein Pferd, von den Waffen eine Waffe aus, denn ich hab dich liebgewonnen, dich als Sohn angenommen, nimm Geld von meinem Geld, Land von meinem Land, und such dir von den Mädchen eines aus, das dir gefällt ... Was du dir auch wünschst, zu Befehl! Nachdem du mir die frohe Botschaft vom Tod meines Feindes überbracht hast, danach gestorben und auferstanden bist ... Dafür werde ich dir ...‹ Und ich habe ›Leben sollst du, mein Aga!‹ gesagt.«

Während die Menschenmenge immer weiter wuchs, tauchte am unteren Ende der Straße auf einem Rotfuchs der Dorfvorsteher auf. Er kam aus der Stadt. Schweigend sahen die Dörfler ihm entgegen. Tahsin des Windhunds Augen aber wanderten unruhig hin und her, suchten eine Lücke in der Ansammlung, durch die er schlüpfen und möglichst schnell den Weg in die Berge einschlagen konnte, doch vergebens. Denn kaum daß er den Dorfvorsteher gesehen hatte, waren Schauer über seinen ganzen Körper gelaufen, hatten seine Knie nachgegeben. Er kauerte sich auf den Stein vor dem Brunnen, versuchte mehrmals aufzustehen, aber es gelang ihm nicht.

Als der Dorfvorsteher näher kam, teilte sich die Menge, er ritt bis zum Brunnen, stieg vom Pferd, reichte die Zügel einem jungen Mann und sagte: »Bring es in den Stall!«

»Was ist denn, wieso habt ihr euch versammelt?«

»Was soll schon sein, unser Windhund ist da«, sagten sie.

»Er ist reich geworden.«

»Ince Memed hat ihn reich gemacht.«

Sie berichteten ihm von Anfang an, was sich zugetragen hatte.

Der Ortsvorsteher lachte. »Es sieht schlecht aus«, sagte er dann, »der Hauptmann ist sehr böse auf unser Dorf, sagt, er wolle es dem Erdboden gleichmachen. Da haben wir uns was eingebrockt, vielmehr diese Frauenzimmer dem ganzen Dorf. Wenn auch noch Mahmut Aga davon hört ... Inschallah erfährt er nichts und kommt inschallah auch nicht in unser Dorf!«

»Was ist denn geschehen? Was hat unser Dorf denn getan?«

»Jener Tote soll nicht Ince Memed gewesen sein.«

»Wer war es dann?«

»Es soll Osman der Schwarze gewesen sein.« Der Dorfvorsteher holte tief Atem. »Als unsere Frauen für Ince Memed die Totenklage anstimmten, meinten die Leute, der Tote sei Ince Memed, und telegrafierten nach Ankara, sie hätten ihn getötet. Als dann der Irrtum herauskam, waren sie blamiert, und der Hauptmann schrie, er werde diese Weiber pfählen ... Hoffen wir, daß Mahmut Aga nicht auch noch wütend wird.«

»Den Pfahl soll er doch seiner Frau reinstecken!«

»›Ich werde die Dörfler vertreiben, das Dorf niederbrennen und an seiner Stelle Hirse anpflanzen‹, droht der Hauptmann. Inschallah kommt Mahmut Aga nicht ins Dorf ...«

»Soll er's doch mal anzünden, wir werden ja sehen.«

»Ich konnte meine Haut nur mit Mühe retten. Und alles wieder wegen Ince Memed! ›Tut mir nichts an, verprügelt mich nicht, steckt mich nicht ins Gefängnis‹, hab ich gebeten, ›ich werde euch Ince Memed bringen, werde sein Versteck ausmachen und euch benachrichtigen‹, hab ich versprochen und so meine Haut gerade noch gerettet. Einzig und allein wegen der Totenklage dieser Weiber ist der Hauptmann so wütend, tobt er und brüllt, er habe bei diesen Weibern in Çiçeklidere noch eine Rechnung offen. Gott gebe, daß Mahmut Aga ...« Der Dorfvorsteher drehte sich den Frauen zu und sagte mit rollenden Augen: »Was ist denn in euch gefahren, daß ihr bei irgendeinem Räuber die Totenklage für Ince Memed anstimmt, war das nötig? In der riesigen Provinzstadt habt ihr den schönen Namen unseres Dorfes in den Dreck gezogen, was soll ich denn jetzt machen ... Ach diese Weiber, ach ... Was kümmern euch denn irgendwelche Räuber? Was stimmt ihr Buhldirnen denn die Totenklage an?«

»Ist er denn nicht ein Diener Gottes?«

»Begräbt man einen Toten denn wie einen Hundekadaver?«

»Zumal der Tote auch noch Ince Memed ist …«

Da brüllte der Dorfvorsteher, so laut er konnte: »Der Tote ist nicht Ince Memed!«

»Wenn der Tote nicht Ince Memed ist, so ist er doch ein toter Mensch, nicht wahr?«

»Und einem toten Menschen singt man die Totenklage.«

»Wir haben es von unseren Vätern und Ahnen so erfahren, dem Verstorbenen gebührt eine Totenklage.«

»Jedem Toten, der vor euch auftaucht?«

»Jedem, der ein Mensch ist.«

»Demzufolge, Dorfvorsteher …«

»Sollen wir dich, Dorfvorsteher, nicht beweinen, wenn du stirbst?«

»Werfen wir doch deinen Leichnam wie einen Hundekadaver in eine Grube.«

»Möchtest du das?«

Der Dorfvorsteher wurde bitterböse, brüllte und beschimpfte sie, doch die Frauen standen ihm in nichts nach. Am Ende rief er ihre Männer herbei, aber auch sie konnten die Frauen nicht zum Schweigen bringen. Schließlich mußte der Dorfvorsteher ins Haus flüchten, während die Frauen unter der Platane ihn mitsamt Hauptmann und Ankara aufs übelste beschimpften, dagegen Ince Memed in fröhlichen Liedern rühmten. Daß dieser nicht gestorben war, hatte sie so froh gestimmt, daß nicht nur der Hauptmann, sondern sogar Mahmut Aga, der Menschen von seinem Pferd zertrampeln ließ, ihnen schnurz war. Gesänge erfüllten das Dorf, und unter der Platane ging es zu wie in einem Hochzeitshaus. Das Singen und Lachen hielt bis Mitternacht an.

Von dieser Freude hatte sich auch Tahsin der Windhund mitreißen lassen. Mehr als alle andern begeisterte ihn, daß Ince Memed lebte. Und da er nicht wußte, was er vor Freude anfangen sollte, brüllte er aus Leibeskräften in einem fort.

Als sie nach Hause kamen, fiel Tahsin der Windhund seiner Mutter um den Hals. »Jetzt werden wir erst richtig reich, Mutter«, rief er, »hör zu, was ich vorhabe! Nicht der Dorfvorsteher, ich werde Ince Memed suchen, werde seine Spur aufnehmen, ihn finden und dann jenem Aga Bescheid geben. Und der Aga wird mir diesmal noch mehr Geld geben, dieses Haus wird voller Geld sein, voll bis obenhin!«

»Kein Wort davon, daß dich die Pest nicht hole, ich will kein Geld! Und die werden dann Ince Memed töten, ist es so?«

»Sollen sie ihn doch töten«, Tahsin der Windhund schürzte verächtlich die Lippen, »ist Ince Memed denn der Sohn meines Vaters? Pack du mir morgen viel zu essen ein, ich werde mich früh auf den Weg machen.«

16

Mit der Liste aller Dorfvorsteher in der Tasche schwang sich Murtaza Aga eines Nachts auf sein Pferd und schlug den Weg nach Adana ein. Als er Ramazanli Beys Haus erreichte, war es weit nach Mitternacht. Der Bey, ein alter Mann, hatte sich schon längst schlafen gelegt. Ein Knecht öffnete das Tor, kaum daß Murtaza geschellt hatte, und auch der Bey war beim ersten Glockenton aufgewacht und schlaftrunken mit Käppchen und im Nachthemd heruntergekommen.

»Wer ist es?« fragte er, und seine Stimme klang mehr verwundert denn ängstlich.

Der Knecht am Tor hatte den hochgewachsenen Aga mit dem breitrandigen Hut und den zwei Pistolen in der breiten Leibbinde erkannt und musterte ihn nachdenklich.

»Ich bin's, Bey, Murtaza, dein Diener. Nimm mir nicht übel, daß ich dich mitten in der Nacht störe …«

»Nun komm erst einmal mit nach oben, mein Lieber, dort reden wir weiter!«

Im oberen Stockwerk wurde es jetzt lebendig, begann ein reges Hin und Her … Die Lichter im Konak waren schon angegangen, als der Bey die Treppe hinunterstieg.

Nebeneinander setzten sie sich aufs Wandsofa, und im gleichen Augenblick wurde der Kaffee hereingebracht.

»Nun, was bringst du Gutes, Murtaza Aga …«

Murtaza Aga erzählte, was vorgefallen war: die Ermordung Ali Safa Beys, die Lüge des Hauptmanns Faruk Bey, der wie ein Ramazanli Bey in der Stadt empfangen wurde, und Talip Beys grausamen Tod durch Ince Memed.

»Das ist der Stand der Dinge, Bey«, sagte er dann, »und weil der Mann, den sie Arif Saim Bey nennen, um seinen eigenen Arsch fürchtet, will er Ankara weismachen, daß dies alles nicht der Rede wert sei. Denn wenn die volle Wahrheit ans Licht kommt, wird Ankara ihn nicht noch einmal als Abgeordneten hier einsetzen. Kein Wunder, daß es in den Bergen von Räubern wimmelt. Und Ince Memed, dieser Schänder und Feind von Leben und Eigentum, hat sich zum Herrscher über den gesamten Taurus ausgerufen. Ihn wird in Zukunft keine Kompanie, kein Bataillon, kein Regiment aufhalten können. Die ganze Schicht des einfachen Volkes, die gesamte Bande der Nacktbeine und Barfüßler stehen unter seinem Befehl bereit. Sie haben dieses Vaterland, das wir vom Feind befreiten, zu ihrer Beute gemacht. Wie ich gehört habe, werden sie in Kürze Adana erobern, die Stadt plündern, auf Steinen keinen Stein, auf Kehlen keinen Kopf lassen ...«

Ramazanli Bey war Arif Saims Erzfeind. Anstatt ihn zum Volksvertreter zu ernennen, hatte Ankara diesen hergelaufenen Gendarmen, wie er ihn nannte, vorgezogen! Dabei lenkten sie, die Ramazanli Beys, doch seit siebenhundert Jahren die Geschicke Adanas in eigener Verantwortung. Und nach siebenhundert Jahren Herrschaft über diesen Landstrich hatte die Sippe der Ramazanlis sich in der jungen Republik einen Teil ihrer Pfründe abnehmen lassen. Diesen Schicksalsschlag hatten sie noch immer nicht verdaut, denn nie zuvor war ihnen derartiges widerfahren, von der Zeit der Mamelucken und Seldschuken angefangen bis auf den heutigen Tag ... Neuerdings stellte die Familie nur einen einzigen Abgeordneten, aber der war nur zur Hälfte ein Ramazanli und zu allem Übel auch noch Trinker.

»Du hast recht, Murtaza Aga«, meinte Ramazanli Bey, »wir müssen einen Weg finden und Ankara über diesen Aufstand und alles Weitere unterrichten. Aber wie? An den Innenminister kommt man nicht heran. Der hält sich für einen Großwesir. Und bis Mustafa Kemal Pascha vorzudringen ist mühseliger, als den Taurus ins Meer zu rollen.«

Bis in den Morgen hinein berieten sie haarklein jede Möglichkeit und beschlossen am Ende, so zu verfahren, wie Murtaza es sich vorgenommen hatte.

»Bey, dieser Arif Saim hat noch andere Dinge im Sinn …«

»Und das wäre?«

Murtaza Aga lächelte: »Ich bin nach und nach dahintergekommen, kann es aber vorerst nicht beweisen. Sowie ich dazu in der Lage bin, wird Arif Saim, ja, wird er sich in Staub auflösen.«

Der Bey wurde ganz aufgeregt. »Sag, worum handelt es sich?« fragte er mit großen Augen.

»Soweit ich gemerkt habe, ist Arif Saim Bey nicht der Mann, der sich mit dem klitzekleinen Amt eines Abgeordneten, eines Ministers oder Premierministers zufriedengibt. Der strebt nach Höherem … Er sei es, der den Pascha lenke, sagt er bei jeder Gelegenheit.«

»Das wissen wir.«

»Er führt auch Geheimverhandlungen.«

»Mit wem?«

»Mit den Tscherkessen in den Bergen ist er sich so gut wie einig. Deswegen will er nicht einschreiten, auch wenn sich die ganze Gegend dort oben erheben sollte. Wie ich gehört habe …«

»Sag schon, was du gehört hast!«

»Leisten ihm die Tscherkessen Kurierdienste. Zu den Franzosen in Syrien, den Engländern im Irak. Ich hab's noch nicht genau ausgemacht.«

Er stand auf, ließ die Arme hängen und überlegte eine Weile. »Ich bring's nicht über die Lippen, Bey«, sagte er dann und setzte sich wieder. »Was kann ich dafür, ich bring's einfach nicht über die Lippen.«

»Du bringst es!« schrie Ramazanli Bey.

»Ich werde dich etwas fragen, Bey.«

»Frag!«

»Hat die Geschichte, hat diese bejahrte Erde, hat dieses mächtige Osmanische Reich jemals einen Mann wie Mustafa Kemal Pascha hervorgebracht?«

»Das kann ich dir nicht beantworten«, sagte mißmutig der Bey, »erzähl du mir lieber, was da vor sich geht.«

Murtaza Aga war verwirrt, er schluckte. Zum erstenmal in seinem Leben hatte er über Mustafa Kemal Pascha so kühle, mit Achselzucken begleitete Worte vernommen. Seine Verstörung dauerte eine Weile. Schließlich fing er sich wieder. »Es hält sich im Volk doch ein weitverbreitetes Gerücht, daß Arif Saim Bey ein Attentat auf Mustafa Kemal Pascha plane, deswegen sogar Ince Memeds und aller anderen Räuber des Taurus Beistand wolle. Was sagen Sie dazu?«

Darüber mußte Ramazanli Bey herzhaft lachen: »Nichts als ein Gerücht, Murtaza Aga. Das wird Arif Saim Bey nicht wagen.«

»Er ist ein blutrünstiger Bandenführer, Bey, er wird.«

»Er wird nicht!«

»Das ganze Volk redet darüber.«

»Es redet Unsinn.«

»Sie werden ja bald sehen!«

»Schön wär's!« entfuhr es dem Bey.

»Unmöglich!« Murtaza sprang auf die Beine. Vor Schreck hatte er eine Gänsehaut, und im nächsten Augenblick war er schweißgebadet. »Unmöglich!«

Auch der Bey war aufgestanden, und er beruhigte den entsetzten Murtaza. Danach kamen weder der eine noch der andere auf dieses Thema zurück.

Schon bei Tagesanbruch kam Rechtsanwalt Sabit Bey aus der Familie der Hamurcuzades in den Konak. Er war ein junger Mann, dessen unstete Augen fast aus den Höhlen sprangen. Murtaza erschauerte, als er ihn erblickte. Ein seltsamer Mann von kleiner Statur, mit eng zusammenstehenden Schlitzaugen und hervorspringenden Backenknochen. Er schien nicht stillhalten zu können und sprach sehr schnell.

»Aus Sabit Beys Feder fließt Herzblut«, sagte der Bey. »Nicht nur in Adana, in der ganzen Türkei gibt es keinen fähigeren Advokaten als ihn. Aus diesem Grunde, Murtaza, möchte ich ihn dir vorstellen.«

Ob Murtaza Aga wollte oder nicht, mußte er jetzt mit Sabit Bey zusammenarbeiten. Er konnte den Bey ja nicht vor den

Kopf stoßen, obwohl er schon beim Anblick des Rechtsanwalts zutiefst bereut hatte, hergekommen zu sein.

Sie setzten sich und arbeiteten bis zum Mittag. Sechzehn Dorfvorsteher sollten schließlich an den Innenminister Briefe schreiben, weitere dreiunddreißig sollten telegrafieren. Briefe und Telegramme mußte Sabit Bey in Nachtarbeit bis zum nächsten Mittag entworfen haben, anschließend Murtaza Aga vorlesen und von ihm genehmigen lassen.

Sie nahmen ein vorzügliches Mittagessen ein, und kaum hatte Sabit Bey den letzten Bissen heruntergeschluckt, griff er schon nach seiner Tasche, um aufzubrechen.

»Er brennt wie Feuer, bei Gott, wie Feuer brennt unser Sohn Sabit Bey«, meinte der Bey, als dieser gegangen war, »und er wird Ankara jetzt so viel Dampf machen, daß weder das Innenministerium noch das Präsidium verschont bleiben; und vielleicht wird Ismet Pascha sogar eine Armee herschicken.«

Am Nachmittag ging Murtaza in die Stadt hinunter bis an den Seyhan. Am Ufer kauten Kinder Zuckerrohr. Er kaufte sich ein langes Stück, hockte sich dicht am Wasser in den schummrigen Schatten eines Wasserschöpfrades und begann, den Blicken entzogen, am Zuckerrohr zu saugen. Er beschloß, ins Bordell zu gehen, doch am Tascika-Tor verharrte er, überlegte eine Weile und kehrte um. In seiner Jugend hatte er jedesmal, wenn er nach Adana gekommen war, das Bordell aufgesucht. Diesmal aber, vielleicht weil er Gast im Hause der Ramazanlis war, brachte er es nicht über sich. Er verspürte eine seltsame, fast schmerzhafte Angst. Dieser Hamurcuzade gefiel ihm gar nicht. Er hatte ein wenig das Gebaren eines Schulmeisters wie Sami Turgut. Außerdem würde dieser Mann ihn ganz schön schröpfen. Er hätte sich nicht so krampfhaft auf Ince Memed versteifen sollen. Was hatte er diesem Mann denn getan? Nichts, was Ince Memed veranlassen könnte, ihn zu töten. Sollte er nicht lieber die Finger davon lassen und alles Weitere Molla Duran Efendi übertragen, der einen Weg suchen und wohl auch finden würde, Ince Memed zu töten … Zumal Ince Memeds Todfeind, Ali der Hinkende, ja jetzt auch in Duran Efendis Diensten stand. Diese beiden gemeinsam … Aber war der Hinkende wirklich Ince Memeds

Feind? Es sah zumindest nicht so aus. Könnte er nicht auch Ince Memeds verlängerter Arm in der Stadt sein? Wenn es so ist, bin ich verloren, dachte Murtaza und schlug sich auf die Knie.

Als Murtaza an jenem Tag zu Ramazanlis Konak zurückkehrte, war er völlig durcheinander. Schon an der Treppe begrüßte ihn der Bey mit freundlichem Lächeln, ergriff seine Hand und führte ihn zum Wandsofa. Sogar die Hanum des Beys kam herbei und hieß ihn willkommen. Der Konak, ein prächtiger Bau aus Holz, stand am Ufer des Seyhan, hatte zwei Stockwerke mit je elf Zimmern und einen großen Balkon. Als erster hatte der Vater des Beys, ein Pascha, ihn bewohnt. Armenische Meister hatten das Haus hochgezogen, und für die Tischlerarbeiten hatte man eigens aus den Bergen Meister Riza, der aus Holz Menschen schnitzen konnte, herbeigeholt.

»Merkst du denn nicht«, begann der Bey mit trauriger Stimme, »merkst du mächtiger turkmenischer Aga Murtaza denn gar nicht, daß sie die Çukurova unter sich aufteilen! Aus Elaziğ und Manisa, aus Afyon, Maraş und Urfa sind sie hergekommen, teilen das Land unserer Ahnen, die Winterlager unserer Väter und die Çukurova unter sich auf und plündern. So einen Raubzug haben wir weder zu Zeiten der Seldschuken noch der Osmanen, nicht einmal zu Zeiten Ibrahims, des Sohnes von Ali Pascha, Statthalter Ägyptens, erlebt. Dorf für Dorf, Ebene für Ebene teilen sie unter sich auf. Und wir, die Hände im Schoß, schauen zu, wie sie tollwütig unser Land zerstückeln. Was sagst du dazu, Murtaza Aga, wir sind doch verbraucht, wir sind doch am Ende.«

Ramazanli Bey war sehr besorgt, war sehr zornig. Die Große Moschee, die riesige Steinbrücke, Gewerbehöfe und öffentliche Bäder hatten die Ramazanlis für die Stadt bauen lassen. Ja, dieses Adana ist durch sie erst geworden, was es ist. Die Çukurova war ihr Herrschaftsbereich vielleicht über achthundert Jahre … Da sollte dieser Mann, dieser Bey, wohl vom Scheitel bis zum Fußnagel rot anlaufen vor Wut. Man hatte den allmächtigen Ramazanli fallenlassen, wie man einen Stein achtlos in den Brunnen wirft. Murtaza war darüber sehr traurig, fast hätte er geweint. Aber er fing sich wieder. Dann erinnerte er sich, daß vor Jahren einer aus der Sippe der Ramazanoğlus zu seinen engsten Freunden zählte. Dem war nichts wichtiger gewesen, als die ruhmreiche Geschichte der Ramazanlis von Anfang an zu erzählen, schon wie sie als Beys von Yüreğir in der Çukurova Einzug hielten. Und während ihrer ganzen Geschichte waren sie immer an der Macht gewesen. Sogar heute hatten sie noch politisches Gewicht, und daran wird es ihnen auch in Zukunft so wenig fehlen wie einem See das Wasser. Und schon bald wird die Sippe der Ramazanlis Ankara wieder bevölkern. Verständlich also, daß der Bey Emporkömmlinge wie Arif Saim Bey nicht ertragen konnte. Aber sollte man da nicht mehr Geduld zeigen? Es stimmt ja, daß in diesen Zeiten viele Marktschreier, von denen man nicht wußte, woher sie kamen und wer sie waren, sogar Abgeordnete wurden und die Çukurova zu ihrer Spielwiese machten, während dieser mächtige Bey sich in seinen Winkel zurückgezogen hatte und wie ein Stein im tiefen Brunnen ruhte. Wer sollte sich denn sonst empören, wenn nicht er …

Punkt Mittag kam Rechtsanwalt Sabit Bey am übernächsten Tag in den Konak. Seine Aktentasche war bis an den Rand mit Papieren gefüllt. Er las Murtaza Aga jeden Brief und jedes Telegramm vor. In seinem ganzen Leben hatte der Aga nicht so anrührende und beeindruckende Worte gehört, und er war von dem Advokaten begeistert.

Als dieser zu Ende gelesen hatte, sagte der Bey: »Ich kann Ihnen versichern, Karadağlioğlu Murtaza Aga, daß Sabit Bey uns wie ein Sohn ist und daher von vertraulichen Gesprächen nichts an die Außenwelt dringt. Da können Sie ganz sicher sein!«

Sabit Bey richtete seine Schlitzaugen auf Murtaza Aga und bekräftigte mit fester Stimme: »Ein Geheimnis, das uns anvertraut wurde, geben wir nicht preis, bis uns der Kopf abgeschlagen worden ist. Das sollen Sie wissen.«

Nach diesen Worten war Murtaza Aga vor Freude wieder ganz außer sich.

»Die Telegramme an Ankara werden heute nachmittag aufgegeben, dann werden die Briefe auch schon unterwegs sein«, ergänzte der Rechtsanwalt.

Nun war der Augenblick der Abrechnung gekommen. Und während Hamurcuzade Sabit Bey für diesen kleinen Dienst ein

Honorar weit von sich wies, bestand Murtaza Aga darauf, daß der Anwalt, den er dabei in den Himmel hob, das Geld annehme. Nur um des lieben Friedens willen wollte sich am Ende Sabit Bey dem flehentlichen Bitten Murtazas nicht verschließen und nannte ihm die Summe für den kleinen Dienst. Doch kaum hatte Murtaza Aga die Zahl vernommen, sträubten sich ihm die Nackenhaare. Das Entgelt für diesen kleinen Dienst war ein kleines Vermögen, und so viel Geld hatte er im Augenblick nicht in der Tasche. Wenn auch peinlich berührt, lachte er abgebrüht und sagte: »Ich werde es überweisen.«

Sabit Bey beteuerte, daß dies gar keine Eile habe, packte in Windeseile seine Papiere zusammen und eilte, zwei Stufen auf einmal nehmend, die Treppe des Konaks hinunter ins Freie.

Auf dem Weg in die Stadt war Murtaza Aga trotz allem glücklich. Wie ein Heerführer nach gewonnener Schlacht durchmaß er mit geschwellter Brust das Ladenviertel von einem Ende zum andern, grüßte jeden, der ihm über den Weg lief, unterhielt sich freundschaftlich und machte seine Späßchen – bis er Ali den Hinkenden erblickte; da wurde er fuchsteufelswild und wollte gleichzeitig in Grund und Boden versinken. Immer wieder hatte er seine Erniedrigung in der Mühle vor Augen, und jedesmal schwor er sich von neuem, diesen Hinkenden nicht am Leben zu lassen. Zuerst würde er ihm mit einem Fleischermesser den Hinkefuß abhacken, anschließend langsam die Haut abziehen, die Augen ausstechen und ihn dann töten. Laß nur erst diese Plage Ince Memed von der Bildfläche verschwunden sein! Er betrachtete die blanken Stiefel dieses Hinkenden, den Revolver mit dem elfenbeinernen Griff, das arabische Vollblut und den breitkrempigen Hut. Sieh einer an, du Knecht von knechtischem Vater, du! Auch dieser Molla Duran Efendi, dieser Betrüger und niederträchtige Lügner, wird noch was erleben. Und dieser Arif Saim und dieser Hauptmann werden's auch! Von dem Rechtsanwalt hielt er allerdings viel. Deswegen hatte er das ach so kleine Honorar dessen Bruder übergeben, kaum daß er in die Stadt zurückgekehrt war. Denn dieser Anwalt hatte Köpfchen und Zukunft. Ob Abgeordneter oder Minister, der konnte werden, was er wollte, und ihm aus diesem Grunde schon bald von Nutzen sein. Und soweit es in seiner Macht stand, würde Murtaza Aga ihm seine Unterstützung bestimmt nicht versagen. Dieser Arif Saim Bey, da war er sicher, beabsichtigte, Mustafa Kemal Pascha zu ermorden. Mochte auch noch niemand daran glauben, Rechtsanwalt Hamurcuzade Sabit Bey würde, wenn er nur wollte, die ganze Welt davon überzeugen, und Mustafa Kemal Pascha ließe dann vor seinen eigenen Augen Arif Saim Bey hängen.

Murtaza Aga konnte wieder ruhig schlafen. Zumal aus den Bergen über Ince Memed nichts Neues zu hören war. Vielleicht hatte man ihn auch getötet, vielleicht war es sogar seine Leiche, die in diesen Kalkofen geworfen wurde, und nur aus Angst hatte kein Angehöriger sie für sich beansprucht. Aber dieser Ince Memed hatte ja noch eine andere Gewohnheit: Er rührte sich nicht, hielt sich geduldig irgendwo verborgen, um wie der Blitz über seine Feinde zu kommen, wenn sie ihn am wenigsten erwarteten. Hatte er Ali Safa Bey nicht auch so getötet?

Der Räuber Bayramoğlu zählte zu Murtazas Freunden. Doch seit er im Zuge der Amnestie aus den Bergen in die Ebene gezogen war, hatte er nicht ein einziges Mal die Provinzstadt aufgesucht, auch war er nicht einmal nach Adana gekommen. Obwohl Minister und Paschas ihn begrüßen wollten, hatte er sich nicht aus seinem Dorf gerührt. Während des Osmanischen Reiches war er vierzehn Jahre lang durch die Berge gezogen, hatte Maraş, Adana und Antep in Angst und Schrecken versetzt. Noch sehr jung, kaum sechzehnjährig, hatte er sich in die Berge geschlagen, und obwohl die Regierung für ihn eine Amnestie nach der andern erließ, verweigerte er sich und blieb in den Bergen. Als dann der Freiheitskrieg begann, sammelte er seine Leute um sich und bildete mit ihnen einen Flügel der Taurusfront. Seine Taten in diesen Gefechten waren bald in aller Munde. Nach dem Krieg zog er sich in sein Dorf zurück, verkaufte sein Gewehr samt Patronen, seinen Dolch mit vergoldetem Knauf, seinen Feldstecher und seinen wertvollen Revolver, baute ein Haus, heiratete, kaufte ein Gespann Ochsen und begann einige Morgen Land zu beackern, die er von seinem Vater geerbt hatte. Seit jenen Tagen geriet der Name dieses Helden vieler Sagen und Balladen in Vergessenheit, wußte bald niemand mehr, wer und wo er war.

Nie hatte es einen listigeren Räuber als ihn gegeben. Genau vierzehn Jahre lang hatte er dem Osmanischen Reich und seinen Kompanien und Regimentern, die man gegen ihn schickte, die Stirn geboten, hatte keine Schußwunde, nicht einmal Nasenbluten erleiden müssen. Daß ein Räuber nie der Welt Herrscher sein werde, wie es hieß, traf für Bayramoğlu während dieser vierzehn Jahre jedenfalls nicht zu. Wenn überhaupt jemand Ince Memed den Garaus machen konnte, so war es dieser alte Wolf.

Von diesem alten Wolf würde Murtaza Aga niemandem, weder dem Hauptmann noch Arif Saim Bey, etwas erzählen. Der sollte bleiben, wo er war. In Kürze würde Murtaza ihn beiläufig aufsuchen, sich nach seinem Wohl erkundigen, ihm Geschenke bringen. Erst wenn Ince Memed wiederauftauchte, würde er »Bitte sehr, Bayramoğlu, die Walstatt ist dein!« sagen. »Verlange von mir, was du willst ...«

Am nächsten Morgen ging er ins Ladenviertel, um für Bayramoğlu einiges zu kaufen. Er dachte an einen Soldatenmantel, einen Anzug, einen breiten, seidenen Gürtel, eine Aleppo-Weste, verziert mit vierzig Knöpfchen, einen Filzhut und ein Hemd. Aber welche Größe, das wußte er nicht ... Plötzlich fiel ihm Rüstem der Kurde ein, der bis in den Winter hinein den ganzen Tag mit einem blitzblanken Kessel auf dem Rücken im Ladenviertel seine Glocken schwang und Süßholzsaft verkaufte.

Im Freiheitskrieg habe Rüstem der Kurde in Bayramoğlus Bande gekämpft, hieß es. An jedem Fest der Republik warf er sich in seine khakifarbene, zerknitterte Räuberkluft, zog seine gleich einem Spinnennetz von Rissen durchzogenen Langschäfter mit den durchlöcherten Sohlen an, setzte sich den prächtigen, schwarzen Kalpak aus Lammfell auf, schulterte sein an einem Strick baumelndes Gewehr mit dem von Kerben bedeckten Kolben, schmückte seine Brust mit einer roten Kordel, an der wie ein Orden ein altes Geldstück hing, bestieg des nachbarlichen Wasserverkäufers bis auf die Rippen abgemagerte Mähre mit dem durchgescheuerten Widerrist, nahm seine reich verzierte Reitpeitsche in die Hand und reihte sich in den festlichen Umzug ein. Doch weil er das Gespött der Zuschauer nicht ertrug, zettelte er jedesmal einen Zwischenfall an, pöbelte herum und verließ laut fluchend die Feier. Anschließend schloß er sich eine Woche lang zu Hause ein, redete mit sich selbst, betrachtete sich und seine Narben in einem Handspiegel und rief: »Schau hin, Kurden-Rüstem, schau gut hin, deine Wunden waren zu nichts nütze. Doch alle, die damals beim ersten Schuß das Weite gesucht und sich verkrochen haben, die sind als Helden reich geworden und haben sich auf Höfen und Äckern breitgemacht. Schau hin, schau gut hin, Rüstem, nicht ein Haufen Scheiße ist aus dir geworden.«

»Merhaba, Rüstem Aga!«

Rüstem lebte mit seinen sechs Kindern und seiner jungen Frau in einem Haus, das er sich eigenhändig aus Blechkanistern, alten Brettern und Reisig gleich neben dem Friedhof vor der Stadt gebaut hatte.

»Willkommen, Bey, willkommen, Aga!« Rüstem war zur Begrüßung in den Vorhof gelaufen. »Daß Rüstem des Kurden Haus auch so vornehme Agas aufsuchen, wer hätte das gedacht. Willkommen, Aga, willkommen!«

Murtaza ging nicht hinein, und die beiden setzten sich auf den nächsten Grabstein. Rüstem war glücklich, wieder einen Zuhörer gefunden zu haben. »Hör mal, Aga …«, begann er.

Murtaza Aga wußte, was ihm bevorstand, doch er hatte keine andere Wahl.

»Nur zu, Rüstem …«

»Um Gottes willen, Aga, wann bist du denn in die Berge gezogen, wann hast du denn einen einzigen Schuß abgefeuert, daß man dir einen Orden verliehen hat? Los, sag schon …«

»Na ja, jeder nach seinen Kräften, und die Ameise nach den ihrigen …«

»Als der Feind in unsere Stadt eingedrungen war und wir ihn wieder zurückgeworfen hatten, entdeckte ich dich da nicht in der Scheune unterm Stroh, um deinen Kopf herum ein Haufen Glucken mit hundertfünfzig Küken? Und habe ich dich da nicht an den Händen herausgezogen?«

»Das hast du; was soll's, das Leben ist süß …«

»Hahaaa, das Leben ist süß, ja? Wer hat dir dann den Orden verliehen, die Küken in der Scheune etwa?«

»Was soll das, ich hab ihn eben bekommen.«

»Na gut, und warum hat man mir keinen gegeben?«

»Dir ist Unrecht geschehen.«

»Na gut, reden wir nicht mehr von dir, und was ist mit Halil Bey dem Überschwenglichen? Hand aufs Herz, ist der während des Krieges auch nur ein einziges Mal vor seine Haustür getreten?«

»Nein.«

»Wofür hat man ihm dann so viele Felder geschenkt? Und was ist mit dem Hund Zülfü, war er nicht ein Mann der Franzosen, war er nicht ihr Kettenhund?«

»Er war es.«

»Und Arif Saim? Eines Tages bin ich in Bauernzeug von den Bergen herunter in die Stadt gekommen. Trotzdem wurde ich von den Gendarmen verhaftet und zu Arif Saim gebracht. Er sagte ihnen, ich sei einer von Atatürks Männern, und die prügelten mich drei Tage und Nächte lang halb tot. Ich tat, als verstünde ich kein Türkisch, da hielten sie mich bei meinem Gelalle für einen Kurden; nur so konnte ich mein süßes Leben retten. Und jetzt ist dieser Arif Saim …«

Und wer sonst noch von denen in der Stadt im Freiheitskrieg davongelaufen war und wer nicht, Rüstem der Kurde zählte sie einen nach dem andern auf. Dick wie ein Nudelholz schwoll seine Schlagader an, während große Tropfen Schweiß Stirn und Hals bedeckten. »Die sich mir damals zu Füßen warfen und die mich auf meinen Wegen abpaßten, nur um mich zu sehen, nur um von mir gegrüßt zu werden, sie alle treiben jetzt ihren Spott mit mir, kaufen nicht ein Glas Süßholzsaft, lehnen sogar ab, wenn ich sie dazu einlade.«

»Die Menschenkinder sind undankbar, sie haben rohe Milch gesaugt.«

»Das haben sie«, antwortete Rüstem der Kurde, der wieder lächelte, nachdem er sich den Kummer von der Seele geredet hatte. Wie eben sagte Rüstem schon seit Jahren den Agas, wem er wo auch immer begegnete, ihre Feigheit und Doppelzüngigkeit ins Gesicht. Doch wie arg er es auch trieb, sie ließen ihn gewähren und schluckten nur leer.

»Willkommen, Aga, und nimm's mir nicht übel. Da kommst du einmal in tausend Jahren in mein Haus, und ich rede dir die Ohren voll. Du bist willkommen, und dein Wille sei mir Befehl, Murtaza Aga, dessen Größe in aller Munde ist.«

Wie sehr ich diesen Kurden doch mag, schoß es Murtaza Aga durch den Kopf.

»Rüstem, du kennst doch Bayramoğlu, nicht wahr?«

»Wie sollte ich ihn nicht kennen, mein Aga«, Rüstem stand auf, schwellte seine Brust und setzte sich wieder. »Wenn es einen Mann in der Çukurova und in diesen Bergen gibt, der so brav, so beherzt und ehrlich ist und so rein wie ein Kind, dann ist es Bayramoğlu. Er lügt nicht, blickt auf niemanden von oben herab, ist mit Kindern ein Kind, mit Erwachsenen ein Mann. Ich war mit ihm fünf Jahre in den Bergen, habe mit ihm zwei Jahre lang gegen unsere Feinde gekämpft. Seit ich auf dieser Welt bin, habe ich viele Menschen kennengelernt, aber keinen Mann wie ihn. Und nun sage du mir, wem ich es verdanke, daß ich den Kessel da auf meinem Rücken schleppe, seit ich von den Bergen heruntergekommen bin?«

»Wem denn?«

»Na, wem wohl? Bayramoğlu, wem sonst ... Als der Krieg zu Ende ging, versammelte er uns um sich und sagte: ›Die Regierung hat euch vergeben, ihr werdet jetzt in die Ebene hinunterziehen, euch eine Arbeit suchen, keinen Raub mehr begehen, das ist vorbei; denn jetzt seid ihr in die Geschichte eingegangen, seid unseres Volkes Augäpfel.‹ Und es war das einzige Mal, daß Bayramoğlu gelogen hatte ... Denn weder wir noch er sind des Volkes noch irgend jemand anderes Augapfel geworden.«

»Wie ich gehört habe, soll es ihm schlechtgehen.«

»Sehr schlecht«, antwortete Rüstem der Kurde. »Und wie ... Jedes Jahr ziehen er, seine Frau und die Kinder in die Çukurova, wo sie als Tagelöhner Baumwolle pflücken, Reis schneiden und Gras sicheln. Sonst müßten sie hungern. Jedes Jahr zum Fest ...« Er hielt sich den Bauch vor Lachen. »Nach jedem Fest der Republik besuche ich ihn. Wenn er mich sieht, freut er sich sehr, und wir verbringen eine lustige Zeit. Ich bringe ihm Geschenke wie Tee und Zucker ... Er liebt Tee über alle Maßen. Sogar in den Bergen hatte er seine Teekanne immer dabei. Zucker mußte nicht sein, aber wenn es keinen Tee gab, sammelte er Kräuter und brühte sie auf. Er kannte jeden Grashalm.«

»Wie groß und wie stark ist er?«

Rüstem blickte mißtrauisch, doch dann hellte sich seine Miene auf: »Wozu willst du seine Größe wissen? Ich verstehe.« Wie Perlen schimmerten seine Zähne, als er jetzt lachte. »Du willst ihm Geschenke machen, ja?« Er stand auf: »Sieh mich an, das ist genau seine Größe. Bei Kämpfen und Überfällen zog oftmals der eine des andern Opanken an. Gott nahm Maß und schuf mich, den Kurden, und ihn, den Turkmenen, aufs Haar gleich!«

»Wenn es so ist, gehen wir doch zum Schneider, und du gibst ihm deine Maße. Und dem Schuster auch ... Mag Bayramoğlu Stiefel?«

»Und wie er sie mochte; aber jetzt ist er ein armer Bauer. Doch wenn du ihm ein Paar rotbraune Stiefel schenkst, freut er sich um so mehr. Aber er trägt keine Beinkleider und keinen breitkrempigen Hut wie Ali der Hinkende.«

»Ich verstehe.«

»Leben sollst du, Aga. Ich weiß es, in der ganzen Çukurova gibt es keinen zweiten Aga wie dich. Bayramoğlu verlangt auch keinen Revolver, kein Gewehr und auch kein Pferd.«

»Ich verstehe.«

»Alles, was er will, ist Tee und Zucker.«

Vorweg Murtaza Aga, Rüstem dicht hinter ihm, so gingen sie schwankend vor Aufregung ins Ladenviertel.

»Du bist ja zum Löwen geworden, Sohn des Karadağli! Was du da tust, hat noch niemand getan, nicht einmal Mustafa Kemal Pascha. Denn da jeder auf dieser Welt den Namen Bayramoğlu kennt, wie sollte da Mustafa Kemal Pascha der Name eines seiner tapfersten Soldaten nicht zu Ohren kommen ... Leben sollst du! Das ist der wahre Mann, der wahre Mensch unter Menschen, der den Wert des anderen anerkennt.«

Während des ganzen Weges lobpreiste Rüstem fröhlich und vertrauensvoll wie ein Kind Murtaza Aga und dessen Sinn für Gerechtigkeit. Bis er schließlich am Rande des Ladenviertels mit Tränen in den Augen stehenblieb. »Warte, Aga«, bat er, »warte und sieh mich an! Nachdem du dich Bayramoğlu gegenüber so menschlich zeigst, sollst du wissen, diese Seele hier ist bereit, sich für dich zu opfern. Ab heute verlange von mir, was du willst.«

Einige Tage später verstaute Murtaza Aga die Geschenke für Bayramoğlu in seinem Quersack, packte von Rüstem ein Paket Tee und eine halbe Okka Zucker dazu und machte sich auf den Weg. Er war bester Laune. Denn nachdem er sich an zwei von allen Vergessene, an Rüstem den Kurden und Bayramoğlu, erinnert hatte, konnte er über sie verfügen, wie er wollte.

In Bayramoğlus Dorf war er, vielleicht sogar als Kind, einmal gewesen. Daher kannte er den Weg dorthin nicht so gut. In Gedanken versunken, ließ er die Zügel schleifen. Warum war Bayramoğlu, ein Mann, bei dessen Namen die Leute überall Haltung annahmen, auf Nimmerwiedersehen in sein Dorf geeilt, kaum daß der Freiheitskrieg zu Ende war, um dort hinter einem Ochsengespann ein armseliges Leben zu fristen? Die größten Höfe der Çukurova wären sein gewesen, wenn er nur gewollt hätte. Auf dem Rücken arabischer Vollblüter hätte er seine Tage verbracht, während seine Kinder in Europa studierten. Was hatte ihn eigentlich dazu bewogen, dieser Welt zu entsagen und sich um den Lauf der Dinge nicht mehr zu kümmern? Darauf war Murtaza aufs äußerste gespannt. Was war das für ein Mann, und wie dachte er über Ince Memed?

Die Nacht verbrachte er als Gast in einem Zelt lagernder Nomaden. War ihr beneidenswert freies und prunkvolles Leben auch längst Vergangenheit, so ließen die Gastgeber es doch an nichts fehlen. Sie legten für ihn drei Matratzen übereinander und gaben ihm eine Decke aus Atlas. Das Bett duftete nach Veronica, und das mit Daunen gefüllte Kissen war so weich, daß er sofort einschlief. Früh am nächsten Morgen weckte ihn ein Wirrwarr von Hundegebell, Glockengebimmel und Schafgeblök. Und kaum daß er die Augen geöffnet hatte, stand vor ihm ein junges Mädchen mit dampfendem Milchkaffee auf einem silbernen Tablett. Ohne das Bett zu verlassen, nahm er die Tasse, trank genüßlich schlürfend, zog sich dann erst an und ging vors Zelt. Mit einer Wasserkanne in der Hand und einem schneeweißen Handtuch über den Schultern erwartete ihn das Mädchen neben einem metallenen Waschbecken. Er ging zum Bach hinunter und wusch sich im Schutz eines Felsens unter dem Strahl des Quells die Füße. Als er zurückkam, stand das Mädchen immer noch an derselben Stelle. Er wusch sich mit Seife das Gesicht, wobei das Mädchen ihm geschickt abmessend Wasser in die ausgestreckten Hände goß.

Gemeinsam mit dem Stammesführer setzte er sich zum Frühstück nieder. Der ungeschleuderte Honig auf dem Tisch war fast weiß und duftete nach Blüten, die Murtaza völlig unbekannt waren. Der Stammesführer hatte Murtazas Vater gut gekannt, und so sprachen sie von alten Tagen und vom Leben der Nomaden, bevor sie angesiedelt worden waren.

Nach dem Frühstück schenkte der Stammesführer ihm einen Falken, ein Gazellenfell und Satteltaschen aus handgeknüpftem Kelim. Vor jedem Zelt hockten Jagdfalken auf Krücken und blickten mit blitzenden Augen in die Morgenröte.

Murtaza stieg auf sein Pferd und lenkte es zwischen Schafen, Kamelen und farbenfroh gekleideten schönen Frauen hindurch. Vor jedem Nomadenzelt wachte ein riesengroßer Hirtenhund, doch keiner bellte ihn an. Die Hunde der Nomaden haben mehr Achtung vor einem als die Menschen der Çukurova, dachte er.

Vor Murtazas Augen schälte sich allmählich der Berg Düldül mit seinem spitzen Gipfel aus dem Morgennebel, erhob sich kupferfarben und massig hinter Reihen von Bergketten, als sei er Teil einer anderen Welt. Plötzlich fielen Sonnenstrahlen auf ihn, tauchten den Gipfel in helles Licht, daß er wie ein Stern funkelte. Der Falke auf Murtazas Arm reckte sich mit weit geöffneten Flügeln und beäugte mit blitzenden Augen die Gegend. Auf diesen Vogel war er stolz. Schließlich machten Nomaden ihre Falken nur besonders geschätzten Gästen zum Geschenk. Er fühlte sich so geschmeichelt, daß er sich vornahm, den Nomaden kostenlos Weideland zu überlassen, falls sie zum Winter vom Hochland in die Gegend um Anavarza kommen sollten. Er hatte es dem Stammesführer nicht mehr sagen können. Nachdem dieser ihm den Falken geschenkt hatte, würde ein derartiger Vorschlag den Mann erniedrigt haben. Aber er war schließlich Murtaza Aga, Sohn einer Sippe mit Erfahrung und Lebensart; er wird schon einen Weg finden, dem Stamm mit erforderlichem Feingefühl seine Weiden anzubieten.

Majestätisch türmte sich der Berg Düldül in den Himmel. Murtazas Pferd war ein kräftiges Tier, es nahm jetzt auch die steilen Hänge, ohne zu ermüden.

Hin und wieder fragte Murtaza Holzfäller, die mit geschulterten Äxten aus dem dichten Wald kamen, doch sie kannten weder Bayramoğlu noch das Dorf, in dem er lebte. Bis er schließlich in einer Lichtung wieder auf ein Zeltlager von Nomaden stieß. Sie wußten von Bayramoğlu und zeigten Murtaza den Weg.

Gegen Nachmittag erreichte er das Dorf. Es bestand aus wenigen Häusern, und alle waren aus geschichteten, mit Lehm verschmierten Steinen. Vor jedem Haus standen mächtige Platanen, deren Äste sich über die Dächer streckten. Unter den Bäumen sprudelten Quellen.

Er fragte eine alte Frau, die ihm entgegenkam, nach dem Haus von Bayramoğlu. Sie nahm das Pferd beim Zaum, zog es bis vor Bayramoğlus Haustür und rief: »Heeey, Bayramoğlu, freu dich, da ist ein Gast mit einem wilden Falken zu dir gekommen!« Bayramoğlu kam heraus, kaum daß er den Ruf vernommen hatte.

»Bitte, mein Aga«, sagte er, während er die Zügel ergriff, »du bist willkommen und bringst Freude in mein Haus!«

Murtaza Aga stieg vom Pferd, nahm den Quersack herunter und legte ihn auf die Erde. Bayramoğlu zog das Tier an die geflochtene Umzäunung und schlang die Zügel um einen Pfosten. Dann eilte er geschmeidig wie ein Jüngling zu Murtaza Aga, nahm ihm den Falken ab, setzte den Vogel auf einen Ast der Platane und band ihn dort an.

»Willkommen, du bringst Freude in mein Haus!«

Einige Frauen brachten Sitzkissen nach draußen und legten sie auf die Bänke unter den Platanen.

»Bitte, setz dich erst einmal. Wie soll der Kaffee sein?«

»Mittelsüß.«

»Zwei Mittelsüße!« rief Bayramoğlu nach drinnen. Dabei trank er den Kaffee immer ohne Zucker, aber er wollte seinen Gast nicht in Verlegenheit bringen.

Während Murtaza Aga aus den Augenwinkeln Bayramoğlu vom Scheitel bis zur Sohle musterte, schweifte sein Blick auch zum Berg Düldül. War es wirklich dieser bis auf die Knochen abgemagerte Mann, den man umpusten konnte, der jahrelang jene Berge und Täler erzittern ließ? Er hatte dichte Brauen. Und die grünen Augen unter diesen kräftigen, buschigen Brauen funkelten, wenn auch tief in den Höhlen, geradeso wie die des Falken da drüben im Baum. Auch die Hände dieses hochgewachsenen Mannes mit dem schütteren weißen Bart waren furchterregend stark und groß. Seine verwaschene, mürbe, handgewebte Pluderhose mit den ausgefransten Taschen war voller Flicken. Die Opanken aus rohem Leder hatte er sich offensichtlich selbst genäht. Sein gestreiftes, kragenloses Hemd war blitzsauber und roch nach Seife.

»Man nennt mich Murtaza, Sohn der Karadağlis ...«, sagte Murtaza so bescheiden, als schämte er sich, seinen Namen zu nennen. »Vor kurzem sprach ich mit Rüstem dem Kurden über dich, Bayramoğlu. ›Mensch‹, sagte ich zu meinem Rüstem, ›wir sind blind geworden und sehen die Welt nicht mehr‹, sagte ich; ›nachdem der Krieg vorbei war, haben wir den Recken‹, sagte ich, ›wie einen Stein im Brunnen aus den Augen verloren und vergessen‹, sagte ich. ›Ist das etwa recht und billig, verträgt sich das denn mit der Menschlichkeit‹, sagte ich. ›Ich‹, sagte ich, ›werde diesen großen Recken, den wir vergessen haben, ich werde Ghasi Bayramoğlu jetzt besuchen‹, sagte ich.«

»Leben sollst du, Aga!«

Bayramoğlu sah Murtaza so seltsam versonnen in die Augen, daß dieser seinem Blick nicht standhalten konnte. Aber wohin er auch schaute, Bayramoğlus nachdenkliche Blicke ließen seine nicht mehr los. Denn der wußte, daß diese Agas ihn nicht aufsuchten, wenn sie sich davon nichts versprachen. Murtaza aber hatte erraten, was Bayramoğlu dachte, und nahm sich vor, ihn diesmal nicht zu bedrängen. Er beschloß, über Ince Memed kein Wort zu verlieren, und sollte Bayramoğlu davon anfangen, würde er so tun, als messe er dem überhaupt keine Bedeutung bei.

Der dampfende Kaffee wurde gebracht, sein Duft durchzog die klare, frische Luft.

Sie sprachen von alten Zeiten, vom Freiheitskrieg und den Briganten, die daran teilgenommen hatten, von Schwarzer Schlange, Süleyman dem Kurden und Gizik Duran.

»Ich kannte Schwarze Schlange, Süleyman den Kurden und auch Gizik Duran«, sagte Bayramoğlu zurückhaltend. »Schwarze Schlange war ein beherzter Recke, aber einfältig. Seine Schwester Hane war mit Süleyman dem Kurden verheiratet, und dieser war der führende Kopf, war ein echter Räuber. Er war es auch, der Schwarze Schlange und seine Leute zum Kampf gegen die Franzosen aufbrachte. Der auch ihr Heer in die Flucht schlug ... Und Gizik Duran war wohl ein kluger Mann, wurde aber Opfer seiner eigenen List. Wäre er am Leben geblieben, hätte er die ganze Çukurova erobert, sie zu seinem landwirtschaftlichen Betrieb erklärt und sich zum Herrscher desselben ausgerufen. Neben ihm hätte Arif Saim sich ausgenommen wie ein grüner Junge. Auch Arif Saim kenne ich gut. Er hat nichts unversucht gelassen, damit ich mich auf die Seite der Franzosen schlage.«

»Bayramoğlu«, fragte Murtaza, »warum hast du dich in diese Berge zurückgezogen?«

Bayramoğlu lachte leise: »Ein Räuber bleibt Räuber bis zu seinem bitteren Ende, oder er verbringt seine letzten Tage wie ich. Als der Krieg aus war, sagte ich mir, daß ich mich doch nicht gegen die Menschen stellen konnte, mit denen ich gemeinsam gekämpft hatte. Ich bin unter Mustafa Kemal Paschas Befehl im Feld gewesen und konnte mich ja nicht gegen ihn erheben, als er an die Macht kam. Also ging ich zum Kommandanten Dogan Bey und erklärte ihm, ich wolle ins Dorf zurück ... ›Du tätest gut daran‹, antwortete er, denn er hatte mich verstanden. Aber dieser Arif Saim und Säbel-Ali ließen nicht locker. Nimm dir Äcker, nimm dir Weiden, nimm dir Haus und Hof ...«

»Und warum hast du abgelehnt?«

»Weil's auch ein Raub gewesen wäre, ein Raub in anderer Form ... Wofür wollten sie es mir denn geben, was hatte ich schon getan ... Dem Franzosen doch nur eins aufgebrannt, einige Kugeln, die ich sonst auf unsere Gendarmen abgefeuert hätte. Mein Tagwerk war ja die Räuberei, ob ich nun auf die einen oder die anderen schoß ...«

»So ist es nun aber auch nicht, Bayramoğlu.«

»Doch, so ist es, genau so«, beharrte dieser. »Sie boten Bauernhöfe, Geld und Gut dem Räuber Bayramoğlu. Hör mir zu, Murtaza Aga, auch du bist heute nicht zu mir, du bist wegen des Räubers Bayramoğlu hergekommen. Trotzdem Gottes Segen, du bist mein Gast, bist mir willkommen, denn seit ich der Räuberei abgeschworen und das Gewehr aus der Hand legte, hat mich außer Rüstem dem Kurden niemand mehr besucht, meine Kumpane eingeschlossen ... Du bist der erste. Sag, was willst du?«

Murtaza Aga saß in der Falle. Sagte er, was ihm auf dem Herzen lag, fiel sein Vorhaben ins Wasser, würdigte Bayramoğlu ihn keines Blickes mehr.

»Ich will gar nichts«, antwortete Murtaza Aga bestimmt. »Einzig und allein dich zu sehen, bin ich gekommen. Ist ein Mann wie ich nicht neugierig auf einen Mann wie dich? Die keinen Schuß auf den Feind abgefeuert und die sich beim Anblick des Feindes unter die Röcke ihrer Weiber verkrochen hatten, wurden Helden, bekamen die Güter der Welt, während einer wie du, ohne es nötig zu haben, auf dem Feld ackerte. Was wurde über dich nicht alles geredet, nachdem du die Berge verlassen hattest und nichts annehmen wolltest. Weißt du auch, daß du auf dem Berg Düldül einen sagenhaften Schatz verborgen hältst?«

»Ich weiß.«

»Weißt du auch, daß du in der Çukurova als Tagelöhner nur rackerst, um zu zeigen. daß du keinen Schatz hast, sondern ein armer Schlucker bist?«

Leise, mit kindlicher Freude, lachte Bayramoğlu.

»Ich weiß.«

»Dasselbe haben sie auch fünfzehn Jahre lang von Rüstem dem Kurden behauptet. Er verkaufe den Saft aus dem Behälter auf seinem Rücken nur, um so seinen Reichtum zu verheimlichen. Bestimmt in diesem Jahr, spätestens im nächsten wird Rüstem der Kurde sich von seinem Schatz Geschäftshäuser, Bäder und Bauernhöfe kaufen, hieß es. Die Jahre vergingen, doch der Kessel mit Süßholzsaft drückte auch weiterhin Rüstem des Kurden Rücken. Und weil Rüstem deswegen die Leute enttäuschte, wurden sie auf den Armen so wütend, so böse, daß sie anfingen, ihn zu verspotten, wo immer er auch aufkreuzte, was immer er auch tat. Rüstem der Kurde scherte sich nicht, fiel sogar in ihr Gespött ein, machte sich lustig über sich selbst.«

»Ich weiß, Aga. Ein beherzter Mann ist Rüstem, gediegen und stark. Jahrelang bin ich mit ihm in den Bergen gewesen, und er hat sich immer bewährt. In meinem langen Leben habe ich keinen besseren, mutigeren, klügeren Menschen kennengelernt. Wenn er will, kann er in einer Nacht eine halbe Stadt über die Klinge springen lassen. Einen so gewandten Mann und treffsicheren Schützen habe ich nie wieder kennengelernt. Sag, Aga, was hast du auf dem Herzen?«

Und wieder sah er ihm gerade in die Augen. Der andere wich seinen Blicken aus, aber es gelang ihm nicht; am Ende bohrten Bayramoğlus stählerne Blicke sich wieder in Murtazas Augen.

»Wolltest du mit mir über Ince Memed sprechen, Murtaza Aga?« Bayramoğlus Stimme klang weich, freundlich und verständnisvoll.

»Nein!« Murtaza Aga wurde bleich. Wie der mich doch kalt erwischt hat, dieser Erzgauner! Er kann wohl im Innersten des Menschen lesen! »Hast du von Ali dem Hinkenden gehört?« versuchte Murtaza abzulenken, nachdem er sich schnell wieder gefangen hatte.

»Den kenne ich«, antwortete Bayramoğlu. »Wenn ich damals, als ich Räuber war, so einen Mann gehabt hätte, wäre ich Padischah der ganzen Welt geworden.«

»Mein Gott, auch das noch!« ächzte Murtaza Aga. Dann sprudelte es wie in einem Atemzug aus ihm heraus, Wort für Wort, sein ganzes Abenteuer mit Ali dem Hinkenden.

»Du hast dich ihm gegenüber nicht gut verhalten«, meinte Bayramoğlu bedauernd. »Solche Menschen kommen nur einmal auf diese Welt. Spielt man solchen Menschen denn so mit?«

»Ich hab's eben getan«, jammerte Murtaza.

»Schau, Murtaza, es ist nun einmal geschehen, aber wenn du von mir einen Rat haben willst, deswegen nicht einmal scheutest, bis hierher zu mir in die Öde zu kommen, dann höre mir gut zu: Fürchte dich nicht vor Ince Memed! Aber wenn dir auch in Zukunft dein Leben lieb ist, nimm dich vor Ali dem Hinkenden in acht! Auch Molla Duran Efendi sollte sich vorsehen. Was Ince Memed betrifft …«

Murtaza Aga spitzte die Ohren. Er konnte es gar nicht erwarten, von Bayramoğlu etwas über Ince Memed zu hören. Auf diese Gelegenheit hatte er nicht einmal zu hoffen gewagt.

»Ich habe Ince Memed nie gesehen, aber viel von ihm gehört. Und ich bin erstaunt über ihn, Murtaza Aga. Wie es heißt, soll er noch ein Junge sein. Doch seit ich denke, kann ich mich an keinen erinnern, den das Volk so angebetet hat. Weder Köroğlu noch Çakircali, weder Gizik Duran noch die gefallenen Märtyrer von den Vierzig Augen, keinen von ihnen hat das Volk so ins Herz geschlossen und in den Rang eines Heiligen erhoben wie ihn. Ich frage mich verwundert, was an diesem Jungen dran ist und was er denn getan hat, daß das Volk ihn so liebt. Abdi Aga, einen alten Mann, der mit einem Bein schon im Grab stand, den hat er getötet, na und?«

Wir, hätte er beinah hinzugefügt, haben damals haufenweise von solchen … Doch er verzichtete.

»Ich hörte, daß er sich jahrelang in einem Loch versteckt hielt, daß er kürzlich Ali Safa Bey tötete und sich dann erneut in nichts auflöste. Ich verstehe das nicht. Nach meinen Erfahrungen lebt ein Räuber nicht mehr lange, wenn er seine Waffe aus der Hand gelegt hat. Entweder er wird umgebracht, oder er wird wie Rüstem der Kurde zum Gespött aller oder Tagelöhner wie ich, aber auch dann wird er nicht in Ruhe gelassen. Doch wie dieser Junge es anstellt, ist mir rätselhaft.«

Obwohl Bayramoğlu sich immer wieder mit Ince Memed befaßt und über dessen ganzes Leben Erkundigungen eingezogen hatte, war er hinter dieses Geheimnis nicht gekommen.

»Kennst du Çakircali?« fuhr er fort.

»Ich habe von ihm gehört.«

»Vierzehn Jahre lang hat er gegen osmanische Truppen gekämpft, hat ganze Heere geschlagen. Viermal hat ihm der Padischah verziehen und freies Geleit in die Ebene gewährt. Jedesmal hat er es nicht länger als zwei Jahre ausgehalten und sich dann wieder in die Berge geschlagen. Denn das Volk ließ ihn nicht in Ruhe. Er hatte genug von der Räuberei, wußte, daß den Räuber früher oder später die tödliche Kugel ereilt. Deswegen kam er bei jeder Gelegenheit in die Ebene herunter, doch jedesmal zwangen sie ihn wieder in die Berge. ›Der Räuber wird nie Herrscher der Welt‹ soll von ihm stammen, kann aber auch ein altes Sprichwort sein. Ein wahres Wort. In den Bergen bist du darauf gefaßt, daß hinter jedem Busch, bei jedem Einsatz der Gendarmen, ja, im Gewehrlauf deines Kumpanen die Kugel lauert. Schlägt sich der Mensch in die Berge, trägt er seinen Kopf zu Markte. Wäre ich, nachdem ich die Waffe aus der Hand gelegt hatte, in die Ebene gezogen und seßhaft geworden wie ein wohlhabender Bauer mit Haus und Hof, der sich auch in die Angelegenheiten anderer einmischt, dann hätte ich mich nach einigen Jahren wieder in die Berge schlagen müssen. Es gibt auch keinen Räuber, der in der Ebene friedlich in seinem Bett gestorben ist. Es bleibt doch nicht aus, daß da unten irgendwann jemandem Unrecht geschieht. Dann hätten sich aller Augen erwartungsvoll auf mich gerichtet. Da verprügelt ein Gendarm einen Dörfler, und alle sehen dich an, und schon hast du den Ärger! Solange in dieser Welt Gewalt herrscht, heftet das Volk seine Augen auf die Räuber, von denen sie meinen, daß sie Grausamkeit und Unrecht nicht ertragen können. Sogar in diesem Dorf aus fünf Häusern kommen Frauen, die von ihrem Mann verprügelt wurden, kommen Kinder aus Furcht vor der Mutter und Jungmänner aus Furcht vor Gendarmen zu mir, sagen kein Wort, schauen mir nur in die Augen. Sogar in diesem Dorf hielt ich es nicht aus, war wohl zehnmal drauf und dran, mit dem Gewehr in die Berge zu gehen, habe tagelang mit mir gerungen, habe den Teufel verflucht und bin hiergeblieben. Jetzt habe ich meinen Frieden. Alt, wie ich bin, kommt keiner und schaut mir vorwurfsvoll in die Augen. In mich setzen sie keine Hoffnung mehr. Frag doch einmal Rüstem den Kurden, wie oft er drauf und dran war, sein Gewehr zu schultern und in die Berge zu ziehen. Einmal kam er fest entschlossen zu mir, und nur weil ich drei Tage und Nächte lang mit Engelszungen auf ihn eingeredet hatte, konnte ich ihn von seinem Vorhaben abbringen. Überdies ist er Safthändler, keiner im Ort weiß, wer er wirklich ist, und ein langmütiger Mann ist er auch … Dennoch …«

»Und Ince Memed?« fragte Murtaza, bemüht, sich keine Blöße zu geben.

»Mit dem ist es ganz eigenartig, und ich kann diesen Jungen nicht begreifen. Er verschwindet immer wieder und taucht immer wieder auf. Nach meinen Erfahrungen kann sich ein Räuber nirgends verbergen. Doch wohin verschwindet er, und wer versteckt ihn? Niemand gewährt einem Räuber ohne Gegenleistung Unterschlupf.

Nehmen wir an, er ist irgendwo Schäfer. Ein Mann wie er, ein Räuber, der zudem noch wie ein Heiliger verehrt wird, kann doch kein Schattendasein führen. Beim geringsten Anlaß, auch wenn nur Steine auf Katzen geworfen wurden, schnappt er sich doch sein Gewehr und atmet erst auf, wenn er wieder in seinen Bergen ist. Die Mitmenschen sorgen schon dafür, daß ein Räuber bei ihnen in der Ebene nicht heimisch wird. Soll ich dir mal was sagen: Auch Ince Memed wird seinem Schicksal nicht entgehen. Kein Räuber macht sich da etwas vor. Erst kürzlich soll Ince Memed Ali Safa Bey getötet haben, soll in die Berge geflüchtet und dort verschwunden sein.«

»Meinst du, daß er nicht mehr auftauchen wird?«

»Er wird alles tun, um nicht aufzutauchen.«

»Doch sie werden ihn nicht in Ruhe lassen, meinst du das?«

»Ich meine, daß Ince Memed ein Mann ist, der sich selbst nicht in Ruhe lassen wird.«

»Und was dann?«

»Kannte er Ali Safa?«

»Ich glaube nicht.«

»Hatte er einen Grund, ihn zu töten?«

»Kann ich nicht sagen. Soweit ich weiß, keinen. Möglicherweise hatte er das Gesicht seines Opfers bis zu diesem Zeitpunkt nicht einmal gesehen.«

»Solche Männer gibt es. Sie müssen so handeln.«

»Und du?«

»Ich gehöre nicht zu ihnen.«

»Zu ihnen...?«

»In ihnen brennt ein ganz anderes, seltsames Feuer. Es ist wie ein Zwang. Ince Memed mußte in die Berge gehen, er mußte

Abdi Aga und Ali Safa töten. Und er wird seinen Weg zu Ende gehen. Wenn er sich wenigstens nicht beeilte ...«

»Nicht beeilen wozu?«

»In die Berge zu gehen ... In den Bergen kann ein Räuber nicht überleben, wenn er dort keine Organisation aufbaut.«

»Das Volk betet ihn doch an.«

»Wenn auch ... Hunderttausend beten ihn an, einer ist sein Feind, und schon ist er verloren. Alles da draußen, Gräser, Blumen, Vögel, jeder Busch und jedes Blatt, muß ihm Auge sein und Ohr. Wenn sich vierzig Tagesmärsche entfernt ein Blatt bewegt, muß er es hier hören, muß er gegen jede List gewappnet sein. Köroğlu konnte es und blieb am Leben.«

»Ince Memed hat noch Ali den Hinkenden«, warf Murtaza Aga ein, nur um Bayramoğlu auf den Zahn zu fühlen, und beobachtete dabei mit äußerster Spannung jede seiner Bewegungen.

Nachdem Bayramoğlu kurz überlegt hatte, sagte er gleichmütig: »Wenn er einen Ali den Hinkenden hat, wenn Ali der Hinkende sein Mann ist, hat niemand die Kraft, sich mit ihm zu messen.«

In jener Nacht redeten sie bis in den frühen Morgen, ohne zu schlafen. Als es hell wurde, holte Murtaza Aga die Geschenke aus seinem Quersack.

»Die sind von Rüstem dem Kurden«, sagte er und sah Bayramoğlu ins Gesicht. Dieser nahm die Geschenke lachend entgegen, während ihm die Augen feucht wurden. »Und das da ist von mir ...«

Bayramoğlu war über die Kleidungsstücke und rotbraunen Stiefel außer sich vor Freude und wurde ganz verlegen. »Welche Umstände, welche Umstände«, stammelte er immer wieder.

Auf dem Weg zur Stadt war Murtaza Aga innerlich zwischen Todesangst und Hoffnung hin und her gerissen. Über eins war er sich im klaren: So ohne weiteres würde Bayramoğlu die Verfolgung von Ince Memed nicht aufnehmen. Der wollte nichts anderes mehr, als friedlich in seinem Dorf sterben. Dennoch, bei solchen Männern weiß man nie. Eh du dich versiehst, haben sie nach ihrem Gewehr gegriffen und sich auf den Weg in die Berge gemacht. Murtaza wußte, daß die Besessenheit im Menschen nicht so leicht abstarb, nur schlummerte und irgendwann wie ein Wurm wieder zu nagen begann. Und daß dieser Wurm im Innern Bayramoğlus nicht tot war, hatte er auch gesehen. Die Augen sind der Spiegel des Menschen, und ihm war, als habe er tief in Bayramoğlus Augen eine Sehnsucht nach etwas wie einem verlorenen Paradies ausgemacht. Vielleicht hatte er sich geirrt, aber Bayramoğlus Augen machten nicht den Eindruck, als könnten sie einen Menschen in die Irre führen. Wie konnte ein Mensch, schon bevor er starb, alles töten, was sein Leben ausmachte. Das würde Murtaza Aga nie und nimmer begreifen.

Vornübergebeugt, weder links noch rechts blickend, als gäbe es niemanden außer ihm auf der Welt, durchquerte er immer wieder das Ladenviertel von einem Ende zum andern. Bis ihn eine vertraute Stimme aufschreckte: »Nanu, Murtaza Aga, was ist in dich gefahren? Gehst in Gedanken versunken schon zum drittenmal an mir vorbei und siehst die Welt nicht mehr.«

Der da mit der Reitpeitsche in der Hand vor ihm stand, war Mahmut Aga aus Çiçeklidere.

»Na, so was, Mahmut Aga, bist du's wirklich? Und ich frage mich schon seit Tagen, wo unser Bruder Mahmut nur sein könne. Im Hause Halil Beys sah ich dich nur kurz und verlor dich in dem Tohuwabohu aus den Augen. Wo steckst du denn seit Tagen?« Murtaza hakte sich bei ihm ein, und sie gingen zur Brücke hinunter. »Du bist ja im Bilde über das, was vor sich geht. Unerhört! Dieser Dorfjunge mit Opanken an den Füßen zerstört in blindwütigem Lauf, was sich ihm in den Weg stellt, und tötet unsere Leute. Wenn er so weitermacht, wird er in dieser Stadt keinen übriglassen. Zuerst Abdi Aga, danach den armen Ali Safa, anschließend Talip Bey, den Tiger der Anavarza. Wie soll das nur weitergehen, und wie kann man einen Tiger wie Talip Bey töten, der eine so zahlreiche Sippe im Rücken und ein Heer von tigergleichen Kämpfern neben sich hatte?«

»Man kann. Wenn ein Mensch so grausam ist, so lasterhaft, daß er sich sogar an den Frauen seiner Söhne vergreift, kann man ihn töten. Und wenn einer wie er sich nicht nur zum Tiger der Anavarza, sondern zu seinem Herrgott erklärt, kann man ihn auch töten.«

»Und was wird mit dieser Plage Ince Memed? Soll der von den Bergen herunterkommen und uns einen nach dem andern umbringen, während wir wie Opferlämmer auf ihn warten?«

»Wer? Von wem redest du?«

»Von Ince Memed.«

»Und? Was soll mit Ince Memed sein?«

»Na, was schon ... Er hat sich geschworen, uns alle zu töten. Sogar dich.«

»Mich? Wie denn?«

»Ganz einfach. Wie Abdi Aga, Ali Safa Bey und Talip Bey mit einem Schuß in die Augen, sogar mitten in die Augen ... Ich habe die Leiche von Talip Bey, diesem Tiger der Anavarza, gesehen. Beide Augen waren zerfetzt. In beide war eine Kugel eingedrungen und zum Nacken wieder herausgekommen. O Gott ... Gott bewahre uns vor so einem Tod, bewahre sogar unsere Feinde davor. Und Ali Safas Hirn klebte voll und ganz an der Wand.«

»Halt, Murtaza!« unterbrach Mahmut Aga dessen Rede. Einander zugewandt blieben sie stehen. »Talip Bey wurde nicht von Ince Memed getötet, merk dir das!«

»Na, wer hat ihn denn getötet?«

»Seine Söhne ... und Kerem. Sie haben sich mit den Dörflern zusammengetan und ihren Vater getötet. Das weiß jeder. Alle Dörfler brüsten sich schon in der Anavarza-Ebene, sie hätten den Tiger getötet. Doch in eurer Feigheit kommt es euch zustatten, alles Ince Memed anzuhängen, um den Schrecken vor ihm zu steigern. Den Talip Bey hat Memed jedenfalls nicht getötet.«

Murtaza Aga zog seinen Hosenbund hoch, zwirbelte an seinem Schnurrbart: »Ja, wie redest du denn, Mahmut Aga! Dieser Räuber Ince Memed ... Ich habe Talip Beys Leiche gesehen. Genau in die Augen getroffen ... Das bringt nur Ince Memed fertig, das ist seine Gewohnheit. Ist das etwa auch gelogen?«

»Es ist gelogen«, erwiderte Mahmut Aga ungerührt. »Der, den ihr Ince Memed nennt, ist ein Knabe. Zu einem Räuber gehört wohl mehr. Ince Memed ist nur ein armer Bauernjunge.«

Murtaza packte die Wut, aber er gab sich alle erdenkliche Mühe, es nicht zu zeigen.

»Mann, Mann, Mahmut Aga, was redest du da? Hörst du überhaupt, was du von dir gibst? Die ganze Stadt und ganz Adana, die Berge und die Ebenen, sie alle können aus Angst vor diesem reißenden Ungeheuer nicht schlafen. Von sieben bis siebzig windet sich jeder in Todesangst, was hast du denn gedacht ...«

»Ihr leidet alle unter der Krankheit Angst.«

Jetzt mußte Murtaza Aga seiner Empörung Luft machen, und er schimpfte, was das Zeug hielt. Aber Mahmut Aga bot ihm mit noch größerem Zorn die Stirn. Sich Schimpfworte an den Kopf werfend, die man eigentlich nicht in den Mund nahm, gingen sie weiter bis auf die Brücke. Erst hier verstummten sie, beugten sich über das Geländer und schauten aufs Wasser. Nach und nach beruhigte sich Murtaza Aga, sein Zorn verflog. Und Mahmut Aga bekam Mitleid mit ihm, diesem Mann in Todesangst.

»Fürchtest du diesen Mann wirklich so?«

»Jeder muß sich vor ihm fürchten, Gevatter. Und den Kopf der Schlange muß man zermalmen, solange sie klein ist. Sonst nimmt die Gefahr überhand. Morgen oder übermorgen wird dieser Mann alle, die dem Galgen oder Pfahl entkommen sind, um sich scharen ... Die Berge und Täler wimmeln von Hungernden, und du kennst doch den Spruch: Auch hungrige Hunde stürmen die Brotbäckerei, oder?«

»Ich kenne den Spruch.«

»Nun, das macht mir angst, darüber mache ich mir Sorgen. Und darum sage ich, daß man den Kopf der Schlange zermalmen muß, solange sie klein ist.«

»Ince Memed ist diese Schlange aber nicht. Er ist ein Nichts, ein armes Kerlchen, das in Schwierigkeiten geraten ist.«

»Wenn es so ist, wer hat denn dann eines Nachts das Gefängnistor in Kozan aufgebrochen, alle Gefangenen freigelassen und das Gefängnis angezündet?«

»Ince Memed kann es nicht gewesen sein.«

»Wer denn sonst?«

»Du weißt es also nicht.«

»Wer ist es?«

»Ich werde es bald erfahren und dir sagen.«

»Und du hältst Ince Memed für ein Nichts?«

Mahmut Aga hakte sich bei ihm ein und sagte mit beruhigender, fast zärtlicher Stimme: »Ach, Murtaza, ihr habt alle den Kopf verloren. Die Berge sind voller Räuber, jeder einzelne ein Tiger und so gut wie tausend Ince Memeds zusammen. Doch ihr zetert immer nur Ince Memed hier, Ince Memed da … Das ist ein Fehler, so geht es nicht!«

Sie schlugen den Weg in die Stadt ein und gingen gemächlich den abschüssigen Teil der Brücke hinunter. Mahmut Aga war ein schweigsamer Mann mit mürrischem, vorzeitig zerfurchtem, langem Gesicht. Jeden, der es zum erstenmal erblickte, überkam leichtes Schaudern.

»Hör zu, Murtaza, ich mache dir einen Vorschlag: Heute noch werde ich mich auf mein Pferd setzen, werde ganz allein in die Berge reiten und diesen Ince Memed an seinen Ohren hierherbringen.«

»Wie bitte? Sagst du das im Ernst?«

»Warum wundert es dich so?«

»Es wundert mich eben. Es wundert mich sogar sehr.«

»Warum?«

»Die ganze Welt läuft aufgescheucht herum, Ankara ist ein einziges Durcheinander, ganz Adana ist vor Schreck auf den Beinen, der Hauptmann wurde bettlägerig, ein Mann wie Arif Saim Bey kam deswegen in unsere Stadt, mit ihm sogar der Regimentskommandeur der Gendarmerie … Seit Tagen wird in der Türkei von nichts anderem geredet als von Ince Memed, es fehlt nicht viel, und eine Armee wird zum Taurus in Marsch gesetzt, und du hast dazu nicht mehr zu sagen als ›Ich werde morgen Ince Memed an seinen Ohren hierherbringen!‹«

»Ich werde ihn herbringen, und zwar noch morgen.«

»Wenn es so ist, warum hast du ihn denn bis heute nicht hergebracht?«

»Ich bitte dich, Murtaza«, entgegnete Mahmut Aga, »so nicht, Bruder, wenigstens du solltest so etwas nicht sagen! Hat denn auch nur ein Diener Gottes sich ein einziges Mal an mich erinnert und in der Angelegenheit Ince Memed um Rat gefragt? Sollte ich etwa hingehen und sie anflehen, ob ich Ince Memed an den Ohren herbringen dürfe? Seit einer Woche gehe ich in dieser Stadt herum; nun sag mir: Hat mich etwa irgend jemand nach Ince Memed gefragt?«

»Nein, niemand von uns. Es ist also ein leichtes, die Angelegenheit Ince Memed zu erledigen?«

»Hör mal, Murtaza!« Mahmut Aga ergriff seinen Arm. »Du kennst mich schon seit langem, seit deiner Kindheit ... Seit den Tagen, als ich mit meinem Vater zu euch ins Haus kam. Und nun sag mir, habe ich jemals großen Wind gemacht?«

Murtaza Aga überlegte eine Weile und sagte: »Nein, bei Gott, du nicht ...«

Am Rande des Ladenviertels blieben sie stehen.

»Du kommst heute abend zu uns«, befand Murtaza Aga, »Hüsne Hanum erwartet dich zum Essen. Du wirst bei uns übernachten. Wo hast du dein Pferd untergestellt? Hol es! Dann können wir über alles in Ruhe reden. Du hast recht. Wir sind nicht bei Trost, haben an dich überhaupt nicht gedacht. Die Angst hat uns den Verstand geraubt. Hast du das von Arif Saim schon gehört?«

»Was soll mit Arif Saim sein?«

»Er habe vor, den Pascha zu töten, und soll schon Vorbereitungen dafür treffen. Er soll sich mit den Tscherkessen in den Bergen geeinigt und sich mit den Engländern und Franzosen abgesprochen haben. Du kennst Arif Saim näher, ist er dazu fähig?«

Über das Gesicht des Mannes, der nie lachte, huschte ein Lächeln.

»Vergiß es«, sagte er, »wer weiß, welcher von Arif Saims Feinden dieses Gerücht verbreitet ... Wir reden am Abend darüber.«

Er reichte Murtaza Aga die Hand, drehte sich um und verschwand in der nahen Sattlerei.

Murtaza Aga war mit sich zufrieden. Er war nicht gleich aus dem Häuschen geraten, als Mahmut Aga sagte, er könne Ince Memed an den Ohren herbeischaffen, war nicht auf ihn eingedrungen, hatte ruhig Blut bewahrt. Ja, wenn es in dieser Stadt einen gab, der mit Ince Memed fertig werden konnte, dann Mahmut. Warum war noch niemand, nicht einmal Schlaufuchs Zülfü, auf ihn gekommen? Dabei hatten sie diesen Recken mit den zorngeröteten Augen dauernd vor ihrer Nase, willens, Ince Memed den Garaus zu machen, nur um seinen Ruhm durch eine weitere Tat zu mehren.

Als er nach Hause kam, empfing Hüsne Hanum ihn auf dem Treppenabsatz: »Willkommen Aga … Gute Nachrichten?«

Sein Gesicht wirkte entspannt. So gelassen hatte Hüsne Hanum ihn seit langem nicht erlebt. Er ging in sein Zimmer und streckte sich auf dem Wandsofa aus.

»Gute Nachrichten, Hanum.«

Er atmete tief ein. Fast wäre er vor wohliger Entspannung eingeschlafen.

»Wir sind Esel, Hanum, sehen den Berg vor unseren Augen nicht und suchen einen Strohhalm in der arabischen Wüste, sehen die Blätter, aber nicht den Wald voller Bäume. Wir sind Esel … geborene Esel …«

»Was ist geschehen, Aga?«

»Wir haben uns gerade mit Mahmut aus Çiçeklidere unterhalten. Für ihn ist Ince Memed nicht mehr als ein Streichholzsplitter. Und er verspottet uns, weil wir uns so fürchten. ›Den Ince Memed‹, sagt er, ›da gehe ich hinauf in die Berge und bringe ihn an seinen Ohren herunter‹, sagt er.«

»Der bringt es fertig.«

»Er ist uns böse.«

»Er kann es und hat recht.«

»Ich tat gleichgültig, ging gar nicht näher darauf ein. Denn ich merkte, daß er ganz scharf darauf ist, Ince Memed zu töten und damit seinen Ruhm zu steigern. Auch wenn wir es nicht von ihm verlangen, er wird losziehen, um Ince Memed zu töten. Soweit ich verstanden habe, hat er sich schon darauf vorbereitet. Er hat in den Bergen auch zwei Räuberbanden, die auf der Stelle strammstehen und sterben, wenn er es befiehlt. Ich begreife nicht, daß Menschen wie er so etwas tun können. Zumal Mahmut Aga mehr Tinte verkleckst hat als ich, ja, als jeder andere in dieser Stadt.«

»Männer wie er tragen von klein auf ihre Haut zu Markte. Menschen in Schrecken versetzen und töten ist ihr täglich Brot. So sind sie erzogen worden. Hast du vergessen, wie er zu seinem

Hof gekommen ist? Wer anders in dieser Ebene könnte so etwas fertigbringen.«

»Wenn es so ist, bereite für heute abend alles besonders gut vor. Wir wollen ihm ein Festessen vorsetzen, daß ihm die Augen übergehen. Und kein Wort über Ince Memed, richtig? Es sei denn, er fängt selbst davon an, richtig? Er wird es gar nicht erwarten können, darüber zu reden, denn er fiebert danach, Ince Memed zu töten.«

Mahmut Aga entstammte einer der ältesten Sippen des Taurus. Sein Vater hatte ihn zum Studium nach Adana und Istanbul geschickt, damit aus ihm etwas Besonderes werde. Und er hatte wirklich ernsthaft studiert. In der Provinzstadt rechnete niemand damit, daß er wieder in den harten Alltag des Taurus zurückkehren würde, nachdem er so viel studiert und in Großstädten gelebt hatte. Doch als sein Vater starb, kam er sofort heim, und es verging keine Woche, da ritt er schon mit fünfzehn seiner bis an die Zähne bewaffneten Männer aus seinem Dorf hinunter in die Kreisstadt. Und noch am selben Tag ließ er einen Mann, von dem es hieß, er habe des Vaters Grab verflucht, von seinem Pferd tottrampeln und ritt dann, als sei nichts geschehen, seelenruhig wieder zur Stadt hinaus. Dieser Vorfall wurde in der Kreisstadt nicht vergessen, und man sprach dort von ihm nur noch als Mahmut Aga, der Männer von seinem Pferd tottrampeln läßt. Mahmut Aga von Çiçeklidere, der Männer von seinem Pferd tottrampeln läßt, hatte von seinem Vater viel Geld, viel Grund und Boden geerbt, und er stapelte auf diesen Reichtum mehr Hab und Gut als sein Vater und Großvater zusammen.

Mahmut verdankte seinen Reichtum dem wirtschaftlichen Denken, das von seinem Vater und Großvater auf ihn übertragen worden war. Und er hatte dieses Denken noch weiter entwikkelt. Ein Denken, das allgemein unbekannt, aber in der Ebene, besonders an den Küsten des Mittelmeers verbreitet war. Nehmen wir an, der Aga gibt einem Bauern eine junge Stute. Der Bauer übernimmt damit die Pflege und das Futter des Tieres in seinem Stall. Wirft sie mit der Zeit sechs Fohlen, so bekommt er drei, die anderen gehören dem Aga. Die Stute bleibt des Agas Eigentum. Stirbt die Stute, hat der Bauer dem Aga den Kaufpreis zu ersetzen. So verteilt der Aga mit der Zeit in vielen Dörfern Hunderte, ja Tausende Stuten, Kühe, Schafe und Ziegen und hat nach zehn, fünfzehn Jahren ganze Herden von Pferden, Kühen, Schafen, Ziegen und Ochsen. Und der Bauer darf seinen Anteil niemand anderem als dem Aga verkaufen. Den Preis bestimmte der Aga.

Mahmut Aga, ein studierter Mann, verfeinerte dieses Prinzip. Er sah sich die verschiedenen Dörfer genauestens an und gab seine Stuten dorthin, wo die besten Pferde gezüchtet wurden; und wo er die besten Ziegen, Schafe und Kühe entdeckte, nur da verteilte er seine Ziegen, Schafe und Kühe. Zu Zeiten seines Vaters und Großvaters nahm man es noch nicht so genau, und die Tiere wurden wahllos an die Dörfer vergeben. Und so hatte Mahmut Aga edle Pferde, hervorragende Stiere, Kühe und Ziegen gezüchtet, deren Herden auf Berghängen und in der Çukurova weideten. Und jedes Jahr wurden diese Herden nach Aleppo, nach Adana und Istanbul verfrachtet und kamen als Goldstücke in Mahmut Agas Kassen zurück.

In der Çukurova war Mahmut Aga der Mann, der die edelsten Pferde ritt, vor dem man sich am meisten in acht nahm und dessen Großzügigkeit in aller Munde war. Er führte ein strenges Regiment und hatte es sich zur Gewohnheit gemacht, Gegner auch von seinem Pferd zertrampeln zu lassen. Und niemand durfte deswegen Rechenschaft fordern. Wenn es ihm behagte, zahlte er der Frau, den Kindern und Verwandten des Getöteten ein Blutgeld.

Einer der letzten Präfekten von Adana hatte von Mahmuts Ruhm gehört und, neugierig auf ihn geworden, den Aga zu sich gerufen; doch dieser war nicht gekommen. Auch als der Präfekt seinen Wunsch mehrmals wiederholte, hatte Mahmut Aga sich nicht darum geschert. Wütend hatte der Präfekt Gendarmen unter dem Kommando eines Hauptmanns nach Çiçeklidere geschickt, die Mahmut auch nicht antrafen. Doch als sie auf dem Rückweg über die Berge nach Adana waren, umzingelte Mahmut Aga mit seinen Leuten das Quartier des Hauptmanns, nahm ihn gefangen und sagte: »Willkommen, Hauptmann, ich bin Mahmut Aga.« Dann behielt er ihn einige Tage bei sich, veranstaltete für ihn sagenhafte Festessen, steckte ihm noch ein Gastgeschenk in die Tasche und schickte ihn endlich mit den Worten zurück auf den Weg: »Grüße den Präfekten von mir und sage ihm, ich sei kein Rebell gegen den Staat. Wenn er will, soll er hierherkommen, einige Tage als Gast in diesen himmlischen Bergen verbringen, und wir werden ihn auf Händen tragen.«

Bald darauf war der Präfekt versetzt worden, und man ließ die Angelegenheit auf sich beruhen. Aber einmal mißtrauisch, blieb Mahmut Aga auf der Hut und ließ Offiziere, Steuereinnehmer, Abgesandte der Regierung oder wer ihm sonst noch verdächtig erschien, nicht mehr ohne weiteres in seine Berge. Und so lebte er dort zurückgezogen und ohne viel Aufsehen bis zum Ersten Weltkrieg.

Während des Ersten Weltkriegs hatte Mahmut Aga einen schweren Stand. In kurzer Zeit wimmelte es in den Bergen von Fahnenflüchtigen und Räubern. Sie überfielen die Dörfer, plünderten sie und töteten jeden, der sich zur Wehr setzte. Daher mußte Mahmut Aga die Zahl seiner Leute erhöhen. Das kostete Geld. Er mußte schweren Herzens einen Teil seiner Leute auf Raubzüge schicken, was ihm überhaupt nicht behagte. Aber was blieb ihm anderes übrig ... Seine Männer suchten Maraş, Kayseri und Gebiete der Çukurova heim und brachten ihm reiche Beute.

Auch mit den Dörflern bekam er Schwierigkeiten. Manche hatten die Ziegen, Schafe und Rinder verspeist und diese Vergehen den Fahnenflüchtigen in die Schuhe geschoben. Mahmut Aga ließ eine umfangreiche Untersuchung durchführen. Wie festgestellt wurde, hatten Räuber und Fahnenflüchtige wohl einige Tiere weggetrieben, die meisten waren aber von seinen eigenen hungrigen Bauern verspeist worden. Diese Vorgänge bedeuteten einen schweren Verstoß gegen die bestehende Ordnung und empörten ihn aufs äußerste. Das Übel mußte an der Wurzel gepackt werden.

Eines guten Tages schwang er sich auf sein Pferd und ritt mit seinem bewaffneten Gefolge in das Bergdorf Sakizli, das hoch oben in einer bewaldeten Senke lag. Kein Mensch empfing sie, die Straßen waren menschenleer, das Dorf lag ausgestorben, als hätte man es vor Jahren verlassen. Sakizli war eins der Dörfer, in denen kräftige Ziegen gezüchtet wurden. Mahmut Aga hatte für die ersten langhaarigen, rotbraunen Zuchttiere damals einen Haufen Geld bezahlt und sie von weit her bringen lassen. Jedes Tier war groß gewachsen und gab viel Milch. Und nun hatten die Bauern all diese wertvollen Tiere geschlachtet und gegessen, hatten diese schönen, goldfarbenen Ziegen mit Stumpf und Stiel ausgerottet.

Unter der großen Zeder mitten im Dorf stieg er vom Pferd, setzte sich an der sprudelnden Quelle am Fuß des Baumes auf einen Felsblock und legte seine Flinte in die Armbeuge. Sein Gesicht war finster wie das Tor zur Hölle.

»Bringt mir den Dorfvorsteher Musa her!«

Dorfvorsteher Musa, ein Häufchen Unglück zwischen zwei Bewaffneten, kam vornübergebeugt und hatte die Hände über dem Bauch gekreuzt. Er konnte weder dem Aga noch sonstjemandem ins Gesicht sehen. Seine handgewebte Pluderhose war voller Flicken, und aus den Löchern seines kragenlosen Hemds quollen die Brusthaare. Doch die Opanken aus rotbraunem Ziegenleder waren nagelneu.

»Ist hier im Dorf nicht eine Ziege übriggeblieben, wenigstens eine?«

Tief gebeugt und ohne den Kopf zu heben, antwortete Musa mit kaum hörbarer Stimme: »Nicht eine.«

»Keine einzige?«

»Keine einzige.«

»Habt ihr sie gegessen? Alle meine Ziegen?«

»Wir haben sie gegessen.«

»Und Räuber und Fahnenflüchtige?«

»Dank deiner wagen sie sich nicht in dieses Dorf.«

»Warum habt ihr sie gegessen?«

»Wir haben lange an uns gehalten, sie zu essen. Wir hatten Hunger. Einen Monat, zwei Monate, drei Monate haben wir widerstanden. Dann haben wir eine Ziege geschlachtet …«

»Und dann?«

»Bekamen wir wieder Hunger.«

»Und dann?«

»Haben wir wieder eine geschlachtet.«

»Und dann?«

»Bis es keine Ziegen mehr gab. Die letzte haben wir noch vor drei Tagen geschlachtet.«

»Und jetzt?«

»Sind wir hungrig.«

Mahmut Aga stand auf, und die Umstehenden dachten, er werde auf sein Pferd steigen und den Dorfvorsteher Musa zu Tode trampeln. Doch nichts dergleichen geschah. Mahmut Aga war ganz weich, war so weich, wie ein Mann nur sein kann. Bedächtig ging er zu Musa und befahl mit kühler Stimme: »Nimm den Kopf hoch!«

Musa, voller Angst, hob langsam seinen Kopf.

»Heute werdet ihr dieses Dorf verlassen. Nicht ein einziger wird zurückbleiben. Morgen werde ich wiederkommen, und wenn ich auch nur einen von euch hier antreffe, werde ich ihn von meinem Pferd zertrampeln lassen. Hast du das verstanden?«

»Mein Aga, tu uns das nicht an, jage uns nicht aus Dorf und Heimat! Die Ziegen haben wir doch gezüchtet. Wir werden wieder welche großziehen und dir drei Ziegen statt einer geben. Sei nachsichtig mit uns!«

»Morgen will ich in diesem Dorf niemanden sehen.«

Sein Befehl war endgültig. Als Mahmut Aga drei Tage später ins Dorf zurückkehrte, war es menschenleer. Er ließ von seinen Leuten alle Häuser durchkämmen. Sie fanden drei alte Hunde und außerhalb des Dorfes ein Ehepaar, das sich auf einer Ziegenkoppel versteckt hatte und vor Altersschwäche nicht mehr auf die Beine kam. Die beiden wurden zum Aga gebracht.

»Warum seid ihr nicht mitgegangen?«

Das alte Ehepaar hatte seine besten Kleider angelegt. In sich zusammengesunken hockten die beiden da und wagten keine Antwort.

Mahmut Aga drang nicht weiter auf sie ein. Die beiden Alten taten ihm leid, und seine Augen füllten sich mit Tränen.

»Nehmt diese beiden, setzt sie auf ein Pferd und bringt sie in unser Dorf. Und daß ihnen unterwegs kein Leid geschieht! Kümmert euch gut um sie. Nehmt auch die Hunde mit. Sie tun mir auch leid. Sie werden hier verhungern, die Armen.«

Von der Güte und Barmherzigkeit, die Mahmut gegen das alte Ehepaar und die drei Hunde walten ließ, wurde bald darauf in allen Bergdörfern gesprochen, man hörte sogar in der Stadt davon. Und jedermann war des Lobes voll.

Nach der Verbannung der Dörfler aus Sakizli aber hat kein Dorf, ja, kein einziger Bauer, wie hungrig er auch gewesen sein mag, auch nur ein Huhn geschlachtet und verzehrt, geschweige denn eine Ziege oder gar ein Rind.

Dorfvorsteher Musa setzte sich an die Spitze seiner Dörfler und führte sie hinunter in die Çukurova. Es war nicht leicht gewesen, sie von ihrem Dorf, von den Gräbern ihrer Vorfahren zu trennen. Aber sie hatten nichts zu erhoffen, sie mußten fort. Und der Widerstand einiger weniger, die sich auflehnten, wurde von allen anderen gemeinsam gebrochen. Dann machten sie sich laut jammernd auf den Weg. Ihre Klagen hallten von den Bergen wider.

Als sie die Kreisstadt erreichten, waren sie erschöpft. Sie lagerten unter der Brücke. Alle, die von ihrem Schicksal erfuhren, brachten ihnen Mehl von ihrem Mehl, Öl von ihrem Öl und Weizengrütze, soviel sie selbst entbehren konnten.

Die Dörfler wußten nicht, wie es weitergehen sollte. Fast alle jungen Burschen waren in den Krieg gezogen. Und die Alten wie Dorfvorsteher Musa überlegten hin und her, suchten einen Ausweg aus diesem Elend, doch sie fanden keinen.

Zehn Tage konnten sie zwischen den Keuschlammbäumen unter der Brücke bleiben. Eine Arbeit in der Kreisstadt fanden sie nicht. Da erinnerte sich der Vorsteher Musa an das Dorf in der Anavarza-Ebene, wo er vor langer Zeit gearbeitet hatte, als er in die Çukurova gezogen war, um sich zu verdingen.

Dorthin brachen sie auf, und die Dörfler öffneten ihnen ihre Scheunen. In jenem Jahr regnete es viel. Sie litten große Not. Viele ihrer Kinder starben. Denn auch in der Ebene herrschten schwere Zeiten.

Nicht weit vom Dorf erstreckte sich bis hinunter zum Fluß Ceyhan ein Stück Land, überwuchert von Bocksdorn, Röhricht und Brombeerhecken. Dort entdeckten die Dörfler eine kleine Lichtung und bauten darauf aus Schilf und Gras, das ihnen Talip

Bey unentgeltlich überlassen hatte, ihre ersten Hütten. Dann verkauften sie ihr gesamtes Hab und Gut, erstanden dafür Hakken, Spaten, Sicheln, Hippen und Äxte und fingen an, das Gelände zu roden. Alt und jung, von sieben bis siebzig, legten sie sich mit Zähnen und Klauen ins Zeug. Mit übermenschlicher Anstrengung gelang es ihnen, soviel Ackerland, wie sie bestellen konnten, von Dornen und Unterholz zu säubern. Und mit Hilfe der anderen Dörfler säten und ernteten sie. In jenem Jahr bekamen sie alle das Sumpffieber. Und da die Menschen der Berge die ausmergelnde Hitze der Çukurova nicht wie die Einheimischen verkraften konnten, starben viele ihrer Alten an dieser Krankheit. Aber die anderen hielten aus und trotzten Jahr für Jahr dem von Bocksdorngestrüpp, Brombeerbüschen und Röhricht strotzendem Land immer mehr Ackerboden ab. Seit sie denken konnten, hatten die Menschen in der Çukurova nicht so arbeitswütige Dörfler gesehen. Und jeder biß sich vor Staunen in die Fingerkuppen. Sie nannten das neue Dorf Yalnizyurt, und ihre Bewohner waren an ihren großen, schwieligen Händen, ihren sonnengeschwärzten, ausgezehrten, zerfurchten Gesichtern sofort zu erkennen.

Der dem verwilderten dornigen Land abgewonnene Ackerboden gab dreißigfache, vierzigfache Frucht. Sie säten Weizen und Hafer, pflanzten Zwiebeln, Gemüse und Baumwolle. Und jeder Bauer schritt über die von Dornen befreite Krume wie ein siegreicher Held. Sie kauften auch Pferde, Kühe, Schafe, und schon bald gab es in der Çukurova keinen, der sie in der Zucht von Pferden übertraf, denn die Stuten hatten sie sich aus Urfa bringen lassen. Auch die ersten steinernen Bauernhäuser der Çukurova wurden in Yalnizyurt gebaut. Und während es in den anderen Dörfern weder Gassen noch Marktplatz gab, legten sie ordentliche Straßen an und ließen mitten im Dorf ein großes Gelände frei. Dorthin setzten sie eine Moschee, die es sonst in fast keinem Dorf der Ebene gab, und zwar eine Moschee aus Ziegelstein. Mit der Zeit begannen sie auch in die kühlere Hochebene zu ziehen, wenn der heiße Sommer kam.

Die Erntezeit begann in der Çukurova schon früh. In Gemeinschaftsarbeit brachten die Leute von Yalnizyurt eilig die

Ernte ein und verließen bis auf den letzten Einwohner ihr Dorf, um in die Hochebene zu ziehen, hinauf zum Meryemcil-Kamm. Aus Furcht, Mahmut Aga könnte ihnen Verdruß bereiten, wagten sie sich nicht in die andere Richtung, die sie in die Nähe ihres Heimatdorfes geführt hätte. Denn die meisten Männer waren von der Front nicht zurückgekommen, und die wenigen heimgekehrten waren verstümmelt, krank oder gebrochen. Für die Gefallenen waren viele Klagelieder gesungen worden. Aber die Frauen von Yalnizyurt überwanden ihr Leid. Sie waren schöne Frauen, und so heirateten sie wieder, nahmen sich Fahnenflüchtige oder Burschen aus nahen Dörfern oder auch Männer vom Hochland. In kurzer Zeit hatten sie sich an das Leben in der Ebene gewöhnt, paßten sie sich wie die Einheimischen den Gepflogenheiten der Çukurova an.

Währenddessen brauste Mahmut wie der Sturmwind durch die Berge, kämpfte gegen Franzosen und die Armenier, die mit den Franzosen gemeinsame Sache gemacht hatten. Er hatte viele Männer, viele Räuber um sich versammelt, stieß mit ihnen bis in die Ebene hinunter und schlug bei Mercin und unterhalb Osmaniyes die feindlichen Streitkräfte in die Flucht. Sein Ruhm wuchs und wuchs. Eines Tages zog er sich nach einem siegreichen Kampf nach Kozan zurück und machte mit seinen Männern bei Yalnizyurt halt. Dorfvorsteher Musa war ihm weit draußen vor dem Dorf mit alt und jung und Kind und Kegel entgegengeeilt. War er nicht ihr Aga aus früheren Zeiten, dieser heldenhafte Krieger, der mit vierzig Mann am Schneepaß ein Bataillon Franzosen gefangengenommen und dessen Tat sich zu seinem Ruhm bis hierher herumgesprochen hatte?

Daß von sieben bis siebzig alle Einwohner eines Dorfes in der Çukurova Mahmut Aga so überschwenglich empfingen, schmeichelte ihm. Er nahm sich vor, einige Tage in diesem Dorf, dessen Marktmitte sogar eine Moschee schmückte, einzukehren und auszuruhen. Außerdem gab es unter seinen Männern einige Verwundete. Mit Wohlgefallen hatte er die vornehmlich aus Frauen bestehende Menschenmenge betrachtet, die ihm entgegengekommen war, um ihn am Zaum seines Pferdes hoch zu Roß ins Dorf zu geleiten.

Plötzlich tauchte Vorsteher Musa vor ihm auf. »Willkommen in unserem Dorf, mein Aga!«

Mahmut Aga hatte ihn sofort erkannt. »Du hier, Musa?« fragte er. »Was hast du in diesem Dorf zu schaffen?«

»Dies Dorf ist unser Dorf, mein Aga. Sei uns willkommen!«

Mahmut Aga sagte nichts, senkte den Kopf, straffte die Zügel und ritt, am Dorf vorbei, weiter.

In der Kreisstadt erkundigte er sich und erfuhr, daß die Dörfler, die seine Ziegen verspeist hatten, jetzt auf fruchtbarem Land in ihrem eigenen Dorf lebten und in der Çukurova die fleißigsten Menschen seien.

Franzosen und Armenier hatten die Ebene geräumt und waren davongezogen, der Freiheitskrieg war zu Ende. Die Krieger, die gegen die Feinde gekämpft hatten, kamen mit ihren Waffen von den Bergen herab in die Städte. Sie sollten die Grundfesten sein, auf denen der neue Staat gegründet wurde. Und sie begannen, die Ebene aufzuteilen. In manchen Gegenden war dies einfach, in anderen wiederum schwer durchzuführen. Mahmut Aga blieb dabei Zuschauer, mischte sich eine lange Zeit nicht ein. Er verlangte nicht viel, er hatte ja alles, und die von seinem Großvater in den Bergen geschaffene Ordnung dauerte fort, war sogar noch verfeinert worden. Aber er würde so nicht weiterkommen … Er mußte in die Ebene hinunter. Schließlich konnte er sich Land aneignen, soviel er wollte, und überall landwirtschaftliche Betriebe gründen. Ein neues Zeitalter brach an, und Mahmut Aga war ein Mann, der genügend studiert und von der Welt gesehen hatte, um dies zu erkennen. Eines Morgens rief er seine Leute zusammen, sagte: »Auf die Pferde«, und die Männer schwangen sich in die Sättel. Ihr Ziel war die Anavarza-Ebene. Bald waren sie im Dorf Yalnizyurt. Als die Dörfler erfuhren, daß der Aga gekommen war, versammelten sie sich zahlreich auf dem Platz vor der Moschee, als hätten sie vergessen, daß er sie damals aus ihrem Dorf vertrieben hatte.

»Willkommen, Aga, steig ab, willkommen in unserem Dorf!« begrüßte ihn der Dorfvorsteher herzlich.

Der andere saß wie der leibhaftige Zorn auf seinem Pferd, und seine Miene verfinsterte sich zusehends.

»Willkommen, unser Aga, willkommen. Mit deinem Besuch erfreust du unser Dorf über alle Maßen. Welch ein Geschenk des Himmels!«

Mahmut Aga beugte sich leicht über das Pferd und sagte: »Musa, dieses Dorf werdet ihr morgen räumen.«

Sein Befehl klang endgültig.

»Aga, mein Aga, Mahmut Aga!«

Mahmut Aga gab seinem Pferd die Sporen und ritt davon.

Am nächsten Tag schickte er seine Leute ins Dorf. Doch die Dörfler hatten sich nicht von der Stelle gerührt. Auch nicht am dritten Tag und nicht am vierten ... Mahmut Aga wartete ab. Seine Geduld währte zehn Tage. Die Dörfler weigerten sich also! Diese Tölpel, diese Kriechtiere leisteten ihm, dem Helden des Freiheitskrieges, also Widerstand! Er stieg auf sein Pferd und kam nach Yalnizyurt. Weit und breit war kein Dörfler zu sehen, sie hatten sich alle in ihre Häuser verkrochen und harrten beklommen der Dinge.

Zwei Mann holten Dorfvorsteher Musa aus seinem Haus und schleiften ihn vor den Aga.

»Warum seid ihr aus meinem Dorf nicht ausgezogen, Musa? Ich übernehme dieses Dorf als Entgelt für meine Ziegen, die ihr aufgegessen habt. Wenn ihr euch widersetzt, müßt ihr ja wissen, was euch blüht.«

»Wo sollen wir denn hin, mein Aga? Wir haben dieses Dorf mit unseren eigenen Händen ... Sieh sie dir doch an, sehen sie noch wie Hände aus? Sieh dir mein Gesicht, meinen Körper an, entdeckst du noch eine Stelle, die einem menschlichen Gesicht und Körper ähnlich ist? Sieh dir die Dörfler an, Frauen wie Männer, haben sie noch etwas mit Menschen gemein? Denkst du, es war leicht, dornenwucherndes Brachland in diese Felder zu verwandeln?«

Mahmut Aga saß mit drohender Miene wie ein protziger Potentat auf seinem Pferd. »Zündet das Dorf an!« befahl er seinen Männern.

Auf einen Tag wie diesen hatte Mahmut Aga nur gewartet. Vom starken Nordwind angefacht, schossen überall im Dorf die Flammen hoch. Mit lautem Jammer sich die Brust schlagend, liefen die Dörfler auf den Dorfplatz. Sie hatten nicht einmal daran gedacht, ihre Habe ins Freie zu tragen.

»Morgen will ich hier, in diesem Dorf, kein einziges Lebewesen mehr sehen!«

Hoch zu Pferde und gefolgt von einigen seiner Männer, bahnte sich Mahmut Aga eine Gasse durch die Menschenmenge und ritt zum Dorf hinaus.

Als er verschwunden war, gerieten die Dörfler mit den verbliebenen Männern Mahmut Agas aneinander. Viele der Dörfler wurden verletzt. Sie wurden unter die Hufe genommen. Dabei holte Kasim, der gerade mit seiner Waffe von der griechischen Front heimgekehrt war, Mahmut Agas jungen Bruder Salih mit einem tödlichen Schuß vom Pferd. Wären die Dörfler nicht dazwischengegangen, er hätte von seinem schützenden Graben aus alle andern auch erschossen.

Als am Tag darauf Mahmut Aga nach Yalnizyurt zurückkehrte, war das Dorf menschenleer, stand kein einziges Haus mehr. Einige Ruinen rauchten noch, und wie verloren in der Ebene ragte aus den Schwaden kerzengerade die Moschee empor, samt hölzernem Minarett.

Um Kasim zu fangen und zu töten, hatte Mahmut Aga alle Bergwege abriegeln lassen, hatte er Bekannte und Räuber in den Bergen angewiesen, Kasim dingfest zu machen und ihm tot oder lebendig zu übergeben. Monate vergingen, aber niemand war auch nur auf die kleinste Spur von Kasim gestoßen. Auch die übrigen Dörfler aus Yalnizyurt blieben seitdem wie vom Erdboden verschluckt. Doch wie sehr er auch nach ihnen fahndete und wen er auch fragte, keiner will von ihnen seit jenem Tag ein Lebenszeichen vernommen haben.

Der Tag war schon zur Neige gegangen, als Mahmut Aga etwas verspätet zum Hause Murtaza Agas kam. Die Diener erwarteten ihn am Tor. Er ritt in den Hof, und Murtaza Aga, der ihn vom Balkon aus erblickte, kam herunter und hielt das Pferd am Zügel fest.

»Zuviel der Ehre, ich bitte dich!« beschwor ihn Mahmut Aga, der sich schnell aus dem Sattel schwang, ihm die Zügel aus der Hand nahm und einem wartenden Diener übergab. Der Mann führte das Pferd zum langgestreckten, mit Zink beschlagenen Stall am Ende des Hofes. Eingehakt gingen die beiden hinauf, wo Hüsne Hanum sie an der gedeckten Tafel erwartete.

»Du bist willkommen, Mahmut Aga, mein Bruder!« begrüßte sie ihn mit lächelndem Gesicht. »Du beehrst uns mit deinem Besuch.«

Murtaza Aga nahm Mahmut Aga am Arm und führte ihn an den Platz am Kopfende der Tafel, auf der bereits Vorspeisen aufgetischt waren. In einer kristallenen Schüssel lag aufgehäufter Schnee.

»Ich habe seit langem keinen Alkohol mehr getrunken, das wird mir guttun.«

Murtaza Aga füllte ihm das Glas mit Raki und fragte: »Etwas Schnee oder schneegekühltes Wasser?«

»Beides«, antwortete Mahmut Aga.

Sie tranken und sprachen dabei von alten Zeiten. Doch weder der eine noch der andere brachte das Gespräch auf Ince Memed. Und so hielten sie es bis Mitternacht, daß Hüsne Hanum vor Ungeduld fast zersprang. Sie kam immer wieder ins Zimmer, ging hinaus, brachte noch Vorspeisen, trug das Essen auf, doch sowohl Mahmut Aga als auch Murtaza vermieden sorgfältig jede Andeutung. Schließlich konnte sie nicht länger an sich halten: »Und dieser Ince Memed ist uns und dem Volk zur Plage geworden«, platzte sie heraus.

Murtaza Aga sah sie so zürnend an, als habe sie ihm mit ihrem Reden den ganzen Abend verdorben. Doch sie ließ sich nicht einschüchtern: »Sowohl du wie auch Mahmut Aga und die übrigen Persönlichkeiten in der Stadt, ihr alle nehmt die Angelegenheit Ince Memed auf die leichte Schulter, aber so harmlos ist sie beileibe nicht. Wenn in unserer Gegend, dem Heimatort meiner Väter, so ein Ince Memed auftauchte und nicht etwa einem Ali Safa Bey, sondern nur der Fliege eines Ali Safa Bey etwas zuleide täte … die ganze Amik-Ebene geriete in Aufruhr, schnappte sich diesen Fliegentöter und schlüge ihm den Kopf ab.«

Sie hatte sich ereifert, ihre Hände zitterten. Und ihr Gesicht war puterrot angelaufen.

Mahmut Aga sah sie nachdenklich an.

»Nein, diese Sache ist keine so harmlose«, versteifte sie sich, »wenn morgen oder übermorgen Ince Memed loszieht und die verschwundenen Dörfler von Yalnizyurt um sich sammelt ...«

Doch Murtaza Aga hatte ihr so einen Blick zugeworfen, daß sie mitten im Satz verstummte.

Jetzt wäre es unangebracht gewesen, wenn Mahmut Aga sich nicht geäußert hätte: »Dieser Ince Memed ist ein Nichts, Hanum«, sagte er nur und schwieg.

Hüsne Hanum wollte gerade erwidern, wie dieses Nichts denn solche Untaten bewerkstelligen könne, doch als sie in Murtazas Augen blickte, behielt sie es für sich.

Nachdem Mahmut Aga noch einen Raki gekippt hatte, hellte sich seine finstere Miene ein bißchen auf.

»Das eine hat mit dem anderen nichts zu tun, Hüsne Hanum«, begann er. »Morgen oder übermorgen werde ich auf mein Pferd steigen, in die Berge reiten, Ince Memed bei den Ohren packen und dir herbringen, werde ihn nur für dich bei den Ohren hierher, in diesen Konak, in diesen Raum ziehen und dir vor die Füße legen. Aber wenn du ihn nicht lebend haben willst, werde ich seinen Schädel wiederum an den Ohren hierhertragen und dir vor die Füße legen. Bis jetzt, bis ich heute Murtaza Aga im Ladenviertel traf, habe ich niemanden von Ince Memed reden hören. Es ist auch niemand gekommen, mich um Rat zu fragen, weil er eine Plage am Halse habe, die er gern loswerden möchte. Niemand hat mich um etwas gebeten, denn niemand zählt mich mehr zu seinesgleichen. Seit der Sache mit Yalnizyurt grollen mir alle. Ich weiß gar nicht, was sie von mir wollen? Die Dörfler hatten meine Ziegen aufgegessen, meinen Bruder und meine Männer getötet und sich auf meinem Gold und meinen Feldern breitgemacht; auf meinen Feldern, die ich für Haufen von Geld auf gerodeter Wildnis anlegen ließ ... Doch als ich mir mein Eigentum zurückholte, da war überall der Teufel los. Sogar in Ankara bis hin zu meinen Kameraden, mit denen ich im Kugelhagel des Feindes Schulter an Schulter gekämpft habe, wollte niemand mehr etwas von mir wissen. Ich könnte darauf schwören, daß sie mir den Hof Yalnizyurt wieder weggenommen hätten, wenn ihnen nur ein einziger der verschwundenen Dörfler über den Weg gelaufen wäre. Wir haben in diesen Bergen unser rotes Blut fürs Vaterland umsonst vergossen. Die Zülfüs, die Arif Saims, die Halil die Überschwenglichen, die wie Hasen ihre Köpfe nicht hinterm Strauch hervorzustrecken wagten, die sind auf einmal Helden geworden. Und wir … Welch ein Glück, daß die Diebe meiner Felder geflohen sind, schon aus Scham das Weite suchten und sich nicht mehr blicken ließen. Somit konnte ich Acker und Hof behalten.«

»Der Neid macht sie zu Feinden«, sagte mit bitterer Miene Hüsne Hanum. »Doch wir kennen dich lange genug, mein Aga, um zu wissen, daß es deinesgleichen nicht noch einmal gibt. Sie sind deine und Murtazas Feinde. Ihr beide liegt ihnen auf dem Magen, denn sowohl du als auch Murtaza seid keine aufgepfropften Ableger wie sie, sondern edler Stamm aus eigener Wurzel. Wir sind aus einem Geschlecht, dessen Töchter sich mit osmanischen Edlen vermählten und dessen Söhne Mädchen der Osmanen freiten. Deswegen ertragen diese Wilden uns nicht. Wenn sie könnten, würden sie dich und auch Murtaza von Ince Memed töten lassen. Vielleicht werden sie es auch tun.«

»Keine leichte Beute«, sagte Mahmut Aga unbewegt vor sich hin. Dann schwieg er eine Weile, leerte einige Gläser, und Murtaza Aga reichte ihm den Teller mit den Häppchen. Mahmut sah ihn dankend an und ließ die Augen durchs Zimmer schweifen. »Nein, das schaffen sie nicht«, fuhr er fort. »Und in einigen Tagen wird nur dir zu Gefallen, Hanum, Ince Memeds Kopf vor deinen schönen Füßen liegen.«

»Und unsere Feinde werden vor Neid platzen, wenn der Kopf des Mannes, den sie am meisten fürchten, vor meinen Füßen liegt«, ergänzte Hüsne Hanum. »Und dieser vertrottelte Hauptmann wird wieder ins Krankenbett sinken und vielleicht sogar vor Kummer sterben. Wie ich hörte, habe seine Frau es nicht länger mit ihm ausgehalten und sei mit den Kindern zu ihrem Vater, dem Obersten, geflüchtet.«

»Durchaus möglich«, sagte Murtaza Aga, »was soll die arme Frau denn mit so einem ängstlichen Mann anfangen …«

Im weiteren Verlauf des Abends trank Mahmut Aga, bis der Morgen graute, still vor sich hin und wechselte nur ab und zu einige Worte mit seinen Gastgebern. Schließlich hatte er genug geredet! Männer seinesgleichen, geschnitzt aus gleichem edlem Holz, machten sonst nicht soviel Aufhebens um einen armen Schlucker wie Ince Memed. Aber die beiden sind ja keine Fremden, tröstete er sich, sie stammten wie er aus vornehmem Hause. Daß sie ihm nicht glaubten, schoß ihm auch durch den Kopf. Ja, sie glauben mir nicht, daß ich morgen oder übermorgen Ince Memeds Schädel herbringen und ihnen vor die Füße werfen werde! Woher wohl das Gerücht stammte, Arif Saim Bey bereite ein Attentat auf den Pascha vor? Drohten Unruhen? Nur gut, daß sie diese Frage nicht auch noch erörtert hatten. Im Innersten war Mahmut eine Zeitlang richtig froh darüber.

17

In Hochstimmung durchmaß Murtaza Aga immer wieder das Ladenviertel von einem Ende zum andern, unterhielt sich mit Dörflern und Städtern, diskutierte und spaßte mit denen, die ihn in Tevfiks Kaffeehaus umringten, erzählte von seinen Tagen im Freiheitskrieg, berichtete von Dogan Bey, von Tufan Bey und all den jungen Offizieren, die Mustafa Kemal Pascha in den Taurus geschickt hatte, um den Widerstand aufzubauen. Wo der Aga auch hinkam, verbreitete er gute Laune, wehte ein Hauch von Glück.

Wer ihn gestern noch mit hängendem Kopf und einem Gesicht, als müsse er tausend Tode sterben, durch die Gassen schleichen sah, konnte sich diesen Wandel in einen Wirbelwind von Frohsinn gar nicht erklären. Aber sosehr man sich auch wunderte, seine Freude steckte alle an. Die ganze Stadt schien zu jubeln; vergessen waren Ali Safa Bey, die getöteten Räuber und die Plage Ince Memed. Sogar Abdal Dümek war ohne ersichtlichen Grund mit seiner Pauke auf dem Marktplatz erschienen, während sich gleichzeitig junge Burschen zum Reigen aufgestellt hatten. Und woher auch immer war eine Gruppe Akrobaten aufgetaucht, hatte am Platz bei der Brücke hoch oben zwischen blaublühenden, duftenden Keuschlammbäumen ein Seil gespannt, auf dem zur Musik von Pauken und Oboen drei Frauen und ein Mann von morgens bis abends bauchtanzten und anschließend herumgingen und bei den Zuschauern Geld einsammelten. Als sich dann noch Murtaza Aga und die Größen der Stadt unter das gemeine Volk mischten, wurden Stühle und Sessel auf den Platz gebracht, veranstalteten die Akrobaten über ihren Köpfen wahre Bauchtanzfeste.

Bald darauf wurden auch Vorbereitungen für Ringkämpfe und Pferderennen getroffen. Kurz und gut, von sieben bis siebzig hatte sich die ganze Stadt von Murtazas Welle der Freude mitreißen lassen, ohne selbst zu wissen, warum.

Barbier Salih der Schieler, ein lebenserfahrener, mit allen Wassern gewaschener Mann, der wohl neununddreißig Augen auf dem Rücken hatte und über alles, was in der Stadt so vor sich ging, im Bild war, sagte jedem, der ihm über den Weg lief: »Unglaublich, unglaublich! Einen Mann wie Murtaza gibt es nicht noch einmal. Wenn er lacht, lacht die ganze Stadt mit ihm, wenn er weint, weint die ganze Stadt, und wenn er sich fürchtet, sucht die ganze Stadt mit ihm ein Mauseloch, um sich zu verkriechen. Unglaublich, unglaublich ... So ein Mann kommt nicht noch einmal auf die Welt.«

Und der mit allen Wassern gewaschene Salih der Schieler suchte nach dem Grund dieser Begabung, versuchte hinter das Geheimnis dieses geschwätzigen Mannes zu kommen, doch es gelang ihm nicht. Daß Murtaza auch ein abgefeimter Bursche war, stand fest. Andererseits machte er den Eindruck eines einfältigen Kindes. Aber Gott bewahre vor dem Gedanken, sein Inneres entspräche seinem Äußeren! Murtaza war imstande, sogar dem Teufel den Kopf zurechtzusetzen. Doch wenn er sich freute, dann aus vollem Herzen, ja, bis ins Knochenmark hinein, und wenn er sich fürchtete, war er wie gelähmt, litt er Todesangst. Und jeder fühlte sich verpflichtet, an seinen Freuden und Ängsten teilzunehmen.

»Wenn dieser Hahnrei stirbt«, meinte Salih der Schieler, »werden wir alle mit ihm sterben. Stellt euch vor, seit einer Woche habe ich keinen Ärger, keinen Krach im Haus, höre ich nicht den kleinsten Vorwurf von meiner Frau, mit der ich jeden Tag, den mir der Herrgott in den letzten vierzig Jahren schenkte, gestritten habe ... Hoffentlich wird dieser Hahnrei in Zukunft nur noch als Hauch der Freude durch die Stadt wehen ...«

Nur einer in der Stadt glaubte, um das Geheimnis von Murtaza Aga zu wissen: Rüstem der Kurde.

»Weißt du, was mit Murtaza Aga los ist? Weißt du's?« fragte er jeden, der ihm über den Weg lief.

»Nun, Rüstem, was ist mit ihm?«

»Er hat eine Pilgerfahrt zur Kaaba gemacht.«

»Mensch, Rüstem, wann soll er denn nach Mekka gepilgert und wann zurückgekommen sein?«

»Ich weiß, was ich weiß.«

Hinter Rüstems Stirn ging bestimmt etwas vor, doch er sagte nichts. Ein starrsinniger Kurde ... und brächte man ihn um, würde er nichts sagen.

War die neuerliche enge Beziehung zwischen Rüstem und Murtaza Aga auch niemandem entgangen, so wußte doch keiner so recht, was dahintersteckte.

Die Welle der Freude, die Murtaza Aga und die Provinzstadt erfaßt hatte, dauerte bis zur Ankunft Arif Saim Beys und des Präfekten. Eines Morgens fuhren der nagelneue, staubbedeckte Ford Arif Saim Beys, dahinter der große, schwarze Wagen des Präfekten durch das Ladenviertel geradewegs zum Landratsamt. Wer im vorbeifahrenden Auto Arif Saim Beys Gesicht erblickt hatte, erstarrte vor Schreck. Er saß steif und staubbedeckt mit angespanntem Gesicht im Fond des Wagens, blickte weder rechts noch links, sondern hielt die Augen geschlossen. Der Präfekt und neben ihm der joviale Regimentskommandeur der Gendarmerie sahen auch nicht anders aus. Der Landrat war den Männern, deren Augen und Zähne durch die Staubschicht schimmerten, auf die Straße vor seinem Amtssitz entgegengeeilt. Er zitterte vor Aufregung und wußte nicht, wie er sich verhalten sollte.

»Landrat!«

»Zu Diensten, mein Bey.«

»Sie werden Halil Bey den Überschwenglichen und Zülfü Bey, ferner den Richter, den Staatsanwalt und die anderen Agas und Beys sofort herbestellen ...«

»Zu Befehl.«

Daß der Landrat die örtlichen Spitzen der Gesellschaft zu sich rief, erübrigte sich. Viele hatten sich schon im Hof seines Amtssitzes eingefunden, als sie von der Ankunft des Präfekten erfuhren, und hatten zugleich die anderen rufen lassen, die schon herbeieilten.

»Seien Sie willkommen«, sagte Halil der Überschwengliche, der zuerst die Hand Arif Saim Beys und dann hintereinander die des Präfekten und des Kommandanten der Gendarmerie drückte. »Aber kommen Sie doch zu mir ins Haus. Sie haben es dort bequemer. Ich bitte Sie!«

»Gemach!« dröhnte Arif Saim Bey, ohne Halil anzusehen. »Und wo ist der Hauptmann?« fragte er, wild um sich blickend. »Holt ihn sofort in Halils Haus!«

Sie bestiegen erneut ihre Autos und schlugen den Weg zu Halil Beys Konak ein. Vor der Treppe wurden sie von Leuten mit Bürsten in den Händen erwartet.

»Die Straßen sind sehr staubig, Efendi«, entschuldigte sich Halil Bey der Überschwengliche. »Unsere Republik ist noch jung, die Straßen sind noch rohe Erde ... Ich habe damit gerechnet, daß Sie voller Staub sein werden ... Was Sie alles fürs Vaterland durchmachen, muß auch ein steinernes Menschenherz erweichen. Ich bedaure es sehr, Efendi, gestatten Sie, daß ich den Staub aus Ihrem Jackett bürste, Efendi.«

»Gesegneten Staub unseres Vaterlandes, heißt es, Halil«, lachte Arif Saim Bey, während er sein Jackett auszog, »gesegneten Staub ...«

»Gesegneten Staub, Efendi ...«

Arif Saim Bey reichte das Jackett dem Mann mit der Bürste, der am dichtesten bei ihm stand. Als daraufhin Halil der Überschwengliche sich fast verrenkte, um das Jackett mit dem gesegneten Staub an sich zu nehmen, fiel Arif Saim Bey ihm in den Arm, machte kugelrunde Augen und sagte: »Nicht, Halil, ich bitte dich! Du und ich sind doch sozusagen Waffenbrüder, tu's nicht!«

Verwirrt gab Halil Bey der Überschwengliche nach.

Auch der Präfekt reichte sein Jackett einem Abbürster. Der

Oberst aber verzichtete auf Hilfe und bürstete sich an der Treppe selbst ab.

»Rittmeister«, brüllte barsch Arif Saim Bey, der schon hineingegangen war und sich in einen Sessel fallen ließ, »gib ihnen bitte dein Jackett und komm zu mir!«

»Zu Befehl, Beyefendi!« Der Oberst, der in Windeseile sein Jackett ausgezogen hatte, kam ins Zimmer gestürzt. »Zu Diensten, Beyefendi.«

»Ich bitte dich ... Komm, setz dich mir gegenüber, dorthin, ja, dorthin, neben den Präfekten.«

Kurz darauf wurden die schneegekühlten Scherbetts aufgetragen, während die angesehenen Bürger der Provinzstadt den Raum füllten. Jeder, der sich hereinzwängte, knöpfte sich mit der Linken das Jackett, sagte katzbuckelnd »Willkommen«, drückte zuerst Arif Saim Beys Hand, dann die des Präfekten und des Obersten, und verzog sich, nach wie vor die Linke am Knopfloch, in eine Ecke, ohne dabei die gebückte Haltung zu verändern. Allen stand der Schweiß im Gesicht. Doch keiner hatte soviel Herz und wischte sich die Schweißtropfen von der Stirn.

Nichts von alledem entging Arif Saim Beys Augen. Doch er konnte schließlich diesen mächtigen Männern, diesen Raubtieren, die sich hier krumm machten, nicht befehlen: Holt eure Taschentücher hervor, und wischt euch den Schweiß ab! Und aller Augen hingen voller Erwartung an seinen Lippen, harrten seinen offenbarenden Worten.

Die Stille dauerte an. Weder der Präfekt noch der Regimentskommandeur, noch Arif Saim Bey ergriffen das Wort. Arif Saim Bey starrte immer finsterer vor sich hin, spielte dabei verhalten mit seinem Handstock, doch so, daß alle erkennen konnten, wie sich sein Mißmut steigerte.

Mittlerweile war der Hauptmann eingetroffen und hatte vor ihm Haltung angenommen. Doch Arif Saim Bey hatte nicht einmal den Kopf gehoben und ihn angesehen, auch nicht, als er aufblickte, um gekühlten Scherbett entgegenzunehmen. Auf großen Tabletts wurden die Säfte aus Honig, aus sauren Äpfeln und Granatäpfeln hereingetragen und den Gästen angeboten. Sogar diejenigen, denen noch der heilige Staub ausgebürstet wurde, vermieden es sorgfältig, dem strammstehenden Hauptmann ins Gesicht zu sehen.

Als die Stille einen unerträglichen Höhepunkt erreichte, ließ Arif Saim Bey seine mißbilligend geweiteten Augen von einem zum andern wandern, stieß dann seinen Stock so heftig auf den Fußboden, daß die Fensterscheiben klirrten und die Anwesenden erschauerten.

»Hier stinkt es.«

Über sein Gesicht huschte ein Lächeln, aus dem nicht ersichtlich war, ob es spöttisch oder gequält sein sollte.

Arif Saim hob die Stimme: »Und ich sage euch, diese Stadt stinkt.«

»Das war beim letztenmal, Beyefendi«, entgegnete beflissen Grundbuchverwalter Zülfü. »Der Tote hatte gestunken, Euer Hochwohlgeboren ...«

»Du wohnst hier und merkst es gar nicht mehr, Zülfü. Es stinkt. Es stinkt noch immer. Mir kommt es vor, Zülfü, als verfaulten diese Provinzstädte und werden bis zum Jüngsten Tag so stinken.«

»Sie haben recht, Beyefendi«, antwortete dieser beleidigt, »was soll's, wir stinken.«

»Ihr stinkt.« Arif Saim wurde zusehends zorniger. »Bringt mir meine Tasche aus dem Wagen.«

Kurz darauf wurde die Tasche gebracht.

»Lesen Sie vor, Herr Landrat!«

Der Landrat begann erst stotternd, dann allmählich ruhiger und flüssig die zahllosen Briefe und Telegramme aus der Aktentasche vorzulesen. Während er las, wurde der Hauptmann leichenblaß. Er begann wie Espenlaub zu zittern und hielt sich nur mit Mühe auf den Beinen.

»Hauptmann, geh und setz dich dorthin, na, dort, mir gegenüber, und rühr dich nicht von der Stelle! Und du, Landrat, lies weiter!«

Nachdem alle Briefe und Telegramme vorgelesen waren, sagte Arif Saim Bey mit trauriger, gefühlvoller Stimme: »So ist es, Freunde. Es stinkt.«

Von den Anwesenden kam kein Laut. Sie bewegten nicht

einmal die Finger, wagten nicht, mit der Wimper zu zucken, und holten vielleicht nicht einmal Luft.

Seelenruhig, ohne Spott, Wut oder Trauer in der Stimme, ergriff Arif Saim wieder das Wort: »Ich kenne diese Gegend, meinen Wahlkreis, sehr gut. In jungen Jahren, ich war jünger als dieser Mann, führte ich hier das Kommando der Gendarmerie. Auch damals gab es hier Agas wie euch. Ich war jünger als dieser junge Mann«, er zeigte mit seinem Handstock auf den Hauptmann. »Da immer auf den Fersen der Räuber, gab es in diesen Taurusbergen wohl keinen Stein, auf den ich nicht getreten, keine Höhle, in die ich nicht gekrochen bin. Als ich noch jünger war als dieser junge Mann, habe ich mich nicht mit mickrigen Buschräubern wie Ince Memed, sondern mit Bergfürsten wie Bayramoğlu, Gizik Duran, Diren Ali und dem Kurden Resit herumgeschlagen. Ich kann nicht sagen, daß ich sie alle auf die Knie gezwungen hätte, aber in die Knie gegangen bin ich auch nicht. Wie ihr hatten auch damals die Agas ihre eigenen Räuber in den Bergen. Aber derart niederträchtige Telegramme gegen mich hat damals niemand aufgesetzt. Ich weiß alles über diese Stadt, über jedes einzelne Haus, über jeden einzelnen Menschen hier im Taurus. Hey, ihr Agas und Beys, ich weiß sogar, wieviel Adern in euren Lungen sind. Und daß jeder von euch in den Bergen eine Bande Räuber in Diensten hat. Ja, es stinkt.«

Er schwieg und ließ seine Augen von einem zum andern wandern, als erwarte er von irgendwoher eine Widerrede. Doch alle hielten den Kopf gesenkt.

Und wieder war es Zülfü, der beflissen den Kopf hob und sagte: »Ich aber nicht, Saim, ich habe keinen Räuber.«

»Ich weiß, daß du keinen Räuber hast«, entgegnete Arif Saim Bey, »du benötigst auch keinen ...«

»Und ich werde keinen benötigen«, unterbrach ihn Zülfü.

»Warum auch«, entgegnete Arif Saim Bey und lachte, »hinter dir stehe ich ja, stehen wir alle, reicht dir das nicht?«

Zülfü senkte den Kopf.

»Ich weiß«, fuhr Arif Saim fort, »die Sache mit den Räubern ist nicht einfach, sie ist eine Angelegenheit der öffentlichen Ordnung, eine Angelegenheit des Staates ... Und außer in Ostanatolien gibt es Räuber nur noch in meinem Wahlkreis. Wenn das aber Mustafa Kemal Pascha zu Ohren kommt, sieht es gar nicht gut für uns aus. Ihr habt aus einem klitzekleinen Räuber, ja klitzekleinen, habt aus einem Floh ein Kamel gemacht. Was habt ihr denn davon, wenn ihr nach Ankara ein Telegramm nach dem andern schickt und darin den Zwerg einen Riesen nennt? Sagt mir, wer hat das getan?«

Er sah Zülfü in die Augen, erwartete von ihm eine Antwort. Dieser wand sich, wollte etwas sagen und brachte doch kein Wort über die Lippen.

»Mir kann nichts geschehen, Zülfü. Und wenn in der Çukurova von sieben bis siebzig alle Menschen Räuber wären, kann und wird mir nichts geschehen. Für solche Nebensächlichkeiten stellt mich der Pascha nicht zur Rede. Wenn, dann wird es diese blühende Çukurova, wird es dieser Beyefendi, der Präfekt, werden es dieser verehrte Rittmeister und dieser junge Sohn der Republik, der Hauptmann, zu spüren bekommen, Zülfü, und das weißt du.«

»Ich weiß, hochverehrter Beyefendi.«

»Hör mir zu, Zülfü, ich hatte nie mit so etwas gerechnet, solange ich dich, meinen Arm und Flügel, in dieser Stadt wußte. Sieh mich an, Zülfü, auch wenn ich in Ankara bin, wird niemand diesen Beyefendis ein Härchen krümmen. Ich bin in der Lage, meinen Präfekten, meinen Rittmeister und meinen Hauptmann in Ankara zu verteidigen, wie du weißt.«

»Sie sind in der Lage, Efendi.«

»Ich kann mich sogar für Ince Memed einsetzen. Ich kann für ihn eine persönliche Amnestie erwirken und ihm in der Çukurova Ackerland zuteilen lassen, fünfmal, ja zehnmal mehr als eures. Und der wird euch dann Ärger machen, weit schlimmeren als dieser Molla Duran.«

Barsch zeigte er mit der Spitze seines Stocks auf Molla Duran: »Los, steh auf und komm her!«

Dieser ließ seine Neunundneunziger-Gebetskette in seiner Tasche verschwinden und ging mit linkischen Schritten zu ihm.

»Sag mal, Duran, wann warst du eigentlich in der Großen Moschee in Kairo und hast dort Theologie studiert? Sag schon!«

»Laß mich deine Füße küssen, Herr …«

»Sag, wann hast du studiert und bist ein Schriftgelehrter geworden, los, sag's mir! Würdest du ein I nicht für einen Balken halten?«

»Bey, mein Bey …« Mit eingezogenem Kopf sah er ihn flehentlich an.

Arif Saim lachte bitter: »Ich werde in Molla Duran Beyefendis Vergangenheit nicht weiter herumstochern, es träten sonst solche Dinge zutage, daß ihr vor Staunen den Mund nicht mehr zubekämt.«

Er tippte den Molla mit dem Stock an: »Komm näher, komm, komm näher zu mir, Duran!«

Mit weichen Knien rückte Molla Duran näher.

»Bück dich!«

Die Hände über dem Bauch verschränkt, krümmte sich Molla Duran, bis seine Ohren Arif Saims Mund berührten und dieser ihm zuflüsterte: »Mensch, Duran, aus deinem Kopf, der abfallen möge, könnte das alles stammen. Sag, hast du die Telegramme aufgegeben und diese Briefe schreiben lassen?«

»Nein, mein Bey, bei Gott, nein. Ich küsse deine Fußsohlen, Bey, tu mir nichts!«

»Nun gut, aber wer oder wer alles war es dann?«

»Bei Gott, Bey, ich weiß es nicht. Ich schwöre bei Gott!«

Er warf einen fast unmerklichen Blick auf Murtaza Aga, der ihn sehr wohl mitbekommen hatte und am ganzen Körper zu zittern begann.

»Wenn Sie wollen, laß ich's untersuchen«, ergänzte Molla Duran.

»Laß es untersuchen und finde es heraus. Wenn nicht, kannst du dir ja den Rest denken. Geh jetzt auf deinen Platz zurück und setz dich hin! … Hauptmann!«

»Zu Diensten, Bey!«

»In dieser Stadt muß es einen Journalisten geben, wie war noch sein Name? Ein Schullehrer oder so was Ähnliches …«

»So ist es, Efendi.«

»Ruft ihn her!«

»Zu Befehl, mein Bey.«

Aus irgendeinem Grund war Arif Saim Beys gute Laune während seines Gesprächs mit Duran Efendi zurückgekehrt.

»Nein, so ein Gauner, so ein Niederträchtiger wie unser Duran! Keine Angst, Duran, ich lüfte dein Geheimnis nicht …« Er lachte, daß sein Bauch wippte. »Nein, so einen Verrückten, so einen Teufel hat es auf diesem Erdenrund noch nicht gegeben. Aber weil ich seinesgleichen schon immer mochte, bewundere ich auch Duran. Seht ihn euch an! Mit seinem Bart, seiner weiten Weste, seinen Halbstiefeln sieht er wirklich aus wie der leitende Professor der Großen Moschee von Kairo; nur der grüne Turban fehlt noch. Unser Duran, unser Duran hat nicht tausend, nicht zweitausend und nicht dreitausend Gesichter, nein, er hat deren zehntausend. Wenn ihr also den Knaben Ince Memed so fürchtet, solltet ihr anstatt der Gendarmen diesen Duran gegen ihn losschicken. So leicht, wie man ein Haar aus der Butter zieht, wird er ihn bei den Ohren packen und euch herbringen. Glaubt es mir!«

»Gott bewahre, Beyefendi, mit Verlaub, Beyefendi, davor möge uns Gott bewahren!« entsetzte sich Molla Duran.

»Und wie gepflegt er sich ausdrückt, unser Duran!« Arif Saim Bey sah ihn gut gelaunt an und lachte.

»Dank Ihres Einflusses, Beyefendi …«

»Nun, es gibt in Ankara noch so einen scheinheiligen Wunderheiler. Aber der ist Generaldirektor. Was heißt Generaldirektor, er ist mehr als der Ministerpräsident, hat alle Fäden in der Hand. Eines Nachts klingelt's an meiner Tür. Ich öffne und sehe unseren Generaldirektor mit einer Aktentasche unterm Arm vor mir buckeln wie eine Katze, die ihre Milch verschüttet hat.«

»Journalist Zeki.«

»Du bist doch Lehrer, nicht wahr?«

»Ja, ich bin Lehrer.«

»Setz dich!«

Zeki Bey setzte sich, legte die Hände ehrerbietig auf die Knie und hielt bescheiden den Kopf gesenkt.

»Sie sollen als Korrespondent von hier Nachrichten an die Istanbuler Zeitungen schicken.«

»So ist es, Efendi.«

»Ja, ja … Und welche Nachrichten haben Sie bis jetzt durchgegeben?«

»Daß vor einigen Tagen neun Räuber getötet wurden, Efendi. Und mit welchem Gepränge wir unseren Hauptmann empfangen haben und um was für einen Mann es sich bei Ince Memed handelt – all das hatte ich aufs schönste beschrieben.«

»Was noch?«

»Wie die Räuber jenes Dorf überfielen, sechs Mädchen in die Berge verschleppten und dort vergewaltigten, und wie sie hinterher im ganzen Dorf Feuer legten …«

»War es wirklich so?«

»Wir haben nichts dergleichen gehört«, warf der Hauptmann ein.

»Nun gut, was noch?«

Begeistert zählte Lehrer Zeki Bey alle Berichte auf, die er im Laufe eines Jahres geschrieben hatte. »Murtaza Aga Beyefendi ist ein sehr patriotischer Mensch«, fügte er hinzu, »er ist eine so verehrungswürdige Persönlichkeit, daß er vor allen anderen mich mit Neuigkeiten versorgt.«

»Und dann? Und was geschah dann?«

»Efendi«, Zeki Bey krümmte sich verlegen, blickte traurig wie ein Kind, dem sein Spielzeug weggenommen wurde, und verzog schmollend die Lippen. »Efendi«, sagte er, »ich klage an! Ich will mich bei Ihnen beschweren!«

»Wen und worüber?«

»Ich beschwere mich bei Ihnen über die gesamte Istanbuler Presse, mein Efendi, denn sie hat keine einzige dieser von mir mit soviel Mühe und Sorgfalt geschriebenen schrecklichen Berichte veröffentlicht. Und sollte ganz Anatolien verbrennen und untergehen, und sollten unsere Feinde die ganze Gegend hier erobern, wird sie kein Wort darüber verlieren. Ja, nicht einmal von Ince Memed haben sie berichtet, hochverehrter Efendi, nicht einmal von seinem Tod … Ich klage an, mein Efendi. Wie gut, daß Sie mich rufen ließen und ich Euer Persönlichkeit all das vortragen kann.«

»Ist denn bisher kein einziger Ihrer Berichte in unseren Zeitungen erschienen?«

»Doch, ein einziger«, frohlockte Zeki Bey und freute sich wie ein Kind. »Aber den möcht ich sehen, der diese Nachricht nicht gebracht hätte!«

»Was war das für eine Nachricht?«

»Ich hatte die Beehrung unserer Stadt durch Euer Exzellenz durchgegeben. Sie brachten es auf der ersten Seite mit Ihrem Bild.«

»Und das Honorar dafür oder so?«

»Wie bitte?«

»Ich sagte das Honorar oder so.«

»Wofür?«

»Für die Nachricht.«

»Habe ich nicht bekommen, Efendi. Will ich auch nicht ... Mir genügt, daß der Name unserer Stadt in den Zeitungen erscheint, mehr verlange ich nicht.«

»Zeki Bey!«

»Bitte, Efendi!«

»Du bist hier doch Lehrer, nicht wahr?«

»Dank Ihrer Fürsprache.«

»Ich mache Ihnen jetzt einen Vorschlag.«

»Er sei mir Befehl, Efendi.«

»Sie werden Ihr Lehramt aufgeben.«

»Das kann ich nicht«, ächzte Zeki, »meine Kinder, meine alten Eltern, sie müßten verhungern.«

»Wenn es so ist, Journalist Bey, werden Sie Ihre Nachrichtenübermittlung an diese Zeitungen sofort einstellen und nie wieder nirgendwohin auch nur eine Zeile schreiben. Wenn ich noch einmal höre ... Du kannst jetzt gehen! Doch wenn ich noch einmal höre ...«

Zeki sprang auf, umklammerte die Hand des Abgeordneten, der sie wegziehen wollte. Doch Zeki ließ nicht los und küßte sie. Dann ging er schwankend zur Treppe, und während er die Stufen hinunterstieg, murmelte er in einem fort: »Sie werden nie wieder hören, daß ich ... nie, nie wieder.« Die ganze Ladenstraße entlang wiederholte er die Wörter »nie wieder hören«. Wie von Sinnen und ohne seine Umgebung wahrzunehmen, ging er so weiter bis zur Brücke.

»Der arme Junge.« Bedauernd blickte Arif Saim Bey hinter ihm her, und er meinte es ehrlich. »Keine einzige seiner Nachrichten wird veröffentlicht, aber er berichtet unbeirrt weiter. Armer, kleiner, idealistischer Schulmeister!«

Seine Augen suchten Halil Bey den Überschwenglichen: »Wo ist dieser Halil Bey?«

»Er kommt gleich, Efendi.«

»Hierher, mein Hauptmann!«

Der Hauptmann schlug die Hacken zusammen.

»Nichts von alldem wird nach draußen sickern!«

»Ich habe das Postamt im Griff, Efendi. Ohne unser Wissen dringt aus dieser Kreisstadt seit langem nichts nach draußen. Weder Brief noch Telegramm ...«

»Und um Adana kümmert sich unser verehrter Herr Präfekt!«

»Es wird alles so geschehen, wie Arif Saim Bey befohlen haben«, antwortete der Präfekt gelassen und selbstbewußt.

»Und Sie, mein Hauptmann, wissen selbstverständlich, was noch zu tun ist ... Nehmen Sie's nicht so schwer. Auch der Vorfall Ince Memed sollte Sie nicht belasten. Ich habe Bayramoğlu neunmal getötet. Und ein jedes Mal sagten die Dörfler hinterher: ›Der da ist Bayramoğlu.‹ Glauben Sie mir, sie sagten es nicht, um mich hinters Licht zu führen. Sie logen auch nicht. Sie hielten nur jeden schnauzbärtigen Vierschrot für Bayramoğlu. Der Tod verändert die Gesichter der Menschen. Und so hielten die Dörfler auch jeden von uns Getöteten für Bayramoğlu. Sie haben Ince Memed erst einmal getötet. Ich weiß, Sie finden jetzt keinen Schlaf, mögen nicht essen, nicht trinken. Mir ging es genauso, als ich Bayramoğlu zum erstenmal getötet hatte. Beim drittenmal gewöhnte ich mich schon daran und wartete kaltblütig darauf, ihn beim viertenmal wirklich zu töten. Ich habe ihn sogar beim neuntenmal nicht töten können. Es stellte sich leider heraus, daß wir diesmal einen siebzehnjährigen Pferdedieb erwischt hatten ...«

Mit aufgekrempelten Ärmeln kam Halil der Überschwengliche hereingeeilt: »Die Räuberspieße sind gar, mein Bey.«

»Gibt es auch selbstgebrannten Raki dazu?«

»Auch der steht bereit.«

Vier Tische, die man in der Mitte des Zimmers nebeneinander aufstellte, wurden gedeckt.

Murtaza Aga wollte zum Essen nicht bleiben. Er war ziemlich bedrückt. Denn es gab wohl niemanden, der ihn nicht für all das hier verantwortlich machte. Und wie seltsam ihn besonders Molla Duran Efendi gemustert hatte ... Hinter Halil Bey dem Überschwenglichen schlüpfte er durch die Tür. Doch auf der Treppe hielt Halil Bey ihn am Arm fest und zischte ihm ins Ohr: »Blödmann, du Blödmann! Was meinst du wohl, was sie Arif Saim Bey alles stecken werden, wenn du dich jetzt davonstiehlst. Dieser ganze Dreck wird doch an dir hängenbleiben! Geh sofort zurück.«

Wortlos machte Murtaza kehrt und setzte sich an seinen Platz.

Das Gelage mit selbstgebranntem Raki und Räuberkebab im Hause Halil des Überschwenglichen dauerte bis zum frühen Morgen. In dieser Nacht kam keiner der Gäste zum Schlafen, und erst als der Morgen graute, machten sie sich auf den Heimweg.

Nachdem Zülfü sie alle verabschiedet hatte, lief er hinter Murtaza Aga her, der sich beeilte, nach Hause zu kommen. Er holte ihn ein, packte seinen Arm so heftig, als wolle er ihn aus der Schulter reißen.

»Du verdammter feiger Hund, dies alles haben wir doch nur deiner Feigheit zu verdanken. Deinetwegen bin ich jetzt erledigt, erlischt das Feuer in meinem Herd. Hast du gesehen, wie Arif Saim, der erst durch mich etwas geworden, durch mich ins Parlament gekommen ist, zum Abschied mir die Hand nicht gab, mir nicht einmal ins Auge schaute? Du hast mich vernichtet, Murtaza. Aber ich werde deine Asche auch im Wind verstreuen, hast du verstanden? Du hast meine Zukunft zunichte gemacht. Aber deinen Trumpf kannst du auch nicht mehr ausspielen. Denn du hast jetzt noch Rechnungen offen mit Hauptmann Faruk, mit dem Präfekten und mit Arif Saim.«

Dann stieß er ihn von sich, drehte ihm den Rücken zu und ging. Murtaza, der sich eine Weile wie erstarrt nicht von der Stelle rührte, lief hinter ihm her, an ihm vorbei und stellte sich ihm in den Weg: »Treib keine bösen Spielchen mit mir, Zülfü!«

keuchte er. »Du kennst mich noch nicht, aber du kannst dich ja bei deinen vertrauten Freunden und bei diesem Hochstapler Molla Duran über mich erkundigen. Ich halte mein Wort! Wenn ich also wegen dieser Briefe und Telegramme Ärger bekommen sollte, werde ich dich mit Sicherheit töten lassen.«

Zülfü begann zu lachen und hängte sich bei ihm ein: »Du Idiot, du, denkst du, ich wüßte nicht, daß du bei deinem Ramazanli Bey in Adana gewesen bist, um von seinem Anwalt diese Briefe aufsetzen zu lassen?«

»Wie bitte?« schrie Murtaza Aga auf. »Von wem hast du denn das erfahren?«

»Ich erfahre so etwas, aber von mir erfährt es keiner, auch nicht Bruder Arif Saim. Doch untersteh dich und unternimm noch einmal etwas, ohne mich zu fragen!«

»Mein Wort darauf!« Eingehakt gingen sie plaudernd bis zur Brücke.

Der Hauptmann konnte nicht schnell genug sein Dienstzimmer erreichen, wo er die von Arif Saim Bey mitgebrachten Unterlagen über den Tisch ausbreitete und zu lesen begann. Und während er las, ging eine seltsame Veränderung bei ihm vor, geriet er zusehends außer sich. Er las und wendete mehrmals jeden Brief und jedes Telegramm. Und dann brüllte er aus vollem Hals. Unteroffizier Asim und Gefreiter Ali die Echse stürzten sofort herbei und standen stramm.

»Zu Befehl, mein Hauptmann!«

Der Hauptmann sah und hörte nichts, brüllte wie von Sinnen: »Jetzt, jetzt, ab sofort werden diese doppelzüngigen Schleimer mich kennenlernen! Die machen mich unmöglich, setzen meine Laufbahn aufs Spiel, wollen mich vernichten! Wie kann ich mich noch unter Menschen blicken lassen, wie meinen Vorgesetzten, meinen Kommandanten in die Augen sehen?«

Als er seine Untergebenen in der Tür gewahrte, beruhigte er sich ein bißchen, zeigte auf die Papiere, sagte: »Lest das hier!« und schwankte aus dem Zimmer. Zu Hause angekommen, fühlte er sich wie zerschlagen. Ohne sich auszuziehen, streckte er sich auf seinem Bett aus und war kurz darauf eingeschlafen.

Als der Hauptmann schon früh am nächsten Morgen zur

Kommandantur kam, traf er in der Schreibstube Unteroffizier Asim, Gefreiten Ali die Echse und die anderen Unteroffiziere und Gefreiten an, die sich um den Tisch mit den Telegrammen versammelt hatten und sich die Köpfe heiß redeten. Ohne sie zu beachten, setzte er sich mit eiserner Miene an seinen Schreibtisch. Heute morgen hatte er sich nicht einmal rasiert, sein Haar hing wirr, und er trug staubige Stiefel. Seine Augen lagen tief in den Höhlen. Nachdem er eine ganze Weile still vor sich hin gearbeitet, sich einige Notizen gemacht und in den Papieren gekramt hatte, rief er den Unteroffizier Asim zu sich.

»Wer ist dieser Kenan, Dorfvorsteher von Çankazik?« fragte er. »Kenne ich ihn?«

»Sie kennen ihn, mein Kommandant.«

»Was ist er für ein Mann?«

»Unser bester Spitzel. Es ist dieser schmächtige Mann mit den wachen Augen, der alle Pferdediebe ausspäht und uns ihr Versteck meldet ...«

»Ich erinnere mich«, sagte der Hauptmann. »Der machte doch einen angenehmen Eindruck. Wie konnte er nach Ankara gegen mich so einen Brief schreiben lassen? Na, was meinst du dazu, Unteroffizier Asim?«

»Er ist ein Menschenkind, und bei Menschenkindern weiß man nie. Ein Baum hat tausend Adern, davon sind neunhundertneunundneunzig unter der Erde, und nur eine ist oberirdisch. So ist es auch beim Menschen. Aber ich glaube nicht, daß er ihn aufgesetzt hat. Er wurde ihm vorgeschrieben.«

»Das denke ich auch. Wird er uns den Verfasser nennen?«

»Das wird er, mein Hauptmann. Er ist unser bester Mann, und er liebt Sie, wie er seine Seele liebt.«

»So kannte ich ihn auch. Wie konnte er mir das nur antun? Als ich die Briefe las, wäre ich vor Scham am liebsten in Grund und Boden versunken. Davon habe ich mich noch immer nicht erholt. Wenn auch nur einer dieser Briefe über diesen Hauptmann – ja, sie überzeugten so, daß ich mich selbst nicht wiedererkannte –, das Oberkommando oder Innenministerium erreicht hätte, wäre mein Tod besiegelt gewesen. Sie waren so beeindruckend, daß ich sogar einen Augenblick daran dachte, diesen

Hauptmann zu stellen und zu vernichten. Wie kann man einem Menschen wie mir, auch wenn es bewußt gelogen ist, derartiges unterstellen, wie konnte man es nur wagen? Die Menschenkinder sind sehr heimtückisch, Unteroffizier Asim, sehr heimtückisch … Ich soll, nur um mit Gepränge empfangen zu werden und einen Orden zu bekommen, bewußt aus Osman dem Schwarzen einen Ince Memed gemacht und ihn getötet haben … Und auch die acht übrigen sollen gestorben sein! Es seien Burschen aus dem Dorf gewesen und sie hätten nur Pferde geweidet, als wir sie am Kupferpaß stellten. Unglaublich!«

»Unglaublich, aber wahr!« entgegnete Unteroffizier Asim. »Doch warten wir ab, was dieses Schlangennest von Stadt sonst noch für uns bereithält.«

»Du hast recht«, antwortete der Hauptmann, »laß uns abwarten und auf dem Posten sein …« Er lachte bitter. »Und jetzt ruf den Gefreiten Ali her!«

Gefreiter Ali wartete schon vor der Tür. Mit tränenfeuchten Augen kam er herein. »Zu Diensten, mein Hauptmann!« sagte er mit tonloser Stimme.

»Heute noch will ich Kenan herhaben!«

»Er ist hier«, brüstete sich Gefreiter Ali, »ich habe ihn letzte Nacht schnellstens herbringen lassen. Er wartet unten.«

»Gräm dich nicht so, Gefreiter!«

»Wer soll sich denn sonst grämen, wenn nicht ich … Da läufst du Gefahr, auf dem Seelenmarkt dein Leben zu verlieren … Verprügelst soundso viele Dörfler … Schau, mein Hauptmann!« Ali öffnete seine Hände. »Schau dir diese Hände an, wie sie nach soviel Prügeln aussehen. Das hält doch keine Seele aus. Meine Hände wurden vom Prügeln ja größer als meine Füße. Wäre ich doch in meinem Dorf geblieben und Bauer geworden. Nach diesem Vorfall kann ich nicht mehr leben. Entweder quittiere ich den Dienst, oder ich prügle mich selbst tot. In den Briefen nennen sie uns Henker. Sind wir denn Henker, mein Hauptmann? Wir sind vaterlandsliebende Kinder der Republik, die gründlich ihre Pflicht tun. Ohne Gebot an unser Pflichtgefühl scheuchen wir doch niemandes Huhn!? Wem soll nach diesem Vorfall denn sonst sterbenselend sein, wenn nicht mir …«

Man brauchte Gefreiten Ali die Echse jetzt nur anzutippen, und er hätte losgeheult.

Der gutmütige Hauptmann wußte nicht, wie er ihn trösten könnte. »Bring diesen Kenan her!«

»Ich werde ihm die Knochen brechen und zu Mehl zerreiben …«

Der Gefreite rannte nach unten, packte Kenan am Kragen und schleppte ihn zähneknirschend herbei. Kenan wußte nicht, wie ihm geschah, war von Angst wie gelähmt und blickte dem Hauptmann mit der Ergebenheit eines Hundes flehend in die Augen.

»Bleib da stehen!«

»Lies ihm diesen Brief vor, Unteroffizier Asim!«

Unteroffizier Asim las Kenan den Brief vor, betonte dabei jedes Wort.

»Komm her!«

Kenan, verwundert, kam vor den Tisch des Hauptmanns.

»Hast du diesen Brief schreiben lassen?«

»Ich habe keine Ahnung.«

»Schau her, ist das nicht deine Unterschrift?«

Die Hände über den Knopflöchern seiner Jacke verklammert, beugte sich Kenan über den Brief.

»Sie ist es nicht, Efendi.«

»Und dieser Stempel? Du hast ihn gedreht, damit die Schrift verwischt.«

»Es ist nicht meiner, mein Hauptmann. Wie könnte ich auch so etwas von Ihnen behaupten!«

Der Hauptmann schnellte wie der leibhaftige Zorn von seinem Stuhl hoch und verabreichte noch im Sprung mit aller Kraft Kenan eine Ohrfeige. Kenan taumelte, doch er hielt sich aufrecht. Das wurmte den Hauptmann. Er schlug noch einmal zu und noch einmal, und Dorfvorsteher Kenan fand sich am Boden wieder. Sofort packte ihn Ali die Echse und stellte ihn wieder aufrecht hin. Aus Kenans Nase und Mund quoll das Blut. Keuchend setzte sich der Hauptmann.

»Sag, wer hat dich diesen Brief schreiben lassen?«

»Ich habe doch so einen Brief gar nicht geschrieben …«

»Du wirst mir sagen, wer es getan hat!«

»Aber ich ...«

»Gefreiter Ali, nimm ihn dir, und bring den Hund zum Reden ... Nimm ihn dir vor, bis er redet ... Wenn du willst, kannst du ihn auch zum Bach bringen ...«

»Liefere mich ihm nicht aus, mein Hauptmann!« flehte Kenan. »Schreiben Sie jeden Namen auf, den Sie wollen, ich unterschreibe. Bin ich schließlich nicht Ihr Mann?«

»Ich will die Wahrheit wissen.«

Gefreiter Ali die Echse schleifte Kenan aus dem Zimmer. Zurückgelehnt lächelnd blickte der Hauptmann hinter den beiden her und war sicher, daß Kenan in Kürze die Wahrheit sagen würde.

Es verging eine ganze Weile, doch von Gefreitem Ali die Echse war nichts zu hören. Der Hauptmann wurde ungeduldig.

»Er hält es demnach aus, Unteroffizier Asim. Ein Mensch, der Gefreitem Ali so lange widersteht, muß aus Stahl sein, nicht wahr, Unteroffizier?«

»So ist es, mein Hauptmann. Sie, die Agas, die Feinde dieses Landes, unsere Feinde, wissen, welchen Leuten sie solch gefährliche Aufgaben übertragen. Sie suchen sich dafür Männer, die sich schon bewährt haben.«

»Aaach, wenn ich diese Dorfvorsteher einmal nur zum Reden brächte ... Meinst du nicht, daß wenigstens einer von diesen dreiundzwanzig Dorfschulzen redet?«

»Die meisten werden reden, mein Hauptmann. Auf dieser Welt gibt es nur wenige, die unserem Gefreiten Ali widerstehen.«

»Wenn es auch nur sehr wenige sind ...«, seufzte der Hauptmann. »Laß ihn rufen, wir wollen ihn fragen, wie es steht!«

Die Hände blutbesudelt, die Schultern schweißnaß, kam wenig später mit zornfinsterer Miene Gefreiter Ali die Echse herein: »Er redet nicht, mein Hauptmann.«

»Was sagt er denn?«

»Er nennt uns soviel Namen, wie es Agas in der Stadt gibt, allen voran Karadağli Murtaza Aga.«

Bis Mitternacht ließ der Hauptmann den Gefreiten Ali die Echse jede Stunde einmal über das Ergebnis Meldung machen.

»Er redet nicht, mein Hauptmann. Jetzt sagt er schon die Namen der Frauen aller Agas und Beys auf, die er kennt. Auch den von Arif Saim Beys Hanum. Sie habe alle Briefe schreiben lassen; auf Zülfü Beys Wunsch.«

»Bring ihn zum Bach«, sagte der Hauptmann, »sollte er am Bach ein Geständnis ablegen, weckst du mich.« Dann ging er schlafen.

Als dem Dorfvorsteher die Augen verbunden wurden, wußte er, was ihm bevorstand, und er warf sich Gefreitem Ali die Echse zu Füßen: »Ich nenne dir, wen du willst, Gefreiter Ali Pascha«, flehte er, »aber tu mir das nicht auch noch an, ich habe Kinder, jedes noch ganz klein … Dazu meine alten Eltern.«

Eine Stunde später wurde Dorfschulze Kenan, eingehakt von zwei Gendarmen, über die Kiesel des trockenen Bettes bachaufwärts geschleift.

Am nächsten Morgen war der Hauptmann schon früh ins Amt gekommen. Von innerer Unruhe erfüllt, hatte er kaum schlafen können. Jetzt untersuchte er die Unterschriften der Briefe mit einer großen Lupe, die er sich vom Apotheker ausgeliehen hatte. Von den Stempeln war keiner leserlich, sie alle waren beim Aufdrücken etwas verdreht worden. Was jedoch die Unterschriften betraf, war er sich nicht so sicher. Angenommen, sie waren gefälscht, müßten sie dann nicht alle von einem oder zwei, höchstens drei Tätern stammen? Diese Unterschriften aber waren jeweils von einem anderen geschrieben worden, und jede stammte von einem Dörfler. Er hatte auch die Unterschrift des Dorfvorstehers Kenan mit dessen Unterschriften in Aktenvorgängen verglichen, sie stimmten im großen und ganzen überein. Wenn es aber so war, warum wollte der Mann denn buchstäblich ums Verrecken nicht reden? Abwarten, noch hatte er die Hoffnung nicht aufgegeben, und ein Mann, den Gefreiter Ali zum Bach geschleppt und nicht zum Reden gebracht hatte, war ihm bis jetzt noch nicht vorgekommen. Gefreiter Ali tat ihm richtig leid. Der arme Mann hatte seit seiner Kindheit doch keinen guten Tag erlebt. Eltern und Geschwister starben an Unterernährung oder Sumpffieber, und er mußte sich als Waise schon mit sieben Jahren bei fremden, rücksichtslosen Menschen totarbeiten, um sein Leben zu fristen. Älter geworden, wurde der Militärdienst seine Rettung. Durch Arbeit und Pflichterfüllung brachte er es bis zum Gefreiten. Aber wie es manchmal so kommt, wurde er zu diesen Wilden hier abkommandiert und muß nun Tag und Nacht halb totprügeln. Sein Leben ist wirklich nicht zu ertragen. Bald schon wird er zu Tode erschöpft vom Bach heraufkommen, sich völlig aufgelöst in der warmen Wachstube auf die Pritsche hauen, und dann wird es wohl Tage dauern, bis er sein Gleichgewicht wiedergefunden hat. Sich mit Menschen abgeben ist wirklich nicht leicht. Und dann nennen sie diesen sich aufopfernden, ehrerbietigen Mann, der bis zum letzten seine Pflicht erfüllt, auch noch Henker! Da sollten sie den Gefreiten Ali einmal sehen, wenn er gegen die Räuber kämpft ... Ein Soldat, der eine Armee ersetzt! Woher er wohl diesen Namen hat, fragte er sich, und was an Gefreitem Ali denn an eine Echse erinnerte? Er mußte lachen und vergaß dabei für einen Augenblick all seine Sorgen. Sah Gefreiter Ali mit seiner großen, bläulich geäderten Nase und mit seinem Kopf, den er fortwährend hob und senkte, etwa nicht aus wie eine Echse?

»Was gibt es Neues vom Gefreiten Ali, Unteroffizier Asim?«

»Bisher noch nichts. Er wird bald hier sein, Ali erledigt seine Arbeit immer vor Tageslicht.«

»Ob er ihn zum Reden gebracht hat?«

»Er hat ihn zum Reden gebracht.«

»Wer hat die Briefe wohl schreiben lassen?«

»Jemand, von dem wir es überhaupt nicht erwarten.«

»Zum Beispiel?«

»Zum Beispiel Molla Duran Efendi.«

»Hast du ihn im Verdacht?«

»Nein.«

»Wen denn?«

»Nach meiner Ansicht gibt es zwei in dieser Stadt, der eine ist Zülfü, der andere Murtaza Aga.«

»Wie denn das? Der eine ist Arif Saim Beys engster Freund, der andere meiner ... Das kann doch nicht sein!«

»Außer den beiden fällt mir kein anderer ein.«

»Warum sollten sie mir das antun?«

»Ich weiß es nicht. Das müssen Sie herausfinden.«

»Weißt du, daß sie unseren Gefreiten Echse nennen?« lenkte der Hauptmann ab. Nein, Zülfü Bey und Murtaza Aga konnten es auch nicht sein. Warum sie es nicht sein konnten? Weil sie es nicht sein konnten, darum! Unvermittelt wollte sich der Hauptmann ausschütten vor Lachen. Es dauerte eine Weile, bis er sich gefaßt hatte: »Sie meinen bestimmt diese großen Echsen, die ihren Kopf stets heben und senken. Mit seiner großen Nase sieht ihnen unser Gefreiter wirklich sehr ähnlich, nicht wahr?«

»Er sieht ihnen ähnlich«, jetzt mußte auch Unteroffizier Asim lachen, »sieht ihnen sehr ähnlich. Er bewegt seinen Kopf genauso. Ein sehr gereizter Gefreiter.«

»Schade um ihn«, sagte der Hauptmann. »Ich bedaure ihn sehr. Sie nennen ihn auch Henker.«

»Ja, Henker. Der Arme.«

»Wo mag er geblieben sein?«

Der Hauptmann hatte den Satz noch nicht beendet, als Ali die Echse ins Zimmer trat und Haltung annahm. Er war völlig zerschlagen, auf seiner Stirn standen dicke Schweißtropfen. Auch zwischen den Schulterblättern und unter den Achselhöhlen klebte sein zerknittertes Zeug klitschnaß am Körper. Und bis zur Hüfte schien er in Schlamm gewatet zu haben …

Kaum hatten sie ihn erblickt, prusteten zuerst der Hauptmann, dann Unteroffizier Asim los und hielten sich bald die Bäuche vor Lachen. Jedesmal, wenn Ali den Kopf hob und senkte, legten sie von neuem los. Und je mehr sie lachten, desto strammer stand der verdutzte Ali da, desto öfter hob und senkte er seinen Kopf.

Schließlich gelang es dem Hauptmann, sich zu beherrschen: »Hat er geredet?«

»Er hat geredet, Kommandant.«

»Hat er nach deiner Meinung die Wahrheit gesagt?«

»Nach meiner Meinung hat er die Wahrheit gesagt.«

»Wer war es?«

»Es waren Zülfü und Murtaza, aber …«

»Was heißt aber?«

Ali die Echse wand sich, wollte etwas sagen, doch er schaffte es nicht.

»Er ist doch nicht gestorben?«

»Ein klein, klein bißchen.«

»Was heißt ›ein klein, klein bißchen‹?«

»Er hatte viel Stehvermögen, ich aber auch ... Als er mit dem Tod rang, konnte ich ihm diese beiden Namen entlocken. Dann habe ich ihn gleich den Gendarmen übergeben und bin sofort hergelaufen.«

»Er ist also tot?«

»Ein klein, klein bißchen.«

»Setz dich erst einmal hin und trink einen Tee ...«

Der Wachposten an der Tür lief sofort los und brachte Gefreitem Ali einen heißen Tee. Sogar als er trank, behielt Ali seine stramme Haltung bei, während sich auf seinem Gesicht die lässige Zufriedenheit eines Menschen widerspiegelte, der von einer gelungenen Arbeit erschöpft zurückgekehrt war.

»Also, Gefreiter, Dorfschulze Kenan ist gestorben.«

»Ein klein, klein wenig ...«

»Er ist tot, Gefreiter!«

»Zu Befehl, mein Hauptmann, er ist gestorben, mein Hauptmann. Also, Kenan hat mir sehr leid getan ... Tot, er ist tot, mein Hauptmann.«

Wenig später brachten die Gendarmen die Nachricht vom Tode des Dorfvorstehers Kenan.

»Ihr werdet zurückgehen und an Ort und Stelle ein Protokoll aufsetzen. Wenn ihr wollt, könnt ihr auch den Staatsanwalt und den Arzt mitnehmen. Und du, Unteroffizier Asim, setzt dich an die Schreibmaschine, du persönlich ... Hierfür will ich keinen Schreiber. Und du wirst wortwörtlich tippen, was ich dir sage. Bringt mir die Stammrolle Kenan!«

Die Stammrolle mit den Angaben über den Dorfvorsteher von Çankazik, Kenan, lag bereits seit dem Vorabend auf dem Tisch. Gefreiter Ali schnappte sie sich und reichte sie dem Hauptmann: »Bitte sehr, mein Hauptmann!«

»Ich danke dir. Aber geh jetzt und ruh dich aus, bis Unteroffizier Asim den Bericht geschrieben hat!«

Die Schreibmaschine begann zu klappern. Es war ein uraltes, sperriges Ungetüm, das nicht mehr alle Buchstaben ausdruckte, aber unter den Fingern von Unteroffizier Asim wie geschmiert seinen Dienst tat.

»Also ... Der Rädelsführer mit Namen Ince Memed ist gestern nacht bis an das Ufer des ausgetrockneten Baches am Rande der Stadt hinuntergestiegen und hat dort den unserer Regierung immer nützliche Dienste erweisenden, durch Anzeigen der Verstecke aller Pferdediebe ihre Verhaftung ermöglichenden, für uns jahrelang die Standorte aller Räuber in den Bergen auskundschaftenden Dorfvorsteher von Çankazik, Kenan, überfallen und ermordet. Und der gleichermaßen aus dem Dorf Çankazik stammende namentliche Haydar, Sohn des Süleyman, der sich während dieses schrecklichen Geschehens neben dem Dorfvorsteher befand, hat uns den Ablauf dieses schrecklichen Geschehens wie folgt geschildert: ›Der Rädelsführer mit Namen Ince Memed kam mit seinen Männern...‹«

Abrupt zog Unteroffizier Asim seine Hand von den Tasten. »Mein Hauptmann«, sagte er, »diese Aussage ist widersprüchlich.«

»Wie meinst du das?«

»Einerseits sagen wir, Ince Memed sei verschwunden, und gleichzeitig sagen wir, er sei vor der Stadt erschienen.«

Hauptmann Faruk lachte: »Unteroffizier Asim, dieses Protokoll verbleibt bei uns. Erst wenn Ince Memed vernichtet worden ist, werden all seine Missetaten aufgeführt, begreifst du jetzt?«

»Ich verstehe, mein Hauptmann.«

»Und dann erst wird es in unsere Akte übertragen. Also weiter: Kam mit seinen Männern, holte Dorfvorsteher Kenan aus seinem Haus, brachte ihn zum ausgetrockneten Flußbett und fragte ihn nach dem Aufenthaltsort von Karadağlioğlu Murtaza Aga. Denn der Bandenführer wollte letzteren wie Ali Safa Bey ermorden. Er hatte ihn in seiner Wohnung jedoch nicht angetroffen, so daß Murtaza Aga noch einmal davongekommen und somit dem Tode entronnen war. Doch der Bandenführer, fest entschlossen, seinen Mord auszuführen, war so tollkühn, von den Bergen in die Stadt herunterzukommen, wo er den Dorfvorsteher von Çankazik, Kenan, nachts aus dem Bett holte, hierher zum Bachbett brachte und nach dem Aufenthaltsort von Murtaza Aga befragte, was unser Dorfvorsteher auch angesichts des Todes nicht verraten wollte, obwohl er von dem namentlich Ince Memed genannten Bandenführer und seinen Männern bis zum Morgen zu Tode gefoltert wurde, wie am Tatort in Gegenwart von Zeugen protokollarisch festgestellt werden konnte … Gut so?«

»Sehr gut, mein Hauptmann.«

»Übergebt die Leiche gleich den Angehörigen. Sie sollen den Toten nicht erst durch die Stadt tragen. Und du wirst Gefreiten Ali, einige Gendarmen und die Zeugen … Sind übrigens die Zeugen bereit?«

»Gefreiter Ali hat die Zeugen schon längst vorbereitet. In solchen Dingen macht er keinen Schritt ohne Zeugen.«

»Arzt, Staatsanwalt …«

»In fünf Minuten stehen alle bereit.«

Schon am Nachmittag wurde der Tote seinen Angehörigen, die aus Çankazik angereist kamen, übergeben. Ohne eine Träne vergießen zu können, ja, ohne einen Klagelaut nahmen sie ihn in Empfang und trugen ihn in großem Bogen um die Stadt herum ins Dorf zurück.

Kaum hatte Murtaza von dem Vorfall gehört, eilte er mit weichen Knien zur Kommandantur, stieg, immer zwei Stufen auf einmal, die Treppe hoch, stürzte in das Zimmer des Hauptmanns und fragte außer Atem: »Habe ich richtig gehört, mein Hauptmann? Der Bandenführer mit Namen Ince Memed soll also heute nacht bis vor die Stadt gekommen sein und sich bei dem armen Kenan nach mir erkundigt haben, doch der Mann habe sein kostbares Leben aufs Spiel gesetzt und mein Haus und meinen Aufenthalt … Denn ich übernachte nicht immer zu Haus, seit dieser Räuberhauptmann unseren Bruder Ali Safa ermordet hat, sondern schlafe oft in einer anderen Wohnung oder besuche hin und wieder ein Dorf … Mein Sohn Kenan hat mich also nicht verraten, hat sein kostbares Leben geopfert, um meines zu retten? Dann werde ich dafür sorgen, daß seine Kinder ihren Vater nicht vermissen müssen und daß seine Eltern auf niemanden angewiesen sein werden. Stimmt also, was ich gehört habe?«

»Es stimmt leider.«

»Er kam also bis an die Stadt heran?«

»Bis an die Stadt.«

»Ich könnte demnach nicht mehr am Leben sein.«

»Leider ...«

»Könnte also ...«

»Leider ...«

»Und was soll jetzt aus mir werden?«

»Nur keine Angst, ich habe meine Vorkehrungen getroffen. Sie haben meine Leute ja kennengelernt ... Dieser Kenan war unser bester Spitzel. Für Sie hat er sein Leben geopfert.«

»Sie leben hoch, diese Söhne unseres Vaterlandes, das auf ihren schwachen Schultern in ungeahnte Höhen emporsteigen wird, emporsteigen dank solcher Recken wie Sie und er.« Murtaza erhob sich: »Mit Ihrer Erlaubnis, ich muß gehen ...«

Und er ging ins Ladenviertel, wo er voll des Lobes für Kenan jedem, der ihm über den Weg lief, vorjammerte, daß Ince Memed bis an den ausgetrockneten Bach vorgedrungen wäre, sich bei dem ermordeten und seligen Kenan nach seinem, Murtazas, Haus erkundigt hätte und daß dieser das Haus seines väterlichen Freundes Murtaza Aga nicht verraten, in den Tisch, an dem er gegessen, kein Messer hineingestoßen, sondern für Murtaza sein Leben geopfert habe: »Der gottlose Mensch namens Ince Memed hatte unsern Kenan gefangengenommen. ›Nenne mir Murtaza Agas Aufenthaltsort‹, befahl er ihm, doch der antwortete: ›Ich kenne ihn nicht.‹ Und jedesmal, wenn er ›Ich weiß es nicht‹ sagte, schlugen die andern mit Knüppeln auf ihn ein, quetschten sie seine Hoden, doch unser Kenan sagte: ›Und wenn ich sterbe, verrate ich nicht, wo sich Murtaza befindet, denn ich habe an seiner Tafel, die für Freund und Feind und für die ganze Welt gedeckt ist, gegessen.‹ Bravo, tausendmal bravo meinem Löwen, meinem gefallenen Helden Kenan ...«

Noch bevor Murtaza beim Hauptmann war, hatte sich in der Stadt der Vorfall schon längst herumgesprochen, und im Laden des Barbiers Salih der Schieler herrschte Andrang wie im Bienenhaus.

Währenddessen wanderte Murtaza Aga angstvoll durch das Städtchen. Bevor er nach Adana gefahren war, hatte er Dorfvorsteher Kenan einen Brief nach Ankara schreiben lassen und diesen später selbst beim Postamt Adana aufgegeben. Ob sich dieser

Brief wohl auch unter denen befand, die Arif Saim Bey mitgebracht hatte? Dann müßte es zwei vom Dorfvorsteher Kenan gezeichnete Briefe geben: einen, den der Rechtsanwalt in Adana aufgesetzt, und einen, den der Staatsanwalt mit eigener Hand in die Maschine getippt hatte ... Und ein Brief von diesem verdammten Staatsanwalt brächte sogar einem Hund, der daran nur schnupperte, die Tollwut. O Gott, o Gott, wenn es so ist, hat unser wertvoller Held Kenan nicht unter Ince Memeds, sondern unter Alis der Echse Knüppel seine Seele ausgehaucht. Aber das werde ich vom Hauptmann schon erfahren, und zwar noch heute nacht, sagte er sich, sonst sterbe ich vor Sorge.

Unruhig fieberte er Mitternacht entgegen. Vielleicht war Ince Memed schon auf dem Weg. Schließlich hatte er geschworen, in dieser Stadt keinen Aga am Leben zu lassen. Warum sollte er nicht bei ihm, Murtaza Aga, beginnen? Gab es denn hier einen, der mächtiger, mutiger und reicher war als er? War es nicht Murtazas Vater, er ruhe in Frieden, der sich von Adana bis hierher die Ländereien grundbuchamtlich hatte eintragen lassen? Und war es nicht Murtazas Vater, er ruhe in Frieden in seinem heiligen Grab, der in dieser Gegend als erster Reis und Baumwolle anbaute? Und war es nicht Murtazas Vater, dieser edle Bey der Turkmenen, der die Ebenen um diese Stadt mit Herden von Schafen, Rindern und Pferden füllte? Und war es nicht auch sein edler Großvater mit der Donnerstimme ... Hier stockte Murtaza Aga, schrak sogar davor zurück, sich die großen Taten seines Großvaters selbst aufzuzählen. Aber wie sehr er sich auch dagegen sperrte, die ganze Stadt kannte seinen Großvater und wußte von dessen Taten. Wie dem auch sei, Hauptsache war, daß die Herren Amtsträger keine Kenntnis davon hatten. Denn der Großvater hatte sich mit Kozanoğlu gegen die Einheiten der Reform verbündet und ihnen den Zugang zum Sumbas-Tal verlegt. Und obwohl der mächtige Kozanoğlu sich vor den osmanischen Streitkräften zurückziehen mußte, wich der Großvater mit seinen Männern keinen Schritt, ging sogar zum Angriff über und schlug die osmanische Division der Reform vernichtend in die Flucht.

Aber da war noch ein Vorfall, bei dem des Großvaters Verhalten seitens der Turkmenen als schändlich verurteilt, von den Osmanen jedoch als lobenswert bejubelt wurde. Kozanoğlu war nach seiner Niederlage in den Taurus geflohen und hatte sich mit dem Barden Dadaloğlu von Dorf zu Dorf, von Höhle zu Höhle durchgeschlagen. Doch als die Berge ihnen keinen Schutz boten, fanden Kozanoğlu Ahmet Pascha und sein Begleiter schließlich im siebenpfostigen Zelt des Karadağlioğlu Unterschlupf ... In jener Nacht hatte Dadaloğlu mit seiner Saz bis zum Morgen das Lied ihrer Niederlage gesungen, und die ganze Sippe der Turkmenen hatte mit ihm geweint. Doch als der Tag anbrach, fesselte sein so edler Großvater Karadağlioğlu die Hände Kozanoğlu Ahmet Paschas auf den Rücken, brachte ihn zum Kommandanten der Osmanen, Derwisch Pascha, und sagte: »Pascha, hier bringe ich dir Kozanoğlu, nimm ihn, aber daß du ihn ja nicht tötest, sonst bricht die ganze Welt über dich herein!« Wenn sein edler Großvater es auch nicht übers Herz gebracht hatte, den Barden Dadaloğlu gleichfalls an die Osmanen auszuliefern, den Verrat an Kozanoğlu, diesen Verstoß gegen die Menschlichkeit und die Stammessitten, haben ihm die Turkmenen nie verziehen. Und eines Morgens mußte der edle Großvater feststellen, daß ihn alle Nachbarn verlassen hatten und er als einziger auf dem Lagerplatz zurückgeblieben war. Auch später hatte ihn keiner seiner Stammesangehörigen mehr besucht, weder Brüder noch Verwandte. Und die alten Turkmenen aus jener Zeit verfluchten ihn, wenn sie nur seinen Namen nannten.

Um Mitternacht dachte er immer noch über seinen Großvater und seinen Vater nach. Er konnte nicht umhin, wie sehr er sich auch dagegen sträubte ... Hatte sein Großvater auch nur Kozanoğlu Ahmet Pascha an die Regierung ausgeliefert und den Barden Dadaloğlu verschont und gerettet, so kehrte dieser ihm dennoch für immer den Rücken. Weder hatte er seitdem sein Haus betreten noch ihm ins Gesicht gesehen.

»Hüsne Hanum«, sagte er schließlich zu seiner Frau, die schweigend seit geraumer Zeit sein Gesicht beobachtete und seine Gedanken zu erraten suchte, »ich denke an meinen Großvater. Wie gut, daß er kein Bey der Turkmenen geblieben war. Wäre er es geblieben, erginge es uns wie den anderen nacktbeinigen, vor Hunger übelriechenden Söhnen und Töchtern der Turkmenenführer. So halbe Nomaden, halb hungernd, halb satt … Wie gut, wie gut …«

Seine Frau antwortete nicht, sah ihn nur seltsam versonnen an, denn ihre Sippe gehörte zu den, wie er sie nannte, halb hungernden, halb satten Nachkommen der Turkmenen-Beys.

Nun, Großvaters Gegenüber war schließlich Derwisch Pascha gewesen, ein großzügiger, furchtloser Mann und echter Osmane, der ihm angesichts der den Osmanen erwiesenen guten Tat gesagt hatte: »Wünsch dir, was du willst, und sei es auch soviel Land, wie du unter die Hufe deines Pferdes nehmen kannst.«

Doch ein Mann wie sein Großvater, der empörte sich, vergoß blutige Tränen, entgegnete, was kümmere ihn Hab und Gut, ja, was kümmere ihn das Gut der ganzen Welt, nachdem sein Stamm ihn wie einen Aussätzigen behandelt und auf dieser Welt allein gelassen habe. Das hätte er nun davon! Derwisch Pascha aber tröstete ihn, er sei eines Paschas würdig, legte in einem Ferman nieder, daß alles Land diesseits des Ceyhan Großvater eigen sei. Damit gehörten ihm auch die Herden, die Pferde, Kamele, Zelte und Goldstücke der besiegten Turkmenen. Und Murtazas Vater verwaltete danach dieses Erbe mit Bedacht, häufte Habe über Habe. Die Tage vergingen, und die Zeiten änderten sich, denn jetzt lagen ihm schon wegen ein bißchen Brache und Weideland auch die Stammesangehörigen zu Füßen, die damals seine Sippe gemieden hatten. Aber sein edler Vater ließ sich nicht erweichen, verzieh ihnen nicht, würdigte sie keines Blickes. Doch er, Murtaza Aga, er ist anders, ist warmherzig, fühlt sich seinem Volk, seiner Sippe verbunden. Er weiß, daß ohne Volk und Sippe nichts läuft, daß der Baum dank seiner Äste und Zweige mächtig rauscht.

»Mein Vater hat also falsch gehandelt, Hanum, nicht wahr?«

»Ja, falsch«, antwortete Hüsne Hanum.

»Hast du kein Volk und keine Sippe, ist dein Vermögen zu nichts nütze.«

»Zu nichts«, antwortete die Hanum frohgestimmt.

»Stünde uns jetzt unser Volk, unsere Sippe zur Seite, könnten wir auch wie jedermann … Sieh dir doch die vom Grauen Falken an! Wagt ihnen irgendwer zu sagen, ihm paßten ihre Nasen nicht? Sie sind arm, haben nicht ein Tausendstel meines Vermögens, aber alle Welt fürchtet sie.«

»Muß sie fürchten.«

»Sie haben niemanden und nichts außer ihrem Stamm. Aber ein Wort nur, und hundert, ja tausend Stammesverwandte wären bereit, für sie zu sterben.«

»Und sterben für sie«, sagte die Hanum.

»Und keiner vom Grauen Falken sucht sich verzweifelt ein Mauseloch, weil ein Ince Memed sich in die Berge schlug.«

»Das brauchen sie nicht.«

»Nun, ich werde den Hauptmann aufsuchen; mal sehen, was das Schicksal uns beschert … Nach meiner Meinung hat Gefreiter Ali die Echse den Ortsvorsteher Kenan umgebracht.«

»Schwer zu sagen, vielleicht hat Ince Memed ihn getötet.«

»Wer weiß …« Murtaza Aga sah auf seine Uhr und ging die Treppe hinunter.

Als er schon von weitem die Petroleumlampe des Hauptmanns schimmern sah, freute er sich, fühlte er sich plötzlich zu ihm hingezogen, zu diesem braven, mutigen Mann, echten Offizier der Republik, ohne List und Tücke, Lug und Trug, immer ehrlich und geradeheraus. Um so bedauerlicher, daß dieser sich Zülfü ergeben hatte, der ihm jetzt die Grube schaufelte. In diesem Augenblick tat es ihm leid, daß er Zülfü die Briefe gegen den Hauptmann hatte schreiben lassen. Ist es nicht schade um so einen Jungen, dachte er, hat keinen Tag und keine Nacht für sich, ist zwölf Monate im Jahr hinter Räubern her, dazu noch im Kugelregen. Was kann er dafür, wenn diese niederträchtigen Dörfler ihn belogen, die Frauen ihn von Ince Memeds Fährte auf Osman den Schwarzen abgelenkt und auch noch die Totenklage für Ince Memed angestimmt hatten, als Osman der Schwarze getötet worden war …

Er klopfte an die Tür.

»Wer da?« rief eine Männerstimme.

»Ich bin's, Murtaza Aga. Melde mich beim Hauptmann, mein Sohn!«

Die Tür öffnete sich.

»Mein Hauptmann erwartet dich«, sagte der Gendarm.

»Ich hab's gewußt, ich kenne meine Leute«, rief der Hauptmann mit Stolz in der Stimme und lachte. »Ich habe dich erwartet, Aga, und schon Tee aufsetzen lassen. Du hast dich verspätet.«

»Nicht verspätet, sondern die Mitternacht abgewartet. Das Volk sollte von der Straße sein, dachte ich mir.«

»Recht getan. Sei willkommen! Zülfü Bey ist auch hier.«

Murtaza und Zülfü umarmten sich.

Der Tee war schon aufgetragen.

Zülfü kam sofort zur Sache.

»Diese Briefe und Telegramme! Arif Saim Bey ärgert sich wahnsinnig darüber. Wie du gesehen hast, schaute er mich nicht einmal an. Er will den Verfasser der Briefe haben. Und gestern kam mir das Gerücht zu Ohren, Arif Saim Bey bereite mit den Tscherkessen ein – ich mag es gar nicht aussprechen – Attentat gegen unseren Mustafa Kemal Pascha vor, um dessen Platz einzunehmen. Er soll im Einvernehmen mit bedeutenden politischen Kräften handeln. Meint ihr, daß so etwas möglich ist?«

»Gott bewahre, nein!« schrie Murtaza Aga. »Daß um Himmels willen Arif Saim Bey nichts davon erfährt, er ist imstande und legt diese Stadt in Schutt und Asche.«

»Reg dich nicht so auf, Aga«, beschwichtigte ihn Zülfü in seiner ruhigen, ernsten Art des welterfahrenen Mannes. »Dieses Gerücht wurde nicht hier, sondern in Adana in die Welt gesetzt und berührt uns demnach nicht. Aber welch schreckliche Unterstellung, daß Arif Saim Bey ...«

»Gott bewahre tausendmal!«

»Wie wahr, Murtaza Aga: Gott bewahre! Was ist das auch für ein Gerücht, das da die Runde macht! Arif Saim Bey glaubt doch zuerst an Mustafa Kemal Pascha und dann erst an den lieben Gott. Ich weiß, daß er ihn anbetet. Und wenn Mustafa Kemal Pascha jetzt sterben sollte, was Gott verhüten möge, Arif Saim Bey führte sich in dem Augenblick, wo er es erführe, die Mündung seines Revolvers in den Mund und schösse ihn leer. Ich fürchte, Murtaza Aga, ich fürchte sehr, daß dieser Tratsch Folgen haben könnte.«

»Hab keine Angst« sagte Murtaza Aga und lachte. »Wir sind

ein besonderer Menschenschlag, der es auch ohne Feuer rauchen lassen kann. Und das weiß auch unser kluger, strahlender Held Mustafa Kemal Pascha, nicht wahr, Zülfü, er weiß es!«

Dabei schaute er Zülfü mit durchdringendem Blick beharrlich in die Augen, doch dieser schwieg.

»Er weiß es!« wiederholte Murtaza scharf.

Der Hauptmann hatte sich dazugesetzt, goß den Tee ein, sah unruhig von einem zum andern und folgte mit besorgtem Gesicht ihren Worten, während Murtaza Aga krampfhaft versuchte, dem Gespräch eine andere Wendung zu geben; auch das entging dem Hauptmann nicht.

Eine Weile herrschte Stille. Keiner wollte das Schweigen unterbrechen, keiner das Thema anschneiden, das sie eigentlich hergeführt hatte. Schließlich ergriff der Hauptmann das Wort.

»Wir alle kennen den Grund, aus welchem wir heute nacht hier zusammengekommen sind«, begann er. »Aus meinen geheimen Informationen geht hervor, daß die Briefe, mit Verlaub, von Ihnen beiden verfaßt worden sind. Da Sie aber für mich über jeden Zweifel erhaben sind, habe ich nicht im entferntesten daran gedacht, Sie darüber zu befragen. Sie hörten auch davon und haben keine Mühe gescheut herzukommen.«

»Ja, ich hörte davon«, bestätigte Zülfü lächelnd.

»Ich hab's auch gehört«, sagte Murtaza bedrückt.

»Und wiederum maße ich mir nicht an, Sie zu befragen. Denn Sie, Zülfü Bey, sind Arif Saim Beys Kriegskamerad, haben es also nicht nötig, so etwas aufzusetzen. Und Sie, Murtaza Aga, sind mein engster Freund, würden mir also derartiges ...«

»Gott bewahre, bewahre tausendmal ... Sie sind mir der Wertvollste ... sind für mich das, was Mustafa Kemal Pascha für Arif Saim Bey bedeutet.«

»Meine Bitte an Sie, wir werden gemeinsam zu dritt herausfinden, wer diese Briefe schreiben ließ. Und ich werde diese Männer Arif Saim Bey nennen, nachdem ich sie zuerst im Rahmen meiner Möglichkeiten aufs härteste bestraft habe. Was er dann mit ihnen macht, ist seine Sache. Ich brauche aber handfeste Beweise. Schon ab morgen werde ich die Vorsteher von zwanzig Dörfern verhören. Vielleicht legt der eine oder andere ein Geständnis ab. Gesucheschreiber Fahri der Verrückte ist in diesem Augenblick in Haft; er behauptet, Murtaza habe ihn die Telegramme aufgeben lassen. Und den Politiker hat sich Gefreiter Ali vorgenommen. Noch weigert er sich, zu gestehen.«

»Kümmern Sie sich nicht um diese Leute, Hauptmann. Es handelt sich dabei um die ersten Telegramme, die an dem Tag aufgegeben wurden, als Ali Safa Bey fiel ... Ich hatte sie Ihnen zuliebe aufgeben lassen, damit Sie Verstärkung bekommen. Aber das wissen Sie ja auch. Der Politiker hält also durch, wie schade. Wir sollten ihn von den Händen Alis der Echse fernhalten, Hauptmann, er bringt ihn sonst noch um.«

»Er wird ihn nicht töten.«

Murtaza Aga ließ bedrückt den Kopf sinken und sagte: »Wenn es jener Ali die Echse ist, den ich kenne, hat er ihn schon längst getötet.«

»Er hat es mir versprochen, er wird ihn nicht töten.«

»Wenn du ihm in den nächsten fünf Minuten nicht zu Hilfe kommst, können wir morgen früh die Totenandacht halten ... Bitte, mein Hauptmann, bitte! Der Politiker hat mehrere Kinder. Wenn Sie ihn freilassen, mein Wort darauf, werde ich die Briefeschreiber ausfindig machen.«

Mit einem Lächeln sprang der Hauptmann auf die Beine und rief etwas hinunter. Durch die Tür war nur metallenes Klirren zu hören.

»Erledigt. Sie werden ihn gleich entlassen.« Der Hauptmann setzte sich wieder und füllte die Teegläser neu. »Und morgen werde ich dreiundzwanzig Dorfschulzen vernehmen. Das heißt, einen von ihnen hat Ince Memed schon totgeprügelt. Schade.«

Zülfü lächelte hintergründig: »Er hat sich also bis an die Stadt vorgewagt. Muß ein mutiger Mann sein, dieser Ince Memed.«

»Mutig, ja, tollkühn«, pflichtete der Hauptmann ihm bei.

»Er hat nach meinem Haus gefragt.«

»Das hat er.«

»Und mein Sohn Kenan hat es ihm nicht verraten ...«

»Hat für Sie sein Leben hingegeben. Wenn er wenigstens gewußt hätte, daß Sie jede Nacht woanders schlafen ... Was will dieser Mann eigentlich von Ihnen?«

»Es geht um vieles. Zum einen weiß er, was ihm von mir droht … Sie können sicher sein, mein Hauptmann, daß diese Räuber überall ihre Augen und Ohren haben. Sie alle, und besonders Leute wie Ince Memed und Bayramoğlu …«

»Jetzt übertreiben Sie aber, Murtaza Bey …«

Murtaza Aga senkte den Kopf, verzog den Mund und knurrte: »Und ich dachte, Gefreiter Ali habe den Dorfschulzen Kenan getötet. Wenn es aber Ince Memed war, bin ich so gut wie tot. Vergebt also, falls ich jemals gegen euch schuldig wurde!«

»So schlimm ist es nun auch wieder nicht, Murtaza Aga.«

»Er könnte mich sogar hier töten, wenn er nur wollte.«

»Ich bitte Sie, Murtaza Aga.«

»Er könnte mich töten«, ächzte Murtaza.

Zülfü gelang es endlich, Murtaza durch einen Fußtritt unterm Tisch zum Schweigen zu bringen.

»Ich sollte Ihnen offen sagen, wen ich verdächtige.«

»Ich bitte darum, Zülfü Bey!«

»Ich verdächtige diesen Molla-Verschnitt und Lügenborn Duran Efendi.«

»Stimmt!« Murtaza Aga sprang auf die Beine. »Stimmt genau. Er ist ein Wolf im Schafspelz.«

»In diesem Städtchen, mein verehrter Hauptmann, gibt es nur einen, der gegen Sie solche Briefe schreibt, und das ist …«

»Dieser Molla Duran, der sogar eine Ameise schänden könnte, ohne ihre Taille zu verbiegen.«

»Stimmt …«

»Beweise, Freunde, Beweise!«

»Die finden sich«, sagte Zülfü.

»Die finden wir«, meinte Murtaza Aga. »Aber wem nützt es, wenn wir ihn überführen und vor Gericht zerren, zumal in diesen schweren Tagen?«

»Ich nehme auf niemanden Rücksicht«, polterte der Hauptmann, »und werde ihn morgen vernehmen.« Er stand auf und reckte seinen steif gewordenen Rücken. »Und Halil Bey der Überschwengliche?«

»Der ist sehr gefährlich«, antwortete Zülfü. »Vernehmen Sie ihn bitte nicht, mein Hauptmann!«

»Warum nicht?«

»Sie brächten sich in Schwierigkeiten, mein Hauptmann.«

»Ich fürchte das Gesetz und niemanden sonst.«

»Geduld, er kommt auch noch dran.«

»Ja, hören wir auf Zülfü Bey, mein Hauptmann. Daß wir nur nichts falsch machen. Ince Memed ...«

»Den brauchen Sie nicht zu fürchten, Murtaza Aga. Der wird sich schon bald weder an den Stadtrand noch an den Rand des Taurus wagen. Der wird bald ...«

Aber nicht durch dich, da wird dir Mahmut Aga aus Çiçeklidere schon zuvorkommen, feixte Murtaza Aga im stillen, als er den Hauptmann so von sich überzeugt daherreden hörte.

Anschließend gingen sie noch einmal alle Persönlichkeiten der Stadt durch, die für die Briefe in Frage kommen könnten. Erst gegen Morgen trennten sie sich, ohne ein greifbares Ergebnis erzielt zu haben.

»Trottel!« zischte Zülfü wie eine Schlange Murtaza ins Ohr, kaum daß sie draußen waren. »Hast du verdammter Trottel denn nicht begriffen, daß es der Hauptmann war, der den Dorfschulzen Kenan von Ali der Echse töten ließ, nachdem dieser aus ihm unsere Namen herausgeprügelt hatte? Gleich danach war Ali die Echse nämlich bei mir und hat mir berichtet. Was heißt hier Ince Memed und die Räuber? Hast du Trottel jemals gesehen oder gehört, daß Briganten Menschen totprügeln? Ist es denn so schwer, darauf zu kommen?«

»Ich hatte es mir schon gedacht«, entgegnete Murtaza peinlich berührt, »aber ich sagte mir, man kann ja nie wissen ...«

»Los, gehen wir zu dir, und du weckst Hüsne Hanum.«

»Sie schläft noch nicht und wartet auf uns.«

»Nehmen wir doch ein üppiges Frühstück ein, mit Butter, Honig und allem Drum und Dran. Ich will frische Butter haben, heute erst gestoßen, noch mit Rahmbläschen bedeckt. Und denk nicht dauernd an Ince Memed. Er ist schließlich nur ein armer Dörfler. Dieser Heißsporn von Hauptmann wird ihm bald schon den Garaus machen.«

»Ich bitte dich, Zülfü. Der Mann hat einen Brocken wie Ali Safa Bey weggeputzt. Und der kann auch dich und mich ... Ihn dürstet nach unserem Blut. Du wirst es schon noch erleben. Gegen den ist der Hauptmann ein Nichts.«

»Wir werden ja sehen. Vielleicht ist Ince Memed wirklich umgekommen. Vielleicht befand er sich unter den neun getöteten Räubern. Nach den Nachrichten, die ich aus den Bergen erhielt, treibt sich in diesem Augenblick kein Ince Memed da oben herum. Und meine Quellen sind zuverlässig, irren sich nie.«

»Wenn es so ist, wo steckt dann dieser Satan?«

»Wir werden es bald erfahren.«

»Wann denn, wann? Verlier um Gottes willen keine Zeit, Zülfü! Ich finde weder Ruhe noch Schlaf. Sogar in diesem Augenblick erwarte ich von überall her eine Kugel. Ince Memed ist bald ein toter Mann, und dennoch fürchte ich mich.«

»Keine Angst!«

Arm in Arm kehrten sie zum Konak von Murtaza Aga zurück. Jeden Augenblick mußte der Tag anbrechen. Hüsne Hanum erwartete sie unten am Tor.

»Willkommen, unser Bruder Zülfü«, begann sie, »wenn es dich nicht gäbe … Murtaza Aga hat nur einen Freund in dieser Stadt, und der bist du. Es vergeht kein Tag, an dem er nicht deinen schönen Namen in den Mund nimmt und von dir spricht.«

Auch der Hauptmann hatte gleich nach den beiden das Haus verlassen und war zur Kommandantur geeilt. Er war wütend. Mit den Räubern war es ein leichtes, aber wie mit diesen hinterhältigen Kerlen fertig werden? Die waren aber auch über alles im Bilde. Und wie abwertend Zülfü ihm ins Gesicht geblickt hatte, als von Ince Memed die Rede war, dazu dieses verständnisvolle, tödliche Lächeln, als wollte er sagen: »Hoho, mein Kommandant, meinst du, ich schlucke diesen Mist? Du hast Kenan töten lassen, hast von ihm unsere Namen erfahren. Wie schön für dich, es hat sich doch gelohnt.«

Gefreiter Ali die Echse begrüßte ihn schon an jenem alten, kunstvoll behauenen Steinblock im Vorhof.

»Komm, Ali, die Dinge haben sich verwirrt wie eine Negerkrause. Komm mit in mein Zimmer, dort reden wir weiter!«

Auf dem Tisch in seinem Dienstzimmer dampfte schon der Samowar.

»Leben sollst du, Gefreiter! Du hast ja den Tee schon zubereitet«, freute sich der Hauptmann. »Woher wußtest du, daß ich kommen würde?«

»Wenn ich es nicht weiß, mein Hauptmann, wer dann ...«

Der Hauptmann goß sich den hasenblutfarbenen Tee in das dünnwandige Glas, tat ein Stück Zucker hinein und lehnte sich in seinem Schreibtischsessel zurück.

»Neunzehn von ihnen habe ich zum Geständnis gebracht, mein Hauptmann.«

Der Hauptmann musterte ihn vom Scheitel bis zur Sohle. Die Augen in Alis abgespanntem Gesicht waren angeschwollen und blutunterlaufen. Das Hemd über der verrutschten Hose war zerrissen, und an seinen Händen klebte Blut. Der Hauptmann bedauerte ihn, und er fragte sich, warum er so ein unendliches Mitleid für diesen Mann verspürte, während er andererseits seine Energie über alle Maßen bewunderte.

»Es ist doch keiner gestorben, oder?«

»Nein, keiner. Die konnten was aushalten.«

»Wenn doch Kenan auch nicht gestorben wäre!«

»Er wäre es auch nicht, mein Hauptmann, aber es hat sich herausgestellt, daß Kenan ein schwächlicher Mann war. Schwächlich und dickköpfig. Da ist er gestorben.«

»Wäre er doch nur nicht gestorben! Die ganze Stadt meint, wir hätten ihn getötet. Auch Zülfü und Murtaza Aga denken es. Und was sagen die Geständigen?«

»Zuerst haben sie sich gesträubt, dann sangen sie wie Nachtigallen. Denken Sie denn, die hätten nach ein, zwei Stockschlägen schon gestanden, wenn Kenan nicht so gebrechlich gewesen und gestorben wäre? Wir hätten sonst heute nacht noch fünf weitere Tote gehabt.«

»Was sagen sie?«

»Was sollen sie schon sagen, mein Hauptmann, nichts weiter sonst als Zülfü Bey und Murtaza Aga. Einer nannte noch Halil Bey den Überschwenglichen und ein anderer Molla Duran Efendi. Der Rest rief Zülfü und Murtaza, Murtaza und Zülfü ...«

»Ich weiß, ich weiß, sie sind es, aber da können wir nichts ausrichten«, sagte der Hauptmann, seufzte tief und hob als Zeichen der Ohnmacht seine Hände. »Was können wir denen schon anhaben? Hättest du bloß Kenan nicht umgebracht!«

»Sein Zustand stellte sich als gebrechlich heraus, mein Hauptmann. Einen Tötungsvorsatz hat es nicht gegeben, wie Sie wissen. Er ist von selbst gestorben.«

»Ich weiß, Gefreiter, trotzdem. Beim nächstenmal ...«

Der Hauptmann senkte seinen Kopf auf die Brust und versank in tiefes Nachdenken. Der Tee dampfte im Glas. Als der Hauptmann den Kopf wieder hob, blickten seine Augen trüb, wirkte sein Gesicht verstört: »Wir sind allein, Gefreiter, ganz allein«, sagte er. »Sie haben uns eingekreist, haben alle Trümpfe in der Hand ... Setz die Dorfschulzen auf freien Fuß. Mit einem eisernen Ring aus Lüge und Betrug wurden wir eingekesselt. Wie sollen wir den bloß durchbrechen ... Laß die Männer frei. Sie tun mir leid. Weißt du, daß wir auf einem Seelenmarkt sind? Laß die Armen laufen ...«

»Zu Befehl, mein Hauptmann!«

Gefreiter Ali die Echse hatte verstanden und barst vor Wut. Er empfand tiefes Mitleid mit seinem Hauptmann, betrachtete, ja umfing ihn zärtlich mit liebevollen Blicken. Er mußte an sich halten, um nicht wie ein Kind loszuheulen, und war im nächsten Augenblick nach draußen geeilt. Verdammter Kerl, Ince Memed, wie recht du doch hast, wie himmelhoch recht, mein Sohn! Wie gern würgte ich gemeinsam mit dir diesen Agas die Luft ab, würde ich jeden Tag fünf bis zehn von ihnen ... Er biß die Zähne zusammen, daß sie knirschten.

18

Ince Memed ging es seit einigen Tagen besser. Er hatte seine Höhle verlassen und war hinunter in den Wald gezogen, wo er im dichtesten Unterholz in einem kleinen Zelt lebte und von Kasim und Temir mit frischer Milch, Butter, Honig und gebratenem Wildbret aus dem Nomadenlager versorgt wurde. Als wären die Sippen in Wettstreit getreten, kochten und brieten ihre Frauen und Mädchen und setzten alles daran, daß Ince Memed die

Speisen noch ofenfrisch vorgesetzt bekam. Sogar sein kleines, schwarzes Zelt war wie das einer Braut mit Kelims und Fellen ausgelegt, mit bestickten Satteltaschen verziert, mit Daunenkissen und Decken aus Atlas und Wolle ausgestattet worden.

Ince Memeds Genesung hatte bei den Sippen eine nicht enden wollende Festtagsstimmung ausgelöst. Jedermann hatte seine Arbeit ruhen und sich zu einer außerordentlichen Liebesbezeugung hinreißen lassen. Ince Memed hier und Ince Memed da, als gäbe es nichts anderes auf der Welt.

Die Salben und Tränke Mütterchen Sultans vom Hort der Vierzig Augen hatten gleich am ersten Tag Wirkung gezeigt, hatten innerhalb einer Woche Ince Memeds Fieber gesenkt und seine Wunden verschorft. Wie Vögel um ihr Nestjunges war Mutter Hürü um Ince Memeds Krankenlager gekreist, hatte ihn Tag und Nacht bewacht, seine Wunden gesalbt, ihm Arznei eingeflößt und seine Haare gestreichelt, wenn er die Augen aufschlug und sie anlächelte.

»Mutter Hürüs Leben für deine schwarzen Augen!« hatte sie immer wieder gesagt, doch als Ince Memed endlich auf die Beine gekommen war, hatte sie ihn lange umarmt, war dann mit den Worten »Wenn du erlaubst ...« auf den Esel gestiegen und hatte sich mit Mahmut dem Winzigen frohgestimmt auf den Heimweg gemacht. Daß Ince Memed sie aber hatte mit verbundenen Augen an sein Krankenlager kommen lassen, ging ihr nicht aus dem Kopf. Laß ihn erst einmal ganz gesund und auf Beutezug sein, dann wird Mütterchen Hürü ihm schon zeigen, wieviel Schlupfwinkel diese Erde hat!

Wer sie jetzt sah, erkannte sie nicht wieder. Sie war wohl zwanzig Jahre jünger geworden. Ihr faltiges Gesicht hatte sich geglättet, und ihre Augen glänzten wie die eines jungen Mädchens, während ein glückliches Lächeln ihren Mund mit den perlweiß schimmernden Zähnen umspielte: Ginge es nach mir, Ince Memed, ließe ich dich dort nicht allein zurück, aber ich habe im Dorf noch viel zu tun!

Es war Abend, als sie das Dorf erreichten. Hürü, nicht im geringsten erschöpft, war wie ein junger, meisterlicher Reiter von Mahmut des Winzigen Esel gesprungen, noch bevor er angehalten hatte. Als sie vor dem Haus angekommen waren, stand kerzengerade Ince Memeds Brauner dort. Das Pferd hielt den Kopf, als lehne es sich grübelnd mit der Stirn an das Tor. Wer von den Dörflern Hürü auch immer begegnet war, hatte im Laufschritt ihre Ankunft von Haus zu Haus verkündet, so daß vor ihrem eigenen schon wüstes Gedränge herrschte.

»Sei willkommen, Mutter Hürü, Mutter Hürü, sei willkommen!« rief es von überall her. Aber nicht einmal dieses Geschrei konnte das Pferd schrecken, es stand da und rührte sich nicht von der Stelle.

»Seit drei Tagen steht dieses Pferd hier, Hürü«, sagte Hösük. »Seit drei Tagen und Nächten frißt es nicht, säuft es nicht, steht es nur so da und wartet.«

Mutter Hürü bahnte sich einen Weg durch die Menge. »Laßt mich durch zu ihm!« rief sie. »Ich habe ihm etwas zu sagen. Ich weiß, warum es drei Tage auf mich gewartet hat, ich weiß es.«

Die Menge hielt den Atem an, Mutter Hürü ging ganz langsam auf das Pferd zu, hob behutsam die Hand und streichelte dem Tier ängstlich die Mähne. Dann streckte sie sich an sein Ohr und flüsterte: »Schönes Pferd, braunes Pferd, du bist von so edlem Blut wie des heiligen Alis Düldül, wie Köroğlus Grauschimmel, wie Jung Osmans Vollblut und wie des Propheten Eselin Burak. Würdest du sonst drei Tage ohne Essen und Trinken hier auf mich warten ...«

Das Pferd begann störrisch zu werden; es schlug den Schweif heftig nach rechts und nach links, reckte seinen Kopf und spitzte die Ohren. Jetzt reichte Mutter Hürü ihm nur noch bis zur Brust, die sie aufgeregt mit zitternden Händen streichelte. Und die Menge stand da und sah ihnen mit großen Augen zu.

»Hör mich an!« fuhr Hürü mit leiser Stimme fort. »Halte deinen verdammten Kopf ein bißchen tiefer und hör zu, was ich dir für schöne Worte sagen werde.« Dabei versuchte sie, dem Pferd in die Augen zu blicken, was ihr nicht gelang, weil das Tier immer störrischer wurde. »Dann eben nicht«, sagte sie schließlich. »Leihst du mir dein Ohr nicht, werde ich dir auch nichts erzählen!«

Was sie dem Pferd zu sagen hatte, mußte sie ihm ins Ohr raunen, sonst könnte dieses Gesindel sie hören. Doch der Braune blieb ungebärdig. Wenn der Arme aber hier schon drei Tage und Nächte auf sie gewartet hatte, sollte er sich wenigstens über ihre frohe Kunde freuen, bevor er endgültig durchging und das Weite suchte.

Sie ließ also von ihm ab, drehte sich zur Menge und rief: »So, nun entfernt euch ein bißchen, denn ich werde diesem störrischen, verrückten Pferd ein Geheimnis anvertrauen. Los, meine schönen Dörfler, ich bitte euch! Nehmt es mir nicht übel, und fühlt euch in euren empfindsamen Seelen nicht verletzt. Wenn ich dann dieses Pferd weggejagt habe, komme ich zu jedem von euch ins Haus.«

Gekränkt und ohne ein einziges Wort kehrte ihr die Menge den Rücken und entfernte sich. Nachdem Mutter Hürü gewartet hatte, bis niemand mehr in der Nähe war, wandte sie sich wieder an das Pferd: »Ich sollte diese schöne Nachricht für mich behalten, weil du so unwirsch bist und wild, aber ich kann nicht anders, denn du gehörst zu den guten Geschöpfen, bist ein Zauberer und hast außerdem drei Tage lang auf mich gewartet.«

Nachdem die Menschenmenge zurückgewichen war, hatte sich das Pferd wieder beruhigt und seinen Kopf ein bißchen sinken lassen.

»Hör mir gut zu: Ince Memed ist wieder wohlauf, wieder wohlauf, wieder wohlauf!«

Sie trat einige Schritte zurück, blickte dem Pferd in die Augen, erwartete, daß es ausschlagen, den Kopf zum Himmel heben und wiehern werde, daß die Erde bebt. Doch als sie bei ihm gar keine Regung feststellte, wurde sie wütend und schrie, ohne sich dem Tier weiter zu nähern: »Er ist wohlauf, wieder wohlauf, hast du nicht gehört, du Plage Gottes, die erblinden und in ganzer Größe umfallen möge? Er ist wohlauf, wieder wohlauf ...«

Das Pferd rührte sich wieder nicht.

»Du bist doch weniger als ein Huf vom Grauschimmel des Köroğlu, als ein Huf von Alis Düldül, als ein Huf Buraks, der Eselin des Propheten ... Dein Leben für Memeds und meine Fingernägel!« Ohnmächtig vor Wut, brüllte sie aus Leibeskräften: »Ince Memed ist wieder wohlauf, er hat's überstanden, ist wohlauf, Mütterchen Sultan hat Ince Memed gesund gemacht, hast du gehört?«

Die Dörfler aber meinten, daß Hürüs letzte Worte ihnen galten. Sie machten auf der Stelle kehrt und kamen jubelnd vor Freude zurückgerannt.

In diesem Augenblick hatte Mutter Hürü so wütend nach dem Pferd getreten, daß es sich auf die Hinterhand stellte; und nachdem es anhaltend gewiehert hatte, drehte es sich zum Alidağ und glitt wie eine dunkle Wolke davon.

»Was ist mit Ince Memed, Mutter, was ist mit ihm?« fragten die andern.

»War er verwundet?«

»War er krank?«

Der Pfeil war von der Sehne, und schuld daran hatte nur dieses verdammte Pferd!

»Ince Memed war verwundet und ist jetzt wieder gesund«, antwortete Mutter Hürü, nachdem sie mit ihren scharfen Augen die Gegend noch einmal abgesucht hatte. »Gott sei Dank, denn er war schwer verletzt und wurde wieder gesund. Was sollte er auch anderes tun, als wieder gesund zu werden? Ich habe ihn aufgesucht, ihn mit selbstgetrockneten Feigen und mit Granatäpfeln aus dem Närrischen Tal gefüttert und habe ihm eigenhändig die mitgebrachten Strümpfe angezogen. Was blieb diesem Ince Memed danach anderes übrig, als gesund zu werden! Ich habe Mütterchen Sultan aus dem Hort der Vierzig Augen geholt, sie auf ein Pferd gesetzt und diese tausend Jahre alte heilige Frau zu ihm geführt. Da wäre jeder andere auch gesund geworden. Aus jenem Hort der Vierzig Augen, wo von Schwertern zweigeteilte Menschen wieder zusammengefügt und zum Leben erweckt wurden. Aus jenem Hort, dank dem Jung Osman mit dem Kopf unterm Arm drei Tage und Nächte in Bagdad kämpfen konnte. Aus jenem Hort, an dessen Wand ich mit eigenen Augen Alis Schwert Zülfikar hängen sah. Und kämen siebentausendsiebenhundertsiebenundsiebzig Männer, sie könnten es nicht von der Wand reißen. Und fiele es herunter, könnten neuntausendneunhundertneunundneunzig Männer es nicht aufheben; aber ein Mütterchen Sultan nimmt es an sich, als wär es eine

Feder, und hängt es wieder an die Wand … Wie sollte dieser Ince Memed da nicht wieder gesund werden!«

In ihrer Begeisterung hatte Mutter Hürü das Pferd, ihre Wut, ja sich selbst vergessen, hatte sich vor ihrem Haus auf einen Stein gesetzt und Ince Memeds Abenteuer wie ein altes Märchen zu erzählen begonnen. Und wo sie gerade standen, hatten sich auch die Dörfler hingehockt und hörten ihr zu.

Mutter Hürü holte weit aus, begann mit Ali Safa Beys gewaltsamem Tod und schilderte, wie die Gendarmen über Ince Memed einen Kugelregen niedergehen ließen, als er aus der Stadt hinausritt. »Das Dorf Değirmenoluk übergehe ich«, fuhr sie fort, »denn darüber wißt ihr mehr als ich, und die Knochen von Hamza dem Glatzkopf, dessen Kadaver die Hunde und Geier fraßen, liegen dort unten noch herum.« Doch dann berichtete sie in allen Einzelheiten, wie Ince Memed in den Wald reiten wollte, dieses braune Pferd sich aber weigerte, wie Ince Memed dieses heilige Zauberpferd zwingen mußte, wie die Gendarmen sich im Wald in den Hinterhalt legten, das Pferd die Ohren spitzte und sich wieder weigerte, wie Ince Memed noch immer nicht begriffen hatte und das Pferd vorantrieb, dadurch in den Hinterhalt der Gendarmen geriet, wie das Pferd im Dunkel der Nacht Ince Memed rettete, doch dieser dumme, nicht auf Pferde hörende Ince Memed dennoch von sieben Kugeln getroffen und schließlich von den Räubern in Sicherheit gebracht wurde. »Die Räuber hatten ihn mitgenommen, ihn oben in den Bergen in eine Höhle gelegt und Heilkundige gerufen. Diese stillten sein Blut und verbanden seine Wunden. Aber sieben Kugeln sind ja nicht wenig, er bekam Fieber und begann wie ein Ofen zu glühen.« Wenn Mutter Hürü auch genauestens erzählte, wie sie Ince Memed gesucht habe, aber niemand ihr sein Lager verraten wollte, so nannte sie doch keinen Namen und sprach auch nie von Nomaden. Ein mitleidiger Räuber habe sich ihrer angenommen, behauptete sie, ihr die Augen verbunden und sie zu Ince Memed geführt. Ein unmögliches Benehmen, aber sie hätten ja nicht gewußt, wer Mutter Hürü gewesen sei! Jedenfalls sei Mutter Hürü so erbost gewesen, daß sie beinahe diesem rotznäsigen Ince Memed noch auf dem Krankenlager eine Abreibung verabreicht hätte. Als er wieder gesund gewesen sei, habe sie ihm keine Vorwürfe mehr machen wollen, aber Gott sei groß, und wenn sie Ince Memed noch einmal zu fassen bekäme, würde sie dieser Rotznase schon zeigen, wieviel Himmelsrichtungen die Welt habe …

Der Tag neigte sich, es wurde dunkel, die Stunde des Nachtgebets begann, und Mutter Hürü erzählte noch immer voller Begeisterung vom Hort der Vierzig Augen.

»So, jetzt bin ich müde«, sagte sie schließlich, »aber morgen erzähle ich mehr vom Hort der Vierzig Augen, von dem ich vierzig Tage und vierzig Nächte erzählen könnte … Aber folgendes muß ich noch loswerden: Dem Hort gegenüber befindet sich ein mächtiger Berg aus weißem Feuerstein, der Tag und Nacht, ob es schneit oder regnet, in hellem Licht erstrahlt. Sein spitzer Gipfel funkelt, auch wenn die Nacht so dunkel ist, daß keine Kugel sie durchdringen könnte.«

Die Nachbarn luden sie zum Abendessen ein. Mutter Hürü aß sonst nur in ihren eigenen vier Wänden, doch war es schon so spät geworden, daß sie sich schließlich überreden ließ; aber nur dies eine Mal!

Als Mutter Hürü am nächsten Morgen erwachte, war sie bestens gelaunt. Sie setzte gleich einen Kessel Wasser aufs Feuer, kramte aus der Truhe ein Stück duftender Seife, und als das Wasser warm genug geworden war, ging sie zum Baderaum und wusch sich gründlich. Dann schickte sie nach der Tochter ihres Nachbarn, ließ sich von dem Mädchen kämmen und in jedes Zöpfchen eine blaue Perle flechten. »Damit Ince Memeds Mutter Hürü kein böser Blick treffe«, sagte sie und lachte. Anschließend holte sie aus der Truhe ihr Kleid aus baumwollenem Satin hervor, das sie seit ihrer Jugend nicht mehr getragen hatte. Dazu zog sie ihre Lackschuhe und dünnen Strümpfe an, die sonst nur die Frauen in der Stadt trugen, und band sich ihr seidenes Kopftuch mit den grünen Pailletten um. Sie heftete noch das goldene Ringlein, das ihr verstorbener Durmuş Ali nach seinem Militärdienst aus Arabien mitgebracht hatte, an ihren Nasenflügel, legte die Knöchelreife um ihre Fesseln, den Tripolis-Gürtel mit den knielangen Troddeln um ihre Hüfte, strich noch einmal alles glatt, nahm den Spiegel zur Hand und betrachtete sich eine Weile darin. »Unglaublich, du Menschenkind«, murmelte sie, als sie ihn wieder weglegte, »was bist du doch für ein sonderbares Geschöpf? Alterst in einer Nacht um tausend Jahre und bist in einem Tag tausend Jahre jünger!«

Mit wiegenden Hüften schlenderte Hürü durchs Dorf, ging von einem Haus ins andere, herzte und streichelte jeden.

Als sie mit einem Lächeln wieder aus einem der Häuser trat, tauchte mitten im Dorf ein Reiter vor ihr auf. Er ritt ein fuchsrotes, prächtiges Pferd, das so edel war wie Ince Memeds Brauner. Der Mann trug einen breitkrempigen Federhut, eine nagelneue, faltenlose Jacke, messerscharf gebügelte Reithosen und langschäftige Stiefel. Über seiner Schulter hing eine stahlblau funkelnde deutsche Flinte. Als die beiden auf gleicher Höhe waren, zügelte der Reiter sein Pferd und sagte: »Mutter Hürü!«

»Mutter Hürüs Leben für dich, mein Kind!« antwortete sie freudig überrascht. »Wer bist du denn, daß du mich gleich erkannt und Mutter Hürü genannt hast, mein Recke?«

»Ich bin Ali der Hinkende«, sagte der Reiter.

»Wieee? Du willst Ali der Hinkende sein? Mach dich nicht über mich lustig, mein Junge. Ali der Hinkende ist nicht deinen Fingernagel wert, mein Löwe. Würde der mich jemals Mutter Hürü nennen? Würde der nicht lieber seine Hand mit Freuden in mein Blut tauchen?«

»Bei Gott, Mutter, ich bin Ali der Hinkende!«

Mutter Hürü sah ihn mit einem listigen Lächeln an, als wolle sie sagen: Du treibst deinen Schabernack mit mir.

»Mutter, du hast dich doch heute auch herausgeputzt, gar wie eine frisch getraute Braut. Was ist mit dir, gibt es einen besonderen Grund?«

Darauf gab Mutter Hürü keine Antwort.

»Mutter Hürüs Leben für dich, Reiter«, sagte sie, »an dir ist nichts, was diesem Hinkenden ähnelt.«

»Wenn du willst, Mutter, komm auf die andere Seite, und sieh dir meinen Hinkefuß an ...«

Mutter Hürü war unsicher geworden. Sie ging um ihn herum und schaute nach. Doch kaum hatte sie einen Blick auf seinen faustrund in den Steigbügel gezwängten Fuß geworfen, beugte sie sich nieder, klaubte einen Stein auf, schleuderte ihn auf Ali und brüllte: »Du hinkendes Wildschwein, du, auf dessen Hinkefuß ich scheiße!« Der Stein flog an Ali dem Hinkenden vorbei.

Außer sich vor Wut, ihn verfehlt zu haben, sammelte Mutter Hürü auf, was sie an Steinen fand, und ließ sie auf Ali niederprasseln. Und während sie immer wieder wirbelnd den Boden absuchte, deckte sie den sich verdattert auf dem Pferd haltenden Ali mit den übelsten Flüchen ein …

»Verdammter Spürhund der Çukurova, du! Denkst wohl, der breite Hut macht den Mann … Du an fremden Türen wedelnder Hund, du! Du Scheiße der Gendarmen, du! Ich scheiße in deinen breitkrempigen Hut, bis er voll ist, und dann setzt du ihn auf. Dachtest wohl, Ince Memed sei tot, daß du in dieses Dorf gekommen bist, nicht wahr? Aber Ince Memed ist nicht tot, nein, ist nicht tot. Und solange dieser Ince Memed dich nicht umbringt, so lange werde ich auch noch im Grabe ruhelos zurückblicken!«

»Ince Memed ist also am Leben, Mutter? Gott sei Dank, Mutter. Für diese gute Nachricht nehme ich alles in Kauf. Wenn er nur am Leben ist …« Weiter kam er nicht, denn ein Stein traf ihn so heftig am Nacken, daß er wankte und fast vom Pferd gefallen wäre.

»Verdammter Spürhund der Çukurova, den alle Köter in den Mund geschissen, alle Esel in die Nase gepißt haben … Nein, Ince Memed stirbt nun einmal nicht. Und schon gar nicht, bevor er tausend Stinktiere wie dich getötet hat.«

»Halt ein, Mutter, ich hab dir was zu sagen!« flehte Ali, während er sich alle Mühe gab, den Steinen auszuweichen.

»Schaut euch den mit seiner umgehängten Mauser an, Dörfler! Den da, dessen Schnurrbart noch nach Kinderscheiße riecht und der mit geschultertem Gewehr auf einem Araber ins Dorf geritten kommt, weil er meint, Ince Memed sei gestorben. Schaut ihn euch an, wie er sich spreizt! Doch Ince Memed ist nicht tot, nein, ist nicht tot …«

Von Mutter Hürüs Geschrei aufgeschreckt, waren die Dörfler hinausgeeilt und sahen mit Entsetzen, wie übel sie es mit diesem so gut gekleideten Reiter trieb. Schließlich fand Mutter Hürü einen langen Stock und versetzte damit Ali einen Schlag auf seinen Rücken, den er ihr gerade zugedreht hatte. Ali verlor fast das Gleichgewicht und wäre bestimmt gestürzt, wenn er dem Pferd nicht die Sporen gegeben hätte, bevor Mutter Hürü zum nächsten Schlag ausholte. »Flieh nur«, schrie Mutter Hürü hinter ihm her, »flieh nur mit deinem Hinkefuß, auf den ich scheiße! Und sollte dieser Ince Memed dir nicht den Garaus machen, werd ich ihm in der Stunde meines Todes nicht vergeben.«

Und weil sie ihre ganze Wut an Ali noch nicht ausgetobt hatte, rannte sie, wenn auch vergebens, mit Steinen in der Hand hinter ihm her.

Wieder zu Hause, stieg sie aufs Flachdach, drehte sich zum Alidağ und rief nach dem Braunen: »Komm, komm, komm, mein braunes Pferd, komm her! Mein Pferd mit den spitzen, aufrechten Ohren, mit der schmalen Lende und den Apfelaugen, komm! Komm und zerstampfe diesen Hinkenden mit deinen Hufen! Er kommt ins Dorf, nur weil er denkt, daß Ince Memed nicht mehr lebt. Komm, du Edler wie Köroğlus Grauschimmel, wie des Propheten Burak, wie Alis Düldül und Jung Osmans Vollblut, komm! Deine Mutter Hürü ruft dich, komm! Komm, wenn du ein Vollblut bist – und wenn es in deinem Stammbaum auch nur ein bißchen Tapferkeit und Mannestum gibt, dann komm! Komm und zertritt diesen räudigen, diesen hinterhältigen Hinkenden mit deinen Hufen zu mehlfeinen Stückchen!«

Sie hob ihre Hände und begann zu beten. Doch zwischendurch rief sie immer wieder nach dem braunen Pferd.

Bald darauf näherte sich der Braune auf der mit Stechdorn übersäten Ebene vor dem Alidağ, schien kurz vor Mutter Hürüs Haustür zu verharren und jagte dann mit erhobenem Schwanz in gestrecktem Galopp zu den Felsen im Osten davon.

Kaum hatte Mutter Hürü das Pferd erblickt, verschlug es ihr die Sprache. Sie mußte sich mit weichen Knien hinsetzen, ihr Herz pochte vor Angst und Bestürzung wie wild.

»Nachbarn!« rief sie mit heiserer, verschreckter Stimme. »Kommt und holt mich von hier weg, dieses Pferd hat mir alle Kraft genommen!«

Zwei Stufen auf einmal nehmend, stürmten zwei Burschen die Treppe hoch und führten Mutter Hürü hinunter.

»Um Gottes willen, Nachbarn, Brüder und Schwestern, mit diesem Pferd hat's wohl seine eigene Bewandtnis. Hat man auf dieser Welt so etwas jemals erlebt?«

Sie war erschöpft und in Schweiß gebadet, hatte papierweiße Lippen, und ihre Gesichtshaut spannte sich.

»Ruh dich ein bißchen aus, Mutter!«

Die Nachbarn brachten sie ins Haus, legten eine Matratze auf den Boden, setzten Hürü mit dem Rücken gegen die Wand, die sie mit Kissen abgedeckt hatten. Mutter Hürü schloß die Augen und saß eine Weile so da. Als sie sich ein bißchen erholt hatte, schlug sie die Augen wieder auf und sagte: »Schaut nach, ob das Pferd draußen vor der Tür steht!«

Sie schauten hinaus und sagten: »Von dem Pferd ist nichts zu sehen.«

»Und wohin ist dieses ungläubige Wildschwein?«

»Zu Abdi Agas Haus hinunter«, antworteten sie.

»Da soll es meinetwegen hin«, sagte Mutter Hürü und lächelte. Sie hatte ihre gute Laune wiedergefunden und begann mit den Anwesenden zu scherzen. Auch als diese aufbrachen und sich auf den Heimweg machten, rief sie noch hinter ihnen her: »O Gott, Leute, hat Ince Memeds Pferd mir Angst eingejagt!«

Den Hinkenden hatte sie längst vergessen, ihre Gedanken kreisten immer wieder um Ince Memeds Braunen. War es vielleicht ein Kobold, gar eine Fee gewesen? Nun war sie schon so alt geworden, aber derartiges war ihr noch nie begegnet. Vielleicht war es auch der unsterbliche Grauschimmel Köroğlus, der sich verwandelt hatte. Und der würde bis in alle Ewigkeit noch viele Ince Memeds und Köroğlus auf seinem Rücken tragen ... Plötzlich biß sie die Zähne zusammen und zischte voller Zorn: »Töte Ali den Hinkenden, töte ihn!«

Bis Mitternacht war sie immer wieder vor die Tür gegangen und hatte nach dem Pferd Ausschau gehalten. Doch der Braune ließ sich nicht mehr blicken. Er hat sich zu Ince Memed aufgemacht, dachte sie, und Ince Memed wird sich auf seinen Rücken schwingen, wird noch rechtzeitig herkommen und Ali den Hinkenden, diesen hinkenden Verräter, töten, bevor dieser das Weite gesucht hat. Und er unterstehe sich, nicht zu kommen, unterstehe sich gar, Ali den Hinkenden nicht zu töten! Dann würde Mutter Hürü es diesem Rotzbengel, der sie mit verbundenen Augen wie eine Blinde über die Berge führen ließ, schon zeigen!

Ince Memed war schon früh am Morgen aufgestanden. Er legte seine Pluderhose an, streifte sich den blutbefleckten Umhang über, zog die von Mutter Hürü gestrickten Strümpfe über die Füße und schnürte seine Opanken fest. Anschließend band er sich die Patronengurte um, hängte sich den Feldstecher um den Hals, stopfte den Fez und noch einige Dinge in den Quersack und schulterte sein Gewehr.

»Aufgemacht, Freunde«, rief er, »verabschieden wir uns von den Stammesangehörigen, bevor sie hinunter in die Çukurova ziehen!«

Memed vorweg, gefolgt von Kasim und Temir, gingen sie den schmalen Waldpfad entlang. Es war schon Mittag, als sie aus dem Wald herauskamen, und der Nebel über den Wipfeln hatte sich verzogen. Nach einer kurzen Wegstrecke erreichten sie das Tal der Roten Adler. Battal Aga war ihnen weit entgegengegangen. Memed hatte die Stirn in Falten gelegt, und seine Augen glühten im finsteren Gesicht. »Dieses Licht in seinen Augen muß es sein, wovon die Leute reden«, murmelte Battal Aga in sich hinein, als er die Räuber zum Herrenzelt führte.

Im Zelt waren auf den abgedeckten Teppichen die Speisen schon längst aufgetragen. Die Falken auf den Krücken vor den Zelten schienen heute besonders erregt. Sie schlugen ihre Flügel, mühten sich aufzufliegen und hackten mit den Schnäbeln auf ihre Fesseln. Memed kannte den Grund ihrer Unruhe wohl. So verhielten sie sich immer, wenn Vorkehrungen für den großen Zug getroffen wurden. Tiere haben seltsame, für uns Menschenkinder rätselhafte Vorahnungen.

Während des ganzen Essens fiel kein Wort. Nachdem abgetragen worden war, wurde der Kaffee gebracht. Memeds Miene hellte sich auf. Er hatte in seinem Leben bisher ja selten Kaffee getrunken, aber der von den Nomaden gebrühte begeisterte ihn immer wieder. Noch lange Zeit verspürte er seinen Duft, hatte er den köstlichen Geschmack auf seiner Zunge.

»Wenn nicht morgen, Kinder, brechen wir spätestens übermorgen auf«, sagte Battal Aga. »Schwere Tage stehen uns bevor. Für die väterlichen Winterweiden werden wir wieder bündelweise Geld bezahlen. Da wird nichts übrigbleiben. Nicht genug, daß dieser Molla Duran Efendi die Weiden unserer Väter und Großväter nach und nach in Äcker verwandelt – er will für ihre Nutzung jedes Jahr auch noch Gold haben. Papiergeld nimmt er gar nicht an. Wenn wir jetzt hinunterziehen, werde ich erst einmal in ganz Adana Goldstücke auftreiben. Wir sind am Ende. Einen hartherzigeren Pharao als diesen Molla Duran Efendi gibt es in der ganzen Çukurova nicht. Ich würde mich nicht wundern, wenn er sich eines Tages auch in dieser Hochebene breitmachte. Jetzt hat er auch noch diesen Ali den Hinkenden zu seinem Verwalter gemacht. Sie sagen ...« Er schaute Ince Memed in die Augen, als erwarte er etwas. »Sie sagen, daß dieser Ali der Hinkende tausendmal schlimmer sei als er. Der wird uns noch zu schaffen machen. Molla Duran Efendi hat ihn auf ein Pferd gesetzt und ihm eine Mauser über die Schulter gehängt.«

Ince Memed mußte unwillkürlich lächeln, und das war Battal Agas Augen nicht entgangen.

»Ich nehme an, daß es sich bei diesem Ali um Abdi Agas Spurensucher Ali den Hinkenden handelt.«

»Er ist es«, antwortete Memed lachend und freute sich.

»Ist er ein guter Mensch?« fragte Battal Aga in die Runde.

»Ein sehr guter Mensch«, sagte Ince Memed. »Einen beherzteren, klügeren Mann haben Mütter noch nicht geboren.«

»Das behaupten einige«, meinte Battal Aga. »Wie dem auch sei, für uns wird es schwer werden. Im Lauf der Zeit haben uns die Menschen der Çukurova völlig ausgeplündert. Sogar Kerimoğlu ist in Schwierigkeiten.«

»Wie das?« fragte Ince Memed. »Seit Jahren habe ich ihn nicht gesehen. Wenn ich ihn doch einmal träfe und ihm die Hand küssen könnte. Inschallah fügt der Herrgott es, bevor ich sterbe!«

Während Memed von Kerimoğlu sprach, verhielt er sich wie ein verschämter, schuldbewußter Junge.

»Auch er liebt dich«, sagte Battal Aga, der spürte, was in Ince Memed vorging, »liebt dich wie seine eigenen Kinder, wie sein Leben.«

Memed wurde es noch unbehaglicher, er senkte den Blick. An den Tag seiner Begegnung mit Kerimoğlu mochte er nicht erinnert werden.

»Und sein Stamm ist auch in bedauernswertem Zustand. Seine Winterweiden hat sich einer dieser jugendlichen Agas zu eigen gemacht. Er läßt Kerimoğlus Sippen nicht einmal in der Nähe des Weidelandes vorbeiziehen ... Augenblick, wie war noch gleich sein Name?« Er überlegte, rieb sich die Stirn, zwirbelte seinen Schnurrbart. »Auch er soll ein Held des Freiheitskrieges gewesen sein. Als Schwertrecht gaben sie ihm Kerimoğlus Winterweiden, seitdem verwehrt er diesem den Zugang. Dagegen ist Molla Duran ja noch rücksichtsvoll. Wenn er auch Geld nimmt, jagt er uns immerhin nicht aus unserem Winterlager.« Er hielt inne und zwirbelte wieder seinen Schnurrbart. »Ich hab's«, sagte er dann, »er heißt Sabit Bey. Hast du von diesem Mann schon gehört?«

»Nein, noch nicht«, antwortete Memed, den Kopf gesenkt.

»Es dauert keine zehn Jahre, und wir sind nicht mehr. Unsere Sippen zerstreuen sich jetzt schon.« Battals Augen füllten sich mit Tränen. »Wenn ich sterbe ...«, stotterte er, »Nomaden haben ja keine Gräber, heißt es, haben ja keine Gräber ...« Dann fügte er mit einem bitteren Lächeln hinzu: »Tragt mich zur Quelle, und begrabt mich dort unter dem Baum.«

»Möge Gott dich spät abrufen!« sagte Memed, dessen Augen auch feucht geworden waren.

»Außer dieser Erde hier wird uns ja keine mehr aufnehmen. Da ist es besser, früh zu sterben, damit ich noch neben der Quelle begraben werde – bevor wir auch dieses Land verlieren.«

»Sprich nicht so, Aga!« bat Memed mit zitternder Stimme.

Währenddessen kamen nacheinander Frauen und Mädchen herein, stellten kleine und größere Bündel am Rand des Zeltbodens ab und gingen wieder hinaus, nicht ohne Ince Memed mit einem verstohlenen Blick gemustert zu haben.

Dann erschien ein junger Bursche und lehnte eine deutsche

Flinte mit Patronengurten an die reichbestickten Bündel. Anschließend wurden ein Feldstecher, zwei Tscherkessendolche und eine Nagant-Pistole hereingebracht, letztere mit einem Griff aus Elfenbein. Memed konnte sich nicht erklären, was da vor sich ging, und schaute verwundert mal auf die Flinte, dann wieder auf die Bündel.

Battal Aga, schlank und hochgewachsen, die Augen grün wie das Gras der Weiden, erhob sich, nahm das erste Bündel und legte es ungeöffnet vor Memed hin. Dann holte er auch die anderen Bündel und reihte sie nebeneinander auf.

»Die sind für dich, Ince Memed. Eine Gabe unseres Stammes, nicht wertvoller als Fichtenharz, das Geschenk der Schäfer. Nimm's uns nicht übel, falls wir dir gegenüber gefehlt haben sollten!«

»Ich habe um Nachsicht zu bitten«, antwortete Ince Memed, der sich wieder gefangen hatte. »Was habt ihr euch nur für Mühe gemacht ...« Verwirrt, nicht wissend, wie er sich verhalten solle, starrte er auf die vor ihm liegenden Bündel.

»Öffne sie!« ermunterte ihn Battal Aga. »Sie sind von den Mädchen unseres Stammes ...« Dann zeigte er auf die Flinte, die Pistole und die Patronengurte. »Und das sind die Geschenke unseres Stammes an dich.«

»Ich danke euch« war alles, was Ince Memed mit hochrotem Kopf hervorstoßen konnte. Ihm war, als stecke eine Faust in seiner Kehle, und er mußte an sich halten, um nicht loszuheulen. Wie gelähmt konnte er die Hand nicht nach den Bündeln ausstrecken.

Schließlich knotete Battal Aga das größte der Bündel auf. Zum Vorschein kam eine handgeschneiderte, hellbraune Pluderhose, deren Taschenränder, Nahtstellen und Aufschläge mit Silberstikkerei verziert waren. Auch die Troddeln des Gürtels waren mit Silberfäden durchwirkt. Das Bündel enthielt noch einen silberbestickten Umhang, ein handgearbeitetes seidenes Oberhemd, drei Paar gemusterte Kniestrümpfe, drei seidene Taschentücher, deren Enden mit gestickten tiefblauen Veilchen verziert, ein Paar rotbraune Maraş-Stiefel und eine Unterhose aus weißem Leinen.

Memed hatte sich wieder gefangen. Sprachlos vor Bewunderung betrachtete er mit großen Augen, in denen wieder dieses gleich Stecknadelspitzen glitzernde Licht aufblitzte, die dargebotenen Gaben.

Battal Aga, Kasim und Temir strahlten vor Freude.

»Nimm das Bündel mit in den Nebenraum und zieh dich um … Keine Angst, die Sachen passen wie angegossen. Unser Frauenvolk kennt dich gut.«

Diese Aufforderung kam Ince Memed wie gerufen. Er griff sich das Bündel und konnte gerade noch im Nebenraum verschwinden, bevor ihn die Selbstbeherrschung verließ. Und während ihm die Tränen rannen, zog er sein abgewetztes, von den Kugeln der Gendarmen durchlöchertes Zeug aus und legte es, ordentlich zusammengefaltet, auf den Zeltboden. Dann zog er hastig die neuen Sachen an. Doch als er die Strümpfe überstreifen wollte, zögerte er. Die von Mutter Hürü sind schöner! Also legte er die neuen zurück ins Bündel und zog die alten wieder an. Die Stiefel paßten, und er schnürte sie mit Bedacht. Danach wollte er zurückgehen, doch die Augen waren noch immer voller Tränen … Er nahm eins von den seidenen Taschentüchern, und nachdem er seine Augen sorgfältig trockengetupft hatte, verließ er den abgeteilten Raum.

»Hab ich's dir nicht gesagt, Neffe, hab ich's dir nicht gesagt?« donnerte Battal Aga aufgekratzt. »Und wie dir alles steht! Von diesen Dingen verstehen unsere Nomadenfrauen etwas, seit Köroğlus Tagen bis heute.«

Als Memed den Namen Köroğlu hörte, ging ihm ein Stich durchs Herz.

»Denn auch den widderstarken Köroğlu kleideten und gürteten die Frauen unserer Turkmenen, bevor er in den Kampf zog. So sei es Brauch bei unseren Ahnen gewesen, behaupten unsere Alten. Wenn Yesil der Barde von Köroğlu berichtet, kann er einen Tag und eine Nacht lang darüber erzählen.«

Schließlich konnte Memed sich zu einigen Worten aufraffen. Noch hielt er den Kopf gesenkt, vermied er jeden Blickwechsel, damit keiner seine feuchten Augen sah.

»So ist es gut«, sagte er mit kaum hörbarer Stimme. »So ist es gut, Aga. Ich verlasse die Berge. Ich werde mich davonmachen in eine Gegend, von der ich nicht einmal den Namen kenne. Und dort werde ich spurlos verschwinden. Dieses Dasein nimmt kein Ende, es sei denn durch die blinde Kugel von einem, der keine fünf Para wert ist.«

Er schaute in die Runde und entdeckte nicht die Spur von Verwunderung in den Gesichtern.

»Oder wußtet ihr, daß ich mich dazu entschlossen habe?« fragte er, ohne seine Überraschung verbergen zu können.

»Ich weiß nur«, antwortete Battal Aga in der besonnenen Art des erfahrenen Mannes, »ich weiß nur, daß kein Räuber bis an sein Lebensende in den Bergen bleiben will. Keiner von ihnen ist dort alt geworden. Auch wenn ihn keine Kugel dahinraffte, könnte ein ergrauter, altersschwacher Brigant seiner Tätigkeit nicht mehr nachgehen. Deswegen finde ich deine Entscheidung richtig, Memed, mein Sohn. Wenn es auch noch nie vorgekommen ist, daß ein Räuber von deinem Schlage bis ans Ende seiner Tage in der Ebene von allen vergessen untertauchen konnte. Denn entweder wurde er aus diesem oder jenem Grund getötet, oder er schlug sich wieder in die Berge, weil er irgendein geringfügiges Unrecht nicht ertragen konnte. Versteh mich nicht falsch, Memed, damit sage ich dir nicht, bleib in den Bergen, sondern gebe nur wieder, was ich von unseren Vätern weiß: Für einen Räuber, der aufgegeben hat, ist das Leben in der Ebene schwerer als in den Bergen. Früher oder später kehrt er dorthin zurück. Denn im Flachland ist noch keiner von ihnen eines natürlichen Todes gestorben. Ich rede nicht von Strauchdieben, sondern von namhaften, gestandenen Männern wie Ince Memed und Köroğlu.«

»Und was ist mit Bayramoğlu? Der hat sich in sein Dorf zurückgezogen und lebt dort in Frieden ...«

»Bayramoğlu ist tot«, entgegnete Battal Aga. »Der hat sich selbst umgebracht. Auch Rüstem der Kurde lebt in der Stadt und stirbt dort mit seinem Saftbehälter auf dem Rücken als jedermanns Possenreißer jeden Tag aufs neue. Jener Rüstem, dem wegen seines Muts, seines Anstands, seiner Menschlichkeit nicht einmal Bayramoğlu das Wasser reichen konnte.«

»Dann werde ich eben auch sterben«, sagte Memed.

»Gott gebe, daß du alle Schwierigkeiten überwindest!« meinte Battal Aga. »Denn wenn ich dich ein bißchen kenne, diesen Wolf in dir, der wieder an seiner Kette zerrt, so hast du gar keine andere Wahl. Auch Köroğlu hatte keine.«

»Ich weiß, daß ich keine Wahl habe, ich weiß, daß ich keine Ruhe hätte und auch nicht ertragen könnte, daß Ince Memed sich in nichts auflöste. Ich kenne mich, doch was nützt es ... Ja, ich weiß es, weiß es, weiß es.«

Battal Aga sah ihn mit seinen grasgrünen Augen an, und Memed wich den Blicken nicht mehr aus. »Sieh dir diese seltsamen Menschenkinder an!« wunderte sich der Alte, als er wiederum den stahlkalten Glanz in Memeds Augen wahrnahm. »Eben noch ein ruhiger, ausgeglichener Mann, verschämt wie ein Kind und vor Freude über die neuen Kleider den Tränen nahe, wird er plötzlich zum reißenden Tiger, zum Riesen, dem sich die Haare wie Stacheln sträuben.«

»Ja, ich weiß es, mein Aga ... Und hör mir gut zu, ich sage dir, was in mir brennt und nagt. Ich fürchte den Tod nicht. Früher oder später führt unser Weg zu ihm. Wer ihn fürchtet, ist für mich noch kein Mensch. Ich fürchte mich auch nicht, durch eine Kugel zu sterben. Mir geht es um etwas anderes ...«

Nachdenklich kraulte Battal Aga seine Kinnspitze, während er Ince Memeds Worten mit erkennbarer Aufmerksamkeit lauschte.

»Mich quälen so schwere Sorgen, vor denen Gott jeden, sogar meine Feinde behüten möge ... Ich tötete Abdi Aga, und an seine Stelle kam Hamza der Glatzkopf. Den habe ich auch getötet, und wir werden ja sehen, wer dessen Platz einnehmen wird ... Ich tötete auch Ali Safa Bey, und bestimmt hat auch der schon einen Nachfolger. Nehmen wir an, daß ich auch ihn töten werde. Doch siehe da, aus heiterem Himmel wird jetzt Kerimoğlu von Sabit Bey bedroht, und du hast deine liebe Not mit Molla Duran Efendi ... Was hat es also genützt, daß ich so viele getötet habe, das verrate mir, mein Battal Aga! Wenn ich tausend von ihnen töte, werden zweitausend von ihnen kommen ...«

Als Battal Aga in lautes Lachen ausbrach, war Memed sichtlich verstört.

»Jetzt begreife ich erst, was dich bedrückt«, prustete Battal Aga,

»jetzt komme ich erst dahinter. Und jetzt höre du mir gut zu, Ince Memed ...« Er hockte sich nieder, und seine Stimme klang hart: »Ince Memed wird getötet werden, und seinen Platz wird Ali Memed einnehmen. Der wird auch getötet werden, und an seinen Platz wird Hasan Memed kommen. Wird auch der getötet, kommt Veli Memed. Dann der und der und der ... Was hast du dir denn gedacht, mein Sohn? Daß die Ince Memeds aussterben? In jedem Menschen ist etwas von einem Ince Memed, einem Köroğlu, ist ein Zwang, der da nagt wie ein Wurm. Köroğlu ging dahin, und ein Ince Memed kam an seiner Statt ... Und solange dieser Wurm in ihnen nagt, werden die Menschenkinder, komme, was wolle, nicht untergehen. Wer du auch sein magst und wohin du auch gehst, bist du es, der die Menschen in ihrem Innern nicht ruhen läßt. Erst wenn es aufhört, im Menschen zu nagen, erst dann hat die Menschlichkeit aufgehört zu sein. Doch die Menschenkinder werden es in ihren Herzen bis in alle Ewigkeit bewahren, werden es wie ihren Augapfel hüten. Denn es ist ihre Lebensader, ist der Schlag ihres Herzens wie auch des deinen.«

An jenem Tag konnte Ince Memed es nicht über sich bringen, seinem Gastgeber Lebewohl zu sagen. Sie diskutierten bis in den frühen Morgen. Battal Aga wußte viel von der Welt und ihren Menschen zu erzählen. Und seine Worte, daß, wenn ein Ince Memed dahingehe, tausend, zehntausend, hunderttausend neue Ince Memeds kämen und daß wohl die Agas, nicht aber die Ince Memeds verschwinden würden, hatten sich bei Memed eingeprägt und ihn ganz durcheinandergebracht.

Auch als es dämmerte, hatte sich Ince Memeds Standpunkt nicht geändert. Zuletzt schob er noch nach, daß er ja nicht ganz geheilt sei, was Battal Aga doch bedenken möge. Wenn Battal Aga diesen Einwand auch nicht gelten ließ, im stillen gab er Ince Memed recht. Verständlich, daß Ince Memed wie jeder andere Mensch eine Familie gründen, Kinder haben und ein ruhiges Leben führen wollte. Aber er wußte auch, was in Memeds Innerem nagte. Dieser Drang nach Gerechtigkeit würde ihm keine Ruhe lassen. Ja, das wußte Battal Aga ganz genau.

Sie frühstückten in fröhlicher Laune. Erst am späten Vormittag erhob sich Ince Memed. »Ich muß gehen«, sagte er. »Vergebt, was immer ich Euch angetan! Vielleicht sehen wir uns bis zum Jüngsten Gericht nicht wieder.«

Er nahm seinen Dolch, seinen Feldstecher, seinen Revolver, seine Patronengurte, legte alles vor Battal Aga hin und sagte: »Das soll in eurem Lager bleiben! Vielleicht macht sich irgendwann ein anderer Ince Memed auf den Weg. Gebt ihm das mit den Worten, es seien die Sachen eines Ince Memed gewesen, der davonzog und dessen Spuren sich verloren haben!«

Dann fiel sein Blick auf die Flinte, die ihm vom Stamm geschenkt worden war. Er nahm sie auf und legte auch sie samt Patronengurt, Dolch und Revolver vor Battal Aga auf den Boden. »Und die sollen dem Ince Memed gehören, der danach kommt«, fuhr er lächelnd fort. Dann stopfte er die übrigen Sachen mitsamt den Geschenken in seinen Mantelsack und ging hinaus. Vor dem Zelt hatte sich der gesamte Stamm eingefunden und wartete auf ihn.

»Lebt wohl und vergebt, was immer ich euch angetan!« sagte Ince Memed mit dankbarem, liebevollem Blick. An der Spitze Battal Aga, daneben Kasim, Temir und die übrigen Sippenführer, begleiteten ihn die Angehörigen des Stammes mit Kind und Kegel bis zu der Stelle, wo sie ihn zwischen dem rosafarbenen Stechdorn gefunden hatten.

Ohne ein einziges Mal zurückzublicken, ging Ince Memed bis zum Wald. Hinter dem Felsen, wo er angeschossen worden war, setzte er sich am Bach auf einen Stein, holte aus seinem Mantelsack einen der Granatäpfel hervor, die Mutter Hürü im Närrischen Tal für ihn gepflückt hatte, streichelte ihn und roch daran. Die Schale der rötlichen Frucht war eingetrocknet und dünner geworden. Er biß ein Stück davon ab und spuckte es aus. Dann schälte er genüßlich weiter und aß die großen, glänzenden, süßsäuerlich fruchtigen Kerne, ohne auch nur einen einzigen fallen zu lassen. Nachdem er seine Hände im Bach gewaschen hatte, kehrte er an seinen Platz zurück und überließ sich seinen Gedanken. Welchen Weg er einschlagen sollte, wußte er nicht. Aber wohin er auch ginge, würde nicht überall Mustafa Kemal Paschas langer Arm ihn finden? Finden und hängen? Und dann waren da noch Battal Agas Worte, die ihm keine Ruhe ließen. Sie hatten ihn so beeindruckt, daß er drauf und dran war, zurückzukehren, Battal Aga zu mitternächtlicher Stunde zu wecken, sein Gewehr zu schultern und sich mit den Worten »Wenn ein Ince Memed geht, kommen tausend andere« auf den Weg zu machen. Diese Worte hatten ihn zu neuem Leben erweckt, hatten schon jetzt einen anderen Menschen aus ihm gemacht. Was wohl Ferhat Hodscha zu diesen Worten sagen würde, überlegte er. Ob dieser genau so dachte wie Battal Aga? Auch von Mutter Hürü mußte er sich noch verabschieden. Wie würde sie sich wohl verhalten, wenn sie erführe, daß er der Räuberei den Rücken kehrte? Er holte noch einen Granatapfel aus seinem Mantelsack und aß ihn nachdenklich auf. Dann noch einen. Drei Granatäpfel waren übriggeblieben; nein, die wird er nicht anrühren, er wird sie Mutter Hürü zeigen.

Die Nomaden hatten ihm reichlich Proviant mitgegeben, er würde zwei, drei Tage reichen. Plötzlich schauerte ihm, lief ihm kalter Schweiß über den Rücken. Er sah um sich und wähnte sich in einer unglaublichen Leere. Er suchte nach etwas, konnte es nicht finden. Plötzlich dämmerte ihm, daß er kein Gewehr griffbereit hatte, und er erschrak. Was wäre, wenn er auf einmal Räubern und Gendarmen gegenüberstünde … Dazu saß er noch im offenen Gelände und kaute stumpfsinnig Granatäpfel. Aufspringen und im Wald verschwinden waren eins. Ab jetzt wird er nachts marschieren und tagsüber sich im Dickicht verstecken. Und irgendwann, zu nächtlicher Stunde, wird er an Mutter Hürüs, an seiner rosigen Mutter Hürüs Tür klopfen. Er kannte sie nur zu gut. Mit weit aufgerissenen Augen würde sie auf ihn losgehen, würde ihn als weiberweichen Ince Memed beschimpfen, würde brüllen: »Wohin gehst du denn und läßt diese armen Menschen, läßt Seyran und den Alten Osman und all die anderen im Stich! Nun hast du eine Sache angefangen, nun bring sie auch zu Ende!«

19

Ince Memed erreichte die Felsen oberhalb des Dorfes zur Stunde des Nachtgebets. Eine kühle Brise war aufgekommen, und ihn fröstelte. Plötzlich stieg ihm vom Dorf her ein altvertrauter Geruch in die Nase. Er hatte diesen Geruch seines Dorfes schon längst vergessen; nirgendwo anders war er ihm bisher begegnet. Gleichzeitig wurden die Erinnerungen an seine Mutter, an Hatçe und Seyran in ihm lebendig. Wo das Kind wohl sein mochte? Wohin Mutter Iraz es wohl gebracht hatte? Trotz aller Mühen hatte er keine Spur von ihnen entdeckt. Vom Dorf her kam vereinzelt Hundegebell. Er zwängte sich in eine Felsspalte. Sie würde den Wind abhalten, und da es im Dorf immer wieder Gendarmen und Spitzel gab, ihn vor feindseligen Blicken schützen.

Der Himmel war mit Sternen übersät. Gedankenversunken betrachtete er ihn eine Weile. Wie ein mit Glimmer besticktes feines Gewebe erschien er ihm. Als Junge hatte er zwischen diesen Felsen Fallen aufgestellt und in eisigen Nächten bis zum Morgengrauen, vor Kälte zitternd, auf Beute gelauert. Seinen ersten Marder hatte ihm Abdi Aga weggenommen. Als er das große Tier mit den wild rollenden Augen noch in der Schlinge ins Dorf gebracht hatte, versammelten sich alle Dörfler um ihn. Der gefesselte Marder zitterte vor Angst. Dann nahm Abdi Aga ihm das Tier samt der Schlinge ab und ließ später das Fell auf seinen Mantelkragen nähen. Und obwohl er Abdi Aga so sehr darum gebeten hatte – die Schlinge bekam er von ihm nicht wieder.

Als ihm Abdi Aga einfiel, spürte er wieder diese Leere in seinem Inneren. Und als er an Hatçe, an seine Mutter und seine Kindheit dachte, wurde diese Leere immer größer. Er sah Seyran vor sich, hochgewachsen und schlank wie eine Gerte. Mit ihren blaugrünen Augen und den Grübchen in den Wangen stand sie da, stolz, voller Zuneigung und schön. Eine unendliche Sehnsucht erfaßte Memed. Jetzt, in diesem Augenblick, müßte Seyran hier sein, unter diesen närrischen Sternen müßte er ihre warme Hand halten, ihren Körper an sich drücken. Ob Seyran sich wohl genauso nach ihm sehnte? Wer weiß, vielleicht hielt sie ihn für tot. Doch Mutter Hürü wird ihr schon eine Nachricht zugespielt haben, dachte er und freute sich. Bevor er sich auf den Weg machte, würde er auch Seyran aufsuchen und sie mitnehmen, wohin auch immer. Aber wie zu ihr gelangen? Die Gendarmen von Vayvay ließen das Haus Seyrans doch nicht aus den Augen. Es gehörte zu ihren Aufgaben, vornehmlich die Häuser der Frauen von flüchtigen Räubern zu überwachen. Denn mögen Räuber noch so abgehärtet sein, es sind Menschen. Und obwohl sie wissen, was sie erwartet, können sie sich nicht beherrschen; sie schleichen sich früher oder später eines Nachts ins Haus ihrer Lieben und werden vor deren Augen niedergestreckt, ohne sie richtig angeschaut zu haben. »Ich werde einen Weg finden, um Seyran zu sehen«, murmelte er. Je länger er an sie dachte, desto stärker wurde seine Sehnsucht nach ihr. Er war drauf und dran, aufzubrechen und, koste es, was es wolle, ins Dorf zu gehen. Heute würden die Gendarmen ihn sowieso nicht im Dorf vermuten und Seyrans Haus auch nicht überwachen. Doch als ihm einfiel, daß er keine Waffe bei sich trug ... Bewaffnet wäre jetzt die günstigste Gelegenheit, Seyran aufzusuchen. Vielleicht gelänge es ihm auch, wenn er sich verkleidete. Schwarze Pluderhose, wie sie die Çukurova-Leute tragen, die nackten Füße in schwarzen Halbschuhen mit niedergetretener Hinterkappe. Und auf dem Kopf ein Kaskett, den Mützenschirm tief in die Stirn gezogen. Wer würde schon darauf kommen, daß er Ince Memed sei. Es stand schließlich nicht auf seiner Stirn geschrieben ... Auch seinen Schnurrbart würde er abnehmen lassen. Hat man je einen Räuber ohne Schnurrbart gesehen? Seyran würde zuerst einen Schreck bekommen, dann wütend werden und schließlich ganz verrückt vor Freude ihn so fest umarmen, daß ihm fast die Rippen brächen. Und dann würden die beiden zu ihrem Dorf in den Felsen aufbrechen. Ince Memed wäre tot, und er würde viele Kinder haben. Warum hatte Seyran eigentlich bisher kein Kind geboren? Bekam sie gar keine? War sie unfruchtbar? Und wennschon, dachte er und lächelte, er hatte ja ein Kind ... Eines Tages wird er seinen Sohn finden, wo und wie auch immer! Oder der Junge wird sich aufmachen und ihn finden. Iraz hat ihn bestimmt gut gepflegt, hat ihn wie ihren Augapfel gehütet. Da hegte Memed keine Zweifel.

Als das Krähen der Mitternachthähne verhallt war, glitt er aus seiner Nische. Die Luft war noch kühler geworden. Auf altvertrauten, versteckten Pfaden gelangte er ins Dorf und schlich lautlos wie eine Katze zu Mutter Hürüs Haustür. Er spähte durch die kleine Luke. Ein Kienspan brannte noch, und Mutter Hürü saß vor dem Kamin. Sie hatte die Glut zwischen ihre Füße geschoben, und ihr Kopf ruhte gedankenversunken auf ihrer Brust. Vielleicht war sie auch eingenickt.

Verhalten klopfte er. Mutter Hürü horchte, stand auf und sah verwundert um sich. Als Memed noch einmal an das Holz klopfte, eilte sie an die Tür und öffnete.

»Ich wußte es«, rief sie, »ich wußte, daß du heute kommen würdest, und habe dagesessen und auf dich gewartet.«

Sie umarmten sich.

»Komm herein!«

»Woher wußtest du?«

»Das war nicht schwer zu erraten. Da ist doch dein verrücktes Pferd, jedenfalls sagen alle, es sei deins; ein braunes, prächtiges Pferd.«

»Es ist mein Pferd.«

»Eben. Und dieses unmögliche Pferd kommt seit drei Tagen morgens, mittags und abends an meine Tür, steht da herum und läßt den Kopf hängen. Und während ich mich umbringe, ihm Wasser und Hafer zu geben, hebt es seinen Schwanz und fliegt davon.«

»Und mein Pferd hat es dir gesagt?«

»Treib du nur deinen Spott, Hundskerl!« entrüstete sich Mutter Hürü mit verhohlener Freude und versetzte ihm einen Faustschlag in den Rücken. »Der Teufel hole dein Pferd!«

»Was hat es dir denn getan?«

»Der Teufel soll es holen, ja ... Was hab ich gebettelt ...«

»Was wolltest du denn von ihm, daß es sich geweigert hat?«

»Was soll ich schon von diesem schwarzgesichtigen Wildschwein gewollt haben? Ali der Hinkende war hier, also habe ich diesem Pferd gesagt: ›Dieser Mann ist deines Herrn Ince Memeds größter Feind, nimm ihn unter deine Hufe und stampfe ihn zu Mehl!‹ Doch dieses Schwarzgesicht hat mich nicht einmal angeschaut. Nachher hat's ihm leid getan und sich nicht von meiner Tür gerührt. Dir zuliebe hab ich ihm dann Wasser geholt und bei Nachbarn Hafer besorgt, aber es hat nichts davon angerührt.«

»Bist du drollig geworden, Mutter«, sagte Memed und tätschelte ihren Rücken, »was versteht ein Pferd denn schon?«

»Dieses Pferd versteht«, entgegnete Mutter Hürü und näherte sich dabei flüsternd Memeds Ohr, »es versteht alles, hast du verstanden?«

»Ich hab verstanden«, lenkte Memed ein und hockte sich auf die Matte, die Mutter Hürü vor dem Kamin ausgebreitet hatte. »Ist Ali der Hinkende denn hier?«

»Wirst du ihn töten?« fragte Hürü mit funkelnden Augen. »Du wirst ihn töten, nicht wahr?«

»Ich habe die Räuberei aufgegeben, Mutter. Ist Ali der Hinkende hier?«

»Bis gestern war er es. Hast du schon gehört? Er hat einen Armvoll Geld hingeblättert und Abdi Agas Haus gekauft. Er ist Gutsverwalter von jemandem in der Stadt geworden. Stiefel an den Füßen, breitkrempigen Hut auf dem Kopf, blanke Mauser über der Schulter und einen Araber unterm Hintern ... Und so ist er fünf Tage im Dorf herumstolziert, als wolle er sagen: Die kleinen Berge sind mein Werk, und die großen hab ich von meinem Vater geerbt.«

»Was ist aus Abdi Agas Kindern geworden?«

»Sie haben alles verkauft und sind in die Stadt gezogen, und dort haben die Armen einen Laden aufgemacht, die Kinder des mächtigen Abdi Aga, der wie ein feuerspeiender Berg dröhnte. Mein Herz wurde schwer, als sie das Dorf verlassen mußten. Ich vergaß dir zu sagen, daß sie wie Brunnen Tränen vergossen, als du krank warst. Das ganze Dorf weinte hinter ihnen her. Als dann noch Ali der Hinkende ihr Haus kaufte, war es wie ein Dolchstoß in die Herzen der Dörfler. Das Haus des mächtigen Abdi Aga wurde das Haus Ali des Hinkenden, ja, Ali des Hinkenden, hast du gehört, Memed, hast du's gehört?«

»Ich hab es gehört, Mutter, hab es gut gehört.«

»Und das schlampige Weib von Ali dem Hinkenden mitsamt ihren elf rotznäsigen Kindern hat sich in das Haus unseres prächtigen Abdi Aga gesetzt. Hast du das auch gehört, Memed?«

»Ich habe es sehr gut gehört, Mutter ...«

»Und im Dorf gibt es einen neuen Krämerladen. Einer aus Darende hat ihn aufgemacht. Ein herzensguter Mann mit Namen Göde Mevlüt. Einen Bauch hat der, na, so groß wie du. Ja, ja, ein so guter Mann, und der Laden voll bis an die Decke. Bedruckter Kattun, Seidenstoffe, Tand und blaue Perlen, bunte Süßigkeiten, Schuhe, Salz, Pfeffer, Zucker, was dein Herz begehrt. Was Mevlüt Efendi alles in seinem Laden hat, findest du nicht einmal in der Stadt. Dazu ein so guter Mann, der mir schon von weitem zuwinkt, wenn er mich sieht, mich in seinen Laden einlädt, mir eigenhändig Kaffee kocht und von niemandem Geld haben will. Wer was hat, der zahlt, und wer nicht, läßt anschreiben. Wie ein Bienenkorb läuft sein Laden. Sogar weither von den Bergen kommen Bauern und Nomaden und kaufen bei ihm.« Dann neigte sie sich dicht an Memeds Ohr und flüsterte: »Damit es außer dir nur niemand hört. Sie sagen, die Regierung habe ihn deinetwegen hergeschickt. Ich hatte ihn sowieso schon in Verdacht. Seine Augen blicken so verschlagen. Mir machen unterwürfige Menschen, die immer so beflissen lächeln und mit dem Strom schwimmen, angst. Und als Ali der Hinkende kam und die beiden Tag und Nacht ihre Köpfe zusammensteckten, wurde ich erst richtig hellhörig. Besonders als er sich schwanzwedelnd so ganz nebenbei nach dir erkundigte. ›Wie bitte, der Ince Memed? Der ist doch gar nicht hier‹, sagte ich, ›der ist doch in Aleppo, wie man erzählt.‹ Als er das hörte, wurde er nachdenklich, ja, sehr nachdenklich. Da stand für mich fest, daß er ein Mann der Regierung ist und, nachdem er wieder mit Ali dem Hinkenden geflüstert hatte, es ihn nach deinem Blut dürstet.«

»Kommt Ali der Hinkende wieder?«

»Hoffentlich nie, und wenn, dann auf dem Rücken liegend! Aber er wird bestimmt kommen, und du wirst ihn töten, nicht wahr?«

»Mutter, ich sagte dir doch, daß ich damit Schluß gemacht

habe. Sieh mich an, trage ich denn ein Gewehr oder sonst eine Waffe?«

Mutter Hürü stutzte, musterte ihn eine Weile und sagte: »Du bist also ganz ohne Waffen ins Dorf gekommen? Die werden dich jetzt umbringen. Hast du denn keine Gottesfurcht und keine Scham vor dem Propheten, daß du einfach so daherkommst? Mann, so splitternackt kann dich sogar ein zweijähriges Kind umbringen!«

Aufgeregt und ratlos lief Mutter Hürü im Kreis und stapelte alles hinter die Tür, was ihr unter die Hände kam: Kloben, Decken, Matratzen, Frühstücksbrettchen, Besteckkasten, Töpfe und Pfannen.

»Mutter, was tust du da?«

»Was ich tue! Siehst du's denn nicht, du blöder Kerl? Ich verbarrikadiere die Tür.« Sie holte noch ein Kissen und stopfte damit das kleine Fenster zu. »Damit kein Licht nach draußen dringt!«

»Mutter, schöne Mutter, komm und setz dich erst einmal her zu mir!«

»Ich komme, Memed Aga«, sagte Mutter Hürü mit Spott in der Stimme. »Und da bin ich, Memed Aga, dem nach seinem eigenen Blut dürstet. Es hat dich doch niemand gesehen, als du herkamst?«

»Nein, niemand«, antwortete Ince Memed.

»Herrgott, was fange ich nur mit diesem Sohn Ibrahim des Armen an ... Wie kann man nur so dumm sein und unbewaffnet ins Dorf kommen! Wo soll ich denn jetzt einen Beutel Patronen und ein Mausergewehr auftreiben ... Großer Gott, alles hast du diesem Waisenkind Memed mitgegeben, warum nicht auch ein kleines bißchen Klugheit, du lieber Gott mit den hellen Augen? Kommt der Junge ins Dorf, um sich wie ein Schaf abschlachten zu lassen.«

Sie setzt sich zu ihm, steht murmelnd wieder auf, geht im Haus herum, schichtet etwas vor die Tür, geht ans Fenster, hebt das Kissen und späht nach draußen, setzt sich wieder zu ihm und betrachtet ihn, als sehe sie Memed zum erstenmal, steht wieder auf und wandert weiter unruhig hin und her.

»Mutter, bleib stehen! Bei Gott, Mutter, es wird nichts geschehen, Mutter, keiner weiß etwas von mir.«

»Du blöder Kerl, du blöder Kerl, du«, zischte Hürü wie eine Schlange. »Warst du es nicht, der mir die Augen verbinden und mich wie eine Blinde über die Berge führen ließ ... Mann, ausgerechnet deine Mutter Hürü verrät dein Versteck an die Gendarmen? Du rotznäsiger Memed, denkst du denn, ich hätte das vergessen? Mensch, Ince Memed, der du umfallen mögest, hast dir wohl gedacht, die Gendarmen könnten mich verbrennen, mir die Haut abziehen und ich würde es nicht aushalten und dich verraten, ja? Mann, Rotznase, ich bin die Mutter Hürü, ja, Mutter Hürü ...« Dabei schlug sie sich mit den Fäusten auf die Brust. »Ich bin Hürüce, die Hürüce, und wenn sie mir das Fleisch mit der Zange grammweise ausrissen, mir die Augen aushöhlten, würde ich dann dich, meinen Sohn, das einzige Licht meiner Augen, etwa ausliefern?«

»Mutter, ich war es nicht, ich habe deine Augen nicht verbinden lassen.«

»Waren es denn nicht deine Weggefährten?«

»Nein, Mutter, woher denn? Als ich angeschossen wurde und ohnmächtig dalag, haben sie mich gefunden. Augen verbinden soll ein Brauch beim Stamm der Yürüken sein.«

»Ach nein, auf so einen Brauch scheiße ich.«

»Scheiß drauf, Mutter, scheiß drauf!«

»Und jetzt, was soll jetzt werden? Und was, wenn die Gendarmen das Haus umzingelt haben?«

Memed überlegte, wie er sie davon überzeugen konnte, daß ihm in dieser Nacht keine Gefahr drohe. Er sagte, es seien keine Gendarmen im Dorf, niemand wisse, daß er hergekommen sei, die Gendarmen hätten ihre eigenen Sorgen und vieles mehr. Doch was er auch vorbrachte, Mutter Hürüs Angst und Sorge steigerte sich, anstatt sich zu legen.

Als Ince Memed bald nicht mehr wußte, wie er sie beruhigen konnte, fiel es ihm plötzlich ein, und ein breites Lächeln huschte über sein Gesicht.

»Mutter«, sagte er.

»Sag schon, blöder Kerl!«

»Mutter, schöne Mutter, denkst du wirklich, ich stürze mich selbst ins Feuer?«

»Nun, in welche Scheiße denn sonst?«

»Geh doch hinaus und schau nach meinem Pferd! Es steht hinterm Haus, und meine Freunde warten oben in den Felsen … Sowie ich etwas höre, springe ich in den Sattel … Und mein Gewehr ist auch dort …«

Im nächsten Augenblick veränderte sich Mutter Hürüs Gesichtsausdruck, beruhigte sie sich, als sei sie nicht dieselbe, die eben noch vor Aufregung in Panik geraten war.

»Sag das doch gleich, mein Kind, mein Recke, mein Memed, mein Falke! Sag das doch gleich deiner Mutter, mein Schwarzäugiger, du einziges Vermächtnis meiner schönen Döne.«

»Ja, dachtest du denn, ich käme so ohne alles ins Dorf?«

Mutter Hürü stand eine Weile sinnend da, dann faßte sie sich und rief: »Daß doch meine Hände wieder arbeiten mögen! Du mußt hungrig sein, mein Sohn!«

»Ja, ich bin hungrig«, antwortete Memed selbstzufrieden.

»Komm und hilf mir, das Gerümpel von der Tür zu räumen!«

Mutter Hürü hatte in der Aufregung so viel Hausrat vor die Tür gestapelt, daß es eine ganze Weile dauerte, um alles wieder an seinen Platz zu stellen.

»Ich werde keine Butter bräunen, mein Junge«, entschuldigte sich Mutter Hürü, als sie die Suppe aufsetzte, »jetzt um Mitternacht würde es das halbe Dorf riechen und sagen, Hürüce habe Besuch bekommen.«

»Hast du keinen Käse und kein Brot?«

»Ich habe sogar Honig«, antwortete Mutter Hürü.

»Dann kochst du erst morgen. Ich sehne mich nach deiner Joghurtsuppe.«

»Wie du willst.«

Mutter Hürü nahm den Topf wieder vom Feuer und stellte die Eßplatte vor Memed auf den Boden.

»Milchrahm ist auch da. Frisch von heute morgen.«

»Leben sollst du, Mutter!«

Bis Memed gegessen hatte, sprachen sie nicht.

»Mutter, ich gebe das Räuberleben auf.«

Ince Memed hatte erwartet, daß Mutter Hürü ihn sich nach diesen Worten vornehmen, daß sie »Und wohin, Ince Memed mit dem Herzen eines Weibes?« rufen würde. Und er fragte sich, ob er diesmal wieder nachgeben würde, wie damals, bevor er Abdi Aga umbrachte.

»Mutter, ich mache mich auf und davon, irgendwohin, wo mich niemand kennt. Ich werde heiraten und Kinder haben. Ince Memed wird sterben, denn ich werde auch meinen Namen ändern.«

Mutter Hürü saß ruhig da und hörte ihm zu.

»Mutter, Abdi Aga starb, an seine Stelle kam Hamza der Glatzkopf. Und nach Hamza des Glatzkopfs Tod ... Und nach Ali Safa Bey. Es gibt so viele Agas.«

Noch immer schwieg Hürü und hörte ihm zu.

»Wenn Ince Memed stirbt, Mutter, werden an seiner Stelle noch viele Ince Memeds kommen. Und sie sind zahlreicher als die Agas. Wenn ein Ince Memed stirbt, werden tausend, zweitausend, zehntausend, hunderttausend Ince Memeds kommen. Es geht auch ohne mich ...«

Er beobachtete sie verstohlen, versuchte die Wirkung seiner Worte abzuschätzen, doch Hürü saß da, stumm wie Stein, und hörte ihm mit regungslosem Gesicht zu.

»Und schließlich, Mutter, endet nicht jedes Räuberleben mit einer Kugel?«

Er wartete auf ein Wort von ihr, doch Mutter Hürü schwieg, machte nicht die geringsten Anstalten, auf ihn einzugehen.

»Ich werde weit weg von hier in irgendeinem Dorf einen Acker kaufen. Ein bißchen Geld habe ich. Dann werde ich mir ein Haus bauen und mir den Namen Ibrahim der Schwarze oder der Arme geben, gut so? Und Kinder werde ich auch haben. Ich bin mir klar darüber geworden, daß ich für die Räuberei nicht tauge. Wie mein Vater, dem man nur auf die Hand zu klopfen brauchte, um ihr den Bissen Brot zu nehmen, den sie hielt, bin ich zu weich. Menschen töten ist nicht meine Sache. Ich habe lange nachgedacht, ein Werk Gottes soll nur Gott zerstören.«

Hürü hatte ihren Kopf vornübergebeugt.

»Möchtest du Wasser?« fragte sie nur.

»Danke, Mutter. So wie dir beim Tod Abdi Agas das Herz schwer wurde ...« – wenigstens hier müßte sie eine Regung zeigen, dachte er und sah sie erwartungsvoll an, doch Mutter Hürü ging auch darauf nicht ein –, »so wurde mein Herz auch schwer beim Tod Abdi Agas und Ali Safa Beys.«

»Schweig, du Hund!« Hürü rollte die Augen. »Ich habe nicht gesagt, daß mir das Herz beim Tod Abdi Agas schwer wurde. Sowohl dieser Abdi als auch dieser Ali Safa sind nicht Gottes Werk, sondern des Teufels. Und die Werke Satans soll der Mensch zerstören, ja, besonders der Mensch!«

»Ja, und ich, Mutter, werde von hier in die Çukurova hinuntergehen, werde Seyran abholen, mit ihr in eine noch unbekannte Gegend ziehen und Ibrahim der Arme werden.«

»Die Welt ist randvoll gefüllt mit solchen Leuten, mein Junge, denn nichts ist leichter auf dieser Welt, als ein Armer Ibrahim zu sein.«

»Ich weiß, Mutter, nichts ist leichter.«

Mutter Hürüs Worte hatten ihn tief getroffen, ihn durcheinandergebracht. Die Welt wimmelte wirklich von Menschen, die sich, wie sein Vater Ibrahim der Arme, aus allem heraushielten.

»Soll ich dir mal etwas sagen, Memed, mein Sohn, aber du darfst mir nicht böse sein, einverstanden? Ich habe dich nicht geboren, aber ich habe dich mehr umsorgt als deine Mutter und dein Vater Ibrahim der Arme. Sei mir also nicht böse, aber ich tausche den Fingernagel eines toten Ince Memed nicht gegen hunderttausend, ja hunderttausendeinhundert Arme Ibrahims.«

»Du meinst also, ich soll die Räuberei nicht aufgeben.«

»Das habe ich nicht gesagt«, regte sich Hürü auf. »Es ist dein Leben, mein Sohn.« Ihre Hände zitterten, und es zuckte in ihrem Gesicht. »Zieh von dannen, und dein Weg möge offen sein!«

»In der Çukurova ...«

»Ich weiß, du hast ein Mädchen geheiratet, nicht wahr? Ali der Hinkende hat es Nachbarn erzählt. Sie soll ein sehr schönes Mädchen sein, und Vater und Brüder Männer wie Tiger.«

»Ja, ich hab geheiratet, Mutter.«

»Gott segne euch! Wann, sagtest du, wirst du hinuntergehen, hinunter in die Senke?«

»Morgen oder übermorgen, Mutter.«

Hürüs Haare sträubten sich, und ihre Stimme wurde hart: »Wann, sagst du, wann?«

Ihre Lippen kräuselten, verzerrten sich. Ince Memed kannte diesen Gesichtsausdruck; wenn sich ihr Mund so verzog, wurde Mutter Hürü zum Tiger. Gleich würde sie explodieren – doch diesmal schwieg sie. Und während Memed auf ihren Ausbruch wartete, wurde Hürü immer nachdenklicher.

Der Feind läßt ihre Schwelle nicht aus den Augen, der unsichtbare Feind, mein Kleiner. Tappst in stockdunkler Nacht vom nieselnden Regen bis auf die Knochen durchnäßt nichtsahnend in deine Falle, weil du meinst, daß dich niemand sehen kann! Umzingelt ist Seyrans Haus, und stumm lauern tausend Augen auf dich. In der Çukurova sind die Hecken aus Röhricht und die Dächer aus Gras. Tausend Kugeln werden auf dich niederregnen, und du wirst deine Seele aushauchen, bevor du noch »Seyran!« sagen kannst. Und wenn sie Tränen vergießen wird, ist sie letztlich ein fremdes Mädchen. Doch wenn jemand bitter weinen wird, mein Memed, wenn es jemandem das Herz zerreißen wird, so deiner Mutter. Wirst du mir in meinen alten Tagen auch noch diesen Kummer bereiten ... Geh deiner Wege, wohin auch immer, aber geh! Werde Ibrahim der Arme oder Veli der Breiige, werde, wer du werden willst, aber stirb nicht, mein Kind, nein, laß mich nicht um dich weinen! Ich habe mehr Anrecht auf dich als deine Mutter und dein Vater. Und du bist ein guter Mensch. Ich weiß, dein Herz kann keine Ameise verletzen, wenn ich es nicht wüßte, wer sonst, mein schönes Kind mit dem Gesicht einer Rose? Daß du Abdi Aga und Ali Safa töten würdest, stand auf deiner Stirn geschrieben. Und wenn es geschrieben stand, was konntest du dann anderes tun? Geh von dannen, und dein Weg sei offen, verflüchtige dich, aber geh nicht in diese Falle!

»Mutter, du sagst nichts mehr ... Was murmelst du da in dich hinein?«

»Vogelhirn!« Mit hochrotem Kopf sprang Hürü auf die Beine. »Was hatte ich auch anderes erwartet, mein Gott! Jedermanns Söhne werden mit zunehmendem Alter vernünftig, der unsrige scheint zu bleiben, wie er ist. Ein Tor, der nicht weiß, was er sagt.«

»Was ist denn jetzt los, Mutter?«

»Der Spinnrocken deiner Mutter ist los! Ibrahim der Arme will er werden, dieser Gänsekot. Wenn Ibrahim der Arme sich auch aus allem herausgehalten hat, so war er doch nicht so ein Vogelhirn wie du. So gesehen reichst du ja nicht einmal an ihn heran.«

»Halt ein, Mutter, ich verstehe nicht, warum du so wütend bist. Laß mich deine Hände und Füße küssen, aber halt ein, setz dich hierher und erklär mir ...«

»Und dann will dieses Kinderpfeifchen, dieser Scheißpopo Memed auch noch ein Räuber sein! Binde dir erst einmal die Unterhose zu, bevor du dich zum Raubzug aufmachst. Geschieht dir recht, daß du in den Tod gehst.«

»Mutter, ich flehe dich an, was hast du?«

»Was hast du, Mutter, was ist los, Mutter«, äffte Hürü ihn nach und lachte bitter. »Wie schön mein Löwenjunges diese Worte doch gelernt hat: Was ist los, Mutter, was ist los!«

»Mutter, was ist los?«

Jetzt wurde Hürü noch lauter.

»Sei still, Mutter! Sie werden draußen deine Stimme hören und sagen, heute um Mitternacht, werden sie sagen ...«

Hürü stemmte die Hände in ihre Hüften: »Sollen sie mich doch hören, und hoffentlich kommen auch die Gendarmen her und töten dich, damit ich endlich von dir befreit bin! Du willst also wegen dieser Hure in die Çukurova hinunter, nicht wahr, und du denkst, die Gendarmen scherten sich nicht um sie, nicht wahr? Wenn du dort ankommst, liegen sie doch schon im Hinterhalt. Und noch bevor du Seyran zu Gesicht bekommst ... Du tust ja so, als hättest du den magischen Stein des Blitzes. Den haben wir ja erlebt, deinen Zauberstein! Wäre Mütterchen Sultan vom Hort der Vierzig Augen dir nicht zu Hilfe geeilt, hättest du neben Abdi Aga das Zeitliche gesegnet, und ich hätte neben Abdi Agas Grab für dich gleich eins mitgeschaufelt, und diejenigen, die daherkommen, sein Grab zu bepissen, hätten dich auch bepisst, hätten dich wie ein Sieb durchlöchert. Denkst du denn, die bewachen Seyrans Haus nicht?«

»Ich verstehe, Mutter, ich küsse deine Hände, aber schweig!«

»Ich schweige nicht«, schrie Mutter Hürü.

»Mutter, ich hab's aufgegeben, bei Gott, ich werde nicht in die Çukurova hinuntergehen, bei Gott, ich habe dich verstanden, Mutter ...«

Hürü ging zu ihm, kniete sich zu ihm nieder und begann seine Haare zu streicheln. »Mein kluger Räuber, mein Sohn Ince Memed hat also verstanden? Und da nennen ihn diese Berge und das ganze Volk noch Ince Memed, sieh einer an, mein schönes Kind ...« Ihre Stimme klang so sanft, als summte sie ein Wiegenlied. »Er ist auch noch klug, mein tapferer Junge, hat es begriffen, mein schöner, räuberischer Sohn ...«

»Ich schwöre, Mutter, ich hab's begriffen und gehe nicht in die Çukurova. Beruhige dich und laß uns überlegen, wie wir an Seyran herankommen können!«

»Wir schicken ihr dein verrücktes Pferd, das da hinterm Haus steht«, antwortete Mutter Hürü. »Wenn du willst, auch diesen Hundedreck und tausendzüngigen Ali den Hinkenden, und der kann sich an eure Fersen heften. Und du tötest diesmal ihn, wie du Abdi Aga getötet hast, und schlägst dich wieder in die Berge.«

Nach und nach beruhigte sich Mutter Hürü. Sie hatte ja recht, aber warum regte sie sich eigentlich so auf? Sie konnte wohl noch immer nicht verdauen, daß ihr damals die Augen verbunden wurden, dachte Memed und lächelte in sich hinein.

»Mach dich nicht über mich lustig, Mutter, ich bitte dich. Ich bin doch zu dir gekommen ...« Er stockte und senkte den Kopf. Als er so unglücklich wie ein Waisenkind dreinschaute, zerriß es Mutter Hürü das Herz.

»Ich werde schon dafür sorgen, daß deine Seyran zu dir kommt, überlaß das mir. Du bist ja noch nicht weg.«

»Ich werde mich aber sofort aufmachen, Mutter.«

»Wie soll ich dir die Seyran denn so schnell herholen, mein Junge?«

»Wie du sie herholst, ist deine Sache.«

»Wart erst einmal den Morgen ab. Ich werde Mahmut den Winzigen aufsuchen, und er sucht Seyran auf ... Und du wirst irgendwo auf ihn warten.«

»Und wo soll ich bis dahin bleiben? Ich bin doch kein Räuber mehr.«

»Du gehst zum Grund der Hölle, einverstanden?«

»Einverstanden, Mutter!«

»Also, ich werde morgen früh Mahmut den Winzigen schon finden ... Und du ... Und du ...« Mutter Hürü dachte nach. »Daß du nicht erblinden mögest, Memed!« Sie schlug ihm auf den Rücken. »Geh du doch zu Mütterchen Sultan in den Hort der Vierzig Augen!« Ihre Augen blitzten. »Zum einen küßt du ihr die Hand, weil sie dich wieder dem Leben zurückgegeben hat, zum andern läßt du dir ein Amulett geben, das dich vor Kugeln schützt. Wenn du ihr die Hand küßt, wird sie dir schon eins geben. Vielleicht belegt sie dich sogar mit einem Zauber ... Und wie Jung Osman stirbst du nicht, auch wenn dein abgeschlagener Kopf dir in die Arme fällt.«

»Wozu brauche ich in Zukunft noch ein Amulett, Mutter?«

»Jeder Mensch braucht jederzeit ein Amulett vom Hort der Vierzig Augen. In dieser Welt und in der nächsten auch.«

»Einverstanden, Mutter, bevor der Morgen graut, mache ich mich auf den Weg.«

»Auf keinen Fall. Erst morgen abend. Nach Einbruch der Dunkelheit.«

Bis in die Frühe redeten sie von diesem und jenem und was Ince Memed treiben würde, wenn er Ibrahim geworden war. Sie schmückten süße Träume aus. Und wenn er Kinder hat, wird Mutter Hürü alles daransetzen, um zu ihnen zu kommen. Bis zu ihrem Tod wird Mutter Hürü sich um die Kinder kümmern und sie großziehen.

»Wie ich mich freue, Memed«, sagte Mutter Hürü. »Meinen Leichnam wirst du mit Seyran und den Kindern zur Ruhe betten. Mit festlichem Gepränge! Sollte ich in deinem Haus sterben, wirst du mich, von wo auch immer, hierherbringen und neben deinem Onkel Ali Durmuş begraben!«

»So sei es, Mutter!«

»Warte!« Fröhlich wie ein junges Mädchen sprang Mutter Hürü auf die Beine. »Ich hatte dir eine schöne Mütze gestrickt. Aus Ziegenhaar, ganz weich, reich verziert. Ein Jahr lang habe ich mein Augenlicht daran verschwendet. Ich hatte ganz vergessen, sie dir zu bringen. Setz sie einmal auf!«

Sie öffnete die grüne Truhe, deren Glöckchen leicht klingelte, holte aus einem bunten Beutel die Mütze hervor und setzte sie Memed auf.

»Sie steht dir«, freute sie sich. »Und mit dieser Mütze wird dich auch niemand erkennen. Jeden Augenblick wird im Osten die Morgenröte steigen. Ich will schon mal deine Joghurtsuppe aufsetzen.«

Sie stellte den Topf auf das Feuer, dann öffnete sie erneut die Truhe, entkleidete sich vor Ince Memed und zog die Sachen an, die sie getragen hatte, als sie von den Yürüken ins Dorf zurückgekommen war.

»Das habe ich getragen, als ich von dir und den Nomaden kam, und werde es heute auch tragen.«

»Leben sollst du, Mutter!« sagte Ince Memed. »Kann ich all das, was du für mich getan hast, überhaupt gutmachen ...«

»Rette du nur dein Leben, damit du Kinder bekommst!«

Sie ging hinaus und sah sich hinterm Haus um. Als sie in der Ferne die Umrisse des Pferdes auf einem kleinen Felsen gewahrte, kam sie voller Freude zurückgelaufen.

»Dein Pferd steht dort«, sagte sie.

20

Ince Memed und Tahsin der Windhund begegneten sich auf dem engen Paß der Rebhühner. Es goß in Strömen, die Regentropfen trommelten auf den felsigen Grund. Gelb schäumende Wildwasser rissen Steine und Stämme von Bergen und Schluchten tosend zu Tal. Donner grollte, und über dem nahen Wald zuckten Blitze in die Wipfel der Bäume. Als Tahsin der Windhund Ince Memed erblickte, wußte er wie ein auf frischer Tat Ertappter vor Schrecken nicht, was er tun, wohin er flüchten sollte. Mit wachsgelbem Gesicht und weichen Knien stand er da mitten auf dem Weg, starrte Memed in die Augen, während der Regen in Bächen an ihm herunterrann. Auch Ince Memed war stehengeblieben, musterte ihn und fragte sich, warum sein Anblick diesen Mann so in Angst versetzte.

Nach einer Weile hatte sich Tahsin der Windhund wieder gefangen und lächelte Ince Memed an. »Glück auf den Weg, mein Aga Ince Memed!« sagte er so verschämt, als wolle er sich für etwas entschuldigen.

»Wie hast du mich genannt, wie?«

»Mein Aga Ince Memed, habe ich gesagt …«

»Zu mir?«

»Zu wem sonst? Selbstverständlich zu dir, mein Aga. Gibt es denn außer dir noch einen Ince Memed auf dieser Welt?«

Ince Memed fühlte sich ertappt. Er konnte sich verleugnen, soviel er wollte, dieser Mann hatte ihn erkannt und schien ihn sogar gut zu kennen.

»Nenne bitte deinen Namen!« sagte er.

»Man nennt mich Tahsin der Fuchs.«

»Von welchem Dorf bist du?«

»Von Çiçeklidere.«

»In dem Dorf gibt es noch Tahsin den Windhund, kennst du ihn?«

»Ich kenne ihn. Er ist ein Windhund, ich bin ein Fuchs.«

Ince Memed lachte. Sie suchten einen nahen Felsen auf, dessen Windschatten den Regen abhielt.

»Woher kommst du, wohin gehst du?«

»Vor dir muß ich es ja nicht verheimlichen, ich schmuggle Zigaretten.«

Er zog einen mit Bienenwachs getränkten Tabakbeutel aus seiner Tasche, drehte, nachdem er seine Hände an der Erde trockengerieben hatte, eine Zigarette und gab sie Ince Memed. Memed nahm auch das ihm gereichte Feuerzeug, brachte mit einem kurzen Ruck den Zunder zum Glimmen, der in der frischen Bergluft angenehm duftete.

»Ich habe seit langem nicht mehr geraucht, Bruder Tahsin. Das bringt mein Leben so mit sich. Einen Tag hast du Zigaretten, dann fünf Tage lang keine einzige. Nun, dieses verdammte Zeug ist sowieso schädlich.«

»Ich rauche auch nicht immer«, sagte Tahsin der Windhund,

der sich überhaupt nicht wohl fühlte. Er fürchtete und freute sich zugleich, sah Ince Memed versonnen an, blickte aber sofort weg, wenn sich ihre Augen trafen, und rutschte auf dem Stein, auf dem er saß, unruhig hin und her. Daß Tahsin nicht stillhalten konnte, war Ince Memed nicht entgangen. Irgend etwas verbarg dieser Junge, aber was, das mußte er herausfinden!

»Warst du am Kupferpaß, als ich verwundet wurde?«

»Ich war dort, Ince Memed Aga. Und dein Pferd war auch dort, ein Brauner. Hatte sich auf den höchsten Gipfel eines Felsens hingestellt und bewegte sich nicht.«

»Als ich getroffen wurde, haben die Frauen die Totenklage angestimmt.«

»Sie taten es. Als die Leute des Hauptmanns deinen Leichnam mit aufgepflanzten Bajonetten ihren Händen entrissen, hatten sie dich schon splitternackt ausgezogen und deine Kleider an sich genommen. Drei Tage und Nächte sangen sie dir in der Schlucht die Totenklage.«

»Sah jener Ince Memed mir überhaupt ähnlich?«

»So wie du jetzt bist, sah er dir überhaupt nicht ähnlich. Das war ein Zwei-Meter-Kiefernklotz von Kerl mit Stieraugen, buschigen Brauen und braungebranntem Gesicht.«

»Von sieben bis siebzig kennen mich alle in Çiçeklidere, wie konnten sie sich irren?«

»Da hat sich ja niemand geirrt, Ince Memed, mein Aga. Sogar ich habe den Mann für Ince Memed gehalten. Da gibt es gar keinen Irrtum. Sie waren überzeugt, jener Mann sei Ince Memed gewesen, das ist alles.«

Memed lachte. »Eine sonderbare Geschichte«, sagte er.

»Sehr sonderbar«, bestätigte Tahsin der Windhund, »ja, sehr sonderbar, denn jener Mann war Ince Memed ähnlicher als du, verstehst du?«

»Ich verstehe«, antwortete Ince Memed immer noch lächelnd.

Ein Blitz zuckte, zerschnitt den Himmel von einem Ende zum andern, sein Donner brach sich in ohrenbetäubendem Getöse an den Berghängen.

»Hör zu, Bruder Tahsin«, sagte Ince Memed, nachdem er ihn eine Weile ausgefragt und heimlich beobachtet hatte, »hör mir gut zu! Wenn dich die Gendarmen sehen und fragen, wo ich geblieben sei, so antwortest du, ich sei von dannen gezogen. Sagst ihnen, Memed habe die Räuberei aufgegeben und du hättest selbst gesehen, daß er sich aufgemacht habe, zur Kaaba, wo ihm seine Sünden vergeben werden sollen, einverstanden? Sieh her, ich trage auch keine Waffen.«

»Einverstanden«, antwortete Tahsin der Windhund, verließ stracks den schützenden Felsen und lief in den Regen hinein. Nachdem Ince Memed eine Weile hinter ihm hergeblickt hatte, war er sicher, daß irgend etwas mit diesem Mann nicht stimmte. Aber was? Ich muß meinen Weg ändern, dachte er, denn diese Augen versprechen nichts Gutes, und sie waren voller Angst. Wer aber vor dem kleinsten Schatten, vor jedem raschelnden Blatt erschrickt, vor so einem mußte man sich in acht nehmen. Denn es gibt keine Schandtat am Menschen, zu der so einer nicht fähig wäre.

Als Tahsin der Windhund seinen Blicken entschwunden war, verließ auch er seine Nische und schlug abseits des Pfades die Richtung zu den schroffen, felsigen Hängen ein. Er wußte, Menschen mit solchen Augen erzählen dem erstbesten, der ihnen über den Weg läuft, ja, dem ersten Gendarmen, den sie erblikken, wen sie gerade getroffen haben. Vielleicht hatte schon in diesem Augenblick dieser Fuchs, oder besser: dieser Schakal, seine Beine in die Hand genommen und rannte, daß die Fersen auf seinen Hintern trommelten, Richtung Stadt, geradewegs zum Hauptmann. Deswegen mußte er auf schnellstem Weg aus dieser Gegend verschwinden.

Je mehr der Schrecken und die Angst aus Tahsin des Windhunds Gliedern wich, desto mehr wuchs in ihm die Freude. Seit Tagen hatte er auf der Suche nach Ince Memed weder Berg noch Fels gescheut, bis er schließlich von einem Hirtenjungen erfuhr, daß er durch diese Gegend streife. Seitdem waren die Pfade und Pässe hier sein Revier. Tahsin der Windhund wußte, wie schweigsam die Dörfler, besonders diese Yürüken, waren. Aber er wußte auch, wie man sie zum Reden bringen konnte und daß er daher früher oder später auf ihn stoßen würde. Jetzt mußte er nur noch herausfinden, wohin Ince Memed so ohne

Waffen wollte. Er ging den Weg zurück, doch in der Felsnische traf er ihn nicht mehr an. Seinen Spuren nach war er hinauf in die Berge gegangen. Als ihm die Erleuchtung kam, blieb ihm das Herz fast stehen vor Freude: Ince Memed war auf dem Weg zum Hort der Vierzig Augen! Denn ein Räuber, der kein Tor ist, streift nicht ohne Waffen durch diese Berge, auch wenn er der Räuberei abgeschworen hat, es sei denn, er ist auf dem Weg zum Hort der Vierzig Augen! Nur dorthin nahm man auch nicht die kleinste Waffe mit, nicht einmal ein Taschenmesser. Denn wer sich dem Hort auch nur mit einem Taschenmesser näherte, dem gereichte der Weg nicht zum Segen, den ereilte das Unheil. Und wer auch immer, ob Räuber oder Sträfling, unter dem Dach des Horts Zuflucht suchte, der fand Schutz vor jedermann. Sogar Padischahs und Beys, die zum Hort gekommen waren, und sei es nur für eine Nacht, mußten sich von Waffen säubern, bevor sie ihre Stirn auf die gesegnete Schwelle drücken durften.

Und auch Ince Memed hatte sich gleich einem Derwisch von Waffen rein und zu Fuß mit nur einem Bündel über der Schulter auf den Tagesmarsch zum Hort gemacht, da war Tahsin sicher. Er mußte also sofort jenen Mann aufsuchen, ihm die Nachricht überbringen und, sowie er Geld dafür bekommen hatte, mit ihm zum Hauptmann eilen. Der Hauptmann und seine Gendarmen durften ja mit ihren Waffen nicht in den Hort hinein, aber konnten sie sich nicht draußen in einen Hinterhalt legen und auf Memed warten? Schnell los, denn noch bevor er den Hort erreichte, müßten die Gendarmen ihm den Weg verlegen, spätestens aber, wenn er den Hort verließ …

Tahsin der Windhund machte wieder kehrt, nahm all seine Kraft zusammen und rannte los. Noch bevor der Tag graute, mußte er in der Stadt sein und die Gendarmen auf den Weg bringen. Aber wie diesen Mann ausfindig machen? Wenn er ihn sähe, so hochgewachsen, würde er ihn ja erkennen. Andererseits wüßte bestimmt jeder, wen er meinte, wenn er ihn nur beschrieb. Schließlich handelte es sich um einen mächtigen Aga. Und letztendlich war da noch Ali der Hinkende, der Meister der Spurensucher. Wenn er auch niemanden fände, zu dem würde er sich schon durchfragen.

Der Regen kannte kein Erbarmen. Tahsins Opanken waren völlig durchnäßt. Anderes Schuhzeug hätte diesem Regen auch nicht standgehalten, ob Halbstiefel, ob Langschäfter ... Und Ince Memed hatte Stiefel getragen. Um so besser! Mit so etwas an den Füßen erreichte der den Hort der Vierzig Augen in zwei Tagen nicht. Denn diese rotbraunen Stiefel saugen so viel Wasser, daß sie aufquellen. Aber vielleicht hatte Ince Memed noch Opanken im Bündel. Des Räubervolkes Fuß braucht festen Halt, lautet ja nicht von ungefähr ein Sprichwort unserer Ahnen.

Durchnäßt bis ins Knochenmark, flog er den Hang hinunter. Rannte er nicht so schnell, würde er bestimmt zähneklappernd erfrieren. Und er wurde immer schneller, verhielt keinen Augenblick, bis er das flache Hochtal erreicht hatte. Inmitten weiter Wiesen sprudelte eine Quelle über weißen Kieselsteinen, vereinte sich mit den Sturzbächen aus den Bergen und schwemmte über die Ränder ihres Wasserlaufs. Etwas tiefer dehnte sich schwarz der Wald weithin bis in die Çukurova, und trotz des Regens stiegen über ihm leicht dunstige weiße Wolkenbällchen auf. Zur Rechten, mitten im Hochtal, erhob sich ein einziger Fels, daneben streckte eine betagte Zeder ihre mächtigen Äste aus. Den Fels umhüllte eine weiße Wolke. Tahsin der Windhund war stehengeblieben, und während er den Weg durch den Wald ausspähte, war ihm, als habe er in den Wolken oben auf dem Felsen den Kopf eines Pferdes gesehen, der sich immer wieder aus dem Dunst schälte. Nicht sicher, ob er träume oder Gespenster sehe, ging Tahsin bis zur Zeder. Die riesige Wolke kreiste wirbelnd um den schroffen Felsrücken. Tahsin verharrte unter dem Baum. Der Regen wurde stärker, es blitzte und donnerte, daß die Berge bebten. Als ein langer Blitzstrahl die Erde in grelles Licht tauchte, erschien für einen Augenblick das Pferd deutlich in den Wolken und verschwand. Dieser Anblick erfreute Tahsin mehr noch als seine Begegnung mit Ince Memed. Sofort begann er, in die Felswand zu klettern. Jetzt würde er die Nachricht über Ince Memed noch schneller in die Stadt tragen, dazu das Pferd mitbringen und diesem reichen, großzügigen Mann schenken. Und dieser reiche, großzügige Mann würde ihn mit Gold und Geld überhäufen. Plötzlich erinnerte er sich, Murtaza Aga war sein Name ...

Diesen schroffen, steil wie eine Wand aufragenden Felsen zu erklimmen, war mühsam. Dazu regnete es ununterbrochen, so daß man meinen konnte, einen öligen Mast hochzuklettern. Wie war dieses Pferd nur dort hinaufgekommen? Vielleicht war es gar kein Pferd, sondern ein Dschinn, ein Satan ... Er erschrak, konnte sich aber, blind vor Gier, nicht versagen weiterzugehen. Und der Regen fiel so dicht wie ein Pferdeschweif.

Als Tahsin der Windhund den Gipfel erstiegen hatte, waren seine Hände blutverschmiert. Ein Blitz zuckte hernieder, schlug ganz in seiner Nähe ein, es donnerte, der Fels unter ihm wankte wie eine Wiege, und plötzlich, pechschwarz glänzend, bäumte sich vor ihm das Pferd; doch Tahsin der Windhund konnte sich in höchster Not noch zwischen zwei Felsblöcke werfen, als es über ihn hinwegfegte und erst unten neben dem Baum stehenblieb. »Ich werde es fangen«, murmelte Tahsin der Windhund. »Ich werde es fangen und dafür einen Hof bekommen. Wer, außer mir, könnte dieses Pferd denn sonst fangen!«

Tahsin der Windhund stieg, so schnell er konnte, den Felsen hinunter, riß an dessen Fuß Grünzeug aus der Erde, hielt es in seiner ausgestreckten Hand und ging mit leisen Lockrufen auf das Pferd zu. Je mehr er sich dem Tier näherte, desto stärker schlug sein Herz gegen den Brustkorb, als wolle es ihn sprengen. Schritt für Schritt kam er näher, wollte schon nach der Mähne greifen, als er nur noch das wild gewordene Pferd mit hervorquellenden Augen und gleich Säbelspitzen blitzenden Zähnen auf sich zustürzen sah, bevor er spürte, daß er wie ein geschleuderter Ball über den Boden rollte.

Nachdem das Pferd ihn niedergeworfen hatte, war es zur Seite ausgebrochen und bis zur Quelle weitergejagt, wo es sich einigemal um seine eigene Mitte drehte, um danach mit gestrecktem Hals, rollenden Augen und bleckenden Zähnen im schnaubenden, schaumigen Maul erneut auf Tahsin den Windhund loszustürmen.

Wäre dieser nicht schon auf den Beinen gewesen, hätte ihn das Pferd unweigerlich zerbissen, hätte ihm die Seele aus dem Leib gestampft. So aber konnte Tahsin der Windhund hinter den Baum springen, bevor das Pferd dichter als hundert Meter an ihn herangekommen war. Diesmal machte der Braune keinen großen Bogen, sondern drehte sich mit funkensprühenden Augen sofort wieder keuchend nach Tahsin um, schnappte nach seinem Arm und riß ihm den Ärmel von der Jacke.

Zwischen dem Pferd und Tahsin dem Windhund hatte nunmehr ein Kampf auf Leben und Tod begonnen. Mit Zähnen, Hufen, ja seinem ganzen Körper stürzte sich das Tier auf den Mann, der um Haaresbreite seine Haut immer nur durch schnelles Umkreisen des Baumes retten konnte. Doch das Pferd steigerte die Angriffe mehr und mehr, so daß Tahsin dem Windhund, nach und nach völlig erschöpft, schwarz vor den Augen wurde und sich ihm alles drehte. Schon bald würde er zusammenbrechen und alle Hoffnung aufgeben. Das Pferd aber wurde immer schneller, und jedesmal, wenn es Tahsin verfehlte, biß es vor Wut in die Baumrinde. Tahsin konnte sein Leben vor ihm nur noch retten, wenn es ihm gelang, auf die Zeder zu klettern ... Als das Pferd an ihm vorbeischoß und ausbrechend einen Bogen machte, zog sich Tahsin am untersten Ast hoch. Kaum hatte der Braune ihn oben auf dem Ast entdeckt, wurde er rasend vor Wut, stellte sich auf die Hinterhand, und wäre Tahsin nicht hinter den Stamm gerutscht, das wilde Tier hätte ihn geschnappt. Er kletterte immer höher, bis er schließlich den Wipfel erreicht hatte. Sein ganzer Körper schüttelte sich wie in einem Anfall von Ekstase. Und der Regen strömte von den Blättern, von den Zweigen, über den Stamm hinunter in die Tiefe. Aber auch als Tahsin da oben hockte, gab das Pferd nicht auf, bäumte und streckte sich, wieherte dabei hart und durchdringend, als erwarte es von irgendwoher Hilfe, fiel zurück, versuchte es immer wieder, bis es endlich mit haßerfüllten, blutunterlaufenen Augen Tahsin nur noch anstarrte. Nach einer Weile lehnte es sich mit der Flanke an den Baum, ließ Ohren und Schweif hängen, knickte zum Bauch hin die Hinterhand ein und blieb so stehen.

Jetzt bin ich verloren, sagte sich Tahsin, das ist mein Ende ... Was soll werden, wenn sich dieses Pferd eine Woche nicht von der Stelle rührt und ich hier auf dem Baum vor Hunger und Schlaflosigkeit fast umkomme? Und wenn nicht, kann ich es länger als drei Tage sowieso nicht aushalten und falle dem Pferd ins Maul. Denn wenn es sein muß, bleibt es bis in alle Ewigkeit unter diesem Baum stehen und wartet auf mich. Wie konnte er sich nur einreden, dieses wahnsinnige, verhexte Pferd einzufangen, und somit sein Leben aufs Spiel setzen ... Da gab's kein Entrinnen, dieses Biest lauerte hartnäckig auf ihn. Es sei denn, die andern bewaffneten Räuber kämen vorbei, oder Hirten oder Bauern, und retteten ihn. Bis Mitternacht hing er seinen Gedanken nach. Der Regen hatte noch nicht nachgelassen, Tahsins Zähne schlugen vor Kälte aufeinander, und sein ganzer Körper zitterte erbärmlich. Wenn er diese Nacht hier verbringen mußte, brauchte das Pferd ihn erst gar nicht mehr zu zerfleischen, denn er käme noch in dieser Baumkrone vor Kälte um. Und seine Leiche zerstückelten morgen früh die Adler.

Das Pferd hatte gewußt, daß er Ince Memed melden würde, und ihn deswegen töten wollen. Sonst ließ es doch niemanden an sich heran, ja, machte sich davon, sowie es einen Menschen nur erblickte. Also mußte es einen Grund gehabt haben, ihn so mörderisch anzugreifen. Und den hatte es ja auch! Wie die Erleuchteten wußte und erriet dieses Pferd alles, was vor sich ging. Ob es wohl von ihm abließ, wenn er es anflehte und ihm verspräche, niemandem etwas über Ince Memed zu erzählen? Nein, dieses schwarze Wildschwein ließe nicht von ihm ab und würde ihn dennoch hier oben im Baum erfrieren lassen.

Ängstlich kletterte er zu den unteren Ästen hinab. Viel länger würde er es hier nicht mehr aushalten und dann wie eine reife Birne dem Pferd vor die Nüstern fallen. Er lehnte seinen Rücken an den starken Stamm. Hier war er vor dem Regen besser geschützt. Doch sollte es aufhören zu regnen, stünde es noch schlimmer um ihn. Die aufkommende Kälte würde ihn noch schneller töten. »Mein Gott!« sagte er, hob die vor Kälte zitternden Hände gegen den Himmel, konnte sie aber nicht lange so halten. »Allmächtiger, bring dieses Pferd woandershin, damit ich von hier herunterkomme. Sei so gut, mein Gott! Denn ich schwöre bei Gott, daß ich erfriere, wenn ich die Nacht hier verbringe. Allmächtiger, wenn du das Pferd da unter mir irgendwohin bringst, opfere ich dir einen großen, buntgefiederten Hahn. Und wenn du es ganz weit wegbringst, stehle ich ein

Milchlamm und schlachte es dir zum Opfer!« Da fiel ihm ein, daß Diebesgut sich wohl als Opfergabe nicht eignen dürfte. »Mein Gott«, versprach er, »ich werde es kaufen und opfern.« Er schaute hinunter, doch das Pferd stand da mit eingeknickter linker Hinterhand und rührte sich nicht von der Stelle. »Ich faste auch einen Monat und halte noch drei Monate lang die Gebetszeiten ein«, flehte Tahsin der Windhund. »Und für die Hebamme des Dorfes backe ich gefüllte Fladen in glühender Asche, gefüllt sogar mit Fleisch von Staren. Weißt du, die Hebamme im Dorf liebt gefüllte Fladen mehr als ihr Leben und würde dafür sogar sterben. Wenn du willst, nehme ich auch Wachtelfleisch mit Zwiebeln, Fett und Paprika.« Dabei lief ihm das Wasser im Mund zusammen, verspürte er schrecklichen Hunger. Nach und nach erstarrte er vor Kälte, gerann sein Blut, zitterte er nicht einmal mehr. »Denn diese Hebamme, mußt du wissen, ist eine Heilige wie kein zweites Weib auf dieser Welt. Es gibt auch keine zweite auf dieser Welt, die wie sie so schön, fast singend ihr Gebet verrichtet. Wenn ich ihr die duftenden, mit Wachtelfleisch gefüllten Fladen backe, wird sie dich nach dem Essen einen Tag und eine Nacht und, wenn du willst, auch drei Tage und Nächte anbeten. Rette mich vor diesem Pferd!«

Er senkte den Kopf, blickte nach unten. Das Pferd stand an derselben Stelle, das Fell in Zotteln, und schien auch zu frieren.

Eine Weile wartete er auf die Wirkung seiner flehentlichen Gebete, indem er das Pferd nicht aus den Augen ließ. Aber das Tier scherte sich nicht, und der Regen wurde immer heftiger.

Als Tahsin der Windhund erkannte, daß er auf Gottes Hilfe vergebens hoffte, wandte er sich ab und begann das Pferd anzuflehen.

»Pferd, schönes Pferd, weißt du, daß ich mit deinem Herrn, mit Ince Memed, gesprochen habe? Und jenen Ince Memed, der keinen Tag seines Räuberdaseins ohne Waffen auszog, den habe ich unbewaffnet gesehen, was soviel heißt, daß er auf dem Weg zum Hort der Vierzig Augen ist. Denn den Hort der Vierzig Augen darf niemand mit Waffen betreten. Das ist ein Brauch, der noch aus uralten Zeiten stammt. Auch Padischahs, Wesire, Beys und Paschas entledigten sich schon einen Tagesmarsch entfernt vom Hort der Vierzig Augen ihrer Waffen und näherten sich entblößt von Schwert und Dolch der Schwelle, um sie zu küssen. Schlangen und Drachen rissen ihre Zähne, Skorpione und giftige Wespen ihre Stachel aus und warfen sie fort, bevor sie vor dem Hort erschienen. Und auch dein stattlicher Herr, Ince Memed, ging unbewaffnet; und wohin sollte er von Waffen so rein wohl gehen, wenn nicht zum Hort der Vierzig Augen? Ja, ich sah sein kühnes Gesicht, schön wie die Rose und edel wie des heiligen Alis Antlitz. Laß mich gehen! Bei Gott, ich werde auf diesem Baum erfrieren, werde sterben, und du wirst mein Blutschuldner sein. Und daß ein Pferd eine Blutschuld auf sich lädt, ist gar nicht gut. Hast du denn jemals ein Pferd gesehen oder nur von einem gehört, das Blut vergossen hat? Einem Pferd, das Blut vergießt, wird in alle Ewigkeit nicht vergeben, und niemals wird es in den Kreis der Vierzig aufgenommen. Und wenn du bis zum Morgen da stehenbleibst, werde ich mich hier oben zu Tode frieren. Und du wirst mein Mörder. Geh weg, ich bitte dich! Laß Ince Memed zuliebe meinen Kragen los, damit ich hier nicht sterben muß. Und ich werde Ince Memed weder den Gendarmen noch jenem Aga melden. Wenn du willst, beschwöre ich es beim schönen Propheten mit dem schönen Namen Mohammed und sogar beim Namen des allmächtigen Gottes. Aber geh da weg, damit ich hinunterklettern und mein Leben retten kann!«

Es regnete in Strömen, und Tahsin hörte, wie von allen Seiten reißende Wildwasser schwere Steine zu Tal rollten. Blitze erhellten eine Zeitlang die Umgebung, und das Pferd unterm Baum stand mit strähnigem Schopf und wirrer Mähne reglos da, ließ Kopf und Ohren hängen und schlief.

»Schau, schönes, edles Pferd, schönstes der schönen! Wenn du mich freiläßt, werde ich auch Ince Memeds Aufenthalt ...« Er begann zu brüllen, aber vor Kälte kam seine Stimme nicht so, wie er wollte. »Keinem, keinem, keinem werde ich es sagen, und ich schwöre es, bei wem du willst. Los, verzieh dich!«

Als er merkte, daß seine Hände und Füße taub wurden, kletterte er den Baum hinauf und hinunter, bis ihm etwas warm wurde und seine Zähne nicht mehr aufeinanderschlugen. »Verdammter Hund, wenn du nicht gehen willst, dann nicht!« brüllte er. »Du bist kein Pferd, du bist ein räudiger Hund, ein Hund, ein Hund ...« Und dabei kletterte er unentwegt den Stamm hinauf bis zum Wipfel und wieder hinunter.

Als es graute, war er ausgepumpt, konnte er sich kaum mehr rühren, und ihm war, als habe er keine Arme und Beine mehr. Traurig schaute er hinunter. Bald würden ihn die Kräfte völlig verlassen und er dem Braunen vor die Beine rollen, und das Pferd würde ihn mit seinen Hufen und Zähnen in Stücke reißen.

»Hiiilfe, Hiiilfe! Kommt mir denn keiner zu Hilfe!« schrie er, so laut er noch konnte. Dann horchte er in alle Richtungen, doch außer dem Rauschen der Wildwasser und dem Rollen der Steine war kein Laut zu hören. Hin und wieder blitzte es in den Bergen, schaukelte der donnernde, krachende Himmel die Welt wie eine Wiege. Und weit und breit kein Lebewesen, weder Vogel noch Käfer, noch Hyäne, noch Schakal, noch Wildschwein, noch Bär ... Er war allein auf der Welt, mutterseelenallein nur mit diesem Pferd, diesem blindwütigen Ungeheuer.

»Schau, schönes Pferd«, begann er von neuem zu jammern, »laß mich frei, vergib mir, damit ich gehen kann, ich bitte dich! Ich weiß, ich bin ein schlechter Mensch, war drauf und dran, Ince Memed dem Hauptmann zu melden, wenn du mir nicht über den Weg gelaufen wärst. Der Allmächtige hat dich geschickt und mich davor bewahrt, diese böse Tat zu begehen ... Und wie du siehst, ich hab's aufgegeben. Du läßt mich jetzt frei, nicht wahr? Wirst du mich nicht freilassen?«

»...«

»Warum läßt du mich denn nicht laufen? Habe ich etwa Ince Memed verraten?«

»...«

»Du weißt, daß ich es nicht getan habe. Du bist mir entgegengetreten, als ich ihn melden wollte. Was ich bekommen hätte?«

»...«

»Ich hatte damals seinen Tod gemeldet ... Und da habe ich mir gedacht, wenn ein Toter schon so viel Wert ist, um wieviel mehr wiegt wohl ein Lebender? Und da machte ich mich auf den Weg und habe ihn tagelang gesucht. Tagelang.«

»...«

»Niemand wollte mir sagen, wo er war. Menschenkinder, Wölfe, Vögel, Bären, Schakale, Wege, Pfade … Die ganze Welt war stumm geworden, niemand verriet mir seine Bleibe. Bis schließlich der allmächtige Gott ihn auf dem Weg zum Hort der Vierzig Augen vor mir auftauchen ließ.«

»…«

»Nein, nein, neiiin! Gott führte diese Begegnung herbei. Ich war seit Tagen auf diesem Weg und wartete darauf. Es gab ja keinen anderen Weg zum Hort der Vierzig Augen. Er mußte diesen Weg nehmen.«

»…«

»Und ob ich sehr klug bin … Aber du hast mich erwischt. Du bist noch klüger.«

»…«

»Klug bist du, sehr klug … Schau, ich hab eine arme, verwitwete Mutter. Außer mir hat sie niemanden, der sie unterstützt. Wenn du mich tötest – und meine Seele verläßt mich schon –, stirbt meine Mutter vor Kummer und Schmerz. Hast du kein Mitleid mit mir?«

»…«

»Ich weiß, du bist ein mitleidloses, aber edles Vollblut, und edle Pferde sind unsterblich, und wenn die Welt untergeht, steigen sie auf in den Himmel. Dort werden sie vom Propheten, von Huris und Engeln geritten. Aber wenn du heute einen Mord begehst, wenn du ein von Gott geschaffenes Werk vernichtest, meinst du, daß er dann einen Blutbesudelten wie dich in sein Paradies hereinläßt? Verwandle doch deinen Himmel, nur um mich zu töten, nicht in eine Hölle! In der Hölle gibt es gar kein Feuer, wer will, soll sein Feuer dorthin mitbringen. Nimm du doch von hier dein Feuer nicht mit!«

»…«

»Wie bitte? Alle Pferde sind zur Hölle verdammt, besonders die Braunen? Stimmt nicht! Wer hat das erzählt? Ince Memed?«

»…«

»Mütterchen Sultan vom Hort der Vierzig Augen? Die sagt so etwas nicht. Alle edlen Pferde sind für den Himmel bestimmt, das habe ich selbst von ihr gehört.«

Nach und nach hellte es im Osten auf, und weißer Nebel stieg langsam über dem Wald empor. Für eine kurze Weile legte sich der Regen, dann donnerte dröhnend das Himmelsgewölbe, schlugen in kurzen Abständen Blitze ein, stürzten wieder Flüsse vom Himmel.

»Schau, mach dir den Himmel nicht zur Hölle!«

»...«

»Schau, wenn ich hier heil herauskomme, und das schwöre ich dir bei deinem Kopf, werde ich dir von den Dreschplätzen eine Miete Hafer stehlen und in die Höhlen schütten. Dann mußt du im Winter nicht hungern.«

»...«

»Und wo sich Ince Memed aufhält, werde ich nicht ...«

»...«

»Nein, nein, meine beiden Augen sollen aus den Höhlen fallen ... Ich werde es niemandem melden! Ich drücke auch die Hand auf den Koran.«

Ein harter Windstoß schob die Äste ineinander, und wie ein Schwarm Vögel wirbelten die Blätter von den Zweigen und segelten bergab dem Wald zu. Von allen Seiten peitschte der Regen, das Pferd aber stand da und scherte sich um nichts, hob den tief hängenden Kopf nicht einmal in die Luft, schaute nicht ein einziges Mal um sich.

»Was bist du doch, ja, was bist du doch für ein Starrkopf.«

Er hatte schon keine Stimme mehr, bewegte nur noch seine Lippen, und das mit unsäglicher Anstrengung. Der Regen und der kalte Wind von den Bergen waren so heftig geworden, daß er sich nur noch mit Mühe im Baum halten konnte.

Ganz in der Nähe ging ein Blitz nieder, der Strahl scharf wie ein Rasiermesser und so grell, daß Tahsin erblindet wäre, hätte er nicht seine Augen geschlossen. Ein zweiter, gar greller als der erste, schlug noch näher ein. Ein dritter traf den Felskamm, auf dem vorhin das Pferd gestanden hatte. Jetzt zuckten die Blitze ununterbrochen, schlugen links und rechts neben Tahsin ein, vernetzten sich, glitten mit den Wildwassern hinunter in den Wald. Der letzte Blitz, der krachend die Umgebung erbeben ließ, kreiste viermal um den Baum, bildete einen Ring aus lauter

Licht, den das aufgeschreckte Pferd vergeblich durchbrechen wollte. Denn dieser Blitz ließ vom Baum ab und umkreiste jetzt das springende Pferd, das im grellen Rund rennend einen Ausweg suchte. Pferd und Blitz drehten sich in einem Meer von unglaublich hellem Licht umeinander, zogen tanzend ineinander verschlungene, leuchtende Kreise, entfernten sich immer weiter zur Schlucht der Roten Adler hin, bis sie in einem Lichtschleier schließlich verschwanden. Zur selben Zeit glitt Tahsin der Windhund mit einem Schwall von Regenwasser den Stamm hinunter zur Erde, wo er eine Weile kraftlos liegen blieb und mit angsterfüllten Augen die Umgebung nach dem Pferd absuchte, das sich mit einem Blitz verschmolzen hatte. Sollte es noch einmal zurückkommen, gäbe es für ihn kein Entrinnen mehr. Denn weder auf den Baum zu klettern noch wegzulaufen, hatte er die Kraft ... Während er sich kriechend bergab bewegte, wurde ihm wieder wärmer. Irgendwo über dem Wald zuckten Blitze, Ströme von Licht ergossen sich über Baumkronen und Berghänge, so daß Tahsin der Windhund in dieser Helle bis ins kleinste alles ausmachen konnte, jeden Glitzer in den Felswänden, jeden Wassertropfen, der an den vom Regen zerfetzten Spinnennetzen hing, jedes Äderchen auch der winzigsten Blätter.

Als er den Kopf hob, entdeckte er die Zelte am Waldrand. Daß es keine Nomadenzelte waren, sah er sofort. Außer einem großen Greifvogel, der vor einem Zelt auf der Krücke hockte, war weit und breit kein Lebewesen zu sehen. Er wollte schreien, doch seine Stimme versagte. Besorgt, ob wohl das Pferd kommen könnte, sah er sich um. Die Zelte standen nicht weit, aber seine Kiefer waren wie verklammert, und ein leichtes Zittern hatte seinen ganzen Körper erfaßt, der über und über mit Schlamm bedeckt war. Der Regen wurde wieder stärker. Ein Mädchen mit roter Schürze kam aus dem Zelt, vor dem der Greif hockte, und ging, ohne zu verweilen, wieder hinein. Bei ihrem Anblick geriet Tahsin der Windhund in freudige Erregung. Er kroch weiter, doch als er beim Vogel angelangt war, wurde ihm schwarz vor Augen. Er sah noch die blitzenden Augen des gesprenkelten, braunen Falken, den weit geöffneten Schnabel und die blutrote Zunge, dann verließen ihn die Sinne.

Das Mädchen kam noch einmal heraus in den strömenden Regen. Als der Vogel es erblickte, öffnete er seine Flügel, schüttelte sich, daß die schweren Tropfen stoben, und das Mädchen ging eilig wieder ins Zelt zurück.

»Opa«, rief das Mädchen, »da liegt ein Toter vor dem Zelt.«

Der Großvater hängte sich den Hirtenmantel um die Schultern und ging hinaus. Er war ein sehr großer Mann mit schneeweißem Bart und langen Fingern. Er ging zu Tahsin dem Windhund, legte seine Hand auf dessen Brust und sagte lächelnd: »Dieser Mann ist unser Tahsin der Windhund. Er ist nicht tot. Und ihm fehlt auch nichts. Ein bißchen angefroren ist er, und ziemlich verschreckt.«

»Wovor hat er sich denn gefürchtet, Opa?«

»Ich weiß es nicht, aber er muß Angst gehabt haben.«

Großvater und Enkelin trugen Tahsin den Windhund hinein.

»Bring Unterhosen, Hemd, Strümpfe und die übrigen Sachen von deinem Vater her! Und ein Handtuch. Und schüre ordentlich das Feuer! Die Kiefer dieses Mannes haben sich verkrampft. Wenn Tahsin der Windhund auch nicht tot ist, macht mir sein Zustand doch Sorgen. Und setz Tee auf!«

Dann schleppte er Tahsin den Windhund in den angrenzenden leeren Raum. Dabei öffnete Tahsin einmal kurz die Augen.

»Um Gottes willen, er kommt, helft mir!« murmelte er zwischen den Zähnen. Der alte Mann konnte ihn nicht verstehen.

Das Mädchen brachte die von dem Großvater gewünschten Sachen und legte sie ihm hin. Neben Tahsin dem Windhund, der ausgestreckt auf dem härenen Teppich lag, bildeten sich Wasserlachen. Mit flinken Händen zog der Alte ihn aus, rieb ihn behutsam trocken, zog ihn an, umwickelte ihn mit einem Kelim und trug ihn in die Nähe des Herdes. Dabei öffnete Tahsin noch zweimal kurz die Augen.

»Das hätten wir hinter uns, aber Tahsins verkrampfte Kiefer auseinanderbiegen ist schwer. Die zusammengepreßten Zähne halberfrorener Menschen lassen sich nicht so leicht öffnen.«

Das Mädchen schürte das Feuer so heftig, daß es im Zelt warm wurde wie im Backofen. Zwischendurch lief sie immer wieder hinaus.

»Großvater, der Vogel da draußen wird wie Tahsin der Windhund erfrieren. Er plustert seine Federn kugelrund auf. Soll ich ihn hereintragen?«

»Das macht dem Vogel nichts aus«, antwortete der Großvater schroff.

»Aber Großvater …«

»Das macht ihm nichts«, sagte der Großvater und runzelte die buschigen, weißen Brauen. »Das Gefieder läßt kein Wasser durch. Vögel frieren nicht.«

»Wenn sie nicht frieren, warum plustert denn der Vogel sich da draußen so auf?«

»Das ist oft ihre Art bei kaltem Wetter, Regen und Schnee …«

»Aber, Opa …«

»Quälgeist! Hol den Vogel schon herein!« sagte der Großvater verärgert.

Das Mädchen ging hinaus, brachte den Vogel samt der Krücke herein, rammte den Pfahl dicht beim Herd in den Boden und setzte den Vogel darauf.

»So, jetzt wird er sich gleich wieder recken und die Augen rollen«, sagte das Mädchen.

Doch noch waren die Augäpfel des Vogels von der Nickhaut verschleiert, hatte er die Federn aufgeplustert, den rechten Lauf an den Bauch gezogen, erschauerte er hin und wieder im Schlaf.

Nach einer Weile erwachte zuerst der Vogel, danach schlug Tahsin der Windhund die Augen auf. Er sah verstört, als wolle er sich an etwas erinnern, das Mädchen an, wendete dann den Blick zum Großvater. Er wollte sprechen, doch sein Mund öffnete sich nicht.

Auf dem Herd brodelte der Tee.

»Wenn du den Mund öffnest und einen Tee trinkst, wenn du etwas Heißes in den Magen bekommst, bist du wieder wohlauf.« Mit lauter Stimme neigte sich der Großvater an Tahsins Ohr, brüllte, als spreche er mit einem Schwerhörigen. »Du hast dich sehr gefürchtet«, sagte er, »hast große Angst ausgestanden …«

Nachdem der andere ihn mit verständnislosen, leeren Augen eine Weile angeschaut hatte, schloß er sie wieder.

»Wer ist denn hinter dir hergewesen und hat dich so erschreckt, mein kleiner Windhund?«

Tahsin der Windhund sah ihn wieder an, doch diesmal war ein kurzes Leuchten in seinen Augen.

Jetzt öffnete auch der Vogel seine Flügel, reckte sich, schüttelte ruckend sein Gefieder, und die scharfen Augen rollten in ihren Höhlen.

Tahsin der Windhund begann leicht zu zittern. Großvater lächelte zufrieden.

»Er kommt zu sich, unser Windhund«, sagte er.

Dann goß er aus der Kanne hasenblutfarbenen Tee in das leicht geschwungene dünne Glas. Tahsin der Windhund starrte auf den dampfenden Tee, konnte den Blick nicht wenden.

Der Großvater versuchte, mit einem Löffel Tahsin dem Windhund Tee einzuflößen, doch es gelang ihm nicht, und der Tee floß von dessen Mundwinkeln den Hals hinunter. Der Alte versuchte es immer wieder. Am Ende öffnete sich der Mund ein wenig, und der halb erfrorene Tahsin leckte seine benetzten Lippen. Daraufhin füllte der Großvater das Glas von neuem und hielt es Tahsin an den Mund. Wenn dieser sich auch quälte, begann er doch zu schlucken, und je öfter er schluckte, desto mehr kam er zu sich. Nach und nach hatte Tahsin so genau elf Glas Tee getrunken, und als er wieder ganz bei Sinnen war, schreckte er hoch.

»Er kommt«, wimmerte er. »Helft mir, er kommt. Eilt mir zu Hilfe, Gemeinde Mohammeds …«

»Wer kommt, Tahsin?«

Tahsin stand auf, wankte und setzte sich wieder.

»Er kommt, er, der Braune.« Seine Gesichtszüge hatten sich gespannt, verzerrten sich; die Augen angstvoll aufgerissen, ähnlich denen des Falken, schaute er sich nach allen Seiten um.

»Onkel Vahap, bist du's?«

»Ich bin's, mein Tahsin.«

»Ob ich wohl gerettet werde, Onkel Vahap? Es hat mich getötet.«

»Wer denn?«

»Dieses braune Pferd.«

»Was für ein braunes Pferd, Tahsin? Jetzt sei still, was du brauchst, ist Honig und Butter.«

Der Großvater stand auf und schüttete aus irdenen Gefäßen Honig und Rahmbutter in eine Henkelschale und stellte diese auf den Herd. Butter und Honig flossen ineinander, und ein angenehm brandiger Geruch breitete sich aus. Es duftete, als seien die Gerüche aller Blumen zusammengebraut worden, ja, so duftete es.

Der alte Vahap drückte den vollen Holzlöffel an Tahsins Lippen. »Mach den Mund auf und trink das!« befahl er.

Weit wie ein aufgesperrtes Froschmaul öffnete Tahsin seinen Mund.

»Wenn du das schluckst, bist du wieder ganz bei Sinnen«, sagte der Alte.

Tahsin der Windhund schlürfte den Teller mit dem Gemisch aus Honig und Rahmbutter leer bis auf den letzten Tropfen. Das Blut kehrte in seine Wangen zurück, sie wurden rosarot.

»Ich habe ihn gesehen«, sagte er, »ich habe Ince Memed gesehen. Er ging ganz ohne Waffen seines Weges. Wohin geht einer denn so ohne Messer und Gewehr, wenn nicht zum Hort der Vierzig Augen. Und weil ich ihn gesehen hatte, lief ich los, um diese Nachricht in die Stadt zu bringen, als ...«

Und wie ein Märchenerzähler, der, von langer Krankheit genesen, wieder sprechen kann, berichtete er pausenlos und unermüdlich von Ince Memed und dem Pferd.

»Was für ein Mann, sagtest du, ist Ince Memed, wie sieht er aus?«

»Wie soll er schon aussehen? So groß wie ich, nur Haut und Knochen, sein Hals so dünn wie ein Birnenstengel, die Augen tief in den Höhlen, die Hände riesig, ja doppelt so groß wie meine, die Bartspitzen hängen schlaff ... So sieht er aus, Ince Memed, fast wie ein Kind.«

Als sie das hörten, konnten zuerst das Mädchen und dann der Großvater sich vor Lachen nicht halten. Verstört schaute Tahsin der Windhund ihnen verständnislos ins Gesicht. Onkel Vahap schlug sich immer wieder auf die Knie. »Bei deiner Mutter, Windhund Tahsin, bei deiner Mutter!« sagte er mehrmals. »Ince

Memed ist also ein Däumling, und sein Pferd hat sich in einen Blitz gewickelt und ist davon. Oh, oh, Tahsin, mein Sohn, o mein Kleiner, was mußtest du nicht alles erdulden ...«

»Was denn erdulden, Onkel Vahap?«

»Es war wohl alles zuviel für dich, mein Kleiner, denn so einen Ince Memed, wie du ihn beschreibst, gibt es nicht. Erzähle das um Gottes willen niemandem, man würde dich verspotten und ein Leben lang das Maul über dich aufreißen. Auch was du hier über das Pferd erzählt hast, muß unter uns bleiben, ich beschwöre dich. Einen Ince Memed, wie du ihn beschreibst, kann es nicht geben ...«

»Kann es doch geben, Onkel Vahap, ich hab ihn mit diesen meinen Augen ja gestern noch gesehen.«

»Den du da gesehen hast, Tahsin, mein Sohn, der kann es nicht gewesen sein. Mit elf Jahren war Ince Memed ja schon so groß, wie du sagst. Als ich ihn zuletzt in Değirmenoluk sah, kerzengerade auf seinem Pferd, war er hochgewachsen, stattlich und gertenschlank. Er war so groß, daß er das Rückgrat des Pferdes, das dich fressen wollte, fast durchgebrochen hätte. Um Gottes willen, Tahsin, mein Sohn, laß niemanden hören, daß dieses Pferd dich habe fressen wollen und deswegen drei Tage und Nächte unter dem Baum auf dich gewartet habe – das wäre bestimmt nicht gut für dich. Du hast aus dem torgroßen Ince Memed einen Winzling gemacht. Erzähl das niemandem weiter, mach dich vor der Welt nicht zum Narren!«

»Aber Onkel Vahap, ich schwöre bei Gott ...«

Das Mädchen hatte noch nicht aufgehört zu lachen, und als sich Tahsin der Windhund jetzt so versteifte, mußte auch es sich die Seiten halten.

Entnervt gab Tahsin schließlich auf.

»Dann glaubt mir doch nicht!« sagte er beleidigt. »Was kann ich schon dagegen tun.«

»Nichts kannst du dagegen tun«, entgegnete der alte Vahap. »Jetzt hör mir gut zu, Windhund, mein Sohn! Du bist ein guter, lieber Junge. Dein Vater war genau wie du, auch er war sehr ängstlich. Und du hattest eine große Angst.«

»Eine sehr große. Das Pferd wollte mich fressen. Deswegen

wollte es mit weit geöffnetem Maul auf den Baum klettern. Wäre ich heruntergefallen, hätte es kein Stück von mir übriggelassen. Sind Waffen im Haus?«

»Ja, warum fragst du?«

»Es wird bald hier sein … Und dann wird es uns alle drei fressen. In Stücke wird es uns alle drei reißen … Wohin ich auch gehe, nimmt es von mir Witterung. In der Stadt werde ich mir einen Revolver kaufen. Und wenn es mich aufgespürt hat, werde ich den Revolver ziehen …«

»Das Pferd ist gegen Kugeln gefeit«, lachte der alte Vahap. »Wenn du es aber verfehlst, möchte ich nicht in deiner Haut stecken. Dann wird dich der Braune ganz bestimmt in klitzekleine Fetzen zerlegen …«

»Du hast recht, Kugeln können ihm nichts anhaben«, sagte Tahsin der Windhund und ließ den Kopf hängen. »Was soll ich also tun, wohin soll ich gehen, um vor dem Pferd mein Leben zu retten? Gib mir einen Rat, Onkel Vahap!«

»Als erstes darfst du niemals dort spazierengehen, wo keine Bäume sind. Da hast du keine Wahl.«

»Nein, die habe ich nicht mehr«, sagte Tahsin der Windhund. »Ja, ja, man soll nie mit einem Stock im Wespennest stochern, sonst ergeht es einem wie mir, er kann sich vor den Wespen nicht retten.«

»Nein, das kann er nicht«, sagte das Mädchen und gluckste vor Lachen.

»Nein, das kann er nie mehr«, bestätigte der alte Vahap.

»Soll ich denn in den Wald laufen, wenn es jetzt kommt?«

»Es wird nicht kommen«, beschwichtigte der Alte.

»Und wenn es doch kommt?«

»Was denkst du denn, wofür ich den Falken hier habe? Nur zum Jagen? Wenn ich den auf das Pferd loslasse, ist der Spuk vorbei.«

Das Mädchen hielt sich den Bauch und wand sich vor Lachen.

»Der Vogel setzt sich zwischen die Ohren des Pferdes und hackt ihm mit dem ersten Schnabelhieb das eine, mit dem zweiten das andere Auge aus. Blind auf beiden Augen soll das Pferd dich erst einmal suchen und finden.«

Tahsin der Windhund lächelte beruhigt, lehnte sich zurück, schloß die Augen und war kurz darauf eingeschlafen. Die Lippen schlaff und leicht geöffnet, atmete er friedlich wie ein Kind.

Und daß er eingeschlafen war, kam dem alten Vahap gerade recht, denn bald darauf kamen die Schmuggler, auf die er schon seit drei Tagen wartete. Ihre Tragetaschen waren mit Seidenwaren, Uhren und Gold gefüllt. Sie brachten ihre Ware von Syrien nach Malatya. Ihre Pferde waren allesamt braun, die Sättel und das Zaumzeug mit Messing beschlagen, die Tragetaschen aus Teppichstoff vernäht, und alle drei Schmuggler waren mit deutschen Flinten bewaffnet. Die Männer hatten Reithosen an und dunkelblaue Jacken, ihre Hemden waren aus Seide, die Schirmmützen aus teurem englischen Stoff, und ihre weichledernen Stiefel glänzten. Unter den Jacken trugen sie über die Brust gekreuzte, wiederum mit Messing beschlagene Patronengurte.

Der alte Vahap begrüßte die Schmuggler mit Freude. »Seit drei Tagen halte ich jetzt nach euch Ausschau. Ich dachte schon, euch sei etwas zugestoßen.«

Unter ihren wasserdichten, dünnen Tscherkessenumhängen, die vom Knie bis zur Kruppe des Pferdes den Regen abhielten, waren die Schmuggler überhaupt nicht naß geworden. Eilig trugen sie ihre Doppeltaschen in das Zelt.

»Mach dir keine Sorgen, Onkel Vahap, dein Sohn ist in Aleppo geblieben, es geht ihm gut«, beruhigten sie ihn.

Vor Angst, es könnte diesem etwas zugestoßen sei, hatte der alte Vahap nicht gewagt, nach seinem Sohn zu fragen.

»Was macht er denn in Aleppo?«

»Er wird auf uns warten und beim nächstenmal mit uns hierher zurückkommen. Wir haben gehört, Ince Memed sei wieder in die Berge gegangen und verbreite Angst und Schrecken.«

»Nun setzt euch erst einmal und wärmt euch ein bißchen. Und trinkt einen Tee ...«

»Wo sind die anderen?«

»Setzt euch erst einmal hin, los!«

Der alte Vahap brachte die von Schlamm und Regen steif gewordenen bestickten Umhänge und wollenen Kapuzen in den Nebenraum, kam zurück und breitete Sitzkissen rings um das

Herdfeuer aus. »Bitte setzt euch!« forderte er sie auf. Das Mädchen füllte Tee in die gewundenen, dünnwandigen Gläser. Alle drei Schmuggler waren schnauzbärtig. Der größte von ihnen zog ein kleines, goldenes Amulett mit der Inschrift »Maschallah« aus der Tasche, reichte es dem Mädchen und sagte: »Nimm, das ist für dich!«

Des alten Vahaps Augen leuchteten auf.

Die anderen tranken den heißen Tee bedächtig und gesetzt, wie es der Sitte entsprach. Schenkte das Mädchen ein, zerbissen sie ein Stück Zucker, um damit den Tee im Munde zu süßen.

»Und wenn ihr es wissen wollt, der Recke, der dort liegt, wird Tahsin genannt, Tahsin der Windhund. Er ist berühmt dafür, daß er einen Dreitagemarsch in einem und drei mächtige Bergketten in zwei Tagen bewältigt. Sogar edle Araber können es nicht mit ihm aufnehmen ... Dennoch ist diesem Tahsin etwas widerfahren, wovor Gott auch die Feinde bewahren möge!«

Und dann erzählte er ihnen in allen Einzelheiten, was diesem widerfahren sei, wie man Ince Memed im Kupferpaß erschossen habe, daraufhin die Dörflerinnen Todesklagen gesungen hätten und Tahsin der Windhund die Todesnachricht in einem Tag und einer Nacht in die Stadt getragen habe, wie die Städter deswegen Feste gefeiert und Tahsin den Windhund mit Geld überhäuft hätten, wie sich dann herausstellte, daß der getötete Räuber gar nicht Ince Memed, sondern ein ganz anderer gewesen sei, wie sich Tahsin der Windhund daraufhin auf die Suche nach Ince Memed gemacht, ihn auch getroffen und danach versucht habe, Ince Memeds Braunen zu fangen, und in welch mißliche Lage ihn schließlich dieses Pferd gebracht habe.

»Ist diese Pferdegeschichte wahr?« fragte der Anführer der Schmuggler.

»Warum sollte sie gelogen sein, dieses Pferd ist nun einmal so. Keiner außer Ince Memed kann es einfangen, es läßt niemanden an sich heran. Viele haben es schon versucht, auch Kugeln können es nicht verwunden.«

»Nun gut, aber diese Sache mit dem Blitz, in dessen Kreis das Pferd gelaufen und in dessen Licht es verschwunden sein soll, ist auch das wahr?«

»Warum denn nicht?« antwortete der alte Vahap. »Sind des Propheten Alis Düldül und des Köroğlus Grauschimmel nicht auch so?«

»Und es gibt wirklich keine Möglichkeit, dieses Pferd einzufangen?«

»Keine«, sagte der alte Vahap. »Habt ihr nicht gehört, beinahe hätte es diesen Kerl auf dem Baum erfrieren lassen. Er kann dem Blitz danken!«

»Ist die Bande von Dursun dem Großen in dieser Gegend?«

»Vorgestern war sie am Berg Akça.«

»Dann kann er frühestens in einer Woche hier sein. Er wird uns doch nicht in einen Hinterhalt locken?«

»Niemand weiß, daß ihr herkommt.«

»Und die Gendarmen?«

»Die haben nur noch Augen für Ince Memed. Ob die Räuber die Berge besetzt haben oder nicht, für sie gibt es Ince Memed und sonst nichts. Und der ist verschwunden, hat sich in einer Höhle versteckt und kommt nicht ans Tageslicht.«

»Ein sonderbarer Räuber.«

»Sonderbar, und wie! Ich habe so einen Räuber bisher weder gesehen noch von so einem gehört. Irgendwann verschwindet er eine Weile von der Bildfläche, keiner weiß, wohin, und plötzlich ist er wiederaufgetaucht und hat die Welt auf den Kopf gestellt. Bald werden starke Streitkräfte in die Berge ziehen, dann dürft ihr euch hier nicht mehr blicken lassen. Gestern kam der Çiçeklioğlu mit seiner ganzen Bande hier vorbei, und ich habe ihm geraten, schon in den nächsten Tagen seine Siebensachen zu packen und diese Berge zu verlassen.«

»Diese Pferdegeschichte will mir nicht aus dem Kopf.«

»Der Hauptmann hat dieses Pferd von den Dörflern gefordert, und die sind über Berg und Hang hinter ihm hergewesen und haben es nicht einfangen können.«

»Sind die Wege jetzt frei?«

»Sie sind frei, und die Bande Kerem des Kurden wartet auf euch bei der Kreuzung zu den Vierzig Augen. Bis ihr über diese Berge hinweg seid, wird sie bei euch bleiben.«

»Na, dann laßt uns essen!«

Sie zogen den schlafenden Tahsin mit seiner Matratze unter die Schräge des Zeltes, er wachte nicht auf. Auch der Greif hockte zusammengesunken auf seiner Krücke, ließ einen Flügel hängen und schlummerte. Nur ab und zu rollten seine Augen hinter der Nickhaut.

Nachdem die Männer gegessen hatten, schwangen sie sich mit den Worten, die Wege seien für den Wanderer da, auf die Pferde, zogen ihre Umhänge über die Köpfe und preschten durch den wütenden Regen davon.

Bis zur Stunde des Nachtgebets spielte der alte Vahap die Hirtenflöte, und das Mädchen hörte ihm zu. Nach dem Nachtgebet aßen die beiden Joghurt mit Traubensirup, dann legten sie sich schlafen.

Als Tahsin der Windhund erwachte, war es noch lange vor Tagesanbruch. Er fühlte sich gestärkt und ausgeruht. Die klobigen Holzscheite im Herd waren nur noch Gluthaufen und kurz davor, Asche zu werden. Im härenen Zelt war es kuschelig warm. Mädchen und Großvater schliefen tief. Nachdem er sich ordentlich die Augen gerieben hatte, nahm er seine Kleider, die zum Trocknen auf die Kiesel vor der Herdstelle ausgebreitet worden waren, griff seine Opanken und zog sich an. Er mußte sich auf den Weg machen, mußte die frohe Kunde diesem hochgewachsenen Mann in der Stadt überbringen und von ihm wieder einen Armvoll Geld bekommen! Er war sowieso viel zu spät dran, ja, viel zu spät. Wer weiß, vielleicht hatte Ince Memed den Hort der Vierzig Augen längst wieder verlassen ... Draußen regnete es noch in Strömen. Soll es doch regnen, sagte sich Tahsin der Windhund, er mußte los, die Stadt erreichen, die gute Nachricht diesem großen Aga bringen und den Lohn dafür einstecken.

Den Osten, wo sonst der Morgen graute, hatte ein milchiger Schimmer überzogen, und der Schatten des Pferdes schob sich wie eine riesige Wolke über den Wald, dehnte sich, wich nicht von der Stelle, als hafte er an der Finsternis. Doch komme, was wolle, und brächte ihn das Pferd auch um, Tahsin der Windhund mußte in die Stadt. Ihm war, als beobachte ihn der Vogel, der auf der Krücke neben dem Herd hockte und in dessen Augen sich die Glut spiegelte. Ha, ha, durchrieselte ihn ein freudiger Schauer, jetzt würde er sich den Vogel schnappen und auf das Pferd loslassen, wenn es ihn angreifen sollte! Und der Vogel würde dem Tier die Augen aushacken. Aber Onkel Vahap den Vogel wegnehmen … In diesen Bergen war Onkel Vahap mörderischer noch als Ince Memed und dessen Pferd. Ob Schmuggler oder Räuber, alle hatten sich nach ihm zu richten. In dieser Gegend gab es keinen Räuber, den er nicht kannte. Er konnte töten, verbannen, aber auch retten lassen, wen er wollte. Wer könnte so einem Mann den Falken stehlen … Einem Mann, der hier in den Bergen niemanden fürchtete und als Waffe nicht einmal ein Taschenmesser brauchte, um ruhig zu schlafen. Für die Räuber gab's über Vahap nur noch den lieben Gott. Auch wenn Tahsins Kiefer nicht verkrampft gewesen wären, hätte er kein Wort über die Lippen gebracht, als er ihm begegnete. Vahap hatte ihm das Leben gerettet, würde er ihm nicht auch den Vogel für einen Tag nur überlassen? Tahsin hatte sich schon niedergebeugt, um den Alten zu wecken, als ihm der Gedanke »Und wenn nicht?« durch den Kopf schoß. Er ging hinaus. Der Morgen graute, und es goß noch immer in Strömen. Der Regen gurgelte in den Senken, die sich mit Wasser füllten. Onkel Vahap würde morgens die Augen öffnen und den Vogel nicht entdekken. Jeder weiß doch, daß er seine Vögel mehr liebt als sein Leben. Er wird auch wissen, daß Tahsin den Vogel genommen hat, wird sich gar nicht aufregen, wird einen seiner Söhne oder seiner Räuber zu sich rufen und sagen: »Fangt diesen Verräter Windhund, diesen undankbaren Kerl, der sein Messer in den Tisch gestoßen hat, von dem er aß, schlagt ihm den Schädel ab und bringt ihn mir her!« Das reicht, nicht weiter denken, ihm wurden die Knie weich. Aber ohne den Vogel konnte Tahsin der Windhund ja nirgendshin, denn das Pferd stand da oben am Ende des Waldes, hatte seinen Schatten wie ein Berg auf die Baumkronen, über das Dunkel geworfen und wartete auf ihn.

Als der alte Vahap sich von der rechten auf die linke Seite wälzte, grummelte er. Seine Ohren waren riesig, Tahsin der Windhund hatte in seinem Leben kein so großes Ohr gesehen. Ihm war zum Lachen. Und in diesem Augenblick schnappte er den Vogel von der Krücke und stürzte hinaus. Ohne sich umzublicken, rannte er bergab. Den Kopf des tobenden Vogels unter seinen Arm geklemmt, watete er durch bauchhohes Wildwasser, sprang er über Stechdorn und Felsblöcke davon. Als er den Waldrand erreicht hatte, blieb er unter einer mächtigen Zeder stehen, die den Regen abhielt. Unter dem dichten, schützenden Laub lag sogar noch Staub auf kleinen Erdhügeln. Tahsin hockte sich auf einen von ihnen nieder. Der Vogel wehrte sich nicht mehr, er war ganz benommen. Der kommt gleich wieder zu sich, dachte Tahsin. Kurz darauf begann der Falke wieder zu toben und nach Tahsins Händen zu hacken. Tahsin verschnaufte und sah sich nach einem Weg in die Çukurova um. Als er endlich einen Pfad entdeckte, hätte seine Laune nicht besser sein können, denn auch der Vogel schien sich mittlerweile an ihn gewöhnt zu haben, er zappelte und hackte nicht mehr, hatte sich beruhigt.

Der Regen legte sich, als Tahsin zur Nordwindschlucht kam. Es klarte auf, die Sonne kam hervor, und die nassen Steilwände glänzten, daß Tahsin und auch der Vogel ganz geblendet waren. Hin und wieder muckte der Falke auf, doch er beruhigte sich bald wieder.

Tahsin der Windhund erreichte am nächsten Morgen die Kreisstadt. Er war schlammbedeckt, genau wie der Vogel in seinem Arm, der die Flügel hängenließ und schlief. Vor den ersten Häusern am Stadtrand betrachtete Tahsin das erschöpfte Tier, das ihn vor dem Pferd geschützt und – Ehre, wem sie gebührt! – ohne Angst hierhergeleitet hatte. Gott gebe, daß dem Vogel nichts geschieht und er ihn bei erster Gelegenheit Onkel Vahap zurückbringen konnte.

Auf dem Marktplatz stieg ihm schon fünfzehn Läden vorher der starke Duft von Kebab und Sumach in die Nase. Er starb fast vor Hunger und war im nächsten Augenblick vor der Rösterei. Der Vogel schien noch gieriger als er.

»Zwei Kebab mit reichlich Zwiebeln und Tomaten … Und für den Vogel rohes Hackfleisch!«

Der Verkäufer bestellte beim Koch einmal doppelten Kebab, ging dann selbst in die Bratküche und brachte eine Handvoll rohes Hack. Noch bevor Tahsin es dem Vogel hingereicht hatte, machte dieser sich darüber her und nahm es, ohne nach rechts oder links zu blicken, mit quicklebendig glänzenden Augen aus der offenen Handfläche an. Und nachdem er es blitzschnell verschlungen hatte, begann er wie ein hungriger Hund Tahsin in die Augen zu schauen.

»Genau soviel Hack noch einmal!«

»Dieser Vogel kommt wohl aus dem Elend!«

Der Verkäufer formte diesmal aus der doppelten Menge Hackfleisch ein Bällchen und brachte es Tahsin, der damit den Vogel weiter fütterte. Jetzt fraß dieser bedächtiger, blickte nach jedem Happen hoch, sicherte, schluckte, putzte seinen Hakenschnabel am Schenkelgefieder und beugte sich dann erst wieder über den nächsten Bissen.

Als die Kebabs fertig waren, hatte der Vogel sich schon satt gegessen und reckte sich mit gespannten Schwingen.

Während Tahsin aß, kam der alte Kebabverkäufer an seinen Tisch und setzte sich. Außer Tahsin war kein Kunde im Laden.

»Wie siehst du denn aus, mein Freund«, sagte der Alte. »Dir wurde wohl übel mitgespielt, bist ja triefnaß und vom Scheitel bis zum Zeh voller Schlamm ...«

»Es hat viel geregnet.«

»Sogar der Vogel in deiner Hand ist schlammbedeckt.«

»Ich bin die ganze Nacht gelaufen.«

»Was hat dich denn so getrieben, Freund?«

Tahsin der Windhund aß ebenso schnell, wie er versuchte, dem Alten zu antworten.

Tahsin warf dem Vogel ein Stück Kebab hin, der spreizte die Flügel, sprang über den Tisch, schnappte und verschlang es. Daraufhin steckte sich Tahsin abwechselnd ein Stück Fleisch in den Mund und warf das nächste dem Vogel vor. Der nahm mit bebenden Schwingen die Bissen auf und würgte sie jedesmal mit drei Schluckbewegungen hinunter.

»Ich habe Ince Memed getroffen, mein Freund, hatte ihn lange gesucht. Schließlich habe ich ihn gefunden und mit ihm gesprochen. Und das will ich hier melden, diesem hochgewachsenen Mann ... Ich habe seinen Namen vergessen.«

»In dieser Stadt gibt es ziemlich viele lange Männer.«

»Dieser ist ein sehr reicher Aga. Als ich ihm die Nachricht von Ince Memeds Tod brachte, hat er mir viel Geld gegeben, ich war reich geworden. Ha, ich hab's, sein Name war Murtaza Aga, heißt er nicht so?«

»Und jetzt kommt die Nachricht, daß Ince Memed lebt!«

»Dieser Aga hat mir gesagt: ›Wenn du herausfindest, wo sich Ince Memed aufhält, werde ich dich in Geld und Gold erstikken.‹ Da habe ich alle Berge abgesucht und ihn gefunden.«

»Und jetzt bist du gekommen, um das zu melden, richtig?«

»So ist es.«

»Was für ein Mensch ist Ince Memed?«

»Groß, schlank wie eine Gerte ... na – doppelt so groß wie ich. Er ist zurückhaltend, klug, beherzt, mit großen schwarzen Augen, schwarzen Brauen und schmalem Schnurrbart. Ein stattlicher Jüngling in einem goldbestickten Umhang. Du magst ihn zuerst gar nicht anschauen, so schön ist er. Aber danach kannst du den Blick nicht mehr von ihm wenden.«

»Und jetzt bist du hergekommen, um ihn diesem Aga zu melden, und der wird dir Geld geben, und die Gendarmen werden losziehen und Ince Memed töten, ist es so?« Plötzlich wurde des Wirtes Stimme hart: »Du Hund von einem Verräter«, zischte er zwischen zusammengepreßten Zähnen, »hoch mit dir, du hast genug gefressen! Los, steh auf, steh auf und scher dich in die Hölle, du räudiger Verräter, du Sohn eines räudigen Vaters ... Steh auf ...«

Tahsin der Windhund saß da wie erstarrt, blickte verstört, hielt den Bissen im offenen Mund. Er war so erschlagen, daß er das Fleisch weder kauen noch ausspucken konnte.

»Steh endlich auf, Mann, dessen Mutter und Frau ... Du Knecht, dessen Blut und Seele keine fünf Para wert sind ... Für fünf oder zehn Kuruş Ince Memed töten lassen, nicht wahr? Steh auf und vergiß deinen Vogel nicht!«

Der Wirt band den Vogel vom Stuhl los und warf ihn samt Leine Tahsin an den Kopf. Mit einiger Mühe gelang es Tahsin, den Vogel zu bändigen.

»Steh auf und verschwinde! Von einem Dreckskerl wie dir will ich auch kein Geld. Los, steh auf, und das Essen möge dir im Hals steckenbleiben!«

Nach wie vor begriff Tahsin der Windhund nicht, wie ihm geschah, glotzte verständnislos um sich, als erwarte er Hilfe von irgendwoher.

»Kerl, steh auf, hab ich gesagt!« Der hünenhafte Wirt schleuderte seine weiße Schürze von sich, ergriff Tahsin am Arm und stieß ihn »Hopp, yallah!« zur Tür hinaus. Den Vogel auf seiner Schulter, lehnte sich Tahsin an die gegenüberliegende Mauer. Er faßte noch immer nicht, was vorgefallen war. Und der tobende Kebabverkäufer, der ihn da noch stehen sah, stürmte wieder auf ihn los. Doch als er seine Hände nach Tahsins Hals ausstreckte, schlüpfte dieser unter den mächtigen Armen hindurch und lief aufs Geratewohl mitten über den Marktplatz in das obere Stadtviertel. Vor dem Tor der Moschee blieb er stehen und ging in den Vorhof. Einige Männer hockten am Brunnen und nahmen die Waschungen vor. Er ging zu ihnen, preßte seinen Mund an einen der Wasserhähne und trank in tiefen Zügen. Warum hatte der Mann ihn so behandelt? Das wollte Tahsin dem Windhund nicht in den Kopf. Andererseits freute er sich, daß dieser Trottel ihm vor lauter Wut kein Geld für die Kebabs verlangt hatte. In dieser Stadt gab es schon sonderbare Menschen, meiner Seel! Vielleicht war er auch so wütend, weil ich Ince Memed falsch beschrieben habe, dachte er sich. Ich sollte wohl schildern, wie er wirklich ist, damit sie über mich lachen, nicht wahr, damit auch der Wirt sich über mich lustig macht, nicht wahr? Nichts da, haha! Nein, eine andere Erklärung gibt es nicht für diesen Wahnsinnigen, für diesen besessenen Furzer!

Als er auf dem Stein vor dem Brunnen saß und an jenen langen, reichen Aga dachte, fiel ihm ein alter Mann mit Rundbart und milden Gesichtszügen auf, den man, wie er meinte, bestimmt nach diesem reichen Aga fragen konnte. Zögernd näherte er sich ihm und sagte verlegen: »Ich möchte dich nach jemandem fragen …«

»Na, dann frag mal«, lächelte der Mann mit dem Rundbart, den milden Gesichtszügen und einer Gebetskette in der Hand.

»Da gibt es einen Mann, sehr groß, in Stiefeln, und sehr reich.

Als ich ihm Ince Memeds Todesnachricht überbrachte, hatte er mir viel Geld gegeben. Und diesen Mann, den suche ich.«

»Hat dieser Mann keinen Namen?«

»So genau weiß ich ihn nicht, aber er könnte Murtaza Aga sein. Ein reicher Mann. Trägt glänzende Stiefel.«

»Was willst du denn von diesem Mann?«

Tahsin der Windhund überlegte. Noch einmal würde er bestimmt nichts von Ince Memed sagen, und müßte er lügen. »Er wird mir eine Arbeit besorgen. Auf seinem Landgut ...«

Der Mann überlegte, zählte für sich einige Namen auf und sagte schließlich: »Ich komme nicht drauf, wer es sein könnte. Einen Murtaza Aga kenne ich nicht.«

Dann sah er Tahsin nachdenklich an. Gegen diesen Burschen war er mißtrauisch geworden.

»Warum bist du in solchem Zustand, Junge?« fragte er. »Wie in Schlamm getaucht. Gib mir den Vogel, und reinige dich erst einmal am Brunnen vor der Moschee!«

Tahsin ging mit dem Vogel, den er dem Mann nicht anvertrauen mochte, zum Brunnen, wischte den Schlamm von Schnabel, Kopf und Schwingen und setzte sich den Falken auf die Schulter. Dann wusch er sich gründlich Füße, Beine, Brust und Arme.

»So klitschnaß wirst du dich erkälten und an Lungenentzündung sterben«, sagte der Mann mit dem Rundbart, »such dir eine Feuerstelle zum Trocknen.«

»Wird gemacht, Onkel«, antwortete Tahsin der Windhund.

»Da war noch ein hinkender Mann, ein Meister der Spurensucher ... Er trug einen Hut mit breiter Krempe und um den Hals ein flammendrotes Band. Kennst du den auch nicht? Er müßte Ali der Hinkende heißen.«

»Den kenne ich«, lachte der alte Mann. »Du suchst den Spurensucher Ali den Hinkenden, nicht wahr?«

»Ja, den suche ich.«

Nachdem der alte Mann Tahsin den Weg zum Hause Molla Duran Efendis anschaulich beschrieben hatte, sagte er: »Dort ist Ali Aga der Hinkende. Such ihn auf, und dort kannst du an einem Feuer auch dein Zeug trocknen.«

Es hatte wieder angefangen in großen Tropfen zu regnen, und die Straßen waren menschenleer. Doch Tahsin scherte sich nicht und eilte in der Hoffnung, den Hinkenden zu treffen, mit dem Vogel auf dem Rücken kreuz und quer durchs Ladenviertel. Der Regen wurde immer stärker, vom Norden blies wieder der kalte, schneidende Poyraz, zerzauste das Gefieder des Falken.

Murat den Einwanderer, einziger Straßenkehrer des Orts, dauerte dieser Junge mit dem Vogel auf der Schulter, der da durch das Ladenviertel irrte, und er fragte sich, was dem Armen wohl Schlimmes widerfahren sei.

»Schschscht, Bruder, wie ich so sehe, wanderst du hier dauernd auf und ab. Wenn du magst, dann sag es mir: Hast du irgendeinen Kummer?«

Tahsin der Windhund hatte ihn nicht gehört und setzte seinen Rundgang fort.

»Schschscht, Junge, schschscht!«

Er zog ihn am Arm, die beiden standen sich Aug in Aug gegenüber, und Murat der Einwanderer wiederholte seine Frage. Und Tahsin antwortete, er suche den Meister der Spurensucher mit dem breitkrempigen Hut, Ali den Hinkenden, der im Haus des Molla Duran wohne.

»Na, dann los, ich bringe dich zu ihm«, sagte Murat der Einwanderer und hängte sich bei Tahsin ein. »Dein Vogel ist aber schön, Junge, doch ihr seid beide so durchgeregnet, daß ihr noch krank werdet.«

Sie kamen bald zum Haus des Molla Duran Efendi.

»Molla Duran Efendi, he, he! Molla Duran Efendi!«

Auf den Ruf Murat des Einwanderers erschien Ali der Hinkende auf dem Balkon.

»He, du, dieser Junge sucht dich, Ali Efendi. Zieht den ganzen Tag durchs Ladenviertel und redet in einem fort von Ali Efendi, dem Meister der Spurensucher.«

Ali der Hinkende hatte Tahsin den Windhund sofort erkannt.

»Ich komme«, rief er, »daß es dir gutgehe, Murat Efendi!«

»Gern geschehen, auch dir möge es gutgehen ...«

Schon auf der Treppe fragte der Hinkende: »Woher kommst du denn in diesem Zustand?«

Tahsin des Windhunds ganzer Körper schien blutleer, sein Gesicht war wachsbleich.

»Komm erst einmal mit herauf!«

Er führte ihn nach oben, brachte ihm Unterwäsche, legte sie vor ihm hin und sagte: »Nebenan kannst du den Vogel absetzen und deine Wäsche wechseln!«

Molla Duran Efendis Frauen, Pflegekinder und Dienstboten kamen und gingen, wollten von Ali dem Hinkenden etwas über diesen Burschen mit dem Vogel erfahren. Zuletzt kam auch noch Duran Efendi, der schon auf dem Markt von einem jungen Mann gehört hatte, der mit einem Vogel auf der Schulter in seinem Haus verschwunden sei.

»Wer ist es, Ali?«

»Der junge Läufer, der uns die Nachricht von Ince Memeds Tod überbrachte.«

»Der danach vor Erschöpfung in Ohnmacht gefallen war?«

»Derselbe«, antwortete Ali der Hinkende. »Nach meiner Meinung hat er wieder etwas zu berichten. Er kam wieder gelaufen, diesmal sogar durch den Regen. Jetzt zieht er sich um.« Dann ging er in die Küche, holte eine Pluderhose und brachte sie Tahsin dem Windhund: »Zieh die auch an!«

Nachdem Tahsin die Pluderhose angezogen hatte, führte er ihn zu Molla Duran. »Das ist der Junge, Efendi.«

»Ich habe ihn wiedererkannt«, antwortete Molla Duran, »folgt mir!«

Ali vorweg, dahinter Tahsin der Windhund mit dem Vogel auf der Schulter, folgten sie Molla Duran Efendi in ein geräumiges Nebenzimmer. Die Wandsofas hier waren mit weißem, rosengemustertem Leinen bestickt und dufteten nach Seife.

»Einen Tee, Ali«, sagte Molla Duran Efendi. »Vielleicht ist der Junge auch hungrig … Vielleicht hat er einen weiten Weg hinter sich.«

»Ich bringe Ihnen eine Nachricht«, freute sich Tahsin der Windhund. Doch sein Gesicht verfinsterte sich, als er an das Essen und den Kebabverkäufer dachte. »Gegessen habe ich, als ich in die Stadt kam«, sagte er, »aber wenn ich einen Tee bekommen könnte, hörte ich auf zu frieren.«

Ali stand auf, ging in die Küche und brachte drei große Glas Tee auf einem silbernen Tablett.

Während Tahsin der Windhund trank, sagte er kein Wort, aber dann sprudelte es ihm über die Lippen, und er erzählte seine Geschichte bis in die kleinste Einzelheit.

»Da seht«, sagte er zum Schluß und zeigte auf den Vogel, der auf einem Stuhl angebunden war, »vor dem Pferd hat er mich gerettet. Hätte ich Onkel Vahap den Vogel nicht gestohlen, wäre ich jetzt nicht hier. Das Pferd hätte mich in Stücke gerissen.«

»Und du hast Ince Memed mit deinen eigenen Augen ganz genau gesehen?«

»Ganz genau. Und wenn es nicht stimmt, sollen diese Augen auslaufen ... Ich sah Ince Memed, niemanden anders. Als ich ihn erblickte, wollte er mir nicht sagen, daß er Ince Memed sei.«

»Kanntest du ihn denn von früher?«

»Sieh dir meinen mißtrauischen Onkel an! Ich kannte ihn schon, als er noch in seinem Dorf lebte. Und wenn er auf Raubzug war, blieb er auch in unserem Dorf. Da sah ich ihn jeden Tag.«

»Nun gut, wie sah Ince Memed denn aus?«

Tahsin der Windhund blickte hilfesuchend Ali den Hinkenden an, aber der hielt den Kopf gesenkt und schwieg. Sollte er Ince Memed beschreiben? Bisher hatte es ihm nur Ärger gebracht ...

»Also, mein Junge, erzähle: Was für ein Mann ist dieser Ince Memed?«

»Hast du ihn denn schon einmal gesehen, Duran Aga?«

Duran Efendi lachte: »Na, und ob ich ihn schon einmal gesehen habe.«

»Und genau so sieht er aus.«

»Wie denn?«

Jetzt fühlte sich Tahsin der Windhund in die Enge getrieben, darauf mußte er etwas antworten.

»Er hat einen Schnurrbart so groß wie Büffelhörner, und hockten sich zwei Männer im Schneidersitz auf seine Schultern, beschwerten sie sich nicht, sie säßen eng. Seine Augen sind so groß wie die von Pferden, seine Arme stark wie Baumstämme.«

Molla Duran Efendi fing an zu lachen: »Mensch, daß dein

Herd nicht verlösche, Tahsin! Du sprichst nicht von Ince Memed, sondern von Köroğlu, wie ihn der Blinde Sänger beschrieb.«

»Das ist es! Ince Memed sieht aus wie jener Köroğlu.«

Nun lachte auch Ali der Hinkende.

Molla Duran Efendi wandte sich an ihn: »Ali, wenn die Kleider dieses Jungen getrocknet sind, bring ihn zum Konak des Murtaza. Vielleicht gibt er ihm ein bißchen Geld. Schließlich hat der arme Junge viel durchgemacht. Dieses verrückte Pferd wollte ihn sogar töten. Welch ein Glück, daß dieser Vogel ...«

»Hätte mich getötet«, seufzte tief Tahsin der Windhund. »Hätte keinen Schritt vom Zelt hierher machen können, wenn dieser Vogel nicht gewesen wäre!«

»Gott hat dich vor Ince Memeds Pferd geschützt, Bruder Tahsin«, sagte Ali der Hinkende und klopfte ihm beruhigend auf die Schulter.

»Gott hat mich beschützt ...«

Molla Duran Efendi hatte beim Gericht noch etwas zu erledigen; er verabschiedete sich, nahm Schirm und Mantel und ging hinaus in den stärker gewordenen Regen.

Die beiden anderen blieben im Zimmer, unterhielten sich noch bis zum Nachmittag, bis auch die Kleider trocken waren und der Regen schwächer wurde. Dann brachte Ali seinen Gast zum Konak des Murtaza Aga, zeigte ihm das wuchtige Tor und kehrte um.

»Murtaza Aga, Murtaza Aga«, brüllte Tahsin der Windhund, der sich vor das Hoftor gestellt hatte. »Murtaza Aga, ich bin gekommen, ich!«

»Du bist herzlich willkommen, aber wer bist du?« rief lachend Murtaza Aga, der auf den Balkon herausgetreten war, in den Hof hinunter. »Leute, macht das Tor auf, wir wollen doch sehen, wer da im Regen zu uns gekommen ist!«

Nachdem die Gefolgsleute Tahsin den Windhund eingehend verhört hatten, führten sie ihn nach oben.

»Wenn du ein Jäger bist, wo ist deine Beute?« fragte der Aga neugierig, als er auf Tahsins Schulter den Falken erblickte.

»Ich bin kein Jäger, ich bin Tahsin der Windhund. Ich hatte

Ihnen die Freudenbotschaft von Memeds Tod überbracht, und du hattest mir Geld gegeben … Aber jetzt bringe ich dir eine Nachricht, eine Nachricht … Ich habe Ince Memed gesehen und weiß, wo er ist.«

»Wo?« Murtaza Agas Augen strahlten. »Gesegnet seien deine Worte!« sagte er. »Und ich werde dich mit Geld und Gold überhäufen, werde dir Felder geben, werde dich viermal verheiraten. Komm, komm herein und erzähle … Und laß nicht das geringste aus!«

Sie gingen ins Wohnzimmer. So hatte sich Tahsin der Windhund den Empfang vorgestellt. Er flog vor Freude und war voller Zuversicht. Nachdem er den Vogel auf einem Stuhl festgebunden hatte, ging er zu Murtaza Aga, setzte sich ihm gegenüber und sah ihn liebevoll an.

»Als ich damals von dir das Geld bekommen hatte, bin ich gleich fortgelaufen. Doch als du niemanden schicktest, mir das Geld wieder abzujagen, und als Ince Memed doch nicht gestorben war … da habe ich mir gesagt, so viel Gutes kann ich diesem schönen Aga nicht schuldig bleiben. Darum werde ich für ihn Ince Memed suchen gehen und ihm diesmal den lebendigen Ince Memed melden. Ihm melden, damit der Hauptmann und der Gefreite Ali Pascha die Echse ihn gefangennehmen und aufhängen …«

Und dann holte Tahsin der Windhund noch weiter aus, erzählte lang und breit, was ihm alles zugestoßen war, und schloß mit den Worten: »Schau, wenn der da nicht gewesen wäre, säße ich jetzt nicht hier. Mich hat dieser Vogel gerettet. Und wenn Onkel Vahap mir wegen dieses Vogels nicht die Kehle durchschneidet …«

»Wird er nicht«, unterbrach ihn Murtaza Aga. »Spätestens morgen werde ich einen Reiter zu Vahap schicken und den Vogel für dich kaufen. Dieser Vahap, ja, dieser Vahap kann mir gar nichts abschlagen.«

»Inschallah!« sagte Tahsin der Windhund und senkte den Kopf.

»Mensch, Tahsin Efendi!« lachte Murtaza Aga, schlug Windhund auf die Schulter und zeigte dabei die Oberreihe seiner glänzenden Goldzähne. »Mensch, Tahsin Efendi, nun hast du mir alles der Reihe nach erzählt, nur was für ein Mann Ince Memed ist, samt Größe, Breite, Haar und Nase, das hast du überhaupt nicht erwähnt.«

Tahsin der Windhund hatte schon geglaubt, dieser gefährlichen Frage ausgewichen zu sein, doch da war sie wieder. Nachdem er eine Weile überlegt hatte, wie er sich am besten herauswinden könne, kam ihm der rettende Gedanke: »Er ist wie du«, antwortete er voller Freude. »Wie du ein schöner stattlicher Mann. Auch in seinem Mund schimmern goldene Zähne. Auch er ist freigebig wie du, auch er wollte mir wie du Gold geben, aber, weil's Räubergeld ist, hab ich's nicht angenommen. Hab ich recht getan, denn Räubergeld ist Geld der Sünde, nicht wahr?«

»Hättest du es nur genommen«, antwortete Murtaza Aga, »dem Schwein eine Borste gezogen.«

»Muß ich nicht haben«, entgegnete Tahsin und ergriff Murtaza Agas Hand. »Ich will das Geld eines Räubers nicht, denn ich habe einen mächtigen Aga. Und wenn durch mich Ince Memed gefangen wird, macht dieser Aga mich so reich wie Harun.«

»Das werde ich«, nickte Murtaza Aga und warf sich geschmeichelt in die Brust. »Aber jetzt laß uns zum Hauptmann gehen. Und der soll sofort mit seinen Gendarmen zum Hort der Vierzig Augen aufbrechen und Ince Memed vernichten.«

Man brachte Murtaza Agas Umhang, einen weiteren für Tahsin den Windhund, denn draußen fiel Regen, als habe der Himmel alle seine Schleusen geöffnet.

»Er hört überhaupt nicht auf«, sagte Tahsin der Windhund. »Berge und Wälder werden zu Seen. Wie gut, daß ich dich in diesem Regen noch erreicht habe.«

Der Hauptmann hatte bereits erfahren, daß Tahsin mit Nachrichten über Ince Memed in die Stadt gekommen war, und wartete schon eine ganze Weile; mit ihm Unteroffizier Asim und Gefreiter Ali die Echse. Der Hauptmann empfing seine Besucher schon an der Tür. Für Tahsin den Windhund wurde Tee bestellt.

»Nun erzähle, junger Mann!« begann der Hauptmann mit schmeichelnder Stimme. Daß er das Wort persönlich an ihn richtete, erfüllte Tahsin den Windhund mit Stolz. Diesmal fing er ganz von vorn an. Wie Ince Memed verwundet wurde, wie er vom Pferd fiel und die Nomaden ihn in den Bergen verbargen, wie Mutter Hürü dem schon Sterbenden mit Granatäpfeln vom Närrischen Tal zu Hilfe eilte, wie sie anschließend Mütterchen Sultan vom Hort der Vierzig Augen herbeiholte und die beiden Ince Memed mit Salben und Elixieren heilten. Und daß er dies alles auf seiner Suche nach Ince Memed erfahren habe, meistens von Kindern. Danach erzählte er die Sache mit dem Pferd, ging vom Pferd über auf Onkel Vahap und von Onkel Vahap über auf den Vogel.

»Und dieser Vogel hat mir das Leben gerettet, sonst hätte mich Ince Memeds Pferd gefressen. Und mein Aga hat Onkel Vahap diesen Vogel abgekauft.«

»Weißt du genau, daß Ince Memed jetzt im Hort der Vierzig Augen ist, jetzt, in diesem Augenblick?«

»Er ist dort«, antwortete Tahsin der Windhund. »Wo soll er bei diesem Unwetter sonst hin? Als ich von den Bergen kam, war der Regen so stark, daß er Bäume und Felsblöcke mitriß. Er kann nirgendshin, er ist an den Hort gefesselt.«

»Er hat also keine Waffe dabei. Du hast ihn gesehen und mit ihm gesprochen, richtig?«

»Ich hab ihn gesehen und gesprochen.«

»Und warum, sagtest du, trug er keine Waffe?«

»Weil niemand, nicht einmal Mustafa Kemal Pascha, den Hort der Vierzig Augen mit Waffen betreten kann.«

»Und was ist, wenn er es doch tut?«

»Er kann es nicht.«

Jetzt ergriff Murtaza Aga das Wort, hielt einen langen Vortrag über den Hort der Vierzig Augen, dessen magische Macht und alle Wunder, die sich in seinen Mauern ereignet hatten. Für den Hauptmann und den Unteroffizier nichts Neues, sie kannten den Hort sehr gut.

»Dieses dumme Volk verehrt den Hort«, fügte Murtaza Aga hinzu, »Rückschritt und Aberglaube ist tief in den Seelen dieser Hammelherde verankert, und es braucht noch tausend Jahre, um sie davon zu befreien. Die vom Hort aber ziehen ihren Vorteil daraus, beuten das Volk aus, und so mancher vermacht ihnen mit Freuden sein letztes Schaf, seine letzte Ziege, seinen letzten

Hahn. Im Hort leben keine Männer mehr. Den Sitz des Priors hat jetzt eine Oberin inne. Und der ganze Taurus, Maraş, Kayseri und Antep eingeschlossen, betet sie an. Bis zum Freiheitskrieg lebten noch Männer im Hort.«

»Was ist aus ihnen geworden?« fragte der Hauptmann. »Wißt ihr mehr darüber als ich?«

Begeistert ergriff Murtaza Aga wieder das Wort: »Sie hatten sich freiwillig gemeldet. Von den sechzehn Mann sind alle sechzehn freiwillig in den Krieg gezogen. Und alle sechzehn sollen nebeneinander bei Dumlupinar gefallen sein. Die Griechen behaupten sogar, sie seien nicht von dem türkischen Heer, sondern von den in vorderster Reihe mit Schwertern kämpfenden und grüne Turbane tragenden hochgewachsenen Männern in weißen Gewändern geschlagen worden. Die hätten ihnen kein Pardon gegeben. Nichts als Aberglaube ... Aber unser Volk hält daran fest.«

»Und stimmt es, daß sechzehn Ordensmänner freiwillig in den Krieg gezogen sind?«

»Es stimmt«, antwortete Murtaza Aga. »Die ganze Stadt war damals in die Berge gezogen. Wir alle waren Fahnenflüchtige. Ich habe mich danach den Nationalen Streitkräften Mustafa Kemals angeschlossen. Ich habe alle sechzehn gesehen, wie sie mit ihren Bündeln auf dem Rücken zur kämpfenden Truppe gingen. Und das dumme Volk küßte die Erde, über die sie geschritten waren. Aberglaube ...«

»Und keiner ist aus dem Krieg zurückgekommen?«

»Sie kamen nicht zurück«, antwortete Murtaza Aga.

»Heißt das, diese Frau kümmert sich um den Hort?«

»So ist es«, sagte Unteroffizier Asim. »Eine alte Frau; sehr streng, redet mit niemandem.«

»Für dieses Volk gibt es also noch lange kein Entkommen aus Rückständigkeit, Lüge und Ausbeutung«, seufzte der Hauptmann. »Wo wir auch hinkommen, stoßen wir darauf. Und Ihr sagt, sie waren es, die im Freiheitskrieg in vorderster Reihe der Truppe gekämpft hätten.«

»Sie, ja, sie waren es«, rief aufgeregt Tahsin der Windhund. »Jeder weiß es, und als sie in vorderster Reihe der Truppe kämpften, vierzig Auserwählte sollen es gewesen sein, konnten alle Soldaten sie sehen. Auch Ali das Mädchen aus unserem Dorf, vielleicht kennen Sie ihn, hat sie vor den Schützengräben sehen können. Der Feind ließ einen Kugelregen auf sie niedergehen, und sie rückten einfach weiter gegen ihn vor. Und die feindlichen Soldaten, vor diesen Männern mit den grünen Turbanen in Angst und Schrecken versetzt, nahmen die Beine in die Hand und verschwanden.«

»Und jetzt befindet sich Ince Memed im Hort der Vierzig Augen, ist es so?«

»So ist es.«

»Und wenn wir dorthin kommen, werden wir ihn so leicht finden, als hätten wir ihn eigenhändig dahin gestellt, ist es so?«

»So ist es.«

»Und wenn das Pferd, ich meine Ince Memeds wildes Pferd, uns den Weg verlegt und uns auffressen will?«

»Dagegen gebe ich euch meinen Falken«, sagte Tahsin der Windhund.

Der Hauptmann und Murtaza Aga lachten schallend. Tahsin der Windhund, verwundert über diesen Ausbruch von Heiterkeit, lachte so lange mit, wie das Gelächter andauerte.

»Nun gut, du sagst, du hättest Ince Memed gesehen, sogar gesprochen, nicht wahr?«

»Ja, ich habe ihn gesprochen.«

Seit der beiden Ankunft wartete Gefreiter Ali auf eine Gelegenheit, sich einzumischen. Dieser Junge behagte ihm gar nicht. Denn Ali die Echse war selbst ein Kind vom Lande; er kannte jedes Äderchen in den Herzen der Dörfler und wußte auch, wieviel Füchse in ihren Hirnen lauerten. Und jedesmal fielen die Hauptleute und Murtaza Agas darauf herein.

»Willst du etwas sagen, Gefreiter Ali?«

»Ja, mein Hauptmann.«

»Dann sag es!«

»Nach meiner Meinung bereitet Ince Memed eine große Sache vor.«

»Was willst du damit sagen?«

Unteroffizier Asim antwortete für ihn: »Gefreiter Ali will

sagen, daß alles, was uns dieser Tahsin Efendi erzählt, frei erfunden sei.«

»Aber nein, bei Gott!« entsetzte sich, leichenblaß geworden, Tahsin der Windhund. »Warum sollte ich Märchen erzählen? Seht euch meine Füße an. Ich habe meinem Aga zuliebe die Berge und Täler so lange abgesucht, daß ich schon fünfmal gestorben wäre, hätte Gott mich nicht gerettet. Warum soll ich denn flunkern? Mein Aga hat mir viel Geld gegeben, da wollte ich ihm etwas Gutes tun. Ince Memed sollte meinen Aga nicht töten, damit, wenn er am Leben bleibt, er mir viel Geld und noch mehr Felder schenkt und ich heiraten und eine Familie gründen kann. Denn ich werde ja immer älter. Auch meine Mutter sagte vor einigen Tagen: ›Du wirst nie heiraten können…‹ Und da kam dieser schöne Aga mit dem schönen Namen, und ich brachte ihm die Todesnachricht von Ince Memed, und er gab mir viel Geld. Als das mit dem Tod von Ince Memed aber so nicht stimmte und ich hörte, daß Ince Memed immer Agas tötete, da habe ich zu mir gesagt, bevor Ince Memed auch diesen guten Aga tötet, muß ich Ince Memed finden, verhaften lassen, und mein Aga ist ihn los …«

Geschmeichelt sah Murtaza Aga Tahsin den Windhund mit lachenden Augen liebevoll an.

»Du behauptest also, Ince Memed gesehen zu haben, nicht wahr?« fragte der Hauptmann noch einmal.

»Ja, ich habe ihn gesehen.«

»Na, dann gib mir doch mal eine Personenbeschreibung, damit auch wir wissen, wie dieser Ince Memed aussieht!«

Tahsin der Windhund erschrak, dann packte ihn die Angst. Hilfesuchend sah er Murtaza Aga in die Augen, doch der, gut gelaunt, lachte nur. Welchen Ince Memed sollte er nur beschreiben? Bei jedem, für den er sich entschieden hatte, war er wie von einem Schachtelteufel böse überrascht worden, hatten die Leute ihm entweder nicht geglaubt oder sich über ihn lustig gemacht. Hatte er bis jetzt auch alles hinbekommen, Ince Memeds Personenbeschreibung wollte ihm nicht glücken. Dieser Ali der Hinkende ist ein sehr guter, sehr kluger und verständnisvoller Mann. Hätte er ihn doch nur gefragt, wie er diesen Leuten einen

Ince Memed beschreiben müsse, dann hätte der ihm schon erzählt, was für einen Ince Memed sie haben wollten.

»Also, dieser Ince Memed, na ja, dieser Ince Memed ist genau … ist genau …«

Dann schwieg er. Ob diese Beschreibung hierherpaßte? Seine und Murtaza Agas Blicke trafen sich, und ihm war, als ermunterte dieser ihn weiterzureden.

»Er sieht genau so aus wie hier mein Murtaza Aga, er hat die gleichen Finger und auch die gleichen Augen. Seine Ohren sind wohl etwas größer, aber sein Hals, seine Größe, alles ähnelt meinem Aga. Sogar wenn er den Mund aufmacht, glänzen drei goldene Zähne, und seine Nase ist wie die des Falken gebogen. Er lacht genau so warmherzig wie mein Aga, und auch sein Alter …«

Hier stockte er und überlegte.

»Und sein Alter … Nein er ist ein bißchen jünger. Und er ist schneller, schnell wie ein Windhund, der nicht ermüdet. Das ist alles. An den Füßen rotbraune Stiefel, um die Schultern einen Überwurf aus Maraş, bestickt mit Goldfäden. Auch der Kragen seines seidenen Hemds ist bestickt wie mit feinen Spitzen. Und er trägt einen goldenen Ring mit einem roten Stein. Den hat man ihm im Hort der Vierzig Augen gegeben.«

»Schweig!« erregte sich Gefreiter Ali. »Hat es jemals so einen Ince Memed gegeben? Schweig!«

»Ja, was für einen denn sonst?« fragte unterwürfig Tahsin der Windhund und ließ den Kopf hängen.

»Sehen Sie nun, mit wem wir es zu tun haben, mein Hauptmann?« bemerkte der Gefreite.

Der Hauptmann schwieg und überlegte.

»Ince Memed führt etwas im Schilde, mein Hauptmann, wir müssen vorsichtig sein!« meinte jetzt besorgt Unteroffizier Asim. »Auch sollten wir uns ernsthaft fragen, warum er den Hort der Vierzig Augen in sein Vorhaben einbezieht. Er bereitet bestimmt einen Handstreich vor und will unsere Aufmerksamkeit mit Hilfe solcher Elemente in eine andere Richtung lenken.« Und zu Murtaza Aga gewendet, fragte er: »Was meinen Sie dazu, Murtaza Aga, Sie sind doch ein Mann von großer Lebenserfahrung, käme auch nur ein Dörfler freiwillig wie dieser Junge her, um uns Ince Memeds Aufenthaltsort zu verraten?«

»Das täte keiner, aber dieser hier ...«

»Wer auch immer, Murtaza Aga ... Sag du uns, Gefreiter Ali, wie viele hast du in diesen Bergen schon halb tot oder zu Krüppeln geprügelt, wie vielen die Haut abgezogen und die Fingernägel ausgerissen, ohne aus ihrem Mund auch nur ein Wort über Ince Memed zu erfahren?«

»Ohooo!« antwortete kopfnickend Gefreiter Ali die Echse. »Hunderte, Tausende ... Nicht genug, daß sie dabei nicht die Wahrheit sagten – sie setzten sogar im letzten Stadium, also noch im Sterben, genau wie dieser Mann Gerüchte in die Luft, um uns zu täuschen.« Dann wandte er sich an den Hauptmann: »Soll ich mich mit ihm entfernen?«

»Nehmen Sie es uns nicht übel, Murtaza Aga, aber von dem da könnten wir etwas erfahren.«

»Aber mein Hauptmann, das ist ein einfältiger Junge. Ich denke mir ...« Doch dann erschrak Murtaza Aga. Diese Dörfler, überlegte er, sahen so unbedarft aus, doch man wußte nie, woran man bei ihnen wirklich war. In jedem von ihnen steckten hundert Füchse.

»Wir haben so unsere Erfahrungen«, sagte der Hauptmann bestimmt.

»Vielleicht haben Sie ja recht. Wie schade, er war so ein freundlicher, gutherziger Junge. Seinem Gesicht war der Spion überhaupt nicht anzusehen. Aber bei diesen Dörflern weiß man nie, Prügel sind wohl die einzige Sprache, die sie ...«

Tahsin der Windhund verfolgte seine Worte mit flehendem Blick, schaute ihn an wie ein Opferlamm.

»Mit Ihrer Erlaubnis ... Wir werden bald wissen, wer er ist. Gefreiter Ali, ab mit ihm!«

»Tötet mich nicht«, winselte Tahsin der Windhund, »ich bin meiner Mutter Einziger, seid bitte so gut und tötet mich nicht! Ich schenke euch auch den Vogel, der Ince Memeds Pferd die Augen aushackt.« Und während Gefreiter Ali ihn davonschleppt, wehrt er sich, fleht: »Aga, mein Aga, all das muß ich ertragen, weil ich dein Bestes wollte. Wäre ich doch nie in diese Stadt gekommen, hätte ich dich doch nie aufgesucht. Wäre dieser Ince Memed doch schon gestorben. Ich will dein Geld und Gold nicht, mein Aga, laß mich nur nicht von ihm töten! Ich werde alles sagen, wenn ihr mich nur nicht töten laßt. Befreit mich aus den Händen Alis der Echse!«

»Sehen Sie, Murtaza Aga, er hat ja schon angefangen zuzugeben …«

Und Murtaza Aga lachte, daß seine Goldzähne blitzten.

In der Tür gelang es Tahsin dem Windhund, sich für einen Augenblick aus dem Griff des Gefreiten Ali zu befreien. Er rannte zu Murtaza Aga und ergriff dessen Hand: »Liefere mich ihm nicht aus! Der zieht mir die Haut ab, der tötet mich. Ich sage, was ihr wollt. Ince Memed ist tot, tot, tot. Ich habe seine Leiche mit diesen meinen Augen gesehen.«

Sofort war Ali bei ihm und schleppte ihn mit seinen kräftigen Armen hinaus, wie sehr er sich auch wand und wehrte.

»Du wirst ihn doch nicht töten, Gefreiter Ali!« rief Murtaza Aga ihnen mit bekümmerter Stimme hinterher.

Nachdem Gefreiter Ali mit seinem Opfer verschwunden war, versanken der Hauptmann und Murtaza Aga in tiefschürfende Erörterungen über den Freiheitskrieg, und Unteroffizier Asim hörte ihnen mit gespannter Aufmerksamkeit zu. Nach Murtaza Agas Meinung waren alle, die mit dieser goldenen Tapferkeitsmedaille herumliefen, Fahnenflüchtige. In jenen dunklen Tagen habe nicht ein einziger von ihnen den Abzug einer Waffe berührt, ja, die Mehrzahl von ihnen eine Waffe nicht einmal zu Gesicht bekommen. Während der Kämpfe seien sie in einer schummrigen Bergschlucht verschwunden und nach dem Krieg in der Öffentlichkeit als Helden wiederaufgetaucht. Die wahren Helden dagegen waren Räuber wie Gizik Duran, Bayramoğlu, Rüstem der Safthändler oder arme Dörfler. Doch die hatten sich zurückgezogen. Die anderen aber fielen über die Ebene her, teilten den Grundbesitz der Armenier, das Weideland der Yürüken, die Felder und Äcker der Hohen Pforte untereinander auf und konnten nicht genug davon bekommen. Halil der Überschwengliche, Zülfü, der pensionierte Richter Hüdai, Mustafa Rüstü Bey, sie alle seien Betrüger, und alle, ob Çamuroğlus,

Tazigillers oder Yiğitoğlus, wie Zecken, die fünf Jahre Republik dick und rund genudelt hätten. Es gebe in der Çukurova nur zwei seit jeher verwurzelte edle Sippen, die Ramazanoğlus und die Karadağlioğlus. Letztere seien vielleicht noch edler als die erstgenannten. Denn diese Karadağlis stammten von den Dulkadiroğlus ab. Und die hätten ihre Töchter schon edlen Osmanen zur Braut gegeben und umgekehrt. Denn als sich das Land der Dulkadiroğlus schon von Maraş bis Malatya, von Harput bis Sivas erstreckte, da rackerten sich die Osmanen noch in Sögüt ab. Doch er, der bescheidene Murtaza, rede selbstverständlich nie von seinen ruhmreichen Ahnen, noch brüste er sich mit seinem in goldenen Lettern prangenden Stammbaum!

»Er hat geredet!« rief Gefreiter Ali, der schweißbedeckt mit hochrotem Gesicht hereinkam. »Ich hatte also recht: Ihn hat Ince Memed hergeschickt, der in den Bergen eine große Bande zusammenstellen will. Und zwar bald! Den Grund konnte ich aus Tahsin dem Windhund nicht herausbekommen. Entweder sagt er ihn nicht, oder er kennt ihn nicht. Aber die Stadt soll überfallen werden. Wenigstens so viel konnte ich ihm entlocken.«

»Unbegreiflich, unbegreiflich«, klagte Murtaza Aga und streckte die Händen gen Himmel. »Es ist doch unmöglich, unsere Dörfler zu durchschauen. Ohne Sie wäre ich diesem Jungen glatt auf den Leim gegangen. Wie fühlt er sich?«

»Wie ein Fisch im Wasser«, antwortete Gefreiter Ali. »Ließe ich ihn, könnte er sogar gehen. Er hat sich jetzt schon hochgerappelt und auch die Augen geöffnet.«

»Gut so«, sagte der Hauptmann.

»Der ist wenigstens kein Ausschuß, sondern erste Wahl«, begeisterte sich Gefreiter Ali. »Solche Menschen müßten einem immer unter die Finger kommen und dann nach vierzig Tagen Prügel noch ›Na und‹ sagen! Donnerwetter, dieser Ince Memed weiß, wie man Leute aussucht ... Und täuscht Euch nicht, daß dieser einen so jämmerlichen Eindruck machte – der ist in Höchstform. Was machen wir jetzt mit ihm, Hauptmann?«

»Übergebt ihn mir, ich habe ihn schließlich hergebracht!« bat Murtaza Aga. »Gebt ihn mir, und ich werde ihn für unsere Sache gewinnen. Anstatt einen so kräftigen Bauern Ince Memed zu überlassen, nehme ich ihn lieber zu mir, lasse seine Wunden verbinden und überrede ihn.«

»Aber er ist ein Verräter ...«

»Na wennschon, ich bitte Sie!«

»Bringt ihn her!« befahl der Hauptmann.

Bald danach brachten zwei Gendarmen Tahsin den Windhund, den sie eingehakt hatten, herein. Er konnte sich nicht auf den Beinen halten und hielt die Augen geschlossen. Aus Stirn, Wangen und Hals floß Blut. Seine Lippen waren aufgeplatzt, und sein Zeug hing in Fetzen.

»Lehnt ihn an die Wand und laßt ihn los!«

Sie lehnten ihn an die Wand. Eine Weile hielt sich Tahsin der Windhund wankend aufrecht, dann sackte er leblos zu Boden.

»Er kommt bald wieder zu sich«, sagte der Hauptmann. »Das hatte ich von diesem Jungen nicht erwartet. Wie sollen wir denn die Stadt gegen Ince Memed verteidigen? Wir haben zu wenig Gendarmen, und ein Teil von ihnen ist unerfahren. Laßt Ihr Euch etwas einfallen, Murtaza Aga?«

»Spätestens morgen werden sich die Notabeln der Stadt zusammensetzen. Wir müssen eine Lösung finden, mein Hauptmann. So geht es nicht weiter.«

»Aga, wir haben noch fünfzehn bis zwanzig Tage Zeit ... Früher bekommt er eine Bande nicht zusammen.«

Währenddessen hatte Tahsin der Windhund schon dreimal die Augen aufgeschlagen und wieder geschlossen.

»Tahsin, mein Sohn, hast du gemerkt, daß du deine Augen geöffnet hast?«

Tahsin der Windhund schlug die Augen wieder auf und verzog seine aufgeplatzten Lippen zu einem gequälten Lächeln.

»Geht es dir gut?«

»Es geht mir gut«, antwortete Tahsin der Windhund und versuchte erneut zu lächeln. »Gott segne den Gefreiten Ali die Echse, weil er mich nicht getötet hat! Auch du sollst leben, mein Aga. Aber es wäre besser gewesen, du hättest mir nicht so viel Gutes getan.«

21

Auf einer felsigen Waldlichtung machte Ince Memed halt. Eine Quelle, die ganz in der Nähe am Fuß einer weißen Felswand sprudelte, hatte über hellem Kieselgrund einen Teich gebildet, in dem kleine Fische mit roten Pünktchen von einem Stein zum andern flitzten. Zwischen den Felsen war hier und da violett blühende Poleiminze geschossen. Der prasselnde Regen peitschte die Wasseroberfläche, daß sie aussah wie ein blatternarbiges Gesicht. Hin und wieder trübte Wildwasser den Teich, wurden Kiesel und Fische für eine Weile unsichtbar, bis der Schlamm weitergeschwemmt war. Es duftete nach Gestein, feuchtem Oregano, Wasser und Erde.

Memed war erschöpft. Er hockte sich auf einen Stein und lehnte den Rücken gegen die Felswand. Durch die Nässe waren die Gewebemaschen seines Umhangs aus Wolle und Angorafasern so zusammengeschrumpft, daß sie kein Wasser durchließen. Während des ganzen Weges hatte er an Mutter Hürü denken müssen und sich zugleich frei und glücklich gefühlt. Ihre Liebe war unerschöpflich, sprudelte so hell wie dieser Quell, wärmte jeden, der in ihre Nähe kam, ob Mensch, Wolf und Vogel, Freund oder Feind. Wer Mutter Hürü in die Augen schaute, ihre herzenswarme Liebe kostete, konnte nicht unglücklich sein, konnte keine Menschen töten, keine Untaten begehen. Sie war Memed seit frühester Kindheit Kraft und Quell von Liebe gewesen, und auch in finstersten Tagen, ja, sogar nach Hatçes Tod, als er sich schon aufgeben wollte, hatte ihre Liebe, ihre Herzenswärme und Klugheit sein Inneres wieder erhellt, ihn ins Leben zurückgeholt. Und dann waren da noch Battal Agas Worte, die er bis an sein Lebensende nicht vergessen wird: daß vielleicht tausend neue Agas kämen, wenn von ihnen einer ginge, dagegen aber zehntausend, ja hunderttausend Ince Memeds bereitstünden, um einen scheidenden Ince Memed zu ersetzen. Der Agas sind wenige, der Armen aber sind viele. Immer wieder hatte er sich diese Worte eingeprägt, und jedesmal, wenn er sie wiederholte, durchströmten Licht und Liebe sein Inneres, liebkosten seine

Augen Berge, Wolken, jene reißenden Wildwasser und zuckenden Blitze. Auch diesen kleinen Kerl, der in die Stadt rannte, um ihn zu verraten, hatte er liebgewonnen. Wer weiß, wieviel Geld sie ihm für seine Heimtücke zahlen. Seine Augen flackerten schon wie die eines Malariakranken. Bei seinem Anblick war der Kleine ja zuerst vor Schreck wie gelähmt gewesen, doch dann, als er mit geölten Fußsohlen davoneilte, wäre er vor Freude fast in den Himmel geflogen. Bestimmt hatte er die Stadt schon längst erreicht und von den Agas und dem Hauptmann der Gendarmen seinen Botenlohn bekommen. Die Gendarmen, und da hatte Memed seine langjährigen Erfahrungen, würden bei diesem Unwetter keine Nasenspitze zur Stadt hinausstrecken. Insofern war er beruhigt. Er würde hier also eine Höhle oder trockene Felsnische suchen, erst einmal seinen Hunger stillen und dann »Nimm die Beine in die Hand!« sagen … Aber wohin? Für ihn war die ganze Welt zur Falle geworden. Unter jedem Stein, in jeder Ecke, hinter jedem Busch lauerte das Unheil auf ihn. Wie sollte er Seyran aus dem Dorf herausholen, wie mit ihr diese Berge überqueren, wo einen Unterschlupf finden? An das Bandenleben hatte er sich gewöhnt, was sollte er denn jetzt anderes tun, was konnte er überhaupt? Ich lasse mich als Gefolgsmann eines Agas anheuern, und pflügen kann ich auch, lächelte er vor sich hin. Vielleicht würde er auch in die Çukurova hinunter, nach Adana, ans Meer, in Dursuns Dorf, wie hieß es schon wieder, und dort in den Obstgärten arbeiten, würde für sich und Seyran zwischen Apfelsinenbäumen ein ganz kleines Haus bauen, und nach einigen Jahren käme Mutter Hürü nach und kümmerte sich um die Kinder. Wenn dann die lauen Frühlingstage kamen, überzogen mit der wärmenden Sonne duftende Blüten wie weiße Wolken die Haine. Dieser Duft blühender Orangen, Zitronen und Pomeranzen berauschte die Menschen und alle anderen Geschöpfe, ob Bienen oder Vögel, ob Schmetterlinge, Frösche oder Schlangen, so, daß sie sich wie von Sinnen in einem Taumel von Trunkenheit wehrlos den Launen der Natur ergaben. Einmal, im Frühling, als die Orangenhaine sich wie weiße Wolken wellten und mit ihrem Duft die ganze Welt berauschten und Ince Memed in einem der Gärten bei Mondschein eine Nacht verbringen mußte, da war er so außer sich, daß er von einem Baum zum andern taumelte und sich drei Tage und Nächte nicht von jenem Ort trennen konnte. Ja, Seyran würde auch nach Orangenblüten duften, die Kinder, der Regen, der Frühlingswind, die staubige Erde, alles würde nach Orangenblüten duften, bis hin zu den Wellen des Mittelmeers. Er würde sich auch ein Pärchen weiße Tauben kaufen, und zwar von denen, die am Himmel achtzehn Purzelbäume schlagen konnten ... Und einen Falken würde er haben, einen Falken auf weißer Krücke vor ihrem weißgetünchten Haus! Denn in der Çukurova gab es in Küstennähe viele Wachteln. Schon frühmorgens auf der Jagd, würde er die Vögel aus Sträuchern und Büschen aufscheuchen und seinen Falken auf sie loslassen. Und Mutter Hürü würde mit ihrem zahnlosen Mund und von Fett triefendem Kinn das zarte Fleisch der Wachteln essen und schon auf dieser irdischen Welt erleben, wie die Tage auch sein können. Und Seyran würde immer lachen. Denn wenn sie lachte, war sie am schönsten.

Eine ganze Weile hockte er in Gedanken an Seyran da, starrte ins helle Wasser, stellte sich ihr Gesicht vor, wie sich die Grübchen ihrer Wangen mit zartem Kräuseln vertieften, so daß einem vor Liebe ganz warm wurde ums Herz. Und von ihrem dunklen, sanften Gesicht strömte ein Duft, der seine Sinne verwirrte. Er sehnte sich nach ihr. Auf schnellstem Weg mußte er zum Hort der Vierzig Augen, dann sofort zurückkehren, Seyran holen und mit ihr in die unbekannte, namenlose Fremde ... Diese Worte liebte er: unbekannte, namenlose Fremde. Sagte Karacaoğlan nicht auch: Solang es nicht in unbekannte, namenlose Fremde zieht, trennt sich das Herz nicht von der Liebsten ... Wenn sie dann in dieses betörend nach Orangenblüten duftende Haus eingezogen sind, werden Seyran und die Kinder auch arbeiten, einzig Mutter Hürü wird nicht mehr arbeiten. Und er wird sich geradewegs zum Anavarza begeben, das Grab Recep des Sergeanten aufsuchen und es wie eine Türbe herrichten. Wer wird bei so einer Türbe schon darauf kommen, daß es das Grabmal eines Räubers ist; und Dörfler und Yürüken werden an Receps Türbe Opfertiere schlachten und Votivtücher in die Bäume binden.

Lautes Rollen von Steinen, die das herabstürzende Regenwasser mit sich riß, erfüllte die Luft, Blitze zuckten. Memeds ganzer Körper spannte sich vor begehrlicher Sehnsucht, als er wieder an Seyran dachte, während er gleichzeitig vom Scheitel bis zu den Zehen erschauerte.

In der Nase noch den Duft von Orangenblüten, über seinem Kopf noch Wolken trunken taumelnder Schmetterlinge und Schwärme berauscht tölpelnder Vögel, stand er auf und machte einige Schritte auf den Teich zu. Es blitzte, und gleichzeitig sprang ein blutrot glänzender Fisch in die Höhe, ließ sein purpurnes Licht an der Wasseroberfläche weiter leuchten, während er selbst in der Tiefe verschwand. Ince Memed lächelte glücklich. Egal, wie das Ende aussah, dem Leben der Gesetzlosen abzuschwören war richtig gewesen.

Als er um den runden Felsen herumgegangen war, sah er die rauchgeschwärzte Höhle und beschleunigte seine Schritte. Der Boden der Grotte war mit Kieseln bedeckt. Die glatten Steine stammten offensichtlich aus einer Zeit, da hier noch eine Quelle sprudelte. Wohin das Wasser nur verschwunden war?

Er holte seinen Proviant hervor, auch in den Tragbeutel war kein Wasser eingedrungen. Die Yürüken verstanden ihr Handwerk! Was sie webten, war meistens wasserdicht. Er wickelte das Fladenbrot und den Käse aus, zerquetschte eine Zwiebelknolle und aß sich rundum satt. Danach fühlte er sich gleich wohler und meinte, daß eine Rast nicht mehr erforderlich sei. Je eher er von diesen Bergen herunterkam, desto früher konnte er in den Orangenhainen sein. Wie Seyran denn in Zukunft heißen müßte, fragte er sich und lächelte. Welcher Name wohl zu ihr paßte? Der Name ihrer Mutter war Döne. Und wenn sie eine Tochter bekämen, sollte sie vielleicht ... Gazel heißen. Gazel – was für ein schöner Name ... Nach der Sache mit Abdi Aga hatte er sich eine Zeitlang in die Berge zurückgezogen, zu den Kurden. Dort war ihm ein Mädchen aufgefallen, schön wie ein Schwan, und ihr Name war Gazel. Seyran wird in Zukunft Gazel heißen. Und wenn sie eine Tochter bekämen, hieße sie auch Gazel. Mutter Gazel und Tochter Gazel ... Die Kurden in den Bergen hatten auch ein langes, schönes Lied gesungen, in dem der Name Gazel vorgekommen war. Da hatte Gazel ihn mit ihren schwarzen Augen so durchdringend angeschaut, daß ihm ein leichter Schauer über den Körper gelaufen war. Sie hatte ganz genau wie Seyran ausgesehen …

Orangengärten, ihr Duft, Gazel und Seyran, alles vermischte sich. Gemeinsam mit Seyran war er vor den Toren von Akçasaz die ganze Nacht durch kniehohe, gelbleuchtende Narzissen gewandert. Bis in den Tag hinein hatte die lau wehende Luft geduftet. Benommen war Seyran wie eine Gazelle durch die blühenden Narzissen geglitten. Und unentwegt drang aus den Sümpfen der angenehme Gesang eines Vogels zu ihnen herüber … Eingelullt von diesem Gesang, war Seyran auf seinen Knien eingeschlafen. Sie war so erschöpft gewesen, denn sie hatte Schweres erlebt. Noch immer, wenn sie Gendarmen gewahrte, zuckte es so eigenartig in ihrem Gesicht, blickten ihre Augen so verloren. Eine schreckliche Wut auf die Gendarmen stieg in ihm hoch. Sie hatten Hatçe getötet und Seyran bis an ihr Lebensende unheilbar verletzt … Dann schlief er ein.

Als er erwachte, hatte der Regen nachgelassen, waren die Sturzbäche schwächer geworden. In weiter Ferne zuckten noch Blitze, wetterleuchtete es in den Bergen. Er trat vor die Höhle und lockerte die Stiefelbänder, die seine Füße einschnürten.

Es fing schon an zu tagen, als er den Hort der Vierzig Augen erreichte. Noch streckten sich überall lange Schatten. Die Sonne fiel auf die vor Nässe dampfenden Felsen und erhellte die Wipfel der Bäume des dunkel ruhenden Waldes. Blaue Herbstkrokusse kauerten tief geduckt in Felsspalten, unter Sträuchern oder am Fuß von Bäumen, und verfärbten sich schon violett. Auf einer flachen Wiese entdeckte er eigenartig rosafarbene Tulpen, die, zusammengedrängt, die Köpfe hängenließen. Ein reißender Bach bahnte sich zwischen Felsen aus Feuerstein seinen Weg. Der Kamm des gegenüberliegenden Berges lag in gleißendem Licht. Memed verweilte eine ganze Weile bei diesem Anblick. Da ist er, der mächtige Berg, von dessen Haupt das Licht, ob Tag, ob Nacht, das ganze Jahr nicht weicht, schoß es ihm durch den Kopf.

Er betrat den Vorhof durch das zerfallene Tor. Die weißen, vom Regen gewaschenen Felsen der heiligen Stätte leuchteten.

Er beugte sich nieder und küßte den Boden. In der Mitte des Hofes verbeugte er sich noch einmal. Eine nie gekannte Scheu und Liebe bemächtigte sich seines Inneren. An der Schwelle angelangt, kniete er nieder und küßte sie dreimal. Als sich plötzlich die Tür öffnete, schreckte er zurück. Die Hand am Türflügel, stand jener hochgewachsene Mann vor ihm. Memed erhob sich und lächelte ihn an. Der Mann trollte sich, und Memed folgte ihm. Sie gingen durch einen dunklen Raum in einen zweiten. Der dritte Raum, den sie betraten, war groß und hell. Auf einem Wandsofa, das mit einem Fell bedeckt war, saß Mütterchen Sultan in weißen Gewändern, hatte eine neunundneunzig Perlen starke Gebetskette in der Hand und erwartete ihn. Er ging zu ihr, beugte sich ehrerbietig nieder, nahm ihre Hand, küßte und führte sie dreimal hintereinander an seine Stirn. Mütterchen Sultan zog ihn zu sich auf den Platz an ihrer Seite. Bald darauf wurde wohlriechender Kaffee hereingetragen. Ince Memed gelang es nicht, den Henkel des Täßchens zu fassen, so zitterten seine Hände. Doch Mütterchen Sultans Augen war es nicht entgangen. Sie nahm die Tasse vom Tablett und reichte sie ihm, und das brachte ihn vollends durcheinander.

»Ich habe dich erwartet, Ince Memed. Willkommen, mein Kind, geht es dir gut?«

»Es geht mir gut, Mutter«, sagte Ince Memed mit der Verlegenheit eines Kindes. Das Blut war ihm in Stirn und Wangen geschossen, sein Gesicht brannte.

Und er hatte im ganzen Raum nur Augen für das Schwert. Seit seiner Kindheit hatte er viel darüber gehört. Sänger, Barden und Geschichtenerzähler dieser Berge hatten Jahr für Jahr das in neunhundertneunundneunzig Versen mit goldenen Lettern geschriebene Abenteuer dieses Schwertes, das dort an der Wand hing, gesungen. Es hatte magische Kräfte. Doch nicht einer von den sechzehn, die in den Freiheitskrieg gezogen waren, hatte sich dieses Schwert umgeschnallt, und nicht einer von ihnen war von den Schlachtfeldern zurückgekehrt. Warum sie dieses magische Schwert wohl nicht mitgenommen hatten? Hätten sie es getan, wären sie vielleicht ohne einen Kratzer heimgekehrt, allesamt. Jetzt gab es keine Männer mehr im Hort, gab es keinen, der

Hasan Beys heiliges Schwert tragen konnte. Und da hing es nun, betrübt, gekränkt, einfach so an der Wand. Und so gut, sich dieses Schwertes würdig zu erweisen, konnte er selbst niemals sein. Nicht einmal Abkömmlinge der Sippe Hasan Beys, die ein Recht darauf hatten, waren jemals so beherzt gewesen, das Schwert von der Wand zu nehmen und mit ihm gegürtet in den Krieg zu ziehen. Ob der Hort so heruntergekommen war, daß niemand dieses magische, heilige Schwert tragen konnte? Wer weiß.

»Woran denkst du, Ince Memed, mein Sohn, du läßt ja das Schwert gar nicht aus den Augen?«

»Ich frage mich, warum unsere Ordensbrüder nicht mit diesem Schwert in den Krieg gezogen waren?«

»Ihre Kraft hätte dazu nicht gereicht. Es ist schließlich Hasan Beys Schwert! Nicht jeder hatte die Stärke, es zu führen, behaupteten mein Vater, meine Brüder und Onkel. Es flößte auch ihnen Angst ein.«

Padischah Saladin von Eyüp hatte sein heiliges Schwert Hasan Bey zum Geschenk gemacht. Und mit dem Schwert in der Hand hatte dieser Jerusalem und Damaskus vor jenen Gepanzerten mit dem Kreuz um den Hals beschützt und war im Kampf für diese heiligen Städte gefallen. Als nämlich eines Morgens der Padischah Saladin Eyüboğlu erschöpft und zerschlagen aus dem Schlaf erwacht war, hatte er Hasan Bey zu sich gerufen und ihm gesagt: »Aus Liebe und zu Ehren dieser aufgehenden Sonne, dieses funkelnden Lichtes im Himmelsgewölbe, dieser Wüste, dieses heiligen Jerusalem, dieser fruchtbaren Erde und grünenden Weiten wird sich in Zukunft dieses Schwert in deiner Hand gegen jene Gepanzerten richten und sich niemals ergeben. Nimm das Schwert, nimm deine Soldaten und zieh dorthin, wo sich der Tag neigt.« Und Hasan Bey hatte das Schwert ergriffen und seinen Gefährten zugerufen: »Auf in den heiligen Krieg, es gibt viel zu tun! Laßt uns nach Anatolien ziehen und weiter in das Land der Römer!«

In der Ebene von Konya trafen sie auf die Gepanzerten mit den Langschwertern und den Kreuzen um den Hälsen. Sie kamen zuhauf, ein Meer von Gepanzerten, überall Blitzen und

Klirren. Hasan Beys Heer in der Minderheit, die andern dreißigmal soviel.

Und in der Ebene von Konya begann ein erbarmungsloser Kampf. An jenem Tag fielen zehntausend von Hasan Beys fünfzehntausend Mann. Am Menschenfleisch fraßen sich in der Ebene von Konya die Adler und die Raben satt. Und wer von Hasan Beys Heer noch übriggeblieben war, der fiel am nächsten Tag. Mit nur vierzig Getreuen rettete sich Hasan Bey schließlich auf einen wohlgeformten Berg, der ihnen den Rücken gedeckt hatte. Doch zahlreich, wie der Feind war, umschloß er die mächtigen, schroff ragenden Hänge von allen Seiten. Den ganzen Tag kämpfte Hasan Bey gegen die zahlreich wie Ameisen anstürmenden Gepanzerten, und als der Tag sich neigte, lebten da oben mit ihm nur noch drei Mann. Sie zündeten auf dem Gipfel ein großes Feuer an und ruhten sich aus. Der Schein ihres Feuers beleuchtete die ganze Ebene. Der Morgen graute, und wie der Wolf in die Schafsherde stürzte sich Hasan Bey in das feindliche Heer. Die Feinde wollten ihn lebend haben, doch als die Sonne genau im Zenit stand, fiel Hasan Bey und mit ihm seine drei Freunde. Die Feinde brüllten vor Freude, und ihr Heerführer befahl: »Bringt mir sein Schwert! Denn dieses Schwert schlachtete schon unsere Ahnen, löschte ihre Herdfeuer!« Und sie suchten das Schwert und fanden es nicht. »Das geht nicht mit rechten Dingen zu«, meinte der Heerführer, »geht hin und schlagt Hasan Beys Leichnam den Kopf ab!« Die Gepanzerten gingen zurück, doch auch die Leichen waren nicht mehr da.

Am folgenden Tag kamen die Dörfler, da lagen die vierzig Toten mit einem Lächeln auf den Lippen nebeneinander wie in tiefem Schlaf, und nirgendwo an ihnen auch nur der kleinste Blutstropfen. Sie wuschen die Toten, wickelten sie in weiße Leichentücher und begruben sie. Doch plötzlich, und sie trauten ihren Augen nicht, entdeckten sie Hasan Beys Schwert, das sich am Kopfende des Grabes aufgerichtet hatte. Sie wollten es greifen, doch kaum hatte ein Dörfler die Hand nach ihm ausgestreckt, wich es zurück und verschwand im Innern der Erde. Und als die Dörfler sich zurückzogen, kam es nach und nach aus der Erde hervor, um sich an derselben Stelle wieder aufzurichten.

Wie oft sie es auch versuchten, das Schwert ließ sich nicht ergreifen. Bis schließlich ein Krieger auftauchte und ihnen zurief: »Vorsicht, Mitglieder der islamischen Gemeinde, dieses Schwert kann niemand hier herausziehen und mitnehmen! Bis zu dem Tag, an dem ein Krieger vom Stammbaum Hasan Beys, der auch Hasan heißen wird, auf diesen Berg steigt. Und nur dieser Krieger wird dieses heilige Schwert aus dieser Erde herausziehen und sich seiner bemächtigen können ...«

Die Jahre vergingen, Jahrhunderte gar, und das Schwert blieb dort, hielt Grabwache am Türbe Hasan Beys und seiner Recken, bis eines Tages ein Auserwählter mit Namen Hasan zum Hort der Vierzig Augen kam. Dieser stattliche Jüngling von siebzehn Jahren stieg eines guten Tages auf den Berg und entdeckte am Grabmal seines Ahnen Hasan Bey das Schwert, doch er wagte nicht, sich ihm zu nähern. Aber das Schwert ging zu ihm und streckte ihm den Knauf entgegen. Der Jüngling griff zu und brachte es in den Hort. Seit jenem Tag wird jener Berg Hasan-Berg genannt. Und seit jenem Tag ruht die Sonne jeden Morgen eine Weile auf seinem Gipfel, bevor sie weiter in den Himmel steigt.

Es wurde Abend, und nachdem Mütterchen Sultan ihr Gebet verrichtet hatte, ging sie in die Küche und kochte Memed eine duftende Suppe. Als sie gegessen hatten, nahmen sie auf dem Wandsofa Platz, blieben nebeneinander bis Mitternacht sitzen und sprachen nicht mehr.

Mütterchen Sultan unterbrach als erste das Schweigen.

»Du bist so still, Ince Memed, bedrückt dich irgend etwas, mein Sohn?« fragte sie.

»Ich verlasse die Berge, Mütterchen Sultan«, antwortete Ince Memed. »Die Räuberei ist nichts für mich. Bisher war ich niemandem von Nutzen. Ich werde Ince Memed töten und brauche dazu deinen Rat.«

»Was du im Innern für richtig hältst, das tu!«

»Das werde ich schon, aber wo soll ich hin, was soll ich anfangen? Mich drückt auch die Verantwortung für meine Frau, die unten im Dorf Vayvay auf mich wartet.«

»Und du weißt nicht, wohin?«

»Ich weiß es nicht, Mütterchen Sultan. Wenn Ince Memed stirbt, werden an seiner Stelle viele Ince Memeds kommen, denn von den Armen sind viele, von den anderen nur wenige. Wohin soll ich gehen?«

Sie schwiegen, hingen ihren Gedanken nach. Ince Memed ließ das heilige Schwert nicht aus den Augen. Es hatte keinen Herrn gefunden. Ob irgendwann wohl jemand käme, der es von dort herunterholen konnte?

»Und wenn ich nicht ginge, Mütterchen Sultan, wenn ich in diesen Bergen bliebe, mein Leben hier beendete, und träfe mich auch eine Kugel?«

Was Ince Memed von ihr erwartete, war ein Machtwort, klipp und klar. Er wartete darauf, daß sie »Geh nicht fort, mach weiter so, denn das ist dein Schicksal, und was auf deiner Stirn geschrieben steht, kannst du nicht ausradieren!« sagte. Ja, dann wär' er fein heraus.

»Tu, was dein Herz dir sagt!«

»Wie du meinst, Mütterchen Sultan ...«

Mütterchen Sultan stand auf, zog einen Schlüsselbund aus ihrer Tasche, setzte sich vor eine Truhe und schloß sie auf. Es klingelte leise, als sie den Deckel hob. Sie kam mit einem Siegelring zurück, den sie aus einem samtenen Tuch ausgewickelt hatte.

»Das hier«, sagte sie, »ist das Siegel des Horts. Nach mir wird es diesen Hort nicht mehr geben. Nimm den Siegelring an dich. Und kommst du nach Malatya, melde dich beim Hort des Gallentranks. Wenn du dieses Siegel vorzeigst, wird man dir Unterschlupf geben. Und streife diesen Ring nicht ab bis an dein Lebensende. Vielleicht ist er dir von Nutzen. Wenn dieser Hort untergeht, soll wenigstens sein Siegelring am Finger eines guten Menschen sein.«

Sie ergriff seine rechte Hand und schob den Ring behutsam über seinen Mittelfinger. Der Ring paßte, als sei er eigens für Ince Memeds Hand gearbeitet worden.

»Eigentlich hättest du nach meiner Meinung auch ein Recht auf dieses Schwert, aber ich bin nicht befugt, es jemandem zu geben. Nach meinem Tod wird sich das Schwert schon selbst entscheiden.«

Ince Memed beugte sich vor ihr in Ehrfurcht, küßte und führte ihre Hand dreimal an seine Stirn.

»Ich werde deinen Rat befolgen, Mütterchen Sultan«, sagte er voller Freude, und dabei spürte er, wie frische Kräfte reinigend seinen Körper durchströmten; er fühlte sich wie neugeboren.

»Dann will ich dir noch eine Suppe kochen und dich in die aufgehende Sonne entlassen.«

Bei Tagesanbruch aßen sie die Suppe gemeinsam aus demselben Napf.

Vom Licht der Morgensonne umflutet, eilte Ince Memed den Hang hinunter, als habe er Flügel. Bald hallten aus dem Wald zu seiner Rechten Totenklagen zu ihm herüber.

Bei einer Weggabelung blieb er stehen und horchte. Er war neugierig geworden, setzte sich auf einen Stein und wartete. Die Totengesänge kamen immer näher.

Zuerst sah er die Bahre und darauf ausgestreckt einen jungen Burschen mit wächsernem Gesicht. Die Arme des Toten hingen seitlich herab. Auch die ihn trugen, waren junge Männer. Die Gesichter waren wie erstarrt. Dicht vor Ince Memed blieben sie stehen – und sahen ihn nicht. Mit angsterfüllten Augen blickten sie um sich, stellten dann die Bahre auf einen weißen Felsen in ihrer Nähe ab, hoben die Arme des Toten an und schoben die Hände über seiner Brust zusammen. Bald darauf erschienen die Klageweiber mit den trauernden Dörflern. Sie bildeten einen Kreis um den Toten.

Memed stand auf und stellte sich neben einen alten Mann mit weißem Bart. »Mein Beileid«, raunte er ihm zu, »was ist diesem Jüngling denn zugestoßen?«

»Erblinden soll dieser Ince Memed, erlöschen möge sein Herd!« entgegnete der Alte. »Gestern nacht haben er und seine Männer unser Dorf überfallen, uns ausgeraubt und unseren Mädchen Gewalt angetan. Sie haben unser Leben zerstört.«

Mittlerweile hatten auch die andern Ince Memed entdeckt und kamen allein oder in kleinen Gruppen zu ihm.

»Und dieser ist mein jüngster Sohn. Sie haben ihn ohne Grund erschossen«, klagte der alte Mann, dessen Bart durchnäßt war von Tränen.

»Erblinden soll Ince Memed!« fluchte ein zweiter. »Verdammt soll er sein!«

Am Kopfende der Bahre saß eine Frau, die ihr Klagelied mit wiegendem Oberkörper begleitete und dabei Ince Memed in Grund und Boden verwünschte.

Ince Memed schwindelte, eine Welt stürzte über ihm zusammen, ihm wurde schwarz vor Augen, und er konnte sich nicht mehr auf den Beinen halten. Mit letzter Kraft schleppte er sich zu dem Stein, von dem er gerade aufgestanden war, kauerte sich nieder und nahm seinen Kopf in beide Hände.

Sein elender Zustand war den Anwesenden nicht entgangen. Aber auch die an der Bahre verließen den Toten und kamen herbei.

»Kanntest du ihn, kanntest du meinen Sohn, Wanderer?« fragte der alte Mann. »War mein Löwe auch dein Weggefährte? Seine Freunde waren zahlreich.«

»Die ganze Welt weint um ihn.«

»Der Herd jenes Ince Memed verlösche!«

»Eine geölte Kugel mache ihm den Garaus!«

»Und Köter zerreißen seine Leiche!«

»Kein Grab nehme ihn auf, daß er zum Fraß der Adler werde, inschallah!«

Jeder redete, doch ihm gelang es nicht, sich aufzuraffen. Schließlich löste sich aus der Menge ein hochgewachsener, verglichen mit den anderen besser gekleideter Mann mit goldener Uhrkette an der Weste und einer Pistole im Gürtel, faßte Ince Memed am Arm und sagte: »Kopf hoch, mein Freund! Und wenn es nicht Ince Memed, sondern ein böser Engel gewesen wäre, wir lassen Hasan nicht ungerächt in der Erde ruhen. Wir sind sechs Brüder und werden unsere Rache nehmen. Woher kanntest du Hasan?«

Memed blickte auf. Wenn seine Augen auch wieder diesen stählernen Schimmer hatten, war er doch noch sehr niedergeschlagen. »Wie sah dieser Mann, den ihr Ince Memed nennt und der Hasan getötet hat, denn aus?« fragte er behutsam.

»Verflucht sei sein Gesicht!« antwortete ein bärtiger alter Mann. »Er sah aus wie der giftige gelbe Tausendfüßler.«

»Ince Memed sieht nicht aus wie der gelbe Tausendfüßler.«

»Ja, wie sieht er denn sonst aus?«

»Ince Memed ist ein Mann wie du und ich.«

»Er ähnelte einer gelben Schlange.«

»Seine graublauen Augen blickten kalt.«

»Sein Gesicht war die Fratze des Todes.«

»Das muß ein Irrtum sein.«

»Kein Irrtum, Wanderer, ich kenne ihn, es war Ince Memed.«

»Hast du Ince Memed jemals gesehen?«

»Ich kenne ihn sehr gut.«

»Ince Memed könnte einen so jungen, stattlichen Hasan nicht töten. Ich kenne ihn nämlich auch.«

»Wir alle kennen Ince Memed.«

»Wer kennt ihn denn nicht …«

»Wer anders als Ince Memed kann noch so grausam sein, Wanderer?«

Auch die Frauen und Mädchen gesellten sich jetzt zu ihnen. Sie kannten Ince Memed natürlich noch besser als die Männer, kannten ihn schon seit seiner Kindheit, als er noch in Değirmenoluk die Ziegen hütete.

»Ein Ince Memed tötet keinen Hasan …«

Die Dörfler wurden immer ungehaltener. Als Ince Memed erkannte, daß nichts fruchtete, stand er auf, schlängelte sich mit gesenktem Kopf durch die Menschenmenge und setzte seinen Weg fort, während hinter ihm erneut Klagelieder aufstiegen.

Er konnte nichts denken, sich nicht erbosen, sich nicht grämen, spürte nicht einmal das Ziehen der Wunde unter seinem rechten Schulterblatt. Sein ganzer Körper war wie erstarrt. Und so ging er weiter bis zur Quelle am Waldrand. Erst beim Anblick des Wassers spürte er, daß er durstig war und hungrig. Er beugte sich über die Rinne und trank das kalte Wasser. Dann setzte er sich unter eine hohe Zeder und lehnte seinen Rücken gegen den Stamm. Das Gesicht des jungen Toten hatte ihn tief berührt. Er kannte ihn irgendwoher, doch woher, wollte ihm nicht einfallen.

Er holte den Proviant hervor, den Mutter Hürü ihm in den Brotbeutel gepackt hatte, und begann lustlos zu essen. Im selben Augenblick brach über ihm ein Höllenlärm los. Er blickte hoch und sah ganz in der Nähe eine dunkle Wolke von Vögeln schwirren. Der Vogelschwarm stürzte sich zur Erde, scherte, kurz bevor er den Boden berührte, bitzschnell aus, flog einen Bogen, stieg über den Wald empor und kam dann mit gleicher Geschwindigkeit wieder zurück. Als Ince Memed den Greifvogel entdeckte, der wie ein Pfeil immer wieder in den Vogelschwarm hineinschoß, wußte er sofort, was da vor sich ging.

Er war gar kein so großer Greif. Aber seine Flügel waren spitz wie Dolche. Er schien unentwegt in Bewegung zu sein, tauchte in den Schwarm hinein, verschwand in der Vogelwolke, bis sie aufstieg, kam keine Handbreit über der Erde wieder zum Vorschein, fing sich in dem Augenblick, da er aufzuschlagen schien, und jagte erneut dem Vogelschwarm hinterher. Memed hatte sich erhoben und ließ sich keine Bewegung da oben entgehen.

Der Kampf zwischen den Vögeln und dem Greif dauerte nicht lang. Als der mit unglaublichem Gekreisch herabstürzende Schwarm sich auseinanderstiebend schließlich zerstreute, sah Memed den Greif im Gras zappeln. Er eilte zu ihm. Offensichtlich hatte ein Flügel einen Dornenstrauch oder Zweig gestreift, nun hing er herab und schleifte am Boden. Memed ging näher heran; als der Vogel ihn erblickte, öffnete er die Flügel, versuchte zu fliegen, hob sogar ein bißchen ab, fiel dann aber wieder ins Gras zurück. Doch jedesmal, wenn Ince Memed sich ihm näherte, versuchte der Greif erneut, mit letzter Kraft aufzufliegen. Schließlich gab er auf, stürzte sich auf Ince Memeds Hand, als dieser sie ihm entgegenstreckte, und hackte mit seinem scharfen Schnabel in den Daumen.

»Ich kriege dich doch«, lachte Ince Memed. »Du bist ja noch ein Anfänger. Wärst du geschickter, hättest du dir den Flügel nicht gebrochen und längst angefangen, dort oben auf einem Ast deine Beute zu verzehren.«

Obwohl Memeds Hände schon voller blutiger Schrammen waren, gelang es ihm schließlich, den Vogel zu packen. Das Tier war völlig erschöpft, aber seine Augen rollten hellwach in ihren Höhlen, und es dachte nicht im entferntesten daran, sich zu ergeben. Ach, dachte Ince Memed, jetzt müßte ich Mütterchen Sultans Salben zur Hand haben und deinen Flügel damit einreiben! Ja, dein Flügelchen schön einsalben und wunderschön heilen. Er drückte den Vogel an seine Brust: »So ist sie, diese Welt, mein Anfänger mit den schönen Augen«, flüsterte er, »da ist kein Platz für Unerfahrene, die wie du so ungestüm und blindwütig daherkommen.«

Als er ihn streichelte, hackte der Vogel noch einmal in seine Hand, so daß die Haut wie von einem Messer getroffen aufklaffte. Memed leckte das Blut und tauchte die Wunde ins Quellwasser.

»Du kannst eben zwischen Freund und Feind nicht unterscheiden«, tadelte Ince Memed, »hättest du's gekonnt, wär dir das alles nicht widerfahren ...«

Das Abenteuer mit dem Vogel hatte ihn wieder aufgemuntert. Mit einem Faden, den er aus dem gewobenen Quersack schnitt, band er dem Greif die Fänge zusammen und legte ihn neben einen Stechdornstrauch. Dann aß er zu Ende, ging zur Quelle, tauchte seine Lippen in die Rinne, trank in tiefen Zügen, holte den Vogel und machte sich wieder auf den Weg. Ich bringe ihn zu Seyran, sagte er sich. Sie pflegt diesen Tolpatsch gesund und läßt ihn bei den Felsen des Anavarza fliegen. Dort wird er über Recep des Sergeanten Grab kreisen, sich vielleicht auf den Baum daneben setzen und sich künftig nicht mehr so linkisch anstellen. Er löste den Bindfaden von den Fängen und versuchte, nicht mehr an den getöteten Hasan zu denken. Jedesmal, wenn ihm der klagende Leichenzug einfiel, verscheuchte er das Bild mit Gedanken an Mutter Hürü oder Ferhat Hodscha oder Seyran.

Er stieg in ein Tal hinab. Die Gegend hier weckte in ihm verschwommen irgendwelche Erinnerungen. Hier wuchs der Stechdorn büschelweise von Gelb bis hin zu Rosa und Dunkelrot. Sogar die Stacheln der roten waren blutrot. Als glimmten überall auf den Hängen des Tales noch Gluthaufen von niedergebrannten Feuerstellen. Plötzlich hörte Memed in unmittelbarer Nähe das Keuchen eines Pferdes und blieb wie angewurzelt stehen. Keine fünfundzwanzig Schritte entfernt stand der Braune und beäugte ihn mit eigenartigem Blick. Memed setzte den Vogel auf den Boden, ging auf das Pferd zu, kam immer näher, doch als er seine Hand nach ihm ausstreckte, reckte es sich und glitt davon. Erst oben auf einem Felsen blieb es stehen, wieherte dreimal, drehte sich der Sonne zu und spitzte die Ohren. Memed schien, als sei der Braune ein bißchen abgemagert. Er ging zurück, nahm den Vogel hoch und schaute sehnsüchtig zum Pferd hinauf.

»Nimm dir ein Beispiel, mein Lieber«, sagte er sich, »wenn du dir noch einen Rest von Selbstachtung bewahren willst, nimm dir an diesem Pferd und an diesem Greif ein Beispiel!« Er streichelte den Kopf des Vogels. »Aber auch du, mein Greif, nimm dir ein Beispiel! Sieh dir das Pferd an. Es ist nur ein Tier, kann nicht sprechen, aber es unterwirft sich niemandem, weder jetzt noch in Zukunft ... In diesen Bergen wird es sterben, seine Knochen werden zu Staub zerfallen, aber wie Köroğlus Streitroß wird es sich niemals ergeben. Auch wenn es nur ein Tier ist und nicht sprechen kann ... Nimm dir ein Beispiel, wahnwitziger Memed, an diesem Vogel, an diesem Pferd!«

Er schlug die Richtung zur Schlucht der Roten Adler ein. Hoffentlich war der Stamm der Gelben Ziege noch nicht aufgebrochen! Mit dem verwundeten Vogel im Arm eilte er im Laufschritt weiter. Der Greif, mittlerweile beruhigt, hatte es sich in Memeds Armbeuge bequem gemacht und beäugte ihn mit friedlichem Blick.

Sowie er den Kamm, der vor ihm lag, erklommen hatte, müßte er das Lager schon ausmachen können, und der lebenserfahrene Battal Aga würde die Mundwinkel zu einem milden Lächeln verziehen und sich bei seinem Erscheinen schon alles zusammengereimt haben. Doch was sollte er ihm sagen, wie sich verhalten? Er wußte es nicht.

Als er den Hügel erklommen hatte, sah er den Lagerplatz vor sich liegen, doch die Nomaden waren schon aufgebrochen. Einige Feuerstellen schwelten noch, und die dünnen Rauchfahnen schlängelten sich zum Wald hinunter. Er betrachtete sie eine Weile, und plötzlich, wie von selbst, trugen ihn seine Füße den Hang hinab, dorthin, wo Battal Agas Zelt gestanden hatte. Noch zeichneten sich auf der Erde deutlich die Umrisse der härenen Teppiche und der Kelims ab. Nicht weit von ihm lagen verstreut die abgetragenen Opanken eines Kindes, ein alter, bunt bestickter

Wollstrumpf und das Mundstück einer Schalmei. Er hob es auf und blies hinein. Als Kind hatte er diese Mundstücke mit großem Geschick selbst geschnitzt. Er setzte sich auf einen Stein und spielte die Weisen seiner Kindheit. Wie oft hatte er versucht, auch Hatçe das Spielen beizubringen, aber es wollte ihr nicht gelingen. Er fand, daß Mädchen sich sowieso schwertaten, Schalmei zu lernen oder auch nur das Mundstück zu blasen.

Vor den Zeltplätzen steckten noch die gegabelten Pfähle der Krücken im Boden. Ganz in der Nähe lag ein Tonkrug mit schlankem Hals, um den ein Wespenschwarm schwirrte. Vor einem Zeltplatz war ein Busch Stechdorn gewachsen; er schimmerte taufrisch. In ein Erdloch, das von einer Zeltstange herrührte, war ein Taschenmesser mit zerbrochenem Griff hineingefallen. Ameisen zogen in der Vertiefung auf ihren schmalen Bahnen bergauf, bergab und schleppten in ihren Zangen Samenkörner mit sich. Ein winziger Vogel kam geflogen und setzte sich vor Memed auf eine Krücke. Man müßte ihn mit einem Steinwurf töten und das Fleisch dem Greif zu fressen geben, dachte Ince Memed. Er hob einen Stein auf und zielte auf den Vogel. Aber der Kleine war so bunt, so zerbrechlich und schön, daß er es nicht über sich brachte und den Stein behutsam auf die Erde zurücklegte. Wehmut überfiel ihn, und auch die Augen des verletzten Vogels blickten betrübt. Memed setzte ihn ab, und mit einem Satz war der Greif neben dem kleinen Vogel auf der Gabel. Der hob ab, umkreiste den Greif einigemal und flog dann im Zickzack über den Wald davon.

Auch Memed machte sich zum Wald hinunter auf den Weg. Als er um den Felsen bog, wo er zum erstenmal auf die Gendarmen gestoßen und verwundet worden war, stand er einem Trupp Gendarmen Aug in Aug gegenüber. Nachdem er seinen ersten Schrecken überwunden hatte, ging er beiseite, um die Kompanie vorbeimarschieren zu lassen. Doch als der Hauptmann, hoch zu Roß, vor ihm sein Pferd zügelte, blieben hinter ihm auch die Gendarmen stehen.

»Komm doch mal her, Dörfler!« sagte der Hauptmann.

Memed wurde bleich, hatte sich aber sofort wieder in der Gewalt.

»Was ist das für ein Vogel da in deiner Hand?«

»Ich weiß es nicht«, antwortete Memed, »er ist verwundet.«

Und dann erzählte er kurz des Vogels Abenteuer.

»Er hat also nichts fangen können? Keinen einzigen von so vielen Vögeln?«

»Keinen einzigen.«

»Und was wirst du jetzt mit ihm machen?«

»Ich werde ihn ins Dorf bringen, werde ihn pflegen und, wenn er gesund ist, im Wald freilassen.«

»Sehr schön. Wie heißt du?«

»Ince Memed.«

»Mein Gott«, lachte der Hauptmann, »in diesen Bergen heißt wohl jeder Ince Memed.«

»Ince Memed«, lächelte Memed.

»Da gibt es noch den Räuber Ince Memed, hast du seinen Namen schon einmal gehört, Ince Memed?«

»Wer kennt ihn nicht, diesen Namen.«

»Weißt du, wo er jetzt ist?«

»Ich weiß es«, antwortete Ince Memed schlicht und senkte den Kopf. »Er ist jetzt auf dem Akça-Berg.«

»Er soll eine Bande zusammenstellen …«

»Eine Bande von sechzehn Mann, wollen die Dörfler wissen.«

»Die werden mir doch sagen, wo er sich aufhält, nicht wahr?«

»Sie werden es sagen.«

»Nun, dann werde ich ihn auch erwischen.«

»Du wirst es, mein Hauptmann Faruk.«

»Ich bin nicht der Hauptmann Faruk. Ich gehöre zur Kommandantur der Gendarmerie von Maraş. Und ich werde Ince Memed gefangennehmen. Bevor Faruk ihn bekommt.«

»Des Zielstrebigen Hand sich noch keiner entwand, mein Hauptmann.«

»Hast du Ince Memed schon einmal gesehen?«

»Ich hab ihn gesehen, mein Hauptmann.«

»Was für ein Mann ist er?«

Memed senkte den Kopf, überlegte eine Weile und schaute dann dem Hauptmann gerade in die Augen: »Ein Recke wie du, mit großen Augen wie du, von brauner Hautfarbe und mit langfingrigen Händen wie du ... Wenn du ihn siehst, wirst du ihn gleich gern haben.«

Die strengen Gesichtszüge des Hauptmanns glätteten sich wohlwollend.

»Wo gehst du denn jetzt hin?«

»Ich gehe in die Kreisstadt.«

»Kannst du mir nicht zeigen, wo er sich aufhält?«

»Ich bin aus dieser Gegend, mein Hauptmann. Den Akça-Berg kenne ich nicht selber.«

Der Hauptmann trieb sein Pferd an.

»Bleib gesund, Ince Memed!« sagte er.

»Alles Gute, mein Hauptmann!« wünschte Ince Memed.

Ince Memed ging zum Wegrand und wartete dort, bis der Trupp vorbeigezogen war. Dann ließ er sich erschöpft auf einen Baumstumpf nieder. Sein Herz pochte. »Hatte ich eine Riesenangst!« sagte er zu sich und fuhr dann spöttisch fort: »Sollte ein Ince Memed denn auch Angst haben?« Ihm war eigenartig zumute. Schwankend kam er auf die Beine, machte einige Schritte, da wurden ihm die Knie weich, er kehrte um und setzte sich wieder auf den Baumstumpf. Der Vogel in seinem Arm hatte die Augen auf ihn gerichtet und betrachtete ihn mit Erstaunen. Er tätschelte ihn am Kopf, doch als der Vogel sich schüttelte, ließ er es sein und setzte ihn auf den Boden. Der eine Flügel hing kraftlos herab. Trotzdem versuchte der Greif aufzufliegen; es gelang ihm nicht, und er stürzte auf die Seite. Memed, der sich plötzlich so leer und einsam fühlte, lief hin und nahm den Vogel wieder hoch. Aber die Angst blieb, und auch das Tier an seiner Brust konnte seine innere Leere nicht ausfüllen. Ihm war, als fehle ihm etwas, als habe er keinen Arm, keine Beine, keinen Kopf. Er blickte den Gendarmen hinterher, bis der letzte im Dunkel des Gestrüpps verschwunden war. Dann stand er auf und begann zu laufen. Und als habe der Hauptmann gewendet, um ihn zu verfolgen, spürt er den Atem des schnaubenden Pferdes im Nacken. Zwischen den violetten Felsen des Süleymanli hindurch eilt er den Hang hinunter, durchquert von Stein zu Stein springend den Bach am Fuß des Berges und taucht am andern Ufer in den schützenden Schatten der Ahorne. Die Bäume hatten ihre roten Blätter noch nicht abgeworfen. Ganz in der Nähe entdeckte er zwischen Sträuchern einen Fuchs, der ihn ängstlich anstarrte und dann mit wehender Rute wie eine langgestreckte rote Flamme hinter Hecken wilder Rosen das Weite suchte.

Die Leere in seinem Innern wuchs, und eine unglaubliche Angst erfaßte nach und nach seinen ganzen Körper. Die Sippe der Gelben Ziege war bestimmt noch nicht weit. Da die Feuerstellen der Jurten noch rauchten, mußte der Stamm aufgebrochen sein, kaum daß der Morgenstern am Osthimmel aufging. Bestimmt war den schlaftrunkenen Kindern an Gesicht und Händen bitterkalt gewesen. In seiner Kindheit begann der Abtrieb von der Hochebene auch immer, wenn im Osten noch vor Sonnenaufgang der Morgenstern erstrahlte. Und weil er stets fror, besonders an den Händen, hielt Mutter Hürü sie fest umklammert, bis sie warm geworden waren.

Mitten im Wald befand sich eine üppig-grüne Lichtung. Dort pflegten die Yürüken haltzumachen, um an einer Quelle zu lagern, die mitten im Grün über glatte, weiße Kiesel sprudelte.

Am Nachmittag, kurz bevor er die Ebene erreicht hatte, fühlte er sich leicht wie eine fliegende Feder im leeren Raum. Gäbe es den Vogel nicht in seinem Arm, würde er nicht einmal daran geglaubt haben, wirklich zu sein. Irgend etwas, an das er gewohnt war, fehlte. Aber was es war, das wollte und wollte ihm nicht einfallen.

Schon von weitem hörte er den Lärm lagernder Nomaden. Wie er angenommen hatte, kam er von der grünen Lichtung. Als er um einen Felsen bog und unter hohen Zedern weiterging, konnte er die Zeltspitzen schon ausmachen. Doch weiter wagte er sich nicht. Was sollte er Battal Aga nur sagen? Er schlug sich nach rechts in die Büsche. Die Farnkräuter hier reichten ihm bis zur Brust, und der feuchte Wald duftete nach Harz, Humus, Minze und Herbstblumen so scharf und bitter, daß er davon wieder ein bißchen zu sich kam. Er schaute auf den Vogel, der hatte sich in seinen Arm gekuschelt, die Nickhaut wie einen Schleier über seine Augen gezogen und döste.

Er beschloß, die Nacht abzuwarten, bevor er das Lager aufsuchte. Auch wenn er sich vor den Hirtenhunden fürchtete. Sie waren groß wie Pferde, und entdeckten sie nachts einen Fremden, waren sie imstande, ihn zu zerfleischen.

Als er die Lichtung schon zum viertenmal umrundet hatte, entdeckte er den Hirten. Neben ihm einen rotgefleckten Hund, den ein mit metallenen Dornen bewehrtes Halsband schützte. Der Mann hatte sich über den kleinen Teich vor der Quelle gebeugt, die Ärmel hochgekrempelt, und jedesmal, wenn er ins Wasser griff, schnappte er mit großem Geschick eine Forelle und schleuderte sie auf den Rasen.

»Hirte!«

Der Mann hatte ihn gleich erkannt.

»Willkommen, Memed Aga!« rief er und kam mit dem Hund zu ihm.

»Ist Battal Aga im Lager? Und hast du Kasim und Temir gesehen?«

»Sie sind im Lager.«

»Los, hol Kasim und Temir her! Sag nichts von mir. Sag ihnen nur: ›Ein Freund will euch sehen‹!«

Kurz nachdem der Hirte gegangen war, erschienen Kasim und Temir mit geschulterten Gewehren und über der Brust gekreuzten Patronengurten. Sie schienen nicht überrascht, als sie Ince Memed erkannten. Lächelnd liefen sie zu ihm. Sie umarmten sich.

»Battal Aga hat auf dich gewartet«, begann Temir. »Er sagte, du kämest bald. Dein Kaffee steht schon auf dem Feuer.«

»Woher wußte er?«

»Er weiß viele Dinge. Guter, alter Stammbaum! Als die Yürüken noch mächtig waren, gehörten diese Berge und die ganze Çukurova uns. Es gibt keine Yürüken mehr, man hat aus uns miserable Bauern gemacht, hat uns ins Elend getrieben, abhängig von Gnadenbrot.«

Daß dieser sonst schweigsame Temir so sprach, berührte Ince Memed zutiefst.

»Los, gehen wir«, sagte Kasim. »Battal Aga wartet. Er wird sich freuen, wenn er dich sieht. Seit du gegangen bist, hat er nur von dir geredet und sonst von nichts anderem. Wovon er auch immer sprach, er drehte und wendete die Wörter so lange, bis die

Rede wieder auf dich kam. Und von morgens bis abends stieg er immer wieder auf den Hügel und hielt nach dir Ausschau. ›Ich kann mich in allem irren‹, behauptete er, ›aber im Menschen irre ich mich nie.‹ Er hat sich nicht geirrt. Also los!«

Kasim vorweg, hinter ihm Memed und als letzter Temir, marschierten sie zum Lager. Battal Aga empfing sie schon am Rand der Lichtung. »Du bist willkommen, Ince Memed!« sagte er und umarmte ihn.

Die überströmende Zuneigung, die Ince Memed aus Battal Agas Augen, seinen Händen, ja seinem ganzen Körper entgegenschlug, ließ ihn erschauern. Einzig Mutter Hürü hatte ihn bisher so empfangen, war ihm so zugetan.

»Seit du uns verlassen hast, erwarte ich deine Rückkehr.«

»Wieso?«

»Ich kenne den Wurm, der in dir nagt.«

»Wer mag es wohl sein?«

»Du weißt es doch besser als ich, hast ihn jetzt kennengelernt, und da fragst du mich?«

Vor dem Zelt verharrten sie.

»Wir wollten hier eigentlich nicht lagern, ich hatte dich im Tal der Roten Adler erwartet und die Hoffnung auch nicht aufgegeben, sondern nur so getan, als ich die Zelte abbrechen ließ. Aber als wir hier anlangten, konnte ich nicht anders und ließ wieder abladen. Ich hätte auch bis zum Winter hier auf dich gewartet.«

»Ich wäre sonst zu euch in die Çukurova gekommen.«

»Doch nicht in die Çukurova! Sie ist eine Räuberfalle, sie ist der Tod. Bist du unterwegs dem Hauptmann begegnet?«

»Ich traf ihn. Er fragte nach meinem Namen, und ich habe Ince Memed gesagt. Dieser Vogel war meine Rettung. Hast du schon einmal einen Räuber mit einem Greif auf dem Arm gesehen?«

»Noch nie«, antwortete Battal Aga.

Im Zelt lagen die Sitzkissen schon ausgebreitet vor der gedeckten Tafel. Zuerst wurde eine dampfende Suppe hereingetragen.

»Die Suppe, die es auch bei Mütterchen Sultan gab«, bemerkte Battal Aga.

»Woher wußtest du?«

»Der Ring an deinem Finger ist der Ring des Horts. Außer seinen engsten Angehörigen darf ihn niemand tragen. Und warum gab sie ihn dir? Weil sie dich zu den Erwählten zählte. Vergiß das nie! Solange du ihn trägst, wird er dich vor Unbill bewahren.«

Sie setzten sich und tauchten die Löffel in den großen Napf.

Dann erschien jenes schöne Mädchen, brachte Memeds Gewehr mit den Patronengurten herein, aber dazu auch das Gewehr und die Patronen, die der Stamm ihm geschenkt hatte, und legte alles neben Ince Memed auf den Boden.

»Einmal da drinnen«, sagte Memed, »nagt dieser Wurm ein Leben lang.«

»Ein Leben lang«, antwortete Battal Aga. »Der Mensch kann alles abschütteln, den nagenden Wurm da drinnen wird er nie los.«

Solange sie aßen, sprachen sie nicht mehr. Nach dem Abendessen erzählte Memed von Mutter Hürü und Mütterchen Sultan.

»Mutter Hürü ist einer der nagenden Würmer in deinem Innern«, sagte Battal Aga.

»Und der andere ist Mütterchen Sultan«, meinte Memed. Dann erzählte er vom Pferd und vom Vogel.

»Auch das Pferd ist einer der nagenden Würmer in deinem Innern.«

»Und der Vogel«, sagte Memed.

Da legte Battal seine Hand auf Memeds Schulter und sagte voller Zuneigung: »Memed, mein Sohn, mein Recke, der größte Nager in deinem Innern bist du selbst.«

»Das Pferd!« entgegnete Memed, und beide lachten.

Die Zeit des Abendgebets war noch nicht gekommen, als Memed aufstand.

»Ich lege mich schlafen«, sagte er, »und diesen Vogel, mein Aga, gebe ich in deine Hände. Sieh dir nur seinen Flügel an, ob der wohl heilt? Sollte er heilen, bevor ihr in der Çukurova seid, laßt den Vogel frei. Er ist ungeschickt, der Arme ...«

»Dein armer nagender Wurm.«

»Mein armer nagender Wurm.«

»Das Nachtlager für meinen Aga Memed ist bereit«, sagte das Mädchen, das lautlos hereingekommen war.

»Ich danke dir, meine Schwester«, antwortete Ince Memed und wandte sich an Kasim: »Bis Mitternacht übernimmst du die Wache, dann löst Temir dich ab. Und nehmt es mir nicht übel, ich bin heute zu müde.«

Er stand auf, ging an sein Nachtlager, legte sich angekleidet und mit griffbereitem Gewehr und Patronengurt nieder, zog die Decke über sich und war eingeschlafen, kaum daß sein Kopf ins Kissen sank.

Noch bevor der Morgen graute, rief Temir nach ihm. Memed war schon seit langem wach und hatte nur darauf gewartet. Er stand auf, nahm die Wasserkanne, die neben dem Eingang bereitstand, ging zum Bach hinunter und entleerte sich dort. Als er zurückkam, war die Tafel schon gedeckt: Suppe, Butter, Honig und auf Blech gebackene Fladen. Sie frühstückten schnell und verabschiedeten sich. Dreimal umarmte ihn Battal Aga und küßte seine Stirn. Die Sippe lag noch in tiefem Schlaf.

Bis zum Sonnenaufgang gingen sie durch den Wald. An einem Felsen blieb Memed stehen und sagte: »Wir werden den Anführer wählen!«

»Der bist du!« antwortete Kasim.

»Der bist du!« wiederholte Temir.

Sie legten Memeds Gewehr auf einen Felsblock, und während sie es mit der Rechten umklammerten, schworen sie beim heiligen Koran, beim schönen Propheten mit dem schönen Namen Mohammed, beim heiligen Ali, beim Hort der Vierzig Augen, bei Hasan Beys Schwert und beim Köroğlu im Kreis der Vierzig, daß sie jeden Befehl Memeds in die Tat umsetzen würden.

Ince Memed erzählte den beiden vom Trauerzug und von dem jungen Hasan, den die Räuber getötet hatten.

»Wir müssen diesen Räuber finden, der sich als Ince Memed ausgibt, sonst wird man uns in diesen Bergen das Leben schwermachen.« Er fragte sie, wer jener Räuber sein könne, den die Dörfler als gelbe Schlange beschrieben hatten.

»Wir kennen ihn«, antwortete Kasim. »Sowohl Temir als auch ich kennen ihn gut. Und er kennt uns.«

»Ich könnte ihn so leicht finden, als hätte ich ihn eigenhändig versteckt«, sagte Temir. »Denn wir kennen alle seine Schlupfwinkel. Man nennt ihn Abdik den Gelben Tausendfüßler. Werden wir ihn töten, wenn wir ihn haben?«

»Wir werden ihn gefangennehmen, nicht töten.«

Zwei Tage und Nächte lang hielten sie auf die Berge zu. Als sie in ein felsiges Gelände kamen, sagte Memed: »Nehmt's mir nicht übel, ich bin noch zu schlapp und komme um vor Erschöpfung. Ich mag nicht einmal essen.« Dann warf er sich auf den Boden.

»Warte noch einen Augenblick«, bat Kasim und versuchte, ihn auf den Beinen zu halten. »Laß mich erst einmal trockenes Laub zusammentragen, und dann ...« Sofort machte er sich mit Temir daran, Laub zu sammeln. Sie legten damit eine Felsnische aus, und Memed legte sich hinein. »Temir wird hier wachen, und ich werde Gelben Tausendfüßler aufstöbern«, sagte Kasim. »Wir haben hier unsere Leute, die finden ihn.«

Als Kasim bei Sonnenaufgang zurückkam, war Memed schon auf und aß mit Käse gefüllte und gewickelte Fladen.

»Hast du ihn entdeckt?« fragte Temir voller Ungeduld.

»Ich habe ihn entdeckt. Gar nicht weit von hier. Sie vergnügen sich mit sechs Mädchen, die sie begleiten.«

»Das ist gut«, sagte Memed, »da haben sie die ganze Nacht nicht geschlafen. Und benommen, wie sie sind, werden wir sie in die Zange nehmen. Auf Gelben Tausendfüßler wird nicht geschossen! Soweit es die andern betrifft, liegt ihr Schicksal in Gottes Hand ...«

»Und wenn Tausendfüßler sich nicht ergibt?«

»Er wird sich ergeben.«

Lautlos wie Katzen bewegten sie sich den Hang hinunter. Gelben Tausendfüßlers Bande lagerte in einer Senke, so offen und sichtbar wie der Teller auf dem Tisch.

»Das sind keine Räuber, das sind Strauchdiebe«, flüsterte Memed. »Ein Brigant, der auch einer ist, lagert doch nicht in so einem Gelände.«

»Und wer ein richtiger Brigant ist, der vergeht sich auch nicht an Mädchen.«

»Die haben mit eigener Hand ihr Todesurteil besiegelt.«

»Temir, du gehst da hinüber! Und du, Kasim, kletterst dort auf den Felsen! Ich gehe hinter diesem Felsblock in Deckung. Als erstes nehme ich den aufs Korn, der da herumläuft. Nicht, um ihn zu töten. Wenn das Schicksal es also gut mit ihm meinen sollte …«

Beim ersten Schuß fiel der magere Räuber, der da herumging, schreiend zu Boden. Doch er kam wieder auf die Beine, torkelte um sich selbst, schleuderte dann das Gewehr von sich und fiel um. Ince Memed, Kasim und Temir gaben einen Schuß nach dem andern ab, sprachen dabei kein Wort. Es dauerte, bis irgendwann da drüben ein Schuß erwidert wurde. Die Mädchen rannten wild durcheinander, warfen sich von einem Felsblock hinter den andern, und der Räuber, der zuerst getroffen worden war, lag immer noch zuckend auf der Erde.

Memed traf einen zweiten Mann, von dem nur die Schulter zu sehen gewesen war. Der Mann sprang auf und rannte den Hang hinunter, bis Temir ihn schließlich von den Beinen holte. Daraufhin warf noch einer sein Gewehr fort und ergriff die Flucht. Temir schoß auch ihn mit einem üblen Fluch auf den Lippen nieder.

»Ergib dich, Gelber Tausendfüßler, ergib dich, Abdik!« rief Memed, und das Echo seiner kräftigen, eindringlichen Stimme hallte von den Felswänden wider. »Ihr seid umzingelt, entweder ergebt ihr euch, oder wir werden euch alle töten.«

»Wer bist du?« fragte Abdik.

»Ich bin Ince Memed.«

»Wenn es stimmt, daß du Ince Memed bist, ergebe ich mich.«

»Woher willst du denn wissen, ob es stimmt?«

»Unter uns ist jemand, der dich kennt.«

»Wenn es so ist, laß ihn herkommen!«

Ein ganz kleiner Mann, dessen Brust über und über mit Patronengurten bedeckt war, kam hinter den Felsen hervor.

»Wirf Gewehr und Pistolen weg!« rief Memed, als der Mann näher kam.

Der Mann tat sofort wie ihm geheißen, schnallte auch seine Patronengurte ab. Als er daraufhin noch die Arme hob, reizte sein Anblick zum Lachen. Denn daß er wie Espenlaub zitterte, war selbst aus dieser Entfernung zu erkennen.

»So, und nun komm her!«

Der Mann näherte sich, sah Ince Memed und erstarrte. Dann schrie er entsetzt zu den andern hinunter: »Das ist Ince Memed, ja, Ince Memed!« Er rannte zurück, warf sich mit letzter Kraft neben Tausendfüßler in Deckung und stammelte: »Ince Memed, Ince Memed … Ich habe Ince Memed gesehen.«

»Ich ergebe mich«, rief Tausendfüßler und trat hinter dem Felsen hervor. »Gib mir dein Wort, daß du mich verschonst!«

»Ich gebe dir mein Wort.«

Abdik der Tausendfüßler warf sein Gewehr fort und kam auf sie zu.

»Temir, raus mit dir!« befahl Memed.

Temir verließ seine Deckung, packte Tausendfüßler, nahm ihm die Pistolen ab und durchsuchte ihn blitzschnell.

»Und jetzt die andern!«

Hinter den Felsen kamen noch sechs Männer hervor. Temir nahm ihnen alles ab.

Jetzt verließen auch Kasim und Memed ihre Deckung. Memeds hartes, zorniges Gesicht war schweißbedeckt. Mit verächtlichem Blick sah er Tausendfüßler wortlos in die Augen. Auch die Mädchen hatten sich hervorgewagt und drängten sich jetzt wie Schafe aneinander.

»Mädchen, geht und verbindet ihnen die Wunden!« forderte Kasim sie auf.

Die Mädchen liefen los, rissen Stoffstreifen aus ihren Röcken und verbanden damit die Verletzten.

»Die Kerle splitternackt ausziehen«, flüsterte Memed Kasim ins Ohr.

Kasim blickte fragend zu den Mädchen hinüber.

»Es geht nun einmal nicht anders«, sagte Memed. »Besorgt eine lange Leine!«

»Habt ihr Leinen, um die da zu fesseln?« fragte Kasim die Mädchen.

Die Mädchen nahmen ihre Gürtel ab, knoteten sie zusammen.

Bis auf den Bauchnabel zogen Kasim und Temir die Räuber

nackt aus und fesselten sie mit den zusammengeknoteten Gürteln aneinander.

»Seid ihr aus Hasans Dorf?«

»Da kommen wir her.«

»Los, geht voran!«

Das Dorf war nicht so weit, und sie erreichten es am frühen Nachmittag. Die Dörfler, jung und alt, hatten schon gehört, was vorgefallen war, und sich mit Kind und Kegel auf dem Dorfplatz versammelt. Niemand sprach. Nur der alte Mann, der sich unterwegs mit Ince Memed unterhalten hatte, trat aus der Menschenmenge heraus und sagte: »Ich habe dich wiedererkannt. Warst du nicht Hasans Weggefährte?«

»Der war ich.«

»Hast du die da gefangen?«

»Wir haben sie gefangen.«

»Mein Leben für dich«, sagte der alte Mann und warf sich Memed zu Füßen. »Was wirst du jetzt mit diesem Ince Memed machen?«

»Er ist nicht Ince Memed«, antwortete Memed. »Ihn nennen sie Abdik den Gelben Tausendfüßler.« Und dann, sich Genanntem zuwendend, forderte er ihn auf: »Nun sag schon, Tausendfüßler, wer ist Ince Memed!«

Abdik hielt den Kopf gesenkt und schwieg.

»Sag, wer ist Ince Memed?«

Wieder keine Antwort.

»Wer!«

Kasim stieß ihn mit einem Kolbenhieb zu Boden: »Sag, wer ist Ince Memed!« Gelber Tausendfüßler blinzelte mit zusammengekniffenen Augen. Vor Angst war seine Zunge wie gelähmt, brachte er kein Wort über die Lippen. Mit seiner Schulter wies er auf Ince Memed.

»Nehmt es mir nicht übel, meine Agas, ich bin Ince Memed.«

Ein unwilliges Murren ging durch die Menge.

»Du bist also Ince Memed?« rief der Alte und umarmte ihn.

»Dann hast du meinen Sohn gerächt.«

Eine Frau kam herbei, umarmte Ince Memed und küßte ihm die Hände. Wer eben noch grollte, schwieg jetzt betreten.

»Seid mir nicht böse, daß ich diese Männer so splitternackt in euer Dorf bringe. Das ist meine Strafe, die ich ihnen zugedacht habe. Jetzt übergebe ich sie euch. Ihre Gewehre und Patronen, ihre Kleidung und was sie sonst noch hatten, liegt da unten im Tal, holt es euch! Und die hier nehmt euch vor und bestraft sie so, wie ihr es für richtig haltet. Wir dagegen sagen auf Wiedersehen!«

Die Dörfler stellten sich ihnen in den Weg und riefen: »Bevor er nicht gegessen und unseren Tee getrunken hat, lassen wir Ince Memed nirgendwohin gehen!«

»Aber ich bin über euch verärgert«, entgegnete Ince Memed.

»Was wirfst du uns vor?«

»Ihr habt mich verflucht.«

»Der Schmerz um den Sohn …«, sagte der alte Mann.

»Unsere Ehre wurde schließlich mit Füßen getreten«, meinte eine alte Frau.

Ince Memed erhob seine Stimme, und ihm war anzusehen, daß er zornig war: »Ihr habt mich verletzt.«

»Was haben wir dir denn getan, Ince Memed?«

»Würde Ince Memed jemals einen so blutjungen Mann töten? Er war ja nicht einmal verheiratet, oder?«

»Nein, er war nicht verheiratet.«

»Könnte Ince Memed so einem Menschen etwas antun?«

Sie gaben keine Antwort.

»Und würde Ince Memed jemals Frauen schänden? Warum habt ihr euch das nicht gefragt? Seht her, Ince Memed übergibt euch diese blutbefleckten Frauenschänder, die sogar seinen Namen in Verruf gebracht haben, und ihr werdet euch jetzt für mich an ihnen rächen.«

Die Menge schwieg wie erstarrt, niemand wagte ein Wort zu sagen oder aufzublicken. Die dichtgedrängten Dörfler teilten sich in zwei Haufen, und Ince Memed vorweg, gefolgt von Kasim und Temir, gingen durch diese schmale Gasse an ihnen vorbei mit langsamen Schritten zum Dorf hinaus.

»Wie heißt dieses Dorf?«

»Sie nennen es Çamliyol.«

22

Ümmets Tisch war jederzeit für jedermann gedeckt. Außer seinem Haus gab es kein anderes in diesem öden Bergland. Schon darum suchte bei ihm Schutz, wer auf Pfaden und Pässen von Nacht und Nebel, Schnee und Eis überrascht worden war. Ümmet, früher ein Mann von mittlerem Einkommen, war innerhalb eines Jahres reich geworden und hatte sich verändert. Wo sonst ein Lehmbau mit drei Zimmern stand, erhob sich jetzt ein zweistöckiger Konak mit rotem Ziegeldach, Rundbogenfenstern und -türen und dreiundzwanzig Zimmern. Das Ganze war von einer hohen, zinnenbewehrten Mauer umgeben. Der schon von weitem schneeweiß schimmernde Bau schmiegte sich an einen bewaldeten Felshang. Unter einer Platane im Innenhof sprudelte eine muntere Quelle.

Nach einem Gerücht soll Ümmet durch den Räuber Keklikoğlu so reich geworden sein. Dieser hatte mit drei Kumpanen genau siebenunddreißig Jahre lang in diesen Bergen sein Unwesen getrieben, hatte Reisende ausgeraubt, Dörfer überfallen und so manches Herdfeuer für immer ausgelöscht. Ümmet, der ihn schon seit frühester Kindheit kannte, hatte ihm Unterschlupf gewährt und Botendienste geleistet. Man erzählte sich auch, daß Keklikoğlu in diesen siebenunddreißig Jahren eine Kiste nach der anderen mit Gold gefüllt, diese seinem über alles geliebten Ümmet anvertraut habe und verschwunden sei. Daß und wie Ümmet ihn getötet haben soll, weiß auch jeder und schildert den Mord, als sei er selbst dabeigewesen. Eines Nachts sei Keklikoğlu müde und erschöpft mit einem Beutel Gold in der Hand zu Ümmet gekommen. Seine drei Kumpane sollen da schon stehend geschlafen haben. Als Ümmet sie in diesem Zustand erblickte, soll er insgeheim frohlockt haben, und als er ihnen von dem mit Tollkorn vermengten Brot zu essen gegeben habe, seien sie noch an der Tafel bewußtlos zusammengebrochen. Ümmet habe sie dann alle auf Maultiere geladen und auf den Bergkamm gebracht. Dort habe er sie nebeneinander hingelegt und abgedrückt. Die bewußtlosen Räuber sollen nicht einmal mehr gezuckt haben.

Manche glaubten diesen Gerüchten, andere traten ihnen entschieden entgegen. Denn Ümmet machte bei jedem, der ihn kannte oder sah, einen vertrauenerweckenden Eindruck. Und der hatte sich noch verstärkt, seitdem die Gerüchte aufgetaucht waren. Ihm selbst hatten sie nicht im mindesten geschadet. Schließlich waren an diesem Knotenpunkt der Wege in der Wildnis Räuber und Gendarmen gleichermaßen von ihm abhängig. Er eilte jedem, der in Schwierigkeiten geraten war, zu Hilfe. Doch wie er den Gendarmen auf Räuberjagd mit vollem Einsatz zu Diensten stand, so auch, wenn nicht noch einsatzfreudiger, den Räubern, denen sie im Nacken saßen. Und wie sehr ihm die Gefangennahme eines Räubers auch behagte, so traurig war er gleichzeitig darüber. Ümmet war schon ein eigenartiger Mann.

Jetzt züchtete er in seinen Stallungen edle Pferde. Aus Urfa, Iskenderun und Halep hatte er Pfleger für sie kommen lassen. Und auf der nahegelegenen Hochwiese weideten Herden von Ziegen, Jungstieren und Kühen. Und für die ganze Gegend bis hin zur kleinsten Alm hatte Ümmet sich Grundbriefe ausstellen lassen. Er war stets gut gelaunt, zeigte immer ein fröhliches Gesicht.

Als der Konak bezugsfertig war, ließ er sich noch am selben Tag drei Mädchen, eine schöner als die andere, zuführen. Seine Hochzeit mit ihnen dauerte genau eine Woche, und zu den Festmahlen waren die geladenen Gäste aus Maraş, Andirin, Adana und Antep herbeigeströmt. Alle Bergräuber, auch die sich bis aufs Messer bekämpften, hatten sich zu dieser Hochzeit eingefunden. Und der immer lächelnde Ümmet der Blonde hatte reihum in drei aufeinanderfolgenden Nächten jeweils eine seiner drei Bräute ins Brautgemach geführt und war dort bei jeder von ihnen seiner Pflicht nachgekommen.

Ümmet der Blonde kaufte auch alle Walnußbäume in der Gegend auf. Für jeden Baum erfand er einen Eigentümer, kaufte diesem erdachten Mann die Bäume ab und ließ sie fällen. Hinter seinem Haus stapelten sich die Nußholzstämme bis an den Rand einer tiefen Senke. In Kürze würde Ümmet sie mit Zinkblech abdecken, und dann mochte das Holz da ruhig lagern. Krüge voller Gold würde es ihm eines Tages einbringen. Je länger er sich geduldete, desto besser. Denn der Wert von Nußholz steigert sich von Tag zu Tag.

Ince Memed und seine Freunde waren mitten in der Nacht zu Ümmet des Blonden Haus hinuntergestiegen.

»Freunde, das muß ein Irrtum sein«, wunderte sich Memed, »ich weiß, daß letztes Jahr Ümmet des Blonden Haus genau an dieser Stelle stand und daß es diesen Konak nicht gab.«

»Dieser Konak gehört Ümmet dem Blonden«, belehrte ihn Kasim, »und er ist auf dem Grund gebaut worden, wo früher das Haus stand, das du kennst.«

»Bei seiner Mutter«, platzte Memed heraus, »woher hat er so viel Geld, und wie baut man diesen Konak in nur einem Jahr?«

»Er ließ Meister aus Sivas, aus Kayseri und Göksün kommen, geschickte und berühmte Handwerker ... Und Steine und Bäume gibt es hier genug.«

»Und das Geld?«

»Er soll Keklikoğlus ganzes Gold haben. Nachdem er ihn getötet hatte, fiel es ihm in den Schoß.«

»Ümmet verrät und tötet keinen. Als Keklikoğlu in die Jahre kam, wird er ihm das Gold gegeben haben und dann seiner Wege gezogen sein. Bau dir in einem Jahr so einen Konak, wird er ihm noch gesagt haben. Da blieb Ümmet ja nichts anderes übrig, als die Ärmel hochzukrempeln.«

»Inschallah!« sagte Kasim.

»Inschallah!« pflichtete Temir ihm bei.

»So und nicht anders«, sagte Ince Memed bestimmt. Dann hob er einen Stein auf und schlug damit gegen das Rundbogentor: »Ümmet, Ümmet! Hey, Blonder Ümmet!«

Zwei Bewaffnete öffneten.

»Ümmet Aga ist im Konak«, sagte der vordere mit strengem Ton. »Wen soll ich melden?«

»Sag: Ince Memed!«

Einen Augenblick war es still. Dann fragte der Mann mit der harten Stimme behutsam: »Bist du Ince Memed?«

»Ich bin Ince Memed.«

Der Mann beugte sich über Ince Memed und sah ihm ins Gesicht, doch im Sternenlicht konnte er wohl nicht viel erkennen und sagte: »Nimm's mir nicht übel, Ince Memed, ich werde dich beim Aga anmelden!«

»Tu es!« bestimmte Ince Memed.

Kurz darauf dröhnte Ümmet des Blonden Lachen über den Hof: »Mein Ince, mein Ince, du bist willkommen! Und diese Schwachköpfe lassen dich am Tor warten!«

Die zwei alten Freunde umarmten sich.

Ümmet voran, begaben sich die Männer in den ersten Stock. Von einem Saal, groß wie eine Reitbahn, gingen die nebeneinanderliegenden Zimmer ab. Ümmet öffnete eine Tür am äußersten Ende des Saals. In einem Kamin, der mitten im Raum stand und mit geschnitzten Leisten eingefaßt war, loderten Holzscheite, an seinem Sims hing eine brennende blaue Petroleumlampe mit rosafarben verziertem Zylinder. Die Wandsofas ringsum waren mit farbenfrohen, weichen Teppichen bedeckt, auf denen pralle Kissen mit Teppichbezügen lagen.

»Seid ihr hungrig?«

»Wir werden doch nicht mit vollem Magen in unseres Agas Konak kommen! Auch wenn es schon Mitternacht ist, fordere ich vom Bey eines so schönen Konaks Lammfleisch!«

»Und ich lasse für meinen Ince Memed sofort ein Lamm schlachten, wenn er sich nur geduldet.«

»Ich gedulde mich«, antwortete Ince Memed, »wenn du ein bißchen Brot und Käse auftreibst … und in diesem Kamin Tee aufsetzt …«

»Sonst noch etwas? Hat mein stattlicher Ince Memed noch einen Wunsch?« witzelte Ümmet der Blonde. Dann brüllte er: »Kinder, herkommen!« Zwei Mädchen und ein junger Bursche kamen herein. »Du schlachtest sofort ein Lamm und läßt es auf der Stelle braten!« sagte Ümmet zu dem jungen Mann. »Und ihr Mädchen bringt Butter, Honig, Käse und was sonst noch im Hause ist. Brüht auch Tee auf und laßt ihn gut ziehen! Mein Bruder ist gekommen, da versuche doch einer, vor Freude nicht verrückt zu werden!«

Und Ümmet der Blonde konnte vor Freude wirklich nicht stillhalten, er eilte hin und her, umarmte Memed, herzte ihn und redete ununterbrochen.

»Wir bekamen sogar Nachricht von deinem Tod ...«

»Ich wäre auch beinahe gestorben, wenn Mütterchen Sultan nicht geholfen hätte. Eine Kugel sitzt noch unter meinem rechten Schulterblatt.« Und dann berichtete Memed von Mütterchen Sultan und Mutter Hürü und erzählte Ümmet dem Blonden ausführlich, wie es ihm ergangen war.

Und Ümmet strahlte vor Begeisterung über beide Backen.

»Also dieser Hauptmann, dem du in den Bergen begegnet bist, den nennen sie Şevket. Hauptmann Faruks Erzfeind! Die beiden können sich nicht ausstehen. Hauptmann Şevket steht unter dem Befehl der Kommandantur des Distrikts Maraş. Dennoch ist er hinter Ince Memed her. Ince Memed werde er fangen, behauptet er und denkt an nichts anderes. Und Hauptmann Faruk werde sich die leeren Hände lecken und sich vor aller Welt zum Narren machen. Die beiden haben sich so ineinander verbissen, daß man schon ein Blutbad befürchtet.«

»Erzähl du erst einmal von diesem Haus. Es ist mir ein Rätsel. Oder haben es die guten Feen in einer Nacht hierhingesetzt?«

»Fast glaube ich selbst daran, so schnell stand dieser Konak plötzlich da ... Du kennst doch den Räuber Keklikoğlu ...« Er schwieg und heftete seine Augen auf Kasim und Temir.

»Du kannst ruhig sprechen«, ermunterte ihn Memed. »Dieser hier ist Kasim, und jener dort ist Temir. In ihrer Gegenwart kannst du alles sagen. Diese Freunde gehören nicht zu denen, wie du annimmst, hast du verstanden? Es sind Menschen, denen ich vertraue. Ohne sie läge ich schon längst unter schwarzer Erde – und hätte deinen schönen Konak nie gesehen.«

»Ich verstehe«, lachte Ümmet der Blonde. »Dann hör mir jetzt gut zu. Ich kannte Keklikoğlu schon lange, seit meiner Kindheit, als mein Vater noch lebte. Mein Vater hatte ihn sehr gern. Nachdem mein Vater gestorben war, setzte Keklikoğlu alles daran, und mochte er in noch so blutiger Fehde stecken, mich mehrmals im Jahr für eine oder zwei Wochen zu besuchen. Wir wurden wie Vater und Sohn. Er hatte damals zwei Kameraden, die mit ihm am selben Tag in die Berge gegangen waren. Eines Tages hörte ich einen Pfiff hinter den Felsen dort und wußte sofort, daß Keklikoğlu wieder einmal gekommen war. Ich pfiff zurück. Diesmal kamen sie mit neun Mann in den Hof. Keklikoğlu umarmte mich, den Sohn seines brüderlichen Freundes, wie er sagte, und fuhr fort: ›Außer dir habe ich niemanden auf dieser Welt, mag aus dir ein Mann geworden sein oder nicht, ich habe keinen andern … Und nun schlachte uns einen Widder, darüber reden wir später.‹ – ›Der Widder ist für dich so gut wie geschlachtet‹, antwortete ich, ›ich weiß zwischen meinen Freunden und Feinden zu unterscheiden und auch wie der Freund meines Vaters zu empfangen und zu bewirten ist …‹«

Keklikoğlu schickte seine Leute in Ümmet des Blonden Haus, meinte, sie seien erschöpft und müßten sich ausruhen. Anschließend gingen die beiden zur Platane und ließen sich neben der Quelle nieder.

»Hör mir gut zu, Sohn meines brüderlichen Freundes!« begann Keklikoğlu mit gerunzelter Stirn, und jetzt erst fiel Ümmet dem Blonden auf, daß er sich einen Bart hatte wachsen lassen. Ja, Keklikoğlu trug einen schneeweißen Bart. »Ich bin alt geworden, Blonder, mein Sohn, von einem Berg zum andern schaffe ich es nicht mehr in einem Tag. Fürs Räuberleben zu alt, kann ich nur durch meinen gefürchteten Namen weitermachen. Der schützt mich vielleicht heute und morgen noch, aber früher oder später kommt der Tag, an dem sie mir die Haut abziehen werden. Doch bevor es soweit ist, höre ich damit auf. Mein Geld reicht bis ans Ende meiner Tage, ich habe sehr viel Gold gehortet; aber wohin, deiner Meinung nach, kann ich mich zurückziehen?«

Bis in den Abend hinein hatten sie an jenem Tag die Köpfe zusammengesteckt und über einen Ort nachgedacht, wo Keklikoğlu unbehelligt leben konnte. Auch den nächsten Tag verbrachten sie grübelnd, erörterten das Für und Wider. Am dritten Tag fiel ihnen endlich ein Ort ein, wo Keklikoğlu Unterschlupf finden konnte, und darüber war dieser ganz stolz.

Vor Zeiten war Resul Pascha der Kurde in die Kreisstadt der Çukurova verbannt worden. Seine neun Ehefrauen mitsamt den Kindern, dazu tausend Reiter und einen Teil seines Klans, hatte er in die Verbannung mitgenommen. Als der Sommer kam und die Kurden in der ungewohnten mörderischen Hitze der Çukurova und unter der Mückenplage zusammenbrachen, holten sie die Erlaubnis der Regierung ein und zogen mit Hunderten schwarzer Zelte in die Hochebene. Eben zur selben Zeit hatte sich der junge Mann Keklikoğlu ihnen angeschlossen und von den Kurden, die so treffsicher sind, einer Ameise das Auge auszuschießen, den Umgang mit der Waffe gelernt. Bald war er so geschickt, daß sogar Resul Pascha sich vor Staunen auf die Fingerknöchel beißen mußte. Die Jahre vergingen, und der Pascha kehrte nach Urfa zurück. Die ganze Ebene von Haran, das Land von Ceylanpinar bis weithin zu den Bergen Abdülaziz gehörte ihm. Auch Keklikoğlu war mit Resul Pascha nach Urfa gekommen. Denn dieser liebte ihn mehr als alle anderen in seinem Gefolge und ließ ihn nicht von seiner Seite. Nach kurzer Zeit hatte Keklikoğlu auch Kurdisch gelernt.

In Urfa gab der Pascha erneut keine Ruhe. Offen gestanden, er hätte auf seinen riesigen, fruchtbaren Ländereien durchaus einen eigenen Staat gründen können. Also lehnte sich der Pascha wieder auf. Er verlor die Schlacht und konnte gerade noch nach Halep entkommen. Die Beys von Halep, der Präfekt und der dortige Pascha verwendeten sich für ihn, und so wurde ihm vom Padischah verziehen. Im Gegenzug erklärte er sich bereit, in Halep zu bleiben und sich mit dem Einkommen aus seinen Ländereien zu begnügen. Doch wohin er auch ging, sein Leibwächter, sein »Sohn Keklikoğlu«, durfte auch jetzt nicht von seiner Seite weichen. Der Pascha war ein gertenschlanker Mann mit hoher Stirn, ovalem Gesicht, mit Gazellenaugen und schwarzen, wie getuschten Brauen. Die schönsten und edelsten Pferde Arabiens wurden von ihm geritten. Er und Keklikoğlu waren gleichaltrig und ähnelten sich wie Brüder. Es war schon einmal vorgekommen, daß der Präfekt von Halep Keklikoğlu an Stelle von Resul Pascha umarmt hatte.

Doch Keklikoğlu war nicht der Mann, der sich zeitlebens zum Beschützer und Wächter eines anderen bestimmen ließ, sondern mit dem Gewehr in der Hand sein eigenes Recht durchsetzen konnte. Und so sagte er eines Tages: »Mit Verlaub, mein Pascha, ich gehe!«

»Tu mir das nicht an, Keklikoğlu, du bist mein Bruder und mir in dieser Fremde sogar noch näher als er. Du bist mir wie die Sonnenrose, die auf dem höchsten Gipfel des Taurus blüht. Mich zu verlassen ziemt dir nicht!«

Doch wie sehr sich Resul Pascha auch um ihn bemühte, Keklikoğlu ließ sich nicht erweichen und trennte sich von ihm. Drei Jahre lang machte er mit drei Freunden die Landstraßen von Antep, Urfa und Halep unsicher. Er war ein unerschrockener, harter Mann und machte sich in kurzer Zeit im ganzen Süden, von Urfa bis Adana, von Halep bis Mossul, einen Namen. Und jahrelang sammelte er auf diesen Landwegen Gold und Diamanten, Perlen, Rubine und Jade ein, überfiel er die Landsitze der arabischen, kurdischen und turkmenischen Agas und Beys. Wer nur seinen Namen hörte, holte sofort hervor, was er besaß, und reichte es ihm. Es gab wohl keine Stelle an seinem Körper, an der er keine Narbe hatte. Wie eine Katze schien er sieben Leben zu haben und keines auszuhauchen.

Hatte er seine Beute gemacht, kehrte er in den Taurus zurück, wo er sich sicherer fühlte. Denn der Berg ist des Briganten Unterschlupf. Aber auch hier legte er die Hände nicht in den Schoß, lag an Wegen im Hinterhalt, drang in Häuser ein und legte so Goldstück auf Goldstück. Aber niemals, und sei es aus Versehen, raubte er einem Armen auch nur eine Nadel. Sogar diejenigen, von denen er wußte, daß sie kein großes Einkommen hatten, ließ er unbehelligt. In dieser ganzen Ebene und ihren Bergen aber gab es keinen Aga und keinen Bey, den er nicht beraubt hatte. Als habe er sie alle einer Steuer unterworfen, gab jeder dem von Keklikoğlu gesandten Boten den festgelegten Geldbetrag, wenn die Zeit gekommen war. Und wer sich weigerte, fand sich wenige Tage später im Jenseits wieder, mochte er sich vorher auch in ein Schlangenloch verkrochen oder unter dem Flügel eines Vogels versteckt haben. Dem Taurus war, seit es den Taurus gab, ein so schlauer, kluger und gewandter Räuber noch nicht untergekommen. Jahrelang hatte er Kompanien, Bataillone und Regimenter an seine Fersen gehängt und in diesen Bergen an der Nase herumgeführt. Es gab keinen, der an ihm nicht schier verzweifelte. Denn eine ganz besondere Eigenart von ihm war, eine Nacht in den Bergen zu sein und die nächste schon in der Çukurova. Diese Fähigkeit, den Aufenthaltsort so schnell zu wechseln, konnte sich niemand erklären. Heute am Alidağ und nach zwei Tagen am Düldül ... Diese Entfernung konnte in so kurzer Zeit ja nicht einmal ein Vogel fliegen!

Im ganzen Taurus, in der Çukurova und überall dort, wo sein Name fiel, aber war von seinem gehorteten Gold die Rede.

Nachdem Ümmet und Keklikoğlu drei Tage und Nächte lang überlegt hatten, waren sie zur Überzeugung gekommen, daß Keklikoğlu beim Pascha Unterschlupf finden konnte. Denn letzterer lebte noch in Halep und würde sich auf ein Wiedersehen freuen. Wie man hörte, ging es ihm auch nicht mehr so gut wie in alten Zeiten, und Keklikoğlus Gegenwart konnte ihm eine Hilfe sein.

»Mein Entschluß steht fest, ich werde den Pascha aufsuchen. Aber ich habe noch eine Bitte an dich, Ümmet den Blonden, und wenn du sie mir erfüllst, kann ich in Ruhe sterben.«

»Sag mir, worum es geht, Onkel, dein Wille ist mir Befehl!«

»Du wirst mir dieses Gelände verkaufen. Ich habe Meister mitgebracht, die wissen, wie man einen Konak baut. Ich zeigte ihnen Resul Paschas Anwesen in der Wüste, sie werden dasselbe hier hochziehen. Dieser Konak wird in einem Jahr unter Dach sein. Dann komme ich und nehme ihn ab. Und du wirst unter dieser Platane neben der Quelle mein Grabmal errichten und meine Gebeine herbringen, wenn und wo auch immer mich der Tod ereilt. Was das Geld anbelangt, so ist, wie du bald sehen wirst, mein Goldschatz nicht geringer als der des Sultans Salomo. Das Gold werde ich dir geben. Ich werde nur so viel mitnehmen, wie ich für mein Leben in Halep brauche. Sollte ich, was ja menschlich ist, nicht auskommen, bringst du mir welches nach.«

Eines Nachts stiegen sie mit drei Maultieren den Steilhang hinauf, wo Keklikoğlu sein Gold vergraben hatte. Auf dieses Versteck wäre wirklich niemand gekommen, und wenn, so hätte er es schwerlich gewagt, diesen Hang zu erklimmen. Die Goldstücke waren in stählernen Kassen verwahrt.

»Hat Keklikoğlu sich den Konak angesehen, nachdem er gebaut war?«

»Nein, er ist nicht gekommen.«

»Hat er davon gehört?«

»Er hat davon gehört.«

»Wird er kommen?«

»Er wird kommen.«

»Wann?« Ince Memed war ganz aufgeregt. »Gibst du mir Nachricht, wenn er kommt?«

»Ich gebe dir Nachricht.«

»Und wie versteht er sich mit dem Pascha?«

»Der Pascha war völlig verarmt und hatte sich sehr gefreut, als er Keklikoğlu sah. Und Keklikoğlu legte ihm die Goldstücke zu Füßen.«

»Und du bist jetzt reich.«

»Ich bin reich.«

»Dieser Konak gehört dir.«

»Er gehört mir. Aber ich wünschte mir so, daß Keklikoğlu, bevor er stirbt, diesen Konak auch sieht, der für ihn gebaut wurde.«

»Warum ist er nicht gleich gekommen?«

»Er hat große Angst.«

»Angst? Keklikoğlu?«

»Keklikoğlu!«

»Wie eigenartig.«

»Wenn der Mensch älter wird, wird er ängstlich, und war er auch ein Drache.«

»Das wußte ich nicht. Wieviel Zeit verbleibt einem Alten schon …«

»Und hätte er nur noch einen Tag zu leben, klammerte er sich daran, als seien es tausend Jahre. Deswegen gibt es keine ängstlicheren Geschöpfe als die Alten auf dieser Welt. Als der widderstarke Köroğlu die Mündung eines Feuerrohres erblickte, floh er aus den Bergen, anstatt sich auch eins zu besorgen. Warum? Aus Angst. Hätte ein Köroğlu denn die Flucht ergriffen, wenn er nicht alt gewesen wäre?«

»Er wäre nicht geflohen …«

»Ebendeswegen kann Keklikoğlu nicht mehr hierherkommen. Und wenn er stirbt, werde ich seinen Leichnam herbringen. Er baut auf mich.«

»Irgendwie glaubt dir jeder. Jedermann sagt, du hättest Keklikoğlu getötet, dennoch können sie nicht anders; sie vertrauen dir und können dir nichts antun.«

»Weil sie wissen, daß Keklikoğlu nicht tot ist.«

»Wenn du einen Fotografen auftreiben könntest ...«

»Und ein Bild vom Konak machen lasse und Keklikoğlu schicke, meinst du. Ein guter Gedanke. Du bist nicht so ohne weiteres Ince Memed geworden ...«

»Was habe ich denn getan, daß ich zu Ince Memed wurde? Auch dieses Geheimnis will nicht in meinen Kopf ... Bestimmt war Köroğlu so wie ich.«

»Genau wie du.«

»Aber es führt zu nichts ... Es ist alles umsonst ...«

»Schau«, sagte Ümmet, »ich werde dir etwas sagen, und du hörst mir gut zu. Wenn dieses Volk dich Ince Memed nennt, dann ist etwas daran, dann hat es etwas in dir gesehen. Das Volk kennt den Menschen am besten. Seit diese Welt besteht, hat das Menschenkind das Menschenkind auf die Waage gelegt. Es gibt nichts, was der Mensch besser kennt als den Menschen.«

»Das begreife ich nicht.«

»Versuch es!«

»Der, den du Menschenkind nennst, macht aber die meisten Fehler, wenn es um den Menschen geht.«

»Um den Menschen, den er gleichwohl am besten kennt. Wie konnte mich Keklikoğlu wohl unter so vielen Menschen ausmachen? Er wußte, daß ich ihm den Konak, komme, was da wolle, bauen und seinen Leichnam am Fuß dieser Felsen begraben werde. Ein Grab, bepflanzt mit wilden Rosen, mit schwarzknospigen Narzissen und lila Hyazinthen ...«

Erst gegen Morgen war das Lamm gar gebraten. Ohne ein Wort zu reden, aßen sie sich rundum satt. Kasim und Temir sahen Memed an, sie konnten sich vor Müdigkeit nicht mehr halten.

»Geht schlafen«, forderte Memed sie auf. »Bruder Ümmet und ich übernehmen die Wache.«

Die beiden standen auf, und Ümmet führte sie zu ihrer Schlafstatt.

»Und nun sag mir, ob du gute Leute zur Hand hast«, fragte ihn Memed, als er zurückkam. »Beherzt und gewandt, und denen man vertrauen kann ...«

»Die hab ich.«

»Wen?«

»Die Sinemoğlu-Bande.«

Memed lachte.

»Warum hast du gelacht?«

»Sinemoğlu ist noch ein Kind.«

»Jung Osman war auch ein Kind. Und du bist es auch.«

»Ja, ja, ich hab verstanden«, sagte Ince Memed.

»Und außerdem ... An zweiter Stelle, gleich nach dem Herrgott, betet er dich an. Ich habe mich oft mit ihm unterhalten. Nun sag schon, wozu brauchst du ihn?«

»Er soll die Kreisstadt angreifen.«

»Und wie?«

»Er wird in den Weinbergen auf dem Hügel ein Maschinengewehr in Stellung bringen, die Kreisstadt beschießen und sich gegen Morgen in die Berge zurückziehen.«

»Erzähl mir doch einmal von Anfang bis Ende, was du dir so gedacht hast.« Und Memed erzählte Ümmet Wort für Wort, was er sich ausgedacht und vorgenommen hatte.

»Geh nicht in die Çukurova hinunter!« beschwor ihn Ümmet. »Diesmal kommst du nicht mehr mit heiler Haut davon. Die Çukurova hat sich in vierzigtausend hinterhältige Augen verwandelt und lauert auf dich.«

Sie redeten sich die Köpfe heiß, doch Ümmet der Blonde konnte Memed nicht von seinem Vorhaben abbringen. Der ging auf alles ein und sagte nein. »Es wird schade um dich sein, Ince Memed. Solange du atmest, bist du die Hoffnung der Armen und Unterdrückten, auch wenn du gar nichts unternimmst. Und du bist nicht der Mann, der die Räuberei aufgeben kann, da mach dir keine falschen Hoffnungen. Du bist mit dem aufsässigen Wolf in dir geboren und kannst nicht anders.«

»Ich will nicht sterben«, antwortete Ince Memed, »ich will nicht durch eine Kugel draufgehen.«

»Durch Kugeln zu sterben ist dein Schicksal. Weißt du, warum

Mütterchen Sultan dir den Ring gegeben hat, den du an deinem Finger trägst?«

Schon als der Tag anbrach, hatten sie den Konak verlassen und sich auf die Felsblöcke unter Keklikoğlus Platane gehockt. Im ersten Schimmer der Morgendämmerung zeichnete sich jeder einzelne Kieselstein auf dem Grund des Quellwassers ab.

»Weil du weißt, daß du dich nicht selbst besiegen kannst.«

Über diese Worte Ümmets schien Memed erbost zu sein, war sich aber andererseits gar nicht bewußt, daß er sich heimlich darüber freute.

»Ali der Hinkende ist also in die Dienste Molla Duran Efendis getreten?«

»Den erkennst du nicht wieder. Wie der Präfekt von Adana einen breitkrempigen Hut auf dem Kopf! Dazu hat er sich noch eine rote Adlerfeder ins Hutband gesteckt. Und Stiefel am hinkenden Fuß ... Kürzlich ritt er einen rotbraunen Araber, in der Armbeuge eine deutsche Flinte ... Er ist auch durchgedreht.«

»Wie kommst du darauf?«

»Er schwört, daß er Murtaza Aga töten wird.«

»Eigentlich ist er der Mensch mit dem Wolf im Herzen, einem Wolf wie ein reißender Tiger. Ich wundere mich, wie dieser Mann über Jahre hinweg diese Ordnung, dieses Leben, diese Gemeinheit und Unterdrückung ertragen konnte. Da müssen doch in seiner Brust vierzig Löwenherzen schlagen.«

»Willst du ihn auch haben?«

»Wenn er den Kopf verliert, komme ich wirklich nicht mehr aus der Çukurova heraus.«

»Brauchst du noch mehr Gefolgsleute?«

»Ich danke dir, Ümmet, aber wir drei sind Manns genug.«

Innerhalb von zwei Tagen trieben Ümmets Leute Sinemoğlu auf und brachten ihn zum Konak. Sie waren zu sechst. Alle sechs gleichaltrig und blutjung. Als Sinemoğlu Memed erblickte, nahm er sofort Haltung an, küßte dreimal dessen Hand und führte sie an seine Stirn. Die andern taten es ihm gleich. Dann hockten sie sich Memed gegenüber auf den Knien nieder, kreuzten die Arme über der Brust und blickten zu ihm auf wie zu einem gewaltigen Berg, auf dessen Gipfel das Morgenlicht fällt.

Ümmet der Blonde stellte währenddessen Memed die Mitglieder der Bande vor. Unglaublich, aber jedem von ihnen war es genauso ergangen wie fast allen in dieser Ebene und in diesen Bergen. Wenn es aber so war, warum hatten sich nur diese sechs in die Berge geschlagen? Ob der Wolf in ihren Herzen nicht doch noch ein anderer war …

Sinemoğlus Großvater war in den Krieg gezogen und nicht zurückgekehrt. Es hieß, schon der Vater seines Großvaters und auch dessen Vater seien im Krieg geblieben. Mit seinem Großvater und seinem Vater fielen väterlicherseits drei, mütterlicherseits sieben seiner Onkel in den arabischen Wüsten und auf den Schlachtfeldern Griechenlands. Desgleichen kehrten auch die Väter und Großväter der anderen jugendlichen Bandenmitglieder aus dem Krieg nicht zurück. Und als ihre Militärzeit herangekommen war, taten sich die sechs zusammen, und nachdem sie hin und her überlegt hatten, schlugen sie sich in die Berge.

»Werdet ihr bei einer Amnestie die Berge wieder verlassen?«

»Nein, niemals.«

»Da werdet ihr also bis an euer Lebensende im Krieg sein und seid doch aus Angst vor dem Krieg nicht zum Militär gegangen …«

»Ein Räuberleben ist immer noch besser als der Krieg.«

»Wer weiß«, sagte Memed, und wieder glimmte in seinen Augen dieser stählerne Glanz. Seine Haare schimmerten, als umkreisten sie grellgelbe Sonnen. »Wenn wir für uns doch einen Platz fänden, einen Orangenhain am Meer, wo die Blüten duften, daß einem schwindlig wird … Habt ihr jemals einen Orangenhain gesehen?«

Sinemoğlu streckte seine Hände aus, sie waren voller Narben: »Sieh sie dir an!« sagte er. »So sehen die Hände von Tagelöhnern aus, die in diesen Gärten arbeiten. Schon seit meinem siebten Lebensjahr pflückte ich in Dörtyol Apfelsinen.«

»Wenn wir einen großen Garten hätten, der jetzt in Blüte stünde und duftete, würdet ihr auch dann nicht hinunter in die Ebene ziehen?«

»Auch dann nicht.«

Gegen Abend kam auf seinem Rotfuchs Ali der Hinkende geritten. Memed fing an zu lachen, als er ihn erblickte. Der Hinkende stieg vom Pferd, umarmte Memed und Ümmet. Der Hinkende setzte eine verärgerte Miene auf und runzelte die Brauen: »Warum lachst du, mein rotznäsiger Sohn Memed, hab ich etwa meine Blöße nicht richtig bedeckt?«

»Nein, nein ... Seht euch diesen Hut an ... Diese Krempe, nein, diese Krempe ...«

Memed erstickte fast vor Lachen. Und Sinemoğlu, Kasim und Temir, Ümmet und die anderen Räuber lachten mit ihm.

»Was findest du an diesem Hut denn so komisch, mein Sohn?«

»Setz ihn ab, Ali!«

»Ich werde ihn nicht absetzen, mein Sohn. Was versteht ein Stückchen Räuber wie du schon von einem Hut, den Agas, Beys und sogar Paschas tragen. Weißt du denn, daß so ein Federhut mehr wert ist als drei Bauern deiner Sorte?«

Ali der Hinkende nahm den Hut ab, streichelte die rote Adlerfeder, schnippte den Staub von der Krempe und setzte ihn gekonnt wieder auf.

»Hast du jetzt mitbekommen, mein Memed, wie so ein Hut getragen wird?«

»Ich hab's mitbekommen«, antwortete Memed.

Die drei alten Freunde hockten sich zusammen, und der Hinkende erzählte bis in den frühen Morgen von der Kreisstadt, von den Ängsten dort und auch was zwischen ihm und Murtaza Aga vorgefallen war. Und während er erzählte, lachte Memed immer wieder, lachte, daß ihm die Rippen schmerzten.

»Du bringst mich noch um, Bruder Ali!«

»Dir wird das Lachen noch vergehen, wenn du demnächst auf Hauptmann Faruk triffst.«

»Wird es nicht.«

»Aber wenn ich Murtaza Aga getötet habe und in die Berge gezogen bin, wirst du das Lachen vergessen.«

»Das kannst du mir nicht antun. Was mache ich denn ohne dich in der Çukurova!«

»Mach doch, was du willst. Ich werde jedenfalls Murtaza Aga mit meinen eigenen Händen töten.«

»Und wenn ich ihn töte, bevor es dir gelingt?«

Alis Augen traten aus ihren Höhlen, seine Lippen zitterten, er ballte die Fäuste: »All diese Beleidigungen habe ich deinetwegen über mich ergehen lassen. Wenn du Murtaza vorher tötest, und das schwöre ich beim Koran und im Namen Gottes, werde ich dich töten …«

»Hohooo, Ali!« wunderte sich Memed, der Ali noch nie so wütend gesehen hatte. »Welch ein Zorn!«

Ali der Hinkende sah, daß er Memed verletzt hatte: »Verzeih mir, mein Memed«, lenkte er ein, »du weißt, es wird getan, was du sagst, aber daß diese Niedertracht von Mann auf dieser Welt auch nur einen Tropfen Wasser trinkt, nur einen Bissen Brot verzehrt, ist schon Sünde. So schlecht unsere Welt auch sein mag – daß auf ihr ein solcher Mensch lebt, hat sie trotz allem nicht verdient.«

»Ali, mein Aga«, Memed wiegte den Kopf, »wer weiß, wie viele niederträchtige Menschen, für die wir uns schämen müßten, schon auf diese Welt gekommen sind, wer weiß?«

»So einer wie der noch nie«, fiel Ali der Hinkende ihm ins Wort. »Ich werde ihn mit meinen eigenen Händen töten.«

»Dann töte ihn!« lachte Memed.

Am nächsten Morgen schwang Ali der Hinkende sich wieder aufs Pferd, beugte sich leicht über dessen Flanke, schnippte mit gestrecktem Arm den Staub von seinem Hut und ritt davon. Als er verschwunden war, lachte Memed hinter ihm her und sagte: »Ümmet, wir brauchen drei Pferde!«

»Oho, wenn's weiter nichts ist, Pferde haben wir genug …«

»Wie kommt es, daß du so viele Pferde hast?«

»Du weißt doch, dieser kurdische Pascha …«

»Ja und …«

»Ich sagte dir doch, daß er aus Urfa stammt …«

»Das sagtest du.«

»Die arabischen Vollblüter Urfas sind die schönsten Pferde der Welt.«

»Das weiß jeder.«

»Und dieser kurdische Pascha hatte in Urfa Ställe voller arabischer Pferde.«

»Und du hast sie aus Urfa hergebracht?«

»Da vergeht kein Monat, ohne daß Keklikoğlu mir nicht ein Pferd schickt. Mal mit einem Schmuggler, mal mit einem kurdischen Räuber oder einem Pferdeknecht.«

»So viele hast du in deinem Stall?«

»Zähle sie, wenn du kannst. Und jedes hat seinen Sattel. Allein der kostet mit Zaumzeug seine hundert Goldstücke.«

»Hoffentlich überwindet Keklikoğlu seine Angst und kommt einmal her, sich alles anzusehen ...«

»Inschallah!« sagte Ümmet der Blonde.

Als der Tag anbrach, holten sie die Pferde und schwangen sich in die Sättel. Ümmet der Blonde reichte jedem noch einen von Kabardinern gefertigten goldbestickten Tscherkessenumhang, der die Waffen vor neugierigen Blicken verbarg.

»Macht ihr euch auf den Weg, ich komme nach! Auch ich werde bewaffnet in die Stadt reiten.«

Obwohl sie die ganze Nacht geritten waren, schafften sie es nicht bis zum Dorf Vayvay. Bei Tagesanbruch erreichten sie das Schilfdickicht unterhalb Azaplis, zogen ihre Pferde ins Röhricht und warteten dort auf den Anbruch der Dunkelheit. Memed wurde ungeduldig, am liebsten wäre er gleich bis Vayvay durchgeritten. Von weitem waren die rollenden Pferdegespanne zu hören. Ein kalter Poyraz blies, unter dem sich die Schilfrohre gegen Süden neigten. Und überall in der Ebene war ein eigenartiges Rascheln. Flügelschlagend trieben Vögel mit dem Nordwind in großer Eile zum Mittelmeer. Es roch nach vermodertem Gras, nach Wurzelwerk, Blättern und Blumen. Nur über dem Anavarza stand wie festgenagelt eine Wolke. Selbstvergessen hielt Memed die Augen geschlossen. Die blühenden Granatapfelbäume im Närrischen Tal stiegen wie eine rote Wolke zum Gipfel empor, ein purpurroter Pfad führte von dort hierher und umschloß die ganze Ebene. Und ein purpurroter Vogel mit glühenden Augen kreiste mit flammenden Flügeln über dem Röhricht. Gelbgereifte Ähren wiegten sich in der Mittagsbrise, neigten sich golden schimmernd gegen Osten. Seyrans sonnengebräuntes Gesicht, ihre Haare dufteten nach Weizen, bitteren Blumen und Sonnenlicht. Ein aufreizender Geruch entströmte der warmen Erde. Nach gelbem Herbstlaub, nach regengetränkter Erde duftete Seyrans Körper. Feucht, warm ... Immer weiter gleitet Memed an den Rand des Sumpfes, blickt in Richtung des Dorfes Vayvay, zieht mit geweiteten Nasenflügeln witternd die Luft ein. Alles ist von Seyrans Sonnengeruch durchglüht: die Felsen, der flügelverletzte Greif, die Veilchen am Fuß der Sträucher, die Quelle mit dem kieselbedeckten Grund und der Poleiminze am Wasserlauf. Auch Kasim und Temir rochen nach Seyran.

Schließlich hielt Memed es nicht mehr aus: »Bindet die Pferde los, Freunde!« rief er. »Wir reiten.«

Kasim war ein lebenserfahrener Mann. Er hatte Verständnis für Memed, erhob sich und sagte: »Reiten wir.«

Memed war schon längst im Sattel und aus dem Röhricht heraus. Mit verhängten Zügeln galoppierten sie ins Dorf.

Osman der Mächtige traute seinen Augen nicht, ging immer wieder an die drei Reiter heran, die vor seiner Tür standen, und schüttelte den Kopf. Die Pferde, das Zaumzeug, die Reiter, alles war ihm irgendwie vertraut, aber er kam nicht darauf.

»Mein Onkel Osman, mein Onkel Osman, ich bin's, Memed.«

»Ince Memed, mein Falke!« rief Osman der Mächtige, lief zu Memed und ergriff die Zügel. Er wäre vor Aufregung beinahe gestürzt, hätte er sich nicht am Pferd festgehalten. Memed stieg ab, umarmte ihn und führte ihn zum Haus. Mutter Kamer stand schon in der Tür, um sie zu empfangen.

»Steigt auch ab, Kinder!« sagte sie. Und Kasim und Temir schwangen sich aus den Sätteln.

Im Nu drängten sich die Dörfler in den Vorhof. Die drei führten ihre Pferde in den Stall. Schon als Memed mit verhängten Zügeln ins Dorf geritten war, hatte Seyran ihn gesehen und kam jetzt zu Osman des Mächtigen Haus gelaufen. Sie war wütend, und vor Angst klopfte ihr Herz bis zum Hals. Dieser Schwachkopf von einem Mann suchte wohl den Tod! Kommt am hellichten Tag, und auch noch zu Pferde ... In dieses Dorf voller Spitzel. Vay, du törichter Memed, vay, den ich gefunden habe und gleich wieder verlieren werde! Bis sie das Tor erreichte, standen die Dörfler bereits dicht an dicht in Osman des Mächtigen großem Vorhof. Und immer noch eilte herbei, wer von der Neuigkeit gehört hatte. Seyran bahnte sich einen Weg durch die Menge und blieb an der Haustür stehen. Sie war wachsbleich und zitterte am ganzen Körper.

Als Memed sie erblickte, war er wie gelähmt. Ein schwindelerregender Duft strömte von ihr aus, füllte die ganze Welt. Ihm wurde schwarz vor Augen, und er taumelte. Schnell fing er sich und ging Seyran einige Schritte entgegen.

»Bist du hergekommen, um dich töten zu lassen, Memed?«

Seyrans Stimme klang hart und kalt.

Memed hatte sich gefaßt. Er näherte sich ihr, wollte sie umarmen, doch Seyran stieß seine Hand von sich.

»Hier tummeln sich die Gendarmen, die Çukurova ist bis zum Rand voller Soldaten, jeder Busch, jeder Käfer, jeder Baum und jeder Vogel ist zum Spitzel geworden, und was tust du? Bist du hergekommen, um dich töten zu lassen?«

Memed brachte kein Wort heraus.

»Setz dich auf dein Pferd und verschwinde in die Berge!«

Seyran schien hart wie ein Fels, und ihre Augen funkelten.

»Ich bin gekommen, um dich heute zu heiraten.«

»Ich heirate keinen Mann, den es wie dich nach seinem eigenen Blut gelüstet. Steig auf dein Pferd und mach dich sofort auf und davon!«

»Seyran!«

»Sprich nicht mit mir! Ich will mit solchen Wahnsinnigen nichts zu tun haben. Und der will Ince Memed sein! Sagt mir, Nachbarn, kann einer wie Ince Memed so handeln?«

Sie machte kehrt, zwängte sich durchs Gedränge und nahm den Weg nach Haus. Wütend vor sich hin grollend, ging sie so schnell, daß ihr Vater und ihre Brüder mit ihr nicht Schritt halten konnten. Erst im Hof des Konaks ergriff der Vater ihren Arm, holten auch die Brüder sie ein.

»Was ist denn, Seyran, was hast du?«

»Sie werden ihn töten, Vater.«

»Wer wird ihn töten?«

»Der Hauptmann, die Gendarmen ... Sie sind zu dritt und die Gendarmen zu tausend. Schick ihn in die Berge, Vater, ich flehe dich an! Wenn Fazli der Gerissene ihn gesehen hat, ist er bestimmt schon unterwegs in die Stadt. Ihr müßt ihn einholen und

Memed retten. Und hätte er Flügel, in der Ebene entkäme Ince Memed den Gendarmen nicht. Die Dörfler aber schlagen sich auf ihre Seite, wenn sie sehen, daß Ince Memed allein und ohne Hilfe ist. Findet mir Fazli den Gerissenen!«

Im nächsten Augenblick schon waren die Brüder im Dorf verschwunden. »Fazli, Fazli der Gerissene!«

»Fazli der Gerissene?«

»Eben noch hab ich ihn gesehen. Er war dort unter dem Vordach.«

»Beobachtete ganz verwundert Ince Memed.«

»Starrte ihn an.«

»Fazli der Gerissene, Fazli der Gerissene!«

Auch die Dörfler verteilten sich, jeder suchte Fazli den Gerissenen. Schon kurz danach kam die Nachricht, Fazli sei zu Pferd auf dem Weg zur Kreisstadt.

»Holt ihn ein, und schießt das Pferd unter ihm weg. Wenn es sein muß, erschießt auch ihn! Erreicht er die Stadt, können wir Memed nicht mehr retten.«

»Muslu, lauf, nimm dir ein Pferd und reite los! Fazli der Gerissene gehört dir!« rief der Dorfvorsteher Seyfali mit dem langen Hals. »Nimm dir Männer mit, soviel du willst! Er darf in der Kreisstadt nicht ankommen.«

»Seyrans Brüder sind auch aufgebrochen.«

»Die greifen ihn schon, den Gerissenen.«

»Sie sollen ihn töten«, rief Osman der Mächtige mit Donnerstimme, »ihn töten und im Sumpf von Akçasaz versenken!«

»Wer ist dieser Fazli?« wollte Ince Memed unbedingt wissen. »Warum seid ihr so aufgeregt?«

Doch niemand antwortete ihm, jeder war zu sehr mit Fazlis Verbleib beschäftigt. Bis schließlich der Dorfvorsteher mit dem langen Hals, Seyfali, ihn aufklärte: »Dieser Fazli, mein Memed«, sagte er, »ist eine Waise und des Hauptmanns Vertrauter. Nachdem du fort warst, hat er Tag und Nacht Seyran belauert. Wohin sie auch ging, was sie auch tat, er war wie ein Schatten hinter ihr her. Kaum daß er dich jetzt gesehen hatte, schwang er sich auf das ihm vom Hauptmann geschenkte Pferd und jagte mit verhängten Zügeln in die Stadt. Daher die Aufregung!«

»Ist Seyran deswegen so wütend?«

»Weswegen sonst«, antwortete Mutter Kamer vorwurfsvoll. »Als die Nachricht von deinem Tod kam, hätte sie sich beinah umgebracht. Bis in den Morgen hat sie in dem riesigen Konak geschrien. Und sie ist vor Freude fast geflogen, als sie später sah, daß nicht du der Tote warst. Und die ganze Welt, ob die Vögel am Himmel, die Fische im Wasser, die Ameisen auf der Erde, die Gazellen im Ödland, die Adler und Wölfe in den Bergen, selbst die Bäume und Gewässer, sie alle sprangen mit ihr vor Freude im Kreis. Ja, die Sterne am Himmel, der Mond, die Sonne, die Blumen strahlten vor Freude. Die ganze Welt lachte. Und alle Menschen in dieser Ebene nahmen teil an Seyrans Freude. Als die Ebene erfuhr, daß du nicht gestorben bist, hörten sogar die Säuglinge auf zu greinen und begannen ein fröhliches Gebrabbel ...«

»Seyran ängstigt sich.«

»Mir kann nichts geschehen. Sieh!« Er zeigte ihr den Ring an seinem Finger.

»Was ist das?«

»Der Siegelring vom Hort der Vierzig Augen. Ein Siegel mit einem Zauber, verstehst du?«

»Davon weiß Seyran nichts.«

»Mütterchen Sultan gab ihn mir. Ab jetzt ...«

»Ich verstehe«, freute sich Mutter Kamer, »ab jetzt bist du gegen Kugeln gefeit.«

In diesem Augenblick kam Seyrans Vater in den Hof, ein gutgekleideter breitschultriger Mann mit weißem Bart und einer Narbe auf der Wange seines verwitterten Gesichts.

»Unsere Jungen werden ihn sich greifen, bevor er die Stadt erreicht«, sagte er.

Memed war beruhigt. Dieser schwere, vertrauenerweckende Mann mit dem freundlichen Gesicht gefiel ihm.

»Haltet draußen Wache«, wandte er sich an Kasim und Temir, »und sagt den Leuten, sie sollen sich zerstreuen. Ich habe im Haus mit den Agas etwas zu besprechen!«

Vorweg Seyrans Vater, gefolgt von Seyfali, Hüsam und den anderen Dörflern, gingen sie hinein.

»Bleib du hier, Onkel!« bat Memed Osman den Mächtigen. »Und wenn wir jetzt hineingehen, wirst du nach Gottes und des Propheten Willen Seyrans Vater bitten, daß er mir Seyran zur Frau gibt! Ist ein Imam im Dorf?«

»Ja.«

»Dann werden wir anschließend zu Seyran gehen und dort die Trauung vornehmen.«

»Das ist wunderschön!« frohlockte Osman der Mächtige, eilte sofort ins Zimmer und bat für Memed um Seyrans Hand.

»Er soll sie haben«, sagte Seyrans Vater. »Gott hat die beiden füreinander bestimmt, was bleibt mir da noch zu tun ...«

Hüsam eilte zum Imam, Seyfali und Osman der Mächtige wurden Trauzeugen. Als Seyran den Imam mit Memed, Osman dem Mächtigen und Seyfali im Gefolge kommen sah, wußte sie, warum, aber ihr Zorn legte sich nicht, wurde heftiger, je mehr sie sich ängstigte.

Die Trauung wurde schnell vollzogen, dann ließen sie Memed und Seyran allein im Zimmer zurück. Kurz darauf ertönten in Osman des Mächtigen Hof die Pauken und Oboen, stellten sich die Dörfler zum Reigen auf.

Verlegen und ganz behutsam näherte sich Memed Seyran, die wie zu Stein erstarrt mitten im Zimmer stand. Er lächelte, sie blickte eiskalt.

»Seyran«, sagte er. Die erstarrte Seyran zuckte mit keiner Wimper. Memed umarmte sie, drückte sie an sich, küßte sie. Doch Seyran stand da, leblos, jeder Blutstropfen schien aus ihren Adern gewichen.

»Seyran, was ist mit dir?«

Sie rührte sich nicht.

»Ich bitte dich, Seyran ...«

Von weitem, von Akçasaz, hallten Stimmen herüber, vermischten sich mit den dumpfen Klängen der Trommeln.

»Bist du tot, Seyran?«

Memed gab sich alle Mühe, bat und flehte, aber Seyrans Trotz konnte er nicht brechen.

»Du bringst mich um, Seyran. Sag etwas, nur ein Wort!«

Seyran sah ihm mit ihren großen, zornigen Augen verwundert

und doch voller Liebe eine Zeitlang ins Gesicht. »Steig auf dein Pferd und reite fort, Memed«, sagte sie dann. »Wenn du stirbst, werde ich dich nicht überleben. Reite, und wo du auch bist, ich komme nach, so schnell es geht!«

Ihre Stimme klang so traurig, daß Memed ganz weh ums Herz wurde.

»Ich reite sofort, Seyran«, sagte er, »augenblicklich.«

Sie umarmten sich. Seyran küßte seine Wangen so verhalten, als befürchte sie, ihn zu verletzen.

Memed eilte hinunter, nahm mehrere Stufen zugleich, und Seyran schaute hinter ihm her.

»Auf geht's, Freunde, wir reiten!«

Doch Osman der Mächtige fing ihn ab.

»So geht es nicht!« sagte er bestimmt. »Bevor du nicht von unserem Hochzeitsessen gekostet hast, lasse ich dich nicht gehen. Das bringt wirklich Unglück!«

Memed zeigte lachend auf Seyran.

»Mein Mädchen«, rief Osman mit zärtlicher Stimme, »was verlangst du da von meinem Falken? Ince Memed ist doch mein Falke.« Und zu Memed gewandt: »Alle hielten dich nämlich für tot.« Dann legte er seine Hand auf Memeds Schulter und sagte mit Blick auf Seyran: »Erzähl's ihm, Seyran, stimmt es nicht, daß ich sagte, mein Falke stürbe nicht. Sag es, los, sag es!« Er ging zu ihr und nahm sie in die Arme: »Mensch, Mädchen, auch du? Ängstlich wie das Weibervolk. Hör mir zu! Auch wenn Fazli der Gerissene die Stadt erreichen sollte, nehmen wir es einmal an, dann müssen sich die Gendarmen erst marschfertig machen, und wenn sie losgezogen sind, erst hier ankommen ... Was machst du dich also verrückt? Laß meinen Falken in aller Ruhe essen! Den Hochzeitsbraten hat Mutter Kamer doch nur für ihn zubereitet.« Er nahm Seyran an seine rechte, Memed an seine linke Seite und lachte, daß sein weißer Bart wippte. »Diese Hochzeit wird drei Tage und Nächte dauern, auch wenn du jetzt fortreitest ... Denn du bist kein Waisenkind, hast ein Heim, hast einen Vater wie Osman den Mächtigen. Und spätestens morgen werden die Einladungen herausgehen an die Ringkämpfer, die Sänger und Reigentänzer ...«

»Langes Leben und Gesundheit, mein Onkel!«

Die beiden gingen ins Zimmer hinüber, und Seyran blieb in der Tür stehen. Nachdem sie, hingerissen von seinem Äußeren, Memed noch eine ganze Weile betrachtet hatte, verließ sie das Haus, ging bis zum Dorfrand und begann ihren Rundgang, während sich die Abenddämmerung herabsenkte. Ihren scharfen Ohren entging nicht das leiseste Geräusch. Noch waren Fazli des Gerissenen Verfolger nicht zurückgekehrt. Und während sie sich unbändig freute, daß Memed unter Lebensgefahr gekommen war, um sie zu heiraten, verspürte sie doch neben ihrer Liebe, die wie ein klarer, warmer Quell ihren Körper durchrieselte, auch bodenlose Angst … Könnte sie doch Memed auf der Stelle in einen Vogel verwandeln und hoch in die Lüfte werfen! »O mein Gott«, betete sie mit erhobenen Händen. Bis tief ins weite Himmelsgewölbe staffelten sich die Sterne und wellten sich freudetrunken wie ein sonnenbeschienenes, schimmerndes Kornfeld. »Mein Gott, beschütze du meinen Memed!«

Sie schlug den Weg zur Stadt ein, kehrte wieder um, als sie am Bach war, preßte ihr Ohr auf die Erde und horchte auf die Geräusche aus der Ferne. Als sie nichts weiter hörte als das Glucksen des Sumpfes, beruhigte sie sich. Aber bis ans Ende ihrer Tage oder bis eine tödliche Kugel ihren Memed dahinraffte, müßte sie immer wieder ihre Hand voller Entsetzen aufs Herz pressen … Ein Ring an seinem Finger war ihr aufgefallen, mit den Schriftzeichen sah er aus wie einer dieser alten Siegelringe, die vor Gefahren schützten … Plötzlich war sie ganz aufgeregt. Aber sie konnte doch jetzt nicht zu ihm gehen und ihn im Beisein aller fragen, was es für eine Bewandtnis habe mit diesem Ring an seinem Finger. Sie lief ins Dorf zurück, ging in Osman des Mächtigen Hof und suchte Kasim auf. Dieser Mann hatte auf sie einen guten Eindruck gemacht.

»Ich bin Seyran«, sagte sie.

»Ich hab's mir gedacht, Schwester.«

»Geh hinein und flüstere ihm ins Ohr, daß ich hier auf ihn warte.«

Kurz nachdem Kasim im Haus verschwunden war, kam er mit Memed schon wieder heraus.

»Seyran!«

»Da draußen ist noch niemand zu sehen. Ich beobachte alle Wege zum Dorf. Doch ich wollte dich etwas fragen, und deswegen ...«

Ihre Stimme klang gehemmt.

»Frag doch, Seyran!«

»Ich wollte fragen, ob ...« Sie stotterte.

»Hast du vor mir Hemmungen?« lachte Memed.

»Ich wollte sagen ...«

»Seyran, Seyran, was wolltest du sagen?« Er nahm sie in die Arme und sog ihren Duft nach Sonne, Licht und Gräsern in sich hinein. Ihm schwindelte, sein Inneres quoll über vor Liebe.

»Ich meine ... Da, an deinem Finger ...«

»Der Ring? Den gab mir Mütterchen Sultan, Oberin vom Hort der Vierzig Augen, die meine Wunden heilte. Nur die Ordensoberen des Horts dürfen ihn tragen. Vor Tod, Kugeln, Krankheiten, Blitz und ...«

»Ich weiß schon, Memed. Mach du dich jetzt auf den Weg, er möge offen und bis ans Ende von Gott beschützt sein! Ich werde dich schon in den nächsten Tagen suchen und finden. Nachdem du diesen Ring trägst, habe ich keine Angst mehr um dich.«

»Nein, hab keine Angst«, sagte Memed. »Sieh, wenn ein Abdi stirbt, tritt ein Hamza der Glatzkopf an seine Stelle, stirbt dieser, ersetzen ihn zehn andere ... Stirbt ein Ali Safa, kommen hundert Ali Safas ... Warum also meine Mühen?«

»Nun, warum?« fragte Seyran. Daß Memed lange redete, hatte sie noch nicht erlebt. Er wollte ihr bestimmt Wichtiges mitteilen, wenn er ihr so spät in der Nacht noch Fragen stellte.

Mitten im Hof loderte ein großes Feuer, um das herum junge Burschen gleichmäßig wie träge dahingleitende Wasser einen alten, langsamen Reigen tanzten.

»Denn wenn Ince Memed stirbt ...« Seine helle Stimme hallte.

»Gott bewahre dich!« beschwor Seyran.

»Wenn Ince Memed stirbt, werden zehntausend, hunderttausend, aber hunderttausend, aber und aber hunderttausend, Millionen Ince Memeds kommen. Und wenn du mich fragst, warum, nun, weil die Armen die Mehrheit sind und die Reichen die Minderheit … Und diese wird sich am Ende erschöpfen.«

»Ich weiß, was du meinst.« Seyran umarmte ihn. »Ich hab's genau begriffen. Sie werden aufgerieben und schließlich verschwinden. Geh du jetzt hinein und iß … Wer weiß, wie viele Tage du schon hungerst.«

Memed ging ins Haus, und Seyran machte sich auf den Weg zum Hügel in der Nähe des Dorfes. Er war nicht sehr hoch, aber immerhin ein Hügel. Plötzlich wurde ihr bewußt: Diese Trommeln, diese Hochzeit galten ihr und Memed …

Während sie den Hang emporstieg, horchte sie darauf, wie der Schlag der Pauke von einem Reigen zum anderen überleitete, erkannte sie am Schein des Feuers, wie immer wieder Holzscheite nachgelegt wurden, und war mit den Gedanken bei ihrer Hochzeit. Aber auch Mütterchen Sultans Ring ging ihr nicht aus dem Sinn. Trotzdem konnte sie ihre Angst nicht ganz überwinden und betete zu Gott, daß ihr Mann das Dorf bald verlassen möge, bevor ihm ein Leid geschah.

Aber würde Ince Memeds Leben nicht immer so verlaufen wie heute? Konnte ein Menschenherz das ertragen? Ihr war, als stürze sie in einen tiefen, dunklen Abgrund der Hoffnungslosigkeit. Erschöpft setzte sie sich auf die feuchte Erde und nahm ihren Kopf zwischen beide Hände.

Plötzlich fing sie sich wieder. »Sieh dir diese kleine Hure an«, sagte sie lachend zu sich selbst, »diese ängstliche, dumme kleine Hure … Will ihr ganzes Leben so in Angst verbringen! Hast du denn nicht begriffen, was der Junge dir gesagt hat, hey, Seyran, du rotznäsiger Dummkopf! Agas sind wenige, Arme sind viele … Die wenigen werden aufgerieben und nach und nach verschwinden. Seit diese Welt erschaffen wurde, waren es immer die Armen, die aufgerieben wurden. Diesmal sind die anderen dran …«

Als sie in Osman des Mächtigen Hof zurückkam, hatte sich das Jungvolk gerade zu einem neuen Reigen aufgestellt. Die Mädchen und Frauen des Dorfes in ihren schönsten Festkleidern, mit ihrem schimmernden Schmuck waren aufgeblüht wie Blumen im Frühling. Sie nahmen Seyran in ihre Mitte, führten sie in ein weiträumiges Nachbarhaus und stimmten mit ihr alte, fröhliche

Lieder an, als hätten sie gerade erst festgestellt, daß es sich hier nicht um ein Spiel, sondern um eine richtige Hochzeit handelte. Im Handumdrehen hatten sie Seyrans Haare prächtig hergerichtet und bräutlich geschmückt.

Es war schon Mitternacht, als ein Reiter mit verhängten Zügeln in Osman des Mächtigen Hof hetzte, neben dem Feuer vom Pferd sprang und ins Haus eilte. Die Paukenschläger hielten sofort inne und begannen mit gespannten Blicken abzuwarten.

»Unterhalb der Stadt, keinen Zigarettenzug von der Brücke entfernt, hatte ich Fazli den Gerissenen eingeholt. Er ließ sein Pferd frei ausgreifen. Mit einer Kugel habe ich es unter ihm weggeschossen. Das Pferd stürzte. Ich ritt hin, doch Fazli war verschwunden. Ich habe alles abgesucht, das Gestrüpp, das Röhricht, die Bäume. Und während ich noch suche, sehe ich, wie sich auf der Brücke die Menschen drängen. Ich sehe noch einmal hin und entdecke Gendarmen, entdecke an ihrer Spitze Hauptmann Faruk, daneben Leutnant Habip, Ali die Echse, Fazli den Gerissenen ... Da hab ich dem Pferd die Sporen gegeben und bin sofort hergeritten.«

Gelassen, als gäbe es keinen Grund zur Unruhe, stand Memed auf. Er lächelte: »Gut so«, sagte er, umarmte jeden der Anwesenden und ging hinaus zu den jungen Leuten. »Ich danke euch für den schönen Reigen, aber warum habt ihr aufgehört zu tanzen?« fragte er in die Runde, und sofort begannen die Paukenschläger wieder ihr Spiel.

Dann fragte er nach Seyran, und sie wiesen ihm den Weg. Als er die brautgeschmückte Seyran entdeckte, wurden seine Augen feucht.

»Leb wohl, Seyran!« sagte er nur.

»Gott schütze dich!«

Memed und seine Begleiter nahmen den Weg nach Amberarki und schlugen von dort die Richtung zur Kreisstadt ein.

Unterhalb von Kabaağaç stand Ali der Hinkende neben seinem Pferd und rauchte eine Zigarette nach der anderen.

»Schau, Kasim«, sagte Memed, »was da drüben unter dem Baum glüht, ist Ali des Hinkenden Zigarette.«

»Woher wußte er, wann wir kommen?«

»Er wußte, daß wir kommen, also hat er gewartet.«

Kurz darauf zügelten sie dicht am Baum ihre Pferde.

»Selamünaleyküm, Ali Aga der Hinkende!«

An den Umrissen erkannten sie Ali den Hinkenden, der einige Schritte näher gekommen war.

»Willkommen, Memed Aga, steigt ab und raucht eine Zigarette mit mir!«

»Wir werden den Anblick der Rauchenden genießen«, sagte Kasim.

»Wir werden den Anblick der Rauchenden genießen«, wiederholte Temir die höfliche Ablehnung.

»Dreh mir ein prallgefülltes Blättchen!« lachte Memed. »Weißt du's schon, Aga der Hinkende, ich habe geheiratet.«

»Ich weiß. Gott lasse eure Köpfe auf einem gemeinsamen Kissen grau werden!«

»Im Dorf Vayvay ist Hochzeitsfest.«

»Ich weiß. Gott lasse es uns an frohen Festen nicht mangeln!«

»Und Hauptmann Faruk kommt mit voller Mannschaftsstärke zur Hochzeit.«

»Ich weiß.«

»Es gibt wohl nichts, wovon du nicht weißt, Aga der Hinkende. Wie geht es Sinemoğlu?«

»Gott bewahre uns vor dem! Letzte Nacht hat er ein Maschinengewehr auf dem Hügel in Stellung gebracht und bis am Morgen knattern lassen. In der Stadt konnte keiner nicht einmal die Nase zur Tür hinausstrecken, kein Gendarm und auch kein Unteroffizier Asim. Und gleich geht es wieder los.«

»Wieso läßt Hauptmann Faruk ihn denn gewähren und reitet nach Vayvay?«

»Um dich zu fangen. Fazli der Gerissene ist sein besonderer Gefolgsmann, sein größter Spion. Als der dich anzeigte, war der Hauptmann sich seiner Sache sicher.«

»Hast du den Hodscha gesehen?«

»Ich hab ihn gesehen, er hat sich sehr gefreut und umarmt dich herzlich. Die Sache mit dem Wärter ist auch gelaufen. Nur Yobazoğlu sträubt sich noch. ›Ich geh hier nie und nimmer raus‹, sagt er.«

»Laß ihn reden. Wenn er erst die Gewehrmündung sieht ... Zuerst werden wir mit dir zum Haus des Molla Duran Efendi reiten, und dann werden wir Ferhat Hodscha holen. Wo ist Ümmet der Blonde?«

»Im Ladenviertel ... Den mußt du sehen! Wenn er durch die Straßen geht, erhebt sich das ganze Viertel und grüßt. Sogar die Agas und Beys reißen sich danach, von ihm gegrüßt zu werden.«

»Es läuft also alles nach Wunsch.«

»So ist es. Was hast du mit meinem Aga Molla Duran Efendi vor?«

»Das, was du mit meinem Murtaza Aga vorhast?«

»Bitte, Ince Memed, tu mir das nicht an! Ich hab für mich einen guten, menschlichen Aga gefunden, nun nimm ihn mir nicht fort!«

»Bring mich erst einmal zu ihm. Aber vorher werde ich deine Hände fesseln!«

»Tu's nicht«, entgegnete Ali. »Der Mann ist schlau wie ein Fuchs. Er weiß von unserer brüderlichen Freundschaft. Und er ist einer von uns ... Dreht durch vor Wut auf die Agas und Beys.«

»Um so besser. Auf denn, wir reiten!«

»Aber ihm kein Leid ...«

»Laß uns aufbrechen, Ali!«

»Nun warte doch, Mann, rauche erst einmal deine Zigarette!«

»Die nimmt ja kein Ende ... Du hast sie zu prall gerollt.« Er nahm einige hastige Züge und warf den Rest der Zigarette in hohem Bogen fort. »Los, auf die Beine!«

Während Ali aus der Hocke hochkam, vergaß er auch in dieser Dunkelheit nicht, den Staub von seinem Hut zu klopfen.

Nachdem Ali der Hinkende gebückt und schnell die Treppen hochgeeilt war, verhielt er außer Atem.

»Was ist los, Ali, was gibt es?«

»Es gibt nichts zu befürchten, ich habe Ince Memed mitgebracht!«

»Weeen?«

»Ince Memed!«

Duran Efendi erhob sich, um ihn zu begrüßen.

»Willkommen, willkommen, Ince Memed, mein Sohn, ich hatte mir schon sehnlichst gewünscht, dich kennenzulernen. Ich freue mich, den Mann zu sehen, der edel ist wie unser Prophet. Du Schwert unseres heiligen Ali Efendi und unseres Ahnen Köroğlu, mein Ince Memed, Rächer der Waisen ... Gott persönlich tauchte dein Schwert in kühlendes Wasser, und der heilige Hizir streichelte aufmunternd deine Schulter. Wohin dein Schwert auch schlägt, wird es spalten, und stehst du auch mitten auf dem Schlachtfeld, wird dich keine Kugel treffen. Sei willkommen und trinke wohlwollend unseren Kaffee!«

Außer sich vor Freude über diesen Gast, tänzelte der alte Mann um Ince Memed herum.

»Getötet hast du ihn, diesen Gottlosen, getötet hast du ihn, diesen Ali Safa. Gott gebe, daß du auch die tötest, die noch übriggeblieben sind. Gott möge die Lebensspanne, die mir verblieben ist, der deinigen zuschlagen. Setz dich hin und ruh dich aus, mein Kind. Bist du hungrig oder durstig? Dieses Haus deines väterlichen Freundes, deines Bruders ist dein Haus ...«

Seine Halsschlagader war angeschwollen, sein Gesicht hochrot angelaufen.

»Bis der Kaffee kommt, drehe ich dir eine Zigarette aus duftendem, bernsteinhellem Tabak.«

Und während er den Tabak einrollte, lachte er auf einmal: »Nein, dieser Hinkende! Nicht meinem ärgsten Feind wünschte ich diesen Hinkenden zum Freund. Seit Tagen, seit er sich mir anvertraute, liege ich ihm in den Ohren, sage ich ihm, unser Falke ist ein Räuber, lebt in den Bergen, braucht zur Rückendeckung einen Mann wie mich. Geh hin und frag ihn, ob er Geld braucht oder Gold, Waffen oder Munition, Decken oder Männer. Und was antwortet mir dieser Teufel? Er wisse nicht, wo er stecke, sagt er. Keinem traut er, nicht einmal seinen eigenen Augen!«

»Zu dir, Efendi, hat er viel Vertrauen.«

»Das habe ich gerade eben festgestellt!«

»Hat er dir auch die Sache mit Ferhat Hodscha erzählt?«

»Das hat er.«

»Wie soll er sein Vertrauen denn noch beweisen, Efendi?«

»Ja, ja, er traut mir.«

Memed senkte den Kopf und hing eine Weile seinen Gedanken nach. Hin und wieder blickte er auf, ließ die Augen von Kasim zu Temir wandern, doch dann senkte er wieder gedankenverloren seinen Kopf.

»Sag, Memed, mein Sohn, hast du Schwierigkeiten, möchtest du etwas von mir?«

Memed blickte auf, sah ihm ins Gesicht, schaute Kasim und Temir an und ließ den Kopf wieder sinken.

»Nun sag schon, Freund, hab keine Hemmungen, betrachte mich als deinen Vater, als deinen älteren Bruder. Du kannst mit mir über alles offen reden. Auf dieser Welt bin ich zu nichts anderem nütze gewesen, als dieses Scheißgeld zu schichten. Und so hat sich meine ganze Wut in mir angestaut. Wenn ich diese Provinzagas nur sehe, kriege ich das Kotzen. Diese Kladden von Menschen, diese mitleidlosen, verlogenen, feigen Ungeheuer ... Und immer mehr beginne ich ihnen zu ähneln, werde ich gerissen wie sie, vielleicht tausendmal verlogener als sie, unaufrichtig mir selbst, meiner Familie, meinen Freunden, dir und sogar Ali gegenüber, genau wie sie ... Ich bitte dich, sag, was du von mir willst, rede offen mit mir!«

»Gib den Yürüken ihre Winterquartiere zurück«, sagte Ince Memed mit harter, messerscharfer Stimme. Selbst erschrocken, daß seine Stimmte so laut, so hart und gebieterisch geklungen hatte, senkte er peinlich berührt den Kopf.

»Das kann ich nicht!«

»Du wirst es können!« ergrimmte sich Ince Memed. Daß Molla Duran so bestimmt ablehnte, kam ihm zupaß. Jetzt konnte er noch härter werden.

»Niemandem kann ich von meinem Eigentum, von meinem eingetragenen Grund und Boden, auch für mein Leben eine Handbreit abgeben. Sogar meinem Augapfel Ince Memed nicht. Weißt du, was mich der Erwerb gekostet hat? Denkst du denn, daß ich aus Angst um mein Leben jemandem mein Land schenke, Ince Memed?«

»Augenblick!« mischte sich Ali der Hinkende ein. »Es scheint sich um ein Mißverständnis zu handeln. Ince Memed will nicht deine im Grundbuch eingetragenen Felder. Er will, daß die Yürüken wie früher ihre Winterlager aufschlagen können, ohne dafür bezahlen zu müssen. Sie sind sehr arm geworden, und diese Weiden gehören ihnen …«

»Mein Gott«, lachte jetzt Molla Duran Efendi. »Ich habe sie ihnen abgekauft und dafür blankes Geld hingezählt. Sag den Yürüken, sie dürfen dort lagern. Solange du lebst, ob in den Bergen, in der Ebene oder gar im Krankenbett, werde ich ihnen weder Weide noch Lagerplatz berechnen.«

»Leben sollst du, Molla Duran Efendi!«

»Du auch, Ince Memed, mein Sohn, mein Recke. Möge Gott dich noch lange Jahre in den Bergen beschützen, und was mir an Lebenszeit verbleibt, möge er mir nehmen und dir geben!«

Als erster stand Ali der Hinkende auf, danach erhoben sich die Räuber. Molla Duran Efendi geleitete sie zur Tür des Konaks.

»Hör mir zu, Ince Memed, was du auch benötigst, wir werden uns hier in der Ebene darum kümmern. Und ich, Molla Duran Efendi, werde dafür keinen Gegendienst verlangen. Aber niemand wird, solange ich lebe, auch nur die Hand nach meinem Grund und Boden ausstrecken. Denn diese Erde, die ich unter Einsatz meiner Seele erworben habe, ist der Kern meines Menschseins in dem Maße, wie Ince Memed der deine ist … Gott sei euer Helfer und eure Klinge scharf … Und grüßt mir Ferhat Hodscha!«

Während sie mit Ali, der inzwischen seine alte Dörflertracht angezogen hatte, durch die engen Gassen zum Gefängnis gingen, begann oben auf dem Hügel Sinemoğlus Geknatter. Das Maschinengewehr schien ihm nicht zu reichen, denn aus fünf verschiedenen Richtungen feuerten noch fünf Mauser ununterbrochen auf die Stadt.

Sie hörten, wie der Gendarm auf der Mauer in Deckung ging und »Parole!« sagte. Doch Ali der Hinkende war schon wie eine Katze hochgeklettert und hatte ihn an den Händen gepackt. »Halt den Mund, Sivaser, oder ich sauf dein Blut!« zischte er. »Man nennt mich Sinemoğlu!«

»Laß mich leben, Sinemoğlu!«

Mit einigen Handgriffen hatte Ali das Gewehrschloß aus dem

Karabiner entfernt. »Ich werde es nachher neben das Gefängnistor legen. Wir tun nichts Böses und sind nur gekommen, den verleumdeten Mann Gottes, Ferhat Hodscha, herauszuholen. Misch du dich also nicht ein!« Dann glitt er die Mauer hinunter.

»Öffne das Tor, Wärter!«

Und der Wärter öffnete das Tor.

Daraufhin kam vom Gendarmerieposten über ihnen gut gezieltes Gewehrfeuer. Vermutlich von sechs oder sieben Schützen.

»Unteroffizier Asim!« brüllte Ince Memed. »Ich habe die Stadt mit vierzig Mann eingekreist und Hauptmann Faruk ins Dorf Vayvay geschickt. Ich begehe kein Unrecht. Denn du weißt so gut wie ich, daß Ferhat Hodscha niemanden getötet hat. Er tat noch keiner Ameise etwas zuleide. Ich werde ihn also mitnehmen, was ist Schlimmes daran? Wenn du jetzt weiterschießt, hole ich dich auch und schleppe dich in die Berge. Das schwöre ich dir bei meiner Mutter und Hatçes Seelen und beim Hort der Vierzig Augen, und du weißt, daß ich tue, was ich sage. Nehme ich dich aber mit, machst du geachteter Unteroffizier dich vor Freund und Feind lächerlich.«

Unteroffizier Asim stellte das Feuer ein.

Eilig holte der Wärter Ferhat Hodscha und Yobazoğlu herbei. »Ich bin sehr erfreut, Sie zu sehen, Ince Memed Bey. Welch glücklicher Umstand! Ich nehme doch an, daß wir es dem Hodscha Efendi nicht an gebührendem Respekt haben fehlen lassen und daß er mit uns zufrieden ist ...« Er bückte sich und küßte Ferhat Hodscha die Hand. »Leben Sie wohl, mein Hodscha! Wie schön, daß Ince Memed Bey Sie zu Recht in die Freiheit entläßt. Sagte ich Ihnen seit Ihrer Einlieferung nicht immer, daß Sie unschuldig sind und befreit werden? Nun sind Sie frei, welch eine Freude. Und wir haben dank Ihnen Ince Memed Beyefendi kennengelernt. Leben Sie wohl, Efendi. Sollten wir gefehlt haben, verzeihen Sie Ihrem ergebenen Diener, Efendi!«

23

Fazli der Gerissene beschwerte sich beim Hauptmann. »In diesem Dorf kann ich nicht bleiben, mein Hauptmann. Die haben mich nicht getötet, nicht einmal verprügelt, nein, sie taten Schlimmeres. Im Dorf spricht niemand mehr mit mir, schaut mich niemand mehr an, nicht einmal die Hunde. Ja, nicht einmal meine Mutter und meine Brüder reden mit mir. Es gibt wohl niemanden im Dorf, den sich unser Gefreiter Ali die Echse noch nicht vorgenommen hat, sogar meiner Mutter brach er schon die Rippen. Über diese Prügel, diese Grausamkeiten und Erniedrigungen regen sie sich nicht auf, aber wehe, ihre Dorfhochzeit wird gestört! Was weiß ich, um wessen Hochzeit es sich handelte. Als ich zur Stadt rannte, gab es im Dorf weder Trauung noch Fest. Auch später habe ich nichts darüber erfahren. Es redet ja niemand mit mir, so daß ich fragen kann und eine Antwort bekomme. Ich kenne doch Ince Memed, kenne ihn besser als dich, als meinen Bruder und meine Mutter. Und ich habe ihn mit diesen meinen Augen gesehen. Ist es denn meine Schuld, mein Hauptmann, wenn die Dörfler ihn entwischen lassen?«

»Es ist deine Schuld«, donnerte der Hauptmann. »Die Dörfler hätten nichts merken dürfen. Als sie entdeckten, daß du verschwunden warst, ist Ince Memed geflohen. Du hättest mir einen anderen Mann schicken müssen!«

»Ich finde doch niemanden, mein Hauptmann. Alle Dörfler von sieben bis siebzig, ob in der Çukurova oder in den Bergen, verehren ihn wie einen Heiligen und küssen die Erde, auf die er tritt. Nicht einmal meine Mutter spricht mit mir, nur weil ich Sie benachrichtigt habe, daß er ins Dorf gekommen ist. Tu etwas für mich, mein Hauptmann, in diesem Dorf kann ich jetzt nicht mehr leben.«

»Nun gut, hast du einen Ersatzmann für dich bestimmt?«

»Ich habe keinen gefunden.«

»Dann wirst du ins Dorf zurückkehren.«

»Das kann ich nicht.«

»Ich befehle es dir!«

»Ich kann nicht zurück, mein Hauptmann. Sollte Ince Memed wieder ins Dorf kommen, wird er als erstes mich töten.«

»Der kann nicht noch einmal ins Dorf kommen.«

»Er kann, mein Hauptmann. Er fürchtet sich vor nichts. Er kann sogar kommen und mich töten.«

»Du wirst ins Dorf zurückkehren, und damit basta! Jetzt hinaus mit dir, ich habe zu tun. Geh zu Murtaza Aga, und laß dir von ihm Geld geben. Und du wirst heute noch im Dorf sein und auf meine Befehle warten. Und laß Seyran nicht aus den Augen!«

Fazli der Gerissene ließ den Kopf sinken und schlich zur Tür hinaus.

»Sag mir, Unteroffizier Asim«, der Hauptmann hatte die Daumen unter seinen Gürtel geklemmt und sich von seinem Schreibtisch erhoben, »ob dieser Räuber mit dem Maschinengewehr heute nacht wohl wiederkommt, um die Stadt zu beschießen?«

»Er wird wiederkommen, mein Hauptmann.«

»Ist Ince Memed dieser Mann?«

»Er kann es nicht sein, mein Hauptmann. Ince Memed ist ein ernsthafter Räuber.«

»Du magst ihn, nicht wahr?«

»Ich mag ihn, mein Hauptmann. Er mag mich auch.«

»Ich weiß, Unteroffizier Asim. Er ist aber ein Feind ...«

»Ehre auch dem feindlichen Recken!«

»Wer kann es also sein?«

»Einer der jungen, die sich einen Namen machen wollen. Falls Ince Memed ihn aufgefordert hat, die Stadt zu beschießen ...«

»Und die Walstatt verwaist ist ... Dann wollen wir ihn heute mal in die Falle locken und die Sache erledigen. Wenn Ankara erfährt, daß Räuber schon die Stadt überfallen ... und auch, daß Ince Memed Ferhat Hodscha und Yobazoğlu aus dem Gefängnis herausgeholt hat, können wir beide nur noch eins tun: zur Stadtverwaltung gehen und uns bei Murat dem Einwanderer als Straßenkehrer registrieren lassen.«

»Stimmt, mein Hauptmann. Ich kann mich übrigens auf der Straße nicht mehr sehen lassen. Es kommt mir vor, als machten sich alle über uns lustig.«

»Sie machen sich über uns lustig! Hast du im Dorf Vayvay

nicht gemerkt, wie sie über uns lachten? Diese Dörfler sind uns spinnefeind. Sie haben nur Angst vor uns, nichts als Angst. Ansonsten mögen sie uns überhaupt nicht. Vor den Räubern haben sie auch Angst, aber uns mögen sie nicht. Was sollen wir also tun?«

»Sie meinen, wegen Ferhat Hodschas Flucht?«

In der Kreisstadt wurde nicht darüber gesprochen, tat man so, als sei überhaupt nichts geschehen. Seit drei Nächten schon kamen die Räuber, beschossen die Stadt und machten sich morgens wieder auf und davon. Sogar Murtaza Aga regte sich nicht darüber auf. Seit zwei Tagen war er außerdem nirgends zu sehen. Der Hauptmann fragte nach ihm, schickte seine Leute aus, aber niemand konnte ihn finden. Auch der Landrat und der Oberbürgermeister verhielten sich mäuschenstill. Zülfü Bey dagegen grinste übers ganze Gesicht. Dem pensionierten Richter Hüdai Bey lag gleichfalls so manches auf der Zunge, doch er wußte sie zu hüten. Ince Memed soll in Molla Duran Efendis Haus eingedrungen sein, habe dort dessen Getreuen, Ali den Hinkenden, überwältigt, gefesselt und nur auf Molla Duran Efendis flehentliches Bitten hin nicht getötet. Nach diesem beschämenden Vorfall soll Ali der Hinkende das Haus nicht mehr verlassen haben. Er ist schließlich ein Mann von Ehre, und daß ein Jüngling wie Ince Memed ihn überwältigen konnte, geht ihm bestimmt sehr nahe. Daß ausgerechnet ein Mann wie er in diese Lage gerät, bedeutet ja auch ein bißchen seinen Tod. Warum also sollte Molla Duran Efendi ihn in Zukunft noch in Dienst nehmen.

»Ali der Hinkende kann uns jetzt helfen, wir könnten ihn als Spurensucher einsetzen, nicht wahr, Unteroffizier Asim?«

»Dieser Mann war mir noch nie ganz geheuer, mein Hauptmann. Mir kommt er immer vor, als drehe er unterderhand irgendein Ding. Er ist falsch. Oder er fürchtet sich vor Ince Memed.«

»Jeder fürchtet sich ja vor diesem Mann, und ich werde ihn eigenhändig töten.«

»Hauptmann Şevket soll auch hinter ihm hersein.«

»Er ist hinter ihm her«, lachte der Hauptmann. »Er konnte mich noch nie ausstehen, und jetzt will er mir Ince Memed wegschnappen. Wir sind Klassenkameraden. Er hat schon so viele Räuber weggeputzt oder gefangengenommen und hat noch nicht genug.«

»Manche Menschen kriegen nie genug«, sagte Unteroffizier Asim.

»Wir müssen mit dem Präsidenten des Strafgerichts reden.«

»Ein harter Mann, mein Hauptmann ...«

»Ferhat Hodscha hatte doch überhaupt keine Schuld ... Adem war verschwunden, wie du weißt. Wissen wir denn, wer ihn getötet hat? Vielleicht ist er gar nicht tot. Wir haben ihn nur verhaften lassen, um Ali Safa Bey einen Gefallen zu tun. Ein ordentliches Gericht hätte ihn freigesprochen. Wie hieß noch dieser ängstliche, aber dickköpfige Mann, der immer heulte?«

»Yobazoğlu.«

»Ach ja. Kann der jemanden töten?«

»Das kann er nicht.«

»Dann hätten beide freigesprochen werden müssen.«

»Ein gerechter Richter hätte sie auch freigesprochen. Aus Mangel an Beweisen.«

»Sollten wir Halil Bey den Überschwenglichen ...«

»Suchen Sie lieber persönlich den Präsidenten des Strafgerichts auf und erzählen ihm alles. Man könnte es so hinstellen, als seien die beiden nicht geflohen, sondern freigesprochen worden.«

»Das wäre die beste Lösung ... Und wenn Ferhat Hodscha sich auch den Räubern anschließt?«

»Darüber denken wir später nach.«

»Auch noch einen Imam am Hals, einen betenden Räuber! Das ist schon eigenartig.«

Gegen Abend standen die Gendarmen in voller Ausrüstung bereit. Heute nacht noch würden sie sich im Gestrüpp auf dem Wildschweinhügel in den Hinterhalt legen und die Räuber abfangen, wenn diese ihr Maschinengewehr in Stellung brächten.

»Nehmen wir doch Ali den Hinkenden auch mit.«

»Nehmen wir ihn mit, mein Hauptmann. So können wir ihn prüfen, vielleicht lohnt es sich.«

Ein Gendarm wurde zum Hause Molla Duran Efendis geschickt, den Hinkenden zu holen.

Als Ali der Hinkende mit dem Hut in der Hand, gestiefelt und in Reithosen das Zimmer betrat, stand er stramm.

Bevor er Ali einen Platz angeboten hatte, kam der Hauptmann schon zur Sache: »In dieser Nacht noch wirst du dich mit Unteroffizier Asim in den Hinterhalt legen und die Räuber gefangennehmen, die unsere Stadt beschießen wollen. Setz dich!«

Verschüchtert um sich blickend, hockte Ali der Hinkende sich auf den nächsten Stuhl. Er stülpte den Hut über seine Knie, doch jedesmal, wenn er die Hände flach auf seine Schenkel legen wollte, rutschte der Hut zu Boden, bis schließlich Unteroffizier Asim ihn aufhob und an einen Nagel in der Wand hängte.

»Ich danke dir, Unteroffizier!«

Alis Augen waren die Narbe an Asims Hand nicht entgangen. Ince Memed hatte ihn also dort getroffen, schoß es ihm durch den Kopf. Ich habe selten einen so klugen und mutigen Mann wie diesen Unteroffizier Asim gesehen. Wäre er, anstatt sich als Gendarm so herumzuplagen, Räuber geworden, hätte er sich in diesen Bergen einen ebenso berühmten Namen gemacht wie Ince Memed; und täten sich auch alle Gendarmen der Türkischen Republik zusammen, sie könnten ihn nicht fangen, nicht töten.

»Hat Ince Memed dir etwas getan?«

»Nein. Er wollte mich töten, aber aus Achtung vor Molla Duran Efendi, der ja ein Mann des Glaubens ist, hat er mich verschont.«

»Hast du eine Ahnung, wer die sind, die unsere Stadt so beschießen?«

»Nach meiner Meinung sind es ganz junge Burschen, noch Kinder. Männer, die ihre fünf Sinne beisammenhaben, tun so etwas nicht.«

»Hat Ince Memed seine Hand im Spiel?«

»Er hat. Um Ferhat Hodscha zu befreien, mußte er die Gendarmen aus der Stadt locken ... Und die Jungen haben Spaß daran, die Stadt zu beschießen. Deswegen kommen sie immer wieder. Kinder, wie ich schon sagte ... Um sich einen Namen zu machen. Bald werden sie in die ganze Welt hinausposaunen, wer sie sind.«

»Wenn ich die heute nacht zu fassen kriege ... Ob sie wiederkommen?«

»Wenn die anderen Banden sie nicht daran hindern ...«

»Eine Schande für unsere Kreisstadt.«

»So ist es, mein Hauptmann.«

»Was meinst du, kriegen wir sie, wenn sie kommen?«

»Kommt Unteroffizier Asim mit?«

»Er kommt mit.«

Ali der Hinkende lächelte.

»Dann werden wir sie kriegen. Kann ich auch eine Waffe mitnehmen?«

»Du kannst. Sogar deine eigene.«

»Zu Befehl, mein Hauptmann!«

»Ich bleibe diese Nacht in der Stadt. Ihr könnt soviel Gendarmen mitnehmen, wie ihr wollt.«

Ali freute sich.

In jener Nacht schlichen sie sich auf den Wildschweinhügel, kauerten sich ins Gestrüpp, lauerten bis zum Morgen, doch keine Seele ließ sich blicken.

Als der Tag anbrach, verfolgte Ali eine Zeitlang die Spuren der Räuber.

»Es waren sechs Mann«, sagte er dann, »allesamt Grünschnäbel. Sie hätten heute nacht auch kommen müssen. Warum sind sie weggeblieben? Andere Räuber haben sie entweder erschossen oder ihnen die Ohren langgezogen.«

»Hätten wir sie doch bloß überrascht«, bedauerte Unteroffizier Asim. »Es wäre unser beider Vorteil gewesen.«

»Ja, es hätte uns gutgetan«, bestätigte Ali.

»Und was machen wir mit Ince Memed?«

»Den zu fangen ist schwer.«

»Ob schwer oder nicht, wir müssen. Der Hauptmann stirbt noch vor Kummer. Er denkt nur noch an Ince Memed, an niemand anderen sonst.«

»Viele andere auch.«

»Sogar sein Pferd haben sie zum Heiligen erklärt.«

»Ich kenne das Pferd«, sagte Ali der Hinkende. »Es ist Ali Safa Beys Vollblut und gehört Ince Memed gar nicht ...«

»Wir haben überall befohlen, das Pferd einzufangen und herzubringen. Doch niemand kann sich ihm nähern. Unbegreiflich. Sie können es auch nicht abschießen …«

»Dieses Pferd jagt ihnen Angst ein. Unsere Dörfler schrecken vor solchen Tieren zurück. Sie befürchten, von einem Unheil heimgesucht zu werden, falls sie es fangen oder gar abschießen.«

»Hast du auch Angst?«

»Ja. Ich könnte eher Ince Memed erschießen, aber nicht dieses Pferd.«

Unteroffizier Asim, Ali der Hinkende und die Gendarmen sahen sich noch in den umliegenden Dörfern um, kehrten aber unverrichteter Dinge in die Kreisstadt zurück. Sowohl hier als auch in den Dörfern wußte jedermann, wer die Stadt beschossen hatte. Doch Ince Memeds Name fiel nirgends, auch nicht, daß er in die Stadt eingedrungen war und Ferhat Hodscha aus dem Gefängnis befreit hatte. Alle redeten immer nur von dem Räuber Sinemoğlu.

Eine ganze Woche lang legten sich Unteroffizier Asim und Ali der Hinkende in der nächsten Umgebung auf die Lauer, behielten jeden Vogel im Auge, doch von den Räubern ließ sich niemand mehr blicken.

»Die Dinge laufen aus dem Ruder, Unteroffizier Asim«, stöhnte der Hauptmann. »Ich habe nach langer Überlegung den Präsidenten des Strafgerichts doch nicht aufgesucht. Von Ferhat Hodschas Befreiung redet niemand. Zülfü Bey wird uns einen alten Gefährten Ince Memeds herbringen. Wir sollen ihn zu Ince Memed schicken, damit er ihn tötet. Du weißt, Unteroffizier, daß ich so etwas verabscheue. Seit Jahren bekämpfe ich Ince Memed und will ihn eigenhändig gefangennehmen oder töten. Auch Ince Memed weiß, daß ich eines Verrats nicht fähig bin.«

»Er weiß es, mein Hauptmann.«

»Ein sonderbarer Mensch, dieser Ince Memed.«

»Ein Mensch wie aus vergangener Zeit.«

»Noch so jung und doch so, als habe er den Tod schon überwunden. Vielleicht ist er deswegen so tollkühn und offenherzig. Der Räuber in Zülfü Beys Diensten heißt übrigens Cabbar. Kannst du dich an den erinnern?«

»Und ob ich mich an den erinnere ...«

»Einer derjenigen, die sich nach der Amnestie sofort ergaben. Er redete nie von sich, um so mehr über Ince Memed und Durdu den Tollen; erzählte auch, warum er Ince Memed so schätzte ... Wir hielten damals Ince Memeds Bande für groß und erfuhren erst von ihm, daß sie in Wirklichkeit nur aus zwei Mann bestand. Er war ein sonderbarer Mann mit einem unschuldigen Kindergesicht; soll jetzt auf Zülfü Beys Gut arbeiten ... Übrigens wollte Halil Bey heute den Präsidenten aufsuchen. Mir tut Ferhat Hodscha leid. Er ist unschuldig. Machte einen guten Eindruck. Ich wünsche, daß ihm Gerechtigkeit widerfährt. Dieser Murtaza Aga ist ein geschickter Kerl. Läßt die ganze Stadt reden, denken und glauben, wie es ihm paßt. Der Landrat ist passiv, der Staatsanwalt dagegen ein Feuerkopf. Wie kann ich aber gutheißen, daß Cabbar Ince Memed hinterrücks umbringt? Ja, wir stecken in großen Schwierigkeiten.«

Am gleichen Abend noch begab sich Halil Bey der Überschwengliche ins Haus des Präsidenten des Strafgerichts. Auch er war in jungen Jahren als Jurist in der Provinz tätig gewesen, daher verstanden sich die beiden gut.

»Willkommen, Halil Bey, treten Sie bitte ein!«

Der Präsident war ein höflicher Mann mit guten Umgangsformen. Er war kahlköpfig, hatte klare, kluge Augen, und man erkannte an allem, was er tat, den erfahrenen Mann von Welt. Seine Adlernase und sein kräftiges, breites Kinn gaben ihm den Anschein von Härte. Sowohl sein Vater als auch sein Großvater waren Staatsanwälte gewesen. Darauf war er besonders stolz. Das einzige Bild, das in seinem Haus hing, war eine Zeichnung, die seinen Vater im Talar des Anklägers darstellte.

Halil Bey ging über die alten, knarrenden Dielen und setzte sich in den einzigen, zerschlissenen Sessel im Zimmer. Dem verblichenen Überzug und wurmstichigen Holz des guten Stücks war anzusehen, daß es im Lauf der Jahre schon in vielen Bezirken und Kreisstädten des Landes gestanden hatte.

»Was gibt es Neues, Halil Bey, wir haben uns ja lange nicht gesehen ...«

»Die Geschäfte, die Geschäfte«, antwortete Halil Bey. »Das

Land wird neu aufgebaut, und diese Arbeit wächst uns über den Kopf. Dazu noch die privaten Dinge. Ich wollte meine Landwirtschaft auf den letzten Stand bringen, die jahrelang brachliegenden Felder bestellen und habe mir einen Traktor und sonstiges Gerät gekauft. Doch die Preise fallen, niemand kauft, und die Baumwolle stapelt sich in den Lagern. Denn erst seit kurzem werden in Adana verarbeitende Fabriken gebaut. Die Kassen der Bank für Landwirtschaft sind auch leer, sie rückt keinen Kuruş Kredit heraus. Wenn ich mir das Brachland betrachte, blutet mein Herz. Und ein Heer von Kranken, Versehrten und Arbeitslosen zieht hungernd durch die Çukurova. In der ganzen Ebene begegnen sie keinem einzigen, der nicht vom Sumpffieber befallen ist. Seit Jahren ernährt sich das hungrige Volk von Pflanzen und Gras. Gäbe es nicht wenigstens das, wäre es aus mit uns. Die Menschen verfallen, alles gerät aus den Fugen, und wir wissen nicht, was wir dagegen tun können. Zu allem Überfluß haben wir auch noch diese Räuber am Hals … Aus reinem Übermut überfallen und beschießen sie unsere Stadt. Da hat Murtaza Aga ja recht, so in Panik zu geraten. Vor kurzem erst ist dieser Bandenführer Ince Memed in Molla Duran Efendis Haus eingedrungen, um dessen neuen Gefolgsmann, Ali den Hinkenden, zu töten. Nur auf Bitten Molla Durans ließ er ihn leben, befreite aber einen Mann namens Ferhat Hodscha aus dem Gefängnis. Und nun bat mich Hauptmann Faruk …«

»Ich kann es nicht, Halil Bey«, erregte sich der Richter, »ich habe zu keiner Zeit so etwas getan und werde es auch in Zukunft nicht tun …«

»Aber Ferhat Hodscha soll gar keine Schuld gehabt haben.«

»Wenn er unschuldig gewesen ist, warum plädierte man dann auf Todesstrafe? Nein, auf keinen Fall werde ich so etwas tun und die Justiz zum Spielzeug erniedrigen. Ich weiß, habe so meine Erfahrungen, daß man mir in dieser Stadt jetzt das Leben schwermachen wird, aber ich stamme aus einer alten Juristenfamilie; für mich ist das Rechtswesen heilig, ich kann es in keiner Weise beschmutzen. Bis jetzt war Ferhat Hodscha schuldig, und nur weil er geflüchtet ist, soll er es nicht mehr sein? Hören Sie doch auf, Halil Bey! Sie, der Sie für die Freiheit dieses Landes

Ihr Blut vergossen haben, dürften von mir diesen Gefallen nicht erbitten. Wenn das Recht Schaden erleidet, werden wir schwerlich den Untergang des Landes verhindern. Dieser Staatsanwalt gefällt mir gar nicht. Wie konnte man mit erfundenen Beweisen und falschen Zeugen einen unschuldigen Menschen vor meine Schranken zerren? Ich bin verzweifelt, Halil Bey ... Ich weiß, das Land ist im Aufbau, es werden viele Fehler gemacht, aber das Rechtsbewußtsein und die Moral sind fast so alt wie die Menschheit. Ich werde Ihre Wünsche leider nicht erfüllen können. Ferhat Hodscha wird je nach Beweislage verurteilt oder freigesprochen werden.«

Der Richter hatte so laut und überzeugt gesprochen, daß sein Gesicht schweißnaß geworden war und er sich immer wieder die Stirn abtupfen mußte.

»Reg dich nicht so auf, Bey, du wirst dich noch umbringen«, sagte seine Frau, die ein Glas Wasser hereinbrachte und ihm liebevoll streichelnd die Hand auf die Schulter legte.

»Ich bin verzweifelt, Hanum, wenn ich die Zustände in unserem Land betrachte. Ich weiß, wir werden auch diese Zeiten überwinden, aber ... Es wird sehr schwer werden ... Wenn Sie die Dörfler sähen, die ich verurteilen soll ... Da schäme ich mich meiner und meines Amtes.«

»Ein schweres Amt«, sagte Halil Bey. »Sehr schwer, Gott stehe Ihnen bei!«

»Ja, schwer«, wiederholte der Richter mit hochrotem Gesicht. »Was wäre gewesen, wenn ich Ferhat Hodscha nach den mir vorgelegten Beweisen bestraft hätte? Und jetzt kommen dieselben Leute und behaupten, er habe keine Schuld. Was soll ich also tun? Ich bin ein Mann des Gesetzes. Mein Vater und mein Großvater waren meine Vorbilder. Ich bin verzweifelt, Halil Bey ... Können Sie mich verstehen? Wenn wir das Rechtsempfinden im Menschen abstumpfen lassen, verliert der Mensch die Achtung vor dem Menschen. Wenn der Mensch aber sein Vertrauen, seine Achtung vor dem Menschen verliert, verliert die Menschheit, wird das Leben häßlich.«

Der Richter hatte sich in Hochstimmung geredet und schloß mit den Worten: »Wenn wir ein Land neu gestalten wollen, sollten wir gerecht vorgehen.« Er hob den Kopf und betrachtete Halil den Überschwenglichen mit sonderbarem Blick.

»Wird dieser Ferhat Hodscha jetzt unter die Räuber gehen?«

»Vielleicht«, antwortete Halil Bey. Er schämte sich sehr, wußte nicht, wohin mit seinen Händen, und versteckte sie schließlich zwischen Schenkel und Seitenlehne.

»Wenn dieser Mann sich aber in die Berge schlägt und das Recht, das wir ihm nicht gewährten, in die eigenen Hände nimmt und die Dörfler ihn auch noch wie Ince Memed zum Heiligen erklären, was machen wir dann? Sagen, er sei im Unrecht?«

»Dieser Mann wird ein Räuber, und zwar ein blutrünstiger«, sagte Halil Bey mit besserwisserischer Miene.

»Auch wenn wir ihn freisprechen, weil seine Unschuld erwiesen ist?«

»Wer kann voraussehen, wie ein Mensch sich verhalten wird?«

Der Richter nahm noch einen Schluck Wasser und versank in Gedanken. Plötzlich lachte er: »Nein, beim Menschen weiß man es nie. Eigentlich tut mir dieser Hauptmann leid. Angesichts so vieler Fahnenflüchtiger und Räuber allein gelassen, steht er auf verlorenem Posten! Dazu hat er noch diese Kleinstadtungeheuer gegen sich, die schon für kleinste Vorteile vor nichts zurückschrecken. Und je mehr er in die Enge getrieben wird, desto härter faßt er die Dörfler an, läßt er seine Wut an ihnen aus. Ich sehe ja, in welchem Zustand die Dörfler sind, die mir vorgeführt werden, und bin entsetzt.«

Halil Bey der Überschwengliche stand auf. Auch er schwitzte jetzt.

»Sie haben sogar die Stadt angegriffen und drei Nächte lang mit einem Maschinengewehr beschossen. Unsere Lage ist ziemlich schwierig.«

»Ja, schwierig«, nickte der Richter. »Gott steh uns bei!«

Im Rathaus warteten der Landrat, der Oberbürgermeister und die Notabeln der Stadt bereits auf Halil den Überschwenglichen.

Lächelnd, daß seine Goldzähne blitzten, kam ihm der gutaussehende Oberbürgermeister, ein früherer Schuhmacher, schon am Eingang entgegen.

»Wie sieht's aus?« fragte er.

»Wie soll's schon aussehen. Der Gerichtspräsident hat geschimpft und gedröhnt, hat geflucht, wie es ihm gerade in den Sinn kam, aber er ist für Ferhat Hodschas Freispruch.«

»Er soll sich unterstehen, dagegen zu sein!« sagte Murtaza Aga. »Ferhat Hodscha gibt es nicht. Er ist weder ins Gefängnis gekommen noch daraus befreit worden. Niemand weiß davon, wird es auch nie erfahren ... Die Stadt wurde auch nie beschossen. Die nächtlichen Schüsse rührten von den Scharmützeln her, die sich unsere Gendarmen mit den Schmugglern lieferten. Auch wir haben erst heute davon erfahren.«

Er wandte sich an Molla Duran und legte ihm die Hände auf die Schultern: »Und es war nicht Ince Memed, der in dein Haus kam, nicht wahr?«

»So ist es.«

»Und jener Ince Memed wird in Kürze gefangengenommen und gemeinsam mit Ferhat Hodscha mitten in der Stadt gehängt werden. Und nun wollen wir hören, was unser Bruder Zülfü Bey zu sagen hat!«

»Ja, laßt hören!« sagte der Landrat.

»Ich habe einen Kumpanen von Ince Memed aufgetrieben, sein Name ist Cabbar. Er ist als Cabbar der Lange bekannt. Nach der Amnestie hatte er sich von Ince Memed getrennt und war in die Ebene heruntergekommen. Ich erfuhr es rein zufällig. Er arbeitet auf unserem Landgut. Ein stiller, in sich gekehrter Mensch, bei dem niemand auf den Gedanken käme, ihn für einen Räuber zu halten. Die Dörfler behaupten, er sei ehrenhaft, sehr mutig und habe Ince Memed erst zu dem gemacht, was er heute ist. Da dachte ich, schicken wir ihn doch als Räuber zu Ince Memed mit dem Auftrag, ihn eines Nachts im Schlaf zu töten. Ich habe es dem Hauptmann vorgeschlagen, doch er ist dagegen, sagt, er wolle Ince Memed selbst gefangennehmen, selbst erledigen. Ichsüchtig ...«

»Und wenn dieser Ince Memed, der die Stadt überfällt, Gefangene befreit, im Dorf Vayvay Hochzeit feiert, uns alle tötet, bevor der Hauptmann ihn überwältigt hat?« fragte Murtaza Aga. »Laßt uns gemeinsam zu ihm gehen und ihn überreden!«

»Ich habe doch schon lange auf ihn eingeredet.«

»Er mag mich und hört auch auf mich«, meinte der Oberbürgermeister.

»Am einfachsten wäre die Lösung Cabbar«, meinte der Landrat. »Das muß der Hauptmann einsehen. Aber haben Sie Cabbar schon gefragt, und war er einverstanden? Sie sagten, er sei ein mutiger, ehrenhafter Mann. Meinen Sie, daß solch einer seinen Kameraden hinterrücks ermordet?«

Zülfü Bey lachte schallend: »Ich habe ihn nicht gefragt, aber er wird einwilligen. Ich werde ihn dazu zwingen. Er hat drei klitzeklitzekleine Kinder.«

»Überredet ihr den Hauptmann, den Cabbar übernehme ich«, sagte Murtaza Aga selbstsicher. »Auch ich habe viel von ihm gehört.«

Sie kamen überein, den Hauptmann am nächsten Morgen aufzusuchen.

Schon in aller Frühe trafen sich der Landrat, der Oberbürgermeister und Halil Bey der Überschwengliche im Rathaus und machten sich zum Hauptmann auf. Und nachdem der Hauptmann sich eine Weile gesperrt hatte, willigte er schließlich ein.

»Wir stehen in deiner Schuld, mein Hauptmann«, sagte Halil Bey der Überschwengliche mit dem verschwörerischen Unterton des alten Untergrundkämpfers.

»Was meinen Sie damit?«

»Wenn Cabbar ihn tötet, werden wir Ankara, Adana, ja, der ganzen Welt gegenüber erklären, daß du es warst, der Ince Memed zur Strecke brachte.«

»Ein hervorragender Gedanke«, meinte der Landrat.

Der Oberbürgermeister war ein leidenschaftlicher Mann, er sprang auf, ergriff zuerst des Hauptmanns Hand und umarmte ihn anschließend. »Ich gratuliere Ihnen jetzt schon, mein Hauptmann«, sagte er. »Ob Sie nun Ince Memed persönlich umbringen oder ihn mit dieser Strategie umbringen lassen, die Ehre gebührt Ihnen!«

»Das kann ich nicht annehmen. Ich kann diesen Betrug ... Hauptsache, der Mann verschwindet, ganz gleich, wer ihn tötet. Aber ich hätte ihn gern umgebracht, denn er hat mit mir seine

Spielchen getrieben, hat mich bloßgestellt. Es war mein größter Wunsch, ihn zu fangen, zu sprechen und danach erst zu töten. An seine Fersen geheftet, verbrachte ich meine besten Jahre. Und jetzt ihn hinterrücks ermorden lassen … So ein Ende hatte ich meinem Feind nicht bereiten wollen, auch nicht meinem Todfeind.«

»Wir danken Ihnen, Hauptmann!«

»Diese Haltung ehrt Sie!«

»Murtaza Aga wird Cabbar überreden.«

»Hoffentlich lehnt er ab!« seufzte der Hauptmann mit gequälter Miene. »Nicht meinem ärgsten Feind wünschte ich einen Tod durch Freundes Hand, aber ich habe keine Wahl. Der Winter steht vor der Tür, da ist an eine Operation in den Bergen nicht zu denken. Und jeder will schnellstens seine Vernichtung. Ich verstehe gar nicht, warum sie diesen Mann so fürchten.«

»Jeder fürchtet ihn, sogar ich beginne mich vor ihm zu fürchten, mein Hauptmann«, fiel ihm Halil der Überschwengliche ins Wort.

»Sie auch?«

»Ich auch, mein Hauptmann.«

»Ich hoffe ja, daß Cabbar ablehnt, aber ich kenne diese Dörfler näher. Als armer Tagelöhner, zumal er auch noch drei Kinder haben soll, wird er notgedrungen einwilligen müssen.«

»Sorgen Sie sich doch nicht so, mein Hauptmann. Das Ergebnis zählt, und darüber werden Sie zufrieden sein.«

Der Hauptmann geleitete sie bis zur Treppe.

»Hast du gehört, Unteroffizier Asim?«

»Ich hab's gehört, mein Hauptmann.«

»Wird Cabbar sich dafür hergeben?«

»Sie werden ihn zwingen.«

»Und wird Cabbar es schaffen?«

»Ich kenne ihn gut, er ist ein braver, bescheidener Mann. Als er sich ergab, war er niedergeschlagen, weil er Ince Memed verlassen hatte. Er konnte es mit seinem Stolz nicht vereinbaren, seinen Freund allein in den Bergen zurückzulassen. Ich versuchte ihn noch zu trösten … Er arbeitet also bei Zülfü Bey, hm? Vielleicht gelingt es ihm sogar, Ince Memed zu töten.«

»Seinen engsten Freund töten? Ach, unsere Dörfler!«

»So etwas kommt unter Räubern öfter vor ...«

»Gibt es keine echte Freundschaft? Die doch so wertvoll ist wie das Leben selbst? Vielleicht aber erzählt Cabbar Ince Memed alles und schlägt sich wieder auf seine Seite.«

»Könnte sein ...«

»Darüber würde ich mich sehr freuen.«

»Ich auch«, sagte Unteroffizier Asim.

»Ob wir jetzt, bevor Ince Memed sich gefangen hat und Cabbar zu ihm stößt, eine Operation durchführen?«

»Der Winter steht vor der Tür, und im Taurus hat die Regenzeit begonnen.«

»Wieviel Mann, sagtest du, hat er bei sich?«

»Nach dem, was Fazli uns erzählt hat, sollen sie zu dritt sein.«

»Bis zum Frühjahr kommt die Bande wieder auf die Beine.«

»Sollen sie doch. Bis dahin bekommen auch wir Verstärkung.«

»Und Cabbar?«

»Schwer zu sagen«, antwortete Unteroffizier Asim. »Wenn er es nicht schafft, finden wir seine Leiche.«

»Würde Ince Memed seinen besten Freund töten?«

»Er würde ihn töten.«

Zülfü Bey hatte an jenem Tag einen Mann zu seinem Landgut geschickt, um Cabbar zu holen, den Murtaza Aga unbedingt sprechen wollte.

»Wenn«, frohlockte Murtaza Aga händereibend, »wenn Cabbar bei dieser Sache scheitern sollte, habe ich noch einen Trumpf in der Hand, einen Trumpf, sage ich euch ... Damit entledigten wir uns nicht nur Ince Memeds, sondern aller Räuber in den Bergen. Doch ich bin, unter uns gesagt, von Cabbar überzeugt. Mensch, dieser Zülfü Bey! Wenn es in dieser Çukurova einen Schlaueren gibt als ihn, schneide ich mir beide Hände ab und meinen Schnurrbart dazu!«

Mit Ungeduld wartete er auf Cabbar. Auf diesen Mann war er überaus neugierig. Er hatte ihn damals auf der Wache gesehen, inmitten anderer Räuber, die sich gleichfalls ergeben hatten. Nur weil es sich um einen Freund Ince Memeds handelte, war er ihm aufgefallen. Doch es war schon so lange her, daß er sich nur noch schwach an einen hochgewachsenen, wie geknickt dasitzenden Mann erinnern konnte.

»Der Hauptmann wird sehr betrübt sein.«

»Soll er doch«, lachte Murtaza Aga. »Was ist denn mit dem los? Schließlich sind wir es, die Cabbar losschicken. Wir brauchten unserem Hauptmann davon nicht einmal zu erzählen. Er soll sich um seine eigenen Aufgaben, wenn etwa Ince Memed die Stadt angreift, kümmern. Ist er denn verantwortlich, wenn Ince Memed irgendwie zu Tode kommt? Er sollte uns doch dankbar sein, dieser linkische Hauptmann. Wir werden Ince Memed von Cabbar oder einem anderen töten lassen, und er heimst den Lohn ein. Wenn es aber Cabbar nicht schafft, habe ich noch einen Mann zur Hand, einen Mann, der Ince Memed im Handumdrehen vertilgt. Allerdings erfordert die wohlüberlegte Taktik, daß vorerst niemand seinen Namen erfährt. Auch wenn ich meinen Mann losschicke, Ince Memed zu töten, werde ich es niemandem sagen, werde niemanden fragen noch vom hochverehrten Hauptmann eine Genehmigung erbitten. Laßt es uns aber erst einmal mit Cabbar versuchen. Denn ich werde ja meinen Mann nicht bemühen, sozusagen die Glut nicht mit der Hand anfassen, solange eine Feuerzange bereitsteht. Denn dieser tollkühne Mensch wird mir in der Stadt durch seine Unerschrockenheit immer wieder nützlich sein. Solche Geschöpfe kommen alle Jahrhunderte nur einmal in der Çukurova vor, ja, im gesamten Taurus, die Tausendstiere-Berge eingeschlossen. Und ich habe von diesen Raubvögeln nicht nur einen, sondern zwei Mann zu Diensten.«

»Jetzt wird mir auch der Grund deiner Veränderung klar«, lachte Halil Bey der Überschwengliche. »Du strahlst übers ganze Gesicht, weil du Ince Memed nicht mehr fürchtest.«

»Für ihn ist Ince Memed schon im Sack«, sagte Zülfü.

»Was hast du denn gedacht, mein Zülfü?« dröhnte Murtaza Aga. »Natürlich habe ich Ince Memed schon im Sack. Hast du mich etwa für Ali Safa gehalten? Dieser Ince Memed ist für mich ein Schlückchen Wasser … Für mich hat er weniger Bedeutung als eine Ameise. Wer ist dieser Ince Memed schon, dieser Wurm, dieser barfüßige Dörfler, diese Waise. Tausend Räuber wie er sind für mich weniger als dürres Stroh. Und mit den Dörflern, die ihn an ihre Brust drücken, wird diese ehrwürdige Türkische Republik noch ein Wörtchen zu reden haben. Auch mit dem Hauptmann …« Und auch mit Arif Saim Bey, wollte er hinzufügen, doch er hielt sich zurück. Denn die von ihm über Arif Saim Bey nur so hingeworfenen Beschuldigungen hatten in Adana, in Ankara und sogar in Istanbul viel Staub aufgewirbelt. Nach letzten Berichten hatte das Gerücht des von Arif Saim Bey geplanten Attentats auf Atatürk im ganzen Land wie eine Bombe eingeschlagen. In Ankara wurde im hohen Parlament, in Zeitungsredaktionen und an gedeckten Rakitafeln von nichts anderem gesprochen. Auch in der Kreisstadt kannte jeder dieses Gerücht, doch wagte niemand darüber in aller Öffentlichkeit zu diskutieren. Aber wo kein Feuer, da ist kein Rauch, dachte man, vielleicht sei ja was dran, Murtaza Aga würde sich so einen Tatbestand wohl kaum aus den Rippen geschnitten haben … Früher oder später würde diese Sache bestimmt auch Mustafa Kemal Pascha zu Ohren kommen. Dann kannst du sie ja mal erleben, diese Volkshelden namens Zülfü und Arif Saim Bey! Mit einem Strick um den Hals und einem Schild auf der Brust. Da baumeln sie, Arif Saim Bey und Zülfü und auch ihre Gefährten …

Zülfü hatte einigemal Murtaza Aga gegenüber Anspielungen gemacht, aber dieser tat jedesmal, als habe er sie überhört. Er war allerdings sicher, daß Zülfü ihn eines Tages offen zur Rede stellen würde, und davor grauste ihm schon jetzt.

Als Murtaza Aga Cabbar erblickte, war er von ihm gar nicht angetan. Ein blasser, linkischer Mann in halbhohen Schaftstiefeln, schwarzen, zerrissenen Pluderhosen und einer Mütze mit gebrochenem Schirm auf dem Kopf; außerdem so gehemmt, daß er niemandem ins Gesicht schauen konnte.

Es war noch früh, als Cabbar im Konak erschien. Getreu dem Spruch, daß auch der Krieger unterm groben Mantel ruhe, empfing Murtaza ihn sehr freundlich und bat ihn zum Frühstück. Cabbar schien verwirrt, er schaute kein einziges Mal auf, als er Tee trank oder seinen Teller mit Oliven und Käse auffüllte. Und seine Hände zitterten. Den Honig und die Butter wagte er nicht anzurühren.

»Nun, Cabbar Efendi, du warst also Ince Memeds Freund?«

Verlegen suchte Cabbar nach Worten, doch es gelang ihm nicht.

»Und du bist zusammen mit Ince Memed durch die Berge gezogen. Habt ihr mit der Räuberei eigentlich zusammen angefangen?«

»Ich war vorher in Durdu des Tollen Bande. Aber als dieser Kerimoğlu zusammenschlug und sein Haus plünderte, haben ich und Recep der Sergeant uns von ihm getrennt und sind mit Ince Memed gezogen. Und als Recep der Sergeant dann in Akçasaz starb, zog ich allein mit Ince Memed weiter.«

»Immer nur ihr zwei?«

»Wir zwei ...«

»Und warum wurdest du zum Räuber?«

»Jener Mann hatte meine Mutter schwer geprügelt. Als sie daraufhin starb, da habe ich ihn ... Na ja ...«

»Und dann?«

»Als die Amnestie kam, bin ich runter von den Bergen. Ince Memed ist geblieben. Er hat dann Abdi Aga getötet und ist verschwunden, niemand wußte, wohin. Später hörte ich, er habe Ali Safa Bey getötet. Nach unserer Trennung habe ich ihn nicht mehr gesehen.«

»Er ist immer noch in den Bergen, und vor kurzem hat er die Stadt heimgesucht und wollte Ali den Hinkenden töten, doch Molla Duran Efendi flehte ihn an und konnte ihn davon abhalten. Weißt du, warum Ince Memed so wütend auf den Hinkenden ist?«

»Ich weiß es. Ince Memed hat es mir erzählt.«

»Nun, warum?«

»Als Ince Memed mit Hatçe flüchtete, entdeckte Ali der Hinkende ihre Spur, so daß sie wieder eingefangen werden konnten. Nur seinetwegen hat sich Ince Memed wieder in die Berge geschlagen. Dann ist da noch Mutter Hürü, die ihm einredet, er müsse Ali den Hinkenden töten. Und ihr konnte Ince Memed noch nie etwas abschlagen ...«

»Was ist das für ein Mann, dieser Ince Memed. Ist er sehr mutig?«

»Was heißt hier mutig? Er ist tollkühn. Er springt ins Feuer; wenn erst einmal dieses Licht in seinen Augen glüht ...«

»Was ist das für ein Licht?«

»Was es ist, weiß ich nicht. Aber wenn er wütend wird und etwas bereinigen will, funkelt es in seinen Augen wie glühende Nadelspitzen. Und dann kann ihn niemand aufhalten.«

»Ist er schlau, ist er klug?«

»Er ist sehr klug, ist gut wie ein Kind und auch ein bißchen schlau. Er kann keiner Ameise etwas zuleide tun. Und er vertraut jedem, ich sagte ja, er ist wie ein Kind.«

»Liebst du ihn sehr?«

»Liebt der Mensch seinen Freund denn nicht?«

Murtaza Aga sah Cabbar so fest in die Augen, daß dieser nicht ausweichen konnte. Auge in Auge verharrten sie eine Weile.

»Ich habe dich rufen lassen, weil ... weil ...« Und nach einem letzten prüfenden Blick sagte Murtaza Aga: »Du wirst Ince Memed töten!«

Als habe Cabbar so etwas erwartet, verzog er keine Miene, fand aber auch keine Worte.

»Die Regierung befaßt sich sehr mit diesem Ince Memed. Ismet Pascha in Ankara und die anderen Größen reden von nichts anderem, sagen, er müsse verschwinden, und setzen uns hier unter Druck. Und als wir einen unerschrockenen Draufgänger suchten, fähig, Ince Memed zu beseitigen, nannte Zülfü Bey dich. Ich fand den Vorschlag gut und sagte, die Ehre, Ince Memed zu töten, soll seinem engsten Freund zuteil werden, sagte, ein Recke wie Ince Memed, so großzügig, gut und seinen Freunden zugetan, soll nicht ebenso wie der beherzte heilige Ali von einem umgebracht werden, dessen Blut keine fünf Para aufwiegt, sondern von seinem engsten Freund, dem ehrenhaften Cabbar. Des Menschen Herz sträubt sich dagegen, daß ein Mann wie Ince Memed von einem Geringeren getötet wird. Und früher oder später wird er sowieso erschossen. Oder hast du schon erlebt, daß ein Räuber, ein Räuber wie Ince Memed, am Ende nicht von einer Kugel hingerafft wird?«

Er hielt inne, wartete auf eine Antwort.

»Ich begreife das nicht«, sagte Cabbar. »Nachdem er Abdi Aga getötet hatte, wollte er mit der Räuberei Schluß machen. Als ich hörte, daß er auch Ali Safa Bey getötet haben soll, konnte ich es nicht glauben.«

»Jeder weiß, daß er Ali Safa Bey getötet hat.«

»Ich kann es nicht glauben. Sein Sinnen und Trachten galt Abdi Aga, ihn wollte er töten und dann untertauchen. Ich meine, daß Abdi Aga irgendein anderer seiner Feinde getötet hat und die Tat Ince Memed angedichtet wurde. Das habe ich auch immer gesagt.«

»Da ist noch dieser Ali der Hinkende, der früher bei mir gearbeitet hat, er steht in Molla Duran Efendis Diensten ...«

»Ich habe davon gehört.«

»Kennst du ihn auch so gut?«

»Ja, ich kenne ihn.«

»Und dieser Ali sah mit eigenen Augen, wie Ince Memed Ali Safa Bey tötete.«

Plötzlich veränderten sich Cabbars Gesichtszüge, bekamen einen Ausdruck von fassungslosem Erstaunen, und das war Murtazas Augen nicht entgangen.

»Jetzt ist Ince Memed in den Bergen. Fest steht, daß er wegelagert, raubt und tötet.«

»Er wegelagert nicht«, entgegnete Cabbar bestimmt.

»Zuerst hieß es, lassen wir Ince Memed durch Ali den Hinkenden, durch Rüstem den Kurden und andere umbringen. Als Zülfü Bey aber deinen Namen nannte, sagte ich: ›So einem Mann ziemt es, Ince Memed zu töten.‹ Schau, ich bin ein Mann des offenen Wortes, stottere nicht um die Sache herum, halte sozusagen meinem Gegner die Mündung an die Stirn, wenn ich abdrücke. Darum sperr deine Ohren auf und hör mir gut zu. Wenn du Ince Memed tötest, so haben Zülfü, ich und die anderen Agas und Beys es besprochen, werden wir dir, wo du möchtest, dreihundert Morgen Ackerland schenken. Ein Gespann Pferde nach deiner Wahl, vier Ochsen, zwei Mehrscharpflüge, Saatgut und ein Haus noch dazu. Dann werden wir so viel Geld zusammenlegen, wie du brauchst. Das Geld nimmt Molla Duran Efendi für dich in Verwahrung und händigt es dir aus, wenn du Ince Memed getötet hast. Und – es ist nun einmal der Lauf der

Welt – solltest nicht du ihn, sondern er dich töten, bekommen deine Frau und deine Kinder das Geld, den Acker und all das andere, wovon ich sprach. Solltest du aber jetzt unseren Vorschlag nicht annehmen und damit sowohl uns als auch Ince Memed Schaden zufügen, werden wir dich in der Çukurova nicht leben lassen. Zuerst wird Zülfü Bey dich vom Hof jagen. Wenn das nichts nützt, werden wir dafür sorgen, daß dich auf dieser Welt niemand einstellt; unser Arm und besonders der unserer Regierung ist lang, reicht bis in den neunten Himmel hinein, und wir werden dich finden, wohin du auch gehst. Und wenn du denkst, wir können dir nichts anhaben – wir können! Wir können dir einen Mord anhängen. Dann wirst du dich entweder in die Berge zu Ince Memed schlagen und von einer Kugel dahingerafft werden oder eingebuchtet werden und im Gefängnis sterben, ohne deine Kinder noch einmal gesehen zu haben. Oder du wirst auf dem Marktplatz dieser Kreisstadt gehängt ...«

Als er zu Ende geredet hatte, war Cabbar totenbleich.

»Tu mir das nicht an, Aga«, bat er und ergriff Murtazas Hand. »Nur das nicht, bitte, zwing mich nicht, Ince Memed zu töten!«

»Woher soll er wissen, warum du wirklich zu ihm kommst? Du wirst ihm sagen, du habest dich wieder als Räuber in die Berge geschlagen, und er wird dir glauben.«

»Er wird mir nicht glauben. Er kennt mich. Er weiß auch, daß ich nicht noch einmal zum Räuber werde. Und daß ich nur in die Berge gekommen bin, um ihn zu töten, wird er sofort durchschauen. Tu mir das nicht an! Ich habe kleine, ganz kleine Kinder, bitte verschone mich!«

»Schluß jetzt! Keine Widerrede! Ich verlange von dir Ince Memeds Kopf! Und unsere ganze Stadt und unsere gesamte Regierung hat dich dieser Ehre für würdig befunden ... Schweig! Nimm dein Gewehr und geh in die Berge. Keine Seele darf erfahren, daß du in der Stadt warst und mit mir gesprochen hast! Ich wünsche dir eine gute Reise und erfolgreichen Kampf!«

Wie sehr Cabbar auch jammerte und flehte, Murtaza Aga blieb stumm und hart wie Stein.

»Gib mir zehn Tage, um darüber nachzudenken!« bat Cabbar schließlich.

»Aber nicht wieder zum Räuber werden! Bei Gott, es wäre dein Ende …«

»Ich und wieder Räuber«, lächelte Cabbar bitter, und der riesengroße Mann schwankte, als er sich jetzt erhob.

»Du hast fünfzehn Tage Zeit, um darüber nachzudenken.«

24

Molla Durans Heimatdorf lag jenseits jener violetten Berge abgeschieden in einem felsigen, bewaldeten Tal. Das nächste Dorf war eineinhalb, die nächste Kleinstadt drei Tagereisen entfernt. Ein schmaler Pfad, der sich über schroffe Hänge schlängelte, verband den Ort mit der Außenwelt. Doch sieben Monate im Jahr war auch diese Verbindung unterbrochen. Felder gab es nicht, winzige Äcker zwischen den Felsen wurden mit der Hacke bearbeitet. Die Dörfler hatten viele Ziegen, wenig Schafe und nur vereinzelt Rinder. Das Maultier war in diesem unwegsamen Gelände einziges Transportmittel. Seit seiner frühesten Kindheit kannte Duran sämtliche Sorten Kürbis und alle eßbaren Pilze. Brot sah er nicht oft. Sogar wenn er an sauren Joghurttrank und Magerkäse dachte, wurde ihm der Mund wäßrig. Bis zu seinem zwölften Lebensjahr war sein Hals spindeldürr, seine Haut sonnenverbrannt und ausgetrocknet, traten seine Augen aus den Höhlen, zitterten seine Beine vor Schwäche.

In den Jahren des Ersten Weltkriegs kamen die ersten Fremden ins Dorf. Meistens Jugendliche, denen der Schweiß den ersten Flaum über ihren Lippen näßte. Manche trugen Waffen, andere nicht, manche waren halb nackt, andere sehr gut gekleidet, mit blanken Stiefeln, goldenen Uhrketten und Brustbeuteln voller Goldstücke. In kurzer Zeit verdoppelte sich die Zahl der Dorfbewohner, und in den Tagen des Freiheitskriegs stieg sie auf das Fünffache, später Siebenfache. Die im Dorf Schutz suchten, waren größtenteils gebildeter als die Einheimischen. Aber unter ihnen befanden sich auch Räuber, Wegelagerer und Schmuggler. Da sich, wie vorher die Fahnenflüchtigen, auch diese neuen Zuwanderer hier niederließen, ging in Sariasma, wo der Alltag bisher in vorgezeichneten, eintönigen Bahnen verlaufen war, ein derartiger Wandel vor sich, daß nach nur wenigen Monaten bei den Dörflern schon auf den ersten Blick Veränderungen sichtbar wurden. Sogar ihre Kleidung war anders geworden. Und manche Flüchtlinge bauten sich in dieser Abgeschiedenheit ihre Häuser. Sie ließen ihre Frauen nachkommen und führten hier, fern von mißtrauischen Blicken und Unterdrückung, ein freies, stolzes Leben.

Durans Vater war in den Krieg gezogen und bei Sariasma gefallen. Die Nachricht seines Todes war nie angekommen, aber ein Kriegskamerad, in dessen Armen er sein Leben ausgehaucht hatte, war eigens ins Dorf gekommen, um darüber zu berichten, und danach nicht mehr an die Front zurückgekehrt. Durans Mutter, eine schöne, starke und stattliche Frau, hatte über den Tod seines Vaters keine Träne geweint. Seit langem schon hatte sie den Imam Hüseyin Hodscha von den Fahnenflüchtigen in ihrem Haus aufgenommen. Imam Hüseyin war ein Hodscha mit rotem Gesicht, schwarzem Rundbart, breiten Schultern, fleischigen Lippen und großen Augen, der dunkelblaue Reithosen und langschäftige Stiefel trug, dessen silberbestickter Beutel voller Goldstücke und dessen Taschenuhr samt Kette aus purem Gold war. Seine Lippen babbelten in ständigem Gebet, doch auch die nagelneue deutsche Flinte fehlte nie unter seinem Talar. Die über der Brust gekreuzten Patronengurte waren mit Silberfäden durchwirkt, und jede Stickerei deutete auf einen Talisman hin.

Hüseyin Hodscha redete weder mit den Flüchtlingen noch mit den Einheimischen im Dorf. Häuslichkeit ging ihm über alles, besonders mit Durans Mutter. In den ersten Tagen liebten sich die beiden Nacht für Nacht, ohne zu ruhen, so daß sie Duran bis in den Morgen nicht schlafen ließen. Und was blieb Duran anderes übrig – er mußte ihnen jede Nacht zuhören. Wenn er auch seinen Spaß daran hatte, machte ihm die Schlaflosigkeit doch ziemlich zu schaffen.

Und so bekam Duran von Hüseyin Hodscha drei Schwestern. Er selbst wuchs heran und wurde feister mit der Zeit. Der Hodscha mochte ihn sehr. Ihm war der flammende Ehrgeiz in Durans schwarzen Augen nicht entgangen. In kurzer Zeit lehrte er ihn lesen, schreiben und beten. Gemeinsam verrichteten sie die rituellen Gebete, sagten zusammen sogar Suren des Korans her. Hüseyin Hodscha war stolz auf die Erfolge seines Schülers und lobte ihn überall.

Irgendwann entdeckte Duran, daß der Hodscha sich darauf vorbereitete, das Dorf samt Frau und Kindern zu verlassen. Seitdem ließ er ihn nicht aus den Augen. Eines Nachts, Durans Mutter war in tiefem Schlaf, stand Hüseyin Hodscha auf, zog sich an, ergriff seine Flinte, legte einen Geldbeutel auf das Kopfkissen und ging hinaus. Duran war angezogen, denn seit langem schon hatte er diesen Augenblick erwartet. Kurz entschlossen verließ er das Bett, huschte ins Freie und begann, den Hodscha von weitem zu verfolgen. Es war Frühling, ein laues Lüftchen wehte, und helles Mondlicht ergoß sich über den raschelnden Wald. Das Dorf hatten sie schnell hinter sich, einige Hunde verbellten den Hodscha, doch der scherte sich nicht. Nachdem sie auf dem schmalen Pfad die schroffen Felsen überwunden hatten, stiegen sie bei Tagesanbruch einen steilen Hang in eine Schlucht hinunter, die Duran so tief schien wie der Grund eines dunklen Brunnens. Unterwegs hatte der Hodscha sich einigemal argwöhnisch umgeschaut und gehorcht, weil er meinte, daß ihn jemand verfolge. Doch als er niemanden entdecken konnte, war er weitergegangen. Als sie die Schlucht wieder verließen, war gerade Mittagszeit, und so nahm der Hodscha die üblichen Waschungen vor, spielte dabei eine Weile mit seinem mächtigen Glied, verrichtete dann sein Gebet, setzte sich nieder und begann zu essen. Duran aber starb vor Hunger, hörte seinen Magen knurren, und während der Hodscha einen Bissen nach dem anderen hinunterschlang, lief Duran das Wasser im Munde zusammen.

Nachdem der Hodscha gegessen und ein kleines Nickerchen gemacht hatte, setzte er seinen Weg fort. Wieder blickte er mißtrauisch um sich, war sicher, etwas gesehen zu haben, doch Duran folgte ihm argwöhnisch wie ein scheuer Vogel, so daß der Hodscha ihn trotz allen Argwohns nicht entdecken konnte.

Bis zu dem Zeitpunkt, da sich der Hodscha zum Abendessen niedersetzte, war Durans Befinden unverändert. Wenn auch seine

Knie ein bißchen zitterten und sich ihm der Kopf drehte, blieb er dem Hodscha auf den Fersen.

Der Hodscha machte im flachen Gelände einer Hochebene unter einem einzelnen Baum halt, zu dessen Füßen eine Quelle sprudelte. Er legte seinen Proviantbeutel neben den Stamm und stellte sich zum Gebet auf, nicht bevor er mit scharfen Augen die Gegend wie ein Falke abgesucht hatte. Jetzt hielt Duran es nicht mehr aus. Wie eine Katze schlich er sich lautlos an den Baum heran, streckte seine Hand nach dem Beutel aus und spürte plötzlich die harte Pranke des Hodschas, die sein Gelenk gepackt hatte.

»Ich wußte es, du fauler Hund, ich wußte, daß du mir auf den Fersen bist, und jetzt hast du Hunger, nicht wahr?« lächelte er. »Wart ab, bis ich mein Gebet verrichtet habe, und dann reden wir miteinander!«

Er nahm sein Gebet wieder auf, erhob sich nach dem letzten Spruch und sagte: »Nun komm, Molla Duran Aga, essen wir uns erst einmal satt, alles Weitere später ...«

Im Beutel waren Mengen von Käse, Zwiebeln, hartgekochten Eiern, Kartoffeln und Brot verstaut. Wie, wann und wo hatte Hüseyin Hodscha unbemerkt nur so viel Vorrat anlegen können? Duran staunte.

»Länger hätte ich es in dem Dorf nicht ausgehalten, mein Sohn. Und was deine Mutter betrifft, sie ist noch jung und auch sehr schön. Ich habe ihr reichlich Gold hingelegt. Es dauert keine Woche, und sie heiratet einen, der jung ist und ihr gefällt. Mich hat sie bestimmt schon vergessen. Sie wird aber denken, ich hätte dich entführt, und mich deswegen hassen. Denn ohne dich kann sie nicht sein. Die Töchter, die sie von mir hat, zählen nicht. Also wirst du ins Dorf zurückkehren!«

»Ich gehe nicht zurück«, erwiderte Duran ruhig und bestimmt.

»Nun gut, und wohin willst du gehen?«

»Dorthin, wohin du gehst.«

Sie hatten hastig aufgegessen. Hüseyin Hodscha wusch sich die Hände in der Rinne unter der Quelle, und Duran sammelte die Reste in den Proviantbeutel.

»Du wirst nicht mitkommen!«

»Ich komme mit.«

»Willst du mir zur Last werden?«

»Was soll ich tun, ich bin eine Last.«

»Schau, Duran, du weißt, daß ich dich sehr liebhabe, lieber als meine Töchter, lieber als deine Mutter. Aber wenn du jetzt nicht sofort zurückkehrst, bringe ich dich um.« Er öffnete knackend das Gewehrschloß, schob Patronen in den Lauf, legte an und zielte auf Duran. »Wenn du nicht sofort umkehrst, fängst du eine Kugel ein.«

»Ich gehe nicht zurück.«

»Und wer wird sich um die drei Mädchen kümmern, wenn wir beide weggehen?«

»Die können auf sich selbst aufpassen, und meine Mutter ist in drei Tagen wieder verheiratet.«

»Du verdammter Nichtsnutz, kehr um, sag ich dir, oder ich drücke ab!«

»Tu's doch!« entgegnete Duran kaltblütig.

»Ich bring dich um!« drohte Hüseyin mit zusammengebissenen Zähnen.

»Dann bring mich um!«

»Wenn du es so haben willst, da, nimm!«

Er schoß Duran vor die Füße. Außer daß sein Gesicht ein bißchen blasser wurde, zeigte der Junge keine Wirkung.

Hüseyin Hodscha drückte noch einmal ab und noch einmal, doch der andere scherte sich überhaupt nicht, zuckte mit keiner Wimper. Hüseyin Hodscha wußte wohl, wie unerschrocken der Junge war, aber er wollte ihn zur Umkehr bewegen, und da war ihm jedes Mittel recht. Als die Schüsse nichts bewirkten, versuchte er ihn zu überreden. Doch was nützen gute Worte bei einem, den sogar der Tod nicht abschrecken konnte? Der Hodscha bat und flehte, redete mit Engelszungen – den Jungen kümmerte es nicht, er stand da, gereckt wie ein Baum. Auch Geldangebote konnten ihn nicht umstimmen.

»Ich bin hartnäckiger als du, wollte dir nur nicht weh tun«, lenkte der Hodscha schließlich ein. »Sei deiner also nicht zu sicher! Du wirst nicht lange bei mir bleiben. Rechne damit und richte dich danach!«

Hüseyin Hodscha vorneweg, machten sie sich auf den Weg. Bis zur Çukurova kamen sie nur zusammen, wenn sie aßen, sprachen aber auch dann kein einziges Wort miteinander. Vorne der kräftige Hüseyin Hodscha, gefolgt von dem gebeugten, trotz seiner geschwollenen Füße hartnäckigen Duran, so erreichten sie in Nähe der Mittelmeerküste ein Dorf mit weißgetünchten Häusern zwischen Orangenbäumen. Hier kannte den Hodscha jeder. Schluchzend vor Freude, empfingen ihn seine Frau und seine Kinder. Im Dorf wollte niemand seinen Augen trauen. Schließlich waren drei Jahre vergangen, seitdem aus Sarikamis die Nachricht von seinem Tode gekommen war.

Als habe er sein Haus nie verlassen, nahm der Hodscha seinen Platz im Schoß der Familie wieder ein. Auch Duran wurde ein Bett zugewiesen, und niemand fragte, wer er sei, woher er komme und wohin er gehe. Eine Woche nach ihrer Ankunft öffnete Hüseyin Hodscha einen Laden. Noch lagen verstaubte Gläser, leere Kästen, geflochtene Säcke, die alle nach Seife rochen, und große Kisten herum ... Hüseyin Hodscha und Duran krempelten die Ärmel hoch, wischten und schrubbten, fegten und putzten den ganzen Tag, bis der Laden glänzte. Aber sie redeten nicht. Hüseyin Hodscha hob auch kein einziges Mal den Kopf, um Duran anzusehen.

Am zweiten Tag bestiegen sie einen nagelneuen grünen Wagen, der von zwei zum Verwechseln ähnlichen Rotfüchsen in blitzendem Geschirr gezogen wurde. Der Wagen roch noch nach frischem Schmierfett, war mit bunten Bildern bemalt, und auch die Hälse des Pferdegespanns schmückten Gehänge von Glöckchen und blauen Perlen. Der Hodscha und Duran fuhren in die Kreisstadt und kauften ein, soviel sie konnten.

Kaum war der Laden eröffnet, wurde er von allen Dörflern gestürmt. Und so mußten die beiden noch einigemal Waren aus der Stadt herbeischaffen. Ihre Kunden waren unersättlich. Denn in dem Maße, wie im Krieg die umliegenden Dörfer verarmten, hatten die Menschen in diesem Dorf Geld und Gold angehäuft. Sie hatten Rinder, Schafe und Ziegen nach Syrien geschmuggelt, Apfelsinen auf die Frachtkutter aus Iskenderun verladen und den Eignern dieser Schiffe auch noch ihre, wenn auch geringen Ernten an Baumwolle verkauft. Alle Einwohner des Dorfes waren übrigens Einwanderer aus Kreta.

Drei volle Jahre blieb Molla Duran bei Hüseyin Hodscha. In diesen drei Jahren sprachen sie kein Wort miteinander. Ja, in diesen drei Jahren wechselten sie keinen einzigen Blick. Sie waren, der eine wie der andere, zwei gottverdammt harte Nüsse.

Genau drei Jahre waren verstrichen, die beiden saßen sich in der Stadt bei Kebab mit Sumach gegenüber, als Molla Duran dem Hodscha freundschaftlich in die Augen sah und zum erstenmal das Wort an ihn richtete: »Ich gehe, mein Hodscha«, sagte er. »Du hast immer für mich gesorgt, Leben und Gesundheit dafür! Bis an mein Lebensende werde ich deine Güte nicht vergessen. Vergib mir, wenn ich gegen dich gefehlt habe!« Seine Stimme versagte, und seine Hände zitterten leicht.

»Vergeben sei, was auch immer, mein Duran. Auch dir Leben und Gesundheit ... Ich wußte, daß du jetzt deiner Wege gehen wirst.« Er griff in seine Brusttasche und zog eine große Geldbörse hervor. »Sogar deinen Lohn, den du im Laden in drei Jahren verdient hast, hielt ich schon bereit. Nimm!«

Er holte ein dickes Bündel Geldscheine aus der Brieftasche und reichte es mit einem stolzen Lächeln Duran. »Steck's ein!«

Duran nahm das Geld, öffnete den Beutel, den er um seinen Hals trug, stopfte umsichtig das Bündel hinein, stand auf, sagte »Lebewohl, mein Hodscha!« und ging hinaus.

Der Hodscha verfolgte ihn mit liebevollen Blicken. Dieser Junge ist sehr ehrgeizig, dachte er, und wird es so weit bringen, daß die ganze Çukurova vor Staunen noch vergißt, die weit geöffneten Münder zu schließen.

Molla Duran verlor keine Zeit, ging am selben Tag auf den Markt und kaufte sich einen zyprischen Esel, so prächtig und groß wie ein Pferd. Dann besorgte er sich noch zwei verglaste Kästen, füllte sie mit Glasschmuck und blauen Perlen und machte sich auf den Weg über die Dörfer.

Wohin er kam, verkaufte er seinen Tand, und bot sich die Gelegenheit, übernahm er auch das Amt des Imams, rief zur Andacht und betete vor. Wo immer er auch war, und sei es in der Wildnis, die Zeiten des Gebets hielt er andächtig ein.

Nach sechs Monaten veräußerte er den Esel und kaufte sich ein Pferd. So beritten, begann er mit Schmuggelgut zu handeln. Als ihm das auch nicht reichte, nahm er vier, fünf Mann in seine Dienste und brachte aus Halep die Waren selbst über die Grenze. Für den Verkauf öffnete er Läden in Antep und Kilis. Aber auch das reichte ihm nicht, und so wurde er Anführer einer großen Bande von Schmugglern. Er lenkte seine Unternehmen mit außerordentlichem Geschick und verdiente viel Geld. Aber er wußte auch, daß man als Schmuggler nicht alt wurde. Und so kehrte er seiner Bande den Rücken, gab die Läden auf und kam mit Kisten voller Geld in die Kreisstadt. Das Stadtviertel am Fluß oberhalb der Brücke hatte es ihm schon immer angetan. Für drei Goldstücke kaufte er diesen drei Morgen großen Garten. Und innerhalb eines Jahres hatte er sich in der Stadt einen Namen gemacht. Mit sieben Jahren, hieß es, habe er den Koran schon auswendig können, einen jüngeren Hafis habe es wohl noch nie gegeben. Auch der Präfekt von Adana habe davon erfahren und ihn zum Studium nach Ägypten an die Große Moschee von Kairo geschickt. Dort habe der Molla seine Studien so vertieft, daß die gewöhnlichen Schriftgelehrten ihm bald nicht das Wasser hätten reichen können, woraufhin man ihm in Ankara das Ministerium für religiöse Angelegenheiten angedient habe. Doch er habe sowohl dieses als auch alle weitergehenden Angebote entschieden abgelehnt …

Dann wurden Äcker seine große Leidenschaft. Er verständigte sich mit Zülfü und begann den von der Regierung freigegebenen Grund und Boden für wenig Geld zu ersteigern. In wenigen Jahren hatte er vom Fiskus und von den Bauern so viele Felder erstanden, daß er selbst nicht mehr wußte, wieviel Grundbucheintragungen seinen Namen trugen. Seine erste Frau war die Tochter eines verstorbenen Agas gewesen, auch das hatte ihm Tausende Morgen Ackerland eingebracht. Sein bester Kauf aber waren siebzehn Morgen, die er einem Dörfler für zweieinhalb Goldstücke abgeluchst hatte. Es handelte sich um einen Berghang im Taurus, der von der Ebene bis zum Kamm mit Bäumen bewachsen war, ihre Stämme so dick, daß auch zwei Männer sie nicht umfassen konnten. Die Grenzen dieser siebzehn Morgen aber waren so ungenau eingetragen, daß im Grundbuch nicht festzustellen war, wie weit sie sich zum Gipfel und zur Ebene hin erstreckten. Molla Duran beantragte eine gerichtliche Klärung, sie zog sich über Jahre hin, und Duran hatte gewonnenes Spiel. Denn der Wald bestand aus Zedern. Zedernholz aber war äußerst wertvoll, und im Hafen von Mersin warteten schon Schiffe unter fremder Flagge auf die kostbare Fracht.

Molla Duran Efendi ging mit tausend Äxten in diesen schönen, großen Wald hinein. Und er hatte es eilig. Erregte er erst einmal den Argwohn der Behörden, würden sie ihm dieses Vermögen bestimmt nicht in den Rachen werfen. Nach wenigen Jahren war auf dem ganzen Gelände kein Strauch mehr übriggeblieben, Duran dagegen war davon so reich geworden, daß er nicht mehr wußte, wohin mit seinem Geld. Die Wurzeln des Waldes zu roden erwies sich allerdings als schwierig. Zum Glück waren in der Ebene und in den Bergen fast alle arbeitslos. Für zehn Kuruş am Tag, was gerade reichte, um satt zu werden, ließ er die Männer schuften. Danach stellte sich heraus, daß der abgeholzte Waldboden äußerst fruchtbar war. Nicht einmal an der Mittelmeerküste der Çukurova, auch nicht in der Ebene von Yüreğir gab es so gutes Ackerland. Molla Duran war begeistert. Hatte er mittlerweile auch drei Frauen geehelicht, galt seine wahre Leidenschaft doch der ergiebigen Krume seines gerodeten Waldes. Drei der ersten Traktoren, die in der Stadt auftauchten, gehörten ihm. Dazu hatte er sich eine Dreschmaschine und mehrere Mäher angeschafft. Maschinen waren sein Steckenpferd.

In dem Gebiet, das Molla Durans neu gekaufte Ländereien umfaßte, befanden sich auch die Winterquartiere von vier Nomadenstämmen. Anfangs lehnten sich diese Yürüken auf: Geld bezahlen für Winterweiden, über die schon ihre Väter und Großväter frei verfügten? Es waren rauhe, widerborstige und kampfeswütige Männer, doch Molla Duran Efendi gegenüber mußten sie sich wie jedermann sehr schnell geschlagen geben – und wurden zu Lämmern. Nein, nicht in jedem steckte das Zeug, es mit Molla Duran Efendi aufzunehmen! Und dieser nahm von den Yürüken auch kein Papiergeld an, sondern verlangte für die Weiderechte Gold. Und jedes Jahr, wenn die

Yürüken von der Hochebene zurückkehrten, überreichten sie ihm die abgezählten Goldstücke in samtenen Beuteln.

»Battal Aga ist gekommen, Molla Efendi«, sagte Ali der Hinkende.

»Habt ihr sein Pferd in den Stall gebracht? Bittet den Aga zu mir herein!«

Molla Duran war aufgestanden, um Battal Aga zu begrüßen. Er mochte ihn. Schon immer zollte er denen Bewunderung, die erhobenen Hauptes untergingen. Die Yürüken waren am Ende, fristeten nur noch ein Hungerdasein. Ihre Sippen schrumpften, täglich wurden einige Zelte abgebrochen und ihre Bewohner irgendwo seßhaft. Nur Battal Aga ließ sich nicht beirren, kleidete sich wie immer, lebte wie gewohnt in seinem prächtigen Zelt und verließ es nie ohne seinen Jagdfalken. Sogar hierher hatte er ihn auf seinem Handrücken mitgebracht. Mit seinem gezwirbelten Schnurrbart, seinem breitkrempigen Hut aus Halep, der Pluderhose mit goldbestickten Taschen, der dunkelblauen Jacke, dem seidenen Hemd und den glänzenden Stiefeln war Battal Aga das Bild eines schönen Mannes. Sie umarmten sich.

Der Kaffee wurde gebracht. Schon nach dem ersten Schluck holte Battal Aga seinen Geldbeutel aus rotem Samt hervor und legte ihn unauffällig neben Molla Efendi auf das Wandsofa.

»Zu mehr hat unsere Kraft in diesem Jahr leider nicht gereicht«, sagte er.

»Nimm's wieder an dich!« lachte Molla Duran Efendi. »Nimm's an dich und steck's ein!«

»Aber … Wieso denn … Das ist … das Geld für die Winterweiden …«

»Nimm es und steck's in deine Tasche!«

Verstört hielt Battal Aga den Geldbeutel in der Hand, überlegte krampfhaft, was er damit anfangen solle.

»Wir haben dir doch nichts getan. Was ist geschehen, Efendi? Du bist mit uns und wir sind mit dir doch zufrieden …«

»Nimm's und steck es wieder ein!«

»Nicht bevor du mir das erklärt hast. Vielleicht haben wir dich verärgert. Wenn ja, nimm es uns nicht übel, irren ist menschlich. Aber sag mir den Grund, ich bitte dich!«

»Ince Memed war hier.«

Battal Aga wurde aschfahl.

»Bei Gott, Efendi, wir haben ihn nicht zu dir geschickt!«

»Ich weiß ... Habt ihr ihm denn geholfen?«

»Er stürzte vor unserem Lager schwerverletzt vom Pferd. Meine Leute heilten seine Wunden und retteten sein Leben.«

»Recht habt ihr getan.« Molla Duran Efendi klopfte ihm auf die Schulter. »Und ich habe mich darüber unendlich gefreut. Menschen wie ihn brauchen wir in dieser unseren Welt. In dieser von Schlechtigkeit, Schmutz und Hinterlist und auch von Grausamkeit strotzenden Welt braucht es Menschen wie Quellwasser so rein, damit wir ein wenig atmen können. Ihr habt ja gut getan, ihn zu retten, aber er hat mich sehr verärgert. Kommt hierher und sagt: ›Die Winterweiden werden wieder den Yürüken gehören.‹«

Plötzlich brauste er zornig auf, so tief müssen ihn diese letzten Worte getroffen haben. Denn Molla Duran verlor sonst nie die Fassung, schon gar nicht, wenn er den berauschenden Duft der Orangen beruhigend auf sich einwirken ließ.

»›Mensch, Ince Memed, sag das noch mal!‹ antwortete ich. ›Denkst du denn, du kannst jedermanns Eigentum nach Belieben verteilen, nur weil du ein Räuber bist?‹ Als ich so wütend wurde, mäßigte er sich. Meine Felder sollen vor tausend Jahren schon den Ahnen der Yürüken als Winterweiden gedient haben, behauptet er. ›Na und, was geht das mich an? Habe ich nicht Goldstück für Goldstück hingezählt und sie gekauft? Konnten die Yürüken denn nicht so weit denken und ihre Weiden ins Grundbuch eintragen lassen?‹

Je wütender ich wurde, desto mehr mäßigte er sich, und je leiser er wurde, desto mehr geriet ich in Harnisch ... Am Ende einigten wir uns. Er wird mir mein Eigentum nicht streitig machen, und ich werde zeit meines Lebens kein Weidegeld von euch verlangen.«

»Bei Gott, ich schwöre auf den Koran, wir wußten nicht, daß Ince Memed herkommen wollte. Andernfalls hätten wir ihn nicht gehen lassen.«

»Steck den Geldbeutel ein!«

Als käme dahinter der Pferdefuß zum Vorschein, sah Battal Aga dem Molla mißtrauisch in die Augen, während er zögernd den Beutel in seiner Brusttasche verschwinden ließ.

»Wer mich kennt, kann es bestätigen: Ich habe es so weit gebracht, weil ich mit Klauen und Zähnen gekämpft habe. Und niemand außer Gott kann mich von meinem Weg abbringen. Jungen wie Ince Memed sind kein Happen für mich, was heißt Happen, sie passen gerade in meinen hohlen Zahn. Wenn es aber so ist, warum nehme ich dann zeitlebens von euch kein Geld mehr für die Winterweiden an? Sag mir, warum?«

»Gott ist mein Zeuge, wir haben ihn nicht zu dir geschickt. Sei uns also nicht böse und nimm uns nichts übel …«

»Warum wohl? Weil ihr einen Recken wie Ince Memed gerettet habt. Ihn gerettet und diesem gesegneten Vaterland zurückgegeben. Und dafür will ich euch meinen Dank erweisen. In Zukunft seid ihr für mich diejenigen, die einen heiligen Helden wie Ince Memed gerettet haben. Ihr habt immer einen Platz in meinem Herzen.«

Jetzt geriet Battal Aga in einen Zwiespalt. Sollte dieser Mann Ince Memed wirklich mögen? Solche Männer lieben doch nur sich und sonst niemanden auf der Welt, dachte er, und Ungeheuer wie dieser da geraten sonst nicht so leicht in Angst.

Als habe Molla Duran Efendi seine Gedanken gelesen, lächelte er ein bißchen bitter, ein bißchen spöttisch: »Wie beherzt ein Mann auch sein mag, vor Ince Memed muß er sich fürchten. Denn der hat die Grenze zum Tod überschritten. Weißt du, was das heißt?«

»Ich weiß es wohl, aber Ince Memed ist keiner von denen.«

»Richtig, er ist es nicht immer. Meistens ist er ein Mann wie jeder andere: weichherzig, gutmütig, verzogen wie ein kleines Kind. Doch manchmal …«

»Fürchtet man ihn«, ergänzte Battal Aga.

Molla Duran rief nach Ali dem Hinkenden: »Ali, setz dich zu uns, wir reden über Ince Memed!«

»Ich hörte es, Efendi, und ihr habt beide recht. Ich kenne ihn gut; schon seit seiner Kindheit. Hat er sich erst einmal entschieden, erscheint dieser stählerne Schimmer in seinen Augen. Das ist der Moment, in dem er die Grenze zum Tod überschreitet. Dann sollte man ihn fürchten.«

»Auch vor mir sollte man sich fürchten«, meinte Molla Duran Efendi. »Wir sind beide aus dem gleichen Holz geschnitzt.«

»Ich weiß«, erwiderte Ali. »Es wurde mir sofort klar, als ich euch zusammen sah. Fast gleichzeitig erschien in euer beider Augen dieser eigenartige Glanz.«

»Als ich sagte: ›Ich rücke keine Handbreit Weideland heraus, und sollte es einen geben, der mir dieses Land streitig zu machen den Mut habe, so möge er kommen‹, da wußte er, daß Widerstand zwecklos war. Dann erst habe ich ihm das Weiderecht geschenkt. Und damit auch euch, weil ihr ihn gerettet habt ... Im Gegenzug hat er Ali verziehen, mir zuliebe. Vielleicht auch, weil Ali Memeds Mann ist, doch davon weiß ich nichts. Aber auch wenn Ali sein Feind wäre, wie die Leute behaupten, mir zuliebe hätte er ihm verziehen.«

»Er hätte es getan«, bestätigte Ali voller Stolz.

»Ich muß euch ein Geheimnis verraten: Meinem Gefolgsmann Ali kann ich nicht trauen. Wüßte ich, daß er Ince Memeds Mann ist, wäre mir wohler.«

»Mir mußt du vertrauen! Auch Ince Memed muß es. Davon abgesehen, auch vor mir sollte man sich fürchten.«

»Das weiß ich ja. Du bist schlimmer als wir alle!«

»Ihr überschreitet einmal im Monat, einmal im Jahr die Schwelle zum Tod. Was mich betrifft, ich bin jeden Tag jenseits dieser Grenze. Manchmal fürchte ich mich vor mir selbst. Aber Ince Memed und du, ihr müßt mir vertrauen!«

»Dann hört mir gut zu: Vor einigen Tagen ließ der Räuber Veli der Rabe mir eine Nachricht zukommen. Er fragt mich, ob ich für seine Begnadigung sorgen würde, wenn er Ince Memed umbrächte und danach von den Bergen herunterkäme. Der Mann hat es sich in den Kopf gesetzt und wird es auch tun. Lehne ich seinen Vorschlag ab, wird er sich an jemand anders wenden, an Halil Bey den Überschwenglichen, an Zülfü, an Murtaza. Auch ihnen schlottern vor Ince Memed ja dermaßen die Knie, daß sie auf jeden Vorschlag Velis des Raben eingehen würden. Und Veli der Rabe ist ein Mann, der schon manch harten Strauß ausgefochten hat und Räuber ist seit fünfunddreißig Jahren. Dazu hat er noch acht erfahrene Männer um sich, die das Auge des Kranichs im Flug treffen. Sie könnten Ince Memed überrumpeln, ihn zur Strecke bringen. Das wäre aber auch meine Niederlage, es wäre wie mein eigener Tod. Dasselbe gilt für Ali. Nein, ich könnte Memeds Tod nicht verwinden. Das sage ich nicht so aus Spaß, ich sag es aus der Tiefe meines Herzens. Was also tun ...« Er schwieg mit finsterer Miene, senkte den Kopf und dachte nach. »Es gibt nur eins, Ince Memed muß gewarnt werden. Nimm dich in acht, Memed, Veli der Rabe trachtet dir nach dem Leben, dieser Dreckskerl, der wohl über fünfzig Menschen auf dem Gewissen hat. Und wer wird ihm diese Warnung überbringen, du, Battal Aga, oder du, Ali der Spurensucher?«

Ali und Battal Aga sahen sich an. Dann sagte Battal Aga hastig: »Ich werde es tun. Ich werde ihm diese Nachricht überbringen. Ich danke dir, Molla Duran Efendi. Und solltest du noch irgendwelche Anweisungen für uns haben ...«

»Anweisungen! Ich bitte dich ...«

Battal Aga stand auf, sah sich im Zimmer um und fragte: »Ali Aga, wo ist mein Quersack?«

»Hinter der Tür. Soll ich ihn dir bringen?«

»Wenn es keine Mühe macht.«

Ali brachte den aus geknüpftem Teppich gefertigten Quersack und legte ihn vor Battal Aga auf den Boden. Battal Aga zog einen Schlüssel aus seiner Tasche und öffnete damit das dreimal klickende Sicherungsschloß. Dann holte er ein Fäßchen hervor und sagte: »Darin ist die Milch der Bienen. Sie macht den Menschen wieder jung. Die Bienenstöcke sind in einer Höhlung eines spiegelglatten Felsens aus Feuerstein weit oben in den Bergen. Ja, von dort stammt dieser Honig.« Er zog ein zweites Fäßchen aus dem Quersack: »Und darin ist die köstliche Butter, die ihr beide ja kennt.« Das dritte Fäßchen war ein bißchen größer: »Und darin ist violetter Kräuterkäse. Nur wir Yürüken wissen ihn herzustellen. Sein Wohlgeruch bleibt noch zehn Tage nach dem Verzehr im Körper haften, so daß sich der Mensch in einem eigenartigen, berauschenden Duft bewegt. Und außerdem ist er gut für viele Gebrechen. Und jetzt gestattet, ich muß gehen!«

Molla Duran begleitete ihn bis zur Haustür. Sie umarmten sich.

»Vergiß nicht, Ince Memed zu warnen!«

»Noch heute nacht!«

Ali verabschiedete ihn am Gartentor. Battal Aga beugte sich vom Pferd zu ihm herab und sagte leise: »Morgen schicke ich dir den kleinen Müslüm her. Der findet Ince Memed, wo immer er auch sei.«

Molla Duran hatte sein Abendgebet gerade beendet, als Ali der Hinkende eilig zurückkam.

»Sie sind da«, sagte er leicht erregt.

»Bring sie her!«

Drei Männer in Hirtenmänteln betraten das Zimmer. Molla Duran hatte sich erhoben. Er ging auf Veli den Raben zu und umarmte ihn.

»Auf dieser Welt vertraue ich dir allein, Molla Duran Efendi. Mein Hab und Gut, mein Weib und sogar meine Seele würde ich dir anvertrauen. Wenn du auch wie jeder andere mit roher Muttermilch genährt wurdest, so vertraue ich von all den Menschen am meisten dir.«

»Zieh diesen Hirtenmantel aus und setz dich erst einmal ... Der Hirte steht dir besser als der Räuber«, entgegnete Molla Duran, wandte sich an die andern beiden Räuber und forderte auch sie auf abzulegen.

Erst als Veli der Rabe und seine Gefährten ihre Hirtenmäntel abwarfen, kamen ihre stählern glänzenden Waffen zum Vorschein. Mit gekreuzten Patronengurten, die ihre Brust fast bedeckten, Feldstechern, Pistolen und Krummdolchen hatten sich die Männer bis an die Zähne bewaffnet.

Veli der Rabe war ein schlaksiger Mann und braungebrannt wie ein Afrikaner. Sein Alter war nicht zu erraten. Seit dem Tag, an dem Molla Duran ihm zum erstenmal begegnete, war er unverändert der Dreißigjährige geblieben. Auch er war einer jener Räuber, die mit Ince Memed die Amnestie zum zehnten Jahrestag der Republik abgelehnt und die Berge nicht verlassen hatten. »Der Beute fehlt noch das nötige Gewicht«, hatte er damals Freunden geantwortet, »soll ich denn mit einigen Kuruş in der Tasche hinunterziehen und in der Çukurova zum Spielball von diesem und jenem werden?« Und seitdem hatte er eingebrochen, geraubt und getötet, hatte sich vier Frauen genommen und einen Bauernhof gekauft, mit Pferden, Zuchtstieren und Schafherden. Seine Frauen gebaren ihm viele Kinder, die ihm alle sehr ähnlich sahen. Ja, Veli der Rabe hatte von hier bis Kayseri, von Malatya bis Halep, von Maraş bis Urfa vielen Reichen das Feuer in ihren Kaminen für immer ausgelöscht.

»Aber jetzt rüttelt das Alter an der Tür, und es wird Zeit, daß ich mich zur Ruhe setze. Wieviel Tage verbleiben mir denn noch bis zum letzten, Duran Efendi ... Ich habe viele Menschen getötet und viele Herde ausgelöscht. Gott sei Dank, ich habe einen Bauernhof, und es fehlt mir auch sonst an nichts. Du weißt ja so gut wie ich, daß ich drei Tage und Nächte brauche, um die Goldstücke in meiner Truhe zu zählen. Doch es könnte mich auch eine verirrte Kugel treffen. Bis jetzt hat sich noch niemand an mich herangewagt, aber sie werden es tun, wenn sie mein Alter erfahren. Seit fünfunddreißig Jahren bin ich nun Bandenführer. Wenn du selbst dem Tod ins Auge zu sehen nicht gewillt bist, kannst du auch niemanden in den Tod schicken ... Doch jetzt bin ich alt geworden, und je älter man wird, desto süßer wird das Leben, und so mag ich es nicht mehr aufs Spiel setzen. Zum Töten bin ich auch zu weich geworden. Es geht mir nicht mehr so leicht von der Hand. Wie der Metzger die Lämmer schlachtete ich früher die Menschen ab, ohne mit der Wimper zu zucken. Und es waren viele. Aber einen Vogelfreien, der den Tod und das Töten nicht ins Auge fassen kann, lassen sie da oben nicht lange leben. Wenn ich also nicht bald die Berge verlasse und in die Ebene ziehe, töten sie mich auch. Sieh dir diese beiden an, noch stehen sie gesenkten Hauptes da. Aber auch sie sollen wissen, daß sie mich töten werden, wenn sie auch nur eine Spur von Angst in meinem Herzen entdecken. Und nichts ist leichter für den Menschen, als im Herzen eines Menschen zu lesen.«

Die beiden Männer rührten sich nicht, umklammerten mit festem Griff die Gewehre auf ihren Knien. So wie Veli der Rabe auch.

»Ich kenne mich gut, da hat sich Angst in mir eingenistet. Und wenn ich auf einen Menschen abdrücke, zittern meine Hände. Davon werde ich nicht mehr geheilt. Ich muß von den Bergen hinunterziehen in die Ebene, zu meinem Hof, zu Frau und Kind. Auch fällt es mir immer schwerer, auf bloßer Erde zu schlafen, da werden mir Rücken und Hüfte steif. Meinen Hof habe ich zur Festung gemacht. Wenn ich niemanden herausfordere, wird sich auch niemand um mich kümmern. Seit Jahren habe ich mich auf diesen Schritt vorbereitet. Bevor ich sterbe, will ich wenigstens einige Jahre in Frieden leben, mich hin und wieder auf ein arabisches Vollblut setzen und, sei es auch tief in der Nacht, ohne Angst ausreiten. Denn daß ich dies nicht mehr erleben werde, erfüllt mich schon mit Angst. Um dies noch zu erleben, habe ich schließlich viele getötet und viele gequält. Ist es da nicht mein gutes Recht, mich einige Jahre auszuruhen?«

Mit Augen so dunkel wie zwei Brunnen, in deren Tiefe sich der Himmel spiegelt, sah er Duran Efendi ratsuchend an. »Auf dich setze ich meine Hoffnung, Molla Duran Efendi. In dieser Stadt bist du der einzige, der mich versteht. Wenn ich an die Tage denke, als meine Mutter und ich in der gelben Hitze der Çukurova Ähren sammelten, dabei vor Durst fast umkamen und das blutwarme, von Würmern und Malariamücken wimmelnde Wasser der Reisfelder tranken, und wir, vom Fieber geschüttelt, dann von den Bauern noch über die Felder gejagt wurden …«

Vor Jahren schon hatten sich die beiden alten Freunde fast jede Woche in den Bergen oder in der Stadt getroffen, hatten sich ihr Leid geklagt und Erinnerungen an ihre Kindheit ausgetauscht. Veli der Rabe beklagte dann Molla Durans schweres Los und Molla Duran das des anderen …

»Du allein weißt, daß ich einmal einen Tag ohne Todesangst leben will, einmal eine Nacht in einem weichen Bett ruhig schlafen möchte. Wenn ich vom Allmächtigen mehr als das erbitte, soll er mich tausendmal verfluchen!« Doch dann lachte er auf: »Eines wünsche ich mir noch: Nach Mekka pilgern und unseren Gott um Vergebung meiner Sünden bitten.«

»Nach Mekka werden wir zusammen pilgern. Hatten wir das nicht schon so beschlossen?«

»Du erinnerst dich also, wie wir uns damals auf dem Weg zur Mittelmeerküste die gemeinsame Reise nach Mekka in die Hand versprachen. Du hattest große Angst vor diesem Mann Hüseyin Hodscha.«

»Stimmt, ich hatte große Angst.«

Molla Duran hatte auch nach all den vielen Jahren Hüseyin Hodschas Haus inmitten eines Orangengartens so zielsicher wiedergefunden, daß man meinen konnte, er habe es selbst dorthin gebaut. Hüseyin Hodscha war außer sich vor Freude, als er ihn erkannte; doch dann wurde sein Gesicht kreidebleich, er begann zu zittern und fragte nur: »Ihr werdet mich nicht töten, nicht wahr?«

Hüseyin Hodscha war sehr reich geworden. Seine Orangenhaine dehnten sich bis zur Küste des Mittelmeers, auf dem auch noch seine eigenen Frachtschiffe schwammen. Wie Trauben hingen die Blüten an den Orangenbäumen, und die ganze Welt schien berauscht von ihrem Duft.

Die beiden Freunde hatten den Hodscha in ihre Mitte genommen und ihn an das von schäumenden Brechern tosende Ufer des großen Meeres gebracht.

»Dein letztes Wort, mein Hodscha?« Daß Molla Durans Stimme zitterte, war Veli dem Raben nicht entgangen.

»Wenn es im Osten aufhellt, werdet ihr mich erschießen. Daß du mich eines Tages finden würdest, habe ich kommen sehen. Hast du Nachricht von deiner Mutter und den Kindern?«

Molla Duran gab keine Antwort. Bis zum Morgen lauschten sie gelassen der rauschenden Stimme des Meeres. Kurz bevor es im Osten hell wurde, zog Molla Duran seinen Revolver mit dem Griff aus Elfenbein und trat vor Hüseyin Hodscha hin.

»Es dauert noch«, sagte Hüseyin Hodscha. »Eine kurze Weile nur, und das Morgenrot beginnt zu leuchten, sei doch nicht so ungeduldig, mein Lieber …«

Mit dem Revolver in der Hand begann Molla Duran wieder zu warten.

»Ich glaube, jetzt ist es soweit, schau, es wird hell!«

»Es ist soweit«, antwortete Hüseyin Hodscha. Sein Gesicht war jetzt aschfahl.

Die drei Kugeln aus Molla Durans Revolver trafen Hüseyin Hodscha mitten ins Herz. Hüseyin Hodschas Blut strömte, und die beiden blieben bei ihm, bis er den letzten Atemzug getan hatte.

»Wie kaltblütig, als sei es das Einfachste von der Welt, du ihn im Morgengrauen getötet hattest ... Dann brachst du einen blühenden Zweig vom Orangenbaum und saugtest seinen Duft tief in dich hinein. Ja, wir werden gemeinsam nach Mekka pilgern und uns von unseren Sünden reinwaschen!«

»Wir werden uns reinwaschen«, bestätigte Molla Duran Efendi.

»Jetzt zu meiner Bitte an dich: Ich bin hier, um Ince Memed zu fangen oder zu töten.« Während er sprach, streifte sein Blick Ali den Hinkenden.

»Wenn du ihn meinst«, beschwichtigte ihn Molla Duran, »das ist Spurensucher Ali der Hinkende. Ince Memed trachtet ihm nach dem Leben. Vor einigen Tagen war er drauf und dran, ihn zu töten, ich konnte ihn nur mit Mühe davon abhalten. So wie du mir vertraust, vertraue auch ihm!«

»Ich kenne Ali den Hinkenden«, lachte Veli der Rabe. »Und er kennt mich auch.«

Ali der Hinkende kam etwas näher und reichte ihm die Hand.

»Sei willkommen!« sagte er.

»Ich freu mich, dich zu sehen, Bruder Ali. Keine Angst, diesen Ince Memed werde ich töten. Er ist doch noch das Kind von gestern.«

»Inschallah!«

»Dafür, daß ich ihn töte, verlange ich nur eins: Ich will außer Verfolgung gesetzt werden! Hast du verstanden, Molla Duran Efendi?«

»Ich habe verstanden.«

»Wenn ich Ince Memed getötet oder gefangen habe, will ich von höchster Stelle ein Schreiben in der Hand haben, in dem mir versichert wird, daß ich nicht mehr verfolgt werde. Wenn du das für mich durchsetzen kannst, werde ich dir immer ...«

»Los, laß uns jetzt erst einmal schlafen! Steigt ein neuer Tag, kommt auch guter Rat!«

Als Molla Duran Efendi frühmorgens zu Halil Bey dem Überschwenglichen unterwegs war, hatte der Hirtenjunge Müslüm von Ali dem Hinkenden schon seine Anweisungen bekommen und sich aufgemacht, Ince Memed zu suchen.

Noch in derselben Nacht versammelten sich die Vornehmen der Kleinstadt im Konak von Molla Duran, der von Arif Saim Bey ein offizielles Schreiben haben wollte, das Veli dem Raben Straffreiheit gewährte, sofern es ihm gelänge, Ince Memed zu töten oder gefangenzunehmen.

»Ich besorge dir dieses Schreiben innerhalb zweier Tage«, versprach Zülfü. »Arif Saim Bey ist in Adana, er hat mich auch eingeladen.«

»Und ich bringe dir so ein Papier vom Präfekten«, meinte Murtaza Aga.

»Und ich vom Kommandanten der Gendarmerie«, erbot sich Halil Bey der Überschwengliche. »Soldaten sind großzügig und stehen zu ihrem Wort ...«

Den Straferlaß in der Tasche, brach die Bande von Veli dem Raben eine Woche später vom Garten Molla Duran Efendis auf, ging im Schutz der Tamarisken den Fluß entlang und schlug sich dann in die Berge, um Ince Memed aufzustöbern. Weder der Landrat noch der Hauptmann, noch die anderen Männer der Regierung waren unterrichtet worden. Um sicherzugehen, hatte Veli der Rabe dies von den Agas und Beys mit Nachdruck gefordert.

»Vor Ince Memed muß man sich in acht nehmen, sei also vorsichtig!« hatte Molla Duran noch gesagt. Veli der Rabe fragte sich, was er damit wohl andeuten wollte. Wer war Ince Memed schließlich schon? Ein winziger, armer Junge, dessen Mund noch nach Muttermilch roch, dem man das Räuberleben aufgezwungen hatte und der seitdem mutterseelenallein durch die Berge irrte, weil er nicht wußte, wohin. Gott möge es ihm lohnen! Denn sein jahrelanger Traum, in die Ebene zu ziehen, wäre nie in Erfüllung gegangen, wenn dieser Junge die Kleinstädter nicht so in Angst und Schrecken versetzt hätte. Ince Memed war ihm wie ein goldener, glückbringender Paradiesvogel in die Arme geflogen. Es behagte ihm gar nicht, ihn zu töten, aber was konnte er denn anderes tun?

Die Freude verlieh ihm Flügel, er sang vor sich hin, machte sogar einige Tanzschritte, während er dahineilte ... Wenn er früher als junger Wegelagerer jemanden getötet und sich die Geldbörsen um den Hals gehängt hatte, wenn er in Häuser eingedrungen war, geraubt und gebrandschatzt hatte, war er immer so gut gelaunt gewesen und seine Freude grenzenlos. Umgehend, in kürzester Zeit, mußte er diesen Ince Memed umbringen und sich in seinem schönen Gutshof niederlassen.

Er holte so weit aus, daß die anderen Räuber, auch die jüngsten, mit ihm nicht Schritt halten konnten. Nachdem sie den Festungshügel überquert hatten, drehte Veli der Rabe sich zu den andern um: »So geht es nicht, Leute«, rief er, »zu Fuß ist er nicht einzuholen. Wir müssen uns bei den Tscherkessen dort oben Pferde besorgen.«

Gegen Mittag standen ihre Pferde gesattelt unter der Dorfplatane bereit. Erreichten sie jetzt noch die Berge, war der Rest ein Kinderspiel und Ince Memed so gut wie in ihren Händen!

25

»Weißt du, daß sie uns hängen wollten, Memed?« sagte Ferhat Hodscha. »Wie gut, daß du rechtzeitig hier warst und uns gerettet hast.«

Seit zehn Tagen schon waren sie in diesem abgelegenen Bergdorf. Ein einziger Pfad führte hierher, und der war mit bloßem Auge zu übersehen. Jede Ameise konnte man auf ihm entdecken. Schon vor langer Zeit mußte an dieser Stelle eine Burg gestanden haben; auf den Resten ihrer Ruine waren noch Reliefs wilder Löwen zu erkennen. Hier kannte jeder Ferhat Hodscha, und jeder liebte ihn. Niemand sprach darüber, aber offensichtlich wußten alle, aus welchem Grund der Hodscha seit einigen Jahren zurückgezogen in diesem Dorf lebte. Und Memed, weil er den Hodscha von allen am besten kannte, war gar nicht neugierig darauf, diesen Grund zu erfahren.

Ohne nähere Angaben, warum und wohin er gehen wolle, hatte sich Yobazoğlu schon unterwegs von ihnen getrennt.

»Daß ein Mensch so ängstlich sein kann ...«

Dieser Satz war Ferhat Hodscha zum geflügelten Wort geworden, so sehr hatte er sich über Yobazoğlu gewundert.

Seit Memed mit Ferhat Hodscha zusammen war, fühlte er sich glücklich und geborgen, und wie in früheren Zeiten waren die beiden wieder in Zwiegespräche vertieft.

»Gott zeichnet den Weg des Menschen vor«, sagte Ferhat Hodscha. »Auch meinen Weg hatte er schon vor langer Zeit vorgezeichnet, aber ich hatte es nicht begriffen. Und solltest du auch den Bergen den Rücken kehren und ein anderes Leben beginnen, ich werde hierbleiben. Ich weiß jetzt, daß es für mich keine andere Möglichkeit gibt. Mein Ende ist die Kugel. So hab ich's auch im Traum gesehen. Wie ich auch meine Befreiung aus dem Gefängnis und meine Flucht in die Berge in meinem Traum vorausgesehen hatte. Der Mensch zeichnet sich seinen Weg, und Gott zeichnet ihm seinen Weg. Ich tat alles, um den Bergen fernzubleiben. Aber ich mußte feststellen, daß es auf meiner Stirn vorgezeichnet war, daß ich meinem Schicksal nicht entrinnen kann. Auch wenn es keinen Räuber mehr in den Bergen geben sollte, werde ich noch hier sein. Und so ist es auch besser für mich. Bestimmt nicht ohne Grund hat Gott dich in dieses Dorf verschlagen, wo ich Unterschlupf fand.«

Die letzten Worte sprach der Hodscha so überzeugt, daß Memed nicht widersprach.

Ferhat Hodscha hatte sich seit langem schon im Schießen geübt. Gleich nach dem Morgengebet fragte er jedesmal in die Runde: »Los, Kinder, will jemand mitkommen?« und zog mit denen, die sich ihm anschlossen, auf das ebene Gelände vor dem Dorf, wo sie sofort mit den Schießübungen begannen. Außerdem kletterte er immer wieder in den Steilhängen, marschierte und lief er täglich durch die Gegend.

Wunderte sich Memed über alles, was der Hodscha tat, so war er von dessen Schießkünsten geradezu begeistert. Er traf, was er auch aufs Korn nahm. Einen solchen Schützen hatte Memed in seinem ganzen Leben weder erlebt noch von einem derart treffsicheren Schützen gehört.

Sie blieben einen Monat im Dorf. Memed stellte fest, daß

seine Einwohner und auch die der umliegenden Dörfer den Hodscha wie einen Heiligen verehrten. Und irgendwann erfuhr er auch den Grund.

In den Jahren der Not war der Hodscha mit drei Gefährten in diesem Dorf untergetaucht, hatte von hier aus Raubzüge unternommen, in den Landgebieten um Kayseri, Develi und Sivas die Häuser der Reichen heimgesucht, ihnen das Vieh weggetrieben, die Beute an die Hungernden im Dorf verteilt und, soweit es in seiner Macht stand, sie vor den Banden streunender Fahnenflüchtiger beschützt. Aus diesem Grund war die Freude im Dorf riesengroß gewesen, als der Hodscha nach Jahren hier wiederauftauchte.

»Mein Hodscha«, sagte Memed und legte sein Gewehr vor dessen Füßen nieder, »ich unterwerfe mich deinem Befehl. Du bist der Anführer, und ich bin, wie früher, ein Mitglied deiner Bande.«

»Haben es dir die Dörfler erzählt?«

»Die Dörfler haben mir nichts erzählt, ich hab's woanders erfahren.«

Ferhat Hodscha wußte wohl, daß Ince Memed sein Wissen nicht von den Dörflern, die es niemandem preisgaben, haben konnte. Aber er hatte damit gerechnet, daß er es mit der ihm eigenen List einem Fremden, vielleicht einem Hirten, entlocken würde.

»Eines Tages werde ich dir bis in alle Einzelheiten erzählen, was mir widerfuhr. Und nun nimm dein Gewehr wieder auf! Du bist der Anführer.«

»Ich nehme es nicht auf, weil ich deinen Vorschlag nicht annehmen kann.«

»Heb's auf, und führe im alten Dorf keine neuen Sitten ein!«

»Und ob ich sie einführe!«

»Willst du der Stachel in meinem Fleische sein?«

»Ich bin es.«

»Dann laß uns die Freunde rufen und auf der Stelle den Bandenführer wählen. Du bleibst hier stehen! Leute, kommt her!«

Kasim und Temir hatten etwas abseits gewartet und die beiden beobachtet. Jetzt kamen sie herbei.

»Wir wählen den Anführer. Wer will Memed?«

Alle drei wollten Memed …

Vor vollendete Tatsachen gestellt, wagte Ince Memed nicht zu widersprechen, schaute ein bißchen benommen, aber auch mißmutig, weil er sich überrumpelt fühlte, in die Runde.

Die drei traten mit ihren Waffen vor ihn hin und legten sie vor seinen Füßen auf die Erde. Plötzlich übermannte Memed die Rührung, seine Augen wurden feucht, er eilte zu Ferhat Hodscha, ergriff dessen Hand und führte sie an die Stirn.

Viele Dörfler hatten den Vorfall beobachtet, die Nachricht verbreitete sich im Dorf, und am selben Abend noch gaben sie Ince Memed zu Ehren ein großes Fest. Aus dem Nachbardorf kamen Paukenschläger, Barden, Volkssänger und Flötenspieler. Mitten auf dem Dorfplatz wurde ein großes Feuer entfacht, bis in den frühen Morgen hinein schimmerte der Schein von den felsigen Hängen wider.

»Wir setzen hier Schimmel an«, seufzte nach einer Woche Ince Memed, dessen Gedanken tagaus, tagein bei Seyran waren. Er konnte es nicht erwarten, mit ihr ans Meer zu ziehen, an Orte, die niemand kannte und wo Orangenbäume wuchsen. Aber dafür brauchte er doch Geld, wenn auch nur ein bißchen!

»Laß uns von hier fortziehen! Aber erinnern wir uns jederzeit an diesen Ort, besonders in Tagen der Gefahr … Denn brächte man die Dörfler hier auch einen nach dem andern um, verriete uns keiner.«

»Ich weiß, mein Hodscha, sie täten es nicht.«

»Hier ist unsere Burg …«

Die Dörfler, Männer und Frauen mit Kind und Kegel, geleiteten sie bis zum Paß hinunter.

Nachdem sie sich von allen verabschiedet und den nächsten Hügel erklommen hatten, zeigte Ferhat Hodscha auf einen der über ihnen kreisenden Adler und sagte: »Sieh ihn dir gut an, Memed, er soll mein erstes Jagdopfer sein. Treffe ich ihn, ist mir das Glück hold.« Er hob sein Gewehr, zielte und drückte ab. Der Schuß hallte von den Felswänden wider, und der Adler taumelte vom Himmel. »Das Glück wird mich also begleiten!«

Der Hodscha kannte hier die Pfade und Dörfer wie die Innenseite seiner Hände. Am Abend erreichten sie einen Flecken am Ufer eines kleinen Sees, in dessen Mitte eine winzige Insel aus rotem Fels aufragte. Auch in diesem Dorf wurde Ferhat Hodscha mit unglaublicher Begeisterung empfangen. »Hodscha, wir dachten, du seist tot! Wir hörten von verschiedenen Stellen, die Gendarmen hätten dich getötet. Gesegnet sei der heutige Tag!« freuten sie sich, schlachteten Opfertiere und feierten die Gäste eine Woche lang. Und wie in früheren Zeiten krempelte Ferhat Hodscha seine Hosenbeine hoch, watete ins seichte Wasser des Sees und fing mit bloßen Händen Forellen. Solange sich der Mensch erinnern kann, wurden in diesem Dorf edle Pferde gezüchtet. Sie waren berühmter als die Vollblüter Urfas und Arabiens. Aber auch der Ruhm des Pferdes von Ali Safa Bey, das von Ince Memed geritten wurde, war bis hierher gedrungen.

»Manche Pferde sind so. Aus irgendeinem Grund jagen sie davon, und niemand kann sie wieder einfangen. Sie werden Feinde des Menschen. Das Feuer muß es sehr erschreckt haben. Davon erholt es sich nie mehr.«

Sie hatten Ferhat Hodscha und Memed in einem schönen zweistöckigen Haus untergebracht, oberhalb der Felsen, die am Ufer emporragten. Der See unter ihnen war von einem tiefen Blau. Wenn aber das Morgenlicht auf die rötliche Felsinsel inmitten des Sees fiel, verfärbten sich Wasser, Bäume, Erde und Gräser in purpurnes Rot, das sich verflüchtigte, je höher die Sonne stieg, bis schließlich die roten Felsen unter ihren Strahlen gleißend zu schimmern begannen und der See wieder tiefblau leuchtete.

Ausgestreckt auf ihren Nachtlagern, unterhielten sich Ferhat Hodscha und Memed bis in die Morgenstunden. Memed fragte, und der Hodscha antwortete. Denn er wußte viel von der Welt und den Menschen. Und es genügte, daß er jemandem in die Augen sah, um in dessen Seele lesen zu können.

»Du hast es dir nun einmal fest vorgenommen, da nützen keine guten Worte und Ratschläge. Nimm also Seyran zu dir, und zieh mit ihr ans Meer zu den blühenden Orangen ... Doch sei sicher: Lange wirst du es dort nicht aushalten und in die Berge zurückkehren, denn die Berge liegen dir nun einmal im

Blut. Hoffentlich änderst du deine Meinung, bevor dir in den Orangengärten etwas zustößt! Ince Memed zu sein ist eine Last. Er ist und bleibt Ince Memed und kann kein anderer werden. In Orangengärten hält er es einen Tag nur aus oder zwei und ein Jahr höchstens in den Armen seiner Frau. Danach aber hielte es ihn nirgendwo, und bände man ihn fest.«

»Und wie hielt Bayramoğlu es dreißig Jahre aus?«

Ferhat Hodscha lachte.

»Ich war in seiner Bande«, entgegnete er, »und zwar lange Zeit. Auch jetzt stehen wir in Verbindung. Tag für Tag bewaffnet er sich, geht bis zum Fuß des nächsten Berges und macht wieder kehrt. Wer ihm für einen Tag die Waffe nähme, für einen Tag nur, der würde Bayramoğlu nicht wiedererkennen! Und auch Bayramoğlu wird sich eines Tages in die Berge aufmachen. Er ist nicht der Mann, der furzend im Bett stirbt. Nachdem du Abdi Aga getötet hattest, warst du doch auf und davon. Warum bist du eigentlich zurückgekommen? Wer hat dich dazu gezwungen?«

»Ich kam eben zurück«, sagte Memed.

»Und du wirst immer zurückkommen, denn du bist aus dem gleichen Holz wie sie, wie Köroğlu, wie Pir Sultan Abdal, wie der Scheich von Sakarya ...«

Einer von ihnen, Pir Sultan Abdal, Dichter, Wandersänger und Ordensgründer, ist Alevit, ein Kizilbaş, und ein Rebell. Er ist ein Mann des Schahs, des Schahs Ali, des heiligen Ali, ist Besitzer des Maultiers Düldül. Und er ist des Padischahs Feind, lehnt sich gegen ihn auf.

Eines Morgens ruft er seinen Gefolgsmann Hidir zu sich, sagt ihm: »Hidir, ich hatte heute nacht einen Traum. Darin zogst du nach Istanbul, wurdest Präfekt, kamst nach Sivas und ließest mich auf dem Marktplatz von Sivas hängen. Geh deiner Wege, lebe wohl, seinem Schicksal entrinnt man nicht.« Hidir fällt ihm zu Füßen, küßt ihm die Hände, fleht ihn an: »Um Gottes willen, Meister, wie könnte ich dich hängen, doch Präfekt möcht ich schon werden!« Pir Sultan aber verabschiedet ihn und sagt: »Mach du dich auf den Weg!«

Hidir geht, die Jahre vergehen, und es kommt ein Präfekt

nach Sivas mit Namen Hizir. Eines Tages erinnert dieser sich an den Ordensmann, der so gütig war und ihn damals nach Istanbul geschickt hatte und der jetzt im Dorf Banaz bei Yildizeli leben soll. Hatte der ihm nicht vorausgesagt, daß er Präfekt werden, zurückkehren und ihn an den Galgen bringen würde? Nun, ich werde ihm einen festlichen Empfang bereiten, den es noch nie gegeben hat. Er lädt auch die Spitzen der Gesellschaft ein, die Beys und Agas von Sivas, damit der gute Mann erfahre, wie sehr er ihn noch achte, sogar als Präfekt. Er schickt seine Leute drei Tagereisen weit ins Dorf Banaz, läßt Pir Sultan Abdal ins Serail bringen und verneigt sich achtungsvoll vor ihm, als dieser erscheint. Auch wenn sich Pir Sultan darüber freut, kann er tief im Innern seinen Argwohn nicht überwinden. Aus diesem Hidir ist ein Hizir geworden, stellt er fest, dazu noch ein Osmane … Und einem, der Osmane wird, kann man doch nicht trauen. Und dann ist da noch dieser Traum, den der Ehrwürdige nicht vergessen hat.

Das Fest beginnt. Auf der Tafel sind die verschiedensten Speisen angerichtet, Speisen, die man noch nie gesehen hat. Es fehlt nur noch Vogelmilch, wie der Volksmund sagt. Alle greifen zu, nur Pir Sultan sitzt da, als seien seine Hände festgebunden. Hizir Pascha ist's nicht entgangen: »Bitte, Meister, iß!«

Pir Sultan gibt keine Antwort, und während jeder schlemmt, rührt er die Speisen nicht an.

»Um Gottes willen, Ehrwürdiger!«

Pir Sultan hebt den Kopf, läßt seine Augen über die Agas, Beys und Staatsbeamten gleiten und sagt: »Ich kann von diesen Speisen nicht essen, denn in ihnen steckt der Anteil der Waisen, ist das Blut der in Schweiß gebadeten Arbeitenden. Es ist das Festmahl der Unterdrückung, ich kann nichts anrühren, die Speisen sind unrein. Nicht nur ich, nicht einmal meine Hunde würden sie fressen.«

Hizir Pascha, darüber sehr erbost, rauft sich die Haare, dreht durch vor Wut. Doch um den Schein zu wahren und vor den Beys das Gesicht nicht noch mehr zu verlieren, sagt er: »Nun gut, ruf deine Hunde, Ehrwürdiger, mal sehen, ob sie das Festmahl verschmähen …«

Pir Sultan, nicht ohne Grund ein Gerechter, macht nur ein Handzeichen in Richtung Banaz, und schon machen sich die Hunde auf und kommen geradewegs hergelaufen. »Bitte sehr, Pascha, da sind die Hunde!« Daraufhin wird Pir Sultans Hunden der feine Fraß vorgesetzt, den sie aus sicherer Entfernung mit gestrecktem Hals und gespitzten Schnauzen kurz beschnuppern, aber nicht anrühren, sosehr die Diener des Paschas sich auch abmühen.

Der Pascha, vor so vielen Menschen bloßgestellt, kann diese Erniedrigung nicht auf sich beruhen lassen, muß dieser Herausforderung die Stirn bieten. »Dein Traum wird Wirklichkeit, mein Pir Sultan, doch weil du ein Ehrwürdiger bist, öffne ich dir noch eine Tür, obwohl du für das, was du mir bisher angetan hast, schon baumeln müßtest. Jetzt wirst du mir drei mystische Gedichte vortragen, aber in keinem darf das Wort Schah vorkommen. Wenn du das tust, werde ich dir verzeihen, wenn nicht, lasse ich dich bei Morgengrauen am höchsten Baum des Marktplatzes aufhängen.«

Pir Sultan greift zur Saz und trägt den ersten Vers vor. Allen voran der Pascha, erstarren die Anwesenden vor Entsetzen. Denn Pir Sultan nennt in jedem Vers des ersten Gedichtes das Wort Schah. Gespannt warten die Festgäste auf das zweite Gedicht. Doch darin ist sogar von Anfang bis Ende vom Schah die Rede, und so geht es im dritten fort.

»Damit geht dein Traum in Erfüllung, mein Ehrwürdiger«, sagt daraufhin Hizir Pascha, und seine Henker greifen Pir Sultan und hängen ihn auf dem Marktplatz zu Sivas. Nur deswegen wird diese Stadt heute noch blutiges Sivas genannt, und dieser Name wird ihr bis in alle Ewigkeit anhängen.

Schon seit Sonnenaufgang ist an jenem Morgen die Hinrichtung Pir Sultan Abdals in aller Munde. Der eine sagt, er habe im Morgenrot Pir Sultan Abdal, in weiße Gewänder gehüllt, zum Kayseri-Tor hinausgehen sehen, der andere meint, zum Tokat-Tor. Einer will ihn am Westtor, einer am Osttor gesehen haben. Keiner glaubt daran, daß der Ehrwürdige gehängt wurde. Und wer dennoch Zweifel hat, macht sich mit den Worten »Wenn es die Stadt Halep gibt, so muß sie auch zu sehen sein« auf den

Weg zum Marktplatz. Doch der Platz ist menschenleer, und nur ein dicker, langer Strick baumelt am Ast eines Baumes ...

Mit seiner schönen Stimme sang Ferhat Hodscha die drei Lieder, in denen Zeile für Zeile der Name Schah genannt wird.

»Er war also ein fahrender Sänger wie Karacaoğlan und Dadaloğlu, ein Wandersänger für Gerechtigkeit ...«, meinte Memed.

»Wie Dadaloğlu«, sagte Ferhat Hodscha.

»Pir Sultan soll kein Pferd gehabt haben, nicht wahr?«

»So ist es«, antwortete Ferhat Hodscha.

Und was den Scheich von Sakarya betrifft, er war der Mahdi während der Zeit Sultan Murats des Vierten. Er predigte aufrührerisch in den Bergen von Sakarya. Dreimal stellte der Padischah eine Streitmacht gegen ihn auf, die der Mahdi mit einigen tausend Mann jedesmal in die Flucht schlug.

Als dann Sultan Murat mit seinem Heer gegen Bagdad zog, schlug er in Konya sein Lager auf. Dort erst wurden sich der Heerführer, der Großwesir und die Wesire der drohenden Gefahr bewußt, sie gingen zum Padischah und sagten: »Was haben wir nur getan? Ziehen mit unserer Streitmacht gegen Bagdad, während dieser ruchlose Scheich von Sakarya, Mahdi genannt, mit seinen fünftausend Mann, die unsere sechzigtausend Krieger besiegten, vor den Toren Istanbuls hockt. Wenn er nun Istanbul erobert?«

Sultan Murat dachte nach und antwortete: »Geht zu ihm mit meinen besten Grüßen, und sagt dem Scheich, ich schicke ihm ein edles Pferd und zum Zeichen seiner Ernennung zum Wesir Zobelpelz und Federbusch. Sagt ihm, ich zöge gegen Bagdad zu Felde, gegen die abtrünnigen Kizilbaş. Er soll sich mit seinem Heer diesem gottgefälligen Feldzug anschließen und mit mir Bagdad erobern.«

Der Heerführer, der Großwesir und die Wesire zogen mit den Geschenken in die Berge von Sakarya, machten den Scheich ausfindig und erklärten ihm: »Der Padischah bietet dir den Titel eines Wesirs an, sogar mit drei Federbüschen, und er schickt dir auch dieses Pferd. Er läßt dir sagen, daß er gegen die Kizilbaş zu Felde ziehe, das sei eine segensreiche Tat, und du mögest dich ihm mit deinem Heer anschließen und mit ihm Bagdad erobern.«

»Ich kann es nicht annehmen.«

»Wie bitte? Du willst den Titel eines Wesirs nicht annehmen?«

»Kann ich nicht.«

»Wenn du das nicht kannst, können wir dich auch nicht vor den Toren Istanbuls dulden.«

»Ich weiß.«

»Du hast fünftausend Mann. Gegen Bagdad zieht ein Heer von etwa dreihunderttausend.«

»Ich weiß.«

»Wir müßten mit dem Heer zurückkommen, dich erledigen und könnten dann erst gegen Bagdad ziehen.«

»Ich weiß.«

»Dieses Heer wird dich besiegen. Solltest du gefangengenommen werden, wirst du in Konya splitternackt auf einen Esel gesetzt und in der Stadt herumgeführt.«

»Ich weiß.«

»Ein Henker wird dir Arme und Beine brechen, wird dir bei lebendigem Leib die Haut abziehen, wird dich nach und nach zerteilen, und so wirst du über mehrere Tage hinweg Stück für Stück getötet werden.«

»Ich weiß.«

»Was macht dir dann noch zu schaffen?«

»Meine Pflicht, mich darzustellen und bekannt zu werden.«

Und der so in die Pflicht genommene Scheich von Sakarya schwang sich auf seinen Grauschimmel und flog mit ihm zu den violetten Bergen. Sultan Murat aber führte sein Heer zurück und warf es in den Bergen von Sakarya gegen ihn in die Schlacht. Bis zum Abend waren fast alle Krieger des Scheichs gefallen, und bald darauf wurde er selbst gefangengenommen. Doch in seinen dunklen, funkelnden Augen war keine Furcht, in seinem bleichen, schönen Gesicht keine Trauer. In der Stadt Konya setzten sie ihn verkehrtherum auf einen Esel, führten ihn zum Marktplatz und übergaben ihn dem Henker. Der zog ihm langsam die Haut vom Leib und brach ihm sämtliche Gelenke. Aber der Gemarterte verzog keine Miene, und als der Henker zum Schlag ausholte, um ihn zu enthaupten, sagte er: »Dein Reich komme, mein Urahn!«

Gegen Morgen waren sie eingeschlafen. Memed wäre am liebsten wach geblieben, er brannte darauf, dem Hodscha zuzuhören, wenn es nach ihm ginge, Tag und Nacht. Was wußte dieser nicht alles! Ihn mußte er fragen, was er noch wissen wollte über den Menschen, über Bäume, Pflanzen, Sterne und alle Geheimnisse dieser Welt. Warum hatte Ferhat Hodscha sich nur so lange in den Bergen aufgehalten? Er war offensichtlich kein Räuber, kein Imam, kein Schmuggler, kein Fahnenflüchtiger, aber er war auch anders als die Städter und Dörfler. Dieser Mann überraschte Memed immer wieder, zeit seines Lebens hatte er keinen Menschen wie ihn kennengelernt.

Als die Sonne am Himmel stieg, erhoben sie sich frisch und ausgeruht, als hätten sie die Nacht durchgeschlafen. Sie kleideten sich an und gingen hinunter zum See, der noch im Morgennebel lag. Im klaren Wasser tummelten sich rotgefleckte Forellen, drängten sich plötzlich zu Schwärmen zusammen, stoben schon im nächsten Augenblick wie sprühende Funken wieder auseinander, suchten das Weite, während das Glitzern ihrer Schuppen sich mit den einfallenden Sonnenstrahlen zu verwirrenden Lichtspielen vermengte.

»Er sagte also nur: ›Dein Reich komme, mein Urahn‹ und sonst kein Wort, als der Henker mit dem Pallasch ausholte, um ihm den Kopf abzuschlagen. Ich höre seine Worte und sehe vor mir, wie sein blutiger Kopf gleich darauf zu Boden fällt. Im Traum sah ich Pir Sultan auf einem weißen Stein sitzen und Lieder singen. Und vor ihm der Scheich, der immer wieder fragt: ›Ist dein Reich gekommen, Urahn Sultan?‹ Und dabei lächelt er, das Gesicht strahlend wie das Licht und rein wie der Himmel.«

»Wenn die Tyrannei, das Böse und der Schmutz diese Welt noch nicht gänzlich überschwemmt haben, so verdanken wir es Menschen wie ihm.«

»So ist es«, nickte Memed. Er hatte seinen Blick auf das Wasser geheftet und sich mit seinem ganzen Körper, mit Haut und Knochen, von den Haarwurzeln bis zu den Fingerspitzen in seine Gedanken versenkt. Die Sonnenstrahlen, die sich an den Kieselsteinen auf dem Grund des Sees brachen, dehnten sich in Lichtkreisen immer weiter, bis sie sich am Ufer verloren.

»›Dein Reich komme, mein Urahn‹, als er geköpft wurde, und kein weiteres Wort also. Auch nicht gefleht und gejammert oder sonst etwas gesagt?«

»Kein weiteres Wort«, antwortete Ferhat Hodscha lächelnd.

Als sie ins Haus zurückkehrten, saß Müslüm der Hirtenjunge auf der Türschwelle und wartete auf sie. Kaum hatte er sie entdeckt, sprang er schon auf und fragte: »Kannst du dich an mich erinnern, Ince Memed?«

»Ich erinnere mich. Bist du nicht der Hirtenjunge, der Blut pissen mußte und dessen Hund der Hauptmann erschoss?«

»Der bin ich«, antwortete Müslüm, »und diesen Ali die Echse und diesen Hauptmann werde ich töten.«

»Nur nicht so hastig«, lachte Ferhat Hodscha, »die kannst du später töten, erzähl uns erst einmal, warum du hergekommen bist!«

»Ihr seid aber schwer zu finden, Onkel. Vor lauter Suchen hab ich schon dicke Füße und Löcher in den Opanken«, sagte Müslüm vorwurfsvoll und zeigte auf seine durchgewetzten Sohlen.

»Ich werde dir neue kaufen, nun sag, warum du hier bist.«

»Ali der Hinkende hat mich auf die Suche nach euch geschickt«, antwortete Müslüm und gab Ferhat Hodscha, der ihn wohl mehr beeindruckt hatte als Ince Memed, ein Zeichen, sich herabzubeugen. Ferhat Hodscha neigte sein Ohr an Müslüms Lippen. »Außer Ihnen soll niemand wissen, daß Ali der Hinkende mich geschickt hat«, flüsterte dieser. »Denn die Welt ist voller Menschen, die den Mund nicht halten können, nicht wahr?«

»So ist es«, antwortete Ferhat Hodscha und richtete sich wieder auf. »Sag, was du mir ausrichten sollst!«

Müslüm der Hirtenjunge vergewisserte sich, ob auch niemand in der Nähe war, und sagte dann mit leiser Stimme: »Die Bande von Veli dem Raben ist unterwegs, euch zu töten.« Er wurde noch leiser: »Ali Aga der Hinkende hat gesagt, die Beys in der Stadt hätten viel Geld dafür gegeben. Und die Regierung soll ihm alle Schuld vergeben und er würde auf seinen Hof zurückkehren und sich dort bis an sein Lebensende auf die faule Haut legen. Das hat Ali der Hinkende gesagt.«

»Brav, mein Müslüm«, lobte Ferhat Hodscha und umarmte den

Jungen. Dann sprach er ein kurzes Gebet und blies ihm ins Gesicht, verscheuchte die bösen Geister.

»Jetzt erkenn ich dich«, freute sich Müslüm, »du bist Ferhat Hodscha … Dieser großartige Mann …«

»Woher kennst du mich?«

»Ich kenne dich, und ich weiß viel über dich«, brüstete sich der Hirtenjunge.

»Und wie hast du uns gefunden, Müslüm?« fragte Memed voller Neugier.

»Das ist meine Sache«, antwortete Müslüm, »und du tätest gut daran, nicht danach zu fragen. Du weißt ja: Iß die Trauben, und kümmere dich nicht um den Weinberg! Und jetzt werde ich Veli den Raben aufstöbern.« Er sah wieder mißtrauisch um sich und dämpfte seine Stimme: »Aga der Hinkende hat mir gesagt, ich soll euch warnen, soll den Raben ausfindig machen und euch sagen, wo er steckt. Ich gehe jetzt. Habt ihr mir noch etwas zu sagen? Ich werde euch finden, wo ihr auch seid …«

»Du solltest vorher etwas essen, Müslüm!«

»Ich habe Proviant in meinem Beutel und Geld in der Tasche.« Er humpelte einige Schritte, drehte sich wieder um: »Ich darf keine Zeit verlieren, hat er gesagt. Lebt wohl!« Und wieder nach einigen Schritten: »Und dein Pferd, wie du weißt, dein Pferd ist ja wohl verrückt geworden, Memed Aga. Ein Wüterich. Ich sah es vor einigen Tagen in der Schneegestöber-Ebene und sagte mir, das ist Memeds Pferd, ich werde zu ihm gehen und es streicheln. Wär ich bloß nicht hingegangen, denn beinah hätte es mich getötet. Und der Hauptmann hat Befehl gegeben, hat gesagt, wo das Pferd auftaucht, soll es getötet werden, wenn es sein muß, auch vor Ince Memed getötet werden. Jaaa, Ince Memed, hast du gehört, auch für dein Pferd gibt es einen Schießbefehl. Meinen Hund hat dieser Hauptmann auch getötet, und ich werde ihn töten. Wenn er dein Pferd töten sollte … Auch die Dörfler können nicht an dein Pferd herankommen. Sie sagen, wenn man sich ihm nähert, wird es unsichtbar … Besser gar kein Pferd als so eins, es hat keinen guten Charakter. Sei also nicht traurig, wenn sie es erschießen. Ach, mein Hund, der war doch aus ganz anderem Holz …« Er seufzte.

26

Schnell wie der Wind kam der Brandfuchs herangestürmt und blieb mitten auf der weiten grünen Wiese stehen. Er hob den Kopf und spitzte die Ohren. Der Wald ringsum grollte dumpf. Stellenweise leuchtete gelbes Laub zwischen grünen Blättern hervor. Über den Schluchten der fernen, von Nebelstreifen halb verhangenen Berge lagen noch die morgendlichen Schatten. Das hochaufgerichtete Pferd bewegte sich leicht, unmerklich krausten seine Muskeln das Fell über der Kruppe. Dann dehnte und duckte das Tier den Körper, daß der Bauch fast die Gräser streifte. So verhielt es eine Weile. Als es sich wieder aufrichtete, äugte es mißtrauisch in alle Richtungen. Ein naher Felsblock spiegelte das einfallende Licht wider, und jedesmal, wenn das Pferd davon geblendet wurde, schrak es zusammen, spitzte die Ohren und äugte erneut überallhin.

Mitten auf der Wiese, umrahmt von lila blühender Poleiminze, sprudelten über weißen Kieselsteinen drei Quellen. Kreuz und quer huschten Libellen blitzschnell über das Wasser.

Der Brandfuchs näherte sich vorsichtig mit unendlich langsamen Schritten der ihm nächsten Quelle, beugte sich und begann zu saufen, während er seinen Schweif langsam hin und her bewegte. Eine ganze Weile hob das Pferd den Kopf nicht mehr. Oben am Himmel hatten Falken ihre Brust in den Wind gereckt und glitten gemächlich dahin. Drei Krammetsvögel ließen sich neben der Quelle nieder. Als sei es erschreckt, hob das Pferd den Kopf, ließ ihn aber gleich wieder sinken. Wie eine weiße Wolke schwebte ein Schwarm Schmetterlinge auf die violette Minze herab, legte sich wie ein Schleier über Wiese und Pferd. Der Brandfuchs wurde unruhig, schwenkte den Kopf hoch und nieder, peitschte mit dem Schweif. Die Schmetterlinge flogen auf, ließen sich aber gleich wieder auf die Poleiminze nieder. Manchmal war vor Schmetterlingen das Pferd nicht mehr zu erkennen. Es schüttelte seinen Kopf in einem fort, schlug immer wilder mit dem Schweif, bis es die Flucht ergriff. Doch die Schmetterlinge ließen nicht locker, schienen im Sonnenlicht wie schimmernde

Pailletten am Pferd zu haften. Von einem Ende der Wiese zum andern raste das Pferd mit den Schmetterlingen hin und her, verharrte, scharrte, schlug aus, schnellte weiter, bäumte sich auf, versuchte vergebens, sich die Schmetterlinge vom Leib zu halten.

Erschöpft gab es sich schließlich geschlagen und blieb mitten auf der Wiese stehen. Die Schmetterlinge hüllten es wirbelnd ein, doch wie zum Trotz stand es jetzt da und rührte sich nicht. Das Wasser der drei Quellen stieg, schäumte über das grüne Gras, umspülte die Kniegelenke des Pferdes. Die Schmetterlinge hatten sich auf dem Pferd zusammengedrängt. Das Wasser verrann allmählich im Wald, die Sonnenstrahlen fielen auf den Kieselgrund der Quellen, und hoch oben standen noch immer die Falken, als klebten sie am Blau des Himmels.

Eine Flamme schoß über dem Wald in die Höhe, blitzschnell duckte sich das Pferd. Sein Bauch schmiegte sich an die Erde, und seine Mähne strich über einen Busch mit gelben Blüten. Die Schmetterlinge schwärmten so zahlreich, daß der Brandfuchs unter ihnen verschwand. Die Sonne brannte herab, eine staubige, die Augen blendende gelbe Hitze verbreitete sich überall, trocknete die Quellen aus, versengte Gräser und die violett blühende Poleiminze. Eine weiße Staubschicht legte sich wie Schnee über Wald, Gräser und Blumen. Das Pferd schüttelte sich, Staub und Schmetterlinge fielen von ihm ab. Da näherte sich Mutter Hürü, sie trug einen Strick in der einen, Grasbüschel in der anderen Hand. Und wieder schoß eine Flamme empor, das Pferd schnellte auf, begann innerhalb eines Flammenrings immer enger zu kreisen. Mutter Hürü stand abseits, betrachtete die Flammen und das um seine Mitte tänzelnde Pferd. Aus dem Wald strömten Dörfler, auch sie mit Stricken und Grasbüscheln in den Händen, näherten sich dem Pferd, schlossen sich hinter Mutter Hürü zusammen; immer mehr kamen aus dem Wald hervor, gesellten sich zu den andern, scharten sich rings um das kreiselnde Pferd. Und immer mehr reihten sich ein. Die Flammen erloschen, und wieder war das Pferd eingehüllt in einer Wolke von weißen Schmetterlingen, die bei jeder Drehung aufflogen, aber nicht von ihm abließen.

Seile wurden geworfen und wickelten sich bei jeder Drehung

enger um das Pferd. Es ging in die Knie und war plötzlich verschwunden. Die verblüfften Dörfler liefen zu der Stelle, wo das Pferd eben noch gestanden hatte. Wie gedroschen lag das Gras auf der von Hufen zertrampelten Erde.

Ein harter Windstoß wirbelte das gelbe Laub über die Dörfler. Den Strick noch in der Hand, kam lachend, zugleich auf das Pferd schimpfend, Mutter Hürü wieder zum Vorschein. Danach wühlten sich die Dörfler unter den Blättern hervor. Es war Mutter Hürü, die als erste das Pferd auf einem Felsen entdeckte und zu ihm eilte. Die Dörfler folgten ihr ... Sie umzingelten den Felsen. Das Pferd aber scherte sich nicht, stand hoch aufgerichtet zur Sonne gewandt da oben, warf seinen langen Schatten verschränkt mit dem des Felsens über die Dörfler unter ihm. Einer nach dem andern begannen die Dörfler an der Felswand hochzuklettern. Doch sie kamen nur bis zur halben Höhe und danach keine Handbreit weiter. Der Felsen begann zu schwanken, und die Dörfler purzelten auf die Erde. In der Hand eine Mauser, rief ein Mann mit dunklem Gesicht: »Wartet!« Er kniete nieder, zielte auf das Pferd und schoß fünfmal hintereinander. Das Pferd rührte sich keinen Schritt. Danach erschien Hauptmann Faruk am Fuß des Felsens. Die Hände unterwürfig über dem Bauch verschränkt, wichen die Dörfler stillschweigend zurück. Über das Gesicht des finster dreinblickenden Hauptmanns huschte ein breites Lächeln, als er das Pferd erblickte. Auch er kniete nieder, zielte auf das Pferd und schoß fünfmal hintereinander. Das Pferd scherte sich nicht. Sofort lud Hauptmann Faruk sein Mausergewehr und drückte wieder fünfmal ab. Das Pferd ließ sich nicht stören, stand der Sonne zugewandt da und rührte sich nicht. Und der Hauptmann lud und schoß in einem fort, ohne zu ermüden. Eine Wolke von Schmetterlingen kam und hüllte das Pferd ein. Um sie zu verscheuchen, begann es sich um seine Mitte zu drehen und flog dann wie ein Vogel in diesem Schmetterlingsschwarm mit einem Riesensatz über den Hauptmann hinweg auf die Wiese. An seine Mähne geklammert, Seyran. Der Hauptmann wandte sich an die Dörfler und rief: »Memeds Seele ist in diesem Pferd, ich will es von euch haben, tot oder lebend! Und wehe euch, wenn ihr es mir nicht schnellstens bringt.«

»Zu Diensten, Hauptmann, laß uns nur machen!« antworteten die Dörfler. Das Gewehr in der Armbeuge, hockte Unteroffizier Asim mit traurigem Gesicht im Schatten des Felsens und rauchte nachdenklich eine Zigarette nach der anderen.

Das Pferd stand mitten auf der grünen Wiese, ließ die Mähne hängen und wiegte seinen Schweif. Daß es seine vier Eisen verloren hatte, war an seinen ausgetretenen Hufen zu erkennen. Es war ein bißchen abgemagert, sein Fell stellenweise zottig mit sonnengebleichten Haarspitzen. Die Falken kreisten hoch oben, im Himmelsblau.

Ein Schwarm Vögel, alle schneeweiß, flog in kugeligen Pulks vom Wald herüber und ließ sich auf die Wiese nieder. Der Brandfuchs hob sich wie ein schwarzer Fleck von der weißen Wiese ab. In weiter Ferne löste sich eine weiße Wolke von den Bergen, glitt herüber und blieb über dem Pferd stehen. Ihr Schatten fiel auf die weißen Vögel und das schwarzbraune Pferd. Die Umrisse des Pferdes spiegelten sich mit den Sonnenstrahlen in einem winzigen, blauen Teich. Dann brach sich das Spiegelbild im lichten Wasser, glitt die Felswand hinauf und hinunter, tauchte wieder ein, und es schien, als schwämmen auf dem Pferd die goldglänzenden Fische.

Himmel, Wiese, violette Poleiminze, der Wald, dessen Laub im Wind wirbelte, das Pferd – alles verwischte sich, verwandelte sich in weißes, klares Licht, das über die Baumkronen dahinrieselte und das andere Ende der Welt sichtbar machte. Orangenbäume standen in voller Blüte, der Duft kam in Wellen vom Mittelmeer herüber und zog weiter bis zu den Bergen.

Rote, weiße, rosa, gelbe Stechdorne glühten wie flammende Büsche auf den Hängen des fernen Berges, schienen im Sonnenlicht zu wirbeln. Der Osten schimmerte im Morgennebel. Das Pferd hatte seine Beine weit ausgestreckt, fast berührte der Bauch die Erde. Rote Äderchen durchzogen das Weiße seiner hervortretenden Augen, es bog den Nacken, geschwungen und schön wie der eines Schwans. In Licht gebadet, trabte eine zierliche graue Stute mit schlankem Hals quer durch den Farbenrausch von Stechdorn den Berg herunter, daß die Kiesel unter ihren Hufen davonrollten. Nicht weit vom Brandfuchs blieb sie stehen, begann zu grasen, als habe sie ihn gar nicht bemerkt. Der Brandfuchs hob den Kopf, äugte zur Stute hinüber und graste weiter, als habe auch er sie übersehen. Eine fingergroße, im Sonnenlicht grünlich schillernde Wespe flog summend zwischen den beiden hin und her.

Behutsam bewegte sich der Brandfuchs auf die Stute zu. Ohne sich um ihn zu kümmern, zog sie grasend weiter zu einer nahen Senke. Mannshoch standen hier karminrote Blumen dicht an dicht bis an den Waldrand, die Blüten handtellergroß geöffnet. Die Stute tauchte in das Blütenmeer und schaute zum erstenmal zum Brandfuchs hinüber. Sofort trabte der Brandfuchs zu ihr, wollte sie beschnuppern. Doch die Stute schnappte nach seinem Nacken, und der Hengst schnellte zurück. Die Stute ging tiefer in die Senke hinein. Der Brandfuchs folgte ihr, schob schnuppernd seine Nüstern unter ihren Schweif. Mit einem harten Tritt ihrer Hinterhufe hielt sie ihn sich vom Leib. Jetzt wurde der Brandfuchs wild, umkreiste die Stute, beroch sie und ließ sich auch von ihren Bissen nicht mehr abhalten. Ab und zu streckte sich die Stute, spreizte ihre Beine und harnte. Der Brandfuchs roch an ihrem Urin, reckte den Kopf steil nach oben und zog die Luft durch die geblähten Nüstern.

Jetzt machte die Stute kehrt und sah den Brandfuchs an, der die bebenden Nüstern blähte. Sein ragendes Glied schlug zukkend gegen den Bauch. Die Stute blieb breitbeinig stehen, dehnte ihren Körper und wartete mit zitternder Kruppe. Die Vorderbeine seitlich gestreckt, stieg jetzt der Hengst, legte sich über die Stute und schnappte nach ihrem Nacken. Er konnte sich nicht festbeißen und ließ von ihr ab. Auch der zweite Versuch mißlang. Beim drittenmal ließ er ihre Mähne nicht mehr los und bestieg die Stute. Die Muskeln seiner Kruppe spannten sich, als er sie zuerst ruckend, dann immer langsamer hin und her gleitend bewegte. Vorarme und Vorderfüße des Brandfuchses, die über dem Rücken der Stute hingen, Brust und Kruppe zitterten wie im Krampf. Eine weiße Wolke leuchtender Schmetterlinge flog herbei und verhüllte die beiden. Als der Brandfuchs von der Stute stieg, flogen die leuchtenden Schmetterlinge wieder auf, schwärmten im Zickzack wirbelnd davon und verschwanden so plötzlich, wie sie gekommen waren. Die Ohren abgeschlafft, standen der Brandfuchs und die graue Stute noch an derselben Stelle und ließen ihre Köpfe tief bis auf die Erde hängen.

Eine Flamme züngelte von Osten heran, schlängelte sich durch die Blumen und umkreiste die Pferde. Mit einem Satz stürmte der Brandfuchs über die Flammen hinweg auf den Berg zu und war im nächsten Augenblick hinter den roten, gelben und rosa Schwaden des Stechdorns verschwunden.

Der Brandfuchs und die Stute standen knietief im frischen Grün eines Wiesengrundes. Als hätten sie lange gehungert, grasten sie, ohne den Kopf zu heben. In der Ferne, irgendwo über dem Wald, stieg dichter Rauch empor, trieb über den Hang und verteilte sich. Die Falken in der Höhe hatten ihre Brust in den kühlen Wind gereckt und ließen sich mit weitgespannten Flügeln über den klaren, leeren Himmel treiben.

Ein junges Mädchen in orangefarbenem Kleid trat hinter den Büschen hervor. Die langen schwarzen Zöpfe reichten ihr bis zu den Hüften. Sie ging zu den grasenden Pferden und blieb bei der grauen Stute stehen. Als die Stute den Kopf hob und das Mädchen ansah, griff es in ihre Mähne, schwang sich auf ihren Rükken und trieb sie an. Der Brandfuchs folgte den beiden, schob schnuppernd immer wieder seine Nüstern unter den Schweif der Stute. Als daraufhin das Mädchen die Stute ausgreifen ließ, blieb der Brandfuchs stehen. Er wieherte mehrmals, stieg auf die Hinterhand und sah den beiden nach, bis sie verschwunden waren. Dann trabte er traurig zurück und graste weiter.

Als es im Osten hell wurde, war der Brandfuchs an dem kleinen blauen See. Dunstschleier lagen über dem Wasser, und über dem gelben Laub des Waldes stiegen Wolken auf. Am Ufer gegenüber wieherte die graue Stute, scharrte, spreizte die Beine und harnte. Der Brandfuchs blähte seine Nüstern, als wolle er die Luft tief in sich hineinsaugen.

Kaum hatte der Brandfuchs die Witterung aufgenommen, ließ er sich ins blaue Wasser gleiten und schwamm durch die aufschäumenden Fluten dem anderen Ufer zu. Aber auch die Stute war in den See getrabt. Sie trafen sich auf halbem Weg, der Hengst schnappte nach dem Nacken der Stute und biß sich fest.

Doch die Stute konnte ihn abwehren. Fast zugleich stiegen die beiden ans Ufer, die triefende Stute schüttelte sich das perlende Wasser vom Fell, spreizte die Beine, so weit sie konnte, und harnte. Der Brandfuchs bäumte sich, wollte sie besteigen, als mit Stricken in den Händen bewaffnete Dörfler auftauchten. Die Stute wurde unruhig, wieherte, drehte dem Brandfuchs die Kruppe zu und begann mit ihren harten Hufen nach ihm auszuschlagen. Der Brandfuchs stieg auf die Hinterhand und wieherte wild. Die Dörfler kamen immer näher. Plötzlich, niemand wußte, woher, schoß eine Flamme herunter, züngelte grell, und eine weiße Wolke senkte sich herab; der Hengst setzte über sie hinweg in den See, schwamm ans andere Ufer, und die Stute folgte ihm. Sie stiegen aus dem Wasser, schüttelten sich, daß die Tropfen sprühten, und verschwanden im Wald.

An einem lauen Frühlingstag, ihre Hufe gruben sich tief in die weiche, warme Erde, fanden sie sich in weißblühenden Orangenhainen wieder. Eine leichte Brise verbreitete in Wellen einen Duft, den sie bisher noch nie gewittert hatten. Sie ließen die Gärten hinter sich. Mit gekrümmten Rücken arbeiteten Tagelöhner auf Feldern. Die beiden glitten zwischen ihnen hindurch, doch die Menschen waren so in ihre Arbeit vertieft, daß sie die Pferde vor ihrer Nase nicht gewahrten … Minaretthohe Wellen schäumten in dem sich endlos dehnenden Meer, als sie die Küste erreichten. Aneinandergedrängt schauten sie aufs Meer hinaus. Beider Schatten fiel auf den feinen Sand. Bald strich nur noch ein Hauch von Brise über den Strand, verebbte nach einer Weile, kam in Abständen immer wieder flüsternd zurück. Es wurde glühend heiß. Die Wellen hatten sich gelegt, das Meer glättete sich, lag spiegelblank. Im Wasser erschien der Kopf eines Hengstes, der näher kam. Die graue Stute wurde unruhig, wollte flüchten. Der Duft von Orangen wehte zum Meer. Die Nüstern der grauen Stute bebten. Der Kopf des Pferdes kam immer näher, und dicht vor ihnen stieg der Hengst aus dem Wasser. Er war von fleckenlosem Grau, hoch und stämmig, mit großen Augen, aufrechtstehenden kleinen Ohren, und seine Mähne war mit blauen Perlen durchflochten. Nachdem er sich geschüttelt hatte, näherte er sich der grauen Stute und beschnupperte sie.

Die Stute rührte sich nicht. Wie überrascht stand der Brandfuchs da, beobachtete die graue Stute, die der Hengst überall beroch. Plötzlich züngelte vom Meer eine blutrote Flamme ans Ufer, der Brandfuchs bäumte sich auf und stürmte auf den Hengst ein. Die graue Stute war beiseite gesprungen und betrachtete die ineinander verkeilten wütenden Hengste.

Ihr Kampf dauerte lang. Die langen Haare von Schwanz und Mähne wirbelten durch die Luft, Blut rann über das von scharfen Zähnen zerbissene Fell. Am Ende konnten sich beide vor Erschöpfung fast nicht mehr auf den Beinen halten, wenn auch der Brandfuchs noch etwas mehr Luft hatte. Er scheuchte den Hengst durch Felder und Orangenhaine vor sich her den Bergen zu, bis dieser im Wald verschwunden war. Dann kehrte er zurück an den Meeresstrand. Die graue Stute erwartete ihn dort mit gespreizten Beinen. Der Brandfuchs bestieg sie, als sei er zu neuem Leben erwacht. Im selben Augenblick wirbelte eine Wolke Schmetterlinge heran und hüllte die beiden ein.

Als die Wolke sich verzogen hatte, standen die beiden einem Auflauf von Dörflern gegenüber. Sie trugen Stricke in den Händen und waren zahlreicher als zuvor. Fast gleichzeitig warfen sie ihre Schlingen, um die beiden einzufangen. Eine Flamme kam geschossen, und nachdem der Brandfuchs sich dreimal um seine Mitte gedreht hatte, sprang er ins Meer, und die graue Stute setzte hinter ihm her … Der Tumult und die Schreie der Menschen blieben hinter ihnen zurück, und die zwei Pferde schwammen nebeneinander über das weite Meer der Unendlichkeit entgegen.

27

Als sie den Paß überquert hatten, lag das Dorf Sakizli auf ebenem Gelände am Ende einer Schlucht. Die Häuser standen mit dem Rücken zu den lila Felsen des Berges Kekilli. Die meisten von ihnen waren verfallen, Unkraut, wilde Feigen und Feldblumen wucherten im Gemäuer, und alle Grabsteine im baumlosen Friedhof vor dem Dorf waren umgestürzt.

Am Pfad oberhalb des Dorfes blieb Kasim stehen und kletterte auf einen Felsblock. »Das war unser Haus«, rief er mit gerunzelten Augenbrauen und zeigte auf ein zweistöckiges Haus in einem von Trockenmauern umgebenen Hof. Der Putz war abgefallen, unter abgebröckelten Gipswänden starrten Streben und Bretter hervor. »Seit wir aus dem Dorf verjagt wurden, bin ich der erste, der hierher zurückgekommen ist. Was sollten wir tun, wir hatten Mahmut Aga von Çiçeklidere alle seine Ziegen weggegessen. So ist der Hunger nun einmal. Hunger kennt weder Religion noch Moral, noch Mitleid …«

Dem sonst so schweigsamen Mann hatte der Kummer die Zunge gelöst.

»Ich verstehe ja, wir hatten seine Ziegen verzehrt, und er hat uns aus dem Dorf gejagt. Ich kann aber nicht verwinden, daß er uns auch das Dorf in der Çukurova nahm, dessen Erde wir mit unserem Herzblut gerodet und urbar gemacht hatten.«

Er zeigte seine vernarbten Hände. Da gab es keine Stelle, die nicht von Dornen gerissen, von Messer, Sichel und Axt verletzt worden war. Sie sahen aus wie eigenartige, mehrgliedrige Tiere.

»Der Mann, den du getötet hast, war Mahmut Agas jüngster Bruder, nicht wahr?« fragte Ferhat Hodscha, der sich neben ihn gehockt hatte.

»Mit einer Kugel zerplatzte sein Kopf wie eine auf Stein fallende Wassermelone.«

»Hat sich außer dir kein weiterer Dörfler aufgelehnt?«

»Außer mir keiner. Und wenn, was hätte ihr Widerstand schon ausrichten können? Mahmut Aga hatte viele bewaffnete Männer um sich. Dazu noch die Regierung im Rücken. Er hatte uns große Angst eingejagt, unser Mahmut Aga. Und Menschen, die so große Angst haben, können gar nichts ausrichten.«

»Wie hast du es aber dann geschafft?«

»Weil ich zehnmal, ja hundertmal mehr Angst hatte als sie, darum! Wie ich es geschafft habe, weiß ich auch nicht. Mein Finger hatte wohl den Abzug berührt.«

»Und wie ist es jetzt, Kasim?«

»Jetzt bin ich schon so oft gestorben, daß ich mich an die Angst gewöhnt habe.«

»Wie ich gehört habe, machten sich die Dörfler aus Sakizli, das heißt die Dörfler von Yalnizyurt, auf und davon in eine ferne, unbekannte Gegend, wo sich ihre Spuren verwischten.«

»Sie sind nach Antakya, in die Amik-Ebene gezogen und verstecken sich dort. Sie fürchten sich so sehr vor Mahmut Aga, daß sie vor Sorge, er könne sie auch dort aufstöbern, von einem Schlupfloch ins andere kriechen. So eine Angst hat es noch nie gegeben, so eine Angst ist schlimmer als der Tod.«

»Viel schlimmer«, bestätigte Ferhat Hodscha. »Wenn sie diesen Berg von Angst in ihrem Innern einmal abtrügen, diese Ketten einmal sprengten, könnte sie niemand mehr aufhalten. So mächtig Mahmut Aga auch sein mag, sie würden ihn zermalmen. Aber siehe da ...«

Ince Memed hatte sich wie Ferhat Hodscha daneben gehockt, sagte kein Wort, hörte nur gespannt zu und zeichnete mit einem Span Figuren in den Staub. Nur Temir saß weiter unten im Schatten eines Zürgelbaumes, hatte seinen Rücken gegen den Stamm gelehnt und betrachtete mit gestrecktem Hals das verödete Dorf.

»Die Unsrigen werden nie mehr in dieses Dorf zurückkehren«, seufzte Kasim, »auch nicht in die Çukurova ... Am Ende werden sie sich in den Wüsteneien Arabiens verlieren.«

Er stand auf und ging den kurzen Weg zum Dorf hinunter. Die andern verfolgten ihn mit ihren Blicken. Kasim ging bis zum Haus, blieb aber vor dem Eingang stehen.

»Nun, Kasim, fürchtest du dich hineinzugehen?« riefen sie.

»Ich bin in diesem Haus geboren und aufgewachsen ...«, antwortete Kasim, schaute dabei von einem zum andern, wandte sich wieder dem Haus zu und musterte es von oben bis unten. »Ich kann es nicht«, rief er dann, ging den Pfad hinunter und weiter den Bach entlang, der durch das Tal floß. Die andern hatten Mühe, ihn einzuholen. Sie schritten aus, bis das verfallende Dorf mit der kahlen Pappel in seiner Mitte außer Sichtweite war. Hätte Memed Kasim nicht am Arm gepackt und festgehalten, wäre er nicht stehengeblieben. Sie waren alle außer Atem.

Ferhat Hodscha ließ sich auf einen Felsblock nieder, holte seine Tabakdose hervor, drehte sich eine pralle Zigarette und zündete sie mit seinem wuchtigen Feuerzeug an. Ein angenehmer Duft von Tabak und Zunder breitete sich aus.

»Wo hast du dich auf der Flucht versteckt, Kasim, in eurem Haus etwa? Hattest du in dem verlassenen Dorf denn keine Angst, als Mahmut Aga landauf, landab nach dir suchte?«

»Ich hatte Angst«, antwortete Kasim. »Aber solange ich mich in dem menschenleeren Dorf verkroch, konnte mich niemand verraten. Und außerdem wäre Mahmut nie darauf gekommen, daß ich mich in diesem verlassenen Dorf verstecken würde.«

»Von alters her fürchten sich Menschen vor verlassenen Dörfern und verfallenen Häusern, wie Kasim, der vor seinem eigenen Haus zurückschreckte und ängstlich davonlief.«

»Ich bekam Angst«, bestätigte Kasim Ferhat Hodscha, »bekam Angst vor den Toten.«

»Wovon hast du denn während der Zeit im Dorf gelebt?«

»In den ersten Tagen ging ich nach Çiçeklidere. Dort war jeder Tisch auch für mich gedeckt. Bald wußte jeder im Dorf, wo ich mich versteckt hielt. Doch ich hatte nicht die geringste Angst. Eines Tages standen Mahmut Aga und ich uns in Çiçeklidere gegenüber. Er kannte mich ja nicht, aber alle seine Leute hatten mich erkannt. Vor Schreck konnte ich keinen Schritt mehr tun, stand zitternd da wie ein vergilbtes Blatt im Herbstwind. Weder gaben sie den Weg frei, noch konnte ich mich von der Stelle rühren. Irgendwann muß Mahmut Aga mißtrauisch geworden sein, rief mich zu sich, fragte: ›Wo kommst du her, wo willst du hin, wie siehst du denn aus, warum zitterst du wie Espenlaub?‹ Als ich antwortete: ›Weil ich meinen Aga, meinen Mahmut Aga plötzlich vor mir sehe‹, fühlte er sich wohl geschmeichelt, denn er fing an zu lachen und gab seinem Pferd die Sporen, ohne weiter in mich zu dringen. In ihren Sätteln drehten seine Begleiter sich immer wieder nach mir um, und mir schlotterten die Knie bei dem Gedanken, Mahmut Aga könnte wieder Verdacht schöpfen und zurückkommen. Nur mit Mühe konnte ich den kurzen Weg zum Haus schaffen und durch die Tür verschwinden. Aber ist es nicht eigenartig, daß keiner von Mahmut Agas Männern mich an ihn verraten hatte, obwohl sie seit Monaten Stock und Stein nach mir absuchten?«

»Was sagst du dazu, Ferhat Hodscha?«

»Der Mensch ist ein großmütiges Geschöpf«, antwortete Ferhat Hodscha, »er ist ritterlich und ein Geschöpf mit Ehrgefühl. Als die Männer Kasim seine große Angst ansahen, mochte keiner von ihnen Mahmut Aga sagen, daß er der gesuchte Mann sei. Sie betrachteten es als ihrer unwürdig, ja, als Niedertracht. Wir sehen die schlimmen, gemeinen Seiten der Menschen, verschließen aber unsere Augen vor den guten.«

Er legte seine Hand auf Kasims Schulter. »Sag mir, mein Junge, als du dich im leeren Dorf aufhieltest, wußten doch außer denen von Çiçeklidere auch in den umliegenden Dörfern von sieben bis siebzig alle, wo du dich versteckt hieltest, nicht wahr?«

»Sie wußten es alle. Sie brachten mein Essen in einem Beutel, hängten ihn in den Baum dort oben auf dem Hügel, pfiffen kurz auf zwei Fingern und verschwanden wieder. Manchmal weckte mich der Pfiff nachts aus dem Schlaf, ich lief dann los und holte mir das noch warme Essen. Einmal hatte jemand eine Matratze unter den Baum gelegt, und ich kann mich erinnern, daß ich in einer Nacht dreimal den Pfiff hörte. Ich bekam so viel zu essen, daß ich bald das Dorf nicht mehr verlassen mußte. Und dann kam Temir.«

»Ich war dort drüben auf dem Weg zur Hochebene«, erklärte Temir, »als ich einen Pfiff hörte und einen Mann sah, der einen Beutel in den Baum hängte. Ich wußte um das verlassene Dorf und wie es dazu gekommen war. Also versteckte ich mich im Gestrüpp und wartete ab. Kurz darauf verließ Kasim das Dorf, kam herauf, nahm den Beutel vom Ast, hockte sich unter den Baum und machte sich über das Essen her. Ich kam aus meinem Versteck hervor, ging zu ihm, sagte: ›Guten Appetit, mein Freund!‹, er hob den Kopf, bedankte sich mit der üblichen Bitte mitzuessen … Ich setzte mich dazu, und wir aßen gemeinsam weiter.«

»Wäre Mahmut Aga all das zu Ohren gekommen, er hätte doch, wie damals die Bauern aus ihrem Dorf Sakizli, die Dörfler der ganzen Gegend, allen voran die von Çiçeklidere, aus ihren Häusern vertrieben, nicht wahr?«

»Ja, das hätte er.«

Über den Berggipfeln ringsum ballten sich finstere Wolken zusammen, und auch im Westen türmte sich eine schwarze Wolkenwand auf, schob sich über den Aladağ, kam langsam näher, während es immer dunkler wurde. Nur in die Dorfmitte von Sakizli, genau über der kahlen Pappel, fielen Lichtstrahlen ein und schälten einen leuchtenden Flecken, nicht größer als einen Dreschplatz, aus dem Dunkel.

»Der Regen kommt.«

»Er soll ruhig kommen«, meinte Memed. »Wir suchen Schutz in Sakizli. Kasims Haus steht ja noch.«

»Ich gehe da nicht hin«, sagte Kasim. »Und sollte ich im Regen ertrinken, und trügen mich die Wildwasser fort, ich gehe nie wieder in dieses Dorf. Und müßte ich noch einmal vor Mahmut Aga flüchten, und verurteilte man mich wegen Mordes in Abwesenheit zum Tode, ich ginge nicht in dieses Dorf, auch wenn ich wüßte, daß es meine Rettung wäre. Geht ihr nur hin, wenn der Regen kommt, ich bleibe hier sitzen und warte auf euch.«

»Machen wir uns auf«, sagte Ferhat Hodscha. »Laßt uns nicht länger verweilen! Hier wimmeln die Gendarmen wie Sand am Meer. Wir wollen doch nicht ohne Grund aneinandergeraten.«

Sie gingen den Hang hoch. Ein kalter Wind kam auf, die Böen stürmten von allen Seiten auf sie ein, teils in so harten Stößen, daß die dorrenden Stechdorne knackend brachen und durch die Luft wirbelten. Als die Männer den Kamm erreichten, begannen dicke Regentropfen auf die Erde zu trommeln. Unten am Weg gewahrten sie jetzt einen Reiter, der sein Pferd immer wieder zügelte und um sich blickte.

»Habt ihr den Reiter erkannt?« fragte Kasim. »Es ist der Hirtenjunge. Und wie spielend er das Pferd lenkt.«

»Er sucht uns, dieser kleine Teufel«, sagte Memed.

Laut rufend lief Temir den Hang hinunter. Der Reiter zügelte das Pferd und wartete.

»Grüß dich, Müslüm! Was gibt es Neues?«

»Ich habe gute Nachrichten.«

»Warte damit, bis auch die andern da sind!«

Müslüm stieg ab, zog das Pferd an den Wegrand und band es dort an eine Tanne.

»Meine Wunden schmerzen noch immer. Ali die Echse hat mich doch so zusammengeschlagen ... Und wenn es regnet, zieht der Schmerz mir durch alle Glieder.«

»Und es regnet in Strömen ...«

»Was für eine Art Räuber seid ihr denn?« rüffelte Müslüm. »Ein Räuber muß einen Umhang haben, nach Tscherkessenart. Der hält sogar Kanonenkugeln ab, geschweige Regentropfen.«

»Wir haben keinen, wir sind arme Räuber.«

»Dann werdet doch reich! Stock und Stein wimmeln von reichen Menschen. Wenn ich mich in die Berge schlage, werdet ihr es erleben. Ich werde da oben alle Reichen ausrauben.«

»Und sie werden dich dafür töten.«

»Sollen sie doch. Der Tod ist ein Recht. Und niemand kann ihm entkommen. Was auf des Recken Stirn geschrieben steht, ist unausweichlich.«

Wie Wildwasser stürzte der Regen. Die Männer und Müslüm wurden klitschnaß. Es wurde immer dunkler, nur eine Felswand gegenüber funkelte in hellem Schimmer.

»Willkommen, Müslüm!«

»Freue mich, dich zu sehen, Ince Memed!«

»Du bringst uns bestimmt gute Nachrichten.«

»So ist es. Hidir schickt mich.«

»Wer ist Hidir?«

»Du müßtest ihn kennen. Es gab mal einen Hasan, soll dein Gefährte gewesen sein. Der Gelbe Tausendfüßler hat ihn getötet und sich als Ince Memed ausgegeben. Und Hidir ist der Vater von diesem Hasan, verstehst du?«

»Ich erinnere mich.«

»Und dieser Hidir hat mir gesagt, eile, so schnell du kannst, zu Ince Memed! Woher auch immer, sie wissen alle, daß ich dein Bote bin ... Und nicht nur sie«, brüstete sich Müslüm der Hirtenjunge, »jede Bergsiedlung weiß es.«

»Wenn es auch noch die Gendarmen wissen, brechen sie dir sämtliche Knochen.«

»Sie wissen es nicht. Und wenn sie's wissen, können sie mich nicht fangen, und fangen sie mich, entwische ich ihnen, entwische ich ihnen aber nicht, können sie mich nicht ins Gefängnis werfen und aufhängen, denn ich bin sehr schlau und bin auch klug.«

»Ich verstehe. Und jetzt erzähle mir, was Hidir Aga gesagt hat!«

»Hidir Aga, der Vater des toten Hasan, hat gesagt, Veli der Rabe sei in ihr Dorf gekommen. Und dieser Veli der Rabe hat der Regierung versprochen, dich zu töten. Und die Regierung hat ihn dafür begnadigt. Hidir Aga sagt, den Mann dürste nach deinem Blut. Und Hidir Aga hat gesagt, sag um Gottes willen Ince Memed, er soll sich heute nacht noch zum Dorf Çamliyol aufmachen. Wir werden heute abend Veli dem Raben Tollkornbrot zu essen geben, da wacht er zwei Tage und Nächte nicht auf. In der Zeit soll Memed kommen und ihm den Kopf abschneiden.«

»Wie sollen wir denn heute nacht noch Çamliyol erreichen? Das schaffen wir auch zu Pferde nicht.«

»Hidir Aga hat noch gesagt, ihr sollt um Gottes willen auf der Hut sein, aus Çiçeklidere sei auch Mahmut Aga mit dreißig seiner Männer hinter euch her.«

»Ohooo«, lachte Ferhat Hodscha, »die ganze Welt ist uns auf den Fersen. Wir hätten ja auch nicht das Gefängnis stürmen und die Stadt beschießen lassen sollen. Die werden noch viele Männer auf uns hetzen. Verständlich. Was ist aber in Mahmut Aga gefahren? Das begreife ich nicht.«

»Ich kenne ihn sehr gut«, sagte Memed. »Es gibt hier oben in den Bergen und da unten in der Ebene keinen Menschen, der so nach Ruhm giert wie er.«

»Jetzt, wo Ince Memed so berühmt ist, will er daran teilhaben, der Saukerl«, sagte Kasim mit zornigem Blick. »Er wird mit meiner Kugel dahingehen, bei Gott ...« Dann hob er die Hände gen Himmel, sagte »Inschallah!« und ließ sie wieder sinken.

»Zuerst müssen wir uns Veli den Raben vom Hals schaffen.«

»Das wird nicht schwer sein«, meinte Ferhat Hodscha. »Der Rabe hält uns für ungefährlicher als Ameisen. Bei der Jagd nach ihm haben wir leichtes Spiel. Mir macht Mahmut Aga Sorgen. Erstens hat er einen großen Trupp bei sich, zweitens werden sich in diesen Bergen viele Banden auf seine Seite schlagen, drittens kann er Gendarmen gegen uns aufbieten, viertens sind alle Dörfler hier seine Knechte. Kasims gelungene Flucht ist eine Ausnahme. Nur um sich bei Mahmut Aga lieb Kind zu machen, würden uns die Dörfler schon die Haut abziehen, und wären wir ihre Väter oder Söhne. Also, was sollen wir tun?«

»Wir werden nach Çamliyol aufbrechen und alles daransetzen, noch heute nacht dort anzukommen, wenn's sein muß, im Morgengrauen. Und du, mach dich auf den Weg, Müslüm!«

»Und wie kommen wir hin, Memed?«

»Ich kenne einige Abkürzungen. Wenn wir über den Berg da drüben sind, liegt Çamliyol unter uns. Der Weg ist sehr steil, aber wir schaffen ihn schon.«

Müslüm hatte sein Pferd gewendet, gab ihm die Sporen und verschwand mit verhängten Zügeln im peitschenden Regen.

Die andern quälten sich über einen Pfad so rauh wie Reibeisen zwischen Felsen, Tannen und Gestrüpp bergan. Es regnete ununterbrochen. Die Mündungen ihrer Gewehre zur Erde gerichtet, kletterten die Männer den steilen Hang hinauf, vorweg Ince Memed, der sich wie eine Gemse so schnell bewegte, daß die andern nur mit Mühe mitkamen.

Die Nacht war stockfinster. Niemand konnte sehen, wohin er seinen Fuß setzte und in welche Richtung er ging. Bis es hell wurde, geriet Ferhat Hodscha zweimal in reißendes Wildwasser. Beim erstenmal konnten sie ihn nur mit Mühe herausziehen, beim zweitenmal klammerte er sich an einen Ast und brüllte so laut, daß sie ihn schnell entdecken und retten konnten. Und Kasim stürzte in eine Schlucht. Sie hatten ihn schon aufgegeben, als er nach einer guten halben Stunde wieder zum Vorschein kam. Er war in einem weichen, sandigen Flußbett gelandet und hatte sich nur das linke Bein aufgeschrammt.

Ob Felsblock oder Hecke, Wildbach, Wald oder Hang, Memed eilte allen voraus, und auch das Dunkel war für seine Katzenaugen kein Hindernis. Als sie den Paß endlich erreichten, hellte es schon ein bißchen auf, und im Dorf unter ihnen rauchten bereits einige Schornsteine.

»Wir sind da«, sagte Memed.

»Und sind halb tot«, ergänzte Ferhat Hodscha.

»Temir«, wandte sich Memed an diesen, »schaffst du es noch bis zu dem Haus dort am äußersten Dorfrand?«

»Ich schaffe es, und wenn du willst, auch die ganze Strecke noch mal.«

»Dann geh ins Haus und laß durch jemanden, ob Frau, Mann oder Kind, nach Hidir schicken, und komm anschließend mit ihm hierher!«

Als habe er im Dunkel der Nacht diesen langen Weg nicht hinter sich gebracht, als sei er nicht im Regen gestolpert und gestürzt, lief Temir den Hang hinunter. Die andern hockten sich unter die tiefhängenden Äste einer Zeder, die den Regen mit ihren übereinanderliegenden Zweigen abgehalten hatte.

»Ob wir ein Feuer machen?« fragte Kasim. »Wir wären bald wieder trocken. Ich zittere vor Kälte.«

»Wir alle zittern«, entgegnete Ferhat Hodscha.

»Wir sind von allen Seiten eingekreist, Kasim, ist dir das noch nicht aufgefallen?« warf Memed ein. »Wie können wir dann ein Feuer anzünden?«

Kasim fügte sich und schwieg.

Sie alle sprachen jetzt nicht mehr, hatten die Köpfe gesenkt und hingen ihren Gedanken nach.

»Da sind wir«, rief Temir, der im Laufschritt den Hang heraufeilte, weit hinter ihm Hidir Aga. »Er spricht nicht«, fuhr Temir ganz außer Atem fort, kaum daß er die Zeder erreicht hatte. »Dieser Hidir«, klagte er, »macht den Mund nicht auf. Im Dorf muß irgend etwas vorgefallen sein, oder ich habe einiges mißverstanden. Aber laßt ihn erst einmal herkommen.« Er ging und lehnte sich mit dem Rücken gegen den Baumstamm.

»Willkommen, Hidir Aga!« Memed war dem Vater Hasans entgegengegangen, er hakte sich bei ihm ein und führte ihn unter die Zeder. Auch Ferhat Hodscha und Kasim waren aufgestanden, um ihn zu begrüßen.

»Willkommen, meine Agas! Ist dieser Bruder hier Ferhat Hodscha?«

»Er ist es«, antwortete Memed.

»Wir in den Bergen schätzen unseren Hodscha sehr. Er ist ein heiliger Mann Gottes. Bevor wir seinen Namen Ferhat Hodscha erfuhren, hielten wir ihn lange Jahre für den unsterblichen heiligen Hizir.«

»Er ist der heilige Hizir«, sagte Memed. »Er hat sich nur als Ferhat Hodscha verkleidet, um uns hinters Licht zu führen.«

»So etwas tu ich nicht«, lachte Ferhat Hodscha.

»Dann laßt uns hinunter ins Haus gehen. Eine warme Suppe wartet auf euch. Sie dampft noch.«

»Wo ist Veli der Rabe?«

»Schert euch nicht um Veli den Raben und kommt!«

»Aber er sollte doch heute nacht hier sein?«

»Ihr seid zu spät gekommen, aber macht euch keine Sorgen, der kommt mit seinen Leuten wieder.«

Er machte kehrt, ging den Hang hinunter, und die andern folgten ihm.

Als sie ins Dorf kamen, sahen sie, daß alle Dörfler ihre Häuser verlassen hatten und auf sie warteten. Sie gingen an ihnen vorbei zum Hause Hidir Agas, der sie ins Gästezimmer führte, einen mit roten Ziegeln überdachten großen Raum, dessen Fenster in die tiefe, schwindelerregende Schlucht blickten. Die Wände des Zimmers, an denen ringsum Wandsofas standen, waren mit geschnitztem Holz verkleidet, der Fußboden war mit ausgewählten Kelims bedeckt und der große Kamin aus gemauertem Granit.

»Ihr seid sehr naß geworden, wollt ihr euch nicht ausziehen?«

Daß Hidir Aga etwas auf der Zunge brannte, war Memed schon längst klargeworden. Warum sollten sonst in aller Frühe, sogar vor Tagesanbruch, die Dörfler bei strömendem Regen auf der Straße stehen und auf sie warten? Irgend etwas mußte im Dorf vorgefallen sein. Auch an den Blicken, die Ferhat Hodscha mit ihm wechselte, erkannte er, daß dieser auf dieselben Fragen noch keine Antwort wußte.

Hidir Aga brachte einen Stapel Unterwäsche herein.

»Zieht das an, Leute, und während ihr eure Suppe eßt, wird man euer Zeug im Nu am Kaminfeuer trocknen!«

Sie gingen nacheinander in den Nebenraum und zogen sich um. Als sie wiederkamen, stand mitten im Zimmer eine große Kupferplatte auf einem niedrigen Gestell. Darauf eine Terrine dampfender Joghurtsuppe, auf der mit Paprika und Knoblauch gewürzte Butter schwamm. Mit einer Kelle füllte Hidir Aga die Suppe in breitrandige Näpfe.

»Nun bedient euch erst einmal!«

Das Feuer prasselte, und vier Hungrige tauchten gierig ihre Löffel in die Suppe. Danach wurde Butter und in weißen Waben nach Heideblüten duftender Honig aufgetragen. Die Männer aßen sich rundum satt. Ein junges Mädchen und ein junger Mann trugen anschließend Tablett, Terrine und Geschirr hinaus.

Memed hatte sich entspannt der wohligen Wärme des Feuers überlassen, doch der Hodscha blieb auf der Hut. Sogar während des Essens hatte er sein Gewehr griffbereit neben sich gelegt.

Kaum war abgeräumt, brachte Hidir die getrockneten Kleider, und die Männer zogen sich an. Die Alten zuerst, kamen jetzt nach und nach, einzeln oder zu zweit, die Dörfler ins Zimmer. Nachdem jeder höflich sein »Merhaba, ihr seid willkommen!« entboten hatte, suchte er sich einen Platz und setzte sich.

Dann wurde in henkellosen, rotgestreiften, kelchförmigen Tassen der Kaffee hereingebracht, und sein schwerer Duft durchzog bald den wohlig warmen Raum. Während die Männer ihren Kaffee tranken, rief Hidir Aga: »Bringt ihn her!«

Zwei junge Burschen führten einen splitternackten, hochgewachsenen, braungebrannten Mann mit glasigen Augen herein, dessen Hände ihm auf den Rücken gefesselt waren und der so mager war, daß sein Schambein hervorstach. Er schaute angstvoll in die Runde, krümmte sich und versuchte, seine Hoden zwischen die Schenkel zu klemmen und so zu verbergen.

»Der da wird Veli der Rabe genannt. Er ist Bandenführer. Er ist bis hierher in unser Dorf gekommen, um Ince Memed zu töten. Wir übergeben ihn euch im Namen des Dorfes Çamliyol.«

»Ich danke euch!« sagte Ince Memed.

»Bringt auch die andern!«

Die jungen Burschen brachten auch die anderen nackten Räuber herein. Allen waren die Hände auf den Rücken gebunden, und alle krümmten sich und versuchten, ihre Hoden zwischen die Schenkel zu klemmen.

»Warum wolltest du mich töten, Veli der Rabe?«

»Es ist deswegen, Ince Memed, wenn ich dich töte, würden

sie mich begnadigen. Ich hatte genug von diesen Bergen. Unten in der Ebene hatte ich meinen Hof, meine Frau und meine Kinder. Wie ich es vierzig Jahre in diesen Bergen ausgehalten habe, weiß ich selbst nicht. Jeden Tag, vierzig Jahre lang bin ich jeden Tag gestorben. Und hätte ich nur ein Jährchen noch zu leben, dachte ich mir, sollte ich es in Frieden verbringen, anstatt täglich zu sterben ... Es war mir nicht vergönnt. Denn diese niederträchtigen, unmenschlichen Dörfler haben mich mit List zur Strecke gebracht. Käme ich frei, worauf ja keine Hoffnung besteht, wüßte ich schon, was ich mit ihnen täte. Aber gräme und freue dich nicht, Ince Memed, dein Ende wird so sein wie meins. Du bist ein offener, ehrlicher Junge. Genau wie mich werden diese Dörfler auch dich überlisten und nicht nur einem Ince Memed, sondern den Gendarmen übergeben. Ich habe jetzt wenigstens noch ein bißchen Hoffnung. Du wirst nicht einen Funken davon haben.«

»Wer macht dir denn dies bißchen Hoffnung?«

»Du! Wenn du auch nur ein halbwegs mutiger Räuber bist, läßt du mich frei. Denn kein Räuber erniedrigt sich so tief, daß er seinen gefesselten Feind tötet.«

»Du bist nicht mein Feind.«

»Sei, wie es sei, ich kam her, um dich zu töten. Aus diesem Grunde bin ich jetzt in deiner Gewalt, und du wirst mich töten. Aber einen waffenlosen, splitternackten, zumal von diesen niederträchtigen Dörflern überwältigten Feind kannst du nicht umbringen. Das vereinbart sich nicht mit der Menschlichkeit. Solltest du es dennoch tun, würdest du es dir bis an dein Lebensende nicht verzeihen, falls in dir noch ein Rest davon vorhanden ist. Denn mit meinem Tod nähme ich auch deine Menschlichkeit, deine Großmut und alles Gute, was noch in dir steckt, mit mir. Du bist gezwungen, mich freizulassen. Binde mich also los, gib mir meine Waffe in die Hand, und laß uns Mann gegen Mann kämpfen!«

»Du hast recht«, antwortete Ince Memed. »Aber laß mich zuerst noch Ferhat Hodscha fragen.«

»Was Veli der Rabe sagt, stimmt«, sagte Ferhat Hodscha, »er ist unser Feind.«

»Hodscha«, schrie Memed auf, »du irrst! Ich wollte ihn nicht meinetwegen töten, nur weil er herkam, mich zu töten. Was soll denn aus diesen Dörflern werden, wenn wir jetzt einer gegen den andern kämpfen und er mich tötet? Wird dieses Rabenvieh nicht die Dörfer hier niederbrennen und keinen Stein auf dem anderen, ja keinen Kopf auf den Hälsen lassen? Das ist es, was mir Sorge macht. Ließe ich sonst so einen grausamen, blutrünstigen Wegelagerer, der jeden armen Teufel ausraubt, hier vor mir das Wort führen?«

»Ich habe noch nie arme Teufel ausgeraubt. Solltest du mich freilassen, werde ich dir vielleicht nie wieder Aug in Aug gegenüberstehen, aber mit diesen Dörflern werde ich schlimmer umspringen, als du es geschildert hast.«

»Nun, mein Hodscha, was sagst du dazu?«

»Was ich zu sagen hatte, Memed, habe ich gesagt.«

Die Dörfler verfolgten stumm, was da vor sich ging, und dachten nach.

Schließlich stand Hidir Aga auf. »Laß Veli den Raben gehen, Ince Memed!« sagte er. »Und mach dir unseretwegen keine Gedanken. Wir gehören nicht zu denen, die du meinst. Der Gelbe Tausendfüßler hatte uns überrumpelt. Damals waren außer drei oder vier Bewaffneten keine Gewehrträger im Dorf. Jetzt sind wir eine kleine Festung, denn auch uns wurden die Augen geöffnet. Laß den Raben laufen, wenn du willst. Denk dabei nicht an uns. Wenn er wieder ins Dorf kommen sollte, kann er auch wieder was erleben.« Und zu den Dörflern gewandt, fragte er: »Soll Ince Memed Veli den Raben laufenlassen?«

»Er soll ihn laufenlassen«, riefen sie wie aus einem Mund.

»Bringt ihr Zeug her und ihre Waffen!«

Die jungen Burschen brachten die Waffen und Kleider herein und legten sie vor den Räubern auf den Fußboden. Hidir Aga nahm Veli den Raben am Arm und brachte ihn ins Nebenzimmer. Die andern Räuber folgten ihnen.

Mit verstörtem Gesicht stand Ferhat Hodscha auf und ging hinaus. Memed ging gleich hinter ihm her, konnte ihn aber nirgends entdecken. Mit seinem Rücken an den Stamm des Nußbaums gelehnt, den auch zwei ausgewachsene Männer nicht umfassen konnten, spähte er ins Dunkel. Es hatte aufgehört zu regnen. Ince Memed hätte gern gewußt, warum und wohin der Hodscha so verstört gegangen war. Er begann zu warten, doch der Hodscha kam nicht zurück.

»Gott befohlen, Ince Memed! Vielleicht läßt er uns noch einmal aufeinandertreffen. Inschallah!«

Veli der Rabe und seine sieben Männer gingen an Ince Memed vorbei. Auch Kasim und Temir waren zusammen mit den anderen Dörflern herausgekommen und schauten dem Abmarsch Veli des Raben zu. Als Veli der Rabe über die niedrige Steinmauer stieg, war es, als rutsche er aus. Im selben Augenblick löste sich der Schuß aus seinem Gewehr, durchschlug die Kugel Memeds Umhang und wischte an dessen Schulter vorbei. Und gleich darauf befahl Veli der Rabe seinen Männern: »Feuer! Und jeder zielt auf Ince Memed. Feuer!«

Memed war schon längst hinter den Baum gehechtet und hatte das Feuer erwidert.

Doch Veli des Raben Männer waren aufrecht und ungedeckt stehengeblieben, schauten nur zu, ohne sich einzumischen. Wie wild schoß Veli der Rabe über die geschichteten Steine hinweg auf Ince Memed, der seine Deckung nicht verließ. Der Rabe war ein gefürchteter Schütze und konnte es nicht verwinden, Ince Memed nicht mit dem ersten Schuß getroffen zu haben. So etwas war ihm in vierzig Jahren nicht vorgekommen.

Während er weiterhin auf alles schoß, was er von Memed hinter dem Nußbaum entdeckte, kam, sich die Pluderhose zubindend, Ferhat Hodscha hinter den Felsen hervor und blieb groß wie eine Zielscheibe kerzengerade stehen.

»Veli der Rabe!«

Kaum hatte dieser sich zu dem Rufenden in seinem Rücken herumgeworfen, traf ihn auch schon die Kugel mitten in die Stirn, und er stürzte mit offenem Mund rücklings auf den Steinhaufen.

Im selben Augenblick hastete keuchend wie ein Blasebalg ein Hirte den Hang herauf.

»Das Dorf ist umstellt«, rief er schweißgebadet mit zum Bersten geblähter Halsschlagader.

Ferhat Hodscha kam herbei und blieb vor Veli des Raben Männern stehen.

»Ihr habt gehört, was der Hirte sagte, sie haben das Dorf umstellt. Geht ihr nun, oder schlagt ihr euch auf unsere Seite?«

»Wenn wir umzingelt sind, können wir sowieso nirgendwohin«, antwortete ein Kleinwüchsiger in vorderster Reihe. Mit aschfahlem Gesicht kam Memed herbei: »Der Mann wollte mich töten. Du wußtest es, Hodscha, und bist nur zum Schein weggegangen.«

»Ich kenne den Raben sehr gut.«

Vom gegenüberliegenden Hang wurde eine kurze Salve auf das Dorf abgeschossen, dann war es still.

»Ergib dich, Ince Memed!«

»Kasim«, raunte Memed ihm zu, »nimm zwei Mann, geh hinter dem Felsblock in Stellung und halte sie! Und du, Temir, mit zwei Mann da hinunter ... Du, Hodscha, dort rüber ...«

Nur der Winzling war noch bei ihm.

»Und du bleibst bei mir!«

Eine zweite Salve wurde abgefeuert.

»Runter mit euch! Und ihr Dörfler in eure Häuser!«

Das Dauerfeuer hielt an.

»Ergib dich, Ince Memed, du bist von allen Seiten eingekreist und kannst uns nicht entkommen!«

Dem Gewehrfeuer nach, das von überall her kam, mußten es viele sein. Eine Flucht schien ausgeschlossen ...

»Sag, mein Hodscha, was sollen wir tun?«

»Kämpfen!«

»Und wieviel Tage können wir uns so halten?«

»Im Dorf gibt es genug Munition, vielleicht drei Tage oder vier, vielleicht sogar fünf Tage ...«

»In drei Tagen wimmelt die ganze Gegend hier von Soldaten. Wenn wir heute, spätestens heute nacht die Einkreisung nicht durchbrechen, schaffen wir es nie mehr. Wie Wachteln werden sie uns einen nach dem andern abschießen.«

»Und was hast du vor?«

Memed nahm den Hodscha bei der Hand und ging mit ihm bis an den Rand des Steilhangs. Die Kugeln pfiffen über sie hinweg, und sie blieben hinter einem Steinhaufen stehen. Auch der kleine Räuber war ihnen gefolgt. Woher er auch immer gekommen sein mochte, stand plötzlich auch der Hirtenjunge Müslüm neben ihnen.

»Wenn ich heute nacht den Hang hinunterkletterte und mich hinter sie schliche und sie von hinten ...«

Ferhat Hodscha ging bis an den Abgrund und sah hinunter.

»Oh, oh, Memed, dich soll doch gleich der Schlag ...«, schimpfte er, »hier geht es ja so steil abwärts, daß ich das Ende des Hangs nicht sehen kann! Wie willst du dann da hinunterklettern? Wenn du einmal abrutschst, zerreißt es dich in tausend Stücke.«

»Ich bin oft in solche Steilhänge geklettert. Früher, auf der Jagd nach Gemsen.«

»Aber hier kommst du nicht hinunter. Weder mit Vogelschwingen noch mit einem Schlangenleib.«

»Entweder schaffe ich's, oder wir werden zum Kugelfang der Gendarmen. Und denkst du denn, sie lassen uns leben, wenn sie uns gefangennehmen?«

Während die Auseinandersetzung zwischen Memed und Ferhat Hodscha andauerte, wurde das Gewehrfeuer der Belagerer immer stärker, schossen Kasim, Temir und die Männer Veli des Raben in derselben Dichte zurück.

»Dein Kasim schlägt sich gut.«

»Bis Mitternacht könnte ich ihnen in den Rücken ...«

»Diesen Abhang kannst du nicht hinunterklettern. Sieh doch, wie endlos tief er ist und steil wie eine Wand.«

»Ich kann Memed Aga da hinunterbringen«, sagte plötzlich hinter ihnen Müslüm der Hirtenjunge, der vor Aufregung glühte.

»Wie denn?«

»Ich kenne einen Pfad. Ich gehe voraus, und die andern kommen hinter mir her. Wenn ihr mir auch ein Gewehr gebt ...«

»Was willst du denn mit einem Gewehr?«

»Ich werde auch auf sie ...« Er zeigte mit der Hand auf die Schützen gegenüber, »ich auch ... Wenn ihr mir kein Gewehr gebt, bleibe ich eben hier. Ich bin ein Hirtenjunge, mir tut keiner was.«

Geduckt glitt Ferhat Hodscha die Mauern entlang bis zur Leiche Veli des Raben. Daß Müslüm auf dessen Gewehr scharf war, hatte er längst bemerkt. Er sammelte Waffen und Munition des Räubers ein, zog ihm noch den Gurt vom Leib, schlich zurück und reichte mit den Worten »Da, nimm!« Gewehr und Patronen Müslüm dem Hirten, der mit zitternden Händen zugriff.

»Und du, Memed, nimm diesen Gurt! Er ist bis zum Rand mit Gold gefüllt. Du könntest es eines Tages brauchen.«

Schweigend schnallte sich Memed den aus feinstem Leder gearbeiteten, mit silbernen Rosen, Gazellen und Pferdeköpfen beschlagenen Gurt um die Hüfte. Der Gurt hatte Gewicht; nur Gold wog so schwer.

»Ich gehe«, sagte Ferhat Hodscha dann. »Die Gendarmen setzen unseren Leuten zu. Wenn sie so weitermachen, halten wir uns nicht einmal bis zum Abend.« Mit zwei Männern schlich er sich zu den Felsblöcken am andern Ende des Abhangs.

»Wenn der Hodscha sich dort festsetzt, hält er sie einen ganzen Tag und sogar zwei Tage auf, und käme ein ganzes Heer.«

Memeds Blick fiel auf den kleinen Räuber aus Veli des Raben Bande, der etwas abseits hockte und noch kein Wort geredet hatte.

»Wie ist dein Name?« fragte er ihn.

»Şahan.«

»Meinst du, daß wir hier absteigen können, ohne uns das Genick zu brechen?«

»Das können wir.«

»Wenn es so ist, los, Müslüm, geh du voran!«

Müslüms Gesicht war rot angelaufen und von finsterer Entschlossenheit, wie die Miene eines Menschen, der sich für eine außergewöhnliche Aufgabe bereithielt. Er wandte sich nach Osten und stieg dicht am Abhang in eine langgestreckte, grabenähnliche Senke hinab. Der Grund war mit Stechdorn, Gestrüpp und dürrem Gras überwuchert. Müslüm ging unbeirrt weiter, stellenweise bis zum Bauch im Wasser, und obwohl sie längst außer Schußweite der Gewehre waren, machte er keine Anstalten, die Senke zu verlassen. Wohl oder übel mußten Memed und

Şahan ihm folgen. Sie kamen an ein Waldgelände mit mächtigen Bäumen, durch dessen Mitte Wildwasser ein tiefes Bett gegraben hatten.

»Wir können durch dieses Wildwasserbett ins Tal kommen. Das habe ich von den Ziegen gelernt. Sie folgen ausgetrockneten Wasserläufen, wenn sie einen Steilhang hinunterklettern.«

Şahan wandte sich an Memed: »Und wenn wir uns durch den Wald schlagen und ihnen in den Rücken fallen?«

»Den Wald haben sie eingekreist, lückenlos. Uns bleibt nichts anderes übrig, als Müslüm zu folgen. Hinunter mit dir, Müslüm!«

»Ya Allah! Im Namen Gottes, Spender des Lebens!« rief Müslüm und begann den Steilhang hinabzusteigen. Zwischen Felsen hindurch folgten sie ihm ohne Anstrengung über den ausgewaschenen Wasserlauf. Bei abschüssigen Stellen hielten sie sich an den messerscharfen Felsvorsprüngen, am Gestrüpp, an Baumwurzeln und dornigen Sträuchern fest, die in ihre Kleidung drangen und die Handflächen aufrissen. Bald hatten alle drei blutverschmierte Hände. Wenn Müslüm hin und wieder kurz anhielt und auf die andern wartete, sparte er nicht mit guten Ratschlägen: »Nicht den Steilhang hinunterschauen, euch wird schwindlig, und ihr stürzt ab! Nicht auf Erde und Geröll treten, nur auf Felsgestein Halt suchen! Haltet euch nicht an Felsvorsprüngen fest, greift nach Baumwurzeln, nach festen Baumwurzeln!« Jeder Ratschlag ein Befehl.

Als sie nach langem, mühseligem Abstieg endlich die Talsohle erreichten, waren ihre Hände und Knie zerschunden, sahen sie so mitgenommen aus, daß sie nicht wiederzuerkennen waren.

»Wenn wir jetzt dieses Flußbett weitergehen, stoßen wir auf ein zweites, das bergauf führt. Und oben am Hang sind wir genau hinter ihnen. Und dann, hurraaah, entweder sie oder wir, wie Gott es will! Und du, Memed Aga, wirst dann sehen, wie ich feuern kann!« freute sich Müslüm. »Nur schade, daß dieser Deckskerl von Rabe nicht so viel Patronen hatte.«

»Was redest du da, Müslüm, mit der Munition kann ein Heer aufgehalten werden.«

»Zu wenig, zu wenig«, entgegnete Müslüm. »Also los, gehen wir weiter, wir haben noch einen weiten Weg!«

»Du scheinst dich hier gut auszukennen, Müslüm. Warst du früher schon einmal in diesem Dorf?«

»Nein, hier war ich noch nie.«

»Woher weißt du dann von dem anderen Bach vor uns?«

»Ich weiß es eben«, brüstete sich Müslüm. »Das erkennt man doch am Wildwasserbett, durch welches wir abgestiegen sind. Neben jedem Wildwasserbett gibt es immer Bäche. Weißt du das denn nicht?«

Das Bachbett war mit Kieseln bedeckt. Das Wildwasser floß spärlich und wegen des geringen Gefälles mit wenig Strömung, so daß sie ohne Mühe durch das seichte Wasser bergan waten konnten. Von weitem hallten unaufhörlich Schüsse.

Als sie oberhalb des Baches den Wald erreichten, dämmerte es bereits. Sie machten unter den Bäumen halt und verschnauften.

»Diese Höhen hier kenne ich gut. Laßt uns durch die Senke vor uns weitergehen!« schlug Şahan vor.

Feuchte Zweige schlugen schmerzhaft in ihre Gesichter.

»Anhalten!« befahl Memed, als sie aus der Senke herauskamen. »Vor uns ist jemand.«

Sie blieben stehen und horchten.

»Keine Bewegung! Wer da?«

»Ich bin's, Ince Memed«, rief eine Stimme.

»Wer bist du denn?«

»Ali der Darbende bin ich, der Darbende ... Weißt du's jetzt?«

»Komm her, Ali, wir warten hier auf dich!« Es raschelte und knackte im Unterholz, und nach einer Weile kam Ali keuchend aus dem Gestrüpp. Memed und er umarmten sich.

»Auf der Suche nach euch hörte ich, daß ihr hier seid, setzte mich aufs Pferd und ritt los. Als ich hier ankam, sah ich, daß sie euch umzingelt hatten. Ich schoß auf sie aus dem Hinterhalt, und da waren sie ziemlich ratlos. Sie haben ihr Feuer aufs Dorf eingestellt. Kommt mit zum Felsen da vorne, wo mein Pferd steht! Wenn wir sie jetzt mit vier Mann von dort aus aufs Korn nehmen, werden sie meinen, sie seien eingekreist, und wenn wir noch einen oder zwei von ihnen treffen ...«

»Nichts leichter als das«, sagte Memed. »Wir müssen nur aufs Mündungsfeuer zielen. Da treffe ich, soviel ich ...«

»Wir bringen sie wie Kälber zum Brüllen«, warf Şahan ein.

»Wer ist dieser Bruder?«

»Das ist Şahan«, antwortete Memed, »und der da ist Hirte Müslüm.«

»Şahan von der Bande Veli des Raben? Ohooo, Memed, du findest aber auch immer die Besten! Wer ist schon Veli der Rabe, heißt es, was Veli den Raben ausmacht, hat er diesem Şahan zu verdanken. Und was ist mit Veli dem Raben, hat er sich euch angeschlossen?«

Memed erzählte ihm in allen Einzelheiten, was vorgefallen war.

»Geschieht ihm recht«, meinte Ali der Darbende. »Gehen wir zu meinem Felsen. Der ist auf der Rückseite so steil, daß sogar Adler ihn nicht anfliegen.«

Ali des Darbenden Pferd begrüßte sie mit lautem Wiehern. Vor der kreisrunden Scheibe des Mondes segelten Wolken eilig dahin.

»Du bist also noch fahrender Volkssänger, Ali?« fragte Memed, der auf dem Pferd die Umrisse der Saz entdeckt hatte.

»Dem Räuberleben hatte ich den Rücken gekehrt. Doch als ich vor einigen Tagen ins Dorf kam und erfuhr, du hättest dich wieder in die Berge geschlagen, nahm ich mein Gewehr und machte mich auf den Weg.«

Ali hatte kaum aufgehört zu erzählen, als sich vor ihnen ein Riesenlärm erhob.

»Und ich werde viele Gendarmen töten«, rief Müslüm.

»Räuber töten keine Gendarmen«, wies Memed ihn zurecht.

»Aber Gendarmen töten doch Räuber.«

»So ist es.«

»Was machen sie dann, wenn sie die Gendarmen nicht töten?«

»Sie verwunden sie, wenn es hart auf hart geht.«

»Und wenn es nicht hart auf hart geht?«

»Ergreifen sie die Flucht.«

»Und wenn ich Ali die Echse entdecke?«

»Dann schießt du ihn nieder«, antwortete Ince Memed mit unverhohlenem Zorn. »Töte ihn, denn er ist ein grausamer Folterknecht.«

Müslüm war es, der das Feuer auf die Gendarmen eröffnete. Schon nach seinem dritten Schuß schrie da unten jemand auf.

»Ich hatte ihn entdeckt«, sagte Müslüm, »und schoß, als sein Mündungsfeuer aufflammte. Doch ich habe ihn nicht getötet. Meine Kugel durchschlug nur seine Schulter.«

»Halt den Mund!« befahl Memed.

Sie hatten sich verteilt und schossen von allen Seiten in die Tiefe. Da sie andauernd ihren Standort wechselten, hierhin und dorthin sprangen, blitzschnell luden und zielten, schien es, als lägen sie hier nicht zu viert, sondern zu zehnt und mehr. Den Gendarmen war klar, daß sie zwischen zwei Fronten geraten waren. Verstört verringerten sie ihr Feuer und überlegten, wie sie sich im Schutz der Dunkelheit aus diesem Ring herauswinden konnten. Bei Tagesanbruch würde diese Bande von Räubern sie sonst wie Wachteln abschießen.

Mahmut Aga, der sich ohne Aufsehen mit seinen Leuten auf Ince Memeds Verfolgung gemacht hatte, war im Tal der Roten Adler mit Hauptmann Şevket zusammengetroffen. Als sie hörten, Veli der Rabe habe Ince Memed in Çamliyol aufgespürt, waren sie gemeinsam hierhergeeilt und hatten das Dorf eingekreist. Mahmut Aga und seine Leute kannten Çamliyol und Umgebung Stein für Stein, Strauch für Strauch.

»Sie machen uns zu schaffen, mein Hauptmann. Das sind nicht nur einige wenige, wie wir annahmen. Wir sind umstellt. Und diese Dörfler kämpfen gut. Wir haben nur einen von ihnen treffen können, aber sie haben die Hälfte unserer Leute kampfunfähig geschossen. Und wir wären schon alle draufgegangen, wenn sie nur gewollt hätten. In die Enge getrieben und bei Tageslicht lassen sie keinen von uns ungeschoren. Nur weil ihnen Gendarmen gegenüberstehen, geben sie keine tödlichen Schüsse ab. Aber wenn sie im Morgengrauen uns sehen ... Ich setze mich ab, da hinunter ...«

Hauptmann Şevket war außer sich: »Soll Ince Memed uns denn wieder entwischen?«

»Vielleicht konnte er gar nicht entkommen, und Veli der Rabe hat ihn getötet.«

»Und wenn umgekehrt er Veli den Raben umgebracht hat?«

»Das kann er nicht, der Mann ist ein Wolf.«

»Das heißt, ich werde Ince Memed nie zur Strecke bringen, nicht wahr?«

»Wer weiß, vielleicht …«

»Wenn Hauptmann Faruk das erfährt, wird er sich freuen. Ziehen wir uns also zurück, Mahmut Aga!«

Memed hatte bald gemerkt, daß die Gendarmen abzogen.

»In welche Richtung gehen sie, Müslüm?«

»Das werde ich gleich feststellen.«

Müslüm kletterte die Felsen hinunter und schlich zwischen Bäumen und durch Gestrüpp geräuschlos weiter. Als er zurückkam, stand der Mond schon ziemlich tief am westlichen Himmel.

»Sie gehen in die Richtung, aus der wir gekommen sind. Da unten geht's auf die Landstraße. Es sind viele Zivilisten unter ihnen. Einer ging dicht an mir vorbei. Ich hätte ihn leicht töten können.«

»Zivilisten?«

»Zivilisten«, antwortete Ali der Darbende. »Es scheint, daß der Aga unseres Dorfes, Mahmut Aga, hinter dir her ist.«

»Was haben Mahmut Aga und ich miteinander zu schaffen?«

»Dich zu fangen, dich zu töten gereicht jedem zur Ehre … Jetzt sind sogar diese Bäume deine Feinde. Mahmut Aga und seine Leute werden jene Zivilisten sein.«

»Los, dann wollen wir ihnen den Weg verlegen!«

Sie erreichten die Senke, durch die sie gekommen waren, und stiegen ab, so schnell sie konnten. Die Wolken hatten sich verzogen, allein der Mond schien kreisrund und riesengroß durch das Himmelsgewölbe zu schwimmen. In weiter Ferne, eben über dem Horizont, flimmerten noch einige Sterne. Und auch die Wassertropfen auf den Blättern glitzerten.

Unten in der Talsohle verharrte Memed hinter einer Biegung. »Ich höre Schritte«, flüsterte er, »klettert ihr in die Felsen gegenüber, Müslüm und ich nehmen diesen Hang. Wenn sie zwischen uns sind, nehmen wir sie unter Kreuzfeuer. Und wenn wir auch nur den Zipfel eines Zivilisten entdecken, halten wir drauf. Ihr werdet auf die Zivilisten schießen, um sie zu töten!«

Kurz darauf machten sie den Umriß des ersten Gendarmen

aus. Ali der Darbende schoß ihm ein ganzes Magazin vor die Füße. Aufbrüllend wich der Mann zurück und flüchtete. Sofort prasselten aus dem Wald Schüsse gegen die Felsen. Das Feuergefecht dauerte bis zum Morgengrauen. Ince Memed hielt immer wieder Ausschau nach Mahmut Aga. »Ihn zu erschießen wäre eine segensreiche Tat«, überlegte er, »alle Bergdörfer und die gesamte Çukurova würden feiern.«

»Kennst du Mahmut Aga?«

»Wie sollte ich ihn nicht kennen, den Aga unseres Dorfes ...«

»Ich kenne ihn auch gut«, sagte Şahan. »Auch ich habe mit ihm noch Vergangenes zu begleichen.«

»Na los, erledigen wir doch gleich dieses Mannes Angelegenheiten.«

Von ihrem Platz aus konnten sie die gesamte Talsohle überblicken. Sie erkannten jeden Gendarmen, der hinter einem Baum oder Felsblock in Deckung lag, konnten aber weit und breit keinen Zivilisten entdecken. Mit der Reitpeitsche in der Linken und der Pistole in der Rechten marschierte auch der Hauptmann auf und ab.

Bis zum Tagesanbruch belauerten sich die Gegner, ohne einen Laut von sich zu geben. Am Ende gab der Hauptmann den Befehl zum Aufbruch. Die Gendarmen kamen einzeln oder zu zweit hinter Bäumen und Felsblöcken hervor, bildeten eine Reihe und zogen durchs Tal davon.

»Laßt uns ins Dorf zurückgehen«, sagte Memed, als sie verschwunden waren. »Vielleicht erfahren wir dort etwas über Mahmut Aga.«

Am Nachmittag erreichten sie hungrig und müde das Dorf. Hidir Aga erwartete sie schon am Paß. »Ferhat Hodscha ist verwundet, und es geht ihm gar nicht gut«, eröffnete er ihnen. »Und zwei Kompanien Gendarmen sollen vom Tal auf unser Dorf zukommen.«

Memed eilte sofort zu Ferhat Hodscha. Der Hodscha lag ruhig auf einem mit weißen, nach Seife duftenden Linnen bezogenen Lager. Hin und wieder verzog er schmerzgeplagt das Gesicht.

»Daß du schnell gesund wirst, mein Hodscha!«

»Ich danke dir, Memed. Wir müssen uns sofort aufmachen

und dieses Dorf verlassen. Wenn sie uns hier noch einmal in die Zange nehmen, gibt es für uns kein Entrinnen. Wer den heranmarschierenden Gendarmen auch über den Weg läuft, kommt her, um uns zu warnen. Seit heute morgen kamen bestimmt fünfzehn besorgte Besucher.«

»Wo bist du verletzt?«

»Am Arm. Das ist nicht so schlimm. Wenn es sein muß, kann ich sogar schießen. Wir müssen sofort aufbrechen. Aber besorgt mir ein Pferd!«

»Ali der Darbende hat eins.«

»Wer ist Ali der Darbende?«

»Ein alter Gefährte von mir. Wir waren zusammen in den Bergen. Ein großartiger Junge. Als er hörte, daß wir umzingelt worden waren ...«

Memed half Ferhat Hodscha beim Ankleiden. Ali des Darbenden Pferd stand vor der Haustür bereit, und Ferhat Hodscha hatte keine Mühe, sich in den Sattel zu schwingen. Die Dörfler geleiteten die Männer zum Dorf hinaus. Sie waren von Ferhat Hodscha so begeistert, von seinem Mut, seiner List und Treffsicherheit, daß sie nur von ihm redeten und Ince Memed einfach übersahen ... Nach einer kurzen Wegstrecke hielten sie an.

»Wohin jetzt, Hodscha?«

Jeder nannte ein anderes Dorf, ein anderes Versteck. Wenn Ferhat Hodscha sich auch nichts anmerken ließ, war sein Arm doch ziemlich geschwollen und schmerzte immer mehr.

»Ein Dorf in der Nähe wäre besser für mich. Ich brauchte auch einen Arzt. Der Arm schwillt ein bißchen an.«

»Unser Dorf ist das nächste«, sagte Ali der Darbende.

»Und den Aga eures Dorfes dürstet nach unserem Blut. Sollen wir Mahmut Aga in die Arme fallen?« lächelte Ferhat Hodscha bitter.

»Um so besser«, entgegnete Ali der Darbende. »Wenn er hinter uns her ist, wird er nie auf den Gedanken kommen, daß wir uns in seinem eigenen Dorf verstecken.«

»Könnte ihm nicht jemand hinterbringen, daß wir dort sind?«

»So einen Menschen gibt es in unserem Dorf nicht«, entrüstete sich Ali der Darbende. »Und ein Bader ist auch da.«

»Und wenn wir Kasims verlassenes Dorf aufsuchen?«

»Es wäre gut, wenn ich nicht dorthin müßte«, meinte Kasim.

Sie wogen eine ganze Weile das Für und Wider ab, es wurde dunkel, und ein eisiger Wind kam auf.

»Wir waren mit Memed so lange in unserem Dorf. Sag du es, Memed, hat uns da irgendwer ans Messer geliefert?«

»Nein, niemand.«

»Gibt es einen einzigen, der uns an Mahmut Aga verraten würde?«

»Keinen einzigen.«

»Wir werden uns trennen«, entschied Memed. »Der Hodscha, Ali, Kasim, ich und noch der Räuber Müslüm machen uns nach Çiçeklidere auf, die andern nach Sakizli. Jeder eilt dem andern zu Hilfe, wenn Not am Mann ist. Haben wir genug zu essen?«

»Mehr als genug«, antwortete Temir. »Hidir Aga hat uns so viel eingepackt, daß es eine Woche für uns alle reicht.«

An der Weggabelung in der Hochebene trennten sie sich.

Es war kurz vor Morgengrauen und noch vor dem ersten Hahnenschrei, als sie das Dorf erreichten. Nachdem Ali der Darbende die andern aufgefordert hatte, am Dorfrand zu warten, setzte er seinen Weg fort. Er ging geradewegs ins Haus des Blonden Sergeanten, seines Onkels, und erklärte diesem die Lage. »Sie sollen kommen, wir werden sie mit offenen Armen empfangen. In diesem Dorf findet sie keiner, und sie in unserem Haus zu suchen – darauf käme keiner.« Ali der Darbende eilte zurück, um seine Freunde zu holen.

Das Haus des Blonden Sergeanten war sehr groß; es hatte sechs Zimmer, und alle gingen ineinander über.

»Das letzte Zimmer ist eures«, sagte Blonder Sergeant. »Sollte der Feind durch die Haustür kommen, müßte er durch fünf Zimmer. In der Zeit seid ihr längst durch diese Hintertür entwischt und auf die Felsen vor der Rückwand geklettert. Einmal da oben, faßt euch niemand.«

Auf dem Fußboden lagen ausgebreitet Kelims und Felle, darauf dicke Matratzen. Auf knisterndem Herdfeuer brodelte Wasser in einem Teekessel.

»Setzt euch, das Frühstück wird schon zubereitet. Unser Köroğlu bringt es gleich herein, und ich gehe zum Bader. Hoffentlich ist er zu Haus!«

Gegen Mittag kam Blonder Sergeant mit einem alten Bader, der einen schwarzen Esel ritt, ins Dorf zurück. Den Dörflern war sofort klar, daß sich Ungewöhnliches ereignet haben mußte. Sie ahnten, daß sich die Verwundeten aus Memeds Bande im Dorf befanden, und wurden immer schweigsamer. Auch Tahsin dem Windhund waren Gerüchte zu Ohren gekommen. Er versteckte sich in den Felsen hinter dem Haus des Blonden Sergeanten. Denn die Häuser im Dorf hatten keinen Abtritt, und jedermann verrichtete seine Notdurft zwischen den Felsen. Irgendwann mußten ja auch die Räuber, und Tahsin der Windhund würde einen nach dem andern erkennen. Zuerst kam Kasim zu den Felsen. Nachdem er im Mondlicht eine Weile um sich gespäht hatte, löste er das Band seiner Pluderhose, hockte sich im Schutz der Felsblöcke hin und entleerte sich. Der Geruch strömte bis zu Tahsin herüber. Auch während Kasim dort hockte, hielt er sein Gewehr in Anschlag. Tahsin zitterte vor Angst. Beim leisesten Laut war er erledigt. Der furchterregende Mann da drüben wuchs in Tahsins Augen, wurde immer größer und riesiger.

Danach kam Ali der Darbende und nach ihm Müslüm. Auch Müslüm behielt den Finger am Abzug. Und beinah hätte er Tahsin entdeckt. Er stand so nah, daß sein Urin Tahsin ins Gesicht und in die Augen spritzte. Dann kam Ince Memed mit Ferhat Hodscha, bei dem er sich eingehakt hatte. Sie flüsterten miteinander und hörten damit auch nicht auf, als sie sich Seite an Seite niederhockten. Als Tahsin der Windhund die beiden erkannte, schlug ihm vor Aufregung das Herz bis zum Hals. Und während er es an seinem Platz nicht mehr aushalten konnte, hockten die beiden mit nackten Hintern da und setzten, in aller Ruhe scheißend, ihr Gespräch fort. Doch sie sprachen so leise, daß Tahsin nicht ein Wort verstehen konnte. Er schwitzte Blut und Wasser und war zeitweilig wie gelähmt, konnte weder Arme noch Beine, noch seinen Kopf bewegen. Ihm war, als redeten die beiden dort eine Ewigkeit. Auch als sie endlich aufstanden und im Haus verschwanden, kam er eine ganze Weile nicht zu sich, versagten seine Glieder ihm den Dienst.

Als die ersten Hähne krähten, konnte er sich endlich aufrichten. Mit schleppenden Schritten ging er zum Haus des Vorstehers, der im Vorhof gerade seine Waschungen vornahm. Als er Tahsin erblickte, unterbrach er und stand auf. »Was ist geschehen, Tahsin?« fragte er, obwohl er sofort wußte, was Tahsin hergetrieben hatte.

Sie gingen ins Haus.

»Sie sind hier«, platzte Tahsin heraus. »Ich habe sie mit meinen eigenen Augen gesehen. Ince Memed und ein verwundeter Mann. Dann noch unser Ali der Darbende und ein weiterer Mann. Und alle im Haus des Blonden Sergeanten. Ich muß sofort Mahmut Aga Bescheid geben. Und er gibt mir dafür viel Geld. Mehr noch als Murtaza Aga. Unser Mahmut Aga ist doch reicher als alle andern, nicht wahr?

»So ist es.«

»Ich mach mich sofort auf.«

»Und wenn Ince Memed flieht? Hast du schon daran gedacht, was dir dann blüht?«

»Dann fliehe ich eben auch.«

»Und jeder wird wissen, daß du Ince Memed verraten hast.«

»Sollen sie es doch wissen. Ich fliehe.«

»Ja, und was wird aus mir?«

»Mahmut Aga wird Ince Memed nicht entkommen lassen.«

Die Auseinandersetzung zwischen dem Dorfvorsteher und Tahsin zog sich hin, doch es gelang dem Vorsteher nicht, Tahsin zu überreden. Dieser winzige Mann war blind vor Eifer und würde sich bösen Ärger einhandeln. Doch er sah nur noch, wie dieser pfeilschnell zur Tür hinauseilte, und er fragte sich, ob er hingehen und dem Blondem Sergeanten von Tahsin des Windhunds Verrat erzählen solle. Er schlenderte bis zum Haus des Blonden, blieb dort eine Weile stehen und kehrte wieder um. Doch lange hielt es ihn nicht, und er ging erneut bis zur Tür des Blonden Sergeanten, verharrte und kehrte um. Dieses Hin und Her wie ein Weberschiffchen dauerte bis zum Mittag. Kurz danach stellte sich ihm Blonder Sergeant in den Weg.

»Stehengeblieben!« brüllte dieser. »Du kennst mich, ich habe mit Mustafa Kemal Seite an Seite gekämpft, habe mit ihm in den

Dardanellen gemeinsam die Gischt mit unseren Granaten in den Himmel geschickt. Nun erzähle mir mal, warum du seit dem Morgengrauen wie ein Hund mit verbrannten Pfoten immer wieder vor meine Tür kommst? Sieh mich an«, und er ließ seine grasgrünen Augen rollen, »Ince Memed ist in diesem Haus. Wenn du soviel Mut hast wie Hintern in der Hose, geh hin und erzähl dies deinem grausamen, niederträchtigen Blutsauger Mahmut Aga. Er soll doch kommen, um Ince Memed in meinem Haus zu töten. Dann werde ich, und du kennst den Blonden Sergeanten gut genug, dann werde ich dich und deinen Köter von Aga mit Stumpf und Stiel ausrotten. Denk daran, Vorsteher, ich habe gemeinsam mit Mustafa Kemal in den Dardanellen die Gischt in den Himmel geschickt. Los, Abmarsch! Und denk darüber nach!«

Des Vorstehers Zunge war wie gelähmt. Er versuchte krampfhaft, Blondem Sergeanten zu erzählen, daß Tahsin der Windhund auf dem Weg zu Mahmut Aga war, doch er brachte kein Wort heraus.

»Verschone mich, mein Sergeant, ich habe dir nichts getan!« war alles, was er sagen konnte.

»Denk darüber nach!« wiederholte Blonder Sergeant, kehrte ihm den Rücken zu und ging ins Haus. Er hatte sich über den Vorsteher so aufgeregt, daß sein schütterer Bart zitterte und er weiterschimpfte.

Der Vorsteher ging noch einigemal bis zur Tür des Blonden Sergeanten, entschlossen, diesem von Tahsin dem Windhund zu erzählen, doch jedesmal gab er sein Vorhaben wieder auf.

Als es Abend wurde, ging der Vorsteher ins Gästezimmer, gab seiner Frau den Türschlüssel in die Hand und sagte: »Schließ hinter mir ab, und mach bis morgen früh nicht auf, ob ich brülle und rufe, ob es brennt oder Mahmut Aga kommt, du schließt die Tür nicht auf! Schwöre beim Propheten mit dem schönen Namen Mohammed, beim Hort der Vierzig Augen, über dem die Wolken nie weichen ...« Die Frau schwor und schloß hinter ihm die Tür ab.

28

Der Wind, der von den Bergen her ins Dorf wehte, brachte den Duft von Thymian mit. Im vollen Mondlicht schimmerten die Felsen, als seien sie aus Kristall, und die Ebene, die den Berg umschloß, wellte sich wie ein weißer See. Die Schatten der hohen Pappeln streckten sich über die Lehmdächer. An ihrer Spitze Mahmut Aga, kamen die Männer geräuschlos wie Katzen den schmalen Bergpfad herunter ins Dorf, ohne zu sprechen, noch zu rauchen. In weiter Ferne schrie in Abständen ein Uhu, und hin und wieder war das Knacken der Felsen zu hören.

»Komm mal her zu mir, Windhund!« flüsterte gepreßt Mahmut Aga. Tahsin der Windhund, der hinter ihm ging, rückte zu ihm auf.

»Hielt einer an der Tür Wache?«

»Gestern war keiner da, vielleicht haben sie heute einen aufgestellt.«

Sie gingen am Dorfrand entlang und verharrten oberhalb des Hauses vom Blonden Sergeanten. Bis hierher hatten sie sich so vorsichtig fortbewegt, daß kein einziger Stein von ihnen losgetreten und den Hang hinabgerollt war.

»Geh hin und sieh nach, ob jemand Wache hält!«

Tahsin glitt den Hang hinunter und war im nächsten Augenblick schon wieder da. »Da ist ein Wächter. Genau vor der Tür. Dazu noch der schreckliche Ali der Darbende.«

»Ali der Darbende? Es gab einmal einen Räuber, der die Saz spielte, ist es der? Aus unserem Dorf?«

»Wenn mich meine Augen nicht getäuscht haben, ist er es«, antwortete Tahsin der Windhund.

Der Aga wandte sich an den hünenhaften Mann an seiner Seite: »Du bist der Fachmann. Greif dir Ali den Darbenden und bring ihn hierher! Denk daran, daß wir alle tot sind, wenn er dir entwischt oder den geringsten Lärm macht. Nimm auch Tahsin mit, wenn du willst.«

Der Hüne zog seine Schuhe aus, stellte sie auf einen Stein und sagte: »Los, Tahsin, geh vor mir her!«

Lautlos wie Nachtfalter glitten sie den Hang hinab. Das Rauschen des Baches, der mitten durchs Dorf floß, drang bis zu ihnen. Sonst hörten sie keinen Laut, nur hin und wieder das Knacken der Felsen.

Das Kinn auf der Brust, lehnte Ali der Darbende mit dem Rücken an der Mauer. Sie gingen vorsichtig an ihn heran, fünf Schritte, vier, drei, zwei … Doch Ali der Darbende bewegte sich nicht. Zuerst sprang der hünenhafte Mann, umklammerte mit Armen wie Schraubstöcke Ali den Darbenden und drückte ihm den Mund zu. Als Ali um sich trat, stürzte sich auch Tahsin der Windhund auf ihn. Mit festem Griff schleppten sie ihn gemeinsam hinauf zu Mahmut Aga.

»Fesselt ihn an Händen und Füßen! Er bleibt hier liegen, und einer von euch wird ihn bewachen!«

Mahmut Aga und die übrigen schlichen den Hang hinunter bis an die Hauswand, wo sie sich hintereinander aufstellten. Der Uhu in der Ferne schrie, das Pferd des Blonden Sergeanten wieherte, und ein weißer Hirtenhund, der seinen Schwanz zwischen die Beine geklemmt hatte, schlich sich geduckt an ihnen vorbei und blieb unter dem Baum stehen, wo der Hund des Blonden döste. Im unteren Dorf schlugen nur vereinzelt einige Hunde an, dann war es wieder still.

Mahmut Aga ergriff den Hünen am Arm und zog ihn an sich heran: »Wenn die Tür verriegelt ist, werdet ihr sie zu dritt eindrücken. Ich hoffe, sie ist offen! Ihr nehmt keine Gewehre mit! Wenn sie sich wehren, stecht sie ab! Und du, Tahsin, kümmerst dich um die Hunde. Ich will keinen bellen hören!« Dann wandte er sich an die drei nächsten: »Und ihr hinter ihnen her, sowie die Tür offen ist …«

Die Tür stand offen, die ersten drei Männer knipsten Taschenlampen an und huschten hinein. Drinnen schlief alles. Sie wurden überwältigt, bevor sie an Gegenwehr auch nur denken konnten.

»Erledigt?« fragte Mahmut Aga mit belegter, vor Aufregung bebender Stimme.

»Erledigt!« brüllte der Hüne.

»Fesselt ihnen Hände und Füße!«

»Einer ist verwundet.«

»Auch ihn fesseln!«

Im Handumdrehen hatten sie allen vieren die Arme auf den Rücken gebunden und schleppten danach auch Ali den Darbenden ins Haus.

»Ruft den Dorfvorsteher her!«

Vom Lärm aus dem Schlaf gerissen, war Blonder Sergeant in Hemd und langer Unterhose aus dem Haus gelaufen und drückte sich stillschweigend in Mahmut Agas Nähe herum.

»Holt mir auch Blonden Sergeanten her!«

»Er ist hier«, antworteten die andern.

»O du alt gewordener Hund, du versteckst also in meinem Dorf, in meinem Haus meine Feinde, die es auf das Wohl dieses Volkes abgesehen haben, ja? Du vergreister, räudiger Köter, du. Hast du es dir auch nur durch ein Eckchen deines hirnlosen Schädels gehen lassen, was du dir damit einbrockst?«

»Zähme deine Zunge, Mahmut Aga, wenn es hier einen alt gewordenen Hund gibt, dann bist du es!«

»Verschließt diesem Hahnrei das Maul! Fesselt seine Hände! Ich werde dir vergreistem Schakal die Haut abziehen.«

»Ein Schakal ist dein Vater. Und du auch. Und auch deine Sippe!«

»Bringt diesen Gottlosen her zu mir!«

Wie eine Schlange zischte Mahmut Agas Ochsenziemer zweimal aufklatschend nieder.

»Der Dorfvorsteher kann nicht kommen, unser Aga.«

»Und warum das?«

»Sein Weib hat ihn ins Zimmer eingeschlossen.«

»Geht hin und brecht die Tür auf!«

Aus dem nahegelegenen Haus des Vorstehers war nur kurzes Poltern und Knirschen zu hören, dann herrschte wieder Stille.

»Ohooo, Vorsteher, väterlicher Freund, empfängt der Mensch seinen Aga so hinter verschlossener Tür?«

»Nimm's mir nicht übel, mein Aga, ich hab mich vom Weib einschließen lassen.«

»Und warum das?«

»Nun, weil ich dir Tahsin den Windhund geschickt hatte.

Und damit ich nicht … Falls ich wieder bereuen sollte, dir Tahsin geschickt zu haben …«

»Das hast du gut gemacht.«

»Kommt uns doch besuchen!«

»Wir kommen schon, aber wo lassen wir diese Räuber?«

»Gehen wir erst einmal zu mir … Dann bringen wir sie schon unter …«

»Du hast recht …«

Im Dorf gab es nur zwei doppelstöckige Häuser: den Konak von Mahmut Aga und das Haus des Vorstehers. Vorweg die Gefangenen, gefolgt von Mahmut Aga und seinen Männern, bahnten sie sich eine Gasse durch die Menschenmenge, die neugierig vor die Türen geströmt war, und verschwanden im Haus des Vorstehers.

Die Dörfler standen still da. Als sei alles Blut aus ihnen gewichen, rührten sie sich nicht, leblos wie verdorrte Bäume.

Mit dem Schlüssel noch in ihrer Hand stand die Frau des Vorstehers vor dem eingetretenen Türflügel zum Gästezimmer. Sie hatte bereits drei Holzkloben in den Kamin geschoben, und die lodernden Flammen tauchten den Raum in helles Licht.

Mahmut Aga nahm am Kopfende des Wandsofas Platz, fünf seiner Männer setzten sich der Reihe nach neben ihn, die übrigen standen mit schußbereiten Waffen teils im Zimmer, teils draußen vor der Tür.

»Runter mit den Räubern auf den Boden! Wer sind sie denn, daß sie auf dem Sofa sitzen dürfen, diese Wegelagerer. Hierher, zu meinen Füßen! Behandelt doch unser Vorsteher diese Leichenfledderer wie Paschas!«

Mahmut Agas Männer packten die Gefangenen, die der Vorsteher schon auf Wandsofas setzen wollte, und drückten sie nacheinander dem Aga zu Füßen auf den Boden.

Nachdem dieser sie eine Weile gemustert hatte, nahm er sich den ersten vor: »Du da, mit der Verletzung, wer bist du? Du machst so einen bescheidenen Eindruck.«

Ferhat Hodscha hob den Kopf und antwortete mit einem feinen, spöttischen Lächeln: »Ich bin Ferhat Hodscha.«

»Ohooo, der bist du also! Hast du schon gehört? Nachdem du

aus dem Gefängnis ausgebrochen warst, kam deine Begnadigung, warst du ein freier Mann. Aber jetzt, als Gefährte Ince Memeds, als Mitglied seiner Bande, wirst du hängen. Weißt du, warum ich dich, warum ich euch alle nicht auf der Stelle töte? Weil ihr es nicht wert seid, durch meine Hand zu sterben. Ihr seid Ungeheuer, die es verdient haben, gehenkt zu werden. Wenn ich überzeugt wäre, daß in euch noch ein Rest von Mannesmut steckt, würde ich euch nicht an den Galgen bringen, sondern gleich hier töten. Und du räudiger Hund willst ein Hodscha sein! Wie man sagt, sollst du ein sehr gelehrter, tiefschürfender Hodscha sein. Als du ausgebrochen bist, warst du ohne Schuld, jetzt wirst du hingerichtet, werden deine Beine baumeln, sieh her, so und so!« Er spreizte und schloß zwei Finger seiner rechten Hand mehrmals nacheinander.

»Und wer bist du?«

»Ich bin Ince Memed.«

»Bei seiner Mutter, Mensch, du siehst ja aus wie eine milchbegossene Katze und gar nicht wie Ince Memed.« Und zum Vorsteher gewandt: »Sieh dir diesen Recken gut an, diesen Helden des Taurus, der wie eine hungrige Feldmaus aussieht! Ist dieser Mann Ince Memed? Kanntest du Ince Memed schon vorher?«

»Wer kennt ihn nicht in diesem Dorf ... Dieser Mann ist Ince Memed.«

»Allah, Allah! Allah, Allah, wenn dieser Mann, hinter dem ich so lange hergerannt bin und den ich endlich gefangen habe, wenigstens wie ein Mann aussähe! Wenn ich den als Ince Memed in die Stadt bringe, macht sich jeder über mich lustig, werde ich zum Narren der ganzen Gegend. Eher lasse ich ihn frei, als daß ich so eine Rotznase, so einen Wurm in die Provinzstadt bringe, lasse ihn laufen und brauche mich nicht zu schämen. Ich hatte den Agas und Beys gesagt, morgen gehe ich hin, packe ihn bei seinen Ohren und bringe ihn her. Und nun seht euch den Mann an, mit dem ich Ehre einlegen wollte. Den stelle ich doch nicht einmal als Türsteher ein. Seht euch das Gesicht von diesem Dreckskerl an, von diesem stinkenden Fuchshoden, der Abdi Aga und Ali Safa Bey getötet hat. Da, ich spucke in dein dreckiges Gesicht, ptuuu ... Und ich stehe noch da und rede mit dem, mit diesem stinkenden Hyänenkadaver. An Stelle der Regierung würde ich so einen Schlappschwanz nicht einmal hängen. In die Scheißegrube würfe ich ihn, in die Scheißegrube ...«

Immer wieder stand Mahmut wutentbrannt auf, bückte sich, spuckte Memed ins Gesicht, versetzte ihm Fußtritte, setzte sich wieder hin, schlug die Beine übereinander, verspottete und beschimpfte ihn, bis er am Ende so erschöpft war, daß er keinen Ton mehr herausbrachte. Doch ausgelassen hatte er seine Wut an Memed noch lange nicht.

»Wer bist du?« fragte er Kasim.

»Ich bin Hadschi Temir. Aus der Gegend von Anavarza. Ich gehörte zur Bande Veli des Raben. Als Veli der Rabe erschossen wurde, habe ich mich denen hier angeschlossen. Schicksal ...«

Mahmut Aga ging nicht näher auf ihn ein.

»Und wer bist du, Junge?«

»Ich gehöre zum Klan der Gelben Ziege. Und mein Name ist Räuber Müslüm.«

»Was sagst du da? Ein Räuber?«

»Ja, ein Räuber ...«

»Seit wann?«

»Seit zwei Tagen ...«, rutschte es Müslüm heraus. Er wollte mehr angeben, hätte am liebsten zwei Jahre gesagt.

»Bindet ihn los!« befahl Mahmut Aga.

Die Männer lösten die Fesseln von Müslüms Händen.

»Was habe ich dir denn Böses getan, Aga, daß du mich losbindest? Bin ich nicht auch ein Räuber?«

»Werft ihn raus!«

Müslüm verzog den Mund, die Männer warfen ihn hinaus.

»Dich kenne ich, du bist unser Volkssänger Ali der Darbende. Dir kann ich nichts antun, dein Vater war mein bester Mann, Gott sei ihm gnädig! Er zog in den Balkankrieg, ich versuchte, ihn daran zu hindern, doch er hörte nicht auf mich, ging an die Front und kehrte nicht zurück. Man sagte mir, du habest die Räuberei aufgegeben.«

»So ist es. Als ich hörte, daß Ince Memed wieder in die Berge gezogen sei, habe ich mich vor zwei Tagen auf die Suche gemacht und mich ihm angeschlossen.«

»Wie gut, daß du ihn gefunden hast. Ohne dich wäre er nicht in dieses Dorf gekommen, hätte ich ihn nicht wie eine reife Birne vom Baum pflücken können. Bindet ihn los!«

Sie lösten Ali des Darbenden Fesseln.

»Und nun greif zu deiner Saz, und klimpere uns etwas vor!«

Ali der Darbende gab keine Antwort, machte aber auch keinerlei Anstalten.

»Nimm die Saz in die Hand«, forderte barsch Mahmut Aga.

Ali der Darbende rührte sich nicht.

»Spielst du die Saz nicht für mich?«

Da hob Blonder Sergeant den Kopf und sagte: »Für dich, Mahmut, würde nicht einmal mein Hund die Saz spielen, geschweige denn mein Recke von Neffe.«

»Bist du sicher«, lächelte Mahmut Aga spöttisch, »du engster Mitkämpfer Mustafa Kemals, du Aufschneider, der mit einer Granate das Meer in den Himmel geschleudert und die Dardanellen trockengelegt haben will?«

»Den Namen Mustafa Kemal Paschas dürfen Hunde wie du gar nicht in den Mund nehmen. Blutsäufer wie du, irgendwelche wie du, die Menschen von ihren Pferden tottrampeln lassen ...«

Ganz langsam erhob sich Mahmut Aga von seinem Platz. Seine Augen schimmerten schwefelgelb. Und mit den Worten »Da sitzt deine kurze Rippe« gab er ihm einen kräftigen Fußtritt in die Seite. Er trat gleich noch einmal zu, und noch einmal ... Dann schlug er mit seiner Peitsche auf den Blonden Sergeanten ein, legte dabei sein ganzes Körpergewicht in die Schläge, bis dem alten Mann das Blut aus Mund und Nase quoll, Haare, Bart und Hemd sich blutrot färbten. Und je mehr er schlug, desto wütender wurde er. Er schlug und trampelte auf dem am Boden Liegenden herum, bis er vor Erschöpfung wie ein Betrunkener torkelte. Doch vom Sergeanten kam nicht der kleinste Laut, nicht das leiseste Stöhnen.

»So, und wenn du in dieser Nacht nicht stirbst, werde ich dich morgen früh töten. Und fesselt den anderen Köter wieder!«

Und die Männer banden Ali dem Darbenden die Hände auf den Rücken.

»Hör zu, Vorsteher, wir bleiben heute nacht hier. Und die da müssen bis morgen früh in einen gesicherten Raum! Bei Tagesanbruch werden die Gendarmen hier sein, und dann bringen wir diese Ungeheuer in die Stadt.«

»Lassen wir sie doch in diesem Zimmer liegen.«

»Nein, hier besser nicht. Ihre Leute könnten ins Dorf einfallen. Wir hatten sie ja schon in Sakizli in die Zange genommen, doch als Tahsin der Windhund kam, haben wir uns gleich auf den Weg gemacht. Sie könnten uns heute nacht in diesem Haus überfallen.«

Er nahm den Kopf zwischen seine Hände und dachte nach.

»Ich hab's«, rief er aufblickend, »in unseren Konak ... Der ist wie eine Festung. Und belagerten ihn tausend Mann, könnten drei Männer ihn zehn Tage halten.«

»Das ist wahr«, bestätigte der Vorsteher.

»Wo sind die Schlüssel?«

»Bei mir.«

»Also los, bringen wir diese Helden des Weltuntergangs in unseren gastlichen Konak. Und schafft mir auch dieses alte, räudige Schwein da weg. Sollte er morgen noch leben, bringen wir auch ihn in die Stadt und hängen ihn auf!«

Sie gingen hinaus. Verlassen lag das Dorf da, keine Menschenseele ließ sich blicken. Eine ungewohnte Stille, die dem alten Wolf Mahmut sofort auffiel.

»Vorsteher, im Dorf geht irgend etwas vor.«

»Was denn, mein Aga?«

»Ich kann es nicht erklären. Es ist so still im Dorf.«

»Unser Dorf ist immer so still.«

»Diese Stille ist anders. Ich bin ins Dorf gekommen, habe Ince Memed gefangengenommen und Blonden Sergeanten zermalmt, das ganze Dorf hat es gehört, und dann diese Stille ...«

»Sie bekamen es mit der Angst. Wenn du kommst, wird unser Dörfler immer still. Vor Ehrfurcht.«

»Vielleicht ist es das ...«

Der Dorfvorsteher schloß zuerst das hohe, schwere Rundbogentor zum Vorhof auf, öffnete dann die Haustür, und sie stiegen die Treppe hoch. Ein junger Mann ging mit einer Sturmlaterne vor ihnen her.

»Stecken wir sie in dieses Zimmer. Für eine Nacht. Es hat keine Außenfenster. Schon mein Vater schloß straffällige Dörfler in dieses Zimmer ein.«

Zuerst schleppten sie Blonden Sergeanten herbei und stießen ihn in die Mitte des Zimmers, anschließend die andern.

»Beleuchtet den ganzen Konak, und zündet im Vorhof ein großes Feuer an! Es darf bis zum Morgengrauen nicht ausgehen!« Dann bestimmte er die Wachen: »Du, du, du ... Ihr werdet ohne Lidschlag die Augen offenhalten! Diese Nacht macht mir angst. Könnten wir diese Räuber doch gleich in die Stadt bringen ... Aber das geht leider nicht ... Hinterhalt und so ... Wir müssen auf die Gendarmen warten. Ist Tahsin der Windhund schon in die Stadt geflogen? Schickt von unseren Leuten auch noch Berittene! Auf der Stelle!«

»Wird gemacht. Tahsin der Windhund ist schon längst losgeflogen.«

»Ich bin müde. Mir fallen schon die Augen zu.«

Bald hing in jeder Ecke des Konaks eine Lampe, stapelten sich im Hof die Holzscheite.

»Sperrt Augen und Ohren auf, wenn euch euer Leben lieb ist!«

Er voran, gefolgt vom Vorsteher und von seinen Männern, betraten sie das Haus, wo die Frau des Vorstehers das Abendessen zubereitet und eine große Flasche Raki mitten auf den Tisch gestellt hatte. Sie wußte, daß die Agas ihren Schnaps haben mußten. Und auf der großen Platte dampften Wachteln.

»Sieh, so habe ich's gern, Dorfvorsteher! Aber diese Stille macht mir angst.«

»Sie schlafen.«

»Ich hacke mir die Hand ab, wenn im Dorf auch nur einer schläft. Nicht einmal die Säuglinge schlafen.«

Mahmut Aga kannte seine Dörfler. Vom Augenblick der Festnahme Ince Memeds und seiner Gefährten an durchzog ein lautloses Geflüster das Dorf. Die Frauen, Jungfrauen und Mädchen führten miteinander stumme, für die männlichen Dörfler unhörbare und, wenn sie doch ein Flüstern vernahmen, für sie unverständliche Gespräche.

»Sie werden Ince Memed hängen.«

»Und wir hatten ihm doch so schöne Klagelieder gesungen!«

»Und jetzt wurde er in unserem Dorf gefangen.«

»Unser Dorf wird als Unglücksort, als fluchbeladen gelten ...«

»Wenn Ince Memed gehängt wird ...«

»Wenn Ince Memed gehängt wird ...«

»Werden vom Himmel Steine, Flammen, Schlangen, Tausendfüßler, Drachen und Würmer auf unsere Köpfe regnen ...«

»Wenn Ince Memed gehängt wird ...«

»Wird dieses Dorf, diese Welt ...«

»Werden diese Tausendstiere-Berge einstürzen ...«

»Blut statt Wasser wird aus der Erde sprudeln ...«

»Bis zum Jüngsten Tag.«

Emiş Hanum mit sieben jungen Mädchen im Gefolge hatte sich aufgemacht und ging im Dorf von Haus zu Haus, von Frau zu Frau.

»Steht uns das nicht übel an?«

»Als Ort, in dem Ince Memed gefangen wurde, wird unser Dorf den Menschen in Erinnerung bleiben bis zum Jüngsten Tag.«

»Und unseretwegen wird Ince Memed gehängt.«

»Und unseren Blonden Sergeanten hat dieser gottlose Aga getötet.«

»Früher ließ er Menschen von seinem Pferd zertrampeln.«

»Jetzt trampelt er sie selbst zu Tode.«

»An Stelle seines Pferdes.«

»Wie können wir im Jenseits den Verstorbenen je ins Gesicht sehen?«

»Und unseren Kindern ...?«

»Allen Leuten ...?«

»In den Taurus-Bergen ...?«

»An der Küste, wo wir Baumwolle pflückten ...«

»Wie können wir jemals wieder der Erde der Çukurova, deren Getreide wir geerntet, ins Gesicht sehen ...?«

»Werden uns die Menschenkinder bis ans Ende aller Tage keine Fragen stellen?«

»Und was werden wir den Menschenkindern antworten?«

Es war kurz vor der Morgendämmerung, als die Frauen des

Dorfes sich schweigend vor dem Tor des Konaks von Mahmut Aga eingefunden hatten. Drei von ihnen trugen Gefäße mit Essen, und alle Frauen waren in weiße Tscharschafs gehüllt.

»Macht auf, Kinder, wir bringen euch zu essen!«

Der Wächter öffnete und besah sich verblüfft diesen Auflauf von Frauen.

»Na, mein Kleiner«, fragte Emiş Hanum, »haben wir dich erschreckt? Hab keine Angst, dir geschieht nichts.«

Die Frauen drängten in den Hof, nahmen dabei den Wächter in ihre Mitte, wo er im Nu verschwand und sich auch kein Gehör mehr verschaffen konnte. Mit der Frau des Dorfvorstehers, die für Ince Memed auch eine schöne Totenklage gesungen hatte, betrat Emiş Hanum, gefolgt von einigen jungen Mädchen, das Zimmer der Gefangenen.

»Bindet ihre Hände los!« rief Emiş Hanum, und ehe sie sich's versahen, hatten die Mädchen die Männer von den Fesseln befreit.

»Hier ist euer Zeug, zieht euch sofort an!«

Die Mädchen hatten auch die Waffen der Räuber mitgebracht.

»Und da sind die Patronengurte, legt sie an, es bleibt euch bis zum Morgengrauen wenig Zeit! Haltet auf die Berge zu. Den Blonden Sergeanten laßt hier, wir kümmern uns um ihn!«

Die Männer, allen voran Ince Memed und sogar der verwundete Ferhat Hodscha, wußten noch gar nicht, wie ihnen geschah, da hatten sie sich schon angezogen, die Waffen angelegt, »Bleibt gesund!« und »Danke schön!« gerufen, sich eine Gasse durch die beiseite tretenden Frauen gebahnt und den Weg zu den Felsen eingeschlagen. Die Frauen aber stellten, als sei nichts geschehen, das Essen vor die Wachen hin, sagten »Wohl bekomm's!« und verschwanden so lautlos, wie sie gekommen waren.

Eine Weile saßen die Wärter wie benommen da, doch dann rannten sie los zu Mahmut Aga, der mit schwerem Kopf gerade eingeschlafen war, und versuchten ihn wachzurütteln. Endlich öffnete er die Augen.

»Ince Memed ist geflohen«, riefen sie, doch er scherte sich nicht, blinzelte nur und versank wieder in tiefen Schlaf.

Als die Mittagshähne krähten, erwachte der Aga, griff sich die gereichte Wasserkanne, schwankte schlaftrunken zwischen die Felsen hinterm Haus, hockte sich nieder und entleerte sich. Nachdem er sich gereinigt und gewaschen hatte, kam er zurück. Um ihn herum waren alle totenstill, und auch aus dem Dorf war außer dem Schrei der Hähne kein Laut zu hören. Auf einem großen, metallenen Tablett wurde das Frühstück hereingebracht. Mahmut Aga fiel gar nicht auf, daß außer ihm niemand aß. Danach erhob er sich, ein Mädchen brachte Wasserkanne, Seife und Handtuch, der Aga spülte Hände und Mund und fragte den unterwürfig die Hände auf dem Bauch verschränkenden Dorfvorsteher: »Sind die Gendarmen noch nicht gekommen?«

»Sie sind eben noch nicht gekommen, mein Aga ...«

»Was heißt das?«

»Nun, sie sind noch nicht gekommen, und ...«

»Sag schon, spuck's aus!«

»Ich wollte sagen ... Mein Aga weiß ja, heute nacht ... Ja, also ...«

»Also was?«

»Heute nacht ist Ince Memed ...«

»Was ist mit Ince Memed?«

»Sie haben ihn fortgebracht ...«

»Wer? Die Gendarmen? Denen werde ich's zeigen. Einen Räuber, den ich gefangen habe ... Kommt nicht in Frage. Ich werde ihn mir wieder aushändigen lassen. Warum habt ihr mich nicht geweckt, als sie kamen?«

»Wir haben dich geweckt, mein Aga, aber du bist nicht aufgewacht.«

»Auf die Pferde! Wir werden die Gendarmen einholen und ihnen Ince Memed abjagen.«

Da trat der hünenhafte Mann vor, rieb sich verlegen die Hände und sagte: »Mein Aga, Ince Memed haben nicht die Gendarmen fortgebracht.«

»Ja, wer denn sonst?«

»Die Feen und Dschinnen ...«

»Welche Feen und Dschinnen? Sag's rundheraus, sie sind euch entwischt, nicht wahr?«

Alle hatten befürchtet, Mahmut Aga würde, sowie er von

Memeds Flucht erführe, brüllen und toben, daß die Welt untergeht, und die Wächter, den Vorsteher und das übrige Gefolge verprügeln, bis sie Blut pißten. Doch das Gegenteil geschah, der Aga bewahrte ruhig Blut.

»Und jetzt erzähl, ich höre!«

Der Hüne rieb die Hände noch eifriger aneinander.

»Ich hielt Wache am Hoftor. Kein einziges Geräusch störte die Stille. Ich war wohl in Gedanken versunken, als mich eine Frauenstimme aufschreckte. Ich habe dir Essen gebracht, sagte die Frau. Sie war ganz und gar in weiße Gewänder gehüllt. Und dann kamen vom Hügel dort oben, vom freien Gelände da unten, von überall her weißverhüllte, schweigende Frauen. Was dann geschah, weiß ich nicht mehr.

Als ich die Augen aufschlug, war ich geknebelt und an den Händen gefesselt. Und die anderen Wächter lagen neben mir mitten im Hof. Ich stand auf, lief in das Zimmer, doch Ince Memed war nicht mehr dort. Ich schaute hinauf zum Berg, und da sah ich Tausende in Weiß gehüllte Frauen langsam zum Gipfel steigen. Ich lief hinterher, schoß sogar einigemal, da waren sie plötzlich verschwunden. Ob diese Frauen nun Dschinnen oder Feen oder Menschen waren, kann ich allerdings nicht sagen, das weiß nur Gott allein.«

»Es waren die wild gewordenen Frauen von Çiçeklidere. Dieselben, die Ince Memeds Totenklage sangen. Weder Dschinnen noch Feen, noch Engel, sondern ganz einfach Menschen.«

Auch die andern Wächter berichteten von ähnlichen Dingen. Mit dem Unterschied, daß die Frauen bei ihnen splitternackt erschienen seien, mit straffen, spitzen Brüsten. Um sie zu fangen, seien sie auch hinter ihnen hergelaufen, hätten sie sogar eingeholt, aber dann sei von den Frauen ein so eigenartiger, betäubender Duft ausgegangen, daß ihnen die Sinne geschwunden und sie ohnmächtig dahingesunken seien.

»Bringt mir mein Pferd!«

Das Pferd wurde sofort gebracht, der Aga saß auf.

»Vorsteher, alle Dörfler versammeln!« befahl er, und dann zu seinen Leuten: »Auch ihr, aufgesessen!«

Der Vorsteher wandte sich an den Dorfwächter an seiner

Seite: »Stell dich auf den Stein und rufe aus, daß sich alle Dörfler hier einfinden sollen, unser Aga verläßt uns!«

Der Dorfwächter stieg auf den Block und rief mit seiner kräftigen Stimme, daß jedermann sich auf dem Dorfplatz einfinden möge. So war es Brauch von alters her. Wann immer der Aga, dessen Vater oder Ahn es wollten, hatten sich die Dörfler auf der Stelle auf dem Dorfplatz zu versammeln.

In kurzer Zeit war der Dorfplatz voller Menschen. Mahmut Aga ritt mit seinen Männern im Gefolge vor die Menschenmenge und zwirbelte lachend seinen Schnurrbart. Sogar die betagten Dörfler sahen zum erstenmal, daß Mahmut Aga lachte.

»Das habt ihr gut gemacht«, hob er an. Seine Stimme klang kühl, eintönig, bestimmt, ohne Wut, Empörung oder Trauer. »Gut getan, daß ihr meinen Gefangenen, Ince Memed, freiließet. Dazu noch unseren Dummköpfen vorzugaukeln, die Feen hätten Ince Memed entführt! Was ihr auch tatet, war gut getan. Bleibe Ince Memed euch lang erhalten! Liebet und verehret ihn! Ich verlasse euch. Sollte ich den Gendarmen, die im Anmarsch sind, unterwegs begegnen, werde ich sie bitten, euch kein Härchen zu krümmen. Denn ihr seid meine Dörfler schon seit tausend Jahren, seid mein Klan, mein Blut. Deswegen ertrage ich nicht, daß irgendwer euch kränkt. Ich verlange jetzt von euch nur, dieses Dorf in zehn Tagen zu verlassen! Ab heute wird in diesem Dorf kein Huhn und keine Ziege, kein Rind und kein Schaf mehr geschlachtet. Den Hirten, die ich schicken werde, habt ihr alle Tiere zu übergeben! Ihr wißt, daß die Häuser, in denen ihr wohnt, die Erde, auf die ihr tretet, und alles, was es sonst im Dorf noch gibt, mitsamt dem Bach in seiner Mitte, mir gehört. Sogar die Unterhosen an euren Hintern gehören mir. In zehn Tagen werde ich zurückkommen, und sollte ich einen einzigen von euch hier antreffen, wird er allein und nur noch Gott erfahren, was ihm blüht.«

Er trieb sein Pferd an und ritt, ohne zurückzublicken, zum Dorf hinaus.

Die Menschenmenge geriet in Bewegung, wurde so laut, daß keiner verstand, was der andere sagte. Schließlich löste sie sich in Gruppen auf.

»Welch ein Segen für unser Dorf, dieser verdammte Memed!«

»Verdammt in den Erdboden soll er versinken ...«

»Wäre er doch nie gekommen!«

»Unser Dorf hat er vernichtet.«

»Hat uns alle umgebracht.«

»Unser Herdfeuer ausgelöscht.«

»Schon sein Gesicht war ein böses Vorzeichen.«

»Und seine Augen Schlangenaugen.«

»Er selbst nur eine Handbreit groß.«

»In den Erdboden versinken soll seine Größe ...«

Schon bald erhob sich im Dorf der große Jammer, wurden die Klagelieder der Verbannten angestimmt, Verwünschungen gegen Ince Memed ausgestoßen. Emiş Hanum war vor ihrem Haus stehengeblieben, ziepte wimmernd wie ein Vogel, erinnerte sich lauthals an ihr schönes Leben hinter diesen Mauern und schloß jeden Satz mit den Worten: »Wie kann ich dich, wie kann ich dich verlassen, mein schmuckes Heim ... Wie dich verlassen, mein schöner Pappelbaum, wie dich verlassen, mein tagesheller Bach, mein schneeweißer Berg, mein sonnengelb beblümtes Tal, wo Stechdornblüten lila von den Hängen leuchten, mein Wald, der leise rauschend uns in Sommernächten in den Schlaf gewiegt, meine Goldamseln, meine Ringeltauben, meine honigsüßen Feigen, meine Bienen, die den duftenden Nektar aus tausenderlei Blüten sammelten.«

»Wärst du doch nie zu uns nach Çiçeklidere gekommen, Ince Memed!«

»Hätten wir doch deine Gestalt, die fallen möge, nie gesehen.«

»Und deine hervortretenden Froschaugen.«

»Und dein totes, eingefallenes Gesicht.«

»Geölte Kugeln werden dich inschallah dahinraffen, Ince Memed!«

»Köter werden inschallah deinen Kadaver davonschleppen, Ince Memed!«

»In den Schnäbeln der Adler wird inschallah jeder Fleischfetzen von dir hängen, Ince Memed!«

»Inschallah wird ein Zigeuner dich hängen, Ince Memed!«

»Wirst du jahrelang hinter Gittern faulen, Ince Memed!«

»Soll nie ein Grabstein deine Grube schmücken ...«

Die Schreie und der Lärm im Dorf hallten hinauf bis zu den Felsen, wo sich die Räuber versteckt hielten.

»Hodscha, da tut sich was im Dorf. Irgend etwas ist ihnen zugestoßen.«

»Und ob«, antwortete Ferhat Hodscha. »Als Mahmut heute morgen wach wurde ...«

»Was würde er ihnen antun, mein Hodscha?«

»Was er Kasims Dorf angetan hat, und Schlimmeres, tausendmal Schlimmeres wird er ihnen antun.«

»Und was unternehmen wir, mein Hodscha?«

Darauf gab der Hodscha keine Antwort.

Lange blieb es still zwischen ihnen. Niemand mochte ein Wort sagen. Schwarm auf Schwarm flogen Vögel vom Dorf herüber, kreisten wie erschöpft. Irgendwann fiel ihnen auf, daß die Schreie im Dorf verstummt waren.

»Was ist geschehen, mein Hodscha?«

»Irgend etwas Böses. Daß die Schreie so plötzlich abbrechen, ist kein gutes Zeichen.«

»Genauso war es damals in unserem Dorf«, erinnerte sich Kasim. »Gott möge auch meine Feinde davor bewahren!«

In diesem Augenblick erschien zwischen den Felsen unter ihnen Müslüms Kopf, bedeckt mit einem roten Fez.

»Wo hast du denn den Fez aufgetrieben?« spöttelte Ferhat Hodscha.

»Blonder Sergeant hat ihn mir gegeben.«

»Wie geht es ihm?«

»Er stöhnt ja sehr, sonst geht's ihm gut.«

»Und wie sieht's im Dorf aus?«

Müslüm berichtete vom Dorf, von den Dörflern und bis in alle Einzelheiten von den Verwünschungen, die gegen Memed ausgestoßen wurden.

»So ist das also, ha?«

»So ist es«, antwortete Müslüm. »Ich hab gar nicht begriffen, daß sie über ein bißchen Wandern so laut jammern, als ginge die Welt unter! Ich ziehe jeden Tag weiter, ist das nicht besser, als dazuhocken?«

Der Hodscha war aufgestanden und tätschelte Müslüms Schulter: »Lagern und wandern ist bestimmt schöner, aber diese Menschen haben den Gefallen daran schon längst verloren, mein kleiner Müslüm. Auch deine Kinder werden ihn verlieren, und auch sie werden wie die da unten zetern, wenn nur das Wort Nomade fällt.«

»Als ginge die Welt unter …«

Ferhat Hodscha nahm Memed bei der Hand und zog ihn mit sich.

»Komm, wir müssen etwas unter vier Augen besprechen!«

Sie gingen zum Fuß eines Felsens und hockten sich, die Rücken an die Felswand gelehnt, nebeneinander hin.

»Mir ist jetzt klargeworden, mein Memed, dieses Räuberleben ist deine Sache nicht. Als vorhin die Schreie von da unten kamen, bist du tausend Tode gestorben. Wenn nun die Dörfler ausgewiesen werden, und es sieht ganz danach aus, wenn Çiçeklidere ein zweites Dort Sakizli wird, hältst du dich doch nicht mehr auf den Beinen und stirbst vor Gram. Dieses Gewerbe ist nichts für Menschen mit einem Kinderherzen wie du. Nur weil ein Dorf deinetwegen ein bißchen weinen mußte, warst du beinah zwischen die Felsen gestürzt und gestorben. Was soll dann aus dir werden, wenn morgen Hauptmann Faruk, die Agas und Beys deinetwegen den ganzen Taurus durchprügeln und foltern, wenn morgen, übermorgen der ganze Taurus sich in ein Jammertal verwandelt?«

Memed hatte den Kopf gesenkt und sagte nichts.

»Schau, mein Junge, du kannst es nicht einmal ertragen und bist fast gelähmt vor Sorge, wenn ein durchgedrehtes Pferd einsam in den Bergen herumirrt. Und koste es auch dein Leben, könntest du nicht auf einen Menschen schießen. Was ich daher nicht begreife: Wie konntest du Abdi Aga, Ali Safa und Hamza den Glatzkopf umbringen? Es kommt mir vor, als hättest nicht du sie getötet. Irgendwie verstehe ich ja, daß du beinahe Yobazoğlu getötet hättest, weil er sein Pferd nicht holte, sondern flüchten wollte. Schau, Memed, in dem Gurt an deiner Hüfte steckt viel Gold von Veli dem Raben, es reicht für dein ganzes Leben. Nur gut, daß Mahmut es nicht entdeckte. Und ich werde dir in den Bergen deinen Ruf bewahren. Du wirst bei mir sein, bis ich sterbe. Und solang ich lebe, wird niemand erfahren, daß du in die Ebene gezogen bist. Und wenn ich sterbe, wird ein anderer Ince Memed kommen.«

»Bist du sicher, daß einer kommen wird?«

»Ganz sicher«, rief Ferhat Hodscha und schlug mit der Faust auf die Erde. »Wie bist du denn geworden? Schau, aus dieser Erde, so wie dieser gelbe Krokus diese durchstieß und uns jetzt wie das Sonnenlicht anlacht, so werden aus der Mitte der Menschen die Ince Memeds hervorbrechen. Und sorg dich nicht um mich! Ich ziehe jetzt über die Berge und durch die Wälder in mein Dorf.«

»Laß dich von Ali dem Darbenden begleiten!«

»Gemacht!«

»Ich nehme Kasim und Müslüm mit. Was wohl aus Temir geworden ist?«

»Mach dir keine Sorgen, ich werde ihn schon aufspüren.«

»Vergib, mein Hodscha, falls ich in deiner Schuld stehe!«

»Mögest du viele Kinder haben!«

Sie umarmten sich.

Dann gingen sie zurück zu den andern. Des Hodschas Bart zitterte, und er mußte immer wieder blinzeln, wobei er seine Hände knetete und aneinanderrieb …

»Nun denn, lebt wohl! Ich, Kasim und Müslüm, wir gehen.«

Sie verabschiedeten sich.

Memed und seine Gefährten gingen ins Dorf hinunter. Der Tag ging zur Neige, die Schatten streckten sich lang. Die Dörfler standen auf dem Platz. Schon von weitem hatten sie Ince Memed den Hang herunterkommen sehen.

Als Ince Memed sich unter die Dörfler mischte, nahmen sie ihn nicht zur Kenntnis. Sie sahen nicht auf, sprachen nicht mit ihm, sagten auch kein böses Wort. Steif wie Tonfiguren standen sie nur so da. Allein Emiş Hanum drehte ihm ihren Rücken zu. Memed, an seiner Seite Kasim und Müslüm, ging durchs Dorf, schaute hierhin und dorthin, schlenderte ziellos weiter, nirgends auch nur ein Laut. Am Ende schlug er den Weg zum Haus des Blonden Sergeanten ein. Es schien verwaist, nur Blonder Sergeant lag neben dem Herd auf einer Matratze und wimmerte. Memed ging hinein und kniete sich neben ihn.

»Gute Besserung, Sergeant Aga!«

»Ich danke dir, Memed. Dieser Ketzer ist auf und davon. Aber vorher hat er die Dörfler ins Nichts gestoßen. Das werde ich nicht zulassen. Wenn er meint, daß der Blonde Sergeant ihm das Feld überläßt, irrt er sich. Sowie ich wieder auf die Beine komme, werde ich ihn töten, seinen Kopf abschneiden und Ismet Pascha schicken mit den Worten: Diesen Henker habt Ihr uns vor die Nase gesetzt. Und an meinen Mustafa Kemal Pascha werde ich einen Brief aufsetzen, einen Brief, sag ich dir ... Und dann werden diese Provinz-Agas schon sehen, wo Chania liegt, wo Konya! Er schickt das ganze Dorf in die Verbannung, dieser bepißte Mahmut, soll er doch! Dann ziehen wir eben in die Çukurova. Ziehen dorthin und verwandeln Ödland und Röhricht in Ackerland. Unsere Burschen sind stark und haben in sechs Monaten für unser ganzes Dorf genügend Wald und Brachland gerodet.« Dann ergriff er Memeds Arm: »Du scheinst sehr niedergeschlagen. Mach dir nichts draus, wenn die Frauen in unserem Dorf über dich herziehen. Es tut ihnen in der Seele weh, daß sie aus ihrem Dorf verjagt werden, und nur darum reden sie so bitter. Würden sie dich denn sonst verletzen? Als du gestorben warst, haben sie dir Klagelieder gesungen, wie sie auf dieser Welt noch keine Frau auch nicht für den schönen Seligen mit dem schönen Namen Mohammed so schön gesungen hat ... Und diese Frauen haben eben gestern nacht ...« Seine Augen leuchteten, als er jetzt weitersprach: »Gestern nacht sind Feen zu uns gekommen, tausend, zweitausend, gehüllt in weiße Gewänder, und unsere Frauen haben ihnen nur dir zu Ehren Honigpasteten gereicht ... Und dafür haben die Feen dich aus dem Rachen dieser Schlange Mahmut befreit. Schon aus diesem Grund mußt du's unseren Frauen nachsehen, mein Memed. Ich erwarte dich auch in unserem Dorf in der Çukurova! Bis dahin habe ich Mahmut auch getötet, so daß du in aller Ruhe kommen und gehen kannst.« Er öffnete seinen zahnlosen Mund und lachte aus vollem Herzen. »Und solltest du in der Çukurova einmal in die Enge getrieben werden, kommen wieder die Feen und retten dich.« Er ließ Memeds Arm los. »Mir geht es gut. Ich habe nach dem Bader schicken lassen, er wird bald hiersein. Der bringt mich schnell wieder auf die Beine. Geh du nur. Allah ebne dir den Weg und schärfe dein Schwert!«

Memed beugte sich nieder und küßte ihm die Hand. Kasim und natürlich auch Müslüm taten es ihm gleich.

Als sie sich entfernten, richtete sich Blonder Sergeant in seinem Bett auf und rief mit Tränen in den Augen: »Ach, könnte Mustafa Kemal Pascha euren Mut und eure Achtung vor den Menschen nur einmal erleben, nur einmal davon hören, er täte alles für euch. Schulter an Schulter habe ich mit ihm bei den Dardanellen gekämpft. Bei jeder Granate, die wir auf die feindlichen Schiffe abfeuerten, schlugen die Wellen bis in den Himmel und wirbelten sie durch die Luft.«

Memed schaute zurück, wollte ihm etwas Schönes sagen, doch er fand die Worte nicht.

»Gott gebe dir ein langes Leben, Onkelchen«, brachte er nur heraus, »mögest du so alt werden wie der selige Noah!«

29

Ein sanfter Wind wehte über die Ebene, beugte das grüne Getreide, und die langen Halme schimmerten im vollen Licht. Am Himmel über dem Dorf zog ein großer Adler mit gestreckten Schwingen weite Kreise.

Helles Mondlicht baumelte über dem schwankenden Sumpf, der erst in der Ferne gurgelnd zur Ruhe kam. Wie Kreisel drehten sich Staubsäulen, glitten glitzernd zum Taurus, dunkle Schatten im Gefolge.

In der Tiefe des Mondlichts am Ende des Himmelsgewölbes zogen Hunderte Adler weite Kreise, ihre dunklen Schatten fielen zur Erde, und Flügel, Sterne und Schatten tanzten einen seltsamen Reigen über Bäumen, Sträuchern, fließenden Wassern, über roten, weißen, violetten und gelben Blumen ... Und von nirgendwoher auch nur ein Laut.

Ein kalter Wind kam auf, weit hinter dem Aladağ zuckten

Blitze; ihr Schein drang nur matt herüber, so fern. Danach senkte sich plötzlich pechschwarze Nacht herab, tauchte alles in undurchdringliches Dunkel. Aus der Tiefe der Nacht kamen graue Pferde den Hang herunter, streckten sich im Lauf, zogen weiße Striche durch die Finsternis. Sie drehten sich über der Nacht, drehten sich unter den Adlern, die weißen Striche glänzten, durchstießen das Dunkel. Viele, unendlich viele Pferde kamen aus der Dunkelheit, Sterne in ihren Schweifen und Mähnen. Sie blitzten auf, erloschen, bevölkerten das Dorf von einem Ende zum andern, übereinander, Nüster an Nüster, Mähne an Mähne, mit hochgereckten Köpfen, schnaufend, keuchend, und ihre Flanken hoben und senkten sich wie Blasebälge. Die Köpfe, Mähnen, Schweife, Flanken und Beine vermengten sich, und plötzlich hallte ihr Wiehern von überall wider. Die grauen Pferde hoben die Köpfe und spitzten die Ohren. Vom andern Ende des Himmels antwortete mit langem Wiehern ein einzelnes Pferd. Das Wiehern näherte sich, und dann schoß, das Dunkel wie einen Tunnel durchbohrend, eine Kugel von Licht aus der Nacht. In der Lichtkugel ein graues Pferd, auf dem grauen Pferd ein grün gewandeter Reiter mit grünem Turban und einem Schwert in der Faust, das grüne Funken sprühte … Der grüne Reiter ritt im Dorf von Haus zu Haus und verweilte vor jeder Tür. Schließlich hielt er vor dem Konak. Ketten klirrten in der Nacht, Felsen, Sterne und Dunkelheit zerfielen zu Staub.

Der grüne Reiter drängte sein Pferd an die Mauer, sie spaltete sich, Tor und Türen öffneten sich sperrangelweit. Und Hizir, gelobt sei sein Name, sagte: »Memed, schwing dich auf die Kruppe meines Pferdes!« Memed sprang, und die beiden flogen zum Alidağ, dem Berg mit dem weißen Gipfel und den lila beblümten Hängen. Danach kam auf grauem Pferd ein Reiter mit hoher, roter Mütze, ihm folgte auf grauem Pferd ein Reiter mit einer weißen. Sie hoben den Hodscha und Kasim aufs Pferd und brachten sie fort.

In den Felsen krachten Schüsse, flammten die Mündungen der Gewehre, wurde der Berghang zur Hölle aus Feuer und Rauch. Ein Kranich schwebte vom andern Ende des Himmels herüber, kreiste gemächlich hoch über ihren Köpfen. Memed, Kasim und der Hirte Müslüm waren umstellt, und Mahmut Agas Männer waren über hundert. Und Kompanie auf Kompanie rückten Gendarmen heran. Wohl tausend Mann hatten die drei umzingelt und dazu noch den Wald angezündet. Der ganze Berg stand schon in Flammen, und das Feuer raste auf Memed zu, jagte in Todesangst fliehende Schlangen und Käfer, Wölfe und Bären, Füchse und Hasen vor sich her. Bald war die Welt nur noch ein Haufen Glut. Verzweifelt stürzten sich Schlangen und Käfer, Wölfe und Bären, Füchse und Hasen in die Wildbäche, und das Wasser riß sie mit in die Tiefe. Auch der Brandfuchs setzte mit brennendem Schweif über die Flammen und ließ sich ins Wasser gleiten. Memed und seine Gefährten standen am Rand eines Abhangs, die Flammen hatten sie bald erreicht, waren drauf und dran, sie einzukreisen.

Der Kranich kam geflogen, stand über ihnen, über Flammen und Rauch weit oben am Himmel. Da preschte der Brandfuchs wieder aus dem Wald hervor. Memed ergriff die Mähne, Kasim den Schweif, und Müslüm schwang sich auf den Rücken. Und das Pferd glitt den Abhang hinunter. Dort unten standen Tausende, Zehntausende Pferde, drängten sich an das Ufer des Wildbachs. Der Brandfuchs mischte sich unter sie und verschwand.

Im Dorf Çamliyol hatte Hauptmann Şevket Ferhat Hodscha umstellt. Da erschien Memed. Mahmut Aga aus Çiçeklidere hatte Ferhat Hodscha verwundet. Ince Memed stürzte sich auf sie, und sie entgingen ihm mit Mühe und Not, nachdem sie drei Tage und Nächte gegen ihn gekämpft hatten. Memed, Ferhat Hodscha und die andern waren danach zu Tode erschöpft. Im Haus des Blonden Sergeanten legten sie sich schlafen. Dort überwältigte sie Mahmut Aga, legte sie in Ketten, doch sie waren so müde, daß sie nicht aufwachen konnten. Und weil sie schliefen, tötete Mahmut Aga sie nicht, weil schlafende Menschen gar nicht wissen können, daß sie gestorben sind. Er brachte sie in seinen Konak und schloß sie hinter sieben Türen ein. Da stieg über dem Alidağ eine Wolke auf, voller Licht, berstend vor Licht, leuchtend wie die Sonne und so riesengroß, daß sie den halben Himmel bedeckte. Über den weißen Felsen aus Feuerstein blieb die Lichtwolke hängen. Licht regnete in die Nacht, und von den Felsen kamen weißgekleidete Frauen ins Dorf herunter. Immer mehr kamen, immer mehr, der Zug der Frauen nahm kein Ende. Emiş Hanum aus Çiçeklidere hieß sie willkommen. Die weißgekleideten Frauen bereiteten im Dorf ein großes Festmahl zu. Alle Berge in der Umgebung, der Himmel über dem Dorf und der Wald wurden taghell. Gegen Morgen pochten die Frauen an das Tor des Konaks, sagten zu den bewaffneten Männern: »Öffnet Tor und Türen, wir sind gekommen, um Memed zu holen!« Dann führten sie Ince Memed und seine Gefährten aus dem Konak und brachten sie zur Höhle oben am Hang.

Als es Morgen wurde, fegte der Brandfuchs dreimal mit ragendem Schweif und gespitzten Ohren wie der Wind durchs Dorf. Und dreimal schossen Mahmut Aga und seine Männer ihre Gewehre auf ihn leer, doch keine Kugel traf. Dann preschten alle Pferde den Hang hinunter und davon. In der Ebene trafen sie sich wieder, und es sah aus, als hätten sich weiße Wolken herniedergesenkt. Die Pferde zogen von einem Ende der Ebene zum andern. In ihrer Mitte Memed und Ferhat Hodscha, trabten sie hinunter zur Çukurova, schwenkten zur Mittelmeerküste und verloren sich in den Fluten.

Der Reiter aus den Bergen zügelte sein Pferd vor dem Tor von Murtaza Agas Konak. Murtaza Aga hatte ihn schon vom Fenster aus gesehen und war hinuntergegangen.

»Mahmut Aga hat Ince Memed gefangen, ihn an Händen und Füßen gefesselt, eingesperrt und fünfzehn bewaffnete Männer vor der Tür aufgestellt. Er wartet auf die Gendarmen, um mit ihnen den Gefangenen in die Stadt zu bringen. ›Grüß Murtaza Aga‹, hat er gesagt, ›er soll sich freuen! Daß ich, ohne ihm Bescheid zu geben, in die Berge zog, soll er mir nicht übelnehmen. Ich hätte weder ihn noch irgend jemand anders einweihen können.‹«

Noch während sie sich unterhielten, schwankte Tahsin der Windhund heran und sackte dem Pferd vor die Hufe. Sie rieben Gesicht und Stirn mit Kölnisch Wasser ein und brachten ihn mit Mühe wieder auf die Beine.

»Ich habe es mit diesen meinen beiden Augen gesehen«, stammelte er. »Als Ince Memed und Ferhat Hodscha im Haus des Blonden Sergeanten schliefen; ich hatte es dem Dorfvorsteher nämlich erzählt, nachdem ich eine ganze Nacht in den Felsen hinterm Haus auf der Lauer gewesen war ... Und Mahmut Aga kam, packte sie, fesselte ihre Hände und Füße mit Ketten und stellte hundert bewaffnete Männer vor die Tür. Und ich verlange mein Botengeld für die frohe Kunde!«

Tahsin der Windhund hatte kaum zu Ende gesprochen, als schon der nächste Reiter kam. Sein Pferd blähte die Nüstern und keuchte wie ein Blasebalg. »Den Ince Memed hat Mahmut Aga gefangen.«

Bis zum Abend kamen an jenem Tag die Reiter, gaben sich die Klinke in die Hand. Tahsin der Windhund aber hatte sich ins Ladenviertel aufgemacht und erzählte jedem, der ihm über den Weg lief, wie er Ince Memed ans Messer lieferte. Nur an der alten Kebabbraterei am Marktplatz vorbeizugehen, hatte er kein Herz, um sie machte er einen Bogen von wohl dreihundert Schritt. Schließlich spürte Ali der Hinkende ihn auf. »Komm mal her, Windhund!« forderte er ihn auf. Und Tahsin der Windhund erzählte ihm außer sich vor Stolz das Ganze mit tausend Schnörkeln noch einmal.

»Wenn wahr ist, was du beschissener Windhund mir da erzählst, werde ich dich töten.«

»Warum, was hab ich dir denn getan?«

Mit rollenden Augen, geschwollener Schlagader und gesträubtem Schnurrbart ging Ali der Hinkende wutentbrannt auf ihn los. Wäre Tahsin der Windhund nicht so geschickt ausgewichen, wäre kein heiler Knochen ihm im Leib geblieben.

Nachdem Ali der Hinkende seinen Zorn nicht austoben konnte, suchte er Molla Duran Efendi auf.

»Ich hab gehört, Ali, hab schon gehört«, sagte dieser, als er ihn erblickte. »Und dieser Ketzer hat ihn auch noch lebend gefangen. Wäre diesem Mahmut doch nur seine Leiche in die Hände gefallen. Jetzt wird es Ince Memed schlecht ergehen. Sie werden ihn schwer beleidigen, werden ihn mit menschenunwürdigen Grausamkeiten, mit erniedrigender Folter quälen und töten. Tausend Tode wird er sterben. Diese verwilderten Kleinstädter kenne ich zur Genüge, ihre Rache ist äußerst böse. Sie sind jenseits aller Menschlichkeit, kein Tier ist wie sie.«

»Kann er denn nicht befreit werden?«

»Warte ab, Ali, warte ab, was regt sich nicht alles, bevor der junge Tag sich regt! Warte ab, und zerfleisch dich nicht vor Gram. Es ist schließlich Ince Memed!«

»Er ist ein Kind, ein argloses Kind. Jetzt ist er am Ende. Aber ich will nicht Ali der Hinkende heißen, wenn ich diesen Mahmut überleben lasse!«

»Warte, Ali, warte ab! Ich gehe jetzt ins Rathaus. Geh du ins Ladenviertel. Und gräm dich nicht, wir sind schließlich auch noch da. Was regt sich nicht alles, bevor der junge Tag sich regt!«

Hauptmann Faruk war verstimmt. Niemals würde er den Wünschen des Landrats, des Oberbürgermeisters und der andern nachkommen und mit seinen Gendarmen Mahmut Aga und Hauptmann Şevket zum Empfang entgegenreiten. Auch wenn Arif Saim Bey und der Präfekt, der Kommandant der Gendarmerie und der Innenminister es befehlen würden, könnte er es nicht.

»Unteroffizier Asim, wir brauchen einen Vorfall in der Stadt, der uns zwingt, unsere Truppe zum Berg Düldül oder die Ebene hinunter in Marsch zu setzen!«

»Gemacht, mein Hauptmann! Gefreiter Ali legt heute nacht Zivilkleidung an, setzt sich einen roten Fez auf den Kopf und beschießt vom oberen Hang die Stadt bis in den frühen Morgen. Und wir verfolgen ihn bis zum Berg Hemite hinter Osmaniye.«

Der Hauptmann war mit sich zufrieden. Komme, was wolle, er brauchte diesem Mahmut Aga, der hinter seinem Rücken in die Berge aufgebrochen war, Ince Memed zu fangen, und dessen beflissenem Helfer, dem übereifrigen Şevket, der überdies in seinem, Faruks, Revier Räuber jagte, nicht entgegenzureiten. Er wird auch nicht zulassen, daß Ince Memed womöglich mit einem Strick um den Hals durch die Stadt geführt oder ihm auch nur ein Klaps versetzt oder ihm ins Gesicht gespuckt wird.

»Was wird dieser Mordbube aber mit Ince Memed alles anstellen, wenn wir nicht in der Stadt sind, mein Hauptmann?«

»Gar nichts wird er anstellen«, ergrimmte sich der Hauptmann und ballte die Fäuste. »Ich werde es dem Landrat nahelegen, und der darf nicht gegen meine Anweisungen handeln. Angenommen, wir blieben in der Stadt und würden diesem Mordbuben nicht entgegenreiten … Würden es auch noch bekanntgeben … Hieße es dann nicht, der Hauptmann sei nur neidisch?«

»So werden sie sagen.«

»Sie sollen es nur wagen, Ince Memed auch nur zu beleidigen. Ich werfe sie alle ins Loch!«

»Davor fürchten sie sich.«

»Außerdem sollten wir ihn vor dem Galgen bewahren, meinst du nicht auch, Unteroffizier Asim? Hat denn jemand gesehen, daß er Abdi und Ali Safa und Hamza den Glatzkopf umgebracht hat?«

»Nein, niemand hat je gesehen, daß er auch nur einer Ameise etwas zuleide tat.«

»Wenn wir wollen, erreichen wir sogar einen Freispruch.«

»Wenn wir wollen, ja, mein Hauptmann.«

»Die sollen sehen, wohin es führt, Ince Memed hinter meinem Rücken zu jagen.«

»Wenn wir heute nacht die Stadt verlassen, werden wir erst nach einigen Tagen zurückkommen, nicht wahr, mein Hauptmann?«

»Ich werde doch nicht diesem Mahmut Aga, diesem Mörder, diesem Ausbeuter und Vertreiber der Bauern, diesem Feind des Volkes und der Menschheit, einen Empfang bereiten … In jeder Hinsicht ist es besser, nicht in der Stadt zu sein, wenn er eintrifft. Ein Soldat sollte nicht die Hand eines Mörders drücken. Ein Soldat sollte sich einen Räuber nicht von einem Mörder ausliefern lassen.«

Wie ein Schlafwandler schlich Ali der Hinkende todtraurig durchs Ladenviertel. Wer auch vom Hochland und den Bergen in die Stadt herunterkam, überbrachte die Nachricht von der Festnahme Ince Memeds, und jeder erzählte dazu eine andere Geschichte. Die Vornehmen der Stadt, die sich im Rathaus eingefunden hatten, hegten keinen Zweifel mehr an Ince Memeds Gefangennahme und überlegten, wie sie Mahmut Aga empfangen und im Rahmen einer pompösen Veranstaltung in die Stadt geleiten sollten.

Doch Murtaza Aga, Zülfü, Halil der Überschwengliche und die andern waren vom Geschehen eher verstimmt. Da hätten sie sich doch lieber weiterhin in Todesangst vor Ince Memed in ihre Häuser eingeschlossen, als ihn ausgerechnet von diesem Mahmut überwältigt zu wissen. Doch keiner ließ dem andern anmerken, daß er wie dieser dachte. Jetzt war Mahmut in den Augen Arif Saim Beys und der Regierung in Ankara der große Volksheld und konnte sogar Abgeordneter werden, wenn er nur wollte. Und dann Gnade dem, der sich ihm in den Weg stellt! Nach Lust und Laune könnte er alle Dörfer des Taurus und der Çukurova in die Verbannung schicken. Schon jetzt begannen im Ladenviertel sich Heldensagen um ihn zu ranken. »Wer zwirbelt buschige Schnurrbartspitzen, läßt Männer von seinem Roß zertrampeln, Mahmut Aga heißt dieser Mann, nach dessen Pfeife Welten tanzen.«

»Der Hauptmann tut mir aufrichtig leid.«

»Da schnappt einer ihm die Jagdbeute vor der Nase weg.«

»Verschwindet, ohne ein Wort zu sagen, und schnappt sich Ince Memed.«

»Unerhört!«

»Und wenn der Hauptmann, dieser Hauptmann von edlem türkischen Blut, diese schwere Schmähung ungeahndet läßt, kommt der Name Faruk nicht mehr über meine Lippen.«

»Das darf er nicht dulden.«

»Niemals!«

»Nun wartet erst einmal ab!« donnerte Murtaza Aga. »Wartet ab, Freunde, noch ist Ince Memed nicht in der Stadt und im Gefängnis. Denkt ihr denn, es sei so leicht, Ince Memed von den Bergen herunterzubringen, nur weil ein Regiment Gendarmen Begleitschutz gibt? Üben wir uns ein wenig in Geduld und warten wir ab! Wer weiß, mit welcher List er diesen gerissenen Ince Memed überwältigen konnte. Der Hauptmann sagt, niemand dürfe Ince Memed erniedrigen. Unser hochverehrter Hauptmann Faruk Bey meint, wir hätten keinen einzigen Beweis, um den Löwenjungen Memed zu verurteilen. Sagt, wir hätten keinen gefunden, der bezeugen könne, daß Memed Abdi Aga, Hamza den Glatzkopf und Ali Safa Bey erschossen hat, sagt er. Ja, es stimmt, was er sagt. Wenn es aber stimmt, wie soll dann ein gerechtes türkisches Gericht den Mann verurteilen? Sag du es uns, Halil Bey der Überschwengliche, du bist sowohl ein großer Jurist als auch ein Held des Nationalen Freiheitskrieges als auch der Augapfel unserer Republik!«

»Wenn es keinen Beweis gibt, kann niemand Ince Memed verurteilen.«

»Sie können also einen so namhaften Räuber freilassen?« gab Molla Duran Efendi zu bedenken.

Halil Bey der Überschwengliche legte die Hände auf seinen vorgereckten Bauch und wandte sich Molla Duran Efendi zu.

»Wie kann das Gericht denn anders, wenn es keine Beweise gibt?« fragte er ihn. »Und wird der Fall auch noch bei unserem Richter anhängig, der ein Haar vierzigmal spaltet und nicht einmal seinem Vater, geschweige denn dem Staat zu Gefallen handelt, sondern streng nach dem Gesetz, dann wird Ince Memed ohne Rücksicht auf irgendwelche Tränen freigelassen.«

»Wenn es diesem Mahmut, den ja jeder in unserer Stadt zur Genüge kennt, gelingt, Ince Memed herzuschaffen«, warf Zülfü ein, »wird niemand auch nur einen Beweis gegen diesen armen Dorfjungen anführen können. Verludert aber in einem Land die Justiz, ist es in seinen Grundfesten erschüttert. Den Untergang eines Volkes ohne Rechtsordnung kann keine Macht der Erde verhindern. Vor dem Gesetz sind Ince Memed und Ministerpräsident Ismet Inönü gleich … Wer also, welche Macht also kann Ince Memed verurteilen? In Kürze wird auch Ince Memed, dieser Unglückliche, den unser Volk in den Rang eines Heiligen erhoben hat, sich als freier Bürger so unbehelligt wie wir auf dieser Erde bewegen. Er ist das Kind heldenhafter Gefallener. Sein Großvater fiel bei den Dardanellen, sein Vater in Griechenland, sein Onkel väterlicherseits bei Sarikamiş, sein Onkel mütterlicherseits am Suezkanal, ein anderer in Galizien. Da hat er es doch mehr als wir alle verdient, sich in diesem Vaterland frei zu bewegen. Wenn es sein muß, werde ich mich beim Herrn Richter und bei Arif Saim Bey dafür einsetzen. Und wenn es sein muß, gehe ich für ihn sogar bis nach Ankara. Macht euch keine Sorgen, ich werde Ince Memed, diesen gesegneten Mann, nicht jenem Mahmut aus Çiçeklidere zum Fraß überlassen, jenem Blutsäufer, jenem Unterdrücker, der die Dörfler in die Verbannung schickt, jenem Ausbeuter, der wie ein Schmarotzer den Bergbauern und den Menschen der Ebene das Blut aussaugt … Gott ist mein Zeuge, daß ich ihm in dieser riesigen Ebene in Zukunft nicht nur keinen Morgen, sondern keine Handbreit Grund und Boden geben werde …«

Nachdem sie das Rathaus verlassen hatten, setzten sie ihre Unterredung bei einem Gläschen in einer Gaststätte bis spät in die Nacht hinein fort.

Als der Morgen graute, erhob sich oben am Hang wüster Lärm. Schon wieder beschossen Räuber die Stadt. Da mußte der Hauptmann sich auf der Stelle zur Wehr setzen, obwohl um diese Zeit Mahmut Aga erwartet wurde. Und wenn auch nicht so aufwendig wie den Hauptmann, mußten die Vornehmen der Stadt wohl oder übel Mahmut Aga gebührend empfangen. Daß der Hauptmann nicht zugegen sein würde, käme ihnen allerdings zupaß. In seiner Gegenwart würde es doch nicht angebracht sein, Mahmut Aga zu bejubeln, ihn zu herzen und in den Himmel zu heben. Auch die Stadt würde man nicht übermäßig beflaggen und Turgut Saim nicht begeistert seine herzzerreißende, zu Tränen rührende Rede halten können. Und täten sie es trotzdem, würde bestimmt keine rechte Freude aufkommen, nachdem Mahmut Aga den Hauptmann so gekränkt hatte.

Molla Duran Efendi kam erst weit nach Mitternacht heim. Um wohl fünfzehn Jahre gealtert, erwartete ihn Ali der Hinkende mit geröteten Augen und zerfurchtem Gesicht. »Freu dich, Ali, und ich will meinen Botenlohn für eine gute Nachricht!«

»Ist Ince Memed denn geflohen?«

»Geflohen ist er nicht, Ali.«

»Wenn nicht geflohen, was dann?«

»Hat Ince Memed Abdi Aga nicht getötet?«

»Soviel ich weiß …«

»Was du weißt oder nicht weißt, weiß ich nicht! Ince Memed hat Abdi Aga nicht getötet, auch nicht Hamza den Glatzkopf, und auch Ali Safa soll nicht von Ince Memed getötet worden sein.«

»Jetzt verstehe ich gar nichts mehr, Efendi.«

»Ich verstehe es ja auch nicht, aber warte, ich erkläre es dir, sobald ich kann.«

Molla Duran Efendi setzte sich aufs Wandsofa, zog seine Gebetskette mit neunundneunzig Perlen hervor und sprach ein Gebet.

»Setz dich zu mir, Ali«, sagte er dann. »Seit Mahmut Aga aus Çiçeklidere Ince Memed überwältigt hat, sind unsere Herren ganz außer sich. Der Hauptmann ist so in Wut, daß er alles daransetzt, um Mahmut nicht empfangen zu müssen. Er hat auch befohlen, daß niemand Ince Memed …« Und Molla Duran Efendi erzählte von Anfang bis Ende, was sich zugetragen hatte.

»Mit allem hatte ich gerechnet, doch damit nicht«, sagte Ali.

»Wir werden auch Ince Memed zu uns nehmen.«

»Das trifft sich gut, er wollte sowieso mit dem Räuberleben aufhören.«

»Fünf, sechs Jahre lang wird er uns von großem Nutzen sein, danach hat ihn die Welt vergessen, mag er Räuber, Heiliger oder sogar Prophet gewesen sein.«

Bis zum Morgen unterhielten sie sich, schmiedeten Pläne, träumten von Landgütern.

Ohne vorher zu schlafen, ging Ali der Hinkende ins Ladenviertel und verrichtete sein Morgengebet in der Moschee. Danach suchte er den Barbier Salih den Schieler auf. Noch war kein Kunde im Laden, und Salih rasierte Ali den Hinkenden in aller Ruhe, wobei er unaufhörlich erzählte.

»Er hat also auch Abdi Aga und Ali Safa nicht getötet?«

»Er war es nicht«, antwortete Ali mit Nachdruck. »Der tut keiner Ameise etwas zuleide, geschweige denn einen Menschen töten … Verleumdung!«

»Verleumdungen sind wie flammende Hemden!« jammerte Salih der Schieler.

Ali hielt Salih dem Schieler das Geld hin, doch der Barbier winkte ab. Nachdem Ali hinausgegangen war, betrat Murtaza Aga den Laden.

»Salih, Salih, mein Bruder Salih der Schieler«, rief er, kaum daß er drinnen war, »der Mensch ist ein irrendes Geschöpf! Wie haben wir uns doch geirrt und gefürchtet. Dabei hat Ince Memed niemanden getötet.«

»Ich weiß, er ist einer, der noch keiner Ameise etwas zuleide tat. Wie sollte auch so ein kleiner Junge diese mächtigen Agas getötet haben?«

Murtaza Aga überlegte eine Weile, bewegte dabei leicht seinen Schnurrbart hin und her.

»Jedermann wußte, wer diese Agas und Beys getötet hatte, nur wir wußten es nicht, genauer, nur ich wußte es nicht. Der Hauptmann wußte es und auch Halil der Überschwengliche, und auch Molla Duran, und auch Zülfü, und auch Arif Saim Bey in Ankara – die ganze Türkei wußte es, außer mir. Und ich wage es nicht, seinen Namen auszusprechen.«

»Wer, Aga? Ich flehe dich an, sag es!«

Der Aga zierte sich.

»Wer ist es, Aga? Wie ist es nur möglich, daß ich, ausgerechnet ich, davon nichts weiß? In dieser Stadt muß ich doch über alles, was geschieht, im Bilde sein! Ich flehe dich an, sag es!«

»Es heißt – die ganze Kreisstadt, ja, von sieben bis siebzig redet die ganze Çukurova darüber –, Abdi Aga und Ali Safa und auch Hamza den Glatzkopf habe Mahmut aus Çiçeklidere getötet, ja, das sagen sie.«

»Bei seiner Mutter!« schrie Salih der Schieler. »Das hätte ich wissen müssen. Daß ein armer Schlucker wie Ince Memed mit Opanken an den Füßen diese Tiger von Agas nicht töten konnte, hätte ich wissen müssen. Warum bin ich nur nicht darauf gekommen? Bis an mein Lebensende werde ich mir nicht verzeihen. Und wer hat dann Talip Bey getötet?«

»Stell dich nicht so dumm, Salih der Schieler«, wies Murtaza ihn zurecht, »finde doch einmal selbst heraus, wer ihn getötet hat!«

»Entsetzlich! Mahmut Aga auch ihn, ja? Oh, dieser ehrlose Blutsäufer, oh! Man sagt, Mahmut Aga habe so viel Gold und er habe alles zur Bank gebracht, elf Kisten … Stimmt das?«

»Jeder weiß davon. Warum auch nicht, schließlich plündert seine Sippe den Taurus schon seit hundert Jahren. Und jetzt fällt ihm auch noch die Çukurova in den Schoß. Bald wird er die ganze Türkei wie eine Zwiebel pellen. Und keine Macht in dieser Stadt wird ihn aufhalten, ihn daran hindern können, tigergleiche Agas weiterhin zu töten.«

»Allah möge dich behüten, Aga!«

Ein Schauer überlief Murtaza Aga vom Nacken bis zum Steißbein.

»Ich mag's nicht einmal aussprechen, ja, Gott behüte uns vor solchen Menschen! Armer Ince Memed, armer Junge, da wird er wie ein hungernder Wolf in den Bergen jahrelang für nichts und wieder nichts gejagt. Welch Unrecht, welche Grausamkeit!«

Die Rasur war beendet, und ohne ein Wort zu sagen, entfernte Barbier Salih der Schieler mit einer alten Bürste die Haare auf Murtaza Agas Kragen.

»Möge schwarze Erde die gierigen Augen der Unersättlichen füllen! Und diesen grausamen Blutsäufer, diesen Mörder aus Çiçeklidere, werden wir festlich empfangen und zum Nationalhelden erklären! Mein Gott, was müssen wir denn noch erdulden! Da werden Feste gefeiert, weil ein Mörder einen Unschuldigen gefangen hat. Aber was sollen wir tun, wenn so etwas schon zur Tradition gehört, zur Tradition seit den Zeiten unserer Vorfahren, den Oğuz.«

Im Ladenviertel hatte ein Teil der Händler bereits die roten Fahnen mit Halbmond und Stern gehißt. Von den Bergen hatte man Myrthenzweige und Feldblumen geholt und zu Triumphbogen geflochten. Die Handwerker arbeiteten verbissen. Sie stellten auf dem Marktplatz ein Rednerpult auf und schmückten es rundum mit Fahnen. Die Paukenschläger waren schon vor Morgengrauen eingetroffen und warteten nur darauf, daß von einem Verantwortlichen der Auftakt gegeben wurde. Und unaufhörlich strömten von den Bergen und aus der Ebene die Dörfler in die Kreisstadt.

Gegen Mittag waren alle Vorbereitungen getroffen. Alles wartete voller Ungeduld. Endlich würde die Stadt den lang ersehnten Ince Memed zu Gesicht bekommen und Mahmut Aga aus Çiçeklidere aus nächster Nähe kennenlernen.

Drei Triumphbogen standen mitten auf dem Marktplatz. Mit grasgrünem Laub, blauem Sesam, strahligen Chrysanthemen und wilden Feldblumen geschmückt, waren sie diesmal schöner als je zuvor. Auch die Opfertiere standen bereit: Schafe, Ziegen und ein Stier … Den Stier wollte Murtaza Aga zu Füßen Mahmut Agas schlachten lassen.

»Unmöglich«, meinte Halil Bey der Überschwengliche, »wir können doch nicht mit vollem Wissen einem Mörder so einen Empfang bereiten. Wenn das Ankara erfährt, werden wir nichts zu lachen haben!«

»Was können wir denn anderes tun, wenn der Mann Ince Memed wie einen blutrünstigen Mörder in Ketten herbringt?«

»Ach, wäre der Hauptmann doch nur hiergeblieben!«

»Und was wäre dann?«

»Er hätte nicht zugelassen, daß wir einen Mörder empfangen.«

»Ich lasse es auch nicht zu«, ereiferte sich der Oberbürgermeister. »Dieser Mann, dieser Mörder, wird ohne Aufsehen in die Stadt einziehen, so still wie eine Beerdigung wird alles ablaufen. Das wäre auch sehr im Sinne unseres Hauptmanns.«

»Wenn es so ist, laßt die Fahnen einholen!«

»Und die Triumphbogen niederreißen!«

»Die Paukenschläger sollen verschwinden!«

»Da wird dem Mann ja ein wunderschöner Empfang zuteil.«

»Und daß er Ince Memed gefangen hat, wird dem Präfekten nie zu Ohren kommen.«

»Auch Ankara wird es nie erfahren.«

»Nicht eine Silbe.«

»Und wenn sie danach fragen, wissen wir von nichts.«

»Vielleicht wird er selbst auch noch eingesperrt.«

»Wartet hier auf mich!« sagte der Oberbürgermeister und ging hinaus. Den Abriß dieser prächtigen Triumphbogen wollte er selbst überwachen. Jeder grüne Zweig, jede Blume und jede Fahne, die auf dem Marktplatz zurückblieben, wäre für diesen Mörder der Ehre zuviel! Während er mit großen Schritten zum Marktplatz eilte, kam ihm ein Reiter auf schäumendem Pferd in vollem Galopp entgegen, zügelte das Tier kurz vor ihm und sprang auf den Bürgersteig.

»Ein Unglück, Bürgermeister, ein schreckliches Unglück«, keuchte er.

»Was ist geschehen?«

»Sie haben Ince Memed entführt.«

»Komm, wir gehen ins Rathaus!«

Der Reiter drückte einem Beamten die Zügel seines schnaubenden Pferdes in die Hand und folgte dem zurückeilenden Oberbürgermeister.

»Er ist geflohen«, sagte der Bürgermeister, als er den Saal betrat.

»Wer?«

»Ince Memed.«

Alle sprangen auf die Beine, und Fragen über Fragen prasselten auf den Boten nieder. Dieser wußte aber nur, daß Memed und seine Gefährten, obwohl an Händen und Füßen im festgemauerten Konak Mahmut Agas aus Çiçeklidere angekettet und von sechzehn bewaffneten Männern bewacht, entführt worden waren. Nur soviel und nicht mehr hatte Mahmut Aga ihm aufgetragen. Danach kam ein Bote nach dem andern in die Stadt. Jeder brachte Neuigkeiten über Ince Memed, die im nächsten Augenblick im Ladenviertel die Runde machten und dann bis ins kleinste Haus am äußersten Stadtrand vordrangen.

Murtaza Aga lief vom Rathaus geradewegs ins Ladenviertel.

»Holt die Fahnen nicht ein!« brüllte er. »Dem hochverehrten Mahmut Aga ist Ince Memed entwischt. Schmückt die Triumphbogen noch schöner!«

Er eilte weiter zum Marktplatz. Hier herrschte ein großes Gedränge, und die Paukenschläger und Oboenbläser, vom Warten müde, machten lange Gesichter.

»Spielt auf!«

Im Dunkel der Nacht stiegen weiß gewandete Frauen von den Bergen herab, das blanke Schwert in der einen und ein Licht in der anderen Hand. Sie strömten von den Hängen in die Ebene, drängten sich durch das felsige Gelände, füllten Gassen und Dorfplatz. Dann umstellten sie Mahmut Agas Konak, der so fest ist wie eine Burg, rissen die Mauern ein, und die bewaffneten Männer standen starr vor Entsetzen, als sie die Frauen erblickten. Die weiß gewandeten Frauen gingen zu Memed und seinen Gefährten, zerbrachen ihre Ketten, nahmen sie in ihre Mitte und zogen mit ihnen davon zu den felsigen Bergen aus Feuerstein. Und über jeder der zahllosen Frauen in weißen Gewändern kreiste ein roter, flammender Adler am nächtlichen Himmel.

Es regnete, als Mahmut Aga Ince Memed nachts in der Einöde der Berge aufspürte. Ein eisiger Wind wehte. Memed flüchtete, und Mahmut Aga setzte ihm nach. Memed versteckte sich in Felsnischen, in Höhlen und auf Bäumen, doch Mahmut Aga fand ihn so schnell, als habe er ihn mit eigener Hand dort versteckt. Memed wußte schon gar nicht mehr, wohin, und irrte ratlos zwischen den Felsen umher. Am Ende kam Ferhat Hodscha hinter das Rätsel und sagte: »Siehst du denn nicht, Memed, daß der Ring an deinem Finger dich verrät. Wohin du auch gehst, wo du dich auch versteckst, scheint dieser Ring taghell wie der Hintern eines Leuchtkäfers.«

»Ich kann den Ring aber nicht abstreifen«, antwortete Ince Memed. »Täte ich es, würden mich Mahmut Agas Scharfschützen wie ein Sieb durchlöchern.« Und Ince Memed schritt schimmernd wie der Tag in einem Strom von Licht.

Mahmut Aga drückte ihn an eine Mauer, stellte alle seine siebenundzwanzig Männer vor ihm auf und rief: »Feuer!« Und von den siebenundzwanzig Kugeln kollerten siebenundzwanzig – plumps! – auf die Erde.

»Feuer! Feuer! Feuer!« Mahmut Aga raste vor Wut, und Memed, schimmerndes Licht, lachte. Daraufhin zog Mahmut seinen langen, zweischneidigen Dolch, ging einige Schritte zurück, bog sich weit, weit nach hinten, holte aus und schleuderte ihn auf Ince Memed. Als sei er auf Stahl geprallt, brach der Dolch – knacks! – mittendurch. Mahmut Aga warf den Dolch ins Feuer, und aus dem riesigen Haufen Glut wuchs der Dolch empor, begann sich wie eine bei Sonnenaufgang aufblühende, taubenetzte weiße Rose im Morgenwind zu wiegen. Mahmut ließ Ince Memed in Ketten legen und vom höchsten Berggipfel ins tiefe Wasser werfen. Doch Memed kam, mit schlenkernden Armen, als sei nichts geschehen, funkensprühend in einer Lichtkugel wieder zurück. Mahmut Aga wußte nichts von dem Ring an Memeds Finger. Überall öffneten sich rosa Kirschblüten; Sträucher, Gräser, Kiefern, Felsen, Bäche, der Himmel, die Erde, die

Wolken, alles begann auf einmal zu blühen, und das Weltall füllte sich bis an den Rand mit Blumen.

Völlig am Ende, begann Mahmut Aga zu weinen, fragte sich, was ihn da wohl heimsuche.

Da erschien ein kleinwüchsiger Derwisch mit langem, weißem Bart und mürrischem Gesicht. »Deine Macht reicht nicht aus«, sagte er zu Mahmut, »denn du bist einer mit blutigen Händen. Sieh doch, du Blinder, Ince Memed wandelt in einem Meer von Licht. Komm her«, befahl der kleinwüchsige Derwisch.

Mahmut gehorchte, schlug die Hacken zusammen, faltete unterwürfig die Hände über seinem Bauch, senkte den Kopf und sagte: »Zu Befehl, mein Vater.«

»Hast du nicht Abdi getötet? Antworte!«

»Ich habe ihn getötet, mein Vater.«

»Hast du nicht Hamza den Glatzkopf, Ali Safa und Talip Bey getötet?«

»Ich habe sie getötet.«

»Gott segne dich, mein Vater«, sagte da Ince Memed und mischte sich in der Ebene unter Tausende, Zehntausende von Jungfrauen in weißen Gewändern. Sie wanderten zur Küste des Mittelmeers, und von einem Augenblick zum andern blühten alle Orangenbäume, waren Himmel, Erde und Meer voller Blumen. Die Jungfrauen sangen dem Meer ihre Lieder, und das Meer kam zu ihren Füßen und umspülte sie, und ein zartes Blau erstreckte sich von hier bis weit, weit zum Taurus. Die Jungfrauen wandten sich dem Blau zu und zogen mit Ince Memed in ihrer Mitte davon.

Ferhat Hodscha war verletzt. Der Arm war geschwollen und schmerzte unerträglich. Ferhat Hodscha biß die Zähne zusammen. Er hatte erfahren, daß Ince Memed in Mahmut Agas Burg in Ketten lag, und eilte von den Bergen herab. Ihm folgten die Dörfler, die Steine und Felsen ins Dorf Çiçeklidere. Das Dorf wimmelte bis an den Rand von Gendarmen. Doch als diese Ferhat Hodscha mit Steinen und Felsen und einer Riesenmenge Dörfler herankommen sahen, verschnauften sie, vor Angst ganz von Sinnen, erst wieder, als sie die Ebene erreicht hatten. Da er kein Geringerer als Ferhat Hodscha war, ging er vor die Burg, in der Ince Memed eingekerkert lag, sagte: »Tore und Türen, öffnet euch!«, und Tore und Türen sprangen auf. Ince Memed kauerte in einer Ecke, vor Angst flackerten seine Augen im Dunkel. Doch kein Geringerer als Ferhat Hodscha sagte nur: »Weiche, o Finsternis!« Da wich das Dunkel einer Kugel von Licht, und darunter blinzelte geblendet Ince Memed. »Löst euch, Ketten!« Und die Ketten glitten von Ince Memed ab und fielen zu Boden. Es regnete in Strömen, als Ferhat Hodscha, Ince Memed und die andern auf den Gipfel des Berges stiegen. Von hier bis zum Berg Düldül und weiter bis zum Alidağ spannten sich prachtvolle Regenbogen. Bis Sonnenaufgang wiegten sie sich am Himmel und verschwanden dann gemeinsam mit den Sternen.

Wohin Ince Memed sich auch wandte, blühte eine Blume, die ihn überragte, und darüber schimmerte ein Regenbogen.

Es regnete, dann verschwanden die Wildwasser und gaben weiße Kieselsteine frei.

Der Landrat, der Oberbürgermeister, die Richter, Staatsanwälte und Lehrer, Murtaza Aga, Halil Bey der Überschwengliche, Zülfü und die andern empfingen Mahmut Aga oben bei der Platane. Mahmut Aga stieg mit bleichem Gesicht müde vom Pferd und umarmte sie. Seine Reiter hinter ihm, regungslos wie Götzen, hielten ihre Köpfe gesenkt.

Der Landrat, Mahmut Aga, der Oberbürgermeister, Murtaza Aga und Molla Duran Efendi quetschten sich in Onkel Hamzas Automobil und fuhren zum Hause Murtaza Agas. Als sie die drei Triumphbogen unterfuhren, dröhnten die Pauken, gellten die Oboen, und Händler und Marktbesucher, die sich in den Straßen drängten, um diesen schönen Tag zu feiern, klatschten und jubelten aus Leibeskräften.

Ein großes Festmahl war vorbereitet worden. Auf kleinen Tischchen standen verzinnte Kupferplatten, und alles wartete, bis die Neuankömmlinge Platz nahmen. Murtaza Aga hatte für seinen Freund, den Helden der Helden, Mahmut Aga, der diesen blutbefleckten Erzfeind des Lebens und des Vaterlandes zur Strecke gebracht hatte, so köstliche Speisen zubereiten lassen, daß jeder, der einen Happen zwischen die Finger nahm, Gefahr lief, diese mitzuessen, so köstlich war es.

Mahmut Agas Verbindungsmänner hatten aus allen Himmelsrichtungen Boten geschickt, wenn Ince Memed irgendwo auftauchte. Doch das gesamte Bergvolk hielt wegen dieser Hure von Ordensfrau vom Hort der Vierzig Augen zu Ince Memed und gab ihm Unterschlupf. Genau siebenmal hatte Mahmut Aga diesen Blutsäufer in die Enge getrieben. Aber der andere war quecksilberglatt und hatte den gesamten armen Taurus auf seiner Seite. Und nur wegen dieser Hure von Mütterchen Sultan, die seine Wunden heilte und ihm den Siegelring des Hortes übergab, wird dieser blutrünstige Mörder wie ein Heiliger verehrt. Aber wer entgeht schon dem Beharrlichen, am Ende überwältigte ihn Mahmut Aga in Çiçeklidere, legte ihn in Ketten und warf ihn in seinen von sieben Türen und fest wie eine Burg gesicherten Konak. Doch um Mitternacht erhob sich großer Lärm, und was mußte Mahmut Aga sehen, als er hinausging: Von sieben bis siebzig war das ganze Dorf versammelt. Auch um den Konak herum standen sie, drängten sich in allen Gassen. Und es kamen immer mehr von den Bergen und aus der Ebene herbeigeströmt, so viele, daß man vor lauter Menschen keine Nadel auf die Erde werfen konnte. Und aus irgendeinem Grund wurde die Riesenschar dieser Opankenträger immer ungehaltener, murrte sie immer bedrohlicher.

Der Morgen graute, der Tag brach an, und was sah Murtaza Aga: Die Welt war ein einziges Meer von Menschen. Was sollte er tun? Er schwang sich auf sein Pferd, rief seine Männer und bahnte sich mit Mühe und Not eine Gasse durch die Menge bis vors Dorf. Und was mußte er sehen, als er sich umblickte: Seine Dörfler vorneweg – doch waren nicht alle dort seine Dörfler, da sie alle ihr täglich Brot seiner Güte verdankten –, stürmte die Menge seinen Konak, überrannte ihn und ließ erst ab, als nur Wind noch wehte, wo früher Wälle waren. Und Mahmut Aga, der sich vor dem Drachen nicht fürchtete, schlotterten die Knie vor dieser wütenden Menge. Vor seinen Augen zerbrachen die Dörfler die Ketten und verschwanden mit Ince Memed und Ferhat Hodscha in den Bergen.

Murtaza Agas Hand mit dem randgefüllten Rakiglas zitterte so, daß der Schnaps überschwappte. Halil der Überschwengliche war rot angelaufen, seine Schlagader angeschwollen; starr vor Wut vergaß er, das Beinchen einer Wachtel in den Mund zu schieben. Molla Duran Efendi ließ seine Gebetskette durch die Finger gleiten und kraulte dabei seinen Bart. Zülfü hatte sein Kinn aufgestützt, der Landrat murmelte Unverständliches, und der Staatsanwalt verbarg nur schwer seine Verwirrung.

»Habe ich es nicht immer gesagt«, jammerte Murtaza Aga. »Sagt mir, habe ich nicht immer gefordert, der Kopf der Schlange müsse zermalmt werden, solange sie klein ist? Und käme jetzt auch Murat Pascha der Brunnenbauer, würde es uns nichts mehr nützen. Die Opankenträger haben Blut geleckt, nachdem sie Ince Memed sogar aus den Händen Mahmut Agas, des Tigers vom Taurus, befreit haben. Damit sind wir am Ende ... Ince Memed wird in dieser Stadt keinen Stein auf dem Stein, keinen Kopf auf dem Hals lassen. Ich hab's ja gesagt, hab mir den Mund wund geredet, hab gewarnt, daß, wenn dieser Dörfler erst einmal Blut geleckt hat, er uns den Garaus machen wird. Man glaubte mir nicht und spottete, dieser Murtaza sei vor Angst wie von Sinnen, sehe in jeder Ameise Ince Memed. Na bitte, da habt ihr's! Denn ich weiß aus aus Erfahrung: Es gibt keinen grausameren Blutsäufer auf dieser Welt als einen Opankenträger, der Blut geleckt hat. Nur weil mein Großvater seinerzeit den Räuber Kozanoğlu gefangengenommen und Derwisch Pascha übergeben hatte, sprach die ganze Çukurova nie mehr weder mit uns noch mit unserer Sippe, noch mit unseren Hunden und Pferden. Sogar unser eigener Klan wollte nichts mehr mit uns zu tun haben. Verdammt, hundert Jahre sind seitdem vergangen, und noch immer schaut die Sippe uns nicht ins Gesicht. So, und was, meint ihr, sollen wir jetzt tun?«

Der Raki munterte Mahmut Aga wieder auf.

»Ich werde diesen Ince Memed wieder einfangen, und sowie ich ihn habe, werde ich ihn töten, und zwar in allernächster Zeit. Ich habe den Befehl gegeben, daß die Dörfler Çiçeklidere innerhalb von zehn Tagen zu räumen haben«, sagte er und leerte sein Glas in einem Zug.

»Dieses Dorf darf nicht stehenbleiben«, bestätigte Murtaza Aga. »Dieses Dorf, das Ince Memed aus unseren Händen befreit hat, muß seine Strafe finden. Wir dürfen nicht erlauben, daß sie sich in der Çukurova niederlassen.«

»Man sollte sie außer Landes jagen«, schlug Halil der Überschwengliche vor. »Denn das ist einfach zuviel. Das ist ja nichts anderes, als die Republik, den Staat, uns alle herauszufordern. Diese Untat muß strengstens bestraft werden.«

»Und schnellstens«, ergänzte Zülfü. »Fest steht, daß wir ohne Zwangsmaßnahmen dieser Plage nicht mehr Herr werden.«

»Ince Memed war kaum frei, und bereits wieder wurde letzte Nacht unsere Stadt beschossen. Daran hätten wir erkennen können, daß er geflohen war. Deswegen mußte ja auch unser Hauptmann auf die Ehre verzichten, beim Empfang unseres werten Bruders Mahmut Aga zugegen zu sein. In Zukunft müssen wir uns sehr in acht nehmen«, raunte der Landrat.

Sie tranken und plauderten noch bis Mitternacht. Die den Dörflern von Çiçeklidere zugemessene Frist von zehn Tagen wurde als zu großzügig empfunden, das Dorf solle auf der Stelle geräumt werden. Mahmut Aga aber meinte, dies sei nicht zu verwirklichen. »Ich habe in meinem Leben viele Dörfer räumen lassen«, sagte er, »wir können tun, was wir wollen, vor Ablauf von zehn Tagen verlassen die das Dorf nicht. Da handeln wir uns nur Kopfschmerzen ein. Worum ich euch aber bitte: Laßt sie nicht auf der goldenen Erde der Çukurova siedeln! Nach Syrien mit ihnen, weist sie in den Irak oder Iran aus! Wenn die aus den Bergen Vertriebenen in der Çukurova Dörfer gründen dürfen, werden sie ja belohnt, wie damals die Dörfler von Sakizli.«

»Nein«, schrie Zülfü, »ich verspreche dir, Mahmut Aga, sowenig wie diese Dörfler auf türkischer Erde auch nur einen Fußbreit Boden finden werden, sowenig werden sie auch nur eine Handbreit dieser Erde für ein Grab ihr eigen nennen. Ich gebe dir mein Wort, mein Ehrenwort.«

Und darauf tranken sie noch ein Glas.

30

Sie waren über die Berge und durch die Wälder nach Avşarlar gehetzt und hatten sich dort im weitläufig schilfigen Gelände versteckt. Die langen, lilafarbenen Schilfrohre mit knospenden Rispen wiegten sich in der leichten Brise, am wolkenlosen Himmel flogen Vögel in kleinen Schwärmen zum Mittelmeer. Ein kleiner, weißer Schmetterling, nicht größer als eine Biene, saß auf einem dünnen Grashalm, öffnete und schloß gemächlich seine Flügel, ruhte sich aus.

Die Männer waren erschöpft, konnten aber nicht einschlafen. Kasim redete in einem fort, doch Memed hörte nicht zu. In sich versunken, hing er seinen Gedanken nach. Hin und wieder glimmte dieser stählerne Glanz in seinen Augen auf, dann erhob er sich, horchte, und das geballte gelbe Licht über seinem Kopf floß wie ein Strom von Flitter auf die Erde.

Er war unschlüssig. Der Geruch von fauligem Gras, Wurzeln, Röhricht und brackigem Wasser stach ihm in die Nase, vermischt mit dem Duft von Orangenblüten, von Seyrans braungebrannten Schenkeln und festen Brüsten und dem brandigen Geruch der Sonnenhitze. Der Sumpf atmete, grollte dumpf, und der Boden wankte. Zuerst zu Seyran, sich in ihre warmen Arme schmiegen, ihr Gesicht mit den Grübchen ansehen, das einem die Sinne raubte, wenn es liebevoll lachte; ihr gegenübersitzen und sie ohne einen Lidschlag bis in alle Ewigkeit betrachten! In solchen Augenblicken sprach Seyran kein Wort. Sie saß dann auch ganz versunken da und schaute ihn an. Könnte er sie doch noch einmal sehen … Vielleicht gab es dort, wohin er jetzt ging, kein Zurück. Sterben, ohne Seyran zu sehen, war schlimmer als der Tod. Ihm war, als könnte er den Duft der Orangen und Seyrans Sonnengeruch mit Händen greifen. Alles um ihn verwischte sich, der Sumpf, die Erde, Kasim, der kleine Schmetterling … Nur Seyran war noch da. Die Angst, Seyran nicht wiederzusehen, begann ihn zu würgen. Und alle quälte der Hunger. War es überhaupt ratsam, so hungrig dorthin zu gehen …? Jetzt Seyran aufsuchen, in ihrer Nähe sein! Sie würde ihm aus frischem Gemüse der Çukurova einen Eintopf kochen, und alle äßen sich rundum satt.

Seit Müslüm sich zu Ali dem Hinkenden in die Stadt aufgemacht hatte, war schon viel Zeit vergangen. Und er kam noch immer nicht zurück. Sollten sie ihn abgefangen haben? Und wenn … nein, nein, und wenn sie diesem Kind der Yürüken auch bei lebendigem Leib die Haut abzögen, ihn blendeten und Hackfleisch aus ihm machten, sie würden ihm kein Wort entlocken! Müslüms Verspätung mußte einen anderen Grund haben.

»Werde nicht ungeduldig, Memed!« sagte Kasim.

»Er hat sich verspätet.«

»Er wird bald hiersein.«

Ja, in Kürze würden sie Müslüms schrillen Pfiff hören, sich schnurstracks zu Seyran auf den Weg machen und sich von ihr bekochen lassen … Der Essensduft aus Seyrans Küche stieg ihm in die Nase … Wenn aber die Gendarmen ihr Haus beobachteten und sie beide wieder gefangennähmen, was soll dann aus Çiçeklidere werden … Blonder Sergeant schien ihm ja verziehen zu haben, aber die andern werden es ihm wohl bis ans Ende der Tage vorwerfen. Vielleicht wird man ihn noch in tausend, zweitausend, ja dreitausend Jahren verfluchen, wenn sein Name fallen sollte. Aber er mußte Seyran wiedersehen. Und so hungrig, wie sie waren, konnten sie ja doch nichts unternehmen …

Von Zweifeln geplagt, verließ er das sumpfige Gelände, kauerte sich hinter einen Haufen gestapeltes Schilfrohr und beobachtete die Wege. Von Müslüm war nichts zu sehen. Voller Unruhe ging er zurück zu Kasim.

Und wenn die Gendarmen den ganzen Sumpf umstellt hatten? Dann wären sie verloren. Denn dieser Platz, wo sie sich versteckt hielten, war nur ein bewachsener Erdwall, eine kleine Insel im sumpfigen Gelände. Einmal umstellt, gab es von hier kein Entrinnen. Gendarmen und Dörfler könnten einfach alle Schlupflöcher dichtmachen und sie hier absaufen lassen. Wäre das Dorf Vayvay, Seyrans Gegend, nicht sicherer? Auch wenn man sie umzingelte, befänden sie sich in einem großen Dorf, aus dem sie sich nachts mit Hilfe der Dörfler davonstehlen konnten. Erreichten sie Akçasaz und Anavarza, könnten sie entkommen wie beim vorigen Mal. Hier aber saßen sie in der Falle. Er war besorgt, sagte aber Kasim nichts davon. Kasim dagegen schien ruhiger und kühler als der Alidağ. Als gäbe es nichts zu befürchten, hatte er sich gegen das Schilfrohr gelehnt, die Beine weit ausgestreckt und die Augen geschlossen. Memed wußte wohl, daß er ihn mit seiner Unruhe angesteckt hatte, doch ließ Kasim es sich nicht anmerken, gab sich den Anschein, als scherte er sich nicht; und um zu zeigen, daß er sich nicht im geringsten fürchtete, redete er entweder in einem fort oder lag, wie jetzt, mit geschlossenen Augen regungslos da. Schließlich hielt Ince Memed es nicht länger aus: »Kasim!«

Kasim öffnete seine Augen.

»Kasim, was machen wir, wenn sie hinter unser Versteck gekommen sind und uns umzingeln? Wie sollen wir von diesem kleinen Wall wegkommen, und wie kann ich den Dörflern in Çiçeklidere jemals wieder ins Gesicht sehen?«

»Du wirst ihnen nie wieder ins Gesicht sehen können.«

»Meine Sorge ist nicht, sterben zu müssen. Lieber sterben, als dies alles ertragen! Ich hätte lieber dem Tod ins Auge gesehen als den wütenden Dörflern von Çiçeklidere. Als ich gestorben war, hatten sie so schöne Klagelieder für mich gesungen … Schöner als die für den seligen Propheten. Hast du diese Klagelieder schon einmal gehört?«

»Gehört habe ich sie nicht, aber man hat mir davon erzählt.«

»Wenn ich jetzt getötet werde, in diesem Augenblick und in diesem Sumpf, was meinst du, würden sie mir wieder Totenklagen singen oder mich verfluchen?«

»Das kann man nicht voraussehen.«

»Du hast doch ihre Gesichter gesehen, als wir ins Dorf kamen. Als wäre alles Blut aus ihnen gewichen, als hätte es in jedem Haus einen Toten gegeben.«

»Gott bewahre jeden vor der Lage, in der sie sich befinden! Sie haben's schwer.«

Und wenn wir jetzt sterben … Und hungrig sind wir auch … Und wenn wir nach Vayvay gingen … und Seyran … und Seyran uns einen Çukurova-Eintopf kochte … und wir uns rundum satt äßen … und ich Seyran wenigstens einmal noch sehen könnte … All das lag ihm auf der Zunge, aber er sagte nur: »Und ich, na ja …«

»Wir werden auf Müslüm warten! Vor Einbruch der Dunkelheit können wir uns sowieso nicht vom Fleck rühren. Wenn uns jemand sieht, sind wir am Ende. Und dann sind die Dörfler in Çiçeklidere bestimmt verloren und lebendig begraben.«

»So ist es, Kasim, sie sahen wirklich aus, als wären sie lebendig begraben worden.«

Es war schon längst dunkel, als weit am anderen Ende des Sumpfes Müslüms Pfiff schrillte. Kasim pfiff zurück. Bald nachdem die Pfiffe verhallt waren, tauchte Müslüm auf.

»Aga Ali der Hinkende schickt euch Essen«, sagte er. »Ich hab mich gleich bei ihm satt gegessen. Ihr seid vor Hunger gestorben, nicht wahr?«

»Ja, wir sind tot«, antwortete Memed, riß ihm den Beutel aus der Hand und öffnete ihn. »Komm, Kasim!«, und die beiden schlangen wortlos bis zum letzten Krümel alles herunter.

»Aga Ali der Hinkende hat gesagt, sie sollen sofort kommen. Der Hauptmann hat alle seine Gendarmen zusammengetrommelt und ist mit ihnen zur Stadt hinaus. Aga Ali der Hinkende hat gesagt, er marschiert Osmaniye zu, er hat gesagt, weil Mahmut Aga in die Stadt gekommen ist, hat der Hauptmann seine Gendarmen aufgestellt und ist mit ihnen auf und davon. Aga Ali der Hinkende hat gesagt, es ist genau der richtige Zeitpunkt, Mahmut Aga ist in dem Haus von Murtaza Aga, und es ist genau der richtige Zeitpunkt, hat er gesagt. Unbedingt noch in dieser Nacht müssen sie hiersein und dürfen um Gottes willen keine Zeit verlieren. Ich werde mit zwei Pferden auf sie vor Kabasakiz warten, und Mahmut Aga hat seine Männer nach seinem Landgut geschickt, hat mein Aga der Hinkende gesagt.«

Müslüm schwieg und verzog die Mundwinkel.

»Ich habe kein Pferd«, sagte er dann.

Ince Memed stand auf und trank mit der hohlen Hand aus dem kleinen Wasserloch, das sie gegraben hatten.

»Also werde ich Seyran vorerst nicht wiedersehen, vielleicht sogar nie mehr mit diesen weltlichen Augen. Sollte ich sterben, Müslüm, verwahre diesen Ring, und du wirst alles daransetzen, daß Seyran ihn bekommt …« Er atmete schwer. »Und laßt meinen Leichnam nicht hier in Çukurovas Erde! Übergebt ihn Mutter Hürü, sie weiß, wo sie mich begraben soll. Und sagt ihr …« Er sprach nicht zu Ende, sagte nur noch: »Los, machen wir uns auf den Weg!«

Als sie Kabasakiz erreichten, gewahrten sie schon von weitem Ali des Hinkenden Schatten. Ein Mann und drei Pferde unter einem mächtigen Baum …

Ali der Hinkende umarmte erst Memed und dann Kasim.

»Was können wir dagegen tun, Ali«, sagte Memed, »so steht's geschrieben!«

Ali der Hinkende lachte.

»Das habe ich bestimmt nicht gewollt, Ali, aber ich hatte keine andere Wahl.«

»Allah ebne deinen Weg und schärfe dein Schwert!«

Dann hockten sie sich auf den steinigen Boden, und Ali beschrieb lang und breit Murtazas Haus, die Treppen und Zimmer.

»Die Haustür werde ich öffnen«, sagte er dann. »Und ich werde dich bis vor die Zimmertür bringen. Wenn etwas dazwischenkommt, werden Kasim und ich … Wir drei werden uns in die Berge schlagen, und sollte es in der Stadt von Gendarmen wimmeln. Sei unbesorgt!«

Memed schwieg. Die drei stiegen auf ihre Pferde, Müslüm blieb zurück.

»Und wohin soll ich gehen?«

Memed zügelte sein Pferd, und nachdem er kurz überlegt hatte, sagte er: »Du gehst zur Schwester Seyran und erzählst ihr alles genau so, wie es war. Und fügst hinzu, Memed sagt, sie soll es mir nicht nachtragen! Lebe wohl!«

Sie trieben ihre Pferde an. Das Licht des Vollmonds hatte die Tiefebene überflutet, und die Berge schimmerten hell wie am Tag. Mit verhängten Zügeln durchritten sie die Stadt. Die Häuser warfen lange Schatten. Vor Murtaza Agas Haus saßen sie ab. Mühelos öffnete Ali das Tor. Seit langem schon hatte er auch die Schlüssel für sämtliche Türen. Auf der Treppe brannte eine Sturmlaterne. Ali eilte voraus. Oben am Treppenabsatz hielt er inne und flüsterte: »Diese Tür hier!« Und während er wieder hinunterging, öffnete Memed und blieb im Türrahmen stehen. An der Wand brannte auf Sparflamme die Lampe mit dem großen Schirm. Schon als die Tür aufging, war Mahmut Aga aufgewacht. Er richtete sich auf und stützte sich auf seinen linken Arm. Seine Pistole hielt er in der Hand, und er blieb auch so aufgestützt liegen, als er Ince Memed erblickte. Jetzt erwachte auch Murtaza, stützte sich wie Mahmut auf und sah Memed an.

»Erkennst du mich, Mahmut Aga, ich heiße Ince Memed.«

Mit letzter Anstrengung riß Mahmut Aga seine Pistole hoch, als Ince Memeds Gewehr dreimal hintereinander krachte. Vom Luftdruck der Geschosse erlosch flackernd das Flämmchen der Lampe an der Wand. Im selben Augenblick hatte Murtaza Aga die Decke über den Kopf gezogen und kauerte kugelrund darunter. Memed stieg die Treppe hinab, nahm die Zügel aus Alis Hand, schwang sich aufs Pferd und fegte wie der Wind zur Stadt hinaus. Er war schon weit draußen, als er fernab hinter sich Schüsse hörte.

Einen Tag und eine Nacht lang ritt er über unwegsames Gelände, durch Wälder und Wildwasserbetten. Im Morgengrauen erreichte er Çiçeklidere und verhielt am Rande des Dorfplatzes unter der hohen Pappel. Das Pferd war schweißbedeckt, es blähte die Nüstern, und seine Brust hob und senkte sich wie ein Blasebalg. Der Tag brach an, das Dorf lag in hellem Sonnenlicht. Die Schatten der Pappel und des Reiters dehnten sich über den glitzernden Bach hinweg bis zu den Felsen im Westen. Im Dorf war kein Laut zu hören. Einige Mädchen und Frauen streckten ihre Köpfe zur Tür heraus und zogen sie gleich wieder ein. Vom Hang gegenüber kam Vogelgezwitscher, erstarb nach einer Weile. Ein riesiger, gelblicher Hirtenhund mit dornenbewehrtem Halsband schlich schnüffelnd am unteren Dorfrand entlang und trollte sich durch die Gassen davon. Eine weiße Wolke löste sich vom Berggipfel, schwebte herbei, und nachdem sie sich eine Weile hoch über der Pappel gewiegt hatte, zog sie weiter nach Osten zu den hohen Bergen, löste sich in Streifen auf, die immer höher stiegen. Ein Hahn mit grün und rot schillernden Federn scharrte neben blühendem Eibisch, der durch einen Haufen Asche gewachsen war. Eine gesprenkelte Wespe schoß mit wütendem Gesumm zwischen dem Hahn und den lila Blüten der Eibischstauden hin und her, blitzte in der Sonne wie sprühende Funken. Das Sonnenlicht schien bis auf den Grund des Baches, und die hellen Kieselsteine zeichneten sich ab wie die Windungen eines weißen Pfades, der sich zu Tal schlängelt.

Memed saß reglos im Sattel und wartete. Im Spiel des Lichts zeichneten sich deutlich die tiefen Furchen in seinem braunen Gesicht ab. Sein Kopf war unbedeckt. Die goldverzierten Patronengurte und der Lauf seines Gewehrs funkelten in der Sonne.

Der Morgen verging, die Mittagszeit nahte, im Dorf regte sich noch immer nichts. Memed war ratlos, wartete weiterhin dort neben der Pappel. Der Hahn scharrte unentwegt am Aschenhaufen, und die gesprenkelte Wespe zog wütend ihre funkelnden Kreise. Da kam aus dem gegenüberliegenden Haus ein purpurrot gekleidetes kleines Mädchen heraus, in dessen zahlreiche Zöpfchen blaue Perlen eingeflochten waren, kam mit scheuen Schritten auf Zehenspitzen näher, blieb vor dem Pferd stehen und schaute mit großen, staunenden Augen zu Memed auf. Danach kam ein zweites Mädchen, das ebenso aussah wie das erste. Ihnen folgten einzeln oder zu zweit immer mehr Mädchen und gesellten sich dazu. Memed lächelte den Kindern zu. Das Pferd spitzte die Ohren. Mähne und Schweif schimmerten pechschwarz, sein Fell hing jetzt in Zotteln und wurde immer heller. Nach den Kindern kamen junge Mädchen und nach ihnen Frauen mit weißen Kopftüchern, kamen so still, als glitten sie auf den Dorfplatz. Memeds Augen hielten Ausschau nach der großen, kräftigen Frau, Emiş Hanum. Er entdeckte sie jenseits des Baches, hoch aufgerichtet neben dem weißen Steinblock am Ende des dunklen Schattens der Pappel. Er lenkte sein Pferd in ihre Richtung, zögernd teilte sich die Menge, gab nach und nach eine schmale Gasse frei. Der Hahn scharrte nicht mehr, und auch die Wespe summte nicht mehr so wild, sondern flog in weiten Schleifen über die Köpfe der Frauen hinweg dem unteren Dorfrand zu.

Einige Schritte vor Emiş Hanum zügelte Memed sein Pferd.

»Emiş Hanum«, sagte er ein bißchen müde, ein bißchen gehemmt, »dieses Dorf wird von heute bis ans Ende aller Tage hier stehenbleiben. Vergebt, falls ich noch in eurer Schuld stehe!«

Dann drückte er den Kopf des Pferdes in die Richtung der Yildizli-Berge, preßte ihm die Schenkel in die Flanken und fegte wie ein roter Wüstensturm zum Dorf hinaus. Die Dörflerinnen rührten sich nicht, blickten ihm nach, bis er verschwunden war.

Gegen Nachmittag trafen mit den ersten Boten guter Nachrichten auch Paukenschläger Abdal Bayram und Oboenbläser Cümek in Çiçeklidere ein. Und auch von den anderen Flecken in den Bergen und Tälern eilte herbei, wer die Kunde vernommen hatte. So viele Besucher konnte das Dorf Çiçeklidere gar nicht aufnehmen. Bis in den frühen Morgen wurde die Pauke geschlagen, der Reigen getanzt, wurde geprahlt und gefeiert. Ein solch fröhliches Fest hatte der Taurus bisher noch nicht erlebt.

Es wurde hell, der Tag brach an, da holten sie den Blonden Sergeanten aus dem Bett und führten ihn eingehakt mitten auf den Dorfplatz.

»Freunde«, rief er, »die Dörfler pflegen einen Brauch, wenn Ince Memed sich auf sein Pferd geschwungen hat und davongeritten ist ...«

Daraufhin zogen die jungen Burschen den endlosen kahlen Hang hinauf und hatten bald aus verdorrtem gelben, roten und rosafarbenen Stechdorn einen großen Haufen geschichtet. Die Dörfler waren ihnen gefolgt und standen dichtgedrängt beieinander. Die Pauke schlagend, hüpfte Abdaloğlu Bayram im Takt, wirbelte durch die Glut, wiegte sich im Tanzschritt längst vergangener Zeiten. Und die Frauen faßten sich an den Händen und stellten sich zum Reigen auf, wie man ihn so riesig noch nie gesehen hatte. Die Flammen leckten vom Distelhaufen auf den Hang und hatten im nächsten Augenblick den ganzen Berg umringt, der sich mit ihnen im Kreise zu drehen schien.

Von Ince Memed hat man nie wieder gehört, von ihm weder Zeichen noch Spuren entdeckt.

Doch heute wie damals versammeln sich die Dörfler von Çiçeklidere mit ihren Nachbarn jedes Jahr an dem Tag, an dem Ince Memed davongeritten war, und zünden zu ihrem großen Fest die Disteln an. Wie ein Sturzbach strömen die Flammen über den Hang, und bald brennt der ganze Berg lichterloh, bäumen sich die Halden unter der Feuersbrunst, und es ist, als schrillten Schreie vom lodernden Stechdorn empor. Zugleich mit dem Feuer zerbersten zuerst auf dem Gipfel des Yildizli, dann auf dem Çakmakli und danach auf dem Berg Boranli je eine Kugel aus Licht. Die Gipfel der Berge leuchten volle drei Nächte, und überall ist es hell wie am Tag.

Yaşar Kemal im Unionsverlag

Memed mein Falke
Memed, der schmächtige Bauernjunge, wird zum Räuber, Rebellen und Rächer seines Volkes. Dieser Roman wurde nicht nur in über 40 Sprachen übersetzt, sondern selbst wieder zu einer Legende. In türkischen Kaffehäusern wird er vorgelesen, wandernde Sänger erzählen ihn nach. 344 Seiten, UT 2

Die Disteln brennen – Memed II
Ali Safa Bey ist süchtig nach der schweren, schwarzen, fruchtbaren Erde der Ebene von Anavarza. Die fruchtbarsten Böden hat er schon in seinen Besitz gebracht. Nur das Häuflein der Bauern aus Vayvay leistet noch Widerstand. Aber auch sie müssen sich schließlich beugen – bis eines Nachts ein abgerissener, ausgehungerter Fremdling an die Türe klopft: Memed, der legendäre Räuber und Rebell.
400 Seiten, broschiert oder als UT 12

Der Wind aus der Ebene – Anatolische Trilogie I
Wenn der Wind die Disteln aufwirbelt, ist für das ganze Dorf im Taurusgebirge die Zeit gekommen, in die Ebene auf die Baumwollfelder zu ziehen. 376 Seiten, UT 7

Eisenerde, Kupferhimmel – Anatolische Trilogie II
Als der anatolische Winter das Dorf von der Außenwelt abschneidet und Not und Verzweiflung Einzug halten, wird ein uraltes Stück Menschheitsgeschichte Realität: Einer, der sich nicht beugen läßt, wird zum Heiligen – bis die weltliche Macht nach ihm greift. 472 Seiten, UT 17

Das Unsterblichkeitskraut – Anatolische Trilogie III
»Ich wollte zeigen, daß der Mensch nicht nur in der realen Welt lebt, sondern ebensosehr auch in seinen Träumen. Denn wenn das Leben ihn so hart an den Abgrund führt, dann muß er sich, um zu überleben, eine Welt der Mythen und Träume schaffen.« 446 Seiten, broschiert oder als UT 35

Töte die Schlange
Eine wahre Begebenheit wird zum Stoff einer Tragödie, welche die verborgensten Instinkte ans Licht bringt: Wie kann es soweit kommen, daß ein Sohn seine geliebte Mutter tötet? 114 Seiten, gebunden

Auch die Vögel sind fort
Kemals Istanbul ist eine brodelnde, gnadenlose Welt im Umbruch. Hier sind Spitzbuben und Tagträumer, Gestrandete und Gescheiterte die letzten Unversehrten in einer verstümmelten Zeit. Sie leben an den Rändern einer Stadt, die gleichgültig und hektisch geworden ist und keine Ruhe mehr findet für die großzügige Geste, wo sich keine Hand mehr öffnet, nur um Freiheit zu schenken. 128 Seiten, gebunden

Nagib Machfus im Unionsverlag

Die segensreiche Nacht
Liebevoll, sarkastisch, ironisch rückt Nagib Machfus Schwächen und Marotten, Sehnsüchten und Ängsten vor allem des kleinen Volkes zu Leibe und zeigt, daß unter Gottes weitem Mantel auch Platz für viele dunkle Leidenschaften ist.
180 Seiten, UT 36

Zwischen den Palästen
Über drei Generationen hinweg wird das Leben einer Kairoer Kaufmannsfamilie verfolgt und zu einem opulenten Gemälde ägyptischen Lebens verdichtet.
686 Seiten, gebunden

Palast der Sehnsucht
Kamal bekommt die Härten und Hürden des Erwachsenwerdens deutlich zu spüren, während sein Bruder Jasin und der Vater um die Liebe derselben jungen Lautenspielerin buhlen. Aber Zanuba, diese betörende, fordernde Frau, läßt nicht mit sich spielen. Sie will geheiratet und geachtet werden. 640 Seiten, gebunden

Die Spur
Die Suche nach dem unbekannten Vater treibt Sabir durch ganz Alexandria und Kairo. Machfus' Roman läßt sich als zeitgenössisches Gesellschaftbild wie als Kriminalroman lesen. 192 Seiten, gebunden

Miramar
Alexandria – die Stadt des Sonnenlichts, von Himmelswasser rein gewaschen, das Herz voll von Erinnerungen, voll der Süße des Honigs und der Bitternis von Tränen ... In der Pension Miramar logieren die Generationen des Landes: Grandseigneurs und Playboys, abgesprungene Revolutionäre und aufsteigende Funktionäre. Alle umwerben sie die Magd Zuchra, die schöne, energische Fellachin. 240 Seiten, gebunden

Die Midaq-Gasse
Einst glänzte die Midaq-Gasse wie ein Stern in der Geschichte des mächtigen Kairo. Inzwischen sind die Arabesken am berühmten Kirscha-Kaffeehaus bröcklig und morsch geworden, aber noch immer ist die Gasse erfüllt vom Lärm ihres eigenen Lebens. 360 Seiten, gebunden oder als UT 8

Die Moschee in der Gasse
Kurzgeschichten schreibe er im Geiste des Romans, hat Nagib Machfus von sich gesagt. Machfus führt zu den Menschen der Schrottplätze, in die Salons einer bigotten Bourgeoisie, in die Welt der Landarbeiter, zu den Straßengangs von Alt-Kairo, in die Pyramiden der Bürokratie, zieht uns hinein in die Wunschträume der Rauschgiftsüchtigen. 248 Seiten, gebunden

---

Salim Alafenisch im Unionsverlag

Das versteinerte Zelt
Der alte Musa ist ein berühmter Rababa-Spieler. Weit über die Stammesgrenze hinaus erfreuen die Klänge seiner Musik viele Herzen. Geboren wurde der Stammesmusiker in der Zeit der Kamele, in der Zeit der Zelte wuchs er auf, und nun sollte der alte Musa für den Rest seiner Tage das schwarze Zelt aus Ziegenhaar gegen ein Steinhaus eintauschen. Aber die Zeit der Steine bringt gewaltige Umwälzungen im Leben der Beduinen mit sich. 120 Seiten, gebunden

Die acht Frauen des Großvaters
Im großen Scheichzelt erzählt die Mutter ihren Kindern in acht Nächten von den acht Frauen des Großvaters, vom vielfältigen Beziehungsgeflecht des Stammeslebens. Salim Alafenisch, selbst als Beduine im Negev aufgewachsen, trägt die Kunst des Geschichtenerzählens weiter und vermittelt ebenso poetische wie präzise Bilder von den alten Sitten und Gebräuchen der Wüste. 176 Seiten, gebunden

Das Kamel mit dem Nasenring
Nach dem Sturm in einer rauhen Winternacht hält der Stammesälteste die Zeltbewohner mit einer Geschichte wach. Sie ist länger als ein Kamelhals, denn es ist die Geschichte dieses Beduinenstammes, der in diesem Jahrhundert Umwälzungen erlebt hat wie noch keine Generation zuvor. Mit dem Suezkanal begann es, der eines Tages die Weidegründe durchschnitt. 180 Seiten, gebunden

Der Weihrauchhändler
Die Sonne verbrennt die Felder. Das Wasser in den Brunnen wird knapp. Und die Dürre trennt Salem von der Geliebten! Doch seine Sehnsucht ist größer als die der Erde nach Regen: Er entschließt sich, Soraya zu suchen und füllt die Satteltaschen seines Esels. Salim Alafenisch erzählt von der Kraft der Liebe, die sogar über den Zyklus der Natur triumphiert. 144 Seiten, UT 15